編年体大正文学全集

taisyô bungaku zensyû　第二巻　大正二年

1913

編年体　大正文学全集　第二巻　大正二年　1913

目次

創作

小説・戯曲・児童文学

［小説・戯曲］

［児童文学］

評論

詩歌

詩・短歌・俳句

［詩］

［短歌］

編年体　大正文学全集　第二巻　大正二年　1913

ゆまに書房

創作

小説
戯曲
児童文学

阿部一族

森　鷗外

　従四位下左近衛少将兼越中守細川忠利は、寛永十八年辛巳の春、余所よりは早く咲く領地肥後国の花を見棄てて、五十四万石の大名の晴々しい行列に前後を囲ませ、南より北へ歩みを運ぶ春と倶に、江戸を志して参勤の途に上らうとしてゐるうち、図らず病に罹つて、典医の方剤も功を奏せず、日に増し重くなるばかりなので、江戸へは出発日延の飛脚が立つ。徳川将軍は名君の誉の高い三代目の家光で、島原一揆の時賊将天草四郎時貞を討ち取つて大功を立てた忠利の身の上を気遣ひ、三月二十日には松平伊豆守、阿部豊後守、阿部対馬守の連名の沙汰書を作らせ、針医以策と云ふものを、京都から下向させる。続いて二十二日には同じく執政三人の署名した沙汰書を持たせて、曽我又左衛門と云ふ侍を上使に遣す。大名に対する将軍家の取扱としては、鄭重を極めたものであつた。嶋原征伐が此年から三年前、寛永十五年の春平定してから後、江戸の邸に添地を賜はつたり、鷹狩の鶴を下されたり、不断慇懃を尽してゐた将軍家の事であるから、此度の大病を聞いて、先例の許す限の慰問をさせたのも尤である。

　将軍家がかう云ふ手続をする前に、熊本の館では忠利の病が革かになつて、とう〳〵三月十七日に五十六歳で亡くなつた。奥方は小笠原兵部大輔秀政の娘を将軍が養女にして妻せた人で、今年四十五歳になつてゐる。名をお千の方と云ふ。嫡子六丸は六年前に江戸で元服して将軍家から光の字を賜はり、光尚と名告つて、従四位下侍従兼肥後守にせられてゐる。今年十七歳である。二男鶴千代は小さい時から立田山の泰勝寺に遣つてある。京都妙心寺出身の大淵和尚の弟子になつて、宗玄と云つてゐる。三男松之助は細川家に旧縁のある長岡氏に養はれてゐる。四男勝千代は家臣南条大膳の養子になつてゐる。女子は二人ある。長女藤姫は松平周防守忠弘の奥方になつてゐる。二女竹姫は後に有吉頼母英長の妻になる人である。弟には忠利が三斎の三男に生れたので、四男中務大輔立孝、五男刑部興孝、六男長岡式部寄之の三人がある。妹には稲葉一通に嫁した多羅姫、烏丸中納言光賢に嫁した万姫がある。此万姫の腹に生れた禰々姫が忠利の嫡子光尚の奥方になつて来るのである。目上には長岡氏を名告る兄が二人、前野長岡両家に嫁した姉が二人ある。隠居三斎宗立もまだ存命で、七十九歳になつてゐる。此中には江戸、京都、其外遠国にゐる人達もあるが、それが後に知らせを受けて歎いたのと違つて、熊本の館にゐた限の人達の歎きは、分けて痛切なものであつた。

三月二十四日には初七日の営みがあつた。遺骸は春日村岫雲院の境内で荼毗になつて、高麗門の外の山に葬られた。此霊屋の下に、翌年の冬になつて、護国山妙解寺が建立せられて、江戸品川東海寺から沢庵和尚の同門の啓室和尚が来て住持になり、それが寺内の臨流庵に隠居してから、忠利の二男で出家してゐた宗玄が、天岸和尚と号して跡続になるのである。忠利の法号は妙解院殿台雲宗伍大居士と附けられた。

岫雲院で荼毗になつたのは、忠利の遺言によつたのである。いつの事であつたか、忠利が方目狩《ばんがり》に出て、此岫雲院で休んで茶を飲んだことがある。その時忠利はふと腮鬚の伸びてゐるのに気が附いて、住持に剃刀は無いかと云つた。住持が盥に水を取つて、剃刀を添へて出した。忠利は機嫌好く児小姓に髯を剃らせながら、住持に云つた。「どうぢやな。此剃刀では亡者の頭を沢山剃つたであらうな」と云つた。住持はなんと返事をして好いか分からぬので、ひどく困つた。此時から忠利は岫雲院の住持と心安くなつてゐたので、荼毗所を此寺に極めたのである。丁度荼毗の最中であつた。柩の供をして来てゐた家臣達の群に、「あれ、お鷹がお鷹が」と云ふ声がした。境内の杉の木立に限られて、鈍い青色をしてゐる空の下、円形の石の井筒の上に垂れ掛かつて笠のやうに咲いた花が、折々一片二片づつ静かに散つてゐる八重桜の古木の上の方に、二羽の鷹が輪をかいて飛んでゐたのである。人々が不思議がつて見てゐるうちに、二羽が尾と嘴と触れるやうに跡先に続いて、さつと落して来て、桜の下の井の中に這入つた。寺の門前で暫く何か言ひ争つてゐた五六人の中から、二人の男が駈け出して、井の端に来て、石の井筒に手を掛けて中を覗いた。その時鷹は水底深く沈んでしまつて、歯朶の茂みの中に鏡のやうに光つてゐる水面は、もう元の通りに平らになつてゐた。二人の男は鷹匠衆であつた。井の底にくぐり入つて死んだのは、忠利が愛してゐた有明、明石と云ふ二羽の鷹であつた。その事が分かつた時、人々の間に、「それではお鷹が殉死したのか」と囁く声が聞えた。それは殿様の御病気が重くなつてからは、家臣一同の心を動かす事は殉死の外には無いので、譬へば或る事を切に考へてゐる人が、起つにも据わるにも、物を食ふにも寝るにも、その事を忘れずにゐるやうに、細川家の家臣は殿様の御病気がいよ〳〵旦夕に迫つたさうだとか、御典医がどう云つたさうだとか、江戸へ何度目の御使者が立つとか、殿様がとう〳〵お隠れになつたとか、お葬式の行列がどう極められたとか、江戸から来る御上使はどこにお泊りなさるのだとか云ふとり〴〵の噂に忙しい中にも、誰一人心の底に殉死の事を忘れてゐるものは無かつたからである。二羽の鷹はどう云ふ手ぬかりで鷹匠衆の手を離れたか、どうして目に見えぬ獲物を追ふやうに、井戸の中に飛び込んだか知らぬが、それを穿鑿しようなどと思ふものは一人も無い、鷹は殿様の御寵愛なされたもので、それが荼毗の当日に、しかもお荼毗所の岫雲院の井戸に這入つて死んだと云ふ丈の事実を見て、鷹が殉死したのだと云ふ判断をするには十分であつた。それを疑つて別に原因を尋ねようとする余地は無かつたのである。

＊　＊　＊

中陰の四十九日の果の日が五月六日である。それが殉死をする人達の冥途に旅立つ当日である。殉死するに極まつた本人や親兄弟妻子は言ふまでもなく、なんの由縁も無いものでも、京都から来るお針医と江戸から下る御上使との接待の用意なんぞはうはの空でしてゐて、只殉死の事ばかり思つてゐる。例年簷に葺く端午の菖蒲も摘まず、ましてや初幟の祝をする子のある家も、その子の生れたことを忘れたやうにして、静まり返つてゐる。

殉死にはいつどうして極まつたともなく、自然に掟が出来てゐる。どれ程殿様を大切に思へばと云つて、誰でも勝手に殉死が出来るものでは無い。泰平の世の江戸参勤のお供、いざ戦争と云ふ時の陣中へのお供と同じ事で、死天の山三途の川のお供をするにも、是非殿様のお許を得なくてはならない。その許もないのに死んでは、それは犬死である。武士は名聞が大切だから、犬死はしない。敵陣に飛び込んで討死をするのは立派ではあるが、軍令に背いて抜駈をして死んでは功にはならない。それが犬死であると同じ事で、お許の無いに殉死しては、これも犬死である。偶にさう云ふ人で犬死にならないのは、値遇を得た君臣の間に黙契があつて、お許はなくてもお許があつたのと変らぬのである。仏涅槃の後に起つた大乗の教は、仏のお許はなかつたが、過現未を通じて知らぬ事の無い仏は、さう云ふ教が出て来るものだと知つて懸許して置いたものだとしてある。お許が無いのに殉死の出来るのは、金口で説かれると同じやうに、大乗の教を説くやうなものであらう。

そんならどうしてお許を得るかと云ふと、此度殉死に極まつてゐる内藤長十郎元続が願つた手段などが好い例である。長十郎は格別の御懇意を蒙つたもので、忠利の病牀を離れずに介抱をしてゐた。容態が次第に重くなつて、もう重湯の外召し上がらぬと云ふ時の事であつた。忠利が「足がだるい」と云つた。長十郎は掻巻の裾を徐かにまくつて、忠利の足をさすりながら、忠利の顔をぢつと見ると、忠利もぢつと見返した。

「長十郎お願がござりまする。」

「なんぢや。」

「此度の御病気は大ぶ御重体のやうにお見受申しまするが、神仏の加護良薬の功験で、一日も早う御全快遊ばすやうにと、御隠居様、お奥様は申すまでもなく、家中一心を籠めて祈願いたしてをりますには相違ござりません。それでも万一と申すことがござります。若しもの事がござりましたら、どうぞ長十郎奴にお供を仰せ附けられますやうに。」

かう云ひながら長十郎は忠利の足をそつと持ち上げて、自分の額に押し当てて戴いた。目には涙が一ぱい浮かんでゐた。

「それはいかんぞよ。」かう云つて忠利は今まで長十郎と顔を見合せてゐたのに、半分寝返りをするやうに脇を向いた。

「どうぞさう仰やらずに。」長十郎は又忠利の足を戴いた。

「いかん〳〵。」顔を背向けた儘で云つた。

「どうぞ。」咽に支へたやうな声で云つて、三度目に戴いた足をいつまでも額に当てて放さずにゐた。

「情の剛い奴ぢやな。そんなら許すぞ。」忠利の声はおこつて叱るやうであつた。

長十郎は「はつ」と云つて、両手で忠利の足を抱へた儘、床の背後に俯伏して、暫く動かずにゐた。その時長十郎が心の中には、非常な難所を通つて往き着かなくてはならぬ所へ往き着いたやうな、力の弛みと心の落着きとが満ち溢れて、その外の事は何も意識に上らず、備後畳の上に涙の飜れるのも知らなかつた。

長十郎は正直一遍の男で、これ迄何一つ際立つた功績もなかつたが、忠利は始終目を掛けて側近く使つてゐた。酒が好きで、別人なら無礼のお咎もありさうな失錯をしたことがあるのに、忠利は「あれは長十郎がしたのでは無い、酒がしたのぢや」と云つて笑つてゐた。それでその恩に報いなくてはならぬ、その過を償はなくてはならぬと思ひ込んでゐた長十郎は、忠利の病気が重つてからは、その報謝と賠償との道は殉死の外無いと牢く信ずるやうになつた。併し細かに此男の心中に立ち入つて見ると、自分の発意で殉死しなくてはならぬと云ふ心持の旁、人が自分を殉死する筈のものだと思つてゐるに違ひないから、自分は殉死を余儀なくせられてゐると、人にすがつて死の方向へ進んで行くやうな心持が、殆んど同じ強さに存在してゐた。反面から云ふと、若し自分が殉死せずにゐたら、恐ろしい屈辱を受けるに違ひないと心配してゐたのである。かう云ふ弱みのある長十郎ではあるが、死を怖れる念は微塵も無い。それだからどうぞ殿様に殉死を許して戴かうと云ふ願望は、何物の障礙をも被らずに此男の意志の全幅を領してゐたのである。

暫くして長十郎は両手で持つてゐる殿様の足に力が這入つて、少し踏み伸ばされるやうに感じた。これは又だるくおなりになつたのだと思つたので、又最初のやうに徐かにさすり始めた。此時長十郎の心頭には老母と妻との事が浮かんだ。そして殉死者の遺族が主家の優待を受けると云ふことを考へて、それで己は家族を安穏な地位に置いて、安んじて死ぬることが出来ると思つた。それと同時に長十郎の顔は晴々した気色になつた。

＊　　＊　　＊

中陰の果の日の朝、長十郎は衣服を改めて母の前に出て、始て殉死の事を明かして暇乞をした。母は少しも驚かなかつた。それは互に口に出しては言はぬが、けふは倅が切腹する日だと、母も疾うから思つてゐたからである。若し切腹しないとでも云つたら、母はさぞ驚いたことであらう。

母は勝手にゐたよめを其席へ呼んで、只支度が出来たかと問うた。よめはすぐに起つて、勝手から兼ねて用意してあつた杯盤を自身に運んで出た。よめも母と同じやうに、夫がけふ切腹すると云ふことを疾うから知つてゐた。髪を綺麗に撫で附けて、好い分の不断着に着換へてゐる。母もよめも改まつた、真面目な顔をしてゐるのは同じ事であるが、只よめの目の縁が赤くなつてゐるので、勝手にゐた時泣いたことが分かる。

三人は黙つて杯を取り交した。杯が一順した時母が云つた。

「長十郎や。お前の好きな酒ぢや。少し過してはどうぢやな。」

「ほんにさうでござりまするな」と云つて、長十郎は微笑を含んで、心地好げに杯を重ねた。

暫くして長十郎が母に言つた。「好い心持に酔ひました。先日から彼此と心遣を致しましたせいか、いつもより酒が利いたやうでござります。御免を蒙つてちよつと一休みいたしませう。」

かう云つて長十郎は起つて居間に這入つたが、すぐに部屋の真ん中に転がつて、鼾をかき出した。女房が跡からそつと這入つて枕を出して当てさせた時、長十郎は「ううん」とうなつて寝返りをした丈で、又鼾をかき続けてゐる。女房はぢつと夫の顔を見てゐたが、忽ち慌てたやうに起つて部屋へ往つた。泣いてはならぬと思つたのである。

家はひつそりとしてゐる。丁度主人の決心を母と妻とが言はずに知つてゐたやうに、家来も女中も知つてゐたので、勝手からも厩の方からも笑声なぞは聞えない。

母は母の部屋に、よめはよめの部屋に、ぢつと物を思つてゐる。主人は居間で鼾をかいて寝てゐる。開け放つてある居間の窓には、下に風鈴を附けた吊荵が吊つてある。その風鈴が折々思ひ出したやうに微かに鳴る。その下には丈の高い石の頂を掘り窪めた手水鉢がある。その上に伏せてある捲物の柄杓に、やんまが一疋止まつて、羽を山形に垂れて動かずにゐる。

一時立つ。二時立つ。もう午を過ぎた。食事の支度は女中に言ひ附けてあるが、姑が食べると云はれるか、どうだか分からぬと思つて、よめは聞きに行かうと思ひながらためらつてゐた。若し自分丈が食事の事なぞを思ふやうに取られはすまいかとためらつてゐたのである。

その時よめは姑に呼ばれた。よめが黙つて手を衝いて機嫌を伺つてゐると、姑が云つた。

「長十郎はちよつと一休みすると云うたが、いかい時が立つやうな。もう起して遣つてはどうぢやらうの。」

「ほんにさやうでござります。余り遅くなりません方が。」よめはかう云つて、すぐに起つて夫を起しに往つた。そして心の中には食事の事なぞを先へ言ひ出さないで好かつたと思つた。

夫の居間に来た女房は、先に枕をさせた時と同じやうに、又ぢつと夫の顔を見てゐた。死なせに起すのだと思ふので、暫くは詞を掛け兼ねてゐたのである。

熟睡してゐても、庭からさす昼の明りがまばゆかつたと見えて、夫は窓の方を背にして、顔をこつちへ向けてゐる。

「もし、あなた」と女房は呼んだ。

長十郎は目を醒まさない。

女房がすり寄つて、聳えてゐる肩に手を掛けると、長十郎は「あ、あゝ」と云つて臂を伸ばして、両眼を開いて、むつくり起きた。

「大そう好くお休みになりました。お袋様が余り遅くなりはせぬかと仰やりますから、お起し申しました。もうお午になります。」

「さうか。少しの間だと思つたが、酔つたのと疲れがあつたのとで、時の立つのを知らずにゐた。その代りひどく気分が好うなつた。午になつたら、茶漬でも食べて、そろ〳〵支度をせねばなるまい。お母あ様にも申し上げてくれ。」

武士はいざと云ふ時には飽食はしない。併し又空腹で大切な事に取り掛かることも無い。長十郎は実際ちよつと寐ようと思つたのだが、覚えず気持好く寐過して、午になつたと聞いたので、食事をしようと云つたのである。これから形ばかりではあるが、一家三人のものが不断のやうに膳に向かつて、午の食事をした。

長十郎が心静かに支度をして切腹したのは申の刻であつた。真実を明かして介錯を頼んで置いた親友の某は、此日他出をせずに待つてゐて、使と一しよに来て世話をした。

＊　＊　＊

長十郎が忠利の足を戴いて願つたやうに、平生恩顧を受けてゐた家臣の中で、これと前後して思ひ思ひに殉死の願をして許されたものが、長十郎を加へて十八人あつた。いづれも忠利の深く信頼してゐた侍共である。だから忠利の心では、此人々を子息光尚の保護のために残して置きたいこと山々であつた。又此人々を自分と一しよに死なせるのが残刻だとは十分感じてゐた。併し彼等一人々々に「許す」と云ふ一言を、身を割くやうに思ひながら与へたのは、勢已むことを得なかつたのである。

自分の親しく使つてゐた彼等が、命を惜まぬものであるとは、忠利は信じてゐる。随つて殉死を苦痛とせぬことも知つてゐる。これに反して若し自分が殉死を許さずに置いて、彼等が生きながらへてゐたら、どうであらうか。家中一同は彼等を死ぬべき時に死なぬものとし、恩知らずとし、卑怯者として共に歯せぬであらう。それ丈ならば、彼等も或は忍んで命を光尚に捧げる時の来るのを待つかも知れない。併しその恩知らず、その卑怯者をそれと知らずに、先代の主人が使つてゐたのだと云ふものがあつたら、それは彼等の忍び得ぬ事であらう。彼等はどんなにか口惜しい思をするであらう。かう思つて見ると、忠利は「許す」と云はずにはゐられない。そこで病苦にも増したせつない思をしながら、忠利は「許す」と云つたのである。

殉死を許した家臣の数が十八人になつた時、五十余年の久しい間治乱の中に身を処して、人情世故に飽くまで通じてゐた忠利は、病苦の薄らいだ暫くの暇に、つく〴〵自分の死と十八人の侍の死とに就いて考へて見た。生あるものは必ず滅する。老木の朽ち枯れる傍で、若木は茂り栄えて行く。嫡子光尚の周囲にゐる少壮者共から見れば、自分の任用してゐる老成人等は、もうゐなくて好いのである。邪魔にもなるのである。自分は彼等を生きながらへさせて、自分にしたと同じ奉公を光尚にさせたいと思ふが、其奉公を光尚にするものは、もう幾人も出来てゐて、手ぐすね引いて待つてゐるかも知れない。自分の任用したものは、年来それぐ／＼の職分を尽して来るうちに、人の怨をも買つてゐよう。少くも娼嫉の的になつてゐるには違ひない。さうして見れば、強いて彼等にながらへてゐろと云ふのは、通達した考では無いかも知れない。殉死を許して遣つたのは慈悲であつたかも知れない。かう思つて忠利は多少の慰藉を得たやうな心持になつた。

殉死を願つて許された十八人は寺本八左衛門有次、大塚喜兵衛種次、内藤長十郎元続、太田小十郎正信、原田十郎之直、宗像加兵衛景員、同吉太夫景好、橋谷市蔵重次、井原十三郎吉正、田中意徳、本庄喜助重正、伊藤作左衛門方高、右田因幡統安、野田喜兵衛重綱、津崎五助長季、小林理右衛門行季、林与左衛門正貞、宮永庄左衛門宗祐の人々である。此人々はそれぐ／＼親戚や入懇の朋友に暇乞をして、同じ五月六日に潔く殉死して、高麗門外の山中にある霊屋の側に葬られた。

殉死の人々は多くは自邸で切腹したが、中には菩提所に往つて死んだのもある。津崎五助は其一人で、追廻田畑にある浄土宗の寺千日庵に往つて死んだ。

＊　　＊　　＊

五助は身分の軽いもので、忠利の犬牽である。いつも鷹狩の供をして野方で忠利の気に入つてゐた。主君にねだるやうにして、殉死のお許は受けたが、家老達は皆云つた。「外の方々は高禄を賜はつて、栄耀をしたのに、そちは殿様のお犬牽ではないか。そちが志は殊勝で、殿様のお許が出たのは、此上も無い誉ぢや。もうそれで好い。どうぞ死ぬること丈は思ひ止まつて、御当主に御奉公してくれい」と云つた。

五助はどうしても聴かずに、五月六日になると、いつも牽いてお供をした犬を連れて、千日庵へ出掛けた。女房は戸口迄見送りに出て「お前も男ぢや、お歴々の衆に負けぬ様におしなされい」と云つた。

千日庵には国換の時小倉から来て、土地で亡くなつた父の墓がある。五助は寺の門前で線香と樒とを買つて、墓の前に供へてある、朽ち掛かつた竹の花立の水を換へて、それに樒を挿し、腰の火打袋を出して火を切つて、線香に移して立てた。それから肩に掛けた浅葱の嚢を卸して、その中から飯行李を出した。蓋を開けると握飯が二つ這入つてゐる。それを犬の前に置いた。犬はすぐに食はうともせず、尾を掉つて五助の顔を見てゐた。五助は人間に言ふやうに犬に言つた。

「おぬしは畜生ぢやから、知らずにをるかも知れんが、おぬしの頭をさすつて下されたことのある殿様は、もうお亡くなり遊ばされた。それで御恩になつてゐなされたお歴々は皆けふ腹を切つてお供をなさる。己は下司ではあるが、御扶持を戴いて繋いだ命はお歴々と変つたことは無い。殿様に可哀がつて戴いた有難さも同じ事ぢや。それで己は今腹を切つて死ぬるのぢや。己が死んでしまうたら、おぬしは今から野ら犬になるのぢや。

己はそれが可哀さうでならん。殿様のお供をした鷹は岫雲院で井戸に飛び込んで死んだ。どうぢや。おぬしも己と一しよに死なうとは思はんかい。若し野ら犬になつても、生きてゐたいと思ふたら、此の握飯を食つてくれい。死にたいと思ふなら、食ふなよ。」

かう云つて犬の顔を見てゐたが、犬は五助の顔ばかりを見てゐて、握飯を食はうとはしない。

「それならおぬしも死ぬるか」と云つて、五助は犬をきつと見詰めた。

犬は一声鳴いて尾を掉つた。

「好い。そんなら不便ぢやが死んでくれい。」かう云つて五助は犬を抱き寄せて、脇差を抜いて一刀に刺した。

五助は犬の死骸を傍へ置いた。そして懐中から一枚の書き物を出して、それを墓の前にひろげて、小石を重りにして置いた。誰やらの邸で歌の会のあつた時見覚えた通りに、半紙を横に二つに折つて、「家老衆はとまれ〳〵と仰あれどとめてとまらぬ此五助哉」と、常の詠草のやうに書いてある。署名はして無い。歌の中に五助としてあるから、二重に名を書かなくても好いと、すなほに考へたのが、自然に故実に恊つてゐた。

もうこれで何も手落は無いと思つた五助は、父の墓を拝んで、安坐して肌をくつろげた。そして犬の血の附いた儘の脇差を逆手に持つて、「お鷹匠衆はどうなさりましたな、お犬牽は只今参りますぞ」と高声に云つて、一声快よげに笑つて、腹を十文字に切つた。次に切先を深く頸に刺し貫いて、俯伏になつて死んだ。

五助は身分の軽いものではあるが、後に殉死者の遺族の受けた程の手当は、跡に残つた後家が受けた。男子一人は小さい時出家してゐたからである。後家は五人扶持を貰ひ、新に家屋敷を貰つて、忠利の三十三回忌の時まで存命してゐた。五助の甥の子が二代の五助になつて、それからは代々触組で奉公してゐた。

*　　　*　　　*

忠利の許を得て殉死した十八人の外に、阿部弥一右衛門通信と云ふものがあつた。幼名猪之助を名告つてゐた時から忠利の側近く仕へて、千百石余の身分になつてゐる。島原征伐の時、子供五人の内三人まで軍功によつて新知二百石づゝを貰つた。この弥一右衛門は家中でも殉死する筈のやうに思ひ、当人も亦忠利の夜伽に出る順番が来る度に、殉死したいと云つて願つた。併しどうしても忠利が許さない。「そちが志は満足に思ふが、それより生きてゐて光尚に奉公してくれい」と、何度願つても、同じ事を繰り返して云ふのである。

一体忠利は弥一右衛門の言ふことを聴かぬ癖が附いてゐる。これは余程古くからの事で、まだ猪之助と云つて小姓を勤めてゐた頃も、猪之助が「御膳を差し上げませうか」と伺ふと、「まだ空腹にはならぬ」と云ふ。外の小姓が申し上げると、「好い、出させい」と云ふ。忠利は此男の顔を見ると、反対したくなるのである。そんなら叱られるかと云ふと、さうでも無い。此男程精勤をするものは無く、万事に気が附いて、手ぬかりが無いから、叱らうと云つても叱りやうが無い。

弥一右衛門は外の人の言ひ附けられてする事を、言ひ附けられずにする。外の人の申し上げてする事を、申し上げずにする。併しする事はいつも肯綮に中つてゐて、間然すべき所が無い。忠利は初めなんとも思はずに、只此の男の顔を見ると、反対したくなつたのだが、後には此男の意地で勤めるのを知つて憎いと思つた。憎いと思ひながら、聡明な忠利はなぜ弥一右衛門がさうなつたかと回想して見て、それは自分が為向けたのだと云ふことに気が附いた。そして自分の反対する癖を改めようと思つてゐながら、月が累り年が累るに従つて、それが次第に改めにくくなつた。

人には誰が上にも好きな人、厭な人と云ふものがある。そしてなぜ好きだか、厭だかと穿鑿して見ると、どうかすると捕捉する程の拠りどころが無い。忠利が弥一右衛門を好かぬのも、そんなわけである。併し弥一右衛門と云ふ男はどこかに人と親み難い処を持つてゐるに違ひ無い。それは親しい友達の少いので分かる。誰でも立派な侍として尊敬はする。併し容易く近づかうと試みるものが無い。稀に物数奇に近づかうと試みるものがあつても、暫くするうちに根気が続かなくなつて遠ざかつてしまふ。まだ猪之助と云つて、前髪のあつた時、度々話をし掛けたり、何かに手を借して遣つたりしてゐた年上の男が、「どうも阿部には附け入る隙が無い」と云つて我を折つた。そこらを考へて見ると、忠利が自分の癖を改めたく思ひながら改めることの出来なかつたのも怪むに足りない。

兎に角弥一右衛門は何度願つても殉死の許を得ないでゐるうちに、忠利は亡くなつた。亡くなる少し前に、「弥一右衛門奴はお願と申すことを申したことはござりません、これが生涯唯一つのお願でござります」と云つて、ぢつと忠利の顔を見てゐたが、忠利もぢつと顔を見返して、「いや、どうぞ光尚に奉公してくれい」と言ひ放つた。

弥一右衛門はつく〲考へて決心した。自分の身分で、此場合に殉死せずに生き残つて、家中のものに顔を合せてゐると云ふことは、百人が百人所詮出来ぬ事と思ふだらう。犬死と知つて切腹するか、浪人して熊本を去るかの外、為方があるまい。だが己は己だ。好いわ。武士は妾とは違ふ。主の気に入らぬからと云つて、立場が無くなる筈は無い。かう思つて一日一日と例の如くに勤めてゐた。

そのうちに五月六日が来て、十八人のものが皆殉死した。熊本中只その噂ばかりである。誰はなんと云つて死んだ、誰の死様が誰よりも見事であつたと云ふ話の外には、なんの話も無い。弥一右衛門は以前から人に用事の外の話をし掛けられたことは少なかつたが、五月七日からこつちは、御殿の詰所に出てゐて見ても、一層寂しい。それに相役が自分の顔を見ぬやうにして見るのが分かる。そつと横から見たり、背後から見たりするのが分かる。不快で溜らない。それでも己は命が惜しくて生きてゐるのでは無い、己をどれ程悪く思ふ人でも、命を惜む男だとはまさかに云ふことが出来まい、たつた今でも死んで好いのなら死んで見せると思ふので、昂然と項を反らして詰所へ出て、昂然と項を反らして詰所から引いてゐた。

　二三日立つと、弥一右衛門が耳に怪しからん噂が聞え出して来た。誰が言ひ出した事か知らぬが、「阿部はお許の無いを幸に生きてゐると見える、お許は無うても追腹は切られぬ筈が無い、阿部は腹の皮は人とは違ふと見える、瓢箪に油でも塗つて切れば好いに」と云ふのである。弥一右衛門は聞いて思ひの外の事に思つた。悪口が言ひたくばなんとも云ふが好い。併し此弥一右衛門を竪から見ても横から見ても、命の惜しい男とは、どうして見えようぞ。げに言へば言はれたものかな。好いわ。そんなら此腹の皮を瓢箪に油を塗つて切つて見せう。

　弥一右衛門は其日詰所を引くと、急使を以て別家してゐる弟二人を山崎の邸に呼び寄せた。居間と客間との間の建具を外させ、嫡子権兵衛、二男弥五右衛門〔弥五兵衛〕、次にまだ前髪のある五男七之丞の三人を傍に居らせて、主人は威儀を正して待ち受けてゐる。権兵衛は幼名権十郎と云つて、島原征伐に立派な働きをして、新知二百石を貰つてゐる。父に劣らぬ若者である。此度の事に就いては、只一度父に「お許は出ませなんだか」と問うた。父は「うん、出んぞ」と言つた。その外二人の間にはなんの詞も交されなかつた。親子は心の底まで知り抜いてゐるので、何も言ふには及ばぬのであつた。

　間もなく二張の提燈が門の内に這入つた。三男市太夫、四男五太夫の二人が殆ど同時に玄関に来て、雨具を脱いで座敷に通つた。中蔭の翌日からじめ〳〵とした雨になつて、五月闇の空が晴れずにゐるのである。

　障子は開け放してあつても、蒸し暑くて風がない。その癖燭台の火はゆらめいてゐる。蛍が一匹庭の木立を縫つて通り過ぎた。

　一座を見渡した主人が口を開いた。「夜陰に呼びに遣つたのに、皆好う来て来れた。家中一般の噂ぢやと云ふから、おぬし達も聞いたに違ひない。此弥一右衛門が腹は瓢箪に油を塗つて切る腹ぢやさうな。それぢやによつて、己は今瓢箪に油を塗つて切らうと思ふ。どうぞ皆で見届けてくれい。」

　市太夫も五太夫も島原の軍功で、新知二百石を貰つて別家してゐるが、中にも市太夫は早くから若殿附になつてゐたので、御代替りになつて人に羨まれる一人である。市太夫が膝を進めた。「なる程。好う分かりました。実は傍輩が云ふには、弥一右衛門殿は御先代の御遺言で続いて御奉公なさるさうな、親子兄弟相変らず揃うてお勤めなさる、めでたい事ぢやと云ふのでござります。其詞が何か意味ありげで歯痒うござりました。」

　父弥一右衛門は笑つた。「さうであらう。目の先ばかり見える近眼共を相手にするな。そこでその死なぬ筈の己が死んだら、お許の無かつた己の子ぢやと云うて、おぬし達を侮るものもあらう。己の子に生れたのは運ぢや。せう事が無い。恥を受ける時は一しよに受けい。兄弟喧嘩をするなよ。さあ、瓢箪で腹を切るのを好う見て置け。」

　かう言つて置いて、弥一右衛門は子供等の面前で切腹して、自分で首筋を左から右へ刺し貫いて死んだ。父の心を測り兼ねてゐた五人の子供等は、此時悲しくはあつたが、それと同時にこれまでの不安心な境界を一歩離れて、重荷の一つを卸したやうに感じた。

「兄き」と二男弥五兵衛が嫡子に言つた。「兄弟喧嘩をするなと、お父つさんは言ひ置いた。それには誰も異存はあるまい。己は島原で持場が悪うて、知行も貰はずにゐるから、これからはおぬしが厄介になるぢやらう。ぢやが何事があつても、おぬしが手に慥かな槍一本はあると云ふものぢや。さう思つてゐてくれい。」

「知れた事ぢや。どうなる事か知れぬが、己が貰ふ知行はおぬしが貰ふも同じぢや。」かう云つた切り権兵衛は腕組をして顔を蹙めた。

「さうぢや。どうなる事か知れぬ。追腹はお許の出た殉死とは違ふなぞと云ふ奴があらうで。」かう云つたのは四男の五太夫である。

「それは目に見えてをる。どう云ふ目に逢うても。」かう言ひさして三男市太夫は権兵衛の顔を見た。「どう云ふ目に逢うても、兄弟離れ〲に相手にならずに、固まつて行かうぜ。」

「うん」と権兵衛は云つたが、打ち解けた様子も無い。権兵衛は弟共を心にいたはつてはゐるが、やさしく物を言はれぬ男である。それに何事も一人で考へて、一人でしたがる。相談と云ふものをめつたにしない。それで弥五右衛門〔弥五兵衛〕も市太夫も念を押したのである。

「兄い様方が揃うてお出なさるから、お父つさんの悪口は、うかと言はれますまい。」これは前髪の七之丞が口から出た、女のやうな声ではあつたが、それに強い信念が籠つてゐたので、一座のものの胸を、暗黒な前途を照らす光明のやうに照らした。

「どりや。おつ母さんに言うて、女子達に暇乞をさせうか。」かう云つて権兵衛が席を起つた。

*　　*　　*

従四位下侍従兼肥後守光尚の家督相続が済んだ。家臣にはそれ〲新知、加増、役替などがあつた。中にも殉死の侍十八人の家々は、嫡子にその儘父の跡を継がせられた。嫡子のある限りは、いかに幼少でもその数には漏れない。未亡人、老父母には扶持が与へられる。家屋敷を拝領して、作事までも上から為向けられる。先代が格別入懇にせられた家柄で、死天の旅の御供にさへ立つたのだから、家中のものが羨みはしても妬みはしない。

　然るに一種変つた跡目の処分を受けたのは、阿部弥一右衛門の遺族である。嫡子権兵衛は父の跡をその儘継ぐことが出来ずに、弥一右衛門が千五百石の知行は細かに割いて弟達へも配分せられた。一族の知行を合せて見れば、前に変つたことは無いが、本家を継いだ権兵衛は、小身ものになつたのである。権兵衛の肩幅の狭くなつたことは言ふまでも無い。弟共も一人一人の知行は殖えながら、これまで千石以上の本家にたよつて、大木の蔭に立つてゐるやうに思つてゐたのが、今は橡栗《どんぐり》の背競になつて、有難いやうで迷惑な思をした。

政道は地道《ぢみち》である限は、咎の帰する所を問ふものは無い。一旦常に変つた処置があると、誰の捌きかと云ふ詮議が起る。当主の御覚めでたく、御側去らずに勤めて居る大目附役に、林外記と云ふものがある。小才覚のあるので、若殿様時代のお伽には相応してゐたが、物の大体を見ることに於いては及ばぬ所があつて、兎角苛察に傾きたがる男であつた。阿部弥一右衛門は故殿様のお許を得ずに死んだのだから、真の殉死者と弥一右衛門との間には境界を附けなくてはならぬと考へた。そこで阿部家の俸禄分割の策を献じた。光尚も思慮ある大名ではあつたが、まだ物馴れぬ時の事で、弥一右衛門や嫡子権兵衛と懇意でないために、思遣が無く、自分の手元に使つて馴染のある市太夫がために加増になると云ふ処に目を附けて、外記の言を用ゐたのである。

十八人の侍が殉死した時には、弥一右衛門は御側に奉公してゐたのに殉死しないと云つて、家中のものが卑んだ。さて僅かに二三日を隔てて弥一右衛門は立派に切腹したが、事の当否は措いて、一旦受けた侮辱は容易に消え難く、誰も弥一右衛門を褒めるものが無い。上では弥一右衛門の遺骸を霊屋の側に葬ることを許したのであるから、跡目相続の上にも強いて境界を立てずに置いて、殉死者一同と同じ扱をして好かつたのである。さうしたなら阿部一族は面目を施して、挙つて忠勤を励んだのであらう。然るに上で一段下つた扱をしたので、家中のものの阿部家侮蔑の念が公に認められた形になつた。権兵衛兄弟は次第に傍輩に疎んぜられて、怏々として日を送つた。

寛永十九年三月十七日になつた。先代の殿様の一週忌である。霊屋の傍にはまだ妙解寺は出来てゐぬが、向陽院と云ふ堂宇が立つて、そこに妙解院殿の位牌が安置せられ、鏡首座と云ふ僧が住持してゐる。忌日に先だつて、紫野大徳寺の天祐和尚が京都から下向する。年忌の営みは晴々しいものになるらしく、一箇月ばかり前から、熊本の城下は準備に忙しかつた。

いよ〳〵当日になつた。麗かな日和で、霊屋の傍は桜の盛りである。向陽院の周囲には幕を引き廻して、歩卒が警護して居る。当主が自ら臨場して、先づ先代の位牌に焼香し、次いで殉死者十九人の位牌に焼香する。それから殉死者遺族が許されて焼香する。同時に御紋附上下、同時服を拝領する。馬廻以上は長上下、徒士は半上下である。下々の者は御香奠を拝領する。

儀式は滞なく済んだが、その間に只一つの珍事が出来した。それは阿部権兵衛が殉死者遺族の一人として、席順によつて妙解院殿の位牌の前に進んだ時、焼香をして退きしなに、脇差の小柄を抜き取つて髻を押し切つて、位牌の前に供へたことである。その場に詰めてゐた侍共も、不意の出来事に驚き呆れて、茫然として見てゐたが、権兵衛が何事も無いやうに、自若として五六歩退いた時、一人の侍がやう〳〵我に返つて、「阿部殿、お待なされい」と呼び掛けながら、追ひ縋つて押し止めた。続いて二三人立ち掛つて、権兵衛を別間に連れて這入つた。

権兵衛が詰衆に尋ねられて答へた所はかうである。貴殿等は某を乱心者のやうに思はれるであらうが、全くさやうなわけでは無い。父弥一右衛門は一生瑕瑾の無い御奉公をいたしたればこそ、故殿様のお許を得ずに切腹しても、殉死者の列に加へられ、遺族たる某さへ他人に先だつて御位牌に御焼香いたすことが出来たのである。併し某は不肖にして父同様の御奉公が成り難いのを、上にも御承知と見えて、知行を割いて弟共に御遣なされた。某は故殿様にも御当主にも亡き父にも一族の者共にも傍輩にも面目が無い。かやうに存じてゐるうち、今日御位牌に御焼香いたす場合になり、咄嗟の間、感慨胸に迫り、いつその事武士を棄てようと決心いたした。お場所柄を顧みざるお咎は甘んじて受ける。乱心などはいたさぬと云ふのである。

権兵衛の答を光尚は聞いて、不快に思つた。第一に権兵衛が自分に面当がましい所行をしたのが不快である。次に自分が外記の策を納れて、しなくても好い事をしたのが不快である。まだ二十四歳の血気の殿様で、情を抑へ欲を制することが足りない。恩を以て怨に報いる寛大の心持に乏しい。即座に権兵衛をおし籠めさせた。それを聞いて弥五兵衛以下一族のものは門を閉ぢて上の御沙汰を待つことにして夜陰に一同寄り合つては、窃に一族の前途のために評議を凝らした。

阿部一族は評議の末、此度先代一週忌の法会のために下向して、まだ逗留してゐる天祐和尚に縋がることにした。市太夫は和尚の旅館に往つて一部始終を話して、権兵衛に対する上の処置を軽減して貰ふやうに頼んだ。和尚はつく〴〵聞いて云つた。承れば御一家のお成行気の毒千万である。併し上の御政道に対して彼此云ふことは出来ない。只権兵衛殿に死を賜はるとなつたら、きつと御助命を願つて進ぜよう。殊に権兵衛殿は既に髻を払はれて見れば、桑門同様の身の上である。御助命丈はいかやうにも申して見ようと云つた。市太夫は頼もしく思つて帰つた。一族のものは市太夫の復命を聞いて、一条の活路を得たやうな気がした。そのうち日が立つて、天祐和尚の帰京の時が次第に近づいて来た。和尚は殿様に逢つて話をする度に、阿部権兵衛が助命の事を、折があつたら言上しようと思つたが、どうしても折が無い。それは其筈である。光尚はかう思つたのである。天祐和尚の逗留中に権兵衛の事を沙汰したらきつと助命を請はれるに違ひ無ひ。大寺の和尚の詞で見れば、等閑に聞き棄てることはなるまい。和尚の立つのを待つて処置しようと思つたのである。とう〳〵和尚は空しく熊本を立つてしまつた。

*　*　*

天祐和尚が熊本を立つや否や、光尚はすぐに阿部権兵衛を井手の口に引き出して縛首にさせた。先代の御位牌に対して不敬な事を敢てした、上を恐れぬ所行として処置せられたのである。

弥五兵衛以下一同のものは寄り集つて評議した。権兵衛の所行は不埒には違ひ無い。併し亡父弥一右衛門は兎に角殉死者の中に数へられてゐる。その相続人たる権兵衛で見れば、死を賜ふことは是非が無い。武士らしく切腹仰せ付けられれば異存はない。それに何事ぞ、奸盗かなんぞのやうに、白昼に縛首にせられた。此の様子で推すれば、一族のものも安穏には差し置かれまい。縦ひ別に御沙汰が無いにしても、縛首にせられたものゝ一族が、何の面目あつて、傍輩に立ち交つて御奉公をしよう。此上は是非に及ばない。何事があらうとも、兄弟分かれ〳〵になるなと、弥一右衛門殿の言ひ置かれたのは此時の事である。一族討手を引き受けて、共に死ぬる外は無いと、一人の異議を称へるものも無く決した。

阿部一族は妻子を引き纏めて、権兵衛が山崎の屋敷に立て籠つた。

穏ならぬ一族の様子が上に聞えた。横目が偵察に出て来た。山崎の屋敷では門を厳重に鎖して、静まり返つてゐた。市太夫や五太夫の宅は空屋になつてゐた。

討手の手配が定められた。表門は側者頭竹内数馬長政が指揮役をして、それに小頭添島九兵衛、同野村庄兵衛が随つてゐる。数馬は千百五十石で鉄砲組三十挺の頭である。譜第の乙名島徳右衛門が供をする。添島、野村は当時百石のものである。裏門の指揮役は知行五百石の側者頭高見権右衛門重政で、これも鉄砲組三十挺の頭である。それに目附畑十太夫と竹内数馬の小頭で当時百石の千場作兵衛とが随つてゐる。

討手は四月二十一日に差し向けられることになつた。前晩に山崎の屋敷の周囲には夜廻が附けられた。夜が更けてから侍分のものが一人覆面して、塀を内から乗り越えて出たが、廻役の佐分利嘉左衛門が組の足軽丸山三之丞が討ち取つた。その後夜明まで何事もなかつた。

兼ねて近隣のものには沙汰があつた。縦ひ当番たりとも在宿して火の用心を怠らぬやうにいたせといふのが一つ。討手でないのに、阿部が屋敷に入り込んで手出しをすることは厳禁であるが、落人は勝手に討ち取れと云ふのが二つであつた。

阿部一族は討手の向ふ日を其前日に聞き知つて、先づ邸内を隈なく掃除し、見苦しい物は悉く焼き棄てた。それから老若打寄つて酒宴をした。それから老人や女は自殺し、幼いものは手ん手に刺し殺した。それから庭に大きい穴を掘つて死骸を埋めた。跡に残つたのは究竟の若者ばかりである。弥五兵衛、市太夫、五太夫、七之丞の四人が指図して、障子襖を取り払つた広間に家来を集めて、鉦太鼓を鳴らさせ、高声に念仏をさせて夜の開けるのを待つた。これは老人や妻子を弔ふためだとは云つたが、実は下人共に臆病の念を起させぬ用心であつた。

＊　＊　＊

阿部一族の立て籠つた山崎の屋敷は、後に斎藤勘助の住んだ所で、向ひは山中又左衛門、左右両隣は柄本又七郎、平山三郎の住ひであつた。

此中で柄本が家は、もと天草郡を三分して領してゐた柄本、天草、志岐の三家の一つである。小西行長が肥後半国を治めてゐた時、天草、志岐は罪を犯して誅せられ、柄本丈が残つてゐて、細川家に仕へた。

又七郎は平生阿部弥一右衛門が一家と心安くして、主人同志は固より、妻女までも互に往来してゐた。中にも弥一右衛門の二男弥五兵衛は鎗が得意で、又七郎も同じ技を嗜む所から、親しい中で広言をし合つて、「お手前が上手でも某には愜ふまい」、「いや某がなんでお手前に負けよう」などと云てゐた。

そこで先代の殿様の病中に、弥一右衛門が殉死を願つて許されぬと聞いた時から、又七郎は弥一右衛門の胸中を察して気の毒がつた。それから弥一右衛門の追腹、家督相続人権兵衛の向陽院での振舞、それが基になつての刑死、弥五兵衛以下一族の立籠と云ふ順序に、阿部家が段々否運に傾いて来たので、又七郎は親身のものにも劣らぬ心痛をした。

或る日又七郎が女房に言ひ附けて、夜更けてから阿部の屋敷へ見舞に遣つた。阿部一族は上に叛いて籠城めいた事をしてゐるから、男同士は交通することが出来ない。然るに最初からの行掛かりを知つてゐて見れば、一族のものを悪人として憎むことは出来ない。ましてや年来懇意にした間柄である。婦女の身として密かに見舞ふのは、よしや後日に発覚したとて、申訳の立たぬ事でもあるまいと云ふ考で、見舞には遣つたのである。女房は夫の詞を聞いて、喜んで心尽しの品を取揃へて、夜更けて隣へおとづれた。これもなか〳〵気丈な女で、若し後日に発覚したら、罪を自身に引き受けて、夫に迷惑は掛けまいと思つたのである。

阿部一族の喜は非常であつた。世間は花咲き鳥歌ふ春であるのに、不幸にして神仏にも人間にも見放されて、かく籠居してゐる我々である。それを見舞うて遣れと云ふ夫も夫、その言附けを守つて来てくれる妻も妻、実に難有い心掛だと、心から感じた。女達は涙を流して、かうなり果てて死ぬるからは、世の中に誰一人菩提を弔うてくれるものもあるまい、どうぞ思ひ出したら、一遍の回向をして貰ひたいと頼んだ。子供達は門外へ一足も出されぬので、不断優しくしてくれた柄本の女房を見て、右左から取り縋つて、容易く放して帰さなかつた。

阿部の屋敷へ討手の向ふ前晩になつた。柄本又七郎はつく〴〵考へた。阿部一家は自分とは親しい間柄である。それで後日の咎もあらうかとは思ひながら、女房を見舞ひにまで遣つた。併しいよ〳〵明朝は上の討手が阿部家へ来る。これは逆賊を征伐せられるお上の軍も同じ事である。御沙汰には火の用心をせい、手出しをするなと云つてあるが、武士たるものが此場合に懐手をして見てゐられたものでは無い。情は情、義は義である。己にはせんやうが有ると考へた。そこで更闌けて抜足をして、後口から薄暗い庭へ出て、阿部家との境の竹垣の結縄を悉く切つて置いた。それから帰つて身支度をして、長押に懸けた手槍を卸し、鷹の羽の紋の附いた鞘を払つて、夜の明けるのを待つてゐた。

＊　　　＊　　　＊

討手として阿部の屋敷の表門に向ふことになつた竹内数馬は、武道の誉ある家に生れたものである。先祖は細川高国の手に属して、強弓の名を得た島村弾正貴則である。享禄四年に高国が摂津国尼崎に敗れた時、弾正は敵二人を両腋に挟んで海に飛び込んで死んだ。弾正の子市兵衛は河内の八隅家に仕へて一時八隅と称したが、竹内越を領することになつて、竹内と改めた。竹内市兵衛の子吉兵衛は小西行長に仕へて、紀伊国太田の城を水攻にした時の功で、豊臣太閤に白練に朱の日の丸の陣羽織を貰つた。朝鮮征伐の時には小西家の人質として、李王宮に三年押し籠められてゐた。小西家が滅びてから、加藤清正に千石で召し出されてゐたが、主君と物争をして白昼に熊本城下を立ち退いた。加藤家の討手に備へるために、鉄砲に玉を籠め、火縄に火を附けて持たせて退いた。それを三斎が豊前で千石に召し抱へた。此吉兵衛に五人の男子があつた。長男は矢張吉兵衛と名告つたが、後剃髪して八隅見山と云つた。二男は七郎右衛門、三男は次郎太夫、四男は八兵衛、五男が即ち数馬である。

数馬は忠利の児小姓を勤めて、島原征伐の時殿様の側にゐた。寛永十五年二月二十五日細川の手のものが城を乗り取らうとした時、数馬が「どうぞお先手へお遣し下されい」と忠利に願つた。忠利は聴かなかつた。押し返してねだるやうに願ふと、忠利が立腹して、「小倅、勝手にうせをれ」と叫んだ。数馬は其時十六歳である。「あつ」と云ひさま駈け出すのを見送つて、忠利が「怪我をするなよ」と声を掛けた。乙名島徳右衛門、草履取一人、槍持一人が跡から続いた。主従四人である。城から打ち出す鉄砲が烈しいので、島が数馬の着てゐた猩々緋の陣羽織の裾を攫んで跡へ引いた。数馬は振り切つて城の石垣に攀ぢ登る。島も是非なく附いて登る。とう〳〵城内に這入つて働いて、数馬は手を負つた。同じ場所から攻め入つた柳川の立花飛弾守宗茂は七十二歳の古武者で、此時の働振を見てゐたが、渡辺新弥、仲光内膳と数馬との三人が天晴であつたと云つて、三人へ連名の感状を遣つた。落城の後、忠利は数馬に関兼光の脇差を遣つて、禄を千百五十石に加増した。脇差は一尺八寸、直焼無銘、横鑢、銀の九曜の三並の目貫、赤銅縁、金拵である。目貫の穴は二つあつて、一つは鉛で塡めてあつた。忠利は此脇差を秘蔵してゐたので、数馬に遣つてからも、登城の時などには、「数馬、あの脇差を貸せ」と云つて、借りて差したことも度々である。

光尚に阿部の討手を言ひ附けられて、数馬が喜んで詰所へ下がると、傍輩の一人が耳いた。「奸物にも取柄はある。おぬしに表門の采配を振らせるとは、林殿にしては好く出来た。」

数馬は耳を欹てた。「なに。此度のお役目は外記が申し上げて仰せ附けられたのか。」

「さうぢや。外記殿が殿様に言はれた。数馬は御先代が出格のお取立をなされたものぢや。御恩報じにあれをお遣りなされいと云はれた。物怪の幸ではないか。」

「ふん」と云つた数馬の眉間には深い皺が刻まれた。「好いわ。討死するまでの事ぢや。」かう言ひ放つて、数馬はついと起つて館を下がつた。

　此時の数馬の様子を忠利《〔光尚〕》が聞いて、竹内の屋敷へ使を遣つて、「怪我をせぬやうに、首尾好くいたして参れ」と云はせた。数馬は「難有いお詞を慥かに承つたと申し上げて下されい」と云つた。

　数馬は傍輩の口から、外記が自分を推して此度の役に当らせたのだと聞くや否や、即時に討死をしようと決心した。それがどうしても動かすことの出来ぬ程堅固な決心であつた。外記は御恩報じをさせると云つたと云ふことである。此詞は図らず聞いたのであるが、実は聞くまでも無い、外記が薦めるには、さう云つて薦めるに極まつてゐる。かう思ふと、数馬は立つても据わつてもゐられぬやうな気がする。自分は御先代の引立を蒙つたには違ひない。併し元服をしてから後の自分は、謂はば大勢の近習の中の一人で、別に出色のお扱を受けてはゐない。御恩には誰も浴してゐる。御恩報じを自分に限つてしなくてはならぬと言ふのは、どう云ふ意味か。言ふまでも無い、自分は殉死する筈であつたのに、殉死しなかつたから、命掛の場所に遣ると云ふのである。命は何時でも喜んで棄てるが、前にしおくれた殉死の代りに死なうとは思はない。今命を惜まぬ自分が、なんで御先代の中陰の果の日に命を惜んだであらう。謂はれの無い事である。畢竟どれ丈の御入懇になつた人が殉死すると云ふ、はつきりした境は無い。同じやうに勤めてゐた御近習の若侍の中に殉死の沙汰が無いので、自分もながらへてゐた。殉死して好い事なら、自分は誰よりも先にする。それ程の事は誰の目にも見えてゐるやうに思つてゐた。それに疾うにする筈の殉死をせずにゐた人間として極印を打たれたのは、かへす〴〵も口惜しい。自分は雪ぐことの出来ぬ汚れを身に受けた。それ程の辱を人に加へることは、あの外記でなくては出来まい。外記としてはさもあるべき事である。併し殿様がなぜそれをお聴納になつたか。外記に傷けられたのは忍ぶことも出来よう。殿様に棄てられたのは忍ぶことが出来ない。島原で城に乗り入らうとした時、御先代がお呼止なされた。それはお馬廻りのものがわざと先手に加はるのをお止めなされたのである。此度御当主の怪我をするなと仰やるのは、それとは違ふ。惜しい命をいたはれと仰やるのである。それがなんの難有からう。古い創の上を新に鞭うたれるやうなものである。只一刻も早く死にたい。死んで雪がれる汚れではないが、死にたい。犬死でも好いから、死にたい。

　数馬はかう思ふと、矢も楯も溜まらない。そこで妻子には阿部の討手を仰せ附けられたと丈、手短に言ひ聞せて、一人ひたすら支度を急いだ。殉死した人達は皆安堵して死に就くと云ふ心持でゐたのに、数馬が心持は苦痛を逃れるために死を急ぐのである。乙名徳右衛門〔乙名島徳右衛門〕が事情を察して、主人と同じ決心をした外には、一家のうちに数馬の心底を汲み知つたものが無い。今年二十一歳になる数馬の所へ、去年来たばかりのまだ娘らしい女房は、当歳の女の子を抱いてうろ〳〵してゐるばかりである。

　あすは討入と云ふ四月二十日の夜、数馬は行水を使つて、月題を剃つて、髪には忠利に拝領した名香初音を焚き込めた。白無垢に白襷、白鉢巻をして、肩に合印の角取紙を附けた。腰に帯びた刀は二尺四寸五分の正盛で、先祖島村弾正が尼崎で討死した時、故郷に送つた記念である。それに初陣の時拝領した兼光を差し添へた。門口には馬が嘶いてゐる。

　手槍を取つて庭に降り立つ時、数馬は草鞋の緒を男結にして、余つた緒を小刀で切つて捨てた。

* * *

　阿部の屋敷の裏門に向ふことになつた高見権右衛門は本と和田氏で、近江国和田に住んだ和田但馬守の裔である。初蒲生賢秀に随つてゐたが、和田庄五郎の代に細川家に仕へた。庄五郎は岐阜、関原の戦に功のあつたものである。忠利の兄与一郎忠隆の下に附いてゐたので、忠隆が慶長五年大阪で妻前田氏の早く落ち延びたために父の勘気を受け、入道休無となつて流浪した時、高野山や京都まで供をした。それを三斎が小倉へ呼び寄せて、高見氏を名告らせ、番頭にした。知行五百石であつた。庄五郎の子が権右衛門である。島原の戦に功があつたが、軍令に背いた廉で、一旦役を召し上げられた。それが暫くしてから帰参して側者頭になつてゐたのである。権右衛門は討入の支度の時黒羽二重の紋附を着て、兼て秘蔵してゐた備前長船の刀を取り出して帯びた。そして十文字の槍を持つて出た。

　竹内数馬の手に島徳右衛門がゐるやうに、高見権右衛門は一人の小姓を連れてゐる。阿部一族の事のあつた二三年前の夏の日に、此小姓は非番で部屋に昼寝をしてゐた。そこへ相役の一人が供先から帰つて真裸になつて、手桶を提げて井戸へ水を汲みに行き掛けたが、ふと此小姓の寝てゐるのを見て、「己がお供から帰つたに、水も汲んでくれずに、寝てをるかい」と云ひざまに枕を蹴た。小姓は跳ね起きた。

「なる程。目が醒めてをつたら、水も汲んで遣らう。ぢやが枕を足蹴にすると云ふことがあるか。此儘には済まんぞ。」かう云つて抜打に相役を大袈裟に切つた。

　小姓は静かに相役の胸の上に跨がつて止めを刺して、乙名の小屋へ往つて仔細を話した。「即座に死ぬる筈でございましたが、御不審もあらうかと存じまして」と、肌を脱いで切腹しようとした。乙名が「先づ待て」と云つて権右衛門に告げた。権右衛門はまだ役所から下がつて、衣服も改めずにゐたので、其儘館へ出て忠利に申し上げた。忠利は「尤の事ぢや、切腹には及ばぬ」と云つた。此時から小姓は権右衛門に命を捧げて奉公してゐるのである。

小姓は箙を負ひ半弓を取つて、主の傍に引き添つた。

＊　＊　＊

寛文十九年四月二十一日は麦秋に好くある薄曇の日であつた。

阿部一族の立て籠つてゐる山崎の屋敷に討ち入らうとして、竹内数馬の手のものは払暁に表門の前に来た。夜通し鉦太鼓を鳴らしてゐた屋敷の内が、今はひつそりとして空屋かと思はれる程である。門の扉は鎖してある。板塀の上に二三尺伸びてゐる夾竹桃の木末《うら》には、蜘のいが掛かつてゐて、それに夜露が真珠のやうに光つてゐる。燕が一羽どこからか飛んで来て、つと塀の内に入つた。

数馬は馬を乗り放つて降り立つて、暫く様子を見てゐたが、「門を開けい」と云つた。足軽が二人塀を乗り越して内に這入つた。門の廻りには敵は一人もゐないので、錠前を打ちこはして貫の木を抜いた。

隣家の柄本又七郎は数馬の手のものが門を開ける物音を聞いて、前夜結縄を切つて置いた竹垣を踏み破つて、駆け込んだ。毎日のやうに往来して、隅々まで案内を知つてゐる家である。手槍を構へて台所の口から、つと這入つた。座敷の戸を締め切つて、籠み入る討手のものを一人々々討ち取らうとして控へてゐた一族の中で、裏口に人のけはひのするのに、先づ気の附いたのは弥五兵衛である。これも手槍を提げて台所へ見に出た。

二人は槍の穂先と穂先とが触れ合ふ程に相対した。「や、又七郎か」と、弥五兵衛が声を掛けた。

「おう。兼ての広言がある。おぬしが槍の手並を見に来た。」

「好うわせた。さあ。」

二人は一歩しざつて槍を交へた。暫く戦つたが、槍術は又七郎の方が優れてゐたので、弥五兵衛の胸板をしたたかに衝き抜いた。弥五兵衛は槍をからりと棄てて、座敷の方へ引かうとした。

「卑怯ぢや。引くな。」又七郎が叫んだ。

「いや逃げはせぬ。腹を切るのぢや。」言ひ棄てて座敷に這入つた。

その刹那に「をぢ様、お相手」と叫んで、前髪の七之丞が電光の如くに飛んで出て、又七郎の太股を衝いた。入懇の弥五兵衛に深手を負はせて、覚えず気が弛んでゐたので、手錬の又七郎も少年の手に掛かつたのである。又七郎は槍を棄てて其場に倒れた。

数馬は門内に入つて、人数を屋敷の隅々に配つた。さて真つ先に玄関に進んで見ると、正面の板戸が細目に開けてある。数馬が其戸に手を掛けようとすると、嶋徳右衛門が押し隔てて、詞せはしく咡いた。

「お待なさりませ。殿は今日の総大将ぢや。某がお先をいたします。」

徳右衛門は戸をがらりと開けて飛び込んだ。待ち構へてゐた市太夫の槍に、徳右衛門は右の目を衝かれてよろ〳〵と数馬に倒れ掛かつた。

「邪魔ぢや。」数馬は徳右衛門を押し退けて進んだ。市太夫、五太夫の槍が左右のひはらを衝き抜いた。

添嶋九兵衛、野村庄兵衛が続いて駆け込んだ。徳右衛門も痛手に屈せず、取つて返した。

此時裏門を押し破つて這入つた高見権右衛門は十文字槍を揮つて、阿部の家来共を衝きまくつて座敷に来た。千場作兵衛も続いて籠み入つた。

裏表二手のもの共が入り違へて、をめき叫んで衝いて来る。障子襖は取り払つてあつても、三十畳には足らぬ座敷である。市街戦の惨状が野戦より甚だしいと同じ道理で、皿に盛られた百虫の相啖ふにも譬へつべく、目も当てられぬ有様である。

市太夫、五太夫は相手嫌はず槍を交へてゐるうち、全身に数へられぬ程の創を受けた。それでも屈せずに、槍を棄てて刀を抜いて切り廻つてゐる。七之丞はいつの間にか倒れてゐる。

太股を衝かれた柄本又七郎が台所に伏してゐると、高見の手のものが見て、「手をお負なされたな、お見事ぢや、早うお引なされい」と云つて、奥へ通り抜けた。

「引く足があれば、わしも奥へ這入るが」と、又七郎は苦々しげに云つて歯咬をした。そこへ主の跡を慕つて入り込んだ家来の一人が駆け附けて、肩に掛けて退いた。

今一人の柄本家の被官天草平九郎と云ふものは、主の退口を守つて、半弓を以て目に掛かる敵を射てゐたが、其場で討死した。

竹内数馬の手では嶋徳右衛門が先づ死んで、次いで小頭添嶋九兵衛が死んだ。

高見権右衛門が十文字槍を揮つて働く間、半弓を持つた小姓はいつも槍脇を詰めて敵を射てゐたが、後には刀を抜いて切つて廻つた。ふと見れば鉄砲で権右衛門をねらつてゐるものがある。「あの丸はわたくしが受け止めます」と云つて、小姓が権右衛門の前に立つと、丸が来て中つた。小姓は即死した。竹内の組から抜いて高見に附けられた小頭千場作兵衛は重手を負つて台所に出て、水瓶の水を呑んだが、其儘そこにへたばつてゐた。

阿部一族は最初に弥五兵衛が切腹して、市太夫、五太夫、七之丞はとう〳〵皆深手に息が切れた。家来も多くは討死した。

高見権右衛門は裏表の人数を集めて、阿部が屋敷の裏手にあつた物置小屋を崩させて、それに火を掛けた。風のない日の薄曇の空に、烟が真つ直に升つて、遠方から見えた。それから火を踏み消して、跡を水でしめして引き上げた。台所にゐた千場作兵衛、其外重手を負つたものは家来や傍輩が肩に掛けて続いた。時刻は丁度未の刻であつた。

* * *

光尚は度々家中の主立つたものの家へ遊びに往くことがあつたが、阿部一族を討ちに遣つた二十一日の日には、松野左京の屋敷へ払暁から出掛けた。

館のあるお花畠からは、山崎はすぐ向うになつてゐるので、光尚が館を出る時、阿部の屋敷の方角に人声物音がするのが聞えた。

「今討入つたな」と云つて、光尚は駕籠に乗つた。

駕籠がやう〳〵一町ばかり行つた時、注進があつた。竹内数馬が討死をしたことは、此時分かつた。

高見権右衛門は討手の総勢を率ゐて、光尚のゐる松野の屋敷の前まで引き上げて、阿部の一族を残らず討ち取つたことを執奏して貰つた。光尚はぢきに逢はうと云つて、権右衛門を書院の庭に廻らせた。

丁度卯の花の真つ白に咲いてゐる垣の間に、小さい枝折戸のあるのを開けて這入つて、権右衛門は芝生の上に突居た。光尚が見て、「手を負つたな、一段骨折であつた」と声を掛けた。黒羽二重の衣服が血みどれになつて、それに引上の時小屋の火を踏み消した時飛び散つた炭や灰がまだらに附いてゐたのである。

「いえ。かすり創でござりまする。」権右衛門は何者かに水落をしたたか衝かれたが、懐中してゐた鏡に中つて穂先がそれた。創は僅かに血を鼻紙ににじませた丈である。

権右衛門は討入の時の銘々の働きを精しく言上して、第一の功を単身で弥五兵衛に深手を負はせた隣家の柄本又七郎に譲つた。

「数馬はどうぢやつた。」

「表門から一足先に駈け込みましたので、見届けません。」

「さやうか。皆のものに庭へ這入れと云へ。」

権右衛門が一同を呼び入れた。重手で自宅へ舁いて行かれた人達の外は、皆芝生に平伏した。働いたものは血によごれてゐる。小屋を焼く手伝ばかりしたものは、灰ばかりあびてゐる。その灰ばかりあびた中に、畑十太夫がゐた。光尚が声を掛けた。

「十太夫。そちの働きはどうぢやつた。」

「はつ」と云つた切り黙つて伏してゐた。十太夫は大兵の臆病者で、阿部が屋敷の外をうろついてゐて、引上の前に小屋に火を掛けた時、やつとおづ〳〵這入つたのである。最初討手を仰せ附けられた時に、お次へ出る所を剣術者新免武蔵が見て、「冥加至極の事ぢや、随分お手柄をなされい」と云つて背中をぽんと打つた。十太夫は色を失つて、弛んでゐた袴の紐を締め直さうとしたが、手が震えて締まらなかつたさうである。

光尚は座を起つ時云つた。「皆出精であつたぞ。帰つて休息いたせ。」

＊　　＊　　＊

竹内数馬の幼い娘には養子をさせて家督相続を許されたが、此家は後に絶えた。高見権右衛門は三百石、千場作兵衛、野村庄兵衛は各五十石の加増を受けた。柄本又七郎へは米田監物が承つて、組頭谷内蔵之允を使者に遣つて、賞詞があつた。親戚朋友がよろこびを言ひに来ると、又七郎は笑つて、「元亀天正の頃は、城攻野合せが朝夕の飯同様であつた、阿部一族討取りなぞは茶の子の茶の子の朝茶の子ぢや」と云つた。二年立つて、正保元年の夏、又七郎は創が癒えて光尚に拝謁した。光尚は鉄砲十挺を預けて、「創が根治するやうに湯治がしたくばいたせ、又府外に別荘地を遣すから、場所を望め」と云つた。又七郎は益城小池村に屋敷地を貰つた。その背後が藪山である。「藪山も遣さうか」と、光尚が云はせた。又七郎はそれを辞退した。竹は平日も御用に立つ。戦争でもあると、竹束が沢山いる。それを私に拝領しては気が済まぬと云ふのである。そこで藪山は永代御預けと云ふことになつた。

　畑十太夫は追放せられた。竹内数馬の兄八兵衛は私に討手に加はりながら、弟の討死の場所に居合せなかつたので、閉門を仰せ附けられた。又馬廻の子で近習を勤めて居た某は、阿部の屋敷に近く住まつてゐたので、「火の用心をいたせ」と云つて、当番を免され、父と一しよに屋根に上つて火の子を消してゐた。後に切角当番を免された思召に背いたと心附いてお暇を願つたが、光尚は「そりや臆病では無い、以後はも少し気を附けるが好いぞ」と云つて、其儘勤めさせた。此近習は光尚の亡くなつた時殉死した。

　阿部一族の死骸は井出の口に引き出して、吟味せられた。白川で一人一人の創を洗つて見た時、柄本又七郎の槍に胸板を衝き抜かれた弥五兵衛の創は、誰の受けた創よりも立派であつたので、又七郎はいよ〳〵面目を施した。

（「中央公論」大正2年1月号）

彷徨

青木健作

一

　お辰《たつ》とお冬《ふゆ》の乗つた汽車が下《しも》の関《せき》に着いたのはもう正午《ひる》前であつた、忙々《いそ〳〵》と溢れ出る他の客の後を二人は狼狽《あわ》て風呂敷包を抱えて扉から飛び下りる。何《なに》かの変事でも聴いた様に一様に張詰めた顔付をして急ぐ大勢の旅人の行く方へ二人も歩を運んだが、乗り慣れぬ汽車に長く揺られた為《せい》か、妙に腰が重くて膝頭がふら〳〵して歩き悪い。長いプラットフオームを出て見ると、薄く蔽うた煙の奥から弱々しい冬の日が街を照してゐる、奇麗に砂利《じやり》を布き詰めた広い道を、今下りた立派な人達を乗せて勢よく相継いて出て行く護謨輪《ごむわ》の人力車《くるま》等は、二人が従来《これまで》住んでゐた所とは全然別の世界に来た様に思はせて、少時《しばらく》は茫然《ぼんやり》と並んで佇んでゐる他なかつた。

「此所まで来れば安心ぢやえ。迚《とて》も追駆《おつか》けられる気遣《きづかひ》は無いから。」や、有つて年上のお辰は安心した様にホツと息を吐いて

お冬に話しかけた。尚きよと〳〵と方々を見廻はして我を忘れてゐたお冬は不意にお辰の方を振り向いて
「さうぢやともなあ。——あれ、異人の女が子供を連れて行く。何か物を言ふらしい。」と指さした。其から二人は砂利の上を歩き悪《に》くさうに歩を運んだ。左側に軒を並べた宿屋や郵便局の大きな建物、右側に冬の林の様に帆柱を並べて数知れず迫り合つてゐる大小の和船、其等は先づ彼等の粗野な心を驚かすに十分であつた。台湾行は門司《もじ》へ渡つて汽船に乗るのだとお辰は知つてゐたので、郵便局の角まで来た時、豆腐売に道を訊いた。門司へ渡る所は幾《いく》つもある。船は何時《いつ》でも出るといふので、二人は兎も角馬関《ばくわん》の街を見物する事にして、左の方へ曲つて行つた。其処は格子で固く閉められた古ぼけた家のみ並んでゐる寂しい街である。其でも所々《ところ〴〵》の二階には赤い蒲団がだらりと干してある。

「此所《こゝ》にや店屋は一軒も無いや、お辰さあ、ま些《ちつ》と賑かな方へ行かうえ。」

「え、何処か其中《そのうち》にや賑かな所へ出るぢやらう。」

「——向ふから来るのは、彼《あれ》は何《なん》ぢやらう。」お冬は急にお辰に近く寄り添ふて言つた。見れば大声に語り乍ら五六人の若い女達《をんなたち》が来る。何《ど》れも顔を白壁の様に一面に塗り潰して、頭には重さうに大きな島田を結つてゐる。其癖着物は不釣合に黒ぽいのを着て、紅に扱帯《しごき》を不槍束《だらしな》く結んでゐる。手には夫々《それ〴〵》濡手拭を提げて振り廻し乍ら、所憚らず笑ひ興《きよう》じて来る。お辰等は珍し相にぢろ〳〵と見遣りつゝ、彼等と擦れ違ふと、その時強い香《にほひ》がぷんと鼻を衝いた。向ふでも一斉に此方を見て、呆れた様な顔をしたが、二三間離れると、

「皆様《みなさん》向ふへ網を張らうぞな。山の女兎が二匹出て来たから。」

「女兎ぢや無い女猿《めさる》ぢやぞえ。」

「女猿が何方《どつち》も何か抱えて居るぞな。」

「大方甘藷《いも》ぢやらうえ。」

等と口々に言ひ罵《ののし》る。中には
「テナ事オツシヤイマシタカネ」と口拍子を取る者もある。そして後はどつと笑つた。

「私等の事を悪口言ふのぢやな、彼《あ》れや。」とお冬は一寸《ちよつと》彼等を顧みてお辰に囁いた。「妙な女達ぢやなあ、一体何をする人ぢやらう。」

「私も良《よ》うは知らんが、大方惣嫁《そうか》ぢやらうて。」

「惣嫁とは何？」

「惣嫁を知らんの。銭を貰ふて何《ど》の男とでも寝る女の事えな。」

「まあ。」とお冬は一寸《ちよいと》恥し相に横を向いたが又振り返つて先《さつ》刻《き》の女連の後姿を今更の様に眺めると、彼等の島田の手絡《てがら》のみ際立て輝いて見えた。

かうして行く中《うち》に、ふと或る家の二楷の窓から先刻《さつき》見た様な女が一人しよんぼりと白い顔を出して淋し相に街の方を眺めてゐるのが二人の眼に入つた。

「あれも惣嫁ぢやぞえ。矢張この街は惣嫁屋の街ぢやつたな。」

とお辰は自分の推察の中つたので稍《やゝ》得意気にいふ。その時向ふから長靴を穿いた大きな兵隊が二人、顔を真赤にしてよろ〳〵と足下も危げに此方へ来て、故意《わざ》とお辰等に突き当らうとするので、二人は驚いて側《わき》へ除けた。

「何所《どこ》か他へ行かうえ、お辰さあ。私やこんな所は嫌ひぢやに。」とお冬は到頭拗《す》ねた様に立ち止つた。

　二人は間も無く右に折れて、狭い横町に這入つて行つた。不潔《きたな》い家がごた〳〵と立ち並んでゐる道の片側《かたはら》には藍を流した様な溝《どぶ》がある。その中には黄色な蜜柑の皮が浮いてゐるのも見えた。

「お冬さあ。」とお辰は並んで行くお冬に更《あらたま》つた様な口を利いた。「女ちう者は飢え死する事は無いから気楽ぢやえ。まさかの場合には惣嫁になれば可えからなあ。」

「厭な事。私や惣嫁になる程なら餓死する方が増しと思ふが。」

「死ぬ方が増し？」お辰は思ひもかけぬ様にお冬を顧みて言ふ。

「えゝ。死ぬ方が増しと思ふの。私や家《うち》で嫂《ねえ》さあに苛められる度《たび》にさう思ふたえ。」

「さうかなあ。」と言つたきりお辰は何か深く胸に応へた如く、少時《しばらく》口を噤《つむ》いで頭を低《た》れて歩いたが、

「はあ其様《そんな》事は思はいで、早う台湾に行かう。台湾に行かう、なあお冬さあ。」と無理に快活《はしや》いで言ひ足した。何処かで子供が火の付く様に泣くのが聞える。

「家の方ぢや今頃は余程騒いでをるぢやらうな。二人とも夜遁《よにげ》したのぢやけ。」お冬の声はしみ〴〵と後悔する様に湿《うるほ》ふてゐる。

「何ぼ騒いでも駄目ぢやえ。——思ふて見るとお前も私も随分因業《いんがふ》な生れと見えるな。双方《どちら》も早う親に分れたんぢやから。私《わし》のは父《とゝ》は未だ有るが、あの通りの不構屋《かまはず》で、外《ほか》へ計《ばか》り出歩いて居るから、何の便りにもならんえ。」

「運が悪いのぢやな。」

「さうぢや。はあ二度とあんな所へ往かうとは思はん。今頃みんなで騒いで居ると思ふと態《ざま》を見やがれとでも言ふてやり度《たい》程気味《きび》が可《え》え、散々ぱら人を苛めたのぢやにな。」

　二人は此様《こんな》事を語り乍ら、方角も定めずに歩いたが、仕舞には二人共黙つて、今朝からの事を思ひ廻らす様に沈み勝ちになつた。

　不図《ふと》何所かで三味線の音が幽《かすか》に聞える。両側の家も何時の時《ま》にか、小さい乍ら奇麗に出来てゐて、二人には見慣れぬ岐阜提灯も軒に下げてある。三味に連れて女の唄ふ声も聞え初めた。可愛らしい小犬が二三匹頸《くび》の鈴を鳴らし乍ら街で戯《ぢや》れてゐる。二人はやゝ暖い冬の午後の日を浴びつゝ、夢の様な静な艶かしい此の街を通り抜けてゐると、融け去る様なほろりとした気分になつて、自分がこんな処をかうして彷徨《さまよ》つてゐるのを互に不思議に思ふ程であつた。何だか狐にでも化《ばか》されて山奥を迂路《うろ》〳〵してゐるのぢや無いかとさへ疑へば疑へるのであつた。年下のお冬は殊に其様《そんな》迷ふた心持に甚《ひど》く捕はれて、お辰を真実《ほんとう》の

お辰とは思へぬ程に疑惧の眼を輝かして視遣る様子であつた。

二

「私や足が痛い。余り歩いた勢か、皹《あかぎれ》が口を張つたので。」とお冬が力無さ相に言つて、とぼ〳〵と仔牛の様にお辰の後背に追いて行く頃には二人は漸く広い大通へ出てゐた。

「其や不可《いけ》んのなあ。私や先程から乳房《ちぶさ》が痛むの。今朝出る時、糊着《のりつけ》の強張つた襦袢を着て来たもんぢやから、右の乳房が擦れたえ。」お辰はかう言つて片手を袖の下から懐に入れて痛む乳房を抓《つま》んで見た。

併しこの大通りの賑かさは次第に二人の心を誘ふた。もう新暦の正月に近いと見えて門松を青々と立てゝ、赤黄色な橙《だい〳〵》を飾つてゐる店も所々にある。軒を並べた大きな商店は夫々華麗《はで》に店を飾つてゐる。殊に売出しの呉服屋では様々な色の幟《のぼり》を立て、赤い提灯《ちやうちん》を連ねて、二階では楽隊が盛に囃して客を呼ぶ。店には美しく着飾つた若い女達が呉服物を所狭く取り拡げて一心に検《しら》べてゐる。お辰等は一寸《ちよいと》その店先に立ち止つて、恍惚《うつとり》と覗き込まずには居られなかつた。行く中に又小間物屋の売出しもあつた。其処では蓄音機が義太夫を唸つてゐる。二人はその前に立つて機の中を覗いて見たりした。店には香水やら簪《かんざし》やらリボンやら種々の女の道具が立派に並べてある。蓄音機が一段済んだ時、お辰はお冬の耳許《みゝもと》で小声に

「簪を買ふて挿さうぢやないか。可えのがあるが。」と呟いた。店に居る色の白い小僧は直ぐ其を聴き取つて、

「簪で御座いますか。えゝ、種々《いろ〳〵》変つたのが御座いますから。」とガラスの箱の蓋を除つて、「えゝ、貴女方には此所《こゝ》らが似合ひます。如何様です、お手に採つて御覧なはれ。」と愛想よく言つて、お冬へは山椿《さゞんか》の真紅《まつか》な花の一輪に毒々しい青い葉の着いたのを勧める。お辰へは淡紅色の薔薇《バラ》を勧める。二人は到頭其を買ひ取つて、互に髪に挿し合つて、其処を出て、

「お前のは良う似合ふな。」

「お前のもえ。」

など、一切の事を忘れて、たゞ五六歳の小児の様に嬉し相に往来を進んで行つた。

其から幾つかの街を迂路迂路《うろ〳〵》して、種々《いろ〳〵》な厳しい役所や大きな罐工場等のある通りも過ぎて、ぞく〳〵と海の香や雑魚の臭等が入り雑つて強く鼻を衝く所へ来た時には、二人共甚《ひど》く疲れて一歩も歩むのが厭な程であつた。其上に、汽車の弁当を食つた許の腹はもう減り切つてぐう〳〵鳴る。

「私や帯がこんなに緩うなつた。」とお冬は立ち止つて、下から手を入れて、赤いメリンスの皺の寄つた帯を摑《つま》み上げて見せる。

「私も同じ事。夫《それ》に私やちつと股摺《もゝずれ》がして来たえ。」

ふと左を見上げると、高い石段の上に大きな石の鳥居が建つてゐる。二人は其処で休む事にして、重い足を運んで石段を登つた。上は可成広く打ち開けて、向ふに古い宮がある。其側に

は小さな絵馬堂もある。併し二人の心を先づ強く引きつけたのは石の玉垣に沿ふて一軒立つてゐる茶店であつた。其処には沸へ返る釜の傍《そば》に老婆が坐つてゐる。二人は下から吹いて来る寒い風に身体を縮めて、白砂《はくさ》の上を茶店の方へ歩いて、老婆が呼ぶのを機に、赤毛布《あかげつと》の牀几《しやうぎ》へ腰を投げかけた。

　熱い茶と大福餅とで腹が一杯になつた時、二人は漸く甦つた様に気が落ち着いて来た。で、眺望《みはらし》の佳《い》い玉垣の下へ座を移した。其処からはせゝこましい馬関海峡が手に取る様に見卸される。白帆を一杯に孕ませて鴎の群の如く東に走る無数の小船、その間を縫うて、白い浪を蹴つて、寒さうな気笛を絶えず響かし乍ら、梭《おさ》の様に行き交ふ小蒸汽船、少し隔つてはむく〳〵と黒雲の様な煙を吐き出して坐つてゐる大きな汽船の数々、其等は二人の疲れた眼にも異様に映つて、心を誘つた。

「まああの蒸汽の大きい事。」とお冬は最も西に横つてゐる真黒い船を指して言ふ。

「台湾行は彼《あれ》かも知れんぞえ。――あれ、黒い服を着た人が上で大勢働いてをるのが見える。」とお辰は眩しい日光を遮る為めに額に手を翳しつゝ、眼を細くして見遣つた。それと同時に自分ももう彼《あ》の船の中に乗り込んだ様な心地がして来て、談《はなし》にのみ聴いた台湾の事が取り止も無く胸に浮ぶのであつた。中でも台北の鉄道へ勤めてゐる友吉の事がお辰の心に繁く往来する。――あの眉の濃い顔を見るのも五六日の中ぢや。訪ねて行つたら余程魂《たまげ》消るぢやらう。向ふの家は皆床が高うしてあつて気持が善いといふ事ぢやが、その晩に直く泊めて呉れるか知ら。冬でも此方の春の末頃の時候ぢやさうなから、蒲団は要らぬ。でもこのお冬さあが邪魔になる。一層一人で来た方が良かつたに。否《いや》この人は未だ子供ぢやけ何も解るまい、解るまい。――こんな事を思ひ続けるお辰の日に焼けた頰は盛りきれぬ心の中の愉快を溢らして、幽に打ち顫ふのであつた。その時

「一体何処から船に乗るのぢやらうな、お辰さあ。」とお冬が不意に言つた。お冬はたゞ彼方此方《あつちこつち》の珍しい光景に見とれて、何も思はない様であつた。お辰は楽しい夢を覚された様に振り返つて、

「門司から乗るのえ。小蒸汽で向ふへ渡らにやならん。あの町が門司に相違ないからな。」と言つて、黒い山を背にした対岸の町を指した。其処には大きな煉瓦造がきら〳〵と赤く日に輝くのが眼を引いた。玩具《おもちや》の様な汽車が走るのも見えた。

「早う乗りたいな。」

「早う台湾へ渡りたいな。彼方《あつち》では此頃でも袷一枚で十分ぢやといふ程、暖《ぬく》いけなて。お前の様に襟巻などして行くと人が笑ふぢやらうて。」

「さうな。船の中で風呂敷の中に蔵《しま》はうえ。」

「彼方《あつち》では芭蕉の実が食ひ放題とえ。ほら何時か友さあの家へ送つて来たのをお前も貰ふて食べたらう。あれぢやえ。それにパイナツプルちうてな、余程甘い菓物もあるとえ。」

　二人がこんな談話《はなし》に耽つてゐるのを、黙つて聞いてゐた茶店

の老婆は、じろ〳〵と二人の様子を視乍ら、

「貴女達《あんたっち》は台湾へかな？」と初めて口を利いた。

「あえ。」と二人は同時に振り返つた。

「台湾へ渡つて何とする積りかえ。可い事があるのぢやらうなあ。」と老婆は変に口を曲げて、へゝゝと笑ふ。お辰は其には答へないで
「門司へ渡るには何処からが近うござんすの。」と訊く。

「門司へは其処の向ふの石段を下りてな、右へ少し行くと直ぐぢや。台湾行は今夜出るかも知れんから、早う行きやれ。」

二人は満腹して寒さも忘れて、元気に茶店を出た。でもお冬は休んだ為に却つて足を痛がつて、石段を下りるのが苦し相であつた。お辰はお冬を励まして、冬ざれた道を海辺の方へ急いだ。

三

「こら、お前達、一寸《ちよいと》待て。」

と鋭い声が後方《うしろ》に聞えたので、二人は愕然《ぎよつ》として振り向いて見ると、長《せ》の高い巡査が追かけて来るのであつた。

「少し用事がある。交番まで来い。」と黒い顔に光る大きな眼で睨め付けられると、二人は蛇に覘《ねら》はれた蛙《かわず》の様に縮み上つて、何の言葉さへ吐けず、互に顔を見合せて立ち竦んだ。

「愚図々々するんぢや無い、早く来んか。」巡査は噛み付く様に言つて、お辰の手頸を把《と》つて引立てた。

二人は到頭がちや〳〵と音のするサーベルの後に追いて行く。二人共遽《にはか》に顔を土の如く蒼黒く変へて。

交番は少し後戻した角にある。路を行く人々は彼等の後方《うしろ》をがや〳〵と追いて来る。巡査が二人を交番の中に入れて、ガタンと扉を締めた時にも、群衆は各々爪立して、ガラス越に内《うち》を覗き込んだ。

巡査は手帳を拡げて、一寸《ちよつと》鉛筆を甜めた後で、先づ二人の住所と姓名を訊いた。二人は頭を低れて巡査の靴の辺を見る計で、口が利けない。身体《からだ》は瘧病《おこり》の様にがた〳〵顫へる。巡査は不意に破れる様な声で
「其処へ集るんぢや無い。除《ど》けッ。」と、外方《そと》の群衆を叱つた後で、今度は落ち着いた優しい口調で、お辰に向つて、「何も怖しい事は無い。明《あきら》かに答へんけれや却つてお前達の為にならんぞ。」と答を促《うなが》した。

お辰は到頭、咽《のど》の詰つた様な声を出して、途切れ〳〵に答へた。巡査は文字を考へたり、鉛筆を甜めたりし乍ら手帳に記す。

「何？　××村？　何郡ぢや。……えゝ△△郡か。宜しい。名は下村たつ。年は十九。」

お冬はなほ口が利けず顫うてゐるので、お辰が代つて答へた。

「そして何所へ行く積りなのかえ。」巡査は審問を続ける。

「台湾へ……」

「台湾？」巡査は一寸驚いた様子で、首を前に突き出してお辰の顔を覗く様にする。「台湾へ只《たつた》二人でか。誰か他の男に連れ

られてぢやらう？　其男は何所《どこ》に居るかえ。お前達の罪にやならんから其男の居所を早く言へ。さあ早く。」

「男は居りません。只二人きりで御座り……」お辰の声は益々顫へる。

「嘘を言ふな。尋常に白状せんか、馬鹿。」巡査は急に咳呵を切つて、浴せかけた。

「御免なはい。御免なはい。悪うござりま……」お辰は到頭袖を顔に当てゝ泣き崩れた。それを見ると、お冬も堪らず大声を上げて泣き出した。狭い交番の中《うち》は泣き声で掻き乱される。

「こら泣いても駄目ぢや。明《あきらか》に言はんか。隠すと酷い眼に遇ふぞ。強情な女めが。」

「御免なはい。御免な……」お辰は泣き声の間《あひだ》から、唯無闇に取縋る様に哀願するのみである。併し駄目だつた。巡査は
「よし夫《それ》ぢや仕方が無い。是から警察へ行くんぢや。」と焼《やけ》に投げ出す様に言つて、また二人を引立てゝ其処を出た。群衆は巡査の制止をも聴かず、尚崩雪《なだれ》の如く彼等の後に従いて、罵《のゝし》り叫んだ。二人はもう再び出る事の出来ない穴の底へでも投げ込まれる心地で、気が狂つた様に泣き続けて巡査の後をとぼ〳〵と歩く。お冬の解《ほつ》れた鬢《びん》の毛は暮れ易い午後の寒い風に嬲《なぶ》られてゐた。

　でも警察署の厳めしい石の門を潜つて、横の入口から、薄暗い板敷の室に入れられた時には、もう二人共泣き尽して涙も涸れたといふ風で荒れ果てた顔を並べて穏しく腰掛に腰を卸《おろ》した。何事も成り行に任すといふ様子で、余程落ち着いてゐるが、先《さつ》刻《き》の余波の歔欷《しやくりなき》は尚時を置いては続き起つた。

　間もなく他の巡査が這入つて来て、先づ二人の風呂敷包を眼の前で開けさして調べた。お冬が開けると中からブリキの小さい鑵が転り落ちて板敷の上にガラ〳〵と響いた。巡査は次に二人の所持金を調べた。何方《どちら》とも十円余も持つてゐる。巡査は如《ど》何《う》して得たかと不審がつて訊ねた。二人は亡くなつた親の形見だといふ事を簡単に答へた。最後に巡査は勉《つと》めて言落を柔かにして、二人の旅行の目的を訊いた。お辰は到頭凍つて胸の中が融けて流れる様な淡々しい軽い心持になつて、問はれる儘に自分等の家の是迄の浅間しい事情や、愈々決心して今朝家《うち》を抜け出して漸く此所へ来た事等を語つた。

「台湾へは知人《しりびと》が居るのかえ？」と巡査は更に訊き続ける。

「はい。」

「親類の者か？」

「否《いえ》。」

「近所の者か。」

「はい。」

「若い男だらう？」

「はい。」とお辰は愧《はづか》しさうに一寸《ちよつと》お冬を偸《ぬす》み見て答へた。

「よし、解つた。」と巡査の眼下《めもと》には僅に微笑の影が動いた。が直ぐ又一層厳格な口調に返つて、「兎も角もお前達は不都合ぢや。第一自分の家を抜け出すちふのが悪い。」といつて口を

噤《つむ》いで、ぢつと何か考へる様な風をした。

　二人は此上どんな罰に遇ふのかと、不安の胸を轟かし乍ら、巡査の次の言葉を待ち設けてゐる。と巡査はマッチを擦つて巻《まき》莨《たばこ》に火を点けて、案外に心悠《こゝろいう》に煙を吹かし初めた。そして何とも言ひ出さない。二人は却つて拍子抜がした。でお辰は静《しづか》に頭を上げてガラス窓の外を見るともなく見ると、其処には黒板壁《くろいたべい》の前に、枯れ残つてひよろ〳〵と立つコスモスの一輪一輪の無《み》惨《ぢめ》な小さい花に、夕日が照り映えてゐる。お冬は小暗い板敷の上に眼を落して見廻はすと。ふと巡査のどす黒い靴に鼠の眼ほどな穴が開いて、白い靴足袋が見えるのに気付いて、もう何も忘れた様に茫然《ぼんやり》と其の白い点を見つめた。近所の寺では夕暮の鐘が薄ら寒く鳴り初めた。やゝ有つて巡査は洋服の隠嚢《かくし》から大きな黒い時計を引き出して見乍ら、

「今度だけは罰にはしない。宥してやるから、是から直ぐ家へ帰るんぢやぞ。」と言つて、莨《たばこ》の吸殻を窓の外へ捨てに立つて行つた。

「家へ帰るのぢやぞ」この一言はお辰等の頭に更に強い恐怖を響かしたので、互に一寸《ちよいと》顔を見合はして途方に暮れたといふ様な様子をした。何かの罰に会つても家《うち》へは帰り度く無い。あの厭な恐しい家《うち》へ今更どうして帰られよう。死んでも帰り度うない。――お辰は心にさう言つて、泣き腫《は》らして血走つた眼を巡査に向けた。巡査はそんな事には気付かずに、

「さあ立て。急いだら汽車に間に合ふから速くするんぢや。」

と促して入口の戸を開けかける。お辰はもう堪らぬ様に立ち上つて、

「あの、後生でござんすから、二人を台湾へ行かして下さんせな。」と癇高い声を絞つた。

「何をいふのぢや。そんな事が出来るもんか。保護者の許可もなく、又引取人の確な者が先方《むかふ》に居りもしないに、さあ速う来んか。」

「でも家へは帰り度うござんせんから、どうぞ……。」

「馬鹿を言ふな。駄目ぢや。」

「どうぞ御免なはいな。」とお辰は立つたきり行かうとしない。お冬は唯ぶる〳〵顫へてお辰の後方《うしろ》に立ち悚んでゐる。

「強情な女奴ツ」と巡査は猛々しく言ひ放つて、直ぐお辰の左手を執つて戸の外へ引き出した。お冬も其に続いて狐鼠《こそ》々々《こそ》と出ない訳には行かなかつた。

四

「停車場へ降りたら直ぐ家へ素直に帰るのぢやぞ。向ふの巡査へも電話で知らして置くから。」巡査がかう言つて、二人をガランとした長い箱に這ひらせた後、間も無く汽車はゴロ〳〵と動き出した。見ると電燈が頭の上に暗く点いてゐるのみで、他の客と言つては向ふの端に赤毛布《あかげつと》に身体を括んだ老人が一人見える計である。是から人間のゐない遠い所へでも運び去られるのぢや有るまいかと思はれる程冷たく寂しい。二人は言ひ合し

た様に詰め寄つて身体を縮めた。汽車は程なく轟々と恐しい音を立て丶山の間を走るらしい。何処から這入るともない寒い風が二人の股の下から吹き上げる。お辰は裾の方を掻き合せつ丶「あ、寒い。今朝の汽車は良かつたがなあ。」と独言の様にいふ。

「真実《ほんとう》になあ。今朝の事を思ふと私や余程以前《まへ》の様な気がする、どうも今朝とは思はれんの。」

「私も同じ事え。それに汽車がかう西の方へ動いて居るらしい。東へ走つて居るとは嘘の様ぢやな。」

「何時《なんじ》にこの汽車は着くのぢやらう?。」

「何時かなあ。はあ何時でも可えわい。」

何方《どちら》もまた口を噤いて、身体を後方の縋木《すがりぎ》へ投げ掛けた。

少時《しばらく》して汽車は小さい駅に着いたが、直ぐまた出て行つて了ふ。恰《あたか》もこんな所に用事は無いといふ風に。

其から汽車は益《ます》〳〵速くなつて、土地の底へでも突き進む様に無暗に走る。お辰等の身体は前後左右に激しく揉み揺られる。二人は到頭互に身体に手を廻して抱き合ふ様にした。

「まあ何《ど》うなる事ぢやらう。こんなに揺れて。」

「私等を苛めるんぢやなあ。」

「さうでもあるまいが、顛覆《ひつくりかへ》りさうぢやな。」

「覆るなら覆るがえ丶。」

ふと近所でがたんと音がした。見ると腰掛と腰掛との間に、革で吊られた四角な板が汽車の揺れる拍子に落ちたのである。二人は夫で、座る様に座を拵へる事が出来る様になつてゐるのだと初めて知つた。

「私等の所もあんなに板を卸して座敷にしようえ。」

「さうなあ。坐る方が下《しも》が冷えまいから楽ぢやらう。」

二人はかう言ひ乍ら早速座を造つて、下駄を脱いで、腿《もゝ》と腿とを擦り寄せて坐つた。

「お前の身体は温《ぬく》いな。」とお辰はお冬に靠《もた》れ凭《かゝ》る様にして言つた。

「お前のも温いわえ。」

「四五年前にや平常《いつも》お前と一所に寝たもんぢやが、面白かつたなあ。」

「彼《あ》ん頃は未だ家《うち》の母《おつかさん》が生きて居りやつたから。」

「併し二度と彼《あ》ん頃の様な面白い事は無いと思ふと悲しい。」とお辰は眼を細くしてお冬の頬に自分の頬を擦りつけようとする。

「一寸待ちなはれ、私の襟巻を二人で一所に巻かうから。」とお冬は懐に温めてゐた両手を急に出して毛糸の襟巻を解いて、お辰の頬へも巻いた。

「温うて可《え》え、かうすると。」とお辰は嬉し相に言つて、肼《ひゞ》でざら〳〵する冷い頬と頬とを擦れ合せる。その中に汽車は次第に緩うなつて、間もなく小さい駅に止つた。向ふの赤毛布の老人は下車したが誰も乗る人は無い。駅夫が老人の下りた後の扉を締めて、何とか小声に駅の名を呼んで歩くのも、淋しい他界

の様に聞えた。笛の音が凍つた様に冷く響き渡ると車は急に動き初めた。程なく
「私や眠うなつた。」とお冬の低い声がする。
「私も何《ど》うやら眠い。この儘眠らうえ、少時《しばらく》。」
　二人は到頭一切の事を打忘れて、疲れた身体を靠《もた》せ合ひつゝ、豚の如くぐう〳〵深い睡《ねむり》に陥つた。電燈は平気で彼等の醜い寝姿――その弛んだ頬や半ば開いた口等を照した。汽車は容赦なく彼等を載せて暗黒の中を馳せ続けた。

　お辰が漸く眼覚めた時は汽車は停つてゐた。何時《いつ》から停つてゐるのか。何時まで停るのか。何の物音もない。外を見ると薄暗い瓦斯《がす》燈が眠むげに点いてゐる側に駅の名を書いた白い札がある。その上に葉のない柳の糸がだらりと下つてゐる。――お辰は心許ない眼を瞠つて、この冥途の駅の様な寂しい光景《ありさま》に益々不安を抱かずには居られない。一方の側を見ると唯真暗の奥に、ガラスを通して自分の顔がぬつと浮き出て映つてゐる。夫《それ》を視凝《みつ》めてゐる中に、仕舞には自分の影ではなく、恐しい仇敵《かたき》の様に思はれて来た。今にも飛び凭《か》つて自分を攫《さら》つて逃げさうに見えるかと思ふと、自分を絶えず嘲笑《あざわら》つて、自分の行く処まで何処へでも付き纏ふといふ風にも見える。厭な影ぢや。見まいと思つてお辰は顔を真直にしたが、矢張気に掛つて見ずには居られない。見れば愈々《いよ〳〵》気味が悪い。

「お冬さあ。」とお辰は到頭正体も無く自分へ寝崩れてゐるお冬の耳に言つて、眼を覚さした。お冬は身体を起し乍ら、きよろ〳〵と周囲《あたり》を見合した。そして何うも腑に落ちないといふ様子で、

「汽車は停つたの。」と訊いた。

「余程前から停つて居る。」

「何故出んのぢやらうな。」

「さあ。何故か訳らん。」

「車が破《こわ》れたのぢやらう？」

「まさか。――あら、お前の影も映つてをる。あれを見なえ。」

「さうな。他の所は映らずに、顔だけ赤黒く映つてをる。」

「厭な影ぢやらう？」

「二人の番をして居る様でなあ。」

　所へ不意に人の話声が聞えた。続いてばた〳〵と重さうな足音も聞える。二人は驚いて伸び上つて外の方を見た。すると二人の男に連れられて六七頭の牛がのそ〳〵と来て、車の前を過ぎるのである。何《いづれ》も真黒な牛だ。夫《それ》は皆、次の箱に入れられるらしい。かた〳〵と板敷を踏む蹄の音も直ぐ近所で聞えた。間もなく一人の頭を角刈にした若い男がお辰等の室に這入つて来た。今一人の男は口の大きい老ぼれた顔を汽車の窓に表して大声で話しかけた。

「あゝ漸く間に合ふた。」と若い男が安心した様にいふ。

「下り汽車が馬鹿に後《おく》れるので、此奴《こいつ》が待つて居つたからぢや。――可えか、金を受取つたら気を付けんと不可んぞよ。」

こんな事を語り合つてゐる中《うち》に、向ふから鋭い気笛を響かして下り列車が這入つて来た。と直ぐ此の汽車は待ち倦《あぐ》んでゐた様に出て行つた。

「それぢや、気を付けよ。」と外の男は親らしい言葉を残した。

や、有つてお冬は我に返つた様に身体をぐつたりと復《また》お辰に靠《もた》せて

「あの牛は一体何処へ連れて行くのぢやろう。」と若者の方を窃《ぬす》み見て小声で訊く。

「大方上方《かみがた》へぢやろう。」

「売りにかえ。」

「さうえ。――ほら、家の方からでも伯楽《はくらく》が能《よ》う連れて行くぢや無いか。神戸とかで鑵詰になるのとえ。」

「夫《それ》ぢや今のも皆殺されて了ふのぢやな。」

「近い中に小さな鑵に詰められて了ふのぢやらうえ。」

「可哀さうに、夫《それ》とも知らずに汽車に乗せられて遠い所へ送られるんぢやな。」

「知らんから可《え》らわえ。――あ、余程寒うなつたな、先刻程《さきほど》の様に襟巻を二人で巻いて寝よう。」お辰はかう言つて若者の方を見遣つた。若者は何時の間にか矢張赤毛布《あかげつと》に括まつて横に寝てゐる。夜の更けるに連れて室の中は益々凍えて来る。霜に曇つたガラス窓を透して、汽車が烟と一所に吐き出す火の子が暗《やみ》の中を時々乱れ矢の如く飛ぶ。二人はまた一つの身体《からだ》の様に密《くつ》着《つ》いて縋り合つた。二つの身体の中《うち》を流れる血は相接した腿や脇腹や頬や腕から互に通ひ合ふ様な気もする。其に汽車の動揺は今却つて彼等に心地よい刺戟を与へるのであつた。早くもお冬はうと〳〵と眠りかける。お辰は唐突《だしぬけ》に

「私が男なら可えになあ。」と言つてお冬の眠を妨げた。

「何故?」とお冬は訝しげに。

「男ならお前と情人《いろ》になつて。」

「ふ、ふ、ふ……。」とお冬は含み笑ふ。

「情人になつて、一層の事心中して了ふのぢやに。」

「心中とは何?」

「男と女が一所に死ぬる事え。」

「一所に死ぬる? ぢやあ女同士ぢや悪いの?」

「悪いちう事も無いが。」

「私やお前となら何でもする。一所に死なうか、お辰さあ。」

「本当かえ。」

「本当ともえ。死んで了ふたら何《ど》れ程楽になる事ぢやらうと、何時も思ふのぢやから。」

「死ぬるのは恐しい様な気もする。」

「恐しい? 夫《それ》や恐しいがな。私やお前となら恐しいとは思はんぞえ。」

お辰は黙つて了つた。そして無暗《むやみ》に力を罩《こ》めてお冬の小さい身体《からだ》を緊《しか》と抱き締める。お冬も口を閉ぢて、唯もう人形の様にお辰の為《す》るに任した。汽車はなほ単調な響を轟かして走つてゐた。

五

　汽車が漸く××駅に着いた時、二人は駅夫に開けて貰つた出口から、互に手を取り合つて下りた。だゝ広い構内に他に下りる客は一人も無い。と向ふから巡査が角燈を此方に向けて、待ち構へてゐた様に靴音高くつか〳〵と行《や》つて来て、

「お前達かえ。下の関から乗つて来たのは。」と息急き訊いた。そして角燈を高ぐ掲げて二人の顔を眩しく照らす。二人の方からは巡査の顔は少しも見えないが、唯言葉と共に吐き出す白い息の端が僅に汽車の窓から射す弱い光に映る。二人は気の抜けた人の様に巡査の前に平気で立つて、もう何の悪びれもせず簡単な返事をする。汽車は此処でも下列車を待ち合はせると見えて、未《ま》だ動かない。隔つた方の窓に顔を出して、何事かとお辰等の方を見る者も多かつたが、お辰もお冬も一向愧《はづか》しいとは思はなかつた。

　巡査の説諭を空耳に聴きつゝ立つてゐる彼等は裾や袖から忍び込む寒い空気に困つた。漸く巡査の手から放たれて、改札口を出て、冷さ相な長腰掛《ベンチ》が二脚並べてある狭い待合室を通り貫けて、初めて外へ出た時は二人ともホツと溜息を吐いた。

「是からは早勝手ぢやぞえ。」

「何をしてもなあ。」

　二人は一寸こんな事を囁いて、刃の様に頬を撫でる北風に、着物の前を掻き合せなどする。待合室の天井に吊されたランプの弱い光は、出て行く二人の影を細長く土地の上に投げて、末の方は遠く闇の中に惨ませた。空には高く無数の蒼い星が瞬いてゐる。もう薄霜が置いたらしく、土地は二人が歩く度《たび》にざく〳〵と幽な音を立てる。四辺《あたり》は水の底の様に静寂《しづか》である。と不意に背後《うしろ》の停車場で
「モー」と牛の吠える声が聞えた。その声の末は長く尾を引いて、彼処へともなく消えた。お辰は急に振り向く。お冬も続いて振り向く。而《そし》てその声の消え行く先を追ふ様に耳を澄した。夫《それ》から第二の声を待ち設けたが、牛はもう夫きり吠えなかつた。二人は復《また》、歩き出した時、

「汽車の中で吠えたのぢやな。」とお冬が言つた。

「さうえ。牛ちう者は一つが吠えると、他のが答へるものぢやが、今のは一度ぎりぢやつた。」とお辰は不審さうに言つて、暗い道を辿る。

「でも、夜が更けたから他の牛は皆眠つたのぢらうて。」

「あの牛だけが寝惚たのぢやらうかなあ。」お辰の声は少し笑を含んでゐる。

「さうかも知れんえ。」お冬は到頭ホホと高く笑つた。がその後は恐しい程静寂《しづか》に返つた。二人が××の町に取り掛つて見ても、一軒も起きてゐる家は無い。軒燈さへもう消えて了つたのもある。間もなく下《くだり》列車が着いたらしく、鋭い汽笛が耳を貫いた。やゝ有つて復《また》東へ上るらしい轟も聞えた。其は牛を載せて遠方へ行く先刻の汽車である事を二人は直く思つた。そして黙

つて重い足を運んでゐたが、お冬は到頭お辰の手に捕まつた。

「まあ死人《しびと》の様に冷い手。」

「お前のもぞえ。」

少時《しばらく》行く中に或る家の前で突然時計が高く鳴り出した。何かに驚いた様に、寂寥《しづけさ》の中に高く鳴り続ける。と間も無く他の家でも鳴る。又他の家でも。緩く鳴つたり、速く鳴つたり、種々《いろ〱》な調子と音色を夫々張り上げて、お辰等の耳から心に滲み通る様に響く。二人はもう言葉を忘れた者の様に口を閉ぢて歩いた。

とかくして、家が飛び飛びにある片側町《かたかはまち》まで来ると、右手は、一段下の汽車道と、麦田を隔てゝ一面の暗い海である。水際に寄せる浪も無い程静で、遥か沖には濛々《もう〱》と冬霧が罩《こ》めてゐる暗い海だ。霧を通して赤く二三点の漁火《いさりび》が輝く。間もなく、「おーい。」と遠方で長く呼ぶ声が聞える。二人は一寸《ちよいと》立ち止つて耳を傾けると、其に応じて又「おーい。」と返事をするのも聞えた。

「誰を呼ぶのぢやらう。」とお冬は自分の声を憚る様に言ふ。

「船頭と船頭が沖で呼び合ふのぢやえ。」

「でも海の底の方で出す様な声ぢやに。」

「そんな事があるもんかえ。」

二人は語り乍ら沖の方から眼を離さない。見れば見る程心を誘ひ込む様な涯限《かぎり》も知れない静な海である。幽《かすか》に鼻を衝く海藻の香も、赤い漁火も何となく慕しい感を起さして、惑はす様に思はれた。その中《うち》にお辰はふら〳〵と道端へ行つて、木柵《もくさく》に倚り凭つて尚一心に海を眺める。お冬は不思議さうに
「休むの、此所で。早う行かうえな。」と促す。

「早う行つても、行き所も無いに。」

「家へ往ぬるのぢや無いの？」

「どうも私《わし》は家へ往ぬる気になれんがな。地獄へ行くやうで。」

「さう言や私《わたし》も同じ事ぢやえ。――でも家へ往ぬる他、今は仕方が無からうがの。」

お辰は思ひ直した様に歩き出した。漁火は人魂の様に明滅して、水に長い影を揺《ゆれ》さす。折から遠からぬ沖合を、夜の小鳥の群らしい鳴声が侘しく渡るのも聞えた。

二三町行くと、道は小下《こくだり》の坂になつて、それを下ると鉄道線路が星明に二条《ふたすぢ》見える。お辰は其を股げる時、何《なん》と思つたか屈んで手を鉄に触れて見た。

「何をするの？」とお冬は立ち止つて見る。

「まあ冷《ひや》い事。氷の様に冷《ひや》い。」かうお辰は独語の様に言つて、さつさと行き過ぎた。

少時《しばらく》して又寝鎮つた町に来た。其処は石工《いしく》の多い所で、両側の家の軒下には花崗石《みかげいし》の種々《いろ〱》な細工が雑然《ごた〱》と並べてある。で何だか一層冷たい世界へ来た思ひをさせる。中には大小の墓石が立て並べられて、力無い街燈に茫然《ぼんやり》照らされたのも見える。二人は自然に急がずにゐられなかつた。何処かで犬の空に向つて吠える様な頼無い声も聞えた。漸くその町が尽きて稍々《やゝ》広い野に来ると、北風は電線に当つて凄じく鳴る。そして二人の頭の

髪や着物を吹き乱した。二人は顔を南に向けて歩を速めたが、ふとお辰の花簪は吹き奪られて田の中に飛んだ。お辰は夫を気についたけれど敢て拾ひに行かうとも思はず、お冬に並んで歩いた。この道を二三町も行つて、彼等の里へ通ずる細径が田の中にある。二人の黒い影は夫へ曲つて行つた。その側には藁塚《わらづか》が二つ並んでゐる。お辰はお冬を誘うて、藁塚の間の温い芥《あくた》の中に風を避けて坐つた。

「あ、温いな。此処は。」お冬は迫る息が少し鎮つた時かう言つた。「私や腹が減つたからパンを食べたい。お前は？」

「食べるが可《え》え。私や余り腹が減らん。」お辰は気の無い返事をする。

お冬は下の関で巡査に買はされた餡《あん》パンを包から出して、凍えた手で撮《つか》んで他愛も無く貪り食べる。お辰も進められて三つ四つを尽した。お冬は腹に一杯になつた時、大きな欠伸をして、正体も無い様に身体をお辰に投げ凭ける。霜を置いた様な冷い前髪がお辰の頸にぬめりと触れて悚然《ぎよつ》と身顫さした。

二人はまた緊《かた》く抱き合つた。藁を吹く風の音はざわ〳〵と、魔が囁く如く聞える。やゝ有つてお辰は更つた様に首を振り上げて、

「お冬さあ。」と呼びかけた。

「何？」とお冬も少し頭を擡げる。

「私や如何《どう》思うても家へ往ぬる気になれん。」

「夫や私も同じ事ぢやちうて、先刻《さつき》も言ふたのに。——で何所かへ是から行くの？」

「行き場も無いから……。」

「どうするの？」

「一層死んで了ひ度《た》いわえ。」

「本当にかえ。」お冬は身体を起して、お辰の顔を覗く。

「如何《どう》でも死に度い。」お辰は身動もせず、重々しく言ひ切る。

「お前が死ぬなら、私も一所に死に度い。」

「死ねるかえ。」

「死ねるともえ。平常《いつも》死んだ方が楽ぢやと思ふて居るから。」

「怖しうは無いかえ。」

「怖しうても搆はん。——何処で死ぬるの？」

「三光寺の堤《つゝみ》へ飛び込んで。」

「三光寺の堤？」お冬の声は思はず顫へたが、「死ねるとも、死ねるとも、怖しい事は無い。」と勢よく言ひ続ける。

「……………」

二人の声は途絶えた。藁を吹く風は素の如く聞える。抱き合ふた二人の胸の動悸は互に感ずる事が出来る程高く打つた。

かうして居る中にお冬は覚えず絹を擦る様な幽な放屁を洩して、到頭自分でくす〳〵笑ひ出した。

「不行儀な女なあ。」とお辰も笑ひ声で言ふ。

「でもお腹が妙に張るんぢやもの。」とお冬は顔をお辰の胸に当て、益々笑つた。

がお辰は直に素の様に静つて、暗い野の末の方を見るともな

く見る。お冬も続いて笑ひ止んだ。藁塚を吹く風の音のみ。深《しん》更《こう》の夜の中に尚聞えた。

六

凡そ三十分の後に彼等は水溜の堤《どて》の枯柳の下に立つた。其処からは昼間から彼等の家が呼べば応へる程近く見えるのだが、今はたゞぬつと黒く星空に殺《そゝ》り立つ山が恐しく眼の前に塞がるのみで、何物も見えない。柳や萱に廻らされた池は水が余程涸れてゐるらしく、底も無い様に暗い。

「氷が張つて居るのぢやらうか。」

「どうかな。」とお辰は柳の幹に捕つて、池の中を覗いたが、水の境も知れぬ。たゞ少し隔つた沖の底に深く、星が二つ三つ沈んでゐる。

「星が映つて居るから氷は張らんのぢやらう。」

「星が？　何処に？」お冬もお辰の腕に捕つて覗き込む。「まあ、深い事なあ。」

「速う飛び込まうえ。」お辰の声は常と何の変化《かはり》も無い。「愚図々々すると機会《はづみ》が抜けるから。」

「一所にかえ。」

「私が先に飛び込むからお前は続いて来なえ。」

「私や後に残されるのは厭。」

「ぢやお前先にしなえ。」

「………」

二人は深い沈黙に陥る。遠い空を夜鳥が鳴き交はすのが耳に入る。やゝ有つて

「さあ速う。」とお辰は益々落ち着いて促す。

「着物はこの儘で？」

「その儘で構ふまい。どうせ死ぬるのぢやけ。」

「下駄も穿いた儘で？」

「待ちな。下駄と包は一所にして其処の萱《かや》の中へ隠して置かう。」

二人はかさこそと萱を別けた。そして足袋跣足《はだし》で素の場所へ帰つて来た。が其儘土地の上に坐つて物をも言はずに復抱き合うて、吐く息を昂《はづ》ませる。

「何ぼ斯うして居つても駄目ぢやな。」少時《しばらく》してお辰は遣る瀬ない様に言ふ。

「ぢや私が先にな。」と思ひ切つたらしく言つて、お冬はお辰の肩に手を支へて立ち上つた。そして更めて柳に捕つて水の底をつく〴〵と覗いた。が直ぐ後方に退つて、

「何れ程深いか、石を落して見ような、お辰さあ。」と、手で土地の上を撫で探す。お辰は其には答へないで、静《しづか》に立ち上る。と足の関節が思はず高くめきと鳴つた。

「あゝ恰度宜え《ちようどえ》石があつた。落すから音を聞きなえ。」とお冬は恐々《こわ〴〵》と池の端に出て、両手に抱えた石を放す。と少し間を置いて

「ドブン」と遥か下の方で底深い音がする。

二人は恟然《ぎよつ》として立ち悚んだ。

「余程深いのな。」お冬は気後《きおくれ》がした様にいふ。

「深さうぢやな。」

「底にや何が居るぢやらうか。」

「井守《ゐもり》が沢山居るえ。子供等が鮒を釣るのを見ると、大抵いつも井守が喰ひ付いて、のそ〳〵上つて来るから。」

「井守が身体を食ふぢやらうか。」

「食ひはすまいがな。――あゝ私が子供の時に、何処の者か、旅の若い女がこの堤に身を投げた事があるえ。恰度この真向ふの堤から。夫《それ》が引き揚げられた時、私や見に行つたがな。女の乱れた銀杏返の髪の中から、井守の奴が一匹のそり〳〵這ひ出たのを今に覚えて居る。――」お辰はかう言つて、初めて其折の怖しい光景《ありさま》を眼の前に浮べた様に、覚えずお冬の身体に確《しつか》と捕まつた。

「髪の中から？　まあ気味の悪い。私や一人一人ぢや厭。二人一所に飛び込まうえ。」

「一所に？」

「一所の方が可え。」

「……」お辰は尚先刻《さつき》の女の死骸の幻に捕はれて、お冬の言葉には応へようともしない。

「誰か男の人がその女の膨れた腹を両手で押したら、口から沢山水を吐き出したえ。」

「口は開けて居つたの？」

「否《いや》、歯を固う食ひ縛つて居つたのを他の人が指を突込んで無理に開けさせたのぢや。――其から直ぐ藁を焚いて身体を温めたが。迚《とて》もの事に生き戻りはせん。お医者が見えて、閉《つぶ》つた瞼を一寸《ちよいと》開けて見やつた時、まだ生きて居る様な眼が私の方をじろりと睨んだぞえ。夫《それ》になあ、誰かゞ彼《あ》の井守の尾を攫《つか》んで、放うり上げると、私の足下へ落ちて、血の様な赤い腹を上にして、四つの手を動して踠《もが》いて居つたが、到頭起き直ると、頭を差し上げて、けろりと私の顔を見たぢや無いか。」

「井守は生《しよう》の深い者ぢやさうなからなあ。」

「其から役場のお役人が穢多《えつた》に棺桶を持たせて見えた。今思ふと何所の者とも解らんからぢやらうえ。穢多は来ると直ぐ、容赦も無く、死人《しびと》の脚を膝の所から一本づゝへし折つた。「めきツ」「めきツ」と酷い音がしたぞえ。」

「腕もかえ？」

「腕も折つた。其から棺桶の中へ二人で投げ込んだが、頭が支えて蓋が出来んので、また頸の骨をめき〳〵折り曲げて、無理やりに蓋をしたのぢや。」お辰は幼時の記憶ながら、辿れば辿る程瞭然《はつきり》と眼の前に顕れて、遂にはその女の死人とお冬とが相似てゐる様にも、同一人である様にも思はれて来ると共に、何だか今の自分も自分では無く、身も魂も彼《か》の女と一所になる如き心地がして来る。

「女の赤い花簪が水に浮いて居つたぞ。恰度夫は雪がちら〳〵する朝ぢやつたが。」

「こんな花簪がかえ。――あゝ厭な事。」とお冬は堪へられぬ様に言つて、急に頭の簪を抜き取つて池の中に投げ捨てた。

　少時《しばらく》沈黙が続いた。何方《どちら》も言葉を出すのさへ恐しかつたのである。がお冬は唐突《だしぬけ》にお辰の腕に縋つて、

「私やはあ死に度《た》う無いわえ。」と頓狂な声を出した。

「……」

「死ぬるのは厭になつたえ。」と益々迫る様に言ふ。

「家へ往《い》に度いのかえ?」

「否、さうぢや無い。何所《どつか》かへ遁げられる丈は遁げ度いわえ。」

「遁げても駄目ぢやぞえ。巡査に直ぐ捕へられるから。夫《それ》に遁げ場所の的《あて》も無いぢやないか。」

「是からづん〱山奥の方へ遁げようえ。」

「山奥へ?」とお辰は躊躇《ためら》ふて、兎角《とかく》の返事に困つた。そして物を案じる様に柳の幹に倚り凭つた。

　と不意に里の方で高い鶏の声が聞えた。

「はあ一番鶏が鳴く。遁げよう、遁げよう。さあ、お辰さあ。」

お冬はもう決心したらしい。鶏は促す様に方々で引き続き鳴き囃す。

「遁げようかな。」お辰は初めて柳の幹を離れた。

「遁げよう、一生懸命で、まだ二時頃ぢやらうから夜の明ける迄には余程有るえ。」

　お冬は斯う言ひ乍ら、萱を分けて、もう下駄や包を出して、持つて来た。そして下駄を穿かうとしたが、足袋跣足《はだし》の凍え切つた足へは鼻緒が指の股に這入り相にも無い。丸で他人の足の様に感覚を失つてゐる。お辰も何時の間にか下駄を穿きに掛つたが矢張駄目だつた。で焦燥《じれつた》さうに
「一層跣足で駈らうえ。下駄は捨て、了うても可えから。」と言ふ。

「据を高う紮《から》げてなあ。」

　二人は包を抱えて、急に何物かに追かけられる様にばた〱と其処を去つて、東北の小径を急いだ。

七

　漸く隣村へ通ふ峠の麓まで来た時は、彼等の腰から下は、路《みち》傍《ばた》の高い枯草の霜に濡れて身体《からだ》中にぞく〱と刺す様な悪寒《さむけ》を催さした。峠は可成険しい凸凹路《でこぼこみち》で、両側には葉の落ち尽した樹が深く繁つてゐる。僅に吹いてゐた風は全く歇《や》んで、恐しい程静《しづか》な冬の山である。差し交へた樹の枝の間から折々。磨ぎ澄ました様な鋭い星が見える。二人は是迄昼には平気で往来した山であるに、今は初めて越える遠国の峠でゞもある如き心地がして、一歩毎に自分等の足が踏む落葉の、寂寞を破る音にも魂を脅されつゝ、唖の様に黙《だま》つて、喘ぎ〱上る、時々足袋の底に抜けた穴から、栗の毬《いが》にぢかと刺されて、思はず痛さに面を顰《しか》める事もあつた。かうして辿る中にお冬は不意に「はくしよう」と大きな嚔《くしやみ》を洩した。その木精《こだま》は空しい林に響き渡る。

「あゝ魂消た。寒いのかえ」とお辰は一寸《ちよいと》立止つて訊く。お冬は続いて嚔した後で、「寒いのえ。頭がわく〱痛んで。」と苦

し相な声を出す。

「其は悪いな。私もはあ身体が倦《だる》うて不可《いけ》んのぞえ。実はな、お前にや未だ言はんが、私や三日前から、あれで気分が何時も悪いのぢやが。」

「あれとは何？」

「月の物が有るのぢや。それに冷えたもんぢやから腰が伐《き》られる様に痛むのえ。」

「不可んのなあ。ちつと休まうわえ。私やどうも歩けんが。」

「でも今休むと却つて後が苦しいぞえ。まあ大川を渡るまで我慢して行かうぞな。」お辰はお冬の左手を把つて無理に引立てる。

　路は益々険しくなつて、腐つた落葉の上を足が兎《と》もすれば滑る。木立も愈々深くて、星の影さへもう覗はれず、洞穴の如く真暗である。鼻の奥に泌み通る様な湿つぽい山の臭が闇の中に漂うてゐる。

「あゝ疲《えら》い。」お冬は息も絶え〴〵に。

「疲いなあ。」

「先程堤《どて》へ飛び込んで、了うた方が何ぼ可《よ》かつたに。」

「けれど、お前が厭ぢや言うたぢや無いか。」

「首を溢つて死ぬるのは如何《どう》ぢやらうかな。」

「矢張駄目。」

「でも樹こそ沢山あるに。」

「はあ死ぬる話は止めう。夫よりまちつと我慢をしなえ。この山さへ越したら楽になるから。――あゝ危い、木の枝で眼を突きかけた。」お辰は強て空元気を振ひ起してお冬を励ます。お冬は遂に啜泣《すゝりなき》をし初めて、言葉もなく従ふたが、頭の中は裂ける様に酷く痛むのであつた。

　有り丈けの力を出して辛くも峠の頂上まで来た時は二人共、眼の舞ふ程疲れ切つて、この寒いのに腋の下からは生汗が滲み流れた。其処は少し切り開けて、星も頭に近く輝いてゐる。お冬はお辰の手を離れると到頭ふら〳〵と横に倒れる。土地には霜柱が立つてゐた。お辰は驚いて、

「どうしたのえ。」と摺寄つて膝を突いて訊く。

「私やはあ駄目。」とお冬は閊《つかへ》る様な太い呼吸の間から切れ〳〵に言ふ。その息は星明にもほの白く見えた。お辰は一寸《ちよいと》お冬の額に手を当てゝ見て、

「熱がするのぢや。此処でかうして居られんから、如何《どう》でも大川を渡つて、人村《ひとむら》へ行かにやならんぞえ。」

「でも迚《とて》も私や歩けんに。」

「では私が負うてやらう。是から下り坂ぢやから。」

お辰は悄《いたは》つて、小さいお冬の身体を負つて、峠を下り初める。お冬は両手に包を握つて、頭をお辰の頸に投げかけてゐた。

　もう殆んど夢心地でお辰は峠を下つた。下り尽すと、やゝ広い野で、其間を一筋の狭い路を縫ふてゐる。川の瀬の音も遠方に聞える。

「はあ、安心ぢやぞえ。」

「此処は何所？」とお冬は頭を擡げて見廻す。

「其処が大川の橋ぢやえ。」

最初はさうでも無かつたのか。段々に重い荷となつて、大きな石でも背中へ括り着けられた様で、身体中の節々が離れ離れに挫けさうに感じられる上に、お辰は腹の中に穴が開いた様に酷く空腹をも覚えた。

其でも間も無く川端へ来た。この橋さへ渡つたら休まうとお辰は自分で勇気を出して、狭い板橋を二三間辿り行くと、薄白く見えた板橋が不意に見えなくなつた。と同時にお辰は、この橋は秋の大水に流されたと聞いてゐた事を初めて思ひ出して、落胆《がつかり》して立ち止つたが、直ぐ又後へ引き返して、

「橋が無いから渡れんわえ。」と、頭を背後へ捩ぢ向けて言つて、急に腰を屈めてお冬を橋の袂の草叢へ投げ捨てる様に卸した。そして自分にも仰向にばたりと倒れた。

「どう為《し》たら可《よ》からうな。まあ。」とお冬の幽な声がする。

「……。」お辰は詰る様な息をするのみである。大地も呼吸する様な気がする。空には無数の星が自分に何の関係し無い様に高く輝いてゐる。――少時《しばらく》かうしてゐる中に、お辰は次第に深い土地の底へでも沈んで行く様な、朧げな気分に陥りかけた。するとお冬が漸くに起き上つて、

「お辰さあ。鶏が向ふで鳴くな。はあ夜明ぢやらうか。」と耳許で言つたので、お辰は黙つて又綿の様に疲れた身体を支へ上げた。鶏は勢よく頻に啼く。東の山際は僅に白みかけて、長い夜に包まれた世界を甦返らす様に見える。

「はあ夜が明けかけた。どうかして向ふへ渡ると可えがな、明けん中に。」とお辰は見るともなく直ぐ下の川を覗くと、水に浮んだ船らしい者が幽に眼に入つた。

「渡船がある。下へ下りて見ようえ。」お辰は勇ましくお冬を促して、手を把つて橋の横に小径をとろ〳〵と下つた。其処は少し河原になつてゐて、その向ふに果して船が坐つてゐる。其側には大きな棒が立てられて、其先に太い綱が結び着けて向ふ岸へ渡されてあるらしい。暗くて綱の行く方は見えないが、この船に乗つて綱を手繰つて向ふへ渡るのだと、二人は漸くに知つた。水は流れてゐる者とは思はれぬ程静《しづか》で、暗い。唯この二三丁も下には滝か瀬かがあるらしく、絶えず単調な音を響かしてゐる。

「乗らうえ。艪を漕ぐので無いから私等にでも渡れよう。」とお辰は船首《みよし》から棒に繋いである細い綱を解いて船を近寄せて、お冬を乗せようとする。

「危いはえ、其でも。」とお冬は躊躇する。

「危い事があるもんか。早う乗れ。向ふへ渡つたら、夜が明けても知人が無いから大丈夫ぢやえ。さあ。」

お冬が恐々と脚を肱《また》げて乗ると、船は軽く傾く、船底には氷がかち〳〵に張つてゐる。お冬はもう何の思慮も無く氷の上に横に休んだ。お辰は次に乗つて、直ぐ大綱を握る。石の様に堅く氷つて、握つた手に痛々しく食ひ込む。

お辰が手繰るに従つて船は岸を放れて次第に沖に出る。五六

間の中は容易に進んだが、その中にお辰の手は痺《くび》れる程に凍え初める。流は無いと思つた水は段々と勢を増して、船を押し流さうとする。夫《それ》でもお辰は歯を食ひ合はせて一生懸命に手繰るので、船は殆んど川の真中辺まで来た。が流は益々急になつて、舷にさら〳〵と浪を立てる。お辰は悃憊《こんぱい》し切つた身体を船の中に据ゑて、尚励む。

「お冬さあや、手伝うて呉れ。迚も堪らんから。」

「私やはあ起きられんに、頭が痛うて。」

お辰はもう手繰る事は出来なくなつて、唯両手を伸ばして綱を握つてゐるより他、仕方がない。其も次第に疲れて腕が千切れる様に痛む。

「お冬さあや。」

と叫んだが何の返事さへ無い。綱は流れる船の力で弓の様に曲つてゐる。お辰は身体《からだ》を滑らして到頭船首《みよし》の詰まで行つて、綱を支へてゐたが、船は愈々流れようとする。身体を少しでも伸び上らせば、船と綱との間に引き込まれさうである。最後にお辰は頭がふら〳〵として来て

「私や手を放すぞえ。」

と力なく叫んで、凍えた両手をはつと緩めた。と同時に綱はしゆつと音を立てゝ以前《もと》の位置に返つたが、二人を乗せた船は容赦なく夜の川の中を押し流される。二人の運命を待つてゐる様な滝つ瀬の音は下の方で尚単調に響いてゐた。

（「新小説」大正2年1月号）

戯作者の死

永井荷風

一

戯作者柳亭種彦《りうていたねひこ》は門弟一人を供にして、今日《けふ》しも人知れずお目通りを願つた芝日蔭町《しばひかげちやう》なる遠山左衛門《とほやまさゑもんのじやう》尉のお屋敷を出ると、直様《すぐさま》芝口の通《とほり》を真直に、折から丁度斜《なゝめ》に照付ける激しい夏の夕日をも厭はず、汐留《しほどめ》の船宿《ふなやど》へとひたすら老体の歩みを急せた。

船宿の二階には通油町《とほりあぶらちやう》の絵本問屋鶴屋の主人《あるじ》と、浮世絵師五渡亭国貞《ごとていくにさだ》と、種彦の門人で已に相応の戯作をも公《おほやけ》にしてゐる柳下亭種員《りうかていたねかず》の三人とが、膝を突合し、腕を組み、煙管《きせる》を啣《くわ》へたまゝ、今か〳〵と老先生の帰りを待佗びてゐるのである。全く人事ではない。万が一にも此度《このたび》のお触《ふれ》によつて、修紫田舎源氏《にせむらさきゐなかげんじ》の作者が誰《た》れいふとなく専《もつぱ》ら世に噂されるやう、厳しいお咎《とがめ》を受けるといふ事になれば、その書物に関係のある一同も必ず罪に坐せねばなるまい。版元鶴屋の若い主人《あるじ》は、六七年前に酒の為めに死んだ先代の親爺から、度々話して聞かされた寛政御改革の当時、黄表紙洒落本《しやれほん》類の御禁止について、山東庵京伝《さんとうあんきやうでん》

がその御法度を破つた為め五十日の手鎖、版元蔦屋《つたや》は身代半減といふ憂目を見た事なぞを、時々は其の低い声までを顫《ふるは》して物語ると、国貞はまた大恩ある死んだ師匠の豊国が絵本太閤記の挿絵の事から、計らずも喜多川歌麿《きたかはうたまろ》と同じく遂に入牢《じゆらう》に及んだ当時を追懐して、人の身の不幸を嘆いた昨日の悪夢は、忽ち今日のわが身に巡つて来るのかと、既に顔の色まで変へてゐるだけ、気の早い江戸ツ子の心の底には、どうやら最《も》う覚悟をきめてしまつたものか、声も稍《やゝ》荒々しく、
「元禄の 英《はなぶさ》 一蝶は鳥も通はぬ八丈ケ島へ流された。画工《ゑかき》が絵をかいて身を滅ぼすなア、仕事師が火事場で死ぬのも同然。なに悔むこたア無えのさ。」と叫んだ位である。

三縁山の鐘の音が耳元近く暮六ツを告げ出した。けれども、日の長い盛りの六月の空は、まだ昼間のまゝに青々と晴れ渡つてゐて、向うに見渡す唐津侯《からつこう》のお屋敷の海鼠壁《なまこかべ》と、高い火見櫓《ひのみやぐら》の側面には、真赤な夕陽の影が染めたやうに漂つてゐる。頻りに騒々しく鴉の啼く声の聞えるのは御浜御殿の森に近いためであらう。その高い石垣と森の茂りとに遮られて、海は無論見るよしもないけれど、海の近い事を感じさせる強い涼しい夕風は、汐留橋の下を潜つて渦巻くやうに押寄せて来る上汐の流れに乗じて、忽然《こつぜん》日中の暑さを洗ひ去つてしまふ上に、猶も土用半《どようなかば》に立初めるといふ彼《か》の淋しい秋の心持をば、欄干《てすり》に下げた伊予簾《すだれ》を動かすその響と、又河端の柳を斜に吹払ふ其の風情の裏に、どこといふ事なくしみ〴〵と身に浸みさせる。恐ろしい御触《おふれ》の一声に、虫けら同然なる町人風情の、頼りない行末を気遣ふ心は、自と鋭く秋なる哀れを感ずるに適してゐたのであらう。

雨の夜の百物語よりも更に気味悪く、更に恐ろしい寛政の昔話も、代る〴〵につく溜息の中に途絶えてしまつた。あまりに音高く、夕風の簾を打つのに、再び欄干に立出で、それを巻上げようとした柳下亭種員は、此時覚えず喜びの声を上げ、
「や、先生が………先生がお帰りですぜ。」と叫んだ。

煙草入を腰にさす間もなく、一同は夢中に駈下りて、種彦翁を二階に請じたのであるが、無事に帰られた余りの嬉しさと、また厳然として威儀を正した其の風采とに、暫くは何の言葉も出ずにゐた。真白な髪をうつくしく撫付け、袴羽織に大小をさした姿は、いつも一同が堀田原の偐紫楼《にせむらさきろう》で見受けるやうな、大和屋の親方そつくりな、意気な好みの戯作者ではなく、一度《たび》形を正せばいかに身を持崩しても流石《さすが》に犯されぬお旗本八万騎の一人たる高屋彦四郎。それを見ると、侍に対する町人の遺伝的恐怖心が、自然と一同をして言語をつゝしみ頭《かうべ》を垂れさしてしまふのであつた。

種彦は腰なる脇差を傍《かたはら》に、扇を使ひながら静《しづか》に身をくつろがせて、「いやどうも、大変にお待せ申《まを》した。然しまア御安心なさい。遠山殿の仰せでは、お役向がちがふ故しかとした事は申《まを》されぬが、万が一公儀からお呼出しにでも相成つた時には、此の方にても屹度《きつと》した御申開《おまをしひら》きを致せば、格別のお咎めにもなるまいといふ事だ。」

「左様で御在ますか。それぢやアお上ではまだ表向き何とも別にお調べがあつたといふ訳でも無いので御在ますな。いや、其のお言葉を聞きまして、やつと胸が落ち付きました。」版元は頻りと襟元の汗を押し拭ひながら「それでは先生。早速お船の方へ御移りを願ひませうか。失礼ながら丁度夕涼みの刻限かと存じまして、最前木挽町《こびきちやう》の酔月から二品三品、取寄せて置きまして御在ます。」

「どうも鶴屋さんの御心遣ひにや、いつも〳〵お気の毒でならん、それぢや、ゆつくり船中でお話し申すとしよう。」

席を立つ種彦を先にして、一同は簾を下した屋根船の中に坐を占めた。裸体《はだか》になつた二人の船頭――其一人は背中一面に般若の面、他の一人は菊慈童に菊の花を見事に彫つたのが、もやひを解くと共に、トンと一突、桟橋から舟を突放すと、今が丁度盛りの上汐に送られて、一同を載せた小舟は滑るがやうに心持よく三十間堀の堀割をつたはつて、夕暮の空高く青竹の色の目覚るばかり美しい竹河岸《たけがし》を左手に眺め、今度は一直線に八丁堀の川筋を大川口へと進んで行く。種彦は胴の間の横木に片肱をつき、建連《たてつら》なる土蔵の白壁に映《えい》ずる夕焼の色の、次第々々に薄らいで行く両岸《りやうがん》の景色を、簾越しに眺めながら、折々は橋板を小走りに踏む町娘の下駄の響や、又は行き交ふ舟の艪拍子や梶の音にも遮られる程な低い声で、仔細を語り聞かせた。

そも〳〵先月の初め、御老中水野越前殿より寛政御改革の御趣意を其の儘に、此の度《たび》天下《てんか》奢侈《しやし》の悪風を矯正するといふ有難き御触《おふれ》が出てから、世間一般に何時《いつ》ともなく誰云ひ出すともなく、草双子読本類の作者の中にも取分け、修紫田舎源氏の著作者は、光源氏の昔に例へて畏れ多くも大奥の秘事を漏したによつて、必ず厳しいお咎めになるであらうとの噂が頗《すこぶ》る喧《やかま》しいのであつた。種彦はわが身の上は勿論、若《も》しや其の為めに罪もない絵師や版元にまで禍《わざはひ》を及ぼしてはと、非常に思煩つた末、斯うなるからは誰か公辺の知人《しりびと》に頼んで、事情を聞くに如《し》くはないと思ひ定め、嘗て二丁町なぞでは殊の外懇意にした遠山金四郎といふ旗本の放蕩児が、つひ半年ほど前、どういふ訳からか突然身持を改め、家督を継いで左衛門尉景元と名乗るや否や、忽《たちま》ち御本丸へ出仕するやうな身分になつたのを幸ひ、是非にも縋り付いて極内々《ごくない〳〵》に面会を請うた次第であつた。すると遠山は何か思ふ処があつたと見えて、喜んで種彦を迎へ、単に一個人の旗本となつて、昔ながらの談笑の中にも、それとはなく泰平の世は既に過ぎ恐るべき外敵は北境を犯さうとしてゐる今日、世は上下とも積年の病弊に苦しんでゐるさまを観ては、われ人共に徳川の禄を食むもの、及ばずながら其れ〴〵一廉《かど》の御奉公を致さねばなるまいといふ武士の赤心を仄《ほの》見せ、此度上下御倹約の御触《おふれ》が出た其の本旨のある処を説明して、町人どもの誤解を招かぬやう、其れについては下民の情には殊更通暁してゐる足下等《そくから》は、それ〴〵陰ながらお上の御趣意を助けるやうにとの事であつた。

種彦は無論この会見の一伍一什《いちぶしじふ》を残りなく船中のものに打明

けて話したのではない。殊に彼は己れよりも余程年下な遠山が、当世の旗本には似も付かず、斯くまで立派な考へを持つてゐたのかと思つた時、我が身の今日に引比べて覚えず慚愧の念に打たれた事なぞは、よし語りたいとしても語り得べき限りではないので、種彦は川水に洗ふ杯《さかづき》を取りやりしながらも、妙に気が滅入つて物思ひ深くなるのであつた。其に反して船中の一同は格別の御咎《おとがめ》もなからうといふ種彦の一言に、忽ちがつかりする程安心して仕舞ふ矢先へ、知らず〱に廻つて来る酒の酔。日頃から磊落《らいらく》な国貞なぞは、自然と其の肥つた腹の底から湧き出して来る滑稽諧謔の地口や洒落を禁じ得ない位である。丁度折もよし、船は狭い堀割の間から、御船手屋敷の石垣下を廻つて、眼も胸も一時に開ける洋々たる佃の河口へ出た。

夏の日はもうたつぷりと暮れかけて、空の果と水の面《おもて》に漂ふ黄昏の微光に加へて、鉄砲洲の岸に添うて碇泊した千石積《ごくづみ》の、林なす檣《ほばしら》の間に懸つた夕月の光に、佃島から永代橋へかけての広々した眺望《ながめ》は、その頃に丁度渓斎英泉《けいさいえいせん》が、洒々《しや〱》たる水郷《すゐきやう》の風俗を描く為めにと、線もぼかしも皆淡淡たる一色の藍摺にした其の絵の通り、青い〱夕靄の中に烟《けぶ》り渡つてゐる。佃の漁村からは草屋根の間に立昇る水烟《すゐえん》と共に悲し気な船歌が聞え、沖合遥けく波を切つて乗出して行く幾艘の大船の、動《やゝ》ともすれば眼界を全く遮断する程な、大きな高い白帆の間からは、深川の岸をば思ひ切つて海の方へと突出して建てた大新地《おほしんち》小《こ》新地《しんち》の楼閣が、一層の画趣《ぐわしゆ》を帯びて見通される。其の美しくも燦《きらめ》き初める燈火の光を目掛けて、櫛の歯の如く並んだ桟橋へと漕ぎ寄せる屋根舟猪牙《ちよき》舟《ぶね》の数々。彼方此方《かなたこなた》に起る絃歌《げんか》の響に交つては、折々手に取るやうに聞える甲走《かんぱし》つた軽子《かるこ》共の呼声が、あの楼閣の間に通ずる堀割の猶奥深く、意気地《いきぢ》を競ふ辰巳の風流を、さぞかしと想像させるのであつた。

国貞は自分が此頃一枚絵にと描いてやつた仲町《なかちやう》の女の噂をしはじめると、鶴屋の主人《あるじ》はかの土地を材料にした為永春水が近作の売行を評判する。其の間もあらず一同を載せた屋根舟は、殊更に流れの強い河口の潮《うしほ》に送られて、瞬く中《うち》に永代橋をくゞり抜けるや否や、三股は高尾稲荷の鳥居を彼方《かなた》に見捨て、君に逢ふ夜の梶枕、暁《あかつき》方《かた》の雲の帯と、蜀山人《しよくさんじん》が吟咏のめりやすに、坐《そゞ》ろ天明の昔をしのばせる仮宅《かりたく》の繁昌も、今は唯だ蘆のみ茂る中洲を過ぎ、薄気味悪い船饅頭の人呼ぶ声を、塒《ねぐら》定めぬ水禽《みづとり》の鳴く音かと怪しみつゝ、新大橋をも後にすると、さて一同の目の前には、天下の浮世絵師が幾人《いくたり》よつて、幾度び丹青《たんせい》を凝しても、到底描き尽されぬ両国橋の夜景色《よげしき》が切支丹の魔術のやうに打展げられた。

去年に比べると、今年は諸事御倹約の御触が出てから間もない為めか、川《かは》一丸《まる》とか吉野丸とか云ふ提灯を下げ連ねた大きな〱屋形船に、美女と美酒とを満載して、吹けよ河風上れよ簾〱と、呑め唄への豪奢《がうしや》を競ふもの丶少いだけに、小舩《こべり》に繻子《しゆす》の空《そら》解《どけ》も締めぬが無理か、低唱浅酌の簾下した小舟の数は、却つていつにも増して多いやうに思はれた。両国橋の橋間《はしま》は勿論、料理屋の立並ぶあたり一帯の河面《かはづら》は、さすがの大河も込合ふ舟に蔽ひ尽され、流るゝ水は舷《ふなばた》から玉臂《ぎよくひ》を伸《の》べて盃を洗ふ美人の酒に、湧いて同じく酒となるかと思はれる位である。鶴屋の主人《あるじ》は「先生」とよびかけて、「いつ見ても御府内の繁昌は豪勢なもんで御在ますな。何処か一ツその辺を桟橋《さんばし》へ着けようぢや御在ませんか。いかゞです。亀井戸の師匠。」と今度は国貞の方を見返りながら、「今日見たやうなお目出度い晩は御在ませんや。何《な》にしろ一件が無事に済んだお祝も致したう御在ますし………。」

けれども何と思つたか種彦は、少し気分が優れぬからとの口実の下に、頭《かしら》を振つて静《しづか》に辞退した。舟は川面の稍薄暗いお米蔵の水門外へと差掛る。燈火《ともしび》の光に代つて、十日頃の月光《つきかげ》が行手に見える首尾の松の姿を、一層風情深く望ませるのである。

「どうだい。いつ見てもあの松の枝振りばかりは、何とも云ひやうがないね。」

「さうさ。御府内《ごふない》で名高い松の木と云つたら、まづ根岸の御行《おぎやう》の松、亀井戸の御腰掛松、妙見様の白蛇の松、小奈木川《をなぎがは》の五本松、麻布の一本松、八景坂の鎧掛松《よろひかけまつ》、それから向島の蓮華寺にある末広の松、青山の龍岩寺にも笠松なんていふ名木があるけれど、矢張この首尾の松に留めをさすね。何にしろ首尾といふ名前が頼もしい。」

「月あかり見れば朧の船の内、あだな二上り爪弾に忍び逢ふたる首尾の松………お誂ひ向きの道具立さね。」

若い門人共は船首《へさき》に出て、川風に酔顔を吹かせながら笑ひ興ずる中にも、絶えず行きちがふ屋根船の、奥床しく垂れ込めた簾の内をば、それともなく伺ひ見ずには居られなかつた。何処《いづこ》からとも知れず洩れ聞ゆる男女の私語《さゝめき》は、夜の水を動かす閑寂《しめやか》な艪の音に遮られ、途切れ勝ちなる爪弾の小唄は、ざぶりと打込む夜網の音と、対岸なる椎木屋敷の河端を急ぐ駕籠《かご》掻《かき》の掛声の中に、その幽《かすか》なる余韻を消して行く心憎さは、連る水門の奥深く、真暗な御米蔵の構内に響渡る寂々《しん〳〵》たる夜番の拍子木に、一層《しほ》遣瀬《やるせ》なく若いものゝ心を誘ふやうに思はれたからである。

お厩河岸《うまやがし》の渡しを越えると、夜の川面はます〳〵暗く淋しくなつて、大川橋の橋間からは夜釣の船の燈火《ともしび》が狐火のやうに望まれる時、突然国貞が胴の間から手を延ばして若い者の袖を引き、

「種員さん。一寸《ちよつと》あすこを見さつしやい。どうだい。あれを見なすつちや、今夜は到底《とても》無事にや帰られまい。」と云ふ。

若い門人等は指ざゝれた御方《かなた》をば月の光に透し見ると共に、覚えず眼を皿のやうにした。岸に近く流れのまゝに泛《うか》ばしてある一艘の屋根船の、閉めきつた障子の面に、思ひも掛けない男女の影絵が、あられもない内の様子を其儘朦朧と映出《うつしだ》してゐたのである。然《しか》し日頃飽きるほど然《さ》ういふ姿を描き馴れてゐる国貞は、別に何の珍しい事がといふ調子で、

「貴公達はよく浮世絵師の書いた絵を見なすつちや、オヤ雪が降つてるのに、こんな処でこんな大それた行為《まね》ができるものか。これが所謂絵空事だなんぞと云ひなさるが、どうだね、地体《ぢたい》恋

は曲者《くせもの》だよ。絵も及ばぬきはどい事をさせやす。は、、、は。」と大声に笑ふのであつた。

種彦も無論それをば見知らない筈はなかつた。然し国貞が此方《こなた》へ向いて何か話掛けようとした時、彼は独言のやうに、「成程世は末になつた。」と云つたまゝ、大きな溜息を洩らしたので、若い門人達は猶更恐縮して口を噤んでしまつた。

かゝる時、屋根船は静かに駒形堂の岸なる禁殺碑の前に着いたのである。

二

種彦は遠くもあらぬ堀田原の住家《すまゐ》まで是非にもお送り申さねばといふ門人等の親切をも無理に断り、夜涼みの茶屋々々賑ふ並木の大通を横《よこぎ》つて、唯一人薄暗い町家つゞきの小路《こうぢ》をば駕籠にも乗らず、よた〳〵と歩いて行つた。

彼は先程から是非にも人を遠ざけ、唯一人になつて深く深く己が身の上を考へて見ねばならぬ。この年まで云はゞ何の気もなく暮して来た其の長い生涯を回顧して見べき必要に迫められてゐたのである。昔は自分なぞよりはもう一層性《たち》の悪い無頼漢《ならずもの》のやうにも思つてゐた遠山金四郎が、今は公儀のお役人衆となり、真心の底から時勢を憂ひてゐる赤誠《せきせい》の至情に接して見ると、種彦は対坐して話をしてゐる間から、何時となく一種云ひやうのない苦しいやうな、切ないやうな、気恥しいやうな心持になつたのだ。一体どういふ訳で、どこから然ういふ心持が起つて来たものか、種彦はそれをば先《まづ》第一に考へて見なければならない。旗本の家に生れたものが、御奉公の何たるか位の事を、今更らしく人に云はれたとて驚く訳もあるまい。子供の時から耳に胼胝《たこ》のできるほど云聞《いひきか》され、教へ諭された武士《さむらひ》の心得なぞは、此の年月、唯だお軽勘平《かるかんぺい》のやうな狂言戯作の筋立にばかり必要としてゐたのではないか。それが、どうして突然に、意外に、不思議に、真面目らしく自分の心を騒がし始めたのであらう。思へば不図芝居帰りの廿歳《はたち》の夜、野暮な屋敷の大小の重苦しさを覚えて以来、御奉公の束縛なき下民《げみん》の気楽を羨み、いつとしもなく身を其の群に投じて茲《こゝ》に早くも幾十年。今日といふ其日まで、遠山の屋敷の玄関に音《おと》づれる其日までは、夢にだも見ることを忘れてゐた武家の住居――寒気な程にも質素に、悲しきまでも淋しい中に、云ふに云はれぬ森厳《しんげん》な気を漲《みなぎ》らした玄関先から座敷の有様《ありさま》。又は其の道すがら、横手遥《はるか》に幸橋《さいはひばし》の見附を眺めやつた江戸城外の偉大なる夕暮の光景。それ等のものが偶然に少年時代の良心の残骸を呼覚したといふより外は無い。

種彦は今更にどうとも仕様のない晩蒔《おそまき》の煩悶をば、強ても狂歌や川柳のやうに茶化してしまはうと思ひながら、然し歩いて行く町のところ〴〵に床几《しやうぎ》を出した麦湯の姐さん達の厭らしい風俗、それに戯れる若者の様子を目撃しては、以前のやうに、これも彼の式亭三馬《しきていさんま》が筆のすさみの、其の儘だと、笑つてばかりは居られないやうな気になるのであつた。我が家に近い桃林寺の裏手では酒買ひに行く小坊主の大胆に驚き、大岡殿の塀外の暗さには、夜鷹に挑む仲間《ちうげん》の群に思はずも眼を外向けつゝ、彼は漸く其の家の門《かど》にたどりついた。

直様《すぐさま》家内のものをも遠ざけ、書《かき》ものをするからとて、二階の一間に閉ぢ籠つたが、見廻せば八畳の座敷狭しと置並べた本箱の中の書籍《しよじやく》は勿論、床の飾物から屛風の絵に至るまで、凡《すべ》て修紫楼と自ら題したこの住居のありさまは自分が生れた質素な下《した》谷御徒町《やおかちまち》の組屋敷に比べて、そも何と云はうか。身に帯びる其れも極く軽い細身の大小より外には、物の役に立つべき武器とては一ツもなく、日頃身に代へてもと秘蔵するのは、古今の淫書、稗史《はいし》、小説、過ぎし世の婦女子の玩具、傾城遊女《けいせいいうぢよ》の手道具類ばかり。嗚呼、思へば唯だうら〳〵と晴渡る春の日のやうな、文化文政の泰平に沈湎して、天下の事は更なり、わが髪の白くなるのも打忘れ、世にいふ悪所場をわが家の如く、今日は吉原、明日は芝居と、身の上知らず遊び歩いてゐた其の頃には、どういふ訳か、人の道を忘れた放蕩惰弱なものゝ厭しい身の末が、入相《いりあひ》の鐘に散る花かとばかり美しく思はれて、われとても何時か一度は無常の風にさそはれるものならば、今も猶箕輪《みのわ》心中と世に歌はれる藤枝下記《げき》、又歌比丘尼《うたびくに》と相対死《あいたいじに》の浮名を流した某家の侍のやうに、せめて刹那の麗しい夢に身を果してしまつた方がと、折節に聞く宮古路が一節にも、人事ならぬ暗涙《あんるゐ》を催した事も度々であつた。日毎《ひごと》に剃る月代《さかゆき》もまだその頃には青々として美しく、すらりとして丈高《せいたか》く、長い頤《おとがひ》に癖のある細面《ほそおもて》の優しさは、時の名優坂東三津五郎を生写しと、到る処の茶屋々々に云囃される事が何よりも嬉しく、わが名をさへも三彦と書き、いつかは老の寐覚にも忘れがたない思出の夢を辿つて、年毎《としごと》に書綴りては出す戯作のかず〳〵。心なき世上の若者、淫奔《いたづら》なる娘の心を誘《いざな》ひ、猶それにても飽き足らず、是非にも弟子にと頼まれる勘当の息子達からは師匠と仰がれ、世を毒する艶《なまめか》しい文章の講釈、遊里劇場の益もない故実の詮議、今更にそれを悔んだとて何としやう。自分を育てた時代の空気は余りに軟く余りに他愛がなさ過ぎたのだ。近頃日光の御山が頻に荒出《あれだ》して、何処やらの天領では蛍や蛙《かはづ》の合戦に不吉の兆が見えたとやら。果せるかな、恐ろしい異人の黒船は津々浦々を脅かすと聞くけれど、あゝ、此の身は今更に何としやうもないではないか………

種彦は書き掛けた田舎源氏続篇の草稿の上に片肱をついたまゝ、唯だ茫然として天井を仰ぐばかりである。

三

梯子段に物優しい跫音《あしおと》が聞えて、葭戸《よしづ》越しにも軽く匂ふ仙女香の薫《かをり》と共に、紺の染色も涼し気に竹と福羅雀《ふくらすゞめ》を絞取つた浴衣《ゆかた》を着て、髪を島田崩しに結つた若い女の姿が現れた。

種彦は机の上に片肱をついたまゝ、「お園《その》か。」と葭戸の方に振向きながら、「もう亥刻《よつ》過ぎだらうのに、階下《した》ではまた起きてゐるのかい。」

女は漆塗の蓋をした大きな湯呑と、象牙の箸を添へた菓子皿

を種彦の身近に置きながら、片手を畳に少し身を揉らせて、

「はい、只今御新造様も最《も》うお休みになるからと、表の戸閉りをしておゐで、御在ます。お煙草盆のお火はよろしう御在ますか。」

「何《なに》や彼《か》やとよく気をつけてくれるから、どんなに家中《うちぢゆう》のものが助かるか知れないよ。さ、お前も一つ摘んだらどうだ。廓《くるわ》で贅沢をしたものには、こんなお菓子なぞは珍しくもあるまいが、諸事御倹約の世の中、衣類から食物まで、無益な手数を掛けたものは、一切御禁止のお触《ふれ》だから、この都鳥の落雁だつて、いつ食納めになるか知れない。今の中に遠慮なく食べて置くがいゝ。」

「有難う御在ます。もう先程階下《した》で御新造様から沢山頂戴いたしました。さう申せば此頃は何だか大変世間《よのなか》が騒々しいさうで御在ますが、此方様《こちらさま》に私見《わたしみ》たやうなものが居りまして、万一《もしも》の事でも御在ましたらと、心配でなりません。」

「何さ。その事ならちつとも気を揉むには当らない。初手から云はゞ私の酔興で、かうして隠《かく》つて上げてゐるのだから、余計な気兼をせずと安心してゐなさるがいゝ。」

取上げる銀のべの長煙管《ながぎせる》に烟《けむり》を吹きつゝ、種彦はしみ〴〵と女の様子を打眺め、「人は扮装形容《なりかたち》といふが、全くわづかの中《うち》に変れば変るものさね。初《はじ》め中《うち》は兎角に、さうざます、ありんすなぞと、里の訛が耳についたが、今ぢや髪も島田潰。絞《しぼり》の浴衣に昼夜帯を引掛にした其の様子を見ちや、よしんば仲町の唄妓《はをり》か知らと思ふものはあつても、誰一人、これが吉原の華魁《おいらん》衆《しゆ》だと気のつくものはあるまい。しかし先方の話がすつかり纏まるまでは、何にしても世を忍ぶ身体《からだ》、大事の上にも大事を取るに越した事はないから、あんまり外なぞへは出なさらないがいゝ。もう暫くの辛棒だ。」「はい。」と辞儀をしながら、女は猶何やら傍にゐて身の上の事でも話したいやうな様子であつたが、言葉を絶《たや》すと共に其のまゝ腕を組む種彦の様子に、女は其の後姿も淋し気に、再び静《しづか》な足音を梯子段の下に消してしまつた。

家中《うちぢゆう》はそれなり寂として物音を絶すと、今までは折々門外の小路《こうぢ》を行く若い者の鼻唄も、いつか彼方此方《あちこち》に響き出す夜廻りの拍子木に打消されて、町中《まちなか》の夏の夜は程近い浅草寺の鐘の音につれて、唯只物静けく物優しく更渡つて行くのであつた。すると、毎夜種油の消費《つひえ》を惜まず三筋《みすぢ》も四筋《よすぢ》も燈心を投入れた朱塗の円行燈《まるあんどう》が、今こそと云はぬばかり、独りこの修紫楼の夜をわがもの顔に、其の光はいよ〳〵鮮《あざやか》に其の影はいよ〳〵涼しく、唐机《たうづくえ》の上なる書掛の草稿と、愛玩する文房具のさま〴〵を照出す…。

孟宗《まうそう》の根竹《ねだけ》に梅花を彫つた筆筒の中に乱れさす長い孔雀の尾は、燈火の反射に金光燦爛として眼を射るばかり。長崎渡りの七宝焼の水入は、其の焼付の絵模様に遠洋未知の国の不思議を思はせ、赤銅色絵の文鎮は象眼細工の繊巧を誇つてゐると、其の傍《かたはら》なる茄子形の硯石には、紫檀《したん》の蓋の面《おもて》に刻した主人《あるじ》が自作

の狂歌、

名人になれ〳〵茄子と思へども
　　とにかく下手は放れざりけり

といふ走書の文字までが、あり〳〵と読み下される。

種彦は忽ち今までの恐怖と煩悶に引替へて、いかなる危険を冒しても、この年月精魂を籠めて書きつゞけて来た長い〳〵物語を、今夜中にでも、一気に完成させてしまはなければならぬやうな心持になるのであつた。思返すまでもなく、それは実に文政の末つ頃、ふと己れがまだ西丸の御小姓《おこしやう》を勤めてゐた頃の若い美しい世界の思出されるまゝに、其の華やかな記憶の夢を物語に作りなして以来、年毎に売出す合巻の絵艸紙《ゑざうし》の数も重つて、天保の今日に至るまで早くも十幾年といふ月日を閲《けみ》した。其の間といふものは、年毎《としごと》に咲く花は年毎に散つて行つても、又年毎に鬢の毛の白さは、年毎に刻まれる額の皺と共に増《まさ》つて行つても、この修紫楼の夜更を円行燈のみは、十年一日の如くに夜とし云へば、必ず今見る通りの優しい艶しい光をわが机の上に投掛けてくれたのではないか。種彦は半ば呑掛けた湯呑を下に置くと共に、墨摺る暇ももどかし気に筆を把つたが、やがて、小半時もたゝぬ中に、忽ち長大息《ちやうだいそく》を漏して、其のまゝ筆を投捨てゝしまつた。そして恐るゝ如くに机から身を遠ざけ、どつさりと床の柱に背を投掛けて、眼をつぶり手を拱いたかと思ふと、またもや未練らしく首を延して、此方《こなた》からしげ〳〵と机の上なる草稿を眺めやるのである。

突然、庭の彼方《かなた》に当つて、風の音とも思はれぬ怪しい物音がした。種彦は慄然として、わが影にさへ恐れを抱く野犬のやうに耳を聳《そばだ》てたが、すると物音はそれなり聞えず、二階の夜は以前の通り柔かな円行燈の光ばかり。けれども種彦が再び草稿の上に眼を注がうとする時今度は何者か窃《ひそか》に忍寄るやうな足音が聞えたので、いよいよ顔の色を失ふと共に、行燈の火を吹消すが早いか、一刀を手にして、二階の丸窓をば音せぬやうに押開き庭の方を見下した。半月《はんげつ》が丁度斜めに悲し気に隣家の屋根の上に懸つてゐる。晴れたる空には早や充分に秋の気が満渡つてゐるせいか、天の川を始め諸有《あらゆ》る星の光は、落ちかゝる半輪《はんりん》の月よりも却て明かに、石燈籠の火の消残る小庭のすみ〴〵までを照してゐるやうに思はれた。犬の吠ゆる声もない。怪し気な人影なぞは更に見当らう筈もない。手入を怠らぬ庭の樹木と共に、飛石の上に置いた盆栽の植木は、涼しい夏の夜の露をばいかにも心地よげに吸つてゐるらしく、穏かなその影をば滑らかな苔と土の上に横へてゐた。軒の風鈴をさへ定かには鳴らし得ぬ微風《そよかぜ》——河に近い下町の人家の屋根を越して、唯だ緩く大《おほ》しく流動してゐる夜気《やき》のそよぎは、窓から首を差延す種彦が鬢《びん》の毛を、何とも云へぬ程爽かに軽く吹きなびかせる。種彦はわが身の安危をも一時に忘れ果てゝ、仕舞つたやうに、暫《しばし》は唯茫然として、この得も云はれぬ夜の気に打たれてゐたが、する中《うち》、忽然わが家の縁先から、こは如何に、そつと庭の方へと降立つ幽霊のやうな白い物の影に驚かされた。

再び刀を杖に、殆ど半身《はんしん》を屋根の方へ突出すと共に、首を延してよく〳〵見れば、消えんとして更に明く頻《しきり》と瞬きする石燈籠の火影《ほかげ》に、それは誰あらう。先程湯呑に都鳥の菓子を持添へて来たかのお園ではないか。仔細あつて我家にかくまふ其までは、新吉原佐野槌屋の抱へ喜蝶《きてふ》と名乗つた其の女である。おろ〳〵しつゝも庭の柴折戸《しをりど》に進寄つて、音せぬやうに掻金《かきがね》をはづすと自《おのづか》ら開く扉の間から、手拭に顔をかくした物腰のやさし気な男が一人、這はぬばかりに身をかゞめて忍び入つた。二人は少時《しばし》立ちすくんだまゝ、互の姿をさへ恐るゝ如く、息を凝して見合つてゐたが、矢庭に相方から倒れかゝるやうに寄添ひざま、ひしと抱合つて、そのまゝ女は男の胸に、男は女の肩の上に顔を押当て、唯只声を呑んで泣沈んだらしい様子である。

種彦は最初一目見るが早いが、忍入つた彼《か》の男といふは、程遠からぬ鳥越に立派な店を構へた紙問屋の若旦那で、一時己れの弟子となつた処から柳絮《りうじよ》といふ俳号をも与へたものである事を知つてゐた。若旦那柳絮はいつぞや仲《なか》の町《ちやう》の茶屋に開かれた河東節のお浚《さら》ひから病付きとなつて、三日に上げぬ廓《くるわ》通ひの末はお極りの勘当となり、女の仕送りを受けて、小梅の里の知人《しりびと》の家に其日を送つてゐる始末。もしや此儘打捨てゝ置いたなら、心中もしかねまいと、種彦は知己《ちかづき》の多い廓の事とて、適当の人を頼んで身請や何かの事は追手の相談に、一先《ひとま》づ女をわが家に引取り、男の方へは親元の勘当ゆりるまで、少しの間辛棒して身をつゝしむやうにと云含めて置いたのである。然るをやつと半月たつかたゝぬに、若い二人はもう辛棒がしきれずに、いつ喋し合したものか、互に時刻を計つて忍逢《しのびあは》うといふ。誠に怪しからぬ事だと、種彦は心の中に憤らうと思ひながら、自分にも幾度《いくたび》か覚えのある若い昔を思ひ返せば、何も彼《か》も無理はない事と訳もなく同情してしまはなければならぬ。それと共に、いかに恋ゆゑとは云ひながら、あゝまでに義理も身も、打捨てゝ構はぬ若い盛りの心ほど、羨ましいものはないと思ふのであつた。あゝ、あの勇気の半分ほども有るならば、自分は徳川の世の末がいかに成行かうと、或は自分の身がいかに処罰されやうと、そんな事には頓着せず、自分の書きたいと思ふところを、どし〳〵心の行くまゝに書く事ができたであらう。悲しむべきは何につけても、勇気の失せ行く老境である……

通り過ぎる村雲《むらくも》がいつの間にか月を隠してしまつた。すると、最前から瞬きしてゐた石燈籠の火も心あり気に、はたと消えたのを幸ひ、二人の男女は庭の垣根に身を摺寄せて、互の顔さへ見分ぬ程な闇の夜を却つて心安しと、積る思ひのありたけを、語り尽さうと急《あせ》れば、一時《しきり》鳴く音を止めた虫さへも、今は二人が睦言を外へは漏さず庇ふがやうに、庭一面に鳴きしきる。やがて男は名残惜し気に幾度《いくたび》か躊躇《ためら》ひつゝも、漸くに気を取直し、地に落ちた手拭に、再び顔をかくして立上ると、女も同じく落ちたる櫛に心付ながら、乱れた姿をも恥らふ色なく、猶少時《しばし》は寄添つて、いざ、男が出て行く庭木戸を閉めた後さへ、まだなか〳〵其の場を立ち去りかねた様子であつた。

四

翌日《あくるひ》の朝、種彦は独り下座敷の竹の濡縁に出て、顔を洗ひ、そして食事を済ました後も、何を考へるともなく、昨夜《ゆうべ》若い男女の忍び逢つたあたりの庭面《にはもせ》に茫然《ぼんやり》眼を移しながら、折々毛抜で頤鬚を抜いてゐた時である。虫喰の古木《こぼく》に自筆で愛雀軒《あいじやくけん》といふ扁額《へんがく》をかゝげさせた庭の柴折戸《しをりど》越しに、

「いや、先生、もうお目覚ですか。」

「大層お早いぢや御在ませんか。」といひながら遠慮なく戸を開けて、門人の種員を先に、仙果と名乗る他の弟子が這入《はい》つて来た。全くいつもより、朝はまだ余程早かつたらしい。何故といふに二人が押開く柴折戸の裾に触れて、其処の垣際に茂つた小笹の葉末《はずゑ》からは、昨夜《ゆうべ》のまゝなる露の玉が、斜にさし込む朝日の光にきら〱と輝きながら苔の上にこぼれ落ちた。

「朝起は老人《としより》のくせだ。お前さん達こそ、今日は珍らしく早起をしたもんだ。それとも昨夜《ゆうべ》の幕の引つ返しといふ図かね。」

「てつきり恐縮と申上《まをしあ》げたい処なんですが、近頃はどうして、なか〱そんな栄耀栄華は夢にも見られや致しません。お恥しい次第で御在ますよ。」

「何にしても若い中《うち》の事さ。暑い〱と云つてる中にもうそろ〱秋風か知ら。今朝はいやに冷つく程涼しいやうぢやないか。」

「眼にはさやかに見えねども風の音にぞ驚かれぬる、で御在ますね。」と云ひながら種員は懐中《ふところ》の手拭を出して、雪駄をはいた裾の塵を払ひ、濡椽の上に腰を下したが、仙果は丁度己が佇んだ飛石の傍に置いてある松の鉢物に目をつけ、女の髪にでも触れるやうな手付で、盆栽の葉を撫でながら、

「木の太さと云ひ、枝振と云ひ、実に見事なもので御在ますね。いつお手に這入《はい》りました。」

「つひ此間の事さ、請地村《うけぢむら》の長兵衛といふ松師が、庭木戸へ掛ける額を書いてやつた其の返礼に届けてくれたのだが、売買ひにしたらなか〱吾輩《こちとら》の手に這入《はい》る品ぢや無さゝうだね。」

「お大名のお屋敷へ行つたつて、滅多に此れ位の名木は見られますまい。」と種員も今は啣煙管《くはへぎせる》のまゝ、庭の方へ眼を移してゐたが、突然思ひ出したやうに、「先生。かう云ふ盆栽なんぞも当節ぢや矢張《やつぱり》、雛人形や錦絵なんぞと同じやうに、表向には出せない品なんで御在ませうか。」

「勿論その筈だらうよ。」種彦は無造作に云ひ捨て、銀の長《なが》煙管《ぎせる》で軽《かろ》く灰吹を叩いた。

「へーえ。やつぱり不可《いけ》ないんですかね。手前共にやどうもお上の御趣意が分りかねますね。」

「なぜだい。無益なものに贅を尽すなと申すのぢやないか。」

「それがで御在ますよ。大きな声ぢや申されませんが、私共《わたくしども》の考へますには、無益なものにまで、手数をかけて楽しみ喜ぶといふのが、即ち天下太平国土安穏の致す処で、こんな有難い瑞兆《ずゐてう》はないかと思ふんで御在ます。明暦の大火事や天明の飢饉

のやうな凶年ばつかり続いた日にや、いくら贅沢をしたくつても、まさか盆栽や歌俳諧で遊んでも居られますまい。処が当節の御時勢は下々の町人風情まで、鳥渡《ちよいと》雪でも降つて御覧《ごらう》じろ、すぐに初雪や犬の足跡梅の花位の駄句を吟咏むと申すのは、全く以て治まる御世の兆《しるし》ぢや御在ませんか。」

「成程、これア種員さんの云ふ通りだ。恐れながら、手前も今度の御趣意についちや腑に落ちない処があるんだよ。」

　盆栽に気を取られてゐた仙果も、いつか椽側に腰をかけ、あたりに聞く人もないと思ふ安心から、種員と一緒になつて遠慮なくその思ふ処を述べようとする。

「下々の手前達が兎や角と、御政治向の事を取沙汰致すわけぢや御在ませんが、ねえ、先生、昔から唐土《もろこし》の世にも天下太平の兆《しるし》には、奇麗な鳳凰とかいふ鳥が舞下ると申す事。然し当節のやうにかう何も彼《か》も一概に、奇麗なもの、手数のかゝつたもの、無益なものは相成らぬと申《まを》してしまつた日には、鳳凰なんぞは卵を生む鶏《にわとり》ぢや御在ませんから、出て来たくも出て来られないわけぢや御在ませんか。外のものは兎に角と致して、私《わたくし》は日本一お江戸の名物と、唐天竺《からてんじく》まで名の響いた錦絵まで、御差止めに成るなぞは、折角天下太平のお祝ひを申しに出て来た鳳凰の頸《くび》をしめて毛をむしり取るやうなものだと存じます。」

「はゝゝゝ。幾程《いかほど》お前達が口惜しく存じても詮ない事だ。兎《と》角《かく》人の目を引く奇麗なものは、何の彼《か》のと、はたから難癖を付けられて妬まれ易いものさ。下々の人情も天下の御政治も、早い話が皆同じ訳合と、諦めてしまへば其れで済むこと。あんまり大きな声をして、滅多な事を云ひなさるな。口舌元来《こうぜつぐわんらい》禍之《わざわひの》基《もとゐ》。壁にも耳のある世の中だぜ。まア〳〵長いものには巻かれてゐるが一番だよ。」

「それアもう、被仰《おつしや》るまでもなく承知して居ります。つまらない饒舌《おしやべり》をして、掛替のない首でも取られた日にや、御溜古法《おたまりこぼ》師《し》が御在ませんや。かういふ時にや、何か一首、巧い落首《らくしゆ》でもやつて内所《ないしよ》でそつと笑つてるのが関の山で御在ますね。」

「落首といへば、さう〳〵、昨夜《ゆうべ》先生がお帰りになつてから後で、鶴屋の旦那から聞いた話なんで御在ますが、和泉町の一勇《ゆう》斎国芳《さいくによし》さんは、同じ歌川の流《ながれ》を汲んだ名人でも国貞さんとはまるで違つた気性の人ださうで、今度の御政治向の事をば其れとなく、源の頼光《らいくわう》御寝所の場に百鬼夜行の図を描いて、三枚摺にして出したとか云ふ話…。」

「さうかい。私はちつとも知らなかつたが、あの男は普段から負けず嫌ひな任侠肌《きおひはだ》の男だから、如何《いか》さまその位の事はしかねまいて。誰しも一寸虫の居処がよくないと、我身の安危なぞは忘れてしまつて、つひ好くない悪戯《いたづら》がしたくなるもんさ。何の事はない、悪戯盛りの子供が、一度親爺のお目玉を喰つたとなると、却て悪戯がして見たくて堪らなくなるやうなもんさね。」

「大きにさうで御在ます。何が甘《うま》いと云つて、世の中に隠食ひの味ほど忘れられないものは無いと申しますからねえ。」

「私なんぞも今日までに、実は幾度《いくたび》戯作をやめようと思つたか知れないのだが、持つて生れた病と云ふ奴は、身を果すまでは癒らねえものだ。戯作なんぞといふものは、高が女子供の慰みに読ませるものだから、罪のない遊び事のやうに思つてゐるのは、つまり此方《こつち》の手前勝手。昔から男女の情愛、又は根もない作り話なぞを書く事は、今に初まつた訳ぢやない。抑《そもそ》も有徳院様の御時代からお上ぢや甚《ひど》く嫌つたものだといふからね。終局《とゞ》のつまりは今度のやうな手厳《てひど》い御禁止を食ふのも、実を申《まを》せば当前《あたりまへ》の話だらうよ。」

「何にしろ。いやな恐ろしい世の中になりましたなア。この分ぢや、先生、到底《とても》田舎源氏の後篇は、いつ拝見されるのか分りませんですね。」

「もう追々に取る年だ。世間の取沙汰の、静かになるのを待つてる中《うち》には、大方眼も見えず、筆を持つ手も利かなくなつて仕舞ふだらうよ。」

淋しい微笑と共に沈痛な種彦の言葉はそれなり途切れてしまつた。二人の門弟も今は言出すべき言葉なく、遣場のない視線をば、追々に夏の日のさし込んで来る庭の方へ移したが、すると偶然にも其の垣根外に、大方小塚原の一月寺《げつじ》あたりから来る虚空僧《こむそう》であらう、連管《れんかん》に吹き調べる尺八の音が、一坐の憂鬱をば一層深くさせるやうに、いとゞ物淋しく聞え出すのであつた。

五

夏の盛の六月もいつか晦日《みそか》近くなつた。お江戸の町々を呼歩くかの涼し気な蚊帳売の呼声と、定斎売の環《くわん》の音と共に、依然として日盛の暑さには、無論何の変りはないのであつたが、兎に角に暦《こよみ》の表《おもて》だけではいよ〳〵秋といふ時節が来ると、早くも道行く若いものゝ口々には吉原の燈籠の噂が伝へられ、町中《まちなか》の家々にも彼方此方《あちこち》と軒端《のきば》に下げる燈籠が目につき出した。

土用の明ける其の日を期して、池上の本門寺を初め、諸処の古寺では宝物の虫干方々諸人の拝観を許す処が多い。種彦の家でも同じく其の頃に毎年蔵書什器の虫払をする、其の日の夕刻からは極く親しい友人や門弟が相集つて、主人《あるじ》柳亭翁が自慢の古書珍本の間に、酒を酌み、妓《ぎ》を聘《へい》して、俳諧又は柳風の運坐を催すのが例であつた。けれども今年ばかりは、わざ〳〵其等の蔵書什器を取り出して、厳しい禁令の世の風に曝《さら》すといふ事が、いかにも空恐ろしく思はれた処から、種彦はわが秘蔵の宝をも、よし虫が喰ふならば喰ふがまゝにと打捨てゝ置く事にした。

実際、種彦はもう何をする元気もなくなつて仕舞つたのである。老朽ちて行く此の身体《からだ》とは反対に、年と共に却て若く華やかになり行く我が文名をば、さしもに広い大江戸は愚か、三ケ津の隅々までに喧伝せしめた一代の名著も、あたら此儘、完成の期なく打捨てゝ仕舞はなければならぬのかと思ふと、如何にしても癒しがたい憂憤の情は、多年一夜の休みもなく筆を執つて来た精神の疲労を一時に呼起し、有るかぎりの身内の力を根こそぎ奪ひ去つてしまつたやうな心持をさせるのである。禁令の打撃に長閑《のどか》な美しい戯作の夢を破られぬ昨日《きのふ》の日と、禁令の打撃に身も心も恐れちゞんだ今日の日との間には、劃然として消す事のできない境界《さかひ》が生じた。そして今日といふ暗澹たる此方《こなた》の境から、花やかな昨日といふ彼方の境を打眺めて見ると、わが生涯といふものは今や全く過去に属して、已に業に其の終局を告げてしまつたものとしか思はれない。何一ツ将来に対して予期する力のなくなつた心の程のいたましさは、己が書斎の書棚一ぱいに飾つてある幾多の著作さへ、其等は早何となく、自分の著作といふよりは、寧ろ、既に死んでしまつた或る親しい友人——其の生涯の出来事を自分は尽《ことごと》く知り抜いて居る或る親しい友人の遺著であるやうな心持がする。

種彦は日毎《ひごと》教《をしへ》を乞ひにと尋ねて来る門弟達をも、次第々々に遠ざけて、唯一人二階の一間に閉籠つたまゝ、昼となく夜となく、老眼鏡の力をたよりに、抑《そも〳〵》自分がまだ柳の風成なぞと名乗つて狂歌川柳を口吟んで居た頃の草双紙から、最近の随筆用捨箱《しやばこ》なぞに至るまで、凡て立派な套入《ちついれ》にしてある著作の全部をば、一冊々々取出して読み返しつゝ、あゝ、この双紙を書いた時分には何をして居た。あゝ此の物語を書いた頃には自分はまだ何歳であつたかと、徒に耽る追憶の夢の中に、唯うつら〳〵とのみ其の日其の夜を送り過した。宛《さなが》ら山吹の花の、実もなき色香を誇るに等しい放蕩の生涯からは空しい痴情の夢の名残はあつても、今にして初めて知る、老年の慰藉《なぐさみ》となるべき子孫のない身一ツの淋しさ果敢《はかな》さ。それを堪へ忍ばうとするには、全く益もない過去の追憶に万事を忘却するより外はない……。

七夕の祭はいつか昨日《きのふ》と過ぎた。小夜更けてから降り出した小雨の、また何時か知ら止んでしまつた翌朝《あくるあさ》、空は初めて、いかにも秋らしくどんよりと掻曇り、濡れた小庭の植込からは爽な涼風が動いて来るのに、種彦は何といふ訳もなく、瓦焼く烟も哀れに、橋場今戸の河岸に立初める秋の風情の尋ねて見たく、臥床を出るや否や、そこ〳〵に朝飯《あさはん》を準《とゝの》ふべく下座敷へ降りて行かうとする、其の出合頭にあわたゞしく梯子段を馳上つて来たのは、老いたる我妻《わがつま》であつた。しかも容易ならぬ事件を種彦に伝へたのである。

小雨そぼ降る七夕の昨夜、かのお園は何処かへ出奔してしまつたものと見え、その寝床は身抜《もぬけ》の殻となり、残したのは唯だ男女が二通の手紙ばかりといふ事である。

種彦は机の上の眼鏡取る手も遅く、男女の手紙を読み下した。海山にもかへがたき御恩を仇にいたし候罪とが、来世のほどもおそろしく存じまゐらせ候…　とあつてお園の方の手紙には、ただ二世も三世までも契りし御方《おんかた》の御身上《おんみのうへ》に思ひがけない不幸が起つた為め、とても此世では添はれぬ縁故、一先づわが親里の知人をたより、其処まで落延びてから、心安く未来の冥加を祈り、共々にあの世へ旅立つと云ふ事が、こま〴〵と物哀れに書いてあつた。覚えず涙に曇る眼を拭ひながら、種彦はやがて男の手紙を開くに及んで初めて其の事情を知り得た。先頃から、これも要するに此度の御政治向御改革の影響と云はねばならぬ。若旦那の親元なる紙問屋は、江戸中間屋十組の株が突然御廃止《おはいし》になつた為め、それやこれやの手違ひから俄《にはか》に莫大の損失を引起し、家蔵《いへくら》を人手に渡すも今日か明日かといふ悲運に立至つた。親の家が潰れてしまへば、頼みに思ふ番頭から詫びを入れて、身受の金を才覚して貰はうと云ふ事も、もう出来ない。さらばと云つて、今更にお園をば憂き川竹の苦界へ帰す事は、何として忍び得られよう。身受する力も望みもなくなつて、唯だいつまでも大金のかゝつた女を、人の家に隠匿《かくま》つて置いたなら、わが身のみか、恩義ある師匠にまでいかなる難義を掛けるか知れまい。それ故事の面倒にならぬ中わが身一つの罪を背負つて、死出の旅路へ行く、後の供養を頼むと云ふのであつた。

　種彦は菱垣樽廻船及び十組問屋の御停止《ごちやうじ》から、さしもに手堅い江戸中の豪家にして一朝に破産するもの、尠くない事を聞知つてゐた処から、今更ながら目の当り此度の法令の、恐しい上にも恐しい事を思知るばかり、死にゝ行くといふ若いもの供の身の上については差《さし》づめ如何《いか》なる処置を取つてよいのやら、全く途法に暮れてしまつた。

六

　全くどうにも仕様のないこの場合に立至つては、今更のめ〳〵と柳絮《りうじよ》が親元の紙問屋へ相談にも行かれず、同時に廓《くるわ》の方面にも、云はゞそれとなく自分が身受の証人にもなつたやうな関係柄、うつかりと顔出しは出来ぬ。と云つて此儘知らぬ顔に打捨てゝも置かれまい。種彦は思案に暮れたあまり、兎《と》に角《かく》家を出《い》で、足の向く方へ歩いて行つて見ようと思定めた。歩いて行く中には何とか、よい考《かんがへ》が出るかも知れぬと、たよりにならぬ事をたよりにするより仕様がなかつた。

　さま〴〵な物売の声と共に、その辺の櫺子《れんじ》窓《まど》から早や稽古の唄三味線が聞え、新道の露地口からは艶かしい女が朝湯に出て行く町家つゞきの横町は、物案顔《ものあんじがほ》に俯向いて行く種彦をば、直様広い並木の大通へと導いた。すると忽ち河岸《かし》の方から颯《さつ》とばかり真正面《まとも》に吹きつけて来る川風の涼しさ。種彦はさすがに心の憂苦を忘れ果てると云ふではないが、思へばこの半月あまりは一歩も戸外《そと》へ出ず引籠つてのみ居た時に比べると、おのづと胸も開くやうな心持になり、少時《しばし》は何の気苦労もない人のやうに、目に見える空と町との有様《ありさま》をば、訳もなく物珍し気に眺めやるのであつた。

　両側ともに菜飯田楽の行燈《あんどう》を出した二階立の料理屋と、往来を狭むるほどに立連つた葭簀張《よしずばり》の掛茶屋、又はさま〴〵なる大《だい》道店《だうみせ》の日傘の間《あひだ》をば、士農工商、思ひ〳〵の扮装形容《みなりかたち》をした人々が、後から〳〵と引きも切らずに歩いて行く。それはこの年月、幾度《いくたび》と知れず見馴れた上にも見馴れた街の有様《ありさま》ながら、然しこゝに住馴れた江戸ツ児の、馬鹿々々しいほど物好な心には、一日半日の間《あひだ》も置きさへすれば、忽ちにして十年も見なかつた故郷《ふるさと》のやうに、訳もなく無限の興味を感じさせるのである。

　早や虫売の姿が見える。花売の荷の中にはもう秋の七草が咲き出したではないか。然し其様事《そんなこと》には目もくれず、お蔵の役人衆らしいお侍は仔細らしい顔付に若党《わかたう》を供につれ、道の真中《まんなか》を威張つて通ると、摺違ひざまに腰を曲めて急し気に行過るのは、札差の店に働く手代にちがひない。頭巾を冠り手に珠数を持ち、杖つきながら行く老人《としより》は、門跡様へでもお参りする有福な隠居であらう。小猿を背負つた猿廻の後からは、包をかついだ丁稚《でつち》小僧がつゞく。きいた風な若旦那は俳諧師らしい十徳姿の老人と連立つ、角かくしに日傘を翳《かざ》した上つ方の御女中は、ちよこ〳〵走りの薦僧《こもそう》下駄に小褄《こづま》を取つた藝者と行交《ゆきちが》へば、三尺帯に手拭を肩にした近所の若衆は、稽古本抱へた娘の姿に振向き、菅笠《すげがさ》に脚袢掛《きやはんがけ》の田舎者は見返る商家《しやうか》の金看板にまで驚嘆の眼を睜《みは》つて行くと、その建続く屋根の海を越えては、二三羽の鳶が頻《しきり》と環《わ》を描いて舞つてゐる空高く、何処からともなく勇ましい棟上げの木遣《きやり》の声が聞えて来るのであつた。稍太く低いけれども極めて力のある音頭取の声と、それにつゞいて、大勢の中にも取分け一人二人思ふさま甲高な若い美しい声の交つてゐる此の木遣の唄は、折からの穏《おだやか》な秋の日に対して、これぞ正しく、大江戸の動かぬ富を作り上げた町人の豪奢《がうしや》と、弓矢はもう用をなさぬ太平の世の喜びとを、江戸中の町々へ歌ひ聞すものとしか思はれない。

　種彦は唯どんよりした初秋の薄曇り、此の勇しい木遣の声に心を取られながら、唯ぞろ〳〵と歩いてゐる町の人々と相前後して、駒形から並木の通りを雷門《かみなりもん》の方へと歩いて行くと、何《い》時《つ》ともなしに、我も亦路行く人と同じやうに、二百余年の泰平に撫育《はぐゝ》まれた安楽な逸民であると云はぬばかり、知らず〳〵いかにも長閑《のどやか》な心になつてしまふのであつた。今更にこと〴〵しく時勢の非なるを憂ひたとて何にならう。天下の事は微禄な我々風情が兎や角思つたとて、何の足にもならう筈はない。お上にはそれ〴〵お歴々の方々が居られるではないか。われ〳〵は唯だ其の御支配の下に治る御世《みよ》の楽しさを、歌にも唄ひ、絵にも写して、いつ暮れるとも知れぬ長き日を、われ人共に、夢の如く送過《おくりすご》すのが、せめてもの御奉公ではあるまいか。種彦は丁度、豊後節全盛の昔に流行した文金風の遊冶郎《いうやらう》を見るやう、両手を懐中《ふところ》に肩を落して、何処を風がといふ見得で、いつの程にか、名高い隅田川といふ酒問屋の前辺まで来たが、すると、忽ち向うに見える雷門《かみなりもん》の、新橋と書いた大提灯の下から、大勢の人がわい〳〵云つて馳出して来るのみか、女の泣声までを聞付けた。ソラ喧嘩だ、人殺《ひとごろし》だといふが早いか、路行く人々は右方左方へ逃惑ふものもあれば、我遅れじと馳けつけるものもある。その後につゞいて町の犬が幾匹ともなく吠えながら走る。

　種彦は依然として両手を懐中《ふところ》に、この騒ぎも繁華な江戸ならでは見られぬものと云はぬばかり、街の角に立止つて眺めてゐたが、然し走交《はせちが》ふ群集《ぐんじゆ》に遮られて、実は何の事件《こと》やら一向に見定める事が出来なかつたのである。

「先生。」と突然横合から声をかけたものがある。

「いや。仙果に種員か。あの騒ぎは一体どうしたといふんだ。」

「先生。大変な騒ぎで御在ます。奥山の姐さんが朝腹《あさつぱら》お客を引込まうとした処を、穏密に目付《めつか》つて縛《あげ》られたつていふ騒ぎなんで…………。」

「ふうむ。さうか。」と種彦も流石事件の意外なるに驚いた様子。「奥山の茶見世なぞは昔から好からぬ処ときまつたものぢや無いか。今更隠売女《かくしばいぢよ》の一人や二人召捕へた処で仕様もあるまいに。」

「先生は其れぢや、まだ昨日《ゆうべ》からの騒ぎを御存じがないと見えますな。」

「はて、昨日からの騒ぎといふのは、それア何事だ。お前さん達も知つての通り、私は先月以来、外へ出るのは今日が初めて…………。」

「実は此れから二人してお邪魔に上らうと思つてゐた処なんで御在ます。今日《けふ》はもうどこへ行つても其の話ばかりで御在ますよ。昨日《きのふ》の晩花川戸《はなかはど》の寄席で娘浄瑠璃が縛《あげ》られる。それから今朝になつて広小路の藝者家で、女髪結が三人まで御用になつたといふ騒ぎ。何でもつひ二三日前御本丸で御役替があつて、大目付の鳥居様が町奉行にお成遊ばしてから、俄に手厳しい御詮儀が始まつたとやら。手前供の町内なんぞでも、名主や家主《いへぬし》が今朝はもう五ツ時分から御奉行所へお伺ひに出るやうな始末で御在ます。」

「成程、それは全く容易ならぬ事だ。」

「先生、まだ其ればかりぢや御在ません。昨夜《ゆうべ》一寸櫓下《やぐらした》の方へ参りましたら、何でも近い中に御府内の岡場所は一ツ残らずお取払ひになるとか云ふ騒ぎで、さすがの辰巳も霜枯れ同様、寂れきつて居りやした。」

「さうか。世の中は三日見ぬ間の桜ぢやない。とんだ桜を散らす夜嵐だのウ。」

「先生、兎に角境内《けいだい》を一まはり奥山辺《おくやまへん》までお供を致さうぢや御在ませんか。」

「さうさな。人の難義を見て置くのも、又何か後の世の語草にならうも知れぬ。」

三人は歩き出した。雷門前の雑踏は早や何処へやら消え去つてしまつたが、其辺にはいづれも不安な顔色した人々の、彼方《あち》此方《こち》と行交ふ其の口々に、町木戸の大番屋で召捕れた売女の窮命されてゐる有様《ありさま》が、尾に鰭を添へて、いかにも酷たらしく言伝へられてゐる最中《さいちゆう》であつた。種彦を先に種員と仙果は雷門《かみなりもん》を這入つて、早足に立並ぶ珠数屋の店先を通過ぎ、二十軒茶屋の前を歩いて行つたけれど、いつも五月蠅《うるさい》ほどに客を呼ぶ女供は、やがて仁王門を這入つた楊子店も同じ事で、いづれも真青な顔をして三人四人と寄合ひながら、何やらひそ〳〵話合つてゐると、土地の顔役らしい男が、いかにも事あり気に彼方此方《かなたこなた》へと歩き廻つてゐた。然し何と云つても流石は広い観音の境内、今方そんな騒ぎのあつたとも心附かぬ参詣の群集《ぐんじゆ》は、相も変らず本堂の階段を上り下りしてゐると、いつものやうに、これも念仏堂の横手に陣取つた松井源水、又はかの風流志道軒の昔より境内の名物となつた辻講釈を始めとして、其辺《そのへん》に同じやうな葭簀張の小屋を仕つらへた乞食芝居や、桶抜け籠抜けなぞの軽業師も、追々に見物を呼び集めてゐる処であつた。

一同はそれ等の小屋を後にして、俗に千本桜と云はれてゐる葉桜の立木の間を横切ると、さしもに広い金龍山の境内《けいだい》も茲《こゝ》に尽きやうとして、其辺《そのへん》には坐《そゞ》ろ本山開基の頃の昔を思はせる程な大木が、鬱々として生茂つてゐる間々に、土弓場《どきうば》と水茶屋の小家は、幾軒となく其の低い板葺の屋根を並べてゐるのである。

毎夜《まいよ》頬冠して吉原の河岸《かし》通《どほり》をぞめいて歩く、其連中と同じやうな身なりの男が、相も変らず其の辺《へん》をぶらり〳〵歩いてゐたが、さすがに唯《たつ》た今方《いまがた》世にも恐るべき騒動のあつた後とて、女供は一斉に声を潜め姿を隠してしまつた処から、いつもは姦《かしま》しい嬌音に打消されて其程に耳立たない裏田圃の蛙《かはづ》の啼く音と、梢に騒ぐ蟬の声とが、今日に限つて全く此の境内を寺院らしく幽邃閑雅《いうすいかんが》にさせてしまつたやうに思はれた。さながら人なき家の如く堅くも表口の障子を閉めてしまつた土弓場の軒端には、折々時ならぬ病葉《わくらば》の一片二片と閃き落ちるのが、殊更に哀深く、葭簀《よしず》を立掛けた水茶屋の床几《しやうぎ》には、徒《いたづら》に磨込んだ真鍮の茶釜にばかり、梢を漏れる秋の薄日のきら〳〵と反射するのが、云ひ知れず物淋しく見えた。何処か見えない木立の間《あひだ》から、頻《しきり》と嘲り笑ふが如き鳥の声が聞える。

種彦は何といふ訳もなく立止つて梢を振仰いだ。枯枝の折《をれ》が乾いた木の皮と共に、木葉《このは》の間を滑つて軽く地上に落ちて来る。大方蟬を啄《ついば》まうとして鳥は其の餌《ゑば》を追うて梢から梢にと飛移つたに違ひない。仙果は人気のない水茶屋の床几に置き捨て、ある煙草盆から、勝手に煙草の火をつけようとして、灰ばかりなのにちよツと舌鼓を打つたが、其儘腰を下し懐中《ふところ》から火打石を捜出しながら、

「先生、一服いかゞで御在ます。いつもなら、のう種員さん。この辺は河岸縁《かしつぷち》の三日月長屋も同然、滅多に素通の出来る処ぢやないんだが、今日はかうして安閑と煙草が呑んでゐられるたア、何だか拍子抜がして狐にでもつまゝれたやうな気がするね。」

「真白なこん〳〵様は何処の御穴へもぐり込んだのか、不思議に姿をくらましたもんさな。何しろ涼しくツて閑静《かんせい》で、お茶代いらずと来りやア、これがほんとに有難山の時鳥《ほとゝぎす》だ。」と腰なる一提《ひとつさげ》を取出して、種員は仙果の煙管《きせる》から火をかりて一服する。成程涼しい風は絶えず梢の間から湧き起つて軽く人の袂を動かすのに、種彦もいつか門人等と並んで、思掛けない水茶屋の床几に腰を下し、境内を歩続けた足のつかれを休ませたが、折から梢の蟬の鳴音《なくね》をも一時に止めるばかり、耳元近く唸り出す弁天山の時の鐘。数ふれば早や正午《ひる》の九ツを告げてゐるらしい。種彦はどこか此の近辺で閑静でそして直な料理茶屋でもあるならば久振門人等と共に昼食《ちうじき》を準《とゝの》へようかと言出す。毎日のぞめき歩《あるき》に至極案内知つたる柳下亭種員は心得たりといふ見得で、雪駄《せつた》の爪先に煙管《きせる》をはたきながら、

「では、先生、早速あの突当りの菜飯茶屋なぞはいかゞで御在

ませう。山東庵が近世奇跡考に書きました金龍山奈良茶飯の昔はいかゞか存じませんが、近頃は奥山の奈良茶もなか〳〵こつたものを食はせやす。それに先生、御案内でも御在ませうが、お座敷から向う一面に裏田圃を見晴す景色はまた格別で御在ますよ。丁度今頃は青田の間々に蓮の花が盛りだらうと存じます。」

七

一同は早速水茶屋の床几をはなれ、こゝにも生茂る老樹《らうじゆ》のかげに、風流な柴垣を結廻らした菜飯茶屋の柴折門《しをりもん》をくゞつたが、成程門人種員の話した通り、打水清き飛石づたひ、日を避ける夕顔棚からは大きな糸瓜《へちま》の三ツ四ツもぶら下つてゐる中庭を隔てゝ、茶がかつた離れの小座敷へと通るや否や、明放した濡縁の障子から一目に見渡した裏田圃の景色は、また格別でげすと申《まを》すより外は無かつた。即ち、南宗北宗はいふに及ばず、土佐、住吉、四条、円山の諸派にも顧みられず、僅に下品極まる町絵師が版下画の材料にしかなり得ない特種の景色——漢学といふ経世的思想の感化からも、御学問所といふ道徳的臭味からも全く隔離した教養なき平民文学者の、気障気《きざけ》たつぷりな風流心をのみ喜ばしむべき特種の景色——古今万葉の流を汲んだ優美な歌人、又唐詩選三体詩を諳ずる厳粛な士君子の心には、却て不快嫌悪の情を発せしめるだけに、狂歌川柳の俗気を愛する放蕩背倫の遊民には、云ふべからざる興味を呼起し得る特種の景色である。即ち左手には田町あたりに立続く編笠茶屋と覚《おぼ》しい低い人家の屋根を限りとし、右手は遥《はるか》に金杉から谷中飛鳥山の方へと延長する深い木立を境にして、目の届くかぎり浅草の裏田圃は一面に稲葉の海を漲らしてゐる。其の正面に当つて、恰も大きな船の浮ぶがやうに、吉原の廓《くるわ》がいづれも用水桶を載せ頂いた板葺の屋根を聳《そびやか》してゐるのである。

折からの、薄く曇つた初秋の空から落る柔かな光線《ひかげ》は、快く延切つた稲の葉の青さをば、照輝く夏の日よりも却て一段濃くさせたやうに思はれる。彼方此方《かなたこなた》に浮んだ蓮田の蓮の花は、青田の天鵞絨《びろうど》に紅白の刺繍《ぬひとり》をなし、打戦《うちそよ》ぐ稲葉の風につれて、得も云はれぬ香気を送つて来る。鳴子《なるこ》や案山子《かゝし》の立つてゐる辺《あたり》から、折々ぱつと小鳥の群の飛立つ毎に、稲葉に埋れた畦道からは、駕籠を急がす往来《ゆきき》の人の姿が現れて来る。それは田圃の近道をば、田面《たのも》の風と蓮の花の薫りとに、見残した昨夜《ゆうべ》の夢を托しつゝ、曲輪《くるわ》からの帰途《かへり》を急ぐ人達であらう。

種彦は眺めあかす此の景色と、久振《ひさしぶり》に取上げる盃《さかづき》の味《あぢはひ》と、埒もない門弟達の雑談とに、そぞろ今日の外出《そとで》の無益でなかつた事を喜んだ。全く気に入つた景色、気に入つた酒、気に入つた雑談。この三拍子が遺憾なく打揃ふと云ふ事は、人生容易に遇ひ難い偶然の機を俟《ま》たねばならぬ。偶然の好機は紀文奈良茂の富を以てしても、あながちに買ひ得るものとは限られぬ。女中が持運ぶ蜆《しゞみ》汁と夜塒《やまき》の胡瓜《きうり》の酸の物、秋茄子のしぎ焼などを肴《さかな》にして、種彦はこの年月、東都一流の戯作者として、凡《およ》そ人の羨む遊興の場所には飽果てるほど出入した身でありながら、考へて見れば雨や風のさはりなく主客共に能く一日半夜の歓会に逢ひ得たる事幾何《いくばく》ぞと、さま〴〵なる物見遊山の懐旧談に時の移るのをも忘れてゐたが、折から一同は中庭を隔てた向《むかう》の小座敷に、先程から頻《しきり》と手を鳴らしてゐたお客が、遂に亭主らしい男を呼付けて物荒く云罵《いひのゝし》り初めた声を聞付けた。客は誂へた酒肴のあまりに遅いことを憤り、亭主はそれをば平あやまりに謝罪《あやま》つてゐると覚しい。さう気付いて見れば一同の座敷も同じ事、先程誂へた初茸の吸物も、又は銚子の代りさへ更に持つて来ない始末である。別に大勢の客が一度に立込んで手が足りぬと云ふのでも無いらしい。どうした事かと、仙果は二三度続けざまに烈しく手を鳴らしたが、すると、以前の女中がお銚子だけを持つて来ながら息使ひも急しく、甚くも狼狽《うろた》へた様子で、

「どうも申訳が御在ません。どうぞ御勘弁を…………。」とばかり前髪から滑り落ちる簪《かんざし》もその儘に只管《ひたすら》額を畳へ摺付けてゐる。

「こう、姐さん。どうしたもんだな。さう謝罪《あやま》つてばかりゐられちやア、此方《こつち》が困つてしまふぢやねえか。お燗はつけず、お肴《さかな》はなしといふのぢや、どうもこれアお話にならないぢやねえか。」

「唯今帳場からお詫に出ると申《まを》して居ります。どうぞ御勘弁を…………。」

「それぢや姐さん、酒も肴も出来ねえと云ひなさるのかい。」

「出来ないと申す訳ぢや御在ませんが、旦那。大変な事になつてしまつたんで御在ますよ。唯今、定巡《ぢやうまはり》の旦那衆がお出で遊ばして、其方どもでは、時節ちがひの走物《はしりもの》を料理に使つては居らぬかと仰有《おつしや》つて洗場から帳場の隅々までお改めになつてお帰りになるかと思へば、今度は入違《いれちがひ》に、伝法院の御役僧と町方の御役人衆とがお出になつて、お茶屋へ奉公する女中達はこれから三月中《うち》に奉公をやめて親元へ戻らなければ、隠《かくし》売女《ばいぢよ》とかいふ事にして、吉原へ追遣つて、お女郎にしてしまふからと、それは〳〵厳しいお触なので御在ます。」

種彦初め一同は一時に酒の酔を醒ましてしまつた。女中はもう涙をほろ〳〵滾《こぼ》しながら、相手選ばず事情を訴へようとする。

「お上の旦那衆もあんまり御慈悲が無さすぎるぢや御在ませんか。かうしてお茶屋へ奉公なんぞをしてゐますのを、好きこのんで何か猥らな事でもする為めのやうに仰有《おつしや》いますが、かうして私《わたくし》がお茶屋奉公でもいたさなければ、母親《おふくろ》や亭主が日干になつてしまふので御在ます。亭主は足腰が立ちませんし、母親《おふくろ》は眼が不自由な因果な身の上なんで御在ます…………。」

先程手を鳴し立てた元気は何処へやら、一同は左右から女中を云慰め、一刻も早く此の場を立去るより仕様がない。わづかに其の場の空腹をいやす為め、もう誂へべき料理とてもない処から、一同は香物《かうのもの》に茶漬をかき込み、過分の祝儀を置いて、はう〳〵の体で菜飯茶屋の門を出たのである。

「種員さん、いよ〳〵薄気味の好くねえ、世の中になつて来た

ぜ。岡場所の盛場はお取払ひ、お茶屋の姐さんは吉原へ追放、女髪結に女藝人はお召捕り……………かうなつて来ちや、どうしても此の次は役者に戯作者といふ順取だね。」

「こう〳〵仙果さん。大きな声をしなさんな。その辺に八丁堀の手先が徘徊《うろつ》いてゐないとも限らねえ…………。」

「鶴亀々々。しかし二本差した先生のお供をしてゐりやア、与力でも同心でも滅多な事はできやしめえ。」と口に云つたけれど、仙果は全く気味悪さうに四辺《あたり》を見廻さずにはゐられなかつた。

それなり、種彦を初め一同は黙然として一語をも発せず、訳もなく物に追はるゝやうに雷門の方へ急いで歩いた。

八

久し振の散歩に思《おもひ》の外の疲労《つかれ》をおぼえ、種彦はわが家に帰るが否や、風通しのいゝ二階の窓際に肱枕して、猶さま〴〵に今日の騒ぎを噂する門人達の話を聞いてゐたが、する中《うち》にいつか知ら、うと〳〵と坐睡《まどろ》んでしまつた。

疲れ切つた戯作者の魂は怪し気なる夢の世界へとさまよひ出したのである。

最初に門人等の話声が近くなり遠くなりして、いかにも懶く又心地よく耳元に残つてゐたが、いつか知ら風の消ゆる如く潮《うしほ》の退く如くに聞えなくなつて仕舞ふと、戯作者の魂は忽ち、いづこからとも知れず響いて来る幽な金棒の音を聞付けた。今時分不思議な事と怪しむ間もなく、かの金棒の響は正しく江戸町々の名主が町奉行所からの御達《おたつし》を家毎に触れ歩くものと覚しく、彼方《かなた》からも此方《こなた》からも、互に相呼応して、宛《さなが》ら嵐の如くに湧起つて来るのである。それと共に突然川水の流るゝ音が訳もなく高まり出した。種彦は屋根船の中に揺られながら眠つてゐるやうな心持もすれば、また高い青楼の二階の、深い積夜具の中にふうわりと埋まつてゐるやうな心持もする。兎に角驚いて顔を上げると、自分の身体のある処《ところ》よりも遥《はるか》に低く、雨気を帯びた雲の間をば一輪の朧月が矢の如くに走つてゐるのを見た。町の木戸が厳重に閉されてゐて、番太郎の半鐘が叩く人もゐないのに独で勝手に鳴響いてゐる。種彦は唯只不審の思《おもひ》をなすばかり。通過ぎる人でもあらば聞質したいと、消えかゝる辻番の燈光《あかり》をたよりに、頻《しきり》と四辺《あたり》を見廻すけれど、犬の声ばかりして人影《じんかげ》とては更にない。何となく胸騒ぎがして、何処《いづこ》へといふ当もなく一生懸命に駈出し初めると、忽ち目の前に大きな橋が現はれた。種彦は足にまかせて瞬時も早く橋を渡り過ぎようとすると、突然後から両方の袂をしつかりと押へて引止めるものがある。何者かと思つて振返ると、心中でも仕損じた駈落者とおぼしく、橋際へ晒者になつてゐる二人の男女があつて、其の両手は堅く縛《いまし》められてゐる処から、一心に種彦の袂をば歯で啣《くは》へてゐたのであつた。あまりの気味悪さに、覚えず腰なる一刀を抜手も見せず切放すと、二つの首は脆くも空中に舞飛んで、鞠の如くにころころと種彦の足下に転落《ころげお》ちる。其の拍子にふと見れば、こはそも如何《いか》に、男は間違ふ方なく若旦那柳絮《りうじよ》、女はわが家に隠匿《かくま》つたお園ではないか。しまつた事をした。情ない事をした。許してくれと、種彦は地に跪づいて落ちたる二つの首級《くび》を交《かはる》々《ぐ》に抱上げ、活ける人に物云ふ如く詫びてゐると、何時の間にやら、お園と思つた其の首は幾年《いくとせ》か昔己れが西丸のお小性を勤めてゐた時、不義の密通をした奥女中なにがしの顔となり、又柳絮と思つた其の首は、幾年の昔堺町の楽屋新道辺《あたり》で買馴染んだ男娼《かげま》となつてゐた。再び吃驚《びつくり》して二つの首級《くび》をハタと投出し、唯呆然として其場に立佇《たゝず》んでしまふと、いつの間に寄集つて来たものか、菰《こも》を抱へた夜鷹の群が雲霞の如くに身のまはりを取巻いてゐて、一斉に手を拍つて大声に笑ひ罵るのである。而も種彦の眼には数知れぬ夜鷹の顔が、どうやら皆一度はどこかで見覚えのある女のやうに思はれた。恐ろしいやら気味悪いやら、種彦は狂気の如く前後左右に切退け切払ひ、やつとの事で橋の向うへと逃げのびたが、もう呼吸《いき》も絶え〴〵になるばかり疲れてしまつて、有合《ありあ》ふ捨石の上に倒るゝやうに腰を落した。

幸ひ四辺《あたり》は静《しづか》で、もう此処《こゝ》までは追掛けて来るものも無いらしい。朧月の光が軟《やはらか》に夜の流を照してゐる。種彦は初めてほつと吐息を漏し、息切れの苦しさを癒さうがために、石垣の下なる杭をたよりに、身を這はぬばかりにさせて、掌《てのひら》に夜の流を掬《くみ》上《あ》げようとしてゐると、偶然にも木の葉のやうに漂つて来る一個《ひとつ》の盃《さかづき》を拾ひ得た。今の世に何人の戯れぞ、紀文が盃流しの昔も忍ばるゝ床しさと思ふ間もなく、早や二三艘の屋根船が音もなく流れて来て、石垣の下なる乱杭に繫がれてゐるではないか。閉切つた障子の中には更に人の気勢もないらしいのに、唯だ朗かに河東節水調子の一曲が奏られてゐる、種彦は先程の恐ろしい光景をば全く忘れてしまふと共に、今は何といふ訳もなく、自分は二十歳の若い身空を朧月の河岸に忍ばせて、こゝに尋ね寄る恋人を待ち構へるやうな心持になつてゐた。

果せるかな。忽然川岸づたひに駈けて来る一人の女姿が、はたとわが足下に躓いて倒れる。抱き起しながら見遣れば、金銀の繡《ぬひ》ある裲襠《うちかけ》に、立て兵庫に結つた黒髪をば、鼈甲《べつかふ》の櫛 笄《くしかうがい》に飾《かざりつく》尽した傾城《けいせい》である。いかなる訳あつて、夜道を一人何処へといたはりながら聞く間もおそし、後《うしろ》から飛んで来る二三人の追手が、物をも云はず裲襠《うちかけ》を剝取つてずた〳〵に引裂き、鼈甲の櫛笄や珊瑚の簪《かんざし》なぞを惜気もなく粉微塵に踏砕いた後、女を川の中へ投込むや否や、いかにも忙しさうに、猶も川岸をどん〳〵駈けて行く。種彦はあまりの事に少時《しばし》は其の方を見送つたなり、呆然として佇立《たゝず》んでゐたが、するとそれまでは人のゐる気勢もなかつた屋根船の障子が音もなく開いて、

「先生。柳亭先生。どうもお久振で御在ます。」と親し気に呼びかける男の声。見れば、濃い眉を青々と剃り、眼の大きい、口尻の凜々しい面長の美男子が、片手には大きな螺旋《ねぢ〳〵》の煙管《きせる》を持ち、荒い三升格子の縕袍《どてら》を着て、屋根船の中に胡坐《あぐら》をかいてゐると、其の周囲《まはり》には御殿女中と町娘と藝者らしい姿した女が、いづれ劣らず此の男に魂までも打込んでゐるといふ風にしなだ

れ掛つてゐた。種彦驚き、

「これはお珍しい。貴公は木場の成田屋さんぢやないか。」

「へえ、七代目海老蔵で御在ます。久しくお目にかゝりませんでしたが、先生には相変らず御壮健で恐悦至極に存じます。」

「いや、拙者なぞも、この節のやうな世間の様子では、いつどのやうな御咎を蒙る事やら、落人同様風の音にも耳を欹《そばだ》てゝ居る次第さ。それやこれやで、其後はつひぞお尋もしなかつたが、此間はまたとんだ御災難。とう〳〵お江戸構ひといふ事に御成りなすつたさうだが、思掛けない今時分、どうして此処へはお出でなすつた。」

「其の不審は御尤で御在ます。実は今まで先祖の菩提所なる下総の在所に隠れて居りましたが是非にも先生にお目にかゝり、折入つてお願ひ致し度い事が御在まして、夜中《やちゆう》そつと中川の御番所をくゞり抜け、わざ〳〵爰《ここ》までやつて参つた次第で御在ます。」

「はて、拙者のやうなものに折入つてお頼みとは。」

「外の事でも御在りませぬ。あれなる二艘の屋根船に積載せました金銀珠玉の事で御在ます。実は当年四月木挽町の舞台におきまして、家の狂言景清牢破りの場を相勤め居りまする節、突然御用の身と相成、遂に六月二十二日北御番所のお白洲に於て、役者海老蔵事身分を弁《わきま》へず奢侈僭上《しやしせんじやう》の趣《おもむき》不届至極とあつて、家財家宝お取壊の上江戸十里四方御追放仰付《おほせつけ》られましたが、いづれはかやうの御咎もあらう事かと、木場の住居お取壊に相成らぬ中、弟子供が皆それ〴〵に押隠しました家の宝、それをば取集め、あれなる船に積載せて参つた次第で御在ます。先生、折入つての御願《おねがひ》と申《まをし》ますは、何卒あれなる宝をば、いか様にもして後の世にと残し伝へて下さるやう、御守護なされては下さるまいか。諸行無常は浮世のならひ、某の身の老朽ち行くは、ゆめ〳〵口惜しいとは存じませぬが、わが国は無論、唐天竺和《からてんじくお》蘭陀《らんだ》に於きましても、滅多に二ツと見られぬ珊瑚、ぎやまんの類、又は古人が一世一代の名作と云はるゝ細工物に至りましては、いかにお上の御趣意とは申《まをし》ながらむざ〳〵と取壊はされるがいかにも無念で相成りませぬ。人の生命には又生替る来世とやらも御在ませうが、金銀珠玉の細工物は一度《たび》破るれば再び此世には出て参りませぬ。先生。海老蔵が折入つて御願ひと申まするは斯様の次第で御在ます。」

云ふ言葉と共に海老蔵を載たる屋根船は、おのづと岸を離れ、見る〳〵狭霧の中に隠れて行く。

種彦はまア〳〵暫くと声を上げ、岸の上をば行きつ戻りつ、消え行く舟を呼び戻さうとしてゐると、忽ち、生暖かい風がさつと吹き下りて、振乱す幽霊の毛のやうに打なびく柳の蔭から、またしても怪し気なる女の姿が、幾人《いくたり》と知れず彷徨《さまよ》ひ出で、何とも云へぬ物哀《ものあはれ》な泣声を立て、裸足のまゝ裾もあらはな有様《ありさま》で、頻《しきり》と地上の何物かを拾ひ上げては、限りもなくさめ〴〵と泣き沈むのである。何事の起つたのかと、種彦はふと心付けば、わが佇む地の上は一面に、踏砕かれた水晶、瑪瑙《めなう》、琥珀《こはく》、鶏血《けいけつ》、孔雀石、珊瑚、鼈甲、ぎやまん、びいどろ抔《など》の破片《かけら》を以て埋め尽されてゐるのだ。そして一足でも歩まうとすれば、此等の打壊された宝玉の破片は、身も戦慄《おのゝ》かるゝばかり悲惨な響を発し、更に無数の破片となつて飛散る。其の度毎《たびごと》に、女の群はさも〱恨めし気に此方を眺めては、身も世もあられぬやうに声を立てゝ泣くのである。種彦も今は覚えず目がくらんで、其の儘水中に転《まろ》び落ちてしまつた。彼方《かなた》に流され、此方《こなた》に漂ひする中に、いつか気も心もつかれ果て、遂に脆くも瞼を閉ぢ、水底深く沈んで行く、かと思ふと、やがて耳元に聞馴れた声がして、頻と自分を呼びながら、身体《からだ》を揺動かすものがある。ふツと眼を開けば、何事ぞ、埒もない一場の夢はこゝに尽きて、老いたる妻がおのれを呼覚してゐるのであつた。

成程水の中に沈んだと思つたのも無理はない。秋の夕陽は欄干《てすり》の上にさし込んでゐて、吹き通ふ風の冷さは、蔽ふものもなく転寝《うたたね》した身体《からだ》をば気味悪い程冷切つてゐるのである。種彦は二度も三度もつゞけざまにする嚏《くさめ》と共に、どうやら風邪を引込んだやうな心持になつた。

九

家毎《いへごと》に焚く悲しい宇蘭盆《うらぼん》の送火に、何となく物淋しい風の立初めてより、道行く人の下駄の音、夜廻りの拍子木、犬の遠吠、また夜蕎麦売《よそばうり》の呼声にも、俄に物の哀れの誘はれる折から、わけても今年は御法度厳しき浮世の秋。朝な夕なの肌寒さも一入《しほ》深く身に浸むやうに思はれる七月の半過《なかば》ぎ、修紫楼の燈火《ともしび》は春よりも夏よりも、唯だ徒《いたづら》に其の光の澄む夜も、稍更け初めた頃であつた。主人《あるじ》はいつぞや、怪しき昼寝の夢から引込んだ風邪《ふうじや》の床に、今宵もまだ枕についたまゝ、相も変らずおのが戯作のあれこれをば、彼方を一二枚、此方を二三枚と読返してゐた折から、堀田原の町の名主が供の者に提灯を持たせ、帯刀御免の袴羽織に威儀を正して、事あり気に愛雀軒《あいじやくけん》と題した彼の風雅なる庭木戸を叩いたのである。

茶の間の火鉢に妙振出しを煎じてゐた宿の妻が挨拶に出るのを待つて、名主は何やら小声に囁き懐中《ふところ》から取出す一通の書付を渡して去つた。それから軈《やが》て半時もたつたかと思ふ頃、今度は横山町辺《あたり》の提灯をつけた早駕籠《はやかご》が一挺飛ぶやうに走つて来て、門口に止《とゞま》るや否や、中から転出る商人風《あきうどふう》の男が一人、「先生は御在宅で被居《ゐらつしや》いますか。通油町の鶴屋嘉右衛門の手代で御在ます。」と声もきれ〲に言ふのであつた。手代は主人《あるじ》の寝所《しんじよ》に通つて何やら密談に耽つた後、門外に待たせた辻駕籠に乗つて、再び何処へか飛び去つてしまつたが、其れからといふもの、修紫楼の家の内は俄に物気立つて、咳嗽《せき》を交ふる主人《あるじ》の声と共に、其の妻の彼方此方《かなたこなた》と立働くらしい物音が、夜の更け渡るまでも止まなかつた。

丁度其の頃、そんな騒ぎのあらうとは露知らぬが仏、門人の柳下亭種員は新吉原の馴染の許《もと》に宿つてゐたのである。竹格子の裏窓を明けると、箕輪《みのわ》田圃から続いて小塚原《こつかつぱら》の火が見える河《か》岸店《しみせ》の二階である。種員は今日の午過ぎから長き日を短く暮す床の内、引廻した屏風のかげに明六ツならぬ暮の鐘を聞いた後は、敵娼《あひかた》の女が店を張りにと下りて行つた其の隙を盗んで、薄暗い行燈《あんどう》の火影に頻《しきり》と矢立の筆を噛みながら、折々は気味の悪い思出し笑ひを漏しつゝ、一生懸命に何やら妙な文章を書きつゞつてゐた。種員は草双紙類御法度の此頃、いよ〳〵小遣銭にも窮してしまつた為め、国貞門下の或絵師と相談して、専ら御殿奉公の御女中衆が貸本屋の手によつてのみ窃《ひそか》に購《あがな》ひ求めるとかいふ、秘密の文学の創作を思ひ立つたのであつた。

早や大引とおぼしく、夜廻の金棒、夕立の降る音のやうに、五丁町を通過ぎる頃、敵娼《あひかた》の女が屏風の端をそつと片寄せて、

「主《ぬし》ア、まだ起きてゐなんしたのかい。おや何を書いてゐまなす。何処ぞのお馴染へ上げる文でありんせう。見せておくんなんし。」と立膝の長煙管《ながぎせる》に、種員が大事の創作をば無造作に引寄せようとする。種員驚き、

「華魁《おいらん》、文ぢやねえ。悪く気を廻しなさんな。疑るなら今読んで聞かせよう。だがの、華魁。あんまり身を入れて聞きなさると、とんだ勤めの邪魔になりやす。」

こんな口説《くぜつ》よろしくあつて、種員は思ひも掛けぬ馬鹿に幸福な一夜を過し、翌朝《あくるあさ》ぼんやり大門を出たのであつた。

土手八丁をぶらり〳〵と行尽して、山谷堀の彼方から吹いて来る朝寒の川風に、懐手《ふところで》したわが肌の移香をかぎながら、山の宿の方へと曲つたが、すると丁度其辺《そのへん》は、去年の十月火災に罹《かゝ》つた堺町葺屋町《ふきやちやう》の替地になつた処で、茲《こゝ》に新しい芝居町は早くも七分通其の普請を終へた有様《ありさま》である。中村座と市村座の櫓にはまだ足場がかゝつてゐたけれど、其の向側の操人形座《あやつりにんぎやうざ》は結城座薩摩座の二軒ともに、早や其の木戸口に彩色《さいしき》の絵具さへ生々しい看板と当《あたる》八月より興行する旨の口上を掲げてゐた。されば表通り軒並の茶屋はいづれも普請を終つて、今が丁度移《ひつ》転《こし》の最中《さいちゆう》と見える家もあつた、彼方此方《かなたこなた》に響く鑿金槌の音につれて、新しい材木と松脂の匂が鋭く人の鼻をつく中をば、幾輌の荷車が、三升《ます》や橘や銀杏の葉などの紋所をつけた葛籠《つゞら》を運んで来る。あちこちと往来する下廻らしい役者の中には、まだ新しい御触が出てから間もない事とて、市中と芝居町との区別を忘れて、後生大事に冠つたまゝの編笠を取らずに歩いてゐるものもあつた。それが見馴れぬ目には一種不思議に映ずるのであつた。

種員はつひ去年の今頃までは、待乳山《まつちやま》の樹の茂りを向うに見て、崩れかゝつた土塀の中には昼間でも狐が鳴いてゐると云はれた小出伊勢守様の御下屋舗《おしもやしき》が、瞬く中に女形の振袖なびく綺羅音楽の巷になつたのかと思ふと、此の辺の土地をばよく知つてゐる身には、全く狐につまゝれたよりも猶更不思議な思《おもひ》がして、用もないのに小路《こうぢ》々々の果までを飽きずに見歩いた後、やがて随身門外の裏長屋に呑気な独住居をしてゐる笠亭《りつてい》仙果の家へとやつて来た。何処かへ慌忙《あわ》てゝ出て行かうとする出合頭、仙果は朝帰りの種員を見るや否や、いきなりその胸倉を取つて、

「乃公《おら》ア今お前《めへ》を捜しに行かうと思つてゐた処だ。気をたしかにしろ。気をたしかにしろ。」

「こう、仙果さん。どうしたんだな。お前《めへ》こそ、気でもちがつたんぢやねえか。痛え〳〵。まア放してくんなよ。懐中《ふところ》から大事な草稿《かきもの》がおつこちらア。」

「気をたしかにしろ。腰を抜かさねえやうに用心しろ。いゝか。堀田原の師匠が今朝おなくなりになつたんだ。」

呆然としていふ処を知らぬ種員に向つて、仙果は泣く〳〵一《いち》伍《ぶ》一《し》什《じふ》を語り聞せた。

抑《そも》も柳亭先生は昨夜の晩おそく、突然北御町《きたおんまち》奉行所よりお調の筋があるにより、今朝五ツ時までに通油町絵本問屋鶴屋嘉右衛門同道にて、常磐橋の御白洲へ罷り出よとの御達《おたつし》を受けた。それが為めか、あらぬか、先生は今朝病中の髪を結直して居られる時、突然卒中症《はやうちかた》に襲はれ、
散るものに極る秋の柳かな
と云ふ辞世の一句も哀れや、六十一歳を一期《ご》として、溘然《かうぜん》この世を去られたとやら。

種員は頬冠りした手拭のある事さへ打忘れ、今は惜気もなく大事な秘密出版の草稿に流るゝ涙を押拭つた。そして仙果諸共《もろとも》、堀田原をさして、金龍山の境内《けいだい》を飛ぶがやうに走り出した。

（「三田文学」大正2年1、3、4月号）

疲れたる死

広津和郎

大分夜が更けたので、青年は向ふの部屋に看護婦を寝かせにやつてしまつて、くたびれたやうに患者のベツドの側の椅子にどつかと腰をおろした。そしてそつと患者の額に手をやつて見ると、さつきよりも尚更熱が昇つてゐるので、何んだか到底希望の光のない事を暗示されるやうな不安がツト冷たく胸の中に流れたけれども、併しそれも前から予期してゐた事なので、何うとも仕方がないといふかすかな投げ出した気分も混じてゐた。それに患者がすや〳〵とよく熟睡してゐる事が何よりもイージーであつた。

で、青年は力のない欠伸をひとつして、椅子の脊にもたれかゝつて、その間に少し眠つて置かうと思つた。けれども今日の昼間の騒ぎがごちや〴〵と乱雑に頭の中にうかんで来て、重苦しい、鈍い、まるでキヅの沢山ある活動写真のフイルムを見るやうに、チラ〳〵と不愉快に神経を刺戟されて、ねむる事がなか〳〵出来なかつた。青年はその昼間患者の上に起つた出来事

の意味を、実はまだよく知らないのであつた。この患者の胸を短刀で突き刺した女のことに就ても、その女がいつだつけか患者の家でめぐり逢つた時、大変健康さうで、鼻が低くつて、円顔の、あんまり美人ではないやうに思はれた事を覚えてゐる以外に、そしてその女は患者に恋してゐるのだが、患者は却つてそれを大変厭がつてゐるといふ事を患者の口から聞いたことがある以外に、何も知らないのであつた。あの女が又何うして患者を刺すやうな事になつたのだらう？それは兎も角として、患者を刺してからの女の成行きは一体何うなつたんだらう？――そんな事をぼんやりと、雑然と考へてゐた。それと同時に不意の電報に吃驚して飛んで来て見ると、手術台の上に寝かされて、医者や看護婦に取りまかれながら、創口を調べられたり、応急手当を施されたりしてゐたその時の、みじめな、死んだやうに蒼ざめた患者の顔もうかんで来た。それを見た時の自分の驚愕。それから眼に覚束ない不安の色をうかべながら、小首を傾げてゐた口髭の黒い医者の顔。併しさうした光景がいろ〳〵浮んでは来るもの丶、さつきと較べると、今は不思議なくらゐ恐怖の念が薄らいでゐるのであつた。で唯ぼうつとした取りとめのない狭霧の中に包まれてゐて、その霧を透して向ふの方にとてつもない不快な騒ぎの進行してゐるのを遠くから眺めてゐるやうな、そんな気持で、判断も統一する心もなく、うかんで来るがま丶に記憶の群をながめてゐるのであつた――一口にいへば、かなり激しい疲労が妙にこぢれて、自分の最も親しい友の上につひ先刻非常な事件が起つたのだといふ意識を鈍らせて了つたのであつた。

『あ丶――疲れた』青年はおもはずかう微かに呟いた。

するとその途端、患者はひよつと眼を開いて、何か求めるやうに眼で合図をした。

『君苦しいかい？安心して眠つてゐたまへ。大丈夫だよ。医者は創は浅いつて云つてたから』

『馬鹿に喉が乾いた。水が飲みたい……』と患者は苦しさうに眉をひそめてゐながらも、比較的おちついた調子で云つた。

青年は云はれるがま丶に友の口のところにコツプを持つて行つてやりながら、なだめるやうにかう云つた。

『静かに眠り給へよ。大丈夫ださうだ。創は浅いといふ事だ……』

患者はそれには答へようとしなかつた。しばらく黙つて天井を見つめてゐたが、やがてしづかに口を開いた。

『今僕は夢を見てゐたんだよ。ずつと昔、実際にあつた事の夢なんだよ。僕が中学の二年か三年、いや慥かに二年の時分の事なんだ』と普通の健康状態の人が話すやうな調子でこんな事を云ひ出して、青年の顔に眼を移しながら、『僕は随分ヤンチヤな少年だつたんだよ。寧ろ質が悪かつた方だ。悪少年だつたんだ。それでね、その時分同じ机に並んでた男にY――といふのがゐた。非常にすなほな男で、学課の成績もよく、品行方正の賞状を貰ふ模範生だつた。いや、かういふ僕もその頃は学課の成績だけは非常に好かつた。それだからY――と同じ机に並んでゐられたんだ。こんな風にY――がすなほで、勉強家で、おとなしかつたのに引きかへて、僕はひねくれて、不勉強で、いたづら者で、まるで小猿のやうに狡かつた。中学の二年と云へば未だやつとたかゞ十四五の時分だけれど、その十四五の時分に僕はもういろんなませた事を知つてゐて、悪智恵に長けてゐて、今から考へて見ると随分小生意気なことばかり考へたり、たくらんだりしてゐた。ほんとに狡猾な小猿だつたんだ。

……

今夢に見たといふのも丁度その時分の事の一つなんだよ。僕は国文の教師の蛟とんぼ見たやうな声の講義が厭で〳〵堪らなかつたから、その時間にはいつでも小刀で机の縁をけづつたり、帳面に女の顔なんか書いたりしてゐた。それに飽きると隣りにすわつてゐるY――の横つ腹を一寸肘で小突いて、いろんな事を話しかけたものだ。だけれどY――はさういふ男だつたから、真面目な顔をして教師のいふ一言一句を聞き洩すまいといふやうにノートに筆記してゐて、初めの中はちつとも僕の相手になつて呉れなかつた。併し追々僕の話に引つこまれるやうになつて来た。その時の僕の話は一体どんな話だつたと思ふ？』

患者の頰にはかすかに笑が浮んだ。

『それが大概女の話だつたんだぜ、僕は……いや、この小猿はこんな風に話しかけるんだつた。

《おいY――、君に妹があるかい？年はいくつだい？》

するとY――は、

《そんな事訊いて何うすんの？》と真赤な顔をして慴えたやうに答へるんだ。

《そんなに驚かなくつたつていゝよ。何も僕が君の妹を捕つて食ふなんて云ひやしないよ……だけど、君の妹なら屹度可愛らしいに違ひないね》

僕自身では、僕の言葉がY――にどのくらゐ影響を与へるかなんて考へてゐなかつた。嫌ひな時間の怠屈凌ぎに喋つてたに過ぎないんだからね。それから暫く経つてのことだつたが、或日僕が運動場の隅を歩いてゐると、Y――が急に側にやつて来て、恥しさうにかう云ひ出したんだ。

《僕ね、何んだか厭で〳〵仕方がないんだよ。僕の隣家《おとなり》に女の人がゐるんだけどね、その人が毎日僕にいろんな事をいふんだもの、困つちやつた》

《いろんな事つて何んな事？》

《いろんな事つて……》と顔を赤くしてモジ〳〵して、《そんな事口ぢや云へやしないよ》

《ふむ、その女の人つて一体どんな人なんだい？》

《戦争で死んだ中尉の後家さんなだよ》

《そいつは面白い》と僕はかう云つた。《それは君の顔があんまり奇麗だもんだから、その後家さんが可愛がつてくれるんだよ。可愛がられたまへ、いゝ事だよ》

全く僕は自分のいふ事がY――の頭にどんな風に影響するか

なんて考へてなかつたんだからね。気紛れに、口から出任せに喋つてゐたに過ぎないんだからね。処がそれが後になつて、意外な、変挺な事件を作り出す原因にならうとは、何といふおかしな事だらう。……

それから四五日経つとY――の様子がだん〲変つて来た。妙に暗つぽく沈み勝になつて、何ものかにしよつちう後から追つかけられてゞもゐるやうな様子を初めた。十日たち二十日たつ中には顔色までがだん〲変つて来た。妙に蒼ざめて来て、皮膚が透明つて来て、それに落ち凹んだ眼のまはりには、薄墨色の輪がぼんやり隈を取り出した。併し僕は別段気に止めてもゐなかつた。で、何んでも二ケ月ばかりする中に、Y――はいつの間にか学校にも出て来ないやうになつた。それから又暫くたつと、何処かの病院に入院したといふ噂が耳に入つた。併し僕は大した事とも思つてゐなかつたから、相かはらず気にも止めずに、見舞にも行かなかつた。

すると或日、突然僕は受持の教師に教員室に引つぱられて行つた。そして教頭と幹事と受持の教師とかう三人して僕のまはりを取りかこんで、馬鹿に恐い顔をして僕を睨みつけてゐるんだ。

《君はY――と並んでゐるんだね》と受持の教師はこんな解り切つた事を、強ひて穏かさを装ふやうな調子で云ひ出した。《君と並んで居つたあのY――が一昨日死んださうだ》

僕はかなり吃驚した。けれども三人の教師がさうしてそんな事を僕に云つて見て、僕の様子に何か変動でも起りはしまいかといふやうに、ぢつと試すやうに僕の顔を睨んでるのを見ると、多少気味は悪かつたが、一種の反抗が起つて来て、《それが一体俺に何うしたといふんだい？》と心の中で思つてゐた。

《君はY――に何か非常な恨みを買ふやうな事をした覚えはないか？》

《そんな事はありません》

《Y――と喧嘩でもした覚えはないか？》

実際僕はあの男と喧嘩した事もなければ、いぢめた事もないから、

《そんな事ありません》ときつぱり答へた。

《実は俺がY――の母親から聞いた話なんだがな》と側から教頭が引取つて、勿体らしく云ひ出した。その教頭は顎髯をぼう〲長く生してゐて、教員中での一番厳格な、生徒いぢめの男だつた。併し僕はその教頭がそんな厳格な顔をしてゐながら、その細君とは北海道で出来合つたといふ事や、こつそり株に手を出して金を溜めこんでる事や、生徒の父兄から賄賂を取つて、うまい汁を吸ひながら知らん顔をしてる事などを知つてゐたから、少しも恐いとも思はなければ、尊敬もしてゐなかつた。

《Y――の母親が昨日俺をたづねて来て云ふことには》と教頭は云ひつゞけた。《Y――が死ぬ少し前、「S――覚えてゐやがれ！」とかう恨めしさうに云つたのださうだ。処がS――といふ生徒はお前の外にはない。而もお前はY――と並んで居つた

として見れば、愈々以てお前の外にはない訳だ。さア恨みを買つた覚えはないか？隠さないで話すがいゝ。喧嘩したとか撲つたとかいふやうな事はお前たちには有勝な事だ。若し覚えがあるなら正直に白状して、Y——の仏前に行つてあやまつて来るがいゝ。我々は今更お前を叱らうとするのぢやない。だから正直に話すがいゝ……》

けれども僕はとう〳〵がんばつて、《そんな事は決してありません》と云ひ通した。それがため強情だといふので、夜まで止置きを喰つた。

後になつて聞いたいろ〳〵な話を綜合して考へて見ると、Y——はその後家に弄ばれてゐたんだ。一体がか弱い男だつたものだから、それが非常に健康を害して、おまけに少年期のさう云つた純な男の頭には、さうした事が非常な恐怖を与へたものと見える。それが原因で神経衰弱にかゝつて、心臓病を併発して、とう〳〵死んで了つたんだ。僕の名を呼んで恨めしいと云つたのも、僕がすゝめたからそんな成行きになつたのだと思ひ込んでたゝめらしいんだ。事実は唯これだけだ……』

患者はかう云つてしづかに眼を閉ぢて、二十秒ばかりぢつとだまつてゐたが、再び眼を開いて、かすかに溜息した。

『事実はこれだけなんだ』と繰返した声には少しく顫へを帯びてゐた。『併しそれが今になつて、何故僕の夢の中に現はれて来なければならないのだらう？《S——、覚えてゐろ！》と云つたあの蒼白い、心臓病でむくんだ顔を、何故今更僕が見なければならないのだらう？ね、君、これが君にわかるかい？僕が中学時代に小猿のやうに狡猾でませてゐたといふ事が、善であつたか悪であつたかなんて、そんな判断を今更して呉れつていふんぢやない。僕が善良な少年であつたかなかつたかなんて、そんな馬鹿げ切つた問題は何うでもいゝ。僕がY——に喋つた言葉の道徳的判断なんかつまらない下らない事なのだ。併し僕が今更この変挺な幻影に取りつかれてなけれやならないのは何うしてかといふ、その理由が君に解るかい？考へて見たまへ。僕があゝしてY——に喋つたといふ事は、全く偶然な気紛れな、馬鹿げたほど微細な事ぢやないか。自分の歩いて行く靴の下にあつた小石だから蹴つたといふ位つまらない事ぢやないか。僕に取つては全くその位つまらない事なんだ。それだのにそのつまらない動機が、他人に対して思ひも設けないそんな重大を生み、やがては又僕自身に取つても、僕の一生を影のやうにつきまとふ運命の重荷となつて来る。その意味が知りたいんだ。その間に隠れてる意味が知りたいんだ。僕は今さうした幻影が夢になつておそつて来たといふその事については余り恐怖も感じない。又Y——に対して喋つた言葉についても別段後悔しようとは思はない。それは喋らなければよかつたとは思ふ。こんな結果を惹起すつていふ事が解つてゐたなら、勿論喋りはしなかつたゞらう。併しそれは今考へる事なんだ。今結果を眼の前に見てから考へる事なんだ。が、その時僕がそれを喋らうとするに至つた動機そのものを、現在の僕が自己の責任として負はなければならない理由が何処にあらう？さうぢやないか。無意識であつた、希望もしなければ期待もしなかつた処に、ひよつこり変なものが飛び出して来て、そしてそれが何時の間にか僕の周囲を執念い蛇のやうに取りまいてしまつたといふ事は、実際馬鹿げ切つた話ぢやないか。而もその罪を、取りまかれた僕自身にあると考へなければならないんだ。そんな不合理な、無茶苦茶な忌々しい事があるだらうか？……』

　患者は次第に昂奮して来た。落ち凹んだ眼には一種の悽い光を帯びて来て、その蒼白色の頬にはあるかなきかの紅がさして来た。そしてその顔は電燈の光にぽうツと浮彫のやうに浮んで見えた。しづけさが其処いら中を這ひまはつてゐた。

『水を呉れないか』と患者が云つた。

　青年は再びコツプを取り上げて、患者の口のところに持つて行つたが、ふと患者の眼を見ると、シヨツクを感じた。そこに氷のやうに冷たい、寧ろ一種の残酷性を帯びた微笑がのぞいてゐたからである。

『君、あんまり昂奮しちやよくないぜ。』と青年は患者の額に手を当てながら云つた。『なるたけ気をしづかに持つて、安心して眠り給へ。創は極く浅いさうだから、しづかにしてゐればすぐ癒るよ』

『ありがたう』と患者はアイロニカリーに答へた。『随分いろ〳〵心配して呉れたと見えて、君は真青な顔をしてゐるね。さぞ草臥れたらう。何うもありがたう。併し君だつてこんな事を考へるだらう？殊に君は藝術家だから、一層考へるに違ひない。君がペンを握つて作をしてゐる時、君がそれを書いたがために、君に書かれたがために死ぬやうな人が君の周囲に出来たとしたら、もしそんな変事が出来たとしたら君は何うする？いや、こんな事はてんで問題にはなるまい。君は必ずかう答へるに違ひない。俺は俺の藝術の所信を貫かんがためには、如何なるものを犠牲にしても悔いないと。屹度さう答へるに違ひない。何故なれば君は自信のある藝術家なんだからねえ』と再びアイロニカルな鋭い微笑をうかべて、『さう答へるべきが当然なんだ。併し今少し事が卑近になつて、君が何か或る簡単な行為を行つてゐるとするよ。勿論それは君に取つて君の藝術的欲求のやうに、何ものを焼きつくしても悔いないといふやうな、そんな執着もパツシヨンもない行為なんだよ。いゝかい、その場合、君は殆んど無関心にやつてる事なんだが、誰か君以外の人がそれがために大変心を苦められるやうな事があつたら何うする？例へば此に君の事を自分の事のやうに心配して呉れる伯母が一人あるとするよ。その伯母から見ると君のやつてる事が何から何まで危つかしくつて仕方がないんだ。それだものだから、愛する甥の上に何も災は起つて呉れるなと、とう〳〵断食までして神に祈つて呉れるとするんだよ。君はそれに対してどんな感じがする？ありがたい、辱けないと思ふかい？』

『君気を鎮めたまへ。そして眠り給へ』

『さういふ場合には』患者はかまはずに更に言葉をつゞけて、

『……………………？堪へがたい重荷だとは思はないか？自分の無意識の影が他人の心に強くうつゝて行くといふ不合理を感じないかい？その影の反映が重苦しい蛇となつて再び戻つて来て、自分の自由を縛りつけて、手も足も出ないものと自分をして了ふとは感じないかい？此に好い例がある。たしか中学時代に習つたリーダーにあつたんだがね、何んでも濠端か川つ縁で一人の母親が子供を遊ばしてゐるんだ。すると子供が水の縁に近づいて行くので、母親は《あぶない！》つて遠くの方から声をかけたんだ。と、子供はその声に驚いて、却つてその水の中に落ちて了つたんだ。この場合子供は母親が自分を愛して呉れてるんだから、自分のためを思つてゐればこそ声をかけて呉れたんだから、と思つて感謝しなければならないだらうか。それよりか子供自身の影から何故そんなものが母親の心を襲つて、お互ひの不幸を醸すのだらう。…………………………

……………………………………………………………

凡そ一個の個体が他の個体に関して――而も他の個体そのものが少しも意識してない事に関して、心配してやつたり何かするのは迷信の一種なんだ。恐るべき迷信の一種なんだ。いや、何故さうした迷信を起さすものがその他の個体から流れ出るんだらう？さうぢやないか、君、藝術家――』

『そんな問題は後にしよう。君は安心して眠らなければならないんだよ』と青年はしづかに再び云つた。

『君ありがたう。併し君は僕の此の創が癒つて助かると思つてるのかい？いや、さうぢやあるまい。医者は君のいふやうに創が浅いなどゝは云はなかつたらう。ね、君、僕の創は寧ろ重傷だと云つた筈だぜ。ね、明日まではむづかしいと云つた筈だぜ。たとひ云はなかつたにした処で、君は医者の様子からチヤンとさう推察してゐる筈だ。藝術家、君は親切な男だ。併し君がほんとうの事を云つたところで、僕は驚きも恐れもしやしないよ。君が隠してるのは解り切つた事なのだ。安心したまへ。僕に取つて今死といふ問題は恐くも何んともないんだから。僕が今癒つて再び生きのびるといふ事に何の意味があるだらう。太陽の光線を享楽しろといふのかい？太陽の光線は僕の疲れた視神経を眩惑させるばかりぢやないか。女を求めろといふのかい？僕に取つて女はあまりにbrutalぢやないか。僕の五官は疲れ切つてゐる。いや生れ乍らにして疲れてるんだ。僕には酒も飲めない。それとも亦あのナザンスキーのやうに、思想の美に酔へといふのかい？僕の思想は余りに分裂してるんだ。その分裂した一片々々が互ひに咬み合ひながら、戦ひながら、毒虫のやうに僕の脳髄を食ひつくさうとしてゐるんだ。もう殆んど食ひつくしかけてるんだ。後どの位残つてるだらう。兎に角もう間もないに違ひない。やがて衰滅は眼の前に見えてゐるんだ。勿論僕に取つて今死ぬといふ事にも意味はないさ。それだから何方でも同じ事ぢやないか。それだのに君はそんなにして僕を欺して寝かす事が、君の美しい友情を示す事だと思つてゐるのかい？君の心にはかういふ考へが強く動いてる筈だ。《この男はもう直き死ぬと極つてゐるんだが、俺はこの男の今日の事件は未だよくは知らないんだから、死なゝい中に何んとかして訊いて置かなければならない》と。ね、君、君はその考へを押しつぶして、この僕に一時でも恐怖を起させまいとして偽を吐く事が、自分の訊きたいと思ふ欲望を犠牲にする事が、大変美しい同情でゞもあるやうに思つてるのかい？その浅薄な同情が人間を下らない、小つぽけなものに堕落さして行くワナだといふ事を知らないのかい？藝術家さん、まア訊きたまへ。僕は君のお望み通りに事件の顛末を話してお聞かせするよ。僕の脈搏は今変調を来してゐる。併し未だ大丈夫だ。一時間位はこれでも息が保つだらう。だから急ぐ事は要らない。余裕は十分にある。

　君、済まないけれども窓を開けて呉れたまへ。部屋の中はあまりに息がこもり過ぎた。』

　青年は無言でしづかに窓を開けた。

『ありがたう。外は風が少しもないんだね。しづかな晩だ。霞が淡くかゝつてゐるぢやないか。もう間もなく春が来るんだね。星がぼうつと淡くまたゝいてゐる。……

　そこで又さつきの問題にうつるとするよ。実をいふとこの方が僕に取つて根本の問題なんだ。かうして豚のやうな女に胸を刺されたといふ事なんか、それこそ一寸した偶然の結果に過ぎないんだ。気紛れな運命の奴が、今朝方癇癪でも起したか、欠伸でもしたゝめに、こんな役割を僕に当てはめたに過ぎないんだ。これが明日であつて見たまへ、運命の奴もう気が変つて、僕を隅田川の深みに投げ込んだかも知れやしないよ。兎に角このウヂヤ〱してゐる生物の一匹々々に、一つ一つの役割を当てはめてやるのも骨の折れる一仕事だからね、たまには欠伸ぐらゐするのも無理はないよ。

　併しそんな事は何うだつていゝ。僕はもつと云はなければならない事が外にあつたんだ。おや、何んだつけかね、僕の云ひつゞけてゐた問題は？……さう〱、自分の無意識の影が他人に強くうつつて、それがやがて自分を縛りつける毒蛇となつて戻つて来るといふ事だつたんだね。その場合、その場合、君はそれを何んと解釈する？まア待ち給へ。今君の解釈なんか聞いたつて仕方がない話だ。僕の事を云はう、僕の事を。……

　僕の一生にはいつでもさうした蛇がつきまとつてゐたんだ。Y――の事がさうだつた。それから僕が仕事をするのが馬鹿らしくて厭で堪らないから、何もしないでごろ〱寝ころんでゐると、僕の祖母が大変心配して、夜よなか観音様に願をかけに行つた事がある。祖母の心から見れば僕を乞食にしたくなかつたのも無理はないかも知れない。…………。祖母はその時引いた風邪がもとゝなつて、重い病気に取りつかれたではないか。一体こんな馬鹿げた、変挺な矛盾が何処から生じて来るのだらう。そしてこの弱い、さう〱、同情心に感激し易い僕は、祖母の枕許に行つて、《今後大いに働きますから、何卒御安心なすつて下さい》と手をついてお詫と礼とをいはなければならなかつたのだ、そして働かなければならなかつたのだ。

……………、……、…………………………、……………………。

かうして僕は自分自身の安心した行為を持てなくなつて了つた。僕が歩く事にも、僕が坐る事にも、僕が飯を食ふ事にも、僕の周囲にはいつでもそれを幾多の蛇と化けさして僕に与へる不思議な魔法使の群が取りまいてゐたのだ。僕は何故もつと強い悪者に生れて来なかつたのだらう。何故神様は僕に石のやうな冷酷の代りに、こんな碌でもない無益な同情とか、泪とかいふものを与へて呉れたのだらう。いや、僕ばかりにではない、人類一般にだ。我々人間といふ奴が何奴も此奴もみんな他人の事なんか考へないで、気にしないで、自分の事ばかりを考へ、自分の事ばかりを気にしてゐたならば、今よりどんなにさつぱりするだらう。この不得要領にニチヤ〳〵はすべて消え去るだらう。それは争闘は絶えないかも知れない。併しその争闘はみんな男性的な争闘なのだ。弱い奴や女々しい奴はみんな跡方もなく消え去つて、強者ばかりが後に残り、不断の、生甲斐のある戦争をつゞけて行くだらう。さうなつてこそ初めて人類の価値が尊くなるんだ。総ての事は唯力のみ……女々しい、醜悪な、紛糾した罪悪の影はすべて滅びて、力のみが太陽と一緒に此の地球を照らすやうになるんだ。つまり原始に帰るんだ。これがほんとうの意味の生活といふものだ。あゝ、此の矛盾の、けがらはしい、醜悪な糸のもつれが何処から来たのだらう。何うしてこんな間違ひが生じて来たんだらう?……　——済まないけれども一ぱい水を呉れ給へ』患者は喉が苛々するといふやうに、眉をしかめて軽い咳をした。『併しそんな空想を喋つたつて何もなりやしない。僕の一生はその間違ひの真只中に彷徨つてゐたやうなものだつた。その不条理な、目茶苦茶な蛇の奴が、一度だつてその締める力をゆるめた事つちやありやしない。これは実際馬鹿げた無意味な事だ。併し事実だつた。如何ともする事の出来ない事実だつた。そしてとう〳〵それの終局が、こんな豚のやうな女に化けて僕の上に降つて来たんだ。鋭利な短刀を持つたNymphaの女となつてやつて来たんだ。……


　藝術家さん、或る女が或る男を愛するといふ事が、愛される男に取つてどんな意味を持つものだか知つてるかい?殊にその男が少しもその女を愛してない場合、女の執念い片恋が、男にどんなに迷惑なものだか君は考へた事があるかい?此にも亦例の変挺な馬鹿げ切つた蛇が首をもたげて来るぢやないか。あの女は僕を愛してゐた。だけれど僕は何時あの女に愛されようと願つた事があるだらう、思つた事があるだらう?僕に取つてはそんな事は全く無関係な事なのだ。僕の様子、僕の顔付が、あの女の心を捉へたといふ事は、僕に取つては偶然な、予期も希望もしない事だつたのだ。ところが女は僕を愛してゐた。何んだか非常に愛してゐた。そして《これだけ貴方を愛してゐるんですから、あなたも何卒私を愛して下さい》と云つて来た。女は一種不合理な貸借関係を持ち出して僕に迫つて来るんだ。勿論僕は払ひはしなかつた。そんなものを払ふ責任を負はなければならない理由が僕には考へられなかつたからだ。

するると女は僕の態度の冷淡なのは、僕に対する自分の愛が未だ足らないのだと思つて、益々僕に迫つて来た。

その日も女は僕の部屋の机の側にすわつて、初めの中は玩具の蛇などを出して、自分はこの蛇のやうに執着が強いのだといふやうな、他愛もない、子供らしい事を云つてゐたが、やがて顔を上げてかう云ひ出した。

《何んて貴方は無情な方なんでせう。あたしがかうして思ひこがれてゐるのに、貴方のその冷淡な御様子は何うでせう。ほんとに貴方は石のやうに血のない方ですわね》

それを聞いて僕は腹を立てた。この位気儘な、我儘な、失敬極る言葉があるだらうか。人間といふ奴が恋をした場合、そしてそれが失恋に終つた場合、その相手に対して吐く言葉の中には、何ものにも増した不条理と、我儘と、無反省と相手に向つての無礼とを含んでゐるもんだ。

僕はかう答へた。

《あなたがさうして僕に強く執着すればするほど、益々僕はあなたに対して嫌悪を感じて来るのです。あなたが僕をラヴなさるのは御勝手だ。けれども僕を引き合ひに出すのは止して下さい。あなたが御自分勝手に作つた芝居に、僕が役を演ずるのを拒んだからといつて、あなたに罵られる理由が何処にありませう。もう止して下さい――》

すると女は泣き出した。そしてふところに用意してゐた薬を取り出して、それを飲んで死ぬといふのだ。

《お死になさい、御勝手に》と僕は冷かに云つた。

けれども僕はやつぱり弱かつた。女がほんとうに薬を口に持つてつた時、僕は例の人間の敵である同情と憐憫とに捉へられた。僕は殆んど無反省に女の手を握つてしまつた。

そんなつもりではなかつたのだ。僕は女が《何うかお忘れにならないやうにね》と媚びるやうに安心したやうにいふのを後に聞きながら、脱れるやうに外へ飛び出した。

その翌日女は手紙をよこした。僕は封を切る気にもなれなかつた。その翌日も亦よこした。僕は返事も出さなかつた。それから三度、四度と、時によると一日に二度も三度もよこす事があつた。併し僕はやつぱり読む気にもなれなければ、返事を出す気にもなれなかつた。

すると女はとう〳〵狂乱して僕の部屋に飛びこんで来た。それが今日の昼間の事だ。

《あゝ口惜しい。あたしは欺されたんだ。あなたのやうな無情な人はない。あたしは欺されたんだ！》

女はさう云つて僕の机の上に泣き伏してキリ〳〵歯軋りをした。僕はその女をその時ほど醜悪だと思つた事はない。いや、人間といふものゝ醜悪をそれ程あらはに見た事はない。ふだんはそれでも様子を作つてゐるんだが、その時は髪もふり乱して、身だしなみもしてゐないので、皮膚の荒れてるのが馬鹿らしい程はつきり眼に付いた。鼻の頭も白粉が塗つてないので、いつもよりも一層低く見えた。眼は釣し上つて、頬つぺたは涙に赤く爛れてゐる。

　僕は面をそむけながら静かにかう云つた。

《失敬な事をお云ひなさるな。さつさと出てつて下さい。此後僕の処に来る事は止めて貰ひたい》

《悪魔、人を欺しやがつて！》と女は喘いでゐる。

《僕が何時あなたを欺しました？失敬な事をいふものではない。僕が何時あなたを愛したと云つた？僕はあなたを嫌つてると云つた覚えこそあれ、愛してるなど、云つた覚えは決してない。あなたは先日の僕の行為を見て独断に勝手に極めてゐるんだ。あれは僕があなたを愛してるがためにした行為ではない。僕自身の意思でも何んでもない。あれはチヤンスが我々をあゝしただけの事なんだ。我々が偶然に翻弄されたゞけの事なんだ。よくお聞きなさい。あなたは僕があなたを欺いたといふ。けれども僕に云はせれば、あなたがどんなにこの僕を苦しめてゐるか御自分ではお解りになりますまい。あなたは魔法使なんですよ。そして人を苦しめる蛇を勝手に作つて置きながら……併しそれは何方でもいゝ。あなたが僕に欺かれたと思つてらつしやるのも御勝手だ。それならば一体何うするといふのです！》

　そこで女はいきなり僕の上に乗しかゝつて来て、短刀で僕の胸を突いた………』

　そして患者は急に血が迸るやうに笑ひ出した。その笑ひ声はだん／＼低くなつて行つて、疲れて、へと／＼になつて、尾がゼーと鳴つた。未だ何か云ひつゞけさうにしたけれど、声が不明瞭になつて来たので、青年の耳にはよくは聞きとれなかつた。

…………………………………………………………

…………………………………………………………

医者がやつて来て、患者の脈搏が危険を示してゐるのを知つて、注射を試みようとした時、青年はそれを無益と覚つたので押しとゞめて友の冥福をしづかに祈つた。

…………………………………………………………

…………………………………………………………

大正二年二月十七日

（「奇蹟」大正２年３月号）

夜叉《やしや》ケ池《いけ》

泉　鏡花

場所　越前国《ゑちぜんのくに》大野郡《おほのごほり》鹿見村《しかみむら》琴弾谷《ことひきだに》

時　現代　盛夏

人名

鐘楼守《しようろうもり》　萩原晃《あきら》

娘　百合

文学士　山沢学円

夜叉《やしや》ケ池《いけ》の主《ぬし》　白雪姫

眷属《けんぞく》　湯の屋峠の万年姥《まんねんうば》

白男《しらをとこ》の鯉七

大蟹五郎

木の芽峠の山椿《やまつばき》

鯖江太郎　虎杖《いたどり》の入道

鯖波次郎　十三塚の骨

夥多《あまた》の影法師《かげぼふし》

剣《けん》ケ峰《みね》の使者　黒和尚《くろおしやう》鯰入《ねんにふ》

鹿見村《しかみむら》百姓　与《よ》十

其の他大勢

神官　鹿見《しかみ》宅膳《たくぜん》

村会議員　権藤《ごんどう》管八《くわん》

小学教師　斎田《さいた》初雄《はつを》

村長　畑上《はたかみ》嘉伝次《かでんじ》

博徒《ばくと》　伝吉《でんきち》

小相撲　小烏《こがらす》風呂助《ふろすけ》

県の代議士　穴隈《あなぐま》鉱蔵《くわうぞう》

劇中名を云ふもの

白山《はくさん》剣《けん》ケ峰《みね》千蛇《じや》ケ池《いけ》の公達《きんだち》。

三国岳《くにだけ》の麓《ふもと》の里に、暮六つの鐘きこゆ。——幕を開く。

（萩原晃《はぎはらあきらこ》此の時白髪《ときしらが》のつくり、鐘楼《しようろう》の上に立ちて夕陽《せきやう》を望みつつあり。鐘楼は柱に蔦《つた》かゝり、高き石段に苔蒸し、棟《むね》には草生ゆ。晃、やがて徐《おもむろ》に段を下りて、清水《しみづ》に米を研ぐ、お百合の背後に行く。）

晃『水は、美しい。何時《いつ》見ても何時も変らず……美しい。』

百合『えゝ（其の水の岸に菖蒲《あやめ》あり二三輪小さき花咲く。）』

晃『綺麗な水だと云ふ事だよ。（と微笑む）』

百合『（白髪《しらが》の鬢《びん》に手を当てゝ、）でも、白いのでございますもの。』

晃『そりや、米を磨いで居るからさ……（と框《かまち》の縁《ふち》に腰を掛く、）お勝手働き御苦労に存じます。せつかくのお手を水仕事で台なしは恐多い、些《ち》とお手伝ひ……。』

百合『可《よ》うございますわ。』

晃『否《いゝえ》さ……お手伝ひと云ふ処だが、お百合さん、お前さんの然うした処は、咲残つた菖蒲を透いて水に影が映《さ》したやうで尚ほ綺麗だよ。』

百合『存じません。』

晃『賞めるに怒る事がありますか。』

百合『おなぶり遊ばすんでございますものを——そして旦那様と云ふものは、こんな台所へ出て居らつしやるものではありません。早くお机の所へおいでなさいまし。』

晃『鐘を撞《つ》く旦那はをかしい。実は権助と名を代へて早速お飯《まんま》にありつきたい。何とも可恐《おそろし》く腹が空いて、今、鐘を撞いた撞木《しゆもく》が、杖に成れば可《い》いと思つた。処で居催促と云ふ形《かた》もある。』

百合『ほ、、、又お極りでおいて遊ばす、……すぐお夕飯にいたしませうねえ。』

晃『東西《とうざい》々々《ぐ／＼》！……太夫《だいふ》身支度は襷掛《たすきが》けで出来ては居るが、手品ぢやあるまいし、磨いで居る米が、飯に早変りはしさうもないなあ。』

百合『まあ、あんな事を——これは翌朝《あした》の分を仕掛けて置くのでございますよ。』

晃『翌朝《あした》の分——あ、、お世帯もち、然《さ》もあるべき事です。いや、其を聞いて安心したら、がつかりして余計空《す》いた。』

百合『何《なん》でございますねえ、見つともない、……お菜《かず》も、あの、お好きな鴫焼《しぎやき》をして上げますから、おとなしくして居らつしやいまし。お腹が空いた空いたつて、人が聞くと笑ひます。』

晃『══朝顔にわれは飯くふ男かな══（と縁《えん》を上る、）誰に遠慮がいるものか、人が笑ふのは、ね、お前、』

百合『はい、（と上と下と顔を見合はす。）』

晃『お互《たがひ》に朝寝の時だよ。』

百合『知りませんよ、（と莞爾俯向《にっこりうつむ》く。）』

晃『煩く藪蚊《やぶつか》が押寄せた。裏縁《うらえん》で燻《いぶ》して遣らう。（と納戸《なんど》に入背《いりうし》後《ろ》むきに山を仰ぐ。）……雲の峰を焼落した、三国《みくに》ケ岳《たけ》は火のやうだ。西は近江、北は加賀、幽に美濃の山々峰々、数万の松明《たいまつ》を列《つら》ねたやうに旱《ひでり》の焔《ほのほ》で取巻いた、夜叉《やしや》ケ池《いけ》にも映るらしい、丁ど其の水の上あたり、宵の明星の色さへ赤い。……なか／＼雨らしい影もないな。』

百合『何《ど》うしたものでございませう。御覧なさいまし、……其の龍が棲むお池の水から続くと云ひます、此処の清水も気の故《せい》やら、流《ながれ》が沢山《たんと》痩せました。頃日《このごろ》は村方で大騒ぎをして居ます。……暑さは強し……貴方《あなた》、お身体《からだ》に触りはしますまいかと、——めしあがりもの不自由な片山里は心細い。最《も》う、私は其が心配でなりません。』

晃『何かと云ふと私の事を苦労ばかり。——流《ながれ》が細つたつて構ふものか。お前こそ、其の上夏瘠せをしないが可い。お百合さん、其の夕顔の花に、一寸《ちよつと》手を触つて見ないか。』

百合『はい、怎《ど》ういたすのでございますか。』

晃『花にも葉にも露があらうね。』

百合『お〻冷い。水の手にも涼しいほど、しつとり花が濡れましたよ。』

晃『世間の人には金が要らう、田地も要らう。雨もなければなるまいが、我々二人活きるには、百日照つても乾きはしない其の露があれば沢山なんだ。（と戸外《おもて》に向いた障子を閉める。）

百合『貴方《あなた》、お暑うございませう。開けてお置きなさいましても、既《も》う、其方此方《そちこち》人も通りますまい。』

晃『何、更つて、そんな心配をするものかね。……晩方閉込んで一燻《えぶ》し燻《えぶ》して置くと、蚊が大分楽になるよ。（時に蚊遣《かやり》の煙なびく。）

学円『（日に焼けたるパナマ帽子、脊広の服、落着のある脊恰好、風呂敷包を斜《はす》に負《しよ》ひ、脚袢草鞋穿《きやはんわらぢばき》、杖《ステツキ》つくりの洋傘《かうもり》を杖《つ》いて、鐘楼《しようろう》の下に出づ。打仰ぎ鐘を眺め、）今朝《けさ》、朝六つの橋を渡つて、ここで暮六つの鐘を聞いた。……（お百合は笊に米をうつす。）やあ、お精が出ます。

（と声を掛ける。）

百合『はい、（と見向く。）』

学円『途中、畷《なはて》を竹藪の処へ来て……暗く成つた処で、今しがた聞きました。時は打つたは此の鐘でせうな。』

百合『然《さ》やうでございます。』

学円『音も尊い！……立派な鐘ぢや。鐘楼《つりがねだう》へ上《あが》つて見ても差支へはありませんか。』

百合『（笊を抱へて立つ。）え〻、大事ございません。けれども貴客《あなた》、御串戯《ごじようだん》に、お杖やなんぞでお敲《たゝ》き遊ばしては不可《いけ》ません。』

学円『西瓜《すゐか》を買ふのではありません。決して敲《たゝ》いては見ますまい。（と笑ふ。）』

百合『御串戯《ごじようだん》おつしやいます……否《いゝえ》、悪戯《いたづら》を遊ばすやうなお方とは、お見受け申《まを》しはしませんけれど、其の鐘は、朝六つと暮六つと夜中丑満《うしみつ》に一度、三度のほかは鳴らさない事になつて居りますから、失礼とは存じましたが、一寸申上《まをしあ》げたのでございます。さあ、何《ど》うぞ御遠慮なく、上つて御覧なさいまし、（と夕顔の垣根について入らうとする。）』

学円『あ〻、一寸……お待ち下さい。鐘も見やうと思ひますが、ふと言《ことば》を交はしたを御縁に、余り不躾《ぶしつけ》がましい事ぢやが、茶なりと湯なりと、一杯お振舞ひ下さらんか。』

百合『お易い事でございます、まあ、貴客《あなた》、此《これ》へお掛けなさいまし。』

学円『えいやつと……御免下さいよ。』

百合『真に見苦しうございます。』

学円『此《これ》は——お寺の庫裡《くり》とも見受ませんか。御本堂は離れて居ますかい。』

百合『否《いゝえ》、最《も》うづうと昔、焼けたとか申《まを》しまして、以前から寺はないのでございます。』

学円『鐘ばかり……』

百合『はい。』

学円『鐘ばかり……成程、処で西瓜の一件ぢやね、（と帽子を脱ぐ、殆んど剃髪したる如き一分刈の額を撫で、、）や、西瓜と云へば、内に甜瓜《まくわうり》でもありますまいか。――茶店でもない様子――（と見廻す。片山家《かたやまが》の暮れ行く風情、茅屋の低き納戸《なんど》の障子に灯影《ひかげ》映る。）此の上、晩飯の御難題は言出しませんが、如何《いかん》とも腹が空《す》いた。』

百合『ほ、、（と打笑み、）筧《かけゐ》の下に、梨《ありのみ》が冷してござんす、上げませう。（と夕顔の蔭に立廻る。）』

学円『（がぶ〳〵と茶を呑み、衣兜《ポケット》から扇子を取つて、煽いだのを、ト翳して見つ、、）お、、咲きました。貴方《あなた》の顔を見るやうに。』

百合『え、？（と聞返す。）』

学円『いや、髪の色を見るやうに……』

百合『もう年をとりますと、花どころではございません。早く干瓢《かんぺう》にでもなりますれば、と其ばかりを待つて居ります。』

学円『小刀《ナイフ》を此《これ》へお遣はし……私《わし》が剝きます。――お世話を掛けては却つて気遣ひな。どれ〳〵……旅の事欠け、不器用ながら、梨の皮ぐらゐは、うまく剝きます。お、〳〵氷よりよく冷えた。玉を削るとは此の事ぢやらう。甘露《かんろ》々々。』

百合『旅を遊ばす御様子にお見受け申します……貴客《あなた》はどれから、どれへお越しなさいますえ？』

学円『扨《さ》て名告りを揚げて、何の峠を越すと云ふでもありません。御覧の通り、学校に勤めるもので、暑中休暇に見物学問と云ふ処を、怠けながら遣《や》つて歩行《ある》く……最も、帰途《かへりみち》です。――涼しくば木の芽峠、音に聞こえた中の河内《かはち》か、（と廂《ひさし》はづれに山見る眉。）峰の茶店に茶汲女《ちやくみをんな》が赤前垂《あかまへだれ》と云ふのが事実なら、痘疽《はうそ》の神の健場でも差支へん、湯の尾峠を越さうとも思ひます。――落着く前《さき》は京都ですよ。』

百合『お泊りは？　貴客《あなた》、今晩の。』

学円『あ、、浮《うつ》かり泊りなぞお聞きなさらぬが可《い》いな。言尻《ことばじり》に取り着いて、宿の御無心申《まを》さんとも限りませんぞ。は、は、、いや、串戯《じようだん》ぢや。御心配には及ばんが、何と、其の湯の尾峠の茶汲女は、今でも赤前垂ぢやらうかね。』

百合『山また山の峠の中に、嘘のやうにもお思ひなさいませうが、真個《まつたく》だと申《まを》しますよ。』

学円『いや〳〵谷の姫百合も緋色に咲けば、何も其に不思議はない。が、此の通り山ばかり、重り累《かさな》る、あの、巓《いたゞき》を思ふにつけて、峰の錦葉《もみぢ》は時ならずぢや……夕焼雲が、めら〳〵と巌《いはほ》に焼込むやうにも見える。こりや、赤前垂より、雪女郎《ゆきぢよらう》で凄うても、中の河内が可《い》いかも分らん。何にしろ、暑い事ぢやね、――漸つと此処で呼吸《いき》をついた。』

百合『里では人死《ひとじに》もありますツて……酷い旱《ひでり》でございますもの。』

学円『今朝から難行苦行の体でな、暑さに八九里悩みましたが、――可恐《おそろ》しい事には、水らしい水と云ふのを、此処へ来てはじめて見ました。此は清水と見えますね。』

百合『裏の崖から湧きますのを、筧にうけて落します……細い流《ながれ》でございますが、石に当つて、ちろ〳〵と佳い音がしますので、此の谷を、あの琴弾谷《ことひきだに》と申しますよ。貴客《あなた》、それは、おいしい冷い清水。……一杯汲んで差上げませうか。』

学円『何が今まで我慢が出来やう。鐘堂《つりがねだう》も知らない前に、此の美い水を見ると、逆觔斗《さかとんぼ》で口をつけて、手で引摑んで、がぶ〴〵とな。』

百合『まあ、私は何《ど》うしませう、知らずにお米を研ぎました。』

学円『いや、しらげ水は此の蒲菖の絞、夕顔の花の化粧に成つたと見えて、下流の水は矢張《やつぱ》り水晶。さう濁りもありませなんだ。が、村里一統、飲む水にも困るらしく見受けたに、此処の源まで来ないのは格別、流れを汲取るものもなかつたやうに思ふ……何ぞ仔細のある事ぢやらうか。』

百合『あの、湧きますのは、裏の崖でござんすけれど。』

学円『はあ、はあ。……』

百合『水の源は此の山奥に、夜叉ケ池と申します、凄い大池がございます。其の水底には竜が棲む、其処へ通ふと云ひまして、——皆が皆ではありませんが、毒があるつて可恐《こは》がります。——最《も》う薄暗くて見えますまいけれども、其の貴客《あなた》、流《ながれ》の石には、水がかゝつて、紫《むらさき》だの、緑だの、口紅ほどな小粒も交つて、其は綺麗でございますのを、お池の主《ぬし》の眷属《けんぞく》の鱗がこぼれたなぞと云つて、気味が悪いと申すんでございますから……』

学円『綺麗な石が毒蛇の鱗？　や、がぶ〳〵と、豪《えら》いことを遣《や》つて了ふた。（と扇子を以て胸を打つ。）

百合『まあ、（と微笑み、）私どもが此の年まで朝夕《あさゆふ》飲んで何ともない。其をあの、人は疑ふのでございます。』

学円『最も、最も。ものを疑ふのは人間の習ひですよ。私は今のお言で、決して心配はしますまい。現《げん》に朝夕飲んで居らるゝ、——此の年紀《とし》まで——（と打ち瞻《まも》り、）お幾歳《いくつ》ぢやな。』

百合『…………。』

学円『まあさ、失礼ぢやが、お幾歳です？』

百合『御免なさいまし、……（と、に嬌態《しな》あり。）忘れました。……』

学円『はゝ、俚言《ことわざ》にも、婦人に対して、貴女は何時《いつ》死ぬとは問うても可い。が、何時生れた。とは聞くな——とある。此は無遠慮に出過ぎました。……お幾歳ぢやと年紀《とし》は尋ねますまい。時に、幾干《いくら》ですか。』

百合『幾干かとおいしやつて？』

学円『代価ぢや。』

百合『あの、お代、何の？　……お宝……まあ滅相な、お茶代なぞ頂くのではないのでござんす。』

学円『茶も茶ぢやが、いやあ此は、髯のやうにもぢやもぢやと聞えてをかしい。茶も勿論、梨を十分に頂いた。お商売でなうても無代価では心苦しい。づばりと余計なら黙つても差置きますが、旅空《たびそら》なり、御覧の通りの風体。丁《ちやん》と云ふて取つて下さい。』

百合『然《さ》うまでお気が済みませんなら、少々お代を頂きませうか。』

学円『勿論ともな。』

百合『でも、あの、お代とさへ申しますもの、お宝には限りません。其のかはり、短いのでも可うござんす、お談話《はなし》を一つ、お聞かせなすつて下さいましな。』

学円『談話をせい、……談話とは？』

百合『方々《ほう〴〵》旅を遊ばした、面白い、珍らしい、お話しでございます。』

学円『其の談話《はなし》を？』

百合『はい、お代のかはりに頂きます。貴客《あなた》には限りませず、薬売の衆、行者、巡礼、此の村里の人たちにもお間に合ふものがござんして、其のお代をと云ふ方には、誰方《どなた》にも、お談話を一条《ひとつ》づゝ伺ひます。沢山《たんと》お聞かせ下さいますと、お泊め申《まを》しもするのでござんす。』

学円『む、、此こそ談話ぢや、（と小膝を拍《う》て、）面白い。話しませう。……が、扨《さ》て談話と云ふて、差当り――お茶代に成るのぢやからつて、長崎から強飯《こはめし》でもあるまいな。や、思出した。然も此の越前ぢや。』

晃『（細く障子を開き差覘く、時に小机に向ひたり。双紙を開き筆を取つて、客の物語る所をかき取らむとしたるなるが、学円と双方、ふと面を合はせて、何とかしけむ、燈火《ともしび》を弗《ふつ》と消す。）

百合『どんなお話、もし、貴客《あなた》。』

学円『時に……此処で話すのを、貴女《あなた》のほかに聞く人がありますかね。』

百合『否《いゝえ》、外にはお月様ばかりでござんす。』

学円『道理こそ燈が消えて。あゝ、蚊遣《かやり》の煙で、よくは見えぬが、……納戸に月が射すらしい――お待ちなさい。今、言ひかけた越前の話と云ふのは、縁の下で牡丹餅《ぼたもち》が化けたのです。たとへば、こゝで私がものを云ふと、其の通り、縁の下で口真似をする奴がある。村中が寄つて集つて、口真似するは何ものぢや、狐か、と聞くと違うと答へる。狸か、違う、獺《かはをそ》か、違う、魔か、天狗か。違う、違う。……しまひに牡丹餅《ぼたもち》か、と尋ねた時、応と云つて消え失せたと云ふ――其の話をする気であつたが、……まだ外に、月が聞くと言はるるから、出直して、別の談話をする気に成つた。お聞きなさい。此は現在一昨年の夏

――

一人、私の親友に、何か予て志す……国々に伝はつた面白い、又異《かは》つた、不思議な物語を集めて見たい。日本中残らずとは思ふが、此夏は山深い北国筋の谷を渡り、峰を伝つて尋ねやう、と夏休みに東京を出ました――其切《それつきり》、行衛《ゆくゑ》が知れず、音沙汰なし。親兄弟もある人物、出来る限り、手を尽して捜したが、皆目跡形《あとかた》が了《わか》らんから、われ〳〵友だちの間にも、最早や世にない、死んだものと断念《あきら》めて、都を出た日を命日にする始末。いや、一時は新聞沙汰、世間で豪い騒ぎをした。……

自殺か、怪我か、変死かと、果敢ない事に、寄ると触ると袂

を絞つて言交はすぞ！　あとを隠すにも、死ぬのにも、何の理由もない男ぢやに、貴女《あなた》、世間には変つた事がありませうな……』

百合『あゝ、貴客《あなた》、貴客、難有《ありがた》う存じます。……真個《ほんとう》に難有《ありがた》う存じました。（とにべなく言ふ。）

学円『そんなに礼を云ふて、茶代のかはりに成るのですかい。』

百合『最《も》う沢山でございます。』

学円『それでは面白かつたのぢやね。』

百合『……おもしろいのは、前の牡丹餅の化けた方、あとのは沢山でございます。』

学円『扨《さ》て談話《はなし》は此からなんぢや。今のは真個《ほん》の前提《まへおき》ですが。』

百合『何《ど》うぞ、……結構でございますから、——而して貴客《あなた》、既《も》う暗く成ります、お宿をお取り遊ばすにも御不自由でございませうから。……』

学円『いや〳〵。談話《はなし》の模様では、宿をする事もあると言はれた。私も一つ泊めて下さい、——此の談話は実があります。』

百合『前刻《さつき》は、貴客《あなた》、女の口から泊りの事なぞ聞くんぢやない。……其の言について、宿の無心でもされたら何《ど》うするとおつしやつて……最《も》う、清い涼いお方だと思ひましたものを、——女ばかり居る処で、宿貸せなぞと、そんな事、……もう、私は気味が悪い。』

学円『気味が悪いな？　牡丹餅の化けたではないのですが、』

百合『こんな山家《やまが》は、お化より、都の人が可恐《こは》うござんす、……さ、貴客《あなた》何《ど》うぞ。』

学円『此は、押出されるは酷い。（と不承々々に立つ。）

百合『（続いて出で、押遣るばかりに。）何《ど》うぞ、お立ち下さいまし。』

学円『婦人ばかりぢや、兎や角う言はれぬか。鉢の木ではないのぢやか、蚊に焚く柴もあるものを、……常世の宿なら恁《か》う、情なくは扱ふまい。……雪の降らぬがせめてもぢや。』

百合『真夏土用の百日旱《ひでり》に、たとへ雪が降らうとも、……（と立ちながら、納戸の方を熟《じつ》と視て、学円に瞳を返す。）御機嫌よう。』

学円『失礼します。』

晃『（衝《つ》と蚊遣の中に姿を顕はし、）山沢、山沢。（ときつぱり呼ぶ。）

学円『おい、萩原。萩原か。』

百合『あれ、貴方、（と走り寄つて、出足を留めるやうに、膝を突き手に晃の胸を圧へる。）』

晃『帰りやしない、大丈夫、大丈夫、（と低声に云つて、）何とも言ひやうがない、山沢、まあ——まあ、此方《こちら》へ。』

学円『私も何とも言ひやうが無い。十に九ツ君だらうと、今ね、顔を見た時、又先刻からの様子でも然う思ふた。けれども、余り思掛けなし——、（引返して框に来り、）第一其の頭は何《ど》うしたい？』

晃『頭も何《ど》うかして居ると思つて、まあ、許して上つてくれ。』

学円『埃ばかりぢや、失敬するぞ、（と足を拭いたなりで座に入る。）いや、其の頭も頭ぢやが、白髪は何《ど》うぢや、白髪はよ？……』

晃『此か、谷底に棲めばと云つて、大蛇《うはゞみ》に呑まれた次第ではない、こいつは仮髪《かづら》だ。（と脱いで棄てる。）』

学円『は、あ、……（とお百合を密《そつ》と見て、）勿論ぢやな、其の何も……』

晃『こりや、百合と云ふ。（お百合、座に直つた晃の膝に、其のまま俯伏しに縋つて居る。）

学円『お百合さんか、細君も……何、奥方も……』

晃『泣く奴があるか。涙を拭いて、整然《ちやん》として、御挨拶しな。（と言ふうちに、極り悪さうに、お百合は衝と納戸へかくれる。）君に脊中を敲《たゝ》かれて、僕の夢が覚めた処で、東京へ帰るかつて憂慮《きづか》ひなんです。』

学円『（お百合の優しさに、涙もろく、ほろりとしながら、）いや、私の顔を見たぐらゐで、萩原――此の夢は覚めんぢやらう。……何、い、夢なら敢て覚めるには及ばんのぢや……しかし萩原、夢の裡にも忘れまいが、東京の君の内では親御はじめ、』

晃『む、、』

学円『君の事で、多少、それは、寿命は縮められたか了《わか》らんが、皆先《ま》づ御無事ぢや。』

晃『あ、、然《さ》うか。難有《ありがた》い。』

学円『私に礼には及ばない。』

晃『実に済まん！』

学円『扨《さ》て此は何《ど》うしたわけぢや。』

晃『夢だと思つて聞いてくれ。』

学円『勿論夢だと思ふて居る……』

晃『悉《くは》しい事は、夜すがらにも話すとして、知つてる通り……、僕は、それ諸国の物語を聞かうと思つて、北国筋を歩行いたんだ。自身……僕、其のものが一条《ひとくだり》のもの語に成つた訳だ。――魔法つかひは山を取つて海に移す、人間を樹にもする、石にもする、石を取つて木の葉にもする、木の葉を蛙にもすると言ふ、……君も此処へ来たばかりで、もの語の中の人に成つたらう……僕は最《も》う一層、其の上を、物語、其のものに成つたんだ。』

学円『薄気味の悪い事を云ふな。では、君の細君は、……（と云ひつ、憚《はゞか》る。）』

晃『（納戸を振向、）衣服でも着換へるか、髪など撫つけて居るだらう。……襖一重だから、脊戸へ出た。……』

学円『（伸上り納戸越に透かし見て、）おい、水があるか蘆の葉の前に。櫛にも月の光が射して、仮髪《かづら》をはづした髪の艶、雪国と聞く故か、まだ消残つて白いやうに襟脚、脊筋も透通る。……凄いまで美しいが、……何か、細君は魔法つかひか。』

晃『可哀想な事を言へ、まさか、』

学円『ふん。』

晃『此の土地、此の里――此の琴弾谷が、一個《ひとつ》の魔法づかひだと云ふんだよ。――

山沢、君は、此の山奥の、夜叉ケ池と云ふのを聞いたか。』

学円『聞いた、然《しか》も其の池を見やうと思つて、今庄《いまじょう》駅から五里

郵便はがき

料金受取人払

神田局承認

1332

差出有効期間
平成14年5月
19日まで

101-8791

019

千代田区内神田2-7-6
安和ビル

ゆまに書房

営業部　行

ふりがな ご氏名		性別		年齢	歳
ご住所					
勤務地 または 学校名					
購入書店 （所在地）					

◆ 愛読者カード ◆

〈1〉 お買い求めになった書名

〈2〉 ご購入の動機（○印をおつけ下さい）

1. 広告を見て（媒体名：　　　　　　　　　　）
2. 書評・紹介を読んで（新聞・雑誌名：　　　　　　　　　　）
3. 書店で見て
4. 小社刊行物や案内を見て
5. 人にすすめられて
6. その他（具体的に　　　　　　　　　　）

〈3〉 本書についてのご意見、ご感想をお聞かせ下さい。

〈4〉 最近お読みになった本をお教え下さい。

〈5〉 今関心のあるテーマ、執筆者など、お聞かせ下さい。

ありがとうございました。

ばかり、態々《わざ〳〵》此処まで入込んだのぢや。』

晃『僕も一昨年、其の池を見やうと思つて、此の谷へ入つたゝめに、恁《か》う云ふ次第に成つたんだ。――こゝに鐘がある――』

学円『ある！　何にか朝六つ暮六つ……丑満《うしみつ》、と一昼夜に三度鳴らす。其の他は一切音をさせない定《さだめ》ぢやと聞いたが、』

晃『然《さ》うだよ。定として、他は一切音をさせてはならないと一所にな、一日一夜に三度づゝは必ず鳴らさねばならないんだ。』

学円『其は？……』

晃『こゝに伝説がある。昔、人と水と戦つて、此の里の滅びやうとした時、越の大徳泰澄《だいとくたいちやう》が、行力《ぎやうりき》で、龍神を其の夜叉ケ池に封込んだ。龍神の言ふには、人の溺れ、地の沈むを救ふために、自由を奪はるゝは、是非に及ばん。其のかはりに鐘を鋳て、麓に掛けて、昼夜に三度づゝ撞鳴《つきな》らして、我を驚かせ、其の約束を思出させよ。……我が性は自由を想ふ、自在を欲する、気ままを望む。ともすれば、誓を忘れて、狭き池の水をして北陸七道に漲らさうとする。我が自由のためには、世の人畜の生命など、ものゝ数ともするのでない。が、約束は違へぬ、誓は破らん――但し其の約束、其の誓を忘れさせまい、思出させやうとするために、鐘を撞く事を怠るな、――山沢、其のために鋳た鐘なんだよ。だから一度でも忘れると、立処に、大雨《たいう》、大雷《だいらい》、大風《おほかぜ》とゝもに、夜叉ケ池から津波が起つて、村も里も水の底に葬つて、龍神は想ふまゝに天地を馳《ち》すると……恁う、此の土地で言伝へる。……其のために朝六つ、暮六つ丑満《うしみ》つ鐘を撞く。……』

学円『（乗出でゝ）面白い。』

晃『いや、面白いでは済まない、大切な事です。』

学円『如何にも大切な事ぢや。』

晃『処で、其の鐘を撞く、鐘撞き男を誰だと思う？……』

学円『君か。』

晃『僕だよ。即ち萩原晃が其の鐘撞《かねつき》夫なんだよ。』

学円『はてな。』

晃『こゝに小屋がある……』

学円『むゝ。』

晃『鐘撞《かねつき》が住む小屋で、一昨年の夏、私が来て、代るまでは、弥太兵衛《やたべゑ》と云ふ七十九に成る爺様《ぢいさん》が一人居て、これは五十年以来、如何な一日も欠かす事なく、一昼夜に三度づゝ此の鐘を打つて居た。

山沢、花は人の目を誘ふ、水は人の心を引く。君も夜叉ケ池を見に来たと云ふ。私が矢張り、池を見やうと、此里へ来た時、暮六つの鐘が鳴つたんだ。弥太兵衛爺に、鐘の所説《いはれ》を聞きながら夜があけたら池まで案内をさせる約束で、小屋へ泊めて貰つた処。

其の夜《よ》、丑満の鐘を撞いて、鐘楼の高い段から下りると、爺は、此の縁前で打倒《ぶつたふ》れた――急病だ。死ぬ苦悩《くるしみ》をしながら、死切れないと云つて、悶える——恁《か》うした世間だ、既《も》う以前から、村一統鐘の信心が消えて居る。……爺が死んだら、誰も鐘を鳴らすものがない。一度でも忘れると、掌《たなそこ》をめぐらさず、田地田畠、陸は水に成る、沼に成る、淵に成る、幾万、何千の人の生命《いのち》——其を思ふと死ぬるも死切れぬと、呻吟《うめ》いて掻《もが》く。——虫より細い声だけれども、五十年の明暮《あけくれ》を、一生懸命、然《さ》うした信仰で鐘楼を守り徹した、骨と皮ばかりの爺が云ふのだ……鐘の自から鳴る如く、僕の耳に響いたから、……且《かつ》は臨終の苦《く》患《げん》の可哀《あはれ》さに、安心をさせやうと、——心配をするな親仁《おやぢ》、鐘は俺が撞いて遣る、——とはつきり云ふと、世にも嬉しさうに、ニヤニヤと笑つて、拝みながら死んだ。其の時の顔を今に忘れん。

　が、まさか、一生、こゝに鐘を撞いて終らうとは思はなかつた。丑満は爺が済ました、明六つの鐘一度ばかり、代つて撞くぐらゐにしか考へなかつた。が、さあ、爺が死ぬ、村のものを呼ぼうにも、此の通り隣家《となり》に遠い。三度の掟で其の外は、火にも水にも鐘を撞くことは成らないだらう。』

学円『其の鳴らして成らないと云ふ、何《ど》うした次第《わけ》ぢやね？』

晃『鐘は、高く、此処にあつて——其の影は深く夜叉ケ池の碧潭《へきたん》に映ると云ふ……撞木を当てゝ鳴る時は、凩《こがらし》にすら、そよりとも動かない、其の池の水が、さらさらと波を立てると聞く。元来、龍神を驚かすために打鳴らすのであるから、三度のほかに騒がしては、礼を欠く事に当る……』

学円『其の道理ぢや、む〻。』

晃『鐘も鳴らせん……処で、不知案内の村を駆廻つて人を集めた、——サア、弥太兵衛《やたべゑ》の始末は着いたが、誰も承合つて鐘を撞かうと言はない。第一、しか〲であるから、と爺に聞いた伝説を、先祖の遺言のやうに厳《おごそか》に言つて聞かせると、村のものは哄《どつ》と笑ふ。……若いものは無理もない、老寄どもゝ老寄どもなり、寺の和尚までけろりとして、昔話なら、桃太郎の宝を取つて帰つた方が結構でござる、と言ふ。癪に障つた——勝手にしろと、私も其処から、（と框《かまち》を指し、）草鞋を穿いて、すた〲此の谷を出て帰つたんだ。帰る時、鹿見《しかみ》村のはづれの土橋の袂に、榎の樹の下に立つて悄乎《しよんぼり》と見送つたのが、（と調子を低く、）あの、婦人《をんな》だ。

　其の日の朝六つの鐘さへ、学校通ひの小児《こども》をはじめ指さしをして笑ふ上で、私が撞いた。此の様子では、最早や今日から、暮六の鐘は鳴るまいな！……

　もしや、岩抜け、山津波、然うでもない、大暴風雨《おほあらし》で、村の滅びる事があつたら、打明けた処……他は構はん、……此の娘の生命もあるまい——待て、二三日、鐘堂《つりがねだう》を俺が守らう。其の内には、と又四五日、半月一月を経るうちに、早いものよ、足掛け三年、——君に逢ふまで、それさへ忘れた。……又、忘れるために、其の上、年に老朽ちて世を離れた、と自分でも断念《あきらめ》のため。……ばかりぢや無い、……雁《かりがね》、燕《つばめ》の行きかへり、軒なり、空なり、往交ふ目を、一寸は紛らす事もあらうと、昼間は白髪の仮髪《かづら》を被る。』

学円『（黙然《もくねん》として顔を見る。）』

晃『（言葉途絶える、）然う顔を見るな、恥入つた。』

学円『（少時《しばらく》、打案じ、）すると、あの、……お百合さんぢや、其の人のために、こゝに隠れる気に成つたと云ふのぢや。』

晃『……益《ます》〳〵恥入る。』

学円『いや、恥づるには及ばん。が、何《ど》うぢや、細君を連れて、東京へ出るわけには行かんのか。』

晃『何も三ケ国と言はん。越前一ケ国とも言はん。われ〳〵二人が見棄て、去つて、此の村と、里と、麓に棲むもの、生命《せいめい》を何《ど》うする。』

学円『萩原、（と呼びつゝ、寄り、）で、君は其を信ずるかい。』

晃『信じる、信ずるやうに成つた。萩原晃はいざ知らん、越前国三国ケ岳の麓、鹿見村琴弾谷の鐘楼守、百合の夫の二代の弥太兵衛《やたべゑ》は確に信じる。』

学円『（ひたりと洋服の胡座《あぐら》に手をおき）何にも言はん、然う信ぜい。堅く信ぜい。奥方の人を離れた美しさを見るにつけても、天が此の村のために、お百合さんを造り置いて、鐘楼守を、こゝに据ゑられたものかも知れん。君たち二人は二柱の村の神ぢや。就中《なかんづく》、お百合さんは女神ぢやな。』

百合『（行燈を手に、黒髪美しく立出づる、）私、何《ど》うしたら可うございませう。』

学円『や、此は……』

百合『貴客《あなた》、今ほどは、』

学円『扨て、お初に……はゝはゝ、奥さん。』

百合『まあ……』（と恥らふ）

晃『これ、まあ……ではない、よく御挨拶申《まを》しな、兄とおなじ人だ。』

百合『（黙つて手をつく、）』

学円『はい〳〵。いや、御挨拶は最《も》う済みました。貴女《あなた》嚔《くしやみ》は出ませなんだか。』

晃『うつかり嚔なんぞすると、蚊が飛出す。』

百合『あれ、沢山《たんと》おなぶんなさいまし。』

晃『そんなにお前、白粉を粧けると、壁だと思つて蝙蝠が来るぜ。』

百合『あんな事ばかりおつしやる』（と優しく睨んで顔を隠す。）

学円『何にしろ、お睦じい……はゝはゝ、、勝手にお噂をしましたが、何は、お里方、親御、御兄弟は？』

晃『山沢、何にもない孤児《みなしご》なんだ。鎮守の八幡の宮の神官の一人娘で、其の神官の父親さんも亡く成つた。叔父があつて、其が今、神官の代理をして居る。……此《これ》の前だが、叔父と云ふのは、了見のよくない人でな。』

学円『それは〳〵、』

晃『姪の此を、附けつ廻はしつしたと云ふ大難ぶづです。』

百合『真個《ほんとう》に、たよりのない身体でございます。何にも存じません、不束ものでございますけれど、貴客《あなた》、何《ど》うぞ御ふびんをお掛けなすつて下さいまし。』（としんみりと学円に向つて三指《みつゆび》して云ふ。）

学円『（引き入れられて、思はず涙ぐむ。）御特勝ですな。他人のやうには思やしません。』

晃『（同じく何となく胸せまる、涙を払つて、）さあ〳〵、親類と云ふお言葉なんだ。遠慮のない処、何にも要らん。御吹聴の鴫焼で一杯つけな。此《これ》からゆつくり話すんだ。山沢、野菜は食はしたいぜ、そりや、甘《うま》いぞ。』

学円『奥方、お立ちなさるな。ト其処でぢやな、萩原。私は志した通り、此から夜を掛けて夜叉ケ池を見に行く気ぢや。種《いろ》〳〵不思議な話を聞いたら、尚ほ一層見たく成つた。御飯はお手料理で御馳走に成らうが、お盃には及ばん、第一、知つてる通り、一滴も飲めやせん。』

晃『成程、然うか、夜叉ケ池を見に来たんだ。……明日にしては、と云ふんだけれども、道は一里余り、が、上りが嶮しい。此の暑さでは夜が可《い》い。しかし、四五日は帰さんから、明日の晩にしてくれないかい。』

学円『いや、学校がある。此でも学生の方ではないから勝手に休めん。第一、遊び過ぎて、既《も》う切詰めぢや。』

晃『其は困つた、学校は？……先刻《さつき》、落着く前は京都だと云つたやうだつたな。』

学円『むゝ、去年から大宮人《おほみやびと》に成つた。みやづかへの情なさぢや。何しろ、急ぐ。』

晃『了つた、では案内かた〴〵一緒に行く……』

学円『君も。』

晃『……直ぐに出掛けやう。』

学円『それだと、奥方に済まんぞ。』

晃『何を詰らない。』

百合『否《いゝえ》……（と云ひしがしほ〳〵と、）貴方《あなた》、直ぐにとおつしやつて、……お支度は……』

晃『土橋の煮《に》染《しめ》屋で竹の皮づゝみと遣らかす、其の方が早手《はやて》廻《まはし》だ。鰊の煮びたし、焼どうふ、可からう、山沢。』

学円『結構ぢや。』

晃『事が決れば早いが可《い》い。源左衛門は草履で可《よし》、最明寺どのは、お草鞋《わらぢ》、お草鞋。』

学円『やあ、おもしろい。奥さん、いづれ帰途《かへり》には寄せて頂く。私は味噌汁が大好きです。小菜を入れて食べさして発《た》せて下さい。時に、帰途は何時に成らう……』

晃『さあ、夜が短い。明方に成らうも知れん。』

学円『明けがた……は可いが、（と草鞋を穿きながら、）待て待て、一緒に気軽に飛出して、今夜、丑満つの鐘は何《ど》うするのぢや。』

晃『百合が心得て居る、先代弥太兵衛と違ふ、仙人ではない、生身の人間病気もする、百合が時々代るんだよ。』

学円『では、池のあたりで聞きませう。奥方しつかり願ひます。』

百合『はい、内をお忘れなさいませんやうに、私は一生懸命に、』（と涙声にて云ふ。）

晃『……おい、あの、弥太兵衛が譲りの、お家の重宝と云ふ瓢箪を出したり、酒を買う。――其から鎌を貸しな、滅多に人の通はぬ処、路はあつても熊笹ぐらゐは切らざあ成るまい。……早くおし。』

百合『はい、はい。』

学円『やあ、どぎ〳〵と鋭いな。』（と鎌を見る。）

晃『月影に……（空へかざす）尚ほ光るんだ。此でも鎌を研ぐことを覚えたぜ。――此方《こつち》だ、此方だ、（と先へ立つ。）

百合『お気をつけ遊ばせよ。』（とうるみ声にて、送り出づる時、可愛き人形袖にあり。）

晃『何だい、そんなもの。』（と見返る。）

百合『太郎が一寸お見送り。（と袖でしめつゝ、）小父ちやんもお早くお帰りなさいまし、坊やが寂しうございます。』（と云ひながら、学円の顔をみまもり小家《こや》の内を指し、ト鬢を撫で、其の手に密《そつ》と学円ををがんで、うつむいて、ほろりとする。）

学円『（庇《かば》ふ状《さま》に手を挙げて、又涙ぐみ、）御道理《ごもつとも》ぢや、が、大丈夫、夢にも、そんな事が、貴女《あなた》（と云つて晃に向きかへ、）私に逢ふて、里心が出て、君が此なり帰るまいかと云ふ御心配ぢや。』

百合『（きまりわるげに、つと背向《そがひ》になる。）』

晃『あゝ、其で先刻《さつき》から……馬鹿、嬰児《ねんねえ》だな。』

学円『何かい、一寸出掛にキスなどせんでも可いかい。』

晃『旦那方ぢやあるまいし、鐘撞弥太兵衛でがんすての。』（と両人連立ち行く。）

百合『（熟《じつ》と少時《しばし》、）まさかとは思ふけれど、ねえ、坊や、大丈夫お帰んなさるわねえ。お〳〵目ン目を眠つて、頷いて、まあ、可愛い、（と頬摺りし、）坊やは、お乳をおあがりよ、母さんは一人ではお夕飯も欲くない。早く片附けてお留守をしませう。一人だと見て取ると、村の人が煩いから、月は可《よし》、灯を消して戸をしめて。――』（と框《かまち》にづツと雨戸を閉める。閉め果てると、戸の鍵がガチリと下りる。やがて、納戸の燈《ともしび》、はつと消ゆ）

〽出る化けもの、数々は、一ツ目、見越、河太郎、河、獺《かはをそ》、海坊主、天守にをさかべ、化猫、赤手拭、篠田に葛の葉、野干《やかん》平《ぺい》、古狸の腹鼓、ポコポンポコポン、コリヤ、ポンポコポン、笛に雨を呼び、酒買小僧《さけかひこぞう》、鉄漿着女《おはぐろつけをんな》のけた〳〵笑《わらひ》、里の男はのつぺらぼう。

（と唄に成る）

与十『（竹の小笠を仰向けに、鯉を一尾、嬉しさうな顔して見て、ニヤニヤと笑つて登場。）大《でか》い事をしたぞ。へい、雪さ豊年の兆《しるし》だちゆう、旱《ひでり》は魚の当りだんべい。大沼小沼が干《ひ》た故《せい》か、ぢよんぢよろ水に、びちや〳〵と泳いだ処を、ちよろりと、掬《しやく》つた。……（鯉刎《は》ねる。）わあ、銀の鱗だ。づゝんと重い。四貫目あるべい。村長様が、大囲炉裡の自在竹に掛つた滝登りより、えツと大《でつけ》え。こりや己《おら》がで食はうより、村会議員の髯どのに売るべいわさ。やれ、鯉。髯どのに身売をしろちや。値に成れ、値に成れ。（鯉刎ねる、）ふあ、銀の鱗だ、金が光る――光るてえば、鱗てえば、こゝな、（と小屋を見て、）鐘撞《かねつき》先生が打《ぶ》つてしめた、神官様《さあ》の嬢様さあ、御宮の住居にござつた時分は、脊中に八枚鱗が生へた蛇体だと云つけえな……そんではい、夜さり、夜ばひものが、寝床を覗くと、何時《いつ》でもへい、白蛇の長いのが、嬢様のめぐり廻つて、のたくるちつて、現にはい、目のくり球廻らかいて火を吹いた奴さへあつけえ。……

　鐘撞先生には何事もねえと見えるだ。まんだ、丈夫に活きでござつて、執殺《とりころ》されもさつしやらねえ。見ろやい、取つても着けねえ処に、銀の鱗さ、ぴか〳〵と月に光るちツて、汝《われ》がを、（と鯉をじろ〳〵、）ばけものか蛇体か思ふて、手を出さずば、うまい酒にもありつけぬ処だつたちゆうものだ。——嬢様が手本だよ。はつてな、今時分、真暗だ。舐殺されはしねえだかん、待ちろ、』（と抜足で寄つて、小屋の戸の隙間を覗く。）

蟹五郎（朱顔、蓬《おどろ》なる赤毛頭《あかげがしら》、緋の衣したる山伏の扮装《いでたち》。山牛蒡の葉にて捲いたる煙草を、シヤと横啣へに、ぱつと煙を噴きながら、両腕を頭上に突張り、卜鍬を極込み、蹲んで横這ひに、づかり〳〵と歩行《ある》き寄つて、与十の隙見する向脛を、かつきと挟んで引く。）

与十『痛え。（と叫んで、）わつ、（と反る時、鯉ぐるみ竹の小笠を夕顔の蔭に投ぐ。）ひやあ、藪沢の大蟹だ。人殺し！（と怪《け》し飛んで遁ぐ、—蟹五郎すかり〳〵と横に追ふ。

鯉七（鯉の精、夕顔の蔭より、する〳〵顕はる。黒白鱗の帷子《かたびら》、同じ鱗形の裁着《きつ》け。鰭《えら》の如きひら〳〵足袋《たび》。件《くだん》の竹の小笠に面《おもて》を蔽ひながら来り、はたと其の小笠を擲《なげう》つ。顔白く、口のまはり、べたりと髯黒し。蟹此を見て引返す。）

鯉七『（ぱく〳〵と口を開けて、はつと溜息し、）あゝ、人間が旱《ひでり》の切なさを今にして思当つた。某《それがし》が水離れしたと同然と見える。……おゝ、大蟹、今ほどはお助け嬉しい、難有《ありがた》かつたぞ。』

蟹五郎『水心、魚心だ、其の礼に及ばうかい。又、だが、滝登りもするものが、何ぢやとて、笠の台に乗せられた。』

鯉七『里へ出る近道してな、無理な流《ながれ》を抜けたと思へ。石に鰭が躓いて、膚捌《はたさばき》の成らぬ処を、ばツさりと食つた奴よ。』

蟹五郎『此奴にか。』（と落ちたる笠を挟んで圧へる。）

鯉七『鬼若丸以来と云ふ、難儀に逢はせた。百姓めが、汝《うぬ》、』（と笠を踏む。）

　笠『己ぢやねえ、己ぢやねえ。』（と、声ばかりして蔭にて叫ぶ。）

鯉七『はあ、いかさま汝《きさま》の行為《せゐ》でもあるまい。助けて遣らう——そりや行け、やい、稲が実つたら案山子《かかし》に成れ！（と放す。しかけにて、竹の小笠はた〳〵と煽つて遁げる。）はゝは、飛ぶわ〳〵、南瓜畠へ潜つて候《そろ》。』

蟹五郎『人間の首が飛んだ状《さま》だな、気味助《きみすけ》、気味助。かツかツかツ（と笑ひ、）鯉七、此からから何処へ行く。』

鯉七『むう、些と里方へ用がある。処で滝を下つて来た。何が、此の頃の旱で、やれ雨が欲い、それ水をくれろと百姓どもが、姫様《ひいさま》のお住居、夜叉ケ池のほとりへ五月蠅《うるさ》きほどに集つて来《う》せる。それはまだ可い。が、何の禁厭《まじなひ》か知れぬまで、鉄釘、鉄火箸、錆刀や、破鍋《われなべ》の尻まで持込むわ、まだしもよ。お供物だと血迷っての、犬の首、猫の頭、目を剝き、髯を動かし、舌をべら〳〵吐く奴を供へるわ。胡瓜ならば日野川の河童が噛らう、以っての外な、汚穢《むさ》うて〳〵、お腰元だちが掃除をするに手が掛つて迷惑だ。

　処で、姫様《ひいさま》のお乳母どの、湯尾峠《ゆをたうげ》の万年姥《まんねんばゝ》が、某《それがし》へ内意══降らぬ雨なら降るまでは降らぬ、向後《きやうご》汚いものなど撒散らすに於ては其の分に置かぬ══と里へ出て触れいとある。ためにの、此の鰭を煩はす、厄介な人間どもよ。』

蟹五郎『其の事かい、御苦労、御苦労。処で、大池の姫様《ひいさま》には、なか〳〵雨を下さる思召は当分ないかい。』

鯉七『分らんの。旱《ひでり》は何も、姫様《ひいさま》御存じの事ではない。第一、其許《そのもと》なども知る通りよ。姫様は、それ御縁者白山の剣ケ峰千蛇ケ池の若旦那にあこがれて、恋し、恋しと、其ばかり思詰めてましますもの、人間の旱なんぞ構つて居る間があるものかツてい。』

蟹五郎『神通広大――俺をはじめ考へるぞ。然まで思悩んでおゐでなさらず、両袖で翻然《ひらり》と飛んで、疾く剣ケ峰へおいでなさるが可いではないかい。』

鯉七『其処だの、姫様が座をお移し遊ばすと、それ、立処に津波で、此の村里は、人も、馬も、水の底へ沈んで了う………』

蟹五郎『何が、何が、第一俺が住居《すまひ》も広う成る………村が泥沼に成るを、何が遠慮だ。勧めろ、勧めろ。』

鯉七『忘れたか、鐘《つりがね》が此処にある。……御先祖以来、人間との堅い約束。夜昼三度、打つ鐘《かね》を、彼奴等が。忘れぬ中は、村は滅びぬ天地の誓盟《ちかひ》。姫様《ひいさま》にも随意《まゝ》に成らぬ。然ればこそ、御鬱《ごうつく》懐《わい》。其の御ふびんさ、おいとしさを忘れたの。』

蟹五郎『南無三宝、堂の下で誓を忘れて、鐘の影を踏まうとした。が、山も田畝《たんぼ》も晃々《きら〳〵》とした月夜だ。まだ〳〵しめつた灰も降らぬと成ると、俺も沢を出で、山の池、御殿の長屋へ行かずばなるまい、同道を頼むぞ、鯉七。』

鯉七『むゝ、其の儀は、ぱくりと合点《のみこ》んだ。かはりにはの、道が寂しい……里へは、貴公同道せい。』

蟹五郎『帰途《かへり》はお池へ伴侶《みちづれ》だ。』

鯉七『月の畷《なはて》を、唄うて行かうよ。』

蟹五郎『何と唄う？』

鯉七『══山を川にせう══と唄はうよ。』

蟹五郎『面白い。』（と同音に、鯉はふら〳〵と袖を動かし、蟹は、ぱッぱツ〳〵煙を吹いて、══山を川にせう、山を川にせう══と同音に唄ひ行く。行掛けて淀み、行途《むかふ》を望む。）

鯉七『待て、見馴れぬものが、何やら田の畝を伝ふて来る。』

蟹五郎『かツかツ、怪しいものだ。小蔭れて様子を見んかい。』

（と両個《ふたつ》、姿を隠す。）

百合『（人形を抱き、媚《なまめ》かしき風情にて戸を開き戸外に出づ。）夜の長い事、長い事……何の夏が明易からう。坊やも寝られないねえ、══お月様幾つ、お十三、七つ══今も誰やら唄うて通つたのをお聞きかい、══山を川にしよ══あゝ、此の頃では村の人が、山を川にもしたからう、お気の毒だわねえ。……まあ、良い月夜、峰の草も見えるやうな。晃さん、お客様の影も、あの、松のあたりに見えやうも知れないから、鐘堂《かねつきだう》へ上りませうかね。……ひよつとかして、袖でも触つて鳴ると悪いね、田畝の広場へ出て見やうよ。』（と小屋のうちに廻つて入る。）

鯰入『（花道より濃い鼠すかしの頭巾、面《つら》一面に黒し。白き二棍《こん》の髯、鼻下より左右にわかれて長く裾まで垂る。墨染の法衣《ころも》を絡《まと》ひ、鰭の形したる鼠の足袋《たび》、一本《もと》の蘆を杖つき、片手に緋《ひ》総《ふさ》結びたる、美しき文箱を捧げて、ふら〳〵と出て来る。）遥々《はる〴〵》と参つた……以つての外の旱魃なれば、思ふたより道中難儀ぢや。（と遥かに仰いで、）はあ、争はれぬ、峰の空に水気が立つ。嬉うや、……夜叉ケ池は、彼処《あれ》に近い。』

（と辿り寄る。鯉、蟹、前途《ゆくて》に立顕はる。）

鯉七『誰だ。此へ来たは何ものだ。』

蟹五郎『お山の池の一の関、藪沢の関守が控へた。名のつて通れ。』

鯰入『（杖を袖にまき熟《ぢつ》と視て、）扨《さて》は縁のない衆生でないの。……此は、北陸道無双の霊山、白山、剣ケ峰千蛇ケ池の御公達《ごきんだち》より、当国、三国ケ岳夜叉ケ池の姫君へ、文づかひに参るものぢや。』

鯉七『おゝ、聞及んだ黒和尚。』

蟹五郎『鯰入《ねんにふ》は御坊かい。』

鯰入『此は、いづれも姫君のお身内な。夜叉ケ池の御眷属《けんぞく》か。よい所で出会ひました、案内《あない》を頼みませう。』

蟹五郎『お使ひ御苦労です。』

鯉七『些《ち》と申つかつた事があつて、里へ参る路《みち》ではあれども、若君のお使、何は措いてもお供せう。姫様、お喜びの顔が目に見える。われらもお庇《かげ》で面目を施します、さあ、御坊、……』

蟹五郎『さあ、御坊。』

鯰入『（ふと、くな〳〵と成つて得《え》進《すす》まず、）しばらく。先《ま》づ、しばらく、……』

鯉七『御坊、お草臥れなら、手を取りませう。』

蟹五郎『何と腰を押さうかい。』

鯰入『いや〳〵疲れはしませぬ。尾鰭はぴん〳〵と刎ねるなれども、こゝに、ふと、世にも気懸りが出来たぢやまで。』

鯉七『気懸りとは？　御坊。』

鯰入『此処まで辿つて、いざ、お池へ参ると思へば、急に此の文箱が、身にこたへて、づんと重う成つた其の事ぢや。』

鯉七『恋の重荷と言ひますの。お心入れの御状なれば、池に近く、御双方お気が通つて、自然と文箱に籠りましたか。』

蟹五郎『又かい。姫様《ひいさま》から、御坊へお引出ものなさる。……あの、黄金白銀、米、粟の湧こぼれる、石臼の重量《おもみ》が響きますかい。』

鯰入『（悄然として、）いや、私《わし》が身に応へた処は、こりや虫が知らすと見えました。御褒美に遣はさるゝ、石臼なれば可けれども、＝＝此の坊主を輪切りにして、スツポン煮を賞翫《しやうぐわん》あれ、姫、お昼寝のお目覚しに＝＝と記してあらうも計られぬ。わあ、可恐《おそろ》しや。』（とわな〳〵と蘆の杖ともふるひ出す。）

鯉七『何で又、其のやうな飛んだ事を？　御坊。……』

鯰入『いや〳〵、急に文箱の重いにつけて、ふと思ひ出いた私が身の罪科《ざいくわ》がござる。扨《さ》て、言ひ兼ねましたが打開けて恥を申《まを》さう、（と頸《うなじ》をすくめて、頭を撫で、）……近頃、此方衆《こなたしう》の前ながら、館、剣ケ峰千蛇ケ池へ――熊に乗つて、黒髪を洗ひに来た山女の年増がござつた。裸身の色の白さに、つひ、とろ〳〵と成つて、面目なや、ぬらり、くらりと鰭を滑らかいてまつはりましたが、フトお目触りと成つて、われら若君、以つての外の御機嫌ぢや。――処を此の度の文づかひ、泥に潜つた閉門中、唯おほせつけの嬉しさに、うか〳〵と出て参つたが、心着けば、早や鰭の下がくすぼつたい。』（と又震ふ。）

蟹五郎『かツ、かツ、かツ、（と笑ひ、）御坊、おまめです。あやかりたい。』

鯰入『笑はれますか、情ない。生命とまでは無うても、鰭、尾を放て、髯を抜け、とほどには、おふみに遊ばされたに相違はござるまい。……此は一期ぢや、何とせう。』（と寂しく泣く。鯉、蟹、此を見て、囁き、頷く。）

鯉七『いや、御坊、無い事ども言はれませぬ。昔も近江街道を通る馬士《まご》が、橋の上に立つた見も知らぬ婦《をんな》から、十里前《さき》の一里塚の松の下の婦へ、と手紙を一通ことづかりし事あり。途中気懸りに成つて、密《そつ》と其の封じ目を切つて見たれば、＝＝妹御へ、一、此の馬士の腸《はらわた》一組参らせ候＝＝としたゝめられた。何も知らずに渡さうものなら、腹を割《さ》かるゝ処であつたの。』

鯰入『はあ、』（と瞠《どつ》と尻持つく。）

蟹五郎『お笑止だ。かツかツかツ。』

鯉七『幸ひ、五郎が鋏を持ちます……密《そつ》と封を切つて、御覧が可からう。』

鯰入『やあ、何と、……其を頼みたいばツかりに恥を曝した世迷言ぢや。……嬉しや、大目に見て下さるかのう。』

蟹五郎『最も、最も、』

鯉七『又……（と声を密《ひそ》めて、）恋し床しのお文なれば、そりや、われ〳〵どもが尚ほ見たい。』

鯰入『（わなゝきながら、文箱を押頂き、紐を解く、鯉、蟹犇《ひし》と寄る。蓋を放つて斉《ひと》しく見る。）

鯰入『やあ！』

鯉七『えゝ〳〵！』

蟹五郎『やあ〳〵やあ！』

鯰入『文箱の中は水ばかりよ。』（と云ふ時、さつと、清き水流れ溢る。）

鯉七『あれ〳〵あれ、姫様《ひいさま》が。』（はつと鯰入とゝもに泳ぐ形で腹ばひに成る、蟹は跪いて手を支《つか》ゆ。）躍《せり》出しにて――

夜叉ケ池の白雪姫。雪なす羅《うすもの》、水色の地に紅の焔を染めたる襲衣《したがさね》、黒漆《こくしつ》に銀泥鱗《ぎんでいうろこ》の帯。下締《したじめ》なし。裳《もすそ》をすらりと、黒髪長く、丈に余る。銀《しろがね》の靴を穿き、帯腰に玉の如く光輝く鉄杖をはさみ持てり。両手にひろげし玉章《たまづさ》を颯と繰落して、地摺《ちずり》に取る。

右に、湯尾峠の万年姥《まんねんばゝ》、針の如き白髪《しらが》、朽葉色《くちばいろ》の帷子《かたびら》、赤前垂。

左に、腰元、木の芽峠の奥山椿、萌黄《もよぎ》の紋着《もんつき》、文金の高髷《たかまげ》に緋の乙女椿の花を挿す。両方に手を支《つ》いて附添ふ。

十五夜の月出づ。

白雪『ふみを読むのに、月の明《あかり》は、もどかしいな。』

姥『御前様《おんまへさま》、お身体《からだ》の光りで御覧ずるが可うございます。』

白雪『（下襲《したがさね》を引いて袖口の炎を翳《かざ》し、やがて読果て、恍惚《うつとり》と成る。）

椿『姫様《ひいさま》。』

姥『もし、御前様。』

白雪『可懐《なつか》しい、優しい、嬉しい、お床しい音信《たより》を聞いた……姥《うば》、私は参るよ。』

老女『たま〳〵麓へお歩行《あるき》が、』

椿『最《も》うお帰り遊ばしますか。』

白雪『何処へ？……』（と聞返す。）

老女『お住居へ、』

白雪『何？』

老女『夜叉ケ池へでございませう。』

白雪『あれ、お前は何を言ふ？……私の行くのは剣ケ峰だよ。』

一同『剣ケ峰へ、とおつしやりますると？』

白雪『聞かずと大事ないものを——千蛇ケ池とは知れた事——此おふみの許《とこ》へさ。』（と巻戻して懐中《ふところ》に納めて抱く。）

姥『（居直り。）又……我儘を仰せられます、お前様、こゝに鐘《つりがね》がございます。』

白雪『む、』（と眦《まなじり》をあげて、鐘楼を屹《きつ》と見る。）

姥『お忘れはなさりますまい。山ながら、川ながら、御前様が、御座《おざ》をお移しなさりますれば、幾万、何千の生類の生命を絶たねば成りませぬ。剣ケ峰千蛇ケ池の、あの御方様とても同じ事、此へお運びとなりますと、白山谷《はくさんたに》は湖に成りますゆゑ、其のために彼方《あなた》からも御越の議は叶ひませぬ。——姥はじめ胸を痛めます。……おいとしい事なれども、是非ない事にござります。』

白雪『そんな、理窟を云つて……姥、お前は人間の味方かい。』

姥『へゝ、（嘲笑ひ。）尾のない猿ども、誰がかばひだていたしませう。……憎ければとて、浅間しければとて、気障なればとて、たとひ仇敵《かたき》なればと申《まを》して、約束はかへられませぬ、誓《ちかひ》を破つては相成りませぬ。』

白雪『誓盟《ちかひ》は誰《た》がしたえ。』

姥『御先祖代々、近くは、両、親御様まで、第一お前様に御《ご》遺言《ゐごん》ではございませぬか。』

白雪『知つて居ます、』（とつんとひぞる。）

姥『もし、お前様、其の浅間しい人間でさへ、約束を堅く守つて、五百年、七百年、盟約《ちかひ》を忘れぬではございませぬか。盟約を忘れませねばこそ、朝六つ暮六つ丑満つと、三度の鐘を絶《たや》しませぬ。此の鐘の鳴りますうちは、村里を水の底には沈められぬのでございます。』

白雪『えゝ、怨めしい……此の鐘さへなかつたら、（と熟《じつ》と視て、すらりと立直り、）衆《みな》に此処へ来いとお言ひ。』

椿『（立つて一方を呼ぶ）召します。姫様が召しますよ。』

鯉七『(立上りて一方を、)やあ、いづれも早く。』(と呼ぶ。眷属《けんぞく》ばら〳〵と左右に居流る。一同獲ものを持てり。扮装《いでたち》おもひ〳〵、鎧を着《つけ》たるもあり、髑髏を頭に頂くもあり、百鬼夜行の体なるべし。)

虎杖『虎杖入道《いたどりにふだう》。』

鯖江『鯖江ノ太郎、』

鯖波『鯖波ノ次郎、』

此の両個『兄弟のもの。』(と同音に名告る。)

　塚『十三塚の骨寄鬼《こつよせおに》。』

蟹五郎『藪沢のお関守は既に先刻より。』

　椿『其のほか、夥多《あまた》の道陸神《だうろくじん》たち、こだますだま、魑魅《ちみ》、罔《まう》魎《りやう》。』

影法師『(おなじ姿のもの夥多《あまた》あり。目も鼻もなく、あたまから唯灰色の布を被る。)影法師も交りまして。』(と此の名のる時、ちらちらと遠近《おちこち》に陰火燃ゆ。此よりして明滅す。)

鯉七『身内の面々、一同参り合はせました。』

鯰入『憚りながら法師も此に……』

白雪『お、、遠い路《みち》を、太儀。すぐお返事を上げませうね、其のために皆を呼びましたよ。』

　姥『や、彼方《あなた》へお返事につきまして、いづれもを召しました?――仰せつけられまする儀は?』

白雪『姥、何《ど》う思ふても私は行く。剣ケ峰へ行かねばならぬ。鐘さへなくば盟約もあるまい……皆が、あの鐘、取つて落して、微塵になるまで砕いてお了《しま》ひ。』

　姥『え、〳〵仰せなればと云ふて、いづれも必ずお動きあるな。(眼《まなこ》を光らし、姫を瞻《みつ》めて、)まだ其のやうなわやくをおつしやる……身うちの衆をお召出しお言葉がござりましては、わやくが、わやくに成りませぬ。天の神々、きこえも可恐《おそれ》ぢや……数の人間の生命を断つ事、屹とおたしなみなさりませい。』

白雪『人の生命の何《ど》う成らうと、其を私が知る事か!……恋には我身の生命も要らぬ。……姥、堪忍して行かしておくれ。』

　姥『あ、、お最惜《いとし》い。が、成りますまい。……最《も》う多年《しばらく》御辛抱なさりますと、三十年、五十年とは申《まを》しますまい。今の世は仏の末法、聖《ひじり》の澆季《げうき》、盟誓も約束も最早や忘れて居ります。漸《や》ツと信仰を繋ぎますのも、あの鐘を、鳥の啄《つゝ》いた蔓葛《つたかづら》で釣しましたやうなもの、鎖も絆も切れますのは、まのあたりでござります。其までお堪《こら》へなさりまし。』

白雪『あんな気の長い事ばかり。あこがれ慕ふ心には、冥途《よみぢ》の関を据ゑたとて、夜のあくるのも待たれうか。可《よし》、可。衆《みな》が肯《き》かずば私が自分で、』(と気が入る)

　椿『あれ、お姫様。』

　姥『此は何となされます……取棄て、大事ない鐘なら、御前様のお手は待たぬ……身内に仰せまでもない。何、唐銅《からかね》の八千貫、恁う痩せざらぼへた姥が腕でも、指で挟んで棄てませうが。重いは義理でござりまするもの。』

白雪『義理や掟は、人間の勝手づく、我と我が身をいましめの縄よ。……鬼、畜生、夜叉、悪魔《あくま》、毒蛇と言はるる私が身に、袖とて、褄とて、恋路を塞いで、遮る雲の一重もない！……先祖は先祖よ、親は親、お約束なり、盟誓《ちかひ》なり、それは都合で遊ばした。人間とても年が経てば、ないがしろにする約束を、一呼吸《いき》早く私が破るに、何に憚る事がある！あゝ、恋しい人のふみを抱いて、私は心も悩乱した、姥、許して！』

　姥『成程、お気が乱れましたな。朝六つ暮六つ唯だ一度、今宵此の丑満一つも、人間が怠れば、其の時こそは瞬く間も待ちませぬ。御前様、此の姥がおぶひ申して、お靴に雲もつけますまい。人は死なうと、溺れやうと、峰は崩れよ、麓は埋れよ、剣ケ峰まで、唯一飛び。……此の鐘を撞く間《うち》に、盟誓をお破り遊ばすと、諸神、諸仏が即座のお祟り、それを何となされます！』

鯉七『当国には板取、帰、九頭《くづ》竜の流を合はせて日野川の大河。』

蟹五郎『美濃の国には名だゝる揖斐《ゐび》川。』

　姥『二個《ふたつ》の川の御支配遊ばす、』

椿『百万石のお姫様。』

　姥『我まゝは……』

一同『相成りませぬ。』

　姥『お身体《からだ》。』

一同『大事にござります。』

白雪『えゝ、煩《うるさ》いな、お前たち。義理も仁義も心得て、長生したくば勝手におし。……生命《いのち》のために恋は棄てない。お退《ど》き、お退き、』（一同、入乱れて、遮り留《とど》むるを、振払ひ、掻い潜つて、果は真中に取籠められる。）

白雪『お退きといふに、え……（とじれて、鉄杖を抜けば、白銀《しろがね》の色月に輝き、一同は、はッと退く。姫、する〳〵と寄り、颯《さつ》と石段を駆上り、柱に縋つて屹と鐘を。）諸神、諸仏は知らぬ事、天の御罰《ごばち》を蒙つても、白雪の身よ、朝日影に、情の水に溶《と》くるは嬉しい。五体は粉に砕けやうと、八裂にされやうと、恋しい人を血に染めて、燃えあこがるゝ魂は、幽な蛍の光と成つても、剣ケ峰へ飛ばいで置かうか。（と晃然とかざす鉄杖輝く……時に、月夜を遥かに、唱《うた》の声す。）

＝＝ねんねんよ、おころりよねんねの守《もり》は何処へいた、山を越えて里へ行《いつ》た、里の土産に何貰うた、でん〳〵太鼓に笙《しやう》の笛＝＝』

白雪『（じつと聞いて、聞惚れて、火焔の袂たよ〳〵と成る。やがて石段の下を呼んで。）姥、姥、あの、声は？……』

　姥『社の百合でござります。』

白雪『おゝ、美しいお百合さんか、何をして居るのだらうね。』

　姥『恋人の晃の留守に、人形を抱きまして、心遣りに、子守唄をうたひますする。』

白雪『恋しい人と分れて居る時、うたを唄へば紛れるものかえ。』

　姥『おほせの通りでござります。』

椿『姫様《ひいさま》、遊ばして御覧じませぬか。』

白雪『思ひせまつて、つひ忘れた。……私が此の村を沈めたら、美しい人の生命《せいめい》もあるまい。鐘を撞けば仇だけれども、（と石段を静かに下りつゝ、）此家《このや》の二人は、嫉《ねた》しいが羨しい。姥、おとなしうしてあやからうな。』

姥『（はら〳〵と落涙して、）お嬉しう存じまする。』

白雪『（椿に、）お前も唄うかい。』

椿『はい、いろ〳〵のを存じて居ります。』

鯉七『いや、お腰元衆。いろ〳〵知つたは結構だが、近ごろはやる、――池の鯉よ、緋鯉よ、早く出て麩を食べ――なぞと、馬鹿にしたやうなのはお唄ひなさるな、失礼千万、御機嫌を損じやう。』

椿『まあ……お前さんが、身勝手な。』

一同『（どつと笑ふ。）』

白雪『人形抱いて、私も唄はう……剣ケ峰のおつかひ。』

鯰入『はあ、はあ、はツ。』

白雪『お返事を上げやう……一緒に――椿や、文箱をお預り。――衆《みな》も御苦労であつた。（一同敬ふ。）――でんでん太鼓に笙の笛、起上り小法師に風車――』（と唄うを聞きつゝ、左右に分れて、おひ〳〵に一同入る。陰火全く消ゆ。）

月あかりのみ。遠く犬吠え、近く五位鷺《ごいさぎ》啼く。

お百合、いきを切つて、すた〳〵、褄もはら〳〵と遁げ帰り、小家の内に馳入り、隠る。

あとより、村長畑上嘉《はたかみか》伝次《でんじ》、村の有志、権藤管《ごんどうくわん》八、小学校教員斎《さい》田初雄《たはつを》、村のものともに追掛け出づ。村長と、有志は、赤十字の徽《き》章《しやう》を帯びたり。

一方より、神官代理鹿見《しかみ》宅膳《たくぜん》、小力士、小烏風呂助《こがらすふろすけ》、と前後に村のもの五人ばかり、烏帽子《ゑぼし》、素袍《すはう》、雑式《ざふしき》、仕丁《しちやう》の扮装《いでたち》にて、一頭の真黒き大牛を牽ゐて出づ。牛の手綱は、小力士これを取る。）

村一『内へ隠れたゞ、内へ隠れたゞ。』

村二『真暗だえ。』

初雄『灯を消したつて夏の虫だに。』

管八『踏込んで引摺出せ。（村のもの四五人、ばら〳〵と踊込む。内に、あれ〳〵と言ふ声す。雨戸ぱら〳〵とはづるゝ、真中に屹と成り――左右を支へて。）

百合『何をおしだ、人の内へ。』

管八『人の内も我が内もあるものかい。鹿見一郡六ケ村。』

初雄『焼土《やけつち》に成らう、野原に焦げやうと云ふ場合であるです。』

宅膳『（づゝと出で、）こりや、お百合、見苦しい何をざはつく。唯今も、途中で言聞かした通りぢや。貴様に白羽の矢が立つたで、否応はないわ。六ケ村の水切れぢや、米ならば五万石、八千人のために、雨乞の犠牲《にへ》に成りませう！ 小児《こども》のうちから知つても居らうが、絶体絶命の旱《ひでり》の時には、村第一の美女を取つて裸体《はだか》に剥ぎ……。』

百合『えゝ、（と震へる。）』

宅膳『黒牛の脊に、鞍置かず、荒縄に縛《いまし》める。や、最も神妙に覚悟して乗つて行けば縛るには及ばんてさ。…すなはち、草を分けて山の腹に引上せ、夜叉ケ池の龍神に、此の犠牲《いけにへ》を奉るぢや。が、生命は取らぬ。然《さ》るかはり、脊に裸身《はだか》の美女を乗せたまゝ、池のほとりで牛を屠つて、角ある頭《かうべ》と、尾を添へて、此を供へる。……肉は取つて、村一同冷酒を飲んで啖《くら》へば、一天忽ち墨を流して、三日の雨が降灌ぐ、田も畠も蘇活《よみがへ》るとあるわい。昔から一度も其の験《しるし》のない事はない。お百合、それだけの事ぢや、我慢して、村長閣下の前につけても御奉公申上《まをしあ》げい。さあ、立たう。立ちませう。』

百合『叔父さん、何にも申しません、何《ど》うぞ、あの、晃さん、旦那様のお帰りまでお待ちなすつて下さいまし。もし、皆さん、堪忍して下さいまし。……手を合はせて拝みます。そ、そんな事が、まあ、私に……。』

管八『何だとう?』

初雄『貴女《あなた》、お百合さん、何ですか。』

百合『叔父さん、後生でございます……晃さんの帰りますまで。』

宅膳『又しても旦那様ぢや。晃、晃と呆れた奴めが。これ、潮の満干、月の数……今日の今夜の丑満《うしみつ》は過されぬ、立ちませう、〳〵。』

管八『言ふことを肯《き》かんと縛《くゝ》り上げるぞ。』

嘉伝次『村、郡《こほり》のためぢや、是非がない。これ、はい、気の毒なものぢやわい。』

管八『お神官《かんぬし》、こりやいかんでえ?』

宅膳『引立て、可うござる。』

管八『来い、それ、（と村のもの取込むる、百合遁げ迷ふ。）』

風呂助『埒あかんのう。私にまかせたが可うごんす。』

（とのさばり掛り、手もなく抱すくめてつかみ行く、仕丁手伝ひ、牛の脊に仰けざまに置く。

百合『あゝ、れ、（と悶ゆる。胴にまはし、ぐる〳〵と縄を捲く。お百合脊《せな》を捻ぢて面を伏す、黒髪颯《さつ》と乱れて長く牛の蹄に落つ。）』

嘉伝次『宅膳どん、こりや、きものを着て居て可えかい。』

宅膳『はあ、いづれ、社《やしろ》の森へ参つて、式の如く本支度に及びまする。社務所には、既に、近頃此のあたりの大地主に成られましたる代議士閣下をはじめ、お歴々衆、村民一同の事をお憂《きづ》慮《かひ》なされて、雨乞の模様を御見物にお揃ひでござりますでな。』

嘉伝次『其の事ぢやつけね。』

初雄『皆、急ぐです。』

管八『諸君努力せよかね、は、、、。（一同、どや〳〵と行きかゝる。）

晃『（衝《つ》と来り、前途に立つて、屹と見るより、仕丁を左右へ払ひのけ、はた、と睨んで、牛の鼻頭を取つて向け、手縄を、ぐい、と締めて、づか〳〵と我家の前。腰なる鎌を抜くや否や、無言のまゝ、お百合のいましめの縄を弗《ふ》ツと切る）』

百合『（一目見て）お、晃さん、（ところげ落ち、晃のうしろに身をかくして、帯の腰に取縋り、）旦那様、いゝ処へ。貴下《あなた》、何《ど》うして、まあ、よく、まあ、早う帰つて下さいました、ねえ。』

晃『(百合を背後《うしろ》に庇ひ、利鎌を逆手に、大勢を睨めつけながら、落着《おちつき》いたる声にて、)あゝ、夜叉ケ池へ、――山路《やまみち》、三の一ばかり上つた処で、峯裏幽《かすか》に、遠く池あり処と思ふあたりで、小児《こども》をあやす、守唄の声が聞こえた。……唄の声が、此の月に、白玉の露を繋いで、蓬《おどろ》の草《くさ》もころ〳〵と綾を織つて、目に蒼く映つたと思へ。……伴侶《つれ》が非常に感に打たれた。山沢には三歳《みつゝ》に成る小児がある。……里心が出て堪へられん。月の夜路《よみち》に深山路《みやまぢ》かけて、知らない他国に徜徉《さまよ》ふことは、又、来る年の首途《かどで》にしやう。帰り風が颯と吹く、と身体も寒く成つたと云ふ。私もしきりに胸騒ぎがする。すぐに引返して帰つたんだよ。』(と穏《おだやか》に、お百合に向って言ひ果てる、とすツと立つて、瓢《ひさご》を逆《さかさ》に、月を仰いで、ごツと飲む。)

百合『(のび上つて、晃が紐を押へ頸《くび》に掛けたる小笠を取り、瓢《ひさご》を引く。晃はなすを、受け取つて框《かまち》におく。すぐに、鎌を取らうとすると、晃、手を振つて放さず、お百合、しかと其の晃の鎌を持つ手に縋り居る。)』

晃『帰れ、君たちア何をして居る。』

初雄『更めて断るですがね、君。お気の毒だけれど、最う、村を立去つてくれ給へ。』

晃『俺を此の村に置かんと云ふのか。』

初雄『然《しか》りです。――御承知でもあるでしやう、又御承知がなければ、恐らく低能と言はんけりや成らんですが、此の旱《ひでり》です、旱魃《かんばつ》です。……一滴の雨と雖も千金むしろ万金の場合にですな。君が迷信さるゝ処の其の鐘《つりがね》はです。一度でも鳴らさない時は即ち其の、村が湖に成ると云ふです。湖に成る……結構ですな。望む処である、です、から、して、からに、其の即ちです。今夜からしてお撞きなさらない事にしたいのです。鐘を撞かん事に成つて見る日に成つて見ると、いたしてから、其の、鐘を撞くための君はですな、名は権助と云ふか何《ど》うかは分らんですが、えゝん！』

村一二三『ひや〳〵。(と云ふ。)』

村四五『撞木《しゆもく》野郎、丸太棒、(と怒鳴る。)』

初雄『えへん、君は此の村に於て、肥料の糟にも成らない、更に、敢て、而《しか》して其の、聊《いささか》も用のない人です。故にです、故にですな、我々一統が、鐘を、お撞きに成るのを、お断りをしますと同時に、村をお立ち去りの事を宣告するです。』

村一二三『然《さ》うだ、然うだとも。』

晃『望む処だ。……鐘を守るとも守るまいとも勝手にしろと言はるゝから、俺には約束がある……義に寄て守つて居たんだ、鳴らすなと言ふに、誰がすき好んで鐘を撞くか。勿論、即時に此処を去る。』

村四五『出て行け、出て行け。』

晃『お百合行かう。――(其のいそ〳〵身繕ひするを見て、)支度が要るか、跣足《はだし》で来い。茨《いばら》の路は負《おぶ》つて通る。(と手を引く。お百合其の袖に庇はれて、大勢の前をすた〳〵と行く。――忍んで様子を見たる、学円、此の時密《そ》と其の姿を顕はす。)』

管八『(悪く沈んだ声して、)おい〳〵、おい待て。』

晃『(構はずつか〳〵と行く。)』

管八『待て、こら!』

晃『何だ。(とつゝと返す。)』

管八『貴様、村のものは置いて行け。』

晃『塵ひとつ葉も持つちや行かんよ。』

管八『其の婦《をんな》は村のものだ。一緒に連れて行く事は出来ないのだ。』

晃『いや、此の百合は俺の家内だ。』

嘉伝次『黙りなさい、村のものぢやわい。』

晃『何処のものでも差支へん、百合は来たいから一緒に来る……留りたければ留るんだ。それ見ろ、萩原に縋つて離れやせん。(微笑して、)置いて行けば百合は死なう……人は心のまゝに活きねばならない。百姓どもに分るものか。さあ、行かう。』

宅膳『(のしと進み、)これ〳〵若いもの、無分別は為に成らんぞ。……私《わし》が姪は、たゞ此の村のものばかりでない、一郡六ケ村八千の人の生命ぢや。雨乞の犠牲《にへ》にしてな。それぢやに、……其の犠牲《ぎせい》の女を連れて行くのは、八千の人の生命を、お主が奪つて行くも同然。百合を置いて行かん事には、此処は一足も通されんわ。百合は八千の人の生命ぢや。が。……さあ、何《ど》うぢやい。』

学円『しばらく、(と声を掛け、お百合を中に晃と立並ぶ。)其の返答は、萩原からは為《し》にくからう。代つて私が言ふ。――如何にも、お百合さんは村の生命ぢや。それなればこそ、華冑《くわちう》の貴公子、三男ではあるが、伯爵の萩原が、たゞ、一人の美しさのために、一代鐘を守るではないか。――

既に、此の人を手籠めにして、牛の脊に縄目の恥辱を与へた諸君に、論は無益と思ふけれども、衆人環り視る中に於て、淑女の衣を奪ふて、月夜を引廻はすに到つては、主、親を殺した五逆罪の極悪人を罪するにも、洋の東西にいまだ嘗てためしを聞かんぞ!

そりや或は雨も降らう、黒雲も涌き起らうが、其は、惨憺たる黒牛の脊の犠牲を見るに忍びないで、天道が泣かるゝのぢや。月が面を蔽ふのぢや。天を泣かせ、光を隠して、それで諸君が活きらるゝか。稲は活きても人は餓ゑる、水は湧いても人は渇へる。……無法な事を仕出《しいだ》して、諸君が萩原夫婦を追ふて、鐘を撞く約束を怠つて、万一、地が泥海に成つたら何《ど》うする?六ケ村八千と言はるゝか、其の多くの生命は、諸君が自から失ふのぢや。同じ迷信と言ふなら言へ。夫婦仲睦じく、一生埋木《うもれぎ》となるまでも、鐘楼を守るに於ては、自分も心も傷つけず、何等世間に害がない。』

管八『黙れ、煩い。汝《うぬ》が勝手な事を言ふな。』

初雄『一体君は何ものですか。』

学円『私《わし》か、私《わし》は萩原の親友ぢや。』

宅膳『藪から坊主が何を吐《ぬか》す!』

学円『如何にも坊主ぢや、本願寺派の坊主で、そして、文学士、京都大学の教授ぢや。山沢学円と云ふものです。名告るのも恥入りますが、此の国は真宗門徒信仰の淵源地ぢや。諸君のなかには同じ宗門のよしみで、同情を下さる方もあらうかと思ふて云ひます。（教員に、）君は学校の先生か、同一教育家ぢや。他人でない、扱ふてくれ給へ。（神官《かんぬし》に、）貴方《あなた》も教への道は御親類。村長さんの声名にもお縋り申す……（村長に、）（力士に、）な、天下の力士は侠客ぢや、男立《をとこだて》と見受けました。……何分願ひます、雨乞の犠牲はお許しを頼む。（此がために一同少時《しばし》ためらふ……代議士穴隈鉱蔵、葉巻をくゆらしながら、悠々と出づ。）

鉱蔵『其奴等騙賊《かたり》ぢや。又、騙賊でなうても、華族が何だ、学者が何だ、糧を何《ど》うする！　……命を何うする？　……万事俺が引受けた、遣《や》れ、貴様等、裸にせうが、骨を抜かうが、女郎《めらう》一人と、八千の民、誰が鼎の軽重を論ぜんやぢや。雨乞を断行せい！』（力士真前《まつさき》に一同はらりと立懸る。）』

学円『私を縛れ、（と上衣を脱ぎ棄て、）恁《か》ほど云ふても肯入《きゝい》れないなら止むを得ん、私を縛れ、牛にのせい。』

晃『（からりと鎌を棄て、）いや、身代りなら俺を縛れ。さあ、八裂きにしろ、俺は辞せん。――牛に乗せて夜叉ケ池に連れて行け。犠牲《にへ》によつて、降らせる雨なら、俺が龍神に談判して遣る。』

百合『あれ、晃さん、お客様、私が行きます、私を遣つて下さいまし。』

晃『成らん、生命に掛けても女房は売らん、龍神が何だ、八千人が何《ど》うしたと！　神にも仏にも恋は売らん。お前が得心で、納得して、好んですると云つても留めるんだ。』

鉱蔵『（ふわ〳〵と軽く詰め寄り、コツ〳〵と杖で叩いて、）血迷ふな！　たわけも可い加減にしろ、女も女だ。湯屋へは何《ど》うして入る？　……うむ、馬鹿が！（と高笑ひして、）君たち、おい、苟《いやしく》も国のためには、妻子を刺殺《さしころ》して、戦争に出ると云ふが、男児たるもの、本分ぢや。且つ我が国の精神ぢや、即ち武士道ぢや。人を救ひ、村を救ふは、国家のために尽すのぢや。我が日本のために尽すのぢや、国のために尽すのに、一晩嬶々《かゝあ》を牛にのせるのが、然ほどまで情ないか。

湊垂しが。俺は了簡が広いから可いが、気の早いものは国賊だと思ふぞ、貴様。俺なぞは、鉱蔵は、国はもとより此処に居る人民蒼生のためと云ふなら、何時でも生命を棄てるぞ。』（時に村人は敬礼し、村長は頤を撫で、有志は得意を表はす。）

晃『死ね！』（と云ふま、落したる利鎌を取つてきつと突つく。）

鉱蔵『わあ、（と思はず退る。）』

晃『死ね、死ね、死ね、民のために汝《きさま》死ね。見事に死んだら、俺も死んで、其から百合を渡して遣る。死ね、死ないか。（とぢりゝと寄るたび、鉱蔵ひよこ〳〵と退る、お百合、晃の手に取縋る。と縋られた手を震はしながら、）然《し》、然《しか》らずんば決闘せい。（一同其の詰寄るけをわい〳〵と遮り留む。）傍へ寄るな、口が臭いや、百姓ども！　汝等は、其の成金に買はれたな。これ、昔も同じ事があつた。白雪、白雪と云ふ此の里の処女だ。権勢と迫害で、可厭《いや》がるものを無理に捉へて、裸体を牛に縛《いまし》めて、夜叉ケ池へ追上せた。……処女は、口惜しさ、恥かしさ、無念さに、生きては里へ帰るまい。其方《そなた》も、……其方も……追つては屠らる丶。同じ生命《いのち》を、我に与へよ、と鼻頭《はなづら》を撫で、牛に言ひ含め、終夜《よもすがら》芝を刈りためたを、其牛の脊に山に積んで、石を合はせて火を放つと、鞭を当てるまでもない。白い手を挙げ、衝《つ》とさして、麓の里を教うるや否や、牛は雷の如く舞下つて、片端から村を焼いた。……麓にぱつと塵のやうな赤い焰が立つのを見て、笑を含んで、白雪は夜叉ケ池に身を沈めたと言ふのを聞かぬか。忘れたか。貴様等。おれたちに指でも指して見ろ、雨は降らいで、鹿見村は焰に成らう。不埒な奴等だ。』

鉱蔵『世迷言を饒舌るな二才、村は今既に旱の焰に焼けて居る。其がために雨乞するのぢや。やあ衆《みな》、手ぬるい、遣れ〳〵。（いづれも猶予するを見て、）埒明かんな、伝吉ども来い。』（と喚く。博徒伝吉、威《おど》しの長ドスをひらめかし乾児《こぶん》、得ものを振つて出づ。）

伝吉『畳んで了へ、畳んで了へ。』

乾児『合点だ。』

晃『山沢、危いぞ。（とお百合を抱くやうにして三人鐘楼に駆上る。学円は奥に。上り口に晃、お百合、と互《たがひ》に楯に成らんと争ふ。やがて押退けて、晃、すつくと立ち、鎌を翳す。博徒、衆ともに下より取巻く。お百合、振上げたる晃の手に縋る。）』

一同『遣れ、〳〵、遣つ了へ。遣つ了へ。』

学円『言語道断、いまだ嘗て、恁る、頑冥暴虐の民を知らん！天に、――天に銀河白し、滝と成つて、落ちて来い、』（と合掌する。）

晃『大事な身体だ、山沢は遁げい、遁げい。』（と呼ばはりながら、真前に石段を上れる伝吉と、二打三打、稲妻の如く、チヤリリと合す。伝吉退く。時に礫《つぶて》をなげうつものあり。）

晃『（額に傷つき血を厭へて）あツ』（と鎌を取落す。）

百合『（サツクに其鎌を拾ひ、）皆さん、私が死にます、言分はござんすまい。』（と云ふより早く胸さきを、かツしと切る。）

晃『了つた！（と鎌を捩取る。）

百合『晃さん――御無事で――晃さん。』（とがつくり落入る。一同色沮《はゞ》みて茫然たり。）

晃『一人は遣らん！ 茨の道は負つて通る。冥途で待てよ。（と立直る。お百合を抱ける、学円と面《おもて》を見合はせ、）何時だ。』（と極めて冷静に聞く。）

学円『（沈着に時計を透かして）十二時三分。』

晃『む丶、夜毎《よごと》に見れば星でも了《わか》る……丁《ちやう》ど丑満……然《さ》うだらう。（と昂然として鐘を凝視し、）山沢、僕は此の鐘を撞《た》くまいと思ふ。何《ど》うだ。』

学円『（沈思の後、）うむ、打つな、お百合さんのために打つな。』

晃『（鎌を上げ、はた、と切る。瞠《だう》と撞木《しゆもく》落つ。）』

途端にもの凄き響きあり。――地震だ。――山鳴だ。――夜叉ケ池の上を見い。夜叉ケ池の上を見い。真暗な雲が出た、――と叫び呼《よば》はる程こそあれ、閃電《せんでん》来り、瞬く間も歇《や》まず。衆は立つ足もなくあわて惑ふ、牛あれて一蹴りに駆け散らして飛び行く。

鉱蔵『鐘を、鐘を――』

嘉伝次『助けて下され、鐘を撞いて下されのう。』

宅膳『救はせたまへ。助けたまへ、』(と逃げまはりつゝ、絶叫す。天地晦冥《かいめい》。よろぼひ上るもの二三人石段に這ひかゝる。)

晃『(切払ひ追ひ落し、冷々然として、峰の方に向つて、学円と二人彫像の如く立ちつゝあり、)波だ。(と云ふ時、学円ハタと俯伏しに成ると同時に、晃、咽喉《のど》を斬つてハタと倒る。)』

白雪『(一際烈しきひかりもの、中に、一たび、小屋の屋根に立顕はれ、忽ち真暗に消ゆ。再び凄じき電《いなびかり》に、鐘楼に来り、すつくと立ち、鉄杖《てつぢやう》を丁《ちやう》と振つて、下より空《そら》さまに、鐘に手を掛く。鐘ゆら〳〵と成つて傾く。村一同昏迷し、惑乱するや、万年姥、眷属とゝもに立ちかゝつて、一人も余さず尽《こと〴〵》く屠《はふ》り殺す。――

白雪『姥、嬉しいな。』

一同『お姫様。(と諸声《もろごゑ》凄し。)』

白雪『人間は?』

姥『皆、魚《うを》に。早や泳いで居ります。田螺《たにし》、鰌《どぜう》も見えまする。』

一同『(哄《どつ》と笑ふ)はゝゝゝはゝゝゝ。』

白雪『此の新しい鐘ケ淵は、御夫婦の住居《すまゐ》にせう。皆おいで。私は剣ケ峰へ行くよ……最《も》うゆきかよひは思ひのまゝ。お百合さん、お百合さん、一緒に唄をうたひませうね。』

(忽ち又暗く。既にして巨鐘水にあり、晃、お百合と二人、晃は、龍頭《りうづ》に頬杖つき、お百合は下に、水に裳《もすそ》をひいて、うしろに反らして手を支《つ》き、打仰いで、熟と顔を見合はせ莞爾《くわんじ》と笑む。時に月の光煌々たり。)

学円『(高く一人鐘楼に佇み、水に臨んで、一揖《しふ》し、合掌す、月いよいよ明なり。)』

(「演藝倶楽部」大正2年3月号)

足袋の底

徳田秋聲

一

彦爺《ひこぢい》さんは、ちよい〳〵入《はい》りつけの一品料理《ぴんれうり》の土間に置《お》かれた硬《かた》いテーブルの前《まへ》に座《すわ》つて、今夜も塩辛いハムなどを突《つツ》つきながら、政宗の二合瓶《がふびん》を、をり〳〵爪《つめ》や骨のごつ〳〵した無恰好な手に取《とり》あげては、ちびゝゝ飲《の》んでゐた。

蒼白い瓦斯に照《てら》された可也手広《かなりてひろ》な土間《どま》には、重《おも》い白木綿《しろもめん》の幕《まく》の垂《たら》された入口から流れて来る風が、すうすと這込んで、底冷のする晩であつた。向《むかふ》のテイブルには、余りこんな処へ入《はい》りつけたことのないような、温順《おとな》しやかな学生が二人、こそゝゝと話しながら、面皰《にきび》の吹出た丸《まる》い顔をほてらして、サイダを飲《の》んでゐた。隅の方には、袂のついた厚い羅紗の外套を着た、目のぐり〳〵した小肥《こぶと》りの男が、こゝの家《うち》には真実《まつたく》不似合な、渋皮のむけた給仕女《きふじをんな》のきりゝと締のある顔をじろゝゝ見《み》ながら、生ビールのコップを幾箇となく、植木鉢の蔭に駢《なら》べてゐた。

義太夫語りの綾之助の若い時分の狐顔《きつねがほ》に酷《よ》く肖た、その給仕女《きふじをんな》は、時々《とき〴〵》手でお尻《しり》の方を撫《な》でながら緑色《みどりいろ》のカアテンのかゝつた薄暗《うすぐら》い料理場へ入つて行つて、註文の皿を持つて出《で》て来《き》たり、外套の男の傍へ、生ビールの替《かは》りを出《だ》したりすると、またばた〳〵とテーブルの間を通つて、酒瓶のづらりと並《なら》んだ前《まへ》におかれた台の傍の椅子に腰かけて、講談雑誌の口絵などをめくつてゐた。

彦爺さんは、善く高座のすぐ前の方に、火入を抱へながら、胡座をくんで、男髷などに結つた綾之助の綺麗な声に聴惚れてゐた頃の記憶が、火の消えたような胸に憶出せて来た。それはもう二十年前の、爺さんが四十幾許かの頃であつた。

爺さんは、二合瓶を八分目《ぶんめ》ばかり飲むと、体のぬく〳〵温まつて来るのが感ぜられた。赤い豚の肉も、強い胃の腑に直に消化《こな》されて行《い》きさうであつた。

三十いくらかの勘定を払つて、女に少許り祝儀をくれると、やがて日和下駄《ひよりげた》の音をたてながら、そこを出《で》た。いつか周旋屋の手から、若い小綺麗な娘を一人世話してもらつて、手切をうんと取られて、婆さんに何時迄も小言を言はれたことなどが思出された。可愛い顔《かほ》をしたその小娘《こむすめ》の、男にかけては案外な摺《すれ》ツからしであるのに厭気がさして来た。

処女《をぼこ》だといふその娘を手に入れるまでには、爺さんはどのくらゐ口入屋のおこと婆さんに、勿体をつけられたか知れなかつた。

「おぢいさん、これならばと云ふ玉が見《め》つかりましたよ。」

　おこと婆さんは、途中で逢つたとき、往来なかでほく〳〵しながら、爺さんの肩を叩《たゝ》いた。それ迄に、爺さんは幾度となく、おこと婆さんに催促した。

　金の入歯《いれば》などした、越後出のその婆さんは、其度に当惑《たうわく》さうな顔に愛相笑《あいそわらひ》を漂《たゞ》えた。

「私もね、工合のよささうなのをと、始終《しよツちう》心かけてるんですがね、お爺さんの前だけれど、お互に年を取つちや駄目ですよ。」

　娘は母親と一緒に、金助町の些とした家に住まつてゐた。口入屋で見合をしたときには、銘仙の小袖に、紫色の羽二重の羽織を着込んで、節のつまつた丸《まる》まつちい指に、ルビー入の指環などを篏めて、括《くゝ》れた顎や額に、白粉がまだらに塗られてあつた。桃割に結つた髪にも黒い色沢《つや》が乏しく、肉も硬さうであつた。

　それから爺さんは、長い路次口の溝板をわたつて、その家へ時々通ふことになつた。

　冬の暖かい日《ひ》などに、爺さんは離房で婆《ばあ》さんと二人《ふたり》で昼飯をすましてから、綺麗に拭込まれた縁側へ蒲団を持出して、日向ぼつこをしながら、新聞などを見てゐると、年老いた目蓋が自《ひとり》然《で》に懈《だる》い重さを感じて、心臓まで沁込むような日光の刺戟に、体中の血が微かに流動しはじめるのを覚えた。爺さんの心には長いあひだの生涯の記憶の断片が、一纏めになつて思出されるのであつたが、触れて来た女のことが、一層考へられるようになつて来た。継母に反感を持つて、産故郷の越中から東京へ飛出して来た小供のをりの意地張な自分、日本橋の或《ある》木綿問屋に傭はれて、車を引いたり、それから少許の資本ができて、北海道あたりへ木綿ものゝ行商に出かけたり、霊岸島で幾艘かの船持となつて間もなく、女に引《ひつ》かゝつて失敗してしまつてからも、また取りつくことの出来た根強い自分、それらの記憶はいつからか、頭脳の底に消え込んでしまひさうになつた。そして船も家も注込んでしまつた越前堀の或《ある》居酒屋の若後家、品川のある莫連女《ばくれんをんな》の事などが、時々胸に滲みひろがつて来た。そのをりの場合々々の女の動作、自分の心持などが、次第に頭脳に明白《はつきり》して来た。品川の女の淫蕩な血の荒みきつた蒼白い肉、切長な猥らな目《め》、体の逞ましい労働者あがりの居酒屋の後家の赭濁《あかにごり》のした剣相な目、わんにりした肉厚の唇などが、亡霊のように執念つよく心に絡《まつ》はりついてゐた。

　爺さんは頭脳が、くら〳〵しさうになつた。日光がきら〳〵後《うしろ》の土蔵の白壁に光つてゐた。

　爺さんは、薄暗い部屋のなかへ引込《ひつこ》むと、急に淋しげに四下を眺《ながめ》まはした。

　婆さんは日当《ひあたり》のいゝ次の室《ま》で、先刻為かけておいた蒲団の綿を入《い》れてゐた。四五年前にもらつた嫁が、丸髷頭髪《まるまげあたま》に手拭いをかけて、それの手伝をしてゐた。子供を産んでから五ケ月になる嫁の顔や体つきには、娘々したあの幼々《うひ〳〵》しさが滅切《めつきり》ぬけて来た。白い頬や頸のあたりが、どこか女房らしく水気をもつて来たのが、爺さんの目にも仇めいて見えた。

　やがて爺さんは、店を譲つてから自分の小使取にしてゐる、賃金の催促に出て行《い》つた。脹まつたその懐には、書類や眼鏡などの入つた大きな紙入があつた。

　午後の二時頃の、薄い日影《ひかげ》をあびながら、爺さんは、小金を貸しつけてある、資本の乏しい小商人の店頭などを一二軒見舞ふと、身装《なり》も振もかまはぬその姿《すがた》が、いつもの路次口へ入つて行つた。

　書生とも勤人ともつかぬ顔の蒼白い若い男が、母親や娘と一緒に、上口の長火鉢の側で、皮づゝみの蒸菓子などを摘みながら、茶を飲んでゐるのが目《め》についた。五十ばかりの母親は、粗末な身装《みなり》をして、それでも結立ての頭髪《あたま》だけを、てら〳〵させて、長煙管で莨を喫《ふか》してゐた。その言葉には、どこか北の方の訛があつた。爺さんは直に暗い段梯子から二階へ送られた。

　明のつく頃まで、二階も階下も、ひツそりして居た。

　爺さんの空咳の声が、ふと戸口に聞《きこ》えると、間もなくその姿が賑やかな通りに見られた。小煩《こうるさ》く物強請《ものねだり》などをする娘の、天井などを見《み》つめてぽつかりしてゐる羞恥心のない目が、爺さんの目にまだ残つてゐた。

　爺さんは遠い耳を傾げて、娘の声を聴取らうとした。そして其度に合点々々をしてみせたが、干《ひ》からびたような心は、狡獪《わるごす》く堅く鎖《とざ》されてゐたのであつた。

二

　一品料理を出ると、爺さんの曇《うる》んだ目《め》の前《さき》に、燈籠の明《あか》い二層楼《そうろう》三層楼《そうろう》の白堊の建物が、高いところに、全然《まるで》芝居の書割か何ぞのように浮いて見えだした。どの建物も〳〵、しつとりした夜濛靄《よもや》の中にひつそり静つてゐた。彦爺さんは、溝板の路次の奥の家から足を絶つてから、時々こゝを見舞ふようになつた。

　日《ひ》の暮れて間もない土堤のうへには、寒い風が吹いて、人影が疎であつたが、片側の肉屋や飯屋などから洩れる灯の光には、春の宵《よひ》らしい軟かい色が微見えてゐた。

　鈍い響を立てゝ、偶に石畳を通つて行く俥や人《ひと》の跫音には昔し見たような心を浮立たせる慌忙《あわたゞ》しさがなかつたが、両端に剥落ちた栄華の夢を語つてゐるような鉄の門柱には、忘れかたい懐しみがあつた。引手茶屋の前道は、隙間だらけの建物のなかへでも入つたように寂しかつた。

「おれは此先き、幾度この門をくゞる。」

　彦爺さんは、此門を出て帰るとき、善くそんな恐怖が頭に閃めいた。家で案じてゐる婆さんの顔も目に浮んで来た。湯屋などで出逢ふ近所の老人連《としよりれん》の身のうへも思出された。そのなかには、湯槽の縁に獅咬みついて、若い声で端唄などを歌ふより他に、何の楽みもない八百屋の爺さんもあつた。丸い脊をした其爺さんは、流場に胡座をかいて、汚い湯で顔をべろ〳〵やりながら、逸んだ調子で、下座の囃の講釈などを、熱心に述立てた。

古い役者の噂などを、夢中でしやべり立てた。そんな道楽もない彦爺さんは、惘れた顔をして、木彫の面のような其顔を眺めるより外なかつた。

茶に浮かされた爺いさんは、夜なかに時々目が冴出した。有明の灯影が、ぼんやり古ぼけた天井や襖に映つてゐた。一日孫などにかまけて疲れた婆さんは、少し離れて、寝息も立てずに、静かな眠に沈んでゐた。

彦爺さんは、莨盆を引寄せて、莨を喫しながら、まし〳〵してゐた。寝苦しい夜を独りで悶えてゐる自分が、腹立しいようであつた。

婆さんの寝ほけた目《め》が、魚の目のように、どんよりした目を光らせながら、自分を覗込んでゐる可恐しい爺さんの顔に、ふと脅やかされた、少いをり夜道をして、田舎を出て来る途中の山のなかで、賊に追立てられて、深い崖へ陥ちたとき、木の枝に破られた目の縁の傷痕の引釣が、毛の薄いその顔を、一層凄く見せてゐた。赭い頭臚の地の白雲も、汚らしかつた。

「体に障ると悪いよお爺さん。早くお寝みなさいよ。」

長いあひだ情婦《をんな》の尻を拭はされなどして来た婆さんは、窘めるように言つて、明《あかり》を細めた。

「寝られないときは、お念仏が一番いゝんですよ。」

「むゝ。」耳の遠い爺さんは、のそりした体をまた夜具のなかへ潜込ませて、黙つてしまつた。記憶から消えかゝつてゐる過去の婆さんの面影と、目の前に寝てゐる現在の婆さんの後姿とが、入《いれ》まざりになつて頭に浮出した。嫉妬喧嘩《やきもちげんくわ》をして、婆さんが荷物を提げて田舎の家へ帰つて行つたときの事や、初めに産れた子供を亡くしてから、二人一緒に、京都へお詣りをした時のしをらしい旅の楽しい憶出などが、爺さんの心を若いをりの自分に返らせた。

「この婆は、若い時分から恁うだつた。」

長いあひだ婆さんから、多く酬ひられてゐなかつたようなのが、一層安気らしい婆さんの寝姿に、心を焦《いら》だゝせた。

「どこへ行くんだね、お爺さん。」

また病気が起つたと云ふように、婆さんは胡散くさい顔をして出て行く、爺さんに、時とすると声かけた。

「好い処へ行《い》つてくるよ。」

爺さんは、むくつけな口《くち》の利き方をして、出て行つた。

彦爺さんが、今の女の許へ通ひはじめたのは、暫く下痢で弱つてゐた体の健康が、漸と恢復しかけて来た、去年の秋の末頃であつた。爺さんの体には、前よりも一層色沢《いろつや》のいゝ肉をもつて来た。

手堅い店で、可也近所で名前の売れてゐる呉服物の手狭《てぜま》な店の横の方にある勝手口の格子戸を開けて、爺さんは暫くぶりで表の空気に当つて見た。店は以前木綿物から仕揚げて、段々絹物を揃へるやうになつた。

彦爺さんは物珍《ものめづら》しげに、其処らをぶら〳〵歩《ある》いてゐた。町にはまだ赤い夕陽《ゆふひ》が流れてゐた。水を吸込んだ往来には、もう今《こ》年《とし》の中折などを冠つた間服《あひふく》に赭靴の男が通つたり、結立の髪に流行の手絡をかけた素足に雪沓ばきの女が、裾をひら〳〵させながら、蓮葉に電車の石畳を渉つて行つたりした。土の香が涼しい風に動いた。

健やかな餒《うゑ》を感ずる人のような、彦爺さんの目に、町のさまが新しく映つた。

「奥へ行て、婆さんに然う云つて、私の財布を持つて来てくれ。ちよツと其処まで夕御飯を食べに行くで。」

爺さんは、得意廻りをして来て、車から品物を出してゐる店の小僧に吩咐けた。

婆さんが直に勝手口の方へ顔を出した。そして入口へお爺さんを呼込んだ。

「病気前の体と異《ちが》ひますよお爺さん。」

婆さんは大きい声で二度ばかり繰返した。

爺さんは耳を傾げてゐた。

「解つたよ。大丈夫だよ。」

「それぢや羽織でも着かへたらいゝぢやないかい。」

「いゝてことよ。」

爺さんは財布のなかを些と調べると、こちゝゝ歩いて行つた。

広小路の食物屋で、長いあひだ考へてゐた食物を取つたり、酒を通したりした爺さんは、直に頭臚《あたま》まで酔がまはつて来た。

広間には、色々の人が賑かな話声を交へつゝ、飲食をしてゐた。爺さんは心持よげにそれを眺めながら、独でちび〳〵やつてゐたが、時々寂しい影が心に落ちて来た。

「五年でも十年でも生延びたのを、お爺さん有難いと思はなくちやならないよ。」

婆さんが然う言つて聴かしたことが憶出された。

「また甘味《おいし》いものが食べられたり、面白いものが見られたりするなんて、お爺さんは余程《よつぽど》僥倖《しあはせ》だよ。」

婆さんは然うも言つたのであつた。

「何が有難《ありがて》え。」

爺さんは猪口を下におきながら、独で呟《つぶや》いた。

「己の体で、己が丈夫になるのに、誰のお蔭が入《い》るもんかい。」

病気をする度に折れて来た爺さんの心には、子供の時分からの意地と我が、まだ根を張つてゐた。

「己が若い時分から拵へて来た身上を、皆で寄つて集《たか》つて捲上げておきやがつて、当然《あたりまへ》のような顔をしてやがる。倅の奴に何の伎倆《はたらき》がある。」

爺さんは、若いをりに能く妻に打突《ぶつつか》つたような調子で、誰かに打突つて行《い》きたいような気がした。いつの間にか、墓場まで押つけられてゐるのが、腹立しいようであつた。熱の高いときに、傍へ来て顔を眺めてゐた子息や嫁の目色の意味も見《み》えすくように考出された。爺さんは久しい前から、嫁などを貰つてからの我子に、親しみを感ずるようなこともなくなつてゐた。

それに子息の彦一は、その頃から商売に可恐しい身を入れだして来た。そして爺さんの酒を飲んだり、女買をしたりするのを、蔭で嘲つてゐた。子息は近所での讃《ほめ》ものであつた。

彦一は時《とき》々、彦爺さんに素直な調子で意見をした。

「……何も阿父さんに拵へて頂いた財産を、惜むつてわけぢやありませんよ。」

爺さんは皮肉らしい顔をして、黙つてゐた。

「それよりは老人は老人らしく、寄席か芝居にしたら如何です。」

「おれは奴等の言つたり為《し》たりして見せることよりか、どのくらゐ苦労してるか知れやしねえ。」

爺さんは肚のなかで、然う思つたのであつた。

酔ふほど酔ふと、爺さんの顔は、淵の底か何ぞを潜つて行くように、シンとして来た。そして誰れにも愛されず、誰をも愛すことの出来なかつた、自分のいぢらしい姿が淋しく思へた。

そこへ見知の女が、ツケを持つて来た。

勘定をすまして外へ出ると、町はもう夜の色に裹《つゝ》まれてゐた。彦爺さんは、やがて隙《すき》のある車台を覗つて、それに乗ると真中の方へ腰かけた。

その晩爺さんは早く帰つた。

女はどんな客かを見定めるような目容《めつき》をして、顔を紙白粉で拭《ふ》き〳〵、物馴れた様子で入つて来た。そして桔梗色の襟のかゝつた袿《しかけ》の裾を、無造作に捌いて些と坐ると、

「お前さんはどツか見たようなお爺さんだよ。」

と言ひさうな顔をして、押出すやうな笑方をした。

女は直に廊下へ出て行つた。そして男衆を呼んで、何やらぐつ〳〵話してゐた。暫く揉めてゐたらしかつたが、女は間もなく部屋の方へ帰つて行つた。

「では貴方さん此方へ。」

男衆は入口から、気のない声をかけた。

部屋には綺麗な夜具が、衣桁の前に高く重ねられ、総桐の箪《たん》笥《す》が二棹も駢んで、上に人形や、招猫などがこて〳〵飾られてあつた。馴染をつけた客にでもくれるらしい手拭も、どつさり積んであつた。

燻みきつた顔をした五十二三の婆さんが、次の室の長火鉢の向に坐つて、白鳥から酒を銚子へ移してゐた。

「おや入《い》らつしやい。」

婆さんは懈いやうな声をかけた。

女は袿《しかけ》をぬぐと、御召の縞の羽織をはをつて、そこへ来て坐つた。

「家《うち》の花魁は、もう疾くに年があけてゐるんですけれどね、自前でかうやつて遣つてるんですよ。」

婆さんは餉台などを持出しながら言つた。

「それに花魁は、今日初めて出たんですよ。一週間ばかり病院へ引取られてゐたのさ。それほどの事でもなかつたんだけれどもね。あゝ、丁度いゝところさ。」

「おれも今日は床揚げの祝ひよ。」爺さんは、ニヤリと笑つた。

「おや。何の病気さ。」婆さんは答へた。

「それでも、床揚に遊びに来るようなら確かだアね。」

立膝をして坐つてゐる女の姿は、先刻よりも一層美しく見られた。低い島田に結つた頸のあたりが細そりして、横顔が刻んだように調つてゐた。そして嫣然《にっこり》ともしないで、時々吭で笑つてゐた。

「小式部さんの花魁引《ひき》つけ――。」

引附《ひきつけ》から尻揚りに呼《よ》ばはる新造の声が、色々の声音《こはね》や物音のうちに高く聞取れた。客がどや〳〵上つて来るらしかつた。女はいそ〳〵と、裃《しかけ》に着かへると、些と鏡の前に跪坐んで、顔を直して出《で》て行つた。

二人限りになると女は、彦爺さんの体を擽つたりなどした。

三

桜の散る頃までに、彦爺さんは三四回もそこへ通つて行つた。

爺さんは薄暗い廻し部屋のなかで、ほと〳〵する湯婆に温められながら、幾ど徹宵《よッぴて》独りで寝てゐるような事が、希《めづ》らしくなかつた。爺さんは、奈何かすると河岸をかへて、新しい女を捜しなどしたが、矢張り元の女に還つて来ずにはゐられなかつた。

「あの爺《ぢゝ》イ、世話がやけて為様がないんだよ。」

その女達の私語く声が、ぷり〳〵して出て行《い》く爺さんの耳にも感ぜられた。

「手前達《てめえたち》とこへ、二度と再び来るもんけい。すべため。」

爺さんは肚のなかで呟いた。

うづくまつてゐる爺さんの姿が、また刳木《くりき》の大きな火鉢などの据つた、元の家の引附《ひきつけ》のなかに見られた。

いつも腕組をして、むつちりしてゐる口元の苦味走つた男衆が、にやゝゝしながら新造の方へ知《し》らしに行《い》つた。蒼味をもつた顔の筋肉などに、動きの見えない婆さんが、やがて部屋から座蒲団や莨盆などを持つて来て、爺さんを別の部屋へ連れて行つた。

爺さんは欅《けやき》の餉台の前に丸くなつて、男衆が運んで来た誂へものを眺めながら、ましゝゝしてゐた。広い建物のなかは、いつになく三味線の音一つ聞えなかつた。時々《とき〴〵》庭向《にはむかふ》の明い部屋々々から、女の燥いた笑声や、男の話声が洩聞えた。

「お瀧どん――。」

など、呼ぶ毛族《けもの》の皮か何ぞに擦れて出るような、しや嗄れた鋭い声が、つい近所の遣手部屋から伝つた。その声は、爺さんの耳にも、くすがるように響いた。

ばたゝゝと草履の音が近づいて、障子に袖ずれの音が、爺さんの耳を敏く引立せた。顔を出したのは婆さんであつた。

「ほゝ」と婆さんは笑つた。

「お爺さん鼠に引かれちやいけないよ。」

爺さんは首を傾げた。

「また来たの。」

大分たつてから女はさう言ひながら、入つて来た。襟のかゝつた銘仙の縞の着物に、古いお召の羽織を着て、華車《きやしや》な腰に幅の狭い博多の帯をぐる〳〵捲きつけてゐた。

深みのある女の日には落着がなかつた。そして捲莨を喫しながら、

「どこを浮気して歩いてゐたのさ。」

爺さんは独で酒を注いで飲んだ。

「やツぱりお前んとこの酒が、一等うめえ。」

「ひ」と、女は笑つた。

「酒よりか花魁が好いのさ。」

「違ひねえ。そのつもりで、一つ酌をしてくれ。」

女は笑ひながら、お酌をした。

「老人の癖に贅沢おいひでないよ。」

「お前は感心だよ。私《わし》がもう二十年も早く生れてゐれア放抛つちやおかねえんだが。」

「へヘ」と、女はだらけた笑方をした。「然《さ》ういつてくれるのはお爺さんばかりだよ。」

爺さんは、能くも聴取れないような耳を傾げて、独で頷きながら、にや〳〵してゐた。

「これでもな、私も一度は若い時があつたよ。お前なんざ其時分はまだ、この娑婆へも出てゐやしなかつた。」

「若い時分のことを思出すと、どんな気がするの。」

「どんな気もしねえ。先づ夢のようなもんだ。それでも痛《ひど》い苦みをした時と、面白い目をした時の事は、ちやんと覚えてゐる。」

「お爺さんにも面白いことがあつたの。」

「まづ、矢張り女だな。其証拠には、私《わし》は女にかゝつて二度も身上を潰した。」

「よかつたね。」

彦爺さんは、品川の女や居酒屋の後家時代の話がして聞《きか》せたかつた。新しい聴手《きゝて》さへあれば、爺さんは何時でも興奮した心持で、それが話せるのであつた。

「おいらん――。」

爺さんを大嫌ひな、若い下新が、障子の外から声かけた。

「あゝ。」

女は長いあひだの勤で、弾力《はずみ》と撓《たわ》やかさとの亡くなつたような体を起して、だるい草履の音を立てながら、向側の廊下へ渉つて行つた。

「さ、お爺さん、何時までも飲んでないで、彼方へ行つてお寝みよ。余り酔ぱらつて世話をやかせると、花魁に厭がられるよ。」

下新は部屋へ入りもしないで、声かけた。

懸離れた、静かな部屋のなかに、彦爺さんは独で寝てゐた。塗骨の障子に、薄暗い廊下の明がさして、前の小庭にびちや〳〵水《みづ》の流れる音がした。

爺さんはうと〳〵眠入つたかとおもふと、直に目がさめた。近所のどの部屋にも、人気が絶えてゐた。

遠い奥二階の広間の方に、まだ起きてゐる客があると見えて、

女の謳ふ声《こゑ》が、夢のように聞えて来た。爺さんは目をぱち〳〵させながら、哀切なその唄の調子に耳を澄《すま》した。夜更《よふけ》の三味線の音も、不思議に硬《かた》い胸に泌みるようであつた。

唄が渇むと、ぼそゝゝ話声《はなしごゑ》が聞えだした。「あはゝゝゝ」と、遊びに疲れた女の笑声も、爺さんの耳に伝つた。がらんとした楼のうちは、閒寂《ひつそり》と静まりかへつてゐた。

「そんな場所で、若しか脳溢血《かくらん》でも起して仆れたら、お爺さん奈何しますよ。」

酔のさめた彦爺さんの頭脳に、ふと然云《さうい》つた婆さんの言葉が不安の影を落した。誰にも気づかれずに、独りこゝに残されてゐる寂さと安易さとが、澄みきつた心の底に広がつた。ぱちゝゝ天井を瞶めてゐる、彦爺さんの目に、三十年前に、田舎で亡なつた父親や、子供の折に訣れた産みの母親の顔が閃めいたり、幼い時分の自分の姿が見えたりした。

しら〳〵と明けかゝつて来た、薄暗《うすぐら》い部屋のなかに、目のさめた爺さんは、女と話しながら、まだ床を離れずにゐた。女は枕頭《まくらもと》に莨をふかしながら、しよんぼりと坐つてゐた。目ざめた楼内には、草履の音や、障子を開たてする音が其処此処《そここここ》に聞えだした。

「お目ざめてござい。」

廊下をふれてあるく遣手《やりて》の声も聞えた。

「あの婆さん、四十年もあゝやつて勤めてゐるのよ。」

女は話しかけた。

「それで旦那が店をわけてやるからと言ふんですけれど、いくら儲かつても、自分ぢやこの商売をしようつて気にはなれないんですつてさ。」

女は乾いた口に、莨をふかしながら、懈さうな声を立てゝ笑つた。そして新造に、着物などの代の立替の借金の二百円もあることや、庫敷をおいて、質屋にあづけてある、四季一ト通りの着物の揃つてゐることなど、自分の身のうへを話した。

「それぢやお前も、もう大抵行くところは決《きま》つてら。だがお前は感心に締つてら。世帯気があらなあ。」

女は「へ、へ」と笑つた。

「それでも好《す》いた男はあるわな。」

「けど矢張義理でね。長いあひだ世話になつたお爺さんがあるの。根岸の隠居なの。私どうしようかと思つて。」

「それぢや慾の方だい。」

女はまた慵い笑声を立てた。

「もう一人、浜町の方に、これはそんなに年とつた人ぢやないの。けど本妻に三人、子があるから、奈何したつて肩身が狭いでせう。子供の御機嫌まで取らなけアならないから、随分つまらないわね。」

「もつと若いのがあらう。」

「若いのは駄目。」

女はうつとりしたような顔をしてゐた。

「わたいお前さんとこへ行かうかね。」女はえへら〳〵と笑つた。

「お爺さんは七十二ですて。でもお神さんがゐちや矢張駄目ね。」

皮肉らしい目をぱち〳〵させて、爺さんは黙つてゐた。爺さんは、しんみりしたような心持になつた。

「お前の出る時ア、身祝ひに私も何かおごつてやらうぜ。」

「何をくれるのさ。」

誰も厭がることでも、この女だけは別にそんな風も見せなかつた。

綺麗に掃除をした、本部屋の方で、爺さんは長火鉢に倚かゝつて、新造相手にちび〳〵朝酒を飲んだ。下新が側に拭掃除をしてゐた。朝日がうら〳〵と、障子に当つて、客を送出したあとの部屋々々から、ハタキの音やバケツの音が聞えてゐた。こゝから成田へ立つと云《い》ふ、株屋連の一団が、ざわめく花魁や新造に送《おく》られて、どやゝゝと陽気に立つて行つたあとは、楼は昼の寂しさに返つた。

女は美しい血の気の立つた顔をして、そこへ来て坐つた。目や肉に深い疲労と興奮とが見えた。

「金ちやんあれから奈何《どう》したの花魁。」

長火鉢に拭巾をかけてゐた下新が、猫板のうへに置かれた時計を、手に取上げながら言つた。

「憎らしいからさんざ窘めて、それを取上げてやつたのさ。」

女は箪笥の前に立つてゐた。そして玉帳でもつけるらしく、手箪笥から出した小形の帳面に、鉛筆をなめては、何やら書きつけてゐた。

誰やら藝者と熱くなつてゐると云ふ、その男の名を、爺さんは時々耳に挿んだ。宵《よひ》からの落着のなかつた女の様子が、彦爺さんの心に蘇つて来た。髪などのほつれて、甘い疲れに酔つてゐるような女の横顔が、一層美しく見えた。二十四といつてゐる女の様子には、二十六七の女盛りの肉の爛熟があつた。

仲の町では、もう夜桜の植込みに取かゝつてゐた。土がそこにも此処にも掘返されて、縄で小枝《さえだ》を結へつけられた桜が、幾十本となく持込まれた。

のどかな寂しい日影が、町を照してゐた。彦爺さんの、日和下駄ばきの姿が、そこを通つて行つた。

四

灯のついて間もない廓の通りを、彦爺さんは、懐で財布の銭《ぜに》を勘定をしながら、うそ〳〵と彷徨ひあるいてゐた。

薄暗い楼《ろう》々には、縁起を取る妓夫の卑《いや》しい鼠啼の声が聞えたり、板敷に下足札の束を振叩く音が、そつちからも此方からも聞えたりした。ちらほら女の、店へ出てゐる家もあつた。女は鏡を取出して、顔を直したり、襟を揃へたりしてゐた。役者の出るのを待受けてゐる、幕のあかない間の芝居の道具立のように、火鉢ばかり光つてゐる広い店もあつた。

物蔭から走り出た、辻占売の子供が、爺さんに絡はりついた。

「辻占買つてくんな。」

「人に縋つた覚えのない己を見ろ」と云ふように、彦爺さんは、狡《ずる》い子供を振向きもしなかつた。そこ此処の法師や稲荷などに、金を惜しまない婆さんの、やくざな慈悲心が可笑しかつた。

二三日前に、天神の界隈で出逢つた、いつかの小ましやくれた小娘のことが、頭に浮んだ。その娘は、その時分から見ると、顔が大分展がつて来た。小じんまりした体にも嬌態《しな》がついて来た。

娘は相変らず、手許が苦しいらしく、あの時分と同じような、粗末なけばゝゝした身装《なり》をしてゐた。そして爺さんに出逢つても、顔を赧めることすらしずに、まし〳〵此方に眺めて行過ぎた。

いつもの入口を、彦爺さんは窃《そつ》と入つて行つた。上り口《くち》の大きな長方形の下駄箱には、流連の客のらしい下駄が、三四足も並んでゐた。

部屋では、女が鏡台に向つて、お化粧をしてゐた。毛筋立を持つて、合鏡をしてゐる後姿が、爺さんの目にも、みづ〳〵として見えた。

奥の箪笥の小蔭で、幾箇もの枕紙を取替へてゐた下新は、「禿《はげ》がまた来たよ」といひさうな目色《めつき》をして、爺さんを見迎へた。

婆さんは隅の方に、小掻巻を被《かつ》いで寝《やす》んでゐた。

張店時《どき》の楼のうちが、ざわめき立つてゐた。

女と下新は、楼の子供の、五月の内装の噂をしてゐた。

「お爺さん見てくると可いよ、それは大したものさ。」

下新は言《いひ》かけた。

「御内所のお座敷に、一杯あるよ。お爺さんに肖た鐘馗さまもゐるわ真実《ほんと》だよ。」

「余計なお世話だい。」

爺さんは呟いた。

「お爺さんにも、孫があるつて言つたぢやないの。」

「餓鬼は、己は大嫌ひだい。」

「お爺さんは、この頃吝になつたから、花魁が厭だとさ。」

爺さんは聞えなかつたと見えて、けろりとしてゐた。

「婆さんは奈何したい。」

「昼間寝られなかつたから、少《しこ》し寝んでゐるのさ。」

「お爺さん、今夜は別荘の方だよ。」

女は鏡に、蔦模様のある手拭をかけながら、そこを離れて来た。そして奥へ入つて、着替に取《とり》かゝつた。

「あゝ然うだよ。」

下新も女と顔を見合せながら、言つた。

「いの一番に来てゐて、何で別荘の方だい。廻し部屋は陰気だから、己ら嫌ひだてこと。」

「でも、然《きう》は行かないのよ。今晩はもうついてゐるんですよ。」

「ついてる。」

「あ、さうさ。だから駄目よお爺さん。」

下新は、小枕の包紙をしまつてしまふと、気忙しさうに、入口の神棚の前へ行つた。そしてカチヽヽと火《ひ》を燧《き》りながら、燈明の一つゝゝに灯を点《とも》した。そこらが急に明くなつた。

「その代り、成るたけ好ささうなとこへ入れてあげるわ。」

「さうかい。」

二人の押問答を聞きながら、女は奥の方から「えへゝゝ」と笑ひだした。

「ほんとに剛情つたらありやしないよ、この凹凸の禿頭は。」

下新は低声で言つた。「長火鉢に咬りついて、離れやしないんだよ花魁。聾の剛情つて、能く言つたものさ。」

「なにが……。」

「聞えなくて仕合せ。」

如何《どう》でも好ささうに、女はまた奥の方で笑出した。

「大笑ひさしてるよ、お花どんは。」

支度が出来ると、女は長火鉢の側へ来て、些《ちよツ》と跪坐《しやが》んだ。そして煙管を取りあげて、一服ふかした。

「こゝの家は、仕舞のついてる女が、張店をするて規則かい。」

「それは勝手ぢやありませんか。」

下新が答へた。

「でも花魁は滅多に出やしない方《はう》なのさ。」

重ね草履の音が、上にも下にもバタ〳〵と聞えだした。蘇つたような楼のうちが、俄《にわか》にざわめき出した。

彦爺さんは、然《さう》した空気のなかに涵《ひた》されながら、女達の浮いた笑声や話声を、耳に聴占めてゐた。

「阿父《おとつ》さん、些《ちよつ》と行つてまゐります。」

女は笑ひながら気軽に言つて、火鉢の側を離れた。

「私の帰るまで、喧嘩しないで遊んでゝ頂戴よ。」

さわ〳〵するような気分で、出て行く女の背後《うしろ》から、下新が景気よく切火をしかけた。女主のない家のように、部屋が急に寂しくなつた。

「まアお出花でもいれませうね。」

下新は、後片着をしてから、火鉢へ寄つて来た。そして茶箪笥から、ガラスの菓子器に入つた、甘納豆を取出して、猫板のうへに置いた。

「お茶よりか、酒の方にしてもらはう。」

「矢張酒がいるの。長くなるからお休しなさいよ。そして早く寝て、早くお帰んなさいよ。」

やがて爺さんは、独でちび〳〵飲んでゐた。そこへ新造が目をさまして、寄つて来た。

「おや、暫振だね。今日も花魁とさういつてゐたんだよ。お爺さん些と遣ひすぎて、伜に勘当されたんだらうつて。でも老人《としより》の勘当なんざ、余りいゝもんぢやありませんからね。」

婆さんは、嫣然ともしないで話しかけた。

「景気はどうだな。」

半分聞はぐした爺さんは、猪口を干して婆さんに差した。

「余りどつとした方ぢやありませんよ。以前と違つて、此節は藝者が安く転ぶから、堪つたもんぢありやしないやね。」

婆さんは、昔し少い時分に見た、町藝者や里藝者のさまを話しだした。

「でも、自家の花魁ばかりは別さ。お蔭でお馴染ばかりだから。い、花魁でさ。素直で親切で……それに不思議と体に毒気がありませんからね。」

時が段々流れて行つた。

「――。どん、引つけイ。」

然う言つて呼ぶ声が、引断《ひつきり》なしに聞えた。客の上つて来る気勢が、そこにも此処にもした。

さわ〳〵した顔をして、女が部屋へ帰つて来た。

「珍らしいお客が来たよ、お国どん。」

女は然う言つて、鏡の前へ来て顔を直しはじめた。「山田さんが来てよ。」

「あゝ。」

莨盆と座布団とを持出して行く下新の後に続いて、女も気忙しさうに出て行つた。どの男も女には可懐《なつかし》かつた。

やがて爺さんは、奥の方に延べられた蒲団のなかに、按摩に揉ませた懈い手足を延して、うと〳〵してゐた。ぢやらん〳〵といふ金棒の音が聞えるかと思ふと、遠くから潮鳴のやうに寄せて来る、往来の人の足音が、微かに耳に伝つた。爺さんは、夢心地に、それをきいてゐた。

大分たつてから、屏風の外で、ひそ〳〵した、女とおばさんとの話声が洩れた。目ざめた彦爺さんの神経が、鋭く働きかけて来た。女は端鼻をうたひながら、枕頭へ姿を現した。そして袿を脱棄てると、窈と傍へ寄つて来た。

「ちよいとお爺さん、お前さんお金が少しないこと、十円ばかしでいゝのよ。」

女は腹這になつて、白い腕を伸べて、煙草を吹《ふか》しながら言ひかけた。

「金かい。金は今夜はねえよ。」

女は暫く黙つてゐた。

女は煙管を棄てると、頭を枕に持せて、まし〳〵天井を眺めてゐた。そして何処かで弾いてゐる二上りの、唄の文句を微声につけてゐた。

「ほんとに無いのお爺さん。」

「あるかないか財布を見ねえ。」

女は爺さんが何時もするやうに為てあつた財布を、蒲団の下から撈出《さぐりだ》した。そして中へ手を突込で、札やバラ銭を取出した。ちやら〳〵と、銀貨や銅貨が、畳の上へ零れた。

「莫迦にしてゐないね。」

女は舌うちをしながら、金を仕舞込んで、元とほりに財布を蒲団の下へ押込んだ。そして、暫くじツとしてゐたが、相手が寝入つたと思つたらしい風をしながら、直《ぢき》にすうと床を脱出して行つた。

火鉢の側では新造同志三四人で、ひそ〳〵と花が初まつてゐた。どうかすると、ぴちりと云ふ札の音が、耳についた。

夜が段々更けて来た。

ふと床から起出して、帰支度をしてゐる爺さんの影が、衆《みんな》の目に映つた。

「おや、此人は奈何したんだろ。」新造は呟いた。

「お爺さん、今から帰るの。」

爺さんは口のうちにぶつ〳〵云ひながら、帯をしめて蒲団の上に座つた。

「厄介な爺さんだね。ぢや花魁を呼んでおいで。」

下新がそゝくさと草履を突《ツッ》かけて出て行つた。皆はまた札の方へ気を取《と》られた。

「おや〳〵又負けの綱かい。」などゝ、おばさん達が洒落てゐた。

女が来た時分に、爺さんは勘定をすまして、莨をふかしてゐた。女は懐手のまゝ、ぬつと其傍に立つて見てゐた。

彦爺さんは、床のそばに揃へてあつた白足袋を取上げると、片一方の底から、何やら捜出した。

「足袋のなかなぞへ何を入れてゐるのさ。」

「家が厳しいから、いつでも恁《かう》しておくだい。」

彦爺さんは十円札を二枚、目の前で拡げて見せると、それを財布の底へ仕舞込んだ。

「随分だよ。」女は呟いた。

「お札もつて、出さないんだよ、お豊どん。」

段梯子を二三段降りかけた爺さんは、ふと後を振むいて、送つて出た女と下新の目の先で、財布を振つて見せた。手や顔の筋肉が、顫えてゐた。


（「中央公論」大正2年4月号）

木乃伊の口紅

田村俊子

一

淋しい風が吹いて来て、一本図抜《づぬ》けて背の高い冠のやうな檜葉の突先《とつさき》がひよろ〳〵と風に揺られた。一月初めの夕暮れの空は薄黄色を含んだ濁つた色に曇つて、ペンで描いたやうな裸の梢の間から青磁色をした五重の塔の屋根が現はれてゐた。

　みのるは今朝早く何所と云ふ当てもなく仕事を探しに出た良人の行先を思ひながら、ふところ手をした儘、二階の窓に立つて空を眺めてゐた。横手の壁に汚点のやうな長方形の薄ひ夕日がぼうと射してゐたが、何時の間にかそれも失くなつて、外は薄暗の力が端から端へと物を消していつた。みのるは夕飯に豆腐を買ふ事を忘れまいと思ひながら下へおりて行くのが物憂くつて、豆腐屋の呼笛の音を聞きながら、二三人家の前を通つて行つた事に気が付いてゐたけれども下りて行かなかつた。そうして夕暮の空を眺めてゐた。

　晴れた日ならば上野の森には今頃は紫いろの靄が棚引くのであつた。一日《いちにち》森の梢に親しんでゐた其の日の空が別れる際にいたづらをして、紫いろの息を其所等一面に吹つかけるのであらうと、みのるは然う思つて眺めてゐた。今日の夕方は木も屋根も乾いた色に一とつ〳〵凝結して、そうして静に絡み付いてくる薄暗の影にかくれて行つた。みのるは其れを淋しい景色に思ひしみながら、目を下に向けると、丁度裏の琴の師匠の家の格子戸から外へ出て来た娘が、みのるの顔を見上げながら微笑をして頭を下げた。みのるはこの娘の顔を見る度に、去年の夏、夕立のした日の暮れ方に自分が良人の肩に手をかけて二人して森の方を眺めてゐたところを、この娘に見られた時の羞恥を思ひ出した。今もその追憶が娘の微笑の影と一所に自分の胸に閃《ひらめ》いたので、みのるは何所《どこ》となく小娘らしい所作で辞儀を返した。さうして直ぐばた〳〵と雨戸を繰つて下へおりて来た。

　豆腐屋の呼笛が何所か往来の方で聞こえてはゐたけれども、もう此辺までは来なくなつた。みのるは下の座敷の雨戸もすつかりと閉《し》めて、茶の間の電気をひねつてから門のところへ出て見た。

　眼の前の共同墓地に新らしい墓標が二三本殖えてゐた。墓地を片側にして角の銀杏の木まで一と筋の銀紙をはりふさげたやうな白々とした小路には人の影もなかつた。肋骨の見える痩せた飼犬が夕暮れのおぼろな影に石膏のやうな色を見せて、小枝《こえだ》を咬へながら駆け廻つて遊んでゐた。さうして良人の帰つて来る方をぢつと見詰めてゐるみのるの足の下に寄つてくると、犬はみのると同じやうな向きに座つて、地面の上に微に尻尾の先きを振りながら遠い銀杏の木の方を見守つた。

「メエイ。」

　みのるは袖の下になつてゐる犬の頭《あたま》を見下《みおろ》しながら低い声で呼んだ。呼ばれた犬は凝《ぢ》つとした儘でその顔だけを仰向かせてみのるを見詰めたが、直ぐその顔を斜にして、生きたるもの、物音は一切立消えてゆく静まり返つた周囲から何か神秘な物音に触れやうとする様にその小さい耳を動かした。無数の死を築く墓地の方からは、人間の毛髪の一本々々を根元から吹きほぐつて行くやうな冷めたい風が吹いて来た。自分の前に横たはつてゐる小路の右を眺め左を見返つてゐたみのるは、二三軒先きの下宿屋の軒燈が蒼白い世界にたつた一とつ光りを縮《すく》めてゐるやうな淋しい灯影ばかりを心に残して内へ入つた。

　義男が帰つて来た時はばら／＼した小雨が降り初めてゐた。普通よりも小さい義男の頭と、釣合ひのとれない西洋で仕立てた肩幅の大きな洋服の肩をみのるの方に向けて、義男は濡れた靴を脱いだ。垂れた毛を撫で上げながら明るい茶の間へはいつて来た義男は、その儘奥の座敷まで通つてしまつて、其所で抱へてゐた風呂敷包みと一所に自分の身体も抛り出すやうに横になつた。

「駄目。駄目。何所へ行つても原稿も売れなかつた。」

「いゝわ。仕方がないわ。」

　みのるは義男が風呂敷包みを持つて帰つて来たので、きつと駄目だつたのだと思つてゐた。何時までも歩きまわつてゐた事が、みのるには雨に迷つた小雀のやうに可愛想に思はれた。

「お腹《なか》は？」

「何も食べないんだ。何軒本屋を歩いたらう。」

　義男は腹這になつて畳に顔を押付けてゐるので、その声が物に包まれてゐる様にみのるに聞こえた。

　義男が居ない間に、みのるは一人して箸を取る気になれないので、今日も外に出てゐた義男と同じやうに何も食べずにゐた。それで義男の言葉を聞くと急にみのるは食事と云ふ事にいつぱいの楽しみをつながれて台所へ出て行つて働き初めた。膳の支《し》度《たく》が出来るまで義男は今の様子の儘で動かなかつた。

二

「僕は到底駄目な人間だね。僕にやとても君を養つてゆく力はないよ。」

　黙つて食事を済ましてしまつた義男は、箸をおくと然う云つて又横になつた。其れに返事をしなかつたみのるは、膳を片付けてしまふと簞笥の前に行つて抽斗から考へ／＼いろ／＼なものを引出して其所に重ねた。

「おい。行つてくるの。」

「えゝ。だつて何うする事も出来ないもの。」

みのるは包みを拵へてから、平常着の上へコートを着て義男の枕許で膝の紐を結んだ。

「ぢや行つてきます。一人だつていゝでせう。淋しかないでせう。」

みのるは膝を突いて義男の額を撫でた。義男の狭い額は冷めたかつた。

「僕も一所に行く。」

「ぢや着物を着代へなくちや。洋服ぢやおかしいから。」

義男が洋服を脱いでゐる間、みのるは鏡の前へ行つて、頸巻をしてくると大きい包を抱へて立つてゐた。そうして自分一人なら車で行つて来てしまふのに、この人と一所だと雨の中を歩かねばならないと思つたが、口に出しては何も云はなかつた。

みのるは重い包みを片手に抱へたまゝ戸締りをしたり、棚から傘を下したりした。包が邪魔になると其れを座敷の真中に置き放しにして来て、在所を忘れて又彼方此方を探したりした。

二人は一本づゝ傘を手にして庭の木戸から表に廻つた。

「留守番をしてゐるんだよ。お土産を買つて来て上げるからね。」

雨のびしよ〳〵と雫を切らしてゐる暗い庭の隅に、犬の白い姿を見付けるとみのるは声をかけた。犬は二人して外に出る時はいつも家の中に閉ぢ籠められておくことに馴らされてゐた。怜悧《りこう》な小犬は二人の出て行く物音に様子を覚《さと》つて逐ひ籠められないうちに自分から縁の下にもぐり込まふとしてゐるのであつた。

門をしめて外に出てからも、みのるはひつそりとしてゐる犬の様子がいつまでも気に掛つて忘れなかつた。少し歩いてくると義男は気が付いたやうにみのるの手から包みを取らうとした。

「持つてつてやるよ。」

雨の停車場は遅れた電車を待合せる人が多かつた。つい今しがた降り出した雨だけれども、土も木も人の着物も一様に湿《しめ》々《ぐ》した濡れた匂ひを含んで、冷めたい空気の底にひそかに響きを打つてゐた。みのるは包みを外套の下に抱へてゐる義男を遠くに放して、その傍に寄らずにゐた。電車に乗つてからも二人は落魄した境涯にあるやうな自分々々を絶へず心の中で眺め合ひながら、多くの他人の眼の集つた灯の明るい電車の中でこの夫婦といふ縁のある顔と顔を殊更合はせる事を避けてゐた。みのるは時々義男の外套の下から風呂敷包みの頭が食《は》み出てゐるのを見た。前の狭い外套の裾は膝の前で窮屈そうに割れてゐた。みのるは顔を背向けるとその見窄らしい義男の姿を心に描いて電車の外の雨に濡れてゐる灯を見詰めてゐた。

自分を憫れんでゐるやうな睫毛の瞬きが、ふるえて落ちる傘の雫の蔭にちら〳〵しながら、みのるは仲町のある横丁から出て来た。角の商店の明りの前に洋傘を真つ直ぐにして立つて待つてゐた義男の傍に来た時、みのるの顔は何処《どこ》となく哂き笑ひをしてゐた。

「うまくいつた？」

「大丈夫よ。」

　嵩張つた包みが二人の間から取れて、軽い紙幣が女のコートの衣嚢に残つたと云ふ事が、二人を浮世の人間並みらしい感じに戻らせた。つい眼の前をのろ〳〵と横切つて行く雫を垂らした馬鹿気て大きな電車を遣り過ごす間、今まで何所かへ押やられてゐた二人の間の親しみの義務を、この間《ま》にお互の中に取り戻しておかなくてはならないと云ふ様な顔付きで、みのるは男の顔を見詰めてわざと笑つた。

「なんでもいゝや。」

　義男も腮の先きを片手で擦りながら笑つて云つた。けれども義男の眼にはみのるの笑顔が底を含んでるやうな鋭い影を走らしてゐたと思つていやな気がしたのであつた。

「寒くつて。何か飲まなくちや堪らないわ。」

　みのるは義男の先きになつて歩いた。向側を見ると何の店先も雨に曇つて灯が濡れしほたれてゐた。番傘が通りの灯影を遮つてゆく――泥濘の路に人の下駄の跡や、車の轍の跡をぽち〳〵と光りを帯んだはねが飛んでゐた。

　二人は区役所の前の小さい洋食屋へ入つて行つた。

　室には一人も客はなかつた。鏡の前に行つて顔を映して見たみのるは、義男に呼ばれて暖炉の前に肩を突き合せながら手をあぶつた。みのるはこんな時義男がいぢけきつて、自分の貧しさをどん底の零落において情なく眺める癖のある事を知つてゐた。義男がからつぽの様な瞼を皺つかして、頰の肉にだらりとした曲線を描きながらぼんやりと暖炉の火を見詰めてゐる義男の身体を、みのるは自分の肩でわざと押し転がす様に突いた。さうして義男の顔を横に見ながら、

「見つともない風をするもんぢやないわ。」

　と云つて笑つた。義男は自分の見窄らしさをからかつてゐる様な女の態度に反感を持つて黙つてゐた。こんな場合にも自分だけは見窄らしい風はしまいと云ふ様に白粉くさい張り気を作つて、自分の情緒を臙脂のやうに彩らせやうとしてゐる女の心持がいやであつた。義男はふと、みのるが一所になる前まで僅かの間同棲して暮らした商売上りのある女の事を思ひだした。その女は毎晩男の為めに酌の相手こそはしたけれども、貧しい時には同じ様に二人の上を悲しんで、さうして仕事に疲れた義男を殆んど自分の涙で拭つてくれるやうな優しみを持つてゐた。浮いた稼業をしてゐた女だけども、みのるの様に直きと、

「何うにかなるわ。」

　と云ふ様な捨て鉢な事は云つた事がなかつた。

「どうしたの。黙つて。」

みのるは自分の身体をゆら〳〵と揺らつかせながら、其の動揺のあほりを義男の肩に打つ突けては笑つた。

「僕は今日不愉快な事があるんだ。」

　義男は暖炉の前に脊を屈めながら斯う云つた。

「なんなの。」

義男の言葉に鬱した調子を交ぜてゐたのに反対して、みのるの返事は何処までも紅の付いた色気を持つて浮いてゐた。

「××にね。僕の作の評が出てゐたんだ。」

「なんだつて。」

「陳腐で今頃こんなものを持ち出す気が知れないつて云ふのだ。」

　みのるは声を出して笑つた。

「仕方がないわね。」

「仕方がない？」

　義男は場所も思はずに大きい声を出してみのるの顔を睨んだ。みのるは黙つて後を振返つたが、人のゐない室には斜に見渡したみのるの眼に食卓の白いきれが靡いて見えたばかりであつた。そうして、それ〲に食卓の上に位置を守つてゐる玻璃器にうつつた灯の光りが、みのるの今何か考へてゐる心の奥に潜かに意を寄せてゐる微笑の影のやうにみのるに見えた。みのるは顔を真正面《まとも》に返すと一人で又笑つた。

「君も然う思つてるんだ。」

「然うだわ。」

　義男の腫れぼつたい瞼を一層縮まらした眼と、みのるの薄い瞼をぴんと張つた眼とが長い間見合つてゐた。

　みのるがその作を原稿で読んだ時、

「おもしろいわ。結構だわ。」

　と云つて義男の手に返したのであつた。義男が自分の仕事に自分だけの価値を感じてるだけ、みのるも相応に自分の仕事に心を寄せてゐるものと思つてゐた。それが急に冷淡な調子で、世間の侮蔑とその心の中を鳴り合せてゐる様な余所々々しい態度を、みのるが見せたと云ふ事が義男には思いがけなかつた。経済の苦しみに対する義男への軽薄な女の侮蔑が、こんなところにもその迸しりを見せたものとしきや義男には解されなかつた。

「君は随分同情のない事を云ふ人だね。」

　しばらくして斯う云つた義男の眼は真つ赤になつてゐた。給仕が持つて来た皿のものをみのるは身体を返して受取りながら何にも云はなかつた。

三

「君はそんなに僕を下らない人間だと思つてゐるんだね。」

　二人は停車場から出ると、真つ闇な坂を何か云ひ合ひながら歩いてゐた。硝子に雨の雫を伝はらしてゐる街燈の灯はまるで暗い人世の隅つこに泣きそべつてゐる二人の影のやうに見えてゐた。

　二人が生活の為の職業も見付からず、文学者としての自分の小さい権威も、何年か間の世界との約束からだん〲紛《はぐ》れて了つた事が義男にはいくら考へても情けなかつた。そうして自分の多年の仕事に背向いてゆく世間が憎いと一所に、その背向いた中の一人がみのるだつたと云ふ事にも腹が立つた。一人が一人に向つて石を抛てば相手の女は抛つた方へその心を媚びさせて行くのだと思ふと、義男はあらゆる言葉で目の前の女を罵り尽しても足りない気がした。義男はさつきのみのるの冷淡がその胸の真中《まんなか》を鋭い歯と歯の間にしつかりと咬へ込んでる様に離れなかつた。

「君はよくそんな下らない人間と一所にゐられるね。価値のない男をよく自分の良人だなんて云つてゐられるね。馬鹿にしてる男のまへでよく笑つた顔をして済ましてゐられる。君は売女より軽薄な女だ。」

義男は斯う云ひ続けてずん〳〵歩いて行つた。みのるは黙つて後から随いて行つた。みのるの着物の裾はすつかり濡れて、足袋と下駄の台のうしろにぴつたり密着《くつつ》いては歩行のあがきを悪るくしてゐた。早い足の義男には兎ても追ひ付く事が出来なかつた。

漸くみのるが家内《うち》にはいつて行つた時は、もう義男は小さい長火鉢の前に横になつてゐた。みのるは買つてきた小さいパンを袋から出して、土間の中まで追つて来たメエイに毟つて投げてやりながら、態といつまでも明りのついた義男の方を向かずにゐた。

「おい。」

義男は鋭い声でみのるを呼んだ。

「なに。」

然う云つてからみのるは小犬を撫でたり、「一人ぽつちで淋しかつたかい。」と話をしたりして其所から入つてこなかつた。義男はいきなり立つてくると足を上げてみのるの膝の上に頭を擡せてゐた犬の横腹を蹴つた。

「外へ出してしまへ。」

義男はさも命令の力を顔の筋肉にでも集めてるやうに、「出せ」と云ふ意味を示すやうな腮の突き出しかたをすると、その儘其所に突つ立つてゐた。小犬は蹴られた義男の足の下まで直ぐ這ひ寄つてきて、そうして足袋の先きに歯を当てながらじやれ付かうとした。

「あつちへお出で。」

みのるは小犬の頸輪を摑むと、自分の手許まで一度引寄せてから、雨の降つてる格子の外へ抛り付ける様に引つ張りだした。そうして戸を締めて内へ入つてくると旧《もと》のやうに火鉢の前に寐転んでゐた義男の前に坐つて、涙と一所に突き上つてくる呼吸を唇を堅く結んで押へてゐる様な表情をしてその顔を仰向かしてゐた。

「別れてしまうぢやないか。」

義男は然う云つて仰になつた。

放縦な血を盛つた重いこの女の身体が、この先き何十年と云ふ長い間を自分の脆弱な腕の先きに纏繞つて暮らすのかと思ふと、義男はたまらなかつた。結婚してからの一年近くのたど〳〵しい生活の中を女の真実をもつた優しい言葉に彩られた事は一度もなかつたと思つた。振返つて見ると、その貧しい生活の中心には、いつもみだらな血で印を刻した女のだらけた笑ひ顔ばかりが色を鮮明《あざやか》にしてゐた。そうして柔かい肉をもつた女の身体がいつも自分の眼の前にある匂ひを含んでのそ〳〵してゐた。

「僕見たいなものにくつついてゐたつて、君は何うする事も出来やしないよ。僕には女房を養つてゆくだけの力はない。自分だけを養ふ力もないんだから。」

「知つてるわ。」

　みのるは、はつきりと斯う云つた。唇を開くとその眼から涙があふれた。

「ぢや別れやうぢやないか。今の内に別れてしまつた方がお互ひの為だ。」

「私は私で働きます。その内に。」

　二人は暫時だまつた。

　この家の前の共同墓地の中から、夜るになると人の生を呪ひ初める怨念のさゝやきが、雨を通して伝はつてくる様な神経的のおびえがふと黙つた二人の間に通つた。

「働くつて何をするんだ。君はもう駄目ぢやないか。君こそ僕よりも脉がない。」

　義男は斯う云つてから、みのると同じ時代に同じやうな文藝の仕事を初めた他の女たちを挙げて、そうして現在の藝術の世界を今も花やかに飾つてるその女たちを賞めた。

「君は出来ないのさ。僕が陳《ふる》ければ君だつて陳《ふる》いんだから。」

　みのるは黙つて泣いてゐた。不仕合せに藝術の世界に生れ合はせてきた天分のない一人の男と女が、それにも見捨てられて、そうして窮迫した生活の底に疲れた心と心を脊中合せに凭れあつてゐる様な自分たちを思ふと泣かずにはゐられなかつた。

「君は何を泣いてるんだ。」

「だつて悲しくなるぢやありませんか。復讐をするわ。あなたの為に私は世間に復讐するわ。きつとだから。」

　みのるは泣きながら斯う云つた。

「そんな事が当てになんぞなるもんか。働くなら今から働きたまへ。こんな意気地のない良人の手で遊んでるのは第一君の估券が下る。君が出来ると云ふ自信があるなら、君の為に働いた方がいゝ。」

「今は働けないわ。時機がこなけりや。そりや無理ぢやありませんか。」

　みのるは涙に光つてる眼を上げて義男の顔を見た。義男の見定められない深い奥にいつかしら一人で突き入つて行く時があるのだと云ふ様な気勢が、その眼の底に現はれてゐるのを見て取ると、義男の胸には又反感が起つた。

「生意気を云つたつて駄目だよ。何を云つたつて実際になつて現はれてこないぢやないか。それよりや別れてしまつた方がいゝ。」

　義男は打《ぶ》ち切るやうに斯う云ふと奥の座敷へ自分で寐床をこしらへに立つて行つた。

みのるは男の動く様子を此方《こつち》から黙つて見てゐた。義男は片手で戸棚から夜着を引き下《おろ》すと、それを斜つかけに摺《ず》り延ばして、着た儘の服装《なり》でその中にもぐり込んで了つた。その冷めたそうな夜着の裾を眺めてゐたみのるは、自分たちが火の気もないところで長い間云ひ争つてゐた事にふと気が付いて急に寒くなつたけれども、やつぱり懐ろ手をした儘で冷えてきた足の先きを着物の裾にくるみながら、いつまでも唐紙のところに寄つかゝつてゐた。そうして兎もすると、男が自分一人の力だけでは到底持ちきれない生活の苦しさから、女をその手から弾きだそう弾きだそうと考へてゐる中を、かうして縋り付いてゐなければならない自分と云ふものを考へた時、みのるの眼には又新らしい涙が浮んだ。

　義男の力《ちから》が、みのるの今まで考へてゐた男と云ふものゝ力《ちから》の、層《そう》にしたならその一《ひ》と層《かさ》にも足りない事をみのるは知つてゐた。その頼りない男の力にいつまでも取り縋つてはゐたくなかつた。自分も何かしなければならないと云ふ取りつめた考へによく迫られた。けれどもみのるは何も働く事が出来なかつた。義男が今みのるに云つた様に、義男の前にみのるは何《なん》にも為《し》て見せるだけの力量を持つてゐなかつた。自分の内臓を嚙《か》み挫《ひし》いでもやり度いほどの口惜しさばかりはあつても、みのるは何を為る事も出来なかつた。みのるは矢つ張りこの力のない男の手で養つてもらはなければならなかつた。

　みのるは溜息をしながら立上ると義男の寝床の方へづか〳〵と歩いて行つた。そうして其の夜着を右の手を出して刎《は》ね退《の》けた。

「私も寝るんですから。夜具を下さい。」

　二人の仲には一と組の夜のものしきや無かつた。義男はその声を聞くと直ぐに起きて枕許の眼鏡を探してゐたが、寝床を離れる時に、

「寝たまへ。」

　と云つて又茶の間の方へ出て行つた。その男の後を少時見てゐたみのるは丸《まる》まつてゐる様な蒲団を丁寧に引き直してから、自分の枕を持つて来てその中にはいつた。

　みのるは床に入つてから、粘《ねば》りのない生一本の男の心と、細工に富んだねつちりした女の心とがいつも食ひ違つて、さうして毎日お互を突つ突き合ふ様な争ひの絶へた事のない日を振返つて見た。そこには、自分の紅房《べにぶさ》のやうに乱れる時々の感情を、その上にも綾《あや》してくれるなつかしい男の心と云ふものを見付け出す事が出来なかつた。

四

　義男がやつとある職業に就いたのは桜の咲く頃であつた。自分たちの生活の資料を得る為に痩せた力のない身体を都会の真《まん》中《なか》まで運んでゆく義男の姿を、みのるは小犬を連れて毎朝停車場まで送つて行つた。時にはその電車の窓へ向けて、恋人のやうに女の唇からキスを送る白い手先きが、温い日光の影を遮る

事もあつた。みのるは小犬に話をしかけながら墓地を抜けて帰つてくるのが常だつた。そうして二階の窓を開け放つて、小供の爪の先きが人の肉体をこそ〳〵と掻きおろしてくる様なきつい温さを含んだ日光に額をさらしながら、みのるは一日本を読んで暮らした。読書からみのるの思想の上に流れ込んでくる新らしい文字も、みのるは自分一人して味はふ時が多かつた。そうして頁から頁への藝術の匂ひの滴《したゝ》つた種々な場景が、とりとめのない憧憬の為に揉み絹のやうに萎えしぼんだみのるの心を静に遠く幻影の世界に導いてゆく時、みのるは興奮して、その頬を一寸傷づけても血の流れさうな逆上した額をして、さうして墓地の中を歩き廻つた。袖にさわつた茨の小枝の先きにも心を惹かれるほど、みのるの心は何も彼も懐しくなつて涙が溢れた。無暗と騒ぎ立つ感情の押へやうもなくなつて、誰とも知らない墓場の石にその額を押し付けた事もあつた。ぬきんでた様な青い松と、むらがつてる様な咲き乱れた桜と、夕暮れの空の濃い隈をいろどつてゐる天王寺のあたりを、みのるは涙を溜めながら行つたり来たりした。

　ある晩二人は上野の山をぶら〳〵と歩いてゐた。桜の白い夜の空は浅黄色に晴れてゐた。森の中の灯は酔ひにかすんだ美しい女の眼のやうに、おぼろな花の間に華やかな光りと光りを目《め》交《ま》ぜしてゐた。

「いゝ晩だわね。」

　みのるは然う云つて、思ふさま身振りをして見せると云ふ様な身体付きをしてはしやいで歩いてゐた。この山の森の中にそつくり秘められてゐた幾千人の恋のさゝやきが春になつて桜が咲くと、静な山の彼方此方《あちこち》から桜の花片の一とつ〳〵にその優しい余韻を伝はらせ初めるのだと思つた時に、みのるの胸は微かに鳴つた。みのるは天蓋のやうに枝を低く差し延べた桜の木の下に、わざ〳〵両袖をひろげて立つて見たりした。そうして花の匂ひに交ぢつたコートの古るい香水の匂ひを、みのるはなつかしいものゝ息に触れるやうに思ひながら、兎もすると捉みどころもなく消えそうになる香りを一と足一と足と追つてゐた。

　義男は義男で、堅い腕組みをして素つ気のない顔をしながらみのると離れて、ぽつ〳〵と歩るいてた。義男の頭について廻つてゐる貧乏と云ふ観念が、夜の花の蔭を逍遥しても何の興味も起らせなかつた。長い間の窮迫に外に出る着物の融通もつかなかつたみのるは、平生着の上にコートだけを引つかけて歩いてゐた。その貧しいみのるの姿を後から眺めた時の義男の眼には、かうした舞台ですべてを忘れてはしやいでゐるみのるの様子は、醜さを背景にした馬鹿々々しさであつた。

「もう帰らうぢやないか。」

　義男は斯う云つては足をとめた。

　二人は環のやうに取りめぐつてゐる池の向ふの灯を、山の上から眺めながら少しの間立つてゐた。その灯がさゞめいてるのかと思はれる様な遠い三味線の響きが、二人の胸をそはつかした。みのるは不図、久し振りな柔らかい着物の裾の重みの事を思つて恋ひしかつた。みのるの東下駄の先きでさばいてゐた裾はさば〳〵として寒かつた。

「吉原で懇親会をやるんだそうだ。」

義男は斯う云つて歩きだした。明りの色が空を薄赤く染めてゐる広小路の方を後《うしろ》にして、二人は谷中の奥へ足を向け直した。遠い町で奏で、ゐる楽隊の騒々しい音が山の冷えた空気に統一されて、二人の耳許を観世水のやうにゆるく襲つては桜の中に流れて行つた。みのるの胸には春と云ふ陽気さがいつぱいに溢れた。そうしてこの山の外《そと》に、春の晩に酔ひ浮かれた賑やかな人々のどよめきの世界があるのだと思つた。その中に踏み入つて行く事の出来ない自分の足許を見た時にみのるは何とも云へず寂しくなつた。

「どうかして一日人間らしくなつて遊びまわつて見たいもんだわね。」

みのるは斯う云はうとして義男の方を見た時に、丁度二人の傍を三保の松原を走らせた天の羽車のやうな静さで、一台の車が通つて行つた。薄暗い壁に貼りつけた錦絵を覗いて見るやうに、幌の横から紅の濃い友禅模様の美しい色が二人の眼を遮つていつた。そうして春の驕りを包んだ車の幌は、唯ゆらゆらと何時までも二人の眼の前から消えなかつた。

みのるは其れ限り何も云はずにゐた。黙つてゐる男が今どんな夢の中にその心のすべてを解《ほど》かしてゐるのだらうかと云ふ事を考へながら、みのるはいつまでも黙つて歩いてゐた。

五

義男にもみのるにも恩の深い師匠の夫人が遂に亡くなつたと云ふ知らせが二人の許にとゞいたのは、四月の末のある朝だつた。

義男が一張羅の洋服で出てしまふと、仲町から自分たちの衣服を取り出してくるだけの予算を立て、ゐたみのるは、何うにもその融通の出来ない見極めをつけると小石川の友達のところへでも行つてくるより外仕方がないと思つた。みのるは好い口実を作る事を考へながら出て行つた。

友達の家の塀際には咲き揃つた桜が何本か並んで家の富裕を誇るやうに往来の方に枝を垂れてゐた。みのるは其家の主人の応接室で久し振りな顔を友達と合はせた。みのるには自分が借りるのだと云ふ事が何うしても云へなかつた。一人身ならば自分が借りると云へるのだけれども、一家を持つてるものが主人の面目を考へてもそんな貧しい事は云はれるものではないと云ふ考へがみのるの頭の中を行つたり来たりしてゐた。

利口な友達は人の悪るい臆惻は女の嗜みではないと云ふ様なおとなしい笑顔を作つて、みのるの手から他の知人へ貸すと云ふのを真に受けたらしい様子を示しながら、一と襲ねの紋付を出して来た。

「お葬式には黒でなくちやいけないけれど、生憎私には黒がないから。」
友達の出した紋付は薄い小豆色だつた。裾には小蝶の繍ひがあつた。

その日は雨が降つてゐた。みのるは白木蓮の花を持つて、吾妻橋の渡船場から船に乗つた。船が岸を離れた時のゆるやかな心の辷りの感じと一所に、みのるの胸には六七年前の追懐の影が射してゐた。船の中からみのるは思ひ出の多い堤を見た。桜時分の雨の土堤にはなくてならない背景の一とつの様に、茶屋の葭簀が濡れしよぼれた淋しい姿を曝してゐた。そうして梳つたやうな細い雨の足が土堤から川水の上を平面にさつと掠つてゐた。みのるは又、船が迂曲《うね》りを打つてはひた〳〵と走つてゆく川水の上に真つ直ぐに眼を落した。自分の青春はこの川水のさゞなみに何時ともなくぢり〳〵と浸し消されてしまつた様な悲しみがそこに映つてゐた。深い思ひを抱いてうつら〳〵と逍遥つた若いみのるの顔の上に雫を散らした堤の桜の花は、今もあゝして咲いてゐた。それがみのるには又誰かの若い思ひを欺かうとする無残な微笑の影のやうに思はれてそこにも恨みがあつた。

言問から上にあがると、昔の涙の名残りのやうに、桜の雫がみのるの傘の上に音を立てゝ振りこぼれた。土堤の中途でみのると同じ行先きへ落合はうとする旧い知人の二三人に出逢ひながら、師匠の門を潜つた時は、義男と約束した時間よりもおくれてゐた。

中に入ると人々の混雑が、雨の軒端に陰にしめつたどよみを響かしてゐた。表から差覗かれる障子は何所も彼所も開け放されて、人の着物の黒や縞が塊まり合つて椽の外にその端を垂らしてゐた。裏手の格子戸の内は泥のついた下駄がいつぱいに脱ぎ散らしてあつた。みのるは台所で見付けた昔馴染の老婢に木蓮を渡してから上《あが》り端《はな》の座敷の隅にそつと入つて坐つた。そこでは母親に残された小さい小供たちが多勢の女の手に、悲しそうな言葉で可愛《いと》しまれながら抱かれてゐた。総領の娘も其所に交ぢつて、障子の外へ出たり入つたりする人々を眺めてゐた。昔みのるがお手玉を取つたり鞠を突いたりして遊び相手になつた総領の娘は、何年も親しく逢つた事のないみのるの顔を見ると、その眼を赤く瞳らした蒼い顔に笑みを作つて挨拶した。みのるの眼はいつまでもこの娘の姿から離れなかつた。

「この子はあなたの真似が上手。」

みのるに然う云つて師匠が笑つた時は、まだ四才ぐらゐの子であつた。みのるの例もするやうに風呂敷包みを持つて、気取つたお辞儀をしてから、

「これはみのるたんだよ。」

と云つてみんなを笑はせた。幼さい時から高い鼻の上の方の両端へ幾つも筋が出る様な笑ひかたをする子であつた。みのるはこの娘のこゝまで成長して来たその背丈の蔭に、自分の変つた短い月日を繰り返して見て果敢ない思ひをしずにはゐられな

かつた。

「おい。」

みのるは斯う呼ばれて振返ると、椽側に立つた義男が腮でみのるを招いてゐた。傍へ行くと義男は、

「これから社へ行つて香奠を借りてくるからね。」

と小さい声で云つた。

「いくらなの。」

「五圓。」

二人は笑ひながら斯う云ひ交はすと直ぐ別れた。みのるは其《そ》室《こ》を出て彼方此方と師匠の姿を求めてゐるうちに、中途の薄暗い内廊下で初めて師匠に出逢つた。顔もはつきりとは見得ないその暗い中を通して、みのるは師匠の涙に漲つた声を聞いたのであつた。

「あなたの身体はこの頃丈夫ですか。」

師匠はみのるが別れて立たうとする時に斯う云つて尋ねた。みのるは昔の脆い師匠のおもかげを見た様に思つてその返事が涙でふさがつてゐた。

六

その晩みのるは眠れなかつた。いつまでもその胸に思ひ出の綾が色を乱してこんがらかつてゐた。そうしてある春の日に師匠から送られた西洋すみれの花の匂ひが、みのるのその思ひ出に甘くまつはつて懐かしい思ひの血の鳴りを響かしてゐた。

あのなつかしい師匠に離れてからもう何年になるだらうかと思つてみのるは数へて見た。師匠の手をはなれてからもう五年になつた。そうして師匠の慈愛に甘へて一途にその人を慕ひ騒いだ時からはもう八年の月日が経つてゐた。その頃のみのるの生命は、あの師匠の世態に研ぎ済まされたやうな鋭い光りを含んだ小さい眼のうちにすつかりと包まれてゐたのであつた。その師匠の手をはなれてはみのるの心は何方へも向けどころのないものと思ひ込んでゐた。そうして船で毎日の様に向島まで通つたみのるは行くにも帰るにも渡しの栈橋に立つて、滑かな川水の上に一と滴の思ひの血潮を落し／＼した。

それほどに慕ひ仰いだ師匠の心に背向いて了はねばならない時がみのるの上にも来たのであつた。其れはみのるが実際に生きなければならないと云ふほんとうの生活の上に、その眼が知らず／＼開けて来た時であつた。毎日師匠の書斎にはいつて書物の古るい樟脳の匂ひを嗅ぎながら、いゝ気になつて遊んでばかりはゐられない時が来たからであつた。そうして師匠の慈愛が、自分のほんとうに生きやうとする心の活らきを一時でも痲痺らしてゐた事にあさましい呪ひを持つやうな時さへ来た。この師匠の手をはなれなければ自分の前には新らしい途が開けないものゝ様に思つて、みのるはこの慈愛の深い師匠の傍を長い間離れた。けれどもその後のみのるの手《て》に、目覚めたと云ふ証《しる》徴《し》を持つた様な新らしい仕事は一とつとして出来上つてはゐなかつた。みのるはその頃の自分を囲ふやうな師匠の慈愛を思ひ

出して、いたづらな涙にその胸を潤ほす日が多かつた。そうして唯一人の人へ対する堅い信念に繋がれて傍目《わきめ》もふらなかつた幼ない昔を、世間と云ふものから常に打ち叩かれてゐる様なこの頃のみのるの心に、恋ひしく思ひ出さない日と云つてはないくらゐであつた。

今夜は殊にその思ひが深かつた。みのるは今日の、夫人の棺前の読経を聞きながら泣き崩れる様にして右の手でその顔を掩ふてゐた師匠の姿を、いつまでも思つてゐた。義男はその晩通夜に行つて帰つてこなかつた。

「その紋付は何うしたの。」

一と足先きに葬式から帰つてゐた義男は、みのるが帰つてくるのを待つてゐて直ぐ斯う聞いた。みのるは今日の式場で義男の縞の洋服がたつた一人目立つてゐた事を考へながら黙つて笑つた。

「借りたの。」

うなづいたみのるも、うなづかれた義男も、同じ様に極りの悪るそうな顔をした。こんな時にお互に礼服の一とつも手許にないと云ふ事がれい〳〵とした多くの人の集まつた後では殊に強く感じられてゐた。

「あなたの服装《なり》は困つたわね。」

「まあい、さ、君さへちやんとしてゐれば。」

義男は然う云つてから、もう一度みのるの借着の姿を見守つた。義男はそれを何所から借りたのかと聞いたけれども、みのるは小石川から借りたとは云はなかつた。旧《もと》の学校の友達から然うした外見《みつとも》ない事を為《し》たと云つたなら、義男は猶厭《いや》な思ひがするであらうと思つたからであつた。みのるは自分の許へ親類の様に出入りしてゐる商人の家の名を云つて、其所から都合して貰つたのだと云つた。そうして、何時も困つてゐると云ふ噂のある義男の友人の妻君が、ちやんとしてゐた事をみのるは思ひ出して感心した顔をして義男に話した。

「私たち見たいに困つてゐる人はお友達の中にもないと見えるわ。」

「然うだらう。」

義男は然う云つて着てゐた洋服を脱いだ。そうして少時ズボンの裾を引つくり返して見てから、

「これもこんなに成つてしまつた。」

と云ひながらその摺《す》り切れたところをみのるに見せた。秋から春に着ると云ふ洋服を義男は暑い時も雪の降る時も着なければならなかつた。こうして何か事のある度にこの肩幅の広い洋服を着てゆく義男の事を思つた時、今日のみのるは例の癖のやうに自分どもの貧しさを一種の冷嘲で打消して了ふ訳にはいかなかつた。さん〴〵悲しみの光景に馴らされてきた其の心から、真から哀れつぽく自分たちの貧しさを味はふやうな涙がみのるの眼にあふれてきた。

「可哀想に。」

みのるは彼方を向いて、自分も着物を着代へながら然う云つた。世間を相手にして自分たちの窮乏を曝さなければならない様な羽目になると、二人は斯うしていつか知らず其の手と手を堅く握り合ふやうな親しさを見せ合ふのだとみのるは考へてゐた。

「何うかして君のものだけでも手許《てもと》へ置かなけりや。」

義男は然う云ひながら入湯に出て行つた。一人になるとみのるは今日の葬列の模様などが其の眼の前に浮んで来た。花の土堤をその列が長く続いて行く途中で、面かづらを被つて泥濘の中を踊りながら歩いてゐる花見の群れに幾度か出つ会した。そうして酔漢の一人がその列を見送りながら、丁度みのるの乗つてゐた車の傍で、

「皆さんお賑やかな事で。」

と小声で云つてゐた事などが思ひ出された。みのるは義男が帰つて来たらばこれを話して聞かそうと思つた。柩の前に集つた母親を失つた小さい人々を見て、みのるもさん〴〵に泣かされた一人であつたけれ共、その悲しみはもう何所かへ消えてゐた。

七

みのるの好きな白百合の花が、座敷の床の間や本箱の上などに絶へず挿されてゐる様な日になつた。義男の休み日には小犬を連れて二人は王子まで青い畑を眺めながら遠足する事もあつた。紅葉寺の裏手の流れへ犬を抛り入れて二人は石鹼の泡に汚れながらその身体を洗つてやつたりした。流れには山の若楓の蒼さと日光とが交ぢつて寒天のやうな色をしてゐた。その濡れた小犬を山の上の掛茶屋の柱に鎖で繫いでおいて、二人は踏んでも歩けそうな目の下一面の若楓を眺めて半日暮らしたりした。その往き道にある別宅らしい人の家の前に立つと、その檜葉の立木に包まれた薄鼠塗りの洋館の二階が横向きに見えるのを見上げながら義男は「何《なんに》も要らないからせめて理想の家だけは建てたい。」といつも云つた。みのるが頻りに髪を弄り初めたのもその頃であつた。みのるは一日置きのやうに池の端の髪結のところまで髪を結ひにゆく癖がついた。みのるの用簞笥の小抽斗には油に染んだ緋絞りのてがらの切れが幾つも溜つてゐた。

こんな日の間にも粘りのない生一本な男の心の調子と、細工に富んだねつちりした女の心の調子とはいつも食ひ違つて、お互同士を突つ突き合ふやうな争ひの絶えた事はなかつた。女の前にだけ負けまいとする男の見得と、男の前にだけ負けまいとする女の意地とは、僅の袖の擦り合ひにも縺れだして、お互を打擲し合ふまで罵り交はさなければ止まないやうな日はこの二人の間には珍らしくなかつた。みのるの読んだ書物の上の理解がこの二人に異つた味ひを持たせる時などには、二人は表の通りにまで響ける様な声を出して、それが夜の二時であつても三時であつても構はず云ひ争つた。そうして、終ひに口を閉ぢた

みのるが、憫れむやうな冷嘲ける様な光りをその眼に漲らして義男の狭い額をぢろ〳〵と見初めると、義男は直ぐにその眼を真つ赤にして、

「生意気云ふない。君なんぞに何が出来るもんか。」

　斯う云つて土方人足が相手を悪口する時の様な、人に唾でも吐きかけそうな表情をした。斯うした言葉が時によるとみのるの感情を亢ぶらせずにはおかない事があつた。智識の上でこの男が自分の前に負けてゐると云ふ事を誰の手によつて証明をして貰ふ事が出来やうかと思ふと、みのるは味方のない自分が唯情けなかつた。そうして、

「もう一度云つてごらんなさい。」

と云つてみのるは直ぐに手を出して義男の肩を突いた。

「幾度でも云ふさ。君なんぞは駄目だつて云ふんだ。君なんぞに何が分る。」

「何故。どうして。」

　こゝまでくると、みのるは自分の身体の動けなくなるまで男に打擲されなければ黙らなかつた。

「あなたが悪るいのに何故あやまらない。何故あやまらない。」

　みのるは義男の頭に手を上げて、強ひてもその頭を下げさせやうとしては、男の手で酷い目に逢はされた。

「君はしまひに不具者《かたわ》になつてしまふよ。」

　翌る日になると、義男はみのるの身体に残つた所々の傷を眺めて斯う云つた。女の軟弱な肉を振り捩断《ちぎ》るやうに摑み占める時の無残さが、後になると義男の心に夢の様に繰り返された。

　それは昼の間に軽い雨の落ちた日であつた。朝早く沢山の洗濯をしたみのるはその身体が疲れて、肉の上に板でも張つてある様な心持でゐた。軒の近くを煙りの様な優しい白い雲がみのるの心を覗く様にしては幾度も通つて行つた。初夏の水分を含んだ空気を透す日光は、椽に立つてるみのるの眼の前に色硝子の破片を降り落してゐる様な美しさを漲らしてゐた。何となく蒸し暑い朝であつた。みのるのセルを着てゐたその肌触りが汗の中をちく〳〵してゐた。

　それが午後になつて雨になつた。みのるは干し物を椽に取り入れてから、又椽に立つて雨の降る小さな庭を眺めた。この三坪ばかりの庭には、去年の夏義男が植えた紫陽花が真中《まんなか》に位置を取つてゐるだけだつた。黄楊の木の二三本に霞のやうなこまかい白い花がいつぱいに咲いてゐるのが、隅の方に貧しくしほらしい装ひを見せてゐたけれ共、一年の内に延びてひろがつた紫陽花の蔭がこの庭の土の上には一番に大きかつた。その外には何もなかつた。軽い雨の音はその紫陽花の葉に時々音を立てた。みのるはその音を聞き付けるとふと懐しくなつて其所に降る雨をいつまでも見詰めてゐた。

　義男がいつもの時間に帰つて来た時はもうその雨は止んでゐた。みのるは義男の帰つてからの様子を見て、その心の奥に何か底を持つてゐる事に気が付いてゐた。

「おい。君は何《ど》うするんだ。」

みのるが夜るの膳を平気で片付けやうとした時に義男は斯う声をかけた。

「何故君は例の仕事をいつまでも初めないんだね。止すつもりなのか。」

其れを聞くとみのるは直ぐに思ひ当つた。

一週間ばかり前に義男は勤め先きから帰つてくると「君の働く事が出来た。」と云つて新聞の切り抜きをみのるに見せた事があつた。それは地方のある新聞で其れに懸賞の募集の広告があつた。みのるが其れ迄に少しづゝ書き溜めておいた作《もの》のある事を知つてゐた義男は、それにこの規程の分だけを書き足して送つた方が好いと云つてみのるに勧めたのであつた。

「もし当れば一《ひ》と息《いき》つける。」

義男は斯う云つた。けれどもみのるは生返事《なまへんじ》をして今日まで手を付けなかつた。それに義男がその仕事を見出した時はもう締めきりの期日に迫つてしまつた時であつた。その僅の間にみのるには兎ても思ふ様なものは書けないと思つたからであつた。

「何故書かないんだ。」

義男はその口を神経的に尖らかしてみるのに斯う云ひ詰めた。

「そんな賭け見たいな事を為るのはいやだから、だから書かないんです。」

みのるの例の高慢な気振りがその頬に射したのを義男は見たのであつた。

みのるはその万一の僥倖によつて、義男が自分の経済の苦しみを免れ様と考へてゐる事に不快を持つてゐた。この男は女を藝術に遊ばせる事は知らないけれ共、女の藝術を賭博の様な方へ導いて行つて働かせる事だけは知つてゐるのだと思ふと、みのるは腹が立つた。

「そんな事に使ふやうな荒れた筆は持つてゐませんから。」

みのるは又斯う云つた。

「生意気云ふな。」

斯う義男は怒罵りつけた。女の高慢に対する時の義男の侮蔑は、いつもこの「生意気云ふな。」であつた。みのるはこの言葉が嫌ひであつた。義男を見詰めてゐたみのるの顔は真つ蒼になつた。

「君は何と云つた。働くと云つたぢやないか。僕の為に働くと云つたぢやないか。それは何うしたんだ。」

「働かないとは云ひませんよ。けれども私が今まで含蓄しておいた筆はこんなところに使はうと思つたんぢやないんですからね。あなたが何《なん》でも働けつて云ふなら電話の交換局へでも出ませうよ。けれどもそんな賭け見たいな事に私の筆を使ふのはいやですから。」

義男は突然、手の傍にあつた煙草盆をみのるに投げ付けた。

「少しも君は我々の生活を愛すつて事を知らないんだ。いやなら止《よ》せ。その云ひ草はなんだ。亭主に向つてその云ひ草はなんだ。」

義男は然う云ひながら立上つた。

「そんな生活なら何も彼も壊しちまへ。」

義男は自分の足に触つた膳をその儘蹴返すと、みのるの傍へ寄つて来た。みのるは其の時ほど男の乱暴を恐しく予覚した事はなかつた。「何をするんです。」と云つた金を張つたやうな細い透明なみのるの声が、義男の慟悸の高い胸の中に食ひ込む様に近くなつた時に、みのるは有りだけの力をその両腕に入れて義男の胸を向ふへ突き返した。そうしてから、初めてこの男の恐しさから逃れると云ふ様な心持で、みのるは勝手口の方から表へ駈けて出た。

外はまだ薄暮の光りが全く消えきらずに洋銀の色を流してゐた。殊更な闇がこれから墓場全体を取り繞らうとするその逢魔《あふま》の蔭にみのるは何時までも佇んでゐた、ぢいんとした淋しさが何所からともなくみのるの耳の傍に集つてくる中に、障子や襖を蹴破つてゐる様な気魂《けたたま》しい物の響きが神経的に伝つてゐた。

然うして絹針のやうに細く鋭い女の叫喚の声がその中に交ぢつてゐる様な気もした。それが自分の声のやうであつた。みのるの身体中の血は動いた儘にまだゆら〳〵としてゐた。何所かの血管の一部まだその血が時々どんと烈しい波を打つてゐた。けれどもみのるは自分の心の脉を一とつ〳〵調べて見る様なはつきりした気分で、自分の頭の上に乗しかゝつてくる闇の力の下に俯向いてしばらく考へてゐた。そうして、その清水に浸つてゐる様な明らかな頭脳の中に、

「自分どもの生活を愛する事を知らない。」

と云つた義男の言葉がさま〴〵な意味を含んでいつまでも響いてゐた。

みのるは全く男の生活を愛さない女だつた。

その代り義男はちつとも女の藝術を愛する事を知らなかつた。

みのるはまだ〳〵、男と一所の窮乏な生活の為に厭な思ひをして質店の軒さへ潜るけれども、義男は女の好む藝術の為に新らしい書物一とつ供給《あてが》ふ事を知らなかつた。義男は小さな自分だけの尊大を女によつて傷づけられまい為に、女が新らしい知識を得ようと勉める傍でわざとそれに辱ぢを与へる様な事さへした。新らしい藝術にあこがれてゐる女の心の上へ、猶その上にも滴《したゝ》るやうな艶味を持たせてやる事を知らない義男は、たゞ自分の不足な力だけを女の手で物質的に補はせさへすればそれで満足してゐられる様な男なのだと云ふ事が、みのるの心に執念く繰り返された。

「私があなたの生活を愛さないと云ふなら、あなたは私の藝術を愛さないと云はなけりやならない。」

先刻《さつき》義男に斯う云つてやるのだつたと思つた時に、みのるの眼には血がにじんで来《く》るやうに思つた。

男の生活を愛する事を知らない女と、女の藝術を愛する事を知らない男と、其れは到底一所のものではなかつた。義男の身にしたら、自分の生活を愛してくれない女では張合のない事かも知れない。毎日出てゆく義男の蟇口の中に、小さい銀貨が二

つ三つより以上にはいつてゐた事もなかつた。それを目の前に見て上の空な顔をしてゐる事の出来るみのるは、義男に取つては一生を手を繫いでゆく相手の女とは思ひやうも無い事かも知れなかつた。——

「二人は矢つ張り別れなければいけないのだ。」

　みのるは然う思ひながら歩き出した。初めて、凝結してゐた瞳子の底から解けて流れてくる様な涙がみのるの頬にしみ〴〵と伝はつてきた。

　みのるの歩いてゆく前後には、もう動きのとれない様な暗闇がいつぱひに押寄せてゐた。その顔のまわりには蚊の群れが弱い声を集めて取り巻いてゐた。振返ると、その闇の中に其方此《そちこ》方《ち》と突つ立てゐる石塔の頭が、うよ〳〵とみのるの方へ居膝り寄つてくる様な幽な幻影を揺がしてゐた。みのるは自分一人この暗い寂しい中に取残されてゐた気がして早足に墓地を繞《めぐ》つてゐる茨垣の外に出て来た。其辺をうろついてゐたメエイが其所へ現はれたみのるの姿を見附けると飛んで来てみのるの前に其の顔を仰向かしながら、身体ぐるみに尾を振つて立つた。突然この小犬の姿を見たみのるは、この世界に自分を思つてくれるたつた一とつの物の影を捉へたやうに思つて、その犬の体を抱いてやらずにはゐられなかつた。

「有難うよ。」

　小犬に向つてかう云つて了ふとみのるの眼から又涙がみなぎつて落ちてきた。みのるは生れて初めて泣き〳〵外を歩くと云ふ様な思ひを味ひながら、右の袂で顔を拭きながら家の方へ歩いて行つた。

八

　みのるは外に立つて暫時家の中の様子を伺つてから入つて行つた。茶の間の電気を点《つ》けて其辺を見まわすと、其処には先刻義男が投げ付けた煙草盆の灰のこぼれと、蹴散らされた膳の上のものとが、汚《きたな》らしく狼籍をしてゐるばかりで義男はゐなかつた。しばらくしてみのるが座敷の汚《よご》れを掃除してゐる時に、二階で人の寐返りを打つた様などしりとした響きが聞こえたので、義男は二階に寐てゐるのだとみのるは思つた。腮の骨の痩せこけた、頸筋の小供の様に細い顔と頭を、上の方で組んだ両肱の中に埋め込んで直《ぢ》かな畳の上に寐転んでゐる義男の姿がこの時のみのるの胸に浮んでゐた。

　そうして、みのるの心は其の義男の前にもう脆く負けてゐた。自分が筆を付けると云ふ事が、義男の望む「働き」と云ふ意味になつて、そうして義男を喜ばせる一とつになるならそれは何の造作もない仕事だと云ふ様な、女らしい気安さに其の心持が返つてゐた。

　長い間世間の上に喘ぎながら今日まで何も摑み得なかつたみのるの心は、いつともなく憶病になつてゐて、然うしてその心の上にもう疲労の影が射してゐた。みのるは如何程強い張りを持ち初めても、直ぐ暁の星の様にかうして消へていつた。そうして矢つ張り唯一人の義男の情に縋つて行かなければ生きられない様な自らの果敢ない悲しみを、みのる自身が傍から眺めてゐる様な心の態度で自分の身体を男の前に投げ出して了ふのが結局《つゞまり》だつた。

　みのるは其の翌る日から毎日机に向つて、半分草しかけてあつた或る物語の続きを書き初めた。兎もすると厭になつてみのるは幾度止そうとしたか知れなかつた。少しもそれに気乗りがしてこなかつた。

　今日まで書きかけて机の中に仕舞つておいた作と云ふのは、みのるの気に入つたものではなかつた。自分の藝が一度踏み入つた境から何うしても脱れる事の出来ない一とつの臭味を持つてゐる事をつく〴〵感じながら、とう〳〵筆を投げてしまつた其の書きかけなのであつた。だからみのるは後半を直ぐに続けて行かうとする前に、もつと其前半を直して見なければならなかつた。みのるの自分の藝に対する正直な心が、自から打捨つた作を其の儘明るい場所へ持ち出すと云ふ様な人を食つた考へに中々陥らせなかつた。みのるは何時までもその前半を弄《いぢ》つてゐた。

「君はいつまで何をしてゐるんだ。」

　それを見付けた義男は直ぐに斯う云つてみのるの傍に寄つて来た。

「到底駄目だから止すわ。」

「駄目でもいゝからやりたまへ。」

「私は矢つ張り駄目なんだ。」

　みのるは然う云つて自分の前の原稿を滅茶苦茶にした。

「こんな事はね。作の好い悪るいには由らないんだよ。それは唯君の運一とつなんだ。作が駄目でも運さへ好ければうまく行くんだからやつて終ひ給へ。ぐづ〳〵してゐると間に会やしないよ。」

　義男はみのるの手から弄り直してる前半を取り上げてしまつた。それを見たみのるは、

「書きさへすればいゝ？」

　斯う云ふ意味をその眼にあり〳〵と含まして、義男の顔を眺めた。其の心の底には何となく自暴な気分が浮いてゐた。唯義男の強ひるだけのものを書き上げて、そうして其れを義男の前に投げ付けてやりさへすれば好いんだと云ふ様な自暴な気分だつた。

「私が若し何うしても書かなければあなたは何うするの。」

「書けない事はないから書きたまへ。」

「書けないんです。気に入らないんです。」

「そんな事はないからさら〳〵と書き流してしまひたまへ。」

「気に入らないからいやなの。」

「悪るい癖だ。そんな事を云つてる暇に二枚でも三枚でも書けるぢやないか。」

　義男は日数を数へて見た。規程の紙数まではまだ二百余枚

もありながら日は僅に二十日にも足りなかつた。義男は何事も一気《いつき》に遣つ付ける事の出来ない口ばかり巧者なこの女が、煮《い》り豆の豆が顔にぴんと痛く弾きかゝつた様に癪にさわつて小憎らしくなつた。

「成程君は駄目な女だ。よし給へ。よし給へ。」

義男は然う云ふと一旦取り上げた原稿を本箱から出してきて、みのるの前にはら〳〵と抛り出した。其の俯向いた眼にいつにもない冷めたい蔭が射してゐた。

「止せば何うするの。」

みのるは机に寄つかゝつて頭を右の手で押へながら男の顔を斜に見てゐた。義男の顔は、眼の瞬きと、蒼い顔の筋肉の動きと、唇のおのゝきと、其れがちやんぽんになつて電光をはしらしてゐた。

「別れてしまうばかりさ。」

義男はぽんと女を突き放す様に斯う云つた。みのるが何も為得ないと云ふ見極めを付けると一所に、義男には直ぐ明かな重荷を感じずにはゐられなかつた。義男にしては二人の間を繋いでるものは愛着ではなかつた。力であつた。自分に持てない力を相手の女が持ち得るものでなければ一所には居たくなかつた。女の重荷を、殊にみのるの様な我が儘の多い女の重荷を引摺つてゐては、自分の身体がだん〳〵に人世の泥沼の中に沈み込んで行くばかりだと思つた。義男はもうこの女を切り放さなければならなかつた。——斯う云ふ時には例も手強い抵抗をみのるに対して見せ得る男であつた。直ぐにその場からでも何方《いづれ》かゞこの家を離れゆくと云ふ気勢をはつきりと見せ得る男であつた。そこには男が特にみのる一人に対して考へてゐる様な愛なぞは微塵も挟まれなかつた。

「書くわ。仕方がないもの。」

みのるの眼にはもう涙が浮いてゐた。そうして其辺に取り散らかつた原稿を纏めてゐた。

九

みのるは唯真驀に物を書いて行つた。自分を鞭打つやうな男の眼が多くの時間みのるの机の前に光つてゐた。みのるは其れを恐れながら無暗と書いて行つた。蚊帳の中にランプと机とを持ち込んで暫時死んだ様に仰向に仆れてゐてから、急に起き上つて書く事もあつた。朝から夕まで家の中に射し込んでゐる夏の日光を、みのるは彼方此方と逃げ廻りながら隅の壁のところに行つて其の頭をさん〴〵打ち突けてから又書き出す事もあつた。

そうして出来上つたのが締切りの最後の日の午後であつた。義男はそれにみのるの名を書き入れてやつて、小包にしてから自分で郵便局へ持つて行つた。みのるは其の汗になつた薄藍地の浴衣の袂で顔を拭ひながらこの十余日の間の自分を振返つて見た。男の姿に追ひ使はれた筆《ペン》の先きには、自分の考へてゐる様な美しい藝術の影なぞは少しも見られなかつた。唯男の処刑を恐れた暗雲《やみくも》の力ばかりであつた。そのやみくもな非藝術な力ばかりで自分の手には何が出来たらう。然う云ふとみのるは失望しずにはゐられなかつた。

それは八月の半ばを過ぎてからであつた。ある朝其の日の新聞の上に、ふとみのるの、心にとまつた記事があつた。

みのるは義男が勤めに出て行つてから、家の入り口の方へ釘を差しておいて自分も外に出た、そうして広小路へ来《く》ると其所から江戸川行の電車に乗つた。

色の褪めた明石の単衣を着て、これも色の褪めた紫紺の洋傘を翳したみのるの姿が、しばらくすると、炎天の光りに射られて一帯に白茶けて見える牛込の或る狭い町を迷つてゐた。敷き詰めた小砂利の一とつ〳〵に両抉りの下駄が挟まるのでみのるは歩き憎くて堪らなかつた。其の度に動悸が打つて汗が腋の下を伝はつた。地面から裾の中へ蒸し込んでくる熱気と、上から照りつける日光の炎熱とが、みのるの薄い皮膚をぢり〳〵と刺戟した。みのるの顔は燃えるやうに真つ赤になつてゐた。

みのるは橋の角の交番で「清月」と云ふ貸席をたづねると、其所から江戸川縁の方へ曲がつて行つた。清月はその通りの右側にあつた。旧は旗本の邸でもあつたかと思ふ様な構造をした古るい家であつた。みのるはその敷台のところに立つて、取次に出た女中に小山と云ふ人をたづねた。

みのるは直ぐに奥へ通された。がらんとした広い座敷に、みのるは庭の方を後にしてこれから逢はうといふ人の出てくるのを待つてゐた。何所も開け放してありながら風が少しも通つてこなかつた。そうして日中の暑熱に何も彼もぢつと息を凝《こ》らしてる様な暑苦しさと静さが、その赤くなつた畳の隅々に影を潜めてゐた。みのるは半巾で顔を抑へながら、せつせと扇子を使つてゐた。

煙草盆を提げながら小作りな男が奥の方から出て来てみのるの前に座つた。瞳子の黒い瞼毛の長い眼が昼寝でも為てゐた様にぼつとりと腫れてゐた。よく大坂人に見るやうに物を云ふ時其の口尻に唾を溜る癖があつた。笑ふと女の様な愛嬌がその小さな顔いつぱいに溢れた。

小山はみのるの名前は知らなかつたけれども義男の名前は知つてゐた。手に持つてるのみのるの名刺を弄りながら、小山はみのると話をした。

小山は自分たちの拵へてる劇団に就いて口を切つた。それからこの前の一回の興行はある興行師の手で組織された為に世間から面白くない誤解を受けたりしたけれ共、今度の第二回は酒井や行田と云ふ人の助力のもとに極く藝術的に組織すると云ふ事を長く述べ立てた。そうして、女優は品行の正しい身性《みじやう》のあまり卑しくないものばかりを選むつもりだと云つた。滑かな大坂弁が暑い空気の中に濁りを帯びて、眠たい調子をうね〳〵とひゞかしてゐた。

小山は話しをしてる間に、少しは分つた事を云ふ女だと云ふ様な顔をして、時々みのるの言葉に調子を乗せて自分の話を進めて行つたりした。

「然う云ふ御熱心なら、一度よく酒井先生とも行田先生とも御相談をいたしまして、其の上で御返事を差上げると云ふことに。多分よろしからうとは思ひますが私一人の考へ通りにも参りませんによつて、あとから端書を差上げると云ふ事にいたしませう。」

みのるは其れで小山に別れを告げて外に出た。

誰もゐない家の軒に祭りの提燈がたつた一とつ暑い日蔭の外れに揺れてゐるのを見守りながら、みのるが漸《や》つと家へはいつた時は、もう庭の上にも半分ほど蔭ができてゐた。みのるは汗になつた着物を脱がずに開けひろげた座敷の真中に坐つて何か考へてゐた。

夜るになつてみのるは義男と祭礼のある神社へ参詣に出かけた。墓場を片側にした裏町には赤い提燈の灯がところ〴〵に、表の賑やかさを少しちぎつて持つて来た様な色を浮べてぼんやりと滲染んでゐた。その明りの蔭に白い浴衣の女の姿が媚いた袖の靡きを見せて立つてゐた門《かど》もあつた。通りに出るといつも寂びれた場末の町は夜店の灯と人混《ひとご》みの裾の縺れの目眩しさとで新たな世界が動いてゐた。

二人は人に押返されながら神社の中へ入つて行つた。赤い椀を山に盛つた汁粉の出店の前から横に入ると四十位の色の黒い女が腕捲りをして大きな声で人を呼んでる見世物小屋の前に出た。幕が垂れたり上つたりしてゐる前に立つて中を覗くと肩衣をつけた若い女が二人して浄瑠璃でも語つてゐる様な風をしてゐる半身が見えた。その片々の女は目の覚めるほど美しい女であつた。薄暗い小屋の中から群集の方へ時々投げる眼に、瞳子の流れるやうなたつぷりした表情が動いてゐた。艶もなく胡粉のやうに真つ白に塗《なす》りつけたおしろいが、派出な友禅の着物の胸元に悪毒《あくど》い色彩を調和させて、猶一層この女を奇麗に見せてゐた。鼻が真つ直ぐに高くて口許がぽつつりと小さかつた。

「まあ美い女だわね。」

みのるは義男の袖を引つ張つた。

「あれが轆轤つ首だらう。」

義男も笑ひながら覗いて見た。上の看板に、肩衣をつけた女の身体からによろ〳〵と抜け出した島田の女の首が人の群集を見下してゐる様な絵がかいてあつた。義男はかうした下等な女藝人の白粉が好きであつた。其の女の眼に義男は心を惹かれながら又歩きだした。

二人は三河島の方を見晴らした崖の掛茶屋の前に廻つて来た。葭簀を張りまわした軒並びに鬼灯提燈が下がつて、サイダーの瓶の硝子や掻きかけの氷の上に其の灯の色をうつしてゐた。そこで焼栗を買つた義男は其れを食べながら崖の下り口に立つて海のやうに闇い三河島の方を眺めてゐた。この祭礼の境内へ入つてくる人々が絶へず下の方から二人の立つてる前を過《よぎ》つて行つた。

「あなたに相談があるわ。」

みのるは云ひながら、境内の混雑を見捨てゝ、崖から下へおりやうとした。

「何だい。」

「もう一度芝居をやらうと思ふの。」

「君が？　へえゝ。」

二人は崖をおりて踏切りを越すと日暮里の方へ歩いて出た。みのるは歩きながら酒井や行田のやらうとしてゐる新劇団へ入るつもりの事を話した。行田は義男の知つてゐる人だつた。まだ外国から帰つて来たばかりの新らしい脚本家であつた。その人の手に作られた一と幕物の脚本を上場する事に定まつてゐるのだが、そのむづかしい女主人公を演る女優がなくつて困つてゐると、昼間小山の云つた事にみのるは望みを繋いでゐた。けれども其所までは話さずに舞台に出ても好いか悪るいかを義男に聞いて見た。義男は黙つて焼栗を食べながら歩いてゐた。

義男はまだ結婚しない前にみのるが女優になると云つて騒いだ事のあるのは知つてゐた。けれどもどんな技量がこの女にあるのかは知らなかつた。その頃みのるがある劇団に入つて何か演つた時に一向噂のなかつたところから考へても、舞台の上の技巧はあんまり無さそうに思はれた。それにみのるの容貌では舞台へ出でも引つ立つ筈がないと義男は思つてゐた。外国の美しい女優を見馴れた義男は、この平面な普通よりも顔立の悪るいみのるが舞台に立つと云ふ事だけでも恐しい無謀だとしきや思はれなかつた。

「今になつて何故そんな事を考へたんだね。」

義男は焼栗を噛みながら斯う聞いた。

「先から考へてゐたわ。唯好い機会がないから我慢してゐたんだわ。」

義男は舞台の上のみのるを疑つて中々其れに承知を与へなかつた。

「何故いけないの。」

みのるはもう突つかゝり調子になつてゐた。

裸になつた義男は椽側に寐そべつて煙草を呑んでゐた。みのるは其の前にぶつつりと坐つて煮え切らない義男の容体を眺めてゐた。

「そんな悠長な生活ぢやないからな。」

義男は然う云つて考へてゐた。みのるが演劇に手腕を持つてゐて、それで沢山な報酬が得られる仕事とでも云ふのなら宜いけれ共、海とも山とも付かない不安な界へ又踏み込んで行つて、結局は何方《どつち》へ何《ど》う向き変つて行くか分らないと云ふ始末を思ふと、義男には却つてお荷物であつた。それに自分が毎日出てゆくある小社会の群れに対しても、それ等の人の悪るい仲間たちに舞台の上の美しくない然かも技藝の拙い女房を見られる事は義男に取つては屈辱であつた。そんな事をみのるが考へてる暇に常収入のある職業を見付けて自分に助力をしてくれる方が義男には満足だつた。

生活の事も思はずに、斯うして藝術に遊ばう遊ばうとする女の心持が、又何日《いつか》のやうに憎まれだした。

「君はだまつて書いてゐればいゝぢやないか。」

「何を書くの。」

「書く様な仕事を見付けるさ。」

「文藝の方ぢやいくら私が考へても世間で認めてくれないぢやありませんか。今度はいゝ時機だからもう一度演藝の方から出て行くわ。私には自信があるんですもの。それに酒井さんや行田さんがステージマネヂヤならきつとやれるわ。」

みのるは眼を輝かして斯う云つた。みのるは実は筆の方に自分ながら愛想を尽かしてゐたのであつた。それはこの間の仕事によつて自分で分つたのであつた。ひそかに筆の上に新らしい生命を養ひつゝあるとばかり自負してゐたみのるは、この間の仕事に其れがちつとも現はれてこなかつた事を省みると、自分ながら厭になつてゐた。けれ共義男には然うは云はなかつた。何故ならあの時にみのるは義男に向つて「自分の大切な筆をそんな賭け見たいな事に使はない」と云つて罵り返したのであつた。其の自分の言葉に対してもみのるには其様《そんな》おめ〳〵した事は義男の前で云へなかつた。

自分ながら筆の上に思ひを断つ以上、もう一度舞台の方で苦労がして見たかつた。新聞で見た新劇団の女優募集の記事はこの場合のみのるには渡りに船であつた。

「僕は君は書ける人だと思つてゐる。だからその方で生活を助けたらいゝぢやないか。第一そんな事をするとしても君の年齢はもうおそいぢやないか。」

「藝術に年齢がありますか。」

「そりや藝術の人の云ふ事だ。君はこれからやるんぢやないか。」

「それならよござんす。私は私でやりますから。あなたの為の藝術でもなければあなたの為の仕事でもないんですから。私の藝術なんですから。私のする仕事なんですから。然う云ふ事であなたが私を支《さゝ》へる権利がどこにあります。あなたがいけないと云つたつて私はやるばかりですから。」

斯う云ひきるとみのるの胸には久し振な欲望の炎がむやみと燃え立つた。そうして自分を見縊るこの男を舞台の上の技藝で、何でも屈服さしてやらなければならないと思つた。

「そんな準備の金は何所から算段するんだ。」

「自分で借金をします。」

十

みのるを加入《いれ》ると云ふ意味のはがきが小山の許から来てから、間もなく本読みの日の通知があつた。

みのるの前に斯うして一日々々と新たな仕事の手順が捗つて行くのを見てゐると、義男は気が気ではなかつた。平気な顔をして、何所か遠いところに引つ掛つてゐる望みの影を目をはつきりと開いて見据へてる様なみのるの様子を、義男は傍で見てゐるに堪へられない日があつた。

「舞台の上が拙くつてみつともなければ、僕はもう決して社へは出ないからな、君の遣りかた一とつで何も彼も失つてしまうんだからそのつもりでゐたまへ。」

其れを聞くとみのるは義男の小さな世間への虚栄をはつきりと見せられた様になつて不快《いや》な気がした。何故この男は斯う信実がないのだらうと思つた。少しも自分の藝術に向つての熱を一所になつて汲んでくれる事を知らないのだと思つて腹が立つた。そうして其の小さな深みのない男の顔をわざと冷淡に眺めたりした。

「ぢや別れたらい丶、ぢやありませんか。然うすりやあなたが私の為に恥ぢを掻かなくつても済むでせう。」

こんな言葉が今度は女の方から出たけれども今の義男はそれ程の角《かど》を持つてゐなかつた。女が派出な舞台へ出ると云ふ事に、女へ対するある浅薄《あさはか》な興味をつないで見る気にもなつてゐた。

「君に其れだけの自信があればい丶さ。」

義男は然う云つて黙つた。

清月でみのるは酒井にも行田にも逢つた。何方もみのるの見知り越しの人であつた。酒井と云ふのは、一方では、これから理想の演劇を起そうとして多くの生徒をごく内容的に養成してゐる或る博士のもとに働いてゐる人であつた。みのるはこの酒井のハムレツトを見て、その新らしい技藝に酔つた事があつた。眼と鼻のあたりに西洋人らしい俤はあつたが丈の小さい人であつた。行田は図抜けて背の高い人であつた。いつも眼の中に思想を蓄へてると云ふ様な顔付をしてゐた。笑つても頭の奥で笑つてる様なぬつとした容態があつた。

鋭くしやんとした酒井と、重く屈み加減になつてる行田とはいつも両人ながら膝前をきちりと合はせて稽古の座敷の片隅に並んで座つてゐた。

其の中を例の小山は瞼毛の長い愛敬に富んだ眼を隅から隅へ動かしながら、その小さな身体をちよこ〳〵と弾ましてゐた。

みのるの外に女優が三四人ゐた。どれも若くて美しかつた。早子と云ふのは顔は痩せてゐたけれ共目を瞑つたりすると印象の強い暗い蔭が漂つた。そうして口豆《くちまめ》な女だつた。艶子と云ふのがゐた。顔の輪廓の貞奴に似た高貴《こうき》な美しさを持つてゐた。その中にゐて、みのるは矢つ張り行田の手で作られた戯曲の女主人公をやる事に定まつてゐた。

その女主人公は音楽家の老嬢であつた。それが不図恋を感じてから、今まで冷めたく自分を取巻いてゐた藝術境から脱けて出てその恋人と温い家庭を持たうとした。その時に其の恋人の夫人であつた女から嫉妬半分の家庭観を聞いて、又淋しくもとの藝術の世界に一人して住み終らうと決心する。と云ふのであつた。

他の俳優たちは誰も其の脚本を笑つてゐた。他の俳優と云ふのは壮士俳優の三流ぐらゐなところから、手腕のあるのをすぐつて来た群れであつた。其の中からこの脚本に現はれた人物に扮する様に定められた男が二人ほどあつた。其の頭では解釈のしきれないむづかしい言葉が続々と出てくるので閉口して笑つてゐた。

みのるが詰めて稽古に通ふ様になつた時はもう冷めたい雨の降りつゞく秋口《あきぐち》になつてゐた。雨の降り込む清月の椽に立つて、べろ〳〵した単衣一枚の俳優たちが秋の薄寒さをかこつ様な日もあつた。朝早く清月に行つてみのるが一人で台詞をやつてる時などに、濡れた外套を着た酒井が頸元の寒そうな風をして入つてくる事もあつた。お互の挨拶の息が冷めたい空気にかぢかんでる様な朝が多くなつてゐた。

行田も酒井もいつも朝早く定めた時刻までには出て来てゐた。そうして怠けた俳優たちがうそ〳〵集つてくるまで、二人は無駄な時間を空に費してゐる事が毎日の様であつた。藝術的の気分に緊張してゐるこの二人と、旅藝人のやうに荒んだ、統一のない不貞《ふて》た俳優たちとの間にはいつもこぢれた紛雑《いきさつ》が流れてゐた。酒井は殊にぽん〳〵と怒つて、藝人根性の主張をやめないその俳優たちを表面から責めたりした。酒井の訳したピネロの喜劇は全部この不統一な俳優たちの手で演じられる事になつてゐた。その稽古が少しもつまないと云つて、酒井は「ちつとも藝術品になつてゐない。然うてん〳〵ばら〳〵では仕方がない。」と云つて一人でぢり〳〵してゐた。

けれども演劇で飯を食べてるこの連中は、酒井などから一々台詞にまで口を入れられる事に就いて、明らかな悪感を持つてゐた。俳優たちは沈黙の反抗をそのふところ手の袖に見せて、酒井の小言の前で気まづい顔をしてゐる事が多かつた。

「初めからのお約束ですから、少々気に入らない事があつても一致してやつて頂かなけりや困ります。どうでせう皆さん。もう日もない事ですから一とつ一生懸命になつて台詞を覚えて頂く訳には行きませんか。」

酒井の傍に坐つた小山が、こんな事を云つて口に皺を寄せながら向ふに集まつた俳優たちを眺めてゐる事もあつた。

その中で女優ばかりは誰も彼も評判がよかつた。皆が舞台監督の云ふ事をよく聞いて稽古を励んでゐた。

「こんなに女優が重い役をやると云ふのは今度が初めだから、一とつ思ひ切つた立派な藝を見せていたゞき度い。女優の技藝によつてこの新劇団の運命が定まるやうなものだと思つて充分に演つて頂きたい。女優と云ふものも馬鹿に出来ないものだと云ふ事を今度の興行によつて世間へ見せて頂きたい。」酒井は斯う云つて女優たちを上手におだてた。

その中にゐて、みのるには例の悪るい癖がもう初まつてゐた。自分の気分がこの俳優の群れに染まないと云ふ事がすつかりみのるを演劇の執着からはなしてしまつた事であつた。みのるは芝居をする事がもう厭になつてゐた。そうして、何時もこの俳優たちの低級な趣味の中に自分を軽く落して突き交ぜやうとする努めの為にだん〳〵疲れてきた。清月にゐる間の自分を省みると、そこには蓮葉な無教育な女が自分になつて現れてゐた。

もう一とつ厭な事があつた。

　みのるの役のワキ役になる女優に録子といふのがゐた。みのるよりも年嵩で旧俳優の中から出てきた人だつた。目の大きな鼻の高い役者顔の美くしい女であつた。みのるはこの録子と一所にゐる間は始終この女の極く世間摺れした心から妙に自分と云ふものを圧し付けられる様な自分の感情の沮喪の苦しみがつゞくのであつた。録子は女役者にもなれば藝妓にもなると云ふ様に世間を渡り歩いてきた気の強い意地つ張りが、誰に向つても自分の心持に反《そ》りを打たして、相手をぐいと押退ける様な態度を見せた。みのるはそれにちり〳〵して、この録子を恐れた。そうしてワキの録子がみのるの仕科の上につけ〳〵と注文をつけたりしても、みのるは自分の藝術の権威を感じながらこの録子に向つては言葉を返す事が出来なかつた。

　みのるは小供の頃小学校へ通ふ様になつてから、何年生になつてもその同じ級のうちにきつと自分を苛める生徒が一人二人ゐた。みのるは毎朝何かしら持つて行つてその生徒に与へてはお世辞をつかつた事があつた。そうして学校へ行くのがいやで堪らない時代があつた。丁度今度の録子に対するのがそれによく似た感じであつた。

　録子は女主人公の恋人の夫人をする事になつてゐた。行田も酒井も「あれでは困る。」と云つて、その古い芝居に馴らされてしまつたそうして頭脳のない録子に手古摺つてゐたけれ共、録子はそんな事には平気であつた。そうして演劇をするについては一生懸命だつた。みのるは遂々《とう〳〵》この録子に負けてしまつた。そうして其役を捨てると云ふ事を行田に話した。みのるはその時泣いてゐた。

「然うセンチメンタルになつては困る。今あなたに廃められては困る。」

　口重《くちおも》な行田は一とつことを繰返しながら酒井を連れて来た。酒井は柱のところに中腰になつて、

「今あなたがそんな事を云つては芝居がやれなくなりますから何卒我慢してやつて頂きたい。あなたの技藝は我々の始終賞めてゐるのですから、我々の為にと思つて一とつ是非奮発して頂きたい。私の方の学校で今へツダを演つてる女生がありますが、それにもあなたの今度の技藝に就いて話をしてゐる位です。是非それは思ひ返してやつて頂き度い。」

　酒井は如才なくみのるをなだめた。けれどもみのるは何うしても厭になつてゐた。

　この劇団の権威をみとめる事が出来なくなつたのと同時に、みのるは自分の最高の藝術の気分をかうした境で揉み苦茶にされる事は、何うしても厭だといふ高慢さがあくまで募つてきて、誰の云ふ事にも従ふ気などはなかつた。明日から稽古に出ないと云ふ決心でみのるは帰つて来てしまつた。

　けれどみのるの眼の前には直ぐ義男と云ふ突支棒《つつかいぼう》が現はれてゐた。この話をしたなら義男はきつと自分に向つて、口ばかり

巧者でも何も遣り得ない意気地のない女と云ふ批判を一層強くして、自分を侮るに違ひないとみのるは思つた。けれ共矢つ張り義男にこの事を話すより他《ほか》なかつた。

「よした方がいゝ、だらう。」

　義男は簡単にかう云つた。そうしてみのるが想像した通りを義男はみのるに対して考へてゐた。

「私はもう何所へもゆきどころがなくなつて終《しま》つた。」

　みのるは然う云つて仰向《あほむ》きながら淋しさうな顔をした。

十一

　みのるの為《し》た事は、他から考へると唯安つぽい人困らせに過ぎなかつた。つまりは矢つ張り出なければならなかつた。

　初めは義男はみのるに斯う云つた。

「自分から加入を申込んでおいて、又勝手によすなんてそれは義理がわるい。何うしても君がいやだといふなら僕が君の出勤を拒んだ事にしておいてやらう。」

　義男は然うして劇団の事務所へ断りを出した。劇団の理事も行田もその為めに義男を取り巻いてみのるの出勤をせがんで来た。

　劇団の方ではみのるに代へる女優を見附ける事は造作のないことであつたかも知れないが、あれだけのむづかしい役の稽古を積み直させるだけの日数の余裕がなかつた。開演の日はもう迫つてゐた。経営の上の損失を思ふと、小山は何うしてもみのるに出勤して貰はねばならなかつた。行田も義男にあて、長い手紙をよこした。

「みつともないから好い加減にして出た方がいゝね。僕も面倒臭いから。」

　義男は斯う云つて、いつも生きものを半分弄り殺しにして其の儘抛つておく様なこのみのるの、ぬらぬらした感情を厭はしく思つた。然うしてこの女から離れやうとする心の定めがこの時もその眼の底に閃いてゐた。二三日してからみのるは再び清月へ通ひ出した。

　演劇の上でみのるの評判は悪るくはなかつた。誰もこの新しい技藝を賞めた。けれども又、同時に誰が見てもみのるの容貌は舞台の人となるだけの資格がないと云ふことも明らかに思はせた。

　藝術本位の劇評はみのるの技藝を、初めて女優の生命を開拓したものとまで賞めたものもあつたけれども、単に芝居と云ふ方から標準を取つて行つた劇評は、みのるを悪るく云つた。その態度が下品で矢場女のやうだと譏つたものもあつた。みのるの容貌はほんとうに醜いものであつた。無理に拾へば眼だけであつた。外の点では唯普通の女としても見られないやうな容貌であつた。

　みのるは自分の容貌の醜いのをよく知つてゐた。其れにも由らず舞台へ上り度いと云ふのは唯藝術に対する熱のほかにはなかつた。そこから火のやうに燃えてくる力がみのるを大胆に導いて行くばかりであつた。けれども女優は——舞台に立つ女はある程度まで美しくなければならなかつた。

女は、そこに金剛のやうな藝術の力はあつても、花のやうな容貌がなければ魅力の均衡《つりあひ》は保たれる筈がなかつた。みのるの舞台は、ある一面から泥土を投げ付けられる様な譏笑を受けたのであつた。

みのるはそこにも失望の淵が横つてゐるのを、はつきりと見出した。みのるはある日演劇が済んでから、雨の降り止んだ池の端を雨傘を提げて歩いて来た。今夜も桟敷からみのるの舞台を見てゐた義男が一所であつた。

みのるはこの時ほど義男に対して気の毒な感じを持つた事はなかつた。義男はこの演劇が初まつてから毎晩芝居へ通つて来た。然うしてその小さな眼のうちは、他《はた》の批評を一句も聞き漏らすまいといつもおど〳〵と慄へてゐた。義男の友達も多勢見に来た。これ等の人の前で舞台の美しくない女を見ながら平気な顔をしてゐなければならないと云ふのは、この男にしては非常な苦痛であつた。技藝は拙くとも舞台の上で人々を驚かせるほどの美を持つた女を有してゐる事の方が、この男の理想であつた。義男は其の為に毎日出て行くある群れの場所にゐても、絶へず苦笑を浮べてゐなければならない様な、苦《にが》い刺戟に出《で》つ会《くわ》すのであつた。

義男は疲れてゐた。二人の神経はある悲しみの際に臨みながら、その悲しみを嘲笑の空《くう》の中にお互に突つ放そうとする様な興奮を持つてゐた。

「今夜はどんなだつたかしら、少しはうまく行つて。」

「今夜は非常によかつた。」

二人はかう一と言づゝを言ひ合つたぎりで歩いて行つた。毎夜舞台の上で一滴の生命を絞り〳〵してゐる様な技藝に対する執着の疲れが、かうして歩いて行くみのるを渦巻くやうに遠く悲しい境へ引き寄せていつた。その美しい憧憬の悩みを通して、譏笑の声が錐のやうにみのるの燃える感情を突き刺してゐた。池の端の灯を眺めながら行くみのるの眼はいつの間にか涙含んでゐた。

「全く君は演劇の方では技量を持つてゐるね。僕も今度はほんとうに感心した。けれども顔の悪るいと云ふのは何割もの損だね。君は容貌の為めに大変な損をするよ。」

義男はしみ〴〵と斯う云つた。義男は自分の女房を前において、その顔を批判するやうな機会に出逢つた事がいやであつた。同時に、みのるがそのすべてを公衆に曝すやうな機会を作り出した事に不満があつた。

「よせばいゝのに。」

義男は斯う云ふ言葉を繰り返さずにはゐられなかつた。

十二

僅な日数で芝居は済んでしまつた。みのるが鏡台を車に乗せて家へ帰つた最後の晩は雨が降つてゐた。一座した俳優たちが又長く別れやうとする終りの夜には、誰も彼も淡い悲しみをその心の上に浮べてゐた。男の俳優は楽屋で使つたいろ〳〵の道具を風呂敷に包んだり、鞄に入れたりして、これを片手に下げながら帽の庇に片手をかけて挨拶し合つてゐた。この劇団が解散すれば、又何所へ稼ぎに行くか分らないと云ふ放浪の悲しみが其のてんでんの蒼白い頬に漂つてゐた。しつかりした基のないこの新しい劇団は、最うこれで凡てが滅びてしまふ運命を持つてゐた。何か機運に乗じるつもりで、斯うして集まつた俳優たちは、又この手から放れて、然うして矢つ張り明日からの生活の糧をそれ〴〵に考へなければならなかつた。みのるは車の上からかうして別れて行つてしまつた俳優たちの後を見送つた。

芝居の間みのるが一番親しんだ女優は早子であつた。新派の下つ端の女形をしてゐると云ふ可愛らしい早子の亭主が、みのると合部屋の早子のところへ能く来てゐた。早子には病気があつた。昨晩血を吐いたと云ふ様な翌る日は、傍から見てゐても其の身体がほそ〴〵と消えていつて了うかと思ふ様な、力のないぐつたりした様子をしてゐた。毎日喧嘩ばかりしてゐるといひながら、矢張り亭主がくると髪を直してやつたり、扮つた顔を見直してやつたりしてゐた。今度の給金の事でよく小山と紛《もつ》れあつてゐたのもこの早子だつた。みのるはこの早子が忘られなかつた。別れる時其の内に遊びに行くと云つた早子は何日になつてもみのるの許へ来なかつた。

また、小さな長火鉢の前に向ひ合つて、お互の腹の底から二人の姿を眺め合ふやうな日に戻つてきた。

何時の間にか秋が深くなつて、椽の日射しの色が水つぽく褪めかけてきた。さうして秋の淋しさは人の前髪を吹く風にばかり籠めてゞもおく様に谷中の森はいつも隠者のやうな静な体を備へてぢつとしてゐた。その森のおもてから目に見えぬほどづゝ何所《どこ》からともなく青い色が次第に剝げていつた。

二人の生計は益々苦しくなつてゐた。寒くなつてからの着料なぞは兎ても算段の見込みが立たなかつた。家の持ちたてには二人の愛情が濃い色彩を塗つてゐた為に貧弱な家財道具にもさして淋しさを感じなかつたものが、別々なところにその心を据へて自分々々をしつかりと見守つてゐる様なこの頃になつては、寒さのとつつきのこの空虚《からつぽ》な座敷の中は唯お互の心を一層荒涼《すさま》しくさせるばかりだつた。それを厭がつてみのるは自分で本などを売つて来てから、高価い西洋花を買つて来て彼方此方へ挿し散らしたりした。然うしたみのるの不経済がこの頃の義男には決して黙つてゐられる事でなかつた。

まるで情人と遊びながら暮らしてゞもゐる様な生活は、どうしても思ひ切つて了はねばならないと義男は思ひつゞけた。七十を過ぎながら小使ひ取りにまだ町長を勤めてゐる故郷の父親の事を思ふと義男はほんとに涙が出た。只の一度でも義男は父親の許へ菓子料一とつ送つた事はなかつた。義男だといつても自分の力相応なものだけは働いてゐるに違ひなかつた。それが何時も斯うして身惨めな窮迫な思ひをしなければならないと云ふのは、唯みのるの放縦がさせる業《わざ》であつた。

義男は又、昔の商売人上りの女と同棲した頃の事が繰り返された。その頃は今程の収入がなくつてさへ、何うやら人並みな生活をしてゐた。――義男はつく〴〵みのるの放縦を呪つた。

この女と離れさへすれば、一度失つた文界の仕事ももう一度得られるやうな気もした。みのるが自分の腕に纏繞つてゐる為に、大胆に世間を踏み躙れないと云ふ事が自分に禍ひをしてゐるのだと思ふと、義男はこの女を追ひ出すやうにしても別にならなければならないと思ひ詰める事があつた。

「何か仕事を見付けて僕を助けてくれる訳にはいかないかね。」

義男は毎日の様にこれをくり返した。

遂に男の手から捨てられる時が来たとみのるは意識してゐた。

十何年の間、みのるは唯ある一とつを求める為めに殆んど憧れ尽した。何か知らず自分の眼の前から遠い空との間に一とつの光るものがあつて、その光りがいつもみのるの心を手操り寄せやうとしては希望の色を棚引かして見せた。けれども其の光りはなか〳〵みのるの上に火の輝きとなつて落ちてこなかつた。みのるは義男の心の影を通して、自分にばかり意地の悪るい人生をしみ〴〵と眺めた。

「何も彼も思ひ切つてしまひたまへ。君には運がないんだから。そうして君はあんまり意気地がなさ過ぎる。君は平凡な生活に甘んじて行かなけりやならない様に生れ付いてるんだ。」

斯う云ふ義男の言葉をみのるは思ひ出した。けれども、みのるは矢つ張りその一縷の光りをいつまでも追つてゐたかつた。遂に自分の手には落ちないものと定まつてゐても、生涯その一縷の光りを追ひ詰めてゐたかつた。然うしてその追ひ詰めつゝゆく間に矢張り自分の生の意味を含ませて見たかつた。

二人はある晩酉の市から帰つて来てから、別れると云ふ事を真面目に話し合つた。

「第一君にも気の毒だ。僕の働きなんてものは、普通の男の以下なんだから。僕はたしかに君一人養ふ力もないんだから一時別になつてくれたまへ。其の代り君を贅沢に過ごさせる事が出来る様になつたら又一所になつてもいゝ。」

これが別れると定まつた時の義男の言葉であつた。

「義男と離れたなら自分は何うしやう。何うして行かう。」

みのるは直ぐに斯う思つた。そうして自分の傍から急に道連《みちづ》れの影を失ふのが、心細くて堪らなかつた。今まで長く凭れてゐた自分の肌の温みを持つた柱から、辷り落されるやうな頼りなさが、みのるの心を容易に定まらせなかつた。

「メエイとも別れるんだわね。」

みのるは庭で遊んでゐた小犬を見ながら斯う云つた。この小犬は二人の長い月日を叙景的に繋ぎ合せる深い因縁をもつてゐた。二人をよく慰めたものはこの小犬であつた。みのるは思はず涙がこぼれた。

「あなたに別れるよりもメエイに別れる方が悲しい。妙だわね。」

みのるは戯談らしい口吻を見せてから、いつまでも泣いてゐた。

十三

みのるは一旦母親の手許へ帰る事になつた。義男はあるだけの物を売り払つて一時下宿屋生活をする事に定めてしまつた。こゝまで引つ張つて来てから、ふとこの二人を揶揄なやうな運命の手が思ひがけない幸福をすとんと二人の頭上に落してきた。それは、この夏の始めに義男が無理に書かしたみのるの原稿が、選の上で当つたのであつた。

それは、十一月の半ばであつた。外は晴れてゐた。みのるが朝の台所の用事を為てゐる時に、この幸福の知らせをもたらした人が来た。

その人は二階でみのるに話をした。その人が帰つてしまつてから二人は奥の座敷で少時顔を見合せながら坐つてゐた。

「本当にあたつたのかしら。」

義男は力のない調子で斯う云つた。

みのるの手に百円の紙幣が十枚載せられたのはそれから五日と経たないうちであつた。二人の上に癌腫の腫物の様に祟つてゐた経済の苦しみが初めてこれで救はれた。

「誰の為《し》た事でもない僕のお蔭だよ。僕があの時どんなに怒つたか覚えてゐるだらう。君がたう〳〵云ふ事を聞かなけりやこんな幸福は来やしないんだ。」

義男自身がみのるに幸福を与へたかのやうに義男は云ひ聞かせた。

「誰のお蔭でもない。」

みのるも全く然うだと思つた。みのるはあの時義男が生活を愛する事を知らないと云つて怒つた時、みのる自身は自分の藝術の愛護の為めにこれを泣き悲んだりした。そんな事に自分の筆《ペン》を荒《すさ》ませるくらゐなら、もつと他の筆《ペン》の仕事で金銭と云ふ事を考へて見る。とさへ思つた。

けれども義男に鞭打たれながらあゝして書き上げた仕事が、こんな好い結果を作つた事を思ふと、みのるは義男に感謝せずにはゐられなかつた。

「全くあなたのお蔭だわ。」

みのるは然う云つた。この結果が自分に一とつの新規の途を開いてくれる発端になるかも知れないと思ふと、みのるは生れ変つた様な喜びを感じた。

「これで別れなくつても済むんだわね。」

「それどころぢやない。これから君も僕も一生懸命に働くんだ。」

選をした内の一人に向島の師匠もゐた。その人の点の少なかつた為に、みのるの仕事は危ふく崩れさうな形になつてゐた。

義男は口を極めて向島の師匠を呪つたりした。さうして却つてこの人に捨てられた事を義男はみのるの為めに祝福した。他に二人の選者がゐた。その人たちはみのるの作を高点にしておいた。義男はこの人たちを尋ねることをみのるに勧めた。一人は現代の小説の大家であつた。この人は病気で自宅にはゐなかつた。一人は早稲田大学の講師をしてゐる人で、現代の文壇に権威をもつた評論家であつた。みのるは其の人を訪ねた。義男はみのるが出て行く時に、みのるが嘗て作して大事に仕舞つておいた短篇を其の人の手許へ持つて行く様に云ひ付けた。その人の手から発行されてる今の文壇の勢力を持つた雑誌に、掲載して貰ふ様に頼んで来た方がいゝと云ふのであつた。

みのるは義男の云ひ付けを守つてその短篇を持つて出て行つた。今までのみのるなら、こんな場合には小さくとも自分の権識と云ふ事を感じて、初対面の人の許へ突然に自作を突き付けると云ふやうな事は為ないに違ひなかつた。けれどもみのるの心はふと麻痺してゐた。

みのるが訪ねた時、丁度その人は家にゐた。さうしてみのるに面会してくれた。「あれは確に藝術品になつてゐます。いゝ作です。」

其の人は痩せた顔を俯向かしながら腕組みをして然う云つた。みのるの出した短篇の原稿もこの人は「拝見しておく。」と云つて受取つた。

その人は女の書くものは枝葉が多くていけないと云つた。根を掘る事を知らないと云つた。それが女の作の欠点だと云つた。みのるは然うした言葉を繰り返しながら帰つて来た。さうして逢つてる間に其の人の口から出た多くの学術的な言葉を一とつ〳〵何時までも噛んでゐた。

十四

「あの仕事にはちつとも権威がない。」

みのるは直きに斯う云ふことを感じ初めた。片手に握つてしまへば切《き》れ端《はじ》も現はれない様な百円札の十枚ばかりは直ぐに消えてしまつた。けれどもそんな小さな金ばかりの問題ではない筈であつた。

義男に強ひられて出来た仕事の結果は、思ひがけない幸福をこの家庭に注ぎ入れたけれども、そのみのるの仕事には少しも権威はなかつた。社会的の権威がなかつた。仕事の上の権威から云つたらまだ一面から譏笑を受けた演劇の方に、熱い血が通つた様な印象があるとみのるは思つた。

みのるの心は又だん〳〵に後退《あとずさ》りして行《い》つた。義男がさも幸運の手に二人が胴上げでもされてる様な喜びを見せつけてゐる事にも不足があつた。二人の頭上に突然に落ちたものは幸運ではなくつて、唯二人の縁をもう一度繋がせる為めの運命の神のいたづらばかりであつた。二人の生活はもう直ぐに今までの通りを繰り返さなければならないに定まつてゐた。

みのるははつきりと「何うかしなければならない。」と云ふ事を考へた。もう一度出直さなければならないと考へた。空間を突く自分の力をもつと強くしなければならないと考へた。みのるの権威のない仕事は何所にも響きを打たなかつたけれ共、その一端が風の吹きまわしで世間に形を表しかけたと云ふ事が、みのるの心を初めて激しく世間的に揺ぶつた功果のあつたのはほんとうであつた。

　その後みのるは神経的に勉強を初めた。今まで兎もすると眠りかけさうになつたその目がはつきりと開いてきた。それと同時に義男と云ふものは自分の心からまるで遠くなつていつた。義男を相手にしない時が多くなつた。義男が何を云つても自分は自分で彼方を向いてる時が多くなつた。みのるを支配するものは義男ではなくなつた。みのるを支配するものは初めてみのる自身の力になつてきた。よく義男の憎んだみのるの高慢は、この頃になつて義男からは見えないところに隠されてしまつた。そうして其の隠された場所でみのるの高慢は一層強く働いてゐた。

「僕のお蔭と云つてもいゝんだ。僕が無理にも勧めなければ。」

　かう云ふ義男の言葉を、みのるはこの頃になつて意地の悪るい微笑で受けるやうになつた。義男の鞭打つた女の仕事は義男の望む金と云ふものになつて報いられた。そこから受ける男の恩義はない筈だつた。又新しく自分は自分で途を開かねばならないと云ふみのるの新しい努力に就いては、男はもう何も与へるものを持つてゐなかつた。

　少しづゝ義男の心に女の態度が染み込んでいつた。男を心から切り放して自分だけせつせとある階段を上つて行かうとする女の後姿を、義男は時々眺めた。あの弱い女がかうしてだん〳〵強くなつてゆく――その捩ぢ切つた様に強くなつた一とつの動機は矢つ張り発表された例の仕事の結果だとしきや思はれなかつた。然うした自覚の強みを与へたものは矢つ張り自分だと思つた。

　けれども義男は何も云はなかつた。みのるの為た仕事は何うしてもみのるの仕事であつた。みのるの藝術は何うしてもみのるの藝術であつた。みのるは自分の力を自分で見付けて動きだしたのだ。義男はそれに口を挿むことは出来なかつた。義男は然う思つた時、この女から一と足一と足に取り残されてゆくやうな不安な感じを味はつた。

　ある時この二人の許へ訪ねて来た男があつた。これは義男と同郷の男で帝国大学の文科生であつた。この男の口からみのるは何日《いつか》の自分の作を選した真実のもう一人を知つた。それは蓑村と云ふ新らしい作家であつた。新聞に発表されてゐた選者の一人は病気であつた為、その人の門下のやうになつてゐる蓑村文学士が代選したのだと云ふ事がこの男を通じて分つた。この大学生は蓑村文学士に私淑してゐる男であつた。

　みのるはそれから間もなくこの大学生に連れられて蓑村文学士をたづねた。その人の家は神楽坂の上にあつた。

其の家へ入つた時、みのるは上り口の薄暗い座敷の中で簞笥の前に向ふむきに立つてゐる男を見た。初めて来た客を奥へ通すまで其所に隠れて待つてゐる様な容態があつた。其の障子が開いてゐたのでみのるの方からすつかり見えた。

昔はどんなに美しかつたかと思はれるい、年輩の女に奥へ通されて待つてゐると、今向ふむきに立つてゐた人が入つて来た。それが蓑村文学士だつた。言葉の調子も、身体も重さうな人であつた。

この文学士は作を選する時の苦心を話した。その原稿が文学士の手許にあつた時、夏の暴風雨と大水に出逢つてすつかり濡らして了ふところだつたのを、文学士の夫人が気にかけて持ち出したと云ふ事だつた。その時崖くづれで家が破壊された為この家へ移つたのだそうであつた。

「あれを読んだ初めはそんなに好いとも思ひませんでしたが中頃から面白いと思ひだした。けれどもね、百点をつけると云ふ訳にはいかないと思つてゐると、家へ有野と云ふ男がくる。それに話をすると其れぢや折角の此方の主意が通らないといけないから百二十点もつけておけと云ふんでせう。有野は自分に責任がないからそんな無茶な事を云ふけれども私にはまさか然うもゆかない。それで思ひ切つてあなたの点と他の人の点を二三十も違はしておいた。他の選者の点の盛りかたを見るとあなたは危ない方でしたたね。」

文学士は、この女の機運は全く自分の手にあつたのだと云ふ様な今更な顔をしてみのるを眺めた。さうしてその作の中からい、と思つた所を拾ひ出して賞めた。

みのるにはこの文学士のどこか藝術趣味の多い言葉に酔はされながら聞いてゐた。そうしてこ、にも自分に運を与へたと云ふ様な顔をする人が一人居ると思つた。

今噂した有野といふ文学士が丁度来合せた。その人は痩せた膝を窄める様に小さく座つて、片手で顔を擦りながら物を云ひ〳〵した。

「けれどもね。けれどもね。」と云ふ口癖があつた。その「ね」と云ふ響きと、だん〳〵に顔の底から笑ひを染《し》み出させて来る様な表情とに、人を惹きつける可愛らしさがあつた。

みのるはこの中にゐて、久し振りに自分の感情が華やかに踊つてゐる様な気がした。蓑村と有野は、各自《てんで》に頭の中で考へてゐる事を、とんちんかんに口先《くちさき》で話し合つては、又自分の勝手な話題の方へ相手を引き張つてゆかうとしてゐた。みのるは其の両人が一人合点の話を打突け合つてゐるのを聞いてゐると面白かつた。

その内に蓑村の夫人が帰つて来た。昔の女形にあるやうな堅い感じの美しい人であつた。又其所へ若い露国人が来てこの夫人に踊りの稽古をして貰つたりした。

みのるは逆上《のぼせ》きつた顔をして、夜るおそくまで引き留められてゐた。そうして又大学生に連れられてこの家を出た。帰る時一所に出て来た有野文学士と、みのるは暗い路次の外れで挨拶して別れた。

　家へ帰つた時義男は二階にゐた。其所に坐つたみのるを見た義男は、その逆上《のぼせ》の残つた眼の端にこの女が乱れた感情をほのめかしてゐる事に気が付いた。義男はこの頃にない女に対する嫉妬を感じながらみのるが何と云つても黙つて居た。

「私が入つて行つた時にね、蓑村と云ふ人は上《あが》り端《はな》の座敷の隅に向ふを向いて立《い》つてゐたの。それがすつかり私の方から見えてしまつたの。」

　みのるはこればかりをくり返して一人で笑つてゐた。

　その晩みのるは不思議な夢を見た。それは木乃伊の夢であつた。

　男の木乃伊と女の木乃伊が、お精霊様の茄子の馬の様な格好をして、上と下とに重なり合つてゐた。その色が鼠色だつた。そうして木偶見たいな、眼ばかりの女の顔が上に向いてゐた。その唇がまざ〳〵と真つ紅な色をしてゐた。それが大きな硝子箱の中に入つてゐるのを傍に立つてみのるが眺めてゐた夢であつた。自分はそれが何なのか知らなかつたのだが、誰だか木乃伊だと教へた様な気がした。

　朝起きるとみのるはおもしろい夢だと思つた。自分が画を描く人ならあの色をすつかり描き現して見るのだがと思つた。そうしてあれは木乃伊だと云ふ意識がはつきりと残つてゐたのが不思議であつた。

「私はこんな夢を見た。」

　みのるは義男の傍に行つて話をした。そうして「これは何かの暗示にちがひない。」と云ひながら、その形だけを描かうとして机の前へ行つた。

「夢の話は大嫌ひだ。」

　然う云つた義男は寒い日向で痩せた犬の身体を櫛で掻いてゐた。


（「中央公論」大正2年4月号）

殻

中村古峡

序

中村古峡君と始めて識つたのは、既に十四五年の昔のことである。私からはいつも迷惑のかけ通しであるが、古峡君は嘗つて不機嫌な顔を見せたことがない。それをいい事にして、親友の中の親友に君を数へてゐる。加之、私は斯うした性格である。『殻』の出版書肆にとつて有利なる序文を私に書かすべく、むしろ私と作者とはあまりに接近し過ぎてゐるかも知れぬ。

しかしながら、いくら自分の身の上を語るやうに謙遜しても、これ丈けの事は言明し得られると思ふ――

『殻』は少くとも質実なる人格と、厳粛なる態度と、熱心なる努力との所産であつた。また昨年の小説界に於ける最も注目すべき長篇の一であつたと。

これに附け加へて――何事にも飽き易い、小利巧な才人揃ひの文壇に於て、野暮臭く自然主義思潮の本流を追うてゐるところに、此作の第一の意義があると言ふのも、あながちまた、贔負の引倒しなるものになることはなからう。

『殻』は傾向の新しさを見せる為めの、流行の模型的作品でない。新しいと新しくないとを考へさせないほどの、恐ろしい圧力をもつた直接経験の報告である。むごたらしき人間の証券そのものである。

『殻』には錐をもみ込むやうな鋭さがない代り、鋸で曳き割つたやうなたしかさがある。大なる幅がある。其横断面の単調をのみ訴へて、その平押しに押して行く根強さに同感と尊敬とを払はないでゐるならば、十分に此作品を鑑賞し得たものでない。

子供の時分から目鼻立ちの揃ひ過ぎたのは、大人になつたとき、却つて面白くないのが通例である。とりわけ私は、こましやくれた物が嫌ひである。而して、こましやくれた作家と作品との多過ぎる今日に於て、古峡君の如き新進作家と、『殻』の如き処女作とを見出し得たのは、単に私共友人の幸福たるに止まらないと思ふ。

一九一三年四月十二日　　生田長江

序に代ふる序

家を初めて持つたのは、明治二十九年の十一月であつた。是より先、自分は京都の本願寺文学寮に、国語の教師といふ役目を承はつて松原通に下宿してゐたが、丁度其頃大阪の某商人の別荘の離座敷が明いてゐて、洵に一人暮しには恰好の家だといふのを聞いて、早速之に引移つた。家は西八条の坊城通にあつて、門を明けて細い路次を通り抜けると、其の突当りに又小さな門があつて、夫から先が別荘になる。八畳と二畳の二間きりしかない手狭な家だが、夫でも庭には物古りた木立があつて、築山もあれば清水の湧き出る池もある。池の彼方には、さゝやかながらも清い流れがあつて、東から西へ庭の中を貫いてゐる。生垣を隔てた庭の彼方は、一面の稲田になつて、其の中に鉄道線路が見える。遠く眼を放てば、右手に比叡の峯、左手に愛宕の杜が眺められて、如何にも見晴しがよかつた。

引移つた日は、其頃本願寺の大学林の学生であつた妻木直良師と後藤環爾師とが手伝ひに来て呉れて、近所で箒や塵取りを借りて来るやら、障子の破れを繕ふやら、戸棚や押入れを拭くやら、わい〳〵大騒ぎした揚句、やつと荷物を片つけて家の始末も夫々についたので、今度は更に牛肉を買つて来て、三人で且つ喰ひ且つ語りながら夜の深くるのも覚えなかつた。

二人が去つて了つた後は、何とも言ひ知れぬ自由なやうな淋しいやうな感がした。兎も角も床を取つて、只一人此の淋しい〳〵一軒家に第一夜を明かしたが、さて翌朝になると、さし当り火の気がない。火は辛く庭に落ち散つた雑木を焚いて拵へたが、さて今度は之を入れる火鉢がない。余儀なく昨晩貰つた七輪に之を移して、之に枯木を間断なく焚き添へながら、漸く湯を煮して、之も昨夜の残りの飯を、がさがさと湯漬にして、どうやらかうやら食事を済ませた。而して留守居のない家とて、其処等尽く戸じまりをして、初めて学校に出掛けた。

学校に居る中も、今朝のことを思ひ出して、帰つたら又もや火も起さねばならず、湯も沸かさねばならず、悪くすると仕出屋まで自ら出張して、弁当を催促しなければなるまいと、思つてゐた。所が其日の午後家へ帰つて、雨戸を明けて縁端で例の七輪へ火を起さうとしてゐると、優しい女の声で戸口の方から音なふ者があつた。不審ながらに出て見ると、小造りな上品な顔をした四十五六の婦人が、十能に炭火を一杯入れて持つて来て呉れたのであつた。何事にも滑稽を感じ易い僕に取つては、此の十能を中にして、初めて二人が初対面の挨拶を交したことが、頗る異なものだと思はれた。此の婦人は、門を入つて自分の家へ来る迄の例の路次の左側に住んでゐる中村といふ家の細君で、自分が一人暮しの何かにつけて不自由だらうといふ所を察して、まだ挨拶のすまない中なのも構はず、火種を持つて来て呉れたのであつた。――此の婦人が即ち此書の著者中村古峡君の母親であつた。

之が縁となつて取り敢へず中村家との交際の道は開けたが、夫は単に開けたといふ迄で、其後僕の母が田舎から上つて来て、自分と同棲するに及んでから、漸く親しさを加ふるに至つた。中村家には、此の夫婦の間に大勢の子供があつてがや〳〵してゐるらしかつた。併し宅へ時折遊びに来たのは、其の長男許りであつた。何でも此外に姉が二人、弟が二人、妹が一人あるとかいふ話であつた。

此の又長男といふのは即ち今日の中村古峡君の未成品であつた。彼は其の当時年甫めて十五六で、年の割に体の大きな、のそりとした、優しげのない、無愛想な男であつた。之がどういふものか僕の母を慕つて、始終僕の家へ遊びには来たが、いつも僕の居ない留守の間を考へて来て、僕に逢ふのを烟がる様子であつた。夫にしても時々、僕に逢ひたいのだが、大に遠慮してゐるのだといふやうなことも話したといふ。何れにしても僕とは余り深く相識るの折がなかつた。

其頃彼は京都の医学校に入学する準備をして居つた。併し本来医者になるのが嫌ひだとかで、学校の方は打ちやりにして、頻りに密に英語の稽古などしてゐた。僕は時々其質問を受けることもあつた。其の当時僕は腹の中で余計なことだとも思つた。医者になるものが、今頃から英語を勉強したとてどうなるものでないとも思つた。

僕の前では、成程遠慮してゐると覚えて、余り其の特色を発揮しなかつたが、僕の不在中にやつて来ては、随分馬鹿な真似をした。彼は素裸になつて、庭の池の中へ飛び込んで、鯉鮒鯉を追ひかけまはしたり、さては小さな髭沙魚を捕るとて、僕の家の庭を流るゝ小川の中に真夏の暑い日盛りに三時間も四時間も立ち尽して、身動きもせずに居ることもあつた。夜ツぴて桂川へ出かけて鰻の穴釣をやつては堅い堅い身の鰻を捕つて来て僕に焼いて呉れたこともあつた。

時々其の父なる人も遊びに来た。其の直ぐ次の弟といふのも偶には見えた。之は兄貴のぼうとしたのに似ぬ、小柄な才はぢけた子供で、兄貴が曇天なら、弟は旱魃つゞきの日和のやうであつた。時々道化けたことを言つて、巫山戯ることもあると母が話したやうに記えてゐる。其の又次の弟といふのも見えた。極めて希には二人の姉さんも遊びに来たことがある。が併し一番親しく出入したのは一番の兄であつた。

兎角する中に、僕ともやゝ親しく口を利き合ふ仲となつた。彼が僕の母に語つた所に拠ると、中村一家は目下極めて悲惨な境涯に居るものらしかつた。何でも中村家は大和の生駒で相当の資産を有つた大家であつたが、其の父が商業上の失敗か何かで郷里の地所家屋を人手に渡して、一家挙げて京都に引移つたのである。引移つた後父なる人は別に何をするでもなく殆ど遊んで暮してゐた。姉なる一人は何処へか奉公して居り、今一人は嫁入つた先から戻つてゐるところ、長男の学資といふも、余所から借りて来て弁じて居るのだとも聞いた。

其の中に京都の月日は二年過ぎた。此の二年目の終りが僕の家にも中村の家にも少なからず物の憐れをとゞめたものであつた。即ち明治三十一年の夏五月、僕は文学寮を追はれて、折角出来た一家が又もや離散しなければならないことになつた。せん方なく母は国に帰して、僕は職業を求める為に上京することとなつた。其の少し前、中村家では父なる人が腸窒扶斯の悪性なのを病むで、病は幸に怠つて来たが衰弱の為に回復期に至つて没した。之と殆ど同時に僕の家と中村家とで一年の間愛養してゐた小犬が、急性の腸の疾患に罹つて、殆ど三日三夜泣き通しに泣き続けて死んで了つた。

嗚呼其の折のことを今も尚自分は時々憶ひ出す。夏やう〳〵至らんとする五月の末つかた、どんよりと曇つた生暖かい日の夕方、淋しい葬列が西八条を出た。葬列といつたとて知人の少い旅の空とて、近所の人々が門口まで見送つたゞけで、一たび家を出た後は古風な駕に棺を載せたのが前に行つて、其の後へ中村の兄弟二人が、之も古風な編笠に草鞋穿きといふ姿で、尾《つ》いて行く許り。何といふ淋しいあはれなお葬送《とむらひ》でせうと、折ふし宅へ来合せてゐた祖母が悄然として涙を呑んだ。

此から後間もなく自分は東京に上つた。自分の教へた生徒の中に引続いて上京する者が十余名あつて、此等が一家を借りて僕と一所に住みたいといふので、一人者の気楽な時代とて、僕は番町に私立の寄宿舎風の家を持つた。此処へ寄宿したのは矢部桂輪朝倉暁瑞渡辺隆勝前原鉄洲の諸君などであつた。其外に京都から上つたとては此家を目がけてやつて来た者の中に富田定祐、大菅止、堀田仏眼、北山心寂、朝日憲太郎君などがあつた。島地黙爾君が弟の雷夢君と共に時々見えて、台所の世話やら下女の紹介やらして呉れた。其の内一旦国に帰しておいた母も祖母と共に上つて来て呉れたので、一時離散の非運に会した僕の一家は、賑やかに再び立て直されて、世は冬ながら春風のどかに吹き渡るに至つた。之が明治三十一年の冬であつた。

所へ翌年の二月十四日に至つて、突然何の前触もなく中村君がやつて来た。京都の医学校に出てゐたが、面白くないから、大学に入る積りで上京したとのことであつた。之は少からず自分に不安の念を抱かせた。彼の一家は決して其の子を大学に送るほどの余裕あるものでなかつた。父の存命中でさへ格別裕福でなかつたものが、其の亡くなつた後には大勢の兄弟があつて、之が何して生計を立てゝ行くものだらうか、生計にだに猶且気づかはるゝ位の折柄、大学へ入学しやうとは以ての外のことと僕は思つた。併し聞いて見ると、本人は存外おちついたもので、学資の方は幸ひ親戚の方とかゝら出して呉れて決して心配のないやうにして来たといふ話であつた。それなら先づ兎も角僕の家に居れといふことになつて、此に彼も梁山泊裡の一人となつた。

併しながら、僕の心配は不幸にして必ずしも杞人の憂といふ訳ではなかつた。彼れの上京は正しく悲劇の序幕であつた。彼が上京以来大学を卒業する迄学資に給し、病苦に悩み、家族の繫累に苦しみぬいた苦心経営の次第は、洵や之を立志伝中に掲げたとて、恥かしからぬ位であつた。

其の次第は、此の書を読まるゝ方の大凡夫とうなづかるる所だらうが、自分はかいつまんで順々に少し語つて見たい。彼は先づ上京早々本郷辺の某中学に入つた。中学は比較的無事に業を卒へたが、其の第一高等学校に入るに及んで、彼が困厄は頻々として彼を襲つたのである。初めから格別心配のないものゝやうに言つてゐた学資の方が、実際は中々さう心配のない訳に行かなかつた。心あてにしてゐた金の出所が屢々外れて、何時も〳〵貧乏許りしてゐた。いくら嚙んでふくめるやうにして教へても教へ甲斐のない何処かの馬鹿息子の家庭教師を勤めたり、言ひ出せばいやな顔をさるゝに定つた先輩知人の間に駆け廻つて金を借り出しては、幾分の学資を作つてゐたが、之だけでは元より以て足りさうな気遣ひはなかつた。其上彼は脚気を病んだり、咽喉を痛めたり、蟯虫をわかしたり、年が年中薬餌と親しまぬことはなかつた。又、其の上国に残した母や兄弟の方からも色々難問題が持ち上つてくる、折角東京へ上らせて奉公口をあてがつて遣つた一人の弟は病気に罹つて国に帰るやうになる。彼が身一つに背負った苦労の数々、余所の見る目も気の毒なものであつた。

夫も大学に入れば何とか又目当がつくだらうと心待ちに待つてゐたのであつたが、大学に入ればとて、さう〳〵俄に都合のよいことが見つかるものではなかつた。彼れの貧乏は依然たり、彼れの病身は依然たり、彼れが国許の一家の始末に苦めらるゝことも依然たるものであつた。彼は業余の寸閑を割いて、書きなぐつた原稿を、安い値で諸方へ売り飛ばしなどした。こんなことでは、寄宿舎に入ることもならず、下宿は尚々出来ずとて、薄汚ない寒さうな場末のお寺の一間を借りて、食事は一々大学の賄迄食ひに行く位にしてゐた。時には彼も思案に余つて、折角此処までやつて来た大学の教育を暫く中止しやうかと訴へて来たことも幾度あつたか知れない。斯ういふ相談を受くる毎に僕は慊して宥めて、今一息〳〵と辛抱させて来たが、僕がせめても学資の助けにと、言ふほどもない極々の薄給で彼を東京朝日新聞の外報部に来て貰つた時などは、正しく彼れの困厄は其の絶頂に達した時であつた。

世に苦学生と唱ふる者も随分あるが、其多くは唯己れの学資をどうにかして己れが作つて行くといふに過ぎない。中村君に至つては、自分の学資を自分で作つて、大学の学生たる体面を保つて行くと同時に、別に国許の家族に月々何がしかの生計費を支送りしなければならなかつた。夫れ許りでも尋常一様の事ではない。況んや彼れは此の苦しい中に、気が狂つて精神病院に入れてある舎弟の為に医薬の料までも送らなければならなかつたのである。之が立派に学校を出て相当の仕事にありついた身の者にでも一寸出来ることではない。夫を一書生の片手にやつたのだから、其の苦労は察しるに余りがある。区々金銭上の問題ばかりならまだしも、之が為め心を労し思を苦めたことはどれほどであらうぞ。彼が病身がちであつたのも無理のない話である。――斯いふ困厄の間に処しながらも、彼は幾度か勧められた養子の口を、毅然として尽く斥けた。さうして、僕などが時々立替へてゐた僅かの金を余裕の少しでも出来る毎に一厘も残さず、きちんと持つて来て返した。彼れの痩我慢を見るに足ると自分はいつも思つた。

斯くして彼が大学を出た時は、彼を知つた者孰も皆ほつと太息をついた。彼を知つた者こそ息をついたが、彼れ自らはなか〳〵つけなかつた。彼は前から関係のあつた新聞社に入り、夫から転じて、高輪の中学に出で、今日、末弟を引取り、書生を養ひ、妻を迎へて型の如き一家を構ふるに至るまで、いはゞ大地震の後の微震といつたやうな苦労は、絶えず意地悪く其の一身につき纏つた。此のつき纏つた苦労の間の産物が即ち此の一篇の『殻』であつた。

大正二年四月十一日

下総国我孫子湖畔山荘に於て　　楚人冠

中村古峡君所著小説
「殻」一読万感悵望寄懐

巫峡太行幾度過。　不知世路更危峩。
青衫旧友塗泥殻。　白髪新愁測海螺。
抗志身難禁熱涙。　傷時情易発悲歌。
燈残酒醒蕭蕭雨。　独対斯篇惹恨多。

癸丑春日於旅順僑居　　川久保鉄三

一

其の前夜、稔《みのる》は遅くなつて漸く床に就いた。

既に何を考へる気力もなかつた。口を利くのさへ厭であつた。十幾時間の汽車、五里のがた馬車――永らく頭脳《あたま》を悪くして弱つてゐる身体《からだ》に、此の慌だしい旅は酷《ひど》く応へた。村の立場《たてば》で窮屈な馬車を下りて、宿の小者に行李を担がせて、自分も可なりな革嚢《かばん》と提灯《ちやうちん》とを両手に提げて、秋の夜露にしつとりと濡れながら、更に小一里の山路《やまみち》を登つて、漸く我家の薄汚ない畳の上に、痛い両足を投げ出した時、彼はもう此の上一歩も歩けさうな人ではなかつた。全身が長い間滾湯《あひだにえゆ》の中で、散々鞣《なめ》し上げられたやうな疲労を感じた。彼は母や妹が、何彼《なにか》と東京の話を聞きたがるのも煩《うるさ》がつて、只一晩ぐつすり眠つて見たいと云ふより外に、最早何の望《のぞみ》も浮ばなかつた。

其れでゐて、寐て見ると一向に熟睡が出来ない。夢を見てゐるやうな、魘《うな》されてゐるやうな、重苦しい心地で寐返りばかり打つてるうちに、朝になつた。

母はもう起きて、台所の方でかたこと云はせてゐた。やがて妹の浜江《はまえ》も起きて、払塵《はたき》の音を忍ばせながら、中の間の掃除を為《し》始めた。其の時母は竈《かまど》の前から、「兄さんが寐てゐてやに、喧《やかま》しくないけ」と云つてゐた。払塵の音は一層忍びやかになつた。其れから浜江は戸外《おもて》へ出て行つたやうであつた。暫く経つて帰つて来ると、もう門口《かどぐち》に誰かゞ訪ねて来て、悠長な土音《どおん》で、頻《しきり》に母と話してゐるのが聞かれた。

「あゝとう〳〵又こんな厭なところへ戻つて来た！」

稔は門口の話声が、寐不足な耳に煩く附纏ふに伴れて、こんな考へがむらむらと起つて来た。頭が急に痛み始める。今少し眠つて見たい。何うかして今少しの睡眠を貪つて見たい。そして此の疲れた、不愉快な心持を忘れて見たい。――斯う思ひながら、彼は痛い頭を枕の上で彼方此方《あちこち》置替へてゐると、今まで一向感じなかつた煙《けむ》の臭気《にほひ》が、激しく彼の嗅覚を刺戟して来た。稔は世の中で、赤児の啼声と煙《けむ》の臭気《にほひ》くらゐ嫌ひなものはない。赤児のぎやあ〳〵泣くのを聞くと、何かなしに、人間の繁殖を呪つてやりたいほど気が苛立つて来る。煙《けむ》の臭気を嗅がされる度《たび》に、彼は又鼻腔から脳底を貫いて、微細な脳の細胞の奥まで、硫酸か何かで腐蝕されたやうな感じがする。そして非常に不愉快になつて、最後には矢張《やつぱ》り癇癪が起きる。斯う云ふ彼は、何うしても煙草を飲む気にならない。嘗てさる家の二階に住んでゐた時も、下女が風呂を焚く毎に、石炭《コオクス》の煙を二階まで寄越すと云つて、腹を立てゝ、階子段の下から湯殿へ通ふ廊下の襖子《ふすま》を、釘付けにして終《しま》つたこともあつた。

彼は薄暗い部屋の中で頭を上げた。枕頭の唐紙《からかみ》が少し開いてゐた。煙《けむ》は台所から其処を流れて、部屋の中へ入つて来るやうであつた。彼は床の上に半ば身体《からだ》を起して、唐紙の隙をぴたりと閉《た》てた。又蒲団の中へ潜り込んで気を落着けた。鶏《にはとり》の声が何処かでしてゐる。門口の話声は最《も》う止んでゐた。

暫く経つと本堂の方で、木魚《もくぎょ》の音が聞え出した。稔の目の前には、礼盤《らいばん》の上に小さく端坐《かしこま》つて、木魚を叩いてゐる坊主頭の母の後姿が浮んで来た。彼は凝と夜着の襟を引寄せたまゝ、此の静かな山里の秋の朝に鳴り響く木魚の音に耳を欹《た》てた。すると不思議にも、久しい間忘れてゐた、潔《きよ》い、穏やかな涙が自《おのづ》と眼の底に湧いて来て、同時に色も彩《あや》もない、くすんだ母の一生が、丁度古ぼけた絵巻物でも繰拡げるやうに、彼の心に映じて来た。

母の名はお孝《かう》と云つた。

お孝は此の村から五里を隔てた城下の出生《うまれ》である。幼少の時より継母にかかつて、殆ど日蔭者で育つた。嫁に来てからも不幸な目にばかり遭遇した。彼女が最も苦労の種にしてゐたものは、夫の不覊狷介《ふきけんかい》な性であつたが、其の夫は型の如く家財を盪《たう》尽《じん》した末、多くの子供を彼女に遺して死んで終つた。

尤もお孝の来ない前から、大黒柱には既に虫が付いてゐた。しかし其れはまだ人目に立たなかつた。旧い神田家は矢張《やつぱ》り昔のまゝに、界隈切つての素封家として知られてゐた。其が彼女が来てから六七年経つか経たない中に、最う大きな家屋敷が人手に渡つたのだから、世間では種々《いろ〳〵》な蔭口を利いた。家の治まる、治まらないは、嫁の心掛一つだと云つて、お孝を面責した小父もあつた。其癖神田家の倒れる時には、此小父が最も狡《ずる》いことをしてゐた。お孝は世間の嘲笑と侮蔑を、唯一身に引受けてゐるやうな気がした。而《しか》も心弱い女の常として、何等の意見も抵抗も試みることなしに、只夫の為すまゝに引かれて行くより外はなかつた。たとひ意見を提出した処で、採用は愚か、却て夫の反感を募らせるに過ぎないことは分り切つてゐた。

斯う云ふ心の弱い女が、斯ういふ境遇に落された時は、最早旧い宗教に行くより外に、何処にも慰藉を求むる途はなかつた。彼女も亦何時《いつ》とはなしに、一心に神仏を頼むやうになつた。そして明暮念仏の声を断たなかつた。稔にも子供の時から経文を習はせて、朝夕仏壇の前で勤行をさせた。――「お父様は不信心でこんなに運が悪うなつた。お前だけは何卒《どうぞ》信心深い人間になつてお呉れや。」――是がお孝の稔に対する第一の教訓であつた。

五六年前《ぜん》、一心院《いつしんゐん》と云ふ此の尼寺を借りて住むやうになつてから、お孝は全然出家の心になつて、行々《ゆく〳〵》は得度式《とくどしき》と云ふものを受けて、正真の尼になりたいと云ふ意《こゝろ》を、稔に仄かして来たことも度々《たび〳〵》であつた。けれども稔は其れを喜ばなかつた。然《さ》うでなくても、お孝は苦労に窶《やつ》れて、年よりずつと老けて見えた。其をまだあの上に、頭まで剃られて堪まるものかと云ふ稔の考へであつた。其故彼は、もう暫く、せめて自分が学校を出るまでなどゝ云つて、半年一年と延ばさせて来た。ところへ去年の春にお孝から、――私もとうとう思ひ切つて、月の幾日《いくか》とやらに髪を剃つた。貴方《あんた》が嫌がるのを無理に我意《がい》を通して、嘸《さぞ》不満だらうが何卒《どうぞ》許してお呉れ。頭を剃つたので気が晴々して、此頃は毎日嬉しい心持で暮してゐるとの報知《しらせ》があつた。其時稔は一寸苦笑ひして、「其れも善《よ》かろ」と独語を云つた。そして母の手紙を巻返す間、昔物語に出て来るやうな、品の善《い》い比丘尼の姿を眼に浮べてゐた。

ところが昨夜初めて母を見た時には、稔は気の毒と思ふよりは寧ろ浅ましかつた。妹の浜江が大急ぎで飛んで来て、門口の重い障子を引開ける後《うしろ》に、火屋《ほや》の燻ぶつた汚ない釣洋燈《ランプ》を提げながら、まご〳〵してゐた、丈《せい》の低い、小さなくり〳〵坊主のお孝の姿は、覚えず稔の胸を塞がらせた。若《も》し今日《けふ》までの彼女を知らなかつたなら、之が自分の母親だとは、信じたくないほど変り果てた、身窄《みすぼ》らしい姿であつた。

稔は母の打つ木魚の音に耳を澄ませた。丁度生に疲れた人の力なげな呼吸遣《いきづかひ》を思はせるやうな、其の空洞《うつろ》の如き、枯淡な音色は、彼の胸に一種の物淋しい情緒を注ぎ込んだ。彼はこれまで、折々此《この》母親を憎いと思つたことさへある。聞きたくもない故郷《ふるさと》の事件を――仮令《よし》其は彼女に一人の相談相手もなかつた為とは云へ――一々稔の許へ報道して来て、箸の転がつたやうなことにまで相談を持込む。其れでゐて殆ど稔の意見を用ひたことがない。其れはまだしも、稔が双方の利益を考へて、再三お孝の上京を促した時も、彼女は何彼《なにか》と異議を云ひ立てゝ、何うしても郷里を出ることを肯《がへん》じなかつた。其時は彼も、母の頑固が一図に忌々しかつた。けれども今木魚の音に甘い悲哀《かなしみ》を誘《そゝ》られた稔は、お孝の身が只憫《いぢ》らしくなつて来た。都会の繁華を恐れた彼女は、丁度野鼠が其の荒れた草野の穴を慕ふやうに、こんな奥深い山里で、木魚を叩いて一生を果てやうと覚悟してゐる。稔は何と云ふことなしに、お孝が自分自身の輓歌を奏するのを聞くやうな心地がした。哀れな物語を読んだ時に誘はれるやうな、穏やかな涙が又流れて来た。稔は枕に頬を押付けたまゝ、幾年にも経験したことのない此の涙の味を味つてゐた。

木魚の音がぱつたり止むと、程なくお孝の声はもう台所でしてゐた。

「竈《かまど》の下はさうしておいて、先に朝御飯を済ましとこやないけ。もうぼつぼつ裁縫娘《おはりこ》が来てやも知れぬから」と云つてゐる。

「私、御母様《おかあさん》、今日皆を休んでもらひますわ。二三日休んで貰うても善《え》えんですけどな……」浜江はこんなことを云ひながら、膳立の音などさせてゐた。

稔はもう起きやうと決心した。

其のうち四辺《あたり》が、段々騒々しくなつて来た。鶏の声が彼方此《あちこ》方《ち》で聞える。雀が又一しきり本堂の屋根で囀り出した。今までは一向気も附かずにゐたが、何処か下の方でどつ〳〵と仕切つて、水車の廻つてる重い音も聞えて来る。垣根の外では村の若者が、大きな声で話を始めた。すると丁度其話に応答《うけこた》へするが如く、牛が折々遠いところで低く啼いた。

起きやう、起きやうと思ひながら、稔はまだ床の中で蠢々《うじ〳〵》してゐた。別に何を考へると云ふでもなく、又差迫つて考へねばならぬことがあると云ふでもない。其れでゐて、何か知ら考へねばならぬことが有るやうな気がする。――成ることならば自分が此の世へ生れて来たことからして、考へ直さねばならぬやうな気がして堪へられぬ。……

偶《ふ》と稔は、これが自分の生来の弱点だと思ひ浮べた。考へねばならぬのではない、つまり億劫なのだ。一つの状態から他の状態に移るのが億劫なのだ。何をするにも意識がてきはきと進んで呉れない。さうして愚図〱してゐるうちに、妄想が忽ち脳の罅隙《こげき》へ侵入して来る。さうして終《つひ》には妄想其れ自身が、期待された目的であつたかの如く振舞ふのだ。矢張りこれは、自分の頭脳《あたま》が悪くなつてゐる所以《せい》かも知れない。考へて見ると、自分が今日までの失敗は、大抵此弱点に基因してゐた。やがて生涯の失敗も、亦之に支配されることであらう。ハムレットの悲劇も畢竟は、此の弱点を有する性格に基づいた。――斯う考へると稔はもう自分の頭脳には、恐ろしい黴菌《ばいきん》が深く巣を組んでゐて、何《ど》うすることも出来ないもの丶やうに思はれて、堪へがたく不愉快になつて来た。彼は凝《ぢつ》と胸に手をおいたま丶、又新《あらた》なる妄想に囚はれてゐた。

急に縁側の障子が明るくなつた。見ると其一枚の中程に、突然ぽつりと明るいところが出来た。朝日の光が戸の節孔《ふしあな》を漏れるのである。明るい処は、ぱつと障子に映つたま丶、最初暫くは鋳着《いつ》いたやうに凝としてゐた。が、直《たゞち》に生あるもの丶如くすうと障子の上を這つて歩くやうに見えた。其の動き方が余りに急であつた。稔は異《あや》しいと思ひながら見た。能く見ると其は明るいところ全体が動いてゐるのでなくて、其中に朦朧《ぼんやり》と薄黒く映つてゐる或る物の影が、刹那に伸びたり縮んだりしてゐるのであつた。稔は丁度月の面《おもて》に、兎が餅を搗いてる影絵を見るやうだと思つた。すると間もなく明るいところは、一方の端から黒くなつて、見る〱うちにすうと消えた。消えたと思つてゐると又忽ち明るくなつて、今度は其れが瞭然《はつきり》と、茶碗の糸底ほどの真円《まんまる》いものに固まつて終《しま》つた。さうして其中に小さな人影の、せつせと働いて居る倒影が、鮮かに現れて来た。

稔は、つと立つて縁側の雨戸を一枚繰つた。

「まあ兄さん。まだ早うございますのに。」

庭の掃除をしてゐた浜江は、草箒を持つたま丶、縁側の方へ寄つて来た。

「手水《てうづ》を此方へ持つて参りませうか。」

「い丶や。其には及ばぬ」と稔は答へた。

庭は見所もなく古いものであつた。石に不自由のないところとて、無暗《むやみ》に大きな庭石を使つてゐるのは善いが、只ごた〱置並べたと云ふだけで何の情趣《おもむき》もない。植木も只一本の大きな五葉《ごえふ》の松を除いた外は、大方自然生《じねんばえ》らしかつた。中には二三尺許りの枇杷の芽生えさへ交つてゐた。庭の中程が少し窪地になつてゐて、其処に昔小さな泉水《せんすゐ》のあつたことを想はせる。底には石礫《いしころ》が一杯並べてあつて、其の周囲《まはり》に躑躅《つゝじ》が少し植《う》わつてゐる。浜江は其泉水の底のやうな処へ入つて、躑躅《つゝじ》の細かい落葉の石に挟まつてるのを、箒の先で丹念にせゝり始めた。

稔は木理《もくめ》ばかり浮上つて、乾燥になつた縁に腰を下した。さうして庭石の上に置いてある焼杉下駄の、痛い棕櫚緒《しゆろを》の上に両足を垂れた。

部屋は真面《まとも》に朝日に面してゐる。東の山が低いのと、此方《こちら》の位置が高いのとで、日はもう大分高く上つて、丁度稔の眼と日の高さとが、同平線にあるやうに見えた。其辺《そのあたり》に少しく雲がかゝつてゐる。谷は庭木に遮られて一部分しか見えない。朝霧の中から松の梢端《こずゑ》があちこちに見えて、草葺屋根から黄色い烟《けむり》の立上るところは、絵で見るほどに陳腐な景色でもなかつた。

「此処の家ぢや庭は不用だね。無い方が却て見晴しがあつて善い。」稔は独語のやうに云つた。

「真実《ほんたう》に無い方が見晴しがあつて善うございますわ。」浜江は兄の言葉を其のまゝ繰返しながら、まだ石の間をせゝくつてゐた。稔は黙つて其手先を見てゐた。

暫くしてから浜江は急に物に襲はれたやうな眼をして、

「兄さん、一昨年《をとゝし》の夏、為雄《ためを》兄様が病気でお帰りになつたでせう。あの時なあ、あの燈籠《とうろう》が人間に見えたんですつて。あれは誰だ、誰だつて……真実《ほんたう》に私、縮み上るほど気味が悪かつたですわ。」石に片膝を突いたまゝ、五葉の松の下に立つてゐる石燈籠を指示《さししめ》した。

けれども稔は唯苦笑ひしただけで、妹には何とも応じなかつた。さうして直ぐ其の視線を、石燈籠から傍《かたへ》の手洗鉢に移した。小さな袖垣があつて、便所の裾を隠してゐる。鉢の中の水は朝日に光つて、便所の廂《ひさし》に波紋を反射した。其の廂はもう一面に板が腐つて、今にも崩れ落ちさうであつた。

稔は四辺《あたり》を見廻した。腐つてゐるのは独り便所の廂のみではなかつた。壁板《したみ》も、柱も、材と云ふ材は悉く鈍黒《どすぐろ》い土色に変じて、虫糞が其処にも此処にもこぼれてゐる。見たところ、最早永くは人の住まるべき家ではない。頽廃はもう家の根台《ねだ》全体に蔓《はびこ》つてゐた。

「お母様《つかさん》も酔興だな。こんな古寺を譲り受けて何《ど》うする積《つもり》なのか知らん。」稔は偶《ふ》とこんなことを考へたが、やがて、

「其後寺の話は何《どう》なつたんだ。もう約束でも出来たのかい」と妹に問うた。

「いゝえ、まだですの」と答へて、浜江は当惑さうな顔を上げた。さうしてまだ何か云はうとしてゐると、丁度其の時本堂の横を通るお孝の姿が見えたので、彼女は其のまゝ又俯向《うつむ》いて、急に手近の苔をめくり始めた。

「何故そんなに苔を取るんだ。苔は取らない方が善《い》いぢやないか。」稔は云つた。

「其れでも、もぢや〳〵してゐて穢いぢやありませんか。」

「そんなことはないよ。苔は矢張《やつぱ》り其のまゝにしておく方が善《い》い。」

さうして腹の中では、「どうせ落伍者の隠家《かくれが》だ」と思つた。

稔は又しても自分の暗い過去や、我家の果敢ない変遷を考へてゐた。

　暫くしてから、稔は楊子を啣《くは》へたまゝ裏口を出た。

　お孝は底の汚く赤錆びた、粗末な亜鉛製《ぶりきせい》の金盥に水を入れて持つて来たが、

「あゝ貴方《あんた》は矢張《やつぱ》り毎朝水をお浴びか」と稔に尋ねる。

「えゝ。裏に細川があつたでせう。」

「寒中でもな。」

「えゝ。」

「はあれ！」

　お孝は直《たゞち》に浜江を呼んで、盥に水を汲んで来て上げるやうにと命じた。

「盥を川の中へ置いといてお呉れ。先方《むかう》で浴びる方が勝手だから。」

　浜江は兄の言葉を背に受けながら、盥を提げて、開きの悪い裏木戸を出て行つた。

　母の汲んで呉れた水で、稔は口だけ漱《すゝ》いで直ぐ其残余《そのゝこり》を土溝《どぶ》へ明けた。土溝はもう真黒な土で埋つて、殆ど地面と平等《たひら》になつてゐる。日当りの悪い為めか其処等が一面にじく〳〵してゐた。

　稔は佇立《つゝた》つたまゝ暫らく四辺《あたり》を見てゐた。頭脳《あたま》がまだ茫として、物を被つたやうな気持であつた。柚の樹の下に小梅が我意に枝を張つて、其横に狭苦しく畑がしてある。畑にはもう生《な》りさうもない隠元豆の蔓が、其でもまだ処処に紅い小さな花を着けてゐた。畑の向うには下の便所があつて、裏門の木戸と隣合つてゐる。右は小高い石垣になつて、其下に小さな池があつた。此池までが寺の屋敷内だと稔は聞いてゐた。

　池の上には大きな五庄柿《がき》の木が枝を拡げて、実が上の方にばかり団《かた》まつて結《な》つてゐる。柿《かき》の木はまだ此外《このほか》に、表門を入つたところにも大きなのが三四本立つてゐた。尤も其内の一本を除いた外は、此辺《このへん》で「たくら」と呼ぶ柿で、合せなければ食へないものであつた。其れでもお孝は此数本の柿の木から、毎年少くとも六七円、多い時は十円近くの所得を挙げることが出来た。彼女は斯うして平素から、柿の実一つですら無駄には取らず、何彼《なにか》に倹《つま》しい生活の足しにしやうと心掛けてゐるのであつた。此の五庄柿《がき》も、例年《いつも》ならばもう疾に裸体《はだか》になつてゐるのであるが、今年は稔が帰ると云ふので、態《わざ》と上半分だけ売らずに残しておいたのであつた。

　左手には、枯松葉や雑木の束を一杯に積重ねた薪小屋に続いて、納屋めいた一棟が、少し奥まつたところに立つてゐた。其を見ると、稔は何か思ひ当ることでもあつたやうに、急に其の方へ歩き出した。さうして密《こつ》そりと戸を開けて見た。中は六畳敷ほどの広さで、床板もところ〴〵張替へて、もう敷物でも敷くばかりにして放つてあつた。

　稔はこれまでにも既に二度ばかり此寺《このてら》に帰つてゐた。一度は大学に入つた年で、其は国を出てから丁度五年目であつた。二

度目は大学を出る前の年で、順当に行けば、彼は其年に学校を卒《を》へる筈であつたが、ある事情の為めに中途で一年休学した。其でお孝の心配しないやう、卒業の後れた申訳《まをしわけ》に帰省したのであつた。けれども彼の帰省は、いつも苦しい中から高々《たか〴〵》往復一週間ぐらゐの旅費と時間とを工面したものに過ぎなかつたから、自分に取つても、又お孝に取つても、誠に飽気のない、慌だしい帰省の仕方であつた。だから此処にこんな納屋のあつたことも稔は今日まで一向気付かずにゐた。

稔は暫く戸口で躊躇してゐたが、やがて下駄のまゝでおづ〳〵と入つて見た。左右の壁に、新に二つの窓を穿《あ》けて、其処に厳《いかめ》しい鉄格子が張つてある。けれども窓が少し高過ぎるためか、納屋の中は何となく陰気で暗かつた。暫く其の中央に佇立《つゝた》つてゐたが、偶《ふ》と先刻《さつき》浜江から聞いた石燈籠の話を思ひ出すと、稔は忽ち或る物の幻影に襲はれて、今にも四壁《しへき》ががた〳〵と閉《とぢ》塞《ふさ》がつて、我身を圧潰《おしつぶ》して来るかの如き恐怖に打たれた。さうして逃げるやうに出て又戸を閉ぢた。

木戸を出ると、其処には又二坪ほどの空地があつて、其外《そのそと》は一面の田になつてゐた。此辺《このへん》では主に晩稲《おくて》を作るので、まだ収《かり》穫時《いれどき》には少し早いが、穂はもう全然《すつかり》黄金に熟して重さうに垂れてゐた。空地の隅に桶が伏せてあつて、筧《かけひ》の水が絶間なく落ちてゐる。土地が一体に高い処だから、飲料水《のみみづ》は皆斯うして山から取るのだ。さうして此処から又竹樋《とひ》を潜らせて、流元《ながしもと》の水甕にも出るやうにしてある。余つた水は桶を溢れて、草の間を通つて、ちよろ〳〵と柿の木の下の池に逃げる。

此の辺《あたり》では何処の家でも皆斯うして水を取る。別に珍らしいことではないが、筧の水と云ふことが、いかにも古めかしくて稔の興を惹いた。何だか遠い物語の中へ、帰つて来たやうな心地になる。暫く立つて眺めてゐると、小さな紅い実が一つ何処からか流れて来て、つと桶の中に落ちて、くる〳〵と廻つて、二三度浮きつ沈みつしてゐたが、其のうちに段々縁の方へ追ひやられて、とう〳〵桶の外へ流れて出た。

稔は田の畦を通つて谷川のある方へ行つた。露はまだ草の上に冷たかつた。翅《つばさ》のもう赤焼けた老いた螽斯《いなご》が、足音にはら〳〵と左右へ飛んで、枯れた稲葉に危ふく縋る。裾も触らないのに、小さな草の実がほろ〳〵と稔の足許にこぼれた。

「冷たさうですよ。」川では浜江がもう盥に水を満々《なみ〳〵》と汲んで、兄の来るのを待迎へてゐた。

稔は小石伝ひに川面へ下りながら、

「あんな枯松葉《かれまつば》は誰が拾つて来るんだ」と、今薪小屋で見て来た其を尋ねた。

「枯松葉《こくま》ですか。枯松葉は私が閑々《ひま〳〵》に掻いておきますの」と云つたが、浜江は急に田を五六枚隔てた向うの松山を指さして、

「彼処に兄さん、大きな巌が見えるでせう。あの巌から下の方がなあ、一心院の持山ですの。」

稔は暫く指ざゝれた方を見てゐたが、

「あの山かい——祥雲寺の方丈が一心院に附けるとか、附けないとか云つてゐるのは?」

「はあ。」

「あんな山なんかどうでも善《い》いぢやないか。——一体こんな古寺を欲しがつてゐるお母さんの心からして僕には分らぬ。」と、稔は独語のやうに云つた。

「それはもうお母さんだつて、山や田などはちつとも欲しいことはない。只お寺さへ譲つて貰へば善《え》えと仰やつてゐるんですけれど……」

「其れでどうしてまだ話が纏まらないんだ?」

「其れがなあ、兄さん。」浜江は土堤の小さな草花を無意識に取つて、其れを自分の頬にあてながら、

「いづれお母さんから委《くは》しいお話もありませうが、何だか方丈さんと世話人との間に、いろ〳〵話が行違つてゐるやうですの……」

「ふん、——さうか」と力なく云つたまゝ、稔は暫く黙つて向うを見てゐた。やがて、

「治はどうやつてゐる? 折々は帰つて来るかね。」と小さい弟のことを訊いた。

「はあ、大概月に一二度は。——明日あたりは、又帰つて来るでせう。昨日兄様《にいさん》のお帰りになることを、祥雲寺の方へも知らしておきましたから。」

「病院からも其後《そのご》別段変つた報知《しらせ》は無かつたか。」

「はあ別段に……」

此時稔が着物を脱ぎかけたので、浜江は其まゝ帰つて行つた。

程なく稔は冷水浴を終へて、何となく愉快な心持になつた。彼が毎朝水浴を厲行《れいかう》するやうになつたのは、三四年前の秋からである。最初は只《たゞ》皮膚を強くするといふだけの理由で始めたのであるが、其後《そのご》此《こ》の養生法の功能をより多く知るに従ひ、彼は自分の体質と考へ合せて、段々之に深い意味を認めるやうになつた。さうして此頃ではもう仮令《たとひ》一日でもこれを怠ると、自分の頭脳《あたま》が端の方から、じり〳〵腐れて行くやうな心地さへ覚えるほど、其れほど彼に取つて迷信的の苦しい日課となつて終《しま》つた。山里の秋の水が初めて彼の脳《なう》を瞭然《はつきり》とさせた。稔は其処いらを少し散歩して見る気になつて、宛もなく川縁《かはべり》を歩き出した。

偶《ふ》と向ひの松山から、村の娘が二人出て来た。もう朝飯前の一仕事をして来たものと見えて、同じやうに手拭を姉様冠《ねえさんかぶ》りにしたのが、枯松葉《かれまつば》をぎつしりと詰込んだ山籠に熊手の柄を通して、重々しさうに背負つて行く。此方から見ると、殆どくの字《じ》形《なり》に前屈みになつたのが、坂路の歩毎《ほごと》に肩の重量《おもみ》が加はつて、今にもへし潰されさうに見えた。稔は、浜江が松葉を掻いて戻る時も、あんな姿かと思ひながら、暫く立止まつて二人を見てゐた。さうしてこんな奥深い山里で、終日激しい労働に追はれながら年を老つて行く、若い女の身を憐んだ。

三十分の後には、稔は既に朝飯を終へて、座敷でお孝と差向

つてゐた。

　彼は成るべく母の坊主頭を見ないやうにしてゐた。

「それでは又何時《いつ》でも貴方《あんた》の都合の時で善《え》えから、下の世話人だけ挨拶に廻つといてお呉れるか。」

　お孝は羽織の着古しでも仕立直したらしい古ぼけた被布を着けて、稔の顔色を読むやうにしながら云つた。此母親は非常に我子に遠慮があつて、いつも「貴方《あんた》、貴方《あんた》」と丁寧な言葉を使ふ。お前とか、稔とか呼んだことは決してない。

「え丶。序《ついで》だから親類廻りもして来ませう。」

　稔は母の意中を察して此方《こちら》から切出した。其の親類や世話人と云ふのも、実は近頃になつてから先方より親くし始めたので、稔の父親《てておや》の死《なく》なつた頃には、殆ど見向きもしなかつた連中である。稔はお孝からの依頼の為めに、東京にゐても折々こんな連中へ御機嫌伺ひの手紙を書かせられたり、又国へ帰つて来る度《たび》毎《ごと》に、下らぬ土産物を提げて一々挨拶に廻らされたりするのを、常に此上もなく不快に思つてゐた。けれども其不快は、年老《としと》つた母に不満を与へてゐると感じた時の不快よりも、後悔の念の残らないだけまだ優《まし》なので、いつも腹の中では馬鹿〳〵しいと思ひながら、矢張《やつぱり》お孝の云ふなりにしてやつてゐた。其れほど彼は神経質な男であつた。

「其れでは然《さう》してお呉れるかえ。」お孝は稔の土産物に、一つ〳〵水引をかけたり、熨斗《のし》を付けたりしてゐる浜江の方を見守りながら、口の中で「南無阿弥陀仏、南無阿弥陀仏」と繰返した。お孝の念仏は、此の二三十年来、殆んど口癖のやうになつてゐる。子供の時は稔も聞慣れて何とも思はなかつたが、今聞くと何だか擽つたいやうな感じがする。黙つて聞いてゐるのが、苦痛な位であつた。

「あの稲荷社《いなりさん》ですか、日外《いつぞや》為雄が買つて来たと云ふのは。中の間に祀つてある……」やがて稔は斯う話し出した。

「あ丶、彼《あ》れやわがな。――あの児も永らくあ丶して病院へ入れて貰うてなあ……」

「何故彼様《あんな》ものを何時《いつ》までも内《うち》に置いとくんです。何とかしたら何《どう》ですか。」稔は母の言葉を聞かずに、只自分の思想の後を続けた。

「何《なん》とかしたらつて……どうも別に仕様がないものやから……」其の癖お孝は今でも為雄がやつてゐた通り、折々其社《そのやしろ》に御酒《みき》や供物などしてゐるのであつた。

「焼いて終《しま》ふとか、其れとも何処かの社へ納めるとか……」

「然やなあ。焼くのは其れでも勿体ないから……」

「ぢや何処かへ納めたら善いでせう。」

「さうやなあ。然でもしやうかなあ。」

談話《はなし》は断《き》れた。二人は差向つて同じことを別々に考へてゐた。さうして互に其胸の中を知り合つてゐるやうな感じがした。

　浜江はちよつと二人の方を見やつた。

　暫くしてお孝は又思ひ出したやうに、

「それからなあ、五助さんには為雄の病気の時にも色々世話になつたし、又今度の寺の話でも、一番骨を折つて貰うてゐるのやよつて、其処は程善《よ》う云うて喜ばせといてお呉れや。」

「でも先刻《さつき》一寸浜江から聞くと、其話は大分《だいぶ》六《むつ》かしくなつてゐると云ふぢやありませんか。」此話には最初から余り気乗のしてゐなかつた稔は、何の気もなしについ云つてしまつた。

お孝は聊《いさゝ》か不意を打たれたやうであつたが、

「いゝえ、別段……まだ六《むつ》かしいと云ふほどのことではないわな」と、早口に其を打消しながら、ちらと疾《と》き視線を浜江の額に投げた。其の眼の中《うち》には、何処かに相手を窘《たしな》めるやうな色が動いてゐた。

稔も直《たゞち》に母の表情を見て取つた。さうしてこんな話は今日にも限らないことだと思ひながら口を噤んだ。浜江は立つて台所の方に行つた。

「新聞と云ふものは、忙しい仕事やと聞いてゐるが、随分骨も折れるやろな。」最後にお孝がこんなことを聞いたら、

「いゝえ、なに……」と今度は稔の方で、頗《すこぶ》る曖昧な返事をした。其の実彼は今度事情《わけ》があつて、其の新聞を辞《よ》して帰つて来たのであつた。

二

正午《ひる》過から、稔は洋服に着替へて、挨拶廻りに出掛けた。

最初に寄つたのは、此の字《あざ》の総代水野五助《みづのごすけ》の家であつた。五助は踵《かゝと》の半分ほど食《は》み出た尻切草履をぺそつかせて、裏の小屋から出て来た。丈《せい》の低い、づんぐり肥つた、栗虫のやうな四十男である。筵《むしろ》でも織つてゐたものと見えて、肩にも胸にも藁屑を着けてゐた。

「穢《むさ》いところぢやすが、まあ上《あが》つとくなはれ。」五助は頻《しき》りに勧めたが、稔はまだ之れから方々へ廻らねばならぬと云ふ口実の下に、上《あが》り框《かまち》の細い板敷に腰をかけて、其処《そこ》で埒を明ける策を取つた。

五助は村でも可なりの幅利《はゞきゝ》で、又一心院《いつしんゐん》の世話人の一人であつた。同じ世話人の川口与平《かはぐちよへい》と仲が悪くて、事毎《ことごと》に曲《いが》み合つてゐる。最初稔の帰国した時、五助は字《あざ》の総代で、与平は村会議員だつた。五助は酷く其を妬んで、万事に与平の悪口を云つた。二度目に帰つた時、二人の地位は反対になつてゐた。お孝の話に拠ると、五助は有らゆる卑劣の手段を尽して、与平の職務を奪ひ取つたのださうな。其れが今度帰つて見ると、総代も五助が兼ねてゐた代りに、与平には新《あらた》に学務委員といふお鉢が廻つて来てゐた。二人の戦闘は尚継続してゐた。

「時にお寺の話ぢやすが、もう御母様《おかあはん》からお聞き下はつたかも知りまへんが……」追従《つゐしよう》たら〳〵な挨拶が済んだあとで、五助は急に声を落して語り出した。別に大事でもないことを、態《わざ》と小声に秘密らしく取扱ふのが、此男《このをとこ》の平生《ひごろ》の癖であつた。

「祥雲寺の方丈も、御存知のあんな男ぢやすから、一旦約束したことを反古にするやうな気遣《きづかひ》はないのぢやすが、何分忙しい身体《からだ》ぢやすし、其れに一心院の世話人もなあ、これで私一人ぢ

やすと、其処は又大きに話の纏め易い点もあるのぢやすが――あれで川口なんか云ふ男は、一向骨も折らぬ癖に、余計な口だけは一人前以上に利く男ぢやして……」鉈豆煙管《なたまめぎせる》を穿《ほじ》くりながら、ぐづり〳〵と語り続ける。

稔は好い加減に切上げて此処を出た。そして直ぐ其足で川口の門を入つた。だら〳〵坂を一つ隔てた向側《むかひがは》である。五助と与平とは、家の位置からして睨み合つてゐた。

与平は尻を端折《はしを》つて、門内の垣根の修繕《つくろひ》をやつてゐた。稔を見ると直ぐ裾を卸して、まあ〳〵と庭から離家《はなれ》へ通した。

離家は与平が今度息子の凱旋祝《いはひ》に新築したもので、彼が唯一の誇《ほこり》であつた。誰が来ても先《ま》づ其処へ通さねばおかなかつた。稔も無理に引上げられて、平凡な構造《つくり》や眺望に、心にもない讃辞を余儀なくされた。

「いや最《も》う田舎のことぢやすから……」与平は得意げな面持《おももち》をしながら、渋茶を絞つて稔に勧めた。五助とは全然《まるで》骨格《ほねぐみ》が違つて、面《かほ》の細い、ひよろ長い男である。

「一体水野の処置《やりかた》が善《よ》うないのぢやす……」与平もまた寺の話と云ふのを持出して、五助の攻撃をやり始めた。

「世話人中間には何の相談もせずに、自分が一人で引受けて、自分が一人の手柄にしやうと掛つとるのぢやすから……」

稔は只薄笑《うすわらひ》しながら黙つて聞いてゐた。

健太といふ息子も座に出て来た。健太は稔の小学校仲間で、随分仲の善《い》い方であつた。しかし今会つて見ると、互《たがひ》にもう昔の親しい心持もしなかつた。健太は固くなつて挨拶した。

健太は頻《しきり》に戦争の話をした。彼は第一軍に従つて、先《ま》づ旅《りよ》順《じゆん》の背面に戦つた後、更に奉天の攻撃にも参加した。平和克復後も暫く其辺《そのへん》に留まつてゐたさうだ。与平は健太が戦争談を始めると、袋戸棚から勿体らしく桐の箱を取出して、金鵄勲章《きんしくんしやう》や、聯隊長の感状や、祥雲寺の方丈が送つて寄越したと云ふ、拙い驩迎詩《くわんげいし》を書いた扇面《せんめん》などを稔に見せた。そして最早幾度《もはやいくたび》も聞古した戦地の模様を、又根掘り葉掘り問返して、客よりも熱心に聞いてゐた。

小山を二つばかり隔てた小父《をぢ》の家では、小父が役場からまだ帰つてゐなかつた。

其れから尚二三軒の身寄を訪ねて、稔は最後に分家へ廻つた。小さな池を前に控へた、田圃の中の一軒家である。うそ寒い風が家を包んで、秋の日は最《も》う落ちかゝつてゐた。主人《あるじ》は、昨夜《ゆうべ》村の吉とかゞ狼穽《おとしあな》で捕つて来たと云ふ狸の肉で、一杯引つかけてゐるところであつた。

「丁度善《ちやうどえ》とこや。まあ一つ行かう。」

主人《あるじ》も最早大分の御機嫌で、地酒の強《きつ》いのを稔に強《し》ひた。そして呂律《ろれつ》の異《あや》しくなつた舌で、盛んに気焔を吐き始めた。四五年前から百姓の片手間に、小金貸のやうなことを始めて、今では其方で夢中になつてゐる。「俺は斯うして遊んでゐても、毎日二三両の利子は入つて来る。」――これが彼の此上《このうへ》もない自慢話であつた。

「坊《ぼん》も今度はえらいものになつたなあ。一体学士になると、月給はなんぼほど取れるもんやな……」こんなことを、筒抜けのやうな大きな声して聞いてゐた。

九時に近くなつて、稔は漸く帰つて来た。

洋服を脱ぐと、疲労《つかれ》が一時に発したやうに思はれた。彼は火鉢の側にどつかと坐つたまゝ、暫くは物も云はなかつた。

「お母さん、もつと洋燈《ランプ》を明るくして下さい。」やがて漸く此の一語を云つて、彼は又ぐつたりと火鉢に凭れかゝつた。

先刻《さつき》から妙にそは〳〵してゐたお孝は、此の時恐惶《おど〳〵》しながら稔に一枚の葉書を渡した。

「貴方《あんた》が丁度出てやつた後でなあ、大阪からこんなことを云つて来て……」

稔は一寸表を見て直ぐ裏を返した。葉書はお孝に宛てたもので、わざと仮名勝に書いてあつた。文句は極めて簡単で、只此の葉書着次第《ちやくしだい》、至急籠にて病人を迎ひに来いとあるだけである。差出人は間宮早雄《まみやはやを》と云ふ叔父――お孝の兄――の名前になつてゐたが、字は従兄弟《いとこ》の道彦の筆であつた。

「どうしたと云ふのやろな。」お孝は不安な眼光《まなざし》で稔の顔を見た。

「どうも無いんでせう。又叔母さんと道彦との細工でせう。」

稔は此二人の名を口にする毎《ごと》に、不快と云ふよりは、常にある憎悪の念の伴ふを禁じ得なかつた。

「其れで、何とか云つておやりになりましたか。」暫く経つてからお孝に訊いた。

「兎も角なあ、貴方《あんた》が東京から帰つてお出で、何《いづ》れ四五日中には御地《おんち》へも伺ふからつて、返事しておいたのやが……」

お孝の言葉は中途で切れて、稔の意向を探るやうに見えた。

「其れで宜《い》いでせう。」

「一体どう云ふ理由《わけ》で、こんな急なことを云うて来たものやろな。」

「理由《わけ》も何もないんでせう。」

然し稔の腹には心当《こゝろあたり》があつた。彼は先月の末に、例の通り為雄の入院料を送る代りに、只一枚の葉書を出して、何れ来月差入には帰省するから、其上で罷り出て精算する旨を病院まで通知しておいた。其れが段々出立が後れて、三週間後の今日に至るまで、つい便りもせずに放つておいた。其が為め病院から、患者の身元引受人なる叔父の家へ、屹《きつ》と又何か報知《しらせ》があつたのだらう。其れでこんな葉書を寄越したものに相違ない。道彦はいつも稔に意地になつて、斯う云ふことをしたがつてゐた。

「此間《このあひだ》から、脚気の方も悪いと聞いてゐたが、其れが急に変でもあつたのやないか知らん。」お孝は矢張《やつぱり》病人の容体が気になつた。

「さあ。しかし脚気が実際に悪いのなら、左様《さう》と一言書添へて来さうなものぢやありませぬか。」

「其れも左様《さう》やなあ。」お孝は又葉書を取上げて眺めてゐた。

＊　＊　＊

「何故《なにゆゑ》に為雄はあんな病気になつたのだらう。」――稔はこれを考へる度に、いつも解き難き奇蹟《ミラクル》に対するやうな心の惑乱を感じた。

為雄は小供の時分から、兄弟中でも一番達者で、又一番頑丈な体格を持つてゐた。乱暴するのも人一倍優れて、調子に乗ることも一通りでなかつた。

まだ七八歳の頃であつた。ある日学校で朋輩と擲《なぐ》り合をやつて、眼の上に大きな瘤を拵らへた。彼は家へ帰つて、又母から小言を食ふのが厭さに、其日は夕方まで山で遊んでゐた。それから黄昏の暗まぎれにこつそり帰つて、夕飯も台所で一人済ました。さうしてとう〳〵翌朝まで、其瘤を母の眼から隠しおほせた。

ある時又此の兄弟は、近所の腕白連と一緒に、熊蜂の巣を退治に出掛けたことがあつた。「為雄さんは強《きつ》い」と皆が囃すと、彼は得意になつて単独《ひとり》で巣の傍まで肉薄した。そして火の点いた松明を其中へ突込んだ。忽ち幾百匹とも数知れぬ熊蜂が群り立つて、逃げる間もなく臥伏《つゝぷ》した彼の襟頸《えりくび》に、早や五六匹の大きな奴が歯咬《しが》みついてゐた。此方《こちら》の大勢は只わい〳〵と云ふだけで、誰一人救助《すくひ》に行く者もなかつた。処が為雄は案外落着いたもので、平蜘蛛のやうに平臥《へたば》つた下から、そつと手を出して、襟頸の蜂を摘んでは引千切り、摘んでは引千切り、とう〳〵刺《はり》を立てゝゐる奴を悉く退治て、其れから他の蜂の騒擾《さわぎ》の鎮まるまで、十分間ほどは身動きもしなかつた。戻つて来た時は頸筋が真紅になつて、癩病やみのやうに膿腫《うだば》れてゐた。

「此の弟には到底《とて》も敵はぬ。」稔の胸には其時から、こんな念慮《おもひ》が萌してゐた。

「為雄のやうな気性の奴は、続いて学校へ上るよりも、今から神戸の異人館あたりへ小僧に行つて、外国へ伴れてつて貰ふ方が善《い》いかも知れない。」

尋常小学を卒業した時、父親《てゝおや》は戯れにこんなことを云つた。其れを記憶《おぼ》えてゐたものか、彼は其後箪笥の中から、母の巾着を摑み出して、一人で神戸へ逐電した。尤も其の時は、三日目に金が無くなつて、不食不飲《くはずのまず》で泣きながら帰つて来た。父が死病《しにやまひ》の床に就いた時は、為雄は高等小学を中途で止《よ》して、自ら望んで大阪のさる商館に小僧をしてゐた。稔は又其二年程前から、京都の縁家に預けられて、ある専門学校に入る準備の為め、下らぬ塾に通つてゐた。其頃はもう家もだんだん零落《れいらく》して、成るべく子供の口を減らすと同時に、早く家計を助け得る方法を取らねばならなくなつてゐたのである。

父の死んだ時、稔は丁度夏休みで帰国してゐたが、大阪から父の喪に帰つて来た四歳下《よつつした》の弟を見た時は、何とも云へない厭な感じがした。其頃彼等の社会に流行してゐたものでもあるか、為雄は真紅《まつか》な裏の付いた、荒い縞目の鳥打帽子を意気に冠つて、まだ十五にも足らない小僧の癖に、細巻のサンライスをすぱり〳〵やつてゐた。さうして軽い冗談口を利いては、手伝ひに来てゐる村の婆や小娘を笑はせてゐた。稔はもう「堕落」の二字が、弟の額に歴々《あり〱》と見えるやうな心地がした。

父の葬式《とむらひ》を出した後の家の始末は、目も当てられないものであつた。稔は漸く八歳《やつつ》と四歳《よつつ》になる浜江と治の生命をお孝に託して、自分は最早自分自身で助けて行くより外に途のないことを発見した。父が政治運動で夢中になつてゐた頃、甘い汁に有附いて肥つた親類共は見向もしなかつた。稔が恥を忍んで其一人に相談を持込んだ時、「お前さんが小学校の教員でもしたら何《どう》だなあ」と云ふ挨拶であつた。然し稔は一生を村夫子《そんぷうし》で終る考へは更になかつた。お孝も亦神田家の復興を只稔一人に期待してゐた。過古《くわこ》と未来が一時に雪崩《なだれ》を打つて、此不幸なる母子の心を乱した。苦痛の日夜が彼等に続いた。とうとう稔は東京に走つた。さうしてお孝は二人の子供を抱へて、村の娘に裁縫を教へたり、頼みに来る賃仕事《ちんしごと》をしたりなどして、細々と其日を送ることになつた。

稔が東京へ出ると間もなく、為雄も大阪から京都に上つて、さる会社の給仕をしてゐると云ふことを聞いた。然し其れはお孝の手紙を通してゞあつた。直接為雄からは、何の音信《たより》も聞かなかつた。

斯くて三年ばかり過ぎた。ある日稔は突然為雄からの手紙を受取つた。其の手紙は綺麗な細字で認《したゝ》めた、頗《すこぶ》る長いものであつた。丁寧な時候の挨拶から始まつて、長い間の無沙汰の詫言、続いて自分が生来学問が嫌ひで、今日《けふ》まで浮々《うか〱》と暮した後悔などを並べた末に、――然し自分も今では全く過去の非を悟つて、此春から左記の私塾に学僕をしてゐる。此上《このうへ》は不肖ながら兄上の初志を受継いで、何某専門学校に入る決心だ――と云ふやうなことが書いてあつた。そして其奥に、嘗て稔が京都で通つてゐたことのある、塾の名前が記されてあつた。

此の手紙を見た時、稔は眼に見えぬ因果の連鎖《くさり》が、思ひがけもないところに結び付けられてゐた面白さを感じて、微笑を漏らさゞるを得なかつた。同時に又此二三年来、為雄の内部生活にも、多少の動揺があつたことを思うて、同情の念をも禁じ得なかつた。固より此文面に現れてゐるほどの固い決心が、為雄の胸裡を支配してゐやうとは、稔は信ずることが出来なかつた。けれども父親《てゝおや》の葬式に、紅裏《べにうら》の鳥打帽を冠つて、巻煙草を吸つてゐた弟とは、全く別人に対する感じをも、又否むことが出来なかつた。

「兎に角為雄も常軌に返つた」と、稔は手紙を読み直しながら思つた。さうして早速返事を書いて、其の心懸を励ましてやつた。

為雄の手紙の中には、わざ〱綺麗な細字《さいじ》で、塾の規則を写し取つたものが封入されてあつた。そして其塾則の隅角《すみつこ》には、「目下規則書印刷中」とまで断つてあつた。稔はこれを見た時に、覚えずくす〱と独笑《ひとりわらひ》させられた。此の塾では、稔の通つてゐた時分から、規則書を印刷した例《ためし》はなかつた。にも拘らず、規則書を貰ひに来る者には、いつも「目下規則書印刷中」と断り書のした、菎蒻版《こんにやくばん》を渡すのが常であつた。稔は端なくも此の古い記憶を喚び起されて、暫く其の痩削《やせこ》けた塾長の顔や、壁の壊れた教室や、小刀《こがたな》の痕だらけの卓子《テエブル》などを目に浮べて見た。けれども何故《なにゆゑ》に弟が、こんな面倒な規則書の写しまで封入して来たかは、一向に理由《わけ》が分らなかつた。余計な暇潰をしたものだぐらゐに考へて、其儘畳んで又封筒に収めておいた。

　すると一週間ばかり経つて又手紙が来た。其れを見ると稔は初めて謎が解けた。其れには――如何に勉強がしたくても、学僕では殆んど時間に余裕がない。誠に申しかねるが月謝だけ毎月送つて貰へまいか。月謝は先便封入の規則書中にある通りだから――と書いてあつた。後になつて分つたことだが、これには塾長自らが、大分方策を授けてゐたらしかつた。

　手紙には尚こんなことが書いてあつた。――此塾には自分の外に今一人学僕がゐる。其男は中学三四年程度の学力があるので、下級の英語や数学を受持つて、塾でも非常に重宝がられてゐる。然るに自分は学問がないため、子供の守や、塾生の下駄《げた》揃《そろへ》や、戸外《おもて》の水撒などに扱《こき》使はれて、到底おち〳〵勉強が出来ない。其れが何より残念だ――こんな愚痴が繰返し並べてあつた。稔は弟の境遇を哀れだと思つた。けれども当時の彼には、自分一己の事すら中々身に余る重荷であつた。とても弟を救ふだけの余裕がなかつた。其れで有のまゝに、当分月謝は出せない。せめて自分が大学へ入るまで待つてゐよと云つてやつた。

其頃稔は高等学校の寄宿舎にゐたのである。

　折返し為雄から又手紙が来た。其れは前のに較べると、余程切込んだものであつた。――当地では種々《いろ〳〵》の不便があつて、到底苦学は出来ないから、どうぞ東京へ呼寄せて呉れ。牛乳配達でも何でもする。如何《いか》な艱難辛苦をもい厭はぬ。――こんな文句が繰返されてあつた。

「牛乳配達でも何でもする……　如何な艱難辛苦をも厭はぬ……」此言葉は、稔も父が死んでから東京へ出て来るまでの間、日に幾度《いくたび》となく繰返した言葉であつた。さうして東京へ出て来て初めて、其の征服し難い真意を解し得た言葉であつた。稔はむづ痒いやうな感じがした。彼は誰でも一度は襲はれることある、十七八の空想時代を回顧して見た。さうして此の方が前の手紙よりは、弟の真実の声を聞くやうな心地がした。同時に自分の立場から考へても、月々若干《いくらか》の月謝を仕送るよりは、寧《いつ》そ一思ひに此方へ呼寄せて終つた方が、万事仕易いやうな感じもした。為雄の手紙の最後には、次のやうなことが書添へてあつた。

　但し許可を請ふべきこと。

一、喫煙を御許し下されたく候。

一、旅費の処《ところ》も宜しく願上げ候。

　稔は直《たゞち》に返事を書いた。如何な艱難辛苦をも厭はぬと云ふ勇猛心を起した者が、禁煙ぐらゐ出来ないとは滑稽でないか。殊にお前はまだ未丁年《みていねん》の身だ。真に東京へ来て苦学する決心ならば、先づ禁煙の実行から始めたら善《よ》からうと云つてやつた。すると二週間ほど経つての為雄の手紙には、「兄上の仰《おほせ》に従ひ断然禁煙仕《つかまつ》り候《そろ》」と書いてあつた。無論其は虚言《うそ》であつた。彼は東京へ出て来てからも、稔や、主人や、交番に隠れて、内所で煙草を吸つてゐた。

其のうち待遠しかつた暑中休暇が稔に来た。彼は弟の為に足を棒にして、心当りと云ふ心当りを頼んで廻つた。新聞の案内欄にも眼を配つた。暑い日盛《ひざかり》を横浜まで出掛けたこともあつた。何の得《う》る所なくして又新学期が始まつた。為雄からは殆ど一日おきに、矢のやうな催促が飛んで来た。

十月になつて、為雄が東上《とうじやう》の機は漸く到来した。其れは本郷のさる書籍店に、彼を小僧として雇入れて貰ふことになつたのである。其店の主人と云ふのは、嘗て稔が中学で教《をしへ》を受けた先生の一人であつた。稔は其店に小僧の出代《でかはり》ると云ふことを聞いて、事情を打明けて嘆願した。嘆願された先生こそ、善《い》い迷惑であつたに相違ない。

お孝は為雄の上京を喜ばなかつた。彼女の眼から見た為雄は、余り見込のある児ではなかつた。こんな者が東京へ出たら、万事に稔の足手纏ひにならう。お孝は其れを恐れてゐた。けれども稔は彼女ほどに、為雄の将来を悲観してゐなかつた。寧ろ為雄を呼寄せることに就いて、親が子を教育する時に感ずるやうな、一種の興味をさへ覚えてゐた。――為雄は云ふまでもなく大喜悦《おほよろこび》であつた。彼は東京へさへ出られるならば、どんな苦しい辛抱でもすると、又お定り文句を並べて来た。かくて話は纏まつた。

話は斯くて纏まつたが、為雄の旅費は容易に手に入る途が無かつた。稔は色々と思案した上、とう〳〵夏休中《ぢゆう》に準備しておいた予算の中から、若干《いくらか》を節約して、或独逸《あるドイツ》の書物を一冊手写《しゆしや》することにした。其頃独逸《ドイツ》語の教科書には、比較的薄い舶来本で、箆棒《べらぼう》に値の高いのを買はせられたものであつた。然し是だけではまだ不足であつた。彼は更に仮病を拵へて、発火演習に行くのを止めた。さうして其の旅費と本代とを合せて、京都の弟に送つてやつた。為替を受取つた其の夜の為雄は、早や様々の甘い空想を胸に描いて、東都に上るべき汽車中の人であつた。

為雄が新橋から車に揺られて、兄の学校の庭に立つたのは、ある日曜の午過であつた。秋も段々高くなつた頃で、学生の多数は早朝から、思ひ〳〵に散歩に出た。団子坂の菊も二三日前から開かれた。寄宿舎は忘られたやうに静寂《ひつそり》としてゐた。

稔は此の日、独り自修室に閉籠つて、小使儲けの、六《むづ》かしい翻訳物に頭を痛めてゐた。午《ひる》飯の食堂から戻つて来て、又机に向つて見たが、意味の分らない箇所が段々殖えて来た。厭になつて少し散歩でもして来やうと思つてゐると、赤鼻の小使がやつて来て、面会人だと云つた。稔は斯う早く弟が上《のぼ》つて来やうとは全く予期してゐなかつた。誰かと思ひながら出て見ると、寄宿舎の入口の、左右に下駄箱を高く積上げた薄暗い処に、縞の剝げちよろけた筒袖の木綿羽織を着て、手拭で縛つた風呂敷包を肩から前後に振分けた見慣れぬ男が、にや〳〵しながら立つてゐた。人違ひではないのかと能く見ると、其れは父の葬式《とむらひ》の日以来、会つたことのない弟の為雄であつた。

生憎応接室は塞がつてゐた。稔は庭内《ていない》を歩きながら弟と語つた。為雄はまだ昼飯を食つてゐなかつた。食堂は既に閉ぢられてあつた。稔は弟を伴れて学校を出た。根津の権現裏のさる知人の家を訪ねて、其処で為雄の為めに飯を拵へて貰つた。

為雄は前夜汽車の中で、一睡もしてゐなかつた。顔が厭《いや》にうだ腫れて、脚気の気味もあるやうであつた。稔は二階の一間に蒲団を借りた。さうして弟に、夕方まで寐よと云つて、自分は又寄宿舎に引返した。

夕方行つて見ると、為雄はもう起きてゐた。

「二三日身体《からだ》を休ませてやりたいのだが、寄宿舎では人を泊めることは出来ないし、此家《このいへ》もそれほど親しくはなし……」稔は声を低めて云つた。而も彼は最《も》う此近辺《このへん》に、此家《このや》の外には知る家がなかつた。暫くしてから、

「お前が前以《ぜんもつ》て出発の時日を知らせておくと、又どうとでもなつたんだが、余《あんま》り出抜けなもんだから。——何《どう》したものかな」

と、頸を捻つた。

「善《よ》うござんす。直ぐに御主人の家へ伴れてつて下さい。」為雄は云つた。

「さうか。それぢや然《さう》してもらはう。」

実際其れより外に仕方がなかつた。

為雄を主人の家に送り届けて、寄宿舎に戻る途すがら、稔は何とも云へぬ悲愁を胸に覚えた。其れは折角自分一人を頼つて来た弟に、一日《じつ》の快楽をも与へてやらなかつた後悔と、与へてやりたくてもやることの出来ない、自憤の念とが打交つた一種の悲愁であつた。彼はわざと人通《ひとどほり》の少い暗い夜の街を選んで、いろ〳〵の事を考へながら歩いた。寄宿舎に帰つてからも、書物は殆ど手に付かなかつた。其夜彼は同室の友が皆《みな》寝室に入つた後、独り電燈の消えたうそ寒い自修室に残つて、遅くまで蠟燭の火に対ひながら、異郷の心友に長い〳〵手紙を書いてゐた。手紙には無論涙多い文字のみが列ねられてあつた。

為雄は又、其夜《そのよ》初めて新しい主人に目《め》見《みえ》して、初めて新らしい店頭《みせさき》に坐つた。古い京都の生活も、新しい東京の生活も、彼には更に相違がないやうに見えた。彼の心では、少くとも東京へ着いた二三日は、兄の宿でゆつくり遊んで、上野の動物園も見て、浅草の観音様にも詣つて、其れから主人の家へやられることだと想像してゐた。想像は全く空想に終つた。彼は其の翌日からもう箱車を曳いて、まだ道も知らない神田の本屋へ、雑誌を取りに行かねばならぬ身の上であつた。為雄は心に兄の無情を怨んだ。さうして折々は人に対《むか》つても此のことを云つた。殊に病気になつてからは、何彼《なにか》の端にも此の話を持ち出して、兄の冷酷を罵り続けた。罵られる稔は、自ら疚《やま》しいとは思はな

いながらも、妙に其れが胸に徹《こた》へた。

けれども為雄の生活が、京都と東京とで変らなかつたと同様に、彼の性癖も亦改まるところはなかつた。

彼は相変らず物事に不熱心で、云付けられたことの外は、一向気を利かすことも無かつた。折角遣つて貰ふ夜学の方も、半月か一月で止めたらしかつた。殊に稔の心細く思つたのは、久しく小僧や学僕のやうな生活を送つて来た結果として、為雄の根性の大に下司びてゐることであつた。彼は月々主人の手から貰ふ給料を、悉く煙草の隠し飲と、駄菓子の買喰に費してゐた。そして折々は虚事《つくりごと》を作《こしら》へて、稔の所へ小使銭を取りに来た。今一つ稔の知らなかつたことは、為雄の非常に癇癖なことであつた。一寸でも甚《ひど》く感情の害されることがあると、直ぐ逆上して終ふことであつた。之は後になつて稔の知つたことだが、為雄が此の伝で、主人に声高な口返答をしたことも、一度や二度ではなかつたさうである。

「彼奴《あいつ》も矢張《やつぱ》り俺の弟だ。」稔は折々こんなことを考へさせられる時もあつた。

或夜稔は学校の図書館で勉強してゐた。彼は平素から、余り図書館とは親しい方でなかつた。偶《たま〳〵》入ることはあつても、調べ物さへ済むと直ぐ出て終つた。だから何時《いつ》も入口に近い方へ坐るのが例であつたが、其夜《そのよ》は何処にも空席《あき》がなかつたので、止を得ず電燈の薄暗い、隅角《すみつこ》の方へ坐らねばならなかつた。其処は丁度扉《ドア》になつてゐた。館外《おもて》から入つて来ると、階子段を上つて、まづ此の扉《ドア》の前を通るのであるが、此の扉《ドア》はいつも締切で開かなかつた。其れは学生には皆知れ渡つてゐた。不思議にもその扉《ドア》の把手《ハンドル》を扭《ねぢ》つて、外から頻《しき》りに押す者があつた。稔は中から注意を与へやうとしてゐると、外の者は低く、「御免下さい、御免下さい」と二声かけた。其声はいかにも不安と恐怖に満ちたものであつた。稔は立つて閲覧室を出た。

「今頃何の用があつて来たのだ。――其処はいくら押したつて開かないよ」と云つた。

「兄さん、一寸降りて下さい。」為雄の声は殆ど泣き出しさうであつた。

兄弟は肩を並べて階子段を下りた。図書館を出るまで二人とも物を云はなかつた。

本館の後《うしろ》の草深い庭に立つたとき、

「兄さん、……済みませぬが……金を六円貸して下さい。」為雄は吶《ども》り〳〵口を切つた。

「六円。何に要るんだ。急に要るのか。」

「え丶、出来るなら今夜に……」

「今夜に……」と云つたが、今夜にも明夜にも、当時の稔に六円と云ふ余分な金は、容易《たやす》く出来さうに思へなかつた。

「一体何したんだ」と訊いて見た。

「無くしたんです。盗られたんです。」と云つて、為雄は喘ぐやうに息を引いた。

彼は其の朝、例の如く箱車を引いて店を出た。さうして途中で主人から命ぜられた五円何がしと云ふ金を受取つた。最後に彼は東京堂へ寄つて、持つて帰るべき雑誌を車に積んで、判取帳に判を捺して貰つてゐる隙《ひま》に、車の中に入れておいた財布が、何者かに盗られてゐたのださうであつた。

「何故財布は肌身に附けてゐなかつたんだ」と云つて、稔は我ながら愚な事を云つてゐるのに気が付いた。

「其れは私が悪かつたんです。私が不注意だつたんです。」

「今更そんなことを云つても仕方があるまい」と、稔はわざと軽く云つた。弟の言葉を打消すと云ふよりは、自分の言葉を打消したかつたのである。けれども其の後から直ぐに又、

「困つたなあ」と云つて顔を上げた。

月の明るい晩であつた。草はしつとりと露に霑《ぬ》れて、草履の趾先《つまさき》が冷たかつた。運動場《うんどうば》の方で、誰れか哀れつぽい声を出して、寮歌を歌つて行くものがあつた。

「さうして先生には未《ま》だ話さないのか。」

稔は暫くしてから訊いて見た。

「い〻え、もう話したんです。謝罪《あやま》つたんです。」

「さうして先生は、何と云はれた？」

「先生は……盗られたものは仕方がないから、此次《このつぎ》から能く気を付けるやうにつて、仰つたんです。」

「それなら其れで善《い》いぢやないか。此次から十分気を附けることにして、今度は許して貰つておけば善《い》いぢやないか。」

「お気の毒です。お気の毒です。」

云ひ放つて、為雄は憤るところある人の如く、激しく身体《からだ》を顫はせた。咄嗟に稔は、弟の胸中が悉皆《すつかり》見え透いたやうな感じがした。

段々聞糺《きゝたゞ》して見ると、為雄の心事は一層能く分つた。主人は今日の出来事を稔が知ると、又余計な心配をするのが可哀さうだから、決して兄には知らせるなとまで云はれたのださうな。それを為雄は風呂に行くと云つて外出して、封じられた話をわざ〱稔に漏らしに来たのであつた。さうして口には「お気の毒だ」と云ふやうな礼儀的の言葉を使つてゐるが、腹では、盗られた金額《きんだか》を早速耳を揃へて返して見せたいと云ふやうな、一種の復讐心の潜んでゐることが、明かに其の語気と態度に現れてゐた。

「私が使つて、欺してゐるやうに思はれては残念です……」こんなことまでも云ふやうになつた。

稔は諄《じゆん》〱と其の不心得を諭した。諭してるうちに、自分の語気もつい荒くなつて来た。彼は最後に、そんな金は貸すことが出来ないから、早く帰つた方が善《よ》からうと、弟に命じた。為雄は黙つて帰つて行つた。彼の眼には、兄は六円の金を惜んで、其れを貸して呉れない口実に、散々小言を食はせたものとしか見えなかつた。そして然《さ》う見られてゐることが、稔の胸にも明《あき》白《らか》に分つてゐた。「俺の事情や境遇は能く知つてゐるくせに……」稔は弟を返した後で、独りこんなことを考へて苛々しな

がら、冷たい露の中をあるき廻つてゐた。

こんな工合で稔と為雄とは、何《ど》うしても世間の兄弟のやうに打解けることが出来なかつた。何か事件の起る毎に、二人の意《こゝ》志《ろ》はいつも齟齬してゐた。稔に云はせると、為雄の性質には、少し手綱を緩めると、何処まで乗出して来るか知れないと云ふ危険があつた。だから彼は何彼《なにか》につけて、軛《くびき》を引緊《ひきし》めることを忘れなかつた。さうしてこれが兄の義務だと思つた。けれども為雄の眼から見た稔は、万事に同情のない、冷淡な、怒りつぽい兄であつた。憎いと思はずにはゐられなかつた。二人の中には何時《いつ》の間にか、目に見えぬ広い溝渠《こうきよ》が穿《うが》たれてゐた。さうして互《たがひ》に其れを飛越えて、一緒に抱合はうとする気は起らなかつた。此の事あつてから暫くの間、為雄は兄に顔さへ見せなかつた。

ある時稔は大学の正門前で、向うからやつて来る為雄に会つた、其れは彼が二三人の友達と伴立《つれだ》つて、食後の散歩に出掛けた時のことであつた。為雄は砂煙《すなけむり》の不愉快に立上《たちのぼ》る中を、例のぎつしりと本の詰まつた箱車を重たげに曳きながら、汗を拭き〳〵やつて来る。稔は見るから哀れになつて、慰藉《なぐさめ》の言葉でも掛けてやる積りで、つと其方へ寄つて行くと、為雄はわざと横を向いて、気の付かぬ風を装うて通り過ぎた。彼の心では、箱車を曳いて歩いてゐるやうな弟に遇つては、兄も友達に肩身が狭からうと云ふ僻見があつた。さうして稔をやり過しておいてから、しげ〳〵と其後 姿《そのうしろすがた》を見つめてゐた。其眼《そのまなこ》には嫉妬の炎が燃えてゐた。

為雄はちょうど一年許り、其の先生の家に厄介になつて、翌年の秋の末に其処を出た。

「小生断然決心する所《ところ》 有之《これあり》、暫く車夫になりたき考へゆゑ、何卒《なにとぞ》先生の許《もと》を御暇《おんいとま》 取り下され度《たく》……」出る一月程前に、為雄は稔に此様《こんな》ことを云つて寄越した。稔は殆んど取合はずにゐた。

「車夫になるが決して最後の目的には無之《これなく》、只兄上に御厄介をかけぬ為《た》め、一時其にて口を糊《ぬら》さんと欲するまでに候《そろ》。別に目的は大《おほい》に有之候《これありさふら》へ共、今申上げたりとて笑はるべければ申上げず。兎に角暇《いとま》だけは是非〳〵御貰ひ下され度《たく》……」為雄は例によつて頑固に云つて来た。稔は一度彼を呼寄せて、其胸中を聞いて見る必要が起つた。

「二年間の約束はしてありますが、代りさへ入れて出る分には、何時《いつ》でも善《い》いと仰つて下すつてます。」

「屹度《きつと》徴兵にかゝると定《きま》つてる身体《からだ》なら、もう後一年位此のまゝ居たつて善《い》いんですが、若しもかゝらなかつたとすると、其時になつて早く目的の事業に就いて置かなかつたのを、後悔することがありはしないかと思はれます。」

為雄は稔の詰問に一々返答をした。

「第一、兄さん、僕は彼処《あすこ》で其れほど惜まれてゐる身体《からだ》ぢやないんです。僕のやうな我儘者は、早く出た方が却て先様《さきさま》も助かるでせう。」最後《しまひ》にはこんなことまで云つた。

　しかし此事に就いては、稔も満更心当りがないでもなかつた。彼は弟の強情を心に憤ほりつゝも、終《つひ》に其請《そのこ》ひに従はざるを得なかつた。稔はとうとう為雄の暇《いとま》を願ひに出た。

「今後は死すとも兄上に御迷惑を掛け申すまじく……但し当分他家へ入込むことだけは御許し下され度候《たくそろ》。」愈《いよ〳〵》出ると事が定つた時、為雄は又こんなことを云つて寄越した。代りの小僧が来たと云つて、彼が稔の宿へ帰つて来たのは、其れから二週間ほど後であつた。

　其頃稔は、池の端のさる哀れな荒物屋の二階を借りて、其処から大学に通つてゐた。――彼は其年の九月から、大学に入つてゐたのである。其の二階は、元天井裏の物置であつたのを少し手入して、其《そ》れへ縁無《へりなし》の畳を敷いて、貸間に直したものであつた。六畳半と云ふ妙な間取であつた。煤けた棟木《むなぎ》や梁が露骨に見えて、壁には一面に古新聞が貼つてあつた。歩く度《たび》に床は抜けさうだつた。初めて此の部屋に移つて来た晩、稔は西洋の屋根裏《ガレット》とは、定めしこんな処だらうと思つた。さうして偶《ふ》とゲザがモンマルトルの最後の部屋の有様などを、心に思ひ浮べながら寝た。

「君が若し此処で何か著述でもしたら、序文には矢張《やつぱ》り、東都不忍池畔の僑居《けうきよ》に於て、とか何とか書くだらうな。」其の日一寸訪ねて来た友人が、こんなことを云つて笑つたことまで思ひ出された。

　窓は東の一方に附いてゐたゞけだから、雨の降る日などは、部屋は真闇《まつくら》であつた。而《さう》して階下《した》で煮焚《にたき》する煙が、始終二階に上つて来て、稔を此上《このうへ》もなく不愉快がらせた。彼は夜の外は大抵内にゐなかつた。飯は三度とも大学の賄《まかなひ》で食つてゐた。

　学校の課業が済むと、稔は毎日直ぐ其の足で、田端のある商《しやう》家《か》の別荘へ、其処の一人息子の家庭教授に出掛けた。其の息子は性来の低能児で、殆ど白痴に近かつた。稔はこれに毎日二時間づゝ、読書、算術、英語の初歩などを教へるのであつた。本宅は京橋の何処とかにあつて、大分手広くやつてゐるさうだつたが、報酬は極めて少かつた。だから稔はなほ此の外に、さる雑誌社の依頼に応じて、毎号翻訳の筆を執つてゐた。翻訳は「リテラリ、ダイヂエスト」や、英米の「評論の評論《リブユウ、オブ、リブユウス》」から、海外の思潮を紹介するのであつた。稔は政治や経済には、殆ど趣味も知識も持たなかつたから、主として学術界の紹介をしてゐた。雑誌社ではそれを喜ばなかつた。其の代り原稿料を呉れない月もあつた。

　こんな悲惨《みじめ》な生活をしてゐる際であつたから、為雄の同居は稔の財政に、恐慌を来さずにはゐなかつた。

　為雄は兄の下宿に来た翌日から、職業を捜すと云つては毎日朝早く出て行つて、夕暮になるまで帰らなかつた。何《どう》云ふ風に捜してゐるのかは、無論稔に分らなかつた。けれども何《い》時《つ》も失望と疲労に満ちた面容《かほつき》をして帰つて来るのを見ては、有《さす》繋《が》に、

「まあ然《さ》う急がずとも善《よ》からう」と云はざるを得なかつた。さうして子供の時分の昔話などを繰返しながら、薄い一つ蒲団の中に、兄弟肩を並べて寝た。為雄は蒲団を持たなかつたので、一緒に寝るより外はなかつたのである。こんな時には、稔も自分の心と弟の心とが、互にしつくりと融合つた心地になつて、為雄に対してついぞ感じたことのないやうな、優しい静穏《おだやか》な気分になるのが常であつた。

けれども此の静穏《おだやか》な気分は、永く裏切られずにはゐなかつた。稔は弟がまだ思はしい職業も見当らずに放浪《ぶら〳〵》して居ると云ふことを思ひ出す度《たび》に、独りで苛々《いら〳〵》した心持になつた。さうして其れが又自分ながら情なかつた。彼は動《やゝ》もすると終日不興がちで暮した。

こんな風で、面白くない一月が此の兄弟に過ぎた。

為雄は矢つ張り同じやうに毎日出歩いてゐた。朝早く新聞取次所の前に立つて、時事や万朝の職業案内欄をろはで覗いては大略《おほよそ》の見当を付けて、毎日東京市中を駈歩いてゐた。最後《しまひ》にはもう其境遇に慣れて、別に職業が見当らずとも、悲観した面をしては帰つて来なくなつた。さうして彼《あ》れほど固く決心してゐた車夫になる話しや、大《おほい》に有ると吹聴してゐた目的などは、もう忘れたやうにけろりとしてゐた。

ある夜為雄は、例日《いつも》の通り外から帰つて来て、何か頻りに写し物をしてゐた。稔は又例の不愉快な翻訳物に頭を腐らせながら、見るともなしに其を見ると、袂から鉛筆で走り書きした紙《かみ》片《きれ》を取出して、為雄は小さな備忘録《ノオトブツク》へ、丹念に四十七士の名前を写し取つてゐるのであつた。

「泉岳寺へでも詣つて来たのか。」

図星を指されて、為雄も隠すことが出来なかつた。其から段々問糺《とひたゞ》して見ると、前日《きのふ》は浅草の公園へ、前々日《おとゝひ》は九段の招魂社へ、ある時は又愛宕山から増上寺へと、為雄はもう職業の捜索に飽いて、毎日東京見物をして歩いてゐるのであつた。

「……余り呑気な所作《しぐさ》ぢやないか。」稔は急に弟が憎らしい心持になつて小言を云つた。為雄は只首垂《うなだ》れて黙つてゐた。其の夜二人は互《たがひ》に堪へがたいやうな気貧《きまづ》い思を抱きながら寝た。

其の翌日、為雄は例になく夜遅くまで帰つて来なかつた。有繫《さすが》に稔は心配になつて、今か〳〵と心待に待つてゐると、十時に近くなつてひよつこりと帰つて来た。面《かほ》の色は真青《まつさを》であつた。「何《ど》うした」と聞くと、為雄は黙つて両の手掌《てのひら》を見せた。手掌は一面に腫上つて、血豆が所々に痛さうになつてゐた。——何処とかの工場に職工の見習ひを志願して、終日重たい機械を廻して見たら、手がこんなになつたから止めて来た。帰りしなに主人は気の毒だと云つて、十銭銀貨を一つ紙に包んで呉れたが、腹が減つたので、途中で蕎麦を食つたら一文も無くなつた。

——

「兄さん、済みませぬが今暫く厄介にならせて下さい。僕には矢つ張り、過激な労働は勤まりませぬ。」

為雄は目の縁を紅くしながら詫びた。其時は稔も哀《あはれ》になつて、前夜の自分が怨めしい位であつた。

　すると或日の夕方、為雄が例の如く重い足を引擦りながら、本郷の通りまで帰つて来ると、向うから思ひがけない人の、車を飛ばしてやつて来るのに出会つた。

「鈴木さんぢやありませぬか。」

　彼は、行違ひさま、我にもあらず声を掛けると、相手は一二間行過ぎた後、車を止めて後戻りして来た。此人は、為雄が京都で、まだ或会社の給仕をしてゐた頃、其処の会社医を勤めてゐた人で、大変為雄を可愛がつて呉れた人である。去年の春から東京の本社詰になつて、此方《こちら》へ来てゐるのださうであつた。明日は丁度午後より家にゐるから遊びに来いと云つて、住所を刷込んだ名刺を呉れた。翌日為雄は鈴木氏を訪うて、目下の境遇を委しく話した。

「丁度好《い》い。僕の家には今下女が居なくなつて、家内が淋しがつてゐるところだから。――なに急いだつて仕方がないよ。先《ま》あ緩り捜すさ。」

　斯う云つて鈴木氏は其日から、為雄を自分の家に引取つて呉れた。其れから半月と経たないうちに、鈴木氏は自分の友人の関係してゐる、さる大きな秘密探偵会社の臨時雇に為雄を出して呉れた。其処は近い頃火災に会つて、書類の大半を失つたので、其の整理のため、急に筆耕十余名を雇ひ入れることになつた。為雄も其一人に選ばれたのである。さうして日給三十銭を貰ふことになつた。


　為雄の一件が斯うして漸く片が付くと、又思ひがけないことが稔の身体《からだ》に降つて来た。其れは故国《くに》に遺しておいた、母と弟妹との身上に就いてゞあつた。

　お孝は夫に死別れてから、一二年の間は、さる心安い家の小さな離家《はなれ》を借りて住んでゐたが、何分家賃やら何かで雑用が嵩んで手に負へなかつた。其れで何《ど》うかして家賃の入《い》らないやうなところへ入りたいと、彼方此方《あちこち》捜し廻つてゐるうち、丁度今住む一心院と云ふ尼寺が明いた。此寺は住職の尼さんが死絶えてから、最早十年の余にもなつてゐたが、村の人は、空けておくと用心が悪いからとて、学校の教師を入れたり、巡査を入れたりなどしてゐた。或時は渡り者の漢法医や、乱酒家《のんだくれ》の三百代《だい》言《げん》が住んでゐたこともあつた。お孝の前には、若い夫婦者の小学教員が入つてゐたが、其れが他へ転任することになつて明いたのである。

　お孝は前々から此寺の明《あ》きさうなのを聞き込んで、世話人などに取入つておいたので、明くと直ぐ其の後へ入ることが出来た。此寺には少し許の田地と山とが附いてゐて、其れが小作に当てゝある年貢米の中から、年に六斗づつ留守居のものに施米を呉れた。家賃は無論要らなかつた。お孝は例の信心深い性《たち》であるから、お寺の堂守は彼女の最も望む所であつた。

　お孝は此処で従前《これまで》の通り、村の娘を集めて裁縫を教へたり、頼みに来る賃仕事をしたりしてゐた。浜江にも其方の手伝をさせた。裁縫《しごと》の閑な時分には、又二人で賃機《ちんばた》を織つたこともあつた。斯うして半日の時間といへども、決して無駄に費やしたことはなかつた。けれども幾ら田舎は諸式が安価《あんか》だとて、こんなことで母子《おやこ》三人の口を糊《ぬ》らすのは中々容易でなかつた。お孝は折々其不足のところを、稔が学校を卒業するまでと云ふ約束で、少額《すこし》づゝ人から借りて過して来た。其の人は稔が父方《てゝかた》の姻戚《みより》の一人であつた。

　其れがどう云ふものか近来になつて、其人はお孝に金を貸すことを肯《うけが》はなくなつた。厭味を云ふ。諷刺《あてつ》ける。お孝などから見ると腐るほど持つてゐる身分でありながら、今日は少し手許が悪いから、二三日後にして呉れなどと云つて、わざと火急のところを困らせたりする。お孝は色々と考へて見た。中傷もあるらしい。自分の息子と稔とを比較しての嫉妬もあるらしい。けれども一番主な原因は、一体に稔の御機嫌伺ひの不足なのを憤つての所作と考へられた。少くとも神経過敏の彼女には、然うとより外に取れなかつた。

「稔さんも、もう大学まで入つたと云ふのなら、好い加減に親ぐらゐ養へさうなものやな。何日《いつ》までも斯うして貴方《あんた》に心配をかけて、人の家に金借りに来させるとは、余り腕が無さすぎるやないか。」面と向つて、こんなことまでお孝に並べ立てた。

「……誠にお気の毒さまなれど、何卒《どうぞ》折々は程善く手紙を出して、此人を怒らせぬやうになし下され……」お孝の手紙には、こんな事がくど〳〵と並べられてあつた。

　これを読んだ時、稔の若い血は燃え立たずにはゐなかつた。一体稔は此小父には、どうしても快い感情を持つことが出来なかつた。其れでも母が折々世話になる処から、之迄にも幾度《いくたび》方外の謝辞と、苦しい中の贈物とを奉つたか知れない。稔は何だか激しい侮辱を受けたやうな感じがして、今更過去の自分が悔いられると共に、相手の心情を憎まずにはゐられなかつた。今後仮令《たとひ》一銭たりとも、最《も》う此の小父から金を借りることは、彼の自尊心が許さなかつた。稔は、直《すぐ》さま筆を取つて、其月から自分が送金する旨をお孝に云つてやつた。——心の中では、学校は退学と決めてゐた。

　お孝は稔の返事を読んで、流石《さすが》に彼の身を案じ出した。学校を止す気でゐるのかも知れないとの考へが、暗黙の裡に閃いたからである。お孝が唯一つの希望と誇りとは、我が児が大学を卒業して、学士になつて呉れると云ふことであつた。今日までの苦労も辛抱も、皆只此一つの望みの為めにした。今になつて稔が学校を止すくらゐなら、自分達は仮令《たとひ》土に噛りついてでも、其勉学を妨げてはならぬ。又妨げる義理はない。——斯うお孝は考へた。彼女は断然稔へ送金を断《ことわ》つた。さうして最う後《あと》僅に二年の辛抱だから、内は何《どう》にでもしてやつて行く。決して心配をして呉れるなと云つて寄越した。

　時日の経つ儘に、稔の頭も大分冷静になつてゐた。彼は自分の決心の、余りに軽率であつたのを感ずるやうになつた。お孝の返事を読んだ時、彼は何よりも先ず自分が学校を止さずに済むのを喜んだ。けれども其喜びが段々薄らいで来ると同時に、母の今後の生活を思ふ不安の念が次第に増して来た。彼は今一度手紙を出して、お孝の決心を確めやうとした。其処へひよつこりと為雄がやつて来た。彼はお孝から自分に宛てゝ来た、一封の書状を兄の前に出した。其れを見ると、稔は直《たゞち》に母の真意を理解することが出来た。其は為雄へ向けてこつそりと、稔の事情を問合せて来たものであつた。お孝は、稔が学校を止すのは好まなかつたが、若し学校を止さずに送金して貰ふことが出来るならば、其れに越した幸福はないと云ふやうな意味を、其の文面に仄かしてゐた。稔は母の苦衷と、其の窮乏な生活とを思ひ浮べて涙を流した。さうして再び其月から母に送金を固く誓つた。――彼は金儲けのため、とうとうお孝に内所で、一年間学校を休学したのであつた。

　鈴木氏へ引取られた為雄は、其後会社でも何《ど》うやら斯うやら尻が落着いた。彼は三十銭の臨時雇から、間もなく十二円の月給となり、翌年の春には又十五円となつた。斯うして前後二年の月日は過ぎた。けれども彼は依然たる彼であつた。同じ会社にゐる朋輩の中には、夜分簿記学校や英語の夜学などに通つて、随分勉強してゐる者もあつたが、為雄は一向そんなことはなかつた。却つて以前より多少小遣銭の自由の利くところから、若《わか》竹《たけ》へ行つたり、粋なカフス釦《ぼたん》を買つたり、日曜には大抵浅草へ出掛けて、玉乗や活動写真を見廻つてゐた。

「ちと夜学にでも行つて勉強したらどうだね。」折々鈴木氏もこんな忠告を与へることはあつたが、為雄は生返事するだけで決して行かなかつた。其癖ある時などは、少し勉強がしたいと云ふ口実の下に、鈴木氏の宅《うち》を出て素人下宿に移つたこともあつた。他人《よそ》の家に厄介になつてゐるのが窮屈だつたのである。けれども鈴木氏は極めて気の錬れた人であつた。為雄にこんな我儘な所作があつても、若い者には有勝《ありがち》だぐらゐに考へて、別に感情を悪くすることも無かつた。そして相変らず彼を可愛がつてゐた。一つには自分に子がなかつたからでもあらう。尤も或日会社で帳簿の読合せをする時、為雄は麻布《あざぶ》 笄町《かうがいちやう》を竿町《さをちやう》と読んで、多勢の人に笑はれたと云つて酷く口惜しがり、わざ〳〵漢和字典の古手《ふるて》を夜店で買つて来て、大《おほい》に勉強するやうなことを云つてゐたが、無論長くは続かなかつた。

　其でも偶《たま》には日曜の午後などに、ひよつこり稔の宿に訪ねて来て、遅くまで話して行くやうなこともあつた。元気の好《い》い時は、従つて気焔も高かつた。

「学問なんて云ふものは、兄さん、ほんの世中《よのなか》に出る方便ですな。今度僕の会社へも、大学出の法学士が二三人入つて来ましたが、月給も其ほど善《よ》くはないし、剰《おまけ》に自分達より遥《はるか》に学問の低い課長や部長に、僕等と同様に頤使《こき》はれてゐるのを見ると、実際気の毒になりますよ。世の中に立つには矢張り学問よりも経験――僕は常に此主義です。」

　時には又世間を呪ふと云ふやうな眼付をして、

「此世は強い者勝ちの世の中である。何《ど》の方面を見渡しても、手柄があれば皆上《みんなうへ》の者の功になる。落度があれば総て下の者の罪になる。これを考へると、人の下に使はれてゐるのが一等悲惨《みじめ》で、折々は働くのが厭になる。」こんなことを云ふやうな時もあつた。そんな場合には稔は何時《いつ》でも、「あゝ又上役の者から何か小言を食つて来たな」と思つてゐた。

其翌年の三月、為雄は国の聯隊へ入ることになつた。検査は前年に受けたのであるが、彼は補充兵に廻されて、入営は只三箇月すれば善《よ》いのであつた。彼の入営中に鈴木氏は又会社の都合で、大阪に転勤した。だから六月除隊になつた為雄は、暫く一心院に母を見舞つた後、一先づ稔の宿へ向けて帰京することゝなつた。

稔は其頃駒込のさる寺院に一間を借りて、創作の熱に襲はれてゐた。普通《あたりまへ》なら、彼は其年学校を出るべき筈であつたが、中途で休学した為めに、今一年を待たねばならなかつた。高等学校以来の級友は早や卒業試験を終へて、角帽を脱いだ。今は只証書の渡される日を待つてゐるばかりであつた。稔は只一人取残された淋しい心を抱いて、朝夕《あさゆふ》創作の机に向つてゐた。彼は文科に籍を置いてゐたが、学者になるよりも作家になりたい志望であつた。勿論まだこれと云ふほどの物は一つも書いたことがない。又思ふさま述作に耽る時間の余裕も持たなかつた。彼は只此夏休中《このなつやすみちゆう》の小閑《せうかん》を窃《ぬす》んで、纏まつたものを一つ書いて見たいと云ふ考へであつた。彼は、子供の時からどうしても癒らない癖の一つになつてゐる、手の爪をがち〳〵と噛みながら、屹々《きつく》と筆を呵《か》してゐた。けれども筆は一向に進まなかつた。丁度其の最中《さなか》に為雄が隊から帰つて来た。

為雄が兄の宿に到着した晩、彼は稔の問に応じて、種々《いろ〳〵》と軍隊生活の模様を語つた。——営内の有様《ありさま》、班別の組織、起床喇叭《ラッパ》が鳴つてから、消灯喇叭《ラッパ》が鳴るまでの兵士としての一日の勤務、古兵の虐待、其の古兵の御機嫌を取るための靴磨《くつみがき》や洗濯、其から軍隊特有の用語、例へば横面を殴ることを「鬢太《びんた》釣《つ》る」と云ひ、踏んだり蹴つたりして窘《いぢ》めることを「教育する」と云ふこと。——其等のことを取止めもなく物語つた後で、これは自分の班では無かつたがと断つて、逃亡兵が鉄道自殺を遂げた話しなどもして聞かせた。

「軍隊が辛い、辛いと云ふのは、畢竟悉皆《つまりみんな》此の古兵の無法な虐待のことです。勤務なんかは何でもないんですが。其男《そのをとこ》なども、一寸した過失の為に四五人の古兵から散々窘《いぢ》められて、二日程身動きも出来ないやうな目に会はせられました。其れが辛さに逃亡して自殺したんです。」

斯う云つて為雄は、其の長い話を終結《をはり》にした。しかし自分自身の出来事に就いては、彼は殆ど何物《なにもの》をも語らなかつた。

「お前も矢張《やつぱ》り、そんなに教育されたことがあるのか。」稔が面白半分に、わざと教育といふ言葉を使つて尋ねると、

「僕はそれほどに……」とだけ答へて、為雄は後を苦笑ひにし

て終《しま》つた。其の苦笑ひの中には、今日まで嘗て彼の面《おもて》に見たことのない、或る暗い陰影が動いてゐた。けれども稔は固《もと》より気がつかなかつた。

　最後に為雄は次のやうなことを云つた。

「軍隊の不愉快に較べて見ると、会社の不愉快ぐらゐは何でもないことです。今まで僕も部長の小言や、監督の説教ぐらゐに、不平を並べてゐたかと思ふと、殆んど勿体ないやうな感じがします。」

　こんなに自己を反省した言葉は、今日までの為雄の口からは、何《ど》うしても聞かれないものであつた。稔は、数箇月の軍隊生活が、為雄の精神修養に、尠《すくな》からぬ効果を与へたのを認めた。そして其の夜は又久し振りで、小さな木綿蚊帳の中に、兄弟肩を並べて寐た。

　其の翌日から、為雄は又従前《じゆうぜん》の会社に通ひはじめた。――彼は入営中も会社の好意で、表面は病気欠勤の体にして、毎月多少の補助を受けてゐたのである。――而も彼は、駒込の果《はて》から京橋まで、毎日電車にも乗らず、往復とも徒歩で通ひ出した。其の理由は、軍隊の強行軍に較べると、駒込から京橋まで歩くぐらゐは、訳もないことだと云ふのであつた。之れも今日までの彼の所作中には、到底見られないことであつた。稔は此処にも為雄の変化を認めて、寧ろ其の心掛けを喜んだ。

「僕なども東京へ来たてには、四谷の奥から神田の夜学まで、毎晩歩いて通つたものさ。尤《もつと》も其頃はまだ電車も何も無かつたが……」こんなことを云ふ中にも、稔の胸には、何時《いつ》まで其れが続くことやらと、相手の忍耐力を試すやうな好奇心もあつた。

　其れからおよそ三週間ばかり、為雄は稔の宿に同居してゐた。けれども彼が会社から帰つて来るのは何時《いつ》も夕方で、稔は又昼の暑気《あつき》の埋合せに、夜は机にばかり向つてゐたから、其後二人が緩《ゆつ》くり話す機会とては更になかつた。そして為雄はいつも兄より先に床に就いた。ある夜彼は蚊帳の中で、久しく寐付かれない様子であつたが、稔が一寸筆をおいて、息をついてる隙を考へて、突然蚊帳から外へ出て来た。

「兄さん、お邪魔ぢやありませんか。」

敷居際《ぎは》に窮屈らしく膝を折つて、

「少しお話し為たいことがあるんですが……」と云ひながら稔を見た。表情《かほつき》が硬く緊張《ひきしま》つて、唇が微《かすか》に顫へてゐた。

　為雄はひどく物に激したと云ふ容子《ようす》であつた。彼は幾度《いくたび》か口籠つた末、とうとう其《その》話したいと云ふことを切出した。其れは近頃つく〴〵会社にゐるのが厭になつたから、寧《いつ》そ辞めたいと思ふが何《どう》だらうと云ふのであつた。稔が其理由を反問すると、彼は暫く黙つてゐた後、

「兄さん、僕は此の事ばかりは、余りに心外だから、決して誰にも話すまいと思つてゐたんですが……」と前置して、却て軍隊に於ける彼の一経験を語り出した。

　彼の班長は、殆ど正義の何たるかをも弁《わきま》へぬ、野獣に等しい

暴戻《ばうれい》な下士《かし》であつた。彼の胸間《きようかん》には、常に彼の唯一の資産なる、名誉ある白色桐葉章《はくしよくとうえふしやう》が懸けられてあつた。彼の号令は、恰《あたか》も風邪を引いた虎の咆哮《うなり》の様であつた。さうして少しでも部下の兵卒に気に入らない処があると、手当り次第に暴力を用ひて制裁を加へた。部下は誰一人として、此の班長を憎まないものはなかつた。鬱憤は終《つひ》に偶然の機会に於て破裂した。其れは野外演習のあつた或る日、部下の四五名が申し合せて、丁度崖下に立つてゐる班長の頭へ、上から甚《したゝ》か砂礫《しやれき》を浴せかけたのであつた。班長は真赤《まつか》になつて怒つたが、下手人は遂に分らなかつた。其以来、班長の部下に対する態度は、一層苛酷になつて、ある朝検閲の時、一人の兵士の銃の掃除が不行届だと云つて、彼は行きなり抜剣で其男の頬を叩いた。叩かれた頬からは、鮮血がたら〳〵と流れ落ちた。並居る兵士は皆色を変へたが、誰も何とも云ふものはなかつた。忽ち列伍《れつご》から身を挺して、班長の前まで詰寄せた一人があつた。其れは激昂の余り我を忘れた為雄であつた。彼は班長の日頃の暴虐を数へ立てゝ、其は決して軍隊教育の主旨に適つてゐないことを面責した。流石《さすが》の圧制家も其時は黙して返す言葉がなかつた。すると其日の勤務が済んだ後で、為雄は班長から一寸来いと云ふ呼出しを受けた。さうして職務執行の妨害者と云ふ名の下に、即座に半時間捧銃《さゝげつゝ》の私刑を与へられた。

　為雄は下士室の一隅に直立して、両手で銃を頭上《とうじやう》に捧げて居らねばならなかつた。銃の重量《おもさ》は少くとも一貫目以上ある。二三分もすると両肱がおのづと曲つて来る。すると班長は剣鞘で以て、彼の肱を殴りつけた。

「おい〳〵可哀相に、もう許してやれよ。泣面《ほえづら》しとるぢやないか。」

　丁度其処へ入つて来た下士の同僚《なかま》が、嘲笑ふやうな眼をして為雄を見ながら云つた。

「馬鹿云へ。此奴は何時《いつ》も上官に反抗の態度を見せやがるから、こんな時にうんと懲らしめてやるんだ。――こら、もつと姿勢を善《よ》くせぬと殴るぞ！」

「此間の晩、営舎の裏で殴られてゐた奴も此奴《こいつ》ぢやないか。」

「さうよ。補充兵の癖に士官に心安いのが居るのを鼻にかけて、度々《たび〳〵》士官室に出入しやがるから、教育してやつたんだ。――野郎！又肱を曲げたな！」

　斯う云つて班長は剣鞘を振上ると、行也《いきなり》為雄の両腕をぴし〳〵と殴つた。

　三十分は実に長かつた。為雄の全身からは、炙《あぶ》られるやうな脂汗が、刻々に流れた。差上げたる手、直立する足、すべては感覚を失つて、化石したものゝ如く痲痺して終《しま》つた。只頭脳《あたま》の中だけが、プロペラの廻るやうに激しく働いた。権力の横暴、正義の蹂躙、悲憤、嘆慨、怨嗟、忿恨、彼は此半時間の中に、アダム以来の人間の殆どあらゆる感情を経験した。彼は幾度《いくたび》か其の差上げてゐる銃の台尻で以て班長を殴り殺して、自分も剣を抜いて其場で自害しやうと考へたか知れない。やがて許されて自分の班に戻つて来た時、為雄は半時間の苦悶に打勝たれて、頽《くづ》れるやうに床に倒れたま丶、無念の涙に暫時は口も利けなかつたさうである。

談話《はなし》の終《をは》つたとき、為雄は又当時を思ひ浮べると云つた風に、眉を動かして、固く口を結んだ。

稔は此の日、朝来非常に筆が渋つて、殊の外焦れに焦れてゐた。彼の頭の中には、ある物を創り出さんとする人に共通な構《わづ》想《らひ》以外に、殆ど何物をも容《い》れる余地がなかつた。だから彼は弟の此の物語を聞いた時も、静かに為雄の心になつて、彼が過去の苦痛に同情の念を注ぐよりは、寧ろ談話《はなし》を早く切上げて終《しま》ひたかつた。

「そして、其れが今お前の、会社を辞《よ》したいと云つてゐるのと、どう関係があるんだ。」稔は直截に斯う切り出した。

「今日、僕の会社で、全く之と同じやうなことがあつたんです。」為雄の眉は又動いた。「十日程前に、調査部の部長とかが、自分の親戚の者を会社に入れる為《た》めに、別に落度も何もないものを出したんです。其れで其の出された男の友人が非常に憤慨して、何《ど》うかして其男を復職させようと、各部長を説いて廻つてゐたんです。すると今日になつて、又其男も出されて終《しま》ひました。」

稔は寧ろ冷やかな調子で云つた。

「其れに憤慨して、お前も会社を出ると云ふのかい？」

「さうです。」為雄は声に力を入れた。「僕はこんな無法なことは、仮令《たとひ》他人《ひと》事《ごと》でも黙つて見てゐるに堪へられませぬ。——軍隊のやうな無法を行ふ会社だと思ふと、急に勤めてゐるのが厭になつて来ました。」

斯うした義憤的の感激に打たれることは、稔の今日までの経験中にも、随分例のないことでもなかつた。彼は弟の此言葉を聞いた時、目のあたり自分の心の影を見せられたやうな心地がして、恐ろしいくらゐであつた。けれども然《さ》うした一時の心の興奮に任せて、ある事を殆ど盲目的に決行した揚句は、いつも我ながら、「自分はまだ若かつた」と後悔するやうな結果に終らないことの無かつたのに想ひ到つた時、彼は為雄の決心を憫れむと云ふよりは、寧ろ軽蔑するやうな心持になつた。稔は急に年長者の誇りを自覚した人の口調で云つた。

「厭になつたのならば出ても善《い》いが、其の代り、出た後の方針を確然《しつかり》と決めておいてからにしたら善《よ》からう。然《しか》したとへ何処《どこ》へ行つたつて、世の中は総てそんなものだから、其の覚悟は無論してゐなければならないよ。」

「だから、もう僕は、人に使はれる方面へは行かない積りです。」為雄の返答は又外《そ》れて行つた。

二人の会話は、次第に処世論と云つた風のものに移つて行つた。さうして話せば話すだけ、段々其範囲が拡がつて行くばかりで、双方の意見は益《ますく》齟齬した。稔は自分の立場から見て、どんな事業でも構はないから、自己の趣味に合した或る一つの事に、凝固《こりかた》まる方針を取るのが肝要だと、兄らしい口調で云つて聞かせた。けれども為雄の理想とするところは、寧ろ天下の耳目《じもく》を聳動《しょうどう》するやうな、ロマンテイツクの成功にあつた。彼は平素から心の中で、朝夕《あさゆふ》机の前ばかりに跼蹐《きょくせき》して、動《やゝ》もすると筆と原稿用紙の中に没頭してゐる兄の態度を嘲笑つてゐた。とは云へ何《ど》の方面を考へて見ても、容易《たやす》く彼の手に入りさうな仕事は見当らなかつた。彼は今、自分は如何《いか》なる道を進んで行くべき人間であるか、自分自身にも分らない人のやうであつた。其処に彼の激しい不安と煩悶とがあつた。

「もう止さう、そんな話は。いつまでやつてゐたつて終結《はてし》がないから。」とうとう稔は苛々した心地に堪へかねて会話《はなし》を崩して終《しま》つた。「お前のやうなことばかり云つてゐては、我々は一日だつて此世に生きてゐられやしない。」斯う云つて再び机に帰つた。

為雄は黙つて又蚊帳《かや》の中に入った。そのまゝ咳払ひ一つ漏らさなかつた。稔は為雄に不快を与へたことを知つた。さうして自分も一層不愉快になつた。筆は益《ます》〳〵進まなかつた。

「此処に二人の空想家がある……」暫く経つてから、稔はこんなことを考へて独りにやりとした。——

「兄貴は創作、弟は成功……」

但し此時には最《も》う彼の頭の中には、先刻《さつき》の不快のわだかまりが、雲の消えたやうに押拭はれてゐた。

其の夜稔は、とう〳〵徹夜して終《しま》つた。夕暮にのみ鳴くと思つてゐた茅蜩《ひぐらし》が、本堂の裏の高い杉の梢で、一つ、二つ、三つ、やがて喧《かしま》しく鳴立てた頃、彼は漸く予定の所まで書き終へることが出来た。夜通し開放しの縁から庭先を見ると、手水鉢の木蔭に微かな蚊の唸声《うなりごゑ》が聞えて、垣根の隅の紫陽花に、夏の夜はもう白々と明けはなれてゐた。洋燈《ランプ》を吹消して、下駄をつゝ掛けて、其処等《そこいら》をぶら〳〵散歩しながら、朝飯の出来るのを待つてゐた。さうして為雄の起きるのと入替はりに、疲れた身体《からだ》を蚊帳の中に横たへた。それから二三日経つて、為雄は捜してゐた宿が見付かつたと云つて、会社の近所の素人下宿に引移つた。

其後一月許りの間、此兄弟は顔を会はせなかつた。

ある日突然、為雄が兄の宿へやつて来た。月も早や八月に入つて、東京の暑気《あつさ》は今が絶頂であつた。けれども稔は矢張《やつぱ》り毎日、汗じみた浴衣の腕を巻りながら、古ぼけた机に向つて筆を握つてゐた。比較的閑な此夏休みの中に、骨だけでも書上げておかないと、又来年の夏までは、自由にこんなものを書いてゐる暇がないと思つたからである。夏休が済むと又学課がある。学資を得る為の月々の勤務《つとめ》もある。そして卒業論文も目の前に迫つてゐる！

「兄さん、僕は脚気です。」為雄は稔の部屋に上《あが》るなり云つた。

「其れは善《よ》くない。痲痺《しびれ》でもあるか。」稔は筆を置いて、弟の顔を見た。顔の色が大分悪い。

「痲痺《しびれ》は然《さ》う大したこともないんですが……」為雄は片足を稔

の前に投出して、腓腸部《こぶら》のあたりを撫で廻した後、

「何しろ動悸が早くなつたり、緩《のろ》くなつたりするんで困ります。」

「心臓に来る奴は危険だよ。」と云つて稔は真面《まとも》に弟の眼を見ながら、

「医者に診て貰つたか。」

「いゝえ。」為雄は兄の視線を避けるやうに、急に俯向いて朝日の端を灰皿の縁《へり》に摩《なす》り初めたが、直ぐ、

「近々《きんく》何処かへ転地しやうかとも思つてゐます。」

稔は暫くの間返答をしなかつた。

「転地か。さう、其れもさうだが……然し其前に兎も角一度、大学病院でゞも診て貰つておいた方が善《よ》かないか。」

「えゝ。」為雄はなほも俯向いたまゝ、煙草の煙《けむ》を細く吹いてゐたが、やがて顔を上げると思ひ切つた調子で、

「兄さん、僕は国へ帰らうかと思つてるんですが、何《どう》でせう。」

稔は此時何故《なにゆゑ》とも知らず、偶《ふ》と懐郷病《ホオムシツク》と云ふ英語を胸に浮べた。其れが一瞬間にして消えて行くと、今度は「母に心配をかけては気の毒だ」と云ふ思想《かんがへ》が、殆ど前のと連続的に浮んで来た。

「国も善《い》いが――国は遠いし、其れにお前はつい此間《このあひだ》も隊から帰路《もどり》に寄つて来たんだから……転地するならばするで、もつと近い処にしたらどうだ。鎌倉でも、房州でも、何処でもある。国へ帰る往復の旅費だけでも、一週間や二週間は転地が出来るよ。そしてお母様《つかさん》に心配をかけずとも済む……」

「其れもさうですな」と云つて、為雄は其れなり帰つて行つた。

すると四五日経つて又やつて来た。顔の色が非常に悪い。

「どうだ。病院で診て貰つたか。」

「いゝえ。脚気の方は別段悪くもないんですから。――只此間から、ずつと夜眠れんで困つてゐます。」

「神経衰弱かな。何にしても一度診て貰つておく必要があるね。」

為雄は何かを嘲るやうな不快な笑ひを漏らしながら、

「なに、こんな病気は国へさへ帰れば直ぐに癒ります。――兄さん、僕は愈《いよく》あの会社を辞職するかも知れませぬ。」

稔は又かいと云ふ勇気もなかつた。黙つてぢつと弟の顔を見てゐた。

「僕はどう考へても彼処にゐるのが厭になつたんです。」為雄は直に後を続けた。彼はもう笑つてゐなかつた。のみならず其《その》面《おもて》には固い決心が動いてゐた。

「他に何か善《い》い思ひ付きでもあつたのかい。」

「いゝえ。――然し其れは国へ帰つてから考へる積《つもり》です。」

稔は覚えず苦笑ひした。さうして国へ帰つてからよりも、宿へ帰つて今一度考へ直した方が善《よ》からうと云つた。其処で為雄は又帰つて行つた。二三日経つて来た彼の端書には、病気は段々宜しいから安心して呉れと書いてあつた。けれども病院で診て貰つたのか、診て貰はないのか、又国へ帰るのか、帰らない

のか、そんなことは一切書いてなかつた。

其れから又一週間ばかり経《た》つた。ある日稔は突然疋田《ひきた》と云ふ人から、至急親展状を受取つた。疋田と云ふのは鈴木氏の友人で、為雄を自分の出てゐる会社へ世話した人である。けれども稔が此人から書信を受けたことは未だ嘗てなかつた。彼は其手紙を取上げた時、直《たゞち》に為雄の身上に関する容易ならぬ事件だと推察した。開けて見ると果して推察通りであつた。――御舎弟事、過日来会社を退きたいと云ひ迫つて仕様がない。然し、実は自分も鈴木氏からの依嘱を受けて、及ばずながら今日まで為雄君の為に、微力を致して来たのだから、何とかして出来得る限り同君の利便を図りたいと思ひ、病気ならば会社の方は一時欠勤届を出して、緩々《ゆる〳〵》養生した上再び出勤することにしては何《ど》うか。辞職は何時《いつ》でも出来ることだが、一旦職を離れては、たとひ薄給とは云へ、当節又新に職を求めると云ふことは中々困難だからと、色々に説いてもお聞入れがない。終《つひ》に辞表を提出して、此二三日は会社へも出て来ない始末だから、今一応貴君《あなた》から十分説諭《せつゆ》して見て呉れないか。――これが手紙の大意であつた。後で稔の聞いたことだが、為雄は幾度《いくたび》辞表《じへう》を出しても、疋田氏が握り潰して終《しま》ふので、とう〳〵或日の未明に部長の自宅を訪問して、まだ床の中にゐる主人を驚かし、口《くち》づから辞職の旨を述べた上、辞表は郵便で送つてやつたのださうであつた。

疋田氏の手紙を読んだ時、稔の神経を先づ刺戟したものは、為雄の所作に対する腹立たしさであつた。あれほど度々《たび〳〵》反省を促しておくのに、尚自己の我儘を一図に徹す量見でゐるのかと思ふ腹立たしさであつた。けれども其の腹立たしさの奥の方には、何処かに不安な念慮も頭を擡げてゐた。――これで若《も》し為雄が、自分に何か目的があるとか、又は他に相当の考慮《かんがへ》があつて、会社を辞《よ》すと云ふのなら、其れは分つてゐる。其れにまで異議を挟さむ権利は、兄といへども無論持たない。だが只厭だから辞す、不愉快だから辞すと云ふだけでは、余りに思慮なき決心と云はなければならぬ。まるで黒闇《くらやみ》の真中《まんなか》へ、盲目《めくら》滅法に突進して行くやうなものではないか。尤も為雄の所作に就いては、従来《これまで》にも多少エクセントリツクな処はあつた。其が為に随分弱らされたこともあつた。けれども今度の事ぐらゐ事理明晰で、而も彼自身の将来に取つて重大な事件に、これほど判断の能力を欠いてゐたことは未だ嘗て無かつた。さう思つて見れば、隊から戻つて以来の彼の動作には、疑へば大分疑はれる点がないでもない。――斯う考へると、稔の不安は、段々其の暗い影を拡げ始めた。兎に角今一度為雄に会つて、能く話をして見るより外に仕方がない。彼は疋田氏から手紙を受取つた翌日、忌々しさと、もどかしさとが縺れ合つたやうな、不快な心持を抱きながら、弟の宿に出かけて行つた。

為雄の間借をしてゐる宿は、六十前後の丈《せ》の低い婆さんが、駄菓子の小店を出してゐる家であつた。其婆さんは十四五年前までは、浅草の蔵前とかに大きな石版印刷所の店を切廻して、可なり裕福に暮してゐたが、ある年火事に会つて、店から工場《こうば》までずつかり焼いて終《しま》つたのが不幸の発端となり、翌年には亭主に死別れる。其から六人の子供が上の方から段々亭主の後《あと》を追つて、今は十六になる女の子一人しか残つてゐない。其も虚弱で、小学校も碌ざま卒業させずに放つてあつたが、何時《いつ》まで遊ばせておく訳にも行かないので、一昨年《をととし》の春から、さる店へ下女奉公に出してある。そして自分は一人でこんな小《ちひ》ぽけな店を出してゐる。――

「年が寄つてから懸り子のないほど悲惨《みじめ》なものはございませぬ」と、此前稔が為雄に用事があつて、一寸訪ねて行つた時も、頻《しきり》に愚痴をこぼしてゐた。稔は国にゐるお孝の身上など思ひ合せて、其時から何処か彼女に似た点のある、此婆さんの面影が忘られずにゐる。

為雄は此家《ここ》で山村と云ふ同僚と、六畳の間――尤も此外に部屋と云つては、婆さんの臥起《ねおき》してゐる三畳の茶の間と、駄菓子の箱を並べた店先としかない。――を借りて、二人で半自炊の生活をしてゐた。山村は為雄より歳下であつたが、毎日会社の帰途《かへり》には夜学中学へ行くので、夜十時頃でなければ帰らなかつた。稔の訪ねて行つた時、婆さんは鼈甲縁の大きな眼鏡をかけて、戸外《おもて》を見通しの明放した茶の間に、解《ほど》きものをしてゐた。

「お暑いのに、肌でもお拭きになつたら如何です。」婆さんは稔を茶の間に通して、生温い麦湯などを勧めながら、渋団扇でばた〳〵と煽いで呉れた。

「此頃弟はどうやつてゐますか。」

稔がこんな問をかけると、婆さんは待設《まちまう》けてゐたと云つた風に、委しく為雄の様子を語り出した。――近頃は全然《まるで》会社へも出ずに、一日内でぶら〳〵してると云ふこと。何処かに悪いところでもあるかと聞くと、只脚気で困つたとばかり云つてゐること。其の癖店の駄菓子で胃を悪くしたり、或時は又何処かで酒を飲んで来て、尾籠《びろう》な話だが嘔《もど》したと云ふこと。夜は殆んど眠らないと云ふこと。さうして面《かほ》さへ合はせると、同宿の友人に議論を吹掛けてゐると云ふこと。――こんな話が婆さんの口から、愈《いよ〳〵》疑惑を増す材料として、稔の耳に伝へられた。

「何《なん》しろまだ之れからと云ふお若い身体《からだ》で、あれでは善《い》けませぬ。私も余り見兼ねるものでございますから、生意気だとは存じながら、折々自分の考へだけ申《まを》すのでございますが、私達の云ふこと、耳にもお掛けにはなりませぬ。さうして昼は彼《あ》の通り、ごろ〳〵寝てばかりゐらつしやいます。」

為雄は蒸暑い次の六畳の、真夏の日光が障子に苛々《いら〳〵》と照り付けてゐる格子窓の下に、右の肱を窮屈げに折曲げ、左の腕を真直に延ばしたまゝ、見るも苦しさうな姿勢で俯向けに寝てゐた。丁度長い間追手に追廻された人の、疲労の極、根も力も尽きて終《しま》つて、とう〳〵駈けながら其場にぶつ倒れたと云つた風の姿《すが》勢《た》であつた。稔は厭はしいものでも見る眼光《まなざし》で弟を見やつた。

「どれ、お起しして参りませう。」婆さんは立上つて次の間へ行つた。

「神田さん、兄様がゐらつしやいましたよ。――神田さん。」

肩に手を添へて二三度揺《ゆ》ると、寐てゐた人は勃々《むく〳〵》と動いて、畳の上に起直つた。血走つた眼《まなこ》に兄の顔を見た。

暫時は瞬きもしなかつた。為雄は凝《ぢつ》と稔を見据ゑたまゝ、自分自身を回復するやうに見えた。やがて精神《たましひ》が何処からか脳の中へ飛戻つて来たやうに、急に立上つて、胸のはたけたのを掻合せながら、茶の間に出て来た。さうして顔も洗はないで稔の前へ几帳面に坐つた。

兄弟は相対して暫く言葉がなかつた。

「昨日正田さんから手紙が来た。一体どうしたんだ。」稍《やゝ》あつて稔の方から口を切つた。

為雄は尚暫く黙つてゐた。やがて、

「辞職したんです」と只一言云つた。丁度稔の頬辺《ほつぺた》へ、何かを投げつけたやうな物の云ひ方であつた。

「其れは聞いた。が、辞職して一体何《ど》うする考へなんだ。」と、稔は云はざるを得なかつた。

「国へ帰るんです。」

「どうしても国へ帰る決心か。」

「えゝ、何《ど》うしても国へ帰ります。」

為雄の言葉は、固い決心から圧出されたやうに、一々断乎としたものであつた。稔は最早手の付けどころがないと思つた。さう思ふと何だか張合が抜けた。忌々しくもあつた。

同時に又弟を蔑む心も起つた。あれほど大騒ぎして東京へ出たい〳〵と云つておきながら、そして東京へさへ出られゝば、どんな事でもすると云つておきながら、来て見れば僅三四年で已にこれだ。稔は為雄の意志の余りに薄弱なのを憫《あはれ》まない訳には行かなかつた。寧《いつ》そ国のやうな静かな田舎で、一生百姓か養《とり》鶏《かひ》でもやつて、暢気に暮すのが彼の性質に適してゐるのかも知れない。為雄自身も或は其処に気が附いてゐるのではあるまいか。――稔は斯う思ひながらわざと落着いて云つた。

「其れなら其れで宜しいとして、国へ帰るからには、一生を国で送る覚悟で帰つたら善《よ》からう。」

為雄は瞳を上げて兄の顔を見た。彼の唇頭《しんとう》には、侮辱を受けた時の怒気《どき》が漂うてゐた。

軈《やが》て彼は、其怒気を強ひて圧へるやうな、故意《わざ》とらしい苦《にが》笑《わらひ》を作りつゝ云つた。

「あんな山の中に一生燻《くすぶ》つてゐたつて仕方がありませぬ。脚気が善《よ》くなりさへすれば、直ぐ又出ます。」

「脚気はもう善《い》いと云つて寄越したぢやあないか。」

為雄は返事をしなかつた。

「そして……今度は何処へ出る積りなんだ。」

「其れは……分りませぬ。」

「出た上で又何をやる積りだ。」

「其れも分りませぬ。」

稔は愈《いよ〳〵》手のつけやうがなくなつてしまつた。暫くまじ〳〵と相手の顔を見てゐた。

「直ぐ又出るくらゐなら、何も辞職せんでものことぢやないか。」やがて又云ひつゞけた。「一時欠勤届で善《よ》いと、疋田さんの手紙にも書いてある――」

稔の言葉のまだ終らないうちに為雄は大きな声して兄を遮つた。彼の身体《からだ》は興奮のあまり、激しく顫へてゐた。

「此地《ここ》に居れば僕は病気になります。病気になります。兄さんは僕を病気にするんですか。」

稔も覚えず声を高くした。

「馬鹿なことを云ふもんぢやない。誰れがお前を病気にすると云つてゐる。」

云ひながら稔は腹の中で、弟の緊張《ひきしま》つた顔を見てるのが恐ろしくなつて来た。

其れでも稔はまだ立上《たちあが》らうとはしなかつた。彼はどうかして今《ま》一度為雄の眼を醒ません為に、又も話の根本に遡つて、更に第一歩より繰返し説いて聞かせた。先刻《さつき》から、恐惶《おど〳〵》しながら二人の会話に聞入つてゐた婆さんまでが、

「真実《ほんたう》に兄さまの仰る通りぢやございませんか。神田さん、ようく考へて御覧遊ばせ。」

「どうしてお前には、これだけの理窟が分らないんだ。」稔も畳みかけて云つた。

為雄は嶮しい眼付きでじろりと婆さんの面《かほ》を見たが、直ぐ又視線を稔に戻して、

「理窟は十分分つてゐますが、僕はもう何《ど》うしても東京にゐるのが厭になつたんです」と、きつぱり云つた。其表情には反省や聴従《ちやうじゆう》の色は更に見えなかつた。彼の態度は何処までも挑戦的であつた。稔は又忌々しくなつて来た。

「お前はどうかしてゐるね。」

「えゝ僕はどうかしてゐます。」

「気でも狂つて行くんぢやないか」と云つて、我ながら其の忌はしい言葉にぎよつとした。

「大方、そんなことでせう。」

相手の余りに捨鉢な返辞に、稔は又黙つてはゐられなくなつた。

「そんな量見で善《い》いと思つてるんか。」

為雄は急に屹《きつ》となつた。

「善《い》いと思つてゐやうが、思つてゐまいが、僕の勝手です。貴方に御迷惑はかけませぬから。」

斯う云つて為雄は一膝兄の方に躙《にじ》り寄つた。唇端《くちびる》は痙攣に激しく顫へ、顔の色は真青《まつさを》になつて、殆ど生気を失つた中に、二つの眼だけが傷付いたやうに充血してゐた。稔はまだ此時の弟の眼付ほど、眼によつて現された物凄い表情を見たことがない。咄嗟に為雄の絶望的な未来を見た感じがして、彼は覚えず戦慄した。

「間違つてゐる。確に間違つてゐる！」帰る途すがら、稔は覚えず声に出して独語《ひとりごと》を云つた。――

「さうして自分にも其れが分つてゐるんだ。自分にも多少何《ど》うかしてゐると云ふことが分つてゐるんだ。其れでゐて自ら其れを喰止めやうとしない。のみならず他人《ひと》が喰止めてやらうとしても、振切つて独りで藻掻《もが》いてゐる。何《ど》うすることも出来ない。実に可哀相なものだ！」

　稔はたつた一時間ほど前、為雄に会ふため自分の宿を出た時の、不安な心持を思ひ出した。其時彼は、若しやこんなことになつてゐるのではないかと想像して見て、ひやりとした。けれども彼の性質は、元来フアンタステイカルであつた。彼は日常瑣細な出来事に対しても、直《たゞち》に善悪何れかの方面に於て、極端まで想像に浮べる癖があつた。だから其の時も亦例の自分の癖だぐらゐに考へて、自ら打消してゐた。ところが一時間経つか経たないに、空想は現実となつて彼の目の前に拡げられた。彼は恐ろしい運命の、余りに早く決せられたる驚愕《おどろき》に、殆んど為すところを知らない人のやうであつた。只哀れな弟の今日までの小さな生涯が、フイルムの磨滅《すりへ》つた活動写真でも見せられたやうに、ちら〳〵と彼の心に撮《うつ》つては消えた。――鼻垂らしの腕白、生意気な小僧、給仕、学僕、箱車、臨時雇、補充兵、さうして最後に敗北者――何《ど》の時代の幕《シイン》を覗いて見ても、光彩のある部分とては一つもなかつた。稔の胸には様々の感慨があつた。彼の眼からは弟を憐れむ涙が湧いて出た。

「さうして此の恐ろしい運命を為雄に持来《もちきた》した動機は何であらう。」

　斯う考へた時、稔は忽ち先夜《せんや》の為雄の話を思ひ出した。同時に「不愉快な軍隊生活」と云ふ言葉が、留針《ぴん》の如く彼の頭脳《あたま》に突き刺さつた。

　素質は或ひは有つたのかも知れぬ。然し危険な火薬といへども、導火線がなければ決して爆発しない。為雄の素質に火を導いて、これを爆発せしめたものは？……稔はどう考へて見ても、為雄の謂はゆる「不愉快な軍隊生活」より外《ほか》に、先づ其れらしい起因を見出すことが出来なかつた。

　咄嗟に彼の胸には、嘗て為雄を隊に訪ねて行つた時の光景が思ひ浮んだ。

　其れは稔が二度目の帰省の折で、為雄が隊に入つてからまだ間もないことであつた。稔は弟の安否を確かめて、母への土産話にする積りで、わざわざ隊の所在地で汽車を降りた。丁度日露戦争の終つた当座で、軍人の鼻息の最も荒い最中《さいちゆう》であつた。横柄な衛兵に就いて来意を告げると、当番卒が先《ま》づ稔を面会所に案内しておいて、それから為雄を班へ呼びに行つた。面会所には稔の外に尚二三組の面会人があつた。稔は窓際の腰掛《ベンチ》の一つを占領して、弟の出て来るのを茫然《ぼんやり》と待つてゐた。

　何処の火夫《かまたき》かとも思はれるやうな、汚染《しみ》つたれた服装をした為雄の姿が、面会所の入口に現れた時、稔は簡単にやあと云つて立上つた。処が為雄は立止つて厳格に挙手の礼を取つた。稔は少し茶化された感じがして見てゐると、それは自分に対して為《し》たのではなくて、向うで面会人と話してゐる古兵達に対して為たのであつた。為雄の視線は、其処に居合す古兵の面を、一人一人順々に睨廻《ねめまは》してゐた。

「面倒だねえ」と稔が云つた。為雄は黙つて兄の側に腰を下した。彼の容子《ようす》は兄の今の言葉が、向うの古兵達に聞えはしなかつたかを恐れる風であつた。

折々面会所の前を下士や卒が通つた。中には通りがゝりに面会所の中を覗いて行く奴もあつた。其度《そのたび》に為雄は立上つて一々挙手の礼を取つた。彼の眼は、何処かに上官が隠れてゐて、敬礼違反の罪に触れはしないかを心配するやうに、絶えずきよと〳〵不安気であつた。稔はおち〳〵話する空もなかつた。

「酒保《しゆほ》があるんだらう。其処へでも行つて物を食ひながら話さうぢやないか。」と彼は云つた。これは日外《いつぞや》の為雄の葉書に、「私達の慰安所は只酒保があるばかりです」と書いてあつたのを思ひ出したからである。

二人は広い営庭を通つて酒保のある方へ行つた。途々《みちみち》も為雄は会う兵毎《ごと》に手を挙げねばならなかつた。

酒保へ入つて二人が腰掛《ベンチ》に腰を下すや否や、向うの小高い処に坐つてゐた当番らしい下士が、為雄に大きな声をかけた。

「こら、其男は誰だ！」

為雄は直其下士の前へ行つて、不動の姿勢を取りながら、自分の兄なる旨を答へた。

「軍隊以外の者が酒保へ入ることはならぬと云ふ規則を知らないか。馬鹿っ！」下士は威丈高になつて呶鳴つた。鉄拳が彼の脇腹のあたりでむづ〳〵してゐた。

為雄は恐懼《びく〳〵》しながらも尚不動の姿勢を崩さなかつた。そして自分の不注意を謝つた。

「そんなことで大日本帝国の軍人と云へるか。馬鹿野郎！」下士は又大きな声で呶鳴りつけた。

酒保に居合せた兵は皆面白さうに其を見てゐた。然し稔は嘗て東京の聯隊で、友人を訪問して、一緒に酒保に入つた経験《おぼえ》がある。軍規と云ふものが地方に由つて区々《まちまち》になつてゐるのか何《ど》うかは知らないが、馬鹿野郎呼はりは酷く癪に障つた。自分も弟と共に侮辱を受けたやうな感じがした。彼は怫然《ふつぜん》として立上ると、丁度其処へ為雄が戻つて来た。

「兄さん黙つてゐて下さい。又後が煩いんですから。——軍隊と云ふところは此様処《こんなところ》なんです。」為雄は斯う云つて淋しく笑つた。けれども之が動機となつて、二人は快く談話も出来ずに、変な心持で別れてしまつた。

僅か二三十分の訪問にさへ此不愉快があつた。あの流儀を——仮令《たとひ》数箇月の間とは云へ——朝から晩までの一挙一動に応用されては堪まつたものでない。殊に為雄のやうな負嫌ひな性質の男には、其れが如何に無念な、屈辱な生活であつたらう。為雄ぐらゐな程度の頭脳を持つた青年を発狂させるに、彼処《かしこ》は最も誂向《あつらへむき》のところだ。………そんなことまで稔は考へた。

けれどもまた、先刻《さつき》の為雄の不遜な態度を思ひ出すと、「すべては自業自得だ！」といふやうな、冷淡な反感も起らないではなかつた。

偶《ふ》と、ある露西亜《ロシア》人の書いた物語の一節が、稔の胸に浮んで来た。

さる田舎の裁判所の一警吏が、ふとしたことから追跡妄想に襲はれて、段段精神が狂つて行く。其処で宿の主婦《おかみ》が医者を呼びにやると、医者は一通り患者を診察した上、頭の冷罨法《れいあんぱふ》と、薬用ラム酒の処方とを与へた後、「もう二度とは来ないぞ。人の気の狂つて行く妨碍《さまたげ》をしたつて仕方がないから」と云つて帰つて行く。——稔の今思ひ出したのは、其医者の云つた言葉である。

「人の気の狂つて行く妨碍をしたつて仕方がない！」成程さうだ。甘《うま》いことを云つてゐる。——と稔は考へた。——人間が一旦彼処《あすこ》まで乗出した以上は、自分で自分の精神を駆立てゝでも、立派な気狂にならずにはおかない。他人の力では如何《どう》することも出来ないものと見えた。それに自分は今長々と、説諭だか口論だか訳の分らないものを弟に吹きかけて、却て彼の反抗心を増長させた。為雄に取つてはどんなに迷惑なことであつただらう。思へば愚かしい無益なことをしたものであつた！

「為りたければ気狂《きちがひ》にでも何にでも為らせるが善《い》いさ。」稔は冷かに考へて見た。

偶《ふ》と又他の物語が胸に浮んだ。——さる男が戦争に行つて気狂になつて帰る。懊悩の極終《きよくつひ》に死んでしまふ。すると今まで彼を看護してゐた弟が、又兄と同じやうな気狂になる。——これが其物語の筋であつた。

「兄貴が気狂になつて、又弟が気狂になつた。兄弟とも気狂になつて終《しま》つた！」

斯う考へて、稔は我知らずぶる〳〵と顫へながら、往来の真中で佇立《つつた》つた。

「俺も最後《しまひ》には……」彼は最早其の後を考へるに堪へなかつた。

暫くしてから、にやりと笑つて又歩を続けた。

「なに俺と為雄とは人間が違ふ。俺は為雄のやうな弱者にはならぬぞ。俺は為雄や多数の世人《せじん》のやうに、現実生活にのみ没頭して生きてゐる人間ではない。俺には別に他の世界がある。仮令《たとひ》第一の世界に破産しても、更に其第二の世界に於て生きることが出来る。——第一の世界を静《しづか》に見て、味はつて、考へて、書くと云ふのが即ち其世界だ。此第二の世界が自分に準備されてゐる限り、俺は決して為雄のやうな弱者にはならぬ！」斯う思つて稔は我ながら心丈夫になつた。五六歩行つてから又立止まつた。

「然し若し俺にも他日、弟のやうな運命に陥《おちい》る日があるとしたら……」再びこんなことが思ひ浮んだ。

「其れは恐らく、第二の世界に生きられると云ふイリユジヨンの壊れた時だらう。」斯う考へて彼は又にやりとした。

　宿へ帰つて、稔は直《ただち》に三通の書面を書いた。一通は疋田氏へ、一通は大阪の鈴木氏へ、最後の一通は国の母へ宛てたものであつた。疋田氏へは、是まで永らく為雄の世話になつた礼を述べて、——今日も種々《いろ〳〵》と説諭して見たが何《どう》しても聴かない。多少精神の平調を欠いてゐるやうでもある。就いては止《やむ》を得ず彼の意に任せることに自分も決心したから、悪からず諒察を願ひたい——と書いた。鈴木氏へは先方《むかう》が医者である処から、為雄の精神状態を出来るだけ委しく書並べて、鑑定を乞うた。さうして最後に、二三年国のやうな刺戟の少い山の中で、静《しづか》に月日を送ることが、為雄の身体《からだ》には必要だらうと思ふ旨を附加へた。只母にだけは極めて簡単に、為雄脚気の為め暫く帰国するかも知れない。若し帰つたら直《すぐ》に知らせて下さいと書いてやつた。四五日経つてからのお孝の手紙には、為雄昨日無事に帰国したと書いてあつた。

　国へ帰つてからの為雄の消息は、云ふに忍びないこと許りであつた。彼は母の家の敷居を跨いでまだ十分間と経たないうちに、最《も》うお孝と浜江の疑惑《うたがひ》を招いた。

　帰つて来たのは八月末の、まだ非常に暑い日の午後であつた。日盛りの戸外《おもて》は眩暈《めまひ》を感ずるほどに光波が漲つて、路傍の草や田畠の物も、枯萎《かれしを》んだやうに葉を垂れてゐた。けれども為雄の胸には不愉快な職業をすつぱり止めて、懐かしい母の家へ帰つて来たと云ふ喜悦《よろこび》があつた。彼は、毎日の会社通ひに汗臭くなつた、カアキイ色の夏服に、新しく買つた安物の深靴を穿いて、門口から元気よく声をかけながら入つて来た。

「まあ早かつたなあ、暑かつたやろ。」

　お孝は浜江に、裏の筧《かけひ》から冷たい水を汲んで来させた。さうして其れで為雄に手拭を絞つてやつた。

「脚気で悪いさうやが、能く途中で何ともなかつたなあ。」

「なに、大したことはないんですもの、お母《つか》さん。立場《たてば》から此処まで平気で歩いて帰れたくらゐだから。」斯う云つて洋服を脱ぎながらも、為雄は然し胸に動悸を覚える如く息急いてゐた。

「さうかえ、其れでもまあ酷無うて何より有難かつたな。さあ直《す》ぐ裸になつてこれで身体《からだ》をお拭き。——浜江、お前兄様《にいさん》を後から煽いでおあげ。」

　お孝は為雄の脚気が思つてゐたほど悪くないのを見て何よりも喜んだ。

　為雄は母の渡す冷たい手拭を幾度も替へて、身体《からだ》の汗を全然《すつかり》拭取つた後、浜江の掛けて呉れた浴衣の前を掻き合せながら、

「戸外《おもて》から入つて来ると内は真暗だね。何処に何があるか、さつぱり見えない。」

「其れに建物も古いよつてなあ。」

　お孝が斯んなことを云つてるのに返事もせず、為雄はつか〳〵と風通しの善《い》い涼しい座敷の方へ歩いて行つたが、中程まで来るとぴたりと足を止めた。

「お母《つか》さん、あれは誰だね。」

明放《あけはな》した庭を見ながら、彼はお孝に小声で訊いた。

お孝の目には誰も見えなかつた。

「誰もゐやしないやないかえ。」

お孝は変に思ひながら我が子の顔を見た。為雄の表情《かほつき》は真面目であつた。彼はまだ庭から視線を離さずにゐた。

「彼処《あすこ》にゐるよ。あれ彼処に。」

お孝は気味悪がつて浜江を呼んだ。浜江も顔の色を変へながら出て来た。

「あすこの松の木の下に、誰か立つてるぢやないか。」為雄は自烈《じれつ》たさうに又浜江に云つた。

「あゝ彼《あれ》ですか。あれは兄さん、石燈籠ぢやありませんか。」

浜江はわざと何気なく答へたが、身体《からだ》はぶる〳〵と顫へてゐた。

為雄はやつと眼が醒めたやうに、

「ふん、さうか」と云つて初めて畳に腰を下したが、其れからは余り口も利かず、急に沈んで終つた。疲労《つかれ》も一時に出て来たやうであつた。

其れでも此の外には別に異《あや》しい行動《おこなひ》もなかつた。手荷物の中には、少しばかりの浅草海苔さへ買つて来てあつた。お孝は為雄の土産だと云つて、其れを二三帖づゝ近所へ配つて歩いた。

夕方にお孝は、門口の柿の木の下へ大きな盥を持出して、其処で為雄に行水をさせた。其時も為雄は矢張り鬱《ふさ》ぎ勝ちでゐた。

「能く両足を揉んでおきや。さうすれば疲労《くたびれ》が休まるよつて。」

お孝は肩を流してやりながら云つた。

「お母さん、内《うち》は何時でもあんなものばかり食べてゐるんですか。」為雄は突然こんなことを訊いた。彼は先刻《さつき》麦飯に唐茄子の煮たので夕飯を食ふ時にも、給仕をしてゐる浜江に同じやうなことを訊いてゐた。

「あゝ、此処等《ここいら》の田舎は皆あんなものやわな。お前にだけ別に白御飯を炊いて上げても善《え》えんやけどな……そいでも脚気には麦御飯は薬やと云ふやないかえ。」

「お母さん、僕はそんなことを訊いてゐるんぢやない。」

為雄は母の言葉を打消した後、暫く黙つて湯を使つてゐた。

やがて又しみじみとした調子で云つた。

「お母さん、内《うち》も活計《くらし》が難かしいのに、僕のやうな者が帰つて来て、気の毒だね。実は今度帰る時も、兄様《にいさん》は非常に不賛成だつたのを、僕が無理に帰つて来たんです。矢張《やつぱり》兄さんの云つたやうに、東京で養生してゐた方が善《よ》かつたんだね。」

「何故そんな妙なことを云ふのやな。脚気さへ癒つたら又東京へ帰つて働いたら善《え》えやないかえ。」

為雄は母の言葉には答へなかつた。

「今朝もね、お母さん。僕は名古屋で乗換の時、夜明方まで永らく待たせられた。其の間停車場の腰掛《ベンチ》に凭れながら、熟々《つく〴〵》と考へた……なぜ兄さんの云ふ通りにしなかつたんだらうと。其から偶《ふ》と、国へ帰るには、親類や世話人へも土産《みやげ》が要ると気が附いて、あの海苔を買つたんです。東京の土産だからと思つて浅草海苔にしたんだが、実はあれは名古屋で買つたんです。」

「まあ然《さ》うかえ。そんな余計なことは為《せ》ぬでも善《よ》かつたのに。内で何なり見繕うて持たせてやつておくのやつたに。」

　お孝は先刻《さつき》為雄の洋服を畳んでやるとき、そつと隠《かくし》袋の蟇口を開けて見たら、たつた五銭の白銅一枚しか無かつたことを思ひ出してゐた。

「しかしね、お母《つか》さん。僕も会社で今日までに、毎月月給の中から少額《すこし》づゝ、積立てゝおいたのが、近いうちに送つて来る筈になつてゐる。其れを飯料《はんれう》に入れるから、何卒《どうぞ》暫く養生させて下さい。」

「そんな心配はせぬでも善《え》えわな。内は兄さんからも彼《あゝ》して毎月送つて貰うてるのやよつて。——さあ、もう出た方が善《え》えやろ。」

　お孝は斯う云つて紛らせながらも、ついぞ為雄の口から聞いたことのない此の哀れな言葉に、そつと袖口で目の縁を拭いてゐた。

　昼間の石燈籠のことを思ひ出すと、彼女の胸は一層暗くなつた。

　其夜為雄は疲れたと云つて早く寝た。翌朝は皆《みんな》と一緒に起きて、裸足で庭先の露など踏み歩いてゐたが、朝飯が済むと又治を伴れて散歩に出かけた。治は小学校がまだ夏休中なので、朝から内にゐたのである。為雄は治を誘ふには誘つたが、途中別段に話をすると云ふでもなく、只ぶら〳〵其処等の野径や田の畦を歩き廻つた。

　散歩から帰ると、彼は又奥座敷で独りごろ〳〵してゐたが、何時《いつ》の間にか眠つてしまつた。眼を醒ましたのは既に午《ひる》近い頃であつた。

　顔を洗ひに裏へ出やうとして、中の間を通ると、表座敷に七八人の村の娘が裁縫を習ひに来てゐた。暑い時分のことゝて、障子も唐紙も開放してあつたから、裁縫娘《おはりこ》は皆為雄に挨拶した。為雄は碌さま返辞もせず、恐いものゝやうにして逃げて行つたが、帰りにはわざと中の間を避けて、本堂の裏から前栽《せんざい》へ廻つて、こつそりと奥座敷へ戻つて来てゐた。

　夕方に分家の総領が訪ねて来た。暫くすると五助も遊びに来た。為雄は二人の客を相手にして、最初のうちは東京の話やら村の出来事を、機嫌よく語つたり訊いたりしてゐたが、段々口が重くなつて、最終《しまひ》には黙つて沈み込んで終つた。さうかと思ふと急に申訳でもするやうな口調で、

「私も今度は詰まらない者になりました。まるで馬鹿か阿呆のやうです。それで東京の会社も退《ひ》いて帰つて来たんです。」

　客は二人とも妙な顔をしてゐた。お孝は次の部屋で目と耳を欹《そばだ》てゝゐた。

　夜分には更にお孝の疑念を増させるやうなことがあつた。為雄は前夜と同じやうに、独り奥座敷で寐さゝれたが、床へ入つて暫くすると、隣の部屋に寐てゐるお孝に声をかけた。

「お母《つか》さん、僕は淋しいなあ。誰か此方《こちら》へ来て呉れないかな。」

お孝は治に行つてお上げと云つたが、治は恐がつて寐たふりをして終つた。

「何の淋しいことがあるものかえ。斯うしておけば、一つ部屋も同じことやないかえ。」

お孝は斯う云つて間隔《へだて》の襖子《ふすま》を開放した。其れでも為雄はまだ眠られないと見えて、其後も二三度母に呼びかけた。お孝は漸くうと〳〵としかけると、彼の呼声に目を醒まされた。為雄は朝まで殆ど眠らないやうであつた。

お孝は、為雄の病気が脚気ばかりでないと云ふことを、直ぐ看破した。彼女は其翌日長い手紙を稔に書いた。

「少し頭脳《あたま》を悪くしてゐるやうです。どうぞ暢気に養生させてやつて下さい。」

こんな意味の返事が稔から来た時、お孝は又今更のやうに驚かされた。けれども直《すぐ》に又気を取直した。

「稔でなくて善《よ》かつた！」此の思想《かんがへ》は彼女を益《ます》〳〵心強くさせた。感謝の念仏が彼女の口に繰返された。

「私の一心でゞも為雄の病気は癒して見せる。」お孝は斯う固く心に誓つた。

お孝は又、近い頃分家の三男が、他家《よそ》の麦を六升とか胡魔化して、公然《おほやけ》沙汰《さた》にまでならうとしたのを、百方手を尽して漸く内々《ない〳〵》で済ませて貰つたことを思ひ出した。

「為雄も他家《よそ》の偸盗《ぬすみ》をして、親兄弟の顔に泥を塗つて呉れなかつたのが、まだ幸福《しあはせ》や。」お孝は斯うも考へた。

「なに、私の一心だけでも、為雄の病気は屹度《きつと》癒して見せる。」

お孝は又固く心に誓つた。彼女は三の日と五の日とには塩断《しほだち》して、我児の病気の平癒を祈つた。

けれども一日一日と日の経つに従つて、為雄の症候は段々著しくなるばかりであつた。

彼は毎日沈んでばかりゐた。人に会ふことを此上もなく嫌ふ。その癖折々は一人でくす〳〵と笑つてゐることもある。お孝や浜江が気味悪がりながら、何《どう》したのかと訊くと、彼は只、

「面白いことがあるんです」と云ふだけで、決して其以上を語らなかつた。さうして暫く独笑ひした後は、又必ず元の憂鬱に復《かへ》つた。時には耳を欹《そばた》てゝ、遠いところの物音でも聞くやうな形をすることもある。夜は殆んど満足に眠らない。一人で何か考へ事しては、溜息をついたり、舌打をしたりなどしてゐた。

「お前のやうに然《さ》う毎日屈託ばかりしてゐては、却て身体《からだ》に善《よ》うないぞえ。ちつと散歩でもして気を晴らして来たらどうやな。」

斯う云はれると、為雄も素直に庭へ出て、大きな声で詩を吟じたり、裏の松山へ散歩に出たりするが、散歩から帰ると又一室に閉籠つてしまふ。

お孝が縁側へでも出て来ることがあると、急に呼び止めて、

「お母さん、何故僕はこんな馬鹿になつたんだらう。——兄さ

んは学校さへ出れば、立派な人間になれる。浜江は又あれで裁縫の方で、最《も》う一人前の女になつてゐる。それに僕だけは何故こんな馬鹿になつたんだらう。」

　時には又わざ〳〵壁の方を向いて、人に顔を見られまいとしながら、

「あゝ何処かへ行つてしまひたい。何処か遠い、遠いところへ行つてしまひたい！」斯う云つて涙を流してゐることもある。

　お孝も引入れられる心地になつて、

「そんな遠い、遠いところへ行つて、一体何をする気でゐるのや。」

　為雄は矢つ張り壁の方を向いた儘で、

「今度僕は国を出たら、最う人に使はれるのは厭だから、東京から金の来るのを待つて、其金で何処かまだ知らない他国へ行きたい。そして十日ほど木賃宿で泊つて、其間《そのあひだ》に何か善《い》い計画を立てゝ、夜分物を売歩いて、食つて行くだけの分を拵へて見たい。」そして又ぽろ〳〵と涙を流した。

「其の金が無くなつたら、困ることは目に見えてるやないかえ。其れよりか、もつと気長く内《うち》で養生して、夜も能う眠られるやうになつてから、何処へでも出たら善《え》えやないかえ。」

　お孝が云つても為雄は無論聴かうともしなかつた。そして毎日東京から為替の来るのを待焦れてゐた。

　山家《やまが》のことだから、配達は一日に一度しか来ない。其れが大よそ来る時刻になると、為雄の姿は、いつも一心院の門前に見られた。

　終《つひ》にある日為替が届いた。為雄は大急ぎで門から駈戻つて来たが、認印《みとめ》を袂に投《はふ》り込むと直ぐ其足で、帽子も冠らずに、又小一里ほど下の郵便局まで出かけて行つた。

「お母《つか》さん、明日の朝広島へ立つことにしたから、其の積りで準備しといて下さい。」やがて郵便局から戻つて来ると、斯う云つて又独りで騒ぎ立てた。

　広島にはお孝の甥がゐた。其が偶然にも十日程前に、転居通知の葉書を寄越した。丁度為雄は東京から金が来たら、何処へ出やうかと思案中であつたから、其葉書を見ると直ぐ其処へ出掛けることに独りで決めて終《しま》つた。そして近日行くから宜しく頼むと云ふ手紙を出しておいたのであつた。

「そんなに慌てないで、二三日緩くり考へてからにしたら何《ど》うやな。」お孝は云つた。けれども為雄は無論其れには耳も貸さなかつた。

「明日の朝は暗いうちに起して下さい。昼日中に村を出て行くのは厭だから、夜の明けないうちに内を立ちたい。」

　為雄は其夜例《いつ》になく早く床に就いた。そして又例になく熟睡した。

　不眠の順番がお孝に廻つて来た。彼女は其の夜《よ》殆ど微睡《まどろみ》もしなかつた。二時には起きて最う竈《かまど》の下を炊きつけてゐた。

「これで無理に引留めたら、又神経を起して一層病気を募らせ

ることは分つてゐるし、そんならと云つて、彼様《あん》な身体《からだ》で他国へ行つたところで何が出来やう。偶《ひよつ》とすると之がもう母子《おやこ》の長の別れになるのかも知れない。」こんなことを考へると、お孝の頬には覚えず涙が走つた。

　小屋の枯松葉《かれまつば》は二三日前の雨にまだ湿気を持つて、思ふやうに火が燃え移らなかつた。お孝はふす〳〵と燻ぼる煙の中を、幾度《いくたび》か釜の下を覗き込んでは、火吹竹を吹かねばならなかつた。蘞《ゑぐ》い煙は彼女の眼を更に涙多からしめた。釜の蓋が漸く泡を吹き始めた頃、五助の家の方で一番鶏が鳴いた。お孝は太い薪だけを二三本引いて、流しへ持つて行つて水をかけた。流しの下では夜通し蟋蟀《こほろぎ》が鳴いてゐた。

　平素《ひごろ》は何の御馳走もないので、責めて今日の門出だけでも祝つてやりたいと、お孝は成りたけ骨を折つて食事を整へた。昨夕《ゆふべ》わざ〳〵隣字《となりあざ》の煮売屋まで出かけて買つて来た川魚《かはうを》を焼いて向う付にした。さうして持たせてやる午飯《ひる》の寿司まで拵へてやつた。是等の準備が全く出来上つた頃、又此処彼処《ここかしこ》で二番鶏が鳴いた。お孝は初めて表の大戸を開けた。東の空は、もう仄に白んでゐた。お孝は冷たい朝風に顔を吹かれながら、門の処まで歩いて行つた。そして扉を開いて石段の上に立つた。まだ真黒に立続いた薮の彼方《むかう》の往来を、早起の百姓が既に筵でも売りに行くものと見えて、牛の鐸音《すゞおと》が微かに響く。をり〳〵咳払の声なども聞えて来る。お孝は又家の中に引返した。

けれども為雄はまだ正体もなく寐入つてゐた。お孝は度々其の枕元に立つた。九月下旬のことであつたが、山家《やまが》はまだ何《どう》かすると宵に蚊の出るのを、為雄は蚊嫌だと云つて蚊帳を釣つてゐた。お孝は蚊帳越しに為雄の寐姿に見入つて、二三度も声をかけやうとした。

「しかし朝寐して若しも時間が遅くなつたら、為雄の心も急に変つて、偶《ひよつ》とすると広島行を中止して呉れるかも知れない。」

　お孝は又思ひ返して台所へ戻つた。

　お孝は又独りでいろ〳〵のことを考へた。此間《このあひだ》からの為雄の話では、今度国を出たら、労働者になるか何になるか分らないから、着物なんかは何《ど》うでも構はない。持つて行くものも悉皆《みんな》筒袖に仕立直しといて欲しいと云つてゐた。あれほどの決心で行くところから見ても、自分の思ふことが都合善《よ》く行かなかつたら、二度と帰らない覚悟でゐるのかも知れない。――お孝は又之が母子《おやこ》の別れになるやうな心地がした。しかし然《さ》うした不祥なことを考へる下からも、又どう云ふ不思議な運の廻り合せで、為雄が思ひがけない出世をして、立派な者になつて帰らないとも限らぬと、時々思ひ返すことが、此時の彼女に取つて責めてもの心休めであつた。そして直ぐ又これは親の慾目だと、自分で自分を打消した。やがて浜江も治も起きて来たが、お孝は別に口も利かず、只溜息ばかりついてゐた。

　八時になつて、為雄は漸く其の魔薬をかけられたやうな熟睡から醒めた。枕許の障子には、朝日が既にかん〳〵と当つてゐた。彼は驚いて跳起《とびお》きた。

「お母《つか》さん、あれほど頼んでおくのに……」為雄はお孝の顔を見ると、最《も》う憤怒《いかり》を抑へてゐることが出来なかつた。声までが激しく顫へてゐた。彼は何彼に憤々と母に当り散らして、飯を食ふ間も物を云はなかつた。

「今日はもう時間が遅いよつて、又明日のことにしたら善《え》えやないかえ」とお孝が云つても為雄は返事もしなかつた。さうして傍《はた》で見てゐても気味が悪いほど手先をぶる〳〵と顫はせながら、持つて行くべき手荷物を作り始めた。其れはお孝が為雄の決心を鈍らすために、態《わざ》と手を付けずにおいたものである。彼は手荷物を作る間も、お孝が其を調《とゝの》へておいて呉れなかつたのを憤り顔に、恐い眼付ばかりを見せてゐた。

「お前が何《どう》しても今日出掛けて行くと云ふのなら、荷物は私がしてあげるに。」お孝が手伝はうとしても手を附けさせなかつた。何かに彼女が一寸でも触ると、為雄は直ぐ慳貪《けんどん》に其れを引《ひき》手繰《たく》つた。お孝も終《つひ》には仕方なしに黙つて見てゐた。

　手荷物と云つても、着替の二三枚に楊子歯磨粉の類、只それくらゐのものであつた。為雄は苛々とした手附で、其れを幾度《いくたび》か小さな旅革嚢《たびかばん》に入れたり出したりした。着替は悉皆《みんな》手織物であつたが、比較的新しいものであつた。其は為雄が其春《そのはる》隊へ入る前、自分で好みの縞柄を按出して、茶が何本に黄が幾本、其から黒が何筋と云つた風に、二三種類も克明に書別けて、わざ〳〵母の許へ注文して寄越したものであつた。――こんなことには彼は平素から頗《すこぶ》る矯飾家《おしやれ》で、又可なり巧者な頭を持つてゐた。――そして隊に入つてる間に、浜江に織つておいて貰つたものであつた。

「大変綺麗に出来た。僕の意匠《いしやう》も満更《まんざら》ではなかつたね、お母《つか》さん。」隊から帰つて来て、其れがちやんと着物に出来上つてゐるのを見た時、為雄は頻《しきり》に得意であつた。

「これだけ有れば当分着物を拵《こさ》へる世話は要らない。これが悪くなる頃には、又今少し優《まし》なものを作れるやうになるだらう。」

　こんなことを云つて元気よく東京へ帰つて行つた。其のたつた三四箇月前の為雄の姿を思ひ出すと、お孝の眼は又何時《いつ》ともなしに曇つて来た。


　最寄の停車場までは、山越で歩いて行くとの話であつたから、お孝は其手荷物を自分で提げて、本道へ出るところまで為雄を見送つてやつた。子供の時から国を出てゐる為雄には、此辺《このへん》の間道は分り難《にく》かつた。

　丁度早稲《わせ》の収穫《かりいれ》時なので、田には最う村の人が多勢出てゐた。細い畦道で行会つて、頬冠を取つてお孝に挨拶する人もあつた。傍《かたへ》の草叢へ身を避けながら、「何方《どちら》へ」などゝ尋ねる人もあつた。為雄は其等の人に顔を合はせるのを厭がつて、独りでとつとゝ先へ歩いた。

「さう行くと路《みち》が違ふぞえ。本道《ほんみち》へは此方《こちら》へ曲らなければ……」

お孝は為雄を呼戻して、雑木林の間の小径《こみち》に入つた。山には最う薄が綺麗に白い穂を抜揃へて、女郎花《をみなへし》の黄や、みそ萩の紅などが其間を彩つてゐた。茅栗《しばぐり》はまだ青かつた。をり〳〵葛《くず》の根が途の上までも蔓《はびこ》つて、お孝には其れが為雄の首途《かどで》を遮るやうに見えた。やがて二人は本道に出た。

本道と云つても、矢張《やつぱ》り両側は山続きの、稍幅広い坂路《さかみち》に過ぎなかつた。

「あとはもう一本道やから、善《よ》う分つてゐるやらう。」

お孝は斯う云ひながらも尚一二町為雄に従いて歩いた。其時も為雄はまだ恐い顔をしてゐた。

「それでは身体《からだ》を大事にして行きや。着いたら直《すぐ》に音信《たより》をしておくれ。」愈《いよ〳〵》別れる時お孝は云つた。けれども為雄は矢張《やつぱ》り返事もしなかつた。そして邪慳に母の手から手荷物を受取つたまゝ、後をも見ずに山路《やまみち》を登つて行つた。

お孝は路傍《みちばた》に佇立つたまゝ、我児《わがこ》の姿の見えなくなるまで、凝《ぢつ》と後影《うしろかげ》を見送つてゐた。――これで為雄の精神さへ確実《たしか》であるならば、お孝も別に心配はないのであるが、気の少し触れてゐるのが案じられた。さうして気が触れてゐながらも、一図に我身の将来を思うて、斯うして遠い他国まで独りで出掛けて行くのかと考へると、お孝には一層為雄の身が哀れでならなかつた。

愈《いよ〳〵》為雄の姿が道の曲り角で見えなくなつた時、お孝は又急に最早一生彼には会へないやうな、心細い、遣瀬のない心地になつた。同時にあんな病人を単独《ひとり》で立たせてやつた自分の不注意が酷く気咎めされて、たとひ無理やりに、泣縋つてゞも、再び為雄を引留めねばならぬと、覚えず二足三足踏出したが、先刻《さつき》からの我児《わがこ》の不機嫌を思ひ出すと、又気を取直して、独りで悄然と引返した。

四日目に広島から葉書が来て、無事に着いたと云ふ報告《しらせ》があつた。其から二日経つて又手紙が来た。其には先づ池田（お孝の甥の姓）一家の親切を非常に喜んだ末――けれどもまだ思はしい職業は見当らない。と云つて徒手《からて》で池田に厄介になつてるのも気の毒だから、丁度隣家《となり》の大家が米屋なので、兎も角職業の見当るまで、其処で米を舂《つ》かして貰ふことにした。一日に五斗舂いて十六銭貰つてゐる。これも池田のお蔭だから善《よ》く礼を云つて下さいと書いてあつた。そして返信用の切手まで封入してあつた。東京の大きな会社を我から捨てゝ、態々《わざ〳〵》広島まで出掛けて、米を舂いて此様《こんな》に喜んでゐるのかと考へると、お孝は又為雄の心中が哀れでならなかつた。

お孝は村の祭礼前で、仕立物の非常に忙しい中を、辛《やつ》と時間を工面して、懇《ねんごろ》なる謝状を池田に出した。すると中五日置いて大阪から手紙が来た。為雄は最早広島を引上げて、大阪の鈴木氏へ戻つてゐるのであつた。そしてお孝に、鈴木氏へ善《よ》くお詫をして呉れと云つて寄越したのであつた。お孝は又鈴木氏へ手紙を出した。すると一週間ほど経つて、為雄は又ひよつこりと一心院へ戻つて来た。

鈴木氏は為雄が東京の会社を出る時の処置に、多少不満の念を抱いてゐたが、面と会つて謝辞《わび》を云はれゝば不便《ふびん》にもあり、又談話《はなし》の上では別に為雄の異状を認めることが出来なかつた。只意気銷沈だけは明かに見えたが、其れも前非を悔いての結果と思はれた。

「ぢや職業があつたら直ぐ知らせるから、其れまで勉強でもして待つてゐるが善《よ》からう。」斯う云つて為雄を国へ返したのであつた。

けれども為雄の勉強を、傍《はた》で見てゐるお孝は苦痛で堪へられなかつた。

古い本箱から種々の書物を取出して、床の間に綺麗に置並べたまでは善いが、何《ど》の本も此の本も、二三枚読めば直ぐ飽きて終《しま》ふ。知らない文字にでも遭遇すると、顔をしかめて、舌打をして、苛々と前後の頁《ペエジ》を見廻し、最後には焦れて書物を畳に叩きつける。硯箱の中から鉛筆を取出して、「神田為雄は馬鹿になつた、馬鹿になつた」と、其処等あたりへ書散らす。お孝や浜江が隣の部屋で、少し小声で談話《はなし》でもしてゐると、直ぐ自分の批評をしてゐると気を廻す。眼の色を変へて耳を欹《た》てる。さうして五助や与平が遊びに来ると、逃げるやうに本堂の中へ隠れてしまふ。二時間でも三時間でも出て来ない。斯うして毎日人目を避けては、土龍《もぐら》のやうな日を送るのであつた。

其でも郵便の来る時刻になると、為雄は幾度となく中の間に出て来て、お孝を見ては、

「お母さん、鈴木様《さん》からまだ手紙が来ませぬか。」

浜江を見ては、

「おい、大阪から手紙が来たのを隠してゐやしないか。」

さうして棚の上やら、裁縫箱の中やら、彼方此方《あちらこちら》を捜し廻つた末、愈《いよ／＼》来てゐないことが判然すると、恐い面をして、続けさまに舌打して、

「欺《だま》された、欺された」と云ひながら、又奥の方へ行つて終《しま》ふ。

「お前のやうに然《さ》う何事にも急忙《せか／＼》するものでない。鈴木様《さん》のことやから、有つたら有つたとて直ぐ知らして下さるわな。」ある日お孝が其れとなく穏和《おだやか》に云つて聞かせると、為雄は其から愈《いよ／＼》神経を立てゝ、其夜は全然《まるで》一睡もしない。夜通し煙草を飲んで、吐月峰《はひふき》を叩いて、遂には煙草盆を覆り返して、枕元を灰だらけにして、枕を唐紙に投《ほふ》り付けて、独りで散々に焦れてゐた。

其れでもお孝は、黙つておく方が善からうと思つて、眠つた振をしてゐると、為雄はとう／＼床から起きて、此方《こつち》へやつて来さうにする。お孝は気味悪がつて胸を動悸《どき》つかせてゐると、為雄は唐紙をあけて母の枕元に踞《しやが》んで、

「何時《いつ》まで寐てゐるんですか。もう起きなさい」と云つて、お孝の肩を小突き廻す。戸外《おもて》はまだ暗かつたが、お孝は素直に起きて飯を炊いた。東京から帰つて来た当座、為雄は一向食慾がなかつたが、病気の募るに従つて段々食意地が汚くなり、此頃

では茶碗ではまどろしくて、大きな丼《どんぶり》に二三杯も替へて食ふのであつた。さうして夜が明けると狐鼠狐鼠《こそこそ》と自分の床に入つて、正体もなく寐入るのが常であつた。

其の翌晩、為雄は又夜中頃に母の枕許へ来て、几帳面に坐つた。

「お母《つか》さん。どうぞ堪忍して下さい。堪忍して下さい」と云つて、丁寧に頭を下げる。

お孝も気味悪さに起直つて、

「何をそんなに謝るのやな。何にも謝ることはないやないかえ。」

為雄は益《ます》〱小さくなつて、

「僕が悪いんです。皆僕が悪いんです。東京の兄さんが怒つたのも無理はない。鈴木さんが愛想を尽かすのも当然です。何故僕はこんな馬鹿者になつたんでせう。誰か知ら、耳の端《はた》でいろ〱の声をして、僕の悪口《あくこう》をする奴があるから、癪に障つて仕やうがない。」斯んなことを云つて幾度《いくたび》かお孝に謝つた後、漸く自分の床へ帰つて行つた。

暫くすると今度は向うの方から、

「お母《つか》さん、一寸来て下さい。一寸来て下さい」と呼ぶ。

お孝が気味悪がりつゝ、起きて行くと、為雄は又床の上へ几帳面に坐つて、

「何卒《どうぞ》鈴木さんに手紙を出して下さい。そして早く何処かへ出して呉れるやうに頼んで下さい。斯うして毎日遊んでゐると、耳の端《はた》の奴が尚悪口《あくこう》を云ふ。明日にも直ぐに手紙を出して下さい。」さうしてお孝の慰めるのも聞かず、声を立てゝ泣出すのであつた。

お孝も最後《しまひ》には為雄と共に泣きたいやうな心地になつて、

「其れがまだお前の病気の癒らない所為《せゐ》だぞえ。そんな誰もゐないのに、人声の耳に聞える筈がない。其れの聞えるのが矢張り病気の為なのやから、そんな時には凝《ぢつ》と心を落着けて、其の声に欺されぬやうにせねば善《い》かぬぞえ。」お孝は宛《まる》で三歳児《みつご》でも労はるやうに、賺《すか》し宥《なだ》めて漸《やうや》くのことで為雄を寐させつけた。

すると三晩目《みばんめ》に為雄は又お孝の枕元に来て、

「お母さん、前栽に何か来てゐる。何か恐ろしい奴が来てゐる。」

お孝は丁度寐入端《ねいりばな》を起されて、覚えず全身を寒気立《さうけだ》てながら、

「そんなことがあろかいな。其れはお前の気の所為《せゐ》やわな。」

云ひつゝも彼女は、身体《からだ》ががた〱と顫へて来た。

「いゝえ、来てゐる。確かに来てゐる。何処かに棒か何かないか。」為雄は部屋中を捜し廻り、とう〱其夜は座敷で一人寝るのが恐いと云つて、自分の床をお孝の部屋へ引擦つて来た。

其れからは毎夜母と同室で寝ることになつた。こんな処へ待兼ねてゐた鈴木氏からの手紙が届いて、為雄に東京の会社の辞令を持つて、直《すぐ》やつて来いとのことであつた。

「矢張《やつぱ》り捜してゐて下すつたんだね。怨んでゐたのは僕が悪かつた。」為雄は嬉しさにいそ〱と仕度をしてゐたが、急に又

悄気返つて、

「それでもお母さん、こんな身体《からだ》で勤まるだらうか。」云ひ〳〵村を出て行つた。其時鈴木氏が為雄に与へた職業は、さる鉱山監督所の製図の助手で、将来可なり有望なものであつた。ところが行つて見ると果して僅か半日で、為雄は最《も》う鈴木氏の家へ戻つて来た。

「あんな綿密な職業は、到底《とて》も僕には出来さうに有りませぬ。」これが其時の彼の弁解《いひわけ》であつた。鈴木氏も愈《いよ〳〵》為雄の病気に思ひ当るところが有つた。

「暫く就職なんか云ふことには気を揉まずに、緩くり養生したら善《い》いだらう」と云つて、再び為雄を国へ返した。三日目に彼は又母の家に戻つて来た。

再度大阪から帰国しての為雄は、見るも哀れなほど元気が無くなつた。

ハルシネエシヨンは益《ます〳〵》激しくなつて、彼の眼は絶えず幻視に悩まされ、彼の耳は又絶えず幻聴を訴へた。何か物音さへ鼓膜に入ると、すべて其れが自分の悪口《あくこう》のやうに聞えた。さうして夜も昼も殆んど寐てばかりゐた。宛《さなが》ら呆《ぼ》けたやうであつた。食慾も一時の半分に減つて、頬のあたりもげつそりと削《こ》けた。

「お母《つか》さん、どうぞ此病気を癒して下さい。癒して下さい。——お母《つか》さんには癒せる。お母《つか》さんより外には癒せる人がない。」

為雄はお孝の顔さへ見ると、こんなことを云つて手を合せて泣いた。

斯う云ふ言葉を聞かされるのは、お孝には、其胸先を刳《ゑぐ》られて、心の臓を絞られるよりも尚辛かつた。

「あゝ癒して上げるよ。癒して上げるとも。そやからお前も一生懸命になつて、神仏を信心してお呉れ。お母様《つかさん》はお前が内《うち》へ帰つて来た日から今日まで、一日とて本堂様にお願ひするのを忘れたことはないのやから……」と云つて、お孝も一緒に泣くより外はなかつた。

塩断は引続き厳守されてゐた。けれども其れぐらゐのことでは、迚《とて》も此デイヴオオシヨナルなお孝の心を安んずるに足らなかつた。彼女は此頃からして、尼になりたいと云ふ決心を益《ます〳〵》固くした。尤もこれは彼女のずつと以前からの宿願でもあつた。神田家の先祖は何れも土地では名高い信心家であつた。殊に三代前《さき》の先祖は、自身に堂宇《だうう》を起して信心の徒輩《ともがら》を賑はし、晩年には又身を雲水に任せて、諸国を行脚《あんぎや》して廻つたさうである。お孝は是等の話を思ひ出すだけでも、何とも云へない敬虔の念に打たれるのが常であつた。其を彼女の夫の代になつてからは、念仏の声など噯《おくび》にも聞かれなくなつた。

「神田の当代は一向お寺詣りもしない。あゝ不信心では今にあの家屋敷もどうなるか分らぬ。」

村の老人連《としよりれん》が寄ると触ると、こんな蔭口を利いてゐたのも事実となつた。そして遠い先祖から家に伝はつた、尊い仏壇まで叩き売られてしまつた。謂はゞ仏像《ほとけ》を壊《こぼ》つたのも同然である。これがお孝の胸を最も苦しめた。夫がとう〳〵家運を挽回すること出来ずして死んだのも、お孝には皆此の冥罰《みやうばつ》としか思へなかつた。

「此の冥罰を仏に謝するには、自分が尼になるより外に最良の方法はない。けれども稔の所思《おもはく》に遠慮もあつて、今日までは決心を鈍らせながら来た。すると忽ち又他の冥罰が為雄の病気に現れた。此の上なほ躊躇《ぐづ〳〵》してゐるならば、更に又何のやうな冥罰が誰の身に降つて来ないとも限らぬ……」

お孝はこれを考へると、最う凝《ぢつ》としてはゐられなかつた。彼女は遂に筆を執つて、其固い決心を稔に強ひた。——

「……貴方《あんた》の気の進まないことは能く承知してゐます。けれども私のやうな愚な母親を持つたのが因果だと思つて諦めてお呉れ。私が死んだものと思つて許してお呉れ。私も為雄と一緒に気でも狂つたものと思つて、此願ひだけはどうぞ聞き届けてお呉れ……」

お孝はあらゆる歎願の文字を列ねて、其の子息に致した。

其の夜から為雄の挙動は一変した。

お孝が急がしい仕立物の夜業《よなべ》を漸く終へて、其れを浜江と二人して畳んでゐると、先刻から奥の方で頻りに灰吹を叩いて、独りで焦れてゐた為雄が突然飛んで来て、いきなりお孝の腕《かひな》を取つた。さうして、

「お母《つか》さん僕の此の病気を癒して呉れ。今直ぐ、此処で癒して呉れ！」と云ひ迫つた。

「お前のやうに、然《さ》う急なことを云うても仕やうがない。それなら川瀬さんの薬剤《くすり》を飲むかえ。」お孝はおど〳〵しながら云つた。

川瀬は稔の小学校以来の親友で、一二年前東京から帰つて亡父の後を開業してゐるのであつた。お孝はこれまでにも既に二三度、為雄の鬱《ふさ》ぎがちな容体を述べて、薬剤《くすり》を貰つて来たことがあつたが、為雄はどうしても其れを飲まなかつた。さうしてお孝の見てゐない間に、薬剤《くすり》は何時《いつ》も庭に捨てられたのであつた。

其れでも此夜は、為雄も自分から飲むと云ひ出した。

「飲む。飲むから直《すぐ》に行つて貰つて来て呉れ！」と急き立てた。

時計を見ると最《も》う九時を廻つてゐた。川瀬は此処から半里ほど下の方に住んでゐる。お孝は今から行けば川瀬は最早寝てゐるに相違ないと思つて、何《どう》かして翌朝まで待たせやうとした。けれども為雄はどうしても聴かなかつた。

「是非今夜のうちに貰つて来て呉れ。これから直ぐに行つて貰つて来て呉れ。」お孝の腕《かひな》をぐい〳〵と引張つて強請《せが》みつゞけた。彼の眼は嶮しく逆立つてゐた。

浜江は恐ろしさに身顫ひしながら、自分と治と二人連で行つて来ませうと云つた。治は先刻《さつき》から最う床に入つてゐたのであるが、物声に驚いて起きて来て、隅の方でがた〳〵顫へてゐる

のであつた。けれども若い娘や子供を夜遠方まで使ひに出すことは、お孝には心配でならなかつた。彼女はとう〳〵自分で行くことにした。

「其れでは行つて来るよつて、落着いて、静かに待つてゐるのやぞえ。」

　お孝は病人に能く云ひ含めた。そして戸外《おもて》へ出た。戸外は凄いほど真暗であつた。お孝は小さな提灯《ちやうちん》を提げて出た。

　五助の家の門前を通る時、お孝は誰か五助の家の子供にでも行つて貰はうかと思案して暫く立止まつた。けれども人に行つて貰ふとすると、是非とも其人に為雄の容体を事附けねばならぬ。と云つてお孝は為雄がそんな病人でゐることを、余り人々には知らせたくなかつた。――近所の人は此時もまだ、為雄を脚気でぶら〳〵してゐるものと思つてゐた。お孝は矢張《やつぱり》自分で行くことに決心した。

　若しや不在中に為雄の神経が急に荒立ちでもして、浜江や治の身に変事の起るやうなことでも有りはしないかと考へると、お孝は淋しい藪間の小径《こみち》を駆け通りながらも、気が気でなかつた。お孝は又折角斯うして行くには行くが、川瀬は宵に急病人でもあつて、何処かへ出てゐるかも知れないと案じ出した。彼女は暗い森蔭をひた急ぎに急いだ。森では梟の声が頻《しきり》にしてゐた。

　川瀬の村の入口まで着いた時、お孝の背《せな》は汗でぐつしよりとなつてゐた。

　川瀬の大きな門は果して閉つてゐた。お孝は躊《ため》ひがちに門を叩いた。彼女の弱い手と、息急いた声とが、其れを開けさせるまでには、大分長い時間がかゝつた。川瀬は幸ひに内にゐた。彼はお孝から為雄の容体を委しく聞いて、直《たゞち》に散薬と水薬とを呉れた。

「お一人なら下男《をとこ》にでも送らせませうか。」

　川瀬はお孝の帰途を案じて、親切に云つた。お孝は此時初めて、夜更に女の身単独《ひとり》で飛出して来た自分のはしたなさに気が付いた。そして五助の内の子供にでも従いて来て貰へばよかつたと思つた。彼女は自分の不行跡でも蔽ひ匿すかのやうに、

「い、え。御門の外に村の者が待つてをりますから……」と断つて、薬瓶を提げて、又息急き切つて帰つて来た。

　内《うち》では別段変つたこともなかつた。為雄も落着いて母の帰るのを待つてゐた。そして川瀬の薬剤《くすり》を飲んで、其夜は彼も兎に角寐た。而して翌朝は正午《ひる》前になつてからけろりと起きて来て、昨夕《ゆうべ》のことは忘れたやうな顔をしてゐた。

　すると夜になつて、彼は又嶮しい眼附をしながら、突然お孝の側に駆け寄つて来た。

「薬剤《くすり》は飲んだが、病気はまだ此の通り癒らないぢやないか。耳の端で声ががや〳〵云つて煩《うるさ》い。お母《つか》さんは僕に虚言《うそ》を云つた！　虚言《うそ》を云つた！」と云つてお孝にしがみ付いた。

「なんぼ薬剤《くすり》でも、さう早う利くものやない。もつと気を落着

けて暢気になつてゐぬと、なほのこと病気には善《よ》うないぞえ。……」

お孝がまだ何か云つて宥《なだ》めやうとしてゐると、為雄は大きな声で其れを遮つて、

「そんな薬剤《くすり》なら、なぜ飲めと云つた！」と喚きながら、いきなりお孝の側にあつた裁縫《はり》箱を蹴付《けりつ》けた。裁縫箱は傍《かたへ》の簞笥に衝突《ぶつ》かつて激しい音を立てた。頭は取れて向うへ転がつた。抽《ひき》斗《だし》は毀《こは》れて中のものは悉皆《みんな》ひつくら返つた。一しきりどたばたと云ふ酷い物音がした。

一度《ひとたび》自分の手によつて為された暴行の結果を目の前に見た病人は、丁度其の物音に激せられたやうに、更に一時に嚇《かつ》となつた。

「さあ癒せ。今直ぐに癒せ！」と喚き立てながら、彼は障子、唐紙の嫌ひなく、手に当り次第擲《たゝ》き廻つた。

「浜江！治！早う其処いらの物を片付けないかえ！」

お孝は病人の荒れ廻る手を逃げ潜りながら、がた〳〵顫へてゐる浜江と治を励まして、其処等あたりに散らかつてゐる危険《あぶな》げなものを片付け始めた。すると為雄は、いきなり浜江の背中を力任せに三つばかり殴《どや》しつけて、振返りさま治を向うへ突きとばした。浜江は唐紙の隅に擲き据ゑられて、暫くは身動きが出来なかつた。治は又障子と共に隣の部屋に投《はふ》り出されて、恐怖のあまり声を立てゝ泣いた。お孝は其れでも其間《そのあいだ》に、逸早く鋏や鏝《こて》などを拾ひ集めて、其れを棚の上に投上げると、

「何を隠したつ！」と叫んで、為雄は母の脇腹を殴《なぐ》るや否や、怒つた獅子のやうに棚に飛び付いた。棚の釣手は脆く外れて、めり〳〵と大きな音を立てた。さうして棚の上のものが悉皆《みんな》落ちて来た。四人は様々のものを頭から浴びた。

お孝は最《も》う恥も外聞も考へてはゐられなかつた。彼女は直《たゞち》に浜江を走らせて、五助に理由《わけ》を云つて、泊りに来て貰つた。五助は例の如く尻切草履をぺそつかせて、落着払つてのつそりと入つて来た。彼は何にも知らずに、只遊びに来たやうな振りをしてゐた。

人が来ると、為雄は別人のやうに穏順《おとな》しくなつた。彼はもう恐い顔もしてゐなかつた。のみならず、たつた今の前《さき》まで自分が暴行してゐたことをも五助に悟られまいと努むるかのやうに、わざと嫣々《にこ〳〵》として五助を迎へた。さうして平日《いつも》の口の重いにも似ず、其夜は我から気軽に饒舌《しやべ》つて、自分も笑つたり、人も笑はせたりした。五助は烟《けむ》に巻かれたやうな顔をして、為雄の容子《ようす》をまじ〳〵と見てゐた。

其の翌日、お孝は又川瀬へ行つて、少し薬剤《くすり》を加減して貰つて来た。

其れを飲むと二日程は、病人も寐たり笑つたりしてゐた。三日目も昼は寐てばかりゐた。夕方から又急に、東京へ出たいと云ひ出して、お孝をいびり始めた。

「東京へ出るんだから、何処かへ行つて旅費を拵へて来て呉れ。

是非今夜のうちに拵へて来て呉れ。」と云ひ強請《せが》んだ。お孝がどんなに宥《なだ》めても聞かなかつた。其夜は家内中《うち》、徹明《よあか》しをした。お孝は又先夜のやうな暴行を恐れてゐた。

「それでは五助さんとこへ行つて借りて来るよつてな。」と云つて出て行つた。さうして体よく五助に断りに来て貰つた。五助は為雄の前で頭を掻きながら、

「どうもお気の毒ぢやすが、百姓はすつかり収穫《とりいれ》でも済まぬと全く一文無しぢやして……」と云ふやうなことを云つて帰つて行つた。

「ぢや、分家へ行つて借りて来て呉れ。分家の親爺は金貸が商売だから、彼なら屹度《きつと》喜んで貸す。」為雄は又云ひ出した。お孝は夜の引明け早々、分家へ恥を掻きに行くに堪へなかつた。為雄に向つて、

「そんなに云ふなら、川瀬さんとこへ行つて借りてお出で」と云つた。お孝は腹の中で、とても為雄が得《え》行《ゆ》くまいと思つてゐた。案外にも為雄は行くと云つた。お孝は治に学校を休ませて、為雄に従いてやらせることにした。

　けれども会つて見ると、為雄は川瀬に向つて金のことを得《え》云《い》ひ出さなかつた。只身体《からだ》の工合を訴へるだけであつた。川瀬は程能く病人を慰めた末、

「笊碁《ざるご》でも一局やりませうか」とか何とか言つて、為雄を二三日自分の家で遊ばせやうとした。為雄は窮屈がつて直ぐ川瀬を辞した。さうして治と伴立《つれだ》つて又帰つて来た。

　夕方から彼は、又様々のことを云ひ募つてお孝を苦めた。さうして何でも彼《かん》でも東京へ行く旅費を拵へて来いと云つて聴かなかつた。

「東京には己《おれ》の仇敵《かたき》が居る。正義を蹂躪《じうりん》する奴は悉皆《みんな》己《おれ》の仇敵《かたき》だ。会社の部長もさうだ。兄貴もさうだ。彼奴等《あいつら》を殺して己も一緒に死ぬんだ。――軍隊にも殺さなけりやならぬ奴が沢山に居る！」長押《なげし》に掛けてあつた木刀を振廻して狂ひ立つた。お孝は其れを取上げやうとして、手や背《せな》をぴしぴしと殴られた。浜江は又五助の家に駈け付けて、泊りに来てもらつた。

　こんな工合で丁度一週間ばかりは、お孝も浜江も夜おち〳〵と眠られなかつた。昼は又多勢の裁縫娘《おはりこ》が来た。連日の不眠と心配とは、此の惨《いた》ましい母娘を殆ど病人のやうにしてしまつた。お孝は何かして為雄の病気を癒してやりたいと思つたが、斯う毎夜〳〵暴行が続いては、此方《こちら》の身体《からだ》まで続かないやうに思つた。彼女は又川瀬に頼んで薬剤《くすり》を加減して貰つた。病人は段々薬剤《くすり》を飲むことを厭ひはじめた。お孝は菓子を沢山に宛がつて、其れで騙しながら薬剤《くすり》を飲ませた。為雄は終《つひ》に菓子だけ食つて、薬剤《くすり》は少しも飲まなくなつた。お孝が強ひて飲ませやうとすると、

「此薬剤《くすり》には毒が入つてる。いくら欺さうとしたつて己《おれ》にはちやんと分つてゐる。兄貴が東京から川瀬に指図して、己《おれ》に毒を盛らしてゐるんだ。誰がそんな薬剤《くすり》を飲むものか！」と叫んで、折角使《つかひ》に行つて来た治の手から薬瓶を受取るや否や、其を治に

擲きつけた。薬瓶は忽ち微塵に壊れて、哀な弟は肩からぐつしよりと薬水《くすり》を浴びた。

服薬が遠のくと、病人の神経は又荒立つて来た。彼は毎日激昂の状態にあつた。さうして動《やゝ》もすると早朝から独りで喚いてゐた。夜になると其が益《ます〳〵》激しくなつた。五助が其度《そのたび》に迎へられた。最終《しまひ》には彼も煩がつて、快よく泊りに来て呉れなくなつた。

「稔さんに云うてやつて、座敷牢でも拵へて貰うて、お入れになつたら何《どう》ぢやす。何程もかゝるもんぢや有りますまい。」ある時はこんなことを云つて諷した。

「今晩は私処《わしとこ》も少し忙しやすので、お気の毒ぢやすが……」終《つひ》には子供に、斯う云つて断りに来させるやうになつた。

お孝は今更のやうに、五助に少からぬ迷惑をかけてゐたことを感じた。さうして五助の泊りに来て呉れなくなつたのを、彼に対する今日《けふ》までの付届けの不足な為めではなかつたらうかとも気を廻して見た。そんなことを種々《いろ〳〵》と考へてゐると、お孝は急に為雄の病気が忌々しいやうに思はれて来た。

「与平さんとこへ頼みに行つたつて、矢つ張り善《え》え顔をして泊りには来て呉れまいし、何卒《どうぞ》して内《うち》だけで済ませる善《え》い工夫はないものやろか。」

ある時お孝は浜江にこんなことを相談して見たが、其の時彼女の心には、今まで思ひも寄らなかつた、ある恐ろしい思想《かんがへ》が浮んでゐた。其は為雄の神経の鎮まるまで、暫く彼の手足を縛つて、乱暴の出来ないやうにして置かうかと思ふ思想《かんがへ》であつた。此時のお孝の胸の中は、他人に迷惑を及ぼさずして、為雄の暴行を予防したいが、只一心であつた。さうして其最良の手段として、彼女は終《つひ》に此の一方法を思ひ付いた。けれどもそんな手荒な手段が、為雄の病気に、決して善《い》い結果を齎すものでないと云ふことには、考へ及ぼすだけの余裕を持たなかつた。

お孝はとう〳〵其の計画を浜江に打明けた。

「為雄兄さんには済みませぬけれど、然《さ》うでもしなければ仕方がありませぬわ。」浜江もお孝に同意であつた。彼女も内心では兄の暴行が歯痒かつた。

前夜の不眠と叫喚に疲れた為雄は、其日の夕方、座敷で例の仮寐《うたたね》してゐた。お孝はそつと唐紙を開けて、其の寐息を窺つた。そして又中の間に戻つて来て、浜江や治に目配せした。浜江は押入から大きな蒲団を取出して、三人して其れを座敷に持つて行つた。いきなり為雄の頭からすつぽりと其れを被せた。

不意にある重量の身に加はるを感じた為雄は、忽ち夢から醒めて起上らうとした。身体が思ふやうに動かなかつた。何物か息苦しく顔を一杯に被うてゐるものがあつた。眼を開いたが何も見えなかつた。手で顔のものを払ひ除けやうとすると、手も既に自由が利かなかつた。背《せな》には石のやうな重量《おもみ》が噛じり付いてゐた。足は三四本の手で圧へつけられて、しなやかな扱帯《しごき》が今にも足頸に搦み付かうとしてゐた。咄嗟に彼は、自分の身が今如何なる待遇を受けつゝあるかを知覚した。

「糞！縛るなら縛つて見ろ。生意気なつ！」

彼は蒲団の下で、大きい而《しか》も苦しげな声を立てた。

「さあ縛るなら縛つて見ろ、生意気なつ！」

為雄は又大きな声して蒲団の下から喚いた。さうして忽ち身体《からだ》を捩つて立上らうとした。お孝は一生懸命に、為雄の背中を圧へ付けた。浜江と治は必死になつて、其の両足を縛らうとした。彼等の手は、先夜の為雄の暴行に対する怨みと仇とを報いんとするもの、如く、今日《けふ》までに嘗て経験したことのないほど、強い力と、恐ろしい勢ひとを以て、敏活に働いた。けれども病人の力は予想外であつた。うんと突張つて跳起きると、形勢は立ちどころに一変して、治が何時《いつ》の間にか蒲団の端の方に組伏せられてゐた。お孝と浜江は、手早く蒲団の他端《たたん》を折返して、病人の頭から又すつぽりと被せた。さうして治を為雄の手から奪ひ返した。暫く病人は又蒲団の下でじたばたしてゐた。折々蒲団の中から、拳固や足先が飛んで出て、圧《おさ》へ付けてゐる者の顔や背中を、滅多打に張りとばしたり蹴付けたりした。すると何時《いつ》の間にか又浜江が病人の脚の下に組敷かれてゐた。最後《しまひ》には四人とも目が眩んで、組んづほぐれつの姿となつた。母子《おやこ》は悉皆《みんな》狂つたやうになつた。

為雄の手足がすつかり縛り上げられて、捕獲された獣のやうに、座敷の真中に横たへられたのは、其れより二十分も後のことであつた。

「寧《いつ》そ殺して呉れ。殺して終《しま》へ!!」

為雄は憤激のあまり、有らゆる罵詈悪口を母や妹に浴せかけた。誰かゞ少しでも其の身辺に近づくと、彼は直《すぐ》唾を吐きかけて寄せ付けなかつた。さうして何《ど》うかして手足の自由を回復しやうと足掻き廻つた。其れでもお孝は心を鬼にして放つておいた。

「お母《つか》さんは何もお前が憎うてそんなことをするのやない。けど、お前のやうに毎晩乱暴して呉れては、傍《はた》の者が仕事も何も出来ないやないかえ。——お前が静穏《おとな》しくして薬剤《くすり》さへ飲んで呉れるなら、明日にも直ぐに解いてあげる……」

お孝は斯う病人に約束した。さうして漸く為雄の暴行を免れる手段を取るには取つたが、若しや睡眠中に取返しの付かないことでも為出来《しでか》しはしないかと考へると、お孝は矢つ張り一分間も気を許すことは出来なかつた。彼女は其夜も浜江と二人で徹夜した。

朝になると為雄も終《つひ》に我を折つて、薬剤《くすり》を飲むと云ひ出した。薬剤《くすり》を飲んで静穏《おとな》しくなると、お孝は又為雄が可哀さうになつて、三日目には最《も》う其手足を解いてやつた。其後二三日は病人も非常に落着いてゐた。すると四日目には又東京行を云ひ出してお孝をいびり始めた。

「東京には正義の敵がざらほど居る。大臣が何だ。元老が何だ。奴等は皆勝手な真似をして、自分の地位を盗んだのぢやないか。

俺は神の告によつて、奴等の罪状を悉《ことごと》く知つてゐる。どうしても奴等を殺さなけりやならぬ。何故お母さんは僕の旅費を拵へないんだ。旅費を拵へるのが厭ならば、お母さんから先に殺してやる！」

例の木刀を振翳して、又母を追掛け廻した。お孝は仕方なしに五助の家に逃げた。浜江も治も続いて逃げて来た。三人は其の夜五助の家に泊つた。

為雄は其の翌日も、終日家人《かじん》を家に寄せつけなかつた。お孝や浜江が、そつと裏から容子《ようす》を覗きに帰ると、直ぐ木刀を振廻して追払つた。さうして火鉢の抽斗から搔餅を出して焼いたり、自分で南瓜《たうなす》を煮て食つたりしてゐた。お孝が五助の家で煮させて貰つた飯を持つて来て、台所の隅へ置いといてやると、其れも綺麗に食つて終《しま》つた。

其翌晩もお孝等は五助の家に泊つてゐた。三日目に為雄の発作が漸く鎮まつた。さうしてお孝等も家へ帰ることが出来た。

此頃為雄は、段々と激しい幻覚や妄想に悩されるやうになつた。ある時彼は川瀬に次のやうなことを云つてやつた。——

「心臓が馬鹿に拡がつたり、窄《すぼ》まつたりします。身体《からだ》が無暗に伸びたり、縮んだりします。宛《まる》で提灯のやうです。伸びた時には左程苦痛も感じないが、縮まつた時には呼吸《いき》苦しくて困る。耳の端では、絶えず人声がして煩くて敵はない。そして「馬鹿」だとか、「意気地なし」だとか云つて、自分を罵しる。目の前には盲人《めくら》や、一つ目小僧や、天狗のやうな鼻の高い奴や、鬼のやうに額に角を生やした奴等が、大威張で行列をして見せて、自分に衝突《ぶつかり》に来さうにする。今度薬剤《くすり》を下さる時は、是非是等を退治るやうに加減しておいて下さい……」

幻聴は殊に夜分に於て激しかつた。お孝や浜江がうと〱としかける頃になると、為雄は一人で床を這出して、声の主人《あるじ》を捜し出す為め、天井を仰いだり、床下を覗いたり、家の周囲をぐる〱廻つて歩いたりした。其れが或る夜、彼はとう〱怪しい声の発生地を突留めたと云つて戸外《おもて》から戻つて来た。お孝は慄然《ぞつ》としながら何処であつたかと訊いて見ると、門脇の墓場だと彼は答へた。其処には二坪許の地を劃して、一心院建立以来の尼僧の石碑が五六基立つてゐた。声は其石碑の間から起るのださうであつた。さうして其からは毎日夕方にさへなると、為雄は要木《かなめ》の生垣を繞《めぐ》らした狭い墓地に入つて、時には一時間の余《よ》も熱心に、此《こ》の石碑や彼《か》の石碑に耳を傾けてゐた。

お孝が朝夕《あさゆふ》本堂で鳴らす木魚の音も、為雄の耳には様々に聞えた。或時は其れが、嘗て神田の青年会館で聞いた、さる演奏会の音楽となつて、彼に愉快な回想を与へた。ある時は又其れが駈足行軍の靴音に聞えて、彼の神経を非常に苛立たせた。彼は又お孝が行住坐臥に唱へる念仏の声を煩さがつた。さうして何かと云つては其れを封じやうとした。——「お母さんが念仏を唱へると、其のたんびに口から蛇が頭を出す。」——ある時もこんなことを云つたので、お孝も自分ながら気味が悪くなつて来た。そして其れから後は成るべく気を付けて、口の中で念仏を唱へるやうにしてゐた。

近所に稲荷の熱信者があつた。其れが或る時お供物《そなへもの》の下りだと云つて、お孝に小さな餅を呉れた。そして何卒《どうぞ》御病人に上げて下さいと云つた。お孝は其れを焼いて為雄に食べさせた。為雄は食ふ時は黙つて食つてゐたが、暫く経つと「今の餅は変だ、電気が掛けてあつたに相違ない」と云つて暴れ出した。お孝が其の残部《のこり》を食べて見せたので漸《やつ》と鎮まつた。

其頃又二十日ばかり引続いて、毎日午後の四時頃にさへなると、必ず為雄の身体《からだ》に電話をかけて来る者があつた。長太郎と松太郎と云ふ名の男で、二人とも東京にゐるのださうであつた。長太郎の電話は非常に面白い愉快な話で、これは大抵頸筋《くびすぢ》にかゝつて来る。これが来ると為雄は何時《いつ》でも煙管《きせる》持つ手を膝の上に休めて、独りでくす〳〵笑つてゐた。さうして電話の済んだ後でも頗《すこぶ》る機嫌が善《よ》くて、夜も静穏《おだやか》に床に就いた。けれども松太郎から電話がかゝると――之は大抵右の横腹へかゝつて来た――彼は苛々と煙草を吸ひ始め、終《つひ》には癇癪を起して誰彼なしに当り散らした。そしてこんな晩には大抵内《うち》の者を寐させなかつた。時には又同時に笑つたり怒つたりしてゐることもあつた。そんな時には暫くすると、夢からでも醒めたやうな、けろりとした顔をして、

「お母さん、今日は長太郎の電話と、松太郎の電話とが混線して弱らせた。」とこつそりお孝に私語《さゝや》くのであつた。けれどもそんな晩にもお孝には、矢つ張り警戒が必要であつた。

年の暮に近くなつて、鈴木氏が大阪から見舞に来た。其の前一週間ばかり、為雄は別人のやうに静穏《おとな》しくなつて、昼も夜も床に入つてゐた。そして頻に鈴木氏に会ひたがつてゐた。お孝は素人目にも為雄の容子《ようす》が、段々悪い方へ落ちて行くやうに思はれたので、こんな時に若し会ひたがつてる人に会ふことが出来たら、病気も多少薄らぎはしないかとの考へから、鈴木氏に其事を頼んでやつた。其処で鈴木氏がわざ〳〵山を越えて来て呉れたのであつた。

鈴木氏が来たと聞くと、為雄は非常に喜んで、早速床を離れて挨拶に出た。其時鈴木氏の眼に映じた為雄は、殆ど常人と異《かは》らなかつた。只暫く談話を続けてゐると、「少し頭が疲れましたから、一寸失礼いたします」と云つて、度度自分の部屋に退くのが、神経の激しい疲労を示した位であつた。其夜鈴木氏は一心院で泊つた。寐しなに彼はお孝に耳打して、

「大したこともないやうですから、御安心なさい」と云つた。お孝は厚く礼を述べて、其夜は例にない安らかな睡眠《ねむり》に就いた。けれども翌朝《よくてう》早く、鈴木氏が大阪へ帰つて行つた後のお孝は、又不安と恐怖に満ちた昨日《きのふ》までのお孝であつた。

年が明けてまだ一月と経たない或日、為雄の姿が半日ほど見えなくなつて、大騒ぎを惹起したことがあつた。其前三日三晩ほど、彼は又例の発作で狂ひ廻つて、お孝や浜江を困らせ抜い

た。四日目に彼は、
「俺の身体《からだ》には何か魔物が魅《つ》いてゐるに相違ないから、何処かの稲荷へでも行つて見て貰つて来る」と云つて、午過からふらりと家を出た。途中で分家に寄つて、金を借りて行くやうに云つてゐたから、お孝は無論分家で引止めて呉れるものと思つてゐた。さうして急ぎの賃仕事にかまけてゐた。其れが夕方になつても帰つて来なかつた。分家へ治を使ひにやると、為雄は影も見せなかつたと云ふ。其れから急に騒ぎ立つて、人を傭つて、二三人を手分けして、心当りの方面に走らせたが、何《いづ》れも空手《からて》で帰つて来た。其のうち夜は段々と深くなつた。お孝は最早居《ゐ》堪《たゝ》まれぬ心地になつて、自分で村外れまで駈出すと、其処へ為雄が茫然《ぼんやり》と戻つて来た。東山の峠の絶頂まで上つたら、偶《ふ》と帰る気になつて帰つて来たのださうであつた。

其夜は疲れて為雄もぐつすり眠た。すると其翌晩はもう暴れ出した。物置から太い樫の棒を持出して、お孝を殺すと云つて追掛け廻した。お孝は夜中に又浜江と治の手を引いて、五助の家の前に立つた。

五助の門は固く閉つてゐた。お孝は幾度《いくたび》か其を叩かうとして躊躇した。

「折角寐てゐてやのを起すのも気の毒やなあ。内へ帰つてこつそりと本堂ででも寐よやないけ。」お孝は二人の子供を顧みて云つた。

「其でも兄さんが暴れて来たら怖いよう。」治は泣き出しさうな声で答へた。

お孝は又門を叩かうとして手を上げて見た。何しても叩く気になれなかつた。思案に暮れて凝《ぢつ》と立つてゐると、寒気がしん〳〵と骨にまで徹つて来るやうに思はれた。星は白く冴えてゐた。お孝にも泣きたいやうな晩であつた。

其夜三人は、冷たい本堂で夜を明かした。夜が明けると、お孝は裏の筧《かけひ》の下に行つて、肩から二三杯、手桶で寒《かん》の水を浴びた。お孝の水を浴びるのは、之れで三週間続いてゐた。今日は其の満願の日であつた。其から彼女は、二里ほど隔てた祥雲寺へ出掛けた。其処で式を受けて髪を剃つた。祥雲寺は一心院の本坊であつた。

斯うしてお孝は、とう〳〵尼になつたのであつた。

お孝がくり〳〵坊主になつて帰つて来たのを見た時は、為雄も流石《さすが》に驚いた風であつた。

「お母《つか》さん、どうしたんだね」と云つて母の側に寄つて来た。

彼の神経は最早鎮まつて居た。

「お母《かあ》さんは子供の時から頭痛持でな……此頃段々酷うなつて来て困るよつて、一層《いつそ》のこと坊様《ぼんさん》になつた方が善《え》えかと思うて……」と、お孝は真実のことを云つて、又為雄の神経に触れでもしてはならないと、当り障りのないやうに取りなしてゐた。

「気の毒だねえ。矢張《やつぱ》り内《うち》のことで心配が断えないからでせう。——何だか頭顱《あたま》が寒さうだな。始終頭巾《づきん》でも被つてゐると善《い》いんだ……」為雄はこんなことを云ひながら、お孝の痩せた、小さな顱頂《ろちやう》をまじ〳〵と見てゐた。

其の晩お孝と浜江との間に、次のやうな会話《はなし》が取交はされた。

「其れでなあ、方丈さんの云はつしやるには、此の三月の試験が済んだら、兎も角治を此方へ寄越して見よ。暫く性質を見た上で、中学校へ入れるなり、又京都の坊様《ぼうさん》の学校へ入れるなりして、一人前の僧侶にだけは仕込んでやるからつて……」

「其れでお母さんは、どう云つて来なすつたの？」

「私はもう前々から治には坊様《ぼうさん》の修業をさせて、――まあ成るか成らぬかは分らぬことやが、此寺院を神田家に譲り受けて貰ふことが出来たら、私《わし》が死んだ後で、一心院を相続して貰ひたいと思うてゐるのやよつて、何卒《どうぞ》宜しくとお願ひして来たわな。」

「其れでも治さんは小学校を出ると、東京の兄様《にいさん》の処へ呼んで貰ふんだつて、手紙ばつかり出してゐますよ。」

「其れがさ。――あの児も今ちつと確かりした気性なら、又東京で学問させて貰ふと云ふこともあるけれどなあ、私《わし》の見た処ではあの児《こ》も駄目やぜ。勉強が嫌ひで、段々遊ぶことばかりに骨を入れて、そして虚言《うそ》つくことが上手で、今頃から生意気に菓子屋で借金《かり》なんか拵へて……あんな児は折角東京へ呼んで貰うても、到底《とて》も豪い者にはなれさうもない。又兄様《にいさん》の足手纏ひになるばつかりやわな。」

「でも小さい時には遊び好きで仕方の無かつた児でも、大きくなつてから豪くなつた人が沢山あると云ふぢやありませぬか。」

「い、え、然《さう》でないぞえ。此児《このこ》は豪くなるかならぬかと云ふことは、大抵子供の時からの所作で分るものぞえ。――あの児(と声を小さくして、為雄の寐てゐる座敷の方を指示しながら、又云ひ直して)あの兄さんなども、お母さんには余り見込のある児とは思へなかつたが、とう〳〵東京へ行つてあんな病気を持つて帰つた。――治なぞも矢つ張り田舎の坊主ぐらゐが性に似合うてゐるぞえ。」

「でも何だか可哀さうのやうね。坊さんなんかにするのは……」と云ひながら、浜江は心の中で、自分はお母さんの眼に何う見られてゐるのか知らんと考へてゐた。

「何も可哀さうなことはないわな。祥雲寺の方丈さんのやうな方の傍《そば》にゐると、何彼にあの児の利益《ため》になることを見習ふのやもの。――其れに平素《ふだん》もお母さんが云ふ通り、神田家では誰か一人は坊さんになつて、先祖様の弔霊《とむらひ》をしなければならないのやから……」

お孝の話が此処まで落ちて来ると、浜江は何時《いつ》も黙つて終《しま》ふのが癖であつた。こんな時に、少しでも母の意見と一致しないことを云ふと、酷くお孝の気分を損ねるのが常であつたからである。さうして、治は此四月から祥雲寺へ行くなり、又は東京へ呼んで貰ふなりして貰へやうが、自分は果して何時《いつ》まで母の手助けや、病気の兄の介抱ばかりして居なければならないのかと考へた。彼女は自分一人だけが、一生を山の中で取残されて行くやうな心細い感じがした。

　其夜浜江は、母の寐た後でそつと起きて、東京の兄に長い手紙を書いた。其れは自分も何処かへ出て、責めては裁縫の教師にでも為《な》れるだけの資格を取りたいのが志望だけれど、今日のやうな家の状態では、迚《とて》も出られさうもないと云ふやうな、愚痴を稔に訴へたものであつた。

　二月に入つてから、為雄は毎日歯痛《しつう》に悩まされた。お孝は、暫く中絶《とだ》えてゐた彼の発作が、又歯痛と共に復活しはしないかを恐れて、早い目に川瀬へ診て貰ひに行くことを勧めた。其れは年暮《くれ》にも一度、為雄は左の股とかに田虫を出来させて、色々のことを云つてお孝を苦しめたからである。——これはお母様《つかさん》が僕の手足を縛つたから出来たんだとか、仏様に余計な願をかけたからだとか云つて、お孝の顔さへ見ると詰責した。そして川瀬から貰つて来た塗布薬が甚《きつ》いと云つて、癇癪を起して、水を混《まは》したり、捏合《こねあは》したりして、殆んど使用せずに捨てゝしまつた。

「ぢや行つて来やう。之れでは迚も辛抱し切れぬ。」自分から終《つひ》に川瀬へ出掛けて行つた。而《さう》して治療が済んだ後で、半日ほど碁を打つて遊んで帰つて来たが、夜になると又急に歯が痛むと云つて、暴れ出して、此の発作は平生《つね》よりも非常に永く続いた。最初二三夜は、お孝も例の五助や、他の世話人に頼んで泊りに来て貰つてゐたが、為雄の神経が容易に鎮まりさうもないので、到頭村の安吉と云ふ若者を、昼夜詰切で雇ふことにした。此男は為雄とは在郷軍人仲間と云ふ縁故があつた。自分の姉の家に居候《ゐさふらふ》となつてまだごろ〳〵してゐた。非常に話上手の剽軽《へうきん》者《もの》で、為雄の機嫌を取ることも甘《うま》かつた。

「其りや然《さ》うぢやす。貴方《あなた》の仰やる通りぢやす」と、為雄がどんな無理を云つても、如何にも道理あるが如く、一々頷いて見せるのが此男の癖であつた。お孝は五助などに頭を下げて来て貰つて、厭味や諷刺《あてつけ》ばかりを聞かされるよりは、一日幾何《いくら》かの手当を宛がつて、此男を雇つてゐる方が、結句気楽であることを発見した。安吉のお伽《とぎ》が七週間の余も続いた。

　其れでも為雄は、折々安吉を突飛ばしておいて、お孝に肉薄して来ることがあつた。さうして母を殺す、殺すと云つて追廻すことがあつた。そんな時には、お孝は厭だ〳〵と心に泣きながらも、矢つ張り五助や、与平や、分家の何れかに泊り歩かねばならなかつた。

「真実《ほんたう》に座敷牢をお拵へになつたら何《ど》うぢやす。そんなに稔さんに気兼なさるほど費るもんぢやありやしませんよ。警察の手続なんかは私が心得てゐますで……」

　五助がこんなことを云つたのを聞くと、与平も亦其れに張合つて、

「なに一心院の裏に納屋が一つ明いとりますもの、あれを少し手入さつしやつたら、態々《わざ〳〵》お建てにならぬでも済みますよ。材木が要るなら私処《わしとこ》の山になんぼでも有ります……」

「稔も此夏《このなつ》には学校を出て呉れますよつて、又何とか考へてゐて呉れませう……」お孝は其度に、こんなことを云つて弁解するより外はなかつた。

余りに為雄の発作が頻繁なので、お孝は又或日自分の生れた城下へ出掛けて、腹違ひの姉の嫁《かたづ》いている家を訪ねた。さうして二三箇月為雄を預かつて呉れないかと相談して見た。

「預かることは預かつても善《え》えが、お前さんか浜江さんが附添で来て、呉れなければ……」これが其処の主人の返答であつた。

これでは預つて貰ふ甲斐がなかつた。お孝は又基処から伝手《つて》を求めて、病院の模様を聞いて貰つた。すると其人が、

「どうして貴方《あなた》、そんな病人を病院へお預けになつたら、並等《なみとう》でも月に四五十円は要《かゝ》りますよ。」と云つたので、お孝は驚愕《びつくり》して帰つて来た。

結局迷つただけが損であつた。彼女は矢張り病人の脅嚇《けふかく》に対面せねばならなかつた。

斯う云ふ苦しい日を送る間にも、お孝は何《どう》かして為雄の病気を癒してやりたいと思ひ続けた。

丁度其頃、彼女は偶《ふ》としたことから耳寄な話を聞いた。其は隣村の菩提寺山と云ふ共同墓地に近い見晴しの処へ、去年の夏頃から、一人の稲荷下しの隠者が何処よりか移つて来て、様々の病人に御祈禱を行つてゐる。さうして其れが又不思議に結果が善いと云ふのであつた。此話をお孝に齎した人は、彼自身にも殆ど奇蹟に近い一例証を持つてゐた。

「私処《わしとこ》の嬶《かゝあ》なども、僂麻質《リウマチ》だか血風《ちのみち》だか訳の分らぬ病気で、医者に懸つても頓と験《げん》はごわせず、二三年も此方《こつち》へぶら〴〵で困り抜いとりましたが、其れが人の話を聞いて、あの稲荷下しにかゝつてからまだ一月と経たぬうちに、全然《すつかり》癒つてしまひましたよ。まるで狐にでも憑《つま》まれたやうで、——ほい、こんなことを云ふと稲荷さんが怒つて来るかも知れませぬて、はゝはゝ、——まあ私に欺されたと思うて、為雄さんの病気も一遍見せて御覧《ごらう》じませ。其れは奇態に善《よ》う見ますから……」

何日《いつ》ぞやお孝に、供物《そなへもの》の下りだと云つて餅を呉れたのも此人であつた。彼は尚二三の実例を上げて、お孝の心を慫慂《そゝのか》した。お孝は大分動かされた。

けれども動かされたのは、為雄の方が一層激しかつた。彼はお孝よりも先に、此話を此人の口から聞いた。此人は丁度お孝の不在《るす》に来合せて、先づ為雄に其話を打開けてしまつたのであつた。

「お母さん、僕の病気も其稲荷下しに見て貰つたら屹度《きつと》癒る。是非其処へ連れてつて下さい」と云ひ迫つた。

お孝は流石《さすが》に又思ひ迷つた。彼女は嘗て川瀬の薬剤《くすり》を飲ませた時の、為雄の暴行を思ひ出した。さうして此稲荷下しも亦、彼の神経を荒立たせる原因になるのではないかと考へた。お孝は自分の胸一つでは決心がつき兼ねて、先づ分家へ行つて相談して見た。

「あの児が自分から見て貰ひたいと云ふのなら、好きなやうにさしたら善《え》えやないかいな。」

分家の主人《あるじ》は造作もなく云つた。お孝は余《あん》り張合がなくて、又川瀬へ行つて、其れとなく意見を訊いて見た。

ところが川瀬の答も又案外であつた。

「あゝ然《さ》うですか。それは善《い》いでせう。――実際あの病気ばかりは、医者の薬剤《くすり》だけで、屹度《きつと》癒せると云ふ保証は出来ないのです。まあ一時気の荒立つたのを抑圧《おさ》へるくらゐのものでして……其れが病人の方で何か神でも仏でも一心に信心して見たいと云ふやうな気が起ると、ふつと神経が鎮まつて、不思議に癒つた例は世間にも決して無いことはありませぬ。本人がお望みとならば、善《い》いでせう、やらして御覧なさい」と云ふのであつた。お孝も終《つひ》に決心が付いて、ある日 愈《いよく》 為雄を其稲荷下しの家へ伴《つ》れて行くことになつた。

其の日為雄は、前夜から引続き殊の外機嫌が悪くて、お孝には碌々物も云はなかつた。さうして動《やゝ》ともすると、嶮しい眼付をして、今にも手を出しかねまじき態度を見せた。

お孝は彼と伴立《つれだ》つて行く途すがらも、精神《こゝろ》は只恐怖に満たされてゐた。菩提寺山への捷路《ちかみち》をするとて、此近村一帯の葬礼道になつてゐる――平素は縁起悪がつて人も余り通らない――高い崖際を過ぎる時など、彼女は今にも先に立つて行く為雄が振返りさま、自分を其の崖底《がけそこ》へ突落す瞬間を待つてゐるやうな心持であつた。畠《はたけ》に出てゐる村の人等の思慮《おもはく》も、お孝には苦痛の種であつた。

「一心院の病人は、又何処へ飛出して行くのかなあ。」

「あれも真《ほん》に人騒がせな、厄介な病気やないかいな。」

「あの御隠居もえらい因果の悪い人やのう。若い時には、大家の内室様《おいへさま》で暮してゐたのが、年老《としと》つてからあんな身窄《みすぼ》らしい容姿《ざま》になつてよう……」

「それでも兄様《あにさん》の息子の方は、もう直《ぢき》に東京の大学出るちふやないかい。」

「そんなら今ちつと何うかしてやれさうなもんやなあ。――まだ彼《あゝ》して弟様《おとゝはん》を病院へも善《よ》う入れない処を見ると、大学を出るちふ話も、善《え》え加減なもんやで。」

「其れがよ、兄弟甚《えろ》う仲が悪うてのう、弟様《おとゝはん》が東京にゐる時でも、兄様《あにさん》はちよつとも構ひつけなかつたとよ。其れで弟様《おとゝはん》が気い逆上《とりのぼ》せてのう、あんな病気が出たんやて――始終《しよつちう》兄さんの悪態ばつかり云うて怨んでるさうな。俺や、あの病人の看護《もり》に雇はれとる安吉から聞いたい。」

「悉皆《みんな》前世の悪報《むくい》やろかい。」

鍬の柄に手を休めて遠くから目送《もくそう》しながら、暢気に話し合つてゐる彼等の声が、意地悪くお孝の耳を追掛けた。

軈《やが》て二人は稲荷下しの仮屋に着いた。

稲荷下しは髪の毛を長く延ばした、五十前後の痩ぎすな男であつた。身には白衣《びやくえ》を纏つてゐた。坐ると縺々《よれよれ》になつた穢《むさ》い領《あご》髯《ひげ》が、胸のあたりまで垂下つた。彼は其頷髯を左の手で扱《しご》き〳〵、折々其ぎろりとした目莢《めざや》を為雄の方に走らせつゝ、暫くお孝と応対してゐたが、間もなく二人を神前に導いた。さうして彼等を小さな菰蓆《こもむしろ》の上に坐らせた後、自分も御酒《みき》や榊《さかき》の狭苦しく排置された白木《しらき》の机を中に、差向ひに坐つて、静《しづか》に幣《ぬさ》を取上げた。

「祈禱《いのり》を上げる間は、一生懸命に私《わたくし》の顔を見てゐて下さい。然《さ》うでないと感応が十分に届きかねます。」

斯う云つて彼は直ぐ幣《ぬさ》を高く其の額に捧げた。さうして眼を閉ぢ、肩を張つて、先づ祝詞《のりと》の祓除《はらひ》を行つた後、

「一の峰にお住み遊ばす御大神《おんおほかみ》、末広御明神様《すゑひろごみやうじんさま》、末鷹御明神様《すゑたかごみやうじんさま》、菊一御明神様《きくいちごみやうじんさま》――」其から二の峰、三の峰と、稲荷の山の峰々に住む八百万《やほよろづ》の神の神寄《かみよせ》を口早に誦《ず》し始めたが、其の声が次第に荒く高まるに従れて、彼の身体《からだ》は丁度癲癇《てんかん》の発作にでも襲はれたやうに、激しくぶる〳〵と顫へて来た。顔の色も見る〳〵うちに凄いほど真紅《まつか》になつて、時々其の血走つた眼をぱつちりと開く様は、お孝には正視してゐられなかつた。さうして此の恐ろしいデイリリアムの最中に於て、彼はお孝の問に応じ、次のやうなことを断々《きれぎれ》に、而も厳かな口調で口走つた。

「これは随分と酷い癇だ。先《ま》あ一寸には癒らない。然し二週間の祈禱《きたう》が終つたら、乱暴するのだけは癒してやる。

「耳の端《はた》で様々な声の聞えること――其れは長年気苦労や心配をした結果、全身の悪血《あくち》が脳に逆上したのだから容易に癒らぬ。

「悪血《あくち》を下すには薬剤《くすり》がある。一升の酒に新しい鶏卵十個を割つて入れる。其れへ更に氷砂糖一斤を入れる。其れを七日間土の中へ埋めておく。八日目に掘出して朝昼晩《あさひるばん》と猪口《ちよく》に一杯づゝ飲む。半月も経てば悪血《あくち》が下りて終《しま》ふ。癇の高ぶるのも次第に鎮まつて来るだらう。」

云ひ終つて稲荷下しは其場に倒れた。彼の手は幣《ぬさ》を持つたまゝ、猶も激しく顫へてゐた。

翌日からお孝と為雄は、毎日此の稲荷下しの許に通つた。祈禱は三月の中旬から大凡三週間続いた。不思議にも病人の神経は段々鎮静して来た。お孝は自分の一心が始めて届いたのを喜んだ。四月は全く無事で過ぎた。五月になつても、為雄の病気は最早再発しさうにも見えなかつた。

身体《からだ》の工合が段々善《よ》くなつて来ると、為雄は又自分の将来が気になり始めた。彼は今一度東京へ出て、其の初志を貫きたいと云ふやうな真面目な希望を、お孝に漏らすやうになつた。

「先《ま》あ〳〵然《さ》う慌てんでも善《え》えわな。……お母さんもお前の為めに考へてることがあるのやから。」お孝は其度に為雄の言葉に蓋をしてゐた。

とは云へ、彼女もこれには様々と心を砕いた。お孝は今日までの経歴から見て、彼を再び都会の激しい空気に打たせることは危険だと考へた。さうして将来《ゆく〳〵》は何か此の土地で、為雄の身体《からだ》に相応した、――同時に又東京の稔の体面をも汚さないや

うな――実体《じつてい》な小商売《こあきない》でもさせたいと思つた。お孝は彼《あれ》か是《これ》かと考へた末、終《つひ》に文房具屋と云ふことに思ひ付いた。村は其地勢から南北に分れて、役場も小学校も別々になつてゐたが、まだ文房具屋らしい文房具屋は一軒もなかつた。大抵は四五日置か一週間目位に、町から山を越えて荷を脊負つて来る、行商人等の手を待つてゐた。毎年四月に新しくなる学校の教科書なども、皆此の行商人等が担いで来た。さうして高い口銭を貪つては帰つた。お孝は為雄が文房具屋をやれば、将来此方《このほう》へも手を拡げる余地のあることを考へた。さうして役場の吏員や学校の生徒の数なども調べて見て、これなら必ず算盤の持てると云ふことを確かめた。――文房具屋はお孝の思ひ付としては、一寸掛替《かけがへ》のない善《い》い発見物《みつけもの》であつた。

「斯う云ふこともお母さんは考へてゐるのやよつてなあ……けど、秋までは待つてゐるのやぞえ。」

ある日お孝は為雄に安心を与へるために云つた。其れを聞くと為雄は最う明日からでもやりたいと云ひ出した。彼の燥急な性質は、迚《とて》も秋まで待つてゐられなかつた。彼は来る人毎《ごと》に此の事を訴へた。

「あんなに云はつしやるのなら、遣らしてお上げになつたら何《ど》うぢやす。もう御病気も大丈夫ぢやすよ。」五助は云つた。

「文房具屋は善《え》え思ひ付きや。貴方処でやらぬにや、私処の何奴《どいつ》かに遣らしても善《え》え。」分家の主人《あるじ》も亦云つた。

終《つひ》に或る日、お孝は為雄を伴れて町まで材料の買出しに出掛けた。九枚重ねの小綺麗な桐の箱に、二人は筆、墨、紙、鉛筆、筆記帳《ノオトブック》の種々《いろ〳〵》など、十四五円がほどの買物をした。さうして為雄が其れを脊負つて帰つて来た。此の資本《もとで》は、お孝が苦しい貯蓄の総額へ、尚臨時に分家から借りた若干を合せたものであつた。其夜為雄は珍らしさに、箱の品物を幾通りにか分類して見て、新に符牒を貼つたり値段書を拵へたりした。さうして早速買つて来た筆記帳《ノオトブック》の中から小形の一冊を卸して、表紙に商品売上控と書いた、其れから其中《そのなか》を鉛筆で縦横《じゆうわう》に線を劃《くわく》して、月日、売価、商品名など書入れる欄を作り上げた。彼は昼の疲労《つかれ》をも忘れた風で、十一時頃まで独り起きてゐた。

其の翌日から為雄は桐の箱を脊負つて役場と学校廻りを始めた。

開業の日は客の方でも珍らしがつて彼を歓迎した。殊に昔の神田の息子だと云ふところに、好奇心やら多少の同情も伴つて、役場でも皆買つて呉れた。為雄も亦如才なく其等の人に、見本として筆墨などを景品にした。其日は三四円の売上があつた。為雄は遅くなつて帰つて来た。

「お母さん、此の分なら商売も面白いねえ」と元気が善かつた。さうして翌日も亦早朝から出掛けて行つた。

けれども二日目には初日の三が一も売れなかつた。為雄も今日《けふ》は駄目だと云つて早く帰つて来た。其れでも三日、四日、五日とはまだ続いて出た。六日目には大分渋つてゐたのを、お孝が励まして出してやつた。すると二時間も経たない中に、彼は恐い顔をして最《も》う戻つて来た。

「……四五日間隔を置いてから出なければ駄目です。」お孝の顔を見ると荒い言葉遣ひをして、自分の部屋へ入つて行つた。さうして其翌日からは最う出なくなつた。三日目以来、彼は又決して売上の結果をお孝に知らせなかつた。其れは大抵の品物は、皆原価で売つて居るからであつた。さうして其れから四五日は、毎日内でごろ〱してゐた。

「商売には根が第一の資本《もとで》やぞえ……」ある日お孝が其れとなく云ふと、

「ちつと又新しい品物も仕入れて来なけりやあ駄目だ。」と云つて、為雄は独りで町へ買出しに行つたが、夕方帰つて来たのを見ると、彼の肩には商品の代りに、方二尺ばかりの稲荷の社《やしろ》が担がれてあつた。

「何故そんなものを買うて来たのやなあ。」お孝が驚いて尋ねると、

「是から僕の商売に関しては、決して一言も構つて下さるな！」と云つて、彼は直ぐ其足で隣村の大工の家に行つた。さうして社の台基にすべき、大きな組棚を作らせて来た。

　翌日は、一心院で村の或る会合の催される日であつた。お孝は早朝から為雄に弁当を持たせて、今日は内《うち》は騒々しいから居ない方が善《よ》からうと云つて、商売《あきなひ》に出してやつた。にも拘はらず彼は直に引返して来て、一日自分の部屋に閉籠つてゐた。前日買つて来た稲荷の社を、部屋の一隅に南面に据ゑて、提灯を吊るしたり、鳥居を立てたり、三宝に御酒《みき》や供物を並べた。さうして社の前に平伏しては、大きな声で宣言《のりと》を上げたり、音高く拍手《かしはで》を打つたりしてゐた。お孝は多勢の村人の手前、それ等の音を聞く度に、消えたいやうな心地であつた。

「能く〱御病気が辛いと見えて、一心に信心してゐやはりますな。」

　通りがゝりに為雄の部屋を覗いて来て、お孝にこんなことを云ふ人も少くなかつた。

「さあ、病気が辛いんで厶《ござ》いますか……又商売のことで祈つて居りますのか……」お孝は努めて何気なく装うとしたが、何《ど》うしても笑顔が出て来なかつた。

　其日は五六十人の村人が一心院に集まつて、何かわい〱と評定してゐた。夕方からは其れが又酒になつた。お孝も浜江も眼の回るほどの忙《いそが》はしさであつた。台所でも七八人の手伝人が、夜遅くまで騒々しく立働いてゐた。

　十時になつて客は漸く帰つた。

「どうせ今夜の人達が又手伝ひに来て呉れてやから、後は此儘にしといて最う早う寝やうやないけ。」

「其でも今日は兄さんが大人しくて、まあ善《よ》かつたですな。」

　終日の奔走にお孝も浜江もげんなりと疲れて、こんなことを云ひながら蒲団を敷いてゐると、基処へ疾くに寝たと思つてゐ

た為雄が、突然自分の部屋から飛出して来た。其顔色には、暫く遠のいてゐた発作が、又歴然《あり〱》と現れてゐた。彼は客が多勢来てがや〱云つたのを、お孝と浜江との罪でもあるかのやうに云ひなして、行きなり二人に打つてかゝつた。

二人は履物を探る暇もなく、跣足《はだし》で戸外《おもて》へ逃げて出た。そして浜江は直ぐ其足で、又例の安吉を呼びに走つた。お孝は其間《そのあひだ》、門の柿の木の下で踞《しやが》んでゐた。彼女は頭痛で眼が眩《ま》ひさうであつた。やがて安吉が来ると為雄を其に委託して、お孝と浜江とは又本堂に匿れた。さうして其処で寐る仕度をした。治は一月程前から祥雲寺の方へやられて、此時は最う内にゐなかつた。

けれども其夜《そのよ》は安吉が来ても、為雄は更に鎮まらなかつた。彼は大きな声してお孝の悪口を喚き立てながら、庫裡《くり》から本堂へ渡るところの大きな扉を叩き廻つた。さうして到頭板の一枚を叩き破つた。安吉が其れを止めやうとすると、

「帰れ！君には用事がないからとつとと帰れ！」と呶鳴《どな》りつけて、更に安吉に打つてかゝつた。

浜江は又本堂の西窓から戸外《おもて》へ逃げ出した。さうして高い石垣を匍ひ下りて、今一人誰れかを呼んで来るため、暗い田圃路を村の方へ走つた。程なく安吉の姉婿が迎へられた。

其夜病人が一旦鎮静したのは、彼是朝の二時頃であつた。夜が明けてから又発作が来た。

「母は兄貴ばつかりを大切にして、俺のことは些とも構つて呉れない。兄貴は学校さへ出れば、肩書附で威張つて行けやうが、俺はこんな小さな商売をして、一生末の見通しが付かぬぢやないか。其れが心配だから俺は到頭こんな病気になつたんだ。悉皆《みんな》、母や兄貴が悪いんだ。――文房具屋のやうな馬鹿馬鹿しい商売して、一生をこんな山の中に燻ぶつてゐられるか！」

斯う云つて彼は一撃の下に、其商売道具の桐の箱を叩き壊してしまつた。そして又お孝を殺すと云つて追掛け廻した。

「為雄さんの云はつしやることも道理《もつとも》なところがある。」

聞いてゐる人は悉皆《みんな》斯う考へた。――此の時は早や寺の世話人が多勢集つて、昨夜の後片付をしてゐたのである。さうして其人達が寄つて群《たか》つて、為雄を様々に云ひ慰めた末、やうやく朝飯の膳に付かせた。お孝はこれほどに思つてゐる自分の心が、まだ病人には分らないのかと考へると、口惜しさが胸一杯で、弁解の言葉も出て来なかつた。

飯が済むと、為雄は直ぐに着物を着替へて、大阪の叔父の家《うち》へ行くと云つて独りで出て行つた。お孝も最《も》う彼の為すまゝに放つておいた。為雄は叔父の家でも散々お孝や稔の不親切を訴へて、間宮の人々の同情を集めた。さうして何処か役に出る口を捜しておいて呉れと叔父に頼んで、翌日の午過《ひるすぎ》、又恐い顔をして一心院へ戻つて来た。

流石《さすが》のお孝も為雄の病気には最《も》うほと〱懲りた。約一年に亙《わた》る長い間の看病、世間に余り恥を見せまいとする苦しい心遣ひ、不眠、貧窮、懊悩、疲憊《ひはい》、さうして総て是等のものに報い

る病人の罵詈《ばり》、暴行——お孝の胸には更に絶望と憤懣の念さへ起り加はるやうになつた。お孝は最早為す術を知らなかつた。彼女は兄や兄嫁《あによめ》とは、兎角気質が合はないので、平素から余り往来もせず、従つて為雄の病気に就いても、今日まで別段相談を持込んだこともなかつたのであるが、丁度為雄の方から思ひ付いて出掛けて行つたのを善い機会《しほ》にして、其翌日為雄に内所で間宮の家に行つた。さうして為雄を一二箇月間預つて呉れないかと頼み込んだ。

「今一月すると、東京の稔も学校を卒業して呉れますよつて、為雄を病院へ入れるなり、又は東京へ引取るなり、何《どう》ともすると云つて来て居りますから……」お孝は斯う云つて兄や兄嫁《あによめ》に頼んだ。

兄の早雄は、長年の胃病で始終《しよつちう》床に就いてゐた。彼は此の妹の婿がまだ生きてゐた頃、度々苦しい工面をさせたことがあるので、斯うお孝から打開けて頼まれると、無碍《むげ》に断る訳にも行かなかつた。

「然し俺も此二三年来は、斯うして寝たきりで息子の厄介者になつてゐるんだから、先《ま》あ一月や二月の処は何うともしてやるが、其後は稔の方で処置を付けるやうに為《さ》せて呉れなければ……」兄は枕に頤を埋めながら云つた。

「一体お前達は、為雄を頭から気狂《きちがひ》扱ひにして、何事にも親切が足りないんぢやないか。俺は此間《このあひだ》も為雄の話を注意して聞いてゐたが、ちつとも気狂らしいところはない。云ふ事にも筋道が立つてゐて理窟にも適つてる。——東京の稔など、従来《これまで》にも為雄の事には少しも構つてやらなかつたと云ふぢやないかい。ちつと彼《あれ》にも兄らしい所作を為るやうに云つてやるが善《い》い。」早雄は其の痩せた手で頬を支へながら又云つた。

お孝も兄の口からまで斯んなことを聞かせられては、情なくて最《も》う黙つてはゐられなかつた。彼女は自分の為め、又稔の為め、出来得る限り弁解の辞を並べた。けれども其れは兄にも兄嫁にも徹底しないやうであつた。お孝は生じつか弁解など試みやうとした自分の心を更に悔いた。

「真実《ほんま》にあんな病人が出来ては、お孝はんも大抵やおまへんなあ。」兄嫁は生粋の大阪弁で慰めて呉れた。生れつきの酷い痼性で、物を云ふ度《たび》に眼瞼《まぶた》をぱち〳〵させるのが癖である。兄嫁《あによめ》はいつも口先だけは親切であつた。けれども厄介者を背負《しよひ》込んだと思つてゐる腹の中は、其の苛々《いら〳〵》と屡叩《しばたゝ》く眼瞼《まぶた》の痙攣にも隠し切れなかつた。

其夜お孝は遅くなつて兄の家から戻つた。すると四五日経つて又為雄の発作が来た。さうしてお孝と浜江を追ひ廻した。例《いつも》の安吉が迎へられて、お孝を擲《たゝ》かせまいと立塞がると、為雄はいきなり母の着物に縋り付いて、ずたずたに其れを引裂いてしまつた。浜江も曾て彼から片袖を取られたことがあつた。二人は其夜《そのよ》小屋で筵を敷いて寐た。さうして夜が明けると直《すぐ》に大阪へ急使を馳せた。中一日置いて、間宮から使ひの者が来て、為雄を大阪へ伴《つ》れて帰つた。

其から病院へ入るまで約二箇月の間、為雄は叔父の家に預けられてゐた。

尤も一週間と続いて、静粛《おとな》しく叔父の家にゐたことはなかつた。叔父に強請《せが》んで区役所の書記とかに出して貰ひ、態々《わざ〳〵》母の家から蒲団まで取寄せて、早速役所の近くの素人下宿に引移つたが、十日も経たないうちに辞めてしまつて、又叔父の家に引取られたこともある。鈴木氏の細君から金を借出して、二三日行方の分らなかつたこともある。其間《そのあひだ》には又苛々した心持に堪へ難くなつて、屢《しば〳〵》山を越えて一心院に舞戻り、小使銭を巻上げたり、母や妹を擲《なぐ》つたりした。すべてが落着のない、匆惶《あたふた》した、果敢ない、荒み果てた生活であつた。愈《いよ〳〵》入院と事の定《きま》つたのは、八月の九日――彼が東京の会社を退いて、帰国してから満《まる》一箇年にならうとする頃であつた。

其の四五日前、為雄は又叔父の家から抜けて帰つて、二三夜立続けに乱暴を始めた。お孝は又安吉を雇つて、自分は浜江と共に五助の家へ逃げて行つた。

五助は浜江のゐる前で、

「稔さんも大学を卒業さつしやつたのなら、月給は百円からも取れるやろに、三十円や四十円の入院料が惜しいのかいな。」

向きつけにこんなことを云つて諷刺するやうになつた。お孝もとう〳〵為雄を入院させることに決心して、早速浜江を大阪に遣つた。さうして叔父に入院の手続を依頼させた。

「何だ。病気でも何でもない者が、入院すると云ふ法が何処の国にあるか！　いくら兄貴が学士になつたからつて、俺の身体《からだ》の自由まで束縛する権利はないぞ！」

初めて入院と云ふ語を聞いた時、為雄はこんなことを云つて憤慨した。けれども村の人が交る〴〵勧めたり宥《なだ》めたりしたので、彼も漸く納得した。お孝は又すべてを稔の命令だと云つて為雄に強ひた。

「可し。そんなら入院してやらう。其の代り一等の特別室に入つて、散々贅沢をしてやるから然《き》う思へ！　俺が病院生活に飽いて降参するのと、兄貴が入院料に凹《へこ》たれて降参するのと、どちらが早いか根競べだ！」

こんな悪態を吐きながら、二三人の附添ひに伴れられて行つた。其後お孝は稔の手許を気の毒がつて、大工を呼んで来て、一心院の裏の納屋を少し手入れさせた。さうして為雄を病院から其処へ引取らうとしたが、其は稔が手紙で差止めたので中止となつた。尤も此事を発言したのは与平であつたので、五助がやつきとなつて反対したのは事実であつた。

けれども稔は直ぐ「凹《へこ》たれ」た。学校出たての彼の痩腕に、自分と母と妹との外に、尚病院の弟まで養はねばならぬと云ふことは、余りに肩の荷が重過ぎた。彼は屢《しば〳〵》入院料を滞らせては、患者の身元引受人なる叔父の家に迷惑をかけた。さうして其度に従兄弟の道彦からは、厭味や飄刺《あてつけ》だらけの督促状を受けた。「籠にて病人を直ぐ迎へに来い」とある今夜の葉書も、稔には自分に対する従兄弟の面当《つらあて》としか見えなかつた。

＊　＊　＊

此の長い、惨《いた》ましい追想から、稔がやうやく我に返つた時、お孝はまだ間宮の葉書を手にしたまゝ、火鉢の横でぼんやりとしてゐた。

「ほんまに妙な病気《やまひき》もあつたものやなあ……」やがて稔の顔を上げたのを見て、お孝はしみ〴〵云つた。彼女も矢つ張り為雄のことを思ひ出してゐるのであつた。

「身体の工合なんかは何処《どつこ》も悪うないのに、只思想《かんがへ》だけが間違うて行くのやなあ。人の親切ですることも、悉皆反対《みんなうらはら》に取つてしまふ……」

「其れがあの病気の特徴《もちまへ》なんです。」稔は殆ど機械的に応へた。

「私もどうぞしてならなあ、今《ま》一度元の身体《からだ》にしてやりたいと、いろ〳〵骨も折つて見たのやけれど……」

「どうも彼《あ》の病気ばかりは仕方がありませぬ。――然しお母さんにも長い間御心配をかけました。」

さう思つて見ると、稔の心の所為《せゐ》ばかりではない。お孝の頬の肉は、此の一二年の間にがつくりと落ちた。若い折から歯性が悪くて、まだ其程の年でもないのに、方々《はう〴〵》護謨《ごむ》で汚く入歯をした口許も、物を云ふたびに際立つて淋しく稔の眼に映つた。

「いゝえ、私《わし》よりは何《ど》れほど貴方《あんた》の方がなあ……」と云つて、お孝はまじまじと稔の顔を見ながら、

「私は昨夕《ゆうべ》から訊かう〳〵と思てゐたのやが、貴方は此前お帰りた時より、大分お痩せたやうに見えるぞえ。何処《どつこ》も身体《からだ》が悪うはないかえ。」

母子は差向つて、互に其困憊した面《おもて》を見合つた。さうして互に慰藉《なぐさめ》の言葉の出しやうもなかつた。為雄の病中の話などは、二人とも痛い傷口にでも触るやうに、問ひもしなければ、語らうともしなかつた。

暫くしてからお孝は思ひ出したやうに違棚《ちがひだな》の時計を眺めて、

「あゝ最《も》う十時やなあ。貴方もお疲れやつたろ。もう休むことにしませうか。」

其の覚醒機《めざまし》の螺旋《ねぢ》を捲きながら、彼女は浜江と共に次の間へ引取つた。程なく床に就いた気勢《けはひ》がして、

「明日は治も喜んで帰つて来るやろ。あの児は何時《いつ》も朝が早いから、寐過して起されぬやうにせんならんなあ。」

暫く床の中で話し合つてゐたが、やがて二人とも静かになつた。山里の秋の夜は物皆死んで、気が滅入るやうにうすら淋しい。

稔は奥座敷で独り火鉢に凭れながら、なほ種々《いろ〳〵》の思ひに沈んだ。病院にゐる為雄――坊主にやられてゐる治――口の煩《うるさ》い五助や与平――其を知りながら彼等に頼らうとしてゐるお孝――祥雲寺の方丈――大阪の叔母――従兄弟――そろ〳〵婚期の近づいてゐる浜江――お孝が譲り受けたがつてゐる一心院の話――取分けては今度職業を抛擲《なげう》つて帰つて来た自分の将来――彼の頭脳《あたま》の中では是等の事件が、変る〴〵巴形《ともゑ》に入り乱れて、

旋風《つむじかぜ》のやうに渦を巻いてゐた。

三

稔と治は、裏の木戸から散歩に出た。

治は一番末の弟で、稔とは年が十二三も違ふ。去年の春、村の高等小学を出てから、お孝の処置《はからひ》でとう〳〵祥雲寺へ遣られてゐる。子供の癖に妙に寡言《むくち》で、痩せてひよろ〳〵とした、何となく影の薄い児である。稔は此弟のことを考へるたびに、「犠牲にされたる小羊」と云ふやうな句を、思ひ浮べずにはゐられなかつた。

細い谷川の堤《つゝみ》に沿うて、急な石礫途《いしがらみち》を下りながら、稔は一足後《おく》れた弟を顧みつゝ、

「お寺はどうだね」と訊いて見た。

治は只にやりとしただけで、兄には何とも答へなかつた。

「面白いか」と稔は重ねて訊いた。さうして腹の中では、「何が面白からう」と思つてゐた。

治は矢張《やつぱ》り返事もせずに、只薄笑ひしたまゝ後から従いて来る。

「方丈さんは目下《いま》自院《うち》にゐるかね。」

「いゝえ、大阪です。」

「何日頃《いつごろ》帰つて来る？」

「何日頃ですか……」

しかし不在とならば急いで御機嫌伺ひに行く必要もなくなつた。稔は煩《うるさ》いことが一つ、少し遠のいた感じがした。

路《みち》の横手に、壊《くづ》れかゝつた臼小屋が立つてゐた。壁板《したみ》から大きな塵取のやうなものを吊下げて、細川のちよろ〳〵水が、筧《かけひ》を伝つて其処に落ちるやうな仕掛にしてある。水が段々一杯になつて来ると、塵取は其の重量で自然にぎいつと下つて、小屋の中の唐臼《からうす》がかたんと落ちる。一度塵取が下りてから次の落下までは、少くとも一分間ぐらゐは掛つた。水利の不便なところだから、こんな悠長な仕懸で米を舂《つ》いてゐるのだ。稔は、子供の時一二度見かけたまゝで久しく忘れてゐた此珍らしい磨舎《すりや》が、こんな処で自分を待つてゐた懐しさに、暫く立止つて、今一度塵取の下るのを見てゐると、手拭で頬冠をした百姓が、小屋から一寸顔を出して、稔の姿を見て直ぐ引込んでしまつた。

稲穂の両側から重たげに乱れ合つた田の畦《あぜ》を分けて行くと、路《みち》は暫時にして山と山との間に入つた。山には処々に縄が張つてあつた。毎年松茸の出る頃になると、斯うして縄張をするのが此辺《このあたり》の風習《ならはし》になつてゐる。然《さ》う云ふところにまご〳〵してゐると、人相の悪い山番が、太い棒を提げて番小屋から出て来て、人の動静《やうす》をじろ〳〵と見るのが常であつた。二人は足早に其処を過ぎた。

山を出切ると又一しきり田が開けて、日蔭の寒さうな山懐《やまふところ》の中に、四五軒の農家が蔵《かく》されてゐた。鬱蒼《こんもり》と繁つた竹藪の上に、寺院《おてら》の塔の尖頭《さき》が見える。路《みち》は弓形《ゆみなり》に其寺の門前から、田と家々の間を縫うて、向うに大きなお釜帽子を伏せたやうな禿

山の下まで続いてゐる。

「おい、あの山の上まで登つて来やうか。」

「えゝ。」治は矢張《やつぱ》り後《あと》からぼそ〳〵と従いて来た。

稔は途すがらも勉めて談話を多くした。さうして何《どう》かして此の弟と親しくならうと心掛けた。けれども治は何《どう》しても、稔の思ふやうに打解けて来なかつた。稔は又一心院譲受《ゆづりうけ》の話についても、其れとなく経過を尋ねて見たが、治は何も知らなかつた。彼は只問はれただけを兄に答へるのみであつた。其れも大抵二言か三言で終結《をはり》になつた。稔は何だか年の行かない女の子でも伴れて歩いてるやうな心地であつた。

やがて二人は禿山の上に着いた。山の上からは、四辺《あたり》の野や丘が広く見渡された。二人は大きな石に並んで腰をかけて、茫《ぼん》然《やり》と其処いらを眺め廻してゐた。

「兄さん」と、暫時経つてから治は思ひ切つた風に口を開いた。

——

「中学校へ入るのには、年は幾つまで善《え》えんですか。」

「幾歳《いくつ》までつて——別に然《さ》う云ふ制限はないだらう。」

斯う云つて稔は弟の次の言葉を待つたが、治は其れきり黙つてゐるので、

「何故そんなことを訊出したんだ」と、わざと後を促してやつた。けれども此の間を出した治の胸中は、稔には明白に解つてゐた。彼は早晩此の弟の口から、此の問題の提出されるのを予期してゐた。

「でも小学校を出てから何年か経つと、中学の入学試験を受ける資格が失くなりはしないんですか。」治はやつと後を続けた。

「然《さ》う、そんなことは地方によつては有つたかも知れない。——然《しか》し……」と云ひかけて稔は急に黙つてしまつた。うつかり東京の話を持出さうとして気が附いたからである。

去年治が祥雲寺へ遣られる時の約束では、今年の四月には必ず町の中学へ入れてやるとのことであつた。治は子供心にも其れが嬉しさに、内々競争試験に応ずる準備などしてゐた。其が四月になつて見ると、方丈は曖気《おくび》にもそんな話を云ひ出さなかつた。治は早速これを東京の兄に訴へた。稔は又事情を母に問ひ合せると、お孝からは例によつてばら〳〵の半切に細字《さいじ》で書綴つた、長い返事が時を移さず来た。

其返事に拠ると次のやうなことが分つた。

——此の正月、お孝が年始の挨拶に行つた時の方丈の話では、治は寧《いつ》そ中学は止めにして、今一二年自家《うち》で経文を習はせた上、京都の本山の学校へ入れてやらう。其の方が坊主になるには捷《ちか》路《みち》だからとのことであつたさうな。其時お孝も一旦は、其れでは最初の約束と違ふと思つたけれど、日頃の治の性質を考へ合せると、其方が却て彼の身の為にも善《い》いやうに思はれたので、お孝も其に同意して来た。だから稔も其積《そのつもり》でゐて呉れと云ふのであつた。

お孝は其れから治の身に就いて、稔のまだ知らないことを種《いろ》

〵々と書並べた。第一に治は身体《からだ》が弱くて、少し無理をすると直ぐ病気を起すから、学問はおろか、軍人にもなれまいと云ふことであつた。第二に彼は又遊びが好きで、何事にも熱心が足りないから、仮令《たとひ》学問をさせたところで、迚《とて》も将来《すゑ》の見込はあるまいと云ふことであつた。彼は又内の苦しい事情は能く承知してゐながら、今時分から菓子屋や方々で借金《かり》を拵へ、折々は子供にも似合はぬ出過ぎた行為をして、親を出し抜くと云ふことも書いてあつた。さうしてお孝は其例証として、最近の一出来事を、次のやうに其の後へ附加へた。

「つい後月《あとげつ》も帰宅の時、祥雲寺から土産にとて、白米二升を持帰りました故、内からは方丈様に大の鶏卵を十二個、小母さん(大黒《だいこく》のこと)に石鹼、小僧さん二人には又筆などを持たせて帰しました。其れに治は途中の煙草屋で、廿五銭の煙草と十八銭の煙草と二袋を買求めて持帰りし由にて、後で煙草屋より金を取りに参り、私も浜江も驚きました。其れでも世間では、内からの土産物が足りない故、途中で買足して行く、中々利口な児やと賞めてゐます。……子供の癖に斯う云ふ憎いことをして親を出し抜くのです。そして内の恥を世間に知らせるのです。貴方《あんた》は長い間治とは離れてゐるゆゑ、気質も能くは分りますまいが、段々為雄の子供の時に似て来るのです。迚《とて》も貴方《あんた》の足跡を踏める児ではないゆゑ、貴方《あんた》も此児の将来には余り望みをかけて下さるな。……」こんなことを書いて、お孝の手紙は結ばれてあつた。

此の最後の一節を読んだ時は、稔もあんまり善《い》い心持はしなかつた。さうして為雄を東京に呼寄せた当座のことなど思ひ合せて、自分には何故斯う頼もしくない兄弟ばかりが揃ふのかと情なかつた。けれども斯んな小さな弟の心までが、こんなに淋しく荒《すさ》んだり、拗《ねじ》けたりして行くのも、悉皆《みんな》家の貧乏が原因《もと》だと考へると、稔は治の行為を咎める代りに、一日も早く彼を自分の手許へ呼取つて、今一度子供の素直な、純潔な性質に引戻してやらねばならぬやうな気がして来た。而《さう》して其と共に稔は又、兄としての自分の責任を感ずる念が、重苦しく其胸を圧迫するのを払ひ除けることが出来なかつた。

今彼の胸には、其時の其感じが又再現して来た。稔は斯うした、大きな声で物をさへ得云はないやうな弱々しい弟の心に、何《ど》うしてお孝の云つて来るやうな荒《すさ》んだ分子が潜んでゐるのかを訝りつゝ、一旦引込めた言葉を又繰返して、更に話頭《わとう》を他の方面に進めた。

「しかし……方丈さんはお前を本山の学校に入れると云つてるさうぢやないか。」

「其れもどうなることやら分りませぬ。」

「何故？　どうなるか分らないと思はれるやうな、心当りでもお前にあるのか。」

治は暫く黙つてゐた。やがて、

「私が行く前にゐた小僧さんも、学校へ入れると云ふ約束でありながら、何時《いつ》までも入れて呉れないと云つて、とう〳〵怒つて逃げて帰りました……」

「しかし、中学の卒業間際まで行つてから放蕩して、方丈さんの印を盗んで、銀行から金を引出して、其を持つて東京へ逃げて出たと云ふ奴もあるさうぢやないか。」

「そんな小僧さんの居たこと、私は知りませぬ。」

「兄さんはお母さんの手紙で聞いた。其から方丈さんは、容易に小僧を学校へ入れなくなつたんださうだ。――お前達なんかも、まだ方丈さんに、学校へ入れて善いか入れて悪いか、試験されてゐる最中なんぢやないか？」

　稔は此処で其れとなく治に、嘗てお孝が知らせて来たやうな、彼の平素の行為に対する訓誡を与へてやらうと思つたが、先刻《さつき》から自分の言葉には返事もせずに、黙つて俯向いてゐる弟の萎れた姿を見ると、哀れになつて其れは止めた。同時に稔は治の此の無言の中に、却て或る事を自分の口から期待してゐる様の見えるのを、明かに意識せずにはゐられなくなつた。

「兄さんも学校さへ出ると、お前ぐらゐは直ぐ東京へ呼寄せてやる積《つもり》でゐたんだけれど――」稔は遂に其れを切出した。打明けた方が自分にも心持が善《よ》いし、又治の方でも断念が出来やう。弟に外見《みえ》をする必要はないと思つたからである。実を云へば、稔は疾うから治を東京に呼んでやる積りでゐた。さうして其意を治に仄めかしたこともあつた。けれども今は其れどころではない、其れどころではない！

「何しろお前も知つてる通り、為雄があんな病気になつたものだから……」

　斯う云つて稔は又急に黙つた。こんな小さな弟にまで、同情を強ひるやうな言葉を出した自分の心が、我れながら淋しく見えたからである。

　けれども治は直《たゞち》に兄の意《こゝろ》を酌んだ。さうして只「はあ」と云つて又俯向いて終《しま》つた。貧乏な子供は感じが早い。再び顔を上げた時、彼の眼には微《かすか》に涙が浮んでゐた。

「しかし寺だつて、別段辛くて堪へられないと云ふ程のことはないだらう。」

　暫く経つてから稔は稍調子を変へて訊いた。

「えゝ、別段辛いと云ふほどのことは、ございませぬ。」

「それなら今暫く我慢するさ。何も若い時の経験だよ。――お前が他日豪《えら》い者になつたら、子供の時、山の中の禅寺で小僧をしてゐたと云ふことが、どれほど価値《ねうち》のある、貴い逸話になるか知れないんだから……」稔はわざと元気よく云つて聞かせた。そして又云つた。

「お前達の時分には、色々遠い将来《さき》のことまで考へて、焦慮《やきもき》するものだが何にもならない。兄様《にいさん》にも其は経験《おぼえ》がある。――其に子供の時の一年や二年修業の後れたのは、自分の心掛一つで、後になつてから直ぐ回復《とりかへ》せる。しかし身体《からだ》だけは大事だから気を附けなければ善《い》けないよ。其内には又お前を東京へ呼んでやる時節も屹度《きつと》来るから。」斯う云つて弟を慰める中にも、稔は自分の健康が、東京へ出て以来――殊に此の最近の三四年に於て、酷《ひど》く傷《そこな》はれつゝあることが気になつてならなかつた。彼はなほも弟に、健康の大切なること、自然の美《うる》はしいこと、其れから子供の時、斯う云ふ美《うるは》しい自然の中で育つた者は、騒々しい都会で育つた者より、どれほど幸福であるか知れないと云ふことなどを、治にも理解出来るやうに長々と話してやつた。

暫くしてから、治は岩梨の実を捜すと云つて、裏手の小松林の中へ入つて行つた。稔はまだ一人石に腰掛けて、茫然《ぼんやり》と、今治に話したことなどを念頭に浮べた。あんな弱さうな弟の胸にも、なほ立身出世を望む心の火が燃えてゐるのかと考へると、彼には又為雄の病気が思ひ出されて、何だか急に恐ろしい心地になつて来た。忽ち一種の寒慄《さむけ》が彼の身体《からだ》を射て通つた。

見ると、日は既に西の方に陰つてゐた。眼の前を、妙な恰好をした大きな雲の影が、魔物の動くやうに悠々と流れた。さうして其影の通る部分が、野も丘も、見る〳〵不愉快な暗い色に変つて行つた。稔は自分の心の中も、亦此の暗い影に蔽はれてゐるのを否むことが出来なかつた。

偶《ふ》と彼は、子供の時分能く此の山へ遊びに来て、二三人が、りで此処から大きな石を谷底へ転がしたことを思ひ出した。立上つて頃合の石を一つ崖際から落して見た。其れが途すがら数多の小石を誘つて、激しい砂煙を上げながら、韃《だう》と勢ひ強く深い〳〵底の方へ落ちて行くのを見詰めてゐると、彼は急に眼がぐら〳〵して、自分も其石と共に谷底へ落ちて行きさうな気分になつた。

彼は覚えず崖際を飛退《とびの》いた。さうして大きな声で治を呼んだ。二三度も声を掛けると、漸く治の返答があつた。其の声は思はぬ方角から聞えて来た。

「寒くなつたから、最《も》う帰らないか。」

斯う云ひながら稔は弟の声のした方へ歩いて行つた。

其夜一心院では七八人の客があつた。お孝の心付で、為雄の病中に厄介をかけた村の世話人達を招いたのである。五助も来てゐた。与平も来てゐた。中でも最も年少の安吉が、最も能く飲み、最も多く座を賑はせた。お孝と浜江は、九時頃まで台所でごた〳〵してゐた。

客の帰つた後で、稔は暫く門内を逍遥してゐた。宵のうちに夥《おびただ》しく出てゐた星は、何時《いつ》の間にか悉く影を隠した。柿の梢端《こずゑ》に、をり〳〵時雨《しぐれ》がはら〳〵と渡つた。

翌日《あくるひ》は一日雨が降り続いて、さうでなくても薄暗い家の中を、一層陰気に曇らせたが、其翌日になつても雨はまだ止まなかつた。けれどもお孝が、

「方丈様のお不在《るす》に、あんまり永いこと遊んでゐては善《よ》うあるまい。」

と注意したので、治は正午過《ひるすぎ》から祥雲寺へ戻ることになつた。稔は腹の中で、こんなに雨の降る日に帰らずとものことだと思

つたが、治は内にゐたからとて、只そは〳〵してゐるだけで、別段楽しさうにも見えないので、何《なんに》も云はなかつた。只別れしなに、

「又都合が付いたら帰つてお出で。兄さんも今度はまだ暫く内にゐる積《つもり》だから」とだけ云つた。そして門の外まで見送つてやつた。

治は二三日前山の上で、稔の問に答へて、寺は別段辛くて勤まらぬと云ふ程のことはないと云つた。けれども、いざ之れから其処へ帰るとなると、辛い事が沢山胸に浮んで来た。彼は毎朝暗いうちに起きて、広い庭園を掃除せねばならぬことを思ひ出した。其れから山籠を担いで裏の山に入つて、大きな薪小屋へ絶えず燃料を充満させておかねばならぬことを思ひ出した。彼は又徹夜の接心《せつしん》を思ひ出した。其の時あまりの睡《ねむ》たさに、つい禅堂の中でうとうとしてゐると、何時《いつ》の間にか彫物のやうな苦い老僧の顔は眼前《めのまへ》に現れて、はつと思つてる刹那に最う打下す背《せな》の警策《きやうさく》を思ひ出した。彼は又禅堂の裏の滝壺に於ける、寒《かん》夜《や》の水垢離《みづごり》を思ひ出した。ある時踏石の氷に滑つて、したたか尻餅を搗いたのが、四五日も痛んで動けなかつたことを思ひ出した。彼は又寒三十日間の托鉢を思ひ出した。足袋《たび》も穿かない素足の草鞋《わらぢ》に、痛い霜柱を踏砕きつゝ、施米のぎつしりと詰つた重い箱袋を頸《くび》にぶら下げて、遠い村からとぼ〳〵と帰つて来る夕方の侘しい心持を思ひ出した。さうして今夜から又其中の人とならねばならないのかと考へると、彼は寧《いつ》そ此のまゝ何処かへ逃げて行きたいほどの厭な心持であつた。治は歯切れの悪さうな挨拶をして、重い番傘をさしながら帰つて行つた。祥雲寺へは二里の山越である。

弟を送り出してから、稔はある捜索物《さがしもの》の為めに、本堂の横手の物置部屋に入つた。さうして長い間の虫やら鼠やらでぼろ〳〵になつた、大きな葛籠《つゞら》の蓋を開けて、黴臭い古書の中を引掻廻してゐると、浜江が来て、五助さんが訪ねて来たと云ふ。

「お母《つか》さんはゐないのか」と稔は云つた。彼は天気の加減か今朝から又頭脳《あたま》がづき〳〵と痛み出してゐるので、人と会話《はなし》などはしたくなかつた。

お孝は急な仕立物を持つて、今し方隣村まで出掛けたのださうであつた。稔は仕方なしに立上つた。

「雨が降つてますから私が行くと云つたんですけれど……お母さんは此の頃内にゐて、裁縫娘《おはりこ》の世話をする方が煩さいんですの。」浜江はこんな弁解《いひわけ》をしながら、兄の後に従いて庫裡へ戻つた。

座敷では五助が独り火鉢の前に坐つて、仔細らしく鉈豆煙管《なたまめぎせる》を取上げてゐた。稔は此上自分の頭脳《あたま》の痛くなるのを気遣つて、成るべく口数を利かないやうにしてゐた。そして五助の大きな鼻やら口から吹出す臭い地煙草の煙を、恐ろしいものでも見るやうに眺めてゐた。五助はそんなことには委細構はず、農作の話。村の話。与平が近いうちに学務委員を止められさうだと云ふ話。来春あたりは家の増築《たてまし》をする積りだから、稔が今度東京

へ戻つたら、襖に張つたり額にしたりするやうな、知名の士の書画を沢山貰つて送つて呉れないかと云ふ話。其れから寧そ稔も国へ帰つて、今から国会議員に打つて出る運動でもして見たらどうだ。及ばずながら自分も骨を折つて見る。さう云ふことには多少経験もないことはないからと云ふやうな話――そんなこんなを一時間余りもねち〱と饒舌《しやべ》つた後、
「実は、今日は一心院の話について、少し御相談したいことがあつて参つたのぢやすが、お母はんがお留守では何ぢやすから、又伺ふことにしませう。」と云つて、鉈豆煙管を蔵《しま》つて帰つて行つた。

暫時《しばらく》してから、稔は先刻《さつき》の捜索物《さがしもの》の為めに、又塵埃臭い物置部屋に閉籠つた。雨はまだびしよ〱と降つゞいてゐる。部屋の中は最う黄昏時のやうに暗くなつた。をり〱鼠が天井で暴れて、其の度《たび》に砂のやうなものがざあと降つて来る。其の騒擾が一しきりして止むと、後は又侘しい雨の音に復《かへ》つて、本堂を取巻いてぼそ〱と私語するやうな其の囁音《つぶやき》は、丁度幾十年の昔から此の古い建物の髄に喰込んで、刻々に根台《ねだ》全体を噛潰《かみつぶ》さうと掛つてゐる、数知れぬ虫の歯音を聞くやうであつた。

偶《ふ》と葛籠《つゞら》の中から、古い新聞紙でぐる〱巻きにした、一束の書類が現れた。稔は自分の探してるものが、若しやこんな中にでも紛れ込んでゐはしないかとの懸念から、わざ〱其の包束《つゝみ》を解いて見た。そして中を開いて急にはつとした。書類は思ひがけもない為雄のものばかりであつた。稔は図らずも、遠い昔に此の世を去つた人の、懐かしい遺物《かたみ》にでもぶつかつた時のやうな、一種の寂しい鼓動を胸に感じた。

包束《つゝみ》の中には、小形の備忘録《ノオトブツク》が五六冊と、別に封書や、書きかけの紙片などを一纏めにした薄い束の一つとがあつた。備忘《ノオトブ》録《ツク》の表には、「日記」と書いたのがある。「日々漫言」と書いたのがある。「剣舞詩集」や「愛吟集」など書いたのも二三冊あつた。最後に「生花《いけはな》の心得」と題した一冊を取上げた時、稔は覚えず驚愕《おどろき》の声を漏らした。彼の見たところでは、為雄の性格と生花の心得とは、どうしても一緒に結び付けることの出来ないほど縁遠いものであつた。稔は仮令《たとひ》一時の好奇としても、為雄がこんなものに趣味を持つてゐたとは、容易に考へることが出来なかつた。試みに中を開いて見ると、一枚毎《ごと》に詳しい説明と図解とがあつて、其画も可なりに書けてゐる。稔は何だか急に、自分は今日まで弟を見損なつてゐたのではないかと云ふ感じがして、何物かを回復したやうな暗い愉悦《よろこび》と、また何物かを取逃がしたやうな軽い悲愁とを同時に覚えずにはゐられなかつた。

稔は弟の此の生きながらの遺稿を眼の前に並べて、暫く凝と手を拱いた。今更読んだところで何《なんに》もならない。其れよりは此のまゝ見ずに、元の通りにして蔵《しま》つておかう。然《さ》う考へて彼は再び備忘録《ノオトブツク》を丁寧に積重ねたが、彼の手は其を新聞紙で巻収める代りに、いつの間にか一番上層の「日記」と書いた一冊の扉

を開けてゐた。けれども其中には、日記らしい記事は一行もなかつた。却て人の姓名の読難いものばかりを沢山に書並べて、其を精細にイロハ順に類別して、ペンで綺麗に仮字《かな》を振つたのがあつた。そして其れが二十枚の余も続いてゐた。其後には又東京各区登記所の所在地や、登記簿閲覧申請書雛形などの写しがあつた。これは為雄がまだ東京の会社に勤めてゐた頃、心覚えに控へておいたものと見えた。

「日記」の案外なのに聊《いさゝ》か失望して、稔は更に「日々漫言」と云ふのを開けて見た。すると其処には第一頁《ペエジ》から、種々《いろ〳〵》のことが書いてあつた。そして其の筆蹟や文意から推して見ても、これは最《も》う為雄が病気になつてから後の——少くとも病気の徴候が見《あらは》れてから後の、彼の随筆と察せられた。大抵は苛苛《いら〳〵》としたやうな鉛筆の走り書きで、誤字やら脱字やらあるところもあり、読下すだけでも可なりの骨であつた。意味の通つたやうなのは殆んど見当らない。其れでゐて、何か重大な意味が其の中に秘《かく》されてゐるやうな書方であつた。

稔は好奇の眼を輝かした。

劈頭《へきとう》に、こんなことが書いてあつた。——

上下共に青年時代の経過に由りて、人間の特性を分つ。即ち千差万別なる所以《ゆゑん》なり。

人情とは如何《いかん》。人我に頼る時、自ら為すに苦まざる限りに於て、其人《そのひと》の依頼を聞くを云ふか。

熱情とは如何。即ち自己を顧みるの暇なく、其の一事にのみ意を用ふるの謂ひか。

同情とは如何。人我に頼らざるも、尚我れ其人の為めに労を取るが如きを謂ふか。

続いて又次のやうなことが書並べてあつた。

人生の幸福は目的にあり。目的を達し得て以て快と為すものなり。我終《つひ》に我が目的を達し得ざりしなり。其心中の悲憤の大なること、到底人に語り、神に念ずるも、我心をして楽しましむることを得んや。

人生の目的は那辺《なへん》にあるぞ。平和なる家庭を作り、以て楽しみとなし、或る一定の時間は自己の好む所の業務に服し、以て人生の本分を尽す。是即ち我が目的なり。而《しか》して平和なる家庭を作り、好事業に就くを得せしむるもの、多くは金なり。

人生我れ豈《あに》其の分を知らざるにあらず。神の人に幸福なりと認めしめ、以て神と尊称せしむるものは他なし。其の分に安んぜしむるを以てなり。我れ海国の男子、到底神の其の分に安んぜよとの詞《ことば》を以て、安心立命を得ざるものなり。何故《なにゆゑ》ぞ。或る目的に到着せんとして、△△（二字不明）を為さんことも、其の分に安んずるも、到底我は安心を得て、安らかなるを得ざるなり。由つて見れば、神言も又我に何の功かあらん。悲しむべきかな。此の世に我をして安心立命を得せしむるものは、金あるのみ。海国の男子、あゝ老いたるかな。

最後の一句まで読んで来た時、稔は覚えず吹出さうとした。

けれども何故《なにゆゑ》か声は咽喉に乾からびついて、出て来なかつた。彼の表情は、心の苦痛を隠す時に人の能く為るやうな、只淋しい苦笑に終らざるを得なかつた。稔は又直ちに次の節に眼を移した。

実力は実力なり。海雲《かいうん》は海雲なり。実力に打勝つとも海雲に負けるべからず。海雲に打勝つとも実力に負けるべからず。

海雲《かいうん》と云ふのが何のことだか解らない。或ひは開運の積りかとも思つて見たが、其にしても此の意味は解りかねた。此あたりから字体が益《ます〳〵》乱暴になつて、僅か十文字ほどしか並んでゐない一行のうちに、二三箇所も脱字したやうな処さへある。其のまゝ読むと宛《まる》で呪文でも宛てがはれたやうな感じであつた。稔は其の次の頁《ペエジ》から始まつてゐる左《さ》の一文を、長い間かゝつて漸く読下すことが出来た。けれども其の意味は矢張《やつぱ》り解らなかつた。

人間と云ふものは、余り他より罵しらるゝ時は、馬鹿者として捨ておくべからず。如何にも馬鹿の真似をするは悪《あし》くはあれど、そんな者には嘲りて、以て我等に罵しり返して、以て罵詈《ばり》を止めさすやうにすべし。余り自己のみ慎みて、彼等の為すに任す時は、終《つひ》には手のつけどころなきまで、彼等は我等の為めに慎むものをして罵る如く、自己の為めになすより、大《おほい》に耐忍者は此の海雲を心得べし。（海雲と云ふ文字が又出て来た。）我れ此海雲の為めに大《おほい》に利する処あるも、是が為《た》め大《おほい》に精神の勇を無くせしことを忘るべからず、其の上又神よりも大に困らしめられしことを忘るべからず。……

二三頁《ペエジ》翻《はぐ》ると、又「一夜の感想」と云ふ別の標題《みだし》があつた。

嗚呼人間の目的ほど、あはれ果敢なきものはあらじ。青年の目的は、遂に皆無となりはてぬ。世間多くの人も亦然るなるか。思ひ見よ、我れ郷国を出づるの時、区役所の一隅に腰打掛くるを目的とせんや。悲しむべし、胸裏大なるも、自ら履歴を求めざりしことを。

実《げ》にも意気地なく果敢なきは我身なるかな。明治三十八年、一度《ひとたび》春風《しゆんぷう》の暖かきに酔ひて喜ぶ間もなく、村雲《むらくも》の何時《いつ》の間にやら顕れて、忽ち暴風激浪の世とはなりぬ。あゝ我胸の狭くて村雲の顕はれしや。喜びの一変して、怨《うらみ》みの魂とは変り果てぬ。暴風と激浪、やうやく我身に迫るの時は至る。隠家なきまでに至りしなり。然《さ》れども初一念の怨は解くるに由なし。早一年《ひととせ》と過ぎ、二年近きに及ぶ。兵舎の間を潜るも、心鬼常に其事を苦にして、知らず〳〵三箇月の服役を終へ、再び都に帰るも胸の曇りは晴るゝ暇なく、目のあたり亦其の海雲の来る如く、我胸に劈《つんざ》く。明治三十九の年七月、脚気の我身に迫れるを知りて郷里に帰る。嗚呼是れ亦終生忘るゝ能はざる怨の、我身に降り来る初端《しよたん》なりしなり。斯くて一年に近き月日の間、又もや都に於て受けし其以上の苦艱を、自然の神より下し給はんとは。嗚呼語るに人なき哀《あはれ》の世とはなりぬ。我は長《とこし》なへに忘れざるべし。……

此処まで読んで来て、稔は覚えずほろりとした。精神病者の意味なき囈語《たはごと》としては、余りに痛ましい言葉である。彼の目の前には、今も尚病院の一室に閉籠められて、此の空想と悲愁に懊悩しつゝある弟の青ざめた顔が浮んで来た。稔は厚い鉄の箍《たが》か何かで、刻々に厳しく緊着《しめつ》けられるやうな頭脳《あたま》の痛みを覚えながら、雨の薄暗い窓明りに、また其後《そのあと》を読み続けた。——

人間とは抑《そも〱》如何なるものぞ。我青年時代の目的は那辺《なへん》にあるぞ。目的は空想となり、空想は終《つひ》に破れぬ。理想も亦浮世の義理に破られたり。目的理想共に破れぬ。然らば何の為めに浮世に生きてあるか。目的は変りぬ。理想も変りぬ。青年時代の心理は終《つひ》に一変したり。一変したる者人間に非ざるか。堂々として、青年時代の目的理想を貫きし者のみ、独り人間なるか。悲しむべし、一変せしものは敗者にして、堂々たるものは勝者なり。勝敗の差何ぞ斯の如く著しきや。而して浮世の標準より云ふ時は、我は未だ青年時代の一人なるに、早くも我目的理想は破られぬ。胸中の憂悶、何れ《いつ》の時にか満足を得んや。唯忍耐、鎮心、浮世の波に従ふの外なきなり。人の此世にある、自ら生命を捨つるは既に罪悪なり。只自然に滅ぶるを待たざるべからず。……

平和なる家庭を作り、好事業に就くを得せしむるもの、学者実力者にありといへども、今日にては多くは金なるかな。嗚呼英雄も金にかけては卑劣漢、天下滔々として皆これなるか。熱情が浮世の義理に隔てられ、氷りし胸も貧ゆゑに融《と》く。嗚呼情熱も麵麭《ぱん》なき身には氷り過ぎ行くものか。即ち熱情の大小によりて、其の日数の多く苦界にあらざれば、到底止まじ。嗚呼物知りは知らざるよりも苦は多し。過ぎざるは過ぎたるよりも喜ばし。兎に角も、あまり世の中を知り過ぎたならば、又元の赤子《せきし》に帰るやうで、身体《からだ》の大いなるだけ、其れだけ世の中から嘲られるのである。然し丈夫の為すところと、凡夫《ぼんぷ》の為すところとを誤解するなかれ。丈夫は常に斯《こ》の事をなしては斯《かく》あると云ふことを知りつゝも、丈夫の心許さゞるところありて、世の平凡なる規定を破りしやうに、平々凡々の彼等は、これを自己独立の心中に照して、評を下し、以て善となし、悪となし、愚となし、狂となし、或は怒り、或は罵り、或は驚き、或は怨む等、実に小人《せうじん》は、如何に丈夫が彼等多くの小人に満足を与へ呉れんと方法を講ずるをも顧みずして、一度《ひとたび》驚きし胸は何時《いつ》までも解けず、以て丈夫の活動の路《みち》なきに至らしむ。世には胸中、志《こゝろざし》常人以上の実力を有するもの多からん。是等人物の多くは、遂に世の謂はゆる偏屈爺《おやぢ》の中間《なかま》入せしものゝ如くなり。自己も偏屈とこれを認め、亦常人、婦女、小人にまでも嘲らるゝに至る。其未だ嘲らるゝと思ふ間は、如何に此の浮世には、学問其外多くの教《をしへ》は何の為めにやるかを疑ふと同時に、眼は血走りぬ。見よ、他人を評して狂亦愚と云ふもの、日々《にち〱》の行為《おこなひ》を。嗚呼書かんとするところ多し。止めよ我れと自ら叫びぬ。悠々として朱に交はりて紅くならんことを祈るのみ。

是れから先にも、こんな事がのべつに書いてあつた。其の云ふ所は固より浅薄《せんぱく》である。時には意味をも為さない所が多い。けれども稔に取つては、此の弟の漫言は、誠に尊い秘密の鑰《かぎ》であつた。同時に又青天の霹靂であつた。是まで稔の眼に映じた為雄は、只我儘な、やりつぱなしの人間としか見えなかつた。仮令《たとひ》粗雑ながらも彼の心裏に、こんな思索的の方面や、感情的の素質が存在してゐやうとは、今の今まで稔は知らなかつた。あんな病気になつた為めに、こんな方面が現れて来たのか、或はこんな方面が潜んでゐた為めに、あんな病気になつたものか。其は兎に角、稔は何とかして、此の弟の煩悶《もだえ》の中に、隠れたる或る秘密の糸蔓《いとづる》を発見しやうと思つた。さうして其糸蔓を通して弟の病因を探り出し、成ることならば其病源を絶つてやりたいと考へた。彼はさながら広漠たる砂漠の中に、一握《あく》の砂金を求めて彷徨《さまよ》ふ旅人の如く、全身の注意を眼に集めて、弟の記録に読み耽つた。

偶《ふ》と彼の眼は、ある頁《ペエジ》まで来て急に止まつた。其処には俳句とも川柳とも片の付かない十七字が、七八行ばかり、ずらりと並べて書いてあつた。稔は更に又新たなる意外の念に好奇心を誘《そゝ》られつゝ、半ば冷評的の態度で其を読んで行つたが、途中まで来ると、彼の眼は遽《にはか》に異《あや》しく輝き始めた。さうして再び最初から、念入りに一句一句を読返した。

不可思議の世を渡りけり此身体《このからだ》
雷吟にチエスト打ち込む神の声
熱情が冷めてさみしき浮世かな
厭世家夏子の君にたすけられ
お早うと笑顔うれしき杉の垣

頁《ペエジ》を翻《かへ》して見ると其処にも又拙い歌のやうなものが二三首書いてあつた。

朝夕《あさゆふ》に君が姿の忘られぬ、さは云へいづれ他《た》に行かるゝ身。
秋風の吹きすさぶとも我が心、忘るひまなき君が面かな。

「為雄の心にも、矢つ張り一人の女が喰込んでゐる……」

稔は斯う考へて、急に慄《ぞつ》と身の毛の戦《よだ》つのを覚えた。同時に彼は其の身体中の血液が、一斉に熱を失つて、鉛に化して、其のまゝ心臓に停滞したやうな激しい衝動《ショック》に打たれた。彼は忽ち弾かれたやうに立上つて、痛い頭顱《あたま》をぶる〳〵と振りながら、暫く独楽《こま》のやうに、暗い、狭苦しい部屋の中を歩き廻つたが、やがて又元の位置に返つて、其まゝ身動きもしなくなつた。彼の脳裡には、ある女の面影が焼付いたやうに強く映つた。其れは国へ帰つてから此三四日、種々《いろ〳〵》の事件の慌だしさに、忘れるともなく忘れてゐた或る女の面影であつた。——彼はいつの間にか為雄の代りに、自分の過去を思ひ出してゐるのであつた。

「……して見ると、あの事件が矢張《やつぱ》り、彼の発病の一原因を為してゐたのではあるまいか……」

稔の想像《かんがへ》は又急に弟の身の上に戻つた。彼は再び日記の句と歌とを読返して見た。ある女の其の中に隠されてゐることは、何《どう》しても疑念《うたがひ》を挟さむ余地がない。すると先刻《さつき》は何の気もなしに読過《どくくわ》した「感想」の一節が、又稔の念頭に浮んで来た。彼は急いで日記の頁《ペエジ》を翻《はぐ》り返して、再び其心当りの一節を捜し出した。さうして声に出して其処を読直して見た。

――明治三十八の年、一度春風《ひとたびしゆんぷう》の暖かきに酔ひて喜ぶ間もなく、村雲《むらくも》のいつの間にやら顕れて、忽ち暴風激浪の世とはなりぬ。あゝ我胸の狭くて村雲の顕れしや。喜びの一変して、怨みの魂とは変り果てぬ。……

先刻《さつき》此処を読んだ時は、稔は只何かなしに、為雄が自分の現在と過去とを較べて見て、斯う云ふ悲観的の文字を並べておいたものぐらゐにしか思はなかつた。けれども只其れだけのことゝして見るには、此の一節は余りに意味ありげな書き方である。更に其れよりもより深い、何物かの暗示が其処に秘められてあらねばならぬやうに思はれて来た。三十八年には為雄の身に何があつたらう。考へて見ても稔には、別にこれと思ふ心当りがなかつた。――只いつの年のことであつたか、為雄とある女との間に一事件が起つたと云ふことの外に、別に何の心当りもなかつた。三十八年のことであつたかも知れない。或ひは三十七年のことであつたかも知れない。兎に角鈴木氏がまだ東京にゐる時のことであつた。さうして為雄がまだ其処に厄介になつてゐる時のことであつた。雨のそぼ降るある寒い晩、彼はひよつこりと稔の宿に訪ねて来た。そして珍らしく二人で近所のさる牛肉店に上つた。さうして何方《どちら》から云出したことか、酒を一本誂へて、二人で飲んだことのある晩であつた。

二人は一廉《ひとかど》の酒客《のみて》でもあるかのやうに、交る〳〵手酌ではじめた。いつもは高等学校の学生連が幾組も入込んで、騒々しい二階の部屋部屋も、其夜は按外に閑寂《ひつそり》として、飲みながら語るには都合の善《よ》い蕭《しめや》かな晩であつた。けれども稔は平素から量が弱かつた。彼は二三杯も傾けると、最《も》う真紅になつて、後は鍋の中ばかり突ついてゐた。為雄は独りで酒器を引受けた。其癖彼もまだ酒の味は無論分らない。只無暗に呷《あふ》ることだけを知つてゐるのであつた。そして勝手に手を叩いて銚子の代りを云ひ付けた。

「中々盛んだねえ。」と兄が評すると、弟はちよつと頭を掻いてにやりとした。

やがて白粉《おしろい》をこて〳〵と塗つて、剰《おまけ》に鬱陶しさうに眼鏡までかけた――念入りに気障に出来上つた女中が、代りの銚子を持つて来て、つべこべとお愛嬌を振撒いた後、為雄から巻煙草を一本貰つて、其を吸ひながら下りて行つた。為雄は餉台《ちやぶだい》の縁に片肱を突いたまゝ、蔑むやうな眼付で其の女の後姿をちらと見やつたが、急に、

「兄さん、女なんてものは全く社会の邪魔者ですな。こんな者が世の中に居る為めに、昔から今まで幾人《いくたり》の男子が志《こころざし》を挫いたか知れないでせう。――僕が若《も》しも造物者であつたら、こ

んな余計な者は拵《こしら》へなかつた筈です。」思ひ入つた風に云つて又酒杯を口にした。

稔は此の弟の口から、突然斯う云ふ哲学を聞かされやうとは全く予期してゐなかつた。つい冷かして見る気になつて、

「いやに悟りを開いてるぢやないか。何かさう云ふ深刻な経験でもあつたのかい？」

為雄は其処で只はゝゝと気裂《きさく》に笑つた。さうして会話《はなし》を全然《まるで》別な方面に転じた。暫く経つてから又何気ない風で、

「兄さん、貴方《あなた》は鈴木様《すゞきさん》の姪と云ふのにお会ひになつたことがありませんか。」

稔は一度も会つたことがなかつた。

「いゝや。でも此地《こちら》に来てゐると云ふ話だけは疾うから聞いてゐる。――其れが、しかし、どうしたんだ。」と問ひ返した。

為雄は又暫く黙つてゐたが、

「兄さん、笑つちやいけませんよ。今夜僕は悉皆《みんな》此処で話しちまいますから」と云つて、彼は其女と初めて会つた時からのことを委《くは》しく語りはじめた。

けれども其は何等の特異なところもない、只世間の青年男女間に有触れた、平凡な恋物語《ラヴアフエア》に過ぎなかつた。姪と云ふのはさる女学校の寄宿舎にゐて、折折鈴木氏の家に遊びに来た。暑中休暇にも国へ帰らずに、夏中叔父さんの家にゐたこともあつた。二人は何時《いつ》とはなしに心易くなつて、何時とはなしに手を握り合ふやうになつた。そして二人共一生離れたくないやうな心地がしてゐた。其れが此夏《このなつ》女は突然国へ帰つた。其まゝ東京へは出て来なくなつた。鈴木氏の奥様に其れとなく聞いて見ると、女には疾から国に許嫁《いひなづけ》があつたのださうであつた。

「はゝゝ、真《ほん》の一時の夢でした。今から考へると斯う云ふ結果になつたのが却つて僕の幸福でした。年上の女と結婚したつて仕方がない……。」

話の終つた時、為雄は又声高く気裂に笑つた。稔は其時弟の態度にも表情にも、未練や執着の痕跡を、毫《がう》も認めることが出来なかつた。

「斯う云ふ性格の男には、青年時代の思ひ入つた恋《ラヴ》も、斯う淡泊に終ることが出来るんだな。」稔は其時こんなことを考へて、弟の性格が寧ろ羨ましかつた。けれども今から思ひやると、彼の何気ない笑ひの中《うち》には、どれほどの苦しい悶えが包まれてあつたかも知れなかつたのである。

そんなことを考へて稔は又深い黙想に陥つた。すると又一つ心当りのことが胸に浮んで来た。

其れは為雄が病院へ入る前、まだ叔父の家に預けられて居るをりのことであつた。隣家《となり》に叔父の知人が住んでゐて、其処に十五六の、睫毛の長い、可愛い女の児が一人あつた。為雄はいつの間にか毎晩其家へ遊びに行くやうになつて、いつの間にか其女の児とも心易くなつた。さうして最後《しまひ》には夕方の散歩などに、其女の児を誘ひ出さうとするやうにまでなつたので、叔父

が非常に気を揉んだと云ふことが、お孝からであつたか、叔父自身からであつたかの何時《いつ》ぞやの手紙の端に、笑話として書いてあつたことを思ひ出したのであつた。今此の日記の記事から考へ合せて見ると、或ひは其女の児の名が夏子と云ふので、為雄は叔父から其処へ遊びに行くことを禁止されて以来、毎日家の裏か何処かの人目のない杉垣のほとりで、其女の児と顔を合せる約束にしてゐたのではあるまいか。さうして其女の児も為雄の境遇に同情を寄せて、始終優しい慰藉《なぐさめ》の言葉でもかけてゐたのではあるまいか。稔はいろ〱と頭の中で、其時二人が取交したと思はれるやうな、恐悸《おど〱》とした、初恋らしい会話を想像して見た。そして前方《まへかた》、何処やらで読んだことのある、甘い、淋しい昔物語めいた霞の幕の中へ、暫く自分自身を引込めてゐた。

「しかし其れは既に、為雄があんな病気になつてから後《のち》に起つたことだ」と考へて、稔は急に快い夢の世界から、再び現実の渦中へ追戻されたやうな心地がした。

其の時偶《ふ》と彼の胸に、「こんなのがエロト・マニアと云ふのではなからうか」と云ふ思想《かんがへ》が、何とはなしに浮んで来た。さうして其処に彼は終《つひ》に、弟の病質を発見し得たやうな頼もしい気分になつた。尤《もつと》も病院からの折々の報告には、為雄にそんな症候のあることを、今日《けふ》まで未だ一度も書いてなかつた。けれども其れは此種の病人に能く有るといふ、巧妙な隠匿手段によつて、彼れが症状を蔽《かく》してゐると見れば見られぬことでもない。

勿論稔は素人だから、専門上のことは何にも知らない。だから例令《たとひ》為雄の病質が判然したところで、其が彼《か》れの治療上に、如何《どれ》程の功績を齎すや否やは、云ふまでもなく一向に分らぬ。けれども病質が判然したなら、存外又其の専門の道で、有力な療法があるかも知れない。さうして一旦皆既に近づいた太陽の蝕が、再び赫灼《くわくしやく》たる光輝に回復するやうに、今一度弟の朦朧たる意識を、暗黒の世界から呼戻すことが出来るかも知れない。――稔は斯う頼もしく思ひつめて、一日も早く院長に会ひたくなつた。そして為雄の此の日記を見せて、委しい相談をして見たいと思つた。けれども翻つて又冷かに考へて見ると、世にエロオチツシユならぬ人間が何処の国にあらう。其処が即ち人間と獣類とのまだ全く縁の切れないところで、進化論に謂はゆる原種族の痕跡を遺したところなのだ。或は神が人類の滅絶を慮つて、我等の本能に深く絡みつけた、大なる奸計の一とも見られやう。只常人は或る程度まで意思の抑制を全うすることが出来るために、比較的此の醜《しう》方面を蔽《おほ》ふに引替へ、病人は其れを露骨に現して、毫《がう》も恥ぢないだけのことだ。其間に別に異なつたところはない。其処が人間なのだ。人間に共通の弱点なのだ。――然《さ》う考へると、たつた今頼もしく思はれた事実も急に馬鹿馬鹿しく感じられて、そんな愚なる相談が、真面目に出来るものかと云ふやうな気にもなつた。

為雄の日記を手にしたまゝ、稔は想像《かんがへ》に疲れたと云つた風で、暫くぼんやりと部屋の一隅を見詰めてゐたが、やがて其の備忘録《ノオトブツク》を下においた。さうして更に弟の信書を一纏めにした袋の中から、数本の封書を抜取つて見た。

　最初の二本は、何《いづ》れも分家の主人に宛てたもので、共に借金の依頼状であつた。一通は東京へ出る積《つもり》だから、旅費として二十円を借りたいと云ふ手紙、他の一通は又大阪で少しく事業をやつて見る計画だから、五十円ばかり貸して欲しいと云ふ手紙であつた。前者は非常に粗雑《ぞんざい》な書方で、日附さへ落ちてゐて見当らなかつたのに引替へ、後者は非常に丁寧な文句で、返済の期限、利子の相談など細々と書並べた末、自分が今度目論んでゐる事業の頗る有望なること、決して失敗などする気遣ひのないこと、従つて返済の期限を誤るやうのことは断じて無いことなどを再三繰返して並べてあつた。さうして其の日附の六月六日になつてゐるところから考へると、これは彼が文房具屋に憒概して、大阪に飛出して行く前後のことであつたらしい。

　第三の書信は又東京の友人に宛てたもので、封はまだ其まゝになつてゐた。日附は十二月二十三日とある。前の年のことであると見える。既に切手まで貼付されて、郵便箱《ポスト》にさへ入れゝば善《い》いやうになつてゐたのを、お孝と浜江の計ひで、出さずに匿しておいたものと想像された。名宛の左の肩のところに切手を剥がした痕が残つてゐる。封を切つて読むほどのこともないと思つたので、稔は直《たゞち》に又第四の書信に移つた。其れは封筒の裏も表も、鉛筆で何か一面に書散らした、頗る容積《かさば》張つたものであつた。中程に「母よ」と大きく二字を書いて、其周囲《まはり》にうじや〳〵と鉛筆を走らせた中から、「馬鹿者のすることは一時である」と云ふ句と、「むすこを気狂《きちが》ひにして人がほめるか」と云ふ句と、「△（此字不明）玉大明神の言葉を忘れるな」と書いた句とだけが、消々《きえ〴〵》ながらにも読分けることが出来た。さうして其れは何《いづ》れも封筒の裏面《りめん》の方にあつた。表面《おもて》の方の文字は一句も読下すことが出来なかつた。

　けれども読み得ただけが既に普通《たゞ》ならぬ意味の文字ばかりであつた。稔は何だか恐ろしい暗示にでも逢着《ほうちゃく》したやうな不安な心地で、慌てゝ中身を引出して見た。中身は半紙を細長く二つ折りにしたものへ、同じく鉛筆の走り書で、五枚ばかりぎつしりと字が埋められてあつた。さうして一方の端の非常に不揃ひなのは、長く綴合せた帳面の中から、これだけを引千切つたものと見えた。後で浜江の語つたところに拠ると、此手紙は為雄が愈《いよ〳〵》病院へ送られると云ふ其日の朝、お孝に手渡しゝて行つたものであつたさうな。

　其手紙には次のやうなことが書いてあつた。――

　母よ。貴方《あなた》は何故《なにゆゑ》に私の手を縛りなされたか。固《もと》より貴方の心に覚えがあらう。其以前よりも、怪しき声は、天井の上や床の下、其他諸所方方より聞えてゐたのであるが、手を縛られてより一層種々《いろ〳〵》の悪兆あり。田虫の如きは其の最も甚《きつ》きものにて、歯の痛みも一通りのものではなかつた。貴方は何事か私の為に、神仏に馬鹿な願をかけたに相違ないと思ふ。貴方が馬鹿な願をかけて呉れた為に、私は此処に一年近くも苦しんで尚今日の有様《ありさま》である。信心も宜しい。されども貴方のことに就いてなれば、貴方は仮令《たとひ》如何なる目に会ふとも諦めもしやうが、私のことを之よりは決して信心して下さるな。これのみは固く願つておきます。

　貴方が私の手を縛りなされたことを、兄や、姉や、親類の人達が知つて呉れたら、何と云ふでせう。私を憎むよりも、屹度《きつと》貴方を憎みます。一年近き病気は、皆貴方がしたと私は固く信じて、何時《いつ》でも苦しき時は、貴方を怨むべきが至当であると思ふ。然し今日となつては、只私の不運として自ら心を慰めるより外はない。返す〴〵も貴方《あなた》の所作を歎きます。其の上何故に怪しき電気餅を食はせ、且つ手を縛りて其理由を僕に聞かせませぬか。僕は只僕の精神と、さうして真《まこと》の神を心に念じ、飽くまでも生きてゐる積《つもり》である。実に母として有るまじきことをせられたことを、悲しみ居るとのことを忘れなさるな。僕は実に怒るべきが至当であると信じてゐる。兄が何事を云ふとも、母が何事を云ふとも、此期に及んでは決して聞かぬから、篤《とく》と承知を願ひます。兎に角、兄及び母として、僕を苦しめたことは、自分達の胸に判つてゐるべき筈である。

　鈴木の奥様に十円、間宮の叔父に十二円、都合廿二円の借金があるから返すがよい。

　僕は病院で訳の分らぬ怪しき叫声を聞きながら、すべて母と兄の贈物として、決して喜んでは居らぬことを思ひなさい。間宮の叔父と叔母、何事を云ふとも、真実でないことを承知なさい。只訳の分らぬ声に従ひて、止《やむ》を得ず為《し》たことである。其れは僕の精神ではない。訳の分らぬ声の下に、自分を使ひ居るものなることを知れ。母と兄とは実に僕を苦界に沈めた当人であることを、心静まりて後、篤と自ら恥づるが善《よ》い。馬鹿者め。

　世の中に斯の如く無法なる馬鹿な母を持ち、又斯の如き残酷なる兄を持ちたるは、実に僕の不幸にして、我が身の不運を来すべき基《もとゐ》であつた。兎に角僕を気狂ひにして呉れただけは、宜しく他人の笑ふところにして、又神田家の貧乏を来すべき原因であることを知れ。実に斯の如き残酷なる兄と、さうして斯の如き馬鹿なる母を見し我は、何人を頼りにして世に立つことが出来るか。只鈴木先生、其他の親切なる人々を頼るの外はない。入院料其の他借金は、皆母と兄其人がしたものと見ても差支がない。僕が志《こゝろざし》を挫いたのは、皆母の馬鹿がしたのであることは、貴方の心に知つてゐるから宜しい。此の事に就いては一言の小言も受けぬから、然《さ》う思ふが善い。尚、兄にも僕の苦しみは、皆貴方が手を縛り、稲荷に願をかけた為であることを話すが善《よ》い。多くの世の人の中には、斯くの如き馬鹿な母を持つ人もあらん。宜しく此後は、然う云ふ人に忠告するが善い。さらばまだ云ふべきことは胸に沢山あるが、僕はもう云ふを望まぬから、これだけを三度も四度も読み返して、自分の馬鹿であることを知れ。失敬。

為　雄

母　へ

浜江に一言する。

僕は浜江には色々世話になつた。礼の言葉には尽されぬ。汝は気の毒なる奴である。

母の馬鹿が何をするか分らぬから、気をつけよ。(と書いて鉛筆で十文字に消してある。更に別の紙に――)

母に又一言する。

母よ。貴方は今に神の意《こゝろ》に因りて、如何なる喜びを得しかを知ると同時に、悲しみが来るから、其れの用意をするが善い。神は貴方の死ぬるまで、決して恵《めぐみ》を送ることは無いから然う思ふがよい。兄は知るまい。馬鹿な母のすることは、一年か長くて二年、一時のものである。僕も病気は癒つたところで、亦事に就くには心配であることを知りなさい。田舎で引込んでゐるやうな心ではない。一生を田舎でくすぼつてゐるやうな貴方が、僕に構ひ立てをするから癪にさはる。篤と寂しき夜に胸と相談をするが善い。馬鹿と云はれても仕方があるまい。一年は何してゐたか。僕の此苦しみを知つてゐるか。馬鹿め。

「何を云つてるんだ！」と我知らず激した調子で独語《ひとりごと》を云ひながら、稔は殆どそゞろに読み終つた弟の手紙を膝の上においた。さうして其最後の「馬鹿め」と結んである一句にぼんやりと視線を落したまゝ、彼は今まで嘗て経験したことのないやうな、不快な思ひに閉籠められた。彼の胸には、激しい失望と忿怒とが同時に其の堤《つゝみ》を発《ひら》いて、急潮《はやしほ》のやうに漲り渡つた。さうして今にも為雄にぶつゝかつて、彼の忌はしい謬想を、片つぱしから喝破してやりたいやうな苦々しい心持に稔を駆つた。対者《あひて》の病人であることなどは、殆ど勘定に入れるだけの余裕も与へなかつた。

「俺を罵しるのは構はない。俺を残酷な兄と罵しるのは少しも構はぬ。けれどもあれほどまでに長い間種々《いろ／＼》と心配をかけて、あれほどまでに世話を焼かせた御母《おつか》さんのことを、無法だの、馬鹿だのと罵しるとは何のことだ！」

やがて稔は厭はしいものでも取扱ふやうに、手早く為雄の手紙を封筒に収めながら、重ねてこんな独語《ひとりごと》を云つて見たが、しかし「残酷なる兄」と云ふ言葉は、決して愉快な印象を与ふる文字ではなかつた。殊に自分の手許が常に不如意のところから、為雄が東京にゐる間も、又病気になつて国へ帰つてからも、思ふだけの自由と満足とを彼に与へてやることの出来なかつたと云ふ自覚が、稔の胸に鋭いだけ、其だけ弟の此怨言《うらみ》は、一層酷く彼の胸に徹へた。同時に彼の脳裡には其反感として、今日まで為雄の為に払はせられた種種《さまざま》の犠牲が、幾倍にも大袈裟に思ひ出されて、不快の念慮は益《ます／＼》強くなつた。

「俺にしたつて然《さ》うぢやないか。随分之までにも自分の実力以上のことまでしてやつてゐる。第一彼を東京へ呼ぶ旅費からして、俺は苦しい工面をさせられたぢやないか。少しは俺の立場にもなつて考へて見るが善《い》い。」

稔は強ひて誇張的に自己を弁護して見たが、そんなこと位で彼の苦痛は払はれさうもなかつた。却て今読んだ手紙の中の弟の罵詈《ばり》悪口《あくこう》が、一々過去の不愉快な追憶と搦み合つて、意地悪く稔の胸に押迫つた。――抑《そも〳〵》此弟が東京へ着いた其日から、自分は彼を主人の家に送り届けて、一日の快楽をも与へてやらなかつたこと。ある夜泣出しさうな哀《あはれ》な面《かほ》をして、盗られた金の工面を相談に来た時も、自分は冷淡に彼を図書館の裏庭から追返して、其金を拵へてやらなかつたこと。又池の端の汚ない二階では、互《たがひ》に気貧い心を抱きながら、不愉快な二月を共に送つたこと。さうして其時稔も心当りを尋ねるには尋ねたが、とう〳〵自分の力では弟の職業を求めてやることが出来ず。漸く鈴木氏との邂逅によつて初めて彼の救はれたこと。――是等の事件が断続《しつきり》なく思ひ出されゝば出されるだけ、稔は益《ます〳〵》自分の意気地ない過去を見せつけられた感じがして、我ながらわが所作が憎らしくなつて来た。況して為雄の眼から見た自分は、どれほど冷淡な、同情《おもひやり》のない、頼み少い兄と見えたであらう。

「此の如き残酷なる兄を持ちたるは、実に僕の不幸にして、我身の不運を来すべき基《もとゐ》であつた。」――為雄の怨言《うらみ》にも道理はある。稔は犇々《ひしひし》と胸に鞭を覚えた。

「けれども俺は決して出来るのをしてやらなかつたのぢやない。してやりたくても彼《あ》れ以上、どうすることも出来なかつたのだ。」

稍あつて稔は又我と我に苦しげな弁解《いひわけ》を漏らした。さうして兄と云ふ名に生れた我身が呪はしくなると共に、弟の名によつて総ての責任を其兄に負はせんとする世の人の心も亦呪はしくなつて来た。彼は親子《しんし》や骨肉の間にも、なほ取去ることの出来ない人間の穢ない心情を、今更らしく考へて見て、頭脳《あたま》の痛みに堪へかねたやうに、其まゝ塵埃《ほこり》だらけの葛籠《つゞら》の上に顔を伏せた。

戸外《おもて》にはまだ糸のやうな細《こまか》い雨が頻りに降り灑いで、いつの間にか風さへ吹添つてゐた。をり〳〵ざあと来ては、又ざあと来る。腐れた竹樋《とひ》の隙間を漏れる雨垂の流れは、其度に窓の廂《ひさし》に叩きつけられて、人の心までが朽ちゆくやうな、侘しい、なやましげな音を立てた。

稔の胸には、新聞記者としての昨日までの不愉快な東京の生活が又新に想ひ出された。彼は自分の趣味なり性格なりが、どう考へて見ても、ジヤアナリストとして適当のものでないと云ふことは能く知り抜いてゐた。けれども麺麭《パン》を得るの必要は焦眉の急に迫つてゐた。悠々と自分の趣味に合致した職業の見当るのを待つてゐるやうな、そんな余裕は毫《がう》も持たなかつた。其処で彼は、平素から筆を愛するの縁故に因《ちな》んで、学校を出ると直ぐ、或る有力なる先輩の掩護の下に、取敢へず新聞記者となつた。而《さう》して兎も角も一年と二年とやつて行くうちには、自然と其の職業に対する経験も得られ、従つて又興味も出て来るだらうぐらゐな、極めて漠然たる希望に欺かれてゐた。

固《もと》より自分の職業に対しては、何等の自信も抱負もないのだから、彼の心は始終不安で且不快であつた。社の方でも此の無経験者の用途《つかひみち》に困つた。さうして政治部とも社会部とも片の付かない宙ぶらりんの位地に、やうやく彼を片付け込んだ。彼は地震があつたと云つては大森博士の許に馳付けた。暴風雨《あらし》がありさうだと云つては、又中央気象台に走つた。さうして多数の無学なる新聞記者等の為すが如く、他人の知識を横奪しつゝ、漸く其日〳〵のお茶を濁した。彼は又其職業の性質上、やれ新観光団、やれ新帰朝者、やれ新博士、やれ新発明家と、苟《いやしく》も新しいとさへ名の付くものであれば、猫でも杓子でも訪問して、時には此方《こちら》の乏しい知識でも附加しなければ纏まらぬやうな頼りない談話や、或は又綱でも着けて引上げねば飛びさうもない飛行機の講釈などを聞いて来なければならなかつた。時には又探訪の下稽古を仰せ付かつて、変死人のあつた家に駈付け、一家愁嘆の真最中に殺風景な戸籍調を始めたり、或は知名の人士が危篤だと聞くと、まだ死んでもゐないのに其人の伝記や逸話を聞いて廻つたりしなければならないこともあつた。彼の臆病なる心臓は、こんなことにも少からぬ戦慄《をのゝき》を感じた。

稔の最も不快とした処は、仕事のすべてが断片的で、加之《おまけ》に只読者の気受ばかりを顧慮せねばならぬと云ふことであつた。さうして何事も只早いが勝ちで、仮令《たとひ》事実になほ研究の余地があつても、耳から直ぐ筆に書現《かきあらは》さねばならぬと云ふことであつた。「吾々は反古《ほぐ》製造人だ！」と、彼はいつも原稿用紙に向ひながら考へた。さうして毎日愚にもつかぬ、紙屑同様の記事を作らねばならぬことが、最愛の筆に対して無念でならなかつた。而《しか》も斯ういふ不愉快な思ひをして、漸く受取る彼が月々の俸給は、病院と故国《くに》とへ送つてしまへば、最早殆ど手に残るところはなかつた。彼は自らの衣食の為に、更に他に内職を求めねばならなかつた。稔は或時は家庭教師に雇はれ、又或時は社には内所で、私立学校の教師をした。肝腎の職業は自然怠り勝になつた。時には命ぜられた用事でさへ出来ないことがあつた。自ら進んで珍しい材料を提供するやうなことは夢にもなかつた。無能と云ふ評判が社内に高かつた。

「君の書くものは何を見ても面白くない。君にはまだ新聞の記事と云ふことが能く呑込めないと見える。」稔の後見者といふ位地に立つてゐた一先輩は、屢《しば〳〵》斯う云つて彼に刺戟を与へた。稔は此の先輩には、学生のうちからも非常な世話になつた。彼は学資に窮すると、いつも此の先輩に借りに行つた。先輩は又屢《しば〳〵》彼に翻訳の材料を与へた。而《しか》も稔は其のたびに誤訳ばかりして、先輩に迷惑をかけてゐた。先輩には自分の引入れた此愚鈍なる後輩が、いつも無能者の筆頭に数へられて、社中の物笑ひになつてゐるのが、もどかしくもあり又歯痒くもあつた。

「君のやうに新聞気《ニウスセンス》の鈍い男も先《ま》づ少ないね。」

先輩は又笑談《ぜうだん》まじりに斯うも云つて、をり〳〵稔を韃《むち》つた。

斯うした再三の刺戟や鞭韃に激励されて、真剣に発憤するやうな稔であつたなら、ジヤアナリストとして彼の将来も、まだ幾分か希望《のぞみ》があつたのである。けれども此時の彼の心は、最早余りに自分の職業に対する興味を失つてゐた。同時に又余りに憊《つか》れてもゐた。それでも自負心の強い彼は、決して自分の無能を口にしやうとはしなかつた。のみならず腹の中でも、なほ、

「其れが当然《あたりまへ》だ。同じく筆に趣味を持つうちにも、人には銘々、能、不能がある。不能な仕事をいや〳〵させられて、面白く出来ないのは当然《あたりまへ》だ。」と云ふやうな拗《ねぢ》けた反抗心が其の度《たび》に胸に溜つてゐた。

「愚なる材料に愚なる技巧を加へて、低級の読者を喜ばせたところで、それが何だ。」彼は又斯うも僻んで考へた。彼の心は益〳〵《ます〳〵》其の職業に背いて行くばかりであつた。

先輩はどうかして稔を一人前の記者に仕立て、やりたいと種《いろ》〳〵に骨を折つた。稔は其胸《ハアト》では、先輩の好意と恩義とを泣いて感謝してゐた。けれども彼の頑固なる頭《ヘツド》は、どうしても其職業の鋳型に嵌《はま》ることが出来なかつた。彼は実に悶えた。生来決断力に乏しい彼には、自ら進んで去就を決することが容易に出来なかつた。さうして終《つひ》には自分の無能なるが故を以て、寧ろ社から追出されんことを望むやうになつた。さうして然う云ふ外部からの運命の力を待つて、一つには多年の恩義に反くことの止を得ざるに立至つた先輩への申訳にし、一つには又新に他に職業を求めねばならぬ自分への申訳にしたいと考へるやうになつた。けれども有力なる先輩の引《ひき》と云ふので、誰も此の無能者を追出さうと云ひ出すものもなかつた。最終《しまひ》には稔は編輯室へ顔を出すのも厭になつた。其処に漲つてゐる煙草の煙が、益〳〵《ます〳〵》彼の頭脳《あたま》を腐らせるやうにさへ思はれて来た。

「君には実際同情するよ。然《さ》う云ふ不愉快な思ひをして、朝から晩までこつこつ働いてゐるとも知らずに、弟は病院で歌でも唄つて、暢気に騒いでゐるんだらうからな。宛然《まるで》自分の肉を殺いで、泥溝の中に投込んで、それで孑孑《ぼうふら》を養つてるやうなものぢやないか。」

或友人は斯う云ふ警句を吐いて大いに稔を慰めて呉れた。又他の友人は、

「こんな時には西洋は善《い》いね。堂々たる公設癲狂院が到る処にあつて、保護救済の設備が完全してゐる。ところが日本の社会はどうだ。——軍備ばかり拡張したつて、家の中はまるで出来てやしない。全く空家同然のがた〳〵ぢやないか。」と猛烈に日本の社会制度を罵つて、稔の境遇に同情を寄せた。

けれども警句や社会制度の攻撃では、稔には何の補足《たし》にもならなかつた。世の中に、同情と云ふものほど安価で、而も重宝な贈物はない。其処には一厘の資本も要らない。にも拘らず之を与へたものは、一廉の功徳を施したと自信し、世間からも亦

然う認められるものである。けれども此時の稔には、百万人の同情者よりも、唯一人の、病人を引取つて世話して呉れる人の方が欲《ほ》しかつた。

苦しさの余り、稔は又さる人の紹介状を懐《ふところ》にして、田端の奥に何某医学博士の門を叩いたことを思ひ出した。

其れは為雄が既に大阪の病院へ入れられた後のことで、稔が最も窮乏を極めてゐた時のことであつた。彼はこんな苦しい状態が、此後幾年か継続するやうでは、自分も終《つひ》に共倒れになるより外はないと考へたので、博士の好意と同情とに訴へて、何とか今少し自身の負担を軽減するやうな方法を取りたいと思つたからであつた。博士は帝国精神病院の院長で、現時日本に於ける斯学界の泰斗《オオソリチィ》として許されてゐる人であつた。稔の訪ねて行つた時は、其の新しい大きな邸宅が、丁度八分通り出来上つてる頃であつた。通された二階家の前の空地には、まだ多勢の大工が立働いて、騒々しく鉋《かんな》や鋸《のこぎり》の音をさせてゐた。隣の部屋では、病気の鑑定でもして貰ひに来てるらしい田舎者の父娘が控へてゐた。

暫くすると博士は出て来た。一二度何かの講演会で、稔も遠くから見て知つてゐる博士とは、殆ど別人かと思はれるほど、肉附の確かりとした体格であつた。博士は其の広い額に手を加へつゝ、徐《おもむろ》に稔の来意を問うた。稔は一身の窮状を打明けて、どうか弟を帝国精神病院の施療部に収容して貰ふことは出来まいか。若《も》し其が出来なければ、責めて費用の半額だけでも軽減して貰ふことは出来まいかと博士に嘆願して見た。けれども其れは双方とも聴かれなかつた。

「施療は全くの赤貧者にのみ限られてゐて、仮令《たとひ》巡査の家族でも、其は許されない規定になつてゐる。況《ま》して君には肩書まである以上、お気の毒だが其手続をする余地が見出されない。」

これが其時の博士の答であつた。稔は如何にも自分の意気地なさを曝露しに来たやうな恥辱を感じた。最う取付く島も見当らないので、彼は其処で辞して帰らうとした。

「一体弟御の病気は、どう云ふ風にお悪いのです。」

其時博士は斯う云つて尋ねた。およそ心に思ひあるものは、其れを語つただけでも多少の慰藉は得られるものである。稔も我知らずつい為雄の病歴を語り始めた。けれども博士の此の質問が、稔の境遇を憐む心から出たと云ふよりは、寧ろ新しい研究の資料を繹《たづ》ねる態度に基いたと云ふことに心付いた時、彼は急に激しい悔恨と屈辱とを覚えて、中途でぴたりと口を結んだ。さうして其後は最早何事をも語らなかつた。彼は敢て材料の供給を吝《をし》んだのではない。否彼とても、若《も》し弟の病症にして、仮にも専門家の研鑽に、闇夜の蛍火ほどの光でも与ふると信じたならば、出来得る限り其委曲を物語つて、これを天下に発表するに躊躇しなかつたであらう。さうして不幸にも此実社会から失はれた為雄の体軀を、せめては学術の祭壇に献げて、弟の記念《おもひで》を快よくする計策《はかりごと》を取るを喜んだであらう。けれども今は其時でなかつた。今彼の胸には、現実の傷痍《いたみ》が余りに鋭かつた。火は刻々に彼の心髄を焦《や》きつゝある。とても科学者が其材料を取扱ふ時のやうな、冷かなる感想を容れる余地がなかつた。稔は学者の頭脳《づなう》の常に冷静なると、其の研究に忠なるとに十分敬服するだけの暇もなく、そこ〳〵に博士の門を辞した。

其の日は静《ぢつ》としてゐても、身体《からだ》中の精気が悉く脂汗になつて、流れ出るかと思はれるやうな、厭に苦しい、蒸暑い日であつた。稔は失望と疲労に全く征服されて、身体を真直に立てゝ歩くだけの気力さへ余《あま》さなかつた。彼は街路《とほり》まで出ると直ぐ辻車を拾つて、其日の結果を報告するため、谷中に住んでゐる友人の家を訪ねたが、玄関口で其友の手を固く握りしめたまゝ、容易には挨拶の言葉も出て来なかつたほど、それほど彼の頭脳《あたま》は惑乱してゐた。其時から彼は決して一身の窮状を人に語るまいと心に誓つた。自分のことは自分一己で所置して行くより外に仕方がない。人は決して他人の事件に、切実なるインテレストを感じて呉れるものでないと云ふ平凡な事実を、特に深刻に経験したからである。

終《つひ》に或日、彼は机の前から立たうとして、急に激しい眩暈《めまひ》を感じて、其ままふら〳〵と後方《うしろ》に倒れた。医者は永い間の神経衰弱に伴ふ脳貧血の結果だと診定した。さうして数箇月の静養を彼に命じた。稔は最早此の上自分の趣味に適はない職業に固着して、さなきだに疲憊した其の脳髄を、更に傷《やぶ》り害《そこな》ふに堪へなかつた。同時に又彼は、——折角筆を執りながら自分の好むところに耽ることが出来ないやうなら、寧ろ筆を折りたい。筆と絶縁したい。而《さう》して筆とは何等の縁故も関係もない他の職業の中に一生を埋めてしまひたい。何だか今度の此の事変が、自分に然う云ふ決心を促す為の大なる暗示であるかのやうに見える。——斯う只管《ひたすら》に思ひつめて、稔は終《つひ》に先輩の恩義にも背き、友人の忠告にも逆つて新聞を辞めた。さうして一家のことからして愈《いよ〳〵》生活の方面を一変する為めには、先《ま》づ其の発端《てはじめ》として、——若《も》しお孝の望んでゐるやうに、一心院が神田家に譲り受けられるものなら、其を譲り受けて早くお孝に安心させてやりたい。若し又其が出来ないやうなら、今度こそはお孝にも能く納得させて、是非共東京へ伴れて帰つて竈《かまど》を一つにしたい。さうして成ることならば為雄にも、自宅へ引取るとか、若しくは今少し前途に光明を認めさせるやうな方法を取つてやりたい。——さう考へて稔は暫時の転地保養かた〴〵、其等一切の事件に解決をつけるため、とう〳〵此の山里に帰つて来たのであつた。

彼の心は、雨の音と共に益《ます〳〵》暗くなつた。彼は最《も》う其余の手紙を読む勇気も失せて、無意識に其等を元の通りに束ねた後、何を考へるともなく又茫然《ぼんやり》としてゐた。偶《ふ》と気がつくと、其処に見覚えのある川瀬の筆で、赤罫紙に記された一片の書附が取残されてあつた。

拝啓。

水薬は神経衰弱の薬剤《くすり》に御座候《ござそろ》。食後二時間に服用せられたし。

散薬は精神鎮静並《ならび》に胃強壮剤に御座候。食前一時間に服用せられたし。

神仏の信仰も一種の精神的治療法として、吾人医家の推奨する処、これを「ズゲツシヨン」と申し、特に神経の疾病には盛に応用致候居事なれば、誠実に御信仰あらんことを希望致し候。

麗々《うらうら》と長閑《のどけ》き春の日には、又ぶらぶら御出掛けになるも一興《きよう》かと存じ候。

笊碁も時には消閑の良法、是非御遊来を待つ。

三月七日　昌　実

為　雄　殿

川瀬には、今日《けふ》まで未だ会ふ機会がなかつた。稔は懐かしげに友の文字に眺め入つた。さうして雨が上つたら、明日にも此の友を訪ねて見やうと思ひながら、其の紙片《かみぎれ》をも、為雄の手紙の中へ一緒に束ね込んだ。

四

門を入ると、近い頃建増したと聞いてゐる新しい診察室が正面にあつた。紅絹《もみ》の布片《きれ》で、紅く爛れた眼の縁を拭き〳〵してゐる六十ぐらゐの婆さんと、腎臓病みのやうに顔の青く脹れ上つた十七八の娘とが、さも待草臥《くたび》れたと云つた風に、日当りの善《い》い戸口に蹲《しやが》んで、何かねち〳〵と話し合つてゐたが、稔の入つて来るのを見ると、二人とも急に立上つて、狼狽《どぎまぎ》した容子《ようす》で頭を下げた。稔を主人と間違へてゐるらしい。稔は心の中で、川瀬は不在《るす》だなと思ひながら、玄関の方から案内を乞うた。

取次には若い細君が出て来た。稔は此前帰国した時から、此細君とも相識《さうしき》の間であつた。今度帰つて来たことは、二三日前《ぜん》既に知らせておいたので、今日あたりは多分見えるだらうと風評《うはさ》してゐたのであつたが、先程隣村の拠処《よんどころ》ない家から急報があつたので、川瀬は往診に出かけたとのことであつた。

「然し最《も》う追つ付け帰る頃で厶《ござ》いますから、どうぞ彼方《あちら》で御緩《ごゆつく》りなすつて、下さいまし。」

稔は直ぐ細君の後について川瀬の書斎に通つた。書斎は渡殿《わたどの》めいた橋廊下を渡つて、泉水の向ひ側に建てられてある離家《はなれ》であつた。庭が三方に見渡された。

庭は自然の岡になつてゐて、中程に一本の大きな山桃の木が、昔のまゝに立つてゐた。大分色づきかけた楓樹《もみぢ》が其処此処に目に立つた。泉水を隔てゝ、母家の一角が岡の下まで突出てゐる。其処は細君の部屋になつてゐると見えて、窓際には鏡台や化粧品が並んでゐる。折々細君の姿が来たり往つたりする。稔は一人で茶を啜りながら、ぼんやりと其処いらを見廻してゐた。

やがて彼は庭下駄を穿いて、泉水の辺《ほとり》に立つた。大きな緋鯉が足音にすうと深みへ逃げる。風流な石橋を渡つて岡に上つた。さうして山桃の木の梢端《こずゑ》を見上げながら、子供の時能く此家へ遊びに来て、川瀬と二人で母家の屋根の上から、苺に似た此木の実を頻《しきり》に竹竿で叩き落したことなど思ひ出してゐると、丁度治と同年ぐらゐな、眼球《めのたま》のくり〳〵とした、怜《さか》しげな川瀬の弟が出て来て、松茸を取りに行きませうと稔を誘つた。手には目荒な竹籠を提げてゐた。

　朗かに晴れた秋の午後であつた。二人は裏の小門から出て、暫く茶畠の間を行くと、径《みち》は程なく真白な砂山に移つた。左右に低く松林が続いてゐる。馬の背のやうな細いところを幾つか通り越すと、向うに山番の小屋が見え出した。小屋の前には二坪ばかりの竹囲《たけがこひ》があつて、沢山な鶏《とり》が飼つてある。丈《せい》の低い、鼻の大きい、鬚髯《ひげむく》だらけの山番は、日向の筵に胡坐《あぐら》を掻いて、其の鶏に与へる菜葉《なつぱ》をとん〳〵と刻んでゐた。

「坊《ぼん》、今日《けふ》はお客さんと同伴《いつしよ》やなあ。」

　山番は膝の上の菜葉を払ひながら立上つて、一旦小屋に入つた。さうして大きな草刈鎌を腰縄にぶつこんで又出て来た。二人は山番の後に従いた。

　小屋の傍《わき》から半町ほど山へ入つた頃、急に下の鬱茂《しげみ》の中で犬が吠出した。すると其向うでも、又其向うでも犬が盛に吠始めた。三方の犬が声を合せて、今にも噛付かんばがりに激しく吠えた。

「阿呆め。汝《われ》や人を知らぬのか。」山番は大きな声で犬を叱つた。けれども犬は尚吠えることを止めなかつた。

　松茸番の犬だと、川瀬の弟は云つた。これは稔もまだ初めて出会《でつくは》す新しい経験であつた。

　やがて一匹の犬の側に出た。耳の尖《とん》がつた狐色の獰猛な奴で、太い麻緒で松の根方《ねかた》に縛られてゐた。山番の姿を見ると、鈍く尻尾を動かしながらも、他の二人に対つては、尚咽喉を唸らせることを怠らなかつた。彼方《むかう》の二匹は無論まだ盛に吠続けてゐた。

　松茸の芳香《かをり》が最《も》う風に伴つて、芬々《ぷん〳〵》と人の鼻を打つた。

　一時間の後、二人は松茸に満ちた籠を提げて帰つて来た。

稔は又友の書斎に引籠つて、ころりと横になつた。頭の中が泥土でも押込められたやうに鈍く重い。全身には名状し難い疲労が漲つてゐる。其が一時間や二時間の散歩から得られた疲労とは何《どう》しても思はれない。少くとも東京へ出てから此八九年間の営養不良や神経過労が、漸次其の効果《エフエクト》を生命の心核にまで及ぼして、斯うしてるうちにも身体中の活力が、刻々に廃滅しつゝあるのではないかと思はれるやうな、如何にも気惰い、重苦しい疲労であつた。彼の念慮《おもひ》が何かの拍子で一度《ひとたび》此事に逢着すると、稔は丁度疾病妄想にでも悩まされてゐる人の如く、何時《いつ》でも自分の心身の衰弱を、実際以上に廓大して考へて、恐ろしい不安に襲はれると同時に、愈《いよ〳〵》気の塞がるを禁じ得ないのが常であつた。

　稔は立上つて友の本箱の傍に行つた。さうして我と我心を紛らかす積りで、其処から二三冊の医書を引出して、腹の中の汚ない臓腑や、見ても気味の悪いやうな畸形など描並べた、様々の挿画を一々繰翻《くりかへ》して見てゐると、門内の敷石に馬の蹄の音が高く響いて、馬丁《べつたう》の「お帰り」と叫ぶ声がけたゝましく聞えた。やがて「あゝ左様《さう》か」と云ひながら、黒斜子《くろなゝこ》の羽織に白足袋《しろたび》と云ふ往診姿のまゝで、でつぷりと肥つた川瀬の身体《からだ》が、歩くたびに着物の裾をきうきうと云はせつゝ、橋廊下を此方《こちら》へやつて来た。

「やあ、髭を立てたね。」

川瀬は稔の顔を見るなりこんなことを云つて、いきなり其処へ足座《あぐら》を掻いた。さうして立続けに茶を二三杯飲んだ。

「君は又一層肥つたぢやないか。」稔は羨ましさうな口調で友に応じた。

「病的だよ。あんまり賞めた話ぢやない。」軽く打消しながら川瀬はじろ〳〵と稔の青白く窶れた頬のあたりを眺めてゐたが、やがて「君は——」と云ひかけて、一寸其の後を躊つた後、

「——どうだね。其後別段変りはありませんか。」

「うん、例によつて例の如しさ」と答へたが、稔は急に、友達から顔を見られるのを避けたいやうな感じがした。

「久し振りでお母《つか》さんは大喜びだつたらう。」

「いゝや、格別。——あんまり喜ばれるやうな話も持つて帰つてゐないんだから。」

稔は此時、自分が今度全くの浪人になつて帰つて来たのを、まだ母には秘してあることを思ひ出してゐた。

其処へ細君が、裏の木になつたのを、今下男に取らせたんだと云つて、此辺《このへん》で「とよか」と云ふ大きな柿を、お盆にどつさり持つて来た。そして川瀬に、

「あの只今のところから、薬剤《おくすり》を取りに参つて居りますが……」

「さうか。お前拵へて渡しといてやつて呉れ。」

川瀬は細君に、二三種薬名と分量とを口授《くじゆ》してゐたが、細君の去つた後で彼もまた立上つて、

「一寸失敬する。——君は、今日は閑なんだらう。僕も最《も》う用はないんだから、緩《ゆつ》くりして呉れ給へ。」と云ひ残して、自分も診察室の方へ足早に歩いて行つた。

稔は又一人になつてぼんやりとしてゐた。腹の中には、先刻《さつき》の思想《かんがへ》の名残がまだ消えずにあつた。其れに、たつた今川瀬が「君は——」と云ひかけて、後を濁したのも妙に気になつてゐた。自分の相貌は此の友人をして、終に率直なる言葉を避けしめたほど、其れほどまでに哀なものになつてゐるのであらうか。——稔は又してもこんな妄想に囚はれてゐた。

偶《ふ》と気が付くと、庭に面した診察室の窓の内側に、一人の男の顔が現れてゐた。窓硝子にしかと額を圧付けて、鈍い眼付で、ぼんやりと泉水の方を眺めてゐる。咽喉には白布か何かをぐる〳〵と巻いてゐた。稔は其男の痩せた頬のあたりに、何処か見覚があるやうに思はれたので、暫く昔日《むかし》の記憶を辿つて見たが、

終《つひ》に誰とも思ひ出せなかつた。其うち男の顔は引込んでしまつた。稔も亦視線を窓から離して、先刻《さつき》の挿画の続きなどを繰返してゐた。

川瀬は大分手間を取つてから戻つて来た。――一寸薬局の監督に行つてゐたら、又別の患者が来たりなんかして、其を診てゐたので遅くなつた。「失敬したねえ」と言訳しながら、彼は又其処へ長くなつた。

「君も知つてるだらう。尾土和作《をづちわさく》つて……子供の時非常に相撲の強い男だつた。」

「あゝ彼は尾土だつたか。全然《まるで》変つてしまつたぢやないか。」

稔には初めて窓の男が思ひ出せた。尾土は相撲にも強かつたが、学校でも非常に成績が善《よ》かつた。県の中学を卒業してから、永らく村の小学教師をしてゐたが、其間《そのあいだ》に女生徒と手を携へて、大阪に走つたと云ふ話も、稔は川瀬からの手紙で聞いて知つてゐた。稔は何だか呼戻して、会つて見たいやうな感じもあつた。

「君のことを話したら、どうぞ宜しくと云つてゐたつけ。――遊んで行かないかつて云つたんだけれど、先生きまりが悪いと見えて帰つてしまつた。」

「何の病気だ。」

「これさ」と云つて、川瀬は右の中指で、とんと自分の左の胸を突いた。子供の時の遊戯《あそび》仲間で、同じ病気の為に今現に川瀬にかゝつてゐる者が、外にもまだ二三人あつた。中には既に死んだ者もあつた。

「斯んな田舎に住んでゐて、どうしてそんな病気が起るんだらう。」

「矢張《やつぱ》り他所《よそ》から持つて帰るんだ。出た奴は大抵何か彼にか新しい病気を持つて帰る。其れを考へると境遇の変化が、人間の心身に及ぼす影響は恐ろしいものだね。尤《もつと》も其処には又色々興味ある事情や原因も伏在してゐるが……僕は今其に就いて少し研究中なんだから、いづれ纏まつたら君も見て呉れ給へ。――僕の兄貴が既に此有力なる材料の一つとなつてゐる。君の弟なども矢張《やつぱ》り左様《さう》だ。君なども用心しなきあ善《い》けないよ。」

「僕も最《も》う病気さ。」と稔は投出すやうに云つた。

「しかし、僕は仮令《たとひ》どんな病気になつたつて、こんな処へは持つて帰らない積《つもり》だから、其だけは安心して呉れ給へ。」稔は何ものかに反抗するやうな口調で、又こんなことを云つて、後《あと》を態《わざ》とらしい笑ひにした。

二人の会話《はなし》は自然為雄のことに落ちて行つた。

「其後容体は変りないのかね？」

「有難う、相変らずらしい。――君にも色々と厄介をかけて……」

「いゝや。」

「近頃又脚気を出してるといふんだがね、――如何《どう》だかと思つて。」

「何故。」

「でも東京で脚気に罹つてると出ひ出したのが、抑《そもそ》も彼の妄想の発端《はじまり》だつたから……」

「然し病気からの通知なら真実《ほんたう》だらう。――君はまだ会つて来ないのか。」

「いゝや、まだ。実は明日あたり大阪に出やうと思つてるんだが、其前に君の意見も能く聞かして貰ひたいと思つて、――どうしたものだらう。僕もあれには実に弱つてしまつてるんだ。」と愈《いよ〱》本音を吐きはじめた。

「さうだねえ」と云つて、川瀬は敷島を口の端《はた》まで持つて行つたが、其まゝ凝《ぢつ》と稔の顔を見詰めた。其眼の中には、――「僕の意見は最《も》う委《くは》しく君に告げておいたぢやないか。君は何故其れを今日まで実行しなかつたんだ」と咎めるやうな色が、仄に動いてるやうに稔には見えた。

為雄を病院へ入れてからまだ間もないことであつた。お孝は与平の説を入れて、一心院の裏の納屋を隔離室に改造した。さうして為雄を其処に引取つて養生させたいと云ふ旨を東京の稔に諮《はか》つて来た。

余りの苦しさから、一時為雄を病院へ入れることに決心はしたものゝ、病院の費用は存外にかゝつた。お孝は其が稔に気の毒でならなかつた。其に分れてゐるとなると、又病人のことが気にも懸つた。けれども隔離室であれば、第一に費用はそれ程でなくても済む。さうして病人を始終自分の側において、心のまゝに看護してやることも出来る。病人の気分の善い日などは、室外《おもて》に出して、自由に運動させてやることも出来る。――お孝はこんなことを考へた。木刀で打たれたり、夜家を追出されたりしてゐても、彼女は矢張《やつぱ》り、安全に置けるものならば、病人をわが側に居《を》らしておきたかつたのである。

経済上の点から考へると、稔も無論隔離室の方を望んでゐた。一個月の入院料は、下等でも当時の彼の収入の約三が二を要した。其に又入院となると、其の外に種々《いろ〱》と余計な費用もかゝつた。稔には其れが苦しかつた。けれども又病人を一室に監禁すると云ふことは、情に於て忍びないことであつた。さうでなくても此の病人は猜疑の念が深い。此の上隔離室などに押籠めて、心を荒立てるやうなことがあつては、発作は益《ます〱》頻繁になつて、傍《はた》で見てゐるお孝の苦痛は堪へられぬであらう。遂には其れが為めに彼女の精神《こゝろ》までが、共に傷《やぶ》れるやうな運命に立至ることはありはすまいか。其れを思ふと、仮令《たとひ》稔自身の身体《からだ》はどうなつても、母の安穏を計つてやりたい。

稔は何《いつ》れを取るべきかに迷つた。最初から隔離室の話など出なければ又其れまでゞであつたが、慭《なまじ》ひ母親の優しい心を見せられただけ、其れだけ決心が付きかねた。のみならず稔は其後の為雄の病状を善《よ》く知らなかつた。彼は只お孝の折々の手紙で、又発作があつた、又乱暴したと云ふやうな、外に現はれた結果を聞いてゐるだけで、実際に為雄の病勢が、如何《いかん》の程度まで進んでゐるかは、全く見当が付かなかつた。稔は終《つひ》に川瀬に万事を披瀝して、彼の意見を叩いて見た。

川瀬の長い返事の来たのは、其れから二週間ばかり経つた後《のち》のことであつた。

「斯の種の疾病に対する療法は、多くは消極的で、患者は早晩痴狂に陥る。為雄君の如きも気の毒ながら、何時《いつ》かは此例に漏れまいと僕は思ふ――」

　川瀬も亦こんな風に打明けて書いた。さうして隔離と入院との二療法に対する彼の意見をも附加して来た。其れは稔の境遇に十分の同情を以て考へた極めて深切なるものであつた。

　川瀬は云つた。――入院療法は金満家か、若くは万一治癒の僥倖《げうかう》を頼んですることで、精神感動の結果、一時発作したものには効験《かうけん》もあるが、陰性の治癒困難な患者に対しては、経済上の点から考へても、熟慮を要する問題である。此立場から見ると、無論隔離療法の方が得策であるが、其代り又隔離療法には、看護の苦心と云ふことが伴ふ。日夜患者の苦悶や暴行を見るにつけて、看護者の心神に刺戟を与へられることは決して尠少《せんせう》でない。殊に其れが親子兄弟の間にあつては、一層堪へ難い苦痛であらねばならぬ。君の母堂は如何に精神が確乎として居らるゝとしても、其処は婦人のことだから、終《つひ》には是等の刺戟に堪へかねて、終《つひ》に心神を傷《そこな》はれるやうなことはありはすまいか。僕は其処を切に案じる。――

　稔は矢つ張り、母を救ふ上から見ても、入院療法を継続するより外に策がないと決心した。

「僕は、為雄君の如きは、パラノイア（偏執狂）の一種であらうと思ふ。」

――川瀬は又更に書き続けた。――

「僕は君も知る通り、精神病を専門にやつたのでないから、其の素質は決して深からぬ。だから詳細のことは知らないが、パラノイアには陰性で、遺伝のものが甚だ多い。此の患者は非常に猜疑の念に富み、且妄想を逞しうする。而も其の云ふところ、為すところは、余り常人と異ならぬ。――怒れる時は別として。――経過は数年、或は数十年。尤《もつと》も此間《このあひだ》常に発作するものではない。時々反復するのである。然し早晩精神衰弱症を発して、痴狂のやうになる。先づ全治は難かしい。但し全治の困難なるものと雖も、稀には無期限に鎮静することもある。だから症候の善《い》いのになると、一定の職業に凝り固まつて毫《がう》も差閊《さしつか》へのないものである。斯る狂疾は世間にも決して尠くないが、別に狂人扱ひはされてゐない。

「尤《もつと》も此の狂者の感情は、妄想の内容に由つて異なり、怒る者あり、泣く者あり、或ひは自殺又は他殺を行ひ、刑法上の問題を惹起す者もある。又此《かく》の如き患者は仮令《よし》入院せしめても、直《たゞち》に飽いて退院を迫る。或ひは院内で相当の職業を覚えて、毫《がう》も生活に困らない者もある。だから或職業に意思を転向せしむると云ふことも、亦一種の療法である。然し患者が一度《ひとたび》精神衰弱症を発した後は、既に万事の休する時で、何等の療法も其甲斐がなからう。

「だから僕の考ふる所では、此の際君が一度帰国して、直接為雄君に会つて見てはどうだ。さうして兄弟の真実なる涙を以て、（川瀬は此処に特に圏点を施した）訓戒と指導とを与へ、為雄君の前途に希望と慰藉とを認めしむるやうな方法を講じてはどうだ。妄想も又一種の煩悶からである以上は、為雄君を真人間として、誠心《まごゝろ》籠めたる訓戒を与へてやつたなら、其処に必ず一道の光明を発揮せしむることが出来ると僕は確信する。これが斯る患者に対する最初の療法で、且最良の療法であらねばならぬ。入院とか隔離とか云ふやうなことは、其上の最後の問題にしたら善《よ》からう。帰国するならば一日も早い方が善《い》い。為雄君が今日の入院は、単に一時の小安を得るに過ぎない。不経済の又不経済極まる手段と僕は思ふ。如何《いかん》。」

川瀬の手紙にはまだ色々のことが書いてあつた。「一時静穏《おとな》しくなつたからと云つて、決して治癒したのではない。瑣細なことから猜疑心を起して、何時《なんどき》再発するかも知れない」とも書いてあつた。「精神に異状あるにしても、其れを狂人扱ひにして、幾ら騒いだつて治癒する筈がない。かゝる患者は意識が溷《こん》濁《だく》してゐないから、そんなことをすれは、却つて猜疑心を増させるばかりだ」とも書いてあつた。「今日《こんにち》君は多忙の身かは知らないが、これが君の将来の発展に、大なる影響を及ぼす問題であるを思へば、一日も早く解決する方が策の得《え》たるものであらう。徒《いたづら》に母堂や信徒総代やらが空騒ぎをやつて、君が二階から目薬を差すやうに（川瀬は又此一節にも圏点を施した）遠方から指図してゐたところで、益《ます〳〵》患者に刺戟を加へるばかり。万害あつて一功なからん」とも書いてあつた。川瀬の眼には、お孝のやつてゐることは、総て稔の指図に基くものと見えた。さうして其れが又もどかしくて一々見てゐられなかつたのである。

川瀬の手紙を読終つた時、稔は急に全身の寒慄《かんりつ》を覚えて、率《ゆく》爾《りな》くも自己の為雄に対する平素の心意が反省《かへりみ》られた。さうして凝《ぢつ》として其の回想に面《おもて》を向けてはゐられないやうな心地になつた。川瀬の筆が中途から、漸々《せん〴〵》稔自身に対する訓誡に変じつゝあるのを明かに意識すると同時に、彼の胸中には、世に自分ほど薄情な人間はあるまいと思ふ自咎《じきう》の念が、暴風《あらし》のやうに襲うて来た。

当時の彼は、動《やゝ》もすると病人の為雄に対して、一種の激しい憎悪《にくみ》を持つやうになつてゐた。村人の多勢来てゐる前で、親兄弟の有られもない讒訴をしたとか、夜中に母や妹を擲《たゝ》き出して、一歩も家へ寄付けなかつたとか、さうした報知《しらせ》をお孝から聞く毎に、憎悪《にくさ》は一層堪へがたかつた。殊に自分が月月の国への仕送りに窮して、或は又入院料の遅滞に督促を受けて、金策に諸所方々を駈け廻つたり、――到る処でぺこ〳〵頭を下げて、到る処で威張られたり、嫌はれたり、――其れも金を貸して呉れるならまだしも、肝腎の依頼は聞いて呉れずして、散々厭味を聞かされたりする時など、自分の一生は全く此の弟の為めに犠牲にされて、将来の発展も、事業も、目的も、総て滅茶〱に蹂躪されて終《しま》つたやうな、絶望的の不快と憤懣に閉籠められた。さうして何の仕事も手に付かなかつた。ある時などは川瀬に手紙を書いて、「母が可哀さうで堪へられないから、どうかして為雄の乱暴を永久に防遏《ばうあつ》したい。どうせ全治の出来ないものなら、早く病人を痴呆状態に陥らせる方法はあるまいか」などゝ、そんな恐ろしいことを戯談まじりに訊いて見たこともあつた。如何に親友の間柄とは云へ、医師としての川瀬が、こんな軽率な言葉に耳傾ける筈のないことは、稔も固《もと》より知り抜いてゐた。けれども責めてこんなことでも書いて見ないと、自分の精神《こゝろ》の落着く術《すべ》さへ見出せなかつたほど、それほど彼の頭脳《あたま》は混乱してゐた。否、其ればかりではない。何かの都合で更に心の掻き乱された時などは、

「寧《いつ》そ早く死んで呉れ。――親兄弟を助けると思つて、寧そ早く死んでしまへ！」などゝ覚えず口走る様な瞬間もあつた。あゝ自分は何たる無情な兄であつたらう。こんな残酷な人間が又と世界に二人あらうか。為雄が朝から晩まで自分を罵り続けてゐるのも至当のことだ。――稔はかう考へて、此の幼い頃からの友人の前に、自分はさながら、獣類《けだもの》のやうな、賤しい、卑劣極まる小動物と見えた。さうして弟の病気の段々悪くなつて行くのも、畢竟は自分の彼に対する誠意の不足が、其原因を為してゐるやうに思はれて来た。若《も》し友の訓誡が教ふるやうに、自分の真実の涙を以て、為雄の病気が引戻せるものなら、自分はこれから直ぐにも国へ帰つて、弟の足下《そくか》に跪づいて、声を放つて一切を懺悔して見たいやうな心地になつた。

けれども其れは只一時の興奮した思想《かんがへ》に過ぎなかつた。東京に住んでゐた間の為雄の性行や、国に帰つてからの彼の症状を思ひ合せて見ると、頼み少い弟の半面が、又鮮かに稔の心に浮んで来た。

若し川瀬の手紙が云ふやうに、為雄の病気が一定の職業に固定して、暫くでも鎮静するやうな性質のものであつたら、あれほどお孝が丹精して、又あれほど為雄自身も乗気になつて始めた文房具屋が、あれほど早く飽かれる筈はなかつたのである。若し又為雄が、兄としての稔の涙に傾聴するだけの自制力を持つてゐるものなら、東京を去る時の彼の処置が、今少し思慮あるべき筈のものでは無かつたらうか。所詮は、今たとひ彼が為雄に会つて、如何ほど誠実の訓誡を与へやうとしたところで、結果は彼等が東京に於ける最後の会見よりも、一層不愉快な活劇を、再び繰返すに過ぎないであらう。

其れに稔が当時帰国を急ぐことの出来なかつた理由は、なほ様々あつた。新しい職業に就いてからまだ一月余しか経たない当座のことゝて、一寸には休暇を貰へないと云ふこともあつた。仮令《たとひ》休暇は貰へたとしても、帰国となると裸一貫では済まされない。夫々不義理なところへ返すべきものも調《ととの》へて、重立つた親類や世話人へは、相応の土産物をも持つて帰らなければなら

ぬ。其れだけの余裕がまだ其時の稔に、迚《とて》も有り得ないと云ふこともあつた。縦《よ》し又其れも何《ど》うか斯うか工面が付いたところで、若し帰国して、為雄の精神や将来に、何等の新生命をも与へてやることが出来なかつたら何としやう。畢竟《つまり》は余計な費用を立て丶、余計な時間を潰すだけが損ではないか。其れよりも此儘の状態を継続して、旅費だの土産物だの云ふ余分の経費を、為雄の入院料に廻した方が、一日でも永くお孝を休養させることが出来ると云ふこともあつた。川瀬に云はせると一概に姑息手段だと笑ふかも知れないが、併し根本的に解決が出来ないものなら、止むを得ず姑息手段を取るより外に仕方がない。

　けれども是等の理由よりも更に一層重大で、而《しか》も他人には一寸想像の付かないやうな不安な或物が、其処に稔の心の底にあつた。其れは、若《も》し稔が川瀬の意見に従つて、為雄の前途に何等かの光明を吹き込まうと企てた計画が、不幸にも為雄の感情を害つて、彼が突然の発作を誘起するやうな原因にでもなつたら――さうして従来《これまで》にも度々《たび〳〵》お孝や浜江に為した如く、急に稔に対つて暴行を敢てするやうなことでもあつたら――と云ふことであつた。相手が精神病者のことだから、こんな場合も、断然無いとは保証が出来ない。其時自分は何とするであらうか。お孝や浜江は逃廻つてゐて済んだかも知れないが、自分はどう考へても逃げさうにはない。若し逃げなかつたら何とする。当然為雄の暴行に対して、防衛の手段を取らねばなるまい。相手が力を振つて来るなら、此方《こちら》も止むを得ず力を以て其を禦《ふせ》がねばなるまい。其の刹那！　若し自分自身も一時の激昂に前後を忘れて、取返しの付かないことでも為出来したら何《ど》うであらう。自分は勿論そんな軽挙は為ない積りではあるけれども、若し其場の咄嗟に、自分の手が自分の意志に逆らつて働いたらどうであらう。自分の握拳が勝手に其権利を要求したらどうであらう。カインは憤激のあまり、終《つひ》に其の弟を殴り殺した。――其を考へると稔は実に恐ろしくて堪へられなかつた。而《さう》して成りたけ為雄に対面するのを避けたかつた。とう〳〵彼は今日の日まで、態《わざ》と帰省の機会を延ばして来たのであつた。

「あんな病人が鎮静《ちんせい》して、兎も角其の分に安んずると云ふやうになるには、僕はどうしても先《ま》づあの激しい猜疑心を取除いてしまはなければ駄目だと思ふが……」稔は当時の川瀬の手紙を思ひ出して、更に会話《はなし》の歩を進めた。

「其れは勿論さ。しかし患者の精神上や生活上に、希望と慰藉とを齎すやうな方法を講じてやつたら、猜疑心なども自然消滅するだらうぢやないか。」と川瀬は再び其れを云つた。

「だが、病人が若し此方《こちら》の為てやることを、其まゝ善意に理解せずして、却て頑固なる妄想の下に、益々《ます〳〵》猜疑心を募らせたら何《ど》うだらう。左様《さう》云ふことはあの病人には有勝のことだと云ふぢやないか。」稔は少し苛《いら》つて云つた。

「それは実際にさう云ふ事実もある。……困つたものだねえ。」と川瀬も終には匙を投げてしまつた。やがて暫く煙草を吹かし

た後、

「寧そ、どうだらう。為雄君を人格の高い宗教家の許へでも預けて見たら。そして其人の感化や教訓を受けさせて見たら……」と云つて、川瀬は急に起直つた。丁度手近に適当な人もある。大阪感化院の院長がそれであると云ふことであつた。

「一つ大阪へ出た次手《ついで》に、病院の院長とも善《よ》く相談して見て、事情を打明けて感化院の方に頼んで見たらどうだ。僕は為雄君のやうな精神的症候には、其方が病院へ入れておくよりも、却つて結果が善《い》いと思ふ。」と、川瀬は其感化院の院長の性格や、逸事や、又彼が多年の事業や、効績を委しく物語つた後で云つた。——

「其れに世間でも、ある宗教家の感化、又は信仰に由つて、精神病者の救はれた実例は、決して少くないんだから……」川瀬は更に斯う附け加へた。

　彼の語るところに拠ると、黒死病《ペスト》の非常に流行した頃、其の病を嫌忌するの余り、黒色の物さへ見ると堪へ難い恐怖に襲はれる一患者があつた。謂はゆる強迫狂の一種である。夫が禅の高徳に参すること約一年にして全く癒えた。黒色の物を悉く白色化して観得《みう》る暗示を、禅の教旨《をしへ》から吹込まれたのであつた。又家庭の不和から憂鬱狂に陥つて、短刀で咽喉を突いた一中学教員があつた。創傷《きず》が癒えてから後も、彼の憂鬱状態は尚久しく持続してゐたが、偶然にも天理教を聞くに至つて翻然救はれた。さうして其後は熱心に、其教《そのをしへ》への伝道に従事してゐる。尤《もつと》も其人の精神作用には、今に多少の欠陥を遺してはゐるが、兎に角病症は治癒してゐる。——川瀬は現に其人に会つて来たとも云つた。

　夕飯の膳の運ばれる頃には、二人は段々昔の書生時代に返つて、互《たがひ》に腹這になつたり、仰向けに引繰返つたりなどして話し合つてゐた。細君は、田舎で何もないからと云つて、急に鶏を料理させて、先刻《さつき》の松茸を添へて出した。川瀬は久し振りだと云つて、酒も持つて来させた。其癖彼も稔と同じく、三杯上戸の方であつた。

　顔の色が次第に紅くなるに従れて、二人の談話《はなし》は益《ます》〱常套に流れて行つた。

「金が欲しいね。余計とは云はぬ。食ふに困らないだけ。さうして落着いて自分の好きな仕事に従事して見たい」と稔が云ふと、「文学者がさう云ふ物質的の欲望に囚はれるとは、確に堕落だねえ」と川瀬は冷かした。さうして今度は自分の職業に対する不平を持出した。——田舎の百姓ほど始末にいけない者はない。診察時間だの、休日だのと、少し規則的にやれば直ぐ不服を述べる。緩めれば附上つて勝手放題な熱を吹いて来る。種痘を避ける。伝染病を隠蔽しやうとする。衛生思想など説いて聞かすだけが野暮の骨頂だ。甚だしいのになると、公然の夫婦間に出来た胎児の堕胎まで迫つて来る。(尤《もつと》も在来の田舎医者なるものも悪いんだがと、川瀬は特に断つた。)さうして不摂生と過労の結果は、心臓病、喘息、胃拡張、下疳《げかん》など、大抵の者がさうした慢性の病気を一つ二つ持つてゐる。而《しか》も自分の「持病」と云ふ名の下に、それを又平気で済ましてゐる。何《ど》うにも斯うにもならなくなるまでは決して医者に見せない。診せる時は大部分最《も》う手後れである。其の癖二三日もすると、直ぐ薬剤《くすり》の効験《ききめ》を疑ふ。水薬と散薬と両方を与ふれば、どちらか一《ひと》種《いろ》にして呉れと云ふ。老人《としより》には決して薬剤《くすり》を飲ませない。只死んだ時の診断書を請求する予備に、兎も角医者に診せておくだけのことである。其の又払ひの穢いこと、穢いこと。盆暮二期の勘定にさへ、何とか彼とか云つては延ばさうとする。堂々たる金満家《ものもち》が矢張《やつぱ》り其れだ。若しや病人が死にでもしたら、一厘だつて薬価を持つて来る者がない。——川瀬はこんなことを語り続けた。

「新聞記者の生活はどうだい。随分面白いだらう。」何かの話の次手《ついで》に川瀬が訊くと、稔はふんと鼻で笑つた後、

「さうだ。傍《はた》から見てゐると中々面白さうだ。」と答へたが、歯痒さうに直ぐ出直して、

「上から見下すと馬鹿馬鹿しくて寧ろ悲惨だねえ。」

暫く経つてから又出抜けに、

「面《つら》の皮で書くと云ふことを君は知つてゐるかい？」

「面の皮で書く？　何のことだい、それは？」

「其れが即ち僕等の商売さ。あれでも以前は皆頭で書いたんだ。それが頭では追付かなくなつて手で書くやうになり、手でも追付かなくなつて足で書くやうになり、今では足でも追付かなくなつて段々面の皮で書くやうになつてゐる。鉄面皮でづう〳〵しくさへあれば、新聞記者は勤まるやうだ。」稔の冷笑はいつの間にか熱罵《ねつば》になりかけてゐた。

川瀬は解せない顔容《かほつき》をしながら、ぢつと相手の眼を見つめてゐた。

稔が帰ると云出したのは、最《も》う十時に近い頃であつた。

川瀬は頻《しき》りに泊れと云つたが、稔は明日大阪に立つ支度もあるからとて、終《つひ》に立上つた。細君は昼の松茸の残部《のこり》をお土産にと云つて、薄《すすき》の苞《つと》にして稔に呉れた。

「散歩がてら其辺《そこいら》まで送つて行かうか。」玄関まで見送りに出た川瀬は、其処に懸けてあつた鳥打帽を冠つて、稔と一緒に土間に下りた。

二人は並んで門を出た。外は春のやうな朧夜《おぼろよ》であつた。冷たい夜風がそよそよと吹いて、二人の熱《ほて》つた面《おもて》を心地よく甞《な》めて過ぎた。もう寐静まつたかと思はれるやうな、閑寂《ひつそり》した軒と軒との間を暫く通つて、藪蔭の小《こ》径《みち》をだらだらと下りると、路《みち》は川添のやゝ広いところに出た。田を隔てゝ、其処此処に村の燈《ともし》火《び》が見える。川水が蛇籠《じやかご》に音を立てゝゐた。

「昔懐かしいやうな晩だねえ」と云つて、先に立つてゐた稔は振返りながら、五六歩後れた川瀬を待合せた。川瀬は路傍《みちばた》に佇立つて、両手で風防《かざよけ》を拵へつつ、巻煙草に火を点けてゐるので

あつた。

「僕は何時《いつ》かも君と二人で、こんな夜路《よみち》を、こんな心持で歩いたことがあるやうに思ふ。」

稔の胸には、まだ二人共本郷の下宿にゐた頃、或日行徳《ぎやうとく》から国府台《こふのだい》の方へ遠足に出掛けて、夜遅くなつてから帰つて来た時の光景が思ひ出されてゐた。

「君は相変らず詩人だねえ。」

川瀬は漸とのことで煙草に火を点けて、燐寸《マッチ》の摺殻を足許に投げた。燐寸《マッチ》は路傍《みちばた》の小石に跳飛ばされて、ころ〳〵と転んで溝に消えた。

稔の胸に描かれた懐かしい往昔《むかし》の幻影は、川瀬の一言でばた〳〵と壊れてしまつた。さうして此友は最うこんな気分に於て、自分と同じ世界に住んでゐないのだと考へると、稔は急に淋しい心持になつた。

彼は只黙つて歩いてゐた。

「其後創作《さうさく》はどうした。一向出ないぢやないか。」川瀬は稔に追付いて、肩を擦々に寄つて来た。

「うん、今に出す積《つもり》でゐるんだが……」と答へたが、暫く経つてから又悄気《しよげ》た口調になつて、

「しかし新聞のやうな不愉快な、落着のない仕事に追はれてゐては、僕にはどうも思想が纏まりさうもない。」

「ぢや一思ひに新聞を止したらどうだ。さうして背水の陣を引いて見たら。其のくらゐの勇気が無くては駄目だらうぢやないか。」川瀬は稔を励ますやうに云つた。

稔は今にも此友に、自分が今度全く新聞を辞して帰つて来たことを打明けやうと思つてゐた。けれども斯う無造作に先方から打出されては、何だか張合が抜けてしまつて、急に打明けるのが厭になつた。こんな時に軽く打明けて、「あゝ然《さ》うか」とか何とか云ふやうな、同情も感激もない冷かな一句で葬り去られるには、彼の決心は余りに高価な犠牲を払つてゐた。稔は顧みて終《つひ》に他のことを云つた。

「其れよりも君はどうだい。ちつと又筆を取出しては。此頃は一向何も書かないやうぢやないか。——君は金はあるし、時間はあるし、家業なんか何《どう》でも善《い》い身分なんぢやないか。どうだね、自伝のやうなものでも、又ぽつ〳〵と書出して見ては。」

「僕か。僕はもう駄目さ。近頃はまるきり筆に趣味がなくなつてしまつた。手紙を書くのさへ億劫になり出した。」

「手紙と作物とは又感興が別だよ。」

会話《はなし》は中絶《とだ》えた。二人は相並んで黙々として歩いた。先刻《さつき》から路傍《みちばた》の草叢《くさむら》で喧《かしま》しく鳴立てゝゐた轡虫《くつわむし》が、二人の足音の近づくまゝに、ぴつたりと鳴止んでしまつた。

星が一つ長い尾を引いて飛んだ。

「君の初恋の女が、此頃村へ帰つてゐるぜ。」

二十歩ほど歩いてから、川瀬は出抜けにこんなことを云つて、急に稔の頭脳《あたま》の中へ、遠い昔の影を閃かした。

稔は子供の時大事に〳〵してゐた玩具《おもちゃ》が何かゞ、突然思ひがけもないところから、出て来た時のやうな感じがした。

「へえ、左様《さう》か。どうしてだ」と、半ば無意識に問をかけた。

「病気だよ。――心臓だがね、随分以前から煩《や》られてゐたらしいんだ。」

「へえ、――」

「其れに産後と来てゐるもんだから、一層酷く弱つてるんだ。昨日も一寸行つて診て来たがね、どうも経過が面白くない。」

稔が同じやうな、間の抜けた返事ばかりしてゐるので、川瀬も張合が無ささうに、

「どうだね、君も久し振りで見舞にでも行つてやつたら」と云つて、軽く笑つて、巻煙草を川面の方へ遠く投げた。

稔は其の莨火《たばこび》の行方を眼で追ひながら、夜の薄暗い幕の中で、一寸羞癢《こそばゆ》いやうな表情《かほつき》をした。

二人は黙つて又五六歩あるいた。初めて口を切つたのは矢張《やつぱ》り川瀬であつた。

「其後新しいラブ・アフエアもないか。有つたら少し聞きたいもんだね。」

「無いよ、そんなものは。――古い言草ではないが、僕の昨今はラブよりもパンだからな。」

稔は故意《わざ》と斯う無造作に答へたが、此時彼の脳裡には、又ある女の面影が鮮かに映つた。其は昨日為雄の日記を見てゐた際に、彼を悩ましたのと同じ女の面影であつた。

稔は凝《ぢつ》として其幻影を見詰むるに堪へなかつた。彼は直《たゞち》に後《あと》を続けた。

「僕よりも君の方がどうだね。……上総《かづさ》の女からは、あれから後《のち》もまだ手紙が来るかい。」

「もう来ない。いくら寄越したつて返事もやらないもんだから。」

「何時《いつ》かの手紙なんかは随分哀《あはれ》なものだつたぢやないか。僕もあれを読んだ時は、寧ろ女に同情した。――あの手紙は、君、受取つて呉れたらうな。」

「受取つたらう。もう古いことだから忘れてしまつた。」

二人は薄暗い顔を見合つて、にやりと笑つた。

「時にあの主婦《おかみ》はまだ居るだらうか。」暫く経つてから又稔が云つた。

「あの主婦とは、何《ど》の主婦《おかみ》だ。」

「君の下宿へ能く遊びに来てゐた雑誌屋の主婦さ。」

「うん、あの蛙婆《かへるばあ》さんか。まだ居るだらう。」と云つて、今度は川瀬が羞癢《こそばゆ》いやうな顔をした。

やがて二人は橋のところまで来た。

「大分冷えて来たねえ。」

川瀬は羽織の襟を掻合せながら立止まつて、

「ぢや、僕は此処で失敬しやう。」

「さうか。其れぢや失敬。――大分遠くまで引張つて来たな。――細君によろしく。」

稔は川瀬に別れて、橋を渡つた。さうして捷径《ちかみち》を取るため、其処から田の畦のやうな細い小径《こみち》に入つた。川瀬の帰つて行く道とは、川を隔てゝ、扇の骨形《ほねなり》に遠ざかつて行く。見ると、布の目のやうな細かい夜霧が、一面に四周《あたり》をぼかして見せて、今別れたばかりの友の姿が、もうぼんやりとしか眼に入つて来ない。すると其の霧の中から突然に大きな声がして、

「おうい、大阪からは何時《いつ》頃帰つて来る？」

「二三日のうちに。」

「ぢや帰つたら又やつて来給へ」と云つて、川瀬は其のまゝ闇の中に消えてしまつた。

稔は一人になつて又ぶら〳〵と歩き出した。

夜は静粛《しづか》で且つ平和であつた。霧は空にも地にも煙つた。星の光までが青白く翳《ぼや》けて、其が四周《あたり》の景色を一層神秘めかして見せた。稔は何だかまだ一度も来たことのない、最初《はじめて》の地を踏んでゐるやうな心地であつた。と同時に又子供の時から能く知り馴れてゐる故郷の村の隈々までが——川向うの森の中に隠れてゐる、初恋の女の家の板塀から、自分がこれより帰つて行く、山の中腹の小さな尼寺の白壁までが——すべて此の夜の小暗き帷帳《とばり》を通して、瞭然《はつきり》とわが目の前に展開されてゐるやうな心地でもあつた。

柔かな夜の空気は、彼の心を甘く誘《そゝ》つた。彼の胸には、幼い時分の楽しい、罪のない追想《おもひで》が復活《いきかへ》つた。彼は毎年春先から夏の初めにかけて、親鮒が其の肥太つた腹に仔を持ちはじめる頃になると、能く此の川添の柳の下に、釣を垂れたことを思ひ出した。彼は又初夏の夕暮にさへなると、多勢の遊戯《あそび》仲間と伴立《つれだ》つて、此川堤へ蛍を追ひに来たことを思ひ出した。其中には無論彼が初恋の少女《をとめ》も混つてゐた。ある時お化が出たと云つて威《おど》かしたら、其れから二三日女が遊びに来なくなつて、大いに気を揉ませたことをも思ひ出した。けれども其頃はまだ互ひの心に、切なる悩みの影もなかつた。次第に二人はさう無邪気に遊ぶことが出来なくなつた。さうして孤独《ひとり》で物思ふやうになつた。……其れは、しかし、最《も》う十四五年も昔の淡《あは》い記憶に過ぎない。——たとへば其頃能く夕立の後で、跣足《はだし》の二人が小川の畔《ほとり》に立つて、流して遊んだ下駄の行方と同じやうに、殆ど今まで稔の頭に戻つて来たこともないほど、淡々しい夢のやうな記憶に過ぎなかつた。若し、たつた今川瀬の話がなかつたなら、彼は遂に其女の名前さへ、思ひ出す機会もなくて過ぎたであらう。彼女も昔の幼稚馴染《をさななじみ》が、かくまで変り果てたる心を抱いて、今時分此の田圃路をさまようてゐやうとは夢にも知るまい。

稔はこんなことを考へながら、何処までも其川沿の小径《こみち》を上つて行つた。静かなる夜の下に動いてるものは、只彼一人であるかのやうに見えた。偶《ふ》と彼は、川瀬は最早内に帰り着いた頃だと考へた。それから川瀬の今日の話を思ひ出した。初めて聞知つた感化院の院長なる人を胸に描いた。——人格の高い宗教家——一身を感化事業に献げてゐる人——何だか為雄の永い病

気も、最早此人によつて救はれたやうな心地がする。……
「兎に角自分の帰国も徒労ではなかつた！」彼は覚えず独語《ひとりごと》を云つた。感謝の念が、彼の胸臆に漲り渡つた。――尤も誰に向つての感謝であるかは、彼自身にも分らなかつたが。――稔は久しく身に覚えたことのない、ほがらかな、暢暢《のびのび》とした心地になつて、徐かに、且つ力強く足を運んだ。

けれども、然《さ》うした清快《ハイテル》な感じのする下から、稔の心の奥底には、また何処かに、――丁度消息子《さぐり》か何かで突つかれたやうな、頼りない、気にかゝる、不安心な部分があつた。其部分を仔細に解剖して見ると、先刻川瀬が煙草に火を点けながら云つた一言葉が中心になつて、其の周囲には、をり〳〵の彼の言語や、態度や、眼差などが、搦みからんで、ずつと遠い昔にまで糸を引いてゐる。……稔の心は又曇りはじめた。彼は再び本郷の下宿で、日夕《にっせき》往来してゐた二人の往時《むかし》を回顧して見た。其頃の彼等は、将来共に手を携へて、同じ方向に進まうと決心してゐた。二人は趣味も合つた。話も合つた。語り合ふところは互《たがひ》に幼稚でも、胸と胸とは融け合つてゐた。二人は恰も恋人のやうな、甘い、楽しい生活を送つた。ところが川瀬は、其兄の突然の死の為に、止を得ず彼自身に父祖の業を継がねばならぬことゝなつて、急に方向を医学に転じた。二人が心の隔遠《へだたり》は、此日から徐々に始まつたやうである。次第に彼等は其趣味が別れて、最早何事にも以前のやうな、温かい、力ある心の共鳴を感ぜぬやうになつた。さうして久しく離れ〳〵の世界に住み古した揚句《あげく》、二人の間に残るところは、只冷かなる理解があるばかりになつた。

昔日《むかし》、志《こゝろざし》を共にし、涙を共にした此の親友と、斯うして日に〳〵遠ざかつて行くのかと考へた時は、稔の心は堪へがたいほど淋しかつた。

やがて路《みち》は又本道へ出た。暫く行くと其処に崖を後《うしろ》にして、二段歩《たんぶ》ばかりの桑畠があつた。横手に高い竹藪もあつた。藪の中では、秋の夜の虫が頻に鳴いてゐた。其処は稔が七八歳《なゝやつゝ》の時分から、国を出るまで住んでゐたことのある、彼の家の壊《こぼ》たれた屋敷跡であつた。

稔は其藪蔭の処まで来て立止まつた。

彼の心は再び遠い子供の昔に帰つた。彼は以前其処に立つてゐた我家の有様《ありさま》を眼に浮べて見た。――杉垣を繞らした晴やかな庭――父の丹精してゐた花壇――広い座敷――仏壇の置いてあつた中の間――白壁の倉――其倉と中の間との間に挟まれた小さな書斎――其書斎の中に閉籠つて、甘い初恋の悩みに悶えた自分の姿――懐かしい幼時の幻影《まぼろし》は、又夢のやうに彼の胸に戻つて来た。

此時不意に桑畠の中から、小猫の啼き寄る声が聞えた。舌尖《したさき》を鳴らして呼んで見ると、小猫は素直に稔の足許へもつれて来た。何心なく拾ひ上げると、猫は恐ろしく痩せこけて、手掌《てのひら》が痛いほど骨立つてゐた。稔は古いわが家の亡魂をでも摑ませられたやうな心地がして、急に手を離した。猫は又悲しげに啼きながら、藪の中へ入つて行つた。

　ふと初恋の女の面影が、昔のまゝの姿で頭に浮んで来た。稔は彼女が今は病気で、其れも軽い方ではないと云ふ川瀬の話を思ひ出して、其の面窶《おもやつ》れて寝てゐる有様《ありさま》を目に描かうとした。けれども其れはどうしても出て来なかつた。代りに、昨日からのある女の面影が、又しても彼の脳裡に焼付けられてゐた。

「おしまひ……」丁度其時、彼方《むかう》から大きな声で鼻唄を歌ひながら来かゝつた一人の若者が、稔の傍《そば》まで来ると急に唄の節を止めて、一寸頬冠に手をかけたまゝ、昔聞馴れた、こんな挨拶を残して通り過ぎた。

　稔は其男の後姿を見送つた後で、なほ暫く、暗い藪蔭に佇立《つゝた》つてゐた。

五

　翌朝稔は可なり早く村を立つた。

　最寄の停車場までは、甚蔵と云ふ村で唯一人の車夫が送つて来た。大阪へ着いたのは正午《ひる》少し過ぐる頃であつた。彼はわざと叔父の家を後廻しにして、先づ鈴木氏の寓《ぐう》を訪れることにした。

　鈴木氏は先年此地詰になつてから、暫く西の方に住んでゐたが、今は中津村と云ふに移つてゐた。其処は大阪の北の外れ、梅田停車場より七八町も郊外へ出た処であつた。上方特有の格子戸の塡《はま》つた、見るからに陰気さうな二階家であつた。丁度其日は日曜日だつたので、主人は折善く在宅であつた。

「やあ、これは珍らしい。――さあお上んなさい。」万事書生流儀の鈴木氏は、わざ〳〵玄関まで立つて来て稔を迎へた。

　上ると座敷は南から日を受けて、存外明るかつた。庭も可なりの広さである。縁に沿うた花壇には、早咲《はやざき》の菊の植木鉢が、十《とを》ばかりもずらりと並んでゐた。

「相変らず御丹精ですね。」稔は縁側に出て、花壇の前に腰を屈めた。

「いやもう有触れたものばかりで。」鈴木氏は笑ひながら植木鉢の一つに手をかけたが、急に眉を顰めて白の大輪を指先で弾きつゝ、

「御覧なさい、此媒粉《このすゝこ》を。これだから大阪は厭になつてしまふ。こんな田舎に逃込んでゐてさへ此の通りだから。風の吹く日などは、一日に幾度となく縁側を拭かせなければならぬ。足袋《たび》などは直ぐ真黒になつてしまふ。――呼吸器病の多いのも無理は無いですな。」

　主人は稔を部屋に誘ひ入れて、後の障子を閉《たて》切つてしまつた。

　鈴木氏は相変らず為雄を憫《あはれ》んで、少くとも月に二三度は、必ず病院を見舞つて呉れてゐた。従つて彼の容体にも能く通じてゐた。此頃では精神の方は余程鎮静してゐるが、一月程前から脚気に罹つて、殆ど足腰も立たない有様《ありさま》になつてゐるとのことであつた。

「何《なん》しろもう病院生活には飽き〳〵してゐるものだから、行くと其不平ばかりでしてね。其れに好きな煙草が禁じられてるものだから、一層元気がなくなつてしまつて。――可哀さうに私の顔さへ見ると、直ぐ手を出して、済みませんが……と云つて煙草を強請《ねだ》るのでせう。さうなると此方《こちら》もつい情に絆《ほだ》されて、病気には善《よ》くないと思ひつゝも、矢張《やつぱ》り煙草でも土産に持つて行つてやらうかなあと云ふ気になる。すると病人は大喜びでねえ。同室の患者に盗られるからつて、其を懐中《ふところ》や袂の底へ隠し廻るぢやありませんか。見てゐると全く涙が出て来てねえ。……何《ど》うでせう、今一度為さん（鈴木氏は東京で為雄を引取つて呉れた時分から、彼のことを為さん〳〵と呼んでゐた）を国へ返して、お母さんの側で養生させると云ふことは出来ないでせうか。もう迚《とて》も乱暴なんかする心配はない。実は病院の方でも、脚気の進行を非常に気遣つてゐるやうですから……」

鈴木氏は其の濃い髭の下から、頻りに莨《たばこ》の煙を吐きながら、更に話頭を為雄の発病当時に転じた。

「全く軍隊に取られたのが悪かつた。あの通り平素から我の強い性質の処へ持つて来て、例の圧抑手段でぴし〳〵とやられたものですからね。そいつが余程精神を刺戟したものに相違ない。然し此方《こつち》はそんなことゝは知らないものだから、疋田の手紙で、為さんがどうしても会社を辞すと云つて聴かないと知つた時は、私も少々腹が立つてね。これは的切《てつき》り入営中に、何か甘《うま》い話でも聞込んでおいて、其方へ逃出して行くんだらう。余り不義理な遣方《やりかた》だと、実は内心で憤つてゐた。だから貴方《あなた》から、為さんの精神に多少異状があると知らせて来た時も、私は一向信じなかつた。そして早晩為さんが、自分の軽率を後悔して、今一度私の内へやつて来る日のあるのを予期してゐました。――すると果してやつて来るには来たが、其時はもう例の広島の帰途《かへり》なのでした……」

鈴木氏は暫く言葉を切つて、当時を想ひ出すと云ふやうな眼付をした。

其の頃鈴木氏は、尼が崎の方に住んでゐた。

「丁度夕飯が済んで、家内と二人火鉢の側で話してゐると、ひよこり訪ねて来たのが為さんなんでせう。故郷《くに》にゐるとばかり思つてゐたものだから、私も家内も驚きましてね。聞いて見ると広島で米搗《こめつき》をやつてゐたが、辛いから戻つて来たと云ふやうな話。馬鹿な。広島下《くだ》りまで米を搗きに行つて、どうする考へだつて、まあ其時は私も怒つて見せた。――今から考へると実に可哀さうな話で、もうあの時などは余程間違つてゐたんですな。けれども会話《はなし》などして見ると条路《すぢみち》は立つてゐるし、自分の行為は一々記憶してゐるし、……ちつとも分らなかつた。そして今度はもう決して東京の会社を退く時のやうな我儘はしないから、どうか今一度何処かへ世話をして呉れつて、全く心底から詫るのです。只従前と少し異つてゐたのは、様子が大分沈み勝ちに見えたことであつたが、しかし其れも面目ないからであらうと私は思つてゐた。で、まあ、何処へ世話をするにしても、東京の兄様《にいさん》と相談した上だから、其れまで待つてゐるが善《よ》からうと云つて、遊ばせておきました。処が中々落着いて待つてゐない。毎日私が会社から帰るのを待兼ねて、兄からは何と云つて来た、まだ勤務《つとめ》の口は見付からないかと強請《せび》る——たしか貴方《あなた》の方へも手紙だけでは気が済まんで、電報まで打つたと記憶してゐますが。——而《さう》して其鬱ぎ方が毎日酷くなる。散歩に行けと云つても決して行かない。只火鉢の前に俯向いて、煙草を吹かしてはぢつと考へ込んでゐる。二時間でも三時間でも動かない。日曜などには私の方から引張出すやうにして、魚釣《うをつり》に出掛けたり、芹摘に伴出《つれだ》したりするんだが更に冴えない。其のうち家内はぽつ〳〵為さんの挙動に付いて私に訴へ出した。と云ふのは私と二人で話してる時には別段のことはないが、家内と差向つてゐると色々変なことがある。話し半《なかば》に独語《ひとりごと》を云つたり、外のことを口走つたりするのはまだ善《い》い。時によると一人でげら〳〵吹き出すことがある。家内が気味悪がつて、何がそんなに可笑いかと聞くと、奥様非常に面白いことがあるんですと云つて、矢張《やつぱ》り笑ひ倒《こ》けてゐると云ふ。私も初めてこれはと思つて、兎も角今一度国へ帰つて待つてゐるが善《よ》からう。口はあり次第知らせるからと云ふので返しました。それでも私はまだ善《い》い処があると、勤まるものだと思つてゐた。それに本人からは毎日催促状が来るんですしね。で、漸とのことで見付かつたのが例の鉱山監督所だつたが、呼んで見るとあの始末なんです。」

話が一段落着いた時に、鈴木氏は又暫く煙草を吹かしてゐたが、

「しかし貴方《あなた》もお気の毒ですね。やうやく学校が済んだと思つたら、為さんが又あんな病気で。——これで病人を一人入院させてゐると云ふことは、中中大抵のことではない。」

「其れについて又何時《いつ》ぞやは、大変な御迷惑をかけまして……」と稔は頗る恐縮の体《てい》で云つた。

「いゝや何《どう》しまして。」と、鈴木氏は何ものかを思ひ出したやうな笑ひ方をしながら、

「しかし、あの時は若《も》しやあんなことになるのではないかと最初から予想してゐたゞけ、一層私も不愉快な感じがしたものだから、つい貴方《あなた》の方へも有のままを通知してしまつて。——貴方《あなた》も定めし心持を悪くされたでせう。」云ひ終つて鈴木氏は又軽く笑つた。

叔父の家が病人の身元引受人と云ふ格になつて、為雄を病院へ入れた当座のことであつた。稔は叔父から思ひがけない親切な手紙を受取つた。其れには稔の境遇に深く同情を寄せた末、

——俺の方でも出来得るだけの助力はしてやりたいが、お前も知る通り、俺も今は全く病衰の身体《からだ》で、倅達の厄介者と云ふ始末だから、迚《とて》も思ふだけのことは出来ない。就ては此処一箇月位のところは、此方《こちら》で何とかしておいてやるから、其後の入

院料はお前の方から間違なく送金するやうに。尚々病院の勘定は一週間毎《ごと》に精算する規定になつてゐるから——と云ふやうなことが書いてあつた。

　稔はこれを読んだ時、心に叔父の好意を感謝すると同時に、又叔父の心意を頗る殊勝にも考へた。さうして流石《さすが》に叔父はまだ昔の武士気質《かたぎ》を忘れない人だと心で思つた。と云ふのは、嘗て此叔父がある事業に失敗して非常に窮迫してゐた頃、折々ひよつこりと山越で稔の家にやつて来ては、二三日遊んで行くことがあつた。さうして其度《そのたび》に稔の父親《てゝおや》に、苦しい工面をさせてゐたことは、子供心の稔にも善《よ》く分つてゐた。だから今度の叔父の申出《まをしいで》も、稔には半《なかば》其時の報恩の念に基くものと察せられた。稔は叔父の好意を喜ばしく受けて、最初の一箇月は送金しなかつた。尤《もつと》も送金するだけの余裕もなかつたからであつた。

　すると或る日、従兄弟《いとこ》の道彦から手紙が来た。其れには随分気障《きざ》なお世辞や、厭味な文句が沢山あつたが、要するに自家現下の境遇では、到底入院料の立替は出来ないから、早速送金して呉れるか、但しは退院の処置を取つて貰ひたいと云ふのであつた。稔は叔父の家の内情も、まだ聞いてゐたほどに余裕の無いのを心に怪《あや》しみながら、一切の事情を鈴木氏に打明けて、一時入院料の立替を願つた。さうして御面倒だらうが其金は、何卒《どうぞ》叔父の家まで持つて行つて下さるやうにと頼み込んだ。親切な鈴木氏は、早速其れを持つて行つて呉れた。すると道彦は威猛高になつて、

「稔さんも何処まで分らない男だ。現在自分の弟が、入院までせねばならぬ始末になつてゐながら、平気の平左《へいざ》で済し返つて、一厘の金も送つて来ない。そんな兄貴が何処の世にある。聞けば東京でも為雄君に対して、ちつとも兄らしい所作はなかつたさうだ。私は其冷淡さが見てゐられなかつたから、反省を促すためにあんな手紙を出したんだ。出来なければ出来ないと此方《こちら》へ頼んで来るが善《い》い。憚りながら私の家だつて、これで小規模にもせよ、船場《せんば》に商会の一つも持つてゐる身分だ。高が一月や二月の入院料位ゐ、立替が出来ないやうで遣つて行けるものか。折角ですが、此の金は、どうぞ此のまゝお持帰り下さい。」と云つて、金包を鈴木氏の前に叩きつけて、口穢なく稔を罵しつたさうだ。さうして叔母も其の後について、苛々《いら〳〵》と眼瞼《まぶた》を屢叩《しばたゝ》きながら、女らしからぬ口を利いてゐたとのことであつた。

「何《なん》しろあの時は初対面の場に、あの茶番が演じられたといふもんだから、私も少からず面喰ひましてねえ。——」

鈴木氏は又はゝと気軽に笑つたが、直ぐ真面目になつて、

「しかし今度は間宮さんも大変ですね。お気の毒でどうも顔出しも出来ないやうな始末で……」

「へえ、何かありましたか。」事ありげな様子に、稔が怪しんで問返すと、鈴木氏も訝しさうな面持《おももち》しながら、

「ぢや、貴方《あなた》はまだ知らないんですね。——詐欺事件の連累で、息子さんは拘引されてゐるやうですよ。其も大分大仕掛けでね。——なに、つい十日ばかり前のことです。いや、あの新聞はま

だあつたかも知れない。」

鈴木氏は急に手を叩いて新聞の古いのを持つて来させた。さうして暫く其中を捜し廻つてゐたが、間もなく「これだ、これだ」と云つて、其の一枚を稔に渡した。

見ると標題《みだし》に大きな活字で、「憎むべき詐欺師」と云ふ文字があつて、記事は二段にも亙《わた》つてゐた。飛々に眼を通したところでは――由来市中目貫の船場内《せんばない》には、従来《これまで》も大仕掛の会社や商店と見せかけて、詐欺を働いてゐる悪漢少くなかつたが、此処に又昨年の秋頃から、今橋五丁目に間口七八間の素晴らしい商館を構へ、電株商会と云ふ大看板を掲げ居る野田吉哉と云ふ男は、近頃毎夜北の新地に入浸つて豪遊を試むるところから手が懸り、東署の何某刑事が密探の結果、電株商会とは全く詐欺の看板、実は影も形もない幽霊電話や、既に約束ある株の転売などを営み、市内各商店より詐取したる金額既に三四萬圓に達したること発覚し、昨日東署に引致された。尚吉哉の実弟間宮道彦も、共謀の形跡ありとて目下取調中とある。これが其記事の大要であつた。

「だから生中《なまなか》才はじけた子供は持つものぢやないですな。あのお母親《つかさん》なども、平素から随分息子の自慢話ばかりして居られたが、とう〳〵親の顔に泥を塗つてしまつた。――間宮さんが誠にお気の毒だ。」鈴木氏は思ひ入つた風に云つて、溜息をついた。


けれども稔はこれを読んで、別に驚きもしなかつた。寧ろ彼は、自分だけは疾《と》つくの昔から予知してゐた、ある事件の自然の結果を見たやうな感じがした。従兄の吉哉には、子供の時から大胆不敵の行動があつた。其が為め昔気質《かたぎ》の叔父は一図に腹を立てゝ、早くから彼を勘当してゐた。さうして叔父が病気になつて、役を退かねばならなくなるまで、彼は永い間自宅へ寄着くことも出来なかつた。彼が其親の姓を襲《つ》いでゐないのも夫が為である。――

「あの児はひよつとすると、此の先臭い飯を食ふやうな身になるかも知れない。困つたものやなあ。」稔は昔お孝からこんな嘆息の言葉を聞かされる度《たび》に、正直一徹の子供心に、吉哉を非常に恐ろしい男だと思つた。さうしてこんな従兄のあることが、此上もない我身の恥辱だと考へてゐた。

其後、しかし、稔の思想は様々の変化を受けた。今の彼は、最早こんな事実を知つたからとて、吉哉を別に恐ろしい男だとも思はなければ、又自分の従兄からこんな恥曝しの出たが為に、鈴木氏の前に面《かほ》を紅らめて、冷汗を流すと云ふほどに、朴直《すなほ》な頭を持つた男でもなかつた。否、今日《こんにち》の社会のやうに、正邪曲直の恐ろしく擾乱されて、全く其位置を顚倒してゐる如き忌はしい状態にあつては、詐欺や泥棒の流行するのも強《あなが》ち無理ではない。更に切詰めてこれを露骨に云へば、若しある事情と境遇の下におかれたら、人間はすべて泥棒ともなり、詐欺師ともなり得るものだ。――こんなことまで、今の彼は、折々考へる人であつた。況《いはん》や吉哉は仮令《たとひ》不正の金とは云へ、其れで今日まで老父母を気楽に養つて来た。若《も》しあんなことでもしてゐなかつたなら、別段これと云ふ知識も藝能も持つてゐない彼等に、迚《とて》もあれだけ贅沢な孝養は出来なかつたかも知れないのである。稔は、自分が病人の弟一人の為に、意気地なく苦しんでゐるところから考へ合せて、ある意味に於ては此の従兄弟《いとこ》の方が、遥《はるか》にえらいと思ふことさへあるくらゐであつた。

けれども、今此の記事を読んだ時の稔は、心に覚えず快哉を叫んだ。「ざまを見よ」と云ふ嘲笑の声が、一時に胸の中で凱歌を上げた。さうして嘗て自分を口汚なく罵つた彼等母子に、痛快なる無言の復讐をなし得たやうな心持がした。と同時に又そんな下劣な考への起るのが、我ながら浅ましいと後悔もされた。其夜彼は様々の新しい思ひに悩まされつゝ、鈴木氏の二階に疲れた身体《からだ》を横へた。彼の夢には、人の善《よ》い叔父の面影が屡《しば〱》浮んで来た。

翌《あ》くる日の午《ひる》過、稔は叔父の家を訪ねた。

叔父の家は同じ大阪でも、ずつと東寄になつてゐた。城壁に近い何とか堀の傍畔《かたはら》で、迷樓のやうな細長い三階建の、此辺《このあた》りには珍らしい風流な構へであつた。

叔父の病気はもう胃癌と云ふことに宣告されてゐた。彼は殆ど骨と皮になつて、宛《さなが》ら死の陰影を見るやうであつた。でぶ〱肥つた叔母が枕許で看病してゐた。叔父は平素から口の重い性《たち》で、其れが衰弱の為め一層沈黙を守つてゐたが、其代りに叔母は例の眼瞼をぱち〱させながら、埋合せに独りでのべつに饒舌《しやべ》つた。

「まあ、まあ、真実《ほんま》によう帰つとくなはつたなあ。お母はんも喜びはつたろ。立派になつてなあ。途中で会うても、もう分りしまへんなあ。なんせ、もう足かけ十年も会へへぬのやさかい。然《さ》うだす、然うだす。お父さんの死《なく》なりはつた時に会うたぎりだす。為《ため》はんも真実《ほんま》に可哀相になあ。いゝえ滅相な。いつも行届かぬ勝《がち》だして……心の中だけではなあ、これでも、彼々《あゝ》もしたげて、斯うもしたげてと思てますけどな、根つからもう。あゝ〱然うだすとも。大抵やおまへんわな。それでも稔さんのやうに学問が出来たら、えらい気丈夫だつしやろ。なんにも世の中に恐いもの有りしまへんな。まあ今日は久し振やさかい、緩くりしとくなはれや。夕方には道彦も帰つて来ますさかいな。……」舌たるい大阪弁を矢鱈に浴せかけられて、稔は只「はあ、はあ」と受けるばかりであつた。

叔母が饒舌《しやべ》るだけ饒舌つて台所へ退くと、叔父はぽつ〱口を開いた。叔父は余り過去を語らなかつた。又稔の過去に就いても多くを訊かなかつた。自分の病気のことなどは、まるで念頭にないやうであつた。稔が見舞の言葉を出した時も、「どうせ俺は最《も》う後《あと》半年と持たない身体《からだ》なんだから」と云つて、一寸其の痩せた手を眺めただけであつた。そして直《すぐ》又外の話に移つた。

「お前もう新聞で見たらうが、吉哉の奴め、飛んでもない不都合を為出来《しでか》しよつて……」叔父は終《つひ》に自分から切出した。稔も止むを得ず、

「大変な御災難でございましたさうで……」と言葉を挿んだ。

「昨今まだ予審中だから、果して有罪になるか否やは未定だが、道彦だけは巻添にならせたくないと思つてゐる。彼は折角日露戦争で、功五級の金鵄勲章を貰つてゐるのだから、其を褫奪《ちだつ》されるやうなことになつては残念だ。」こんなことを話す時でも、叔父には比較的親子の虚栄《みえ》を張るやうな態度は見えなかつた。

其の道彦は、しかし、夕方になつても中々帰つて来なかつた。兄貴の商会を引受けてやつてゐるのか、或は自宅から取調を受けに出てゐるのか、稔には一向見当が付かなかつた。饒舌《おしやべり》家の叔母も、此事に付いては一言も云はなかつた。けれども稔は今日此家へ訪ねて来たのは、為雄の費用の立替を払ふのが主《おも》な用事で、其書附は一切道彦が管理してゐるとのことであつたから、何《ど》うしても彼の帰宅を待たねばならなかつた。

夕飯が済むと、叔母は稔を三階へ案内して、道彦の従軍記念品など数々見せた。三階からは市中の夕景色が広く展望された。道彦は南山の激戦で重傷を受けて、一時戦死とまで新聞に発表されたが、一年余りも赤十字病院に起臥して、漸く生命だけは取止めたのであつた。

此の勇敢なる癈兵は、九時になつて漸く帰つて来た。荒い茶縞の脊広を着けて、狐に魅《つま》れたやうな顔をしてゐた。其表情《かほつき》から想像しても、出先で吉事《いいこと》のなかつたのは察せられた。稔は其処其処に挨拶を切上げて、取替金の書附を払つて、直ぐ此家を辞した。為雄を籠にて迎ひに来いとあつた葉書のことに就いては、此方《こちら》から問ひもしなければ、先方《むかう》から云出しもしなかつた。

取替金の勘定は、稔の予想よりも多額であつた。書附には委細内訳があつた。其中には襯衣《シヤツ》一枚の洗濯代から、時々病院へ見舞の車代まで、一々ちやんと附込んであつた。

「だから下手な親類などは無い方が優《ま》しですね……」其夜鈴木氏は其書附を見ながら、独語《ひとりごと》のやうに云つた。稔は何にも答へずに只苦笑ひしてゐた。

六

車は玄関のところまで来て止まつた。

稔は少し慌てたさまで車を降りた。白い仕事衣を羽織つた助手らしい人が、忙はしげに彼方此方《あちこち》する病院の長い廊下を見入つた時、彼は自分の胸の動悸の少し高まつてゐるのを意識せずにはゐられなかつた。

隣の部屋から看護婦が出て来た。先刻《さつき》車が門を入る時、ちらと窓から姿を見せた看護婦であつた。稔は名刺を出して来意を述べた。看護婦は、自分が今出て来た待合室に稔を通しておいて、名刺を見ながら奥へ入つて行つた。

「只今院長さんは御回診中でございますから、何卒《どうぞ》暫くお待ち

下さいませ。」暫く経つてから出て来た看護婦は、斯う云つて再び奥へ行つた。

稔は待合室の窓からぼんやりと外を眺めた。門内には砂利が綺麗に敷いてあつて、其れが玄関の前で二方に分れて、其中に小さな築山《つきやま》を抱いてゐる。築山の中には、傘のやうに枝を拡げた松が一本あるばかりであつた。門の両側から長く手を延ばした赤煉瓦の塀が、ぐるりと病院を取巻いてゐる。今までは物の本でしか知らなかつた癲狂院《てんきやういん》が即ちこれだ。此の広い煉瓦塀で囲まれた建物の中には、社会の生存競争場裡《ぢやうり》から敗遁した幾多の患者が幽閉されてゐる。自分の弟も其中の一人だ。——斯う考へた時、稔の胸は鉛のやうに重苦しく沈んでゐた。

彼は窓を離れて廊下に出た。そして事務室の小窓の前に立つた。其処で彼は、一月余り滞納になつてゐる弟の入院料や雑費の勘定を払つた。小窓の中には紅ら顔の、肥つた、布袋然《ほていぜん》たる老人が坐つてゐた。

「は、あ、貴方《あなた》が神田様の御兄《おあに》さまで。——弟御様《おとうとごさま》も永々の御病気で、さぞ御心配でごわせう。」

老人はこんな愛想をいひながら、でか〳〵と護謨判《ごむばん》を捺した請取証を稔に渡した。

此時門内の砂利石に、激しく轍《わだち》の軋る音が聞えて、其の後から大勢の子供達が、わい〳〵と囃しながら入つて来た。稔は何かと思つて其の方へ視線を向けた。其れは新しい患者が其処に運び込まれたのであつた。

廊下の向うからは、二三人の看護婦がばら〳〵と駈けて来た。

車の上には、三十五六の男と女とが合乗に乗つてゐた。男は片手を女の後に廻して、しつかりと女を抱締めてゐた。女は髪を振乱して、額には生々とした疵《きず》があつた。疵口には赤く血が鈍染《にじ》んで、前髪の一部が、べつとりと其れに粘着《ひつつ》いてゐた。

女は酷く激昂したやうな表情《かほつき》をして、口を歪めて、絶えず「うん、うん」と唸つてゐた。車が止まると、男の方が先へひらりと飛び下りた。

「おい、確《しつ》かりしろよ。此処には兄《あん》さんがゐるんだからな。確かりしなけりや善《い》けないよ。」云ひながら男は車の前に立つた。

女は男の言葉など耳にも入らないと云つた風で、尚続けさまに「うん、うん」と唸つた。

車夫《くるまや》が前に宛てた毛布を取ると、女は薄汚い兵児帯《へこおび》で、両手をがんぢりがらみに縛られてゐた。看護婦が其の帯を取らうとすると、女は車上で手を縛られたまゝ、激しく其れに抵抗した。男は又女の傍《そば》へ寄つて来て、前と同じことを繰返した。

「おい、確かりしろよ。兄《あん》さんが此処にゐるんだからな。確かりしなきやあ善《い》けないよ。」

やがて三人の看護婦が寄つて集《たか》つて、やつとのことで兵児帯を解いた。

女は其の間も血走つた眼付で、曇らはしい空の一ところを見詰めたまゝ、絶えず「うん、うん」と唸つてゐたが、其手が自由になつたのを意識するや否や、急に両の手掌《てのひら》を面にあて、、更に苦しげに呻吟の声を高めた。さうして行きなり車の上で立ち上らうとした。車は其動揺に砂利の上を二三寸も後戻りして、女は蹣跚《よろ〳〵》と蹴込《けこみ》に倒れさうになつた。男は慌てゝ、車の泥除《どろよけ》を押へた。車夫《しやふ》は抱くやうにして漸く女を車から下した。

「担架でも持つて来ませうか。」一人の看護婦が斯う私語《さゝや》くと、

「いゝえ、負ぶつて沢山よ」と一番年嵩《としかさ》らしいのが、圧へるやうな手附をしてゐた。

　女は車夫の手を離れると、崩折れるやうに式台の上へ突伏してしまつた。さうして両手で頭を抱へて、其振乱された髪の毛を忌々しげに引掻きながら、又一層声高に「うゝん〳〵」と唸り続けた。――泣いてゐるのでもなければ、無論喚いてゐるのでもない。只傷付いた獣のやうに、長く、凄じく唸つた。

　年嵩の看護婦は、他の二人の同僚《なかま》に手伝はせて、女の抵抗するのを無理に負つた。さうして引擦るやうにしてその女を廊下の奥の方へ運び込んだ。男も其後《そのうしろ》から従いて行つた。女は肥つて、非常に重さうであつた。跣足《はだし》で其処いらを駈廻つたものと見えて、足から、裾から、一面の泥塗《どろまみ》れになつてゐた。

　稔は又待合室に戻つて、窓際へ倚りかゝつた。彼の眼には、今見た病人の緊張《ひきしま》つた顔と、其後《そのあと》から小さな風呂敷包を提げながら従いて行つた、気の弱さうな男の青ざめた顔とが、まだ鮮かに残つてゐた。言葉の様子では、男は女の兄のやうでもあつた。彼は亦病人の妹を荷に負うて苦んでゐるのか。今日此病院へ患者を伴れて来るまでには、どれほどの悲劇が彼等兄妹の間に繰返されたことであらう。其れを思ふと、人事だと云つて冷かに見てはゐられない。今にもあの男が此処へ戻つて来たら、親しく言葉を交して慰めてもやりたい。――稔は我身の暗い過去を振返りつゝ、一人でこんなことを考へてゐると、いつの間にか先刻受附に出た看護婦が又現れて、

「どうか此方《こちら》へ」と云つてゐた。さうして稔を廊下の中程の一室に導いた。其処には、黒地に白で院長室と書いた、小さな木札が戸口に懸けられてあつた。

　院長は長い間米国に留学してゐたと云ふ、まだ年若い、品の善《い》いドクトルであつた。青味がゝつた頤《あご》を綺麗に剃つて、上髭《うはひげ》を短く刈込んでゐた。病院は此院長が帰朝後間もなく設立したものであつた。

　院長の卓子《テエブル》の上には、為雄の病床日誌が置かれてあつた。

「御入院の当時、近親の方がお出でにならなかつたものですから、委しいことは承《うけたまは》れませぬでしたが、一体子供の時分の御気質や、発病前後の御容子《ごようす》は如何でございましたか……」

　初対面の挨拶が済んだ後で、院長は一寸病床日誌を拡げて、ある頁《ペエジ》に目をやりながら、先《ま》づこんな問を稔にかけた。

　稔は記憶に浮ぶ限りのことを詳しく語り始めた。彼は弟の性癖や又は病歴に就いて、別に弁護したり、隠蔽したりする必要を認めなかつたので、只有のまゝを飾るところなく露骨に述べた。けれども院長は折々思ひ出したやうに、只「はあ、はあ」

と応答《うけこた》へするだけで、別に気を留めて其れを聞いてゐる風にも見えなかつた。最終《しまひ》には稔も好《い》い加減にして切上げた。

「其れで、御病人にはもうお会ひ下さいましたか。」

稔の談話が一通り済むと、院長は彼に茶を勧めながら云つた。

稔はまだ会つてゐない旨を答へた。

「はあ、其れでは……」と云つて、院長は又病床日誌を繰拡げつゝ、

「実は其後御病人の精神状態は、御入院当時から見ると段々鎮静して来て、非常に経過が善《い》いのであります。が、脚気の方がどうも宜しくありませんで……何ですか、これまでにも脚気は毎年おやりになりましてですか。」

「一二度そんな気味があるやうに申して居つたことも聞きましたが、しかし大しいことでは無かつたやうに考へます。」

稔は続いて、為雄が東京を去る前に、脚気が悪いとか悪くないとか云つて居つた時のことを語らうとしてゐると、

「はゝあ」と院長は直ぐ稔の言葉を引取つて、

「ところが、今度は其れが大分お悪いのです。……」

「矢張《やつぱ》り転地でもさせなければ善《い》けないので厶《ござ》いませうか。」

稔は勢ひ斯う問はざるを得なかつた。

「然《さう》です。どうも其をお願ひしたいのですな。何分此方《こちら》の病院では、其の方の治療まで理想的にと申《まを》す訳にはまゐりませんので……」暫く黙した後、

「如何でせう。一度故郷《おくに》の方へお引取り下さると云ふ都合には参りますまいか。」

稔は暫時返答に閊《つか》へた。

「しかし、入院前にも大分母や妹に乱暴を加《や》つたさうで厶《ござ》いますから、又其様なことを為出来《しでか》すやうでは不安心だと考へますが……」

「御尤《ごもつと》もです。が、最早そんな気遣《きづかひ》は決して有りませぬ。精神は全く鎮静してゐるのですから。其れに脚気で下肢の諸関節は、殆ど利かなくなつてゐますから。」

「しかし脚気が癒れば又乱暴を始めるやうなことは厶《ござ》いますまいか。」

若《も》しそんなことにでもなれば、再び今日までの径路を最初から繰返すに過ぎない——と稔は腹の中で考へた。それに院長の口吻《こうふん》が、一途に為雄の退院を迫るらしいのも余り善《い》い心持ではなかつた。彼は寧ろ反抗的に云つた。

「何処か他に適当な転地療養所は厶《ござ》いますまいか。」

「左様《さやう》。ないこともありませぬが、矢張《やつぱ》りお国へお帰りになると云ふことが、脚気には一番有効でせう。其に御本人も近頃では、頻《しきり》に帰国を望んで居られるのですから。」院長も又固く其れを持した。

稔は再び黙せざるを得なかつた。彼は無意識に頭を上げた。さうして窓を通して中庭を見やつた。其処には丁度四季咲の薔薇の花のやうなものが沢山咲いてゐた。其の紅い燃えるやうな花弁《はなびら》が、彼の疲れた頭脳《あたま》に強い刺戟を与へた。稔は直に又視線

を引込ませた。

やがて彼は、川瀬の云つた感化院の話を院長に相談して見た。

「其れは駄目です。」院長は一言《ごん》の下に其話を葬つてしまつた。さうして二度と其事に付いては言葉を出さなかつた。宛《あたか》もそんな愚なる話には、口を切るだけの価値もないと考へてゐるかの如く。――さうして却て、精神病と遺伝の関係や、文明の進歩に伴つて、精神病の増加すると云ふやうな事項に付いて、可なりに長い談話を試みた後《のち》、

「然し此患者は誠に気の毒なものです。血統の上から云へば畢竟其一家の犠牲となつたので、又生存上から云へば其の社会の犧牲になつたと云つても然るべきです。だから之を保護し又扶助して行くのは、健康者並に優勝者の義務でもあり、且《かつ》責任でもあらねばなりませぬ。」こんなことを云つて口を結んだ。稔は大分中《あ》てられた気味であつた。

暫くして稔は院長の部屋を辞した。院長の眼に映じた稔は、何だか冷淡な人間のやうに見えた。彼は今まで、こんなに患者の弱点を露骨に観察してゐる骨肉を見たことがなかつた。稔の眼に映じた院長も、亦余りに頼もしい人のやうではなかつた。只形式一遍の、普通の開業医としか見えなかつた。二人は互《たがひ》に妙な心持で分れた。

廊下に出たところで、稔は又先刻《さつき》の受付の看護婦に会つて、これから直ぐ病人に面会したい旨を頼んでおいて、今一度待合室に戻つて来た。

待合室には、此土地で能く出会ふ、商家の旦那衆らしい、前垂掛の男が二人来てゐた。一人は肥つた面皰《にきび》だらけの男で、今一人は痩せた、狐のやうな面相の男であつた。二人は、部屋の真中に据ゑてある、大きな、火のない火鉢を中に挟んで、頻に何か話し合つてゐたが、稔の入つて来るのを見ると、ぴたりと話を止めて共に入口の方に顔を向けた。

稔は軽く二人に会釈して又窓のところに歩いて行つた。さうして所在なさに隠袋《かくし》から其の日の新聞を出して眺めてゐると、向うの二人は又会話《はなし》をはじめた。

「そんなら、もう、あかんな」と、肥つた方が小声で鷹揚に云つて、煙管《きせる》で灰の中を掻廻した。先刻《さつき》の話の続きと見える。

「もう、あきまへぬ。」と答へて、痩せた方は燐寸《マッチ》を相手に渡してやつた。

「今一遍《もいつぺん》見直すと思てゐたがな。」

「見直さんにやならぬ景気になつてゐたのやけど。」

「丸七は神戸の方で、大分ぼろいことしよつたと云ふやないかい。」

「そんな話や。」

「彼奴《あいつ》は何《なん》さらすか分《わけ》らぬなあ。」

「狡《ずる》いさかいなあ。」

二人は舌打しながら語り合つてゐた。

稔は聞くともなしに其の話を聞いた。そして、こんな病院に

来てまで、尚こんな話を忘れずにゐる二人を、寧ろ賤しむべき男だと思つた。けれども間もなく彼は、二人を却つて羨む心になつた。今の彼の心は、二人の其れに比べて見ると、我ながら哀れなほど余裕のないものであつた。彼の胸は只失望で満たされてゐた。

村を立つ前の日、川瀬に感化院の話を聞いてから此の三四日、稔は余りに空漠なる希望に頼り過ぎてゐた。彼は、為雄の病気は最早救はれたもの、やうな気がしてゐた。院長は、病人を感化院に移す相談に於て、手を拍つて賛成の意を表して呉れるだらうと思つてゐた。お孝にも其となく此のことを告げて喜ばせておいた。其れがたつた一言――「其れは駄目です」とにや〳〵しながら云つた院長のたつた一言で、あらゆる希望が破壊されてしまつた。考へて見れば、感化院は不良少年や犯罪者を教化するところで、自分の弟は精神病者である。精神病院と感化院との間には、其設立の任務に於て、自《おのづ》から截然《せつぜん》たる区別の存《そん》するものがあらねばなるまい。して見ると、精神病者を感化院に入れて癒さうと企てたのは、なほ単に其外観が似て居ると云ふ点で以て、玉葱の種を地面に播いて火薬の収穫を得やうとした、愚かなる野蛮人の物語と選ぶところがなかつたかも知れない。何故自分はこんなことぐらゐに気が付かなかつたのであらう。――稔は今の今まで自分の素人考へで、専門家の処置を動かし得るやうに思つてゐた迂濶を酷く心に恥ぢた。其れだけ又此の事件の成行が忌々しくも感ぜられた。

同時に色の白い、艶の好い、活力の漲つた院長の面貌《かほつき》が、其前に首垂れて一言もなかつた自分の青白い頬と対照して、何だか自分を嘲笑するために、此世に生れて来てゐる人のやうに思ひ出された。さうして只管《ひたすら》に病人の退院を強ひるやうな、其の口吻《くちつき》も気に喰はなかつた。「自分の病院で脚気を出しておきながら……」稔の腹の底の方には、院長の無責任を咎めるやうな、こんな不平も微かに頭を動めかしてゐた。

若《も》し為雄を感化院に入れても善《よ》いと云ふことであつたら、稔は為雄にも能く事情を納得させて、明日にも感化院の院長を訪ねて見やう。さうして川瀬の云つた如く万事を打明けて頼んで見やう。為雄を既に病院生活には飽いてゐるのだから、屹度《きつと》此話を聞いたら喜ぶに相違ない。――そんなことを稔は考へてゐた。若《も》し又為雄の脚気が非常に悪いものなら、先《ま》づ彼を何処かの海辺か山間に転地させて、脚気の癒るのを待つて感化院へ伴れて行かう。――こんなことをも稔は考へてゐた。けれども為雄を国へ伴れて帰らうと云ふことに就いては、未だ一度も考へたことはなかつた。どうあつても国へは伴れて帰りたくない。お孝に又々今日までの心配を繰返させるのが堪へられぬ。其れに村の人々等の手前も、満更念頭に浮ばないことではなかつた。

――

「矢張《やつぱ》り入院料が惜しいと見えて、稔さんは又病人を病院から伴れて戻つた。」五助や与平に、こんな蔭口の材料を与へるのも癩であつた。

尤《もつと》もお孝は、稔が大阪へ立つて行く日の朝、若し為雄の神経さへ鎮まつてゐるなら、何時《なんどき》でも一緒に伴れて帰つて来て呉れ。自分が又脚気の介抱をしてやるからと云ふやうなことを云つてはゐた。けれども其れは稔に対する義理もあつたからで、彼女が近所の人達の思慮《おもはく》を、人一倍に気に病む性であることは、稔も十分に飲み込んでゐた。

其れが、頼みにしてゐた感化院の話は無益と解つて、而《しか》も病院では病人の退院を迫つてゐるのだから、稔は当惑せずにはゐられなかつた。此上又本人に会つて、彼自身の口から退院を強請されたら、何としたものであらう。今日一日だけならば、どうとも云つて逃げることは出来る。「ぢや又国へ帰つて、能く母とも相談の上で……」現に稔は今も院長の前で、斯う云つて確答を免れて来た。けれども結局これは自分自身の肩にかゝつた問題である。最後の処置は矢張《やつぱ》り自分で付けるより外《ほか》はない。

「然しどう云ふ区別が其処にあるのだらうか。」稔の思想《かんがへ》は又急に感化院のことに後戻りした。――不良少年や犯罪者の大多数が、何《いづ》れも低能児、痴愚者、或ひは教化不全者の類であつたことは、既に専門家の調査で証明されたところで、其の又低能児、痴愚者、教化不全者の大部分は、先天的又は後天的のある事情によつて、精神作用の完全なる発育を阻碍《そがい》されたるもの――即ち精神病者の一種であることも、既に斯道《しだう》の学者の定説である。さうして精神病院が主として肉体的に薬剤或は物理的の療法を施すに対し、感化院は専ら精神的の教化を司どる以上、此の二者は決して自分が先刻《さつき》考へた如く、火薬と玉葱の種ほどに没交渉のものではなくて、却て互《たがひ》に相輔《あひほ》佐《さ》提携して、初めて是等の患者に対する一個の完全なる治療法を形成すべきものではないか。して見れば為雄を感化院へ送らうと企てた自分の考へ――否、これは自分の素人考へではなかつた。兎に角医師としての川瀬が勧めて呉れた説だ――は、強《あなが》ち此処の院長が一笑に附し去つたほど、それほど根拠のない意見では無いやうにも思はれる。少くとも今少し親切に考へて然るべき問題ではあるまいか。

稔が徒《いたづら》に新聞を目の前に拡げて、こんな思案に囚はれてゐると、其処へ面会室の都合が善《よ》いとの報知《しらせ》があつた。彼は又先刻《さつき》の看護婦に導かれて廊下を奥へ行つた。突当つて右に折れると、其処に白衣《びやくえ》を着けた一人の壮丁が、無愛想な面構をして、歩哨のやうに立つてゐた。看護婦は稔を此男に託して、自分は其処から引返した。

壮丁は、此方《こちら》へと云つて、稔を更に十歩ばかり奥へ導いた。其処には面会室と札を打つた、小さな部屋が二つ三つ並んであつた。其一つは面会人で塞がつてゐた。壮丁は他の一室に稔を入れておいて、自分は又其処から廊下を奥へ進んで行つた。面会室には薄汚い畳が敷いてあつた。真中に煙草盆が一つ置いてある許りで、外には何にも見当らなかつた。

暫くすると、向うでがちや／＼と鍵の鳴る音がして、続いて

重い戸の開く響がすると、

「神田さん、御面会人」と呼ぶ嗄枯《しやが》れた声が、廊下に沈んで物凄く聞えた。

稔は殆んど無意識に立上つて、面会室の入口から顔を出した。丁度其の時、彼方《むかう》の部屋から壮丁の肩に捉まつて、廊下に出て来る一人があつた。足は両方とも全然《まるで》利かないものと見えて、上半身を全く壮丁の肩に託して、負ぶさるやうにしてゐたが、戸口を出ると偶《ふ》と顔を上げた。稔は覚えず二足三足廊下へ踏み出した。其の途端二人の眼と眼がぴたりと合つた。為雄は見違へるほど顔が腫んで、眼は黄疸病《わうだんや》みのやうに黄走つてゐた。彼は其の黄走つた鋭い眼莢《めざや》で稔を見た。

稔は急に胸が一杯になつた。

壮丁の肩に捉まりながら、廊下を爪先立ちで此方へ歩いて来る――否歩いて来ると云ふよりは寧ろ引擦られて来る――為雄の様子は、如何にも苦しさうであつた。彼は絶えず足許に心を奪はれつゝ、動《やゝ》もすると壮丁の肩を滑り落ちて、床上に倒れやうとしては危ふく壁で支へられた。壮丁は其の度《たび》に眉を顰《ひそ》めつゝ立止まつた。彼の無愛想な顔が其の時一層恐《こは》らしく見えた。

漸くにして稔の立つてゐる面会室の戸口まで入つて来た時、壮丁は、

「宜しいか。もう大丈夫ですか」と卒気なく云つて、為雄を彼の肩から下した。さうして病人を其処へ棒立ちにしたまゝ、自分は嫣《につ》ともせずに又出て行つてしまつた。

為雄は不器用に両の踵で身体《からだ》を突張りながら、暫く部屋の片隅で蹌《よろ》めき立つてゐたが、やがて片手を窓縁《まどべり》にかけて、倒れるやうに其処へ尻を落した。さうして絶えず苦痛の色を外に見せつゝ、足座《あぐら》もかけない両の足を、不様に畳の上で曲げた。其れから更に両手の補助《たすけ》を藉りて、屈めた下髄《すね》をじり〳〵と大腿部へ持つて行つた。其の時彼は一層苦しげな表情をした。

すべて是等の動作を傍《はた》で見てゐることは、稔には実に堪へ難かつた。嘗て父の臨終に侍つてゐた時、愈《いよ〳〵》もう息が引取ると云ふ段になつて、父は何事をか云ひたげなさまで、暫く唇をもぐ〳〵とさせてゐたが、とう〳〵何事をも云ひ得ぬ代りに、額からたら〳〵と断末魔の汗を流した。其の時稔は此の世の光から消えて行く父の最後の面《おもて》を覗き込みながら、「お父さん、苦しいでせう」と絞るやうな声を出したものゝ、彼は死んで行く父を、終《つひ》にどうすることも出来なかつた。今稔の胸には其時の光景が浮んで来た。彼は深い哀憐の情を以て、弟の苦しげな一挙一動を注視した。さうして丁度為雄自身が感じてゐると同様の苦痛を、自分も共に胸に感じた。しかも自ら手を下して、弟をどうしてやる訳にも行かなかつた。

苦しい沈黙が、差向つてゐる二人の間に暫く続いた。

「其後はどうだね。――両足を伸ばしてゐたら善《い》いだらう。」

程経つてから稔は辛うじて此の一言を云つた。

「えゝ」と為雄も亦只一言を答へた。さうして兄の変つた様子

髭を立てた顔――綺麗に分けた髪の毛――衿飾《ネクタイ》を着けた襟元などを、暫くじろ〲と眺めてゐたが、やがて視線を傍《わき》に外《そら》して、其ま丶固く口を結んだ。何かの拍子で話半《はなしなかば》に、ふと気に喰はぬことでも起つて来ると、口を結んで畳に目を落すのが、彼の平素からの癖であつた。そんな時には、彼の胸の中には云ひたいことが一杯溜つてゐた。

「兄さんも：：：愈《いよ〱》御卒業でお目出度うございました。」

稔は覚えず慄然とした。彼は、為雄が病院へ入る前からも、一種の嫉妬的態度を以て、屡《しば〱》自分の卒業を罵つてゐたことを思ひ出した。さうして又此の長い、無念な、病院の一年間、彼は只此の一言を口づから兄に対つて云ひ得る今日の日の到着するのばかりを、手薬煉《てぐすね》引いて待つてゐたのではあるまいかとまで思はれて来た。稔は暗夜に抜手も見せず、白刃《はくじん》を胸先につきつけられたやうな感じがした。

「一度見舞に早く帰りたいと思つてゐたんだが、色々と事情もあつたもんだから。」稔は弁解《いひわけ》でもするやうな調子で云つた。

「い丶え、大変御厄介ばかりかけて済みませぬ。」

「それに脚気も悪いさうだね。」

「このざまです」と投げやるやうに云つて、為雄は両足で畳を叩かうとしたが、強直《きやうちよく》した足は彼の意思に従はなかつた。無念げな涙が二三滴、彼の両頬をはら〱と落ちた。

稔は弟の容子《ようす》を見てゐるに堪へなかつた。

やがて為雄は、永い間の着の身着の儘でよれ〱になつた袷《あはせ》の袖口で、無造作に目の縁を拭いたが、顔は又直に元の緊張した色に復つた。彼は今の涙を後悔してゐるやうに見えた。

「兄さん、御願《おねがい》ですから今一度僕を国へ帰らして下さい。」為雄の固く結んだ唇は、徐々に其の病院生活の不平を訴へはじめた。

為雄の語るところに拠ると、彼は病院に収容されてゐる多数の患者の中で、最も厄介者扱されてゐる一人《いちにん》のやうであつた。敢て私立ばかりとは云はない、一般に何処の病院に於ても見られる通弊として、看護婦や又は看護夫等は、彼等に対する病家からの附届《つけとどけ》の有無や、若しくは其の多寡に従つて、患者の取扱ひを二通りにも三通りにも区別する傾向がある。其れを為雄の身元引受人からは、未だ一度も彼等に此租税を納めて呉れたことがない。（為雄は叔父の家の不平を云つたのであるが、稔には其が自分に対する暗諷《あてつけ》のやうに耳痛く聞取られた。）而も脚気で足腰が利かなくなつてからは、朝夕《あさゆふ》の立居から便所に行く世話まで、人手を借らねばならなくなつてゐるので、人一倍看護夫に厄介をかけてゐる。だから彼等も益《ます〱》為雄を嫌つて、容易に彼の用事を聞いて呉れない。何か頼むと直ぐ暫く待てとか、今手の塞がつてゐるのが見えないかとか小言を浴びせる。而《さう》して早く退院せよがしに取扱ふ。つい此間《このあひだ》も、余り知らぬ顔をしてゐるので、止を得ず独りで捉まり立ちして厠に行かうとすると、不意に踉《よろめ》いて隣席《となり》の患者の湯呑を壊した。其れが動機となつて其患者は激しはじめた。すると二三人の看護夫が飛んで来て、其中の一人は足腰も立たない癖に生意気なと云ひながら、行きなり為雄を小突き倒した。——こんな虐待を受けるだけでも、為雄はもう此病院にゐるに堪へないと云ふのであつた。

稔は黙つて弟の話を聞いてゐた。固《もと》より彼は為雄の云ふことを悉く信ずる訳には行かなかつた。対手《あひて》は既に病人である。——様々の幻覚や妄想に由つて、動《やゝ》もすると事実を誤解し、又は曲解する傾きを持つてゐる精神病者である。其の云ふところは何処までが真実で、何処からが謬想であるか、判断が付かない。けれども若《も》し精神病者に此弱点あることを利用して、平気で虐待してゐる看護夫がありとすると、若し又精神病者の此弱点に乗じて、不正の金銭を貪らんとする病院がありとすると——油断のならぬ世の中のことだから、そんな病院の一つや二つはないとも限らぬ——其れこそ黙過すべからざる社会問題である、否人道問題であると稔は考へた。

「兄さん、御願《おねがい》ですから、どうぞ今日僕を兄様《にいさん》と一緒に国へ帰らせて下さい。」為雄は兄の黙つてゐるのに堪へかねて、再び前の言葉を力強く繰返した。

「今日つて、さう急なことを云つても仕方がない。……退院するならするにしても、院長さんと能く相談をしなければならないんだから……」

稔の言葉のまだ切れないうちに、為雄は早く其を奪ひ取つた。

「院長さんは、もう疾うから僕の退院を許してゐます。」

稔は余りに容易《たやす》く自己の胸中を見抜かれたやうな感じがした。彼の言葉は少し慌てた。——

「其《そ》れよりも此の病院が厭になつたのなら、寧そ何処かへ転院して見たらどうだね。脚気の転地にもなつて善《よ》からう。」

為雄が何とも返答しないので、

「其れに今度はひよつとすると、お母さんを東京へ伴《つ》れて帰ることになるかも知れないんだから……」

為雄は少し驚いた風であつたが、やがて前よりは一層冷やかな態度になつて、

「其れは然し——お母さんは迚《とて》も東京へ出る気遣ひはありますまい。」

稔は再び自分の計画を、易々《やす〳〵》と看破されたやうな感じがした。

「だが、仮令《たとひ》国へ帰るとしても、今のやうなお前の容体《ようだい》では、あの山路《やまみち》が大変ぢやないか。其れよりも暫く、京都辺《へん》か何処かの土地の善《い》い処へ転地してゐて、ぶら〳〵歩けるぐらゐまで脚気が癒つてから帰つたらどうだ。其の方がお前も愉快だらう。」

「しかし転地するにしても、僕はもう精神病院には懲りました。」

「其れは今度入れるならば、脚気専門の病院へ入院させやう。」

為雄は又口を結んで、稔の膝のあたりに視線を落した。さうして凝《ぢつ》と兄の心の中を探るやうな風に見えた。

「柿を持つて来たから食べないか。」

稔は提げて来た信玄袋を引寄せて紐を解いた。彼は最早此虚《いつ》

偽《はり》多い会話を続けてゐるに堪へなかつた。どうかして話頭を転じたいと思つた。

袋の中には、お孝から病人に渡して呉れと頼まれて来た、綿入や襯衣《シャツ》の類が二三点と、先刻《さつき》病院へ来る途中で、わざ〳〵車夫を煙草屋に立寄らせて、為雄への土産にと買つて来た、敷島の大箱とが上層《うはかは》に載つてゐた。――煙草が病気に善《よ》くないことは知つてゐたが、鈴木氏の話を聞いた時から、稔はこれを買つて行つて、弟を喜ばせてやりたいと思つてゐたのである。――其等を一つ〳〵取出すと、袋の底には、大きな五庄柿が二十ばかりもごろ〳〵としてゐた。

「家の裏に生つた柿だよ。お前が非常にこれが好きだと云ふ話だつたから、此の間浜江と二人して取つて持つて来た。」

稔は手巾《ハンケチ》を拡げて、其上で柿の一つの皮を剥いた。さうして頭から深く十文字に刃先を入れて、其れを為雄に差出した。

「まあ、兄さんお上りなさい。」

為雄は手を出さうともしなかつた。其れが又世間普通の礼譲から起つた辞退とはどうしても見えなかつた。彼の顔には疑惑の色さへ動いてゐた。

稔は直《たゞ》ちに弟の意を解した。同時に彼は、何とも云へない不愉快を感じた。さうしてこんな重たい、余計なものを、わざ〳〵村から持つて来た、自分の愚なる親切を寧ろ悔いた。稔は黙つて、弟に差出した手を引込めて、其柿を自分で食つてしまつた。

為雄は其間、袂の底からよれ〳〵になつた巻煙草を一本摘み出して、其を惜しさうに一口〳〵吸つてゐたが、やがて稔が柿を食ひ終るのを見済まして、煙草をそつと火盆《ひいれ》の縁《へり》においた。さうして自分で信玄袋から、柿と小刀《ナイフ》を取出して、不器用な手付で皮を剥きながら、むしやり〳〵と食ひはじめた。

「此処いらが確かにまだ間違つてゐる。」――稔は腹の中でこんなことを考へてゐた。

此時不意に廊下の奥の方から、凄じい叫喚の声が聞えて来た。其れは丁度人間の七八層倍も粗大な声帯を持つた、ある恐ろしい生物の咽喉《のんど》を固く緊めて、百日百夜も吼えつゞけに吼えさせておいたと云ふやうな、嗄枯《しやが》れた、猛烈な怒号《さけび》であつた。さうして泣いてゐるのか、笑つてゐるのか、唸つてゐるのか、罵つてゐるのか、殆んど訳の分らないものであつた。稔は呆れて耳を欹《た》てた。さうして覚えず身顫ひが出た。彼はまるきり方角も分らぬ、人里離れた夜の山路で、突然、飢餓に荒れ廻る猛獣の咆哮を聞かされた時のやうな恐怖を感じた。

其の叫声は大分長く続いた。

やがて一しきりして其れが何時《いつ》となく止んだ。稔はほつとして我に返ると、間もなく更に又他の新たなる声で、大きな怒号《さけび》が追つかけて起つた。

「ばてらにばてらに、ばてらのばてら。
ばてらにばてらに、ばてらのばてら。」

何時《いつ》まで経つても果しがない。只同一の言葉が繰返されるばかりであつた。

先刻《さつき》から飲差しの巻煙草を口の端まで持つて行つたまゝ、凝《ぢつ》と彼方《むかう》の叫喚に聞入つてる様子であつた為雄は、急に眉をひく〳〵と動かして、巻煙草を灰の中に突込んだ。さうして忌々しさうな調子で独語《ひとりごと》を云つた。

「馬鹿な！彼奴等《あいつら》こそ本当の気狂《きちが》ひだ！」

「一体病院の中はどういう風になつてゐるんだ。」稔は廊下の奥の叫喚に心を奪はれながら、半ば夢のやうな声を出した。

「一等だけが一人一室になつてゐて、其外は皆雑居《みんなごつちや》のやうです。」為雄は兄の問に応じて、又彼の目に映じた病院内の模様を語り出した。——

為雄の部屋には、今八人の患者が雑居してゐる。皆荒くれた男ばかりで、彼よりも年下なのは今年十九になる、中学五年まで行つたと云ふ男だけである。女の患者は一人も見えない。居るのか居ないのか為雄には分らぬ。看護婦も入院の時二三人廊下で見かけたことはあるが、病室には男の看護人ばかりである。さうして此奴等《こいつら》が毎日仏頂な面を提げて、廊下で厳重に見張してゐて、折々がちや〳〵と鍵を鳴らしては、病室へ入つて来て、誰彼なしに小言を食はせる。

病室で為雄の会話《はなし》相手になり得るものは、只此の中学生ばかりである。外の奴等はまるで共に語るに足りない。殊に為雄の気に喰はない奴は、右の頬に大きな丹瘤を拵へた、蚰蜒眉《げぢ〳〵まゆ》の、人相の悪い四十男である。此奴《こいつ》は多分人殺しでもして、牢屋にぶち込まれるべき筈のところを、何かの間違ひで、こんな病院に入れられて来たのだらう。何時《いつ》も屁理窟ばかり並べて、一人で憤憤《ぷんぷん》して、さうして同室の、片目の爺さんを窘《いぢ》めるのを、日課の一つと心得てゐる。其の又片目の爺さんは、もう善《い》い年になつてゐながら、女房の身持が異《あや》しいと云つて、明けても暮れても其心配をしてゐる。さうして院長や医員の顔さへ見ると、家内の事が気にかゝるから、どうか早く退院させて呉れと云つて強請《せが》んでゐる。

件《くだん》の中学生は堺とかの出生《うまれ》で、為雄が入院してから間もなく、彼も此院《こゝ》へ送られて来た。非常に頭脳《あたま》の善《い》い、気の毒な男である——と為雄は云つた。彼自身為雄に語つた処に拠ると、彼は学校でも常に首席を占めてゐたが、或時校友会大会の席上で、猛烈なる学校攻撃演説をやつて、其れから校長の憎悪《にくみ》を受けた。尤も其以前にも、教師の出来ない幾何学の難問題を、即座に解答して見せて、教頭の憎悪《にくみ》も買つてゐた。（数学の教師が即ち教頭であつたのだ。）とう〳〵彼は精神に異状があるといふ口実の下に、学校は諭示退学となつてしまつた。さうしてこんな病院へ入れられることゝなつたのださうである。為雄は此男と非常に談話《はなし》が合つてゐる。殊に神の世界を信ずる点に於て、二人は全く議論が一致してゐるとのことであつた。

稔は例の如く黙したまゝ弟の話に耳を傾けた。さうして胸の中で、無気味な病室の幻影《まぼろし》を、幾通りにも描いたり消したりしてゐた。すると為雄は又云つた。

「兄さん、一度参考の為めに、病室の中も見て行つて下さい。――尤《もつと》も病院の方では内情を秘密にするため、面会人に病室の模様を見せないかも知れませぬが。――其れは云ふに云はれぬ殺風景なものです。彼方《あちら》の隅でも、此方《こちら》の隅でも、病人が夜昼なしに蒲団を冠つて、ごろ〳〵と寐てゐる。そして中には大小便垂流しの奴もある。まるで豚小屋同然です。中でも一番厭なのは、あの狂人《きちがひ》の叫声《さけびごゑ》です。朝から晩まで、殆ど誰奴《どいつ》か此奴《こいつ》かゞ、咆えるか喚くか為《し》続《つゞ》けてゐる。迚《とて》も辛抱し切れたものぢやありませぬ。正気なものまでが、時には一緒になつて喚いてやりたくなるほど苛々して来ます。こんな処に一年も押籠められてゐては、大抵の者が気狂《きちがひ》にならざるを得ませぬ。最初から気《き》狂《ちがひ》で入院したものは、益《ます〳〵》悪くなるばかりです。現に僕の部屋などでも、善《よ》くなつて退院したものは、まだ一人もありませぬ。其処にも矢張り病院の奸策が潜んでゐるんです。」

　為雄の眼は、段々異《あや》しい光に輝いて来た。

「其の又病人の意地穢いことは、殆どお話にもなりませぬ。」

為雄は更に語り続けた。――

「誰かに面会人でもあつて、菓子を貰ふとか、煙草を持つて来るとかすると、皆が寄つて群《たか》つて直ぐ奪ひ合つてしまふ。肝腎の持主の手には、殆ど一物も残らない。宛《まる》で餓鬼道の有様です。……しかし其も無理はありませぬ。すべて病院が悪いんです。病院が皆を餓鬼にしてしまふんです。入院料を取つてゐる手前で、三度の飯だけはどうか斯うか食はせますが、其外には何の接待《もてなし》もしない。而も其飯の不味《まづさ》と来ては、殆ど食へたものぢやありませぬ。南京《ナンキン》米な支那米のぼろ〳〵した奴に、菜と云つては高々大根か菜葉の煮たのです。肉などは殆ど付けたことがない。これでは到底営養の続く筈がありませぬ。さうして間食をしちや善《い》けない、煙草を飲んぢや善《い》けないと云ふ。物を買ひにやると、真《ほん》の申訳ほどしか買つて来ない。皆看護夫等が途中で盗むんです。煙草なんかは日にたつた三本しか呉れない。然し考へて見て下さい。病院の一日は実に長い。其よりも一夜は更に〳〵長い。病院を取巻いてゐる煉瓦塀以外の世界に住んでる人達には、迚《とて》も想像すら出来ないほどの恐ろしい、物凄い長さです。此の恐ろしい、物凄い、長い日夜を、たつた三本ばかりの煙草で、どうして紛らかすことが出来ませう。虐待も虐待も、人間の歴史あつて以来の虐待です。おまけに手紙なんか出さうとすれば、悉皆《みんな》病院で没収してしまふ。余りのことに看護人等に道理を説いて聞かせやうとすると、彼等は何時《いつ》でも皆まで聞かずに、直ぐ鉄拳を振上げるのです。兄さん、此病院は宛《まる》で軍隊です。軍隊とちつとも変りはありませぬ。」

　為雄は又ひく〳〵と眉を昂げた。

「一体無暗《むやみ》に人を擲《なぐ》ると云ふ法はない。其は法律でも禁じてある。――個人の権利と自由とは確に法律でも認めてある。其を無暗に人を牢獄同様の病室に監禁して、何か云ふと直ぐ擲ると云ふことは野蛮人の所作である。正義を解し、法律を有する文明人の所作ではない。無暗に人を擲るものは、殴打罪として拘引されなければならない。然るに彼等はいつも同じ渋い面をして、病院に勤めてゐる。未だ一度も其罪を問はれたのを聞いたことがない。何故《なにゆゑ》に法律は彼等を罰しないのですか。何故《なにゆゑ》に又院長は、速《すみや》かに彼等野蛮人を放逐して、病院の名誉を回復しやうとしないのですか。彼等は相手が精神病者でさへあらば、いくら殴つても善《い》いと思つてゐるのか。第一誰が精神病者だ。其からして先づ詮議をして貰はなければならない。」

為雄は語るに従つて益《ます〳〵》雄弁となつた。

「考へて見て下さい。彼等が目して気狂扱《あつか》ひをする我々と、彼等との間に、果してどれだけの相違がありますか。彼等が物を云ふなら、我々も物を云つて見せる。彼等が考へるなら、我々も亦考へて見せる。しかも論理だつて推理だつて、彼等看護人風情に負けることではない。只彼等と我々との違つてゐる処は、彼等が看護人で我々が入院患者と云ふだけである。若《も》し彼と我との位置を顛倒して、彼等を錠前と鉄格子の附いた室内に押籠め、我々が其外を守るならば、即ち我々が看護人で、彼等は正に気狂ひだ！」

此時先刻《さつき》の壮丁が、一寸二人の様子を窺きに来たが、何にも云はずに又行つてしまふ。為雄は十年の怨敵をでも見るやうな眼差して、暫く其後影《そのうしろかげ》を睨まへてゐた。

「ばてらにばてらに、ばてらのばてら。
ばてらにばてらに、ばてらのばてら。」

先刻《さつき》の物凄い叫声《さけびごゑ》が、廊下の奥から又新たに起つた。

「しかし、こんなことを云ひ出すと、僕は兄さんにまで誤解されるかも知れませぬ。」暫くしてから為雄は急に声を低めて云つた。

彼の態度は忽ち一変した。今まで興奮の絶頂に達してゐた彼の相貌は、突然護謨球《ごむまり》に孔《あな》の明いた如く、其の緊張の度を失つて、顔の色さへ一層青ざめて来たやうに見えた。稔は弟の此急激の変化が、如何なる内部の刺戟に基いたか、固《もと》より想像することが出来なかつた。

為雄は怖々《おづ〳〵》とした様子で、兄の顔から視線を外らせた。

「こんな愚にも付かぬ屁理窟を並べると、兄さんも定めし僕を気狂《きちがひ》だと誤解して下さるでせう。——何だか兄さんの顔色が、既にさう思つてるやうに僕には見えます。しかし其は間違ひです。夫は余りに残酷です。其処は僕の事情も十分に察して戴きたい。成程僕は一昨年《をとゝし》の夏から、変な病気に罹りました。——今まで見たこともないものが目に見え、今まで聞いたこともないものが耳に聞える。而もそれが、何物の姿も存在しないのに声だけあつたり、又何物の形をも許さぬ闇夜《あんや》に、様々の影が目を捕へたりする。最初は自分にも合点が行かぬ。今まで住馴れた此世界に、こんな不思議なことがあらうとは何《どう》しても合点が行かぬ。此の先自分はどうなつて行くのだらう。宛《まる》で底の見えない、真暗な古坑《ふるあな》の中へでも投《はふ》り込まれたやうに、落着く先の見当が付かない。激しい恐怖と激しい不安、僕は久しい日夜を其等のものに苦められました。さうしてこれが世間に能くある気狂と云ふものではないかと思つて、我知らず戦慄したことも度々《たび〳〵》でした。自分でさへ自分を疑つたくらゐですもの、他人が気狂と誤解するのも無理はありませぬ。時にはどうしたら此苦悶から脱れることが出来るかと考へて、心にもない乱暴を働いたり、最後《しまひ》には自殺しやうとまで決心しました。これが僕の終《つひ》にこんな病院へ入れられることになつた原因です。けれども今から考へて見ると、総ては皆《みんな》、此の不思議な世界へ住替へる準備のやうなものだつたのです。」

　稔の頭には、此の時偶《ふ》と、為雄の日記に書並べてあつた、十七字の中の一番最初の句が浮んで来た。同時に彼は、為雄の謂はゆる不可思議の世界とは、どんな世界か聞いて見たくなつた。さうして何心なく問をかけた後で、人間はこれほど痛ましい現実に対面しながら、なほ好奇心の働くものかと、寧ろ自分を恐ろしく感じた。

「実に不思議な世界です」と、為雄は恰《あたか》も兄の問を心に予期してゐたやうに顔を上げた。――

「諸々の神と交通のある世界です。其処には沢山な神の使者《つかひ》がゐます。僕の処へ毎日尋ねて来るのも其中の一人です。名前は云ふことは出来ませぬ。其がいつも神々の世界の報知《はうち》を僕の処へ持つて来るのです。寐てゐる時でも、覚めてゐる時でも。今でも来て欲しいと思へば、直ぐ呼寄せることが出来ます。これが僕の生命の親です。様々の悪魔や誘惑者の声に悩まされてゐた僕を救つて呉れた生命の親です。然《さう》です、あの日です。あの日に助けられました。……」

　為雄は暫く首を傾げて、其日を思ひ出すやうであつた。やがて、

「去年の一月二十一日、僕が家出をしたあの寒い日です。迚《とて》も生きてる甲斐のない身体《からだ》、寧そ死んで終《しま》はうと僕は考へました。死ぬならば成るべく母に迷惑のかゝらないやう、遠い処へ行かうと思つて、午後二時頃から家を出ました。町まで出て、其処で鉄道往生でもして果てる覚悟だつたんです。丁度東山の峠近くなる頃から、粉雪《こゆき》がちら〳〵と降出して来ました。頂上の三本松まで着いた時は、空模様の所為《せゐ》で、四辺がもう夕暮のやうに暗くなつてゐました。今夜此雪に血を流して、自分と云ふものは此世の中から消えて終《しま》ふのだ。――さう考へた時ですら、僕は別段悲しいとも思ひませんでした。寧ろ早く埒が明いて善《い》いぐらゐに考へてゐました。其れで松の根方に腰をかけて、かじかんだ手を息で暖めてゐると、其時です。遥か遠い、遠い向うの方から、虻か蜂でも呟くやうな、ぶうーと云ふ声が聞えたかと思ふと、其が非常な速力で以て近づいて、初めて此の神の使者《つかひ》が僕に声をかけたのです。」

　為雄は急に屹《きつ》となつて、厳かな調子で、抑揚を付けながら、其神《そのかみ》の使者《つかひ》の声を真似た。

「神田為雄……死ぬにおよばぬ……僕は此の一声で救はれまし

た。」

「其れから僕は此の神と交通のある世界に入りました。」為雄は直ぐに又後を語りつゞけた。——

「今まで全く知らなかつた不思議な世界です。其処には様々の珍しいことがあります。其処には又人間の圧制や迫害——そんな卑劣な話なんかは起つた例《ためし》もありませぬ。兄さん、僕は此の時から、自殺など夢にも考へなくなりました。寧ろ何時《いつ》までも生きてゐて、我々の住んでゐる此の俗悪なる世界の外に、別にこんな不思議な世界のあることを、普《あまね》く世人に知らしめるのが、僕の使命だと考へるやうになりました。其から僕は会ふ人毎《ひとごと》に、神の世界の奇を説いて聞かせました。皆熱心に聞くだけは聞くが、信ずる者は一人もありませぬ。僕は思ひました、田舎の百姓なんかは無学だから、僕の云ふことが分らないんだと。其れで病院へ来てからは、看護夫や医員にも説きました。駄目です。院長でさへ僕の云ふことを信じませぬ。そして其が病気の所為《せゐ》だと云ふのです。——此足なども院長は脚気だと云ふのです。藪医者《やぶいしや》奴《め》が！　これが脚気で堪るものですか。脚気でない証拠には、彼等が今日まで随分いろんな薬剤《くすり》を飲ませますが、ちつとも癒らないのを見ても分ります。これは脚気ではありませぬ。これは僕の足の皮膚と筋肉との間に、小さな悪魔が無数に潜んでゐるのです。さうして其が夜昼なしに蠢々《うよ〳〵》と動いてゐるから、こんなに痲痺《しびれ》を感ずるのです。之は神の世界から与へられた、僕に対する試験《こゝろみ》の一つです。其試験《そのこゝろみ》の終るまでは、決して癒ることがありませぬ。其れを院長は信じないのです。のみならず僕の云ふことは何でも彼でも、皆僕を此監獄のやうな病院へ幽閉しておく理由の材料にしてゐるんです。」

為雄の声は次第に又熱を帯びて来た。

「若《も》し僕が神の世界を信ずるが故に精神病者なら、何故天下の宗教家は悉く病院へ入れられないのですか。若し又今日まで誰も云はなかつた異説を云ふのが病人なら、何故天下の人はニユウトンの引力説や、コペルニクスの地動説を信ずるのですか。其からして非常な矛盾ではありませんか。……」

稔は愕然《ぎよつ》として覚えず為雄の顔を見詰めた。ニユウトンには別に驚かなかつた。けれども為雄がコペルニクスを知つてゐやうとは、全く思ひも寄らないことであつた。彼は、催眠術にかゝつた者が、生涯にたつた一度しか出会つたことのない六《むつ》かしい学名や、迚《とて》も記憶が出来さうもない外国語を、極めて日常の用語のやうに、容易《たやす》く語り出す例などを思ひ合せて、為雄の今の談話も亦これと同様の心理に基くものではないかと考へた。

為雄は更に新たなる気焔を高めた。

「ニユウトンは林檎の落ちるのを見て地球の引力を発見した。コペルニクスは従来の天動説を排して地動説を唱道した。けれどもまだ地球の引力に引付けられて、地の底に吸込まれたものもなければ、地球の迅速な回転に由つて、空中に跳飛ばされたものもない。否眩暈《いなめまひ》を感じたものさへ聞かぬ。畢竟《ひつきよう》是等は我々の感覚を無視した空説と云ふに過ぎぬ。其でゐて誰一人此の空説を疑つてゐる者がない。今僕の云ふところの神の世界は、幾《いく》度《たび》か僕自身の眼にこれを見た。又其神《またそのかみ》の声は幾度《いくたび》か僕自身の耳にこれを聞いた。僕に取つてはこれくらゐ正確な事実はない。其に院長は之を信じない。そして僕を益《ます〳〵》病人扱ひにする。——兄さんなんかも矢張《やつぱ》り院長の味方です。僕を気狂《きちがひ》だと思つてるんです。」斯う云つて為雄は突然又談話《はなし》を前に戻して来た。さうして再び稔を驚かせた。

「其は兄様《にいさん》が僕を国へ返すのを厭がる理由は能く分つてゐます。妹

僕は随分乱暴をしました。お母様《つかさん》を殴つたこともあります。妹を酷い目に会はせたこともあります。けれども其をするには、僕にも亦僕だけの理由はあつたのです。決して兄さんが東京にゐて、お母《つか》さんや浜江の虚偽《いつはり》多い、自分勝手な手紙だけで判断してゐて下すつたほど、僕の無法ばかりではなかつたのです。実に母と妹とは僕を縛りました。僕が別に乱暴もせず、静《しづか》に寐てゐるところを縛りました。さうして僕を炭俵か何ぞのやうに、麻緒《あさを》でぎう〳〵と結へ付けて、七日七夜と云ふもの放つておきました。酷い。実に酷い。天下にこんな残酷な母や妹が又外にあるでせうか。僕はこれを考へると、今でも無念の涙が湧いて来ます。」

　為雄の頬の肉は過度の興奮に激しく顫へてゐた。

「辛かつたです。兄さん、考へて見て下さい。実に辛かつたです。僕は最初の三日三夜さと云ふもの、殆ど微睡《まんじり》ともすることが出来ませんでした。

「憎い。憎い。一途に母と妹とが憎い。何の罪あつて僕をこんな酷い目に会はせるのか。憎い！　今に見よ、僕の此手が自由になつたら！　鉈は棚にある。斧は物置にあるところを知つてる。あの鉈を提げて、あの斧を振つて、母と妹を滅茶苦茶に擲《たゝ》き殺して呉れる。さうして自分も一緒に死んで見せる。容赦はしない。世の中の残酷な母や妹の懲戒《みせしめ》の為めにも此の儘彼等を生かしてはおかぬ！

「奮然として立上らうとすると、忘れてゐた、手も足も共に利かないです。僕は行きなり自分の手に食付きました。さうしてがんぢりがらみに縛られた手の麻縄を、がち〳〵と前歯で嚙み出しました。若し僕に猛獣の牙があつたら、其時の僕の面相は、屹度《きつと》猛り狂つた虎か獅子のやうに見えたでせう。母も妹も直《すぐ》さま隣の部屋へ逃込みました。そして真青になつて慄へながら、折々障子の破れから、僕の様子を覗いてゐるのです。復讐《ふくしう》！　今に狼狽《うろた》へるな！　僕はこんなことを胸に考へながら、其晩は夜つぴて麻緒をかじりました。けれども麻緒は思つたより強い。其れを力限りに嚙続けてるうちに、僕の歯尖は段々と磨滅《すりへ》らされて、最終《しまひ》には呼吸《いき》を引くにさへ、歯跟《はぐき》がづき〳〵と痛んで来ました。——其後僕の歯痛が非常に激しくなつて、一月余も川瀬にかゝらねばならなくなつたのは、全く其夜の結果でした。——其れでも僕はなほ努力しました。さうして夜の引明頃《ひきあけごろ》まで

かゝつて、漸く其麻緒が切れさうになると、残酷な母と妹は飛んで来て、更に又麻緒を新しくしたのです。――其時は併し、僕の歯は最《も》う役に立たなくなつてゐました。

「僕は忌々しさにごろ〳〵と部屋中を転がりました。手を縛られたまゝ畳に打付け、足を縛られたまゝ空に蹴り、どうかして此繋縛《このいましめ》から脱れたいと、七顛八倒、足掻《あが》き廻りました。けれども足掻けば足掻くだけ、麻緒は益《ます〳〵》強く引緊つて、丁度藤蔓が親木に絡み付いたやうに、愈《いよ〳〵》深く僕の筋肉に食込むのです。さうして麻緒の周囲《まはり》が次第に紫色に腫上つて来て、皮は擦剝ける、骨は疼く。体内の血液が其処から先へ流れて行くことの出来ない為めに、手足の処々が不気味に脹れて、脈の踊りがぴく〳〵と目に見えるのです。とうとう僕は最後の決心に駆り立てられて、部屋の隅の柱に二度ばかり頭脳《あたま》を打付けました。すると母と妹は又飛んで来て、僕を部屋の真中まで引擦り戻すのです。畢竟僕の苦痛を長引かせたいのだ。一思ひに僕を死なせることもしない!!

「僕はもう根も力もすつかり尽きてしまつた。今は憤怒《いかり》も復讐も悉く忘れて、只母と妹の為すがまゝに、部屋の真中に転がつてゐるより外はなくなつて来ました。肉の痛みも骨の疼きも、段々人事のやうに薄らいで来て、自分の身体全体が、只物憂い、気懈《けだる》い団塊《かたまり》か何かのやうに感じて来たのです。さうして無暗に気が遠くなつて、何処か暗い処へ、刻々に落ちて行くやうな心持になりました。僕は自分の死期の段々近づきつゝあることを、朧気に意識せずにはゐられませんでした。

「此の恐ろしい昏睡は、四日目の夜中頃から始つたやうです。僕は只うとうとゝ睡りました。さうして夢か現の間に、折々母が匙で口まで運んで呉れる粥や葛湯を貪つてゐました。斯うして五日、六日と過ぎた。七日目も僕は、母がかけて呉れた蒲団の中に、縛られた手足を縮こませて、死にかけた犬のやうに丸く横たはつてゐました。――

「すると兄さん、其晩のことです。」為雄は急に眼の色を変へて、恐ろしい物でも見るやうにぶる〳〵と慄へた。

稔も我知らず引入れられた。

「其晩どうしたんだ。」

「大変な神風が吹きました。」

「宵のうちは別段変つたこともなかつた戸外《おもて》が、いつの間にか只ならぬ気勢《けはひ》になつて、凄じい物音が荒廻つてゐる。僕は其物音にふと目が覚めました。大変な風になつてゐるんです。

「母も妹も最《も》う寐たものと見えて、隣の部屋は寂《しん》としてゐます。家の中には灯も点いてゐない。母は寐る時にはいつも洋燈《ランプ》の心を細くして、枕許に置いて寐るのが癖であるのに、其夜はどうしたものか其薄暗い灯影《ほかげ》さへ障子に映さない。只何処かで時計の針だけがかち〳〵呟いてはゐるが、無論何時頃だか知ることも出来ませぬ。此「時」も「光」も失はれた闇の世界に、戸外の風だけは益《ます〳〵》吹き募るのです。がうつと鳴つて北から襲《や》つて来ると、家は大浪でも食つたやうに、激しい地動《ぢゆる》きがして、雨戸も障子もがた〳〵と鳴りはためく。さうして其が仕切《しつきり》なしに続いて来る。今にも家が潰れるのではないかと思はれたくらゐです。

「――お母《つか》さん、お母《つか》さんと、僕は堪まらなくなつて声をかけました。何となく只恐い。怖ろしい。責めては時間だけでも知つて、此心細い感じを紛らせたい。けれども母は何とも返事をして呉れませぬ。

「――お母《つか》さん、お母《つか》さんと、僕は又呼んで見ました。最《も》う半分泣声になつてゐたのです。其れでも母の返事はまだ聞えませぬ。平素《いつも》なら只一声で直ぐ目を覚ます浜江までが、いくら呼んでも起きて呉れる気色《けしき》がない。二人とも宛《まる》でゐないやうです。

「偶《ひよつ》としたら母も妹も、此厄介な僕を捨てゝおいて、何処かへ行つてしまつたのではないか知らん。或は又宵に何か変事でもあつて、二人共死んでしまつたのではないか知らん。――然《さ》う考へると今夜の此の突然の暴風《あらし》が、何だか其変事の余波《なごり》でゞもあるやうに僕には思はれて来たのです。僕はもう恐ろしさに堪へられなくなつて、頭も身体《からだ》もすつぽりと、蒲団の中に小さく縮《すく》んでしまひました。

「此の状態《ありさま》で二三時間も経つたでせう。或ひは只の二三分であつたかも知れませぬ。が、僕には兎に角恐ろしい長さでした。けれども戸外《おもて》の風はちつとも止まない。すると、兄さん、其時です。

「偶《ふ》と僕の頭の中に、僕自身の姿が明かに浮んで来ました。手足を麻縄で縛られたまゝ、部屋の真中に転がつてゐるんです。さうして苦しさうに藻掻《もが》いてゐるんです。其を凝《ぢつ》と見てゐると、麻縄は見る〳〵太くなつて、うね〳〵と動き出すのです。忽ち大きな蛇になりました。さうして其が双方から恐ろしい鎌首を立てゝ、激しい戦争を始めました。僕はどうなることかと思ひながら、其を凝と見てゐました。

「――こら確《しつ》かり見ておけ。これが即ち親子の争ひだぞ。――此時何処からか大きな声が聞えました。此声を聞くや否や、僕は覚えず戦々《ぶる〳〵》と慄へました。さうして其夜の謎が明かに解けました。あゝ僕は此間《このあひだ》から幾度《いくたび》か母を木刀で殴つた。そして母は遂に其復讐に、僕を麻縄でこんなに縛つた。僕のやうな不孝な子供が何処の国にあらう。母のやうな残酷な親が又何処の世にあらう。あゝ万事は既に休す。僕等母子はもう人間ではない。畜生だ。虫螻《むしけら》だ。丁度今僕の手と足とで噛合つてゐる蛇のやうなものだ。神はどうしてこんな汚れた人間を許しておかうぞ。即ち今夜此恐ろしい業風を送つて、僕の一家を全滅させるのだ。神風だ！　神風だ！　穢れたる人間を懲罰するための神風だ！　さうして此世の最終《をはり》の日が来たのだ！　僕は我知らず声を立てゝ泣きました。喚きました。禱《いの》りました。呪ひました。さうして今にも神の世界から僕を引立てに来る魔の使者《つかひ》の目から免《のが》れる為めに、僕は益《ます〳〵》蒲団の中で、出来得る限り小さくなつて縮《ちゞ》こまりました。――兄さん其の時ほど僕の身体《からだ》の小さくなつたことはありませぬ。初めは犬のやうになりました。次には猫のやうになりました。最後《しまひ》には段々と小さくなつて、泥田の中に匿れてゐる田螺殼《たにしがら》のやうになつてしまひました。」

為雄はひく〱と肩を窄めて、今一度稔の目の前で、田螺殼になつて見せやうと企てゝゐるかのやうに見えた。

＊　＊　＊

「余り会話《はなし》が長くなつては病気に障ります。」

不意に頭の上で声がしたので、稔は驚いて顔を上げると、戸口に又先刻《さつき》の壮丁が、たつた今為雄の云つた魔の使者《つかひ》のやうに、恐い顔をして立開《たちはだ》かつてゐた。

「さあ最う時間だから神田さんも病室《へや》へお帰りなさい。」

壮丁は為雄を促して、再び彼の痛い足を立たせた。

「ぢやお母様《つかさん》とも能く相談の上で、近いうちに必ず今一度訪ねて来てやるから……」稔は最後に為雄に云つた。

為雄は別に返事もせずに、又怨恨《うらみ》ある壮丁の肩に取縋つた。さうして再び其黄走つた一瞥を兄に呉れたまゝ、廊下を彼方《むかう》へ引摺られて行つた。稔は最早《もはや》其の後姿を見送るに堪へなかつた。彼は面会室の真中に佇立つたまゝ、化石したやうに硬くなつてゐた。と、間もなく廊下の奥で又がちや〱と鍵の鳴る音が聞えて、やがて病室の重い戸が、永劫開くことのない獄門の扉のやうに激しく閉つた。さうして此の惨《いた》ましい二人の兄弟の世界を永《とこし》なへに塞《と》ぢた。

七

一時間ばかりの後、稔は高麗橋通《かうらいばしどほり》の、さる大きな会社の応接室の片隅に、両腕でしつかりと頭を抱へたまゝ、へし潰されたやうに卓子《テエブル》に倚りかゝつてゐた。

彼は病院から何《ど》の道をどう取つて、此処まで辿つて来たか、自分にも分らなかつた。彼は只厭はしい煉瓦塀の建物から一歩でも早く遠ざかりたいやうな感じがして、病院の門を出ると傍目も触らず、真一文字に賑やかな街の方へ急いだことを記憶してゐる。さうして、丁度犯罪者や追手の目でも暗《くら》まさうと企てるやうに、其処から又更に足に任せて、細い横丁や、穢い裏通にまぎれ込んだことを記憶してゐる。固《もと》より何処へ行かうと云ふ思想《かんがへ》も、彼の頭には浮んでゐなかつた。彼は只夢遊病者のやうに宛もなく其処いら中《ぢゆう》を歩き廻つた。

とある広い四角《よつかど》まで来て、彼は初めて車に乗つた。さうして車夫《くるまや》が物の五分間も走つたと思つたら、彼の身体《からだ》はもう此会社の前に運ばれてゐた。

受附で物を云はうとした時、稔は自分の咽喉が糊でも引いたやうに硬く強張つて、容易に言葉を成さないのを発見した。二階の応接室まで上つて来ると、彼は最早自分自身を支へる力さへ失つたやうな激しい疲労に打たれて、行きなりぐつたりと此の姿勢になつたまゝ、殆ど身動きもしなかつた。

暫くすると、応接室の一方の扉《ドア》が開いて、鈴木氏の顔が現れた。

「やあ、大変にお待たせしました。此方《こちら》へ入らつしやらないか」と云つて、鈴木氏は稔を自分の部屋に導き入れた。

稔は椅子へ腰を下すや否や、殆ど熱でも病んでる人の譫言《うはごと》のやうに、今日の病院での顚末を鈴木氏に物語つた。さうして我ながら自分の言葉の酷く急込《せきこ》んでゐるのに気が付いた。

「それで、結局どう云ふことに決まりました？」

稔の話の一通り終るのを待受けて、鈴木氏は相手の顔を見ながら云つた。

「どうつて別に仕方がありませんから、今日は何とも話をつけずに帰りました。然し今日の為雄の様子を見ると、僕も実に可愛相で堪りませぬので、責めて脚気だけでも、どうかして早く癒してやりたいと思ひますが、……矢張《やつぱ》り脚気は国へ返すより外に仕方がないものでせうか。」

稔は又単独《ひとり》で早口に訴へた。彼は自分の言葉の急勝《せきがち》になるのを、どうしても抑へることが出来なかつた。

鈴木氏が其れに対して何か云はうとしてゐるところへ、隣の部屋から、丈《せい》の低い、モオニングを着た男があたふたと入つて来て、

「ぢや君、一寸直ぐ是を見といて呉れ給へ」と、身体《からだ》に不似合な大きな声を出して、鈴木氏の前へ、五六枚綴《とじ》の赤罫の書附をぽんと置いた。さうして鈴木氏が其れを読む間、絶えず傍《はた》から注釈めいた言葉を声高に挿んでゐた。

鈴木氏は一通り其の書附に目を通した後、一寸首を傾げてゐたが、やがて、「善《い》いだらう」と一言云つた。

「ぢや、其処へ署名を貰つて置かう。」

鈴木氏は最後の余白へ認印をついて、書附を返した。モオニングは隠袋《かくし》から時計を出して見て、

「では僕は一足先に行つてゐるからね……四時には君、間違なく来て呉れ給へ」と云つて又あたふたと出て行つた。何か急《いそぎ》の事件でもあるらしく見えた。

稔は更に何物かに追掛けられるやうな感じを高めずにはゐられなかつた。

「此辺《このへん》には別に脚気の療養所と云つてはないものでせうか？」

彼は先刻《さつき》院長に聞いたのと同じ問を、殆ど呻くやうに又繰返した。

「いや、其には吾々も常に困つてゐるんです。此近在には一寸適当な処がありませんでねえ。」と、鈴木氏は暫く考へた後、

「其に仮令《たとひ》あつたとした所で、為さんには別にあゝ云ふ病気があるんだから、普通の所では預つて呉れませぬよ。どうしても誰か朝夕詰限《つめきり》の附添を一人雇はなければならない。さうすると却て病院に置くよりも費用が嵩《かさ》む。其よりは——斯う云ふと何ですが、矢張《やつぱ》り国へ伴れてお帰りになる方が、万事に経済ではありますまいか。」

費用の話になると、稔は又今更のやうに心細くならざるを得なかつた。国へ帰る時東京で、殆ど血の出るやうな思ひをして、漸く工面して持つて帰つた百円有余《なにがし》と云ふ金は、昨日叔父の家

の立替を払つて、今日病院の滞納を済ませると、最早何程も懐《ふところ》に残つてゐなかつた。こればかりの零余銭《はしたがね》で、為雄一人だつて、此上能く幾日《いくにち》を支へ得やう。国へ伴れて帰るにしても金はかかる。転地させるにしても金はかゝる。病院へ放つておいたつて矢張《やつぱ》り今まで通り金はかゝる。而《しか》も自分には今一度頭脳《あたま》が癒つて、東京へ戻つて、何か新しい職業を見付けるまでは、当分一厘だつて金の入つて来る見込がない。――稔は最早どうして善《よ》いか、自分にも訳の分らない此の忌々しい身体《からだ》を、鈴木氏の前に投出して、正体を忘れて泣崩れて見たいやうな心地になつた。

稔は黙つて鈴木氏と対面しながら、心は苦しいほどざわついてゐた。

彼の頭には、絶えず今日の為雄の面影が浮んだ。――あの黄ろい顔の腫み。あの痛さうな足の強直。其れよりも最早人間の力ではどうすることも出来ないやうな、あの恐ろしい、頑固な妄想。病院でも嫌はれ、看護夫にも嫌はれ、母や兄妹にまで持余されてゐる、あの頼りない身体《からだ》。彼の身になつたら、定めしどんなに悲しい又無念なことであらう。――さう考へると稔は今日も其の哀な為雄に向つて、其場の都合を繕ふ為めに、心にもない虚偽《いつはり》の言葉を並べて来たのが我ながら腹立たしい。胸の中は只何かなしに一杯に脹れ上つて、聞いて貰ひたいことや、相談に乗つて貰ひたいことやが、うじやうじやと煙のやうに群《むらが》つて来る。其でゐて愈《いよ〳〵》口を切らうとすると、さて何から始めて善《よ》いか殆んど判断に迷ふ。どれを持出して見たところで、畢竟泣言ばかりである。さうして又右から左へと解決の付くやうな、容易《たやす》い問題は一つもなかつた。

稔は最早どうして善《よ》いか分らなくなつた。云ひたいことはどうしても言語《ことば》になつて出て来ない。と云つて、黙つてゐるのは更に苦痛である。斯うして相手の時間を空費させてゐるだけでも、此方《こちら》から何か話を持ち出すべき義務があるやうな感じもする。彼の胸は只苛々と焦つた。

寧そ泣けるものならば、こんな時に泣いて見たい。声を上げて子供のやうに泣いて見たい。さうして最早誰の前でも構はないから、ざつくばらんに胸の中の煩悶《もや〳〵》を曝け出して見たい。敢て同情も憐愍《れんみん》も望まぬ。只有るだけの乱想《いざこざ》さへ聞いて貰へば、少しは胸が落着くかも知れないと思はれた。――稔は、人の前ではどうしても泣けない、自分の愚かしい虚誇《バニチィ》が寧ろ怨めしかつた。

卓上電話は此間《このあいだ》にも頻に鳴つた。鈴木氏は其度《そのたび》に何か急がしい用事でも受取るやうに見えた。隣の部屋から又先刻《さつき》のモオニングが顔を出して、愈《いよ〳〵》是から出掛けると鈴木氏に叫んだ。其語気は丁度君も共に出ないかと促すやうであつた。其れが顔を引込めると、今度は又給仕がばた〳〵と駈けて来て、面会人の名刺を鈴木氏に持つて来る。稔は立上らざるを得なくなつた。

「さうですか。其れでは失敬しませう。どうも斯う忙しくては、おち〳〵話も出来ませぬ。――どうせ今日はまだ此地《こちら》にお出でゞせうから、今夜又宅でゆつくりお話を伺ひませう。」鈴木氏も面会室に行く為めに稔と一緒に廊下へ出た。

「しかし、余り御心配なさらないが宜しいよ。」階子段の降口で別れる時、鈴木氏は親切に稔を慰めた。其声を聞くと、稔には、一層自分で自分を憫《あは》れむ心が募つて来た。

再び人通《ひとどほり》の激しい往来へ出た時、稔は殆ど気抜した人のやうであつた。これから何処へ行つて善《よ》いか、彼自身にも全然《まるで》見当が付かない。賑やかな街巷《とほり》の中程に立つて、右へ行かうか左へ行かうかと思案してゐると、前から、後から、仕切《しつきり》なしに駈けて来る人力車《くるま》や自転車が、幾度《いくたび》か彼に衝突《ぶつか》らうとした。止むを得ず、足の向いた方へふら〳〵と歩き出しながら、自分にはもう何処へも行く処がないと考へると、今まで鈴木氏の前に抑へられてゐた涙が、一時にこぼれて来さうになつた。彼はとある橋の袂に立止つて、往来の人から自分の顔を隠さうとするが如く、水の面に目を落した。さうして臭い石油発動機の煙《けむ》を上げながら、丁度橋の下を通つて行く、一銭蒸汽を無意識に眺めた。

此時偶《ふ》と彼の頭の中に、今まで思ひも寄らなかつた不思議な思想《かんがへ》が閃いて来た。彼は暫く躊躇した後《のち》、急に辻車《つじぐるま》を呼んで其れに乗つた。

車は暫く雑沓した街中を縫ふやうにして走つたが、程なく天神橋にさしかかつた。

橋の下には溢れる許りの大川の水が、中流に鈍い弧線を描いて、静かに而も勢ひよく流れてゐる。車の上から見渡すと、右にも左にも、中途で洲の為に両断された、長い鉄橋が懸つてゐて、数多《あまた》の巡航船や川舟が、其の間を玩具のやうに通つてゐた。

「旦那はん、あれが中の島の公会堂だす。あの公会堂の前にな、大阪城を築かはつた太閤さんの銅像が立つてゐまんね。」

稔は土地不案内の他国者と見て取つた目敏《めざと》い車夫《くるまや》は、往来の繁しい橋の中央で速力を緩めて、生温《なまぬる》い言葉で煩《うるさ》く説明した。

やがて車は天神橋を駈抜けて、真一文字に其橋筋を北へ走つたが、いつの間にか天満社の裏手のごた〳〵したところへ入つた。道幅も急に狭くなつた。両側には此の土地でしか見られないと思ふやうな、低い竹の駒寄と、土格子の窓とを持つた同じ風の二階家がだらしなく立続いて、閑静と云はんよりは寧ろ見捨てられたやうな貧しい町筋であつた。

車はそんな街路《とほり》の間を右へ折れたり、左へ折れたりして走つた。とある家の門口に、松茸売の荷車が止まつてゐた。薪屋の門に顔を真黒にした小僧が薪を割つてゐたが、車夫が掛声をして其前を通る時、小僧は手斧を休めて車上を見上げた。提灯屋の店に合羽と書いて、赤く塗つた異形の看板が下つてゐた。其横に「生渋《なましぶ》あり」と書いて吊るした小さな木札が、風の吹くたびにくる〳〵と廻つてゐた。

ある淋しい横町の曲り角まで来た時、

「旦那はん、此処いらが旦那はんの云ははつた町だすが、何番戸《こ》だつか」と云つて、車夫は車の梶棒を抑へた。

「たしか三十七番地だつたと思ふが……」と云つて、稔は急に胸がどつきりとした。

「三十七番戸ならもう通り過ぎたと思ひまんが――ちよつと聞いて見ますわ。」

　丁度基処に水道の共用栓を抜いて、米を磨いでる年増の女があつた。車夫は其れに声をかけた。

「何といふ内《うち》だんね？」女は手の先の水を切つて、車夫の顔を見た。車夫は車上の稔を見返した。

「誰某つて云ふんですか……」と稔は其女の方を向いて、ある人の姓を口にした。彼の声は、こんな短い言葉を云ふうちにも、決して落付いてゐなかつた。

　すると其の女のまだ答へないうちに、

「あ、其のお内はんだつか……」と、別の女の声が、其前の家の櫺子《れんじ》窓《まど》の中から聞えて、

「其お内はんはなあ、後《あと》の月に何某町《なにがしちやう》の方へ替りやはりました。」

　車夫は番地を尋ねたが、番地は其女も知らなかつた。其れでも車夫は直ぐ又駈け出した。

「おい車夫、遠ければもう止しても善《い》いんだよ。」

　稔は車上から声をかけた。

「なに、旦那はん、直ぐ其処だす」と、車夫は汗を拭き〳〵走つた。

「でも番地が知れなくつては、分るまい。おい、もう引返して呉れないか。」

　稔は又車上から車夫に叫んだ。

「いゝえ、狭い処だす。直ぐ知れます」と云つて車夫は矢張り振返りもしなかつた。

　なほ二三度も押問答してゐるうち、車夫はもう此処が其町名だと告げた。と見ると、丁度其処から二三軒先の軒燈に、稔が先刻《さつき》口にした人の姓が、闇に投げられた爆裂弾のやうに、彼の瞳に飛込んだ。

　稔は電気にでも打たれたやうに、急に車上に立上つて、

「おい車夫、もう、用はないんだ。直ぐ引返して呉れ」と声高く吩鳴り付けた。

「へい?!」と、車夫は呆れ返つて、

「ぢや旦那はん、これから何処へ行かはります？」

「何処へでも構はぬ。直ぐ元のところまで引返して呉れ。」

　車夫は又梶棒を握り替へて、此の魔に魅《つ》かれたやうな客を乗せながら、韋駄天のやうに走り出した。

　曇つた空からをり〳〵傾いた西日が顔を出して、便所の傍《わき》に立つてゐる低い丸葉柳《まるばやなぎ》の影の先端《さき》が、向うの御休憩所《おやすみどころ》と書いた家の硝子障子にまで這上る頃であつた。稔の姿はひよつこりと難波停車場の入口に現はれた。

　丁度四時幾分《いくふん》と云ふ汽車が今しがた出たところで、構内は掃

き出したやうに寂《ひつ》そりとしてゐた。田舎行の乗客を相手にしてゐる停車場《ステエシヨン》のことゝて、次の発車までには、優にまだ一時間半許も待たねばならなかつた。

稔は柵に沿うた床几《ベンチ》に腰を下して、ステツキの頭に手と頤《あご》を託した。彼の挙動は、先刻《さつき》鈴木氏の会社で見た時や、宛もなく車で市中を駈廻つてゐた時とは、殆ど別人のやうに落着いてゐた。其れだけ彼の胸の中には、先刻《さつき》の自分の狼狽《うろたへ》さ加減を後悔する念が漲つてゐた。

「馬鹿！」と彼は時々口に出して、自分で自分を罵しつた。

——

「馬鹿！　今更あんな女に会つて、自分は一体どうしやうと思つてゐたんだ！　会つて話でもしたら、自分の此の胸中が理解されるとでも思つてゐたのか！　万一理解されたところで、其れが何だ。自分の此の心の空虚が、其れに由つて何《ど》れだけの盈《えい》実《じつ》を得られると思ふ……彼はもう人の妻ぢやないか。——何たる馬鹿〳〵しい考へを思ひ付いたものだ！」

彼は顔を蹙《しか》めて、頭を振つた。さうして仮令《たとひ》一時の気の迷ひとは云へ、溺者攫藁《できしやくわくかう》の顰《ひん》に倣《なら》はうとした自分自身を、世にも心の弱い、浅慮《あさはか》な男だと我ながら軽蔑された。愚なることを為たと後で気が付いた時ほど、人間は心の苦しいものはない。何だか自分で自分の自尊心を打ち壊したやうな感じもする。同時に又稔は一層孤独の遣瀬ない感じに打たれざるを得なかつた。

稔は顔を上げて停車場の時計を見た。針は先刻《さつき》見た時とは殆ど動いてゐなかつた。彼は又自分の時計を出して見た。停車場のよりは五分ほど進んでゐた。彼は其針を直《なほ》して立上つた。さうして小さな手荷物を赤帽の一人に預けておいて、ステツキだけを提げて又停車場の構内を出た。彼は凝《ぢつ》として、心の声に責められてゐるに堪へなかつた。

構内を出切ると、其処に狭い、汚い堀割が斜に南に流れてゐた。彼は其堀割に従いて右に折れた。丁度近いうちに市内電車が其処を通ると云ふ頃であつて、道路は今正に改修中であつた。通りの中央《なかほど》は深く掘返されて、数多《あまた》の石材や鉄軌がところ〴〵に積重ねられてあつた。

堀に沿うた片側の家並《やなみ》は悉く取払はれた為めに、対岸《むかうがし》の家並《やなみ》のだらしない裏側が明らさまに見えた。古ぼけた壁板《したみ》や、板塀や、目隠《めかくし》などが戸毎《こごと》に続いて、洗濯物を並べて窓から窓に渡した物干竿や、小さな植木鉢をごちやごちや並べた、折れさうな細い棚や、逸早《いちはや》く貼出した「すつぽん飴」「日の本足袋」などの広告の看板やが、雑然と稔の眼に入つた。家と家との狭い隙《すき》間《あひ》で、大根を切つてる女もあつた。水口から濁つた水の迸り出てゐるところもあつた。

堀には、藁屑《わらくづ》や菜葉《なつぱ》の浮いてゐる汚い水の上を、割木や、煉瓦や、四角な箱の菰包《こもづゝみ》などを一杯に積上げた荷足《にたり》船が、仕切りなしに並んで通つた。船頭は船と船とで饒舌り合つてゐる。さうして櫂を水中に突込む毎《ごと》に、泥のやうに濁つた水の上へ、ぶく〳〵と泡が浮上つた。

稔は何処までも其の堀割について下りながら、をり〳〵、「孤独だ、孤独だ。」と独語《ひとりごと》を云つた。

町筋が荒《さ》びれて、段々場末らしい感じが加はつて来ると共に、寂寥の念が一層稔の心に沁渡つた。

こんな時に彼の胸に浮んで来ることは、何時《いつ》も、「自分は今日まで誰にも理解されたことがない」と云ふ思想《かんがへ》であつた。勿論彼にも多少の友人はあつた。先輩もあつた。ある時代には恋人もないことはなかつた。けれども其の中の誰を取上げて考へて見ても、彼を正しく理解して呉れたものは殆んど一人も有りさうになかつた。固《もと》より自己の将来の安全や、自己の生活の保証ばかりを顧慮して、さうした打算的の動機から男に頼ることしか知らない世間多数の平凡な女や、あるひは生来の好奇心に任せて、男に戯れること其自身を目的としてゐるやうなコケツト――そんな浅はかな異性から、自分が理解されなかつたからとて、別に残念だとも何とも思はぬ。寧ろ当然のことだと覚悟してゐる。けれども高等学校以来から、互に心の奥底まで語り合つたと信じてゐる二三の友人。学生時代から、最も理解に富んだ指導者として敬慕して来た二三の先輩。――其等の人々にまで自分は矢張《やつぱ》り理解されてゐなかつたと考へた時は、稔の心は侘しさに堪へがたいほどであつた。

「人生は畢竟孤独だ！　自分を知るものは終《つひ》に自分自身より外にはない。他人に理解されやうなど思つてゐたのが既に間違ひであつた。」彼は今日まで幾度《いくたび》か口に云ひ古したこんな言葉を、又今更のやうに繰返した。

工事中の道路は、ほんの少しの間で何方《どちら》かへ曲つてしまつた。其処から尚余程歩いた後、稔はとある橋を渡つた。堀割に別れて暫く行くと、何処へ通じてゐるものか、ある鉄道線路を横ぎつた。大分《だいぶん》遠くまで来た積で時計を出して見たら、まだ二十分ほどしか経つてゐなかつた。稔は時間のある限り歩き廻つて見る考へであつた。彼は丁度自分自身の捨場所でも捜し索《もと》めてゐる人の如く、又色彩に乏しい、狭い、薄汚ない町に入り込んだ。

「理解されてゐないと云へば……」と、彼の追想は、又執《しつ》こく先刻《さつき》の思想《かんがへ》の後を追うた。――

稔は今日までの経験中で、新聞社を辞めやうとした時ほど、自分が誰にも理解されてゐないと云ふことを、切実に感じた時はなかつた。成程彼が今後の活計を心配して、親切に忠告して呉れた友人はあつた。又同じ理由で其挙の無謀を誡めて呉れた先輩はあつた。けれども彼が其境遇の頗《すこぶ》る窮迫せる状態にあるにも拘らず、なほ自己の年来執り来れる方針《コオス》を貫かんが為に――自己の理想と性格とを貫徹せしめんが為に、健気にも此危険なる決心を敢てせんとしてゐる真意を理解して呉れた人は一人もなかつた。否、其ばかりではない、彼が新聞を辞めたと聞くと、

「此奴《こやつ》今度浪人になつたので、俺の処へ何か職業の周旋か、あるひは借金の依頼にでも来よつたのかも知れない」と云ふ明察

から、稔の顔を見るや否や、直《たゞち》に其予防線を張つた知人はあつた。また稔がまだ一語をも発しないうちに、彼が先手を打つ積《つもり》で、嚢中《なうちゆう》の不景気を語り出した敏感な友人もあつた。此等を外にしても、彼の記憶に残つてゐることはまだ幾らもある。ある知人は稔の方から更に頼みもしないのに、自分達の組織してゐる愚にも付かぬ会合へ彼を引入れて、毎月何か彼にか其会合に関する大袈裟な記事を、彼の新聞紙上へ書かせてゐたが、稔が新聞を辞めるや否や、もう彼には用が無いと云つた風に、いつの間にか彼を其の中間《サアクル》から除外してゐた。又其頃稍得意の境遇に入りかけてゐたある友人は、稔を見ると半ば嘲笑的の語気を弄して、

「おい、新聞を止めて、何か善《い》い儲け口でも見付かつたのかい」と揶揄し始めた。勿論稔といへども、こんな事実に逢着してから、初めて人情の軽薄に驚くほど、其ほど山出しの男ではなかつた。否、

「今に見よ。俺が何か一つ事業をやつたら、彼等は悉皆《みんな》先方《むかう》から態度を改めて来るんだ！」さう考へると、内心私かに微笑まれないでもなかつた。けれども自分は果して何日になつたら、此の窮境を脱して、是等の屈辱を彼等に雪《そゝ》ぐことが出来るのかと考へると、稔は実に悲しかつた。

彼はステツキの先でこつ〳〵と地面を叩きながら、行処のない人のやうに重い足を引擦つた。

ふと気が付くと、稔はいつの間にか何処やらに見覚えのあるやうな通街《とほり》へ出てゐた。前には稍勾配の急な坂が展げられてあつた。彼は再び時計を出して見て、又其坂を上つて行つた。坂を上り切ると果して通街《とほり》から右手のずつと入込んだ処に、今朝訪ねた病院の煉瓦塀が赤く並んでゐた。其を見ると、稔は今一度為雄に会つてやりたいやうな感じがした。又会ふのが怖ろしいやうな心地もした。彼は暫く其の曲り角に立つてゐたが、やがて急ぎ足に其処を通り過ぎた。さうして、つと天王寺の境内に入つて行つた。

境内は只がらんとして殆ど人の気勢《けはひ》もなかつた。向うの亀の池の方で、子供のわい〳〵云つてる声も、思ひなしか何となく寂しく聞かれた。夕暮の色は段々と迫つて、折々冷たい風が広い境内の砂を巻いて過ぎた。其夕方の風の中に、五重の塔は一層崇高《けだか》く見上げられた。稔は宛もなく其処いらを歩き廻つた。

鍾楼の下の薄暗いところに、一人の乞食が蹲まつてゐた。稔が其前を通りかゝると、乞食は幾度《いくたび》か地に額をつけた。頭をくり〳〵坊主に剃つた、痩せた女の乞食であつた。稔は急に、東京から帰つて来た晩に始めて見た、お孝の見窄らしい姿が思ひ出されて、何だか妙な心持になつた。さうして自分は最うあの母親の住んで居る、虫喰だらけの古ぼけた尼寺より外に行く処のない身体だと考へた時は、覚えず眼瞼が熱くなつて来た。

彼は、軽くなつた財布の中から、銀貨を一つ摘み出して、其を乞食の前に投げた。そして後をも振り向かずに又通街《とほり》へ出て、

其処から車に乗つて停車場へ帰つて来た。

四辺《あたり》はもう全然《すつかり》夜の色になつて、停車場《ステエシヨン》の軒には既に電気が輝いてゐた。

発車にはまだ可なりの時間《あひだ》があつた。其でも構内には流石《さすが》に乗客が騒ついて、柵に沿うた床几《ベンチ》は殆ど空席を余さなかつた。稔は時間表の前に立つて、最寄の停車場に着く時間を調べて見た。八時に近いと云ふことが分つた。其処から彼の村までは約三里である。こんなに時間が遅くなつては、もう車夫《くるまや》は出ないかも知れない。彼は今更のやうに首を傾けた。

「なに歩かう。――車がなかつたら歩いて帰らう。」

稔は再び先刻《さつき》の堀割に沿うた通街《とほり》まで出た。夜見ると一層田舎じみた、薄暗い街であつた。彼方此方《あちらこちら》と尋ねた揚句、漸く一軒の荒物屋を見付けて入つた。其処で彼は、細長い、玩具のやうな小さなぶら下げ提灯《ぢやうちん》を一つ買つた。其を畳んで外套の隠袋《かくし》に入れた。彼は又別に蠟燭と燐寸《マッチ》を買つた。彼は子供の時の経験で、蠟燭一挺で幾何《どれ》程《ほど》の夜路が歩けるか、大よそ分つてゐた。二本もあれば沢山だと思つたが、用意の為めに三本を買つた。さうして又停車場の方へ引返した。

柳の木の植ゑてあるところまで戻つて来て、稔は其下の木柵《ぼくさく》に倚掛つた。其処で彼は発車時間の来るのを待つた。此時彼の胸の中に、嘗て高等学校の寄宿にゐた頃、故国《くに》のことやら我身のことやらにて、毎日〳〵貧乏の苦痛が沁々骨に徹《こた》へてゐた或夜、水道橋から元町の坂を上つて行く途中で、何が落ちてゐたものか、洋杖《ステツキ》の先端《さき》にちやらつと音のしたのを、俯向いて闇に手探りした時の寂しい心持が思ひ出された。数へて見れば、其頃から今日までは既に六七年にもなる。自分は此後《こののち》なほ何時《いつ》まで、こんな侘しい心を抱いて暮さなければならないのだらう。恐らく一生、此忌はしい気分を脱することの出来ない運命に生れ付いて来たのかも知れない。――斯う考へると稔は急に胸が一杯になつて来た。小さなぶら〳〵提灯を提げて、真暗な三里の山路《やまみち》を、一人でとぼ〳〵と帰つて行く自分の後姿が目の前に浮ぶ。彼は柳の下の柵に凭《もた》れて、久しい間独りで啜り泣いた。

改札口の方では、五分鈴《ごふんべる》が頻りに鳴つてゐた。


（大正2年4月、春陽堂刊）

泥焔

細田民樹

一

いくら待つてもおむらは警察を出て来なかつた。

おけいは高い煉瓦塀の横に突立つて、茫然重い眼を上げた儘、騒々しい物音を起て丶、急に前を掠める様に往来する電車を幾台も見送つてゐたが、待ち飽んで袂から敷島の袋を出して幾本も喫ひ、その吸殻を焦心《じれ》つたさうに草履で踏みつけてゐた。暫くするとパタンと扉の開いた音がしたので振り顧つて見ると、おむらでは無くつて年若い巡査が手袋を嵌めながら出て来たと思ふと、胡散な眼付でおけいを睨つと見てから通《とほり》へ出て行くので、おけいも巡査の顔を睨つと見てゐたが、対者《むかう》が顔を外向けてから薄く笑つた。遠くで聞えてゐた飴屋の喇叭が直ぐ後まで来ても、まだおむらは出て来ないので、おけいは稍自棄気味に舌打したが、

「おい飴屋さん、おくんな。」と頓狂な声で呼び止めて五銭白銅を出した。

「本当に仕様がありやしない、え、警察にゐる人を待つてゐるのだけれど、なか〳〵出て来るもんぢやない。」飴屋が生返事をしながら、飴を切《か》いてゐるところへ、静に扉を開く音がして、おむらが少し上気せたやうに小作りな顔を赤くして、敷石道を急いで出て来た。

「如何したんだよ、お前さん何時までも。」

おけいが腹立たし気にいふと、

「まあ、本当に御無礼様、なかで何時までも待たすんだもの。御前さんも御前さんだね、こんな所で飴を買ふなんて、あきれた人だ……」

おむらは揶揄ふ様な調子で笑つた。

「だつて何時まで待つたつて出て来るんぢやなし、ぢれつたいからさ。」

飴屋は微笑みながら、賑かな喇叭を吹いてゆつくりと歩いて行つた。おけいがハンカチに包んで袂に入れて了ふと、二人は肩を並べて停車場の方へ足を運んだ。

「でも愈々呉れたんだらうね。」とおけいにいはれるとおむらは恍気《とぼけ》た様に
「ところが駄目、全然的《てつきりあて》が外れちやつたよ、馬鹿にしてらあね、先日《このあいだ》訊いた事と同じやうなことばつかり訊きやがつて。」

「ぢや矢張りまだ呉《く》れないのかえ。」

「さうさ、それに何とかいふのなら、早く云つて還したら良さ

ゝうなものだ、何時までも待たして置いて勿体を着けるなんて随分ひどいぢやないか。あんまり癪だからお許しは出ないんですかつて云つてやつたのさ、すると煮え切らない返事でもう一週間ほど待つて見ろなんて、何時まで待たすんだか解りやしない。」憤つたおむらの茫と紅い顔に、水色の傘を透す光が薄く注いで、眼は干涸びた様に輝いてゐた。

「ぢや、もう、迚もくれないのさ、くれなきやくれないでも良いよ。」おけいは打ち水を飛びながら静に云つた。

「お前さんのやうに自棄になつてもつまらないよ、いくら遅たつてくれる時にはくれるんだから……」

「つまらない、はる々々新宿くんだりまで二度も無駄足踏まされちやつて。」おむらは何とも云はないで、暫らく黙つて歩いてゐるうちに、少しは気分も落付いたらしく。

「警察での話によると、大学のまはりだけでも曖昧屋《おちやゝ》は三十幾軒あるとさ。」

「それで余り多過ぎるから許さないつてんでせう。」

「でも随分あるわね、迚も商買になりつこないよ。」おけいは聞いてにやりと笑ひながら、電車通を横に入つて、停車場に行く方の広い堤に出ると、ところ々々に植はつた若い桜は大抵散つてゐて、散つた花の上を小枝の影が細く流れてゐる、黒く焼いた杭垣を脊に色んな露店が並んでゐる前を通つて、卜者の所へ来ると沢山人が立つてゐた。

「おけいさん卜《み》てもらはないかえ。」

「およしよ、つまらない、此麼ものがあたるもんですか。」

「ぢや、ちよつと待つとくれ。」おむらは占者の後の方へまはつた時、おけいは其処から停車場の入口に出入する人を見てゐたが、ゆる々々と其方へ歩いて行つて振り顧ると、掌の図を大きく書いたのを差し上げて、髯のある卜者は、何か頻りに説明してゐるらしく、側に立つてゐるおむらの顔が人の頭の間から見えた。おけいは日傘をたゝんで、杖に笻きながら、構内へ入つて来ると、急に薄暗い冷たさを感じて、腰掛けに腰を下し、暗箱から外を覗くやうな気持で、あか々々と午後の光の漲つてゐる堤の上を眺めてゐると、遠くから笑つて走るやうに入つて来たおむらが、

「思ひ事一週間以内にかなふ、開店吉だとさ。」と嬉しさうにいふのをおけいは唯黙つて笑つてゐた。

新宿から乗つた二人が、高田馬場へ降りたのはそれから間もなかつた。おけいが帯の間から二枚の切符を出して渡すと、二人は郊外の小さい停車場を出て行つた。

「おけいさんは戸山の原を知らないね、今日は彼処を通つて帰らない。」

「通つても良いね。」おけいは左程望んでゐるらしくもなかつたが、おむらは先に立つて、線路の傍を原の方に歩いて出た。眼を射る程黄色い若草は、その上に立ち昇る盛んな陽炎に連れ、きれいな小唄を大空へでもおくつてゐる様で、広い原の果には大久保あたりの小さい家がマッチの箱を並べたやうに、几帳面

に並び、トタン屋根が草の芽の上に頭だけ出して見えてゐるのもあつた、毛氈を敷きつめたやうな若草の原の処々に恰度軍鶏の胸毛を捲られたやうに去年芝を剥がれ、黒い土を露してゐるのが、斑点《まだら》を作つて一層綺麗に見えてゐた。

「随分広いところね。」おけいは眩しさうに眼を上げて見渡してゐるので、おむらは此上おけいに見せておどろかさうと思つて、熱心に富士山を探してゐたが、霞んだ空の思ひがけないところで見つけて、

「あれが富士山よ。」

「へえ、此処で見るとあんなところに見えるのね、」二人は原の中を彼方此方と歩いて行つた。沢山遊びに来てゐる人達も、都会などといふことを一切忘れて楽んでゐるらしく、若葉の下には本を読んでゐる角帽の男も見られた。

「ちよいと、あれは何に。」おむらは不審相に訊ねた。

「絵を描いてるんでせう。」若い女学生が四五人、三脚に腰を掛けて、おとなしくカンヴアスに向つて熱心に描いてゐるので、二人は静に傍に寄つて行つたが、今はじめたらしく薄い鉛筆の跡ばかりで、よく解らなかつた。諏訪の森まで帰つて来ると、おけいは思ひ出した様に、秘《そ》つと袂から飴を出しておむらにすゝめた。

「帰つてからで沢山。」おむらが手を出さないから、おけいもそのまゝまた袂へ押し込んで、二人が戸塚のお煎餅屋に帰つた時は、おばさんは煎餅を焙きながら豆腐屋と話をしてゐるところだつた。

「如何だつたの、鑑札はくれたのかえ、随分遅かつたぢやないか。」

「消然《げつそり》しちやつた。おばさんもう屹度くれないんだよ。」おむらは疲れたやうに足を投げ出して、板の間に坐つた。

「あゝ疲労れた、私咽喉が喝いちやつて。」

おけいの顔色は少し蒼醒めて、さも疲れ終《き》つたやうな様子で、座敷に上り障子を開けて勝手の方へ行つた。

「国《くに》の方の役場からまだ書き物が届かないんだらう。」おばさんは顔も上げないで云つた。

「なあに、それも訊いて見たんだが、もう来てゐるつて云つたから、まさかさうでもあるまいよ。」

「御亭《ごてい》が行つた方が良かつたかもしれないね。」

「おばさん、少し買つとくんな。」

「まあ今日はよかつた。ねお豆腐屋さん、今度、前の家でこの人達が曖昧屋《おちやゝ》をはじめるさうだから来てやりな。あんまり若い女《こ》よりか面白いよ。」

「三日に上げず通ふかね。」板の間から腰を上げて若い豆腐屋は大袈裟に笑つた。

「本当に来とくんな、いくらお媼さんのおそろひだつて見捨てたもんぢやないよ、若い女《こ》には出来ない忠義も尽すからね。」

「ぢや何れお近いうちに……か。」

豆腐屋は天秤棒に肩を入れて斯ういふと、皆一度に笑ひ崩れ

た。

「ねえさんお湯に行かない。」おけいが石鹸箱やタオルを入れた真鍮の小盥を持つて出て来ると、おむらは周章てる様に二階に上つて用意して降りて来た。

ゆつくりしてお湯を出るともう町は燈火に彩られてゐて、二人の微然《ほんのり》と薄化粧した顔が夕闇《やみ》に浮び、襦子の襟足も素足に履いた吾妻下駄も、此辺に居る様な特殊な女を思はせる程目立たなかつた。帰つて来るとおばさんは夕飯の仕度をして待つてゐたので、直ぐに餉台に着いたけれど、おけいは気分が進まないと云つて、あまり食べないで二階に上つて了つた。おむらは余程ものを気にする性《たち》らしく、話はどうかすると今日の一件に走つて行つた。

「だつて、おばさん願書を出してつからもう二週間になるんぢやないか。」

「警察だつて此方のことばかり関つてもゐられまいからね。」おばさんはもう執心《しつ》こいので、おむらをよろこばす様な返事ばかりしてはゐなかつた。

飯の済んだ頃、こつそり格子を明ける音がしたのでおばさんが出て見ると、お召まがひの着物にセルの袴を穿いた学生が突立つてゐた。

「おうちにおむらつてのがゐますまいか。」

色の白い顔に、彫り込んだ様に黒い眼が、金縁の下からひかつたので、をばさんは何と答へてよいかちよつと躊つてゐると、おむらがつかつかと出て来て、

「あら、あなた片山さん。」

それには答へずに、おばさんに会釈して学生が座敷へ上ると、おむらは一所に二階の梯子段を上りながら、

「おけいさんもゐてよ。」と媚びるやうにいふのが、年増《としま》の言としては如何にも気障にきこえた。

「あら片山さん、――しばらくね。」

何にもしないで寝添《ねそ》べつてゐたおけいは、一寸身を起すやうにして挨拶をして、

「おむらはお話しにならないが、おけいさんも随分失敬だよ、まるで鉄砲の弾丸見たいなんだもの。」学生は長火鉢の向ふに正坐《すわ》つて云つた。

「おたよりしようと思つたんだけれど、何しろ牛鳥くらい開くんだつて、なか〳〵許可《ゆるし》が出ないんですもの、もう新宿の警察へ二度まで行つて駄目なんでせう。毎日ぶら〳〵で暮してゐるもんですから、早く事が定つてつからお知らせしようと思つてたの。」おむらは弁解らしく云つた。

「まあ、久濶《ひさしぶり》だ、何か取つておいでよ。」学生が落付いた調子でやさしく云ふと、おむらは肯いて笑ひながら二階を下りて行つた。

片山は脱き散した白足袋や、煤《すゝ》けた衝立に掛つてゐる甲斐絹の白無地の裏を出したおむらの羽織など見やりて、部屋の四方へ眼を配つてゐたが、

「変手古な部屋だね、おけいさん、五畳の間ぢやないか。」

「え、以前《まへ》に書生さんが借りて自炊してゐたんださうですが、その人が越しちやつて、不便な部屋なもんですから誰も借りる人がないんですつて、それで許可《ゆるし》が出るまで此家で遊んでるんですよ、毎日斯うしてると、いくら呑気だか知れあしない。」

「その家も可成大きいぢやないか、お客の五六人は寝られるぜ。」

　学生が窓から前の借家を見下していふと、

「さう繁昌すりや、何処からかまた美い女《いこ》を連れて来ますさ。」おけいは長い煙管で、あまり無駄口も利かずに黙つて煙草を喫つてゐた。

　おむらが肴屋に誂物などして、酒を買つて帰つて来るまでには大分時間がかゝつた。以前書生がゐた時、導《ひ》いたといふ電燈は此様な煤けた部屋には適応《ふさ》はしくない程あかるく輝いた。長火鉢を傍寄《かたよ》せ、折足の餉台の上に色んなものが並んでから、後で誂へた蛤鍋《はまなべ》が来た頃は、学生は可成酔つてゐた。

「お前の様な不貞腐《ふてくさ》れな女でも、行つて了つて、黙つてゐると、俺は実にさみしい、おむら、さ、良い所へ行かう、良《い》ゝ所へ……。」

「根岸へですか、厭《いや》なこつた、もう私彼処は懲々《こりく》してるんですから。」おむらは恬《つん》と済してゐる。

「馬鹿な、あんな所ぢやない、今度は遠くへ行くんだ、まあいゝから来るんだ。」

　学生は立ち上つて手を引つ張つて放さなかつたので、

「本当にしつこい、左様《そんな》にしなくても行くつたらさ。何ですへゞれけに酔つちやつて。」

　おむらは呟きながら起ち上り羽織を着て、足袋を穿いたが、まだ躊つてゐる様なので、あまり飲んでゐないおけいは真面目な顔で、

「ねえさん行つた方が良いよ、遠くへ連れて行かれるんなら、これに越したことはないわ。箱根へでも行つてらつしやい。此方《こつち》のことは心配しないでもいゝぢやないか、警察にだつて何時許可《ゆるし》すんだかわかりやしないよ、気を揉《も》んで、ゝもつまらない、遊べるだけ遊んでおいでなさいな。」

「だつて留守に彼《あれ》が来ちやつたら。」

「何とか云つとくよ、さ。」

　おけいも起ち上つて、学生に鳥打を被せた。

「さ、行かう。」手を引張つて梯子を下りようとする。

「ぢや私行つて来るよ、居るところを云つて寄越すから、許可《ゆるし》が出たら直ぐ知らせとくんな。」

「あゝ良《よ》いとも。」後から下りて行つた。

「誰だえ、立派な男ぢやないか。」

　学生が出た後、おばさんはおけいに訊いた。

「おむらさんの情夫《れこ》さ、馬鹿な男だよ、あんな媼さんをどうするつてんだらう、おむらさんも夢中なんだからちやんちやらおかしいや。」

「ぢやよくおむらさんが云つてたあの人だね。」

「さうさ、それにちがひない。おばさん二階にお出よ、これから二人でしつぽり飲《や》りませう。」

　おばさんが上つて来てから、おけいは燥《はしや》いで飲みはじめて、味噌の焙《い》り着く様な蛤鍋を二人で突《つゝ》つきながら、色々とおむらの話などしてゐたが、おけいは壁に掛つた三味線を下して、そゝくれた緞子の袋から、手取り早く取り出した。

「さ、おばさん弾《ひ》いとくんな。」

「あいよ。」

　おばさんは温順しく従はなければ何と云つたつて聞かない女だといふことを知つてゐた。

「良《い》いか、三下りよ……並木駒形花川戸、山谷堀からちよつと上り、長い土手をば通はんせ……」おけいは渋い声を絞る様にうたひながら、自分で長火鉢の縁を叩いて拍子をとつてゐた。

「今度はお前さん弾《ひ》いとくれ、小さい声でうたふから、大津絵だよ。」おばさんが三味線を済すと、おけいは調子を合せた。

「……河原町油屋のひとりむすめのおそめとて、年はまだ二八ごろ、人の眼につく桜花……もすこし下げとくんな……うちのこがひの久松は、まだ床馴れぬ室の梅……声が擦れちやつて出やしない、これはね、わたしなどがまだ廓《なか》に居る頃、上方《かみがた》のうたゞと云つて、そりや素的に流行つたものさ……」

「おばさん幾つで入《はい》つたんだえ。」おけいは、横に足を投げ出して杯をおばさんに渡《さ》した。

「豆どんの時から八年ゐたんだもの、随分久しいものさ、箕輪あたりはまるで田甫ばかりでね、丁度今時分の気候になると、退《ひ》けてつから合部屋にでもゐやうものなら蛙がころ〳〵鳴いて、そりやお前さん子供心にもさみしくつてね。」

　おばさんも薄紅い顔になつて、手真似しながらはなしはじめた。おけいは黙つて返事もしないで聴いてゐた。

「おばさん、何かさつぱりと気の晴れるやうなことはないかね。」おけいは酔つて壁に憊然《ぐつたり》と凭れながら、踵で軽く何かの拍子をとつてゐると、

「うたひなよ、それが一番良《い》い。」

　おばさんは三味線を弾《ひ》いてゐた。

「うたふのつまらない。」といつて、おけいはよろ〳〵と立ち上り、煙管の首でがんと電燈の蓋を叩き、大きな音を立てゝ高く笑つて、

「さうだ、私すてゝこ踊をやるから囃しとくんな。」おけいは肌脱《はだぬぎ》になり、赤い襦袢の袖をぐる〳〵巻き込んで、腕を出し、鉢巻を額で結んで躍りはじめた。

「静かに踊らなきやいけないよ。」おばさんはさう云つて弾いてゐると、おけいは足拍子をとりながら電燈の蓋を強く叩いて擦るやうに面白く手を動かしてゐる。

「この人は、まあこはれつちまふよ。」

　おばさんが支《さゝ》へやうとすると、今度は茶碗をとつて叩き初め、強く飛び廻らうとして長火鉢の五徳に裾がひつかゝり、灰神楽

を立てると茫と、部屋が濁つて了つた。

「何をするんだよ、いゝ加減にしな……」

おばさんは泣き出しさうに声を顫はせて云ふと、おけいは……四かけて、五かけて、橋かけて……と低い調子で唄ひながら、眤とおばさんの顔を瞶め、干乾びた笑ひを口の何処かに漂はせた。

「そんなに戯けると二階が落つこちて了ふぢやないか、本当にしやうがないね、巡査《おまはり》さんを呼んで来るから。」本当に怒つてゐるおばさんは、子供でも嚇すやうな口調でいふと、

「呼んでらつしやいとも、一所にお酒でも飲みませう。」といひながらおけいは帯を解いて、無雑作に衝立《つゐたて》にひつかけ、呼吸を急《はづ》ませて其処にあつた鴇色の下帯を裂きはじめた。

「何て姿だ、だらしない、ま呆れた人だね。」

怒つてゐた顔も驚きに変つて了つて、おばさんは階子段に坐つて見てゐる。

「だつておばさん、お前さんはまだ裸躍りを見たことはないでせう。さ、御覧なさいよ。」

どんなに暴れるかとおばさんは恟《おど》々して恐れてゐると、裸になつたばかりで踊りはしないで、激しく苦しさうな呼吸をはづませ、

「あ、苦しい、熱いねおばさん、ちよつと窓を開けておくれな。」と壁に手をかけて窓に近寄らうとするので、おばさんは黙つて蒼蠅さうな顔付で窓の引戸を開け放つと、潤んだやうな春の月は、柔かい光を灑いで、屋根の瓦の上の露に泌み込み、ちゝろめいて窓からすべり込んだ。おけいは窓に凭れ、雪のやうな白い肌を月の光にひたし、何処からともなく流れ来る若葉の香を嗅ぎながら、更け行く夜に刻々と眠りゆく町の軒燈のまたゝきを見てゐたが、目路を遠くして、戸山学校の森や諏訪の森を惘《ぼん》やりと月あかりの中に眴めてゐると、月はさら〳〵と刷毛で擦つた様な白雲を出て、また一極《きは》あかるく照り輝き、素裸になつてゐるおけいの柔かく膨《ふく》らんだ乳の上や、弛《た》るんだ腹までも嘗める様に照らして、心臓の鼓動はその蒼白いひかりに吸はれ、そよ〳〵と首筋を撫る風の心よさ、おけいは眤つと石の様になつて考へてゐると墓場にひとり残された様なさびしさとくるしさを感じたので堪らなくなり、外面に向つて思ひ切り大きな呼息を突いて、

「おばさん、私、畳の上ぢやとても死ねないよ。」とその眼は悽く光つて、怕《おそ》ろしい回想に耽つてゐるらしかつた。

「お前さん如何したんだ、風邪を引くぢやないか。」おばさんは温順しく云つて着物を着せると、それを素直に冷たくなつた腕にとほして、今さいた下帯《しごき》をぐる々々と巻いて横に倒れた。

夜中に眼が覚めると、咽喉が干いてゐるので、長火鉢に手を延ばし、土瓶の温湯を多量に飲んで四辺を見廻すと、鍋や七輪は片隅に寄せられ、自分は几帳面に寝床の中に寝かされてゐて、点《つ》け放しの電燈は色の褪せたやうな光を蒲団の上に浴びせてゐた。

二

朝眼《め》が醒めると、もう太陽は高いらしく、節穴から潜り込む光は壁に円い影絵を描がき、その中にまた何か小さいものが動いてゐるやうなのをおけいは眤と瞶めながら、微かに昨夜の記憶を呼んだけれど、後頭が痺れてゐるやうで、何一つ纏つた事を思ひ出さなかつたので、寝たまゝ長煙管の首で、以て傍の長火鉢の抽斗をその角《かど》に引つかけて抜き出し、マッチを取り出して喫つた。

戸を開ける音がしたかと思ふと、暫くして、

「おばさん何時……」と腫れぼつたい眠むさうな眼をして二階から降りて来た。

「もう十時過ぎだよ、お前さん昨夜、あれや一体如何したつてんだね、裸になどなつて、私おつかなくつて如何しやうと思つたの。あきれた真似をするんだもの。」勝手で孜々《せつ〳〵》と働いてゐるおばさんは腰を延し微笑んでゐる。

「ふゝゝゝ」楊子咬へたおけいは口の中で厭に笑つて、台所から井戸傍に出ると、井戸の上に覆ひ被さる程の若葉は、隣りの大きな屋敷の菅垣の中にあつて、鶯は朗らかな声で、欝然《こんもり》した籔の中に鳴いてゐる。

おけいの昼飯と朝飯が今日もまた一所に済んでから、おばさんは勝手の仕舞《かたづけ》をしまふと、店に出て煎餅を焙くので、おけいは大火鉢を間におばさんと対坐《むかひあ》つて、面白半分に難しさうな箸の持方をして、座蒲団の上に立膝しながら煎餅を焙き々々おむらのことや自分のことを話してきかせた。

「根岸は厭だつて云つてたが、多分あそこにゐるんでせう、何しろあそこには昨日来た書生さんのうちの別荘があつて、平生は番人夫婦がゐるばかりで誰も居ないんだから、余程気楽なんですよ、一度おむらさんが行つてる時、電話をかけて置かないで、書生さんの御父さんが突如に遣つて来て見つかつてから、ごたすた大騒ぎになつたんさ、根岸はよく々々縁喜の悪い場所でね、おまはりにふん捕まつちやつて、二度とも私とおむらさんと二人して、暗い所に蹲踞《しやが》んだんだもの、だから長くゐなかつたんですよ。」

「おむらさんも、もと廓《なか》にゐなすつたのかね。」

「いゝえ、彼女《あのひと》は四日市の自分の家を、十七で男と飛び出したんだけれど遊廓にゐたことはないんですつて。私一昨年廓を出て帰るところも無いからちよつと下宿屋に奉公してた時、おむらさんは矢張りあんな商売をしてゐて、不図したことから知り合つて、此様になつちやつたの。」

「何だか高橋お伝の話の発端《はじめ》でもきく様だね。」

おばさんは焙いた煎餅を火の上の籠の中に移しながら聴いてゐた。

おけいは一つことを迚《とて》も一時間と続ける程の根気がなくなつてゐるので、煎餅を焙いてゐても直ぐに肩の方が凝り、額が火気に触れ、妙に重たくなつて、後脳はづき〳〵針を立てる様に

痛みはじめたから、長い箸を投げ出し、立ち上つてつまらなさうに店の柱に凭れて口笛を吹いてゐたが。

「今日は岩ちやんが見えないね、おばさん。」

と云つて込み上げるやうな咳をした。

「お前さん、あんなまねをして風邪を引いたぢやないか。だから昨夜云はないこつちやなかつたんだけれど、岩ちやんなんざあ、何処を彷《ぶら》ついてるんだかわかりやしないさ。」

おばさんは、おけいが手持ち無沙汰な姿を見て冷かすやうに、

「お前さんの良い人は些つとも来ないぢやないか……」といつて嗤ふと、

「私なんざ、好かれる人間ぢやないんだから、其那ものは全然《てんで》ありやしない。」

「だつて男好のする顔だがね。」残念さうにいふので、

「御冗談《じやうだん》でせう。」おけいは柱に凭れたまゝ、おばさんの方へは顔も向けないで、晴れ渡つた空の慵げな光を仰いでゐたが、急に大きな声で、

「来たよおばさん、情人《いゝひと》が……」といつて、売薬屋《きぐすりや》の角を此方に曲つて来る、印袢纏を着て、股引に麻裏を履《ひ》つかけた男を見て微笑んでゐる。

「ねえ、植金さん、今おばさんが、私の情人《いろ》が来ないつて云つてるところさ。」

肥然《むつちり》と肥《ふと》つた五十格好の色の赤い男は、笑ひながら近づいて来た。

「馬鹿にしてらあ、ねえさんの男をつかまへて。」

おばさんも笑つたが、おけいがおむらの居ないのを如何弁解するかとそれを気遣つて、はら々々してゐると、

「ねえさんは千葉の親類へ行くつて出かけましたよ。」

「さうかい。そしてまだ警察からは何とも返事をして来ないかね。」

「昨日また来いと云つて寄越したので、二人で行つたところが、はじめ訊いたやうなことばかり尋ねて、もう一週間待つて見ろと云つてました。」

「さうかい、困るね。」板の間に腰を掛けて、煙管で喫つてゐながら談してゐるけれど、おむらの事は委しく尋ねなかつた。

「如何です、新しいお釜の味は。」おけいは皮肉に譃笑つて男の顔を見た。

「料理屋の娘さんだからうまいものは食べさすね、屹度……」

おばさんは誰にいふともなくいふ。

「冷かしてくれるなよ、それでなくても頭が禿げて行くんだから。禿げる頭を見ちやおむらも愛想を尽かしたらう。あれも馬鹿な女だくよ々々思ふ癖に向ふ見ずなことをするんだから、今頃は若い男と何処かへ行つてるんだらう。」男は立ち上つておけいの弁解を見抜いてゐるらしい口調で云つて、植樹のことで何処かまで行かなくちやならないから、夜また来ると云つて
「おむらさんを馬鹿だといふけれど、御本人だつてそんなに賢《かしこ》いとはいへないね、おばさん、五十にあまるしやつ面《つら》で、料理

屋の娘をひつかけて、赤い手柄を飾《か》けさせて、ほくほくなんだから。」おけいが男の出た後で罵ると、

「薬罐頭を振りまはす、なんてまがいゝんでせう……か。」おばさんが謡つて吹き出すと、おけいも大袈裟に笑ひくづれた。

其夜遅くどん々々と表の戸を叩く音がするので、座敷に寝てゐたおばさんが今開けると返事をしても壊《こわ》れる程叩いて止めない。でおばさんが急いで燈を点けて開けて見ると、植金がぐでん々々に酔つぱらつて戸に靠れてゐる。

「おばさん泊《と》めてもらうぜ、おけいは二階か、おけいは。」

「お前さん戸も何も壊れて了ふぢやないか、家へ帰らないとお内儀さんが心配しますよ。」

「なあに構はない。二階だね、おけいは……」

座敷を通つておばさんのいふことには耳も貸さず、づし／＼段梯子を上つて行く。この騒しい物音におばさんと一所に寝てゐたまるは、床を抜け出て吼え始めた。

二階に上ると静になつて、ぼそ々々話声がするかと思ふと、高い声であたり構はずいふ言や、おけいの笑ふ声などが暫《しばら》く下に聞えてゐた。翌くる朝、男を帰して二階から降りて来たおけいは、

「昨夜はひどい目にあつちやつた。」といつて、おばさんにあらいざらひ皆ンな話して、

紫色をした唇を渋さうに歪めながら、溜息を吐いた。何だか気分が悪く、むさくさして仕方がないと云つて、直ぐ向ふの売《き》薬屋《くすりや》に出かけて、洗薬や飲薬を買ひながら、主人と下らない淫らな話をしてゐると、傍に聞いてゐるかなり年増なお内儀さんは面差しさうに横を向いてゐて、おけいが薬屋を出た後、

「随分かまはない、汚いことをいふ女ね。」と内儀がいふと。

「あんな商売をする女は、みなあれさ。」

「真逆。だつてお湯屋の横町の女なんか、薬を買ひに来たつて、あんな露骨《むきだし》な話はしませんよ。」

「そりや、あの女はまだ若いから、少しは恥しいところもあるのさ、今のなどは年も増つてるし、すれられるだけ悪ずれしてるんだから、どうして、どうして。」

こんな話をしてゐた。

暫らくして二階から降りて来たおけいは、下の座敷の長火鉢の前に坐つて煙草を飲んでゐたが、火鉢に擦り寄るやうにして寝てゐた、孕《はら》み犬のまるを見て、煙草に火を点け、長い煙管を差し出し、まるの鼻の先にくつ付けると、ぢり々々といふ焼けつく音がして、飛び上るやうに起き上つて、性急な声を立て、逃げ出した。おけいはそれを見てから々々と笑つてゐると。

「どうしたんだえ、おけいさん。」と表からおばさんが荒々しう訊く。

「今お灸をすえたところさ。」

「およしよ、可愛さうに、孕んでるんだから。」

「何故雌犬を置くのかね、雄犬を飼へば良いぢやないか、どうせ一所に寝るんだつたら。」

「は、馬鹿にしてらあ、まるだつてもう三年越し居るんですよ。」

おけいは、汚れた簞笥の上の小さい仏様や、仏様を入れて置く筥の所へ投げ込んである、破れた提灯など眺め、垢滲みた畳の上を見まはしながら、

「おばさん、少しさつぱり片付けたらどうだね、お前さんが不精だから、座敷だつて坐れやしない。」

「まるなんて居ちや、清潔《きれい》になりつこはないよ、いくらかたづけても直ぐよごれるんだもの……。」

「犬なんて、床へ寝せる奴があるもんかね。」

「だつて外へ遊びに出る奴ぢやなしさ。」

おばさんも、一服する気で表から長火鉢の傍に来て坐つた。

「仕様がないよ、亭主は居ないし、子供はなし。なる様にしかならないのさ、みんな若い時道楽をした報ゐなんだから、お前さん達も早く堅気にならなきや、応報《むくゐ》は的面だからね。」

「おばさん、もうわたしなんて駄目、もう遅いよ、仕様がないさ。おしまひには梅毒《びやうき》が顔に吹き出して、難渋した揚句の果がのたれ死、あゝいや々々、考へたくもないこつた。」

こんなことを話してゐると、表の格子を強く叩いて、う、う、といふ声がしたので、おけいは飛んで出て、

「岩ちやん、何処へ行つてたんだえ。」と大きな声で、今まで話してゐたことは何も忘れてゐるやうな調子で訊くと、色の白い、瑪瑙の珠でも咬はへてゐる程、紅い光沢《つや》のある唇を持つた唖《おし》の少年は、聡明さうな濃い眉毛を悧《き》つとさせて、拳を握つたまゝ板の間を叩き、喇叭を吹く真似をして、楽隊に従《つ》いて遊びに行つたといふことを表さうとしてゐる。

「うゝん、さうか。」と大きく肯くと安心したらしく、口の中で笑ひながら、昵つとおけいの顔を瞶めた。おけいも少年の顔を見てゐると、忽に手早な真似をしながら、走つて行つた。

「妙な子だね。」おけいは口の先で云つて、後姿を黙つて見てゐると、おばさんも其処へ出て来て、以前からの話に連絡《つなが》つてゞもゐるらしく、

「あそこの質屋も余程悪銭を儲けたのに違ひないよ、でなきや彼んな不具《かたわ》なんて生れるもんか、そりや罰位おつかないものはないからね。」おけいはおばさんの教訓めいた口調を平生は左程厭がらないで、黙つて聞くのだけれど、一昨夜鼻風邪を引き、昨夜は昨夜であんな風で夜が明けて了つたので、頭は渋紙で蓋うた様に重く、額は底《そこ》気味悪くぽか々々温かくつて、迚も聞いてゐる程の根気もないのに、その上、昨夜のことを思ふと、むさくさして腹立たしい様な気にもなつた。間もなく唖の少年は尺八を振り廻しながら走つて来て、おけいを見て嫣然《につこり》と笑つてゐた。

「おばさん、尺八を吹くの、この人は。」

「少さい時分から吹くんだつて。」

「へえ。」おけいは駭いたやうに眼を瞬つて、少年の顔を見ると、少年もおけいとおばさんの対話が理解つたらしく、得意な

笑顔をつくつたので、

「吹いておきかせよ。」大きな声でいふと少年は四辺を視廻して吹き初《だ》しさうにないので、憚るのかと思つて、二階へ行かうと袂を牽くと、矢張り躊躇つて居る。

「他人に聴かれるのが恥しいんだね。」

「お前さんだからまたはづかしがるんさ。」

　おばさんも眤つと少年の様子を見てゐると、おけいは少年を無理にでも引き上げようとして、手を把るので、今度は素直に蹤いて行つた。

　おけいが硝子を張つたブリキ鑵の中に手を突き込んで、若干煎餅を摑み取つて、

「おばさん、少《すこ》し頂くよ。」といつて二階に上つて行く姿を見て、おばさんは厚かましい女だと思はない訳には行かなかつた。

　少年は二階に上つて来て、物珍らしさうに部屋中を見廻し、昨夜寝たまゝの寝床や、其処に転《ころが》つた舟枕など見て居ると、おけいが上つて来て、

「今日は身体工合が悪いから、寝て居やうと思つて、寝床も上げないで……」と独言のやうにいひながら、寝床を片隅に引き寄せお盆の上に煎餅を置いて窓を明けた。少年は窓から覗き、低い廂の屋根一面に、竹綱の上に干《ほ》してある鯛型に切つた白い煎餅を見て、口の中でさも何か云ひ度さうに、擦つた声を出し乍ら眤とおけいの顔を見て屋根の方を指してゐるので、おけいはそれが何だともわからないが、解つたらしく肯いて見せた。

「お前さん、幾歳《いくつ》。」おけいはだらりと火鉢の前に足を延べて坐つて訊いて見ると、少年は幾度《いくど》も指で十七だといふことを表はした。

「私等がこの家へ来てつから、お前さんよく来るね、何故だえ。」おけいは訊いて置いて、高く笑ふと、少年はおけいの尋ねた事が解らなさうな様子で、別に変つたこともなく、平気な顔をしてゐる。

「吹いて御覧な。」と自分で尺八を把つて見せると、少年は、それを奪うやうに取り返して口に当てた。

　おけいは少年の『追分』の上手な節廻しを聞いて、不思議に思ふ位愕かされたけれども、三つ四つ色んな謡を聞くともう飽きて、頽然《ぐつたり》として了ひ、其処に片寄せてある寝床を見ると、植金の所為が思ひ出されて影のやうに心を掠めて通ると、腹立して厭な気持になるもので、直ぐにそれを打ち消して了ひたいやうに、

「もうおよし、沢山だ。つまらない。」

　おけいは斯う云つて少年の手から、折角吹いてゐる笛を捥《も》ぐやうに取つて了つて、煎餅をすゝめると、少年は遠慮勝ちな手《て》振《つき》でなか々々取つて食はないので、おけいは焦つたく思ひ、自分の手に二つ三つ摑んで、少年の口に押しつけて、大きな口を開けさせた。

「今お湯を上げるんだから。」と鉄瓶の湯を茶椀についで、自分で一口温さを試て渡してやつた。そして昨夜植金が忘れて行

つたゴルデンバットの箱から一本出して喫ひつけ、それを少年に渡さうとすると、少年は厭な顔をして、手を出さないで煙草は喫まないと横に振つてゐた。

「喫まなきやいけないんだよ。」といつたやうな恐ろしい顔の様子を見て、少年は唯命令に従ふやうに、おづ〳〵手を出し、それを取つて苦《くる》しさうに一服喫つて、絹糸の束でも乱れた様に、綺麗な唇を歪め、苦《にが》さうに吐き出したのを見て、おけいは独喜《ひとりよろ》こんでゐたが、今度は自分の小鼻を叩いて見せて、鼻から出せといふと、少年はもう懲々して横板の上に、煙草を置て了つたので、おけいはよく役者がする様に濃い眉を釣り上げて腹を立てた様子をすると、少年はその時のおけいの残忍な眼付《めつき》を見て、おのづから従はねば手足が窘んで了ふ様な気がしたから、いはれるまゝに、鼻へ煙を出す時のくるしさ。ちよつと煙が出たと思ふと、咽んで了つて、急に咳き込み苦しさうな涙が、鈴のやうな眼をくもらせて湧き上つて来るのを、おけいは眤と見てゐたが、急に手を叩いて笑ひ崩れた。

「おもしろいね、ちよいと。」と独言ちながら少年の顔を見ると、恨めしさうな、もう堪忍してくれといつた風な眼をして咽んだ涙をほろほろとこぼしてゐた、で一刻でも早く此処を逃げ出したい様子をして、これ以上に止つてゐると、どんな目に逢はされるか解らないと思つて、少年は尺八を持つて立上らうとするので、おけいも急に色を柔げ、何か喋りながら煎餅をやつて、自分の手で様々な手真似をして見せて、その通りを少年にさせて見た。少年はおもしろさうに、おけいの手真似を見て笑つてゐたが、おけいは直ぐに自分は止《よ》して了つて、今度は少年に妄らな手真似を強ひて、それを見てよろこんでゐると、何時かもう障子に射してゐた日影も薄れ、黄昏の色が何処からともなく刻々迫つて来ると、裏の屋敷の庭の小鳥も啼かなくなつた。

おばさんが屋根に干した煎餅を取り入れに二階に上つて見ると、おけいは乱次《だらし》ない手真似をさせてゐる。

「良い玩具だね、お前さんも大抵におしよ。」

「おばさん、驚いちやつたよ、こんなこともこんなことも知つてるんだもの……」おけいは手真似をしながらおばさんにいふと。

「はゝゝ、馬鹿な、十七だものそのくらいな事知つてなくちや……。」

おばさんは窓から懸つてゐる小さい梯子で一段低い屋根の上に降りて行つた。

「私気分がわるくつて、今から寝るんだからこの子も抱いて寝ちやはうか、え、おばさん。」

「あ、その方が良いよ。」屋根の上からいふと、少年はおけいの顔を見てまた屋根上のおばさんを見た。おけいはメレンスの帯を解いて花色の袖の付いてゐる襦袢一枚になり、片寄せた寝床を引き出して来ると、少年は窓の側に突立つて了つたので、おけいは笑ひ乍ら、黙つて少年の手を把るとぶる〳〵とふるへてゐて止まない。

「おばさん岩ちやんの手がふるへてるよ、おかしいね。」冷かすやうな調子で投げるやうに云つて、自分ひとり床に入つて了つた。

「色気が燃えてるんだよ。ねえ。」おばさんは斯う云ひながら、網は網で二階の軒下に立てかけ、大きな籠に煎餅を一杯入れて梯子を上つて来た。

「真個に今から寝ますからね、そのお盆の煎餅をやつて、もうこの子を帰して下さいな。」おけいは天鵞絨《びらうど》の蒲団の襟かけの下から潤んだやうな声で云つた。

「ぢや夕御飯の時、起こさないでよござんすか。」

「えゝ。」と赤い掛捲《かいまき》をすこしめくる様にして、蠟の様な手頸をふわ〳〵とふくらんだ綿の中に埋めるやうに置きながら云ふと、おばさんはその返事を聞いて、其処の煎餅を皆握らせ、

「さ、おかへり、おけいさん御寝んなさるんださうだ、不憫《かあい》さうに抱いてねてもらへばいゝにねえ、岩ちやん。」斯う云つて二階から一所に降りやうとすると、少年は不満足な様子を、顎の何処かに顕はして、蒲団を被つたおけいの横顔の、年にも似はず黒々とした、まるでうすずみで描いたやうな美しい揉上に嫐《ひきつ》けられながらも、仕様ことなしに二階を降りて行くのであつた。梯子段を降りかけて振り顧つて見ると、おけいの髱《つと》のおくれ毛が、枕に敷いた白い紙と抱き合つてゐるやうで青黒いつとさしが、冷たく鏤めてあるやうにひかつた。

少年は泣き出しさうな顔をして、しほしほと降りて行かねばならなくなつた。

三

それから二三日経つても警察署からは何の通知《しらせ》もなく、一週間と云つたその日も過ぎたが何とも云つて来なかつた。

「駄目だよ、行つて見なくちや。」兎の毛の様な小さい春雨が音もなく降つて止まない或日の午後おばさんは慳貪に斯う云つた。これまでも度々注意したのだけれど、おけいは一向無頓着で、そんな事は如何でもよい様な顔をしてゐるので、他人の事ながらおばさんは焦躁《もどか》しがつてゐるのだつたが、今の言の調子が一層おけいの焦つた神経に触つて、何故だかおばさんのさう云つた心の底を悪く推量して払然《むつ》とした。

「おばさん、いくら御前さんが手古摺つたつて構やしない。何時までも此処の家にゐてやるんだから。」

「そんな心で云つたんぢやないんだよ、おけいさん怒つてるのかい。」

「如何な心で云つたのか私にだつて解るからね。」

おけいは何処までも、曲つて出やうとするのでおばさんは年にも似合はず、あはれな量見の女だと心に思つたが、云ふ程野暮だとかんがへ直して黙つて了つた。雨が小止になつた頃店の板の間に小さい臼を出して、煎餅にする粉を挽きはじめた。

「癪に触つたからさ、別に怒つてた訳でもなかつたんだが。」

暫らくして、おけいは二階から降りて来て、店の臼の傍に坐《すわ》つ

て、笑ひながら云ふと、

「だつて行つて見なくちや真個に如何なつてるんだかわからないぢやないか。」おばさんも打とけて云つた。おけいが黙つて手桶に入れてある米を手掬《すく》つては、臼の小穴に入れると、おばさんも何も云はないで専念に臼をまはしてゐるので、二人の間には沈黙が可成続いて、ごろ〳〵と云ふ臼の音が湿つぽい春雨の軒を伝つて、近所へも微かに流れて行く。間もなくおけいは思い直した様に、

「おばさん植金がね、おむらも何処かへすつ飛《と》んぢやつたのだから、所帯道具なんて売飛ばすつて、さう云つてますよ。」

「へえ、ぢやもう曖昧屋《しやうばい》は止さす考へなんだらうね、おむらさんは、おむらさんとして、お前さんを如何するつてんだい。」

「我家へ引取つてやるつて云つたからね、可厭なこつたと云つてやつたんさ。私なんぞに所帯が持てる位なら、もう疾《とつ》くに良い御内儀さんになつてらね。」

「だつて御前さん、女の身で何時までも他人《ひとさま》の焚いた御まんまばかり食べちやゐられませんよ。」

「食《た》べられるまで食《た》べてませうさ。」

「へゝ」おばさんは冷笑して、

「御前さんを入れるつたつて、植金は今《いま》の若《わか》い御内儀さんを如何するんだい。」

「売り飛《と》ばすとさ、何を云つてるんだか。」

植金は先日《このあひだ》酒に酔つて、泊つてからは、毎晩の様に来て遅く帰つて行く夜もあれば、泊つて行く夜もあつた。

「暫らくの辛抱だ、直《す》ぐに我家《うち》に入れてやるんだから。」寝《ね》て居て、小供を騙《だま》す様な事《こと》をよく云ふけれどおけいは別にうれしいとも、所帯を持つて二人で静かにくらしたいとも思つてはゐなかつた。何時までも斯うして定《きま》らない生活が、なにより自分《じぶん》の身体《からだ》に適つたものだらうと云ふ様な朧気《おぼろげ》な考を持つてゐて、今までに深く将来を案じたり、過去を顧みたりする様なことは一度もなかつた。増して此頃の様に四肢も胴も脳髄も蝕まれて行く様な気分が続いては、そんな事《こと》は考へてゐる余裕のないばかりか、燻《いぶ》された頭《あたま》には人の面白《おもしろ》いと云ふことが些つともおもしろくなくなつた。根岸にゐたからでもあつたらうが、以前《もと》は本郷座が好きで、お客に強請《ねだ》つて連れて行つてもらつたり、ちよつとの間があれば立見に出かけたりしたが、…………

今は毎日ぶら〳〵で間《ひま》続きどころか、遊んで暮してゐるのだけれど、些つとも行きたいとは思はなかつた。唯毎日二階の火《ひ》鉢《ばち》や下の火鉢の周囲で煙草を喫つてゐるばかり、稀におばさんの手伝をしても迚も一時間と続いたことはなく、時には朝から夕方まで、唖の少年の岩ちやんと二階で遊び暮して、午《ひる》になつても帰さないで、飯を食はせ、寝たり起たりおもしろさうに遊んでゐた。ある時など少年は泣きながら二階を下りて来て、こつそり帰つた事もあつた。おばさんだつて、最初はおけいは何も彼も曝《さら》け露《だ》した様ながら〳〵な女だと思つたけれど、一所に二週間も居て見れば、唯のはしやぎ切つた女でもなく、腹《はら》のよ

くわかつたきさくな女でもなかつた。それだからおばさんにはおけいの心持ちが如何しても飲み込めないで唯話し心地の良い女であまり悪気はないのだらう位に思つてゐる。

植金だつて無論おけいの心持がわかる筈はないが何処か人なつかしい様子と、上品なおつとりとした瘦削《やせぎす》の顔が気に入つてわすれられなかつた。度々植金は真面目になつて、

「本当に一所になる気はないか。」と寝てゐる時などに念を押す様な頼む様な調子で云ふけれども、

「私なんて駄目さ。」おけいは、何時でもかう云ふので、それを飽くまでも追及して定《き》めない内に何時の間にか寝入つて、朝になると、植金は煙草を置いて行つたり、小遣銭を置て行つたりするのであつた。

「御湯銭があればそれで沢山。」おけいは金のいる事もないので、何程《いくら》つて強請る様なことは今まで一度としてなかつた。

「売り飛ばすたつて豚《ぶた》の子《こ》ぢやあるまいし、植金も少し足《た》らない男だね。」とおばさんが投げるやうに云ふ。

「さうでもないよ。」

「御前さんも参《まゐ》つちやつたのかえ、ちよつと男《をとこ》らしい顔《つら》だからね。」

「さうかも知れないね。」おけいは一向に浮かない調子で臼に米を入れてゐる。

「私なんだか眼が眩《まは》る様だよ、臼の上ばかり見てると。」斯う云つて立ち上り着物に着いた粉を払ひ落して、漠然《ぼんやり》突立つて何時止むとも知れない春雨に見入つてゐた。

「雨など降つて欝陶しいと腰《こし》の工合がわるくて仕様がない。」

おけいが独言の様に云つて腰を抑《おさ》へるのを見て、おばさんは、

「御前さん、手療治《てれうぢ》ばかりしてると仕様がなくなるよ今に。」

「もう度々なんだから、大丈夫。」延《の》びをしてから、大きな欠伸をしてゐると、相馬様の御門《もん》を建仁寺に沿うて出た、立派な幌を覆けてゐる俥が威勢よく雨の中を行くので、右手《みぎ》を格子によりかけて、眤つと其後を瞻めてゐた。

「本当に欝陶しいね、おむら姐さんは如何したらう。」何か考へ込んでゐるらしく、情ない調子で、平生にない弱さうな事《こと》を云つて、外ばかり長らく凝視してゐた眼を急に薄暗い家の内に移すと、脳髄が抜け出て了つて、その代りに石でも詰め更へた様に重くなり、ぐら／＼と眩暈がしたので真蒼くなつて其処へ蹲踞んで暫らく無言でゐると、

「お前さん、如何したんだえ、水でも掬んで来て上げやうか。」

おばさんは斯う云つて応《こた》へを待つたが、間があつて、

「もう、よござんす、今急に気分が遠くなつちやつてね、これつきりになるんぢやないかと思つたけれど……」

「矢張り病気の勢《せい》だね。」

「近頃良く恁麽事があるのよ、可厭ね」おけいは娘の様な口を利いて両手に額を埋め、下向のまゝ羞しさうに云つた。

「御前さんに似合はない、心細い事を云ふね。」

「だつて気は小さいんだもの。」おばさんが笑つて起ち上り仕

事を終つて臼の掃除をしてゐると、岩ちやんは新しい番傘に、黒ではつきりと筆太く太田質舖と書いたのを翳して、片手には広告びらを沢山抱いて入つて来た。そしておけいを探る様な眼付で瞰ながら一枚のびらをおばさんに手渡し、何か云ひ度さうに時々難しさうに口を歪めて発《だ》すうとかあとか云ふ音は、物言ふ人を恨む様な、肺腑から出る短いかすれた声なのでそれを聞てゐると自分もその通りにしてやりたい様な、物難《もどか》しい哀れを感じるのであつた。

「本当に御前さんは悧巧なんだね、ふん、ふん一枚づゝ配つて歩くのかね。」おけいは肯きながら様子を見てゐる。

「手頸を握つてるよ、診察のまねだね、成程、あそこに開業《かいげふ》した御医者の広告なのか、この人は恁麽事が好きでね、家では嫌ふんださうだけれど、本人がきかないつて、この近所で広告くばりつてば何時でもこの人、そりや御前さん一軒々々手真似で訳を知らせて歩くんだから、おもしろいやね。」おばさんは紹介でもする様に岩ちやんを前に据《す》えて、おけいに談しかけてゐた。

「口が利けりや、賢《かしこ》い人間になれるんだがね。」おけいは感心した様に、可愛らしい額の工合など眺めてゐたが、鑵から煎餅を出して「びらを配つていらつしやい。」と云ひながら渡して与《や》ると、あまり欲しがりもしない様子で受取つて、また傘を開いて翳《さ》しかけ、おけいに御辞儀をして走つて出て行つた。

　良く温まつて寝たら身体工合が少《すこ》しは快いだらうと思つて可成長湯をして御湯屋を出たおけいは帰ると直ぐに二階の寝床に入つたが、なか々々眠付かれないから蒲団から頭を出して暮れさうにして暮れない春雨の湿つた空を障子の硝子越に見ていると、唯所在《ありか》を知らすに止まると云つた様に、太陽は白く烟つた雲の上に朦朧《ぼんやり》と薄い卵色を帯びて、何時沈むともなく動かない様子だつたが、それを心なく見ているおけいの身体も湯上りの疲労に頽然《ぐつたり》として間もなくすや〳〵と眠つて了つた。

　燈の点《とも》る頃、煎餅屋の軒に幌の濡《ぬ》れた俥がひき込まれて燈影にひかつた。

「おけいさん、起きなさいよ先日《このあひだ》の書生さんが来《おいで》なすつたよ、あ、おむらさんの……」おけいが起されて恍惚《とぼけ》た顔をして眼を開けるともう明るく電燈が点いてゐる。

「えさう。」無意識に云ひながら頭を擡げると、学生はおばさんの後に起つて欄干に凭りながら微笑つて、

「何処か悪いのかね。おむらは来ないつてね、今おばさんに訊いて見ると。」

「如何《どう》したんです。家《うち》へは帰つて来ませんよ。」おけいは別に驚いた様子もなく半身起こして、枕元の着物を背に手を廻して取り、寝巻と着換ながら云つた。

「先日《このあひだ》、あの翌日一所に伊東へ行つて一昨日《をとゝひ》帰つたのを、心配でならないから一応戸塚へ行つて来ると云ふので、新橋で乗つて本郷三丁目で私は下りたんだがね、奴《やつこ》さん何処へ行つたんだらう、へえ、まだ帰つちや来ないんだね。」

「あの人の心安い人は沢山あるんですから、また何処かで遊ん

でるんでせう必定《きつと》。」おけいは皮肉まじりな事を云ふ。黙つて聞いて居たおばさんは、おけいの床を畳《あ》げてゐるのを怡々《いそ〱》と手伝つてから、煙草の火種を持つて来たり、御茶を汲んだりするに梯子段を上下してゐた。

「植金は毎日来るつて云ふぢやないか妙な所に御利益《りやく》があつたね。」学生さんはナイルの香の高い青い煙を漂はせて嗤嘲ふ様に云ふと、

「養《やしな》つてくれる人にや、仕方がないんですよ、云ふことを許《き》かなきや。外に生《い》かして置いてくれる人はないんですからね。」

「あの男も馬鹿に盛んだね。」左様云ひながらも学生はもう此処へ彼の男が来てはと云ふ不安に煽り立てられる様な気がして、落付て話してゐられない様子が見える。

「万年小僧なんですね。」おけいは斯う云つて、学生の不安らしい眼付を心地良げに見てゐた。

「でも来ちや大変だらう。」

「いゝんですよ、貴下のお顔《かほ》を知つてるんぢやありませんから、真逆おむらさんの事を云ひ出す筈《はず》はないでせう。私にぐずぐず云つたら以前《もと》の御客様だと云ひまさあね。……そしてそれから。」学生は旅でおむらが妻君気取《さいくんきど》りだつた話や、我儘だつた話を続けてゐた。

二階の上り口の襖《ふすま》を周章《あはたゞ》しく開けて、急激《にわか》に梯子段を上る壊れる様な唯事ならぬ物音が起つたのはそれから間もなくであつた。学生は其刹那適切《てつき》り植金だと腹に覚悟を定めてゐた。見ると雨に濡れた外套を着て、白い靴下の汚れたのをはいた警官だつたので、おけいは一瞥《ちらつ》とそれを見た時もう斯《か》う云ふ人に云ひ訳をするに疲れてゐると云ふ反照《ひらめき》と同時に、決して疚しい事のなかつたと云ふ考が湧く様に心の底で勝利の声を上げた。

「何か御用ですか。」おけいは突立つて、警官に食ひかゝる様な様子をした。

「御前は今何をしてゐた。」おけいの犯《おか》す事の出来ない強《つよ》みで、警官も見誤謬《あやま》つたと思つたけれど、悪びれた色もなく問《と》ひ訊《たゞ》す。

「御うたがひですか、そんな事ぢや御座いませんよ。」学生は落付いて慇懃《いんぎん》に云つて煙草を吸つてゐるので、警官はその方はあまり見ずに、おけいの答へを待つてゐた。

「談《はなし》してたんですよ、それが如何したつてんです、私が今夜淫売でもしてたと思つてるんですか、この人は御客さんぢや御座いませんの、御気の毒さま。」おけいは忌々しさうに、持つてゐた長煙管を畳の上に投げつけて、物すごくひかる目で警官を睨んだ儘突立て他を見ない。

「其処まで来い。」

「此処で仰つて下さい、行く理《わけ》はないんですから。」

「理があるんだから、兎に角来い。」

「行きませんつたら。」おけいは壁に凭りかゝつて犇と動かなかつた。

「斯うなつちや行つて来なきや、不可《いけ》ない、行つて御いで」学生が温順しく勧めたので、おけいが警官の後に従ひて、表の暗

い戸口を出る時、おばさんはちよつと袖を引いて襷《たすき》を渡さうとした。

「御ばさん、可厭《いや》だよ。御前さんまで馬鹿にしてるんだね、襷《たすき》をかけてまで、女中の装《ふり》をしなくつて淫売したんぢやないぢやないか」苛立《いら》つてゐるおけいは警官に聞えよがしに斯う云つたので、おばさんの折角な親切も水の泡になつて了つた。

「おけいさんもあんまり酷い、要らなきや黙つて、事は済むのに、態とおまはりに聞える様に怒鳴つて、この私に赤恥をかゝすなんて」おばさんは二階から降りて来た学生に、腹の立つた声を震《ふる》はせながら啜泣《すゝりな》く様に掻き口説いて、

「私の身になつても隣り近所ばかりかおまはりにまで、何か淫売宿でもして御金を取つてる様に思はれるな、そりや辛《つら》御座んすからね。だから最初に断らうと思つたんですけれど、家は対ひあつて居るし許可の下りるまで二三日と云ひなさるから……」。

「全くだおばさん、おけいが悪いよ、へらず口を利きやがつて、しかし逆上《のぼ》せて了つて夢中になつてゐたんだから、まあ堪忍しておやんなさい」学生は宥める様に暗いランプの下に勃然《ぼつねん》と坐つて煙草を吹かしてゐると、何事《なにごと》かと思つてまるは円い大きな瞳を瞬つて、尾を振りながらおばさんを見上げてゐた。間もなく雨傘を畳む音がしておけいが帰つて来ると、

「おばさん私悪い事しちやつた、堪忍して下さいよ。不覚《つい》〱嚇《くわ》つとしたものだから、藪蛇をやつちやつて本当に失礼様」

「だつてあんまりだよ」おばさんもちよつと手を振つて科《しな》をしてから、微笑まねばならなかつた。

「よくおばさんを怒らせるんですけれど、直ぐなほつてくれるんですから」おけいは学生の方を向いて云つて、

「で、おまわりがね、あばずれると御前の損だと云つたから正しいことは何処までも云ひますと云つたの。すると御前は疾《とつ》くから警官《こちら》が注意《みはり》をしてゐる女だなんて馬鹿にしてまさね。それで何も調べずに、何時までも詰《つま》らない御説教。もう面倒臭いから黙つて聞いてやつたらよろこんで帰すんだもの、何処か兵隊上りらしいね、あの巡査はまだ若いよ」

「暇《ひま》な時には少々御遊びに入来しやいと、云つてやれば良かつたけれど」おけいが左様云ふと皆は吹き出して笑つた。

「此処ぢや不可ないよ、おけいさん馬鹿な人だね」おばさんも追ひ立てる様に云つた。学生はもし植金が来ては不可ないから、何処か其辺の料理屋に行かうと云つたが、おけいは何に構はないと云つた風な調子で、なか々々動きさうにないので、おばさんも学生の方へみかたしておけいを促したのであつた。

「大丈夫ですよ来たら鉢合せをして一所にお飲みなさい、あたしがお酌をしますから、もし取つ組み合にでもなつたら、貴下《あなた》がよはいから加勢をしてよ、ね片山さん、」

「馬鹿、冗談ぢやない、其処まで行かう」

「雨の降るのにね」おけいは渋々ながら、支度をして一所に家を出た。まだ宵ながら閉《とざ》された暗い家々の前を過《よ》ぎると角の売

薬屋《ぐすりや》の瓦斯燈の灯が、遠く足元へまで流れ来て、濡れた道の上に火影がぢり々々と滲んでゐる。其角を曲つて、写真屋の横の狭い道を行くと向ふから、其れらしい姿の少年が歩いて来るので、

「岩ちやんかえ、あたしだよ、御煎餅屋に行つたたつて詰らないから、私に従いて御出で」おけいは学生の方へ向いて少年の説明をしながら歩いて行くと、少年も黙つて後を従いて行く。

「構はないでせう来たつて」

「あゝ」学生はこれより外に返事の仕方がなかつた。湿つた夜を圧へる様に闇《やみ》に立つ大学の建物の黒い影の下を通ると、人の通らぬ静けさが冷々と身に通る様なので、少年は恐ろしさに傘と傘とが衝き合ふ位おけいに接して歩いて行くけれど、おけいは平気な顔で、後も顧りもしないで、学生と並んで来るので、

「何とか云つてやらなきや不憫《かあい》さうだよ、折角連れて来て」と注意すると、

「大丈夫よあたしの云ふ事は何でも従《き》くんですもの、……さつさと歩くんですよ」と面倒臭さうにちよつと後へ向いて、云ふと、鞭《むちうた》れたる羊《ひつじ》の様に少年は前に立つて歩いて行つた。

明るい通へ出て、三人の上つた料理屋の近所には寄席があつた。二階から覗くとそぼ々々降る雨を透して寄席の軒に並んだ赤い提灯の燈が、茫然と流れて来て、三味線の一の糸のひくい、何かの底を叩く様な音が、周章しく聞えて来た。

「義太夫らしいね、後で行つて見ないか」

「止しませうよ、おもしろくもない」其処へ女中は、七輪や鍋を運んで来て、黙つて寄鍋を煮初めると、瓦斯の燈に白く光る葱の根と、鯛の紅い鱗とが、湯気の渦く中に見えた。おけいが餉台の上に小皿に別に取つて、少年の前に置くと、遠慮勝な眼で箸を着けないから、骨のないところを取つて少年の口に持つてゆけば、それを見て微笑んでゐる学生を恥しさうに見ながら口に入れた。

「全《まる》で坊ちやんだね、おけいさんが良くするところを見ると、親類筋らしいよ。御前さんも遠からず唖《おし》になるぜ」

「先日《このあひだ》も、おばさんがさう云ふんですよ。お前さんは岩ちやんを御亭主に持たないか、近所でもそんな噂だよ、でも御前さんは、可愛がる代りに残忍な事をするから、永続はすまいなんて。こんな冗談《じようだん》でも真顔で云ふから、おもしろいですわね」

少年は餉台に溢れた水を指《ゆび》の先に付けて、其上に得体の知れぬものを描きながら、さもおけいの云ふことが了解出来てゐる様な、それでゐて不思議さうな眼をして二人を等分に眴めてゐたが、おけいは自分の杯を飲み干して了つて、それを少年に持たせて波々《なみ〱》と淹《つ》いで自分の手を助《か》す様にしながらそれを少年に飲ませた。少年は飲む時は、苦《くる》しさうな眉をしたけれど、飲んで了ふと甘《うま》さうに舌打をして笑つてゐる。

「うまれつき好きなのかもしれませんよ」と云ひながらおけいは杯を重ねさせたが、漸々苦痛の色が顔に顕れて、少年の眼の四周《あたり》が赤らんだと見ると次第に瞳が潤んで来て、瞳孔が弛んでゆく様にみえはじめた。おけいは、熱い焼豆腐の煮たのを食は

せ、また杯をさすので厭がつてそれを辞退しようとするのを、無利に酒を淹ぐと、少年の手は顫へて、時々窃《ぬす》む様に学生の方を見る眼付は悪魔のやうな残酷を逃れたいからゆるしてもらつてくれと懇願するらしいので今度はすこし慳貪に、

「もう止せ、不憫《かあい》さうぢやないか」と学生が云ふと、

「真面目で怒つてるの、あら可笑しい。まあ黙つて御覧なさいよ、岩ちやんのあの顔……」おけいが高い調子で云ふと、少年は眼を繁叩きながら突立つて、壁に掛つてゐた松屋《まつや》の七妍人の広告絵を下して来て、何とか頻りに云つて居る。

「此の子は酔つちやつた、あれ、あんな美人絵なんぞ……」

おけいが云つたので学生は少年の方を見てゐると普通の人に対しては発見《みつけ》る事の出来ない、斯う云ふ不具者から受ける独特の恐怖と驚駭の感じが何処からとなく襲つて来る様に思はれてならなかつた。

「、、、、、、、、、、、、、、、、、、、、、、、、、、、、、、、、、、、、、」

「みてゐらつしやいよ、まだまだおもしろいことをするんですから」と云ひながら、おけいは何時かの様に、少年にその煙草を喫はせやうとした時、少年は直ぐに気が付いておけいの眼の色を見たがその凄い眼のひかりは、少年に盲従させるに充分だつたので、免れることの出来ない係蹄《わな》にでも掛かつた様に苦《くる》しさを堪《こら》へてそれを喫つた。急に咽《むせ》んで湧く涙と、間断《ひきゝり》なく辛《つら》い咳の為め、終局《おしまい》には少年は椽に出て欄干《らんかん》に凭れて苦しさうに食べたものを吐いた。学生は黙つてその音をきいてゐた。

「何故あんな馬鹿な真似をさすんだ」赫として、学生が怒ると、おけいは杯泉の水を飲ませて「もう、大丈夫大丈夫」と云ひながら少年の顔を見ると汗が滲み、蒼い脉《すぢ》が浮上つてゐて、おけいを恨めしさうな悲しさうな眼で睨んだ。おけいがやさしく汗を拭いてやると、少年は出ない声を絞つて泣きだした。二人が其処を出ると、対ふの寄席から入らつしやいと声をかける。

「人ごみへ行くと、呼吸ぐるしくつて」こんな事を云つて、おけいは入らうと云ふ学生に従はなかつたので二人はぶら々々と江戸川の方へ歩いて行つた。

「御前の所へ宿つて行かうか」

「あゝ入らつしやいとも、植金は来ないかも知れませんよ、今夜は」左様云はれると、今夜は来ない様な気もするので学生は躊躇つてゐると、

「帰つて寝ませうよ、植金が来てゐると本当におもしろいわ、あなたと鉢合せをして如何《だう》なつて行くか私それが見たい、ね行きませう」

おけいは学生がいくら美男子だからとて、泊めて見たいとはつゆほども思はなかつたけれど、二人の男が鉢合せをして、おそろしい争闘が起つた時、自分の身が如何なつて行くだらうかと云ふ、崩れかゝつた運命にぶつつかつて見ようと云ふ好奇心を持つてゐた。その心持が学生にもよくわかつたので、

「馬鹿にしてるね、御前は何故そんな女になつたんだ」と云つ

たが漸く歩いて来て
「ぢや、僕は帰らう」情なさうな諦めた口調で云つた。
「ぢや、また入らつしやい、どうも大きに御馳走様」おけいは少年の手を取る様にして、決然《きつぱり》と挨拶をした。みれん気もなく暗い町の方へ帰つて行くおけいの後姿を見て、学生は胸に一物残された様な気になり、何処かおむらよりも、心の調子の高い所《ところ》があつて、人を引き付ける様に出来てゐる女だなぞと思ひながら沸かした様に酷い泥濘の中を電車の方へ出て行つた。

もう雨は降つてゐなかつた。おけいは酔つてゐる少年の手を取つてもと来た道の方へ帰つて行つたが、今別れた学生の事は忘れて了ひ、唯纏りの無い事ばかり頭の中で、蠢めいてゐるのでそれを忘れる為少年に何でもない冗談を云つては、自分ひとり首肯いてゐる。


少年は着物を剝ぐ様にした儘暑苦しがつて、早く歩けない。少年が酔つてゐる為跪きもしないのに下駄が妙なところへ転ぶと、おけいはとほる人がをどろいて見るほど大きな声で笑つた。御寺の前からは急に暗くなつて、一層少年の足は捗《はかど》らなかつたので、おけいは畳《たゝ》んだ傘で、急に、「のろいね、」と云ひながら、押しよせて来る湯を押しかへす様に一念《おもひ》に少年の腰を強く打つと、家畜が鞭れた時の様に異様な声を起てた。

「お前さん何を云つてるんだよ」今度は傘の柄で、突くので、振り顧つて見たが、少年にはおけいが戯けてゐるのとは思はれなかつた。

「もうすこし醒めなきや、帰つて叱られつからね」と云ひながら、質屋の横を通つても、少年を帰さないで、煎餅屋に連れて帰つた。

「おばさん、岩ちやんが酔つちやつて、仕様がないよ」と云ひながら二階に少年と一所に上ると部屋には不似合な大きな鏡台の鏡に少年を覗かしたので、少年は自分の赤い顔を指して、おけいにそれを見ろと迫りながら笑つてゐたが其所にあつて手拭で、汗を拭き々々苦《くる》しさうに呼吸をする。

「暑《あつ》けりや着物を脱いで了ふと良い」とおけいは長火鉢の前に流膝して坐り、少年の帯を解いて裸体にして了つて笑ひながらぽんと背中を軽く叩いた。

「、、、。少年は唯気抜けのした人間の様に、不思議さうな眼を睜つて、おけいの把《も》つてゐる湯呑《ゆのみ》を呆気に悟《と》られて瞻めてゐた。

「早く酔ひが覚めてい、よ」と云ひながら、その湯呑に湯を加《た》して飲ませると、酔つてゐる少年は漠然とした意識の中にそれを飲んで、その湯は如何なものだつたのか、一向知らなかつた。

「ふ……正直だね、飲んじまつて。きたないのよ、岩ちやん……」と頭を低くして笑つてゐた。

少年を帰してから、下のおばさんと、他愛もない話をしてゐる裡に十時を報《う》つたので、二階に上つて寝る支度《したく》をしてゐると、植金は袢纏を着たまゝ真面目な顔で、二階に上つて来た。

「今情人《いろ》が来てね、一所に飲みに行つて来たところを、」おけいは遠慮もなく大きな声で云つた。

「さうかい」有繫に良い顔は出来ないので、植金は低い声で云つて、おけいのぽつと紅くなつてゐる眼を眴めてゐるらしかつた。

「今夜泊らせて、御前さんと鉢合をさすつもりだつたのだけれど、対ふが御若いから、おつかないつてへ……」

「嬶《かゝあ》は里《さと》がへりをしてるんだ、もう帰らないかも知れないよ」とさも、おけいに其後へ来て来れないかと云ひたさうに話しかけたけれど、「さつさと迎へに御出なさい。御前さんの様に飽きつぽくつても困るよ」話はこんなところを往来して、暫らく続いてゐた。

夜が明けてから、植金は床の中に寝てゐて真面目な顔で、昨夜の学生のことを訊くので、おけいは蒼蠅さゝうに有りのまゝを話して了つて、

「若い男といちやついたつて仕方がない、何でもないんですよ、そんな事は腹《はら》を立てちや駄目さ。」植金は斯う云はれて面喰つた様ににや〳〵笑つて居た。

四

春雨は降つたり、降らなかつたりして二三日続いたので、おけいは沈んだ顔に眉を曇らせて、始終腰の工合が悪いと云つて暮してゐたが、雨が止んで晴れた日の午後、ふと植金は何処からか道具屋を連れて来て、引つ越して来た儘、対ひの家の畳の上に並べてある色々の道具類を売り払つて了つた。おばさんとおけいとは格子から覗いて、暗い奥から操り出されて荷車に積まれる飴台や、鼠不入や、料理に使ふ膳、皿、七輪の様なものまで几帳面に車の上に並ぶのを見てゐた。

「対ひの家は余程人縁が薄いんだね、引越して来て、三月とゐた人はないよ。」おばさんはまるを抱いてゐながらおけいに談しかけた。

「可成広い家なんだから、もすこし体裁よく造つてありや誰だつて入るよ。」

「だけど御前さん達の様に、一日も住まないで家賃を払ふ人もなかつたねえ。」おばさんは斯う云ふ時にする癖で、ちよつと顎へ手を当てゝ笑てゐた。肥然と肥つて汚れた鶸色の帽子を被つた五十格好の道具屋は時々此方を見ては、せか〳〵と仕事をしてゐた。

「こんなもの売つたつて仕方がないねえ。」植金の頓狂な声がしたと思ふと、おけい達の方を打目戍つて、御神燈と書いた提灯をさし上げてゐる。

「なあに買ひますとも。」道具屋は元気の良い声で云つた。

「此方の二階にあるのも売つちやつたら良いでせう。」おけいが額に手を翳しながら云ふと、

「なあにあれは御前が使へば良いや。」植金は左様云つて、荷造りを手伝つてゐたが、軈て帰つて行く二台の荷車の上には、座布団の様なものや、出格子の窓の様なものも見受けられた。大家さんへ、家賃と敷金の差引勘定に行つた植金は、暫らくして帰つて来て、

「うんざりしちやつたよ、大家さんの御内儀が御亭主を何処かまで迎《むか》へに行つて帰るまで待たされたから、つい遅くなつて了つた。十円足らずの金を御亭がゐなきや払へない大屋さんぢや心細いやね。」

大屋さんは通りの仕舞家風な造りの御米屋であつた。

おけいは、すこし空眼を使ひ、思ひ出した様に二階へ上つて端書を持つて降りて来た。

「屹度怒つてるよ、返事を出さなんだから。」おけいが渡した端書は例の学生から来たものだつたので、植金は、解り易く仮名で書いてあるのを拾ふ様に、煙草を咥へながら、板の間に腰を懸けて読んだ。

せんじつのよるはしつれい、みようごにちのばん、ぜひ、あつてはなしたいことがある、御つがふいかゞ、すぐ御へんじを下さい。おいでのせつ、御前のおともだちの岩ちやんをつれて来てもいゝよ。

そして端書の隅に本郷三丁目の停留場へ七時までに来いと云ふ意味が記してあつて、本郷三丁目と云ふ平仮名には明然と圏点が施してある。

「だから今夜でせう、億劫だから止しだ。」おけいは自分に向いて云つて嗤る様な調子である。

「ぜひ、あつてはなしたいなんて、余程奈何かしてるよ、矢張りお前さんの横顔に惚れちやつてるんだよ。」おばさんは癇走つた声で、きさくな口の利き方をした。

「横顔は些つと酷いよ、おばさん。」

「だつて真個にお前さんの横顔には惚々するんだもの。ね植金さん」

「さうだね、廓《なか》にゐた時も横顔で売つたんださうだから、甚助は皆、横顔に現を抜かして買つて、長火鉢に対ひあつて見ると、さあ大変。」植金は高い声で笑つた。

「口が悪過ぎるよ、お前さん」おけいは瞳を投げる様にして睨む様な眼付で云ふ。

「ところが、正面でも素的にいえんだからね、おけいさん。」

「何とでもお冷かし……。」

暫らくして植金は、今月おばさんの方へ支払ふ間代とか、賄の費用とかを含んで充分な金をおけいに渡し、

「今から漸々暖かくなると、もうそろ〳〵皐月《つゝじ》の手入が忙がしくなるからね、左様来てもゐられないよ。」こんなことを云つて大久保へ帰つて行つた。

「まあいゝ幸だわ、当分来ないつて云ふから、身体が頽然してるところだからね。」おけいは植金が帰つた後でおばさんに云つた。

「馬鹿を云ふもんぢやありません、罰が当るよ。」おばさんは斯う云つてから
「ねえ、ちよいと、あれだけ売つて幾何位あつたんだらう。」と最前から訊きたかつたらしい態度が顕然《まざ〳〵》と見えた。

「さうさね、如何あつたか。」一向おけいの好奇心を引かないらしいので、おばさんも気抜がしたが、おばさんの性として斯麼場合、飽くまでも相手の心を反らさないところにも、昔廓で苦労した人だと云ふことが能く見えてゐた。

「御前さん、あすこの搾乳《ちゝや》場の息子さんを知つてるだらう、あれが随分御前さんに可怪しいんだよ。今日来てね、此処にゐる姐さんは別嬪だつて、近所隣りの評判だよなんて、自分の情婦でも褒めるつもりで云つてるんだから、おかしくつて、おかしくつて。」おかしくもなさゝうに笑つて見せた。

「もう彼那雛《ひよこ》の様なもの、ひつかける気もしないしね。」

「だつて今からが分別盛りぢやないか。」

「駄目だよ、こんなに身体が悪くつちや。」

沈んだ調子ではなしてゐると、春の夕暮は物さわがしく暮れて行く。

　夜になつて、おけいがお湯に行つてゐると、俄に、直ぐ近所の警鐘の音が手に取る程鮮かにきこえたので、

「あら……火事ですね。」おけいと身体が擦れ合ふ様に湯槽に入つてゐる、柿の花の様な薄黄な肌を浸してゐた大きな丸髷の若い御内儀さんが云つたから、鳥渡耳を澄ますと、遠くからきこえる襲ふ様な音と、近くで破れる程叩く音とが行きちがつた様に乱れて耳に入つて来る。女湯にゐる人々の声が急に騒ぎ起つたと思ふと、番台の上の眼の悪い湯屋の内儀さんが降りて来て硝子戸を開け、

「皆さん、戸山学校ださうですよ」と云ふものだから、

「本当ですか。」とぬれた手拭をふるへる様に握つたまゝ、顔色を変へて先を競つて上がつて了つた。間もなく、ほつほつと云ひながら、急がし相に走る提灯の灯が入口の開いてゐる間から見えた時分は、おけいは何時の間にか上つてゐた。帯を結んで居ると判《ぱ》つと磨硝子《すりがらす》が明るくなつて、人の喚めき叫ぶ声や物の崩れ落て地を震はす音が微かにきこえて来た。

「何でも新しく出来た、騎兵隊ださうですよ。」と誰かゞ云つてゐる時、男湯の方から襦袢一つで飛び出す人があつた。

鈴《ベル》の音高くポンプの走つて来た時は、湯屋の前の通りは動揺めく人で埋められて、おけいが湯屋を出ようとすると、大きな声で遥か右の方の道から、「馬だ馬だ危いぞ。」といふ声がおそつて来るとともに、火に駭いて逃げ場を失ひ、逆上せ狂つた騎兵隊の奔馬が三頭、疾風の様に走つて来たので、人々は皆家の軒に入つて、見る間に道は広く開いたけれども、馬が通り過ぎると、人々は一所《ひとところ》に押し寄せて来た。どう云ふはづみだつたのか其処には十三四の娘の子が蹴られたまゝ倒れてゐた。

「屹度腹《はら》を蹴《け》られたんだ。」紺の衣を着た一人の男は抱き上げて云つた。蒼醒めた少女の顔には左程苦痛の色も顕れてはゐな

かつた。

「危いよ、そんなに寄つてちや、まだ逃げて来るから。」提灯を高く上げて、巡査は人込を押分け、早く両方へ寄る様に命じると少女を抱いたその職人体の若い男は、巡査と何か云つてゐたが、担ぐ様にしながら近所の医者へ連れて行つた。石鹸箱と手拭を持つたまゝ、おけいは何か珍らしい見世物でも見る様な気で覚えず其後に蹤いて行くと、医者の家は他の家の壁と壁の間を奥に入つて行く様な処にあつたので、其処まで来た時は火事の騒動の方に多くの人は気を取られ、蹤いて来る人は少なかつた。

「もう死んでるんですか。」と娘の額に触れて見たいので、おけいは斯う云つて負つた男に聞きながら手を当てゝ、見ると生温かつた。

表を通る沸き上つた様な人声は嵐の襲つて来る様に、風の工合で、わつと高くきこえて来たが、おけいは妙な好奇心に誘はれて、知らず知らず医者の門の中に入つて了つた。

「姐《ねえ》さん、何か用かい、見世物ぢやないよ。」男は慳貪に払然《むつ》として後に振り顧いた時、おけいも気付いて門を出た。

青く澄んで星の潤んだ空も、炎々と燃え上がる焔に煽り立てられ紫色に滲《にじ》んで了つて、喘ぐ様に時々昇り行く黒い煙は、大空を啻め尽して行き、煙と共に、焔と共に、舞ひ上る火の子の群は、生霊でもあるものゝ様に、自由に飛び廻つて容赦なく四散して行く。通りに出たおけいが家々の屋根を仰いで見ると竹箒を持つて頬被りした男達の顔が、分明と燃える焔に照らされ赤く浮き上つて見えて、向ふの方は非常線を張つてゐるらしく、険しい人々の流は停滞して、おけいがお煎餅屋まで帰るには可成時間が要かつた。

「この騒ぎに何をしてたんだ。」格子戸の開いた音を聞いておばさんは二階から云つた。

「今湯屋の前で子供が蹴られたから、御医者の家まで見に行つたの。」急いで二階に上つて来ると、おばさんは、窓から一段ひくい屋根に梯子を下して、怕々《おど〳〵》しながら、

「早く帰りや良いに、私おつかなくつて如何しようかと思つてたところだ。」

「おばさん、おばさん私に貸して、皆私が払つて上げるから。」

「御前さん御湯に入つたばかりぢやないか、足が汚れつちまうよ。」

「なあに、構やしない。」おけいは急に梯子を降りて、屋根の瓦の上を徒跣《はだし》で歩いておばさんの方へ寄つて行く。丁度風下に当るので一層明るく、戦く若葉の影が、二階の板壁に映つて、ざわ〳〵と揺れてゐる。

「よく燃えるぢやないか。」おけいは気持ち良さゝうに突立つて見てゐると、火は漸々強く焔の中心は真鍮色の小山を成して煌き、真赤な外焔は白い煙を吐き乱して、空の面を爛らし、今にも爛れた空は、熱湯の如《やう》に流れ落ちて来さうな気がする。おばさんは足を慄はせ気配ひと恐怖とで偶像の様に口も利かずに黙つて突立つてゐる。其処へ瓦を叩く砕ける様な音がして、大

きな火の子が落ち崩れた。

「来た、来た。」おけいは嬉しさうに、それを箒の先で抑へて道へ掃き落した。

「此方に火がまはりさうですね。」遥か隔つた隣の屋根では、おそろしさうな物の云ひ様をした。

「大事なものは、かたづけると良いよ。」それに誰かが応へてゐる。

「何しろ新築《しんちく》したばかりで惜いことですな、だが近所に家はないから大丈夫でせうよ。」ずつと向ふの荒物屋の家根にゐる黒い影がさう云つた。物の崩壊する音と血の出る様な人声と、折々聞える狂馬の嘶きが、物凄く響き渡る中におけいは燥然とした物音と、炎々と燃える火を前にして、屋根の上の人々の、静な話声を聞いてゐると、何か火事と云ふもの丶後に横はる恐怖の暗示を受けてゐる様な心持がして、それに伴つて一種絶えられない程な緊張した強さを感じるのであつた。

「駄目だね、もう下火になつちやつた。」おけいは暫らくしてから小さい声で呟いて見てゐると、軈て炎は褐色に小さく縮んで了つて、黒煙ばかり濛々と立ち上り、空は全く泥炭の様に、黒く硬ばつて了ひ、休戦を知らす様なラッパの響が手に取る様に聞こえて、後は静になつた。

　おけいが勝手に降りて来て、井戸端に出て足を洗つてゐると、急に格子を明ける音がして、

「おけいさん」。「おけいさん」と血相更へたおばさんの声がするので、

「何だね、井戸端にゐるんですよ。」おけいが勝手の方へ帰つて来ると、表を火事見舞の提灯が往来して、騒しさうである。

「岩ちやんが蹴られちやつたんだとさ。」おけいは、これを聞いて電流にでも触れた人の様に眼を瞬つたが、急に愚鈍らしい笑ひを浮べて、

「そりや真個かい、おばさん真個。」と飽まで疑ふ様な眼付をした。

「馬鹿にしちやこまるよ。嘘なもんか。さつき鈴木さんへ担ぎ込んだんだつて云ふんだもの。」

「へえ」

「で蹴られた場所は写真屋の前あたりだつて、火事の騒ぎに御前さんが如何してるかと思つて、屹度此処へ来るつもりだつたに違ひないよ。」と悲しげに云ふ。

「ぢや私ちよつと行つて見て来る……」おけいは素足に吾妻下駄を突つ履けて、格子の外へ出ると、威勢よく喞筒の帰つて行くのが後から追ひかける様に走つて来るので、それを避けながら足は急いで、おばさんに云はれた通りに八幡坂を降りて御医者の家に行つたが、ちよつとその家の前に立つて躊躇したけれど、関はず入つて行くと、溜所《たまりしよ》の大きな鏡の前で皆泣いてゐる。中を見ると顔一面に繃帯で包まれた少年の横臥した姿は、動きもせず足の色でも生きた人と些つとも変ることなく、殊に平生着てゐる、大柄な絣の袷を見ると岩ちやんと呼べば笑ひなが

肯く様な気がしてならぬ。

　おけいはこんなところへ出て挨拶する言を知らないので、其所に孑然《ぼつねん》と突立つてゐる看護婦の後から顔を出して覗いてゐると、少年の御母さんらしいおとなしさうな細りした女は、帕巾《はんかち》を手に持つたまゝ、顔を上げて、一寸おけいに会釈したから、おけいも傍に寄つて行つて、

「もう駄目なんですか。」と恐る〳〵小さい声で尋ねた。

「えゝ、脳震盪なんださうで、まことにはや……」少年の父らしい人が、強いて笑ひを見せながら云ふと、小僧なども、間の悪い顔をして、その方を瞶めた。

「色々御厄介になりましたけれど。」御母さんらしい人は泣きながらおけいに云つたが、おけいは何と答へて良いか知らなかつたので唯黙つて会釈をした。

　人力車に乗せられて其処を出ようとする時、「もし、この御ハンカチ。」と看護婦が呼び止めたので、おけいは後がへりをすると、

「可愛さうな事をした。」金縁《きんぶち》をかけた年の若い丈の高い医者は、幾度もさう云つた。俥は静に坂を上つて行く――

「頭の後をやられて凹んだんですもの、迚も助かりつこは御座んせんよ。」

「かしこい御子さんでしたけれど。」

「本当に不幸な子でしたよ。まあ生きて居て永い一生涯の間、口も利けないで不自由するよりや愁じつか早く死んだ方があの子にとつてはよかつたのでせう。」お母さんは泣きながら俥の後をおけいと話して従いて行く。質屋の奥に運ばれた時、家内の人々は皆寄つて来て声を上げて泣いた。殊に少年の姉さんと云ふ二十ばかりの束髪に結つた人の泣声が最も高く悲しげに部屋を湿してゐるのに、外はまだ威勢の良い声がきこえて、火事見舞に質屋の格子を潜る人も、多くはこの珍事を知らないで出て行つた。

　おけいは愁然して、泣かうに泣かれず、唯枕元に坐つて、人の泣くのを見てゐるばかり、内心から、涙を催す種を引き出して来ることが出来ないので唯刺戟の強い四周の光景を見てゐるばかりであつた。

「まだ生きてる様な顔だがね。」お母さんは斯う云つて繃帯を少し緩めて、覗いて見るのでおけいも傷口が見たく静に覗くと、死顔は益々悧巧さうに輝いて、生きてゐる時よりも却つて口が利けさうな眼付で天井を眺めてゐる。おけいは黙つて繃帯のところに手を入れて、崩れたと云ふ後頭に鳥渡触つて見ると、何事もなかつたけれど、触つた刹那には誰も経験し得ない恐怖を感じた。瓦斯の光は咽ぶ様に青く流れて人々はあまり口を利かず、死んだ少年は柔かい蒲団の中に寝かされて動かなかつた。

　おけいは蒲団の中に寝た其顔を凝視めてゐると、ふと何処かで此通りの光景を見た様な気がして、部屋もこの儘床の七宝の花瓶もあの通り、そして並んでゐる人達の顔までが同じ様に思はれたので、あれは夢で見たのか知らと尚少年の顔ばかり眤《ぢ》つ

と見てゐると、何だか寝床が動き出し相な気がして、気分が遠くなりかけた様なので、

「本当にまだ生きて居なさる様で御座んすがね。」と話をして気を紛らさうと、其処に坐つてゐる人々を眺めてゐると、唯一人の少年が安眠してゐるのを、とりまいて泣いたり、悲しんだりしてゐるのが如何にも無意味である様に考へられ、もう死んでゐるんだとは如何しても思へなかつた。

「御湯屋の前で蹴られた娘さんは、直ぐ蘇生《なほ》つた相だけれど。」お母さんは斯う云つて、尚高い声で泣き出しおけいの顔を瞶めるので、思はずおけいも涙を溢したが、それは真に少年の死を悲しんだ涙ではなくて人の泣声に誘はれた不思議な涙であつた。

おけいが帰つて行く時は、大分夜も更けて火事場の騒動も大方沈まつて、街の静になつてゐる中を、少年の事を考へながら歩いて行くと、最前お内儀さんが、色々少年がお煎餅屋に行つて御面倒を掛けたと云ふ言を繰り返し。「毎日あなたの所へ行くつて出ましたつけ、誰もあんな不具は相手にして下さらないものですから、そりや本当によろこびましてね。」と小さい丸髷を顫《ふる》はして泣きながら云つたのを思ひ出したが、今夜も自分の所へ来る途中であつたかと思ふと、何だか恐くなつて足早に急ぎながら、明日は会葬してくれと頼まれた事に気が付き、如何しようかと一寸躊躇つたが行つて見る気になった。

「死んぢやつたよ。」

「岩ちやんが。」ランプの下で、御煎餅の袋を貼つてたおばさんは、驚いて尋ねたので、くはしい様子をはなして、

「あんなものでも一所に遊んでやつて下すつてなんて云ふんだもの、定りが悪くなつちやつて。」おけいは長煙管で喫かしながら、褐色の縮緬の襟を掻き合せて、

「落合《おちあひ》つて何処、明日葬式に来てくれつて云ふんだけれど。」

「此処からは造作ないよ。雑司ケ谷の向ふなんだから。」とおばさんは答へたが、おけいの様な階級の女があんなところに出るのは却つて先方の迷惑ぢやないかと思つたけれど、そんな事に頓着する女でない事を知つてゐるので黙つてゐた。おばさんは、ぽつ々々少年の噂をしながら、

「明日にもまた訪ねて来さうな気がして。」と涙ぐんでゐると、おけいは頭を俯せて、

「あゝ眼が眩んで。」と云ひながら、おばさんに湯呑へ水を掬んでもらつて飲んで長く頭を肘に埋めてゐるので、

「あまりの騒ぎに、気が懲つて了つたんだよ。」とおばさんが肩を撫でゝやると暫らくしておけいは元気付いて二階に上つた。

翌日の午後、暖かく晴れ渡つた大空の底を、白布で蓋つた小さい柩は、寂し気な人々に取捲かれ、微かに顫へてちんちんと銀の糸でも引く様な鉦《かね》の音に導《みちび》かれ、雑司ケ谷の台の麓の田圃を落合の方へおくられて行く。青々として目路の限り遠く続いた田圃の中からは、ころ〳〵と真昼の悲しい唄を謡つて、一層あはれを催さす様な蛙の声が慵《ものう》げな春の吐息に流れ込み、簇々《ところ〴〵》に咲いた紅いゲンゲ草の上を白い蝶々が音もなく飛んで、青い中

の赭色の道の遥か彼方には、陽炎が高く燃えてゐる。唐桟御召に御納戸色の縮緬の羽織を着ておとなしい、いてふがへしに結つたおけいの姿も夢の様な白い行列の後の方に見えた。弱々しげに細く立つた楢の若葉並木を行つて落合の通りに出ると、田舎から来る荷馬車は幾台となく葬列の傍をがた〳〵と通り、鄙びた風采をした田舎の百姓らしい野菜や筍を積んだ車の女達も愚鈍な眼付で振り顧つて行つた。おけいの外に女の人は七八人あつて、その中御内儀さんは同じ白装束でも、羽二重を着てゐて、他の女達は、稜子《りんず》の青白く光る安つぽいのを着てゐた。其等の白い色に、男達の紺の羽織が交つて、前を行く坊さんの金襴の袈裟が紅く明るい太陽の光に浮び出る様に強く輝いた。

軈て火葬場に着いた。長い間悲しげな読経の声を聞かされるのが可厭になつて了つて、おけいは頭へ手を当て、生汗を拭いてゐると、其裡には何時か強く大鉦《かね》の鳴る音がして読経が一きりすんだのでおけいは堪へられなくなり、煙草を取り出して吹かしながら、無遠慮に左の方の盛土の向ひを通つて、窃つと石や煉瓦で畳み上げた陰暗な人を焼く庫の方へ歩いて行つた。入口を覗き込むと、殺気に充ちた醒い様な冷たいにほひと、膏汗の様な温かい嗅ひに交つて焼いた髪を嗅いでゐる嫌な嗅が鼻孔を擽《こそぐ》る様に襲つて来たので、不図思はず身体を退いたが、また薄暗い中を透して眤つと見ると其中に、人の膏と煙で真黒に焦げた鉄器が浮んで見えたので、おけいは慓《ぎよ》つとして尚凝視めてゐると、その鉄器は高く高く幾段にも盛つてゐるらしく、頭を突込で仰向いた時、高い遥か上にあかりの入る小さい窓の様なものがあつてそこまで鉄器は重つて行つてゐるので、おけいは話しに聞いてゐる地獄の様子を思ひ出しながら、知らず〳〵足を運んで、暗い中を入つて行くと、奥へも随分深いらしく、その暗い奥は幾万とも知れない人霊に充ち々て居て、進まうとすると、それが顔を掠める様な気がするので厭な気持になりながらも、鉄器に近よつて見ると、膏汗の様な膏が今にも滴《したゝ》りさうに付いてゐて飯を焚いた御釜の底の様に硬ばつて焦げつき、「火の車」の様な岩畳な車がやはり真黒になつて了ひ、滲み出てゐる膏は垢染んで、糜爛《くさ》つた焼け残りの肉塊が執念く付いてゐる様に見えた。おけいはこんなにして焼くものかと、はじめて知つた不思議な事実に対して底気味悪い恐怖と同時に今まで無かつた程な強い好奇心を刺戟せられ、恟々して静かに足を運ばせて行つて「下閉」のところへ覗いたら、まだ焼かない粗末な柩の蓋が取つてあつて、老人の白髪首が顕れてゐるばかりか其顔がおけいの方を向いてゐるのを見た時は有繫に冷汗が脊と腋《わき》の下に溜つた様に感《かん》じた。直ぐに他に眼を外らすと、今度は隠亡らしい丈の低い老爺がずつと向ふの暗闇から出て来て明るい入口の方へ出て行つたので、それを見ると何か死霊の謎に逢つた様な気がして、居たゝまらなくなり入口の方へ一散に走つて来かけた時、どや〳〵と入口から少年の柩を担いだ男が三四人とその後を蹤いて少年の御父さん達が入つて来たので助けられた様な気分で、おけいは暫らく窨んだ様に佇んでゐると、お父さんは怪訝な眼でおけいを見て「こゝにおいでゞすか」と不審相に云つて、心安さうな顔をした。

「見納めですぜ。」担いで来た男は、大きな声で云つて、気持よく蓋を取つて見せるので、おけいも覗いて見ると底ぐらい嗅気が既に少年の顔にもまはつてゐる様に思はれ、瀟洒と剃つた頭が冷たくひかるのを見てゐると、今夜の裡にこの鉄器の上に乗せられ塡《つ》めてある榁が底からぢり〳〵と燃え初めて、軈て柔かくふつくらした臂を焦し、たら〳〵と熱い膏が鉄器の上に溢れ、腿から脊に燃え移り、骨を放れた肉がぼた〳〵と落ちる頃は大腸もごろ〳〵と鳴つて露出し、間もなく可憐な無邪気な顔を燻《いぶ》して、鼻を落し頰を爛らし、真黒にして了ひ、尚も焔が容赦なく頭を嘗めて白い脳漿をじゆつじゆつと吐き出さす様を顕《まざ》〳〵然と想像しない訳には行かなかつた。帰る道で少年の噂が絶えなかつたが、主人は成可く其様な話を避ける様に、

「ゲンゲが立派に咲いていますね。」なぞと紛らして居る。後を従いて帰るおけいには日に照され上気《のぼ》せて頰をほてらし、膏になつて鉄器にこびりつく少年の事を考へながら歩いた。

　おけいは御煎餅屋に帰り、おばさんに見て来た、火葬場の不思議な様子をさも物珍らしさうに談してゐると、質屋から来てくれと使を寄越したけれど、おけいは頭が痛いからと云つて行かないで、日が暮れると、二階に上つて早く寝床に入つたので、おばさんは夜になつて質屋から運んで来た御膳も朝になるまで其儘にして置いた。

　その後植金からは何の便りもなく日は容赦なく暮れて葬式から三日目の午に少年が近所の檀那寺に葬られるので、おけいは案内せらるまゝに、其御寺へ行くと、其処は直ぐ裏が神田上水になつてゐて、深い籔に取巻かれた墓地の傍の、腐水の滞つた古池《ふるいけ》には赤い腹のゐもりがすい〳〵と浮いたり沈んだり静かに游いでゐた。

　御堂から運び出された粗製《あらけづり》の板の箱は静かに墓地の高く土の掘つてある所まで持つて来られると、蓋が取られて中からは薄赫い可成大きな甕が出て来た。おけいはおばさんに借りて来た、珠数を片手に持つたまゝ外目もせず甕の円い蓋の開くのを待つてゐると、間もなく眼前へ白い骨になつた少年は、壺の中に石でも積んだ様に置かれた。白い歯の処々に並んだ髑髏は横になり宙を仰いでゐて、その光沢々々しい頭骨の上を太陽は強く照り付けた。「入歯は融けて了つたんですね。」と少年の姉さんと、御母さんとは泣きながら談してゐる。傍におけいは突立つて少年の身の上の余りと云へば早い変り様であると思ひながら静に髑髏を瞶めてゐると、身体中の涙が集まつて来る様な気がして、堪らずぽろ々々と着物の襟に溢れたが、外の人の泣く声は森《しん》とした墓場が啜り咽ぶ様に鋭くきこえてゐた。おけいは唯少し涙を溢したばかり、もう泣けず眤つと眴めれば眴める程、心は乾いて静になつて行く。三四日前まで飛んだり跳ねたりして何の変りもなかつた少年と、斯うして髑髏になつて埋められ行く少年との間にはあまりに大きな差がある様に思はれて、足の骨、

手の骨、肋骨みんな奇蹟のあつた後に横はつてゐるものゝ様な気がした。

「あれでもよろしう御座いますから。」おけいは早口に云つて坊さんの顔を見ると横から主人が、

「あなた達の様な年ぢやまだこんな縁気の悪いものを待つもんぢやありませんや」「いゝえ、でも紀念ですから」主人は笑ひながらおけいに少年の首の所の小さい白骨を渡すと、おけいは帕巾《ハンカチ》を出してそれを包んで袂に入れた。

　小僧は甕の蓋をして法名の様なものを以前の如に貼りつけて、蓋の開かない様にし暫らく和尚と読経してゐた。

五

　騒ぎが一先づ落付いた頃、質屋の御内儀さんは病床に寝起する人だつたので、それを聞いたおけいがおばさんに強いられて、厭だとは思ひながらも、見舞に行つた時は、床をはなれてぶら〱としてゐたから、愛想よくおけいを倉に隣つた廂でもてなした。それからと云ふものは、何事に依らず内儀さんはおけいを自分の傍に置て話したくなり、度々遊びに来いと小僧を使に寄越したけれど、おけいは憶劫だとか面倒だとか云つて、出かけることは殆んど無かつた。

　其の裡におばさんの養子をもらふと云ふ一件も漸く事実になりかけて来て、或る朝世話人になつた納豆売の媼さんは、二十五六の温順しい男を連れて来て紹介《ひきあは》すと、直ぐ其の足で男は勤先の江戸川の繃帯工場に出かけて行つた。

「煙草も酒も飲らないんだから、女郎買位には行くんでせう。」と後で納豆売の媼さんは云つて、「まあ漸々と心安くして見てから御定めなさいな。」と附加して、汚れた納豆桶を持つて出て行つた。その夕方から空が秘つと曇つてぽつ〱と歩いてゞも来る様に小さい雨がさびしく降りはじめたので、おばさんは二階に上つて干した煎餅を取り入れてゐると、周章《あはたゞ》しくおけいが梯子段を上つて来て、

「今ね、おばさん、岩ちやんが格子に靠れて家を覗いて居るから、吃驚《びつくり》して出て行くと、雨の中を匆々《さつさ》と消えて行く様に走つて帰つて了つたの、消える様にさ、真個だよ。」

「不厭だね。御前さんそんなことを云つて。」

「だつて、そりや真個なんだから。」おけいは、崩れて落ちかゝて来る様な恐怖を感じて、瞳は緊りもなく流れてゐる。

「本当かね、本当かえ、御前さんが岩ちやんの骨なんて大事に仕舞ひ込んで置くからそんな幽霊を見るんだよ。私は厭だね。」真顔になつたおばさんは、小さい雨が白い煎餅の上に落ちかゝるのも知らない様に、此方ばかり瞶めてゐた。

「御前さんあれを御寺に納めると良いんだよ。」夕飯の時、おばさんは暗い物がなしい顔をして斯う云ふことを忘れてはゐなかつた。おけいがその後も度々発作的に、「あれ、あれ」と云ふ様な気味の悪い言を、苦い息とともに吐いている時は、屹度茫然《ぼんやり》少年の影が眼の前に浮んで来る様な気がする時で、其塵場

合におばさんに、熱心な調子で其の話をしてゐると、何時か引き込まれて暗い底を歩かされてゐる様な、自分でも影であつたとは知りながらも、漸々その影が話してゐるうちに濃くなり、事実の様に思はれて来て、自分ですら影か事実か分明《はつきり》と解らなくなる様なこともあつた。

「私が岩ちやんを見ようと思へば、何時だつて見られるんだから。」おけいはよくおばさんに斯う云ふと、

「矢張り身体が弱いから、何処からか亡魂が付け込んで入るんだよ、でなきや御前さんは千里眼さね。」

おけいは、ひとり昵つとして淋しく考へる時は、さうした影を見ることを希つてゐて、何だか白い貝殻の様なその骨を持つてゐれば、何時でも自分の思ふ時に、少年の影を見ることが出来る様に考へてゐた。

「これ、これ。」とおけいはおばさんを此方へ向かせて置て、へらりへらりと笑ひながら、まるで魔女の物好な笑ひの様に、紫色の唇を歪め、メリンスの帯の間から、少年の首の小さい骨を出して見せると「またかい」とよく云つてゐたが、終ひには振り顧かないで「恐い人だ」と云ふ様になつた。おけいは或る夕方まだランプも点かない階下の長火鉢の斜なところに坐つて「ね、おばさん」と懇願する様に云つて此方を向かせ「これさ」と自分の唇にその白い味もない硬い骨を持つて行き、舌の凸起に冷々と触れさせて酸い唾が訳もなく流れる様に思つてゐると、傍に見てゐるおばさんは唯呆気にとられて何とも云はず白い眼を睜つてゐる。「これが岩ちやんの首の骨かね」おばさんは、今更の様に、のぞきこんで熟々と見てゐた。

夜になると、月は早くから黄色いひかりをふりそゝいでゐた。よく晴れた空にはさらさらと小さい雲が何か小唄でも謡つてゐる様に流れてゐて、遠くには絵に描いた人魚の鱗でも見る様な白く透き透つた雲片が重りあつて向ふへ流れて行く。おけいはそれを見るともなく仰ぎみて、月に浮ぶピラミツドの様な戸山の原の射的場の高い台場を右にとつて、物甘い感能をそゝる青葉の匂ひを嗅ぎながら、薄暗い木の下を、大久保の方へ歩いてゐる。夕飯の後、雪駄を履いて出ようとした時「御前さんが出ると折角の良い御月様がかくれて了ふよ。真個にめづらしい、まあ散歩でもしてらつしやい」と何気なく云つて、おばさんがおだてる様にするので、自分も不覚良い月に其処らを歩いて来ようと思つたのだつたけれど、不図植金のところに行つて見たい様な気になつたので何だか自分ながら気分が緊張《はりつ》めて来て、急いで家を出た。植金の置て行つた金はまだ月末の支払ひには少々間もあるから、長火鉢の抽斗に入れてあるのだが、今から思ふと内々植金の心では、手を切る積りであつたのか、さう思つて見るとさう云ふ様子も見えてゐた様に思ひながら、おけいは唯好奇心で行つて見たいだけで、毛頭悋気や痴話事に行くのでないことは自分でもよく解つてゐた。もしさう云ふ風に受取られはせぬかと苦しい思が胸に痛みを感じさせた。

しつぽりと霧に霑ふ心良さに、おけいは鼻唄をうたひながら、

茫つと霧にかすんで光沢のない原の向ふの燈を眺め、自転車の燈らしい青白い小さな早く走るのを見おくりながら。ずつと見渡すと月のあかりに幾つとなくトタン屋根が白く輝いてゐるのが見られた。植金の引き込んでゐると云ふ料理屋の若い娘の顔や、植金の愕きを想像して痛快を感じながら歩いて行つて、おばさんに日頃きいてゐる道と、おむらが何時か云つたその家の在所を辿り、西大久保の大きな榎の下に出て、左に曲つて真直に入つて行くと、また家がまばらになつて淋しくなり、植木屋ばかりらしいこのあたりは、秘然して草屋根の家から爛れたランプの燈の流れ、来るのもあつた。

　洗杉の白い門の上に、植金事中野金助と字の入つた瓦斯燈の下を何気なく潜ると、鈴の鳴る音に気が注いて、庭の向ひの母屋では障子を開けて、若い女が此方を瞶てゐる。広い庭には白《しろ》皐月《つゝじ》が雪の様に咲いて月にうるみ、清い夢でも盛つてゐる様なチユリツプの小さい花のかたまりもこつそりと頭を擡げて見えてゐる。ちよつと戸口の外まで出た若い女の黒繻子の襟にランプの光が流れて、赤い手柄が茫然と見えたので、

「植金さんはゐますか」

「ゐますよ、何方《どなた》。」如才ない、下町の女らしい口の利き方をした。

「おけいか何しに来たんだ。」植金が突如《だしぬけ》に出て来て荒い調子で云つた声は大分酔つて濁つてゐる。

「御酒の酌でも仕様と思つてさ。」

「は、、、、有難いな。」笑ふのかと思ふと左様ではなくて、顔面憤怒の色を漂はせて、声は冷たい程すさんでゐる。

「些つとも来ないのね、其後」おけいはつ、、か〳〵と上つて御膳の傍の長火鉢の前にどかりと坐つた。

「何んだ人の家へ黙つて上る奴があるか。」おけいは斯う云ふ植金の赤い顔を、何も云はないで、眤つと睨む様に瞶めて眼を動かさなかつたが、

「まことにすみません、さあ貴女《あなた》もゐらつしやい。」と台所に突立つてふるへながら、おどおどと様子を見てゐる若い女に云つた。

「何か用かい、何の用で来たんだ。」

「そんなに怒らなくてもよござんすよ。私ほんとに遊びに来たんぢやありませんか。」

「何に、夜々《よる〳〵》大久保くんだりまで遊びに来る筈はありやしない、何か外に云ひ分があるんだらうおい、え、、」

「御挨拶様だね云ひ分なんて何の云ひ分が……」

「図々しい不貞腐れ、此処を何処だと思つてやがるんだ。」植金は手を振り上げて打らうとするので、おけいも払然《むつ》として片膝立てたが、それを抑へて

「だから悪いところは詫びてるぢやないか、何をするんだです、そのふうは。みつともない。」

「御前は兎や角云ふことの出来ない身体だ、誰の御蔭で生きてやがるんだ。」

「はゝ、悋《や》きにでも来たと思ふの、馬鹿な。」

「何だ馬鹿だと、そりや御前のことだ、生意気な。」植金は応揚な態度で、無遠慮につか〳〵上り込んで来たのが、ぐつと癪に触つてゐるので、振りかざした手をしたゝか御けいの額に落した。

「何をするんだ、ぼろつかい。」おけいは植金の手に噛み付かうとしたが、暫らく堪忍して、斯う云ひながら身を引くと、植金は頑丈な膏ぎつた手で続け様におけいの鼻柱を打つたので、たら〳〵と鼻血が出て顎に流れたのを、台所で見てゐた若い女は、悔々しながら表へ飛び出さうとするので、

「もし、もし、姐さん何処へ行くんです、鼻血だから大丈夫。」門の外へ出ようとするのを追ひかけて止めて、

「私はたゞ遊びに来たんだけれど、あゝして酔つてるもんですから。」とおけいが云つてゐる間も座敷から植金の怒叫する声がきこえる。

「どうも酒癖が悪くつて……、ほんとに私おつかなくつて度々困ります。」泣き出しさうに女は云ふ、二人が家の中に入つて来ると、またおけいを確と捕へて殴りはじめたので、矢張りおけいは黙つて殴られてゐると、今度は髪を攫んで引くので、その手を避けて脊中で痛い拳をうけてゐて、抵抗する丈の根気もなく、無神経な様に蒼ざめ横つてゐると、若い女は力一ぱい植金の手を止めようとしたが、却つて植金は若い女を殴りつけるから、急に憎悪の念がおけいの腹に燃え上つて来たので、何思つたか俄に立上つて力ありだけ、崩れるばかりに男の頬を強く打つと、男も呆気にとられた様に、手を下げて、にやりとおけいの烈しくかゞやく眼のひかりを見て、某処に横はつて意気地なく倒れた。

「何とも申訳ありません。御気の毒様……。」植金がおけいに殴られても、反感を持たない若い女は、心から男を憎んでゐる様におけいに謝つた。

「なあに、酒酔《のんだくれ》の殴るのは手に力がないから、痛いもんぢやありませんよ。それよりか今の私の一つの方が何様にか痛いでせう。」其時男は遣瀬ない憤怒の血眼で四辺を見まはし、壁板に差してあつた大きな立花鋏に手をかけようとするので、おけいは直ぐに飛んで庭へ降り、雪駄をつゝかけ急いで門を出た。

男は追ひかけては来ないらしく、家の中で暴動れてゐて、物凄い胴間《だうま》声で今にも若い女に切つてかゝりさうな権幕なので、後へ帰つて窺つて見ると、開けた障子の間から横臥した男の唸く姿が、別に変つた様子もなく、唯しく〳〵と台所で女が泣いてゐるのがあわれに見えた。高く上つた蒼い冷たい月を仰いで、遍に勝ち誇つた様な気分になつてゐると口へは何時か川風寒く千鳥鳴く、待つ身につらき置炬燵……と浮んで来て、無意識にいゝいゝまつみにつらき…のかんばかりを高く幾度もうなりながら帰つて来た。

「御前さん何処へ行つたんだえ、もう十一時ぢやないか。」

「植金へ遊びに行つて飛んだ御災難に逢つちやつた。」と乱次

なく乱れた髪を見せると、「まあよく行つたねえ、まあ。御前さんは平気な顔をしてゐても、随分厚いんだね、あたまを御覧よ、如何したんだえ。」

「いやだよおばさん、そんなことであたまをこはしたんぢやないよ、すんでのことに殺されるところを一寸のいきさつでまあ、助かつた訳さ。」おけいは髪をかき上げながら、すつかり理由をはなした後で、

「逃げなきや今頃は殺されてゐる時分だよ、その方がよかつたわね。でも死んだ後で悋気などしたのだと思はれちや嫌だからね。ね、おばさん、人を騒がすのはおもしろいものね。」

おばさんは、命にかゝはるから、決してもう植金などへ行くなと、懇々忠告をしてゐた。

翌日も養子に来ると云ふ男は、どら焼を買つて来て、おばさんとおけいにすゝめながら、自分の身の上のことなど話して、きさくなおばさんの心が泊淡《あつさり》としてゐるため、気苦労のないのを知つて、何時の間にか馴々しくなつたので、遠慮のないおけいは、

「ね、私が妻君になりませうか。」と冷かして見たけれど、男は非常に臆病で、女なんてまだ些つとも知らないらしく、おけいをおそれて了ひ、悪強い人間だと思ひ込んでゐるので、斯う云はれてもたゞ嫣然《につこり》と笑つたばかりであつた。時にはこんな冗談も云つて見るけれど、もとよりおけいの方から揶揄つて見る気は毫末《ちつと》もなかつた。

夜になつて工場が終けても、若い男は大塚の実の姉の家に行つて寝て、おばさんの所へは帰つて来る事が少ないので、養子には来てくれるものか、来ないものか、おばさんには白黒の判断もしかねてゐると、或る夕方不意に男は帰つて来て、

「おけいさんは何時までもゐるのかね。」と意味のありさうな、意外の事を尋ねた。

「なあに、真《ほん》のちよつと置いて上げる気だつたのだけれど、色んな事情で長びいたんさ。だつて何時までもあゝしちやゐられまいから、今に如何かするんでせうね。」と気の無さゝうにおばさんは云つたが、若い男の言はおけいを如何とか思つてゐるらしくも解《と》れたので、

「それとも如何するんだか。」と煮え切らないことを附加して若い男を引き付けて、来てもらひ、早く安堵したいと思つてゐるおばさんの気持は男にもよくのみこめてゐた。おけいが売薬《きぐすり》店《や》から帰つて来て、

「あら仙ちやん、この二三日見えませんでしたね。」と愛想よく云ふと

「えゝ、今は恰度があぜの方が忙しいもんですから。」と妙に羞恥んで碌に口も利かないで、日が暮れてから飯を食べると大塚へ行つて来ると云つて出た。

「よく大塚へ行くんだよ、姉さんが一人でゐるんだつて。幾度嫁入しても直ぐに帰つて来るし、仙公の方だつて他家へは三日も宿れないさうだから、姉弟で怪しいもんだよ、世間によくあ

らあね。」

「それにしちや、御年に似合はず妙に子供々してるのね、まるで女の様ぢやないか、羞恥むところなどは、もすこし悧巧なものをもらはなくちや駄目だよ。ねえおばさん。」

「それもさうさね。」おばさんもおけいの注意で何とか考へ直さねばならない様な気もした。

その裡に月が移つて日は容赦なく経つたけれど、誰からも何とも云つて来ないで、如何に入費の要らないおけいも、先月の支払ひをおばさんにして了ふと、財布は急に淋しくなつたが、よくおばさんのふところの様子も知つてゐるので、おばさんに小遣金の無心を云ふ様な酷いことは、金銭の慾に淡いおけいには尚出来ないことであつた。隠しだてをしないおけいは全く困つて了つた事をはなして、

「植金に行つて暴れなかつたら、まあ鼻を向けて来てくれたかも知れないんだけれど。」と深い溜息を吐くと、

「もう植金は駄目だよ、それよりかおけいさん、何処かへ奉公した方が良かないかえ。」

「駄目、駄目。」

「ぢや立派な旦那を捕《つかま》へたら良いぢやないか。」

「もうお妾《めかけ》なんぞ、面倒臭くつて出来やしないよ、それに身体がこんなんぢや迚もつとまらないものね。」おけいはほろりとする様な調子で、静に下眼を畳の上に落した。

「ぢや御飯を食べないで生きてゐるさ、それにや仏様になるより外に道はない様だね。」

「レール枕と洒落れて了ふか知ら。」

煙管を其処へ放つて、死んだ様な苦笑ひをした。

夕方、おばさんが御湯に行つたので留守番をしてゐると、郵便が来て黒く塗つた端書を投げ込んで行つた。

……御前の様な女には塗つた端書で沢山だ、人が可愛さうだと思ふから、色々世話をしてやる気でゐても約束を守らない上に返事も寄越さない奴だもの、誰が関つてくれるか。御前が大久保へ行つて騒いでから、情婦が出入する様ぢや危いと云つて、若い女は実家の方に帰つて了ひ、其あとへまたおむらが入つたさうだ、お前こそい丶面の皮だ。おむらのゐない間その名代をつとめたりなどして、少しは考へて見るが良い、もう面自《つらじ》慢《まん》ぢや暮せないだらう、三十の媼さんぢやないか——其様意味のことが少さく鉛筆で書いて、差出人は記してないが、それは大学生の片山からであることは直ぐに知れた。おけいは、おむらがまた植金のところへ行つてゐるものとは信ぜられなかつた。さうだとして見ると、植金はあまり間の良すぎる男の様に思へて、昵つとおむらのことを考へてゐる。

「御前こそ良いつらのかはだなんて自分は如何だ、おむらさんをまた植金に掠られちやつたぢやないか。」おばさんが御湯から帰つて来たので端書を読みながら、片山を罵つてゐるところへ、養子を世話した納豆売は、其後の仙公の様子が気にか丶るからと云つて、たづねて来たので、

「御前さんは毎朝歩くから知つてゐるだらうが、植金のところへ、また三十五六のおむらと云ふ女が近頃来やしませんか。」とおばさんが訊くと、

「以前《もと》の御内儀さんだと云ひますよ、小柄の……。」

「ぢや矢張りさうだ、おむらさんだよ。」おけいとおばさんとは顔を見合せ、

「もとの鞘《さや》におさまつた訳さな。」と口を展いて笑つた。

　翌日の午後、おけいは久振に髪結ひに行つてそれからあまり垢の浮んでゐない瀟洒とした朝湯に入つて帰つて来た。格子の戸に佇つてゐるおばさんは一眼おけいを見るなり、手を叩いて笑ひ崩れ、

「如何したんだよ、気が浮れたんぢやないかえ、島田などに結つてさ、見つともない。」

「是から巣鴨病院にでも行かうかと思つてさ。まあ暫らく黙つて見てらつしやい。素的に若く化けて見せるんだから。」

　おけいはおばさんに髪剃《かみそり》を借りて、二階に上り、何十日振かに眉の間を鮮かにして、少し濃い白粉で若々しく粧ひ、一張羅の唐桟御召に、御納戸色の縮緬の羽織を着て、紅をさし日が暮れて了つた時、日傘を持つて、二階から降りて来ると、

「まあ若くなつたね、まるで七面鳥の様だ。黒い鬢から水でも滴りさうだよ、これなら男の十八や十五人はおちやのこさいさいだね、真個に何処へ行くのさ、え。」

「巣鴨だつてば。もう帰らないかも知れないよ、二階のものは皆おばさんに上げますから、何もかも売り飛ばして下さいな。」

　おけいがごむ裏の雪駄を履き、婀娜《すらり》とした姿で出て行つた後、おばさんは今まで、あゝした白粉と紅の力でどれだけ人を欺したり、泣かせたりしたのだらうと、自分の身にかまけて若かつた時の事を思ひ浮べてゐた。

　夜遅く、仙公は工場の帰途りだと云つて、印絆纏を着たまゝで立寄つたので、おばさんは、

「おけいさんは馬鹿にめかして出かけなすつたよ。」とさも珍らしい事実の様に云ふと、

「へえ何処へだね。」探る様な辛い眼付でさう云つて、ひどく力の落ちた様な顔をした。

「何処だか判然は解らないが、多分以前《もと》の情夫《いろ》のところへ、金策にでも出かけたんだらうと思ふんだけれど。」

「あんな荒つぽい女にでも情夫があるのかね。」

「荒つぽいと一概に云へないよ、あれでなかなか気位の高い、優しいところもある女だよ。」

　其夜はおばさんの方から切り出して、真実養子に来るのか否か仙公の意中を確め、さしづめの談判《はなし》をしようと思つたが、改まつてそれも出来ず、夜が更けて寝る時が来た。おばさんは別に寝床を敷いて寝かせると朝になつて男は平気で出かけて行くので、またおばさんは要領を得ない日を送つてゆかねばならなかつた。

　おけいが居なくなると急に淋しくなつて来て、おばさんは先

日のことを細々と案じ欝ぎ込んでゐると三日目の朝、我家にゐればまだ寝てゐるころ、おけいは行くときに結つた高島田ではなく、小綺麗な島田くづしに結ひ直してやつて来た。茫然とした顔は蒼ざめて、生温かい苦しさが漂つてゐる。

「おばさん、真個をはなすとね、私十二階下へちよいとちよいとに行つたんだよ。はじめ桂庵にさう云つて頼んで行くのが間が悪くつて、間が悪くつて。それでも構はずまゝよと思つて走り込んで頼むと、よく私の面《つら》を見て、姐さんは綺麗だからうんと儲けるさと云つて、連れて行つてくれた家と云ふのが、母親と娘さんと二人でね、何うも見てゐると様子が親子でやつてゐるらしいんだよ。それに今一人若い肥然《むつくり》としたのが居て都合三人なの、私と四人さ。行つた夜直ぐに御客があるんだもの恐れ入つちやつた。しかしまああんな手取り早いところはないよ、ねえ。」おけいは長火鉢の前に坐つて、莨を喫かしながら、座敷の様子など委しく話すと、

「まあ、真個かえ、大変な人だね、そして沢山御客があつたかえ。」

「昨夜など十四五人もあつた様子だつたよ。尤も私のとつたのは四人だつたけれど。それに御内儀さんが私によくしてくれてね、そりや親切なんさ。けど如何考へて見ても私の身体ぢや続かないわ、考へれば考へるほどもう堪らなくなつたから、髪結に行つてそれぎり逃げて来たの。」

「お巡査が後を追つて捕へにきやしないかえ。」

「なあに前借してる訳ぢやないから。」おけいは暑さうにして、其処へ羽織を脱ぎ棄て、二階が狭いので持つて降りてある鏡台の前に這ふ様にして坐り、思ひ出した様にその抽斗を抜いて、貝殻の様な少年の首の骨をとり出し凝つと唇に当てゝ、眼を閉ぢて動かなかつた。見る間に涙が滲んで睫毛はかろくふるへた。

「岩ちやんが死んで何日になつたかね。」と云つて、何か大事な紛失物《おとしもの》でもした様に頽然《ぐつたり》して、またもとの抽斗に鏗然《かたり》と骨を投り込み、ゐたたまらなくなつた様に鏡の前に突立ち、また蹲踞んだ。

「一人の御客が五十銭くれたつて、こちらの手に入るのは二三十銭だもの、ねえおばさん二十銭や三十銭でね、馬鹿々々しい。女郎の方がいくら良いか知りやしない。」

「ぢやもう一度若がへつて、昔馴染の廓《なか》へでも行つたら如何だね。」おばさんはからかふつもりでもないが外に云ひ様がないので、斯麼ことを云つて落付いて莨を喫つてゐた。

　おけいは、そゝくさと喪心した人の様に、些つとも落付いてゐられない様子で、べたりと鏡前にすはり焦燥《じれつ》たさうに頭に手を遣つて。

「三十姿で島田でもあるまい。」と寂しく独言を云つて自分を責める様に、顫へる手で白い新しい元結ひをぷつんと思ひ切りよく切つて、油の乗つた水の滴る様な真黒い綺麗な髷を、ばら〳〵と解《ほぐ》して了つた。


（「早稲田文学」大正2年7月号）

大菩薩峠（抄）

中里介山

一

大菩薩峠《だいぼさつたうげ》は上《のぼ》り三里、下《くだ》り三里、領分は甲斐国《かひのくに》に属して居りますけれど、事実は武蔵と甲斐との分水嶺になります、

ずつと昔、貴き聖《ひぢり》が此の峠の頂きに立つて、東に落つる水も清かれ、西に落つる水も清かれと祈つて、菩薩の像を埋《うづ》めて置いた、それから東に落つる水は多摩川となり、西に流るゝは笛吹川となり、いづれも流れの末永く人を養ひ田を実らすと申《まを》し伝へられてあります、

江戸から出て、武州《ぶしう》八王子の宿《しゆく》から、小仏、笹子等の峠を越えて甲府へ出る、それが所謂甲州街道で、一方に新宿の追分を右にとつて、真直に行くこと十三里、武州青梅の宿《しゆく》へ出て、それから山又山を甲斐の石和《いさわ》に出る、これが所謂甲州《かふしう》裏街道（一名を青梅街道ともいふ）で大菩薩峠は青梅から十六里、甲州裏街道の最も高く、最も険しきところがそれです、

古い記録によると、日本武尊《やまとたけるのみこと》が此の峠を越えて甲斐にお入りになつたといふ、また日蓮上人も此の峠を越えた事があつたとやら見えて居ります、

慶応の頃に、海老蔵、小団次などいふ役者が、甲府へ乗り込む時に矢張此の峠を越えたさうです、ナゼ役者が本街道を避けて、ワザ〳〵こんな裏道を通つたかといへばそれは本街道の郡内《ぐんない》あたりは殊の外、人気が悪く、強請《ゆす》られるのが怖かつたからとあります、

つまり、此の街道は変則の道で、已むを得ぬ人か、事を好む者でなければ、通はない路です、近頃は別に柳沢峠《やなぎさはたうげ》といふのが開けたから、いよ〳〵以て、大菩薩峠は廃道同様になつてしまひましたが、時は天保の末の春の盛りの頃でありました、山々は、張り切れむばかりの新緑をつけて、高山《かうざん》の常として峠の上は山桜が真盛りで、得も云はれぬながめです、

朝がた、飛脚のやうなものが只一人、萩原の方へ下つたまゝ、正午《ひる》過ぎる頃まで人つ子一人通りません、漸く日が傾きかける頃になつて、

　山が焼けるが
　　立たぬか雉子ヨ――
　これが立たりよか――
　　子を置いて――

と妙な調子を張り上げて、鄙《ひな》びた節おかしく歌ふ声が、青葉の中から洩れて来ると見れば、峠の頂きの十一面観音《くわんおん》の社《やしろ》の横道

に姿を現はしたのは二人づれの若い男、樵夫《きこり》か炭焼でありませう、

『どうだい、八幡《はた》の方では、また泥棒が出やがつたとな』

『怖《おつ》かねえ事だ、近頃のやうに彼方此方《あちこち》に強盗が出ては堪らぬ、仕事も早終《はやじめ》へにして帰るべえ』

『ナニ怖《おつか》ねえ事があるものか、泥棒が怖いのは金持だけよ、俺《おら》がやうな水呑みは更に祟りなしだ』

二人がこんな事を無遠慮に話し合ふて、何気なく武州《ぶしう》路の方を見下ろすと、誰か上つて来るやうです、

『あ、お武家が来る！』

二

『あゝ、お武家が来た』

と二人の若い杣夫《そま》は、面《かほ》を見合はせ、気味悪しとてか、其のまゝ観音の右手の小径《みち》を切れて、小金沢《こがねざは》の方へ下つて、若葉の繁みに身を隠してしまひます、

程なく、武州《ぶしう》路の方から此の峠の頂きへ登つて来たのは、彼等杣夫《そま》が認めた通り、一箇《ひとり》の武士でありました、

黒い木綿の着流しで、定紋《ぢやうもん》は放《はな》れ駒《ごま》、博多《はかた》の帯を締めて、朱微《しゆみ》塵《ぢん》、海老《えび》鞘《ざや》の大小を横たへ、羽織《はおり》をつけず、脚半《きやはん》草鞋《わらぢ》もつけず、この険しい道を、素足に下駄穿で左の手で一寸、腰のあたりを掻き上げて、サツ〳〵と上りつめて、今頂上の観音の側の見晴らしの最もよい所へ来て、深い編笠《あみがさ》をかたげて、峠の彼方此方《あなたこなた》を見廻しました、

歳は三十の前後、細面《おそおもて》で、色は白く、屹《きつ》と結んだ口に、意地の強さと、長く切れた目の中に白く沈んだ光を見せて、身は痩形《やせがた》ながら、突立つた姿勢はシヤンとして、隙がない、

折柄、颯《さつ》と梢を渡る山嵐かと見れば、キヤキヤツと喧《けた》たましい物の叫びが、眼の上の大きな栗の木の上で起ります、武士はやをら其の声の起るところに、首《かうべ》をめぐらして眼を注げば、それは猿です、

大猿小猿合せて十匹ばかり、手と手をつなぎ合つて、藤蔓《ふじづる》の様な形になり、眼を剝いては此の武士の方を見つめ、時々歯を剝いてはキヤキヤツと啼く、

今日でも、大菩薩の頂きを通る者は、よく猿に出合《でくは》します、どうかすると猿に悪戯《いたづら》をしかけて却て、飛んだ仕返しを食うこともあります、猿に見くびられるか、或は猿に怒られると何百となく味方を呼んで来て、人を脅迫する事がある、これが怖いのです、

この猿共は、武士が一人旅と見て、例の脅迫をしかけるつもりであらうか、頻りにキヤツと噪《さは》いで居たのを、武士は凝《ぢつ》と眼を据えたまゝ、猿共の示威運動を怖れやうとの気色もなく、その滑稽な挙動を笑うでもない、猿は手剛《てごは》しと見てか、繋ぎ合つた手と手を放して、栗の大木の幹に身を絡ませて、隠れるやうにして居ます、武士は此の滑稽な小動物には再び眼を呉れず、以前の場所を二足三足うつして、甲州路の方の坂路を見下ろして

さも人待ち顔に見えます、
さりとて容易に人の来るべき路ではない何人を待つのであらう、斯うして物の一時も、武州路と甲州路の彼方此方《あなたこなた》を見下ろして居ると、木の葉の繁みから、微《かすか》に人の声がします、武士は其の声を耳に受止めると、ずか〱と、立つて萩原《はぎはら》街道の方を見下ろす、
『お爺さん――』
よく済んだ子供の声がします、松の木立から身を斜めにして見下ろすと、羊腸《やうちやう》たる坂路《はんろ》のうねりの処を今しも、登つて来る人影は巡礼姿の二人づれです、
一人は大人で半丁ほど先に――それと後れて手に若い女郎花《をみなへし》の一茎を携へた十二三位の女の子――今『お爺さん――』と呼んだのは此の子巡礼でありませう、
二人の姿を認めるや、武士は何と思うてか、つと観音堂の背後《うしろ》へ身を隠しました。

三

程なく、峠の頂に身を現はした年老いたる巡礼は、後を顧みながら
『やれ〱、頂上へ着いたわい、お丶此処に観音様の御堂《みだう》がござる、』
社の前へ歩みを移して笠の紐を解いて、跪《かしこ》まると
『お爺さん、此処が頂上かい』
子巡礼は、愛くるしい面立《おもだち》の、頬のあたりの血色もよく、元気もよく、老爺《らうや》の傍に駈《かけ》て来て、手に携へた一束の草花《くさばな》を、御堂の階段に供へて、笠の紐をとり、二人は首を地につけて、礼拝をすまし御詠歌を唱へた後
『これからは下り一方で、日の暮れまでには楽に河内《かうち》の泊りへ着く、それから三日目の今頃は、三年ぶりでお江戸の土が踏めるわけだ、――さあお弁当を食べませう』
老爺は行李《かうり》を開いて、竹の皮包《かはづゝみ》を取り出します
『お前もお腹が透いたらう、同じには頂上で食べた方が美味《おいし》いからと此処まで我慢したほどに』
この時、子巡礼は立ち上つて
「お爺さん、この瓢箪《へうたん》をお貸しなさい、この下で、さつき水の音がしましたから、汲んで来ます』
老爺の腰に下げてあつた小瓢《こふくべ》を目がけて斯ういふと
『お丶、さうだ、途中で飲んでしまつたげな、お爺さんが汲んで来やう、お前は此処で休んでお居で』
『い丶のよ、お爺さん、妾《わたし》が汲んで来るから』
子巡礼は引奪《ひつたく》るやうに老人の手から、瓢を取つて、山道をかけ下ります、小金沢に流る丶清水を汲まうとて
老爺は空しく其のあとを見送つて、呆然《ぼんやり》して居ると、不意に背後《うしろ》から人の足音が起ります、振返ると
『老爺《おやぢ》』
それは最前の武士でありました、周章《あはたゞし》く

『はい』
老爺《らうや》は居住居を直して、恭《うや〳〵》しく挨拶をしやうとする時、彼《か》の武士は忙はしく前後を見廻して
『これへ出ろ』
編笠《あみがさ》も取らず、何の用事とも言はず、小手招きするので、巡礼の老爺は、怖る〳〵
『はい、何ぞ御用でござりまするか』
小腰を屈めて、進み寄ると
『彼方《あつち》へ向け！』
この声諸共《もろとも》に、パツと血煙《ちけむり》が立つ、何といふ無残な事でせう、老巡礼は胴から腰車を落されて、呀《あつ》といふ間もなく、胴体全く二つになつて青草の上に俯伏《のめ》つてしまひました
二尺三寸余《よ》の刀の刃先に染む、老人の生血の滴りを、しばらくは凝と見て居たがつと、彼《か》の巡礼の笈摺《おひづる》の切れ端で刃を拭ひます
『お爺さん——』
例の澄んだ少女の声、——老爺も飲み自分も飲まんと、水を満たした瓢を捧げて欣々《いそ〳〵》とかけて来る時、武士の姿は掻き消すやうに、何《いづ》れとも行方《ゆくへ》わからず

四

『お爺さん、水を汲んで来てよ』
少女は、老爺《らうや》の姿の見えぬのを、少しばかり不思議がつて、『お爺さんは何処へ行つたらう』
お堂の裏の方へでも行つたかしらと、瓢《ひさご》を捧げたまゝ、来て見ると、
『あれ——大変』
瓢を投げ出して、縋りついたのは、老爺の屍骸でした、
『お爺さん、誰に殺されたの——』
我を忘れて、抱き起さうとしたが其の力もなく、伏し転ぶ笈摺に老爺の血潮が、浸《ぢ》み上がります、
『お爺さん——お爺さん』
いくら呼んでも、二つになつて倒れた人の、生き甦《かへ》る例《ためし》はありません、
『誰に殺されたの、殺した奴は何処に居るの』
怖れや、驚きを通り越して、幼な心の憤りが、小さき五体をわな〳〵と慄はして、堂の裏、小芝の蔭を馳せめぐりましたが、人の影さへ見えませぬ、
『お爺さん、誰に殺されたの』
ガツカリと力も折れて、また老爺の屍骸に縋りついて泣き崩れます、
こゝに、この不慮の椿事《ちんじ》を平気で高見の見物をして居たものがあります、最前の武士の有様から、老爺の殺されて、少女の泣き叫ぶ有様を、さも興ありげに、ながめて居たのは誰であつたらう、それは彼《か》の栗の樹の猿です、
猿共は、今や樹からゾロ〳〵と下りて来ました、そして面《かほ》を見

合せたり囁き合つたりするやうな身振をしつゝ、十四ほどのやつが此方《こちら》へ歩んで来て、二人の伏し倒れた周囲《まはり》を遠くから取り捲いてだんだん近寄ります、

小さな猿の一つが、つと駈けよつて、少女の頭髪《あたま》にさしてあつた、小さな簪《かんざし》を一寸つまんで引き抜きました、仕すましたりと立ち戻つて、仲間の者に見せびらかすやうな真似をする、

それを見て、次なる小猿が又しても少女の頭髪へ手をかけて、櫛を抜きとり、さも嬉し気に振りかざします、

その間に大猿共は、さきに老爺が開きかけた竹の皮の握飯を引き出して、口々に頰張つて旨さうに平げてしまふと、今度は落ち散つて居た手頃の木の枝を拾つて何をするかと見れば、刀を差すやうな風に腰のところへ宛がひ、少女の背後《うしろ》へ廻るかと見れば、抜き打ちに――その木の枝で少女の背中を撲《なぐ》りつけました、

今まで何も知らず泣き伏して居た少女はこの不意の一撃を喰つて、ハツと気がついて、飛び起き、振り返つて見ると猿共が此の始末なので、

『あれ――』

と飛び退いたが、気丈な子で、

『この野猿坊《やゑんぼう》め、お爺さんを殺したのはお前達か』

と木の枝を持つた猿に武者振りつくと、十四ばかりの猿は、目を剥き出し白い歯を突き出してキヤツ〳〵と云ひながら、少女に飛びかゝらうとして、凄い顔色《がんしよく》を見せたが、忽ちパツと飛び散つて、我れ勝ちに再び彼《か》の栗の大樹へ馳せ上ります、

五

『姉さん、怪我はなかつたかい』

と云ひながら、其処へ現れたのは、年配四十位、菅笠を被つて、竪縞《たてじま》の風合羽《かざがつぱ》を着、足拵へをキリヽとし、道中差《だうちうざし》を一本差した旅の男《をとこ》です、手には小さな松明《たいまつ》を持つて居たが其の火を消しもせず、

『猿め、また悪戯をやりをる』

少女の傍へ近づいて、

『おや〳〵、老爺《ぢい》さんが斬られて――』

さすがにギヨツとした風で、立ちながら眉を顰《ひそ》めて、凝と老爺の屍骸を見下ろしましたが、少女を掻き別け、屍骸へ手をかけて、ずつと其の切口を検べて見る容子でしたが、

『あゝ』

と感歎の息をついて

『見事な切口だ、これだけの腕前を持つてる奴が、何だつて此んな年寄を手にかけたらう、情けねえ話だ』

少しく眼をしばたゝきながら、少女を顧みて、

『姉さん、これはお前のお爺さんかい、お父《とつ》さんではあるまい』

『はい、私のお爺さんでござんす』

『何かい、西国の方でも廻つてお出でなすつたのかい』

『はい、三年前にこのお爺さんに伴れられ、江戸を出て、三十三所から四国めぐりまでして、漸《やうや》うこれまで返つて来ましたら、お爺さんが殺されてしまひましたおぢさん如何《どう》したら好いでせう』

双《れう》の袂を袖に当て丶、泣き入ります、旅の人は巡礼の姿を見て、

『何しても気の毒なことだ、お父《とつ》さんもお母《つか》さんも無いのだね』

父母のある者は、左と右を茜染《あかねぞめ》にし、片親のあるものは、真中を茜染めにし、両親共にないものは全く白木綿の笈摺を着ることが、その頃の巡礼の慣はしでありましたが、此の少女の着て居た笈摺は、旅の雨風に曝らされた上、寺々の印で地色も失せてしまつたほどでも、元は白かつたに相違なく、それに滲みついた老爺《おやぢ》の血汐の色は頼るべき身寄のこれを限りといふことを示すやうにも見られるので旅人は親切に、

『どうも不時の災難といふもので、諦めるより仕方がない、俺《わし》も武州路の方へ行くから一緒に行かう、爺さんの始末は、これを少し下りると、村役人の屋敷がある、そこへ頼んで兎も角も扱つて貰うのだ』

旅の人は自分の風合羽を脱いで、老爺《らうや》の屍骸に打ち着せ、そこらの落木をかき集めて、松明《たひまつ》の火をそれにうつし、

『斯うして火を焚いて置けば、猿や狼が近寄らねえからな』

旅の人のやる事は、物慣れてハキ〳〵して居ます、処柄か知らん、此の旅人にも何となく凄い処があるやうで、それから少女を和《なだ》め励まして、自分の脊に負うて此の旅人は峠をずん〳〵と下りて行きます、

栗の大樹にたかつて居た、例の小賢しい物共は、キヤツ〳〵と歯を剝いて下り行く旅人の後ろを腹立しさうに見送る

註曰、大菩薩を通る者は松の木の「ヒデ」といふ処でこしらへた松明を用意する、これを点して、獣類を追ふのです、猿は最も火を怖れます、

六

大菩薩峠を下りて、多摩川の岸づたひに、十里ほど東へ出ると、川を隔て丶、右手に、武州の御嶽山《みたけさん》があります、御嶽山の麓《ふもと》で、矢張川を隔て丶此方に、沢井といふ村の、中程の山の中段を切り拓いて、立派な冠木門《かぶきもん》の、左右に白壁の塀をめぐらした、城郭とも思はれるほどの大きな構へは、これぞ相《さう》馬《ま》将門《まさかど》の血統を引くと称せらる丶、此のあたりの豪族、机《つくゑ》、龍《りう》之助《のすけ》の邸宅です、

門を入つて先《ま》づ耳に入るのは、左手に見ゆる、九歩と五歩とに建てたる道場から洩れて来る竹刀の響きであります、

『皆さん、お茶を上がれ』

机家の使ひ女は、大きな土瓶に茶を入れて、茶道具と共に運んで来て、一息入れて汗を拭いて居る門弟衆の処へ持つて来ると、都合十人ほどの門弟が茶を飲みながら、

『お藤さん、若先生はお帰りか』

『いえ、まだお帰りではございません』
『はて……』
黒の革胴に垂ばかりつけた青柳《あをやぎ》といふ忍藩《をしはん》から来た修業の若い武士が、一寸渋面《じふめん》を作つて
『当家《うち》の若先生にも大抵呆れる、真逆《まさか》五日の大試合をお忘れでもござるまい』
『左様さ、甲源《かふげん》一刀流《たうりう》分け目の大試合を三日といふ鼻の先に控えて居ながら、例のブラリと山歩き、御当人より我々の気の揉め方は、神入山《かんにふやま》の若杉が二百十日の嵐にあつたよりまだ強《きつ》い』
斯う云つて矢つ張り眉を顰《ひそ》めて見たのは斎藤《さいとう》と云つて、川越藩の修業者で、優れて逞しい若者、
『時に――』
飲みさした茶碗を置いて
『近頃の強盗沙汰も心外千万じやて』
『如何《いか》さま、甲州は府中、勝沼、石和《いさわ》、八幡《はた》より韮崎《にらさき》までも、武州は江戸街道筋は申《まを》すに及ばず、秩父、熊谷より、上州野州《やしう》へかけて、日毎夜毎《ひごとよごと》に強盗《ぬすつと》の沙汰じや、八州は眠つて居るか、さても手緩《てゆる》い』
『それほどの強盗に、罪人は一人も揚がらず、それに近頃はまた彼方《あちら》にも此方《こちら》にも辻斬で、人心恟々《じんしんきよう〱》たりじや、何といふ体たらくか、八州や代官は腹切ものだが』
『さやう〱』
中ほどから口を出したのは、武士ではなく、平太郎といつて、この附近から稽古に来て居る百姓の息子です、
『大菩薩にも昨日とやら辻斬があつたさうにござりまする』
『ナニ大菩薩に』
『年老《としと》つた巡礼が一人、生胴《いきどう》を物の見事にやられて無惨な最後を遂げたと、甲州から来た人が口々に申して居りまする』
『やれ早や、年寄りの巡礼が、無惨な事じやて』
『それにしても、此の沢井村界隈に限つて、強盗もなければ、辻斬もない、これはつまり沢井道場の余徳《よとく》でござらうがな』
『沢井道場の余徳と申して、貴公等《きこうら》は其の数に入り申さぬ、此の青柳と若先生の名に怖《お》ぢて、悪者共が寄り附かぬわ』
『貴公に寄りつかぬは悪者ばかりでない若い女、優しい若衆、皆んな面《かほ》を見て逃げ出すわ』
沢井道場でこんな噂をして居るのは、前段大菩薩峠の辻斬の翌々日の事でした、

七

『冗戯は措き、道具なしの一本勝負参らうか、斎藤氏《さいとううぢ》』
青柳が誘ひをかけると、斎藤も立ち上がつて
『心得たり、若先生の型を一つ行かう』
素面素籠手で、竹刀を取り上げ、二人は道場の真中に、突立ちます、
『沢井道場名代《なだい》の音《おと》なしの勝負』
誰やらが口上口調で呼び上げる、余の者は、片唾《かたづ》を飲んで二人

が勝負をながめて居る中に、一礼して左右に別れ、席の順は青柳が上で、互《たがひ》に竹刀を青眼につけて、気合を計ります

『沢井道場音なしの勝負』といふは、此処の若先生即ち机龍之助が一流の剣術ぶりを、其の頃剣客仲間の呼びならはしでありました、竹刀にあれ、木刀にあれ、一足一刀の青眼に構たまゝ、我が刀に敵手《あひて》の刀を些とも触らせず、二寸三寸と離れて、敵の出る頭、出る頭を打ち或は突く、自流でも他流でも、強敵でも弱敵でも、龍之助が相手に向う筆法はいつも之で、一試合の中一度も竹刀の音を立てさせない事もある、机龍之助が音なしの太刀先に向つては、何れの剣客も手古摺《てこず》らぬはない、龍之助はこれによつて負けたことは一たびもないのであります

その型を、今二人は熱心にやつて居る、離れて睨み合うばかり、とんと竹刀の音をさせずお互に出る頭をのみ覗つてゐましたが、斎藤の方がまづ、もどかしくなつて、籠手《こて》を望んで打ち込む処を、得たりと青柳は竹刀を斎藤の頭に乗せました

この勝負、青柳勝ち、斎藤負けで、矢張腕前相当の成績でありましたから、お互に笑うて竹刀を引き、斎藤はまた浸む汗を拭きながら

『音なしの勝負は、二倍も根がつかれる若先生の太刀先に此れほど立つたら平伏《へたば》つてしまはう、併し青柳氏《うぢ》には豪《えら》い御上達じや』

折柄、道場の入口とは斜に向つた玄関のところで

『頼む』

中では返事がない

『頼みませう』

まだ誰も返答をする者がないので、門弟連は此方から無遠慮に首を突き出して見ると、仲間《ちうげん》らしいお伴を一人つれて、美事《みごと》に装うた若い婦人の影が、植込の間からちらりと見えましたので

『やあ、お客は美しい女子《をなご》であるげな』

『頼みませう』

またも音なう声に答ふる返事がないので斎藤は

『拙者が応待して参らう』

道場から母屋へつゞいた廊下をスタ〳〵と稽古衣に袴の儘で出て行くと

『斎藤さん、若い女子のお客と見たら、臆面なしに応待にお出かけなすつた』

皆々笑つて居ると、玄関の方で

『ドーレ』と、例の斎藤の太い声、やゝあつて女の優しい声で

『あの手前は和田の宇津木《うづき》文之丞《ぶんのじよう》が妹にござりまする、龍之助様に折入つてお目通りを願ひたう存じまして』

八

『ハ、左様でござるか』

姿は見えないけれど、斎藤がしやちよこばつた様子が手にとるやうです、

『お取次を願ひたう………』

『ハツその若先生はな……』

いよ〳〵斎藤は四角張つて『只今御不在でござるで』

『龍之助様はお留守』

女はハタと当惑したやうな声で、

『左様ならば何時《いつ》頃お帰りでござりませうか』

『さればさ、当家《うち》の若先生の事でござるから、何時《いつ》帰ると、お請合《うけあひ》も致し兼ぬるで』

『遅くとも今宵はお帰でござりませう』

『それがその、今申《いままを》す通り、何時帰るとお請合を致し兼ねるで、次第によりては拙者共御用向を伺ひ置きまして』

『それは困りましたこと、直々にお目通を願ひませねば申上《まをしあ》げられぬ用向ありまして』

斎藤と来客の若い婦人との問答を、道場の連中は、よい御苦労様に、竹刀も道具も其方《そつち》のけにして洩れ聞いては面白がつて居ましたが、

『さて、お安くないぞ、若先生に直談判といふて女子が乗込んで来た、前代未聞の道場荒しじや』

『その女子の素性といふは何者であらうそれが詮議者じやて』

『最前のお名乗では和田の宇津木さまのお妹御とやら聞へましたがなあ』

『和田の宇津木の妹、はて拙者も宇津木の道場に暫らく足を留めたが、妹といふものをついぞ見た事はないが』

『見届けて参りませうか』

例の平太郎は腰を立てゝ斥候《ものみ》の役を承はらうとすると、

『賛成々々、裏口から廻つて密《そつ》と見て参られい』

益《ます》〳〵御苦労様な話で、右の男が草履《ざうり》を突掛けて裏口へ廻ると間もなく、あたふたと馳せ戻つて、

『見届けて参りました、確に見届けて参りました』

息を切つての御注進です、

『どの様な女子じや』

『宇津木の妹に相違ないか』

『違います〳〵、宇津木は宇津木に違ひありませんが、あれは文之丞様のお妹御ではなくて、奥様でござりまする、然も評判の美人で……』

『なに、宇津木の細君か』

『はい、まだ内縁でござりまして、甲州の八幡村から、つい此の間お越しのお方発明《はつめい》で美人で、里がお金持で評判もの、私は八幡に居りました時分から、篤とお見かけ申しました、正に違いはござりませぬ』

『文之丞の細君が、ナゼに妹と名乗つて、当家《とうけ》の若先生を訪ねて来たか、それが解けぬわい』

余計な詮索と余計な心配をして居る時、

『あ、若先生のお帰り！』

と見れば門をサツ〳〵と歩み入る人は、思ひきや、一昨日大菩薩の上で、巡礼を斬つた武士、——然も其の時の扮装《いでたち》の儘で。

九

龍之助の前には、宇津木の妹といふ、島田に振袖を着て、緋縮《ひぢり》緬《めん》の間着《あひぎ》、鶸色繻子《ひわいろじゆす》の帯、引締まつた着こなしで、年は十八九の、やゝ才気ばしつた美人が、しほらしげに坐つて居ます、

『お浜どのとやら、御用の筋は』

龍之助の問ひかけたのを待つて、

『今日、兄をさし置き、折入つてお願ひに上りましたは――』

歳にませた口上《こうじやう》ぶりで、

『外《ほか》でもござりませぬ、五日の日の御嶽山《みたけさん》の大試合につきまして』

龍之助は頷いて、女の言葉の切目を補ひ、

『只今、立ち帰り組状披《ひら》き見れば、思ひきや某《それがし》が相手は和女《そなた》様が兄君、文之丞殿と承知致した』

龍之助は長い奉書の紙を机の上から取り上げて、拡げながら斯ういふと、女は、

『その儀につきまして兄は悉く心を痛め、食も喉へ通らず、夜も眠られぬ有様、妹として見るに忍びませぬ故』

『大事の試合なれば、そのお心づかひも、御尤《ごもつと》もに存じ申す、某とても油断なく』

素気なき答へ方であるので、女は直ぐに言葉をついで、

『いえ〱、兄は到底、貴方《あなた》様の敵ではござりませぬ、同じ逸《へん》見《み》の道場で腕を磨いたとは申せ、龍之助殿と我等とは段違ひと、常々兄も申して居りまする、人もあらうに其の貴方様に晴れのお相手とは何たること、兄の身が不憫でなりませぬ』

『これは逸《はや》まつたお言葉、逸見先生の道場にて、我等の如きは破門同様の身の上なれど、文之丞殿は師の覚えめでたく甲源一刀流の正統は此の人に伝はるべしとさへ望みをかけらるゝに』

『人は何と申しませうとも、兄は貴方様の太刀先《たちさき》に刃向ふ腕はないと、この様に申し切つて居りまする』

『それは御謙遜でござらう』

龍之助は木彫の像を置いたやうに、キチンと坐つて、受け答への間にも面《かほ》の筋一つ動かさず、色は例の通り蒼白い位で、一口物を云つては直《すぐ》に唇を固く結んでしまひます、女は漸く躍起となるやうな調子で、頬にも紅がさし、眼も少しかゞやいて来たが、それにしても天性か知らん、何となく思はせぶりな、

『若《も》しも此の度の試合に恥辱を取りますれば、兄の身は元より、宇津木一家は破滅になりまする、こゝを汲みわけて、今年限り兄が身をお立て下さるやう、貴方様のお情に縋りたく、これまで推参致しました、何卒《なにとぞ》兄の身をお立て下されまして』

女は、涙をハラリと落して、龍之助の前にガツクリと、結立ての髪を揺がしての嘆願です、

龍之助は眼を落して、しばらく女の姿を瞶《みつ》めて居ましたが、

『これはまた大業《おほけふ》な、試合は真剣の争ひにあらず、勝負は時の運なれば、勝つたりとて負けたりとて恥辱を申すこともござるまい、況して一家の破滅なぞとは合点なり難き』

冷やかな返事です、

十

女が再び面《おもて》をあげた時、涙に輝いた眼と、情に熱《ほて》つた頬とは、一方《ひとかた》ならぬ色香を添えつ、

『何も彼も打ち明けて申上《まをし》げますれば、兄はこの度の試合済み次第にある藩中へ指南役に召抱へらるゝ約束定まり、なほ其時に執り行ふつもりにて婚礼の用意も荒まし整ひ居りまするやうなわけにて』

『それは重ね〳〵慶《めで》たき事、左様ならば尚以って試合に充分の腕をお示しあらば、出世の為にも縁談にも此上なき誉《ほまれ》を添ゆる次第ではござらぬか』

『それが折悪く……いや時も時とて貴方様のお相手に割当られ、勝たう望みは絶え果て、逃げやうは尚以て面目立ちませぬ、たゞ願ふ処は貴方様のお慈悲、武士の情にて、次の試合まで勝負をお預かり置き下さらば生々《しやう〴〵》の御恩に存じまする、兄の為、宇津木一家の為に、差出がましくも折入つての、お願ひにござりまする』

この女の言ふことが誠《まこと》ならば、いぢらしい処があります、いぢらしい処があるどころではなく、兄の為、家の為を思ふて、女の一心で此まで説きに来たものとあれば、其の心根に対しても、武士道の情とやらで、花を持たして帰すべき筈の龍之助の立場でありませう、処《ところ》が蒼白い面《かほ》がいよ〳〵蒼白く見えるばかりで、

『お浜どのとやら、和女《そなた》様を文之丞殿お妹御と知るは今日が始めてながら、兄を思ひ、家を思ふ御心底、感じ入りました、なれども、武道の試合はそれとは格別』

格別！　と言い切つて、口をまた固く結んだ、その余音《よいん》が、何物を以ても動かせない強さに響きましたので、今更に女は狼狽《らうばい》して、

『左様ならば、あのお聞入れは……』

声も撥むのを龍之助は物の数ともせぬらしく、

『剣を取つて向ふ時は、親もなく子もなく弟子も師匠もない、熟魂《じゆくこん》の友達とて、試合とあらば不倶戴天《ふぐたいてん》の敵《かたき》と心得て立合ふ、それが此の龍之助の武道の覚悟でござる』

龍之助は斯ういふ一刻なことを平気で言つて退ける、これは今日に限つた事ではない、常々此の覚悟で、稽古もし試合もして居るのですから、龍之助に取つては当然《あたりまへ》の言葉を当然《あたりまへ》に言ひ出したに過ぎないが、女は戦慄するほどに怖れたので、

『それは余りお強い、人情知らずと申すもので……』

涙をたゝへた、怨みの眼に、凝つとお浜は龍之助の面《おもて》を見やります、龍之助の細い底に白い光のある眼と、打《ぶ》つかつた時に、蒼白かつた龍之助の顔にパツと一沫の血が通うと見えましたが、それも束の間で、元の通り蒼白い色に戻ると、膝を少し押し進めて、

『これお浜どの、人情知らずとは近頃意外の御一言《ごん》、物に譬ふれば我等が武術の道は女の操《みさを》と同じこと、たとへ親兄弟の為な

りとて操を破るは女の道でござるまい、如何なる人の頼みを受くるとも勝負を譲るは武術の道に欠けたる事』
『それとても、親兄弟の生命に関はる時には………』
『その時には女の操を破つてもよいと云はるゝか』

（「都新聞」大正2年9月12日〜21日）

范の犯罪

志賀直哉

范《はん》といふ若い支那人の奇術師が演藝中に出刃庖丁程のナイフで其の妻の頸動脈を切断したといふ不意な出来事が起つた。若い妻は其場で死むで了つた。范は直ぐ捕えられた。

現場は座長も、助手の支那人も、口上云ひも、尚三百人余りの観客も見てゐた。観客席の端に一段高く、椅子をかまへて一人の巡査も見てゐたのである。所が此事件はこれ程大勢の視線の中心に行はれた事でありながら、それが故意の業か過ちの出来事かゞ全く解からなくなつて了つた。

その演藝は戸板位の厚い板の前に女を立たせて置いて二間程離れた所から出刃程の大きなナイフを掛け声と共に一寸五分とは離れない距離にからだに輪廓をとるやうに何本も何本も打ち込むで行く、さういふ藝である。

裁判官は座長に質問した。

「あの演藝は全体非常に六ケしいものか？」

「いゝえ。熟練の出来た者にとつてはあれは左程六ケしい藝ではありません。只、あれを演ずるにはいつも健全な而して緊張した気分を持つて居なければならないと云ふ事はあります」

「そんなら今度のやうな出来事は過失としてもあり得ない出来事なのだな」

「勿論左ういふ仮定――左ういふ極く確かな仮定がなければ許して置ける演藝ではムいません」

「では、お前は今度の出来事は故意の業と思つてゐるのだな?」

「いや、左うぢやあ有りません。何故なら、何しろ二間といふ距離を置いて、単に熟練と或る直覚的な能力を利用してする藝ですもの、機械でする仕事のやうに必ず正確に行くとは断言出来ません。あゝ云ふ過りが起らない迄では私共はそんな事はあり得ないと考へてゐたのは事実です。然し今此所に実際起つた場合、私共は兼てかう考へてゐたといふ、其考へを持出して、それを批判する事は許されてゐないと思ひます。」

「全体お前は何方《どっち》だと考へるのだ」

「つまり私には解りませんのです」

　裁判官は弱つた。此所に殺人といふ事実はある。然しそれが故殺或は謀殺（謀殺とすればこれ程巧みな謀殺はないと裁判官は考へた）だといふ証拠は全くない。裁判官は次に范が此一座に加はる前から附いてゐた助手の支那人を呼んで質問を始めた。

「ふだんの素行はどういふ風だつた」

「素行は正しい男でムいます。バクチも女遊びも飲酒も致しませんでした。それにあの男は昨年あたりからキリスト教を信じるやうになりまして、英語も達者ですし、暇があるとよく説教集などを読むで居るやうでした」

「妻の素行は?」

「これも正しい方でムいました。御承知の通り旅藝人といふものは決して風儀のいゝ者ばかりではありません。他人の妻を連れて逃げて了ふ、左ういふ人間も時々はある位で、范の妻も小柄な美しい女で、さういふ誘惑も時には受けてゐたやうでしたが、それらの相手になるやうな事は決してありませんでした」

「二人の性質は?」

「二人共に他人には極く柔和で親切で、又二人共に他人に対しては克己心も強く、決して怒るやうな事はありませんでした。が、（此所で支那人は言葉を断つた。而して一寸考へて、又続けた）――此事を申上げるのは范の為めに不利益になりさうで心配でもありますが、正直に申上げれば、不思議な事に他人に対してはそれ程に柔和で親切で克己心の強い二人が、二人だけの関係になると何故か驚く程お互に惨酷になる事でムいます。」

「何故だらう?」

「解りません。」

「お前の知つてる最初から左うだつたのか?」

「いゝえ、二年程前妻が産を致しました。赤子は早産だといふ事で三日ばかりで死にましたが、其頃から二人は段々に仲が悪くなつて行くのが私共にも知れました。二人は時々極く下らない問題から烈しい口論を起こします。左ういふ時、范は直ぐ蒼い顔になつて了ひます。然しあの男はどんな場合にも、結局は自分の方で黙つて了つて、決して妻に対して手荒な行ひなどをする事はムいません。尤もあの男の信仰もこれを許さないからでせうが、顔を見るとどうしても、押さえきれない怒りが、凄い程に現はれてゐる事もムいます。私は或時それ程不和なものをいつまでも一緒にゐなくてもいゝだらう、と云つた事がムいます。然し范は妻には離婚を要求すべき理由があつても、此方にはそれを要求する理由はないと答へました。范は何所までも自分の我儘にしてゐました。どうしても妻を愛する事が出来ない。自分に愛されない妻が、段々に自分を愛さなくなる、それは当然な事だ。こんな事もいつてゐました。あの男がバイブルや説教集を読むやうになつた動機もそれで、どうかして自分の心を和らげて、憎むべき理由もない妻を憎むといふ、寧ろ乱暴な自分の心をため直して了はうと考へてゐたやうでした。妻も又実際可哀さうな女なのです。范と一緒になつてから三年近かく旅藝人として彼方此方と廻はり歩いてゐますが、故郷の兄といふのが放蕩者で家はもうつぶれて無いのです。仮りに范と別れて帰つた所が、四年も旅を廻はつて来た女を信用して結婚する男もないでせうし、不和でも范と一緒にゐるより外なかつたのだと思ひます。」

「で、全体お前はあの出来事についてはどう思ふ」

「過りで仕た事か、故意で仕た事かと仰有るのですか？」

「左うだ」

「私も実はあの時以来色々と考へて見ました。所が考へれば考へる程段々解らなくなつて了ひました。」

「何故？」

「何故か知りません。事実左うなるのです。恐らく誰でも左うなるだらうと思ひます。口上云ひの男に訊いて見た所が、此男ももう解らないと申しました」

「では出来事のあつた瞬間には何方とか思つたのか？」

「思ひました。（殺したな、）と思ひました。」

「左うか」

「所が口上云ひの男は（失策《しま》つた）と思つたのださうです。」

「左うか。――――然しそれは其男が二人の平常の関係を余り知らない所から単純に左う思つたのではないかネ」

「左うかも知れませんが、私が（殺したな）と思つたのも、同様に二人の平常の関係をよく知つてる所から、単純に左う思つたのかも知れないと、後では考へられるのです」

「其時の范の様子はどうだつた。」

「范は（あつ）と声を出しました。それで私も気がついた位で、見ると女の首からは血がどつと溢れました。それでも一寸の間は立つてゐましたが、ガクリと膝を折ると、さゝつたナイフで一寸身体がつられ、其ナイフが抜けると一緒にくづれるやうに女のからだは前へのめつて了ひました。その間誰れもどうする事も出来ません。只堅くなつて見てゐるばかりでした。で、確かな事は申されません。何故なら私には其時范の様子を見る程余裕がなかつたからですが、然し范も其数秒間は恐らく私達と同じだつたらうと思はれます。その後で私には（とう〳〵殺したな）といふ考へが浮むだのです。が、其時は范は真蒼になつて眼を閉ぢて立つてゐました。幕を閉めて、女を起して見るともう死むでゐました。范は興奮から恐しい顔をして（どうしてこんな過ちをしたらう）といつてゐました。而して其所に跪いて長い事黙祈をしました。」

「あわてた様子はなかつたか？」

「少しあわてた様子でした」

「よろしい。訊ねる事があつたら又呼び出す」

裁判官は助手の支那人を下げると、最後に本人を其所へ連れて来さした。范は引きしまつた蒼い顔をした、賢こうさうな男だつた。一眼で烈しい神経衰弱にかゝつてゐる事が裁判官に解つた。而して「今、座長と助手とを調べたから、それから先を訊くぞ」と范が席に着くと直ぐいつた。范は首肯いた。

「お前は妻をこれまで少しも愛した事はないのか？」

「結婚した日から赤子を生む時までは心から私は妻を愛して居りました」

「どうして、それが不和になつたのだ」

「妻の生むだ赤子が私の児でない事を知つたからです。」

「お前はその相手の男を知つてゐるか？」

「想像してゐます。それは妻の従兄です」

「お前の知つて居る男か？」

「親しかつた友達です。其男が二人の結婚を云ひ出したのです。其男から私は勧められたのです」

「お前の所へ来る前の関係だらうな？」

「勿論左うです。赤児は私の所へ来て八月目に生れたのです。」

「早産だと助手の男は云つてゐたが…………？」

「左う私が云つてきかしたからです」

「赤子は直ぐ死んだと云ふな？」

「死にました」

「何んで死んだのだ」

「乳房で息を止められたのです」

「妻はそれを故意でしたのではなかつたのか？」

「過ちからだと自身は申して居りました」

裁判官は口をつぐむでジツと范の顔を見た。范は顔を挙げたまゝ伏目をして、次の問を待つてゐる。裁判官は口を開いた。

「妻はその関係に就いてお前に打明けたか？」

「打明けません。私も訊かうとしませんでした。而してその赤子の死が総てのつぐなひのやうにも思はれたので、私は自身出来るだけ寛大にならなければならぬと思つてゐました」

「所が、結局寛大になれなかつたといふのか」

「さうです。赤児の死だけではつぐないきれない感情が残りました。離れて考へる時には割りに寛大でゐられるのです。所が、妻が眼の前に出て来る。何かする。そのからだを見てゐると、急に圧さへしきれない不快を感ずるのです」

「お前は離婚しやうとは思はなかつたか？」

「したいとはよく思ひました。然し嘗つてそれを口に出した事はありませんでした。」

「何故だ」

「私が弱かつたからです。妻は若し私から離婚されゝば、生きてはゐないと申してゐましたからです」

「妻はお前を愛してゐたか？」

「愛してはゐません。」

「何故《なぜ》そんな、そんな事をいつてゐたのだ」

「一つは生きて行く必要からだつたと考へます。実家は兄がつぶして了ひましたし、旅藝人の妻だつた女を貰ふ真面目な男のない事も知つてゐたからです。又働くにしては足が小さくて駄目だといふ事もあつたからです」

「二人の肉体の上の関係は？」

「多分普通の夫婦と、それ程は変らなかつたと思ひます」

「妻はお前に対して別に同情もしてゐなかつたのか？」

「同情してゐたとは考へられません。――妻にとつても同棲してゐる事は非常な苦痛でなければならぬと思ふのです。然し其苦痛を堪え忍ぶ我慢強さは迚も男では考へられない程でした。妻は私の生活が段々と壊づされて行くのを残酷な眼つきで只見てゐました。私が自分を救はう――自分の本統の生活に入らうともがき苦しむでゐるのを、押し合ふやうな少しも隙も見せない心持で、しかも冷然と側から眺めてゐるのです。」

「お前は何故、それに対して積極的な思ひ切つた態度を取れなかつたのだ」

「色々な事を考へるからです」

「色々な事とはどんな事だ」

「自分が誤りのない行為をしやうといふ事を考へるのです――然しその考へはいつも結局何の解決もつけては呉れません」

「お前は妻を殺さうと考へた事はなかつたか？」

范は答へなかつた。裁判官は同じ言葉を繰返えした。それでも范は直ぐは答へなかつた。而して、

「其前に死ねばいゝとよく思ひました」と答へた。

「そんなら若し法律が許したらお前は妻を殺したかも知れないな？」

「私は法律を恐れてそんな事を思つてゐたのではありません。私が只弱かつたからです。弱い癖に本統の生活に生きたいといふ慾望が強かつたからです。」

「而して、其後にお前は妻を殺さうと考へたのか？」

「決心はしませんでした。然し考へました。」

「それはあの出来事のどれ程前の事か」

「前晩です。或はその明け方です」

「其前に争ひでもしたか？」

「しました。」

「何の事で？」

「話し仕なくてもいゝ程下らない事です」

「まあ、云つて見ないか」

「――食ひ物の事でゞす。腹が空いてゐると私は疳癪持ちになる性《たち》なのです。で、其時妻が食事の支度をするのにグヅ〳〵してゐたので腹を立てたのです」

「いつもより、それが烈しかつたのか？」

「いゝえ。然しいつになく後まで興奮してゐました。私は近頃自分に本統の生活がないといふ事を堪まらなく焦々して居た時だつたからです。床へ入つてもどうしても眠れません。興奮した色々な考へが浮むで来ます。私は私が右顧左顧、始終キヨト〳〵と、欲する事も思ひ切つて欲し得ず。イヤで〳〵ならないものをも思ひ切つてハネ退けて了へない、中ブラリンな、ウヂ〳〵とした此生活が総て妻との関係から出て来るのだといふ気がして来たのです。自分の未来にはもう何んの光りも見えない。自分にはそれを求める欲望は燃えてゐる。燃えてゐないまでも燃え立たうとしてゐる。それを燃えさせないものは妻との関係なのだ。しかもその火は全く消えもしない。プス〳〵と醜くイブツてゐる。その不快と苦みで自分は今中毒しやうとしてゐるのだ。中毒しきつた時は自分はもう死んで了ふのだ。生きながら死人になるのだ。自分は左ういふ所に立つてゐるに尚、それを忍ばうといふ努力をしてゐるのだ。而して一方で死んでくれゝばいゝ、そんなきたない、イヤな考へを繰返えしてゐるんだ。其位なら何故殺して了はないのだ。殺した結果がどうならうとそれは今の問題ではない。牢屋へ入れられるかも知れない。しかも牢屋の生活は今の生活よりどの位いゝか知れはしない。其時は其時だ。其時に起る事は其時にどうにでも破つて了へばいゝのだ。破つても破つても破りきれないかも知れない。然し死ぬまで破らうとすればそれが俺の本統の生活といふものになるのだ。――私は側に妻のゐる事を殆ど忘れてゐました。私は漸く疲れて来ました。ボンヤリして来ました。疲れても眠むれる性質の疲労ではなかつたのです。張りきつた気がゆるむで来るに従つて、人を殺すといふやうな考への影が段々にボヤケて来たのです。私は悪夢におそはれた後のやうな淋しい心持になつて来ました。一方ではあれ程に思ひつめた気が一ト晩の間にかうも細々《ほそぼそ》しくなつて了ふ自身の弱い心を悲しみもしたのです。――而してとう〳〵夜が明けました。想ふに妻も眠つてゐなかつたらしいのです。」

「起きてからは、二人は平常と変らなかつたか？」

「二人は互に全く口をきかずにゐました。」

「お前は何故《なぜ》、妻から逃げて了はうとは思はなかつたらう？」

「貴方は私の望む結果からいへば、それで同じ事だらうと仰有るのですか？」

「左うだ」

「私にとつては大変な相違です」

范はかういふと、裁判官の顔を見て黙つて了つた。裁判官は和らいだ顔つきをして只首肯いて見せた。

「――然しかういふ事を考へたといふ事と、実際殺してやらうと思ふ事との間には未だ大きな堀が残つてゐたのです。其日は朝から私は何んとなく興奮してゐました。からだの疲労から来る、イヤに弾力のない神経の鋭さがあります。私はヂツとしてゐられないやうな心持から朝から外へ出て人のゐないやうな所をブラ〳〵と歩いてゐました。私は兎も角どうかしなければならないといふ事を繰返し〳〵考へてゐました。然し前晩のやうに殺さうといふ考へはもう浮べはしなかつたのです。又其日の演藝についても私は何の心配もしてはゐなかつたのです。若しその事を多少でも私が想ひ浮べたとしたら、多分あの藝は撰ばなかつたと思ひます。私共のする藝は未だ他に幾らもあつたからです。其晩いよ〳〵私共の舞台へ出る番が来た。其時すら私は未だそんな事は考へませんでした。私はいつものやうに、ナイフの切れる事を客へ見せる為めに紙をきつたり、舞台へそれを突き立てたりして見せました。間もなく厚化粧をした妻がハデな支那の女服《をんなふく》を着て出て来ました。其様子は常と全く変つてはゐません。愛嬌のある笑を見せて客に挨拶をすると厚板の前へ行つて直立しました。私も一本のナイフを下げて或る距離から妻と真向きに立ちました。前晩から初めて其時に二人は眼を見合はせたのです。其時に漸く私は今日此演藝を撰むだ事の危険を感じたのです。私は出来るだけ緊張した気分でしなければあぶないと思ひました。今日の上《うは》づつた興奮と弱々しく鋭くなつた神経とを出来るだけ静めなければならぬと思つたのです。然し心《しん》まで食ひ込むでゐる疲労はいくら落ちつかうとしてもそれを許しません。其時から私は何んとなく自分の腕が信じられない気がして来たのです。私は一寸眼をねむつて心を静めやうと試みました。するとフラ〳〵と体のユレるのを感じました。時は来ました。私は先づ最初に頭の上へ一本打ち込みました。ナイフはいつもより一寸も上へ行つてさゝりました。次に左右の胴の側へ打ちました。ナイフが指の先を離れる時に何かベタツクやうなコダワツタものが一寸入ります。私にはもう何所へナイフがさゝるか解からなくなりました。一本毎に私は（よかつた）といふ気がします。私は落ちつかう〳〵と思ひました。然しそれは反つて意識的になる事から来る不自由さを腕に感ぜしめるばかりです。頸の左側へ一本打ちました。次に右側へ打たうとすると、妻が急に不思議な表情をしました。発作的の烈しい恐怖を感じたらしいのです。妻はそのナイフが其儘に飛むで来て自分の頸へさゝる事を予感したのでせうか？それはどうか私は知りません、私は只その恐怖の烈しい表情の自分の心にも同じ強さで反射したのを感じたゞけでした。私は眼まいがしたやうな気がしました。が、其まゝ力まかせに、殆ど暗闇を眼がけるやうに的もなく手のナイフを打ち込むで了つたのです

「…………！」裁判官は黙つてゐた。范は又続けた。

「…………」

「とう〳〵殺したと思ひました。」

「それはどういふのだ。故意でしたといふ意味か？」

「さうです。故意でした事のやうな気が不意にしたのです」

「お前はその後で、死骸の側に跪いて黙祈をしたさうだな？」

「それは其時不図湧いたズルイ手段だつたのです。皆は私が真面目にキリスト教を信じてゐると思つてゐる事を知つてゐましたから、祈る風をしながら私は此場に処すべき自分の態度を決めやうと考へたのです」

「お前は何所までも自分のした事が故意であると思つてゐたのだナ？」

「さうです。而して直ぐこれは過殺と見せかける事が出来ると思つたのです」

「然し全体何がお前にそれを故殺と思はしたのだらう？」

「私の度を失つた心です」

「而してお前は巧みに人々を欺き終ふせたと思つたのだな？」

「私は後で考へてゾツとしました。私は出来るだけ自然に驚きもし、多少あわてもし、又悲しむでも見せたのですが、若し一人でも感じの鋭い人が其所にゐたら勿論私のワザとらしい様子は気づかずには置かなかつたと思ひます。私は後で考へて、其時の自分の様子を思ひ浮べると本統に冷汗を流しました。


――私は其晩どうしても自分は無罪にならなければならぬと決心しました。第一に此兇行には何一つ客観的な証拠のないといふ事が非常に心丈夫に感ぜられました。勿論皆は二人の平常の不和は知つてゐる。だから、私は故殺と疑はれる事は仕方がない。然し自分が何所までも過失だと我を張つて了へばそれ迄だ。平常の不和は人々に推察はさすかも知れないが、それが証拠となる事はあるまい。結局自分は証拠不充分で無罪になると思つたのです。其所で私は静かに出来事を心に繰返しながら、出来るだけ自然にそれが過失だと思へるやう、申立ての下拵へを腹でして見たのです。其内に何故、あれが故殺と自分で思つたらう？、かういふ疑問が起つて来たのです。前晩殺すといふ事を考へた、それだけが果して、あれを故殺と自分でも決める理由になるだらうか、と思つたのです。段々に自分ながら全く解らなくなつて了ひました。私は急に興奮して来ました。まうヂツとしてゐられない程興奮して来たのです。愉快で〳〵ならなくなりました。何か大きな声で叫びたいやうな慾望が起つて来ました。」

「お前は自分でも過失だつたと思へるやうになつたといふのか？」

「いゝえ、左うは未だ思へません。只全く自分でも何方《どつち》か解らなくなつたからです。私はもう何も彼も正直に云つて、それで無罪になれると思つたからです。只今の私にとつては無罪にならうといふのが総てです。その目的の為めには、自分を欺いて、過失と我を張るよりは、何方か解らないといつても、自分に正直でゐられる事の方が遥かに強いと考へたからなのです。私はもう過失だとは決して断言しません。そのかわり、故意の仕業だと申す事も決してありません。私にはもうどんな場合にも自白といふ事はありません」

　范は云ふだけ云つて了つたといふやうに黙つて了つた。裁判官も少時黙つてゐた。而して独言のやうに。

「大体に於てウソはなさゝうだ」といつた。

「左うです。若しあれば口で云へない事を無理に言葉にした所にある位のものでせう。又若し自然に出来る誇張があつたとしても、貴方はそれだけは差引いて聴いて下さつた事と思ひます」

「所でお前には妻の死を悲しむ心は少しもないか？」

「全くありません。私はこれまで妻に対してどんな烈しい憎みを感じた場合にも、これ程快活な心持で妻の死を話し得る自分を想像した事はありません」

「もうよろしい。引き下がつてよし」と裁判官が云つた。范は少し頭を下げるとシツカリした足どりで此室を出て行つた。

　裁判官は何かしれぬ興奮の自身に湧上るのを感じた。

　彼は直ぐペンを取上げた。而して其場で「無罪」といふ判決書を作つた、彼はそれに自分の印を押すと、興奮から少し赤い顔をして、而して何かつぶやきながら、矢張りシツカリした足どりで此室を出て行つた。


（九月廿四日）

（「白樺」大正2年10月号）

熊か人間か

岩野泡鳴

『お竹《たけ》、お竹《たけ》！』

　民蔵は磯の香《か》がする寝《ね》どこを抜けて出《で》た女房に向つて、優しみを帯びた然し底力《そこぢから》のある声をかけ、自分も飛び出した。二人とも昼も夜も同じ筒袖の綿入れを着てゐる。そしてかの女《ぢよ》が下駄をひッかけて外へ出ようとするに追ひすがり、押しつけるやうに、『なぜそんなに逃げるのでい』と云つて、かの女《ぢよ》の太くはち切れさうな手を取《と》つて引ッ張《ば》つた。が、その大きなからだはがんとして巌《いはほ》のやうに動かなかつた。

　くすぶつたランプの光に、民蔵の眼も燃えてゐるのが見える。これを見たお竹はからだにも似合はない優しい見《み》えをして、

『でも、不断《ふだん》とは違つたからだぢやアねえか、ね？』

『旦那《だんな》のだらう？』

『また、そんなこと！』

『ぢやア、来《こ》い』と、にらみつけて、再び片手でぐいと引ッ張つたが、同じやうにその力《ちから》がこたへなかつた。改めて両手をか

けようとした時、

『こんなに気分が悪いのに』と云ふ顫え声と共に、つツ離《ばな》されて、一間《けん》ばかり砂土間《すなどま》をよろめいて、壁代用《かべだいよう》の板囲《いたがこ》ひにどんとぶつかつた。小柄《こがら》だが、これも巌丈《がんぢやう》な男のぶつかつた勢ひで、その囲ひ板の外《そと》からざッとうちつけた釘《くぎ》がゆるんで、その板のうちの一枚の末が外《そと》の方《はう》へはじけ出《で》た。渠《かれ》はそこへ丁度はさまつて尻餅《しりもち》をついたのであつたが、待ち受けてゐたやうに吹き込む樺太《からふと》海岸の寒い空気には気が付かなかつたほど怒《いか》りに熱してゐた。

『畜生！　この尼《あま》！』かう叫んで立ちあがるが早いか、そばに積《つ》んである干《ほ》し蟹《がに》を一つ両手《りようて》に取《と》つて投げつけた。まだよく乾《かは》いてゐない蟹は両《りよう》わきの足を全体にひらいて、六尺四方《はう》もあるおほ蜘蛛《くも》か何《なん》かのやうに飛びかかつたが、お竹はこれをそらしてしまつた。そして口《くち》をとんがらかせて、

『旦那に知れたら、おこられるぢやアねいか？』

『なに、くそ！』今一つうまく投げたと渠は思つたが、かの女《ぢよ》はこれを片手ではねのけた。その拍子《へうし》にばりりと甲良《かうら》が砕《くだ》けた音《おと》を聴いて、かの女はなほ訴へるやうに、

『そんなことをして、さ！』

『かまうもんけい！』また一つ投げて置いて、渠は鉄《てつ》の蒸籠《せいろう》のかさなつてゐるそばの、出歯庖丁《でばぼうてう》が五六個集つてるところへ急《いそ》いだ。

お竹は心で『またか』とふるへ上《あが》つて、手ばやく入り口の輪かぎをはづし、戸をあけて外《そと》へ飛び出した。

民蔵もそれを追ツかけて行つたが、手に持《も》つた庖丁の刃《は》よりも鋭い月の光が、砂地《すなぢ》にひねこびて生えた灌木《くわんぼく》の間を照らしてゐる。そしてその光までがからツ風《かぜ》となつて吹きまくつてゐるのかと思はれた。


蟹の鑵詰《くわんづ》めを製造するかたはら試みに干《ほ》し蟹をやつて見ようと云ふ林田旦那《はやしだだんな》の考へに従ひ、蟹を干《ほ》し初めたのは、つい、三四日前からのことだ。ところが、きのふの晩、どこからか山のおやぢ（熊《くま》）が出て来て、この小い製造場のまわりをうろつき、外《そと》に干《ほ》して置いた蟹をみんな喰つてしまつた。

技師の林田旦那でも、資本主《ぬし》の代理で来てゐる勇《ゆう》さんでも、その他の手つだひ人《にん》でも、すべてけさになつて、これを聴いただけでさへふるえあがつたのだもの！　うすツぺらな板一枚の囲ひで、仮製造場の家《いへ》と云ふ家《いへ》でもない中《なか》で、実際に、人間の赤ん坊じみた啼《な》き声とぼり〳〵蟹を甲良《かうら》ごと喰ふ音《おと》とを聴いてゐた時の怖《おそ》ろしさ！息《いき》を殺して二人《ふたり》でひや汗をかいてゐた。外《そと》の喰《く》ひ物が尽きても、なほ夜明《よあ》けに近づかなかつたら、熊は人間のにほひをかぎ付けて、強盗のやうに戸を破つて這入《はい》つて来たのかも知れない。

互ひに胸の動悸の烈しくなつてゐるのをおぼえながら、互ひに物が云へなかつた。

『夜が明けてるぢやァねいか』と云つて、お竹が頸《くび》をそらせて

手をゆるめた時は、生《い》き返《かへ》つたやうな嬉しさではね起きた。そして戸をあけると、海上から襲つて来てゐるガスの為めに、周囲は殆ど全く見えないが、板囲ひの根もとに列べてあつた干《ほ》し蟹が全く無くなつてゐるばかりでなく、生蟹《なまがに》のむき殻《がら》のやがて焼かれて肥料灰《ひりようばい》になるのまでが随分目に立つほど減《へ》つてゐた。

『みな喰《く》つて行《い》きやアがつたぞ』と、民蔵が後《うし》ろへふり返つた時に、お竹も直ぐあとへ出《で》て来てゐた。

『ひどい奴《やつ》ぢやアねいか？』かう云つたかの女《ぢよ》は、まだ怖ろしい物がゐるかのやうに、こわ〲そとをのぞいた。

『もう、大丈夫《でいぢやうぶ》でい。』

『さうか、ね？』

『こら、足あとがあらア。』

『え、え』と声を顫はせて、お竹は逃げようとした。

『馬鹿野郎！お前《めへ》は弱《よわ》い馬《うま》と同じだア、足あとに竦《すく》んで—足あとに口があるけい？爪《つめ》があるけい？』

『そりやアさうだが—まだ近処《きんじよ》をうろついてるか知れやァしねい。』

『見ろよ』と、下《した》を向いてゆび指《さ》しながら、『砂の掘れてるのを。』

『あ、ここにもある！』お竹も腰をかがめた。そして『ここにも、あすこにも』と、跡を追ひ初めた時は、その声をばかり濃く立ち込めたガスの中に聴きながら、民蔵はかの女《ぢよ》より二三間《げん》山手《やまて》の方《はう》へ行《い》つてゐた。

『味《あぢ》を占《し》めて、また今夜《こんや》来《き》やアがるぞ。』かう云つてあと戻《もど》りしかけたが、頻りに熊《くま》の足あとを一つ〱追つてこちらへ近づくぼツとした女房の影の、身幅《みはば》の狭い裾がひらけたところから太《ふと》つた足くびの方がはツきりと渠《かれ》の目《め》に映《うつ》つたので、ふと全身の血《ち》が涌《わ》いたのをどうしようと立ちどまつた。

兎に角今一度一寝入《ねい》りしなければ、民蔵はけふの仕事が—このガスの様子では、海はきツと午前八九時頃から穏やかに晴れるから、忙しくなるのを—出来ないと思つた。そして睡《ねむ》い目を精神《せいしん》で明《あ》けてゐながら、あッたか味《み》の残つてる褥《とこ》へ這入《はい》つたが、従つて来たお竹がどうもいつものやうに従順でなくなつたのに腹《はら》が立つた。その前夜《ぜんや》（厳密に云へば、もう前々夜《ぜん〱や》）は徹夜して他の人々とも一緒に蟹の皮をむいたので、喧嘩と云つても、いつもの通り、ただ仕事を急《いそ》がせる上《うへ》のことであつたが、前《ぜん》々夜《〱や》（実は前々々夜《ぜんぜん〱や》）も矢張りけさと同じやうな状態であつたのに思ひ及んだ。そして自分の女房は自分以外のもの丶種を宿したのぢやアないかと疑つてぶつたり、蹴《け》たり、泣かせたりしてゐるうちに、旦那と勇《ゆう》さんとに戸を叩《たた》かれた。

お竹は、渠等主人筋に対して済まないことをしたと云ふやうに詫《わ》びあわてて、戸を明けた。その時は、もう、近海にガスが晴れて、真《ま》ツ赤《か》な太陽が山から海の上にまぼしくない光をちら〱と投げてゐた。

『さう朝寝をしちやア困るぢやアないか』と、旦那はどちらへと附かずに叱つた。

『それ、御覧《ごらん》！』お竹は亭主が褥《とこ》の上《うへ》につッ立つてゐるのをふり返つて、ブリキや鑵をのせた棚に手でからだを支へながら、

『だから、わたしが早く御飯《ごはん》を焚《た》かなけりやアと──』

『黙《だま》れ！』民蔵はいきなりかの女《ぢよ》の枕をつかんで、『この尼《あま》』と、かの女《ぢよ》に投げつけた。

『よせ』と、旦那は、もう、奥の方へ進んでゐたが、その時両手でうまくそれを受けとめて、『朝《あさ》ッぱらから夫婦喧嘩などア！』

『畜生！おのればかりがいい児《こ》にならうとして！』

『全体《ぜんたい》、お竹があんまりがさつに口《くち》やかましいからよくない。それに、妊娠《にんしん》してから、気分が違つたせいか、一層やかましくなつてるんだ。』

『それを、旦那』と、むきになつて、訴へるやうに、『うちのがあんまり下《くだ》らねいことを云ふぢやア御座《ござい》いませんか──旦那の種《たね》だらうなんて？』

『黙れ、冗談《じようだん》でい！』民蔵はあわてて、耻かしさうに顔を赤くした。

『冗談なら冗談で、人を蹴《け》たり、ぶつたりしねいでもいいぢやアねいか？』

『おのれが不埒《ふらち》だからでい！』

『何《なに》オ不埒《ふらち》だと云ふんだ？』旦那もちよツとむツとして、『自分達で子供を拵へて置きながら、おれのせいにするなんて、虫のいいことア真ツ平だぜ。如何におれが女好きでも、まだお竹のやうなおかめにやア手を出したことァない。』

『しどい、わ、旦那も』と、かの女は仕方なしに笑つた。

『それ見ろ、誰れにでも手前《てめえ》なんぞァおかめの表本《へうほん》でい。』

『ぢやア、そツちはひよツとこだらう。』

『ぶんなぐるぞ！』

『よせと云やアよせ』と、旦那は民蔵のはだしで駆け出しかけたのを押さへて、『何と云つても、お前は女房のおほ力にやァかなはないんだから。』

民蔵には、旦那を初め、他の人々からいつもかう云はれてゐるのが男の恥辱だと思はれた。で、人のゐる前では、一層、女房に対して目に立つやうに残酷な罵言を浴せかけたり、刃物三昧をして見せたりした。

お竹も亦それを本気に受けて、傍観者等が耳を蔽ひたいほどにへらず口を聴いた。

『けれども、どツちも正直者だから』と云つて、旦那や勇《ゆう》さんも信用し、夫婦も亦、

『この人々の為めなら』と、不断は一生懸命に働いた。

おそろしい夜中を過したことも、民蔵の口から一つの手柄《てがら》ででもあるやうに話された。

お竹も急いで、大きな蒸し釜のつぎに出来てゐる、石と土とで囲まれた釜土の中を焚きつけながら、亭主に負けない調子で熊の話をした。

旦那や勇さんが身ぶるひしたのは、その時である。

その日は果して大漁であつた。

昼少し過ぎまでに、漁夫の船々は孰れも背中の甲良《かうら》だけ剝ぎ取つたおほ蟹を沢山海岸へ運んで来た。

月夜には、如何に大きな蟹でも、身が痩せて半分ばかりしきヤないやうになるが、船に釣りあげても、そのままに活かして置くと、どうしたものか、刻々に中身《なかみ》がそげて行く工合が、その月夜の痩せと同様で、みんなに秋の恋ひ路の処女の姿を偲ばせたので、

『身を切る思ひにやア何だつて痩せて行かア、ね』と、民蔵の洒落であつた。

『気の利いたことを云やアがる』と、随分おしやべりな旦那も機先を制せられて、その時二の句が出ないで蒸し釜の湯の加減を見た。

鑵詰めの事業には技師として十年の経験を持つ林田の旦那さへしツかりしてゐれば、この製造場は如何にちツぽけでも、樺太一の仕事が出来ると、関係者等は皆信じてゐた。渠に経済上の考へが乏しかつたので、たとへば、毎日二百匹の蟹があれば手一杯だのに、その倍も買ひ込んで、半分は腐らせてしまつた。資本家の代理として来てゐる勇さんはこれに気が付いて注意を与へたが、年が若いので相手にせられなかつた。尤も、干し蟹をもやつて見ようとし出したのは、勇さんの注意があつてからのことではあるけれども——。

『旦那は腕と気まへがええ』と云ふ二つの評判を兼ね備へてゐたいので、林田は事があるたんびに仕あがつた鑵詰めを方々へ贈物にした。

兎に角、体《たい》に多少の相違はあるが、大小をつきまぜて、平均一匹に付き、マオカに出れば二十銭以上もするのを、八銭で数へた。その数へ役はいつもお竹で、製造場へ運ぶのが民蔵のつとめだ。それを旦那や勇《ゆう》さんが手つだつた上《うへ》で、今度はいつもの通り、十数名の手伝《てつだ》ひ男女《だんじよ》と製造場《ば》の責任者等とが一緒になつて手足の皮《かは》をむいた。そして片ツぱしから蟹の肉を円い鑵に詰め、それを鉄の蒸籠《せいろう》にのせて、煮え立つた蒸《む》し釜に入れた。

六ケしいのは、旦那が一手《て》でするガス抜《ぬ》きの手加減だが、それも見てゐれば段々とおぼえて行《い》つたので、民蔵はわけの無《な》いものだと思つてゐるのだ。そのあとはガスを抜いた穴をハンダでふさぎ、鑵《くわん》の銹《さび》どめにニスをぬればいい。

旦那が出来た品物を船に乗せて、七里さきのマオカの問屋《とんや》へ行《い》つた留守などに、渠はよく勇《ゆう》さんと話し合つたものだ。

『もう、林田さんがこのオタトモにゐなくツても、われ〳〵ばかりでやれますぜ。』

『そりやア、今少し経験したら、ねえ』と、勇《ゆう》さんも答へた。

この仕事さへおぼえて置けば、まかり間違つても、この樺太《からふと》三界ででも喰ひはぐれはないと云ふつもりで、民蔵は女房と共にけふも一心《しん》に働いたので、百五十箇ばかりの鑵詰めが午後の七時頃までに仕上つた。

別目的の為めに取り残した先乾《なまび》の蟹を、

『またおやぢに喰《く》はれちやアつまらないから』と、すべて場《ぢやう》内《ない》へ入れさせてから、旦那は手伝ひの男女を解散した、それから、内輪《うちわ》のものばかりで慰労の酒を汲みかはして分れた。

それまでは、民蔵も女房のことなどは忘れてゐたのである。


今、月の光に吹きさらされながら、目を据《す》ゑて女房を追ツかけるその心のうちには、かの女《ぢよ》がつはりの為にからだの工合《ぐあひ》が違つてゐるのだと云ふやうなことは分らなかつた。

『なぜこんなに俄かにおれを嫌ふのだらう？ おれを嫌ふばかりでなく、なぜこんなに熊《くま》のやうに黒《くろ》ツぽい夜中《よなか》をかうしておれから逃げるのだらう？』この疑問は渠を導いて、『てツきり別に男があるに違《ちげ》へ無《ね》い』と云ふ臆断に燃え立たしめた。『五年も一緒に添《そ》つてゐながら、欲《ほ》しい／＼と云《い》つてた子供がなかつたぢやァねいか？どうせ、もう、子供がねいんだらう、どこかで一人《ひとり》貰つて来《こ》ようかとまで云つてたぢやアねいか？東京で、一人《ひとり》可愛《かあい》らしいのがあつたから、それとなくかけ合つて見たら、魚屋《さかなや》なんかへやるのはいやだと云はれたとぬかしたぢやアねいか？ それに、畜生！ こんな寒いところへ来《き》て、厚い氷を叩き割つて製造場《ば》の土台を据ゑた時から、おのればかりが働きもののやうに口やかましく意張りくさつて、へん、子供！ 畜生——畜生！』

こんなことを考へたのは、走つてゐる間の一瞬間であつた。

渠はあたまばかりが走つてるやうに躍起《やくき》となつて走つてゐたが、若しおやぢが今夜も来るとすれば、もう、その時だと気が付いた。すると、自分の身《み》ばかりではなく、お竹のからだをかけがひのない大事《だいじ》な品物《しなもの》だと思ひ出した。

女郎屋もなく飲み場《ば》もなく、村中の家《いへ》を九軒数へて見ても女の数よりは男の数の方《はう》がずツと多いこのオタトモで、今、女房が喰《く》ひ殺されでもしてしまつては、わざ／＼苦労をしに来た甲斐がないやうだと、ぴたりと足の駆《か》けりをとめた。そしてお竹に優しい声をかけて呼び戻さうとした。が、かの女《ぢよ》がなほ一生懸命に駆けてゐるのを見ると、どうも胸の怒《いか》りが一層承知しなくなつた。

その時、渠は或《ある》湿地《ヤチ》の真ン中《なか》に来てゐた。沢山のあやめが、昼間《ひるま》なら濃《こ》い紫に見えるに相違ない花を咲き揃はせて、いばらの間にすツすと立つてゆらいでいる。それを一直線に踏み越えて、お竹は、もう、向ふの山路《やまぢ》へさしかかつた。

『畜生！』またむか／＼して来たので、渠も向ふ脛《ずね》がとげに引ツかきむしられてひり／＼するのをも構はず、矢鱈にずん／＼進んで行《い》つた。

が、どうも怖ろしいものがやつて来るやうな気がしてならないので、それを自分並にかの女《ぢよ》から避ける為め、『畜生、畜生』を声に出し初めた。と云ふのは、喇叭《らつぱ》代《がは》りのつもりだ。聴いたところに依れば、此間《このあひだ》、樺太庁《からふとちやう》の警邏《けいら》船《せん》に乗つて、第一部長がこの西《にし》海岸を巡視するついでに、アラコイの山奥《やまおく》へ入《い》り込《こ》み、その山林を露領時代に濫伐した跡を見た時、熊よけの為めに、汽船の汽笛に故障があつた時の代用喇叭を持つて行つて吹かせたさうだから。

谷あひの道は道《みち》と云ふ形もなく、矢張り、一面《めん》に湿地《ヤチ》ばかりだ。民蔵が見おぼえのある草には、先づ、花はあぢさゐの如く葉は芍薬の如きにを、アイノの食料になるさくや百合、アッシの繊緯《せんゐ》を供するいら草並に誰が袖、蝦夷菊、金《きん》ぽうげなどらしいのに触《ふ》れた。なほ進むと、泥柳《どろやなぎ》、いたどりなどがゆらいでゐるのが見えた。

しよッちう、同じもので邪魔をするのは、地《ぢ》べた殆ど一面《めん》に生《は》えてゐる木賊《とくさ》だが、それのさきや根もとが渠の脛《すね》に触《さわ》つてむづがゆくまた痛いので、渠は片手でその痛いところを撫でて見た。ぬる〳〵したものが手に感じたので、その手を自分の立つてゐる顔の近くへ持つて行《い》つた。が、あたりに自分の脊《せい》よりも高い欵冬《ふき》や水芭蕉《みづばせを》の蔭《かげ》がさして、ただ黒《くろ》かつた。けれどもその蔭をよけて、月の光にぢかに照らして見《み》ると、自分の血《ち》であつた。

ぎよッとして、たださへひるみかけた心が一層ひるんでしまつた。

『おい、いい加減にして来《こ》い、来《こ》い』と、つい、口に出たのに対して、おほ欵冬《ぶき》の沢山立ちふさがつた間《あひだ》から、女房の姿は見えないで、息詰《いきづ》んでゐるやうな声ばかりがした。

『いやだい！』

『ぢやア、勝手にしやアがれ！』

渠はこの棄てぜりふで帰り途《みち》へ向《む》いたが、これと同時に、かの女《ぢよ》に害を与へる気がないのを知らせる為め、手に握りつめてゐた庖丁を成るべく音《おと》のしさうな方《はう》を選んで投《な》げ棄てた。その庖丁はかたはらの欵冬《ふき》の葉の一つの上《うへ》にばさりと乗《の》つて輝いたが、その葉の一方《ぱう》がかた向いて、輝くものが見えなくなると、またその下《した》の葉でばさりと云つた。そしてそのあとには、特別な音や声は何ものからもしなかつた。

今更らの如くおぢけ付《づ》き、寒け付《づ》いて、民蔵は帰途《きと》を夢中で湿地《ヤチ》や砂地《すなぢ》を渡つた。

製造場《ば》が見え出《だ》した時、その裏手《うらて》に何か黒い影がかすかにあるのでぎよツとして足を踏みとめた。そして息を殺して、そツとすかして見てから、

『なアに――』と安心した。井戸がはに置かれた大きな石であるのを思ひ出した。

自分達がこの場所をきめた時、先づ第一に必要な飲み水を吸みあげる井戸を掘らなければならなかつた。初めから男気《ぎ》を出して味方《みかた》になつて呉れ、今でも旦那や勇《ゆう》さんが寝とまりだけはしてゐる番屋《ばんや》の家《いへ》は遠い。つい、拾数間ばかり隣りに同業者の製造場《ば》はあるが、けちな根性から、その井戸を共同にさせることを拒絶した。こちらは業腹《ごうはら》の余り、みんなで共力して、これ

見よがしに氷の上《うへ》を掘つた。幸ひにして、五六尺掘りさげただけでいい水が出たが、井戸がはなどは、ほんの小い石を集めて囲つただけにした。あんまりあツ気《け》ないからと云つて、旦那の云ひ付《つ》けに従ひ、近い山路から一つおほきな石を皆でころがして来て、物を置く台に、井戸のふちへ据ゑた。

『その石を熊と見たのは、おれも余《よ》ほどゆふべから意久地《いくぢ》なしになつてゐやアがる！』かう身《み》づからあざけりながらも、月の光の中《なか》にどこから黒《くろ》い物が見えて来《き》さうで仕方《しかた》がない。

去年の今頃なら、東京では、もう、『ああ、暑《あつ》い〳〵』と云つてるところを、どうだ此《こ》の寒い風は！　渠はからだにおぼえる顫《ふる》えを夜中《やちう》の寒さのせいにしてしまつて、薄気味悪《わる》い周囲を見ないで、片足の裾をまくしあげて、その方《はう》の足を草履のまま石の上にのせた。そして縄《なは》つるべて水を汲んで、ざァとその膝から下《した》にかけた。ぴりぴりとしゆんで、一面《めん》に痛かつた。

それを二三度ふつて水を切り、また次ぎの足を洗つてから、両手で裾を持ちあげながら、明けッ放《ぱな》してあつた戸口《とぐち》へ這入《はい》り、ぴしやりと音《おと》がするほど強《つよ》く戸を締めた——女房が、もう、近くまで来て、この音《おと》を聴いたに相違ないと思つた。

『明けてお呉れ——明けてお呉れ』と云ふやうな声が渠《かれ》の心の中《なか》にしてゐた。が、渠は、人の横《よこ》ツつらを張り倒すやうな勢ひで、板壁《いたかべ》の手ぬぐひ掛けにかけてある手ぬぐひを二つとも右の手にかツ浚《さら》つた。そして今しがた女房を目がけて投げた干《ほ》し蟹《がに》の一つをわざと遠慮なく踏みつぶして、寝どこのはじの床板《ゆかいた》に行《い》つて、腰をかけた。ここばかりは、粗末だが板を張つて、その上《うへ》に莚《ござ》を敷いてある。

つい、ほんの、そこだが、——云つて見れば、浜辺から直ぐつづきのところだが……渠は、樺太《からふと》の山と云へば、きツと長い一の字《じ》を思ひ出すのだ。一つには、どんなところだらうと云ふ好奇心に駆られて東京から連れて来《こ》られたのだが、宗谷《そうや》海峡を過ぎて、陸が見え出してからと云ふもの、船は一直線に北へ、北へと向つて進むに拘はらず、マオカに達するまで、樺太《からふと》の山は低い、細い、黒い線《せん》を引いて附《つ》いて来《き》たに過ぎなかつた。而もマオカからなほ北へ露西亜領まで行《い》つても、ずツとこの通りだと云ふ。

『莫迦《ばか》に長《なげ》い一の字《じ》ぢやアねいか』と、渠は上陸する時女房を返り見て笑つた。……

その一の字《じ》の一部なる山の空気を少しでも吸つて来たせいか、不断はあまり気にとめなかつたにほひを鼻のさきで嗅《か》ぎ分けることが出来た。冷《つめ》たく磯《いそ》くさいのは干《ほ》し蟹のそれだ。ぬくいやうに生《なま》ぐさいのは蒸《む》し釜や蒸籠《せいろう》のそれだ。それらにまじつて、渠は両方の足や脛からぷつ〳〵と吹き出《で》る血《ち》のにほひを嗅いだ。

『ひどいことをさせやアがつた、な』と、独りでぷり〳〵しながら、両足のひどいところを各々手拭ひで巻いてから、渠は褥《とこ》の中《なか》へその身《み》を投げ入れてあふ向けになつた。

すると、さツきから気《き》にしないでもなかつた腰のあたりも、矢張《やは》り、ひり〳〵してゐる。手を持つて行《い》つて見ると、矢張り、血が出てゐる。お竹が渠をつき飛ばしたあのときに、かこひ板《いた》が一枚はづれたやうであつたから、抜けた釘のさきで引ツかいたのにきまつてると思つた。けれども、結局、いつも鼻からにじんで出る血《ち》が足と腰とから出るに過ぎない。釘やいばらの傷ぐらゐは、渠に取つて何でもなかつた。それに、渠がこれほどなら、かの女《ぢよ》は一層血《ち》だらけになつて帰つて来るだらうと想像せられるからである。

血は拭《ふ》いてもやらう。甞めてもやらう——それにしても、『あけてお呉れ』が一向《かふ》にやつて来《こ》ない。ゆふべ、足跡《あしあと》を残した熊に対して二人でしたやうに、じツと息を静めて、そとに人の足音が聴えはしないかと聴き澄ましてゐると、神経は月夜のやうに冴えて、目の前にちらつくのは陰影だ。ところが、渠の考へとは反対の、太陽が——輝く物ではなく、血の塊りのやうにただあかい玉が——沈む方向を、海が遠く轟々《がう》と鳴つてゐる。買ひ込む蟹の数とは違ひ、もう、何度数へても数へ切れないほど多数の牡熊が、たツた一匹の強《つよ》い牝熊を取りツこして、かみ合ひ、呻《うな》り合つてゐるやうに、あとへ〳〵と追ひ重なつて、ゆるいけれども絶え間のない響きだ。

聴いてゐると、渠の寂しい心も根底からぐらつき乱れた。そしてその遠鳴りの響きは段々と近い地べたを伝《つた》つて来て、ついには、渠の体内の蒸《む》し釜へ這入つた。すると、渠には煮え立つやうに荒れ狂ふ男性の力がみなぎつて、あら削づりの板家根の家根裏がランプの光に動悸を打つてゐる。

如何に小いとは云へ、男一匹には余り狭くもないこの製造場《ば》が、渠《かれ》の息をするにも苦《くる》しいほどぽうツとのぼせてゐた。『もう、二度《ど》と再び喧嘩なんかしないで、可愛《かあい》がつてやる』と、渠はその時ばかりは決心した。

何《なん》だか襟もとがむづ〳〵して来たので、手をやつて見ると、毛じらみに似て、まだ腹が大きくなつてゐないダニが一匹つかまつた。芥子粒の周囲に足が生えたやうな物だ。『こん畜生』と云はないばかりに、渠はこれを力強く捻りながら、女房の箱枕のころがつてたのを引き寄せ、それを横にしてその上で爪で押しつぶした。ぴちと云《い》つたのが気持ちよかつた。考へて見ると、山で『畜生、畜生』と云つてゐた時、渠の顔のおもてへぱらぱらと小い物が落ちて来た。その時仰ぎ見たら、丁度あたまの上《うへ》に椴松《とゞまつ》の枝がさし出てゐた。あれもダニであつたのだ。

ダニはおもに椴《とゞ》松の枝などにわいてゐて、血に饑《う》ゑてゐるので、動物くさいものがその下《した》を通ると、それを目がけてきツとぱら〳〵と落ちる。それが風の都合で欵冬《ふき》の葉やいたどりの根に落ちて、そこでも亦、動物の血を待つと聴いてゐる。『山に行くなら、塩を甞《な》めて行け』と云ふまじなひじみたことが樺太《からふと》や北海道にはあつて、それでもなほ取りつく以上は、必らず裾から這入《はい》つて、からだの上《うへ》へ〳〵と這《は》ひのぼり、最初に行き当つた毛穴に喰ひ込むのだ。が、股引きやシヤツのおもてをのぼるものは、すべて頸すぢへ出て来るさうだ。

この話を聴いて知つてる民蔵は、総身《そうしん》の毛穴がすべてそんなものに見舞はれてゐるかのやうに感じられて、真ツぱだかになつてしまつた。そして先づその直肌《ぢかはだ》を砂の上《うへ》ではたいた。それから、冷気《れいき》に顫えながら、シヤツと股引きとの裏おもてを調べて見た。

『そんな物にも、をすめすがある！』比較的に大きなめすが二匹と小柄《こがら》のをすが一匹と発見せられた。これで大丈夫だとは思はれたが、渠は再びそれを身《み》につける必要を感じなかつた。よく振つて、衣物だけを着て、もとの通り仰向けにころがつた。

雨傘にすれば出来るほど大きな欵冬《ふき》の広葉《ひろば》と太い柄《え》とがかさなり合つてる山のことを思ひ浮べながら、

『まだうろついてるのか、なア』と、渠は小言《こごと》らしい独り言を云つた。そしてマオカ、ラクマカ、オタトモ、ノダサン、クシユンナイ、トマリオロなどと、樺太《からふと》の珍らしい地名を暗誦してゐたが、ふと、また、おやぢのことが気になつた。

まさか、つづけざまにも来やアしまい。と云つても、北海道では、喰ひ物がない時は、二三十里もさきから平気で海岸へ出て来て、夜の明けないうちにもとの穴へ帰ると云ふ。そんな勢ひぢやア溜つたものではない。

この長いばかりの島では、西海岸のオタトモから東海岸まで、直径たツた十里内外だと云ふではないか？　おやぢの足では、この両海岸を一晩中に二度も三度も襲つて来ることが出来よう。

『お竹もお竹だ、余り大胆過ぎる——いい加減に帰りやァいいのに、なア！』

渠の心では、待ち受けるものが二つあるやうな気になつた。かの女《ぢよ》さへゐれば、たとへおやぢは来ても、もう、ゆふべのやうにはいぢけてゐない。さくり、さくりと云ふ足音がするが早いか、どこかの節《ふし》あなから、二人で一緒にこツそりのぞいて、どんなに大きな奴か見てやらう。

それにしても、お竹のおそいのはどうした？

『あんまりじらせ過ぎらア！　あんまりまわしを取り過ぎらア！　へへ』と、独りで笑つて、品川か吉原かでのふられた夜のことになぞらへて見たが、実際は、渠の息詰まるやうな気持ちは直せなかつた。

『外《ほか》に行くところはない、きッと林田旦那のところだ！』かう云ふ疑ひが過ぎ行く刹那毎に確められて行《い》つた。

おのれのかみさんは連れて来《こ》ないで、人の女房を盗みやァがるのか？

あんな旦那は旦那としても、そのそばについてる番屋のおや方《かた》や勇《ゆう》さんが、なぜまた一言の注意もこちらへして呉れない？

あの尼がまた業腹《ごうはら》だい——近頃いやァに人に突ッかかつて、度々喧嘩を吹ツかけてゐたのは、今夜のやうなことをしほに、あツちへとまりに行く手であつたのだらう。

どいつも、こいつも、おれの敵《てき》だ！　おれのかたきだ！　おれをわざ〳〵樺太《からふと》三界まで連れ出して来て、こんな不自由な目に会はしやアがる！

『よし、怒鳴《どな》り込んでやらう』と起きあがつて見たが、渠の両足は、ちんばを引かなければならないほど、こわばつて痛みをおぼえ出した。

『畜生！』かう叫んで、わが身でわが身を投げて、褥《とこ》の上《うへ》に不格恰なあぐらをかいた。そのとたん、家の中をのぞいてゐるものがあるのぢやアないか知らんと、渠は怪しんだ目つきで囲ひを見まわした。

『お竹は帰つてゐるのだ！　帰つてゐても、おれを恐れて中へ這入れないのだ！　さうなのだらう、さうなのだらう』と云ふ風《ふう》な心の声にそそられて、こツそり戸口へ行き、こツそり戸をあけて見た。そして戸口の左右をうかがつたが、何《なん》にもゐない。

おれの出る気《け》はひを知つて、隠れたのぢやア——と、ひどく痛い方の足を引きずりながら、おづ〳〵と空しく製造場《ば》の周囲を一まわりした。

無念の為めに、渠の心は一しほ煮えくり返つた。

井戸端で拾つた石を以つて、例の、外れた囲ひ板の釘を——さツきから気になつてゐたので——打ちつけることをしたのはしたが、これと同時に、渠の残つてた母が去年死んだ時のことが浮んだ。

お竹を生んだ父親《てておや》と渠の叔父とがやつて来て、万事の世話をして呉れた。——死亡届のことやら、火葬場のかけ合ひやら、墓地の撰定やら、お寺さまの依頼やら、金のことまでも。——その晩に遅くなつて、いよ〳〵母の死骸を入れた棺桶の蓋に釘を打つたが、あたりがしんと寝静つた中《なか》で、かな槌の音ばかりが何だかいやアに物凄く響いた。渠はそれと似た感じをこんなところへ来て聴かうとは思ひも寄らなかつた。

何だか思ひ切つて来た東京が、再びなつかしくなつて来たので、母の幽霊か何かが迎へに来てゐるのではないか知らんと考へられた。と同時に、山のおやぢの恐ろしさが見えない影か形かになつて、この近処を通《とほ》つてゐるやうな気がした。そして静かにしてゐれば、無事にどこか他の方へそれて行《い》つて呉れるものを、この音の為めに、わざわざこちらへ呼び寄せはしないかと思つて、張り詰めた怒りの勢ひも段々いぢけてしまつた。

とん〳〵！　とん〳〵、とん！　初めは何の気なしにやつたものが、終りに近づくに従つて逃げ出すかまへになり、そして最後のとん〳〵を渠は半ば夢中で終はらせて、目をふさぐやうにしてうちへかけ込んだ。

『ふて腐り尼！　けだ物にでも喰はれて見るがいゝ！』かう、ぶつ付きながら、渠は旦那と勇《ゆう》さんとから預つてゐる酒に行《い》つた。そして樽口《たるぐち》から直《ぢか》にがぶ〳〵と満足するだけ飲んで、無理に眠つてしまつた。

…………どこの海でだか分らないが、初《はつ》さん、粂《くめ》さんなど云ふ漁夫と共に自分も月夜に蟹を釣つてゐる。

月夜だが、蟹の身は痩せてもゐない。そしていづれも一丈半もあるおほ蟹で――而も仕事にめんどうな甲良《かうら》が附いてゐないのだ。

『こんなに大きい、而もそれでゐて仕事に便利な奴《やつ》なら、マオカまで行かないでも、二十銭から二十五銭にやア買つて貰へようが――』と、初さんか粂さんかが云つた。

『まア、さう云ふなよ、オタトモでの相場はオタトモでの相場ぢやアねいか』と、自分は笑ひながら渠等をなだめるやうに云つた。『それにしても、甲良のない便利な蟹はどこにゐるのだらう?』

『おれの生れた北海道には、まア、をらん、なア』と、初さんは答へた。

『樺太《からふと》でも』と、粂さんは真面目に、『おれは見たことがない。』

『ぢやア、ここはどこの海か、なア?』かう自分が聴き返した時、向ふの方に英国かどこかの白い軍艦の碇泊してゐるのが見えた。左右には、いろんな形の蒸汽や帆前《ほまい》がゐた。そして自分等も大きな汽船に乗つてゐる。――横浜のはと場《ば》が見える。

『おい、民さん。』かう云ふのは、自分等を見送りに来た勇さんの兄さんであつた。『しツかり頼むよ。林田や勇吉は私の身うちだが、君に行つて貰ふのは余ほど君の働きを買つてるのだから、ねえ。』

『そりやア、旦那』と、自分は手くびの裏で鼻を撫であげて、『見てゐて貰ひましよう、人一倍働いて見せます。』

『わたしがついてる以上は』と、お竹も口を出した、『決してなまけさせませんです。』

ふうわりと世界が持ち上げられたかと思ふと、樺太《からふと》が一の字《じ》に浮いてゐる。やがて日本海賊が露西亜人を分取りする根拠地であつたと云ふ海馬島《かいばとう》が見えて来た。矢張り蟹の鑵詰の先駆けなる礼文島《れぶんじま》、利尻島《りしりじま》が見えて来た。やがてまた小樽の港があつた。

不思議だ、なア――これでは跡もどりをしてゐるのだ……と思ふとたん、横ッ腹がひどくかゆかつたので目がさめた。

『おい、おいッ!』旦那がきのふのやうに意張つた声をして戸を叩いてゐる。

『畜生!』民蔵はかう低い声を出したが、これが旦那に向つて云つたのか、それとも、また、自分の身を喰つてゐた虫に云つたのか、自分でもはッきり分らなかつた。兎に角、渠が無意識にその横ツ腹からむしり取つたのは、小指のさきほど円いダニであつた。

『畜生!』また、かう云つて、そのダニをお竹の枕底で床《ゆか》の端に押しつぶした。

その時、旦那は戸を蹴破つて這入つて来たが、あとに従つて来るおとなしい勇さんまでがふくれツ面を見せてゐた。

『お前等《ら》は、どうして、かう』と、旦那は怒つた早口で、『毎朝、毎朝、なまけるやうになつたのだ?――こんなに蟹を踏み付けなどして！』

『へえ、蟹などア何でもねいや』と、民蔵は褥の上にあぐらのまま、横向きに鼻であしらつた。『どうしても、かうしても、そッちの胸に聴いて見りやア分る！』

『何《なん》だと？』

『……』民蔵は一思ひに刃物三昧をしてやらうかと云ふ怒気を押さへて、黙つて旦那を見あげた。

『そのけだ物のやうな目つきは何《なん》だい？』

『コツちがけだ物なら、そツちもけだ物でい！』

『全体、どうしたと云ふんだい？』

『……』民蔵は旦那の余りに落ちついてゐるのを一層ねたましくなつて、前後を忘れかけるほど気が込みあげた。『す、す、直ぐ、によ、によ、女房を返せ！』

『お前の女房がどうしたと云ふんだ？』

『お、おれに聴くまでもねいや。』

『ぢやア、お竹がゐないのか？』

『し、知れたこツてい！』民蔵は横向きに力を入れてからだをふつたが、旦那を旦那として見れば、控へ目の自分が半ば訴へるやうな気持ちになつたと同時に、大粒の涙が二三滴走り出た。そして、わツと泣き声をあげて、横にあふ向きの両眼を、外《ぐわい》見《けん》もかまはず、頑固に握つた拳の手くびの裏で押し拭つた。

『馬鹿だ、なア――それで、あんな男のやうな、でぶ〳〵女をおれが引ツ込んでゐたと云ふのか？　きのふ云つた通り、如何におれだツて――』と、旦那が笑つて勇さんを返り見たのを、民蔵がまたちよツと仰ぎ見て、多少の安心なしるしを与へられた。そして、

『ぢやア、外《ほか》にどこにゐるんだらう』と云ふ疑ひに転じた。


林田を初め、勇さん、民蔵、この三名の責任者は別々に手わけをして、心当りを探したが、お竹はどこへも行つた様子がない。

『きツと、山で喰《く》はれたのだらう』と云ふことになつた。これが捜索の為めに集つて来たものには、初《はつ》さんと云ふこの製造場専属の漁夫親子もあつた。番屋の親かたや下働きもあつた。日雇ひの男もあつた。初さんが長い櫂を持つて来て笑はれた外は、みんな手に手に銃か、棒か、庖丁か、大きなナイフか、アイヌの持つマキリを用意してゐた。

『おやぢは昼間出てをらん筈ぢやが、若し出会ふたら、なア、みんなで取りまけよ。して、なア、あいつは人に飛びかかる前に、一度立ちあがるものぢやで、その時がつけ込みどころぢや』と、番屋の親かたはアイヌ気取りで注意を与へた。

『そりやァ、出会はないとも限らないから、ね』と、林田は親方の言葉をやわらげた。

『しかし』と、初さんが受けて、『熊を退じるのはわれ〳〵の目的ぢやない。さし当り、お竹さんを探し出せばええのだらう。』

『どうも皆さんに済みませんが、ぢやア、民蔵が案内致しますから。』旦那はかう云つて、民蔵をさきに立つて進ましめた。

勇さんと雇ひ人数名とは、腹の減つた時の用意に、皆の食料として、製造場で仕あげた鑵詰めを沢山運んだ。

やがて熊の跡を発見したと叫んだものがあるので、民蔵もあと戻りして見たが、あやめやいばらの押しひしがれたばかりで、これは自分がゆふべ倒れた時に残した跡であつた。

水芭蕉が二三本、根から折れてゐるところで、皆はまた立ちどまつたが、そのあたりに別にそのしるしらしい足あともなかつた。

民蔵はゆふべのダニが落ちたところを認めながら、そこをも黙つて通《とほ》り越してしまつた。

『ロスケの奴らはひどいことをしてをつたのぢや、なア』と云つて、切り倒したままになつてる多くの椴松《とどまつ》や蝦夷松《えぞまつ》の枯れ木を指さしたのは、番屋の親方である。

『でも、さすがに』と、旦那が云つた、『タモや、アカダモや、白カンバのやうな、いい木材は切つてない。』

『ロスケの斧にや手に合はなかつたんだろ』と、日雇ひの一人が応じた。

『全体、道と云ふ道は附いてゐない。』

『そりや無論、おやぢか栗鼠《りす》か貂《てん》か小鳥の外に、通る必要がないから、さ。』

『さう云《い》や、トマリオロからマオカへ帰つて来た人の話に、おやぢが栗鼠を追ひかけて、椴松《とゞまつ》の幹をかけあがつた爪の跡を見て来たさうぢや。』

『あすこでは、今、石炭運搬の軽便鉄道を敷く為めに、山道を切り開いてる筈ぢや。』

『石炭も儲からうけれど、大きな熊の皮を一つ欲しいな。』

『こないだ、樺太庁《からふとちやう》の役人がナヤシのロスケから大きな奴を四十両で二枚買うたさうぢや。』

『そりや、まだ本当に製してない奴《やつ》だらう。』

『ナヤシでは、熊の皮よりやア貂の皮の取り引きが盛んだ』と、番屋は語り出した。『毎年、冬になると露領から、――アレキサンドルあたりからも、――貂取りのロスケや皮商人がやつて来て、何枚でも買うて行かア、な。その時は露国の貨幣が幅の利く時節で、一ルーブルは実際一円十銭の価うちがあるのだが、それがたッた九十銭で通用する。函館へ持つて行きやア、少くとも一円八銭には交換して呉れる。さうしてナヤシでは、ビールが今頃では三十銭ぢやが、越年期になると、七八十銭に騰貴する。』

『ええ商買ぢやないか』と、漁夫の初さんは答へた。『少し元金がありやア、ビールを持つて行つて、その交換をやつたら。』

『けれども、正月頃になると、ビールの壜がぽん〱破《わ》れてしまうんぢや、この辺よりやアずツと寒さがきついから。』

『そりや閉口ぢや。』

『なアに』と、旦那が笑つて口を出した、『親かたはいつもあんなことを云つてるが、うまく人をおだててゐるの、さ、さアやつて見ろと云はれちやァ、逃げる方だらうて。』

『は、は、はツ！』多くの人々が声を揃へて笑つた。

民蔵は話の仲間に這入らなかつた。あんなことばかり話し合つて、皆はそも〳〵何しに進んでゐるのだと責めてやりたかつた。一番さきに立つて、一言も口を出さず、独りで頻りに左右を探索しながら、雑草の間をかき分けた。

鶯が方々で鳴いてゐる。あかはらと云ふ鳥が鈴蘭《すずらん》の花を喰《く》はへて飛び出した。

アイヌが箭《や》にぬり付ける毒を根から取ると云ふブシ（とりかぶと）の花が、如何にも毒々しい紫色を以つてあちら、こちらに咲き揃つてゐる。当り前の山百合は勿論、また小い黒百合の花もところどころに見える。

もう、疾《と》くに湿地《ヤチ》は尽きて、渠は地盤のぼく〳〵した山林の間にあつた。内地の山に於けるやうな、真土《まつち》の如きは全く見られない。そしてロスケが無制限に木を伐り取つた結果、あたりに相持ちの木がなくなつて、風の為めに、幹の弱い部分が折れてゐるのもあるし、そツくり根から抜け倒れてゐるのもある。根が浅い上に、地面がぼく〳〵してゐるからだらうと思はれた。

『樺太《からふと》だツて、どこだツて、同じやうに出来たんだらうが、なぜかう大きな木がないのだらう』と、旦那の声がする。

『もツと奥に行きやあるさうぢや』と、番屋は答へた。『それにしても、何辺も大きな山火事があつて、それが而も二年も三年もつづいたのもあつたさうぢやで、――何《なん》にせい、雪の下《した》をぷす〳〵燃えて、火事がその翌年にまで渡るのぢやから堪《たま》らん。松が燃え尽きた跡へ白カンバが生ゑる。白カンバが焼けたら、熊笹が出る。熊笹と来《き》ちや、もう、木《き》は生えん。それにこの頃ぢや、安く払ひ下げて貰ふ為めに、わざと火をつけるものまで出て来た。かうして、終《しま》ひにや、この樺太《からふと》も全く禿山になつてしまうだらう、さ。』

『切れるだけ切らせばいいぢやアないか？』

『それ、さ――鰊《にしん》や秋鯵《あきあぢ》だッて、さうぢや。下らん制限や規則なぞやめて、取り尽せるだけ取り尽させて呉れりやええのぢや。』

『蟹にやアまだ規則がない。』

『やがて出来るだらうよ、けち臭い役人どもだから、なア。』

『あ、栗鼠ぢや、栗鼠ぢや』と叫んで、日雇ひの子が一人、民蔵よりもさきにかけ出した時は、民蔵は松のまばらに生えた、あまり雑草もない傾斜地を踏んでゐた。

『鰊《にしん》なんかどうでもいい！ 蟹もどうでもいい！』かう心に云はせて、渠はお竹の姿ばかりを思ひ浮べてゐた。そして何千年か以前からの木の葉や枝や枯れ木などが積み重なり、積み重なつて、ほんの、腐つたばかりのやうで、まだ固まつてゐない地盤の底から、ひよツこりとかの女《ぢよ》がにこついて出て来るいたづらではないのか？ 海を離れて、今度は、山が自分に生きて来た。

渠は山を踏んでゐるのか、山が渠のからだに添つてゐるのか、どツちとも分らなくなつた。睡眠不足のあたまがふら〳〵と熱しあげて来て、ぼく〳〵した地盤が見えない女の力で渠を空《くう》にはね返すやうだ。

それが而も手のやうに、足のやうにあツたかい力であつて、自分をその熱に包んだ。ふと、きなくさい気がした。渠は今の話を心で繰り返して、

『火事だ！　火事だ』と叫びたくなつた。このあたりの地盤の底には、今でも、去年からの雪や氷の下を這《は》つて来た奇妙な山火事が、一面に火の手をまわしてゐるやうだ。

『おい、民さん。』旦那の呼ぶ声である。『さうずんずん進んだツて仕やうがないぢやアないか？　少しは皆さんに休んでもいただかなきやア――』

『…………』民蔵は無言で後ろを向いたが、棒のやうにつッ立つた。そのかたはらにブシと何だか分らない草との花が咲いてゐた。雇ひのちよか〳〵した子は、直ぐかけ付けて、奇麗なブシの花へは手を触れないで、分らない草の黄花《きばな》をむしり取つた。

『何だか気持ちがよくなつたやうだぜ』と、旦那は云つた。

『もう、この辺でも』と、番屋は知つた振りで、『オゾンの臭ひがします、わい。』

『山の気とでも云ふんだらうか、ね？』

『まア、さうぢや、な――内地なら、深山の樹木が吐《は》く濃い酸素ぢやさうだ。』

『まア、諸君、休んで呉れ給へ』と、旦那が云つた時は、旦那も番屋も既に谷合ひを見おろせるところの地べたに腰をおろしてゐた。

独りで無言な民蔵も、オゾンとやらを吸ふ為めだらう、心の筋肉までにぴん〳〵と元気が付いて来たのをおぼえたが、既に已に張り詰めてゐた胸は一しほそれが為めに息苦しく、蒸し苦しくなつた。

『どうした、民さん』と、初さんは煙草入れを腰から抜き取りながら、渠が下の方で皆の方を向いて立つてるのを見た。『さツぱり元気がないぢやないか？』

『さすがに』と、番屋は、自分のそばにゐる下働きの肩からオペラグラスを外しながら、『オタトモ一等の飄軽《へうきん》ものでも、なア――』

『女房がゐないので、しよげ切つてらァ』と、旦那は無雑作《さ》に笑つた。

民蔵はちよッと皆の方へ目をあげて微笑したが、『は、は、は』と、小い連中にまで笑はれたので、直ぐまた下を向いた。

『こりやァ、どう考へても、喰はれてしまつたんだぜ。』

『骨だけでも見えないか、なア』と云ひながら、番屋の親方は目鏡を当てて見まわした。

民蔵は、然し、そんなことをして見ても見えるわけがないと思つた。女房は、もう、渠の心の中にばかりあつた。

自分で用意して来た握り飯を喰ひ初めたものがある。

煙草ばかり吹かしてゐるものもある。

なほその上《うへ》の方へ探しに行つたものもある。

林田旦那が勇さんと民蔵とに命じてひらかせた鑵詰めを、皆が半ば以上も喰つてしまつた時、

『皆来い、皆来い』と、上から頓狂に叫ぶ声がしたので、いづれも緊張した気を振ひ起して駆けあがつて行つた。

低い雑草の踏み敷かれたところがあつた。熊の足跡もあつた。人間の足が一本、甚しくいばらにひツかかれた跡の血がこびり付いた儘、つんと、うは向きに突き出て、あとのからだは地下に埋められてゐた。

『ひどいことをしやアがるおやぢだ、なア』と、番屋は多少の感《かん》じに打たれたやうに叫んだ。『人間を馬か何ぞに思やがつて！』

『どうしてこんなことをしたんだらう？』

『北海道では、よく馬が斯うされてる——仮りに埋めて置いて、今夜また取りに来るつもりぢや。』

『して見ると、民さんの夫婦喧嘩は夜あけに近かつたんだ、な。』

『太陽の光はありがたいものぢや』と、感心したやうに初さんは云つた。『畜生までが悪いことを中止するのぢや。』

『なアに、ほうつて置けば、また夜になつて取りに来らァ、な。』

『賢いやうで、馬鹿ぢや、なア。どうせ自分が穴まで帰るついでなら、持つて行きやアえゝのに。』

『そこがまだしも仕合せであつたのだらう、さ。』

おやぢと云つても、まだアンコのやうなものであつたらう、如何におほ女だからツて、お竹一人ぐらゐを思ひ切つて運んで行けなかつたのは、などと云ふ評議が足のまわりを取り巻いたもの等の間に行なはれたが、気持悪がつて誰れ一人としてそれに手を掛けるものはなかつた。

天に向つて向き出しの足を、民蔵はじツと見入つて、『こんなに肥えてゐたのか、なア』と思つた。同時に、むら〳〵と新らしい雲《くも》が起つて、全身が動揺した。

まだあツたか味のあるやうな気がしながら、これを逆に引き出さうとしたが、出すが最後、自分の制し難い雲の力が天地の間に爆裂するのだらうと感じて、二三歩を退いた。そして皆に帰つて呉れと頼んだ。否、頼んだと云ふよりも命令した。渠には、この四五日前からの、殊におとゝひからの、積り積つた鬱《うつ》忿《ぷん》が一時に目の前に集中して、渠に天上天下の総権威を与へたと思へた。

『どうして帰るんだい』と、旦那は皆に気がねして、民蔵に、実際の心持ち以上の怒りの様子を見せた。『親方を初め、初さんや皆にわざ〳〵探してもらつて置いて！』

『どうしてでもいい、帰れ！』

『お前はこの二三日どうかしてイるぜ——けさだツて、おれに

つけ〳〵当りやアがつて！』

『当つたら、どうしてい』と、両手の拳に男性の力を籠めて、じり〳〵と押し寄つた。

旦那はおとなしくからだを引いて、

『せめて今夜だけでも、みなにお通夜をして貰はなけりやアならないのに――？』

『お通夜も、くそも入るもんけい――おりやァここへうツちやつてしまうんだ。』

『そんな可哀さうなことア、おれがさせない。』

『おれの女房はおれの女房でい、おれが勝手にすらア。』

そんな云ひ合ひをしたからツて、この場合何にもならないので、番屋の親方が仲に這入つた。そしてあとで皆が一緒になつてお竹を一先づ海岸まで運んで帰つてやることにして、兎に角、暫くの間、民蔵の云ふ通り、皆はここを遠ざかることになつた。

民蔵は独り、臆病などろ棒のやうな目つきをして、きよろ〳〵と、皆が行つてしまうのを注意してゐた。

再び皆がそこに集まつた時は、お竹の死体は地の上に出てゐて、仰向けに衣物の裾も整へられて、仏さまのやうに横たはつてゐた。

気丈《きじやう》な女が大分に格闘したかして、額の皮をひツかき剝《は》がれて赤い肉がうら返しに出てゐるし、両方の手もひどい傷で血だらけだ。

『可哀さうに、なア』と云つて、旦那はその肩から胸のあたりに残つてゐるぼそ〳〵した土《つち》を払つてやつた。

『ひとり死んだのが二人分ぢやから、なア』と、親方も銃を肩にしたま、悲しみを表した。

『どう云ふ風に引ツかいたのだらうか、あの額は』と、勇さんは真面目に聴いてゐた。

『おやぢもおツそろしいものさ、な』と、初さんはじツと見つめてゐた。

『亭主を嫌つた報ひだア、ね。』民蔵はかう云つて、案外に顔色が和らいでゐた。いつもの冗談まで云ひながら、死体を自分の肩にかついで皆と一緒に山を下だつた。そして道々、『道理でゆふべの夢見がよくなかつた』などとも語つた。

ラクマカまで坊《ばう》さんを呼びにやつても、どうせ間に合はないことが分つてるので、知り人が集まつて互ひに念仏だの、題目だのをそれ〴〵に唱へることになつた。

二人の寝る場所であつた床《ゆか》の上に死人を寝かせ、その枕もとにビール箱をひツくり返して台となし、その上に蠟燭やら線香やらを置いた。

樒の代りに、泥柳の葉やイタヤもみぢの枝を取つて来て、ビール壜にさした。

そして或人がお経を読むのが上手なおかみさんをつれて来たので、それに読んで貰ふことにした。かの女は死人の枕もとに坐わり、どんぶりの中へ灰を盛つて線香のけむりを立てさせてゐるその前に向つて、坊さんのするやうに手を度々合はせ、暫く口のうちでもが〳〵と何か云つてゐた。そのそばに民蔵はちやんと坐わつて、膝に両手を置いて頸を垂れた。そして考へた、自分が殺したも同前だが、海であんまり蟹の甲良を剝ぐのが祟つて、自分のかはりに女房が山で額を剝がれるやうになつたのではないかと。

さう思ふと、今まで無かつた風がそれが為めに急に吹き初めたやうで、海の遠鳴りがどこか、かう、暗い陰影のちらつくところへ、自分をさいなみに引ツ込んで行く。

自分も斯うして祟り殺されるかも知れない。

ひよツとすると、お竹が見た熊とは、何千匹かのおほ蟹の幽霊ではなかつたらうか？　渠は自分の手にかけた鑵詰めやら干し蟹やらのありがを思ひ浮べて、自分の周囲にも、もう、そのおそろしい影がさしてゐるやうであつた。

その時、渠は経読み女のなか〳〵上手な阿弥陀経に釣り込まれてゐたのだ。

どうした拍子にか、あまり沢山イタヤを盛つてあつた壜が倒れた。それを、床《ゆか》の端に腰かけてゐた人が元の通りに立て直して呉れたが、死人は少しもびツくりしなかつた様子を見て、民蔵は俄かにむせび泣いた。

『もツともだア、ね――もツともだア、ね』と、女連は言葉に出して同情した。

『まア、一杯飲めよ。もう、泣いても、わめいても、駄目ぢやで、なア。』こんなことを云つて、男連の間から、茶碗をあけて渠にさしたものがある。初さんであつた。そして民蔵が片手で涙を払ひながら受けた茶碗へ、勇《ゆう》さんはなみ〳〵と酒をついでやつた。

渠のほかの飲み手は皆、蟹をさかなに、段々酔ひがまわつてゐた。

『泣くだけ泣いてやるのもいい、さ。』旦那は主人らしい態度を皆に見せて、『民蔵も、これまで、さん〴〵女房をいぢめ抜いたから、ねえ。』

『なアに』と、番屋の親方が応じて、『民さんのいぢめるのは可愛がつてをつたのぢや。』

『そんな可愛がられ方ぢや、女が困る、なア』と、同性仲間を返り見た婆さんがある。

民蔵も多少酔つて来たので、冗談半分にきのふのダニのことをおほ袈裟に吹聴して皆を笑はせたり、死人のさん〴〵な悪口を云つて、そんなことはけふだけ云ふなと戒められたりした。

他の二ケ所の製造所の人々も、けふの仕事を終つて、ちよツと顔を出した。そしてけふも大漁《たいれふ》であつたことを旦那に自慢らしく話てるのを聴いて、渠は旦那に向つて、

『惜しいことをした』と口に出した。

『仕かたがない、さ』と、旦那も負け惜みを表する顔つきをして答へた。

夜がふけてから、人の顔は大分入れ代つたが、お通夜をしようとする人数は昼間よりも増してゐた。

けれども、民蔵はけふ感じた海山のおそろしさや悲しさを忘れて、再び熱い男性の雲《くも》の力をばかりおぼえ初めた。そして皆にまた何と云はれても構はず、先づ経読み女に帰つて貰つた。

それから、関係の薄い男女を帰した。

残つたのは旦那と勇さんと番屋の親方と漁夫の初さんとであつたが、かう云ふ人々に殆ど命令的に帰れと告げた。初さんの外は、『またか』と云ふ顔つきはしたものの、異議は唱へなかつた。

初さんは酔つ払つてゐた。管々《くだ〳〵》と同じやうなことを繰り返して、いつもの馬鹿正直一方から、随分世話になつたお竹さんだに依つて、今夜だけはどうしてもお通夜しなければならないと頑張つた。

『民さんには民さんの思はくもあるのだらうから』と、旦那や親方がこれをつれ出さうとしても、なか〳〵承知しなかつた。

目の色を変へて怒つてたものは、この正直者を床の上から引きずり下ろした。

『ぢやア、帰る！　帰る』これも怒つて草履を穿かうとするのを、民蔵は待つてやれなかつた。渠はからだ中にみなぎつてゐる蛮力をふり起して、初さんをぐん〳〵戸の外に突き出した。

（「中央公論」大正2年11月号）

松葉杖をつく女

素木しづ

小引

あはれな物語である、又格段な経験である。いよ〳〵此作が掲載されると決してから、自分は改めて作者の決心を確めに行つた程、格段な、而して悲惨な物語である。尤も事件は単純なものである。技巧の上から云つても、常に此主人公が『松葉杖をつく女』であると云ふことを意識して読んで遣らなければ、其意味が徹しない程幼稚である。併しそれを辛抱して読みさへすれば、何か知ら、ぎろりとしたものに出会《でつくは》すことだけは確かである。屹度何か知ら有る。想ふに、最も純な少女の心を知らむとするには、其少女を格段な境遇の下に置いて見る外は有るまい。此作は左様云ふ境遇の下に少女を置いた作である。

十一月十八日　森田草平識

現《うつゝ》ともなく、圧しつけられる様な、息苦しさ、カバーを掛けた電気の光りが黄色い靄《もや》の様に漲ぎつて、毛布の上に重くかさなり合つて居るのを、水枝《みづえ》は細目に見やつて、やがてふいと勇者の様に起き上つて、強いて瞳を大きく見張つた。シーンと頭が重く沈まり返つて、すべての感覚を失なつた様な自分の肉躰がすべて空気の中に溶けあつて、わけが解らなくなつた様に思はれた。が水枝自身は強いてそふ言ふ気かと茫然《ぼんやり》して居る様にも考へられた――。

音もなく扉《どあ》が内《うち》の方に開いて、廊下の光線が斜にさして冷たい風がふうと流れる中から、清らかな白衣《びやくえ》をつけた、細やかな看護婦が生霊の様に表はれて、伏し目のまゝ、そつと水枝のベツドの側によつた。

水枝は知つて居た。昨夜、鈴木さんに退院の話をした時、「明日は三時に起きて貴方の所へ行きます」と鈴木さんが言つて帰つたのだ。

水枝はそれを思ひながら鈴木さんを見つめて居た。

「なん時」細い銀鎖を静かにたぐつて、

「三時」その声は消えて行きそふであつた。

ピチンと時計の閉まる音がした時、初めて自分が何時と訊いた事を思出して、失はれた意識をすべて呼び戻した様に、急にそは〳〵と人を迎へると云ふ微笑を、水枝は頬に浮べながら、

「お寒むかつたでせう。」

と鈴木様《さん》の赤く慄えてる指を見詰めた。又、

「まだストーブの火が来ないのねえ。」

「今日実際御退院なさるの。」

鈴木さんは円い椅子に腰を降して俯向いた。

「え、実際《ほんたう》なの。」水枝は力を籠めて言つた。

「家《うち》の人は午後に迎いに来るんでせう。どうしたつて仕方ないわ。貴方とも別れつちまふ――私《あたし》が病院を出たら皆――みんな私《あたし》の事なんど忘れつちまうんでせうねえ。それが厭だ、それが悲しいの。ステイシヨーンの様に毎日逢つては別れ逢つては別れする病院に、貴方はよく居られるわねえ。そして逢つた人は忘れて、忘られない人とは最早一生逢はないんじやない。私《あたし》なら泣いてばかり居なきやならないわねえ。どうしても知つた人は皆忘られない。一度知つた人が路傍の人となつて、行き過るなんて、私《あたし》にそんな悲しい事は出来ない。あなたは――」

鈴木さんはじつと水枝の顔を見て居た。水枝はふと自分が独白をして居る様な、可笑しさと、果敢なさに口をつぐんだ。沈黙がつゞく。三月の病院生活に誠の慰《なぐさめ》を与へて呉れた、若い、自分と同じ年の看護婦が眠しいローマンスを持つた、この悲時を裂いて別れに来て呉れたのに――飛ぶ様な時を知りながら沈黙がつゞく。前から予期してた退院の大なる悲しみよりも、別になにか水枝は強ひられる様な苦しさと悲しさに身動きもしなかつた。

ガチヤ〳〵と騒がしい音をさして小さな看護婦がストーブに火を入れて行つた。音の静まつた後の静けさに押し出される様

に鈴木さんが、

「お互に忘られるんですもの、だけど、だけど貴方の事だけは忘られません。私《あたし》は手紙を書きますけれども、偶《たま》には御手紙を下さいね。」と言つた。

水枝はなんだか別れの場合に別れの話をかはすなんて云ふ事が、一寸《ちよつと》も信実のない事の様に思はれた。皆上の空の様な気がして、この場合自分の心との間に少しの空戟《くうげき》のない様な言葉が見出されないので、たゞいら〳〵と心が波立つて居た。

鈴木さんは思ひついた様にスカートのカクシに手を入れて、ガサ〳〵と紙をさぐつた。そして散薬を包む四角な蠟紙を出した。それには鉛筆で淡い文字が記されてあつた。

「これ、伊藤さんから伺つて書いといた歌、讃美歌と同じ節なの、一緒に歌はない？」

ピリ〳〵と慄える小さな紙を毛布の上に置いて見つめたまゝ、漸く二人の息づまつた様な声が口を出た。

「ましろき富士の根《ね》、みどりの江のしま、仰ぎ見るといまは泪、かへらぬ十二の――」

二人のむせんだ様な声が消えて、ほつと見合つて笑つた。白いカーテンがカラ〳〵とまくり上げられ、窓のスカシ刻《ぼ》りの扉から暁《あかつき》の青白い光線が静かにゴム引の床をつたひ、二人の尼僧《にそう》の様な頬の横をも流れた。

幾度も繰り返しつゝ、水枝の心は淋しく澄んだ。細い声がシーンと響き渡る時、自分は今無言の舞台に立つて、次の瞬間には床に倒れて叫泣《さけびなき》しなければならない様な気がした。

バタ〳〵と冷たく響いて居た、廊下の足音が次第に暖くなつて来た。電気の光がすうと薄れてほつと消えたストーブの火もいつか消えて居る。窓からも扉《どあ》からも白い光線が流れ寄つてその上に太陽の微笑が踊り初めた。スリ硝子の様に白く曇つた廊下の窓硝子に、水蒸気の凝《かたま》つた露が流れ初めて、室内に立ち籠めた夜気《やき》がどん〳〵と逃れて行く、看護婦の裳《もすそ》のひらめきの趾には賑やかな、さゞめきが残つた。

「これ写さしてね。」

水枝はノートを出してペンを持つた。

「ましろき富士の根《ね》、みどりの江のしま。」

鈴木さんの言ふ通り忙しく書いて、終りに「十二月十一日退院の朝」と書いて見た。

「私《あたし》これからこればかり歌ひませう。」

嬉しさうに云ひながら、今日退院などゝは、とても実行の出来ないものと考へた。「すべて女は喜びでも悲しみでも遠い計画を喜ばしく待つものよ。」

鈴木さんが帰つて終《しま》ふと水枝は例の通り忙《せは》しく髪を結つたり顔を洗つたり、坐つたまゝしきりに手を動かした。ひよつこりと起き上つた隣りの女の子の赤い少ない髪を念入りに結つて、赤い大きなリボンを掛けてやつたり、鴇色《ときいろ》の三尺の前を広げてやつたりした。

窓から初秋の様な風が流れて来た。山茶花《さゞんくわ》がキラ〳〵と輝いて、空は水色に晴れて居た。

食後、水枝は扱帯《しごき》を胴に巻きなほし、羽織を引かけて、松葉杖を両脇にはさんでトン〳〵と病室を出た。青磁の裾にネルを重ねた下から紅緒の草履をしつかり穿いた小さな一脚の足がちよい〳〵と、見え隠れする。

水枝は不具になつたのだ！。

けれども血色のいゝ艶やかな顔色をして、ベツドの上に起き上つて居る時は通りすがりの人に何処が悪いのかと疑はしめた。

「何処がお悪く居らつしやいますか。」

隣室の人等がつれ〳〵に来て訪ふ時、水枝は淋しさうに微笑んだ。そして何か胸に踊る様な。

「足ですの。」

「あのリウマチスでも？」

「いゝえ。」水枝は毛布の上に手を重ねて、相手の顔をジツト見て居る。けれどもその人は容易に言ひあてさうにもないので、苛立たし相に、その人の驚きを予期する様な瞳をすえて、

「切断したんです。」さう言つた時も相手人《あひてびと》の表情と言葉とを、どんなに暗やかな復讐的な眸子《ひとみ》で眺めやつたか、解らない、こんな事が幾度あつたらう。

すべて病院に居る水枝の行為は非常にあきらめがよく、また強いものと思はれた。けれどもそれは十八の少女が悲しみに疲れて幼児に帰つたのであらう。かゝる大手術をしたのも、大方は水枝の決断が好かつたゝめだとは云へ、それは死を望む少女が心弱さからきたのだ。

其時水枝は結核性の関節炎に右足《うそく》は身動きもならず、その上肺に故障があつたので、只死の安らかさを考へて居た。己《おの》が黒髪一条《すぢ》さへも抜く事の出来ない女の身として、この大きな肉体の一部を殺すといふ事は考へても出来ない、況《ま》してや全体を殺すと云ふことは——けれども、只殺して呉れたら——とそんな事を考へ初めた。そして片足を切断しては如何《どん》な事があつても生きて行かれるものじやないと断定した。夜《よ》も昼も薄明りにも風がないのにも只々意味《わけ》もなく涙があふれた。そして泪もなく死人の様に物言はぬ水枝は病院に運ばれたのであつた。が手術後の経過はすべて予想外に良好であつた。

青桐の葉が廊下ごし彼方《かなた》にゆらいで居るのを見た時、毛布の上に投げ出された水枝の手は、青い静脈《せいみやく》のすつきり浮いたまゝ、ピク〳〵と動いた。水枝は自分が生きて居るといふ事を夢の様に考へた。そして自分が生きつゝあるといふ事に考へ及ぶと、急にメスの様な冷たく鋭い、すべてを敵とする心強さになつて、憎しみと呪ひとに水枝の瞳子《ひとみ》は深く澄んだ。

そして強いても心強さを装つたが、あゝ、少女の心は疲れ安い。水枝は悲しみと憤りに疲れて静かに寝入る赤子の様に、夢の様な月日を送つた。実際、楽園の様な、温室の様な病院では、不具と言ふ自覚をも忘れさせる程、何の苦しみも恥しさをも齎らさなかつたのである。同じ人間——然《さ》うだ、水枝は同じ人間と思つて居た。これに生れてから十八年間の惰性は、足を失つ

たといふ事を少しも水枝に感ぜしめなかつたし、また、水枝自身も一度も切断した痕を見なかつた。

水枝はやがて繃帯交換に行つた、蒸される様な交換場のベッドに横になるや、すぐ長い袂で常の様に顔を押へた。その中に幼児の頭の様に円くころ〳〵と巻かれた右足《うそく》の繃帯は解かれて新らしいのに換る、そして前の着物が合された時、ほつと汗ばんだ顔に微笑を浮べて出て行く。水枝は力なくベッドの上に倒れて、折から入つて来た看護婦に、

「わたし、今日退院するの。」

哀みを追ふ様に言つたけれども、

「そう、嬉しいでせう。」と捨白《すてぜりふ》を残して出て行つた。すべての看護婦の態度が急に冷たくなつた様に思はれて、水枝は泣き出したい様な心になつた。

「あ、、去るものは、行く者は返り見られないんだ!来る者残るものばかりをあの人たちは考へて居るんだ!」

これまで人一倍愛せられ、労《いた》はられ、多くの看護婦を友の様に思つた水枝は痛切に無情を感じた。それがすべて義務上の愛であつたと言ふことも、彼等の慣習だと云ふことも、忙しかつたと言ふことも考へられないのである。

「ねえ、やつちやんはまだ〳〵病院に居られて宜《い》ゝねえ。」

「お家に帰るのが、どうして厭なの。」

女の子は絵草紙の姉様《あねさま》を一心に切り抜いて、水枝に取り合ふともしない。水枝はふらりとまた長廊下に出た。廊下の窓に午后の日光が照り返つて、山茶花《さざんくわ》の葉がつや〳〵かに笑つて居た。けつして冬とは思へない。

四五人の看護婦と共に水枝は中庭に降りた。薬室の鈴木さんも走つて来て、写真を写した。まぶしい程の日光がさして、瑠《る》璃色《りいろ》に晴れた大空を見上げた時。瞳の底になつかしい涙がしみ〴〵と湧き出る様に、只恍惚とした。

足許に散り残つた山茶花の薄色の花弁が、ひら〳〵と落ちた。鈴木さんは青い小さな瓶を日光にすかして見て居る。

「まあ随分晩《おそ》かつたのねえ。今からでも帰るの?」

水枝が遣瀬《やるせ》なさ相《さう》に、ベッドに俯伏して居る時、兄の茂が真面目になつて入つて来た。

「む、」

「今日は帰らない積りで居たの。」投げ出した様に言つて兄の顔を見つめたが、黙して居るので仕方なく帯を解いた。すべての人、家の人までが退院と言ふ事に成ると、辛く厳格に自分に当るものだと考へた。

「着物は?」

「此中《このなか》にある。阿母様《おつかさん》がすつかり揃へてよこしたんだよ。」

オレンジの風呂敷包を解いて見た時、水枝の知らない下着が重ねてあつた。

「まあこれは。」そつと兄の目を見た。

「む、、阿母様《おつかさん》が、昨夜一時まで起きて作らへたんだよ。」

茂は低い声で云ひながら、何も云はずに早く着なと目で知ら

した。水枝はふら〳〵と着物を着換へ、巾《はゞ》の広い、赤い大きな帯を倒れそふになつてしめた。しまりなく、しめた帯だけれども、水枝の胸は痛々しく圧せられた。

　兄に随いて水枝はゆふべの長廊下を淋しく玄関に出た、夕陽《せきやう》が蔭つて白銀色《しろがねいろ》は空気の静けさに松葉杖の響がシーンとした。いつそ不安な思ひに俥《くるま》に乗せられて、

「さようなら——さようなら——」白い道を音もなくすべる。薬室の鈴木さんは飛んで来て悲しい瞳で送つた。病院の門口にアーク燈が白衣《びやくえ》の人の面影の様にぽうとついて俥は矢の様に赤い煉瓦塀をめぐる。初秋の朝《あした》、水色の幕を垂れた釣台がこの血の様な塀に添ふてトボ〳〵と来たのだが——水枝の追憶はすぐ現在に引戻された。俥は電車通りを横ぎつた。黒いボアを頸《くび》にしめて、荒い冷たい師走《しはす》の風に水枝は身をすくめた。

「何と云ふこの恐ろしさ、この烈しさ。」

　夕暗《ゆふやみ》のどよめきは大浪の様に——また戦場の様に人々は物狂はしく右往左往に走つて居る。其中に青い灯を見せて、電車が猛獣の様な叫び声を上げて轟然として行き過ぎる。暗い空には非常を知らせる様な赤い火が所々高く上つて居た。水枝の膝掛の下に立てた一脚の足はぶるぶると慄えて、右足《うそく》の切断面がチクチクと痛んだ。はつとなつて側にたてかけた杖を抑へて、きつと硬く身を引しめたが、自分の身体《からだ》は俥と共に矢の様に走つて居る。

　あゝ再び小鳥は巣に帰られない！運命の手は彼を何処につれて行くのだらう！

　やがて俥がゆるやかに墓地中を行く時、水枝は落着いた様に、漸く病院の方を振りかへつた。黒い木立の中に赤い火がチラ〳〵見えた。あの赤い灯のかげには、白衣《はくえ》の人が病人の手を取つて優しい物語をして居るだらう、「私《あたし》は病人じやないんだ！、片輪なんだ！」いつか溢れた泪《なみだ》の中に、縞の着物を着た世の中の女がついと通つた。

「自分はなぜ家に帰へらなけりやならないんだ。自分はなぜ世の中に生きて行かなきやならないんだ！」

　水枝は訳もわからずそんな事ばかり思つめて、八百屋の店先の美しい、そこばかりは静かな瓦斯《がす》の灯にてり返つて、黄色く笑つたオレンヂなどの目にうつゝた時、又新たに涙が溢れた。銀の様に底光るお濠の水や、黒く聳《そび》えた土手の松の中に淡く輝く星を静かに淋しく見守りつゝ。

　やがて物珍らしい灯《ほ》かげの漏れた格子戸の前に、けたゝましく鈴が鳴つて、元気よく、お帰り！、と叫ばれた。と、静まりかけた水枝の神経が、一度にはつと昂ぶつた。

「みいちやんかへ」家の中で母親の声がした。

「みいちやん」妹の絹枝がおどおどとした様に玄関に出た。

　水枝の心はなんとも云へぬ物懐しさとかなしさに迫つて、俥を降りる不自由さと、敷居をまたぐ不自由さに、訳もなく泪《なみだ》が溢れた。杖がなくては一歩も歩けぬ。水枝は涙を抑えて漸く部屋の最中にべたりと坐つた。その身体の冷たさ、頭の上の白け

た電気の光りに四辺《あたり》の静けさは恰度広野の様な、また地下室の様な。その中に水枝の涙のみ暖かく滾々と泉の様に湧き出て居た。

「誰も来ないで、誰も来ないで。」

又言葉をつゞけて、

「いま一寸私《あたし》の涙のおさまる迄――私《あたし》はなにも悲しくないんです。片輪になつたなんて、少しも悲しくはないんです。――誰もいま一言も私《あたし》に言葉をかけないで下さい。」

水枝は自分でなす術を知らない。いまもし、今の自分に一言でも言葉をかけられたら、この胸は破《わ》れ、自分は死んで終《しま》ふ様に考へた。少しの間である。膝の上に落ちる緩やかな涙を見つめて、たゞ斯う夜の様に繰りかへして居た。

ガラツと格子が開いた様である。華やいだ声かなんか遠くの方でする様な――、水枝はそつと前にある新らしい更紗《さらさ》の布団の掛けられた炬燵《こたつ》に手を入れて、暖かく泪にぬれた頬を名も知らぬ赤い花模様の中にうづめた。恰度夢に浸つた様に――湧き出づる涙は、なつかしいもの、様に止《とゞ》め得ない。

「本当にみいちやんが斯様《こんな》に丈夫になつて帰つて来たんだものねえ。あの青く血の気のない人が――足が片方なくたつてどんなに善《い》いか。片輪になつたつて、何も悲しむ必要なんてありはしない。義足が出来るんだもの。」

いつか水枝の前には、つやゝかに肥えた伯母が来て居て、慰めの積りで云つたのであらう、こんな事をくど／＼と言つて居た。涙を出すまい、瞳を動かすまいと、伯母の顔を見守つた水枝は、その言葉が終るや否や。

「解つて居ます。何も云はずに下さい。」

と心強く叫んだけれども、それは口に出なかつた。水枝は人に片輪になつたのが悲しいから泣くと思はれるのが何より厭だつた。片輪になつたなんて何でもありはしない。丈夫になつて帰つて来たのが、自分が生きて居るのが、之からも生きて行くと云ふのが悲しいんだ！自分の涙も悲しみも皆生きて行く事にあるんだ！片輪だなんて、そんな低級な卑しい事に泣いちや居ない。水枝は殊更にそふ思ひつめた。自分が生を悲しむと云ふ事も、つまりは不具になるとは考へない。自分の悲しみの中に不具と云ふ事が少しも関係がない様に斥けて居る。反抗は口を噤ませて、涙となつてほとばしる。

「切角帰つて御目出度いのに。そりや生れもつかぬ片輪になつたんだから、悲しからうがそんな事は諦め様一つ――」

水枝が息づまる程覗きながら、また伯母様《をばさん》が云つた。

「まあ、みいちやんはどうしたんです。え。」

柔らかな暖かな母の言葉が耳に響くや、赤子が乳をさぐる前声を立てゝ泣き出す様に、とうとう啜り泣きを初めながら、

「生きて来たのが悲しい――。」

とたつた一言水枝は云つて、すがる様に母の後姿《うしろつき》を見まもつた。

「みいちやん泣かないで――」

妹の絹枝がをど／＼した調子で耳元に囁いたのも、穏やかに

耳に入つた。そつと恥しい様な心で横を向くと、絹枝の大きな瞳は労はる様に姉を見まもつて、黒いリボンがだらりと前髪に垂れて居た。水枝はなんとも知れぬ暖かさを感じた。茂が赤い顔して帰つて来た。他に寄つた事など云ひながら、涙に光つた水枝の瞳を見て「どうだ」と声を掛け様として、そのまゝ口をつぐんだらしい。懐《ふところ》から薬瓶と書付を出しながら、

「今度は之を呑むんだと。」

「何？」母は静かに云つた。

「丸薬…」黄色の小さな瓶を透して見て「これはね、亜砒酸丸なんだよ、だからこの表の通りに間違へずに呑まなきやならないのさ。まあ明日の朝一つ呑むとすると、昼は二つ晩は一つとか。それが毎日日によつて違ふんだからね。亜砒酸は毒薬なんだよ。」

茫然となつて居た心に、最後の「毒薬なんだよ」と云ふ言葉が千斤の重きを持つて水枝の心を抑へつけた。それに依つてじめ〳〵した心が急に晴れて澄んだ、底の知れない程冷静に心が慄えて来た。覚えず頰に上つた微笑が心を突き透す様に冷たく悲しく感じられると暫くぼつとした。

「これを一度に呑むと死ぬんだわね。」

側に居た伯母がなんとか云つたが分らない。水枝は振り返らないけれども、母の凝視を強く自分の頰に感じた。

「まさか死にやしまいさ。だけど表通りに呑まなきや身体《からだ》に悪いんだよ。」

茂は何気ない様に云つた。水枝は茂がそんな事を云つたのが可笑しい様な気がした。何にしても毒薬なんだ。自分は之で死ぬるんだ！　掌《たなごゝろ》の上に薬瓶を載せて、粘つた淡黄《うすき》な丸薬が片隅について居るのを覗きながら、秘める様に袂の蔭に隠して、元気よく居ずまいを直した。

何と言ふ幼稚な事だらう。只水枝は疲れて居る。死ねやうが死ねまいが毒薬と言ふ言葉、亜砒酸と言ふ言葉は、女の心を夢の様な誘惑に導いた。自殺の前に沈む心の表面を、誰も愉快を装ふ様に、水枝もやがて元気よく、皆と一所にテーブルに向つた。無意識に箸を取つて一口喫《た》べながら、

「久し振りの家《うち》の御飯だから旨しいこと。」

空洞をたゝく様な声が何の意味もなく口を離れた。と、底の知れないやうな淋しさが、つぎ〳〵と押しよせて来た。水枝はハツとして、カチリと白い角の箸を下に置いたまゝ、

「自分は死ぬんだ」

水枝は横も振り返られない様な気がした。

水枝はその薬瓶をまたそつと床の間に人知れず置いた。そして低く敷かれる床を見つめながら喪心《さうしん》した人の様に坐つて居た。

頭の中にはいろ〳〵の事が走馬燈《まはりとうろう》の様に入りかはり、立かはり行き過ぎて、どれも〳〵つかまへる事が出来ない様であつた。また捕まへ様と云ふ気も起らなかつた。

水枝は悲しみに疲れた、低い床の中に、海の底にひかれて行く様な重苦しさに、悶えながらうつら〳〵と夢に引かれた。

翌朝《よくてう》、水枝が目覚めた時、たゞなにとなく瞳が曇つた、縁側の障子に風がピリ〳〵と鳴いて、脱ぎ捨てられた着物や夜具の乱れた様を見つめて、絹枝が元気よく登校する靴音を聞いた時、只なにがなしに涙ぐまれた。漸くのこと着物を着て、台所の前まで畳をすつて出ながらくしや〳〵と並べられた厨《くりや》の道具をじつと見つめて居た。朝顔の画のある自分の御茶碗がザルの中でカチリと音を立てゝ動いたり、七輪の上に掛けられたお鍋がぶつ〴〵と煮えて居るのを見ても、訳もなく胸がふさがつた。

母の雪枝がすつかりと片づけて後、母と子は冷えきつた様な朝の御飯に取りかゝつた。

なにか云はねばならぬ様な気がして雪枝は箸を取つて吶《ども》りながら「足の方はどうだへ。」

「繃帯がぬけそうで——」水枝はなぜか泣きそうな声が出て終《しま》つた。何か蟠《わだかま》りがある様に切角言ひかけた雪枝の言葉を聞こふともしなかつたり、水枝がふいと言い出した話に雪枝の返事が詰つたりして、お互に小食に、やがてバタ〴〵と食事はかたづけられて終《しま》つた。

家の中が厭に暗い、水枝は明るい白壁の病室の事ばかり考へた。退院の前日?二の側の患者から貰つた。綺麗に垂れ下つた南天の枝は如何したらうと考へた。持つて来ればよかつたが、持つて来ても詰らない、きつとやつちやんがあの実を一つ一つもいで敷布の上に散らして居るだらうと茫然《ぼんやり》した。遅く起きて来た茂が、

「どうだ」と言つたつきり黙つて新聞を読み出した。午後になつて黄色い貧しい日光が醜女の笑の様に輝いて来たので、それを避ける様に伯母の所へ出かけた。

「危険《あぶな》いよ、気をおつけよ。ほら前に石があるから。」

初めて土を歩く水枝はふい〳〵と浮き上る様な感じがして、母親の注意のまゝに蝸牛《かたつむり》の様に遅く、輝きのない顔をして歩いた。細い径《こみち》に巻きつけた濃小豆《こひあずき》のショールが何遍かくるりと解けて落ちた。

「いゝのよ。」

「でも寒いから」雪枝は何遍でも丁寧に巻きつけて襟にはさんだ、伯母様《をばさん》の家は明るく静まり返つて眉の青い肥えた伯母様《をばさん》と、色の白い人形の様な顔をしたお嫁様《よめさん》が微笑んで居た。水枝はそこに強いられる様な笑を洩して坐つた。伯母様《をばさん》の家は水枝に初めてであつたので、やがて伯母様《をばさん》の侑《すゝ》めるまゝ、松葉杖を両脇にはさんで恥しそふに畳の上をふはり、ふはりと歩き出した。そして玄関前の梯子の側に行つた時、足を慄はしてじつと俯向いた。

「まだ、みいちやんに梯子は駄目だらうねえ。負つてなり、如《ど》何《う》にかなりして曳き上げられるだらうが——。」

「えゝ、みいちやんは梯子はとても駄目です。まあ義足でもつきましたら、どうか——。」

雪枝と伯母が後《うしろ》でこんな話しをした。

水枝は罪人の様に元の部屋へ引返して杖を投げ出して坐つた。

畳の上に淡い影を投げた黒塗の両杖は、たゞ無暗《むやみ》に悲しい道具だ。この部屋に坐つて物言はぬ人の呼吸が、すべて大きな吐息の様に考へられた。水枝は少しのことに非常に疲れて家に帰つた。

暮《くれ》は驚く程早かつた。絹枝が学校から帰つて、隅に脱ぎすてた袴をたゝむ間もなく電気がつく。

「きいちやん、伯母様《をばさん》の家は実際近いのねえ。今度の家は前の家よりいゝ様じやないの。」

「みいちやん、行つて見たの。あの広様《ひろさん》が小さい時書いたつて言ふ「日夜之思《にちやのおもひ》」つて言ふ変な字の額があつたでせう。」

「えゝ、あんなに近いのに私《あたし》が寝て居る時、いつもきいちやんが行つたり来たりするのが不思議な様な――どんな道をどこへ行くんだかと思つてたわ。」

水枝は初めて自分が道を歩いたと云ふ事が、なんだか或気にかゝる打明けなければならない事件の様に考へられて、道を横ぎつて露路《ろぢ》に入つた時、新らしい板塀に赤い日があたつて居たことや、瓦を敷いた下水の綺麗にチヨロ〳〵と流れて、御飯粒が少し沈んでたこと、あんなに道が湿つて居たこと等を考へると新らしい興味のある事の様に思はれて、

「あそこいらの家《うち》は新らしいのねえ。」

「さう。」絹枝は気のない返事をして本を見て居た。水枝は詰らな相に黙つたけれども、何か自分の心の中に輝きがある様な気がしてならなかつた。第一格子を開けて外に出たと云ふこと、そして自分はある別な家の戸を開けて入つて遊んで、また自分の家に帰つたと言ふことが、どうしても輝きがある様な気がしてならない。けれども誰も瞳をかゞやかして語ると言ふ人もないので、茫然と絹枝を見て居たが、自分はうつかりして居られない。非常な仕事がある様な気がして、あせり出した。

まづ絹枝の襦袢の袖がみつともなく汚れて居たので、更えてやらねばならぬと思つた。自分は炊事の方は出来なくとも裁縫の方は一切出来ると考へて、

「なにかメリンスの裂《きれ》がないでせうか。」

「今頃から何をするの。」母の雪枝が迷惑相にして居た。

「きいちやんの襦袢の袖を縫つてやるんです。」

「明日にしたら。」

「だつてきいちやんの袖は、みつともないぢやありませんか。」

メリンスのオレンヂの裂があつたので、水枝はチク〳〵と縫ひ出した。針もつ事は久し振りなので一心に急いでも煩はしく、直《すぐ》に倦きが来た。しかし何とも知れぬ力を感じた。

どんな些細な仕事でも、または大きな仕事でも水枝は忽ち死をかけた。それが此上もない尊いことの様に。そしてけつして癈人と云はれたくない、自分は何でも出来ると言ふ考へが深く根ざした。

「まあ嬉しい。こんなに綺麗に――どうもみいちやん有難う御座いました。」

絹枝が袖口を覗いて、嬉しそうに見て居るのを難しい顔をし

て見つめたまゝ、

「ねえ、繻袢の襟でも汚れて居たら、みいちやんがすつかり換えて上げますからね。」

「お前、そんな事云つてまた身体《からだ》でも悪くなつたら大変ですよ。」

雪枝は気の強い事を言ふ我子をなだめる様に言つた。時計はもはや十時を過ぎて居た。

次の日は非常に風が烈しかつた。

「よしたらどうだ」と茂が言つたけれども水枝は仕度をした。また再び水枝は俥に乗つて灰色の煙の様な中を病院に行つた。今度はなにか歯痒い様な希望を持つて、廻診衣を着た医師の顔がさま〴〵に浮んだ。

たゞ一日を見なかつた病院だけれども、水枝が居た時よりもなほ一層清らかに静やかに、そして安らかに楽しく見えた。街には灰色の風が狂つて居たけれども、病院ばかりは、春の様な柔らかな日光が流れて居た。此処は自分の住みかである、此処は自分の居るべき所だと、水枝は考へて嬉しくてたまらない。入院当時恐ろしかつた輸送車の響も快よい音楽の様に聞きながら、薬室の鈴木様《すゞきさん》を呼び出して長廊下を歩いた。別に話すこともない、たゞ、

「御忙《おせは》しいの、いつまで勤務?」

等と言ひながらも、穏やかな、ゆるやかな感じがした。やがて水枝がふと立どまつてほつれ毛を耳にはさんだ時、鈴木さんが驚いた様に、「まあ佐々木さんの手の汚なくなつたこと」言はれてハツと手を引いた。手は風で赤くふくれて居る。

「ねえ、病院にさへ居ればねえ。」

そう言つた言葉は口を出たかどうか解らぬ。水枝はいぢらしい形をして、ゆるやかに大きく溜息の様に病院の空気を吸つた。そして後やつちやんの部屋や、其他の病室などをそは〴〵と渡り歩いた。が、自分は家に帰らなければならないと考へて途方に暮くれた。

帰ると言ふことなど思はず悠暢に赤い傷の繃帯等をして貰つてる患者が羨ましい。どこか私に血の出る傷がないか。赤い傷が。けれど、水枝の手や頬や頸《くび》はなめらかにくぼみさへなかつた。

健康な不具者!、何と言ふ浅ましい言葉であらう。病は尊いものである、美しいものである、優しいものである。

水枝はまだぶら〴〵して居た。鈴木さんが標本室を見せうと言ふので、其まゝ後《うしろ》に従つた。アルコールの香いがプンと鼻をついて、よろ〴〵とたふれ相になりながら、鈴木さんの背《せな》を見つめて歩いた。何も見まい。多数のギヤマンの瓶から怪しい影が立ち上つて一つを凝視する事が出来なかつた。漸く頭が沈まると酸つぱい水の中に青い、か細い、瞳の大きな赤子や、黄色く膨脹した眼を堅く閉ぢて夢見て居る様な赤子が、小さな手足をくなりと上げてさかしまに浮いて居る様が見えた。ハツとして目蓋を返し横を見ると、側の大きな鉢に眼の白い赤子が重

た相に首を擡げて手足を慄はしながら吐息をついて居た、なにか呟く様な呪の声が四辺《あたり》から限りなく起つて来る様な光景！白いカーテンが死だ様に垂れて居た。一まはりまはるとたゞ最《も》う逃れる様に扉《どあ》を出た。と目の前に細長いギヤマンの器の中に、古綿がぼろ〳〵と落ちた様な暗色《あんしよく》をした隻脚がアルコールに浸つて居るのが見えた。ギリ〳〵と鈴木さんが錠をかけて居る、あゝ水枝はたしかにそれを見た。人間は研究のため、研究と云ふ名を借りて恐ろしい罪悪をするものである。そしてその罪悪はまた立派な名の元に保存されて居るのである。人の智は残忍である。

　水枝はその夜若い外科医に手紙を書いた。その後、水枝は日一ぱい仕事を一心に仕つゞけた。妹《いもと》の着物や、母の着物など暮のうちにすつかり片づけ様と考へた。何事も考へずにたゞ全速力の針の運びと仕上げのよろこび、心を張りきつて居るが漸く出来上つて、はふり出した着物を見つめてはしらず〳〵涙がにじんだ。肩と指先のかすかな痛み、自分は何のために斯した仕事を一生懸命せねばならないか。苦しんでまでも休む間もなく、本を読む間もなく縫はねばならないか。けれども、水枝は余程小さな銀色の針を持つて絹ぎれを縫ふ――ある形に完成すると云ふ事に離れがたい興味と執着を持つて居たらしい。やがては悲しいあきらめに心を澄して、不具《かたわ》だものと、一口に自分を哀れむ心の底に泣いても針に糸を透した。水枝はたゞ一人意地の様な事をして居た、綿入を二日で仕上げたり等して淋しい嬉しさを味はつた。

「阿母《おつか》さん、今度は阿母《おつか》さんの被布《ひふ》を縫ふのよ。この裏は似合ふわね、ハイカラよ。何日《いつ》までに縫ひませうか。」

「まあ、今年のうちに縫ふて置けばいゝさ」「どうしてまあそんなにかゝつて居られるもんですか。まだ阿母《おつか》さん五枚縫はなきやならないの。此は明後日《あさつて》までにしませうね。」

「そんなにつめてしなくつても、また身体《からだ》でも悪くされたら――」

「身体《からだ》なんて悪くするもんですか。ね、明後日まで、明後日までにするわ。きつとね。」

　どんな事があつても必《かならず》縫つて見せる。死んでも――水枝はこんな事にでも、すべてに死をかけると言ふ勢《いきほひ》であつた。そして仕事のために死ぬと言ふことは。此上もなく善い事の様に考へた。一心に縫ひ出す。何も考へずに――けれども、もしふつと糸をぬいて見上げた瞳に夕陽が赤く映つたりすると恐ろしい悲しみと遣瀬なさに、鋭い針は柔らかな水枝の手を突き破つた。そして白い皮膚の上に紅玉の様な血がぽつちりと浮き出るのを見ては、また故もなく涙ぐまれる。針箱の中から紅絹の切《きれ》をさがし出して、巻き等して従順《すなほ》なおとなしい心に帰つた。

　かうして他人《ひと》の着物は縫はれて行く。そして自分の着物を縫はなきやならない時、訳もなく身が引けた。そしていろ〳〵と不思議な言訳等をした。水枝にはなんでも、自分の仕事をすると言ふことが此上もなく侮るべき事の様に考へられた。そして自分の着物を一日も二日も一生懸命に縫ふと言ふことは人も悪く思ふし、また自分でも悪い事と考へたので、自分の着物を縫ふのも人の為だと考へた。もし自分が縫はなければ、阿母《おつか》さんが縫はなければならない。そうでなければ仕立屋に――矢張自分が縫つてやるんだ。家《うち》のために――。

水枝はこんなに考へて漸く縫ひ出すのである。何と云ふ難しい心だらう。でも水枝は斯うして自分の行為に一点の非の打どころのない、最上の最善なものであると安心した。

水枝は其後病院に一度行つたばかり、只最《も》う一日針を持つて送つた。伯母様《をばさん》の家ではあまり家にばかり居ると気が欝《ふさ》いで悪いからと度々《たび〳〵》迎ひに来た。水枝は裁縫の包を持つて来て貰つて、伯母様の家でも相変らず一生懸命に裁縫をした。お嫁様《よめさん》のよし子様《こさん》や従姉の光子様《みつこさん》が側《はた》で面白相なお芝居の話をして聞かした。

水枝の髪はいつも二三日もなでつけの束髪なので、多い髪が落ちそうになつて居た。伯母様《をばさん》はじつと長火鉢の側によりかゝりながら、水枝を見て「みいちやんに一つ髪を結つてやらう」と云ひ出した。水枝は喜んで鏡台の前に坐つた。伯母様《をばさん》は多い髪を持ち憎そうに梳《す》きながら、

「何にしやうかねえ、みいちやん」と訊いた。「桃割《もゝわれ》？銀杏返し？」

「銀杏返し。そうして髱《たぼ》を長く出して、髷を小さく結つて下さいな。」

水枝は自分を堅気な商家の深窓に育つた、髪は日本髪にばかりに結つて、こまかい黒い着物を着てお針ばかりに暮して居る娘の様に考へたり、年若《としわか》な未亡人などに考へたりした。そして着物もけつして矢絣《やがすり》は着まい、皆皆しぶい立縞ばかりにしやうと考へて、けつしてどんな事があつても更へまいと思つた。

「まあこの髱《たぼ》のよく出来たこと、よし子や、一寸来てご覧《らん》。みいちやんは毛が宜《い》ゝからどんなにでも出来る。」

「まあ水枝様《みづえさん》、実際《まつたく》よく出来たわ。」お嫁さんは爪立《つまだて》をしてじつと見入つた。

「ほんとねえ。みいちやんは毛が宜んだから、一度宜い髪結様《かみゆひさん》に島田を結はして見たい。あの何か掛けないの。」

「えゝ、なんにも掛けない方が好きなの。島田なんて大嫌い。一生私はこんな銀杏返しに結つて居やうと思ふの。」

「でも白いくづ引位なら宜《い》ゝだらう。お嫁に行けないからつて、島田が結へない事はないさ。今度一度結つて見るが宜い。」

水枝は恥しいことをしたと思つた。何か言訳をしやうとしたが黙つたまゝ、

「有難う御座いました。」と御礼を云つた。

「まあ綺麗ですこと、後の格好なんか絵の様で御座いますよ。」

女中まで来て、そんな事を言つた。水枝はなんとなく暖かい羊毛《やうもう》でくるまれた様な歯痒い心地がした。

「まあ、みいちやん一寸横を向いて御覧《ごら》ん。実際好く出来たよ。みいちやんは毛が宜いからねえ。まあ、そうして居ると一寸二十五位には見えるね。あ、肩上げがあるけれども二十二三。な

にしろ衿はあんなのを掛けて居るし着物は真黒と来て居るんだから。」

　赤い色のある半衿を掛けたり、明るい色の着物を着た従姉《いとこ》やお嫁様《よめさん》は静かに笑つた。水枝はお暇をして瓦斯《がす》のほんのりと点いた路次を出て、僅か四間ばかりの道を横切る時、多数の女学生が通るのに逢つた。水枝は丁度女学生の前を通る内気な女工の様な心で、松葉杖をぎつと握りしめて、白い道を見つめたまゝ通りすぎた。

　家に帰つてから、母の前でなにか話す事がある様な気がしてもじ〳〵した。水枝の心には伯母様《をばさん》が先刻言つた島田と言ふことが、そゝる様な嬉しさと重苦しさに浮沈みして居たのである。

「伯母様《をばさん》にかい。」

「えゝ」と、水枝はつかへ相な髱《たぼ》に一寸俯向《うつむき》ながら「私に似合うでせう。みいちやんはね、これから毎《い》つもこの髪ばかりにしやうと思つて居るの。束髪なんてけつして結はないわ。」

「日本髪も似合ふねえ。けれども、そう〳〵伯母様《をばさん》に、いつも結つて貰ふ訳にも行くまいから。随分年寄に結つたねえ、丈長でも掛けたらよかつたらうに。」

「厭な阿母《おつか》さん、じみなのが宜《い》ゝんですよ。私は一生大人しく家に暮すんだから、断してた方が宜《い》ゝんですよ。」

「そうかへ、お前はまだ十八じやないかへ。」

　そこへ茂がひよつこりと次の間《ま》から出て来て、

「伯母様《をばさん》かへ?」

「えゝ、いゝでせう。」

「どれ、むゝ、みいちやんには其方が余程いゝ。もうあんな束髪なんか結ふな。お前の様な者は毎もそうして大人しくして居た方が宜《い》ゝんだ。」

「えゝ、私《あたし》も前つからそうしやうと思つて居るの。」

　水枝が茂の顔を仰いでそう云つた時、娘が縁談の決心を漸く言ひきつて、何とも言へない恥しさと淋しさに身がしまる様な気がした。髪を結つて貰つた時のお話を、いろ〳〵と水枝はしたけれども、とう〳〵島田のことは言ひ出す事が出来なかつた。

御飯を食べながら、

「何処の学校の生徒でせう。沢山あの道を通るのね」と、水枝は箸を置いて言つた。

　絹枝が眼を円くして、

「伯母様《をばさん》の家に行く途中?あれはね、生徒じやないのよ。交換手なの。」

「まあ、そう。でも皆ハイカラにして居るのね。え、交換手にでもなりたいけれども——」

「まあ、厭だわ。みいちやん。」

「馬鹿な奴だな。」

　茂も絹枝も雪枝も笑つた、水枝も笑つた。然し、実際自分は交換手にでも女中にでもなりたかつた——不具《かたわ》でさへなかつたら——

雪枝は早く水枝に義足をつけさせたいとあせつた。けれども、切断面の肉を打つても、痛みのない様に按摩《あんま》にもんで貰ふか、自分で毎日打つかして、皮膚を強く硬く肉を引しめなければ、義足はつけられないのであつた。

「お前少し足を打つて居るかへ。」

雪枝はいつも静かに訊いた。

「いゝえ。」

「少しづゝでも打つて居ないと義足をつけるに困るからね。」

「えゝ、だけど。」水枝は糸をぷつんと切つて、たまらない様に、

「だつてねえ、阿母《おつか》さん、なんでもない足でさへ自分で打つなんて言ふことは厭ですわ。あの足は触るのさへ厭なのですもの。一寸触つてさへ凡ての神経がそりや大騒ぎに慄えるんですもの。」

「じや按摩を頼もうかえ。」

「厭々、按摩なんか。」

「それでは阿母《おつか》さんが少しづゝ揉んで上げやう。」

「厭！私《あたし》がするから――」

水枝は夢の様な気がした。夢で見たことを話し合つて居る、自分はまだ夢を見つゞけて居るんだ。しつかりしなけりや不可ないと思つて、眼を見張り口を閉ぢて、母の顔をじつと見つめながら右足をびくりと動かして見た。足の指も、膝もなにも小さく折つて、縄でキリキリと縛つた様に重く石の様に動かない足が、ふつと動いた。水枝はこの足は延びるんだと思つた。障子につかまつて漸く立つた。そして着物の裾を一寸上げて見た。やはり一脚だつた。切断面がピリ〳〵と慄えて痛むけれども、右足は畳につかない。下を見つめて居たけれども、クリームの裾の下からは、白い一脚の足が覗かうともしなかつた。

「なに？便所にでも行くのかへ。」

雪枝は障子を開け様と手をかけた。

「いゝえ。」

水枝は一寸着物の上から抑えて見たら、右足《うそく》は五寸ばかりで終つて居た。坐りなほして、縫かけの着物を引よせながら、

「矢張《やつぱ》り一本なのねえ」と小声で云つたが、まだ自分のして居ること、言つてることは夢だと思つた。なんでもすべての事が薄ぎぬを隔てゝ見る様で、どうかして実際の物を見たいとあせつた。大声で叫んだら――この針でチクリと胸をさしたら、幕が切れて、本当のはつきりした事実が解つて来るんじやないかと思つた。が大きな声は息づまつて少しも出ない。糸を巻き終つた雪枝が、

「阿母《おつか》さんなどはどうしたつて実際とは思へない――」と、ほつとした様に云ひ出した。

大抵雪枝の云ふ事は水枝に解つて居る。けれども、その次々と母の言ふのを聞いて、心を苛立たせたい。で、雪枝は又語りつゞけた。

「杖を見ても、誰のだらうと考へたり、御前が杖をついて居る

のを見ると馬鹿な悪戯《いたづら》をして居ると考へたりして、どうしても実際だとは思へない、お前が片輪になつたとは考へられないのだよ。」

　雪枝は水枝が入院中一日として離れたことなしについて居た。そして娘の不具な事について幾度人に嘆き、また幾度《いくたび》円い繃帯の足を抱いたか。それだのに猶自分の眼を疑つて居る。当人の水枝すら疑つて居る様に――水枝は黙して聞いて居た。雪枝はしばらくたつて、

「兄さんどんなにお前の事を心配して居るか、阿父《おとう》さんもない事だし、自分も側について居ないんだから、なにしろ義足で歩ける様になつたら、職業学校へでも入れて呉れつてね。それから私《あたし》は琴か活花がどうだらうと思つて――」

「私《あたし》が病院に居る頃から、快くなつたら職業学校にでも入れる様につて云つて来たんだつてね」と、水枝は言つたが忽ち夢から覚めた様に、

「厭です。阿母《おつか》さん、私はこの身体《からだ》で学校になんて、どうして通はれるもんですか。普通でさへ競争の烈しい学校に――私《あたし》は負けるのが厭だもの。」

　終りの方は一人言の様に小さくつぶやいて、また静かに云つた。

「阿母《おつか》さんは片輪の娘を持たうとは思はなかつたでせう。」

「生れつきならば諦《あきらめ》もつかうが、こんなに大きくなつて、どんな不慮の禍《わざはひ》があつても、お前が片輪にならうとは思はなかつた。阿父さんもさぞ草葉の蔭で泣いて居なさらう。」

　水枝はなんと云ふことなしに、

「そんな事云つたつて仕方ないわ。皆これが運命なんだから、運命だと思へば何でもないわ、生きて来たんだから仕方ない。」

「運命だからつて、菊代（水枝の姉）の様に死んだのなら諦めもつかうが、お前のはさうなつて生きて居るんだから――阿母《おつか》さんは一層手術の時お前がこのまゝ死んで呉れたらと考へたが――でも、矢張生きて居れば何か楽しみがあらうし――」

　雪枝の声は苦しかつた。水枝はいま初めて自分の手術の時母が死んで呉れたらと考へたと聞いて、何か非常な過失をした様な気がした。取返しのつかない事をしたと考へた。

「生きて居れば居るだけ苦しいんです。一寸も楽しみなんかありやしない。なぜ私《あたし》は生きて来たらう、死にたい――。」

「まあ、お前死ぬなんて、お前はよからうが――兄さんだつて今に来ようし――」

「兄さんになんて逢いたくない。兄さんだつて私《あたし》に逢ふのは厭でせうさ。片輪の妹《いもと》なんて――」

　水枝はふと「死ぬなんてお前はよからうが」つて言はれた言葉が恨めしくつて「え、私《あたし》はいゝんですから死にます」と言はうとして息がつまつた。死ぬと云つても、自分は杖をついて何処を歩いたらいゝのか、自分は海も知らない、川も知らない、道も知らない。惨めな姿が思はれて黙つてしまつた。

「みいちやん！お前そう云ふ思ひを――」

平素《いつも》なにも水枝の事など考へて居ない様な雪枝は蛛蜘をつゝけばつゝく程糸を出す様に、水枝が言へば言ふ程つぎ〳〵と言ひ出す。水枝はそれを聞くのが厭になつた。そして聞けば黙つて居られないので、

「もう〳〵私《あたし》はすつかり解つてますから。」

こうして母と子は口をつぐむのであつた。

「ねえ阿母《おつか》さん、広衿にしませうか。」

「そう、その方がいゝだらうねえ。」

やがて水枝はなんの蟠《わだかま》りもない幸福な少女の様な声を出して、雪枝の心に、いとしさを増した。こんな夜、水枝は一人起きて巻紙になが〳〵と、

あなたは肺病の人を痛はる苦しさなんか言はないで下さいな。私《あたし》の一番好きな姉はその病で死にました。私《あたし》はそんな悲しい病人の誠の友となつて清らかな白衣《びやくえ》に一生を送りたい！病院に暮すあなたは幸福ですね。私《あたし》は看護《みとり》の勤めをもなし得ない不具となつて終《しま》ひました――。


等と書いて、鈴木さんに送つた。

時は悲しい悪戯をして走る。どん〳〵走つて大晦日と云ふどん底にぶつかつた。今年の暮は門松もなにもなくたゞ地球が飛んで行く様な騒ぎに、すさまじく悲しいばかりであつた。水枝は其日も針を持つた。そして近頃のさほど不自由を感じない、普通の人間の様に物事に恐れない自分の態度をかなしんだ。

自分は世間に慣れた片輪になるだらう。慣れる事は悲しい。手のない人が口やなにかで上手に着物を着たりして、平気で居ることはどんなにみじめだらう。慣れる事は厭だ！私《あたし》が平気で人と話しながら電車通りを歩つたり、電車に乗つたり、梯子を上つたりして、それで当り前だ平気だと云ふ様になつたら、どうしやう等と思つた。

水枝は何気ない時、茫然と爪立つたりして石の方に倒れることがあつた。悲しみと驚きに涙を見せながらも、まだ不具に慣れないと云ふ喜びに微笑《ほゝえみ》が浮んだ。

「ぢき御慣れになりますれば、此位のことは何でも御座いませんよ。御面倒なのは今のうち一寸の間ですわ。」

そうやつて慰められる時、水枝はなんと云ふ無情な人だらうと思つた。

実際が自由なのは今のうちだらう。犬が藝を教へられて苦しむのも少しの間だ。やがては犬が出来得なかつた――生れつき用のない、知らなかつた動作を苦しむまゝに覚えて、慣れて、公衆の前にその変則な藝を誇る様になる。水枝は世間に苦しめられ、そして慣らされて居る。そして並の人には入らないことを時が教へつゝある。彼はそれに気がついて、出来得る事でも、初めのまゝの不慣れをよそほつた。覚えず上手に敷居を飛び越して何人《なんぴと》も知らない悲しみに打たれた事が幾度あつたらう。

その夜は皆御馳走を喰べながら色々の事を話した。雪枝は
「今年は種々《いろ〳〵》の出来事があつたから、来年こそは皆無事だらう。みいちやんはもうこれで病気はしなからうしね。お前だちも気

をつけて病気をしない様にしなければ――」

等と云つた。

「私は十九になるんだから厄年ね。来年死ぬかも知れない。」

「お前は大丈夫だ。前厄でこんな大きな事をして終《しま》つたからなあ。当分は無事だよ。」

茂は呑気そうに云つた。

「私《あたし》は来年まだ〳〵驚くことが起ればいゝ。十九から三十三ね。三十三に死ねばいゝけれど。」

水枝はふと老人の片輪だつたらと思つて、ぞつとした。自分は若い。自分は若い、若いから生きて居るんだし、生きても居られるんだと思つて、もし自分のこの若さが衰《おとろ》えたら、私《あたし》は一刻も生きて居られない。」

若いと云ふ事は不具者を生かして置くだけの強い力を持つて居る。

二十七日頃降つた雪がまだ溶けずにザク〳〵と土にまみれて青い月光が流れて居た。夜おそくなつてから、思立つた様にして、水枝は髪を洗つた。熱いお湯の中に渦まく黒髪を蛇の様に恐ろしがつたり又なめらかな千条の髪が繻子の小切の様に、自分の胸に懐しかつたりした。

雪枝はその髪をやがて梳いて呉れた。スーと梳くと長い髪の濡れた先が生きて居る虫の様にピタと畳に吸いついて、またつゝつと引かれて行つた。水枝は俯向いて寒い程清らかな心に慄えて居た。

「明日は元日なのねえ。」

そう云ひながら今度は水枝が坐つたまゝ、畳に裾を引く冷たい髪を淋しそうに解かした。

除夜である。水枝は母に従つて水髪を垂れたまゝ床に入つた。長く起きて居た勢《せい》か、母子《おやこ》は心がさえて耳をすました。除夜の鐘が鳴つて居る。除夜の鐘が鳴つて居る。目覚めた二人を冷たい流れに流し沈める様に鐘の音は響いた。

「お前」雪枝は目を閉ぢたまゝ何か誘はれる様に云ひ出した。

「お前、そのまゝ尼になつたらどうだい。」

水枝の髪が剣《つるぎ》の様な冷たさに慄えて、頸条《くびすぢ》にぴたりと巻きついた。

「どこか大きな尼寺にでも入つて――髪を洗つた時、そのまゝそり落して――」

鐘は絶えず鳴つて居た。母子《おやこ》は暗黒な部屋に枕をならべて娘の眼は大きく開き、母は夢見る様に安らかに閉ぢて居た。水枝は暫くたつて、漸く首に巻きついた髪を手でよけながら、ほつとして、

「阿母《おつか》さん」と呼んだ。「阿母《おつか》さん！」

何の返事もない、雪枝は寐入つて終《しま》つたかどうか。水枝は天井を見つめて呼んだので解らない。母の顔を見るのが恐ろしかつた。苦し相に頸《くび》を持ち上げて、白い敷布と枕掛を見つめたが其儘顔を伏せて水枝は寐入つた。

正月も十日になる。水枝は一歩も外に出ない。新刊の文藝雑誌を炬燵《こたつ》に入つて読んで居た。そして小説や歌や詩を読んで、妙に水枝の心に光りが入る様に感じたり、また非常な欲望が燃えるのに苦しんだ。彼は文学に先天的趣味を持つて居た。而《そ》して時々前に新聞を読んで居る雪枝をじつと見つめては、除夜のことを思出した。尼と云ふ事が時々水枝に暗い感じと、何かけがらはしい感じを与へらるるので、事実か夢かとくり返したが、矢張り事実であつた。

なぜ母があんな事を云つたか。水枝はそれが不思議でならなかつた。雪枝はその前後にも一度として尼のあの字も口に出したことはない。水枝が云い出しても、大方思ひ出せないだらうと思ふまで。人間が悲しみの極度に達し、喜びの極度に達した時は、すべて何の情もなく、極めて冷静に、そして神秘的の心に帰へるものだらう。いかなる人に於ても奇蹟の様に——。

水枝はこんな事を考へつゝ読書に没頭して居た。そして活字の中から裸体と云ふ字を見出す時、ふと本から眼をはなして考へた。そして不快を感ずるのである。ある本の中には、泰西《たいせい》の彫刻家や画家の作品を写真版にして五六枚も入れてあつた。それは大方裸体画のふくよかな曲線美を表はしてあつた。水枝はそれを見る。そして不快な心をまた別な心が凝視して、眼は眼で別に画面を見て居る。かうして水枝の茫然と裸体画の不快を味はつて居る時、雪枝はいつも話しかけた。

「兄さんはどんな気で居るんだらうねえ。家の様に財産のない所には婿の来てもないし、もしや兄さんの下役の人にでも貰つて貰ふ気かもしれない。——けれどもお前の様な身体《からだ》のものは貰つて下さいと云ふ訳に行かず。——彼方《あちら》からたつてと云ふのならば」と云ひ差して「なにしろ職業学校にでも入れて手のことでも少し覚えなくつては。」

水枝は聞いて居られなくなつた。如何《どう》して親と云ふものは、あゝした事を平気で云ふものであらう。水枝はそれに対して返事の仕様がなかつた。

「阿母《おつか》さん厭ですよ。学校だけはどんな事があつても。——阿《おつ》母《か》さん私《あたし》は家に居て一生懸命お裁縫《しごと》をして居たらいゝんぢやないの。お琴を習へと云ふなら習ひますが、みいちやんは師匠をする気なら出来ません。」

「お前はまあ——兄さんが面倒を見て呉れるからよいけれども、自分は自分で考へて置かなけりや。今々の為じやない。お前の後のためですよ。」

水枝は逆境と云はゞ逆境だが、順境と云へば順境に育つたのである。尤も財産はない家だが、苦しい気苦労の点にかけては、父の気兼も、兄の気兼も、嫂《あによめ》の気兼も、女中の気兼も知らなかつた。

「女中になつてもいゝ。女中は出来ないかも知れないが、お針にでも雇はれた気になつてたら一生置いてくれるでせうねえ。」

暗い部屋で一人針を動かして居る自分の姿を思ひ浮べたけれども、何も苦しくはなかつた。自分の未来を苦しいとすればそれを丁度小説でも読む様に想像して、自分の命が価値あるもの、様に嬉しかつたのである。そして自殺を考へても然うであつた。が水枝はどう云ふ訳でお師匠様《しやうさん》が嫌《きらひ》なのか。病院に居る頃から、水枝を慰める為に好く話して聞かされた。近所の御《お》師匠《しやう》様《さん》のはなしは自分を侮辱するものだと反抗もし冷笑もした。けつして自分は御《お》師匠様《しやうさま》などはするものか、一人身を通す師匠の生活はみぢめで、最後は悲惨であると思ひつめたのである。彼は意地にもその信念をつよめた。

「まさか、そんな事ありやしないけれども――そんな事があつたら、阿母《おつか》さんが承知しやしないけれども。」

水枝はなんだか可笑しくなつて来た。

「私《あたし》はどうしてだか御料理をしたり、着物を縫つたりする事が大好きでたまらないの。」

雪枝の声は沈んで、

「そう云ふ家庭的に生れたお前が家庭を作ることが出来ないと思へば――」

水枝は悪いことを云つた、どうしたらよいかと急いで、

「私は随分御金を費つてねえ。茂ちやんよりも費つたでせうねえ。」

「あゝ、あれだけの御金を掛けたら、立派な帯と紋附が出来たらうに。」

「阿母《おつか》さん、そんな事を云つたつて、私《あたし》が紋附と帯を作らないかはりに病気につかかつちまつたんですわ。」

「それが――お前。」

「阿母《おつか》さん解つてよ。私《あたし》ね明日病院に行こうと思つて居るの。」

翌日水枝は久し振り病院に行つた。何かまだ病院の空気に未練が残つて、いま一度行つたら、水枝に満足を与へ、あの柔らかな空気が自分を赤子の様に包んで呉れる様な気がして居た。病院は矢張り温室の様に静かに温かく輝いて居た。けれども廊下を通る白衣《びやくえ》の人は皆見知らぬ人で、自分を疎外して居る様に見えた。水枝はなにか腹立たしい様な感じがして、鈴木さんに温かみを求め様として、窓際で話をしたが、鈴木さんは病人をこそ温める人情はあれ、水枝には只弱く静かに、物たりない。山茶花の花を見る程の心をも与へない。いろ〳〵の事を水枝は瞳を輝かして話した――見た事聞いたこと。けれども鈴木さんは何も知らない。何の反響をも与へない。水枝は非常に詰らない気がした。彼女は白き牢獄の尼僧《にそう》であると考へて、自身の身に考へついた。自分には世の中がある。自分は尼僧《にそう》の友じやない。病院等に来るべき身じやない。水枝はダリヤの如き熱烈な熱と力を求める様にあせつた。そして鈴木さんの弱い瞳に、病室の夕ぐれ、青い瞳のうるんだ少女と、枕辺の薬瓶に細長いコスモスを三本さした白衣《はくえ》の人との対話を、幼き日読んだ物語りの様に漸く思出して帰つた。そして自分がただ一つ行く処のやうな気のして居た病院を失つたと考へた時は、たゞやたらに多勢の人が歩く道、日光の輝く戸外《そと》が恋しかつた。それで寒い日でも赤い日影を見れば、訳もなく胸が踊つて、どこかへ出たい

様な気がした。

日本髪も時々《じゞ》あきが来て、前髪を高く束髪などに結《い》つた。そしてセピヤの髱櫛《たぼぐし》一つさすと云ふ事が非常に物たりなく思はれた。

其頃、水枝の友達で目白の学校に行つて居る親威の娘が二度ばかり遊びに来た。トランプ等をして騒いだ後、浅草に行くとて茂も一所に出ると云ふ時、

「なによ」

「茂ちやん買つて来て頂戴な。」と水枝が恥しそうに云つた。

「あのノートとね、それから――。」

「それから何だ。」

「あの――あのね、ほらリボンと。」

「それから。」

「それだけなの。」

「なんだ。」水枝は漸く安心して。

「あのね、リボンはね。」

「む丶、お前が掛けるのかい。そんならよした方がい丶ぞ!」

「え丶、じやなんでもい丶わ、くすんだ色なら――。」

漸く云ひ終つて水枝は一人残されたけれども、別段自分も行きたいとも考へなかつた。只形のい丶ローマの髪を思つて、白の小さな市松のある甲斐絹地のリボンを頼まふと思つて頼まなかつたのを残念に思つた。

翌朝髪を結ひながら、茂が買つて来たかと枕辺を見たけれども、見あたらなかつた。茂が起きて来てからでも、漸くのことで云ひ出した。

「リボンは。」

「う、リボンかい、リボンは駄目だよ。」

「どうしたの。」

「どうしたのツて、お前が掛け様つてんだらう――。」

「だつて」水枝は悲しくなり出した「私《あたし》はじみに、大人しく掛けるんですよ。それでも茂ちやんは――。」

「大人しく掛けるつたつて、リボンなんか掛けるのは可笑しいよ。お前はなにも掛けずにそうして居た方が一番い丶んだよ。お前には解るまいが――そしてリボンのい丶のは少しもないんだもの。」

「だつて、よし子《こ》様《さん》や光子《みつこ》様《さん》はいつも簪やなにか挿して居るじやないの。みいちやんなんか、何んにも掛けた事がない――十四の年から――。」

「それがい丶んだよ。お前も解らないなあ。何んだ!よし子《こ》様《さん》たちの可笑しいこと。」

「家でばかりなんだけど――。」

水枝はそれ以上なにも云へなかつた。そして只リボンも掛けられない自身の身を哀れんだ。飾ると云ふ事は女の一生を通じての本能であらう。愛するもの丶為に飾る事がなくとも只それ自身の為にもするのである。もし一切に飾る事をしなかつたなら、女は自分があまりに哀れに下げすまれて、生きて居ること

が出来ないかも知れない。

近頃水枝はすべての事が出来ると考へ出した。で「みいちやんには出来ないだらう」など、癈人あつかひにされる事が腹立しかつた。で水枝に取つてはなんの事はない。人のした事でもどし／＼悪く云ふのである。

「お前の身を考へてお前に出来ることなら何とでもお云いなさい。」

雪枝はようかう云つて水枝の過言を叱つた。

「私《あたし》がしやうと思つて出来ない事はありません。今迄はしやうと思はなかつたから出来ませんでしたけど——。」

身を考へろと云はれるのが、一番憎らしく悲しかつた。そして自分の云ふ事は正しい事だと考へてどこ迄も云ふ。雪枝と水枝との間には僅かな事で争ひが起つた。

ある日の午後、伯母さんは水枝を近所の招魂社《せうこんしや》につれて行つた。漸く歩いてベンチに腰をかけた。噴水はまだ藁をかけてあつた。あまり多くもない人だけれども、物倦い眼でさぐる様に水枝を見た。水枝は伯母さんに訴へる様な目つきをして、次々と歩いたが、人の眼はすべて水枝の頭の先から足の下まで這ふて歩いた。水枝は恰も囚人の様な気がした。あゝ一生涯放たれない囚人である。多数の子供の黒い小さな瞳がハツと一時に切断面に集まつたと思ふと、ピク／＼と痙攣して転びそうになつた。

「私《あたし》はもう来ない」と云つて家に帰つた。

しかし水枝は光りのない家に帰ると、また太陽の光線が油の様に流れて居る白い静かな道や、限りない大空の下の落つきのないベンチ等が恋しかつた。で行くまいと思つた招魂社へも、日盛りの一時頃になると、フラ／＼と伯母様を誘つて出た。そして、往き来の人の裾のひらめきや白い足袋と鼻緒の色彩《いろどり》が、夢の様に動く不思議な運動と音楽とを俯向いた冷たい瞳にうつとりと眺め入つた。けれども家に帰る時は茫然として帰つた。

「跛《びつこ》々つて言ふんですもの。」

「跛と違ひますつて言つてやれやいゝのに。」

雪枝はいとし相に言つた。

「だつて、あのね小さな小供なんて、私《あたし》の周囲をぐるりと廻つて、足を覗いて居るんですもの。」

「ほんとにね、小供は解らないから。」

「私《あたし》小供が憎らしくつて仕様がない。」

もしも水枝が歩く時伏せた瞳を上げて、土塀に映る影や、横に流れた影を見たらば、子供よりも何よりも、その影が憎らしく悲しく思はれるであらう。水枝は其後母の後に従つて電車通りを歩いた。彼はおど／＼と自分の頭の上に烈しい真夏の太陽の熱と光りを感じ、あらゆる身辺には幾多の星の様な光り物を投げられて居る様な、すべての音響は恐ろしい破壊の音の様であつた。松葉杖を玄関に投げ出して、汗に濡れた身体《からだ》を母の膝に横たへた時、電車通りのある商店の前に置かれたたゞ一輪のはなを持つたフリージヤの可憐な姿を思ひ浮べた。と器械の様に歩く人間の様が目に見えた。烈しい熱と光り！切られた花は電車通りなどに捨てられたら忽ちなへて死んで終《しま》ふだらうと思つた。

「阿母《おつか》さん、人はねえなぜ自由にあ丶放逸に歩いてるんでせう。」

　水枝は招魂社の事を考へた。皆人《みなひと》は何処にでも出て来て道も木も空も世界も自分一人の所有の様に自由に歩いて居る。水枝に対しては世の中の道の木の空のある一部分より与へられない。

　けれども些かな所からでも世間のことが、すべて見たかつた。水枝は日蔭に暮すと云ふことが飽きたらなく、物たらなく考へた。求めさへすれば、何か明るい静かな所が見出せる様な気がした。桜がぽつ〳〵咲き相な頃、水枝は漸く一人で招魂社に行つた。なにか足りない心を満たそうとして。また強い刺戟を求め様として、――社の屋根の金色した菊の御紋がキラ〳〵と輝いて居た。彼の空想は非常にたくましい。すべて未知の世界の事について――男の事、恋の事など水枝の胸を縦横にかけめぐつた。

　その頃から彼は決心しなければならない様に、自分の心に見えかくれした小さな芽をグーと引張つて結ひつけて終つた。雪枝が時々、

「お前さへ病気をしなければ親類中で家が一番勝つたんだけれども。お前がどうも――」なんか云ふ時水枝は非常に勢《いきほひ》づいて、

「そうじやないのよ。私《あたし》が病気しなかつたら負けるんだけれども、私《あたし》が病気したから勝つたのよ。私《あたし》は今に立派な小説家になつて見せるわ。」

「お前が――」と雪枝は笑ひながらも娘の態度を頼もし相《さう》に、

「お前が小さい時であつた。そう阿父《おとう》さんが居なした時だから。三つか四つの頃だつたらう。お前が紫のネルの寝巻を着て居たので、阿父《おとう》さんが成長《おほき》くなつたら紫式部になれよ紫式部になれよつてお前を抱く度に聞かして居なしたものだから、訳のわからないお前までが紫式部になるつてさわいで居たが――お前がそんなになつても、ひよいいと阿父《おとう》さんの云いなした通りに――。」

　水枝は瞳を輝かして、

「阿母《おつか》さん、それはねえ、阿父《おとう》さんが私《あたし》の運命を予言したのよ。私《あたし》は矢張り幼い時からこうなる運命だつたのね。」

　彼は非常な決心がある様に、また反抗する様に、

「私《わたし》はどうしても予言通りに進まねばならない。ね、阿母《おつか》さん私《あたし》はどんな事があつても進みますよ。」

　水枝はその頃からすべてに反抗する様な、そして自分は偉くなつて、すべての人を見返してやらなければならない様な気がして、ある大きな仕事に手がつかない様にそは〳〵して居た。それから彼はすべて空想を描かうと考へた。自分には小説に書く様な、華やかな、そして物悲しいローマンスをも持たない。一人の男も知らなければ恋もない。これから以後今以上の経験や事件があり得ようとは思へない。まして恋の経験等は絶無だ

と考へた。自分はそんな事の出来得べき女じやないと考へたのであらう。この悲しい淋しい心を縦《ほ》しい儘に画いた恋や空想の中に入れて楽しませたならば——水枝はそう考へたことが非常に嬉しく美しく楽しく清らかな様に思へて微笑んだ。

一生波瀾のない変化のない生活！そして自分は三十三で死ぬ。とそう考へたら急に寂しく敢果なくなつた。火の様に人を恋して狂女になつたら——弱い優しい心が急にそれをなだめた。そしてまた元の心に帰つて水枝は安心した。

（「新小説」大正2年12月号）

実川延童の死

里見　弴

宙乗りから落ちて右手を怪我した中村高麗之助の代り役で博多まで下つた帰り途に、延童は広島で脳《あたま》を悪くした。或る雪の降つた日十一時頃から飲み始めて、夕方には、いつもにない酔ひと頭痛とを感じて、障子紙のボコ〳〵、ボコ〳〵ともの静かに鳴るのも聞きながらその小座敷で横になつて了つた。その翌日から折々頭脳《あたま》がカツカと逆上《のぼ》せて来るのが、癖になつた。疲れきつたやうにぼんやりして了ふことや、折にはまた、妙に自分のして来たことなどが思ひ出されるやうな時があつた。夜も安眠できなかつた。

とつて二十九になる正月は大阪へ来てした。十四日の晩は増川の後家と伊豆徳で泊つた。九時頃に起きて見ると、ドンヨリした、期節はづれに暖い日だつた。独で椽先へ出て、どこに焦点を置いてい丶か解らないやうなウヅ〳〵した雨もよひの空を眺めて居ると、不意に、広島以来おぼえのない恍惚としたこ丶ちに襲はれた。見るまに空が落ち窪むで行く、それに視線を手《た》繰《ぐり》り込まれて、フラ〳〵と眩暈《めまい》が来た。それでも復《また》座敷へ帰つて二三杯やつて居るうちにはハツキリして来た。玉庄の河豚もうまかつた。

「たべんか」

「ほンならよばれまツさ」

そこへ来た藝妓《げいこ》も箸をとつた。一体玉庄の河豚と云へば「もしあたつたら生《う》むで返す」と自慢して居たくらひで、誰一人そのために命を気づかうやうな者のありやう筈もなかつた。それだのに延童は、ふと、この河豚にあたつて死にでもしさうな気がした。しかし、急にさう云ふ神経質な心持に襲はれるのは、広島に居た間にたび〳〵経験したことなので、そのまゝ直ぐに忘れて了つた。それに河豚は何よりの好物で始終たべつけても居たから。

その午後は某の前茶屋で京の初芝居の稽古があつた。自身は徳兵衛の役で、璃幸のおふさと白《せりふ》を畳むで行くうちに妙に舌がギゴチなくなつて来た。

「なんや知らんけど口がけツたいでしヨがない」

こんなことを云ひながらも稽古を終つた。それから坂町の自宅への帰り途に、近所に居ながらついぞ尋ねたこともなかつた馴《なじ》みの藝妓《げいこ》の屋形の前を通つて、ちよツと寄つてみる気になつた。その時分にはヒドく逆上《のぼ》せて来た目やら鼻やらが何んとなく潤《うる》むで来るほど熱《あつ》かつた。

「えらいえ、色してなはるな」

顔を見るなりこんなことを云はれたが、もうその時はとうに酒気の去つて居る時分だつた。

「ちよツとも酒のんでへんぜ。広島で脳《あたま》わるなつてから、ちヨこ〳〵こない逆上せてどんならん」

さう云ひながらふと先刻食つた河豚のことを思ひ出した。と云ふより、その時不思議にもあたりさうな気がしたことを思ひ出した。

「ひよツとしたら今朝の河豚にあたつたかも分りやへん」

藝妓は笑つて取りあげなかつたが、急に思ひついたやうに。

「あさ河豚たべなはツたのか。小豆ご飲と河豚を食べたらあきまへんぜ。お正月やよつてひよツと小豆ご飯たべてなはれへんか」

「小豆断《た》つてんねんで。頭痛もちやさかいに」

こんなことを云ひあつて居るやうちにもだん〳〵自身の体《からだ》に何かしら異変の起りつゝあることが慥かに感じられて来た。先刻《さつき》あんな延喜《えんぎ》でもないことを考へたから——気のせいだ、とも思ふが、また、これでポツクリ逝《い》つて了はないものでもない、とも思はれた。けれども、けさ伊豆徳の二階の欄干に凭《もた》れて、懐手で、恍惚《うつとり》と空を眺めて居た自分が、つい先刻《さつき》徳兵衛の白《せりふ》を工風しい〳〵橋を渡つて歩いて居た所が自分が、ゆうべの、あれほど楽欲を恣《ほしいまゝ》にした自分が、それよりも現に今かうして長火鉢の前に坐つて居るこの自分が仮にも死なうなどゝは、余り馬鹿げた忘想だつたと、直ぐに思ひかへた。よし今朝《けふ》から何か体《からだ》に異変が起つて居るとしても、仮令《たとへ》河豚にあたつて居るとしても、それでこの自分と云ふものが無くならうとは、（人間は死ぬものだとは知れきつた話だが）所詮考へられることでない。来年のことを云へば鬼が笑ふと云ふが、それ以上、何が笑ふか知れないほど考へられないことのやうな気がした。それだけに、或は死ぬかも知れないと云ふやうな冗談も、藝妓相手に、呑気な心持で云つたりした。

「河豚食ふて、河豚にあたつて、ふぐにお暇《いとま》や」などゝ戯《たわむ》れて居た。いつともなく、手足や唇などのギゴチなさが次第に加はつて来て居るのも心づいては居たが、気持はふだんより却つてハッキリして快かつた。こんな時なり何をしても、舞台の上のことばかりではなく、勝負ごとでも、日ごろ嗜む手細工のやうなことでも、何んでもうまく行きさうな気がした。

しかし、夕方の六時頃には、延童の体はもう彼の自由にならなかつた。口も利けなかつた。そとから帰つたまゝの黒の紋服のなりで、床《とこ》の上に抱き移された。それでもまだ顔色などはふだんより美しく見えるくらひだつたし、近所の医者が来て火燵《こたつ》を入れさせた時など、自身で蹶出すくらひの力も残つて居た。

いつともなくに家《うち》のなかは、それからそれと聞き伝へて来る男《をとこ》、女《をんな》の見舞客やら手つだいでいつぱいになつた。ひそめきながらも出這入る人々の気勢《けはい》は、隣り近所まで何んとなく不安な空気を撒きちらした。弟の小延童は黙つて井戸ばたへ出て水垢離をとつてから、羽織の紐を結びながらに出て行つて了つた。日ごろ信心する千日前の金比羅様へ参つたのだ。上の弟の鬼昇はそのとき駈けつけて来た伊豆徳の女将《かみ》さんの言葉に従つて兄の蹠《あしうら》に灸をすえてみた。姉の喪もあけないうちにと云つて、笠屋町に住む、こゝの兄弟には叔母にあたるひとは唯おろ〳〵と嘆き悲しんだ。憂愁と祈願の時が重く早く経つて行つた。

当時の名優海老十郎が見舞に来た頃にはもう大分に夜も更けて居た。案内して来た男は途中ではたの人にせわしなく呼びかけられて、「どうぞあちらへ」と云ひ置いたまゝ、床の敷いてある部屋の襖のところから小走りに引き返して行つて了つた。丁度延童の体《からだ》が椽先の土に埋められた時だつた、はでな縮《くゝ》り枕を支《か》つた首だけが幾つもの色の違つた灯《あかり》に照し出されてクッキリときわだつて見えた。その、安々と眠つて居るとしか見えぬ美しい顔に何か少しでも変《かわり》が起つて来るのを、四五人の極く近しい男たちばかりで見守つて居た、湿ッぽい土の匂ひは冷々とした夜気にこもつて、人々の脳《あたま》のなかまで浸み込むで行くやうだつた。ひとり酒井国手は人影の静かに揺《ゆら》ぐ石燈籠のそばまで身を退《すさ》つて両手を前で握り合せてじツと立つて居た。その容子には、能《はたらき》を有《も》ちながらその処を得なかつたもの、奥ゆかしい控えめな慎みが現はれて居た。人々の注意のそとになつたこの二人は自然と近よつて、低い声で挨拶を交した。

「もう、どないしてももどりまへんのか」

「私の考では、もういけますまい」

「なんだつか？河豚にあたつた………？」

「さうです、河豚の中毒で。誠に気の毒でした。」

医者は少しも自分を弁護するやうなことは云はなかつた。

「フウン」と海老十郎は不機嫌に唸つて、死んで行く人を咎めるやうに首を二三度横に動かした。

これきりでこの二人もはたの沈黙に吸ひ込まれて了つた。

その時分になつて、丁度眠りから覚めたやうな、延童の微な命には再びこんなことを考へるものが動き始めた。

大分永いこと気を失つて居たやうだ。一体どうしたんだらう。（かう思つて、ちよつと不安に感じた。）何んでもこれは不時の出来ごとではない。どうしてもかうならなければならなくつて、かうなつたのだ。何しろそれだけは慥かだ。して見ると広島以来の脳病かな？それより他《ほか》にない。なんだあのくらひな脳病で……………（かう思つて不意に可笑しくなつた。自分のまだ極く軽い脳病のために命までも気づかつたことが、ちよつとでもそんな気になつたことが既に馬鹿げきつた滑稽に感じられたのだ。この考へで一時に愉快になつて来た。）―たしか、前にも一度こんなことがあつた。（と、また考へ続けた。）その時にも死ぬかと思つて、あんまり馬鹿々々しいので可笑しくなつて了つた。さうだ、何から何まで丁度あの時とをんなじだ。（この発見は益々彼を愉快にしたので、暫くは、同じ大さのものを重ねるやうにピタリ〳〵と合ふ、いつのことゝも解《わか》らない或る以前の記憶をたどつて居た。）さう〳〵、さう云へば親仁《おやぢ》だつてさうだ。（竹田の芝居が焼けた時の有様がマザ〳〵と目の前に浮んで来たのだ。）あのとき額十郎《いづゝや》さんは松王と千代を早替りで勤めて居た。もう火事だ火事だと云ふので人が騒ぎだした時分に、親仁はすまして松王の鬘を持つて額十郎《いづゝや》さんの部屋の方へ行つたつけ。さあそのうちに奈落へ火が廻る。―もうあれから九年になるなア。（その火事の翌る日よりも、その後思ひ出したどの場合よりも、今が一番ハツキリとその時のことを思ひ浮べて居る。それをちよつと不思議に思つた。二度目に部屋からとつて返して非常口の方へ駈けて行くとまた親仁に遇つた。矢つ張り両手で大事そうに松王の鬘を持つて居た。驚いて、お父《とッ》さん危い〳〵つて、思はず大きな声で云ふのを見て、親仁はクスリ〳〵ひとりで笑つて居たつけ。火事で焼け死ぬなんて、ちよつとでもそんなことがあらうと思ふのが、もう可笑しかつたんだらう、丁度をんなじなんだ。

―どうだらう、よもや命に別状はあるまいな。それだけ一寸酒井さんに尋ねて置かう。何しろあの竹田の芝居の火事だつて大変な人死にだつたんだから。第一あんなに落ちつき払つて居た親仁が矢つ張り焼け死んで居るのだからな………

かう思ひつくと、まるでそれまで思ひ設けなかつた、喰ひ込むような不安がみる〳〵拡がり覆いかゝつて来た。―口を利かうとした。しかし、かつてものを云ふ法を知らなかつた人のやうに、どうしてよいのかあてすらつかなかつた。その苦みの表情も、もう蒼白ひ延童の顔の筋肉までは浮んで来なかつた。

一時間ほどの後に、延童の体はまた掘り出されて床の上にあつた。

「惜い人だつた」

海老十郎に一ト言かう云はれて、小延童は堪《こら》えて居た涙を流した、多見蔵も来てくれた。珊瑚屋の妾の泉さんはもう公然と亡き情人の枕辺ちかく居た。お峰、小しづ、通夜の席に居たのは以前に関係があつたと云ふやうな、もう姐さん株の年増が多かつたが、中には若い妓の目を泣き腫して居るのも混つて居た。

翌日から玉圧は永く店をとじて了つた。

明治十六年のことである。


（十二月二十日大阪にて）

（「白樺」大正2年12月号）

眼《め》鏡《がね》（抄）

島崎藤村

一

眼鏡が斯様《こん》な話を始めました。

私はもと東京の本郷切通坂上にある眼鏡屋に居たものです。その眼鏡屋の店先に、他《ほか》の朋輩と一緒に狭いところへ押込められて、究屈な思をして居《を》りました。そして毎日々々欠伸《あくび》ばかりしながら、眼鏡屋の隠居が玉を磨る音を聞いて居りました。

ある日、二十一二ばかりに成る年の若い男の客がその眼鏡屋の店先へ来まして、好さそうな眼鏡を見せて貰ひたいと言ひました。眼鏡屋の隠居は慣れて居ますから、いろ〳〵なのをそこへ取出して、客に見せました。その度《たび》に私の朋輩はかはる〳〵箱の中から取出されました。御承知の通り、私達の球には皆な度《ど》といふものが有ります。その度《ど》によつて、厚いのも有れば、薄いのも有ります。客は自分の眼に好く合ふのを買ひたいと言つて、いくつも〳〵掛けて見ましたが、私の朋輩は皆な落第でした。そこで今度は私が取出されることに成りました。

『旦那、これは奈何《いかゞ》です。斯の眼鏡なら、丁度貴方には好さそうですよ。』

と隠居が言つて、私を布《きれ》で丁寧に拭いて、客の手に渡しました。

『これを一つ掛けて御覧なさい。』

と復た隠居が言ひました。

　客が私を掛けると、急にそこいらの物がよく見えて来ました。隠居の顔でも何でもハツキリと見えました。

『成程、これはよく見える。』

と客は大変喜びまして、隠居にお銭《あし》を遣つて私を買ふことにしました。

　御蔭で、私は究屈なところを出て、客の鼻の上へチヨンと乗つかりました。まあ、何といふ広々とした世界でせう。それまで私は薄暗い究屈な箱の中に居て、太陽《おてんとう》さまもろくに見なかつたのですが、太陽《おてんとう》さまが射して来ると、遽かに私はピカ〱光りました。心地の好い風も私の方へ吹いて来ました。客は大喜びで、向ふの屋根を見れば屋根もよく見えるし、遠いところの町を見れば町もよく見える、湯島の天神さまの境内《けいだい》へ行つて、上野の公園の方を見ると、ずつと向ふの森もよく見える。高いところをカア〱鳴いて通る鴉の形までもハツキリと見える。

『あゝ、よく見える。好《い》い眼鏡だ。』

と客は私のことを大層褒めて呉れました。

　その日から、私は斯の客を自分の主人として、何処へでも一緒に行くやうに成りました。

二

　こゝで私は旦那のことを一寸、皆さんに御話したい。

旦那のお友達と言へば、いづれも若い人達ばかりでしたが、中には旦那と同じやうに近眼の御仲間もありました。

　そのお友達が旦那の顔を見て、

『好いのを奢りましたね。』

と私のことを左様言ひました。

『君の眼鏡を一つ貸して見給へ。』

と旦那が言つて、そのお友達の掛けて居る眼鏡を借りて、私の代りに掛けて見ました。旦那がそれを掛けると、急にそこいらの物が小さくなつて見えると言ひました。

『大変だ。これを掛けてると眼が痛く成つて来る。』

と言つて、旦那はその眼鏡を除《はず》して了ひました。

『どれ、僕にも君のを掛けさして見給へ。』

と今度はお友達が言ひまして、私を掛けながら四方八方を見廻しました。そのお友達の眼には、私の度ではすこし弱かつたのです。矢張私は旦那の鼻の上に居なければ自分の力を顕《あらは》すことが出来ませんでした。

　旦那には斯様《こん》なことも有りました。ある朝、旦那は私を台所の棚の上に載せて置いて、それから顔を洗ひました。私は体軀《なり》

が小さいから、棚の上の擂鉢《すりばち》の側に居て、旦那の顔を洗ふのを待ちました。すると旦那は私が見えないと言出して、

『オヤ、眼鏡は奈何《どう》したらう。』

と見当ちがひの鼠不入《ねずみいらず》の方へ行つたり、自分の袂の中を探して見たりしました。

旦那も近眼《ちかめ》ですね。私が直ぐ眼の前の棚の上に居るのに、それが旦那には見えない。

『眼鏡を知りませんか。』

と家中尋ね廻つて、人に頼んで私を探して貰ひました。私はちやんと擂鉢の側で近眼《きんがん》で無い人が探しに来るのを待つて居りました。

『こんなところに有るぢやありませんか。』

と台所に居た下婢《をんな》は直《すぐ》に私を見つけて笑ひました。それほど旦那には私が居なければ用が足りないのです。

旦那は十三四の時分から英学を始めて、あまり細い文字を詰めて読み過ぎたり、夕方の薄暗いところで燈火《あかり》も点けずに勉強したりした為に、左様いふ近眼に成りましたとか。旦那の眼の性も好くは無かつたんでせうね。小学校を卒業する時分に、瞳のところへ白い星が掛つて、三月ばかりお医者に掛つたことも有るそうです。その時分から十八九ぐらゐまでは眼鏡を掛けたり掛けなかつたりして、鞘に入れて袂の中に仕舞つて置いて、唯遠くの方を見る時にばかり鞘から取出して掛けたそうですが、どうして私が来た頃には、夜寝る時とお湯に入る時より外に、私を離さない位でした。

三

斯の旦那の御供をして、私は諸国の見物に出掛けることに成りました。

昔話にある桃太郎も大きく成れば、遠いところへ出掛けます。彼様《あゝ》いふ風に黍団子《きびだんご》でも腰に着けて鬼退治に出掛けたら、さぞ面白いでせうね。子供の時分からあの話を聞いて大きく成つたものは、皆な桃太郎の兄弟のやうなものですね。けれども青鬼や赤鬼の居る島は遠い……夢のやうに遠い……そこで私の旦那は旅の仕度をして、知らない国々のよく見えるやうに私といふものを御供に連れ、歩いて行かれるところへ行つて見ようと思ひ立ちましたのです。

旅ほど気分の清々とするものは有りません。稀に皆さんが先生方に連れられて、学校から遠足に出掛けたばかりでも、快いでせう。青々とした広い空——天鵞絨《びろうど》のやうに柔かな草——見るもの聞くものが皆《みん》な皆《みな》さんには新しく思はれるでせう。その行く先の草の上を跳ね廻つて草臥《くたび》れたところで、皆さんが持つて行つたお弁当の包でもひろげて御覧なさい。そして、彼処《あそこ》でも此処でもお友達の楽しい話声や笑声のする中で、海苔《のり》巻《まき》だのお握飯《むすび》だのを頬張つて御覧なさい。その味は忘れられますまい。

一寸した遠足をしても其通りでせう。もしまた、これが知らない土地の修学旅行か何かで有つて御覧なさい。楽みにして出

掛ける前の晩なぞは、ろく／＼眠られない位のものでせう。それから朝も早く起きて、お母さんや姉さんに手伝だつて貰つて、着物を着更へたり、袴を穿いたり、手拭《てぬぐひ》を用意したりして、軽々とした新しい草鞋《わらぢ》や鞋で家を出掛ける時には、何となく別の世界へでも旅立つやうな心地がするでせう。

丁度、旦那も左様《さう》でした。いよ／＼仕度も調ひました。空を鳴いて通る鴉まで、『お早く、お早く』と言つて私達を急き立てました。

どれ、旅の御話に移りませう。

四

皆さんが一頃よく歌つた鉄道唱歌の中にも有るではありませんか。丁度彼様《あゝ》いふ風に、新橋から私は汽車で鎌倉まで乗りました。勇んで東京を出掛けた旦那の心も思ひやられます。アレ水鳥が飛んで居ます。品川の御台場の方を御覧なさい、帆掛船も通ります。お日《てんとう》さまの光はそこにも、こゝにも輝き満ちて居ます。

鎌倉には旦那のお友達の島田さん兄弟と、その妹のお柳《りう》さんとで、旦那を待受けて居ました。旦那は一晩泊りまして、夜遅くまでお友達と是から先の旅の話などをしました。旦那が鎌倉を発つ時には島田さんやお柳さんはサク／＼音のする砂の道を踏んで、松林の間を見送つて来ました。

『ポッポッポッポッポッ――――』

汽車がそんな音をさせて、白い煙を残しながら私達の前を通りました。鎌倉からは、旦那は汽車に乗らないで、ところ／＼に松並木の残つた旧い東海道をポツ／＼歩いて参りました。皆さんがお正月のお休みに蜜柑やお煎餅《せんべい》をかけて遊ぶ道中数基六《すごろく》にあるのも斯の街道です。その昔、弥次郎兵衛に喜太八の両人が通つたといふ作り話にあるのも斯の街道です。それから昔の御大名が多勢御供を連れて、槍持などを先に立たせて、『下に居らう――下に居らう――』と言ひながら往来《ゆきき》をしたといふのも斯の街道です。

道中も面白いでは有りませんか。旦那が東京を出掛けたのは、丁度お正月のことでしたが、斯うして歩きながら見物して参りますと、途中の村々には旧暦でお正月をするところが有りました。左様《さう》いふ村々では、まだお餅もつかず、松も飾らず、漸く暮の煤払《すゝはき》をして居るところでした。『来い、来い、早くお正月が来い。』と言つて、往来に遊んで居る村の子供もありました。旦那も旅に来て、まだ春の来ない田舎の大掃除に逢ひ、パタ／＼古い畳を叩く音や煤掃の塵埃《ほこり》の立つ中なぞを歩いて通りました。

村々へさしかゝると、往来で時々御辞儀をする男や女の少年にも逢ひました。学校の生徒と見えます。旦那も私といふものが光つて居ればこそ、斯うして見ず知らずの可愛らしい少年から御辞儀をされる。左様《さう》思ふと、何となく私も鼻が高く成りました。

段々温暖《あたゝか》な方へ参りました。そのうちに蜜柑の畠のあるところへ出ました。皆さんはよく蜜柑の皮を剝いて、あのオイしい露を吸つたり、お獅子パク〳〵なぞにして召上りますが、蜜柑の樹といふものを見たことが有りますか。国府津《こふづ》の海岸には、その蜜柑の樹が小山の側にも谷にも畠にして造つてあります。ホラ、あの黄色い蜜柑の皮を剝く時には、チユウと皆さんの眼に浸みるやうでせう。あれほど香気の強いものですから、樹の葉も矢張その通り肉の厚い、色の濃いものでして、そこへお日《てんとう》さまが射そうものなら、ほんとに温暖《あたゝか》い海岸へ出て来た気がします。蜜柑の花ざかりの頃には一里も二里も沖の方までその香がするといふことです。

海と言へば、国府津の海岸へ来て私は吃驚《びつくり》して了ひました。色鉛筆が青いの、何が青いのと言つたとて、国府津辺《へん》の青い深い海は御話にも何もなりません。それに、あの波の音は奈何《どう》でせう。眼鏡屋の小僧にも聞かせて遣りたい。

五

オヤ、富士がよく見えて来ましたぞ。興津《おきつ》辺《へん》まで行きますと、その温暖いことゝと言つたら。旦那ばかりでなく、時々私も汗をかいてポウと成りました。旦那は途中で足を留めて、休みました。路傍《みちばた》には名も知らない小さな可愛らしい草花も咲いて居ました。

その草花が私達の方を見て、

『御見物ですか。』

と声を掛けました。

興津では、旦那は清見寺といふ御寺へも寄りました。本堂の前の広い庭に大きな蘇鉄が有りました。その御寺の境内には石で造へた五百羅漢も有つて、誰でもその前に立つ旅人は自分の身内のものに逢へるといふほど種々な石像が並んで居るところです。行つて見ると、成程沢山ある。人体をすこし小さくした程の羅漢《らかん》が其処にも此処にも居る。チユウ〳〵、鮹―かい―な―どうして、斯の沢山ある羅漢が数へきれるもんですか。古い苔の生えた石像の中には、立つて居るのもあり、座つて居るのもあり、見て居るうちに皆な活きて動き出すかしら、物を言ふかしら、と思はれる程でした。旦那は懐中《ふところ》から旅の手帳を取出しまして、あそこに誰が居た、こゝに誰が居た、と種々なお友達の像《すがた》を其手帳に写し取りました。頭が尖がつて口は大きく開いて笑つて居るやうな羅漢だの、頭は円く眼は瞑り口唇は噛みしめて深く考へ込んで居るやうな羅漢だの、左様かと思ふと凸《でこ》凹《ぼこ》した頭に眼を細く開いて静かに睨んで居るやうな羅漢だの、まあ種々《いろ〳〵》なのが出来上りました。鎌倉で別れた島田さん兄弟によく似た石像も其中にありました。旦那は興津の旅舎へ帰つてから、その手帳の写しを島田さんのところへ宛てゝ、手紙と一緒に出しました。東京のお友達が皆なで見たら、さぞ笑ふでせう。

富士山も大きな山ですね。斯うして東海道を旅して見ると左様思ひますよ。汽車の無い時分には皆なあの山を見るのを楽しみにして、道中したんでせうね。旦那が歩いて参りますと、段々高く見上げるほど近い富士の裾へ出まして、終《しまひ》にはあの山が来て私の面へ衝突《ぶつか》るかと思ひました。好い塩梅《あいばい》に、それまで私の前にばかり見て行つた山が急に後の方になりました。私は富士山の方でグルリと一つ廻つて呉れたんだらうと思ひました。

熱田《あつた》まで出まして、船で四日市《よつかいち》へ渡つて見ました。御天気都合は好し、船の旅はまた格別でした。亀山《かめやま》といふところで一晩泊りまして、それから旦那は江州《ごうしう》の方へ向けて出掛けました。旦那も脚が達者でしたから、乗つたり乗らなかつたりして旅を続けて参りましたが、伊賀《いが》と近江《あふみ》の国境あたりでは随分寂しい山路《やまみち》を通りました。あれから草津《くさつ》の方へ出て、更に進んで参りますと、黒ずんだ樹と樹との間に光つた水を望みました。

思はず旦那は樹の下へ馳けて行つて、

『琵琶湖《びはこ》！』

と声を揚げました。

（大正2年2月、実業之日本社刊）

小波身上噺《さゞなみみのうへばなし》（抄）

巌谷小波

子供の時分

▲臍《へそ》の左右《ざゆう》の灸《きう》の痕《あと》▼

忘れぬ中《うち》に、僕の子供の時分の事を書いて見やう。

人は僕をお坊さん育《そだち》だと云ふ。成る程さうかも知れない。僕の生まれたのは、丁度父が旧藩の医者から転じて、大政官の役人に成つて、御遷都と共に東京に移住してから、後《のち》間も無い明治三年の事だ。其頃の政府の役人と云へば、頗る巾の利いたものだつたから、随つて僕なぞも、所謂『おんば、日傘《ひからかさ》』、星ケ岡の山王へお宮参の時なぞは、随分振つたものだつたらうが、残念ながら当人は、そんな事までは覚えて居ない。

僕は都合十人の兄弟で、男としては三男だが、男女をまぜると六番目の子に当る。で、上の五人は皆郷国《くに》で生まれたのだが、僕から以下が東京ツ子に成つて居るのだ。

但し僕が生まれると、引つゞいて母は大病……遂に半年も経たない中に、とうとう彼《あ》の世の人となつた。その位だから、元より顔も覚えないし、事によると真《ほんと》の母の乳は、ろくに飲まずにしまつたらう。

その為めに僕は、やがて里へやられたものだ。里から帰つたのは五才か六才、その時はもう新しく母が出来て居たが、それがなさぬ間《なか》であらうとは、誰も云つてくれなければ、無論本人の知る由も無い。

僕はその新しい母を、真の母と思へば、甘えもし、ねだりもし、だゝけもし、それは〳〵世話を焼かせた。が、母は又少しも厭な顔を見せず、真の我が子も及ばぬ位に、大切にしてくれ、可愛がつてくれた。それで十五になるまでは、全く義理ある間《なか》と云ふ事を知らなかつた。それのまた知れたに付いては、一寸面白い動機があるが、これはまた後に記さう。

兎に角物心の付くまでは、里にやられて居たのだが、その里の家は、父の親友長松氏の長屋に、仕立屋をして居た者で。僕はその縁から、毎日長松家へ遊びに行つて居たが、長松夫人は、又ひどく僕を可愛がつて、殆んど我が家の子の様に扱つて居た。其頃兄さん〳〵と云つて、一所に遊んで居た同家の子息が、即ち今の長松男爵だ。

何でも其時分の事ださうだ。ある日僕は、仕立に使ふ大きな火熨斗《ひのし》を、ガラ〳〵引ずつて長松家へ行つて、やがて玄関の畳の上へ、尾籠《びろう》な物を垂らした揚句、その火熨斗でかきまはしたから耐らない。乳母《うば》は忽ち飛んで来て、僕を引抱へて家へ帰り、その罰として、臍の両側に灸を据ゑられた。と斗りではちと惨酷な様だが、乳母はかう云ふ機会を利用して、僕の身体の丈夫に成る様にと、さてこそ灸を据ゑたものだ。今でも腹を撫でゝ見ると、其頃の痕が残つて居る。そしてそれを見る度に、乳母の慈愛を思はずには居られない。

▲母の眼に涙▼

自分の家へ帰つてからも、さかんに里へは帰り度がつた。それは里が懐かしい斗《ばか》りか、長松家が恋しいからだ。

夜半《よなか》にフイと眼を覚まして、何でも長松家へ行くのだとだゞけ出す。

母が制しても聞かない。父が叱つても止まない。用人《ようにん》が威《おど》しても、女中が賺かしても、云い出したら何でも後へ退くものか。さん〴〵持て余された揚句《あげく》が、それでは仕方が無いと云ふので、下男の多助と云ふ爺やの、背《せなか》へしつかり括りつけられて、わざわざ長松家まで送られた事も、度々あつたと云ふ事だ。

但しその度に、大方背で寝てしまつて、先方《さき》へ送り届けられる頃は、カラ正体が無いのだが、それでも明日起きて見て、長松家に居ると思ふと、大きに機嫌が好かつたと見える。

然し今考へると、かうした事は母に取つて、甚だ心苦しかつたに相違無い。さればこそ、其頃自分の腹を痛めた、即ち僕の妹が、巳に出来て居たに拘《かゝは》らず、その子によりもより多く、僕の上に愛を注いで、只管《ひたすら》自分に懐かせるべく、どれほど苦心したか知れない。

例へば、妹には乳母の乳を含ませ、却つて僕に自分の乳房を、――（乳母が置かれた位だから、あまり出の好くないに拘らず、）時にはのませた事もあつた位だ。

それに付けあがつて、僕が色々な無理を云つても、決して叱つた事は無かつた。そして、父がそれを見かねて、僕を叱る時なぞは、むしろ代つて詫びてもくれた。

然し、只一度、母は僕を叱つた事がある。而もそれはよく〳〵の事だ。

恥を云はなければ解らないが、僕は七つ八つの頃から、妙に骨董癖があつて、時々古道具屋を冷かしては、古い鏃《やじり》だとか、古銭だとか、乃至《ないし》印材だとか云ふ物を、買つて来るのが好きだつた。

尤もそれには仲間があるので。丁度僕の家の裏に住んで居た、二つ上の友達に、矢はり骨董癖の子が居て、それに感化されたに過ぎない。

で、ある時その友達が、獅子の鈕《ちう》の付いた蠟石《らうせき》の印材を持つて来て、しきりに僕に見せびらかす。価を聞けば二十銭だと云ふので、その二十銭を母にねだつた。所が母は、

『そんな物はお家に沢山ある。欲しければいくらでもあげるから、無理に買はなくてもよろしい。』と云ふ。

成る程父は書家だから、そんな印材は、否、寧ろそれよりも好い印材が、家には沢山あつたのだ。けれども又何《ど》う云ふものか、その印材が欲しくてたまらない。

果は母の居ない間に、その煙草盆の抽斗《ひきだし》から、二十銭銀貨を持ち出して、とう〳〵その印材を買つてしまつた。

すると、間も無くその事が知れて、忽ち母の膝下《しつか》に呼びつけられ、

『それほど欲しくてたまらないのなら、お金をあげない事も無いのに、何で黙つてそんな事をしました？ たとひお家のお金でも、黙つて持つて行けば盗人《どろぼう》ですよ。ほんとに、何と云ふ情無い事でしやう？』

と、しみ〴〵小言を云はれたには、つく〴〵僕も恐れ入つた。

殊にその時一寸見ると、母は、涙を浮べて居た。僕が母の小言を聞いたのは、別に初度《はじめて》でも無かつたらうが、その泣いて居るのを見たのは、実に此時が初度《はじめて》である。

思ひ出してもその時ほど、身中の慄へた事は無かつた。そしてそれからと云ふものは、もうその印材を見るのも厭！……後には誰かにやつてしまつたと思ふ。

▲三坊ちやんの一人▼

僕の家は、麴町《かうぢまち》の平河町五丁目、俗に三軒家と云ふ所の坂の上にあつた。

三軒家！ 名からして淋しさうだが、実際其頃は淋しかつた。折り曲つた急な坂の上から、コンモリ茂つた木がかぶさつて居て、夜なぞは殊に凄い。火の玉が出たの、幽霊が見えたのと云

ふ、馬鹿げた噂も聞かされたものだ。
で、その三軒家に、三坊ちやんと云ふ名物がある。何所《どこ》の誰々がそれであつたか、今はよく覚えてゐないが、その一人は僕である事は、後々までも歌はれて知つて居る。

まづ其頃の扮装《いでたち》はと云ふと、子供でも今の様に、頭を一分刈や三分刈にはしない。皆ザンギリ、或はカブツキリと云つて、中央《まんなか》から分ける様に梳くか、或は椀を冠つた様にして居た。

僕は即ちそのカブツキリで、衣服も袂の長いのを着、それに義経袴と云つて、白の綴紐の付いた紫繻子の袴を穿いて、お附きの書生に送迎《おくりむかへ》をされながら、学校へ通つて居たのだから、今考へると、何の事は無い、学習院の女子部の生徒か、軽業の子供太夫見た様なものだ。

学校は平河学校と云つて、今の麹町小学の前身。場所も同町内にあつて、邸の裏の小山から見ると、まるで眼の下に成つて居た。

これへ僕が通ふのに、初《はじめ》の中《うち》は始終お附がついて居た。それは亀公と云つて、長屋に居た紫檀細工屋の息子で、僕より五つ六つ年上の子だつたが、妙に字が巧いので、僕の清書の時なぞは、後から手を持つてくれたから、おかげていつも満点が取れた。

尤も其頃は、学制がまだ好く整つて居なかつたから、生徒も今の様に年齢の制限が無く、何でも僕の上つたのは、丁度六才《むつゝ》の時だと覚えて居る。
六才《むつゝ》と云つても新暦の四才《よつゝ》半《はん》、今ならやつと幼稚園に居る位だ。

それで居て、学校ではもう読本を読まされ、家では父に大学を習はされる。よくまア出来たものだと思ふ。

▲笹藪の焼討▼

三軒家の近所に、薩州屋敷と云ふのがあつた。此所は今文部大臣の官舎に成つて居るが、その地面は非常に広く、半分は草原に成つて居て、一隅に大きな銀杏の木があつたり、他の一隅には、広い笹藪があつたりして居た。

蓋し此所は、僕等坊ちやん仲間の、好個の遊場所《あそびばしよ》に成つて居たので、戦事《いくさごつこ》、毬投《まりなげ》、角力《すまふ》、競走《かけくら》……此所に腕白の数を尽して、

『坊ちやん、御飯ですよ。』

を三四遍聞かなければ、容易に家へは帰らなかつたものだ。

所が、ある日その笹藪で、五六人の友達と、例の戦事をやつた。

戦事と云つても、今の様に、騎兵だの砲兵だのゝ真似はしない。また突貫だの、進撃だのと云ふ言葉も知らない。まだ旧時代の戦争《いくさ》の真似だから、棒切を鎗、刀に代へて、ア、リヤヂン〳〵、ア、リヤヂン〳〵と、叩き合ふ斗《ばか》りである。

それでこの笹藪に、敵味方が陣取つたが、その時誰の智恵であつたか、笹を三方から矯めて、来て一つ所で結んで、小屋の様な物をこしらへ、其所を陣屋にして立籠る事にした。

さて、合戦数合に及んだが、なか〳〵勝負が付かない。その中に、誰が何所から見つけて来たか、味方にマツチがあつたの

で、忽ち一策を廻らして、これで枯枝に火をつけ、敵の陣屋になげ込んで、即ち焼討と出かけたのだ。

すると、計略図に当つて、忽ち火は笹に移り、ポーン〳〵、パチン〳〵と、音を立て丶燃えはじめた。

初めの中は面白がつて、火の粉の下に入り乱れ、夢中に成つて戦つたが、その中に風が出て、火はます〳〵燃え広がり、果は僕等子供仲間の、手に負へなく成つてしまつた。

中には呑気な奴が居て、ポンプだ〳〵と云ひながら、これに小便を掛けて見たが、何で効験《きゝめ》があらう。

今はまるで云ひ合はせた様に、ドン〳〵其所を逃げてしまつた。

僕は一生懸命に駈けて、独り家へ帰つてしまつたが、また気に成るから、二階に上つてその方を見ると、煙は盛んに立ち昇つて、ポン〳〵と云ふ竹の割れる音も、手に取る様に聞えるでは無いか。

見るのも恐しし、見ないのも気味悪し、二階を上つたり、下りたりして居ると、その中にその煙も、何《ど》うやら薄く成つてしまつたが、暫くすると馬丁《べつとう》が来て、

『坊ちやん今知つてましたか、笹藪に火事のあつたの。……皆で行つてやつと消しましたがネ、ほんとに危うございましたぜ。』

と云ふ。

僕はやつと安心したが、其時は何とも云ふ事が出来なかつた。

翌日学校へ行くと、昨日の友達は皆来て居たが、昨日の話は誰も云い出さない。

その中に先生から話が出て、

『何所の子供の悪戯だか、真《ほんと》に悪い事をしたものだ。』

と、云はれた時のせつなさ、つらさ！

▲好きな遊事《あそびごと》▼

かう云ふと、いかにも腕白な、暴れ者だつた様だが、又必ずしもさうでは無い。

一方にはまた、女の子の様な遊びが好きだつた。これと云ふのも同胞《きようだい》の中で、上二人が女であり、下二人も女であつた為《た》めか、人形を持つて遊んだり、飯事《まゝごと》をしたりする事も、好きであり、また上手であつた。

また妙に植物が好きで、庭の隅から芽生《めばひ》を取つて来ては、それで小さな盆栽をこしらへたり、また石を拾つて来て、箱庭をこしらへる事も好きだつた。これは思ふに、家の庭が広かつた事や、その中に花壇があつて、祖母が始終植木いぢりをして居たから、それにかぶれたのだらう。

それから今一つ、神楽の真似が大好だつた。これは山王や天神の縁日に、其都度必ず出かけて行つて、神楽堂の下で半日暮らした位だつたから、何《ど》うしても真似をせずには居られないので。ある時父が古道具屋から、獅子頭に、面に、太鼓などの、可なり大きいのを買つて来てくれた時は、嬉しくて夜も寝られない位だつた。

神楽が好きな位だから、無論能や狂言にも、子供の割には趣

味を持つて居た。それも矢はり祖母の感化だ。祖母は御所奉公をして居たのだから、随つて此種の見物が好きで、まだよくも解らない僕を、梅若《うめわか》やら、金剛《こんがう》やらの舞台へ、屢々連れて行つてくれた。

祖母の感化はこれ斗《ばか》りでは無い。十才《とう》にも成らぬ身を以つて、碁石を列べる事を覚えたり、天狗俳諧を面白がつたり、三十一文字を列べて見たり、果は画を書きおぼえたのも、皆祖母に可愛がられたお蔭だ。

其時分の句で、今だに覚へて居るのが一つ。

山《さん》　王《のう》　祭《まつり》

十五日今か〱とまつりかな

▲達磨門、すべり山▼

例の薩州邸に次いで、よく遊びに行つたのは紀州邸だ。

これは今の行政裁判所のある所。俗に達磨門と行つて、大名邸に付き物の、大きな長屋門があつたが、中に入ると広い空地で、後の方が崖になつて居た。

この門は、僕等の盛んに楽書をした所で。崖ではまた、盛んにすべつて遊んだものだ。

急斜面の赤土山、辷《すべ》つて遊ぶには持つて来いだ。その代り衣《き》服《もの》はメツチヤ〱だがそんな事を関《かま》つて居る者は無い。

その崖から下へ行くと、一面に草原の間に、ジメ〱した沼池があつて、何でも余程古いのだらう。沼には蓴菜《じんさい》や土賊《とくさ》が生へて居た。

此窪地の彼方《むかふ》が、また尾州邸の高地に成つて居て、其間の往来が、即ち大久保公の殺された所。

今公の哀悼の碑の立つて居る、清水谷公園のある所は、丁度其頃僕等の遊んだ、すべり山の下に当るのだ。

其時分の学校朋輩で、今でも交際して居る人には、洋画家の黒田清輝君、法学博士の高根義人君、支那語学者の宮島大八君なぞがある。

中にも黒田君の家は、麹町の八丁目にあつて、庭に大きな池や、それから落ちる滝などがあるので、夏なぞはよく遊びに行つて、池で蛭に吸いつかれたり、又庭の松の木に登つて、座敷から誰かに叱られたりした。

▲大久保公殉死の馬▼

大久保公の殺されたのは、僕の九歳《こゝのつ》の時だ。

五月の中旬の、変に曇つた、蒸あつい日だつたと思ふ。

僕は丁度学校に居て、運動場に遊んで居ると、その垣の外を、馬の死骸を乗せた車が通る。

何でもその馬は、前の両足を切られて、其所を巾《きれ》で包んだまゝ、横向きに車に乗つて居たらしい。

『ヤア何だ〱？』

と、生徒は垣根に取つゝいて覗く。往来の者は立ち止まつて見る。店の者も駈け出して見物する。何の事だか解らないが、何か事があつたらしい。

其中に先生から、

『参議の大久保さんが、今清水谷で殺されたのだ。』と聞いた。

聞いても参議が何者やら、大久保さんが何う云ふ人やら、知つてる生徒は少なかつた。

けれども僕は役人の子で、家で時々聞いて居たから、参議とは、父の上役の事、大久保さんは豪《えら》い人だと云ふ事は知つて居て、他の友達にも話してやる事が出来た。

そしてそんなえらい人が、何うして殺されたのだらうと、何だか気が妙に成つた。

尤もその前年が、例の西南戦争の年だが、何分八才の子供では、ろくに事柄を知る事が出来ない。只西郷隆盛が、大礼服の胸をはだけて、城山で切腹して居る錦画を、面白がつて見て居た位のものだ。

随つて大久保公の変死の原因なぞは、無論知る由も無かつたのだが、只何となく同情されて、その葬式の時なぞは、わざ〳〵赤坂見附の外まで見に行き、其後青山の墓地へも行つて、公の墓の後に、殉死の馬の墓標のあるのを見た時は、妙に胸が迫つたのである。
▲夢に見た竹橋騒動▼
大久保公の事変に次いで、又竹橋騒動と云ふのがあつた。それは竹橋内に居た、近衛砲兵の一部の者が、西南事件の論功行賞に付いて、常から抱いて居た不平が爆発し、夜半に隊を組んで御所へ押しかけ、陛下に直訴すると云ふ大騒《おほさわぎ》をやつたのだ。

其頃御所は赤坂にあり、僕の家は平河町だから、直径にして幾何《いくら》も無い。

大小の砲音《つゝおと》、喇叭《ラツパ》の声、非常の号砲《がうはう》も手に取る様だ。

父なぞは役目柄、馬上に非常提灯をかざして、急いで御所へ参内せねばならぬ。

聞けば畏くも、天皇陛下は、一時三条太政大臣の邸へ、御避難あらせられたとも云ふ。

何にしても事が急なので、上を下へと沸き返へる騒ぎだ。

其時丁度僕は九歳《こゝのつ》、祖母の側で寝て居たが、子供に知らせる事でも無いと、万一の折をのみ警戒して、其儘床の中に置かれたのである。

で、僕は何も知らずに、其床の中で寝て居たが、やがて壮んな戦争の夢を見た。そして父が馬に乗つて、銃火の中を走りまはるのを、自分は馬丁と一所に、後から必死と追すがつて居る。

その中に眼がさめて見ると、これは自分の枕元で、見舞に来た近所の者が、今夜の様を祖母に話して居たのが、あり〳〵夢に入つたのであつた。

夜が明けてから聞いて見ると、麹町の往来で、野津大佐（後に侯爵）が一騎討で、後詰の一隊を喰ひ止めたとか、飯田町の大隈邸では、大砲を一発撃ち込まれたとか、いろ〳〵な話が出たが、それにつれて、話題は維新の当時に遡つて、京都の蛤御門《はまぐりごもん》の戦争や、上野の彰義隊の合戦なぞが、祖母や母の口から語られて、起きながら又当時の夢を見る心地がした。

▲学校以外の修学▼

父は元と医者であつたと同時に、又漢学者であり、書家であつた。

その為めでもあらう。僕を後には医者にするつもりで、まだ八歳《やつつ》か九歳《こゝのつ》の頃から、その準備に独乙《ドイツ》語を習はせた。

先生はクラ、女史と云つて、松野林学士の奥さん。僕は学校から帰りに、其人の所へ行つて、アー、ベイ、ツエイを教はつたが、何でよく覚へられやう。

殊に外国人の癖で、部屋を酷く温めて置くから、物の三十分と経たない中に、すつかりストーブに酔つてしまつて、胸はむかつく、涙は出る。その為《た》めに稽古を中止して、車で送り帰へされた事もある。

漢学は、父が自分で教へてくれたが、後には面倒に成つたと見えて、長屋に居た矢土錦山氏に托して、毎朝学校へ行く前に、一時間位づゝ稽古をさせられた。

元より素読だけの事だが、それが詩経だの書経だのと来ると、むづかしさは一通で無い。いくら習つても覚へられないので、終《しまひ》には涙が出て、声が震え出して来たが、それでも先生は委細かまはず、ズン／＼先へ進んで行く。

まだ此外に、其頃小学校の校長であつた、斎藤先生と云ふのについて、漢学を習つた事があるが、これは時々ずる休をして、中途で遊んで帰つてしまつた、

それから書だが、これも父に手本を貰つて、毎日何枚宛か書かされながら、一向進みの鈍かつたのも、実はあまり好かぬからだつたらう。

▲厳しい兄▼

僕の幼時の教育に付いて、断えず心を用いて居たのは、父よりも兄であつたらしい。

兄と云つても、十五六も違つて見れば、其頃はまるで父子《おやこ》の様なものだ。

開成学校と云つた、当時の大学に入つて居たが、土曜日なぞは何時《いつ》も家へ帰つて来て、僕に復習をしてくれたり、又訓誡を加へたりした。

根が頗る厳格な男で、父の国事に奔走して居た時分に、逆境に立つて勉学して来た丈に、今この順境に生れ合はせた、坊ちやん的の僕の様子が、歯痒くてならなかつたに相違無い。それで僕の顔さへ見ると、何か小言を云はなければおかず、又僕もこの兄の顔を見るのが、入日を見るよりまぶしかつた。

が、兄は明治十年から十五年まで、即ち僕の八才から十二まで、独乙《ドイツ》へ留学して居たから、其間はまづ其鋭鋒を免かれ、追々公私の用事が多く成つて、子供の事を構ひかねて来た父と、段々此方の成人するに連れて、一層気を措いて優しくする母との間に、まづは気儘に生ひ生つたのである。

書生共に引ぱられて、講談落語を聞き初めたのも、女中部屋へ入り込んで、草双紙の画解をしてもらつたのも、父が仲間の者を集めて、謡講《うたひかう》をするのを喜んで聞いたのも、母が懇意な婦

人を相手に、楽器を出しかけるのを楽んで見たのも、皆その時分の事である。

▲楽しい家▼

されば僕は自分の家《うち》ほど、楽しい家《いへ》は無い筈である。所がまだその外に、正月毎《ごと》に遊びに行つては、二三日宛《づゝ》泊つて帰るのを、無上の楽みとした家《うち》がある。それは例の長松家だ。

長松家には今の男爵より、他に一人も子が無かつた。それに僕は、例の里にやられて居た時分から、我が子の様にしてくれた関係が、尚その後も引つゞいて、十才過る頃までも、其所へ遊びに行く時は、いつも主人公をお父様、夫人をお母様と呼んで、随分甘へたものである。

すると又長松家でも、家内中がよつてたかつて、僕をチヤホヤしてくれる。昼は紙鳶《たこ》揚《あ》げ、羽子遊び、夜は双六、かるた。用人、車夫、女中なぞが、忙しい中から代り合つて、僕の相手をしてくれるのだから、つひ帰るのが厭に成る。

それでも迎ひの者が来て、厭でも帰らなければ成らなくなると、今度はお年玉だと云つて、色々な物を貰ふのだから、実にこんな好い家は無い。

その中でも、一番貰つて嬉しかつたのは、主人公が熱海から土産に買つて来た、楠木細工の小箪笥であつた。

僕はそれを貰つて帰つて、その小さな抽斗《ひきだし》の中へ、色々な物を入れて置くのに、何《ど》れにも木の香が移るから、その香気を嗅ぐ度《たび》に、又楽しい家を思い出して、独り心を遣つた事もある。

▲文鎮の居眠り▼

こんな風で、何処へ行つても可愛がられて、まことに気楽なものであつたが、それでも只一つ、――今思へば何でも無いが、其頃の僕に取つては、大きにつらかつた事がある。

それは他でも無い。父が例の書をかく度に、その墨を磨らされたり、その文鎮にされたりした。

父は昼は役所で暮らすが、夜は家で揮毫《きがう》をやるのに、墨は女か子供の磨るのに限ると、又しても僕にその役を命じた。

やつとの事で墨が磨れると、今度は雅箋紙《がさんし》や絖《ぬめ》の端をおさへて、父の筆を動かして居る間、文鎮の代りに押へて居て、出来上るとそれを干しに行く役だ。

それが一枚や二枚ならよいが、父は書淫と云はれた位、書き出すと一二時間は、急に止めないからたまらない。

初めの中は面白半分、父の運筆も見て居るが、後には眠気がさして来て、ついコクリ〳〵とやる。

父は可笑《おか》しさを耐へて、僕の眠気をさます為めに、わざと色々な事を話かける。所がその話題が、大方学校の事だから、話されてもあまり興のあるものでも無い。

尤も父が書をかく側《そば》には、母は何時《いつ》もついて居て、これは又印を捺したり、又依頼者の紛れない様に、紙や絹を整理して居る。で、母は気の毒がつて、時々僕に代つてくれたが、それでも僕には御暇が出ず、

『オイ墨が足らん様に成つた、もう少し磨つてくれ！』

と来る。

仕方が無いから磨り出すと、又しても居眠が出て、ポチヤンと墨を辷《す》べらして、出来たての紙の大額に、葡萄の実ほどの飛沫をつけた上に、更へた斗《ばか》りの畳の上へも、小豆《あづき》の様なのを少からず飛ばして、大いにお目玉を食つた事もある。

玄関には書生も居るのに、何故あれ等には云ひつけないで、僕にばかりその役をさせたか。僕には甚だ不平であつたが、今に成つて考へると、それにも蓋し故ありで。父が斯うして夜に成つて、揮毫に手を動かす時は、同時に母と家事を談ずる時だ。随つて他人には、聞かせる事も出来ぬ事があるので、かくは僕を使つたのでもあらう。

また一つには、父はかうして僕を引きつけて、親しくその運筆を見せて、間接に書道を伝へる気もあつたらう？　然るに文鎮たる僕が、かう気が乗らないでは相済まぬ次第だ。イヤ、今だに僕の書の拙いのは、その罰が当つたに相違無い。

▲兄の賜物▼

小学校は十才《とう》の時出て、それからは訓蒙学舎と云ふのへ上つた。それは神田の神保町にあつた、外国語学校の予備校で、云はゞ私立中学の一種だ。

僕は此所で独乙《ドイツ》語と、数学とを習つた様に思ふ。

然し近所から一所に行く友達に、怠《なまけ》仲間が多かつたから、僕もそれ等の誘惑で、学校へ行く風をしては、靖国神社で遊んだり、勧工場で半日暮らしたりして、本の包みも解かずに帰つた事がある。

実にその頃の不勉強さは、言語道断とも云ふべきで。折角独和の辞書を買つてもらいながら、ついに一度開けて見た事が無いので、父に厳しく叱られた位だ。

けれども兄はそんな事とは知らず、遥々《はるばる》独乙の留学先から、ある時一冊の本を送つてくれた。

見ると奇麗なクロース表紙で、厚さは五六百頁《ページ》、口画に立派な色刷があつて、中にも大小の挿画が沢山。而もその画には、羽根の生へた馬もあれば、角のある人間も見える。僅かに覚へた語学の力で、覚束無くも表題を見ると、オツトーのメエルヘンシヤツとある。即ちお伽噺の本だ。

あ、オツトーのメエルヘン集！　これこそ僕が今以て、兄の遺品《かたみ》として坐右を離さず、永く家の宝とする物である。

僕は其後お伽噺に趣味を持ち、遂に之を以て立たうとするに至つたも、全く此本の賜物《たまもの》である。

僕は実に此本《このほん》から、世界お伽噺の幾篇かを得た。僕は此本を見る度に、地下の兄に感謝せざるを得ない。

但し当時の僕は、まだ医者になるべき運命を持つて居た。さればこそ語学も独乙《ドイツ》を選んだので、――されぱこそ、兄も此本を送つてくれたので。――他日僕が此本の為に、更に文学を持つて立つの、決意を堅からしめやうとは、兄も定めし思はなかつたらう。


（大正2年2月、志鵬堂書房刊）

評論

評論
随筆
講演

恋愛と結婚

——エレン・ケイ著——

平塚らいてう

今エレン・ケイ著「恋愛と結婚」を翻訳するに先立つて私は其動機を一言して置きたい。私が彼女の名を知つた最初は昨年九月の太陽に出た金子筑水氏の「現実教」と題する一論文であつた。その論文を通じていかに彼女の思想に興味を有つたかはその日の日記に書き取つてある丈でも明かである。たしかその日の翌々日だつたかと思ふ、女子文壇の河井酔茗氏が見えて、今度同雑誌に諸家の恋愛観を出す筈だから何か書けといふやうな御話だつた。私は例の憶病から御断りしたが、同時にエレン・ケイを思つた。さうして「今月の太陽を御読みですか。エレン・ケイの恋愛観は何だか面白いものらしいやうですね。」と云つた。すると氏は「今森鷗外さんの処でも其話が出たのですが、余程の女丈夫と見えますね。」と言はれた。私はまだ彼女の著書の名の一つさへ知らないので、「エレン・ケイの著書にはどんなものが一体あるのでせう」と訊ねて見たが、氏もよく知つてゐられないらしかつた。其後どうかすると彼女を思ひ出さぬでもなかつたが今日まで其著書に接する機もなく久しく過ぎた。ところが本月（十二月）の帝国文学に「自由離婚説」と題して、彼女が同説の梗概を紹介された石坂養平氏の論文に接した。さうしてそれが彼女の著、「恋愛と結婚」の第八章自由離婚の下に述べられたものだと分つた。折も折、私は「新しい女」と題する小論文を書かむがために、婦人問題に関する参考書をあさつてゐる最中だつたので、書名を知つたのを幸ひ丸善に行つた。

　全体私は女には相違ないが、又世間の所謂「新しい女」とは其内容に於て全然違つてはゐるが、或意味で自分は新らしい女を以て自任してゐるものではあるが、実際を考へると、多くの場合自分は女だとは思つてゐない。（勿論男だと思つてゐるのでないことは言ふ迄もない。）思索の時も、執筆の時も、恋愛の時でさへ女としての意識は殆ど動いてゐない。只自我の意識がある丈だ。と同時にその自我を所謂光明の方面たると、暗黒の方面たるとを問はず自分のエネルギーのあらむかぎりに発展拡張し高調の世界に生きむとする根本欲求がある丈だ。（けれどその欲求とエネルギーとは残念ながら常に相伴はないが。）もしこゝに人があつて、男でもなく、女でもない自我の観念を笑ふならば、又人間たる以上は必ず男でなければ女だと主張するならば、そして私が女の髪と、女の乳房と女の生殖器を所有することによつて女の意識をもつて多くの場合生きてゐないといふのを卑怯だ、嘘つきだと言ふならば私は其人の自我意識を疑ひ、内観の欠乏に基くことを断言し、其浅薄を憫笑するに憚らない。自我深奥の消息は生理学や、解剖学や、世にいふ心理学を以て容易に律することは出来ないのだ。一たび自我の明確な意識に到達し、高上の世界に於ける人間神性の上に男女を認めない私は、斯くの如き自我に対する信念の上に生きて来た私は、さうして自我の根本欲求によつて、人間の真正な本能によつて行動して来た私は世間と名づくる盲目の愚人が習俗的見解から放つ矢数がいかに多からうとも、又誤解と冷笑と罵言の中に葬られやうとも、それは皆私自身にとつては、自我のやみがたき欲求の前にはあまりに力弱いものに過ぎなかつた。だから私は未だ曾て自分が所謂女として生みつけられた事を一度として真に悲しんだことも喜んだこともない。

（一寸したことに出逢つて、こんな時男だつたら都合がよからう位なことは往々思ふが）。

その故《せい》か自分は女なのにも係らず十九世紀から――いや十八世紀からださうだ――喧ましく言はれてゐる婦人問題も実のところいまだに自家心内の直接問題とはならずに来た。従つて左程の興味と左程の熱心とを以てこの問題を考へたことも、研究したことも実はあまりなかつた。（それよりも自分としてはもつと先に考へねばならぬことがあつたので。）自分の思考上の欠陥かも知れないが殊に社会学的、倫理学的基礎の上に立つてこの問題を考へることは殆どしなかつた。婦人問題、女性研究に関する書物を少し許り読んだのは私には今回が始めてだつたと言つても差支ない。さうして其中にエレン・ケイの「恋愛と結婚」があつたことは言ふまでもない。

　私は色々考へさせられた。さうして実に多くの問題に逢着した。

　実に多くの問題に逢着した私は「新らしい女」に就て自己の意見を発表しやうとした最初の意志を捨てると共に来年の自分の研究問題の中心を婦人問題に置かうとまで決心した。今一つはそれと同時にまだどれ程の研究も思索も経ない内容なき自己の意見を敢て発表するの軽卒に出でるよりもエレン・ケイのこの著を目下の自分としてのある丈の理解力を以て忠実に翻訳する方がどれほど価値ある仕事だらうと言ふやうな謙譲の心になつた。

　尤もこの間に、中央公論の記者滝田氏から「新しい女」の原稿について再三の催促を受け、十二月号に已に予告も出てゐるといふやうな次第なので次のやうな断片的なものを書いて送つて置いたことは事実だが。

　「自分は新しい女である。

　少くとも真に新しい女でありたいと日々に願ひ、日々に努めてゐる。

　真にしかも永遠に新しいものは太陽である。

　自分は太陽である。

　少くとも太陽でありたいと日々に願ひ、日々に努めてゐる。

湯盤の銘に曰く、「苟日新、日々新、又日新」と、大なるかな、日に日に新なる太陽の徳よ、明徳よ。


新しい女は「昨日」に生きない。

新しい女は最早しいたげられたる旧い女の歩んだ道を黙々としてはた唯々として歩むに堪へない。

新しい女は男の利己心の為めに無智にされ、奴隷にされ、肉塊にされた旧い女の生活に満足しない。

新しい女は男の便宜のために造られた旧き道徳、法律を破壊しやうと願つてゐる。


けれど旧い女の頭に憑《とりつ》いた色々の幽霊は執拗に新しい女を追ひかけてゐる。

「今日」が空虚であるときそこに「昨日」が侵入してくる。

新しい女は日々に色々な幽霊と戦つてゐる。

油断の刹那「新しい女」も旧い女である。


自分は新しい女である。太陽である。唯一人である。少くともさうありたいと日々に願ひ、日々に努めてゐる。


新しい女は啻に男の利己心の上に築かれた旧道徳や、法律を破壊するばかりでなく、日に日に新なる太陽の明徳を以て心霊の上に新宗教、新道徳、新法律の行はれる新王国を創造しやうと願つてゐる。

実に新しい女の天職はこゝにあるのだ、さらば新王国とは？新宗教とは？新しい女はいまだそれを知らない。只新しい女はいまだ知られざるものゝために、研究し、修養し、努力し、苦悶する。


新しい女は今は只力を欲してゐる。自己の天職を全うせむために、知られざるものゝために研究し、修養し、努力し、苦悶するに堪へる力を欲してゐる。

新しい女は今は美を願はない。善を願はない。只、いまだ知られざる王国を造らむがために、自己の尊き天職のために力を、力をと叫んでゐる。」と。


今、私は第一に自分の前に、第二に同じく婦人問題を研究し、解決せむとする青鞜社員の前に、第三に世の多くの婦人の前にこの書を（拙訳ながら）提供するの光栄を担ひたい。

けれど私は語学の上に何の自信もゝたない。私が女子大学英文科出身のやうに世間に紹介されてゐるやうだが実は家政科出身なので（それも森田草平氏と塩原に行つて以来其の資格を奪はれたから実は自分の口からはそれも云へない筈なのかも知れない）卒業後のあやしい独学で、辛じて読んでゐるのだから、今日本に自分より英語学力ある婦人は何千人あるか知れないといふこと位気付かない自分でもないが、自分の如くこの書に興味を有し、この書を訳出するの労を惜しまない婦人は自分を外として今日本にあらうとは信じられないので敢て無法の冒険を試みるのである。さうしてこの自信が私の語学力の欠乏をよく補つてくれることを祈つてゐる。

最後に私はエレン・ケイを私に紹介して下さつた金子筑水氏と坂本養平の両氏に感謝せねばならぬ。

序ながら言つて置くが、青鞜社は世の所謂新らしがらむとする女を煽動して一種のムーヴメントを起さむとするものゝやうに考へる人があるならばそれは甚しい誤解である。由来団体を作つて或運動をするやうなことはとかく内容なき空騒ぎに終つて徒らに個人の尊き精力を消耗するに過ぎない場合の多いのを知つてゐるから殊に私は好まない。前年某々婦人達によつて唱道された男女同権論や、婦人参政権運動等は果して婦人の上にどれ丈の貢献をしたらう。自己内生命の覚醒、新生命の発動に基かざる何等の根底なく、内容なき運動は気の毒ながら時ならずして水泡に帰するの運命を有してゐる。しかもいまだ何等の定見もなく附和雷同を事としてゐる今日の多くの日本婦人を相手どつて或運動を興さうとするやうなことは慎むべきことだと自分は考へてゐる。我々青鞜社員が目下の急務として努めるところは新人として、真に新しき女として心霊上の自由を得た完な全な一個の人格たらむとすることである。

もし社会に向つて或運動を起すことがあるならばそれはそれ次に来る事でなければならぬ。預言者宮崎虎之助夫人光子氏は青鞜社員達が公会演説会を開いたらよからうといふやうに言つて下さつたのは忝じけないが、又社員の中にもさういふ意見を有つてゐるものもあるにはあるが私は空虚な御祭騒ぎを恐れるから容易にまだ同意することは出来ないのである。

目次

（本文にとりかゝる前に彼女の伝記著書や、此書に対する批評の一般を知る必要があると思ふから、此書に寄せたハアベロク・エリスの序文からまず訳出することにした。）

序

始めて英国で出版されたエレン・ケイの一番めぼしい著書は英語界では誰れ知らぬものもない。彼女の Century of the

Childは英国に於けると同様、米国に於ても已に多数の鑑識ある読者を有つてゐる。エレン・ケイはガスタヴアス・アドルファスの下で戦つたスコットランド高地方人、マツキー大佐の子孫だが、彼女は名門に生れたことに少なからぬ意味を置いてゐる。彼女は常に英国の事物に興味を有し、いぎりす大帝国の人生や文学によく親しんではゐるが、何と云つてもまづ第一に北欧に親しんでゐる。

彼女は一八四九年、瑞典なる父の所有地、スマーランド地方に生れた。父は過激な急進党として瑞典の国会の大立物だつたが、母は高貴な古い家柄の代表的婦人であつた。この二人の仲の長女、エレンは幼時から自然と自然の事物に対する愛情が著しかつた。自然に対するこの熱愛は遺伝とも考へられる、何《な》ぜなら彼女の曾祖父はルソーの熱心な学徒で、殊に彼の有名な教育説を崇拝してゐたから。曾祖父は自分の息子を「エミール」と名づけた。その名はエレン・ケイの父にまで伝へられた。多分ルソーの説に従つて、この若い娘も幼時から、泳ぐことや、船を漕ぐことや、馬に乗ることや、其他男児に対してさへ普通差控へられてゐるやうな、運動をも教へられてゐたことであらう。と同時に彼女は音楽を好み読書に耽つた、その中にはスコットの小説や、セークスピアの戯曲があつた。幼少の熱心はゲーテのHermann and Drotheaに注がれてゐた。この書物が教へる自然的な、美的な、そして調和的な生活の理想は決してエレン・ケイの心を離れなかつたといつても差支ない。彼女は主として独逸、仏蘭西、瑞典の教師に家庭で教育された。併し猛烈な、そして独立的な非常に個性を有つた少女は取扱ひ難く、よく人に誤解されるといふことは容易に信じられる。何人でもThe Century of the Childに述べられた児童に対する同情的態度や、児童の健全な本能を尊重することなどからそれのことを推察することが出来る。幸にも若きエレンには賢明な母があつた。彼女はその母に負ふ処が多かつた。母は精緻な直観で、娘が家庭の仕事に無頓着なことを大目に見、自由に彼女自身の本能に従はせると同時に彼女の発展の上に思慮深き感化を与へた。なほ少女の時、ビヨルンソン其他北欧作家の感化を受けたこの未来の著述家は国民状態の研究に身を献げやうと決心して、農民生活を描いた色々の小説を書いた。併し母の注意――それは娘は確に小説を書かむがためにこの世に生れて来たのではない。何故なら彼女の重大問題は彼女自身の心霊問題なのだからといふ――は創作をすることが自分の天職ではないといふ真理に彼女の眼を開かせた。併し自分の生涯の事業が何であるかはなか〳〵分らなかつた。彼女の空想は名をなさむとするよりも寧ろ恋愛や母たることにあつた。

彼女はビヨルンソンと生涯親しい友情的関係を結んでゐた。彼は彼女がまだ何も書かない中から其の優れた才能を認め、又彼女の方でも彼の天才と気力と善良な性質とを十分に崇拝してゐた。エレン、ケイは北欧の他の世界的文豪をもその作品を通じて知つた。十八歳の時母がLove's ComedyとBrandと

Peer Gyntを彼女に贈つたことは又彼女の生涯に影響を及ぼした一事件であつた。其後彼女の注意を惹いた著者の中にはエリサベス、ビー、ブローニングや、ジヨーヂ、エリオツトや、ジヨンスチユアード・ミルや、ハーバート・スペンサーや、ジヨン・ラスキン等があつた。廿三歳の時、エレンケイは始めて欧羅巴の総ての主要地に旅行に出かけたが、それ以来絶えず旅行し続けてゐたと云つても差支ない。最初は父の書記官となり、又は殆ど共力者のやうにもなつて行つた。さうして彼女は次第に新聞雑誌に筆を執るやうに導かれた。併し藝術に対する愛着心がこの若い頃の旅行の主たる動機だつたやうに思はれる。何故なら当時エレンケイは日頃それよりも偉大な天職に心を奪はれてゐるやうに絵画に夢中になつてゐたから。彼女の絵画に関する該博な知識は彼女が後年の著作に快い光彩を屢々放たせた。とはいへ千百八十年の後、農業上の危機の結果、父が其財産を失ふやうになつて、彼女は三十歳にして処世の方針を選ばねばならぬやうに余議なくなつた。さうして一時女学校の教師になつた。全体彼女は日頃から教育といふことには心を惹れてゐた。さうしてずつと以前ビヨルンソンに唆されてデンマーク学校制度を研究したこともある。後年に至つて彼女は文学、歴史、並びに美学に関する講演を数回した。又二十年間、彼女はストツクホルムのポピユーラア大学に於て瑞典文明史の講座を担任してゐた。

教師として世に出た最初の何事かはエレンケイの生涯の中、多くの努力、困難や、一身上の不幸から来る心的圧迫の一時期だつたやうに思はれる。是等の不幸の中には彼女が極親密にしてゐたソフイーコウアレスキー、シヤロツトレフラー、エルンストアールグレン（これは自殺したのだが）等の四五の高名な婦人が僅の間に相続いて死亡したことなどもあつた。彼女はまだ充分発達してゐなかつたし、又この世に於ける自分の真の地位をも発見してゐなかつた。まだ廿歳の娘だつた時、瑞典の有名な女権主張者ソフイー　アドラースパアルに其才能を認められ、彼の雑誌に執筆すべく励まされたけれど、エレンは何の自信もないことをいつも恥ぢて、遠慮ばかりしてゐた。この行為は門外漢にはかの嘘つきのコリーンのやうな者と彼女を思はしたかも知れない。彼女は中年に至る迄、何の書物も公にしなかつた――彼女の最良の著書は主に現世紀に属する――さうして文学や美学の問題を公に論ずる迄には自分の憶病に打勝つたが、激烈な反振を惹起すやうな危険なさうして困難な問題に公然触れることはまだしなかつた。彼女の潜在せる勇猛心を奮ひ起させるには一番胸の奥底に包んでゐる彼女の確信の上に一槌を下す必要がある。ところが其機会が来た。それは宗教並に性的倫理に於けるダアウインの教義に就て自分達が認めるまゝに其断案を自由に論じた青年を獄に下さむ為めに、異端に対する瑞典の旧法律が再興された時であつた。エレンケイにとつては個人の意見、並に個人の発展に関する権利ほど神聖な何物もなかつた。彼女は不断から不公平な、又は圧制的な観察を深く憤慨してゐたのだが、今や此機に当つて、彼女は其児を守護する牡獅子のやうな格闘振で躍り出た。ジヨーヂブテンデスの説によれば彼女は生来の説教家である。今や彼女は其胸に懐く主義を行はむために彼女の雄弁を以てした。此問題に就いて彼女の論ずるところは中庸を得てゐるのと、巧妙なのと、学識あるのとて著しかつた。併しこの際の彼女の態度は其の真の地位を公に表すに役立つた。その時以来、瑞典社会の習俗に重せられてゐる人達は在来の法律に従つて、大胆不敵な首唱者に向ふ見ずな、又手当り次第な不法を加へることを正当と考へた。ところが彼女の方では、其心の中に母としての多くの心情と、子供としての多少の無邪気を有する真の婦人の性質を保ち泰然として動かなかつた。併し間もなく彼女の文学上の活動力は彼女自身の生来の気質と共に発展した。さうして後年に及んで彼女は人生並に心霊の根本問題を公然説くに至つた。引続いて公にされた多くの書冊は法式に於ては破格で、文体も亦特殊なものだが、著者の思想感情を運ぶに自由自在で、燃えるやうな熱誠に満ちてゐるのみならず、なほ又精緻な直観や、円熟した智恵に富んでゐた。千九百〇三年に彼女の最も浩翰な著述 Lifslinjer の公刊が開始された。其著述中、最初の二冊が茲に英語読者に提供された此書物だ。それから二三年後に The Century of the Child 千九百九年にその最も広い関係に於て婦人運動のためになされた最良の記述として多くの人から考へられた The Woman's Movement が公にされた。エレン・ケイは又カール・ジヨナル・ルドウイック・アルムキイスト、ブラウニイング家、アンナ・シヤロット・レフラー、エレンスト・アールグリン等の文学者に関する多くの長論文を公にした。其人達は彼女自身の理想の或方面を説明するものとして彼女の心を動かした人達だつた。是等の中で最近のものはラヘル・ファーンハーゲンに関する長論文である。

エレン・ケイは北欧人であり、又恐らく其地方の代表的人物として第一におされる婦人だとさへ云つて差支あるまい。且又彼女は故国を愛し其国の勝地アルヴアストラに家を立て、晩年を送る積りでゐるが、其処は有名な瑞典の聖者ブリギタとの関係で已に神聖な場所とされてゐる古代瑞典の僧院の旧跡に程近いウエッター湖畔である。併し預言者は其故郷では尊ばれない。立派な瑞典人でもエレン・ケイが故国の上に放つた名誉を自国の名誉として主張することを切望するもの丶稀なのは見易いことだ。彼女の名声は独逸であがつた。今日では独逸人、就中独逸婦人は婦人運動の新局面を長夜の眠から醒めて堂々と開始しつ丶ある。この運動の第一歩は十八世紀に始り、其理想は主として男子に対すると同等の人間の権利、即ち教育せらるべき同等の権利適当な職業を採るべき同等の権利、政治上の同等の権利等を女性に向つて要求する有名な英国婦人達の相継いで起るによつて形成されてゐた。一世紀の中にいまだ完全には実現されなかつたが是等の主張は漸次に道理あるものとして益々一般に容れられて来た。

併し、それと同時に、是等の要求は重大なものではあるが決して婦人問題の全部を占めてはゐないことや、又一方では是等の要求を別々にして見ると誤つた方向に導く傾向即ち女子を男子化し、人種の要求を無視してゐたといふやうなことに気付きだした。解放に対する彼等の熱心のあまり、時には婦人が其性から解放されることを切望してゐるやうに思はれた。男子が自然と女子よりも卓越した人間と考へられてゐた時代では殊にこの様に人間としての婦人の位置を要求する丈では不十分で、それと共に女としてこの世に於ける婦人の位置を要求することが必要になつて来た。一見して分るやうにそれはより狭い要求にあらずしてより広い要求であつた。何故なら単に人間としての根拠に立つ婦人は男子と同等に競争場裡に陥れられ、しかも普通問題の解決には彼等自身何等貢献することを許されないばかりか、何より悪いことには人類の母としてのその世に於ける最上の位置が全く無視されてゐたから。それ故女としての婦人の根本権利の主張は同時に婦人が与へねばならぬ最良のことに対する社会及人種の権利の主張を意味する。嘗て一度、人間の根本衝動に関する花々しい主張で欧洲文明を指導し、それ以来社会組織の上に於ていつも卒先者であつた独逸人が婦人運動の新機運の叙幕式に主として与つたのは決して偶然のことではない。

エレン・ケイの著書の刊行は性の問題の上に完全を期し、実際を尊ぶ彼等チユートン族の特性を以てする独逸人の輓近思潮と其時期が符合した。それだから世界に対する多方面の観察力を有し、人間胸奥の秘密に就いて大胆なしかも静平な記述をしたこの瑞典一婦人が其最も女らしい方面の運動の自然の指導者として迎へられたのは別段あやしむに足らぬ。エレン・ケイの言ふ通り恋愛は婦人問題の心髄である。就中 Lifeslinjer の始めの書冊は一世紀前、メリー・ウオルストンクラフトが公にした「女権の要求」より近代的な、さうしてもつと完全な意見を婦人問題に貢献してゐる。

米国に就ても同様に云へやうが英国に於ける我々はまだ単に婦人運動のこの新機運の初にあるのだ。我々は主に男子と等しかるべき女権に就いてのみ考へてゐたのだが、今や男子と異なるべき女権を理解し始めた。エレン・ケイの理解する処によれば、其権利は初期の要求と一致する権利と共になほそれ以上のものをも含んでゐる。各派の独断的な狂信徒等がエレン・ケイを容れることの出来なかつたのはさもあるべきことで、彼女は彼等を理解し、我々がモンテーンやセークスピアやゲーテの学徒に期待するやうな或同情的寛大をもつて彼等を取扱つたにも係らず彼等は彼女を理解することが出来なかつた。彼女は多方面で、真理の両面を見、且それを受容するに十分適してゐた。彼女が最初に書いた論文に於て或人は両立しがたいものと仮定してゐる個人主義と社会主義とがいかによく一つに織り込まれてゐるかを示したが、今や同じ方法で人種の生育と恋愛――人種の社会的要求と愛の個人的要求――の必ずしも矛盾するものでないといふことを示した。同様に彼女は助けること、救ふこと、慰めることが女権の最大なものだと宣言した。併し彼女は婦人も亦公民権を所有しなければ其権利を十分実行せることが出来ないと附言した。かくして相互の狭隘な党派心を打挫いた。何は細事に亘つて意見を述べることは多くの点で差控へやう。何はともあれ、エレン・ケイは——或点で血族関係あるオリーヴ・シユレーネルのやうに——単に孤立的な一方面の改革にとどまらず一運動の預言者である。彼女の著は彼女が内心そのもの、あからさまな表現である。特に我々はこの書に於て其人格が現代の主要な倫理力の一つなる感化力ある一婦人の面前にあることを感ずる。

一九一〇、九、ロンドンにて

ハアベロツク・エリス

らいてう訳

（「青鞜」大正2年1月号）

新らしき女の道

伊藤野枝

新らしい女は今迄の女の歩み古した足跡を何時までもさがして歩いては行かない。新らしい女には新らしい女の道がある。新らしい女は多くの人々の行止まつた処より更に進んで新らしい道を先導者として行く。

新らしい道は古き道を辿る人々若しくは古き道を行き詰めた人々に未だ知られざる道である。又辿らうとする先導者にも初めての道である。

新らしい道は何処から何処に到る道なのか分らない。従つて未知に伴ふ危険と恐怖がある。

未だ知られざる道の先導者は自己の歩むべき道としてはびこる刺ある茨を切り払つて進まねばならぬ。大いなる巌を切り崩して歩み深山に迷ひ入つて彷徨はねばならぬ。毒虫に刺され、飢え渇し峠を越え断崖を攀ぢ谷を渡り草の根にすがらねばならない。斯くて絶叫祈禱あらゆる苦痛に苦き涙を絞らねばならぬ。知られざる未開の道はなを永遠に黙して永く永く無限に続く。

然も先導者は到底永遠に生き得べきものでない。彼は苦痛と戦ひ苦痛と倒れて、此処より先へ進む事は出来ない。かくて追従者は先導者の力を認めて新らしき足跡を辿つて来る。そして初めて先導者を讃美する。

然し先導者に新らしかりし道、或は先導者の残せし足跡は開拓しつゝ歩み来し先導者にのみ新らしい道である。追従者には既に何等の意義もない古き道である。

かくて倒れたる先導者に代る先導者は更にまた悲痛に生きつゝ自己の新らしき道を開拓しつゝ歩いて行く。

新らしきてふ意義は独り少数の先導者にのみ専有せらるべき言葉である。悲痛に生き悲痛に死する真に己を知り己を信じ自己の道を開拓して進む人にのみ専有さるべき言葉である。何等の意義なき呑気なる追従者の間には絶対に許さるべき言葉でない。

先導者は先づ確固たる自信である。次に力である。次に勇気である。而して自身の生命に対する自身の責任である。先導者は如何なる場合にも自分の仕事に他人の容喙を許さない。また追従者を相手にしない。追従者はまた先導者の一切に対する批判者の資格を有しない。権利がない。追従者は唯だ先導者に感謝しつゝその足跡をたどるより他はない。彼等は自から進む事を知らない。彼等は先導者の前進にならつてやうやくその足跡を辿つて進む事が出来るのみだ。

先導者は先づ何よりも自身の内部の充実を要する。斯くて後徐ろにその充実せる力と勇気と、しかして動かざる自信と自身に対する責任をもつて立つべきである。

先導者は開拓しつゝ進む間には世俗的の所謂慰安などは些もない。終始独りであるそして徹頭徹尾苦しみである。悶えである。不安である。時としては深い絶望も襲ふ。唯口をついて出るものは自己に対する熱烈な祈禱の絶叫のみである。故に幸福、慰安、同情を求むる人は先導者たる事は出来ない。先導者たるべき人は確たる自己に活くる強き人でなくてはならぬ。

先導者としての新らしき女の道は畢竟苦しき努力の連続に他ならないのではあるまいか。

（「青鞜」大正2年1月号）

アンドレイエフの描きたる恐怖

山本飼山

不具なる十九世紀文明は人間社会に種々なる不安と苦悶とを齎らし、人間の胸奥に容易に拭ひ去る事の出来ぬ恐怖の影を投じた。我等十九世紀文明の影響を蒙つて居る人間は、その程度の如何を問はず、何れも皆暗い「恐怖」の塊を心の底に蔵して居るのであるが、これが時としてコンベンシヨナルな日常生活の条規を突き破つて、我等をしてアブノーマルな狂的な行為に出でしめる事がある。

レオニード・アンドレイエフは此の『恐怖』の影に其の鋭き眼光を向けて、恰も外科医が解剖刀を揮つて死体を解剖するが如くに此の不可思議なる影を描写したのである。

アンドレイエフは、その初年の作たる「虚偽」「沈黙」等より「人の一生」「七死刑囚」等に至るまで、その作者としての気分を少しも変へて居ない。彼は常に同種の題材を取扱ひ、此等の題材に就いて常に同種の感情を語つて居る。その短篇たると長篇たるとを問はず、彼れの作品より発する空気は常に同種の色彩を以て読者を包まうとして居る。一面より見れば彼れの作物は悉く単一なる題材を様々な形式に書き変へたるものに過ぎないとも云ふ事が出来る。而して此の題材――もし之を一言にして云ひ得るならば――是れ恐怖である。漠然たる不安より戦慄、絶望等に至る様々な種類を包容する恐怖である。或は寧ろ、有ゆる恐怖の中にて最も痛ましき特種の恐怖である。此の恐怖は自然に対する驚異の心とか、測らざる危険を恐る心とか云ふ如きものでない。此の恐怖が人の霊魂を訪づる、時、其人の周囲にある極めて平凡なる実在は忽ちに悲劇的な、避け難き、神秘的なものと変ずる。生と死との永久の神秘――是れアンドレイエフ作品の中心点である。此の神秘が彼れの作品中の人物を戦慄せしめ、彼等の平和を突如として奪ひ去り、彼等を生命のどん底より変化せしめ、遂に之を狂人となし、或は自殺に導き、或は犯罪の道程に進ましむるのである。

試みに初年の作たる『沈黙』及び『虚偽』に描かれたる神秘を見よ。

茲に現はるゝ主人公は一見常人と何等異なる所なき一箇の人間である。人々は彼を愛しもすれば彼を憎みもする、彼を抱擁する事も出来れば彼を殺するも出来る。然し彼が何を考へ、何を感じて居るかは何人も想像する事が出来ない。彼れの額《ひたひ》の薄き障壁の奥に何物が潜んで居るかは何人も永久に知る事が出来ない。

而して此の不可解なる神秘は又『帰家』に於て更に著しく描

かれてある。

曾て飄然家出をした青年が思ひがけぬ時に突如として父の家に帰つて来た。そして彼は今迄何処で何をして居たかと云ふ事を何人にも語らうとしない。彼れの周囲にある祖母、父、妹、奴僕等、全家悉く、此の平凡なるが如くにして不可思議なる実在の前に在つて恐怖と戦慄とを感じて居る。

アンドレイエフは更に進んで『病院』に於て二人の患者を描いて死の秘密を語つて居る。

二人の患者は一日突然自己の頭上に死の迫つて来るのを感じた。二人は格別の動機もないのに死の切迫に対して烈しき恐怖を抱いた。彼等は何か黒い恐ろしい塊が寝台の後方に佇立して自分達を凝視して居るやうに思つた。そして此の恐怖は益々烈しくなつて、遂に其の一人は猛獣のやうな姿になつて狂ひ出し、他の一人――憐れな田舎僧侶――は故郷の暖い太陽の光を想ひ起して子供のやうに号泣した。

斯かる神秘は傑作『心』に於て物凄き色彩を以て読者に迫つて来る。

主人公メジエンツエフ博士は自己の心を信ずる事深き人であつた。彼は自己の心が活々した、堅固な、確実なものである事を信じた、此の心は已に彼を愚かなる道徳的偏見の覊絆より解放した。彼は自己を「自由人」であり「超人」であり神の一種であると考へた。然るに彼が全智全能なる心の思索力に大なる誇を感じて居た其の瞬間に、突如として「おれは狂人だ」と云ふ考が彼れの心中に閃めいた。彼れの明快なる心は忽ちに掻き乱された。恐怖は堅く彼を捕へた。我は果して真に狂人であるのか、或は斯く思ふのは一種の幻覚であり、漠然たる恐怖の心であるのか。彼れの愛する「心」も此の問題に就いて最早や明確なる答を与へる事が出来なかつた。彼れの心は彼に叛いた。彼は学問を疑ひ智識を疑ひ自己の心を疑つた。而して此の「超人」は遂に常人の前にひざまづいて「我は真に狂人なりや否や」に就いて明確なる返答を与へん事を懇願した。

露西亜の多くの批評家は、ヴイクトル・ユゴーが『悪の花』の作者の上に加へた言葉を其儘にアンドレイエフに適用して、彼を、『新しき身震ひを作り出す』作者であると称した。

新しき身震ひ――然り我等は時としてコンベンシヨナルな日常生活の間にあつて突然恐ろしき身震ひを感じて、物凄い気分に襲はれる事がある。小鳥の囀り、木の葉の囁き、子供の歌謡、女の微笑、斯かる極めて平凡な事実が、文明に疲れた我等の心に突然異様な響を伝へて、我等の肉を震はせ、我等の血を凍らせる事が屢々ある。何故に我等は斯かる異様な恐怖を感ずるのであらう。是れ或は人生永久の秘密が此処に宿つて居るのではなからうか。将た又極端な形式的生活に悩まされた人間の精神が、何かの機会に乗じて自由な径路を求めんとして狂的発作を現はすのではあるまいか。

兎にも角にもアンドレイエフの作品は現代人の暗黒なる一面を物語つて、其の不可思議なる心的傾向に就いて我等に暗示する所が少なくないのである。

（「近代思想」大正2年1月号）

日本俳句鈔第二集の首に（抄）

河東碧梧桐

本集は第一集の後を承けて、明治四十二年四月以降約二年半間、四十四年十二月までの句を選抜集録したのである。「日本俳句」を主として、外に「続一日一信」「庚戌集」等をも交へた。

僅に二年余の短時日であつたけれ共、我等の俳句は作者各個の心的動揺につれて、予期することの出来なかつた波瀾を醸した時であつた。今日から当時を追懐して見ても、尚ほ我等の心をそゝるものがある。若し我等の俳句に、明治大正の特色なるものが出来たとすれば、其土台は此時代の動揺波瀾によつて築かれたと言はねばならぬ。蓋し第一集時代に隠約の運動を起した新機運が、俄然として其の鋒鋩を露はすに至つたのである。思ふに、明治四十二年四月は、予の第二次旅行の行程に上つた時である。旅行は約二年余を費して、四十四年七月に終つた。本集は略ぼ予の旅中に於ける、同人作品のカタログとも見るべきと同時に、其の動揺波瀾も亦た総て旅中の出来事であつたのだ。言はゞ、予が旅中の滞在地を移すにつれて、変化波瀾も亦た屢々として相次いで起つたのである。

時の経過すると同時に起る波動的変遷には、一定の区劃を設け難い。難いといふよりも、設けることの不自然であることは、之を知らぬではないけれども、説明の便利の為め二年間の変化の内容を静観して、強て其波瀾の頂点とも目すべき時機を捕へると、略ぼ之を二期に分つことが出来る。一は四十二年の冬の城ノ崎時代、他は四十三年の冬の玉島時代である。一は洶湧常なき日本海の荒浪に触れてをり、他は澄清湛然たる瀬戸内海の小春凪に親んでをる。

城ノ崎時代に最も我等の頭を刺戟したのは、柿の句であつた。元来柿といふ季題は子規居士時代の「風呂敷をほどけば柿のころげゝり」といふやうな純写生、純写生というても、事相に含まれた何等かの意味を暗示するものでなくて、単純な事相其まゝを平たく叙するやり方——それが間違つたやり方であるといふのではない——に飽いた反動もあつたのであらうが、柿主とか、柿の秋とかいふ詞には、単に柿の木を持つた家の主、柿の赤く見える秋、といふ客観的事相以外、幾分主観的意味を含めて、言はゞ事相を想化して詠む傾向があつた。「柿の秋乏しき家督つぎにけり」「村長に今年推されぬ柿の秋」などが其先駆となつて、次第に「柿の秋婆が拾ひ子育ちけり」「柿の主歌は人丸を学びけり」等の句を生んだ結果、柿の秋と言へば、或点実際の事実とは少しく距離のある、予の所謂理想化せられた季題趣味——「新傾向の変遷」中にあり——を直覚せしむるやうになつてゐた。其意味を全く脱してをるとは言ひ得ぬけれども、

柿主と先人の測量器見し　鹿語
柿主を名親の児とさもあらん　琅々
事悔む歌なりし柿の主逝きぬ　鳴秋

等を見ると、其叙情が従来の習慣に支配せられたものでなくて、別に一天地を開いた感じを与へる。そは、其叙事叙情に興味がある為めに生ずる種々複雑な他の理由もあらうが、要するに、今日の我等の直接経験から出発した感興、即ち実感——肉感ではない——との接触を保つてをる点が、この句の新らしい核をなしてをるのである。

誰のことを淫らに生くと柿主が　一碧楼

に至つては、最も鮮明に、我等の実感が表白されてをる。之れを前に掲げた「歌は人丸を学びけり」等に比すると、其差は霄壌も啻ならぬ。歌は人丸、ならば時代思想の異なる古人も決して言ひ得ぬことはない。が、誰のことを淫らに生く、は隠遁思想に没頭してをる時には、到底思ひ及ぶ境涯ではない。殊に、

回想も冷やかや熟柿贈られて　鹿語
柿茶屋に聞く水掟いぶかりぬ　響也

の如きを読むと、柿といふ季題趣味の理想化された点をも擺脱

して、全然我等の実感で終始してをるとも感ぜられる。言はゞ自然のまゝの柿、見様によれば、或点約束的に存する理想化の衣、を脱いだ赤裸々の柿によつて今日の許らざる実感を述べたのである。これらの句が、単にこれらの句として存在するものであるか、将た他に何事かより大なる事実を語る者であるか、そは観察者によつて相違あるべきは言ふまでもないが、当時の予一個人として、かゝる句も亦た一異彩だとのみ、単純に看過することは出来なかつた。我等の進むべき方向の大問題が、こゝに提供されてをる者の如く、これらの句が其警鐘を鳴らす者と驚喜措く所を知らなかつたのである。其熱烈な狂的発作に駆られて、当時盛んに、我等の思想改造を叫んだ。我等は今日迄古人の思想に囚はれてゐたといふよりも、古人の思想と一致せんことをのみ探つてゐたのである。自我を没却して、たゞ五里霧中に彷徨してゐたのである。それで新しい句境がどうして開けよう。我等は生れ替らねばならぬ。少くも俳句を作る上に赤子のやうな心持にならねばならぬ、といふのであつた。今日から見れば、議論が余り大ザツパであつた為め、一切の過去を葬るといふやうにも誤解されたのであつたが、従来予の如く、早く人生の超脱趣味を教へられて其中道を心得てをると信じながらも、時にそれに拘泥して、幾分習慣に昵む嫌ひのあつた者は、口に直接経験と言ひながらも、実際の句作には、間接経験、経験を一旦習慣的な超脱観の篩にかけた所に落着く例であつたから、先づ我が一切の過去を捨てねばならぬと思うたのも、亦た已むを得なかつたのである。以上は主観方面に属することであるが、客観方面にも

清水湧く石垣に寄れり柿垂れて　水仙籠

牧訪ふに下車せし駅の柿飽かず　鹿語

等の句があつて、予は為めに、古い形容ではあるが、後へに瞠若たらざるを得なかつた。古人の述作の教へた興味の範囲を出ることを知らぬ人は、これらの句を見て、たゞ外容が広がつた許りで、内容は浅薄なものであるとする。旅中にも屢ゝさる議論を聞かされたが、そは本来趣味を感納する頭の働きの相違であつて、如何に説明し、如何に討論しても、到底解決のつく問題ではない。単に外容が広がつてをる許りでなく、先づ我等が平生接する複雑な自然が我目の前に開展する。さうして作者の味うてをる其自然の境地が、しみ〴〵と我等にも訴へる。前句と後句とは作者の感興が、全く別趣に属するけれども、共に読者を其境に入れる力に於て相似たものがある。煎じ詰めて言へば、これらの句から享ける我等の感興は、我等の実感にヒシと訴へる点であつて、我等の経験が霞を隔てたやうでなく、互に手を握り合ふ如くまともに再現せらるゝのである。何故に実感を主張し、まともの経験の再現を欲するかは、多言を費すまでもない。少くも我が信ずる真を欲するが為めである。習慣を趁うもの、人為的形式に支配されるもの、遊戯的性質を帯ぶるもの、それらは多くの場合に於て、虚偽を敢てするものである。我が真情を矯め、其表面を飾り、他の利害関係によつて左右せ

らる、時、藝術も無意味に終るが常である。我等の藝術あらしめん為には、先づ土台を我が信ずる真に置かねばならぬ。

一方から言へば、前に掲げた「村長に今年推されぬ」「乏しき家督つぎにけり」等は、決して作者が虚偽を構へたのではない。これも亦た真であると言へる。それとこれとは如何に区別すべきであらうか。そも亦た説明を要しない程明らかである。自然の現象、人間の心理状態、それらは寸時も休む時なく、生きて動いてをる。時には休むが如く眠るが如き場合が無いとは言はぬ。が、自然界及び人間心理の状態は静でなく動である。そを静的な取扱ひするのと、動的な取扱ひするのと、何れが其真に近いか、我等は特殊の場合を除いて其動的気分を表はしたいと希はざるを得ぬ。「乏しき家督つぎにけり」「村長に今年推されぬ」如きは、其静的取扱ひをしてをる作者の態度に不満足を感ずるのである。尚ほ「牧訪ふに」「清水湧く」等の句は、第二期に於ける玉島時代の無中心句の先駆をなすものである。

こゝに一言を費して置きたいことは、実感を主として出発点とする場合、趣味の感受性が個々分裂して、単に独り合点に終りはせぬか、といふこと、日常茶飯の平板無味の事相を報告するに過ぎはせぬか、といふ二つの患ひである。季題趣味を固定した狭い範囲に限らうとすれば、実感から出発した句は、兎角其範囲を脱出したがる。が、我々の目の前に無尽蔵の趣味を開展してをる大自然の現象から言へば、其の範囲を脱出したからというて、直ちに季題趣味を失ふやうな狭いものではない。実感から捕へた季題趣味は、人為的に固定した化石的頭には響かぬとしても、他の大自然の歎美者には、冥々の裡共鳴する何物かゞ存する。其実感が、人間の下劣な根性、修練されない生マな思想から生れたもので、大自然の現象と合致しない場合は兎に角、人為的方則を破壊した所には、其方則を破壊する新たな天地を渇仰する他の集まりの生ずべきである。趣味の感納性が個々に分裂するのではない。旧習慣に支配されてをる、言はゞ旧世界に対して、新機運によつて動く、他の新世界を出現するのである。こは単り藝術許りではない。既に我等の耳目に爛熟してをる新旧家庭の衝突は、旧家庭の世界に対して、新家庭の世界が出来た為めである。天保生れの親の世界、明治生れの子の世界、一の家庭を作るとしては、お互ひに其世界を確守することは出来ぬけれども、藝術はさる社会的羈絆から全く超脱してをる。我が世界を推し広めて行くに何の障害をも見ないのである。趣味の分裂を患ふる人は、新たなる世界の生れることを洞見し得ない近眼者である。日常茶飯事を報告するに過ぎない、といふことも、全く杞憂に過ぎない。藝術の根柢ともいひ背景ともいひ、母とも礎とも謂ふべきは、人である、我である、人格である。人類の存する限り、其集団の普遍我を向上発展せしめなければならぬが為めには、其集団中の一個の我々即ち普遍我に対する個我の向上発展も亦た自然の数だ、といふやうな哲理を云云する迄もなく、苟くも永久の我を自覚した者には、人としての我を錬り我を磨く慾望の捨つべからざる者がある。実感は、其我を作る努力の一つの光りである。藝術には藝術としての特殊の技巧を要すとは言へ、其我の光らぬ藝術に何の権威があらう。実感を主とすれば、日常茶飯事の報告に終る、とする人は、藝術の本を培ふことを知らぬ、無智な鍬取りに過ぎないであらう。

柿の句前後、それと共鳴の感興を発した人は、単り予一人ではなかつた。翌四十三年の「寒さ」に、同じ傾向を示した句が著しく多かつた。恐らく「寒さ」といふ季題の主観的趣味が、其実感を捕へる好機会を与へたが為めであらう。

他力念独悟もさそふ寒さかな　坡酔
奇蹟信ぜずも教徒なる寒さかな　一碧楼
誰に背くとなきを衆坐にをる寒き　桜磈子
官に史料私に史眼ある寒し　不喚楼
没書供養などいと寒き友寄りか　禾水
泣き寒の読書折々人に恥づ　未央
寒がりの触稜思ふや葬戻り　菫哉

など其一例であるが、之を第一集の

名親のこと悼む文にも寒さかな　桜磈子
寒がりに聞く灸婆の合点かな　鹿語
子を持てる親寒からめ神かくし　九万字
人の寒さ我が寒さもて酬いけり　和露
瞑想君に到りて寒し眼醒む　禾水
戒名を選ぶに書見る寒さかな　則々庵

等、実感に近い句を選出しても、其実感に密接の程度に於いて余程距離のあるに気づくであらう。さうして、如何に実感を露出しても、其趣味、其権威に於て更に劣ることなきに思ひ及ぶであらう。否却つて、露出した実感の方が我と共鳴する点の鋭い、所謂身に沁みる深さを感ずることの強さを認めるであらう。其余響は「笹鳴」の如き季題にも及んで、

この悼み幸添ふ思ひ笹鳴きぬ　桜磈子
笹鳴や秘事相殺の君と我　八重桜
君が半面この庭訓を笹鳴ける　六花
山の湖の水の黙示を笹鳴きす　春光

等の句を見た。これらを理想の句とは言ひ難いかも知れぬが、如何に季題と実感とを結合せんとするかの傾向を見る好適例とすべきであらう。

斯の如き傾向は、一時の流行をなして、当時既に其悪弊に陥つた句も多く現出したのであつたが、本来狭く固定した季題趣味と、且つ俳諧趣味とか俳的とな称へて、俳人の奉ずる趣味を、偏固な物に限らうとした観念を打破した際であつたから、そも亦た已むを得ない現象であつた。実感を主とすれば、従来我々の頭に朧気に画かれてゐた俳人的気分――隠遁趣味、侘び、寂び、飄ゲ等――の無形の束縛を脱して、作者が随時随所に起した感想、即ち我々が変化ある自然の現象に対する観念、日々起

る社会の葛藤に対する態度、又は人生の帰趣人格の修養に対する思索等、種々雑多に生きて働く刹那々々の気分を捕へようとする。こも亦た従来の俳人の静的取扱に比して、一歩動的取扱ひに入つたと見るべきであるが、さる刹那々々の気分を捕へるといふことは之を従来用ひ馴れた「主観」といふ詞では、遺憾なく其意味を現はし得ない。主観といふ文字には、既に文字以外の或る意味、昔の俳句と離るべからざる苔が附き纏つてをる。已むなくんば、作者の心理描写とでもいふべきであらうか。根柢に存する信仰又は主義主張と交渉する、各人個々の心理状態は、其対象によつて変幻出没限りなきものである。其刹那々々の気分は、時に我自ら我を疑ふことさへある。そを単に作者の主観とのみ言ひ捨てゝは何となく物足らぬ。心理描写とか、心的機微の発露とか、他の詞を以て説明したいのである。現に城ノ崎滞留中にも、

死期明らかなり山茶花の咲き誇る　一碧楼

雲を叱る神あらん冬日夕磨ぎに　碧梧桐

等の句があつた。山茶花が一杯に咲き盛つてをる客観的事相に対して、我が死期を知る或る人格の機微の感想を捕へ、雲騒ぐ冬の夕日の光景に、幾分神秘的刺戟を感じた刹那の気分を詠むなど、単に作者の主観として満足すべきであらうか。

避寒して書画のこと射利の徒に黙す　鵜平

避寒人粉陣打破に鈍れども　碧梧桐

の如き、前句は自己、後句は他人の境涯の区別はあるけれども、平生の主義主張と、眼前の出来事に対する感想の交渉する点がほの見える。前句の「黙す」後句の「鈍れども」は単に句に屈折をつける技巧から生れたのではない。寧ろ其時の感想を直写した、一句の核をなすものである。

附言、句として多少の欠点を認めてをつても、時代的記念をなすと信じたものは、多く本集に採録することにした。

心理描写に就いて考ふべき二つの問題がある。一は各人心理の変化は、それに遠因もあり又た近因もあつて、其現はれは決して単純なものではない、それを俳句の如き短詩形に盛るには、多くの不便を感ずると同時に、作者は描写し得たとしても、読者はそれと共鳴する鍵を失ふ場合がある、といふことゝ、二は、さる刹那々々の感想がどの程度まで季題趣味と交渉するか、刹那の感想は仮令現はれたとしても、季題趣味と没交渉に終る患ひはないかといふのである。一に就いては、句作に際して感想を捕へた場合、感想を得てそを一句に纏めんとする場合、常に俳句の形式の束縛を感ずるといふ実際を白状せねばならぬ。が、心理描写は絶対に俳句の為し能はざる所だ、といふ裁定は何処から生れるのであらう。作者の独り合点でなく、現に心理描写の句として我等の感興を引くものゝ存するのは、議論でなくて事実である。俳句の短詩形にも盛り得るものゝあるといふことを、実地に証明してをるのである。が、元来物の変革する場合は、先づ多くの人心に強い印象を与へねばならぬ。其自然の要

求は、殊に手段を弄する遑もなく、頭に直響（？）する何物かを捕へようとする。客観的叙事叙景よりも、主観的心理描写に傾いたのは、其自然の要求の為めである。固よりそれ以外俳句が無いといふでもなく、さうでなければ新らしい俳句にならぬといふのでもない。火事場に喞筒を引き出す前、先づ半鐘を打つて、出火といふ印象を人に与ふる如きものである。独り合点を是認するのではない、先づ独り合点の嫌ある点から出発して、次第に共鳴の世界に達するのが、創始的物の順序なのである。若し我等の推奨する句も、尚ほ作者の独り合点と拒否する人があるならば、それは再び世界の相違を説かねばならぬ。二に対しては、季題趣味との交渉のむつかしいといふことと、幾分の交渉はあつても、それが渾然融和する程度に至り難いといふことの事実を承認せねばならぬ。が、一度季題趣味とは何ぞや、といふ根本問題に立ち戻つて考へる時、今日の我等が季題に没交渉であると感ずる所に、生きた季題趣味の変化の潜むことを閑却することは出来ぬ。我が感ずる今日の季題趣味に疑惑を抱くのではない。季題趣味は死んだ固定したものでなくて、生きた有機体であることを尊重していふのである。我々が交渉を欲すると同時に、他に交渉しない句が生れる、其の衝突と争闘の結果、やがて、季題趣味の推移ともなり拡充ともなり変革ともなる所以を思へば、其衝突争閲は、何も患ふべきことではなくて、却つて大に推重すべき肝要事である。固定した季題趣味の中に安住してをることよりも、俳句の生命に関する、遥に意義の存することでなければならぬ。一体季題趣味なるものが、我々個人を離れて存するやうに思ふのは、無信仰者が神といふものを天にましますと思ふのと同じことである。季題趣味も我を離れた宇宙に、何か知らぬ一種の固まりをなしてをるのではなくて、我々銘々の物により事に触れて発露する情緒とヒタと契合してをる。我々の経験や知識や稟性等が違ふと同じやうに、季題趣味も亦た個々別々である。経験、知識、稟性が違つてをつても、人間として共鳴する点のあるやうに、個々別々な季題趣味も亦た何処にか共鳴するものがある。季題趣味を固定して考へるのは、其共鳴する半面を見て、個々別々である半面を見ない為めである。我の季題趣味が動揺するのでなければ、各人の共鳴する季題趣味も亦た動揺しない。今日の季題趣味と没交渉であるといふことは、一面其動揺を語るものである。これは必ずしも心理描写とのみ関係することではないが、其動揺のない藝術は、それ自身月並に堕するより外はないのである。

附言、季題趣味に就いては、明治四十年以来同人の詳細な研究が度々発表されてをる。こゝには特にそを繰返す必要を見ないのである。

（大正2年3月、政教社刊）

『桐の花』を読む

古泉千樫

○『桐の花』の作者北原白秋氏はどこまでも藝術家である。みづからの藝術を有して居る個性的藝術家である。藝術家なる『桐の花』の作者は常に讃美し謳ひつゝ行く。心からほれぼれと謳ひつゝ行く。さうしてみづから涙にうるほひ乍らみづから謳ふうたのしらべを味ひつゝ行くのである。

○『桐の花』の作者の感覚は、爛熟しきつた大きな朱欒の面にナイフをつうと刺すと迸しる匂ひのやうに新しく顫へて居る。さうしてそれを華やかな雪のやうに降つてくる豊潤な言葉と、すぐれた技巧とを持つて綴つて居る。

○『桐の花』の作者は極く爛熟した文明の民であると共に、子供のやうな心の失せぬところがある。瞳の黒い澄んだくり〱した子供の眼のやうな純な光と潤ひとがある。其感覚がぴり〱とたゞれたやうに鋭敏になつて居る時又は悩ましい気分に充たされて居るやうな場合にも此作者の眼玉はくり〱と澄んで居る。故に一巻を読み行くと、どこか初ひ〱しいなつかしさと、素直な温かさとを覚えるのである。

○『桐の花』を読んで居ると自分の感覚なり意識なりが不断働いたり触れたりして居る周囲の世界よりも、より鋭く、洗練された感触に接することが出来る。自分の鈍い感覚に金か銀の細い針を打たれたやうな好い心持になることがある。自分はこれを作者に感謝せねばならぬ。

○『桐の花』の作は強い深い力のあるものではない。それでも縁《ふち》の薄い杯に酒をなみ〱と注いで口に持つて行く時のやうななつかしい緊張を覚えるものがある。

○『桐の花』にはなやましい気分または哀愁も漂うて居るが、とに角全体に気のきいたすつきりした、さうして明るい安らかな感を与へる。ただ本を閉ぢて考へて見るといろ〱物足らぬところがある。『生』から湧き出た藝術の力を感ぜしめることが弱いのである。

○一首々々離して読むと皆それ〱面白いがずうつと読み了つて後に残る印象は比較的に薄い。さうして読みゆくに従つて読者の感情が高められ発展されて行くといふことが少い。即ち甲から乙に移つて行くが如き外面的変化はあるけれども、作者内生活の変化と複雑と発展とを感ずることが甚だ微弱である。

○自分は一草一木のそよぎにも興味を感じ得るだけの自己の内部の生活を充たすことを常に心がけたいと思つて居る。『桐の花』の材料が豊潤であり、言葉が豊富であるのは、作者の豊潤な心から現れてくるものといふことが出来る。けれ共『桐の花』の作者は常に余りに謳ひたい気分に充たされて居るために、対象の物体を十分に摑まずに比較的軽く表現してしまふのではあるまいか。作者の官能はよく働いて居るけれども、対象に同感して主観が其中に喰ひ入りながら、動かぬ或物を捕へないやうに思はれるところがあるのである。

○『桐の花』を読めば作者の豊かな藝術的才分で、如何にもふくよかに磨かれてあることが解る。この外に現れた象《すがた》のやさしさは心憎い程感ぜられるけれども、内部の力の印象は甚だ弱い。重い、粘強い、弾力性がないから、どこか手応へが無いやうな物足らなさが感ぜられることがある。

○吾等は吾等の最奥のところまで突込まなければならぬ。吾等の到達する点が深ければ深い程、再び吾等を表面に推し返す衝動、即ち表現を迫る力が益々強く働くのである。表現は即爆発でありたいと思ふ。『桐の花』を読むと、この旺然として発する衝動を感ずることが甚だ少い。

○もう一歩進めて考へて見ると、自分は『桐の花』に於て前述の爛熟した官能の美しさと、子供のやうな素直なやさしさとを貴く思ふけれども、更にこの一面に握力の盛な弾力性のある、さうして野蛮の血の流れてゐるものが欲しいのである。即ち我等は爛熟した文明の民であると共に野蛮的暴力ともいふべきものを有したいのである。この二つの矛盾した境地を融会し得るものは偉大なる天才でなければならぬ。然し吾等の要求する新しき藝術は、少くともさういふ境地から生れて来たものでありたいと思つて居る。

○自分は玆に更に『桐の花』の作者の言葉に就て云つて見たいと思ふ。現時の歌壇に於て、一綴の強弱、一語の屈折にも注意し、苦心する作者はと問はれれば自分は直ちに斎藤茂吉氏であると答へる。『桐の花』の作者も亦言葉に就て甚だ敏感である。さうして言葉を非常に大切にするやうに思はれる。

○『桐の花』の作者は其豊富な言葉を使用する時、選択と商量とに就て少からず苦心せられるやうに見える。さうして言葉の意味以外の量、品質または旋律に興味を持つて注意して居るところに特色が有る。更に又言葉と言葉との連接乃至句と句との間に出る細かい気分にまで注意して居るやうに思はれる。甚だ貴いことであると思ふ。

○然し真にいのちから苦心してさがした、若しくはみづから生んだと思ふやうな発見と創意と力とは割合に少いと思ふ。即ち『桐の花』の言葉が一々『生』に根のはえた呼吸の通つたものとまではいつてないものが多いと思ふ。けれども『桐の花』の言葉には、少くとも作者が一々大事に息を吹きかけて温めてある。又は疣取《いぼた》臘を浸ませた艶布巾で磨きを掛けたやうに光らしてある。そこに快いが物足らぬところが無いではない。

○言葉その物を一種の人格と見、心の呼吸の一つ〱だと思つて研究しなければならぬと考へて見ると『桐の花』の言葉に就て物足らぬところは、要するに前に云つた『桐の花』の歌その物に就ての物足らぬところと同じことになるのである。

○こゝまで書いてきた自分は更に哀傷篇に就て特にいはねばならぬ。哀傷篇が始めて世に発表された当時にも自分は少し言つて置いたが、今かうして纏めて読んで見ると、一層深くしみじみと感ぜしめる物がある。
○哀傷篇の歌と、哀傷篇以前の歌とが全然別人の歌のやうであるといふのではない。無論同じ作者のものであるといふことは直ちに感ぜしめる。たゞそれが強く深く濃くなつてきて居る。弾力性を帯びて表現されて居るのである。
○官能的な歌は勢ひ受味となり平静となり勝である。それが哀傷篇になると、動的な力を感ぜしめるのである。抑へることの出来ない興奮した情調があるところへ、痛い花やかな官能の刺撃にあつて、嵐のやうに起る作者のイリュージョンの世界へ、読者を捲き込ませるやうなところがある。実際哀傷篇には恐しい幻覚を感ぜしめる力がある。
○白秋氏の作には凝視して居るやうなところが少いが哀傷篇にはぢいつと視つめて居て、そこから起る幻覚といふやうなものを捕へて居る。さうしてその力が可なり強くひゞくやうに表現されて居る。
○哀傷篇を読んでこの作者が真にみづからのいのちを愛しいたはり、如何なる場合にもみづからのいのちをゆがめない真摯温醇なる心が見える。
○哀傷篇に比べるとその以前の歌には何といつても余程ゆとりがあり、軽いところがある。哀傷篇に見るやうな緊張した神経の顫動は感じられない。
○白秋氏は此集巻頭の小品『桐の花とカステラ』の中で次のやうなことを言つて居る。
『短歌は一箇の小さい緑の古宝玉である、古い悲哀時代のセンチメントの精《エツキス》である』
『寥しい一絃の古琴を新しい悲しい指さきでこゝろもちよく爪弾したところで少しも差支へはない筈だ』
『古い小さい緑玉は水晶の函に入れて刺戟の鋭い洋酒やハシツシユの罎のうしろにそつと秘蔵して置くべきものだ』
○白秋氏の短歌に対する態度はこれでよく解る。それがたま〳〵哀傷篇に於ては、今まで爪弾して居たのを捨てて自己の全体を挙げて謳ひ、罎のうしろにそつと置いたのを、罎のなかへ入れたやうに思はれるのである。少くとも自分には哀傷篇は其以前の作に比してさういふやうに感ぜられるのである。こゝを考へれば、吾人が短歌に対すべき態度、短歌の真生命のおのづから湧き出づる境地、さういふこともおのづからこのうちに暗示されるものがあると思ふ。
○どうも自分の言つて居ることが甚だごた〳〵して居るやうだ。もう少し例歌を挙げて具体的の批評をするつもりであつたが余り長くなるからやめる。読みながら鉛筆でしるしをつけた作の中から少しこゝに抜いて見よう。

　春の鳥な鳴きそ鳴きそあかあかと外《と》の面《も》の草に日の入る夕
　いやはてに鬱金ざくらのかなしみのちりそめぬれば五月《さつき》は

きたる
人妻のすこし汗ばみ乳をしぼる硝子杯《こつぷ》のふちのなつかしき
かな

昇菊の糸のつよさよ　一首

黒き猫しづかに歩みさりにけり昇菊の絃《いと》切れしたまゆら

歌舞伎座十月狂言所見　一首

常盤津の連弾《つれびき》の撥いちやうに白く光りて夜のふけにけり
君かへす朝の舗石さくさくと雪よ林檎の香のごとく降れ
桜さくら街のさくらにいと白くほこり吹きつけけふも暮れ
にけり
夕かけて白き小鳥のものおもひ木にとまるこそさみしかり
けれ

○次のやうな歌は現はし方に於て自分等とは異つて居るけれど
もやはりよい歌であると思ふ。

いつしかに春の名残となりにけり昆布干場のたんぽぽの花
病める児はハモニカを吹き夜に入りぬもろこし畑の黄なる
月の出
太葱の一茎ごとに蜻蛉ゐてなにか恐るゝあかき夕暮
ふくらなるボアのにほひを新しむ十一月の朝のあひびき
つゝましき朝の食事に香をおくる小雨に濡れし泊芙藍の花

○哀傷篇の歌は『媚楽の風』といふやうな歌を除けば自分には
殆ど全部同感出来る。

花園の別れ六首の中

紅の天竺牡丹ぢつと見て懐妊《みごも》りたりと泣きてけらずや

悲しき日苦しき日七月六日

鳴きほれて逃ぐるすべさへ知らぬ鳥その鳥のごと捕へられ
にけり

○

眼をつぶれど今も見えたる草むらの麦藁帽は光りてありけ
り

監房の第一夜

この心いよよはだかとなりにけり涙ながるる涙ながるる
罪びとは罪びとゆゑになほいとしかなしいぢらしあきらめ
られず

真昼の監房にてある時

○

おのれ紅き水蜜桃の汁をもて顔を描かむぞ泣ける汝《なれ》が顔
空見ると強く大きく見はりたるわがつぶら眼に涙たまるも

冬来る

嘵々とひとすぢの水吹き出でたり冬の日比谷の鶴のくちば
し
吾が心よ夕さりくれば蠟燭に火の点くごとしひもじかりけ
り

○『桐の花』には小書きのついて居るものが余程ある。それが
ために情調を豊かならしめて居るものが多い。短歌のはしがき
に就ては吾々同人に於ては早くから幾たびか論ぜられたことで

あるが、『桐の花』を読むもの、新しく注意すべき一つの問題であらう。

○こゝに杜撰な所感を述べ終るに及んで、作者が数年間のつゝましき努力になれる『桐の花』一巻を、自分は心から尊敬するものであることを改めて云つておきたい。それから今一つ作者みづからの手になる装幀及拾数葉の瀟洒な挿絵は甚だ面白く思はれたことを書き添へておく。

（「アララギ」大正2年4月号）

生みの力

片上　伸

一

批評的精神も創造的精神も、今は共にその意味が変りかゝつてゐる。生活に対しても藝術に対しても、吾々は吾々自からの新らしい解釈を作つて行かねばならない。吾々は自分自からの道を歩いて行かねばならない。自分自身の言葉、自分自身の生命を摑んで行かなければならない。

リアリズムの藝術は批評の藝術であつた。ロマンティシズムが創造の藝術であつたのに対して、リアリズムは新らしい批評的精神の発露した藝術であつた。冷やかな理知から情緒、本能へ、有限から無限へ、平静な満足から渇仰と憧憬へ、要するに浅薄な皮相的な批評から創造時代への激しい移り変りであつたロマンティシズムが、更に精確と定限と堅実とを欲するリアリズムの藝術を招致して、第二の批評的精神、寧ろ真実の意味で初めての批評的精神の発露を見たのは、今更詳しく言ふにも及ぶまい。こゝで吾々の考へなければならないのは、リアリズムの批評的精神の内容如何である。リアリズムの批評的精神の力が、どれ程まで生活を批評し得たかといふことである。

リアリズム乃至ナチュラリズムは、放散した生命を、空虚な幻影から確実な物質の基礎の上へ引き戻した。無定限な夢の世界から定限ある現《うつゝ》の世界へ呼びさました。人は初めて動《ゆる》ぎなき大地に足を着けて、人間の生活を如実に観た。物質の力の偉大なことも初めて知ることが出来た。人間が一面獣であることも十分に分つて来た。これ等の新らしい観察、知識は、確かに新らしい世界の発見であつた。一つの新らしい驚異であつた。夢の如く空漠でもなく、放漫でもない。極めて確実な秩序ある驚異であつた。人は自分の智力の無限を信ずると同時に、新らしい発見した物質の力に対して、無上の尊重を捧げざるを得なかつた。

物質の力を尊重する心は、リアリズムの批評的精神が成就し得た一つの大いなる功績である。吾々はこの心によつて、初めて自己の生活を根柢から知ることが出来るやうになつた。自己の生活に対して実際的に謙遜に考へねばならぬことを教へられた。吾々の生活は初めて地に着いた確なる間違ひのない生活になつて来た。吾々は自己の生活の最初の、少なくとも最低の条件として約束として、物質の力を否定するわけには行かなくなつた。

二

しかし物質の力は盲目の力であつた。物質の力を尊重する結果は、物質の盲目な力の前に屈することであつた。盲目な力の大いなることを認めれば認めるほど、その力を脱出することの出来ないことを痛感せざるを得なかつた。人は物質の力の前に慴伏せねばならぬ苦しみに跪き疲れて、結局重い鈍い濁つたやうなあきらめに、強ひて自分を抑へつけて置く外はなかつた。人生は到底免れられない一種の係締であると思ふ外はなかつた。動かすことも逃れることも出来ない冷厳なる盲目の力、運命の前に立つて、人の取り得る道は唯一つある。冷厳なる運命の支配する人生に、静かなる観照の眼を放つて、そこに営まれる一切の姿を見まもるのである。人は運命に抵抗してそれを支配することが出来ないとすれば、せめてはその不可抗の運命の物凄い戯れを、ぢつと観てゐる外はない。冥想静観のうちに自分の興味を求める外はない。それでなければ、更に進んで運命の物凄い戯れから、出来るだけ苦痛なしに逃れ避ける外はない。たとへば自殺にも快感を伴ふモルヒネ中毒の手段を選ぶやうにする外はない。或ひはまた、技巧的な半醒半酔の心持ちに身を浸して、出来るだけ苦痛の刺戟を忘れる外はない。

運命の圧迫に跪き疲れたあきらめも、逃避も、幻影の惑溺も、要するに運命の不可抗力を承認してゐる点に於いては一つである。いや〳〵ながらにもせよ物質の力の打ち克ち難いことを認めてゐることに於いては一つである。リアリズムの初発の精神は、果たして運命の不可抗力の承認に在つたであらうか。リアリズムの批評的精神は、単に空虚放漫なる幻影を払拭して、苦渋にして苛烈なる物質的現実を暴露することに止まるべきであつたらうか。もしさうであつたとすれば、その批評的精神は単に生命を冷却し滅殺する傷害の刃たるに過ぎないことになる。リアリズムの弱点は事実そこに現はれてゐると言はねばならぬ。

　批評的精神は人間の生活に確実なる根拠を与へようとして、これを物質に求めた。しかし物質の力のみが、果たしてよく人間生活の確実なる根拠であり得るか否かは、もとより多く言ふを待たない。リアリズムの批評的精神が、結局生命を冷却し滅殺する刃となつたのは、それが生活の根拠を物質上にのみ限つたからである。物質の力を過大に見ることによつて、人間の意力を無視したからである、批評的精神の真の意味は、人間生活の確実なる根拠を築き上げる為めに、新らしい生活を作り出す為めに、古きものと虚偽とを破壊するに在る。批評の真の意味は、あくまでも創造でなくてはならぬ。批評的精神が物質の力を発見して、その前に屈せざるを得なかつたとすれば、それは批評的精神そのものの初発の意義を忘れたものであると言はねばならぬ。何故といへば、批評的精神は、あらゆる固定せる障壁を突破して、常住不断に前進するのを其の本性としなければならぬからである。

三

　バーナード、ショウはそのイブセン論の中で、アイディアリストとリアリストの区別を説いてゐる。彼の謂ふ所に従へば、こゝに仮りに千人の住民から成り立つてゐる社会があるとすると、その中の七百人は現状に甘んじて、何の不平をも苦痛をも感じない。残りの中二百九十九人は現状に甘んじてはゐないのだが、自分等が少数であつて意見を貫徹させる見込みがないからいや〳〵ながら辛抱する。眼前の事実に面して内心の声を表白するだけの勇気がないからである。昔噺の中の狐は自分の持つてゐない葡萄は酸いと言つたが、彼等二百九十九人は自分の持つてゐる杏は甘いと言ふ。即ち仮面を作るのである。彼等は赤裸々の現実では忍び切れないで、自から描く空想画即ち理想を現実だとして置く。そして盛んにその所謂理想を世間一般に説教する。ところが前の七百人は眼前の現実をあたり前として少しも怪しまないのであるから、そんなことには無頓着である。そこで理想家は七百人の俗物として軽蔑する。最後の一人は、真実に面する勇気を有する人である。反抗者であり、現実の暴露者であり、偶像破壊者である。七百人はこの一人に対しては気違ひ扱ひにして初めから相手にしない。この最後の一人の出現に際して大騒ぎをするのは二百九十九人である。そして今まで軽蔑してゐた七百人に対して応援を求める。即ち社会の輿論を作る。イブセンは、この最後の一人である。これがリアリストである云々。この場合七百人は現実に対して初めから批評をしてゐない。二百九十九人は全然批評してゐないのではないが、その批評は徹底してゐない、中途で行き止まつてゐる。つまり真の批評はこの一群の理想家の間にも存在してゐない。真の批評家は最後の一人ばかりである。これが批評的精神の代表者で、リアリストである。

イブセンはショウの謂ふ意味で確かにリアリストであつた。偶像破壊の精神に充ちた勇者であつた。しかし彼は単に偶像を破壊するだけの批評家ではなかつた。破壊の後の荒涼に坐して静観黙想するに止まる人ではなかつた。彼の破壊や暴露は、将来の可能の為めに、現在の仮面を剥ぎ取ることであつた。ショウの謂はゆる理想家は、将来の可能に対する信仰などは毫をも有つてゐないで、現在の糊塗に専らなるものであつた。現在を糊塗する為めの仮面を持つといふ意味での理想家であつた。しかしイブセンは現在の仮面を剥ぎ取るときに、何等か将来の可能を信じて居つた。少くとも将来の可能を切望しつゝ、現在の仮面を剥ぎ取つた。彼は将来の可能を信じ、若しくは切望することの強くなれば強くなるほど、ます〳〵残酷なほどに容赦なく現在の仮面を剥いだ。この意味に於いて彼はリアリストであると共に、また深刻なるアイディアリストである。将来の可能を信じ且つ望むといふ意味に於いてアイディアリストである。

将来の可能を信ずるといふ言葉は、一面現在に対する批評を含んでゐる。現在に対する批評なしには、将来の可能を信ずるといふことは無意味である。而してまた、将来の可能を信ずることのない、漫然たる現在の批評といふことも無意味である。批評の精神は常住不断に前進するのをその本性としてゐる。批評は現在当面の事実に対して加へられねばならぬと同時に、その連続として将来の可能へ向つて進むことを予想してゐる。批評的精神の真意は、現在に即して将来の可能に前進するところに在る。この意味に於ける批評的精神が本当の現実的精神であると共にまた本当の理想的精神である。イブセンは確かにこの意味の現実的精神と並せてこの意味の理想的精神を有してゐたに違ひない。けれども彼の戯曲は、謂はゆる将来の可能に就いては、極めて漠然たる暗示の如きものを提出してゐるに過ぎない。吾々はイブセンの戯曲をその年代の順を追うて読むとき、最後の『蘇生の日』に於いて、尚且つ彼が一生の第三帝国の何処にも見出だされなかつたことを知つて、一種悽愴の感を懐かざるを得ない。個人の意力と運命乃至社会、恋愛と事業、さま〴〵に形を異にしたそれ等の問題は、いづれも解決を迫りつゝ解決せられずに終つてゐる。彼の偶像破壊には、将来の可能を信ずる心が常に裏づけられてゐたこと勿論であるが、而かもその将来の可能に到達すべき道は、イブセンと雖も明らかに示すことが出来なかつた。

四

不可抗な物質の力の承認は、人間の意力の活動を殆んど極端まで窘縮させようとした。けれども人間の本性は到底久しくそれに堪へることは出来なかつた。あきらめも遁避も幻影の惑溺も、要するに一時の自欺に過ぎなかつた。吾々は及ばぬまでも、自分自から生活活動の力と範囲とを押し拡げて行かずにはゐられない。吾々は自分の生命を僅かに保存し意識することだけで満足することは出来ない。吾々は自分自からの力によつて、自分自からの力を増大することによつて、新らしき創造を営まなければならない。自分の生活力の迸発によつて、自分の生命の汾出によつて、自からの生活を作つて行かなければならない。自分の生命の燈し火を燃やし尽くして、同時に新らしく強き光りを作りつゝ進まねばならない。吾々の生活々動は自己の焼尽であると同時に、新らしき生命の油の汾湧であらねばならない。要するに現在の生活に固着して、動かすべからざる現実の地面に地だんだを踏んでゐてはならない。夫来の生命の活躍を信じて、当面の現実を愛し得なければならない。物質力に屈したときに、吾々はその盲力な活動の対象たるに過ぎなかつた。吾々は自から生活々動の主宰者であらねばならぬ。吾々自からが生命の抵抗そのものであらねばならぬ。吾々自からが生命の創造者でなければならぬ。吾々自から自己の生みの力の限りなきことを信じ得るものでなければならぬ。自からの無限の創造力を信ずることに、生活の根柢を置いて、初めて吾々は自分の自由なる生活を作ることが出来る。自分の創造力の無限を信ずるといふことは、即ち未来の可能を信ずることである。更にまた、自分の創造力の無限を信ずるといふことは、人間の本性を信愛して疑はないことである。人間の本性の力と光りとを信愛して措かないことである。即ち生命そのもの、濃厚強烈なる信愛である。

フランス象徴主義の詩人の中でも、ヹルレエヌは最も濃厚に最も充実した生活を生きた。彼は各の刹那に自から与へ得る限りの生命を与へ、また貪り得る限りの生命を貪つた。彼の生活は必ずしも快楽ではなかつた。必ずしも謂はゆる幸福ではなかつた。しかし彼の生活はエナジーの生活であつた。彼は生活に対して受け身でなかつた。また躊躇逡巡するものでもなかつた。彼は活力の与へるがまゝに与へ、活力の受けるがまゝに受けて、活力の波動の生活を生きた。彼は決して運命を口にしなかつた。彼は決して運命の前に慴伏したりするものでなかつた。けれども彼もまた人間の愛は狂喜にして同時に絶望であると言つてゐる。魂の底の冷たく打ち克ちがたい何ものかを悲しんでゐる。而かもその事実は、彼がその悲しみを懐きつゝ尚且つ生命の力を信じたことを打ち消しはしない。

ドストイエフスキーはロシア人の中から生れたロシア風のリアリストである。彼は聖者の心と悪魔の心とを並せ有してゐた。彼の心は悪魔を解する聖者の心であつた。彼は現実の醜悪、凶暴、残忍、痴呆、陋劣、暗黒な方面の一切の生活を知つてゐたと同時に、それ等の暗黒な生活の中にも、消す可からざる光りの照り輝いてゐるのを見た。彼は悪に対する深刻な悲哀を感じた。そして悪即ち死の中から、善即ち生を甦らしめることを望んだ。博大深厚な愛と熱情との力によつて、生活を向上せしめることを望んだ。彼は真理を知れるもの、深い悲哀、万衆の自分と共に真理に与らざる悲しみを感ずることが出来た。彼の心がこの強い誇りと深い悲しみとに充ちるとき、彼は真に悪魔を解する聖者であつた。彼の深厚博大な同感は、普通の同情とか人情とかいふものではなかつた。普通の人情には価値の選択がない。少くとも同感を与へる対象の価値を見出してやるといふことが足りない。対象の価値を認めてやらない同感はセンティメンタルな浅薄と偏狭とに堕する。価値を認めての同感によつて、吾々は初めて対象の生命を躍動させることが出来る。初めて対象を生かすことが出来る、ドストイエフスキーの深厚博大な同感は、生命を躍動させることの出来る同感であつた。

ヱルレエヌもドストイエフスキーも、現実の静観に安んじなかつた人である。当面の状態を凝視するに止まらなかつた人である。彼等は何れも変化なく固定して見えるものの中から、変化を認め生命の流動を導いた。生命の活躍と自由と開放とを望み且つ信じて、寂寞な暗黒の道にも、「真昼に漂ふ白日」の光りを仰ぐことを忘れなかつた。彼等は自己の生命の力を信じ、人間の愛を信じた。彼等は人間の本性の破壊すべからざる生みの力を信じた。彼等は無限の創造の力によつて、人間の最高の生活、神を信ずる生活に到達し得ることを信じた。彼等は未来の可能を十分に信じて、そこに自分の力を得た。

五

ドストイエフスキーやヱルレエヌが生命の無限の創造力に対する信念は、実に深刻なる批評的精神から胚胎してゐることを見落としてはならぬ。イブセンの深刻な批評家精神は、彼をして破壊の後に未来の可能を信ぜしめた。けれどもイブセンの力は、彼が未来の可能を吾々に強く信ぜしめるところに在るといふよりも、寧ろ多く未来の可能の為めに現在の破壊をなすところに在ると謂はねばならぬ。偶像破壊者としてのイブセンに於いて、既に認めることの出来た深刻な批評的精神即ち未来の可能を信ずる心は、ドストイエフスキーやヱルレエヌに於いて一層明らかに見ることが出来る。前にも繰り返し言つた通り、批評的精神の本性は、一切の障壁を突破して、常住不断に前進するにある。即ち突破の精神である。突破の精神が物質力の前に停止したのは、未来の可能を信ずることが出来なくなつたからであつた。即ち批評的精神の内に萌芽してゐる無限の創造力――人間の意力を信ずることが出来なくなつたからであつた。ドストイエフスキーやヱルレエヌが生命の創造力を信じ得たのは、あらゆる障壁に向つても突破することの出来る力が、人間の本性の内に潜んでゐると信じたからである。彼等に於いては、深刻なる批評的精神は直ちに生命を信愛し、生命の無限の創造力を信ずることであつた。

吾々は現実そのものに対する誤解を避けねばならぬ、現実は感覚的物質的の実在をのみ意味するのでは勿論ない。現実の真性は、人間の本性そのものに外ならない。人間生活そのものに外ならない。生きて動き流れてゐる人間の生活、生活活動の一切の流れ、これが現実である。肉も霊も、物質も精神も、死も生も、一切のものが混沌錯綜して流動してゐる。随つて現実は決して固定したものでない。変化して已まないのがその本質である。批評し破壊し突破し創造し増大し充実し緊張して、常住不断に変化し進化して已むときがない。即ち生命の流れである。個性の見出し、捉へ、生み出して行く生活が具体的の現実である。

　現実の暴露は、いふまでもなく批評的精神の発動である。しかし真の批評的精神は、単に現実を暴露することのみに止まるべきではない。流動する現実の中に、偶々停滞せる流れを突破しようとするのが批評的精神であるとするなら、現実の停滞を暴露する以上に、未来の流動を促進することを本意としなければならぬ。吾々は発《あば》くよりも破らねばならぬ。打つよりも進めねばならぬ。かりにフランスの作家は現実を傷けないといふよりも、寧ろ蔽はない作家であると言へるなら、ロシアの作家は蔽はないよりも寧ろ傷けない作家であると言ふことが出来るであらう、フランスの作家は一体に鋭い批評心で現実を発き究めようとする。発き究めることに深い興味を感ずる。ロシアの作家は一体に深い愛情で現実の一切を知らうとする。矯め歪めないで真実の生命に触れようとする。知るが為めに発く心と、愛するが為めに知らうとする心との相違があるとも言へるであらう。もしかりにこの大まかな比較が許されるなら、吾々は愛するが為めに知り、愛して知らうとするが為めに発くのでなければならぬ。而してその発くことは、同時に人間の本性の価値に探り当てることでなくてはならぬ。

　しかし批評することは易くして、創造することは極めて難い。破壊し暴露することは、一時の快を買はうとするものにも出来るらしく見える。リアリズム乃至ナチユラリズムの模倣者追随者の輩出した所以である。けれどもその破壊の後に新らしい生命を生むといふこと、暴露の後に生命の活躍を信ずるといふことは容易でない。吾々は信じたり愛したりする前に、先づ信じたり愛したりすることの出来る力を有たなければならない。生命の抵抗でなくして生命の充実を有たなければならない。突く力でなくして与へ包む力を有たなければならない。自分以外のものよりも先づ自分自からを信愛する力がなくてはならぬ。生命の力は無限であり、創造の力は無限である、随つて吾々はその力を眼のあたり見ることは出来ない。見て初めて信ずることは出来ない。吾々はその力を自から内に有ち、内に充たし、而して内に感ずる外はない。自から生命の活躍を内に感じ、その奔騰を内に感ずる外はない、抑へんとしても抑へられない、已むに已まれぬ生命の発動、生命の果てしない汾湧によつて、何ものか無限の力の活躍を信ずる外はない。要するに吾々は自から内に生みの力を感じて信ずる外はない。

限りなき生みの力は、人間にとつて一つの大いなる神秘である。また同時に大いなる一つの啓示である。大いなる沈黙であると共に絶大の詩歌である。沈黙と言葉と、かくしとあらはしと、無限と有限と、凡て唯一つである。無限の力が形ある人間の間に形をとつて現はれるとき、吾々はそれを創造と名づける。そこに吾々は有限の形に縁《よ》つて無限の生命に接触し到達することを感ずる。有限固定の物質の中に、無限の生命の躍動を感ずる。吾々は初めて無限の生命と無限の信愛との光りを彷彿することが出来る。眼に見える世界ばかりが吾々の現実ではなくなつて来る。眼に見えぬ世界が決して夢でなくなつて来る。神秘は恐怖でなく不可解でなく、生命そのものの力に感ずることに外ならなくなる。そのときに吾々は初めて真の人間である。真に神を信じ、悪魔を愛することの出来る人間である。この無限の生命の力を信じ、無限の生みの力を有することが、批評と創造との精神の本意である。真の批評と創造とは一つでなければならぬ。批評と創造との力の深刻なる渾融が、生活の上にも藝術の上にもシムボリズムの精神である。吾々は先づこの未来の可能を信じて進まねばならぬ。

(「早稲田文学」大正2年4月号)

所謂「新傾向句」雑感

高浜虚子

一、新傾向といふ名前

▼元来新傾向といふ名前は碧梧桐君一派の独占すべき名前ではなかつたのである。

▼当時の俳壇を振り返つて見るのに、其処には碧梧桐君一派の新傾向もあり、我等俳諧散心党の新傾向もあり、又大阪には青々君等の新傾向もあつた。

▼其他不断の努力を試みつゝあつた人々の間には其々新しい傾向に歩一歩を進めつゝあつた。

▼子規居士生前より他の多くとは著しく歩趨を異にしてゐた碧梧桐君が、遂に自己の好むところに驀進して——碧梧桐君としては当然進むべきところに進んで——自ら新傾向を称へたことに別に不思議は無い。

▼唯碧梧桐君の称へた新傾向は碧梧桐君の新傾向であつて、決して俳句全体の新傾向では無かつたのである。

▼碧梧桐君の口から新傾向といふ言葉の唱へ始められた時、私は最早俳壇の人では無かつた。写生文をして一転歩を試ましめんが為めに全勢力を其一方に傾注してゐた私は俳句に就ては強ひて口を噤むことに極めてゐた。唯だ私に何人《ひそか》か〻出て来て碧梧桐君の向うに立つて花々しき論戦を試むることを予期してゐた。

▼けれどもさういふ人は一人も無かつた。のみならず碧梧桐君の新傾向を直ちに俳句其もの、新傾向と認めて慌だしく之に赴いた多くの人を見た。

▼前にも言つたやうに碧梧桐君が其自己の進むべき道に進むといふことには何の不思議があらう。

「余は断る道に進むのである。余の新傾向は斯くの通りである。志を共にする人は此道に来い。」

若し碧梧桐君が斯く称へたならば其論には何の欠陥も無かつたのである。

▼が、残念にも碧梧桐君はさうは言はなかつた。

「余の主張するところは俳句全体の新傾向である。余の新傾向に追随する能はざるものは悉く俳壇の落伍者である」

斯ういふ意味の言葉が絶えず繰り返へされた。斯う声明されると、其は最早学者の主張では無くて政治的色彩を帯びた不純の言として人の頭に響くのであつた。たとひ碧梧桐君自身は堅くさう信ずるが故に其儘を告白するのであつたとしても、他より見た場合はどうしても不純の言として之を受取らざるを得ないのであつた。

▼私は碧梧桐君が何故子規居士が我等の上に立つてゐた如き用意を以て、昔の同人並に新進の其門下の諸氏を率ゐて行かなかつたか、其を絶えず不審にも思ひ残念にも思ふのである。斯くいふ私の如きは好んで自ら俳界の権威を棄てた一人であつた。若し碧梧桐君にして、

「余は自己の好むが儘に断る方向に進みはするが、而も同時に虚子等には又虚子等の趣味あり主張ある事を認める。」

斯く言はゞ私は甘んじて俳壇一切の事を挙げて碧梧桐君に託し、いつ迄も一向専念文章のことにのみ没頭し得たであつたらう。が、不幸にして碧梧桐君及び共同趣味者以外のもの一切の存在を否定せんとする如き傍若無人の言説には到底長く堪へ忍ぶことは出来無かつたのである。

▼其処が碧梧桐君の碧梧桐君たるところであるといふ説がある。私も亦之を認めぬでは無い。而し同君にして「俳界の革命者」といふが如き虚名に囚へらる〻ことさへ無かつたならばもつと他に遣りやうがあつた事は断じて否むことは出来ないのである。

▼かへす〴〵も新傾向といふ言葉が政治的色彩を帯び来つたことによつて碧梧桐君の新傾向運動は不純のものとなつた。同時に根柢の力の薄弱なものとなつた。

▼新傾向は何人の句の上にもあるのである。敢て守旧派を以て任ずる私等の句の上にも在る。儼としてある。

二、革命運動としての価値

▼碧梧桐君が東北方面の旅行を終へて東京に帰つた頃は文藝界に於ける自然派運動の盛んな時であつた。碧梧桐君は私が之に耳を傾けてゐることを初めは頻りに嘲笑した。片上天弦君の評論をホトトギスに掲げることにさへ不服を称へた。が、一年余りの東京滞在を終へて再び西南地方の旅に上つた後ち、いかにも自然派の主張を鵜呑みにした如き俳論を鼓吹しつゝあることを知つた時私は一種の不快を感じ同時に碧梧桐君の為めに危ぶんだ。

▼碧梧桐君の新傾向論が一歩を進めて俳句の革命運動の観を為したのは此頃からであつたやうに記憶する。

「芭蕉が嘗て俳句を革命したやうに余は第二の革命を試みるのである。」

と。「接社会」とか、「接人生」とか、「無中心論」とか、斯の如き言葉の繰返へされたのも其頃からのことであつた。自然派の言論に飽いてゐた私は是等の言説に何の新らし味をも感ずることが出来無かつたのみならず、何故に碧梧桐君は俳句といふもの、根柢の性質を考へずに慌だしく時流に媚る如き流行語を使用するかを不審《いぶ》かつた。

▼けれども地方の青年は、其の流行語の使用に悦ばされたやうであつた。青年のみならず、古くから俳句を作つてゐた老成の人も亦た其の新用語？に訳《わけ》も判らずに驚喜した。謂《おもへ》らく、新使命を荷つて俳壇に立てるもの我が碧梧桐ありと。斯くして西南地方の漫遊を終へて帝都に帰つた碧梧桐君は恐らく凱旋門をくゞるの意気を以て新橋の停車場に立つたこと、考へられる。

▼私が碧梧桐君の為めに危んだのは此点であつた。新用語の使用――自然派が用ゐた新用語の転用――といふが如きは一時の喝采を博するには宜しからうが、其が単に単語の使用に止まらずして、意味のある言葉として冷かな剖判を受くるやうになつたならばどうであらう。私は其を危ぶんだ。

▼私の危ぶんだのは其に止まらなかつた。流行語の転用といふが如きは抑も末の事である。あらゆる形式、あらゆる思想の破壊を主義として起つた自然派運動を極端なる形式上の拘束――十七字といふ文字の制限、五七五といふ調子――極端なる思想上の拘束――季題趣味――其等の二大拘束の上に立つてゐる俳句の上に応用せうとしたことは果して俳句の革命といふが如き俳句存立を目的とした一運動たるに終り得るであらうか。遂に其は俳句の破壊といふやうな悪結果に終りはしないだらうか。私の危ぶんだのは其処であつた。

▼果して其後の新傾向論、並に其作句上の現象を見ると、其は十七字といふ字数の制限の或点迄の破壊、五七五といふ調子の或点迄の破壊、季題趣味の或点迄の破壊等となつて俳句の存立を危くするかの新現象を呈して来た。

▼けれども其は俳句の存立を目的として起つた新傾向運動としては自家叛逆の譏を免れ無いことになつた。「俳句革命」の美

名は何処迄も之を棄て難いであらうが「俳句破壊」の結果は最も其怖る、ところである。

「新傾向も行き詰つた。」

其はやがて何処からとも無く起つて来た声であつた。これ取りも直ほさず当初の堂々たる声言に対しての実行難に就ての非難の声であつた、不満足の声であつた。

▼ついで近来聞くところのものは、

「新傾向も大分穏かになつた。」

といふやうな評語である。其と前後して、

「五七五調及季題趣味は我国民性に基いたものである、季題趣味は俳句の土台である。」

とかいふやうな告白が何かの序《ついで》に碧梧桐君の口から洩れたかのやうに記憶する。是れ豈に当初の革命運動の実行の回避と声言の取消とを意味するものではあるまいか。

▼之を要するに革命運動としての新傾向運動は不結果に終つたものといふに躊躇しない。之は碧梧桐君に於ても残念なことであらうが我等傍観者に於ても不本意なことである。以前にも一度言うたことがあるやうに、私は暗に新傾向運動に対して二個の前途を予測してゐた。一は今日の如く再び十七字、季題趣味といふ二大約束の上に復帰する事、二は更に驀進の歩を進めて十七字といふ字数の制限をも突破し季題趣味をも撥無し、全然俳句以外の一新詩を創造する事、即ち此の二個の前途であつて、たとひ碧梧桐君一代には成功せずとも、此の第二を選ぶ事は新傾向運動として最も重大の意味あるものとして私《ひそか》に嘱望してゐたのであつたが、而も不幸にして今日に於ては第一の予測が適中することになつた。これでは徒に声を大にして革命を呼号し、天下の俳人をして帰趨に迷はしめたといふ事以外、別に大いなる結果を「革命運動としての新傾向」の上に認めることが出来無かつたのを不本意とせざるを得ない。又闘将碧梧桐君の為めに之を惜まざるを得ない。

附言

一、此の第二の結果を産む革命運動としては私は寧ろ、「試作」一派の人の上により多くの希望を繫ぐのである。其は別に稿を改めて紹介し且つ一言しよう。

一、私は「俳句革命者」といふ政治的色彩を帯びた碧梧桐君の上に同情を有せず又「革命運動としての新傾向」の上に何の価値をも見出す事が出来無いのであるが、併し革命の二字を離れて見たる新傾向句の功過に就いては別に又いふ可き事を持つて居る。其も他日論評する機会があるであらう。

（「ホトトギス」大正2年6月号）

雑感

武者小路実篤

○

自分はものをかく時文章に苦心することは殆んどないと云つてい丶。

内に力が溢れて来た時、糸口を得さへすれば自分はどん〳〵かいて行く。それがもうさきへすゝむことの出来ないおちつきを得るまではどん〳〵かいてゆく。

しかし自分とて書きなほすことはある。少くもある部分をいろ〳〵かきなほして見る事はある。しかしそのかきなほす処は何となくおちつきのわるい処で、全体の調子をやぶつてゐる処である。さう云ふ処はおちつきを得るまではかきなほす。自分が気がすむまでかきなほす。さうして自分にはそのことはさう困難なことではない。

だから自分は日本語に対して今の処不服を持つてゐない。自分は内から力さへ溢れてくれさへすれば言葉はおのづと生れ出てくるものと思つてゐる。少くも自分のやうな頭の人間には。

しかし自分は日本語にさう執着はない。自分は独逸語きり知らなかつたら独逸語をもつて、英語きり知らなかつたら英語をもつて、仏語きり知らなかつたら仏語をもつて、自分のかきたいものだけはかけると思つてゐる。（自分は何百年後かに国家主義が滅びて、世界語が生れ人類すべてがそれをつかう時がくることを信じてゐる。さうして自分はその時日本語の滅びることを夢想する。さうしてそれを自分は別に恐れない。）

或人達はかう云ふ自分を呑気者だと思ふであらうが事実だから仕方がない。そのかはり、内に力があふれて来ない時に自分のかいた文章は、自分にとつて最も不快な文章である。自分はさう云ふ文章を絶対にかくことを不快に思ふけれども、用事の手紙や、雑誌記者根性でかいた文章に往々さう云ふ文章がある。さう云ふ文章をかく時は自分で耻かしく思つてゐる。

○

すべてのものから切りはなされた個人を考へると、個人と云ふものは無価値なものになる。無意味なものになる。さうして死がすべての終りになる。

昔の個人は君主と云ふものに自己をむすびつけることによつて自己の有意味を感ずることが出来た。自分達より少し前の個人は国家に自己をむすびつけることによつて自己の有意味を感ずることが出来た。しかし自分達より若い人（精神的に）は自己を人類や自然に結びつけることによつてのみ自己の有意味を感ずることが出来る。

我々のつとめは如何にすれば自己を人類や自然と結びつけることが出来るかを知ることにある。それには自己を人類や自然の意志のまゝに何処までも生かすより仕方がない。

すべて吾人の崇拝する人は、吾人の気丈夫に思ふ人は皆人類や、自然の意志のまゝに生きやうと全力を尽した人である。さうしないではゐられなかつた人である。

自分は今呑気に生きてゐる。しかしいつまでも今の儘ではゐられない気がしてゐる。自分の愛や自分の生長力や、自分の慾求や、自分の淋しさは自分に徹底した生活を強いてゐる。しかし生ぬるい室になれてゐる自分はさう云ふ生活の前に恐怖を感じてゐる。いつになつたら自分は本当に強い人間になれるだらうか。

自分は運命にさう強いられる時をまつてゐる。換言すると迫害されるのを待つてゐる。おのゝきながら。

自分はラフアエルを尊敬するけれども、自分はラフアエルのやうな人間ではない。自分は自分の心臓を傷つけることによつて、一歩々々進んでゆく人間に属してゐる気がしてゐる。自分はじつとしてゐては淋しくてやりきれなくなる時がくる迄はじつとしてゐる人間に属してゐる。自分は自分の割りにあきらめいゝ人間だと云ふことを恐れてゐる。

しかし自分は何かしでかす人間の持つべきものを持つてゐる気がしてゐる。戦慄しながらもゆかなければならない処にゆかなければならない人間の気がする。

○

「かゝないでゐられない気持を君は知つてゐるか、」

「知らない」

「かゝないでは淋しくつて仕方がない気持を君は知つてゐるか、」

「知らない、」

「それならば君には僕のものは理解することが出来ない」

「しかし僕はそれを別に不幸だとは思はないよ」（一三、五、一八）

○

「あいつはかきたいものがある時、すぐかくからいけないのだね。切角大きいものがかける材料を摑んでもあいつは何時もそれを小さい儘にはきだしてしまう。さもなれば切り売りをしてしまう。」

「あいつ自身も自分は雑誌記者根性があるから、エネルギーの切り売りをする傾があつていけないと云つてゐたよ。しかし僕はあいつはあれで中々そんなまぬけはしないと思ふのだ。あいつはある材料にぶつかれば全力をもつてそれに執着するだけの素質があるのだからね。」

「しかし随分大きな材料をつかんでおきながら簡単にあつかつてゐることがあるね。」

「それはあいつに力がないからさ。あいつはかきたいものが出来た時に、すぐ書かないとあとでもう再びかくことの出来ない性質に生れついてゐるのだよ。一体藝術家には二た種類の人がある。或種の人は何年も何年もかゝつて段々完全した作物をつくり上げる人だ。他はある興奮を感じた時、その興奮のリズムにあはせて作品をつくり上げないと、再び作品をつくることの出来ない人だ。あいつは後者の末席をけがしてゐるのだ。」
「しかし時々惜しい気がすることがあるよ。」
「しかしあゝ云ふ奴はかきたい時にかきたいものをぐい〳〵かいてゆくより仕方がないのだ。その内に甘くやると頭も腕も段々冴えてくるのだよ。それをまつより仕方がないのだ。あいつの沢山かくのは乱作とはちがう、さうしてあゝ云ふゆき方をする奴は沢山かけばかく程自分と云ふものゝ印象がはつきりしてくるのだ。」
「しかしうつかりするとあきられるね。」
「それはつまりあいつの人間の大きさできまる問題だ。」
「さう云つてしまえばそれまでだが。」（一三、五、一九）

○

釈迦は自己より賢い人に出逢はなかつた。耶蘇も自己より賢い人に出逢はなかつた。ソクラテスも自己より賢い人に出逢はなかつた。彼等は勿論賢いだけの人間ではない。しかし賢くなかつたならば彼等は彼等の半分の人間にもなれないのである。

孔子も智者を仁者についでほめてゐる。しかし智のない真の仁者はあり得ない。よしあつたにしてもそれは愛すべき人間ではあるけれども、崇拝すべき人間ではない。孔子と老子といづれが賢いかは知らない、しかし孔子もずぬけて賢い人である。

賢い人は臆病だと云ふことはうそである。真に強い、社会を敵にしても自己の信じる所を何処までもふんでゆく、さうして新らしい道にふみ入ることの出来る人は賢い人である。智を軽蔑する奴隷はあらうとも、智を軽蔑する君主はない。

ある社会は個人の愚を賛美することによつて平和をたもつ必要があるであらう。しかし自分達は何処までも個人の賢くなることを賛美する。ある程度でとまつた賢さは不快なものである。しかしそれを圧へつけやうとせずに、もつと進歩させるより仕方がない。自分はその点についても今の日本人の傾向を讃美する。たゞ〳〵皆臆病で、いゝ加減の処でおさまらう、おさまらうとしてゐるのがはがゆいだけである。それも無理はないけれども。

○

今の世に思想家として立つてゆくことは非常につらいことである。大きな重荷を負はされるから。

トルストイ主義、社会主義は自分に重荷を負せやう、負せやうとしてゐる。すなほにこの重荷を負はされる時には今の自分のやうに力のないものは動きがとれなくなる。自分は先づその重荷をはらいのけた。

自分は自分の荷ひたいだけの重荷を一つゞゝあらためて荷つてゆきたいと思つてゐる。しかし今の自分は重荷を一つでも荷ふことを心よしとしてゐない（尤も荷はないことも心よしとはしてゐないけれども）。自分はせつぱつまるまで泰平の御代に生きてゐる人間として生きられるだけ生きて見やうと思つてゐる。かくて人間の自然性がどんなものかと云ふことを幾分か自分の目で見ることが出来ると思つてゐる。自省することなしに安心して他人の笛にあはせておどることが出来るには自分は他人を信ずることがうすゝぎる。又自分の性情が他人と運動を共にすることを絶対に嫌つてゐる。

　自分のこの心持を最も理解してくれるものは自分はメーテルリンク（児島がある本で調べたらマーテルリンクと読むのが本当だとかいてあつたと云つてゐたが、氏自身がメーテルリンクと云ふのが本当だと某氏の処に云つて来たと云ふことを聞いたから、メーテルリンクとかくことにする）だと思つてゐる。メーテルリンクを劇曲家として、思想家として自分は大なる尊敬を払ふと共に、この自分の心持を真に味はつて、それをつきぬけて新らしい確信に入り、その確信に従つて生きてゐる氏をなつかしく思つてゐる。しかし自分は氏と性格を異にしてゐる。自分のゆく道は氏のゆきつゝある道よりももつと人類的（氏をもつと自然的と云ふ意味で）の道をとりさうな気がしてゐる。尤も今のまゝで行つたならば自分はそんな僭越なことは云へないわけだけれども。（五、一〇、）

○

　充実したライフを送りながら他人の歩いた道から一歩も出られない人間は創作家にはなれない。充実したライフを送りながら段々型に入りこんでゆく人間も創作家にはなれない。充実したライフを送つて居ると何時のまにか他人の足跡よりふみ出し、充実したライフを送ると自づと、他人によつて、或は自己によつてつくられたる型が破れてゆく人間で始めて創作家になれるのである。

　他人の歩いた道を一生忠実に歩くと云ふことは創作家にはあり得ないことである。さうして創作家の性質の少しもないものには創作家のこの気持を全然理解することが出来ない。

　故意に他人の歩かない道を歩かうと試みるものに真の創作家はない。真の創作家は如何に他人から見て奇抜な道を歩いたやうに見へやうとも当人にとつては最も自然な道を歩いたのにすぎない。（五、一一、）

（「白樺」大正2年6月号）

ベルグソン

中沢臨川

一、

ベルグソンの生ひ立ちを観ると、祖先は猶太人で、其一家は永らく愛蘭に住つてゐた後、仏蘭西へ移住したのだと謂ふ。

　昔から仏蘭西には一種の elite とも称《よ》ばるべき人々で、常に高い所から、静かに俗塵を見下してゐると云ふやうな団隊がある。で、至て自由意志的で、何事にも囚へられないラテン人種のなかでも、彼等ほど極端に自由な者はない。彼等は丁度晴れた真昼の空に高く翔がる鳶のやうな沈着と冷静の相を具へてゐて、その人々の住む空気は潔《きよ》く薄い。従つて彼等は自由に酔つて、重い現実を忘れる。彼等は余りに怜悧で、余りに見え透いて、余りに自由である為めに現在の生活から離れ、総ての拘束から脱け出して、たゞ破壊を貴び喜んでゐる。彼等はまた余りに鋭感的、神経的である為めに、極度の個人主義に陥り、その果ては理智を絶した神秘主義にも往く。その『自由』の味はボルドーの酒よりも猶ほ甘く、猶ほ危険で、誰も一度之を口にした者は何《ど》んな犠牲を払つても悔まないとさへある。……あのフローベルの恐ろしい虚無主義の空気の中に漾ふ自由。ベルグソンの刻々新なる創造の天地の自由……。

　エミル、ファーゲの評したやうに、フローベルの実体はローマンチストである。理智の眼の光つた、感覚の鋭どい彼は、冷かに夢見る人であつた。彼は夢の自由の中に生活して、『事物の真理を信ずる憐れなる世間の動物』を冷笑する哲学者であつた。ベルグソンには矢張このノルマンデーの小説家に似た生粋の仏蘭西気質がある。彼は現代の最偉大なるローマンチストで、偶《アイ》像破壊者《コノグラスト》であつた。誰が斯様に潔く稀薄な自由の空気の中で眩惑を感じない者があらう。然かも我等は眩惑し、辛うじて呼吸しながら、猶ほその酔心地を忘れるとが能きない。

　ベルグソンは一方には猶太人である。故郷のない、従て追慕すべき昨日を有《も》たない斯の民は、また変つた意味に於ける自由の子である。彼等は飽くまでも活動的で、非常に理智的の民である。然かも一種の情熱がそれに加味されてゐる。ブランデスを見よ、アナトール、フランスを見よ。実際彼等はその活動的で、理智的で、自由で、因習的でない点に於て現代に最も適《ふさ》はしい民族である。

　仏蘭西のローマンチックな自由思想に、猶太人の活潑な理智慾を加味して、ベルグソンが出来上つた。即ち彼は浪漫的数学者、自由哲学者として遺憾なく其天分を発揮したのである。剰《あまつ》さへ彼には愛蘭人の神秘的気質も雑つてゐる。

ウィリアム、ジエームスとベルグソンとの哲学を比較する者は、先づ彼等の国民性の相違に眼を着けなければならない。実質的な米国に生れたジエームスは飽くまで行為主義、人格主義で、重い地上の空気が其思想の上に蔽ひかぶさつてゐる。同じ時代の要求から生れて、同一結論に到着すべき傾向を強く有してゐた二人《ふたり》の思想家も、その稟けた国民性の著しい影響は争はれないもので、ジエームスが下から進んだ所を、ベルグソンは上から降だり、一方がFlein vital（制動）的であつたに反して、他方はElan vital（躍進）的であつた。同じ多元論にしても、前者はそれには求心力的の傾向があり、後者のそれには遠心力的の傾向があつた。ブランデスが曾て仏国のテーヌやルナンと英国のミルとを比較して理論の人と実践の人との相違を挙げたのが、丁度ベルグソンとジエームスの比較にも該当する。従て前者の哲学は量に於て広い代りに質に於ては後者に及ばない。現実的、人格的の光明に於てジエームスはより深い根柢を有してゐた。

仏蘭西流の自由思想家で、同時に猶太式の数理家であつたベルグソンは、限りない空想の糸を密実な理智の機《はた》にかけて、現代思潮の目も眩《あや》な模様を織り上げた。彼はその自ら排斥した理智の道具を最も巧妙に応用して、イブセンの所謂Vital lieを発揮した。実際、古来の何《ど》の詩人が彼のやうに巧みな文章と活きた比喩を駆使し得たであらうか。英国のフュネカーが彼を評して、西欧哲学のplayboyであると言ひ、文章上のショパンであると言つたのも、斯様な意味からである。

思想の自由、表現の自由――

仏蘭西人の言葉の自由を束縛する力は世界のどのはてにもない。丁度、地の中や穴の底へ太陽を埋めることの能きないやうに。

と云ふ古い諺があるが、我等はベルグソンの文章を読む時ほど此言葉の真理を感ずることはない。其処には彼の『純粋継続』のやうに綿々として已まざる論理と聯想の流がある。それは第四ヂメンションの謎を解く高等数学の鮮やかな解式である。心的$\sqrt{-1}$のコータニオンである。更に創造的意識の微妙な変化dy/dxを説明する微分学である。要するに彼は“Cosmic rhythm”を解説しようとした偉大な数学者であつた。

活動写真に喩へられた人間の意識の働きや、重い鋤を引く野の牛の様な理智の解釈から、我等は知らず識らずの間に、自由に極めて高い純粋思索の仙郷まで持ち搬ばれる。丁度、五月の麦畠から立つ雲雀のやうに、いま地から離れたと思つてゐるうちに、我等の身は既に雲表にかくれてゐる。その天地は唯だ『純粋記憶』のみ存する精霊世界である。其処には最早物質は存在しない。物質はたゞ比較運動《シシテープ、モーション》から生れた幻想に過ぎない。その天地はまた『生の躍進』《エラン、ビタル》の統轄する一大諧調の世界である。『時』のみの存在する世界である。活きたる宇宙の運動の波浪である。其処に我等の意識は其運動と歩調を合せて、創造の波を推し進めて行く。更にその天地に於ては生命は絶対に自由である。我等は最早機械的有限界の窮屈な因果律や宿命律を忘れるであらう。一なく多なき洋々たる流動の世界、潑剌たる生命の世界が我等の前に開けるであらう。

斯様に自由にして広いベルグソンの世界にはパラドックスの謎が充ちてゐる。然かし其謎は古来の哲学者が提供したやうな枯淡な絶対的固定的のものではない。それは藝術の三昧郷までも達した構想的理智技を有《も》つ人に由て描かれた多色多様の不可思議界である。しかもその世界は活躍と創造に充ちた世界であつて、いつも人を刺戟し、チヤームする力を有してゐる。彼れ、ローマンチックな思索家にとつては、斯の形而上学の広い迷宮、第四ヂメンションの世界、神と悪魔の住家、『空間』と『時間』の森ほど楽しく面白い狩猟場はなかつた。彼は猟夫のやうな楽しい心と鋭い眼と藝術家の微妙な感触と、数学家の明快な解説力を持つて、斯様な不可思議界を漁り尽さうとした。さらば、最後に彼の獲た物は何であつたらう。それは神秘——新しい神秘でなからう筈はない。

二、

ベルグソンの新神秘主義は愉快な創造の神秘である。行けども尽きざる生命の流に浮ぶ不可思議である。我等はあらゆる過去を背に荷ひ、刻々の未来に生れる新しい何物かを戦《おの》のき待ちつゝ、而かも無限創造の希望に煽られて進み行く。その創造の広い海に於ては我等は『絶対に自由』である。我等が大宇宙の生命と融解して élan vital の波に浮ぶとき、我等の意識は『自由それ自ら』である。その自由創造の喜はまた現実に行為の勇気と信をも齎す希望の栄光である。

『私のこの説は我等の思索を助けるばかりでなく、また行為や生活にも力を賦へる。なぜなら、我等は最早孤立したフユーマニチーを感じないからである。人間は最早それ自身が支配する自然の中に隔離されたものではない。丁度一微分の塵も全太陽系に結び付けられてゐるやうに、総ての有機体は、その最下なる物から最高の物まで、生命の始元から現在の我等に到るまで、あらゆる場所あらゆる時に於て、真に一つの躍進《インペタス》を構成して離すべからざるものである。総ての生物は互に相抱擁して同一の巨大な衝動に従ふ。動物は植物に足場を置き、人間は動物を踏まへて立つ。斯くして全フユーマニチーはあらゆる抵抗を打破し、最も恐るべき障害——恐らく死すらも推し退けて進む無限絶大の軍隊である。』

で、ベルグソンの哲学では神は最早絶対の実在ではない。彼は宇宙と謂ふ大きなラボラトリーに於て働く実験者である。彼に始なく終りがない。彼は万能ではない。彼は完全に向つての奮闘者である。彼はまだ最善の宇宙を創造し尽さなんだ。否、彼は現に我等の眼の前で我等と与に創造の業にいそしみ励んでゐる。『神は恐らく意識的、人格的、神人《アンスロポモルフイック》的ではあるが、然かし万能的、不変的ではない。』

『斯様に定義されたる神は予め造られたる何物をも持たぬ。彼は断えざる生命、行為、自由である。創造は神秘ではない。それは我等が自由に行動する時我等自身で経験する所のものである。』で、神にも人間にも定まつた最終の目的はない。蓋し創造は無限の過程である。かくて、ベルグソンの哲学に従へば、この世界は次第に生命を得、意識に達しつつあるのである。

在来の神学的乃至科学的宿命論から観れば、彼の学説は絶望的神秘主義とも厭世観とも極端な懐疑説とも見えるであらう。然かし個人主義努力主義の近代人に採つては、その無　創造の神秘はあらゆる希望と憧憬の含まれた光明の迷路である。我等は洋々たる生命の波に棹して、常に新なる発見の好奇心に誘はれつつ進むことが能きる。要するにベルグソンの学説は自由と向上の『進歩哲学』である。彼は個人的努力主義の現代に最も適切な福音を齎した予言者とも称ばれよう。ショーペンハウエルの『生存意志』の哲学も、彼に由て新なる希望の光に復活することが能きる。

『恐らく宇宙は日毎にそれ自らを求め捜してゐる』と、メーテルリンクが言つたとき、ウイリアム、ジエームスが、斯の塵の世に於て我等と与に労働する『有限』の神を説いた時、またはバーナード、シヨオが life-force の説を唱へたとき、オイツケンが彼の『活動主義《アクチビズム》』を叫んだとき、更にローマン、ロランが『ジヤン、クリストフィー』の大著で新努力主義を宣伝したとき、我等は現代人に共通する一種の熱想をその脈搏に覚えなんだであらうか。古い夢から覚めた我等の胸にはまだ熟せざる新しい理想の喜を感じなんだであらうか。而して斯様な福音を最も明確に最も多様に示してくれた者は実に我がベルグソンである。

新自由主義と新努力主義の学説。希望と光明の新神秘主義の哲学。

三、

自由思想家ベルグソンの哲学は、一面から観ると至てリジョドで現実的なものである。彼は始め科学者であつただけに、其哲学には堅固な出立点を有してゐる。誰もジエームスの辿つた『根本的経験説』の行き方に疑を挟むことの能きないやうに、何人がベルグソンの時即ち継続《デユーレーション》の真理を否認することが能きよう。丁度前者が心理学の研究に当つて、Introspection（内省）を其根柢に置いたと同じく、後者は先づ其哲学の基礎として自分の意識の考察から始めた。彼の考では、宇宙間で我等の最も知悉してゐるもの、其核心を把持してゐるものは、疑もなく我等自身である。自己以外の事物に対しては我等は只だ表面的の概念を持つに過ぎないが、自己に対する我等の知識は内面的であり深酷である。自己を知ることは即ち我等の真の知識の第一歩でなければならないと。斯様にして最近の二大哲学者は期せずして其発足点を同じくしたばかりでなく、其学説の間には一道の気脈が通じてゐて、晩年のジエームスをして言葉を極めてベルグソンを歎称せしめたのである。彼の学説のうちでも一番に斬新で非難の多い直観説でさへ、有名な科学者のサー、オリバー、ロッヂが裏書してゐるくらゐである。ロッヂは言つた、『我等は今日なほ理性よりは遥に多く直観に頼《たよ》つてゐる』と。また言つた、『生命は算術を軽蔑しうる』と。

兎に角、ベルグソンの哲学が、着実な経験家のジエームスの歎称と承認をうけ、科学者のロッヂをして点頭せしめたと云ふことは深い意味のあることである。我等はここに時代の要求と、偉きな哲学界の革命とを見るのである。

カントやヘーゲルが純粋理性や絶対やを振り翳《かざ》して、我等の生命の理智的説明を試みたときに、唯心論の哲学がその極度に達した。そこで科学が裏切した。然かし科学者は余りに急いで唯物論を帰納した。物質界を統率する因果律を我等の心霊界にも当てはめようとした。それから彼等はまた方法論に於ては、矢張昔の哲学者の旧套を脱することが能きなんだ。理智を人間の知識の唯一の武器と思込んで、意識や生命の flux の世界にまで物質界の法則を持込んだ。

然るにベルグソンは斯様な古来の唯心論や唯物論が提唱した絶対または固定の哲学の代りに流動の哲学を起した。『空間』の代りに『時間』の実在を説いた。特に彼は今まで万能視された理智よりもより広い直観の世界を発見して、理智の力を制限しようとした。彼の説の前では一元と多元の久しい争も溶けた。物質界と精神界の堅い界限も撤せられた。斯様な点に於てウイリアム、ジエームスは亦彼と其功を分つべきである。

原始自然人としての人間の心霊には、たゞ直観のみの行はれる混沌たる『無意識』の雲霧《ネビユラ》が存在した。然るに我等は生存の必要上から、進化の行程に於て、其一部を沈澱せしめて固定意識を形作つた。それは我等の『行為の附属物』たる理智の世界である。その世界では我等はたゞ分離し概括し、敵視し拘束する。そこにはたゞ死と固定があるばかりだ。従前の哲学者にとつてはこの理智が実に金科玉条であつた。彼等は広い意識の全体と理智とを同義に解してゐた。

然るに近代人は何時《いつ》までも斯様に窮屈な幽閉に甘んじうるものではない。我等は久しい以前から理智に対する反抗を起した。この運動こそは実に近代文明の底を流れる最も重要な潮流である。我等は最近諸藝術の新運動に於ても明らかに其傾向を読むことが能きる。更に哲学界に於てはカントの『実践理性』も、ハルトマンの『無意識』も、ジェームスの『宗教意識』も、みなベルグソンの所謂『直観』の先駆にほかならない。かくして我等は内省の眼を開いて生命の流の中に入《はひ》り、之と同情し融合することが能きるやうになつた。我等は久しく幽閉せられてゐた固定意識の島から離れて、洋々たる無意識の海に泳ぎ出した。それは変化と創造の断えざる無限の生命の海である。そこには最早理智の領土のやうな敵視も束縛もなく、唯だ同情と自由があるばかりだ。全く開放されたる心霊の喜があるばかりだ。

四、

自由の哲学よ——理智から開放された自由、物質から開放された自由、努力創造の自由。その自由の世界は余りに広く、余りに浄く、その空気は余りに稀薄である。初めて其中に入《はひ》るとき、我等は先づ眩惑を感じ、一種のカタストロヒーに打たれる。それは我等の心霊の全革命である。弱く頑《かた》くなる意志は或は斯様な革命に堪へないこともあらう。然かし一たびその空気に馴れて、新しい心理的変遷に適従しえた者があるならば、彼は最早その酔心地を忘れることが能きない。で、その場合に初めて彼はベルグソン宗に帰依したものと謂へる。それほど彼の哲学は親しみ難《にく》いものである。真に彼の流動世界を体得することは、禅の三昧郷に入るよりも猶ほ難事である。然かし一旦其の境に突進した人は、一挙にして其学説の本体を把握した者である。爾後彼はその福音書『創造進化論』の中に、潺々《けん〳〵》たる生命の流のさゝやきを聞き、『純粋記憶』の深い淵に浮び、果ては大自然の奏でるCosmic Rhythmに心を溶《とろ》かすやうになるであらう。

斯様に広く自由なベルグソンの世界は洵に多様多彩である。彼は幾千の異つた創造の芽を蒔いた。況して彼の直観世界はジエームスの『宗教意識』と同じく個々独立の心霊に特殊の活動を負はせる境地である。されば彼の哲学は直接自由に各個の心霊に訴へる。或者には彼は極端な個人主義の宣伝者に見える。また或者には神秘主義の無上な使徒と謳はれる。彼はニーチェの後継者ともなり、『猶太のルナン』とも成ることが能きた。更に彼は新現実主義にも新理想主義にも其籍を置きうるであらう。アリストクラットもデモクラットも彼に於て有力な味方を発見するであらう。『崇高《サブライム》をはぐくむ戦』に於て唯だ『この死なんとする世界に目的、理想を与へんとする』新社会主義のシンディカリズムSyndicalismは実にベルグソンの生命説に其根柢を置いてゐる。また未来派の藝術は全く彼の純粋継続の考に刺戟せられて興つたと謂はれる。なほ言ひ得べくんば、『荒削りの石から人間の形に浮び上るロダンの彫刻は、大理石に現はれたベルグソンの哲学である。』

げに、この廿世紀の開幕は今までの世紀とは全くその色彩を異にしてゐる。我等は混沌たるそが形の中に朧ろげながら新しい世界の構図を見るであらう。社会的には民主主義の、精神的には?………。

我等の斯様な疑問に最も好き解釈を与へてくれるものはベルグソンの哲学である。要するに彼は時代の予言者である。丁度、彼と同じ位置に立つジエームスの哲学を読んで、同じ予言者のローマン、ロランが洩した言葉を私は玆に借りてみたい。『我等の間には偉大な見えざる思想の流がある。それは総てのヒューマニチーを通ほして動き、全世界を通じて、互にその存在をも知らざる、全く異《ちが》つた心をさへ同じやうに高めて行く潮流である』と。

（『中央公論』大正2年6月号）

生の拡充

大杉　栄

一

前号の『征服の事実』の中に、僕は『過去と現在と及び近き将来との数万或は数千年間の人類社会の根本事実』たる征服の事を説いて、これが『明瞭に意識されない間は社会の出来事の何物も正当に理解するを許されない』と断じた。

そして更にこの論を藝術界に及ぼして、「この征服の事実と及びそれに対する反抗とに触れざる限り、諸君の作物は遊びである、戯れである。吾々の日常生活にまで圧迫して来る、この事実の重さを忘れしめんとする、あきらめである。組織的瞞着の有力なる一分子である」と為し、最後に次の如き結論を下した。

「吾々をして徒らに恍惚たらしめる静的美は、もはや吾々とは没交渉である。吾々はエクスタジーと同時にアンツウジアスムを生ぜしめる動的美に憧れたい。吾々の要求する文藝は、かの事実に対する憎悪美と反逆美との創造的文藝である。」

今僕は再びこの問題に入つて、この三項の聯絡をもう少し緊密にし、従つて僕のこの主張に更に多少の内容的明白を加へたいと思ふ。

二

生と云ふ事、生の拡充と云ふ事は、云ふまでもなく近代思想の基調である。近代思想のアルフアでありオメガである。然らば生とは何にか、生の拡充とは何にか、僕は先づこゝから出立しなければならぬ。

生には広義と狭義とがある。僕は今その最も狭い個人の生の義をとる。この生の神髄は即ち自我である。そして自我とは要するに一種の力である。力学上の力の法則に従ふ一種の力である。

力は直ちに動作となつて現はれねばならぬ。何んとなれば力の存在と動作とは同意義のものである。従つて力の活動は避け得られるものでない。活動そのものが力の全部なのである。活動は力の唯一のアスペクトである。

されば吾々の生の必然の論理は、吾々に活動を命ずる。又拡張を命ずる。何んとなれば活動とはある存在物を空間に展開せしめんとするの謂に外ならぬ。

けれども生の拡張には、又生の充実を伴はねばならぬ。寧ろその充実が拡張を余儀なくせしめるのである。従つて充実と拡張とは同一物であらねばならぬ。

かくして生の拡充は吾々の唯一の真の義務となる。吾々の生の執念深い要請を満足さするものは、唯最も有効なる活動のみとなる。又生の必然の論理は、生の拡充を障礙せんとする一切の事物を除去し破壊すべく、吾々に命ずる。そしてこの命令に背く時、吾々の生は、吾々の自我は、停滞し、腐敗し、壊滅する。

三

生の拡充は生そのもの、根本的性質である。原始以来人類は既にその生の拡充の為めに、その周囲との闘争と、及びその周囲の利用とを続けて来た。又人類同士の間にも、お互の生の拡充の為めに、お互の闘争と利用とを続けて来た。そしてこの人類同士の闘争と利用とが、人類をして、未だ発達したる智識の光明に照されざりし、その生の道をふみ迷はしめたのである。

人類同士の闘争と利用とは、却つてお互の生の拡充の障礙となつた。即ち誤まれる方法の闘争と利用との結果、同じ人類の間に征服者と被征服者との両極を生じた。この事は既に前号の『征服の事実』の中に詳論した。

被征服者の生の拡充は殆んど杜絶せられた。彼等は殆んど自我を失つた。彼等はたゞ征服者の意志と命令とによつて動作する奴隷となつた、器械となつた。自己の生、自己の我の発展をとゞめられた被征服者は勢ひ堕落せざるを得ない、腐敗せざるを得ない。

征服者とても亦同じ事である。奴隷の腐敗と堕落とは、ひいて主人の上にも及ぼさずにはやまない。又奴隷には奴隷の不徳があれば、主人には主人の不徳がある。奴隷に卑屈があれば、主人には傲慢がある。云はゞ奴隷は消極的に生を毀ち、主人は積極的に生を損ずる。人としての生の拡充を障礙する事は、何れも同一である。

又この人類同士の闘争と利用とは、人類がその周囲と闘争し、その周囲を利用する事に著しき障礙を来さしめた。

四

この両極の生の毀損が将に壊滅に近づかんとする時、こゝにいつも侵寇か或は革命が起つて来る。比較的に健全なる生を有する中間階級がイニシエチブを取つて、被征服階級の救済の名の下に、その援助をかりて事を挙げる。或は被征服階級の絶望的反乱となつて、中間階級の利用の下に事を挙げる。そしてその当然の結果は、常に中間階級が新しき主人となる事によつて終る。人類の歴史は要するにこの繰返しである。繰返しの度毎に多少の進化を経たる繰返へしである。

けれども人類は遂に原始に帰る事を知らなかつた。人類が未だ主人と奴隷とに分れない原始に帰る事を知らなかつた。自己意識のなかつた原始の自由時代に、更に十分なる自己意識を提げて帰る事を知らなかつた。絶大なる意味の歴史の繰返へしをする事を知らなかった。

久しく主人と奴隷との社会に在つた人類は、主人のない、奴隷のない社会を想像する事が出来なかつた。人の上の人の権威を排除して、我れみづから我れを主宰する事が、生の拡充の至上の手段である事に想ひ到らなかつた。

彼等はたゞ主人を選んだ。主人の名を変へた。そして遂に根本の征服の事実そのものに斧を触れる事を敢てしなかつた。これが人類の歴史の最大誤謬である。


（「近代思想」大正2年7月号）

日本に於ける婦人問題

内田魯庵

『太陽』の臨時号たる婦人問題号に、自ら婦人問題を研究した事が無いと称する或る人の所説を掲げたのを非難する批評があつたが、凡そ婦人問題といふは各自の母なり妻なり娘なりの問題であるから、研究するとしないとを問はず男女を通ずるの問題である。独り婦人に関する職業に従事するもの、例へば女子教育とか婦人雑誌記者とか或は女流思想家とかに限りて専有されべき問題では無い。且総ての公平な、的確な判断は較やもすれば因襲のドグマに捉はれ易い専門家よりは何物にも煩はされないパイスタンダーに待つ場合が往々有る。改革といふものは屢〻門外の声に生ずるのである。

余の如きも実は熱心な婦人問題研究者では無い、婦人に関する著述は甚だ僅かしか読んでをらぬ。夫故に婦人問題に容喙する資格が無い事を自ら認めてをるし、更に進んで深く研究するだけの興味をも燃やしてをらぬ。が、余の瞥見する処に由ると、婦人に関する諸家の意見の大多数は婦人を賤視した偏見が先入主をなしてをる。婦人に同情する説も婦人を一等下れる低級者と見て同情するので、丁度米国人が嘗て日本人に対して与へた同情と同じ種類の同情である。一方又、新らしい女を任ずる婦人は熱心の度を通り越して濫りに咆哮し、議論も行為も往々放縦に流れる気味があるらしい。プロパゲートアとしては止むを得ない手段かも知れないが若干常経を失してをる。が、どつちが時代の大勢に伴なつてる乎、と云ふと、大勢は少数の婦人の主張に味方してをる。

　日本の婦人問題といふが、現に日本にて頻りに論じられてる婦人問題は日本の専有では無くて、世界を通じての共通の叫びである。唯日本は世界の文明の最後進国であるゆゑ、何事にも歴史を一足飛びにした観があつて、一方思想者の主張の基礎が薄弱であつたり、一方には又馬鹿々々しいほど古い二三百年も昔しの説が相当の権威を有して行はれてをる。今では夫れほど馬鹿々々しくは無いが、ツイ二三年前までは常盤御前や袈裟御前が婦人のお手本となつてゐたのだ。

　欧羅巴に於ける婦人問題は遠く羅馬希臘まで遡る事が出来るが、近時の問題の最始の主張者としてはメリー・ウォルストーンクラフトを推す。夫人は一七五九年に生れて九七年に歿した。今から百五十年ほど前で、日本の天明寛政頃に栄えた人だ。此夫人の伝記は読んだ事が無いから、ワルポールの評した「ペチコーツを纏うた豺狼」といふが当つてるか、或は良人ゴドウヰンが称した通りの「家事生活の崇拝者」であるかドウカ知らぬが、米人イムレーとの恋愛談から想像すると、普通の女の道徳からは非難を免がれざる人であらう。が、同時に才藻識見の凡ならざるをも認められてゐたので、其の“Vindication of the Rights of Women”が現時の婦人問題の先鋒をなしたのである。ミルの著名な婦人論に先だつ事約八十年前である。勿論此以前に婦人の権利を主張したコンドルセー亜流の論客はあつたが、婦人自ら進んで主張したのはウォルストーンクラフト夫人が初めてゞある。

　英吉利でさへがウォルストーンクラフト夫人が提唱して以来百五十年を経て初めて今日のサツフレジエツトの運動が社会を動かす事が出来たのであるから、女大学の教訓の覚め切れない日本で冷笑と擯斥と圧迫とを以て迎へられるは当然である。日本で初めて一夫一婦論を主張したのは福沢諭吉氏で、婦人の権利を認めた契約書を交換して結婚したのは森有礼氏であつた。何れも明治七八年頃で、其頃は日本の総ての旧物を破壊した時代であつたから、政府が率先して婦人を海外に留学せしめ、殆んど男子と少しも違はない服装をした女学生が東京市中を往来してゐた。今と違つて弁護士規則も喧ましくなかつたからであるが、何とかいふ女の代言人さへあつた。婦人運動といふものも無かつたし、又極めて少数者であつたが、婦人の発展は今よりは却て目覚しかつた。此の当時の革命の元気が切めてモウ十年継続してゐたなら我々の文明はモウ一層進歩してゐたらう。其後、明治十七八年頃、伊公井侯が外交に鋭意するや盛んに欧化熱を鼓吹し、女子の社会的位置をも進め、女子教育をも振ひ、基督教まで奨励するやうになつた。当時の欧化熱は外交政策の必要上から生じたので、国民の覚醒で無いから附焼刃の感があつたが、伊公井侯が政府の首班に坐して盛んに鼓吹したのだから、幾何もなく保守派の反感を買ふほど凄まじい勢ひであつた。無論保守論者の云ふ如く皮相の文明の模倣で、真の文明的自覚では無かつたが、日本の婦人の社会的位置は此趨勢に乗じて確かに一段進歩した。且又、今日ほど国富が豊かで無かつたから欧洲生活の一部分たりとも学んだものは、極めて少数な上流階級に限られてゐたが、上下を通じて欧洲生活の準備をして、中流以上の家は奥さんからおさんどんまでが夜なべを廃して英語を勉強し、外国人と交際する為めのエチケツトを学んだ。今から考へると聊か滑稽じみてゐるが、欧洲生活を憧憬する熱心は実に盛んなものであつた。今日の当局者をして云はしめたなら当時の伊公井侯は危険思想者であつて、其の危険思想を直ちに経綸として行つたのである。

明治の文化史を研究するものは此時代を忘れてはならぬ。伊公井侯が国民を率ゐて大いなるコメヂーを演じたとも云ひ得られるが、日本の文明の進転は此時代に負ふ処がある。若し此時代が無かつたなら、内乱は度々繰返されて穏健なる政治の発達を示さなかつたであらうし、藝術も科学も今日ほどに進まなかつたであらう。婦人の知識、風俗、社会的位置も亦今日ほど発達しなかつたであらう。勿論当時の思想は極めて幼稚であつたから、国民が伊公井侯の鼓吹に盲目的に煽動されたばかりでなく、伊公井侯も亦或は欧洲文明の外観だけ移植すれば欧洲人の感歎を買ふ事が出来ると思つてゐたのかも知れぬ。が、今日の賢明な政治家にはコンナ突飛な真似は逆も出来ない。公侯の外交政策はコメヂーと云へばコメヂーであるが、丁度洪水の汎濫が往々沃土を残して去るやうに、国民は公侯の失敗と同時に再び以前の保守的情態に復して了つても、取残された文明的土壌に培《つちか》はれた文化の芽が今日の進歩を齎らしたのである。

其時代の女子教育は、学校及び学生の数こそ少なかつたが今よりは高級であつた。伊公井侯の政策が破れて保守的反動の国粋熱が勃興すると同時に、森有礼氏が奨励した文部省の女子高等教育の方針は著るしく低級に降下されて了つた。良妻賢母主義や技藝中心の女子教育は此時代からボツ〳〵初まつたのである。高等女学校で茶道や生花を教へて、其以前はおさんどんまでが勉強した外国語は殆んど有つても無くても好い随意課目になつて了つた。今日の中年の奥さん達が割合に無学なのは此時代に教育されたからである。

両度の大戦争を経て日本の国力が世界に認められ国民の自信が強くなると同時に婦人も亦覚醒するに到つたは当然である。殊に藝術の勃興に伴つて藝術に形成された欧洲の思想が瀰漫して婦人の自覚を促迫した。勿論公平な眼で見て、日本に於ける婦人の自覚なるものはまだ薄弱であるを免がれないが、今までの男から力を与へた婦人の運動では無くて、婦人自身のインナー・ボイスから生じたのは争はれない。無論、大多数の婦人は此種の「新らしい女」の叫びに交渉しなからうし、「新らしい女」の中でも真に自己及び同性姉妹の重大な問題として身を犠牲にしようと思つてるものは幾何も無からうが、之までの男から唱へられた婦人問題のやうな空虚なものでは無い。其議論にこそ深浅あれ、其主張にこそ強弱あれ、其思想上の径路は欧洲に於けると同じ脈を通貫してゐるものゆゑ、一部の批評家が云ふ如き一時の気紛れでも浮れ心でも無い。矢張欧羅巴の婦人の憂ひとする処を憂ひ、憤りとする処を憤るので、知識に煩はされた精神的虚栄でも婚嫁に失望した自暴自棄でも無くて、確実なる思想の根柢に生じてをる。唯日本の所謂「新らしい女」が欧洲の婦人が感ずるやうに思想の根柢に痛切に感じてゐるか否かゞ疑問であるが、兎にかく欧洲婦人と同じ痛患を感じて此叫びとなつたのであるから、大多数者が軽視し冷視し笑殺し黙殺してゐても、此叫びが漸次に大きくなつて社会を動揺するやうになる。現に「新らしい女」なる問題が半ば好奇的に或は半ば嘲弄的に扱はれてゐても、現時の最も人気ある問題となつてをる。文部省や内務省が圧迫せんとする手段の当否又成否は兎もかくも圧迫の必要を感じたのは此の「新らしい女」の運動の公衆に及ぼす勢力を認めたからであらう。

元来婦人問題の勃興は欧羅巴でも極新らしいので、ミルが『サブジェクション、オブ、ウーメン』を著はしたのは日本で福沢氏や森氏が一夫一婦や男女同権を主張した時代と余り離れない僅に五十年前であつた。其根本は自由平等を信条とする民主思想に生じてるので、政治上には兎もかくも君民同治の立憲政体を産み出して、文明国は皆此の統治法に依る事になつたが、渠等の絶叫する平等は政治上に尊卑の階級を打破して同一権利を獲得したゞけでは留まらない。社会上の階級の不平等は打破し得ても男女間の不平等は依然として存在してゐる。女は政治上に干与する事を許されない。女の就くべき公職は限られてをる。女の享受する待遇は男に比べて遥に下つてをる。道徳上にも法律上にも女は不公平な制裁を受けてをる。例へば家庭に於てすら、女は家庭の主人といふ空名だけに満足して男の支配に服従してをらねばならない。之が果してナチュラル・ローであるか否かは少くも疑問とすべき価値がある。仮に女の主張するやうな説が道理で無いとしても、現在の男女関係の状態が正当公平であるとは思はれない。玆に婦人運動が生じたので、説其物の論理的価値は別としても、此の如き運動を生ずべき理由は確として存在してをる。

日本では封建の因襲が女の脳髄に深く浸込んでをる。婦人の精神上の自由が女大学的道徳で毒殺されてをつて、男の暴慢の犠牲となるを女の美徳と迷信し、男の従属的位置に甘んじて、決して男の領分に踏込まない。夫故に欧羅巴の婦人運動が概して政治上に初まるに反して、日本では政治に興味を有する婦人は昔しから極めて乏しい。女は公的生活に出るもので無いと昔しから教へられてゐた道徳が腸の底まで染込んでるからである。

例へば今日の日本の婦人問題の如きも藝術に由て自覚したのだから、所謂「新らしい女」の叫びも「ローマンチック・ラヴの自由」を呼号するので、政治上及び社会上の男女の不平等に対しては余り痛痒を感じてをらんやうだ。勿論此の「恋愛の自由」は男女間の根本道徳に触れてる重要な問題であつて、エレン・ケイの如き実に此問題の為め火花を散らしてをるが、此問題に就ても日本の「新らしい女」の主張はまだ詩的である、空想的である。恋愛の因襲的束縛から生じた実際の事実には未だ触れてゐない。例へば恋愛の解放といふ理窟を云つてるが、此解放が事実上にどう現はれるかといふ事には余り頓着しない。今日の法律や習慣から云つたら恋愛の自由は正当な婚姻と認定されない。自《おの》づからに不正と見做されて世間からも擯斥され自《みづか》らも憚らねばならないやうな状態にある。生れた子は私生児と登録して社会から日蔭者の待遇を受けねばならない。又男が関係を無視しても訴ふるに道なくして忍んでをらねばならない。恁ういふ実際問題をドウ処分したら宜からう。「恋愛の自由」を叫ぶものとはドウシテモ同時に此の法律上の実際問題にまで言及しなければならない筈だが、日本の「新らしい女」は未だ詩的な叫びをのみしてをる。

　教育者側や道学先生輩から青年男女の堕落といふ声が頻りに聞える。其の所謂堕落者の大部分は如何なる哲学を以てしても弁解する事の出来ない堕落者であらうが、中には必ず恋愛の自由を主張するものの正当なる恋愛の発現もあらう。誤りたる習慣の為め堕落と見做されて不合理なる制裁に圧迫されねばならんのだ。且又男は妻帯者と未婚者の区別なく、如何なる放縦なる生活を送るも不問に置かるゝに反して、女は一と度恋愛の経験をすれば結婚の権利の何分一かを剝脱されて了ふ。言換へれば男は如何なる放肆なる性慾生活を送るも何等の制裁なきが故に、己れのブルータリチーを満足させる為めに女の結婚の権利を剝脱するを少しも憚からんのだ。恋愛自由を叫ぶ「新らしい女」は同時に恋愛の破壊を敢てするを憚らない男の性慾的不規律を制裁する法律制定を訴へねばならない。教育者や道学先生輩は頻りに女の堕落を責めるが、女の正当なる恋愛を蹂躙するは男の放縦なる習慣である。

　恁ういふ婚姻法及び婚姻儀式の改革、夫権重くして妻権軽き現在の法律の改正、姦淫に関する男の重罪の規定、続いては公娼制度、検黴法の取締等「恋愛の自由」を中心としての現時の法律及び習慣に革むべき事は沢山ある。唯詩的や空想的に叫んだゞけでは足りない。実際の事実に触れない内は其叫びは如何に大であつても世間を揺かすに足りない。日本の「新らしい女」の婦人問題が多数者の為め冷笑せらるるはツマリ其叫びが詩的であつて、実際上の内容が無いからである。

　且現在の「新らしい女」の叫びは本と藝術に醒めたのであるから「恋愛の自由」の外最つと実際的な社会問題に触れてゐない。藝術以外には殆んど没交渉である。例へば現に女の職業は著るしく増加し、所謂「新らしい女」を任ずる内の何分一は自ら衣食してゐるものである。然るに女に対する報酬は——之も亦日本ばかりの問題では無いが——男に比べると著るしく薄い。一例を挙げると、日本の資本家が女を使用する有力なる理由の一つとして女の給金の低いのを数へてをる。同一の任務に服し同一の成績を挙げながら、女は男の受けるもの、半分乃至三分一しか得る事が出来ない。が、日本ではまだ之を訴へたものが一人も無いやうである。

例へば又参政権の問題の如き、日本では早過ぎるといふ人が大多数であらうが、男子ならば如何なる愚人でも法定の租税を収むるものは選挙権を有し、婦人ならば何百万円の資産を有してゐても村会議員すら選ぶ事が出来ぬといふは不合理である。例へばミリオネヤの家の主人が歿して其相続者が猶ほ幼年なる場合は、立派な賢明な寡婦があつても多額な租税を払ふ其家は選挙権を喪ふ筈である。今日では女で高等官になつてるものもある。相当な高等教育を受けたものもある。然るに女であるが故に縦令法定の納税の義務を果してゐても、選挙権を与へられないといふは不合理極つてをる。英国でさへが今猶ほサツフレジエツトが猛烈なる運動をして猶ほ目的を果す事が出来ないのだから、日本では無論まだ早過ぎるだらうが、是等の問題に於ては所謂「新らしい女」は殆んど沈黙して何事をも云はない。

一言すれば日本の所謂「新らしい女」の叫びは、多数の論客が冷笑する如き無意味の声でなくて、必然生ずべき絶叫——男女間の道徳上及び社会上の権利の不平等に覚醒して生ずる絶叫であるが、其叫びが未だ切実な感じを現はすに足るだけ実際問題に少しも触れてをらない。ツマリ現下の『新らしい女』の叫びは藝術に覚めた声であるから、同じ性慾道徳《セクジユアル、エシックス》の改革の要求であつても其主張に“Die Neue Generation”に主張されるやうな事実上及び科学上の根拠に欠乏してをる。夫故に渠等の運動はマジメであるかも知れぬが稚気を脱しない。真剣かも知れぬが頗る薄弱である。其の根柢の基礎が固くないやうに疑はる、も止むを得ない。

是れ併し乍ら所謂「新らしい女」の主張や態度のみでは無い。本来日本の藝術の研究的基礎が薄弱であつて唯詩的叫喚を以て能事畢れりとする如き状態であるから、恁ういふ上滑りのした藝術に根帯を有する「新らしい女」の運動が亦薄弱であるのは当然であつて、此の力の無い声すらも猶ほ「ヤング・ジェネレーション」を動揺し、文部省や内務省をして警戒せしめたのは薄弱ながらも近代思想に根拠を有して、欧羅巴の新らしい女と同じ空気を呼吸してゐるからである。

更に一言すると、今日の日本の婦人問題は今まで繰返された婦人問題と異なつて、女が切実に因襲の圧迫に感じたインナー・アゴニイの叫びであるから、縦令渠等の叫びは猶ほ薄弱であつても、軽々に看過する事は出来ない。又濫りに因襲の勢力を以て圧迫しようとしても決して圧迫出来得るものではない。が、同時に女も亦今の藝術的の叫びから一転して実際の事実に触れたコントロバーシーに入らなければ真に社会を動揺する事は出来ない。我々は英吉利のサツフレジェツトの運動を感服してゐるものでは無いが、唯空想的に社会を呪つて少しく圧迫を加ふれば直ぐ萎縮し屈従するやうな日本の女の腐甲斐無いにも驚く。日本の婦人問題を思ふ毎に我々は久しく昏睡して覚めざる婦人矯風会の奮起を希望する。

（「中央公論」大正2年7月号）

扉に向つた心

田山花袋

○

書《ほん》といふものは、年齢や境遇で読まなければならないやうなものだ。幾度読んでも面白くなくつて、途中で止めて了つた書《ほん》が、年齢や境遇で始めて生々《いき／＼》とした印象を与へて来るやうなことはよくある。

一作家の一生かゝつて書いた全集は、読書も一生かかつて読まなければわからないものだといふことを此頃殊に深く思つた。

○

私はこの山の中の僧房に、いろ／＼な書を持つて来た。フロオベルの全集、それはすつかりその評伝を書かうと思つてゐるので、一通り読んで見やうと思つて持つて来た。殊に歴史物を読んで見やうと思つた。そして最初に『セント、アントニオの誘惑』といふのを読んだ。次に、もう一度『感情教育』を読まうと思つてその長い／＼小説をくり返し始めた。

ところが、それをまだ少ししか繰返さない中《うち》に、ふと J. K.

Huysmans. の “En Route.” をひらいて見た。これは、これまでにも何遍となく読みかけてはよして了つたものである。何《ど》うもわからない、何《ど》うもその心持がわからない……。かう思つて私はいつしかその黄い表紙の本を伏せた。頁《ページ》も半分位しか切つてない。

ふと私は思つた Huysmans はナチユラリズムからミスチシズムに移つて行つた人である。『広く浅く掘るよりも狭くとも深く掘らなければならない。と言つて、そしてナチユラリズムから出て行つた人である。それに、此作者ほど忌憚なき筆を以て世間の悪徳を描いたものはないと聞いてゐる。ゾラにはまだロマンチツクなところがある。ある目的の為めにする誇張を敢てしたやうな欠点がある。ドストエフスキーには小さな同情がある。作者が作中の人物と一緒に泣いたり笑つたりしてゐる。共に主観的なところがある。ところが、この Huysmans になると、些《いさゝか》の作者の同情が加はつてゐない。あるがまゝに書いてある。どんな残酷なことでも、どんな陋劣なことでも、作者はそれに感傷したり激昂したりしないで平気で書いてゐる。かう何かの評論で見たのを私は覚えてゐる。

それに、この Huysmans といふ人は、その一生の閲歴から言つても、非常に辛い苦しい複雑した生活を経て来た人だ。現代のデカタン風な生活の中を、真面目な心を抱いて、沈んだり、浮上つたりしてやつて来た人だ。かういふこともかねて聞いて知つてゐた。“Martha” といふ小説などは、巴里《パリー》の市井《しせい》のことを書いて、その描写が骨に徹してゐるといふことである。私はその人の書いた心持が解らない筈はないと思つて読み始めた。『兎に角、終《しまひ》まで読んで見やう。何《ど》んなに面白くなくつても、何《ど》んなに飾らなくつても……』かう思つて私は一頁々々《ページ〳〵》と繰つて行つた。

○

中世紀の寺の感じを書いてゐるのを面白いと思つて読んでゐる中に、私の心は忽ちその Durtal の心持になつてゐるのを発見した。Durtal は四十をもう越えて了つた人である。人生の峠を越えて了つた人である。その人の性慾や快楽や放蕩や疑惑や煩悶や、さういふものを背景にして、そしてその心持が肉体から精神に向つて走つてゐる形を書いてゐるのがこの作である。ナチユラリズムからミスチシズムに入つて行つた作者その人の心持がこの作を生み出してゐるのである。

フロオベルのセント・ジユソアンの話とヘロの “Physiono-mies De Saints.” とを比べて、前者は藝術的技巧乃至藝術的精神に於ては殆どその完《まつた》きを尽してゐるが、全体に於て人間に最も必要なものが欠けてゐるやうな気がする。それは何であるか。信仰である。信仰の欠乏である。それに反して後者は熱烈なる心持を抱いてゐるが――それがあるが為めにその書は多くの価値を存してゐるのであるが、一方に藝術的精神といふものが全く欠けてゐるがために矢張十分の効果を収めてゐない。此の二つの欠点の間に煩悶してゐる Durtal の心は即ち作者その人の心ではないか。

○

藝術を押つめて行つて壁にのみ向ふやうな心と信仰に信仰を進めて珠数をつまさぐるやうになる心との間に横つてゐる苦しい疑惑、それに肉体の誘惑から来る恐ろしい声、頭も割れるやうな、又はすつかり破産して了つたやうな現代的苦悶、それをこの書は極めて内面的にしかも描写的に描いてゐる。

巴里《パリー》の寺院――通俗なやかましい寺院に堪へかねて、つとめて静かなSt. Severinのやうな寺をたづねて、中世紀のミスチシズムの匂ひを嗅がうとする心持のかげには、大きなナチユラリズムの破産と言つたやうなものが隠れてゐるではないか。

○

四十になつても、矢張一番恐ろしいのは“The Sins of Flesh”である。Madame Chantelouve. といふ女は何《ど》んな女であるか、またFlorenceと単に作者が書いてゐる女は何《ど》んな女であるか、男の耳をかむ癖のある女とは何んな女であるか、馬鹿のやうな獣のやうな女とは何んな女であるか。

作者はさういふ背景にゐる女のことは少しも書いてゐない、そして唯さういふ女から離れる苦心と苦悶とをのみ書いてゐる。しかし、何うしてもそれが絡みついて来る、纒りついて来る、行つて逢はなければ何うしてもゐられないやうな心持が続く。殊に夜が堪へられない。DurtalがAbbe' Gévresinに『しかし巴里《パリー》の寺院は、私のやうなA Sinnerに取つて最も必要な夜中に大抵閉ぢられて了つてゐるではありませんか。』と言つてゐる。仕方がないので、夜中に起きて、暗い町を選んで歩いて行くところなどもある。

Toys of lifeをつきつめて行つて、そしてゆくりなく邂逅した苦悶である。

○

生活に向つて突進して行く中《うち》は好い。張り詰めた心持を抱いて、戦闘と労働とに携つてゐる中は好い。藝術と生活とを単に一緒にして、そしてそれで満足してゐられる中は好い。しかし、それに突当ることはないだらうか。何うにもかうにもすることの出来ないやうな時は来ないだらうか。

最も善《い》いもの、最も完《まつた》いものと信じた自己の生活が、一農夫、一労働者、Trappistにも及ばないといふことを感ずる時が来ないだらうか。来ない人は好い。来ない人には問題はない。しかし、私の考《かんがへ》ではDurtalの考では、人間は必ず一度はさういふ穽《あな》に陥るものである。

Durtalがla Trappeの寺院に赴く条《くだり》は殊に精彩を極めてゐる。重い患者が――巴里《パリー》にゐては何《ど》うしても治らないやうな重い患者が病院に入院してその痛いところを切開して貰ふやうに、かれはその遠い田舎の谷合の古い中世紀の寺院へと入つて行つた。

巴里《パリー》から半日ほど汽車に乗つて、そしてそこからまた五六時間馬車に乗つて、かれはその谷合の周囲に塀を取廻した古寺院へと入つて行つた。恐怖と不安と期待と絶望との渦の中に漂ひながら……。

そこには何《ど》ういふ世界がひらけて居たか、何ういふ世離れた気分が漂つてゐたか。巴里《パリー》の一享楽者は、其処に、朝二時に起きて、五時に礼拝祈禱をして、十一時半に午飯を食つて、六時に夕飯をすまして、八時に寝るといふ単調でそして寂寞を極めた生活を見たのである。互《たがひ》に口を開くことを禁じ、互に友情をつゞけることを禁じ、唯、礼拝して、労働して、そして一生を送るといふ世界を見たのである。暁《あかつき》のほの暗い闇の中に白い衣を着て、頭巾をかぶつた人の行列を何とも言へない心持を以て見たのである。

其処では時代もなければ、歴史もない。唯あるのは神ばかりである。そこにゐる同胞の中には、自分が今何《ど》ういふ世の中に生れてゐるか、何ういふものが世の中にあるか、何ういふ思想があるか、何ういふ悲劇があるか。『女が何うつくられてあるか』をさへ知らない人達がゐるのである。そして、死は神に近づく階段として、唯、喜悦の情を以て迎へられてゐるのである。白い衣を着たまゝ、頭巾をかぶつたまゝ、棺にも入れず、死んで土に埋められて行くのである。そして中世紀から今日に至るまで、その生活はさびしくつゞいて来てゐるのである。巴里《パリー》の享楽者の送つた生活は比べて何といふ対照だらう。

Durtal は池に臨んで腰をかけて、そして水を見てゐる。樹の影や雪の所などをしづかにうつしてゐる水を見てゐる。『この水が即ちライフだ。流れて滝津瀬のやうになつては、何等の影をも映すことが出来ない。唯、砕けて流れて行くばかりだ。かういふ風に、静かに落附いた堪へた心でなければ深く入ることが出来ない』など、言つてゐる。

○

僧房の中でも、Durtal は矢張その Florence を思ひ出してゐた。それが時々恐ろしい嵐のやうにかれを襲つて来た。すぐそこに来て笑つてゐる。不思議なワイルドな笑ひ方をしてかれを見詰めてゐる。かまれた耳の微かな痛みをかれは感じてゐる。『何と思つてゐるだらう、不思議に思つてゐるだらう。』

こんなことをかれはいつか考へてゐる。

かれは眠られない夜を幾夜か送つた。悪夢に襲はれて飛び起きたやうなことも幾度もある。暗い影の襲つて来るのに堪へかねて、主僧にその救けを求めるところなどもある。

私は Huysmans のすぐれたサイコロジストであることを、此の作に由つて知ることが出来た。内面の描写、心理の描写――それが何ういふ風に有効に運ばれてゐるかといふことをも考へて見た。四百頁《ページ》近い大冊は唯 Durtal の独語と独想とから成り立つてゐると言つても好《い》い位である。

○

四十を越した主人公の心持が私にはよくわかる。四五年前に二度も三度も読んで見ても、何《ど》うしてもわからなかつた心が、今になつて始めてわかつて来る。

人間には転換期といふものがあるやうに私には思はれる。厄年など、言つて昔の人はそれを非常に恐れてゐるが、その厄が即ち人間の心の転換期ではないだらうか。その時分にならなければその時分の心は人間には完全にはわからないものではないだらうか。

A Trappist. さういふ心持はさびしい悲しいしかし免れ難いものである。人間の必ず一度は突当らなければならない心持である。それは人の性質や境遇に依つて、いろ〳〵変つた『表現』をするであらうが、しかし、Durtal の心は四十を越した人の心であるといふことだけは争はれないと私は思つてゐる。

夕方など私は僧房からよく散歩に出かけて行く。静かな、しんとした、杉の大きな木の真直に立つた広い道を私は静かに歩いて行く。もうその頃には、其処には誰も通つてゐない、参詣者も四時限りばつたりと跡を絶つてゐる。

大きな堂がある。そこには三尊仏が安置されてある。此処の寺の金堂である。そこを私は静かに歩いて行く、古い大きな扉がぴつしやりと堅く閉つて、しんとしてゐる。何の物音も聞えない。唯、私の心がその大きな閉つた扉に向つて波立ちつゝあるばかりである。Durtal の心のやうにナチユラリズムからミスチシズムに入つて行つた J. K. Huysmans. の心のやうに……。

（「文章世界」大正2年8月号）

SACRILEGE 新らしき歴史小説の先駆「意地」を読む

佐藤春夫

これを書きたいと思つて筆をとる刹那、ふと文学を研究する者といふ以外のある私情が動いた。それは、鷗外博士と私とは、父とその次男と或は三男と位の年齢の相違があるといふ単純な事実である。然うして私は年長者に対する敬意などといふ習俗的なことを、近頃の文壇の青年としては可なり余分に持つて居ることである、だから非難をする時には別に遠慮もなく非難が出来る、けれども若し感服するなどといふ場合には、それがいかにも気が咎める。権門に媚びると思はれるのが厭だといふやうな極めて卑俗な理由では勿論ない、自分ではもう少し貴族的な思想から来ることのやうに思つて居る。一体、私はその人に聞えるやうなところで人を賞めることは直接その人を非難することより更に悪いと思つて居る。殊にそれが年長者なぞに対する時は一層である。それで私はふと「意地」に就ても書くまいかと思つたのである。

然し「意地」はそんな私情を圧へて、敢て、この筆をとらせる程いろいろな意味で私の心を動かした。即ち、これを書くことは自分に対する自分の用事だと思はれた。それで一つの方法を思ひついた、それは賞めたい時には成るべく筆をひかへて、疑問のあつた時には勉めて精しく書くといふ妙な方法である、敢てレッシングの教を守つたわけでもない。

元来、私は鷗外博士の創作に対しては、その描写が如何にも巧妙なのに、大まかに書いたやうで而も寸分の不用意もない、今思ひだした例で言へば「心中」のごときまた「雁」のごとき、行き届いたその老巧に異常な尊敬を払ふの外には別段何とも思つては居なかつた。いかにも立派な建築法だと思つて見上げ、いかにも上手な間どりだと思つて歩いただけで、実はその用材に就ては興味がなかつた。ことに「仮面」を外にした他の一幕物が然うである。然も「意地」を読んだ今日、私の考は一変せざるを得なくなつた。

一幕物といへば博士は一幕物でも先鞭をつけられた、「意地」も亦新らしい歴史小説としての日本に於ける最初の企てである。私は「人間の証券」と「文明の批評」とを取扱ふに最も適当な形式として、歴史小説に就ては時折自分自身でも考へ、誰か手本を見せて欲しいとも希望して居た者である。博士と相前後して、永井荷風氏にも亦「戯作者の死」がある。これも屢、私の頭に浮ぶ小説の一つである。然し同じく新らしい歴史小説とは言へ、何れも相当に史実を重んじたものであるとは言へ、この両者の間には、その各の他の作品に見るごとく、勿論、各別様の趣がある。茲ではその高下を論ずるのではなく、その区別を言ふまでであるが、荷風氏のは材料が派手だといふ許りではなく、その技工がその史実を一層派手に取扱つた。鷗外博士のはそれとは全然反対である。

阿部一族を読み終つて、私は驚いて暫く凝視した。私の心は重苦しくなつた。一体この可なり大きな悲劇は何から生れたかを思つたのである。一面、世間の出来事の一切は何人が悪いのでもないと私は常に考へて居るのであるが、別して今、これを見てその感が深い。あの悲劇は弥一右衛門の性格から来たのであるが、然し彼が主人忠利の気に入らないのは決して彼が悪いのではなかつた。作者は彼に就いて斯う書いた。

忠利は此男の顔を見ると反対したくなるのである。そんなら叱られるかと云ふと、さうでも無い。此男程精勤をするものは無く、万事に気が附いて、手ぬかりが無いから叱らうと云つても叱りやうが無い。

弥一右衛門は外の人の言ひ附けられてする事を、言ひ附けられずにする。外の人の申し上げてする事を申し上げずにする。併しする事はいつも肯綮に中つてゐて、間然すべき所がない。弥一右衛門は意地ばかりで奉公して行くやうになつてゐる。忠利は初めなんとも思はずに、只此男の顔を見ると、反対したくなつたのだが、後には此男の意地で勤めるのを知つて憎いと思つた。憎いと思ひながら、聡明な忠利はなぜ弥一右衛門がさうなつたかと回想して見て、それは自分が為向けたのだと云ふことに気が附いた。そして自分の反対する癖を改めようと思つてゐながら月が累り年が累るに従つて、それが次第に改めにくくなつた。

　人には誰が上にも好きな人、厭な人と云ふものがある。そしてなぜ好きだか、厭だか穿鑿して見ると、どうかすると捕捉するほどの拠りどころが無い。忠利が弥一右衛門を好かぬのも、そんなわけである。併弥一右衛門と云ふ男はどこかに人と親しみ難い処を持つてゐるに違ひ無い。それは親しい友達の少いので分る。誰も立派な侍としては尊敬はする。併し容易く近づかうと試みるものが無い。稀に物数寄に近づかうと試みるものがあつても、暫くするうちに根気が続かなくなつて遠ざかつてしまふ。まだ猪之助と云つて、前髪のあつた時、度々話をし掛けたり、何かに手を借して遣つたりしてゐた年上の男が、「どうも阿部には附け入る隙が無い」と云つて我を折つた。そこらを考へて見ると、忠利が自分の癖を改めたく思ひながら改めることの出来なかつたのも怪しむに足りない。（四〇、四一、四二頁）

作者はまた斯うも書いた。

　弥一右衛門はつく〴〵考へて決心した。自分の身分で、此場合に殉死せずに生き残つて、家中のものに顔を合せてゐると云ふことは、百人が百人所詮出来ぬ事と思ふだらう。犬死と知つて切腹するか、浪人して熊本を去るかの外、為方があるまい。だが己は己だ。好いわ。武士は妾とは違ふ。主の気に入らぬからと云つて、立場が無くなる筈はない。…（四二、四三頁）

作者はまた斯うも書いた。

　二三日立つと、弥一右衛門の耳に怪しからん噂が聞え出して来た。誰が言ひ出した事か知らぬが、「阿部はお許の無いのを幸に生きてゐると見える、お許は無うても追腹は切れぬ筈がない、阿部の腹の皮は人とは違ふと見える、瓢箪に油でも塗つて切れば好いに」と云ふのである。弥一右衛門は聞いて思ひの外の事に思つた。悪口を言ひたくばなんとも云ふが好い。併し弥一右衛門を竪から見ても、横から見ても、命の惜しい男とは、どうして見えようぞ。げに言へば言はれたものかな。好いわ。そんなら此腹の皮を瓢箪に油を塗つて切つて見せう。（四四、四五頁）

　弥一右衛門は言はばただ「人づきあひの悪い男」と云ふだけである。その他の点では、その明敏といひ自信といひ、作者の言ふとほり一個立派な侍であり人間である。然し弥一右衛門のやうに─彼のやうに立派で、然も彼のやうな一種の徳だけを欠いた人は世間で実際よく見るものだ。成る可く感情を圧へようとして居た武士道の時代などには或は殊に多かつたのかも知れない。一体彼が明敏であるが為めに、自分に就ての或は他人に就ての感情をつい吐露する機会を逸するのではあるまいか。然し人間は時には弱い声をも聞き、また聞かせなければ兎角 at home な心持ちになりにくいものである。忠利が弥一右衛門と親み難い思のあつたのも先づ仕方がない。忠利は気がついて直さうとは思つたものの永い年月の習慣は一朝にしては直らない、これとても別に忠利ばかりの欠点でもなく、欠点には相違ないけれども世間的には別に大して咎められない欠点ではなからうか。

　然し弥一右衛門の性格だけでは、別の事件があるとしても、丁度あの悲劇には成らない。それが起るためには、その他に猶、彼の時代と、彼の境遇とが是非必要であつた。性格と時代と境遇とそれらのものを一括して私は運命と名づける。彼の時代が君主専制の時代でなかつたら、或は彼の境遇が市井の名もない一賤民であつたなら、或は忠利であつたなら。その組立方《くみたてかた》に依つてはあの性格でもその惹起す悲劇の内容が大分変るであらう。一賤民であつたならば夫婦別れ位ゐで済んだかも知れない。忠利であつたら臣下の恨を買つて謀叛にあつたかもしれない、何も惹起さなかつたかもしれない。個人を重んずる今日の社会ならあれでも別に大した事件を起す性格ではないかも知れない、戯言を言へば、軍医総監位ゐはつとまるかも知れない。要するにあの悲劇を出発させるには一切があの通りでなければならないのである。時代物の世話物と違た興味の一半は確かにこんな処にある。さて、あの性格のあの時代あの境遇の—あの通りの弥一右衛門と忠利との関係だけでは別にあの事件はあれほどまでに発展しないで済む。あの悲劇を更に大きくした者は弥一右衛門の子であつた。子等はまた父の性格をそれぞれに伝へて居た、わけても嫡子権兵衛は乃父弥一右衛門をその儘の男である。作者はさうとは明らかに書いては居ないが少なくとも私はさう解釈する。作者は弥一右衛門父子に就て斯う書いた。

　……此度の事に就ては、（権兵衛は）只一度父に「お許が出ませなんだか」と問うた。父は「うん、出んぞ」と云つた。その外二人の間にはなんの詞も交されなかつた。親子は心の底まで知り抜いてゐるので何も言ふには及ばぬのであつた。（四五、四六頁）

短く問ひ短く答へた間に、殊に彼が言つた一句の間に父の性格を表はすと共に、父子の性格の共通を写したのであらう。弥一右衛門の口を借りて「己の子に生れたのは運ぢや」とも書いて居る。作者はまた斯うも書いた。

　「うん」と権兵衛は云つたが打ち解けた様子も無い。権兵衛は弟共を心にいたはつてゐるが、やさしく物を言はれぬ男である。それに何事も一人で考へて一人でしたがる。相談と云ふものをめつたにしない。それで（弟の）弥五右衛門も市太夫も念を押したのである。（五〇頁）

子権兵衛の性格を語るとともに、その父のあの悲しい性格の一端を補ひ描いたものであらう。作者がこの二人の性格を描く為めに、可なり力を注がれたやうに見えるのは、「それではお鷹も殉死したのか」（九頁）の前後の巧みな描写に依つて殉死のこと許り思つて居る民衆の心を先づ伏線的に強く表はしたのと共に、事件の発展上極めて意義あることに思ふ。

　別に区別をする必要もないと思ふが、通常分つて、運命悲劇といひ、性格悲劇といふ。この区別に対して言へば、阿部一族の悲劇はその両面を完全に兼ねて居ると言へる。一切の悲劇は相容れない二つのものから出立するのが通則である。各が個人である場合がある、一つが団体（或はそれは大きくしたもの時代）である場合がある。各が団体（或はそれは大きくしたもの時代）である場合がある。阿部一族の悲劇は事件の発展に伴うてこのすべてを順次に大きくして行つたとも言へる。大分講義のやうなことを書くが、何も知らないで独りで考へるのだから間違つて居るかもしれぬ、少しは心配である。

小さな別に理由のないことから、如何とも為し難い力が加はつて、あんな結果になつてしまふ。また一族が一軒の家のなかにたて籠るところに恐怖を値するある象徴を見た。社会的の象徴だとして、武士道の象徴にもなると言つた人もあるが、私は然う小さく限定したくない。

この堅実にして深刻なる、大きさと重さとを持つた材料を発見することは、凡人の眼の及ばない範囲の藝術的領土である。これに較べれば「七絞刑囚物語」のアンドレエフなどは甘いものである、それだけに現今の文学青年などにむくのかも知れない。大袈裟なことを言ふなどと思つてはいけないが、私はアンドレエフなどは大きな標準から言へば三流以下の藝術家だと決めて居るのだ、だからアンドレエフよりはいいといふことは私にあつては別に大した誇張ではないのである。

それから、いかほど筆をひかへてももう一つ是非書かなければならぬ事がある、先づ例を上げようか。

自分の親しく使つてゐた彼等が、命を惜まぬものであることは、忠利は信じてゐる。随つて殉死を苦痛とせぬことも知つてゐる。これに反して若し自分が殉死を許さずに置いて、彼等が生きながらへてゐたら、どうであらうか。家中一同は彼等を死ぬべき時に死なぬものとし、恩知らずとし卑怯者として共に歯せぬであらう。それ丈ならば彼等も或は忍んで命を光尚に捧げる時の来るのを待つかも知れない。併しその恩知らず、その卑怯者をそれと知らずに、先代の主人が使つてゐたのだと云ふものがあつたら、それは彼等の忍び得ぬ事であらう。彼等はどんなにか口惜しい思をするであらう。かう思つて見ると、忠利は「許す」と云はずにはゐられない。そこで病苦にも増したせつない思をしながら、忠利は「許す」と云つたのである。

殉死を許した家臣の数が十八人になつた時、五十余年の久しい間治乱の中に身を処して、人情世故に飽くまで通じてゐた忠利は病苦の中にも、つく〴〵自分の死と十八人の侍の死とに就いて考へた。生あるものは必ず滅する。老木の朽枯れる傍で、若木は茂り栄えて行く。嫡子光尚《みつひさ》の周囲にゐる少壮者共から見れば、自分の任用してゐる老成人《としより》等は、もうゐなくても好いのである。邪魔にもなるのである。自分は彼等を生きながらへさせて、自分にしたと同じ奉公を光尚にさせたいと思ふが、其奉公を光尚にするものはもう幾人も出来てゐて、手ぐすね引いて待つてゐるかも知れない。自分の任用したものは、年来それぞれの職分を尽して来るうちに人の怨をも買つてゐよう。少なくとも媢嫉《そねみ》の的になつてゐるには違ひない。さうして見れば、強ひて彼等にながらへてゐろと云ふのは通達した考ではないかも知れない。殉死を許して遣つ

たのは慈悲であつたかも知れない。かう思つて忠利は多少の慰藉を得たやうな心持ちになつた。（二一五―二一八頁）

また

……誰やらの邸の歌の会のあつた時見覚えた通りに半紙を横に二つに折つて「家老衆はとまれ〳〵と仰あれどとめてとまらぬ此五助哉」と、常の詠草のやうに書いてある。署名はして無い。歌の中に五助としてあるから、二重に名を書かなくつても好いと、すなほに考へたのが自然に故実に愜つて居た。（三六頁）

その外折折表はれるこんな風な説明的の記述には作者の通達した考を窺ひ得てあまりあるものがある。それは貴族的な思想感情から、過去の道徳の貴族的ないい方面を理解させると共に新らしい道徳の行く手に対しても多少の暗示を与へてゐるかのやうに私には見える。小説と云へば雪隠と台所と書斎との隣りあつた生活を描くものとのみ思ひ、乃至色男と半玉との情話を写すものとのみ思つて啓蒙的な破壊思想や影のないほどの享楽の哲学などをのみ至上のものと心得てゐる人が、今でも若しあるならば、ここらの所を篤と考へて見るのも無駄なことではあるまい。

鷗外博士の今度の試みは、これ丈けでも今の文壇にとつて、確に意味のあることだと私は思つて居る。然るに実際、世間では誰も何とも思つて居ないらしいのはどういふわけであらう。

「意地」が若し、私自身のやうな無名の一青年の作品であれば、この文章のこれから後は書かなくなつてもよい事である。然しこれが鷗外博士の作品であるが故に、敢て礼儀に愜はせんが為めに私はも少し書きつづけなければならない。それでいろいろ無理な註文や私の方が間違つてゐるかも知れない非難を少し加へようと云ふのである。

「阿部一族」は不思議な作品である、考へて見る時には随分と面白いものである、然るに読んで見た丈けでは考へて見る三分の一位ゐしか面白くない。手近な例で云へば丁度弥一右衛門の性格のやうに考へれば立派ではあるが、一向チヤアミングなところがない。少なくとも私にはさうであつた。蓋し考へた面白さには自分の空想が加はつて居るからであらう。読んでの面白さには自分の空想が浮ばないのであらう。して見るとこの作品には少くとも自分一個人にとつてはどつか知ら不満なところがあるに相違ない。さて材料には申し分なく感服して居る、その他その解釈等のすべてでも亦自分では博士を学んだ積りで居る。して見ると或は自分の不満に思ふのは、「捕捉し難いほど小さい事」かも知れない。

自分で考へる時だから自分の方が充分善いとして先づ考へて見よう。あれは作品として何処かに不足があるに相違ない、さう思つて、さう独りで決めて、私はもう一遍読み返した。どんな小さなことでも書かう。

そんなならどうしてお許を得るかと云ふと、此度《このたび》殉死した人々の

中の内藤長十郎元続が願つた手段などが好い例である（一三頁）
また

　……津崎のことは別に書く。……（三二頁）

またその直ぐ十行ほど間を置いて

　切米取の殉死者はわりに多人数であつたが、中にも津崎五助の
　事績は際立つて面白いから別に書くことにする

世間では博士の小説には説明が多くて不可《いけ》ないと言ふ。私は今までそんな事をあまり気にしたことはない。小説には説明はいけないものだなどと馬鹿な事は言はないつもりだ。やつぱり博士の作品「百物語」のなかには百物語の意味を説明してある。然しあれなぞは説明といふものではない、「人には誰にだつて自惚れと云ふものがある………」と書き出してあるから説明が説明ではなくなるのだ、とは云はない。ただ黙つて百物語のことを説明的に記述しても、あの場合は決して説明といふものではない。あの字面だけを見て居ても、一篇には何の深い関係がなくとも、あれはあれ丈けて興味があり、従つて存在の意味もある。では貴様の言ふ説明とは何かと問はれても私にはちよつと定義のやうにきちんと言へないのがもどかしい。だが前に挙げた三つのごときは確に説明とでも言ふべく、且つ世間で云ふ説明のやうに書いてはいけない――少なくとも裁判所の判決文かなどの以外には、先づ書かなくてもいい無用な文字の行列に違ひない。「そんならどうしてお許を得るか………」と書かなくつても、さつさと長十郎のことを書いてゆけば、作者が殉死を許される人の一例を書いて居るなと云ふことは、どの読者にだつて解る筈だ。「津崎の事は別に書く」と書かなくても、津崎の事を別に書いて居れば、読者は津崎のことは別に書いて居るなと思ふ。「………津崎の事績は際立つて面白いから別に書く」一一別に書くと云はないで、早く書けばいいにと思ふ。「際立つて面白いから」と云はなくても、他の人人のことは素気なく済んで居るのに、津崎の事だけこんなに詳しく書いてゐるさては作者が興味をもつて居るな、と云ふことはどの読者にでも解る筈だ。世間でもし一種光沢を消した洒脱な渋い記述法を理解しないのではなく博士のこんなところを厳密にいけないと云ふならば私と雖同感である。こんな風な書き方のところがやや多い、小さなことだが、成程興味を殺ぐことだ、その為めに少し出来かかつた空想――作者の力によつて作用される――がつい、めちやめちやになる。蟻の穴からくづれる堤だ。それにしても「それではお鷹も殉死したのか」といふ一句で民衆の心中を睹るやうに表はし、

　「兄い様方が揃つてお出なさるから、お父つさんの悪口はうかと言はれますまい。」これは前髪の七之丞が口から出た。女のやうな声ではあつたが、それに強い信念が籠つてゐたので、一座のものの胸を、暗黒な前途を照らす光明のやうに照らした（五〇頁）

と短い言葉で七之丞とその一座とを描き尽し、猶、前途に横はる恐怖を読者にまで恐怖させる手腕のある作者としては、不思議な位に思はれることだ。思ふにこれは博士の癖であらう、

でつい不用意のうちに出るのではあるまいか。唯に文章の上の癖のみならず人間や世の中を見る上の癖ではなからうか。

「阿部一族」のなかには随分いろいろな人の名前が出てくる。而して一人の名前が出てくれば、それが枝葉の人物でもその祖先のことなどが少しづつ書かれてある。あれは何のためであらう。この種の作品に屢々見る一種の装飾的技工と見ればよいものであらうか。それならば、あれは反つて眼ざはりになる。あれを一一書くほどに事件を詳密に書くならばこの一篇は、もう少し長篇らしく書かなければ、ほかとのつり合が取れなくは無からうか。一体に博士の書き方はそこらの手加減を少し無視して居はすまいか。あれは若し短かく書くならば事件の外廓だけをもつと引き締めて短かく書いても書ける。また博士が企てられたやうにサイコロジカルな描写をされるならばもつと書かなければならぬところがあるのではあるまいか。兎に角あれでは、どちらともつかないやや変なものになつて居る。

併し細かに此男の心中に立ち入つて見ると、自分の発意で殉死しなくてはならぬと云ふ心持の旁、人が自分を殉死する筈のものだと思つて居るに違ひないから、自分は殉死を余儀なくせられてゐると、人にすがつて死の方向へ進んで行くやうな心持が、殆んど同じ強さに存在してゐた。反面から云ふと若し自分が殉死せずにゐたら、恐ろしい屈辱を受けるに違ひないと心配してゐたのである。かう云ふ弱みのある長十郎ではあるが、死を怖れる念は微塵も無い。（一六―一七頁）

殉死する長十郎の心持に立ち入つて、やや皮肉な観察をせられたのはいいとして、長十郎は何故死を怖れる念が微塵もないのか。心持ちが緊張して居る時には誰でも死などを怖れるものではないといふ意味であらうか。それとも、あれは死を怖れないといふあの時代の文明の産んだ思想からであるのだらうか。その辺のことは、少し詳しく書いて置いて頂きたかつた。これが外国語にでも飜訳された時には外国人にはこの心持が理解しがたいものでないとも限らない。これが末代に残つた時には日本人にもこの心持が理解されなくなつてしまつて居ないとも限らない。私共にもあまり明瞭には理解しがたい。文明批評といふ上から言つて見てここらの事は最も詳しく筆を振ふべき場所の一つではなかつたらうか。

その時長十郎が心の中には、非常な難所を通つて往き着かなくてはならぬ所へ往き着いたやうな、力の弛みと心の落着きとが満ち溢れて、その外の事は何も意識に上らず、備後畳の上に涙の飜れるのも知らなかつた。（一五―一六頁）

成程それには相違あるまいが、たゞこれ丈けではなんとなく不足に思はれてならない。これでは殉死を許されたものといふ特殊の心理として動かし難い描写だとは思はれない。すこし型にはまつた文句らしく聞えるのは私ばかりであらうか。

長十郎は十七である。その長十郎には妻がある。何れまだ若い新らしい妻に相違ない。長十郎が死に面して妻に抱いた考はどうであつたらう。

此時長十郎の心頭には老母と妻との事が浮んだ。そして殉死者の遺族が主家の優待を受けると云ふことを考へて、それで己は家族を安穏な地位に置いて安じて死ぬることが出来ると思つた。それと同時に長十郎の顔は晴々した気色になつた。（一八頁）

作者は前後にたゞこれ丈を書いたばかりである。果してこれで充分であらうか。甘くだらだらと描いて欲しかつたなどと若い註文をするのではない。然し人間といふものは「ビタ、セクスアリス」の主人公のやうな例外はあるとしても大抵は――わけても年の若い者は――異性に対してかう散文的な考ばかりではなく、もう少しは余分な感情を持つて居るものではなからうか。妻の方には、さすがに作者も注意を払つてこの辺のことを上手に書かれて居る。が妻を描いて長十郎を描かないのは男女といふものの区別をあまり世間的に大ざつぱに解釈したといふものである。こんな場合女の抱く感情といふものは私どもでも想像するに難くない、それ丈に省いて仕舞つても大した不都合はない、時にはその方がいいのかも知れない。然し長十郎の妻に対する感情などは苦労人に依らなければ、どう解釈してよいものかわからない。それ丈けにまた知りたい事でもあるのである。また長十郎は殉死の間際に酔うて平然として寝てしまふ。あれは史実に依るものであらうか。それならばそれで解釈の仕方もあらう。史実に依るのでなければ、作者の空想であゝしたとすれば、難かしいところを避けた少し狡いやり口だと思ふ。若しあの時長十郎が起きて居たならば作者は長十郎に何を思はせることだらう。博士がこれら特別な事件の前に立つて、別に盛んな好奇心と注意とを濺がれなかつたかのやうに見えるのは私の可なり残念に思ふことである。

物語の終りの方のデテイルに畑十太夫といふ人物が出る。

……働いたものは血によごれてゐる。小屋を焼く手伝ばかりしたものは、灰ばかりあびてゐる。その灰ばかりあびた中に、畑十太夫がゐた。光尚が声を掛けた。

「十太夫。そちの働きはどうぢやつた。」

「はつ」と云つた切り黙つて伏してゐた。十太夫は大兵の臆病者で、阿部が屋敷の外をうろついてゐて、引上の前に小屋に火を掛けた時、やつとおづ／＼這入つたのである。最初討手を仰せ附けられた時に、お次へ出る所を剣術者新免武蔵が見て「冥加至極の事ぢや、随分お手柄をなされい」と云つて背中をぽんと打つた。十太夫は色を失つて、弛んだ袴の紐をしめ直さうとしたが、手が震へて締らなかつたさうである。（九〇―九一頁）

十七にして妻の事をも思はず死に臨んで、苦しさをわすれる酒でもない酒にいい気持に酔つて平然と死にゆく長十郎も大分人間ばなれがして居たが、この畑十太夫も大分人間ばなれがして居る。一体昔の随筆などにはよく臆病者のことなどを大分ユウモラアスに誇張して書いたりなどして居るものだ。博士はもしやその技工を其まゝここで襲用されたのではあるまいか。善《ぜん》玉《だま》を使ひ悪玉《あくだま》を使ふ傾向的な作品の価値はその善玉にも悪玉にも作者の一個の主張乃至個性を帯びて居るところにあるのだと思ふ私は、長十郎のごとく十太夫のごとくあまりに習俗的に誇張された人物が篇中に表はれることを作者の不用意に帰しようとするのである。時には殉死者の心中に立入つてやや皮肉な観察をするかと思へば、大抵の場合には何も新らしい解釈もなしにいろいろな人物を現したりする。この一篇は私には理想派風の企とも見えなければ、自然派風の企とも勿論思はれない。寧ろ、事件の解釈のなかにあまりに沢山作者自身をのみ寓したロマンテイクな企てのやうに思へるのである。このなかには沢山な人の名前が表はれる、だが人間はただ一人しか現はれない。ただ一つの性格をしか表はして居ない、おそらくそれは作者自身であらう。断るまでもなく、作品はどの部分をとつて見ても作者自身をより表はすものではないと云ふやうな厳密な意味でこれを言ふのではない。もつと単純な意味である。若し厳密に云ふならば、作者の持つて居る「人間らしさ」は極めて狭いものだとも云はれよう。個性的の自覚に乏しい時代だからそれでいいといふかも知れないが、私はそれでも単調すぎると思ふ。

柄本又七郎は弾劾せられて立籠つた阿部の邸へ慰めるためにその妻を使はした情の深い侍である。また阿部の家の二男弥五兵衛と互に槍の自慢をし合つて居る間である。

阿部の屋敷へ討手の向ふ前晩になつた。柄本又七郎はつくづく考へた。阿部一家は自分とは親しい間柄である。それで後日の咎もあらうかと思ひながら、女房を見舞ひにまで遣つた。併しいよ〱明朝は上の討手が阿部家へ来る。これは逆賊を征伐せられるお上の軍も同じ事である。御沙汰には火の用心をせい、手出しをするなと云つてあるが武士たるものが此場合に懐手をして見てゐられたものでは無い。情は情、義は義である。己にはせんやうが有ると考へた。そこで更闌けて抜足をして、後口から薄暗い庭へ出て、阿部家との境の竹垣の結縄を悉く切つて置いた。それから帰つて身支度をして、長押に懸けた手槍を卸し、鷹の羽の紋の附いた鞘を払つて、夜の明けるのを待つてゐた。

阿部家へ討ち入る又七郎の心理はこれではどうしても私には解らない。理窟でおしてゆけば更に解らない。お上では手出しはするなとの仰であつて見れば理窟から言へば手出しをしない方が普通正しくはあるまいか。私は又七郎を、寧ろ情の方ばかりで解釈したいのである、名もない雑兵に打たせるよりは、自分の槍で、兼て親しい間柄の一人なり二人なりを殺してやりたい、と思つたと云ふ風に解釈をしたいのである。然うすれば「入懇の弥五兵衛に深傷を負はせて覚えず気が弛んで」少年の手にかかつて傷を負ふた又七郎が生きてくる。

阿部一族の死体は、井出の口に引き出して吟味せられた。白川で一人一人の創を洗つて見た時、柄本又七郎の槍に胸板を衝き抜かれた弥五兵衛の創は、誰の受けた創よりも立派であつたので、又七郎はいよいよ面目を施した。（八七頁）

又七郎討入りの解釈が違へば自然この結びをも代へたくなる。一体この結びは私には不服である。甚だ失礼なことであるが私は少々書き加へて見たい。

　阿部一族の死骸は井出の口に引き出して、吟味せられた。情を知らない者は、荒々しくこれを取扱つた。白川で一人一人の創を洗つて見た時、柄本又七郎の槍に胸板を衝き抜かれた弥五兵衛の創は、誰の受けた創よりも立派であつたので、又七郎はいよいよ面目を施した。自分の光栄につけて又七郎は更に阿部一族を思ひ出すのが苦しかつた。

　こんな咏嘆的な心持をわざわざ加へるのは若い者のしたがる間違ではあらうとは思ふが、あのままでは私にはどうも満足が出来にくい。これ位なセンチメンタルエレメントは全篇にも加はつて居た方がよくはあるまいかとも思はれるのである。

　軍勢が阿部家へ打入つてからの描写は、さすがに作者の名人らしさを思はせるに余りあるものだ。倒れて居る七之丞や、市太夫、五太夫の動きぶりを目睹するやうだ。「風のない日の薄曇の空に、烟が真つ直ぐに昇つて遠方から見えた」ところなど読んで居て心憎くならざるを得ない。

　長十郎の死にゆく前には、博士は長十郎の家の空気を斯う描かれた。——

　　母は母の部屋に、よめはよめの部屋に、弟は弟の部屋にぢつと物を思つて居る。主人は居間で鼾をかいて寝てゐる。開け放つてある居間の窓には、下に風鈴を附けた吊荵が吊つてある。その風鈴が折々思ひ出したやうに微かに鳴る。その下には丈の高い石の項を掘り窪めた手水鉢がある。その上に、伏せてある捲物の柄杓にやんまが一疋止まつて、羽を山形に垂れて動かずにゐる。(二一頁)

花も余所よりは早く咲く肥後の国だから旧の四月十七日にすつかり夏景色になつて居るのもいいのだらう。動中の静を描いて巧みなものである。

弥一右衛門が自殺する前の阿部の家の空気は斯うして表はされた——

　障子は開け放してあつても蒸せ暑くつて風がない。その癖燭台の火はゆらめいて居る。蛍が一匹庭の木立を縫つて通り過ぎた。(四六頁)

また打入りの前の阿部一族が家は斯うして描かれた——

　寛文十九年四月二十一日は麦秋には好くある薄曇日であつた。阿部一族の立て籠つてゐる山崎の屋敷に討ち入らうとして竹内数馬の手のものは払暁に表門の前に来た。夜通し鉦太鼓を鳴らしてゐた屋敷の内が、今はひつそりとして空屋かと思はれる程である。門の扉は鎖してある。板塀の上に二三尺伸びてゐる夾竹桃の木末《うら》には蜘のいが掛かつてゐて、それに夜露が真珠のやうに光つてゐる。燕が一羽どこからか飛んで来てつと塀の内に入つた(八一頁)

〇——八一頁)

上手は上手に相違ないが、斯うしてならべて見ると、一疋のやんまと一疋の蛍と一疋の燕位ゐにしか異《ちが》つては居ない。少し型が出来て居るとも言へば言はれる。

即、以上算へ来つた重なる例に就て考察した上で私は次のことを言はうとする。

一、史実の輪廓に満足してその内容の剔出を閑却したること。

二、描写の遠近法を無視したること。

三、時代の背景を描き足らざること。

四、センチメンタルエレメントを欠けること。

五、ライフインタアプリテイシヨンの通俗的なること。

六、空想のやや貧弱なること。

要するに「阿部一族」は非常に立派な材料を選ばれたけれども、立派な作品と言ふにはまだ大分不充分なところがあると思ふ。世話物ではああまで達者に書かれる博士にして、時代物ではあまり成功せられなかつたといふことは時代物がいかに難かしいかといふ証拠にしかならないかも知れない。

他の二篇に対しても詳しく言ふべきであるが、大抵のことは「阿部一族」と同様であるから省く。ただ一言づつ加へれば「興津弥五右衛門の遺書」は私には面白くなかつた。「佐橋甚五郎」は事件が纏つて居るためと、博士のこの企てのうちでの最後の作品であるためとで大分完全な立派な作品になつて居る。

筆を擱くに臨んで、私はフロオベエルの「サランボウ」を訳本で「ヘロヂヤ」を英訳で読んだ後でこの批評を書いたことを附け加へて置く。瀆冒当死。

（「スバル」大正2年8月号）

上高地《かみかうち》の風景《ふうけい》を保護《ほご》せられたし

小嶋烏水

上

此のたび、松本市に開かれた信濃《しなの》山岳《さんがく》研究会に。来会したのを、機会として、私は松本市から遠くない上高地《かみかうち》温泉のためには――温泉のためではない、日本アルプス登山の中心点のために、将《は》た敬虔なる順礼の心を以て、日本アルプスといふ厳粛なる自然の大伽藍に詣でる人々のために、同地にある美しい森林の濫伐《らんばつ》に関して、公開状を提出する。

信州の山岳の中でも、御岳《おんたけ》や駒ケ岳などは、古くから多くの登山者を有してゐたが、宗教が権威を失つた今日では、新らしい登山家は、種々の理由からして、日本アルプスの中でも、殊に飛《ひ》騨《だ》山脈《さんみやく》を選び、飛騨山脈の中でも、最高点の槍《やり》ケ岳《たけ》や穂高《ほたか》岳《だけ》の、特色ある火成岩の大塊は特に多くの人々を引きつけてゐるらしく思はれる、さうして槍ケ岳や穂高岳への最も好適なる登山地点は、上高地温泉であることは、言ふまでもない。

山岳は登山地点の便不便に依つて、世に著《あら》はれることの遅速《ちそく》があり、且つ人間との交渉を多少にすることを免がれがたい、欧洲アルプスのマタアホーン山は、日本の槍ケ岳に類似した峻《しゆん》峰《ぽう》で、久しく人界《にんかい》から超絶してゐたが、ゼルマツトといふ登山地点が、発見せられ、そこにいゝ旅館が出来て、叮嚀《ていねい》に客を待遇するやうになつてからは、初めての年に一ケ年八十人ぐらゐしか登山客の無かつた土地が、後には毎年何千人といふ登山者を見るやうになつた、アルプス山の最高峰、白山《モンブラン》に於ける登山地点、シヤモニイ渓谷《けいこく》の発見も、亦同様の関係を有してゐる。

我が日本アルプスでも、上高地は私《わたくし》が明治卅五年に、白骨温泉から梓川《あづさがは》を渉《わた》つて、霞岳《かすみだけ》を踰え、此の峡谷に下りて、槍ケ岳へ登つたときは、夏とはいへ、寂寥《せきれう》無人《むじん》、太古の如き感があつて、温泉の湧出《ゆうしゆつ》はあつても、今日《こんにち》のやうな宿屋は、未《ま》だ建つてゐなかつた。其の時分上高地峡谷に入る人は、猟師の外に、稀に飛騨の蒲田谷《かまだだに》から、焼岳《やけだけ》を越えて来るか、或はその反対を行く旅人《りよじん》を見るに過ぎなかつたのであらうと想像されるが、今日では夏日《かじつ》になれば、登山客が、この谷に多く群集して、数十年来の谷の主、老猟師《らうれふし》嘉門次《かもんじ》に呆れた眼を睜《みは》らせるやうになつた。

私が一昨年、温泉宿の主人、加藤氏に聞いたところを事実とすれば、明治四十二年は、宿帳に註せられた客が千百三十八人、翌四十三年は、千百九十八人で、最も混雑する時は、一日に九十人位を泊めることがあるさうである、現に我参謀本部の陸地測量部が、去年測量したばかりの槍ケ岳及び焼岳二図幅（五万分一図）を、本年製図発行したことなどは、その早手廻しに於て、前例のないことで、それは登山者の希望のあるところを容《い》れた結果であらうとも、推せられるし、又実際、多数は則ち勢力であるから、大多数の登山者を有する山岳は、それだけの権威を有し得られることゝ信ずる。

斯の如き繁昌が、単に温泉のためでなく、登山又は観光を主要なる目的とする客が、その過半数を占めてゐるといふに至つては、常念《じやうねん》山脈の麓にある、中房温泉《なかぶさおんせん》がやゝ似てゐるとしても、先《ま》づ他《た》に例の無いところである、上高地が特に多く登山客を吸収する所以《ゆゑん》は、槍ケ岳、穂高岳、霞岳、焼岳等の大山岳《たいさんがく》に登る便利のあること、殊に大山岳は富士や八ケ岳式の火山を除いて、とかく全容を仰ぎがたいものであるが、穂高岳、霞岳、焼岳等は、その威厳ある岩壁の大部分を、この峡谷に展開して、容易に仰視《きやうし》し得られること、焼岳が盛んに噴煙して、火山学者や又地震学者の注意を惹き初めたこと、明浄な花崗質《くわこうしつ》の岩盤を流れる谷水の、純碧《じゆんぺき》と美麗と透徹《とうてつ》と、他に比類なきこと、神仙譚《しんせんだん》を想はせるやうな美しい湖水のあること、森林のあること、温泉のあること、飛騨への交通路にあること等《とう》であるが、之を一括して言へば、日本北アルプスとも称すべき飛騨山脈の、大殿堂は上高地峡谷に依つて、その第一の神秘なる扉を開かれたのである。

下

之を日本アルプスの他の山岳を比較すると、赤石山系《あかいしさんけい》の最高点、白峰《しらね》の北岳《きたゞけ》などは、標高三千百九十二米突《めーとる》を有して、高さは槍ケ岳を圧し、形容の尖鋭且峻直《せんえいかつしゆんちよく》にして、威厳あることも、或は槍ケ岳以上（甲州駒《こま》ケ岳《たけ》から見て）とも思はれるが山又山の秘奥にあつて、上高地温泉のやうな、好適な登山地点を有してゐないために、今日でも登る人はおろか、一部の登山家を除いては、名さへあまり知られて居らぬ、それと同じ運命を有つてゐる山は、長大なる日本アルプスの大山系には、いくらもある、槍ケ岳にしたところで、もし上高地温泉が無くて、徳本《とくごう》峠《たうげ》から蝶《てふ》ケ岳《たけ》、赤沢岳《あかざはたけ》と迂廻して、この山に登るのであつたら、到底今日の登山客を招致することも、亦槍ケ岳が自然崇拝者の、渇仰の標的となるやうなことも、出来なかつたであらう。

一たび槍ケ岳や穂高岳に登つた人は、日本アルプスに列座する大連嶺の、雪に閃めき氷に尖れる壮観に接して、北へ！北へ！と、踴躍《ゆうやく》する自然崇拝者の、憧憬を持ち得られるであらう、それからそれへと、自然に対する愛慕と驚異の情を、有し得るやうになるであらう。

さすれば上高地の小峡谷は、日本アルプスの順礼のためには、結縁《けちえん》の大道場である。

然るにこの美麗なる上高地の峡谷に対して、早くも残虐なる破壊が、その森林から始まつた、自然の中でも、比較的に抵抗力の微弱なる森林から初まつた。

信州と他国の国境、即ち飛騨境《ひだざかひ》から越中越後《えつちうえちご》の国界へと亘《わた》つて、多大なる面積を有する壮麗なる国有林は、大林区署の収入を多くする考へからか、或は他に理由があるのか、用材の伐り出しに着手された、現今《げんこん》は知らぬが、私が嘗て聞いたところでは、明科製材所へ出す材料の多くは、梓川や嶋々川の水源地の森林であつたさうで、森林の濫伐《らんばつ》は、おのづからその地盤を赤裸に剝いて、露出させて、水害を頻繁にしたり、大にしたりすることは、今更言ふまでも無いことであるが、上高地にあつてこの感は殊に深い。私はいつぞや雨あがりの日に、上高地の森林に佇《たゝず》んで、峡流を視てゐた、水の落ちることが早く、今まで見えなかつた河底の岩石が、方々から黒い頭を出して、それが一寸二寸と、丈を延ばしてゆく、水の落ちるのが早ければ、溢れるのも同じく早いわけである、森林があつてさへそれだから、坊主になつたときの、惨めさがおもひやられる。

上高地は海面を抜くことも高く、気候も寒冷で、地味《ちみ》も瘠せてゐるから、あまり大きい樹木も、深い森林も無いわけであるが、それでも、その森の幽邃《ゆうすゐ》なことゝ、美しいことは、森影を反映する渓谷の水に一層の青味を加へ、梢から梢に唄ひ歩るく、ガツチ（かけす鳥）の声は、原始的に森林を愛慕する叫びを思はせる。私《わたくし》は一昨年独逸《どいつ》の陸軍少佐で、スタインザアといふ人と、この温泉宿で、一緒になつたが、この人は森林国の独逸《どいつ》人だけあつて、森林を愛することは、祖国のやうである、独逸の山岳会員で、二十年間登山をしてゐるのださうで、四十三歳になるが、未だに無妻でゐる、何でも財産を山に使ひ果すつもりださうで、槍ケ岳に登つて下りて来たところであるが、一寸した露出でも、樹木の無いところは、山が剝げてしまつて、回復は容易に出来ないと言つてゐたが、上高地に来て、森林の下を逍遥したときには、これこそ真に日本アルプスであると言つて、帽子を振つて、躍り上つてゐたさうだ、その森林は今安《いづ》くに在る。

日本山岳会の名誉会員、ウオルタア、ウエストン氏は、かつて欧洲アルプスと日本アルプスとを比較して、日本アルプスに欝葱《うつそう》たる森林の多いのを、その最も愛すべき特徴としてゐた、同氏が穂高岳に登つたとき、あの森林の梢との間に、ハムモツクを吊つて、満身に月光を浴び、玉露《ぎよくろ》に濡れた一夜の光景を、私に語つたこともあつたが、その愛すべき森林は、今いかんの状態にあるであらうか。

その愛すべき森林が、商人に惜しげもなく、払ひ下げられた、それを買つた商人は、樹も小さいし、巣を喰つてもゐるし、運搬は不便だし、一向引き合はぬと愚痴を翻《こぼ》しながら、ドシドシ斧を入れさせる、一昨々年は、温泉宿附近、前穂高一帯の森が、空地になつた、友人亡大下藤次郎氏が、こゝで描いた水彩画は、今では森林そのものゝためにも、遺念《かたみ》になつた、昨年は河童橋《かつぱばし》から徳本峠まで、落葉松《からまつ》の密林が伐り靡《なび》けられた、本年は何《なん》でも、田代池の栂《つが》を掃つてしまふのださうであるが、或はもう影も形も無くなつて、屍体《したい》が方々に転がつてゐるかも知れない。

さうして、山骨は露出し、渓水は氾濫し、焼くが如き炎日は直射し、日本アルプス第一の美麗なる峡谷は、荒廃し、欝積熱烈の緑の焰は、白ツちやけた灰になり、その上に焼岳の降灰が積もつて、生々欣栄《せい〱きんえい》の姿を呈した「生の谷」が醜い「死の谷」に変る日も遠くには来ないであらう、一戸の温泉宿はどうなつてもいゝ、一座の槍ケ岳は、或いはどうなつてもいゝかも知れぬ、人間霊魂の内部に潜在する自然に対する驚異の心の消耗は、やがて人情の上に倒影して、恐怖すべきほど、乾燥にして露骨なる時代を、荒廃の谷地《こくち》に象徴されはしまいか。

一方に於て、市内の学者たちが、山岳研究会を開催し、山岳地の宿屋は、山光水色の美くしさを呼び物にして、登山客を吸引してゐる傍《かたは》らに、他の一方に於て森林の伐採を公許して、風景を残賊《ざんぞく》してゐるやうな矛盾衝突した現象を、この国人《こくじん》は何《なん》と見られるであらうか、碧空《へきくう》に高く冴え〲と輝やく雪の光にあこがれて羽を挿した帽を冠つた人や、氷斧《アイスフツクス》を担いだ人や、又は白衣宝冠《びやくいほうくわん》の人たちが、年々の夏、何千人又は何万人となく入り込むのは、この国が日本に於て、二つとない大自然の誇を有してゐるためではあるまいか、殊に上高地渓谷は、日本アルプス中に、深く蔵せられた珠玉《しゆぎよく》ではあるまいか、私《わたくし》は座《ゐな》がらその残賊を視るに忍びないので、かくは旅窓《りよそう》に一文を草したのである。

（「信濃毎日新聞」大正2年8月3日、4日）

詩に就て雑感

福士幸次郎

自分は今詩の根本論を書かうと思つてゐる。先月から（七月）幾度も書き改へ書き改へてゐるが、頭が熟さないのか何時も中途半端で行止つてかけない、残念だ。然し書きたい意志は依然として持つてゐるから、その内出来るだらうと思ふ。

自分の詩に就いての考へは随分違ふ、自分で日本に詩形が出来て以来の革命だ位に思つている。今迄の人の企てたのを無視して全く新規《しんき》蒔なほしにやりたいのだ。蒲原君にしろ三木君にしろまた岩野君にしろその行きつめて行つた末に何で駄目になつてゐるかと云へば、殆ど発想表現の手段で云ひ合はしたやうに駄目になつている。つまり一種の手法《テクニック》が偏重されるやうになつてから変な魔道にぐれて行つて、その内倒れてしまふのだ。（現に作を続けてゐる三木君までそれに入れるのはひどいが今のまゝでは兎に角倒れないまでも魔道だと思ふのだ）

山村君なども初めて作を発表した頃は今よりずつとよかつたと思ふ。それが一種の手法《テクニック》が目につくやうになつてから動きのとれない窮屈な作ばかり見せられるやうになつた。川路君の作は自分には奇妙な位縁遠くて、読んだ事は二三遍よりないから何とも言へぬ。然し君は余り外形には他の諸君程縛《しば》られてゐないやうに思ふが、形式に対する苦心はかなり気がつく。

それから見ると形式を直ぐその人実在にしたのは北原君だ。然し同君の作はどんな事してもその内容として二流三流より出ない品だ。俳句のやうな短かい詩形でもあれに（あれとは『思ひ出』をさす）匹敵する位のが幾らもある。（感覚と単なるセンチメンタリズム）然し形式に殺されないで、あんなに思ふまゝ出られた君は兎に角今の第一人だ。

今の自分にとつては形式といふ事は内容にくらべれば塵位にも見えない。シモンズは詩は一と息に吐き出せと云つてるに従つて、自分は安心してずんずん書いている。自分は詩を作る詩人でも何でもない。（自分はそんな事を云はれる位作はまだしてないが）自分は唯だ一人の生きてる人間だ。他人のいふ言葉の意味、トオンの強弱を解し、自分も云ひたい事はだらだらしやべるだけの人間だ。このだらだらがある必迫した心持でいふて行く時、ついて離れないリズムが必ず出て来る。これが詩だ。即ち自分はこれを詩といふて、他の諸君のを詩でないと此の点から独断する。

自分は斯ういふ時ヴオカヴユラリイなどで行詰る事がある。その時考へられるだけ考へて解らなければ作を中止する。然し有難い事には斯ういふ風に内から発情して来た時は、奇妙な程溌剌《はつらつ》とした言葉がうまく摑まる。興奮すれば興奮する程物がよく見えて来ると云つたヴアン・ゴッホはだからシモンズの一と息云々以上に自分にとつて有難いものになつてゐる。

自分がそんな場合摑まへる言葉には随分ひどいと云はれる俗語は随分あるかも知れない。併し自分はその俗語をさして恐れない。自分は古典的な言ひやう（言ひやうといふよりは殆ど言ひぬけ）をしたり、鵺《ぬえ》語見たいな気取つた事をいふ人のよりは、確かに自分のが上だとも信じてゐるし、また今見たいに言葉の不統一な混乱してる時代は自分として当然今潜つて行くべき道だと肯定してゐる。

自分が自分の作にまだしも不満なのは、作中の言ひ廻しと自分の日常の言ひ廻しと大部まだ気のつかない隔てがある事だ。自分はそれ位作に働いてゐる自分と、日常生活と同様であるべきを望んでゐるのだ。大部今のまゝでは詩の方がいけないと思ふが、段々よくなつて来ると思つてゐる。

自分は前述のやうな始末で形式といふ事には絶対に無関心だ。唯だリズムがゆるまつて次のリズムが強まつて来るとき行を更へる位のものだ。そして作してるとき頼るのは唯だ自分の意識が内部の自分のパッションを掘り出して行く急速な進行である。今の出したのが弱かつたと気になれば直ぐそれをその次ぎの行で強める。斯うして瞬間から瞬間へ移つて行く。だから後になつてちよい〳〵出足引込みをなほす位のもので、皆あとになつてはどうにもぬきさしのならないものだと思ふ。自分はだからマラルメの主張見たいに今の自分に万事頼れないのは厭だ。生活が不徹底で幾重にも分離してるからだと思ふ。

自分は、詩が象徴以上に抜かれないもの、やうに思ふ人があつたら軽蔑する。日本語では詩は駄目だと見限つてゐる人があつたら同様軽蔑する。古典語みたいなものでいつまでも表現してる人も矢張り同様軽蔑する。そして君等はいゝ加減にそんな事して遊んでゐ給へと云ふ。今に僕が立派に完成して見せるといふのである。自分のプロザイクだといふ人があつたら僕は大てい笑つてすますだらう。そして君等はまあ座つて出来上るまで見てゐ給へと云ふだらう。絵をかく人の中にもふだんはのらりくらりして絵を書く時ばかり骨や身をそぐ思ひしてやる人が多いらしい。詩を書く人にも大部それがあるらしく思ふが、さういふ人の作は軽蔑する外仕方がない。

形式の事をいふたから序手にいふて置く。自分が自分の行くべき形式として暗示されたのは北原君、その次ぎは高村君だ。殊に高村君から教へて貰つたものは多い。詩ではないが武者小路君になつてはもつと深い。短かいものは兎に角君の「お目出度き人」や「世間知らず」は言葉の意味はぬきにして、その全体に行渡つてゐるリズムで君の人格が親しく迫つて来るのはすきだ。それ位君の書くものと君の心持とが親睦してゐるのだ。島崎さんの小説を読んで苦しい気がするのはこのリズムがないからだ。鈴木(三重吉)君のを読んで不快な気がするのはリズムがあつても、君の書くものが意識の変調(病的なものを病的と感じる真意識――といふのも変な言葉だが――が現はれない)で動いてゐるからだ。岩野君の書いたものは意識が粗雑な中に突拍子的《とつぴやうしてき》に鋭どいだけで、全体が騒音的だから不愉快だ。穴勝ちリズムといふものを武者小路君が最先きに唱道したとは云はないが、その完成者は君で(斯んな事ばかりで賞めるのも随分可笑しいが)前述の二作は日本語で書いた一番立派なものだといふ事を日本語を使つてる人に云ひたいのである。技巧といふものがまるで天上の上に消えてしまつて、いつか書く人の内から影見に添ふて自然に生れて来てゐるのは嬉しい。誰れも云はないから僕が賞める。これから書く人も皆なさうなつて欲しいと思ふ。

兎に角自分は製作者としても、この自分が悪口を云つた諸君に比べれば製作の経験も少く、また諸君は先進だから犠牲者としていろ〳〵苦労された事は認めてゐるけれども、自分は斯うして諸君をばかにして進むより今仕方がない運命に接してゐる。それだけ喧嘩は随分引受けるつもりだ。自分に当つてるなとは思ひながらも直接に名指しも何もしてないのでばかにされてる気がして腹が立つたので自分の無視して過ぎた人が両三君あるから斯う言つて置く。

うるさいやうだが自分は生活あつての自分で、また生活あつての詩なのだ。自分は人間として日常の生活を営み、その営んでゐる日常の生活から時々詩を産む、そして詩を産む時は自分の生命が一番跳躍してゐる時だといふ事が出来る。それだけそれを境にした以後の自分は一段と生命の力の強い自分だ。一歩深く立入つた自分だ。自分の生命が膨脹してゐるのだ。そして自分はドラマより小説よりも批評よりも一番自分の個性に近いのは詩だと今自覚してゐるのである。何故かと云へば自分は性来感情《フヰーリング》が一時に非常に密集して全身的に動揺する爆発性を帯びてゐるのである。おゝ晴天よ、太陽よ、君の出ると共に働きに出る人間よ、あらゆる人間共よといふ調子だ。悉く詩を書く人が自分のやうな個性だとは無論きめてゐぬが、さういふ自分と個性の違つた人はまた違つた人でこれからどし〳〵出て貰ふ事を望み、自分はまた自分として持つてゐるものをどこまでも出して行くのだ。(八月十五日夜)

(大正2年9月号「創作」)

生命の問題（抄）

柳　宗悦

序

茲に提供する問題は一般の読者の注意を促がすには、冷やかな理論の煩はしさに過ぎる恐れがある。然し其触れようとする内容は、寧ろ広汎であり根本的である。何人か自己の生命に就て忘れ得るものがあろう、止み難い自然の衝動によつて、吾々の生命は活き、働き、然も何ものかを追ひ慕つて無限の未来に進もうとする。人は此力に就て何事をも詳に知らない。然し只自然の深い意志が此力に働いてゐる事を知つてゐる。いつの時か、又何れかの道によつて吾々は此偉大な謎に近づき其真意を知らねばならぬ。人は自《おのづ》から自然に潜む真理を追ひ求める様に造られてゐる。真理を求むるとは真理を愛し身自からそこに活きようとする努力である。茲に披瀝する生物学的立論も亦、知識の要求に襲はれる者が、此人生の疑問の無窮な領域に向つて踏み入ろうとする抑へ難い意志によるのである。何人か吾人今日の知識に就て誇り得るものがあらう。只吾々の誇り得るものは、より優れたものを更に捕へようとする不断の慾望を持つて吾々が生れてきた一事である。

此小篇の本旨は生物学上の問題を中心として所謂理化学的機械論（Physico-chemical Mechanism）の学説を批評して、生命の本質を明かにし、生気論（Vitalism）の立脚地をとつて最後に生物学の自律性（The Autonomy of Biology）を主張しようと試みるのである。要は生命そのもの、意義と価値とを闡明するにあるのである。

九　生物学の本性

吾々は茲に純粋理論に移つて機械論の内容を更に明晰にすると共に生命そのものに就て闡明しなければならないのである。吾々が撰択した幾つかの実例によつて明らかな様に、生物が如何に多くの細胞からなるにせよ、又其各々が各自の生命を有するにせよ、各生物が一個の統一的有機体である事は否み得ない事実である。更に又其行動が如何に機械的に分析せられるにせよ、常に之れが部分の単純な集合追加でなく、其間に自から全体としての系統的支配が正然として営まれてゐる事は明かである。従つて生物の特性は常に統体たるの点にある。理化学は此統体活動に対して如何の研究法を取ろうとするのであろうか、若し自分の断案が正しいならばかの器械論の立脚する理化学的説明は何等統体力に就て関与する処がなく、単にそれを構成する各部分の分析的説明にある。決して全体としての有機的活動を見ず、其物質的現象の各々を抽象し来つて之に対する解釈を加へたのに過ぎないのである。機械論が生活現象の各部分の理化学的説明に深いのに比して、生命の統体に対する断案の貧しさに終つてゐるのは寧ろ自然の数と云はねばならない。

吾々はかのフィッシヤー（E. Fischer）が試みてゐる人工的に製成せらる原形質の蛋白質によりて有機体の蛋白質が如何なる組成を持つてゐるかを抽象的に説明する事は出来よう。又はコッセル（Kossel）の人工核により、ルダック（Leduc）の人工的無機性膠質の生長及分割により、又はロイブ（Loeb）の人工受精等によりて如何なる状態の許に如何にして有機体のそれ等の現象が起るかを模型し叙述する事は出来よう。然し科学者の希望が之以上を出る時彼等は忽ちに拭ふ事の出来ないディレンマに陥らねばならない。生命が常に統体的活動である事を忘れて、器械論者が物質的関係のみを以て生命を説明し去らうとする時、彼等は自己の領土を越えて過ぎた断定に身を誤まらねばならない。

又機械論は部分的現象に見出し得る一定の法則的関係の説明にあるが故に、常にそれは抽象的断案に終つてゐる。抽象的知識は常に具象的事実に反して、実在の真景から遠ざかつてゆく。生命とは最も具象的な純粋の活動そのものであつて、吾々が之を反省し知識し然も之を抽象的立論に導く時、吾々は愈々具象性を離れて実在そのものから隔つて来る。最も抽象的な立論である科学的機械論は、統体としての具象的生命の前に立つて何ものをも画き得ない。説き得る処は其色彩の資料、性質、分量の如何に過ぎない。彼は決して生命そのもの、真景を写し得ないのである。況んや機械論によつて生命を理解し、味識する事は許されない願望である。彼によつて吾々が知り得る最後の真理は抽象は永へに具象に触れ得ない一事である。

一切の科学的説明は事実の分析的記載である。マッハ（Mach）等の云つた様に科学は叙述（Description, Darstellung）を超へて何ものをも物語つてはゐない。吾々は科学的叙述が常に象徴的（Symbolic）であつて一般の論理的普遍（Logical Universal）に立脚してゐる事を知るのみである。然るに生命は常に具象的（Concrete）であり又何等かの意味で個体的（Individual）である。吾々は決して抽象的象徴的な論理的叙述によつて、具象的統一的な個体的存在の真景を描写し得ない。トムソンが云つた様に「事物に関する科学的叙述は其記載的性質によつて自から限界を持つてゐる。器械論は只「原因は結果に等しい」と云ふ事を告げ得るだけで、か丶る科学的叙述はそれ自身に又他の説明を要するのである」。即ち生物に対する機械的説明は其欠を補ふ為に常に生命に関する別種の科学、即ち純粋生物学の自律性を認め其力を待たなければならないのである。

純粋生物学的説明とは何を意味するのであろうか、理化学的方法を別として少くとも玆に三の観察方法を必要としなければならない、一つは歴史的観察であり二つは心理的方法であり三つは哲学的説明である。

吾々が先に明かにした様に生命の現象は常に長い過去と遠い未来とを有してゐる。生物の創造的進化は生命の不断の活動を待つて始めて行ひ得る、従つて其本質は常に歴史的な処にある。ベルグソンも此点を注意した様に生物の活動は常に歴史的関係を背景としてゐる。決して同一活動の反復でなく、一個体に於ても発生、生長死亡の過程を経、然も相寄つて一つの群団をなして種属は種属を次いで其社会を保つてゆく、然も其生体の構造又は習性、即ち本能知識の発達は長い過去の歴史によつて購ひ得た賜物である。然も彼等は尚今日の状態に静止する事に甘んじないで希望を無限の未来に繋いでゐる。彼等は四囲の境遇に打ち勝つて自己を改進し、創造しようとする。彼は永遠の変化を運命として、過去、現在を打ち破りつゝ未来に活きようとする。彼等には決して静止がなく反復がない、常に連綿とした歴史を枢軸とする。かのアミーバの様な単細胞動物にも、吾々は万年の過去と無窮の未来に対する歴史的運命を見る事が出来る。即ち一切の生物は歴史的実存物であつて、其現象は決して単純な追加増補を意味するものではない。「生存する」と云ふ事それ自身が既に時間的存在を預想してゐる。従つて生物現象は常に之を歴史的に観察する事を必要とせねばならない。彼等が決して機械的制約に成立してゐない創造進化を運命とする限り、上を既定的静止物体として攻究する事は出来ない、必ず其現象は歴史的説明を待たなければならないのである。一切の無機世界か過去に決定せられてゐるに反して、凡ての有生物は未来を運命として永遠の進歩を行つてゐる事を力説したいのである。

第二に生物現象の説明として吾々は必ず心理的方法を適用しなければならない。一切の生物現象は非物質的生命の統体力を待つが故に、吾々は単に之を物質的観察によつて見る事は出来ない。かの進化の素因が如何なるものであるかに就ては多くの議論を産んでゐる。然しあらゆる外囲の影響を別として、必ずそこには内的素因即ち心理的衝動があらねばならない。生命の進化発展は決して凡てを外囲の影響に待つものではない。進化の真意を理解しようと試みるならば、吾々は凡ての生物に内在する生命に就て之を内部より観察しなければならない。吾々は進化が如何なる外囲の種々の事情に関係せるにせよ、其最も根本的素因を常に活ける生命の衝動(Vital Impetus)に求めねばならない。生物存在の所以は生命の統御を待つが故であり、其進化発展は生命の衝動を受けるが故である。生体の進化とは常に生命の不断な表現に伴なう有機的物質の進化を意味する。故に一切の生物の進化は必ず生命の創造的衝動を待つてゐる。生命とは無限に向つて前進し開拓し、主張し命令する根本力である。有機体は一時も此統一力なくしては生存し得ない、其進化は一日も此衝動力なくしては発展し得ない。進化の根本的素因は常にかゝる生命の力を泉として湧き出てゐるのである。宇宙は今尚ほ創造のうちにある。飽く事を知らない生命は尚も其力の表現に向つて時々刻々未来の世界に進みつゝある。彼は何が為に無限を追ふて発展し前進しつゝあるのであろうか。只一事より何事をも知り得ない、吾々は宇宙が生命の力によつて常に意味の世界、価値の世界を慕つて実在の霊気に触れようとしてあせつてゐるのを知るばかりである。自然は決して歩を止めない、彼は前に憧がれる世界を持つからである。

　生物が常に生命を中心力としてかく自律的統治を営む事を知る吾々は、其現象の説明に心理的基礎をおく可きは自明の理と云はねばならない。恐らくは進化の素因に最も重大な関係を持つものは、自然淘汰よりも、異類変化よりも心理的生成の事実にある。近世に発達した遺伝の学説は其外囲の影響結果に関して詳細な実験と理論とを遂げてゐる。然しメンデル（Mendel）の法則又はゴールトン（Galton）ヨハンゼン（Johansen）の蓋然の法則（Law of Probability, Wahrscheinlichkeitsgesetz）を以て直ちに遺伝を説明し尽すとするものがあるなら、彼は徒らに結論を急いで、事実を忘れる者と云はねばならない。是等の法則は外界に現はれた結果の数的関係を意味するのであつて、遺伝問題の極致は常に其動力即ち生命の問題に帰つて来なければならない。数学的蓋然性そのものは何事をも知らない、彼は必然的結果を示すものでそれ自身に何等の目的をも持つてゐない。種属を種属に伝へる自然の大きな事実は決して機械的単純の創造し得る現象ではない。生命の問題に対しては必ず其説明に深い心理的基礎をおかなければならないのである。

　然も吾々が先に暗示した様に生命が物質世界と相関の関係に立つてゐる事は、即ち意味の世界の表現を意味してゐる。今日の進化の意義は実に生命の王国を表現するが為であつて、其最高の段階にある吾々人類の創造は、生命がその存在の至極たる価値の世界に入るが為である。進化はつきない生命の発展であつて、深い自然の意志の表現である。人間の価値は此賦与せられた生命の力によつて、存在の意味を味識し、直接に実在の世界に触れそこに活きる事にある。吾々が真を求め、美に憧がれ善を追ふのは生命の深い要求であつて、又自然の意志そのものを現はしてゐるに外ならない。生物進化の意義は実にかゝる意味の世実在の世に触れるが為である。生命の活動それ自身は実に幽玄な実在界に接触してゐるのである。彼が無限の未来を追ふの心は実に無窮の実在を慕つてゐるからである。かゝる見解は決して吾々の空しい想像ではない。実にもろ〳〵の偉大な宗教家哲学者藝術家の一生と事業とは、此自然の真意を理解し、表現した永遠の記念碑と云はねばならない。

　吾々は玆に生物学が生命の問題を其焦点とする限り、実在の問題に接してくる事を直ちに感じる。云ひ換へれば生物の問題は又哲学的解釈をも必要としなければならない。かのドゥリーシュの名著が「有機体の科学及哲学」“The Science and Philosophy of The Organism”と名づけられてゐるのは意味ある事と云はねばならない。恐らくは将来の哲学に対して生物学が貢献すべき資料は益々多きを加へるにちがいない。又哲学的思索が生物学上の説明に重要な関係を及ぼす事は必然の趨勢と云はねばならない、少くとも近い将来に両者は今日人々が思惟するよりも更に密に接近してくる事を吾々は預想し得るのである。吾々は遂に生物現象の解釈が理化学機械論に満足し得ないで、別種の見解を待たねばならない事を明かに知るのである。少くとも生物学上の問題に尚哲学的考察を入れ得る限り吾々は遂に純粋理化学に満足する事を得ない。生命の問題は常に其領土を越えて特種の世界を吾々に提供してゐるのである。生気論の主張は否み得ない事実と云はねばならない。

然も尚吾々が機械論を唱へようとするならば、吾々はいつも「生命即物質」の断案を立証せねばならない。機械論の驍将たるシェーフェルは明かにダンディーの講演で「生命の問題は物質の問題である」と断定してゐるが、之は寧ろ機械論を固守する思考の必然的結果に過ぎないのであつて、何等の事実の真意をも説明してはゐない、吾々が屢々理論と実例とによりて示した様に生物現象は決して物質的表現に限られてはゐない。進化の路程が進むにつれて生命の活動は遂に純粋の度を強めてくる。人間の偉大な精神活動は一つとして生命の明晰な存在を表示しないものはない、かの基督の崇高な人格、仏陀の偉大な事業は決して物質的現象によつて説明し得ない。生命の本質と物質の本性とは其根本に於て異つてゐる事を明かに云ひたい。自分は此小編の主旨を更に闡明し且つ概括する為に最後に是等両者の性質を概論しなければならない。(然し是等に関する理論に於て今日の哲学上に既にクラシカルの価値を持つてゐるのはベルグソンの哲学である。就中彼の第一の著書、即時間と自由意志とを論じた「意識の直接与件に関する論文」"Essai sur les données immédiates de la conscience" に吾々は負ふ処が多い)。

十　物質と生命

物理学及化学が純粋科学の模範的基礎学であるのは、それが完全な数学的根底を有するからである、「如何にして純粋科学は可能であるか」(How is pure science possible ?) の問題に対して答へ得る唯一の根本的解釈は、「それが数学的たる時にのみ可能である」と云ふ一事に帰着する。然らば「数学は如何にして可能であるか」(How is mathematics possible ?)。云ふ迄もなく数学は厳密な意味で空間上に於てのみ可能である。吾々が多少の反省の後明瞭に知り得る様に、数学的測算は常に空間を離れて成立しない。若しも吾々が純粋の時間的世界に入る時、吾々は何ものをも測算し得ない、時刻の計算は吾々が抽象的にそれを空間的関係に導いて後始めて得られる結果である。吾々は決して純粋の流動的時間をそのまゝに数学的関係に移植する事は出来ない。吾々がその企てを試みる時いつも吾々はそれを空間的位置に改変して抽象分析を営んでゐるのである。従つて測算し得られるものは必ず空間性を具有してゐるのである。然らば空間を本性として成立する現象とは如何なるものであらうか。云ふ迄もなく物質的現象である。従つて物質に関しては吾々は常に精密な計算を可能としてゐる。その必然の結果として数学に依拠する理化学は常に物質界をその攻究の対象とする。そのあらゆる現象は彼の説明し得べき領土であつて、其帰趣とする処は複雑な事象中に純一な法則を見出す事にある。

自分は物質の世界を法則の世界であると云ふ。然らば如何にして物質現象に法則は可能であるか、吾々は其理由を明にする為に物質の本性に就て知る処がなければならない。先づその本性は空間性であるが故に嘗てデカルトやスピノーザ等が云つた様に延長（Extension）を有する。従つて吾々の容易に思念し得られる性質は其大いさ即ち量（Quantity）である。吾々は何等かの意味で量を持たない物質を想像する事は出来ない。又ニュートン（Newton）が明らかにした様に物質は外界から何等かの力が加はらない限り運動を起さない、即ち静的状態（Static State）をその本性とする。吾々は決して自律的運動又は自由活動を物質に見る事は出来ない。従つて凡て決定的性質（Determined Character）を持つてゐる。それ故に物質には改変発展がなく、永遠に同一現象を繰り返さねばならない、反復（Repetition）は其性質であつて決して新なもの、創造を其間に見出し得ない、常に同一（Homogeneous）の現象であつて、然も一切の過去によつて既定せられる故に真の意味で未来の生活を持たない。今日の物質は等しく過去の物質であり未来の物質である。何等継承的時間的性質を持たない故に常に同時的（Simultaneous）性質に終つてゐる。是等の性質を知る時如何に数学に基く理化学が多くの成功を物質界に納め得るかを窺ふ事が出来る。凡て既定的制約の許に成立する彼等に一定の法則が存する事は必然の理であつて、実に自然律の発見は近世純粋科学の光栄と云はねばならない。大は日星の運行から小は電子の運動に至る迄一つとして是等数学的科学の功績を示さないものはない。例へばかのアダムス（Adams）の海王星発見の如き又はトムソン（J. J. Thomson）の微分子運動の測定の如きは純粋科学の永遠の名誉と云はねばならない。

然しかゝる純粋科学が一たび其攻究範囲を破る時、彼等の断案は何等の光をも吾々に与へない。即ち空間的物質界を去つて、生命の世界に入る時、機械的理化学も亦干与はり得ない領土に入るのである。然も彼等は其力の万能を信じて生命をも機械的に説明しようと企てる。其攻究法の結果彼等が生命の問題を即物質問題と見做す事は避け難い思考の趨勢と云はねばならない。然し附会は永へに附会である。理化学は玆に其守るべき物質の空間的世界を越えて生命の時間的世界に踏み入るのである。機械論が有機的物質現象の観察説明に於て深いのに反して、生命に関する推論の甚だ貧しい事は必然の致す宿命と云はねばならない。然らば生命の本質とは何であらうか、吾々はそれを物質の本性と対比する事によつて益々其性質を明かにする事が出来る。

進化の事実は茲にも生命の説明に対して多くの光りを投げてゐる。若し生物の問題が凡て物質の問題に限られるならば、又生命も単純な物質と性質を等しくする現象を現はさなければならない。然るに生物の活動は遥かに高く是等物質の約束的境界を脱してゐる。吾々は生物の進化が絶えない発展であり開拓である事を知つてゐる。若し彼等が単に物質の集合体であるならば、そこに常に反復があり、其性質は常に同一的同時的でなければならない、然るに有機体の組成は多様性（Heterogeneous）であり其現象は継持的（Successive）である。物質が常に定限性を有して何等の自由的活動をも得ないのに、生物は進化し発展する無窮の力をひそめてゐる。進化は決して物質的追加を意味するものではない、その変化は増減に止まらず常に改変である、吾々は此開発に際して必ずそこに内在する活きた力の動因を認めねばならない。そこには明らかに生気に満ちる衝動がある。常により高くより高い世界を慕ふ衝動がある。彼はたえず、自己の境遇を越えて何ものか新たなものを獲得しようと企てる。彼は自由の志を懐いて希望に充ちつゝ無限の光明界に突き入ろうとする。吾々が呼んで生命と名づけるものは実に此匿れた動因力をさすに外ならない。彼の唯一の本分は実に創造（Creation）である、物質の運動が常に後方より押される事を待つに反して、生命は常に未来に引きつけられてゐる。彼は無窮の活動より外何事をも知らない。静的停滞は彼の関はらない処であつて実に動的活動（Dynamical Activity）そのものに外ならない、彼は造られたものではない、造りつゝあるものである。彼は変化改進を其本性として一日も歩を止める事がない。従つて彼は永遠の流動（Flux）である。無限に向つて進化し創造し開展しようとする。故に其根本性はベルグソンの所謂純粋時間的持続（Pure Duration）であり、且つ全然質（Quality）を本性とする。吾々は如何なる意味に於ても之を空間上に移植し又之を量的関係に導く事は出来ない。かの多くの機械論者が生物の現象を抽象し分析して個々に説明を加へる時、生命は永へに統体の力を保つて彼等と何の関はる処なく、具象活動に無限の前進を営んでゐる。実に連綿として流れるが如く無窮の未来に向つて開発する、彼は常に約束を脱して自由自律の世界に身を委ねてゐる。従つて一切の生命の最後の光栄は新奇（Novelty）の実現にある。多くの科学者がそれを機械的制約によつて説明しようと企てる時、かの天才の、かの天才の生命は驚く可きNovelty, Creationを現じてゐる。彼等は常にかく歌はざるを得ない。

余は法式を創造せざる可からず……
余は理論又は比較を事とせざる可し
余の天職は創造することにあれば也（ブレーク）
I must Create a System,……
I will not reason or compare,
My business is to creat. (Blake)

生命の活動、創造は決して予定的計画（Designed Plan）の発表ではない。寧ろ一切の計画を許し得ない程彼の力は自由に溢れてゐる。彼は決して法則の世界に支配せられてはゐない。否自由に法則の世界を脚下に使用して之を統一し調整し、支配し指導し、自己の無限な力を意味の世界に実現しようとするのである。彼の顔はたえず未来に面し彼の眼は希望の光に燃えてゐる。彼は光明の実在界を憬がれてゐるからである。

吾々は茲に自然の現象に二秩序の存する事を是認せざるを得ない、一つは物質の世界であつて、一つは生命の世界である、第一に於ては一切の無機界が之を代表し、完全な理化学的機械論の成立をそこに見る事が出来る。換言すれば科学的法則の世界である。第二は生命を核として存在する有機体の世界、即一切の生物界は之を代表する。茲に純粋科学は其力を生気科学に譲らねばならない。茲に吾々は所謂生気活動の世界に入るのである、然もこの生命の世界に於ては科学は最も密接に哲学に近づくのである。

かのピアソン（Karl Pearson）等多くの科学者は科学の分類に注意をむけてゐる。各分科相互に近親の関係をもつ限り、吾々は絶対の区劃を其間に立てる事は出来ない、その分類は要するに便宜的性質を免かれないが、然し自然現象の特質を之によつて指示する事が出来る。以下の表は自然科学が唯一に限られてゐない事を指摘すと共に、生物学が理化学を離れた独立自律の科学である事を示してゐるのである。もとより此論文に直接関係ある分科のみを択んだのである。

自然 Nature
- 無機物 (Inorganic Matter)――機械的現象 (Mechanical Phenomena)――法則の世界 (The World of Law)――空間界 (Space)
- 有機体 (Organic Being)――機械的及生気的現象 (Mechanical＋Vital Phenomena)――生命の世界 (The world of Life)――時間界 (Time)

自然の科学 Science of nature
- 純粋科学 Pure Seience
  - 物理学 Physics
  - 化学 Chemistry
  - ――機械論 Mechanism
- 生気科学 Vital Science
  - 生物学 Biology
  - 心理学 Psychology
  - ――生気論 Vitalism

余論

吾々は茲に機械論的見方が吾々の思想上に如何なる関係を齎らしてくるかを一瞥したい為に茲に再び自分の愛する画家にして詩人ブレークの句を択びたいと思ふ。

To see a World in a Grain of Sand,
And a Heaven in a Wild Flower,
Hold Infinity in the palm of your hand,
And Eternity in an hour.

詩の意味は「一粒の砂にも世界の真《まこと》を認め、野の花にも天の俤を見る時は、汝が掌の中に無限なるものを捕へ、又其折に永遠なるものを獲得してゐるのである」と云ふのである。

少くとも生物学の上から見て此詩には此論文にとつて興味ある主要の論材が含まれてゐる。第一は「砂」と云ふ字で、之は無生物即無機界のものを代表する。第二には「野の花」である、云ふ迄もなく生物即ち生命を宿す有機体を示してゐる。第三には「世界」と云ふ字で、之は無機有機を通じた自然界を指してゐる、第四には「天」即ち生命の理想国を示し、第五には「無限及永遠」即ち実在界を暗示する。然も「見」「捕へる」（To see, hold）と云ふ字は是等を如何に観察すべきかと云ふ見方を教へてゐる。

従つて是等の多くの生物学上の資料を含んでゐる此詩に対して二様の生物学的見方を下す事が出来る。先づ第一に機械論的註釈を施せば此詩の真意は次の如くに解釈せられねばならない。即ち「理化学的原理によれば此世界のものは有生無生を問はず、凡てかの無機物たる砂と同質のものであると見る事が出来る。故に一粒の砂に接しる時、それに関する智識を以て世界の意義を残りなく見る事を得、かくて無限な実在の真意をも機械的説明によつて捕へる事が出来る。又人が崇める生命の世界も吾人の夢想に過ぎなく、又花も無機物と根本に於て何の択ぶ所がない、従つて花を見る時はそれに関する理学的智識によつて人が天国として慕う生命の世界の真相を見る事が出来、又永遠と云はれてゐる理想界の真義をも捕へる事が出来る。」即ち機械論的見方を概括すれば、高等なるものの本性を引き下げて下等なものと同一性に帰せしめ、後者に関する智識によつて前者の真相を残りなく解釈し得るとするのである。

次に第二の見方生気論的註釈を施せば同じ詩は次の様な意味に変つてくる。即ち「此世界は幽玄な生命の世界であつて、かの貧しい一粒の砂にすら其面影が宿つてゐる。若し吾々にしてかゝる心を以て顧みるならば、かの生命のない砂にも世界の真《まこと》が写つてゐるのを見又其中に無限の意義を捕へる事が出来る。又かの棄てられた野の花にも生命の力が満ち〳〵てゐる、故に花の心を知るものはそこに生命の溢れた天国の俤を見得る事が出来、かくしてそこに内在する永遠の意味をも捕へる幸を得る事が出来るのである。」即ち一切の自然の奥底に生命の世界を是認し、その価値と意義とを讃美する事は生気論の主旨と云はねばならない。

両者の註解のうち何れがブレークの真意を伝へたものであらうか、云ふ迄もなく彼の詩が機械論者の心をもつて作られてゐない事は明かである。かの偉大な藝術家にとつて如何に自然が自由と生命との力に活きてゐたか、又如何に彼が心を跳らしつヽ其喜びを表現したか、かの一粒の砂に対し、かの野に咲く花に対し、恐らく彼は科学者よりも遥かに多くの真理を知つてゐたのである。彼は決して夢みた人でない。真にそこに活きた人である。否自然の前に立つて多くの科学者は遙かに彼よりも Dreamer である。

機械論の見方を更に明かにする為に、機械論のチヤンピヨンであるシェーファーの論文を引用してみる。彼は人を讃えた有名な以下の言葉即ち

‘What a piece of works is a man! How noble in reason!
How infinite in faculty! In form and moving how express and admirable! In action how like an angel!
In apprehension how like a god!’

「人は、そも如何なる造花の作品ぞや、如何に其理性の高尚なるや、如何に其才能の無限なるや、その外貌その動作の如何に表現に富み、驚嘆に価するよ、行ひや如何に天使の如く、理解や如何に神の如くなるよ」

之等の言葉を引用した後、シェーファーは之に反して附言して曰く

「されど人よ、徒らに彼の精神的成功に自負する事を止めて、そが遠き時代に於て僅かなる細胞より獲得し得たる結果なると記憶せよ」と。

吾々の眼は天を仰ぐ可きであらうか、地に項垂《うなだ》れる可きであらうか、偉大なる自己の力を讃美すべきであらうか、寧ろ謙譲卑下を事とすべきであらうか、活きようとする吾々は過去よりも未来を、謙遜よりも自尊を、否定よりも肯定を慕ひ愛さねばならない、絶大の詩人ホイトマン（Whitman）は叫んで云ふ。

‘Great is Life, real and mystical, wherever and whatever
……
‘I know I am deathless……
‘I know I am august……
‘I am large, better than I thought.’……

「偉大なるは生命也、そは真《まこと》にして神秘也、如何なる処に於ても又何人に於ても……
余は知る余の不死なる事を……
余は知る余の荘厳なる事を……
余は偉大にして、余が知れるよりも更に優秀也。」

自分は更に器械論の解決が何等生命の活動に関して明かにする処がないのを示す為に、茲に説明としてヴァン・ゴオホ(van Gogh) のサイプレスの絵を例に引きたい。山も草も空気も強い日光に燃え上つてゐる中央に、恐ろしい程の力を内にこめて、巨大なサイプレスが焔の如くに天をさして立つてゐる。

画面全体は一個の強烈な精神的事実を表現して、はかり知る事が出来ない生命の深さを象徴してゐる。是が此異常な画家の晩年の精神的生活を残りなく表示した偉大な作品である事は何人も否み得ない。吾々は如何にして此絵画を理解し説明しようとするのであらうか。もとより単に其色彩、筆致、形状、遠近、陰影等を批評する事によつて此絵画を理解する事は出来ない。凡ての理解の中心は是等種々な要素の背後に潜む統一された生命の力を味識する事にある。凡ての藝術的作品の評価はその作品全体としての価値の上に置かなければならない。部分は常に全体の為にあるのであつて、必ずそこに有機的関係がある。単純な部分の加は統体としての一を産まない。従つて一切の藝術的作品の価値はそれを統一する力の上に集つてくる。即ち彼等作品は藝術家の内生命の直接的反映である。吾々はヴァン・ゴオホの画に対してそこに潜む画家の生命そのものを把捉し得ない限り、永遠にその価値を味識する事は出来ない。一言で云へば部分的分析によつて理解し得ない。吾々は直ちにその絵画にひそむ生命力に触れなければその意義を知り得ない。言ひ換へれば理解は説明にあるよりも味識する事にある。

自分が玆に数多い内から特にヴァン・ゴオホの作品を択んだのはそれが生命力そのものを特に明らかに発現してゐるからである。吾々は今此生命の作品に対して機械論的解釈が如何なる結果に終るかを見ねばならない。もとより彼等にとつて「全体として生命」などは此絵画に認める事は出来ない。一切は機械的関係によつて成立するが故に、此絵画を理解する為には分析的方法をとつて先づ個々の部分に精細な観察を施こす事を必要とする。科学者たらずとも多くの世の批評家は此方法によつて凡ての作品を評価する。即ち色彩の濃淡、遠近の正不正、形状の真偽、換言すれば一定の絵画の約束にかなつてゐるか否かによつて評価する。若し彼等が純粋に機械論的な見解を進めるならば、彼等は先づ科学的に厳密な方法をとらねばならない。各々の色は如何なる化合物の割合によつて出来てゐるのであるか、又各々の筆触は幾何のエネルギーに相当し、其総料は幾カロリーによつて出来た画であるか、又絵具は幾パーセントの脂肪を含んでゐるか、即ち各部分の分解によつてその性質を現化学的に明にした時、吾々は此の絵画を理解し尽したとするのである。

然し此サイプレスの画が決してかゝる分析的要素を加へて出来た絵ではない事は明かである。殆ど生命の直写とも云ふ可き此絵画は、抽象的分解とは寧ろ正反の関係を持つてゐる。批評家が抽象し分析して之に理論を加へる時、具象的な統一的な生命そのもの、真意からは益々離れてゆく。生命の活動は常に統体的であつて、単純な部分の数理的集合ではない。吾々は機械論的見方が生命の問題に対して如何に力がないかを此例によつても認める事が出来ると思ふ。凡て生命に関係する活動の評価は、それが機械的見解に近い程、其力を失つてくる。凡ての偉大な宗教家藝術家の事業は、直ちに無限な生命の自由と創造とを意味するものであつて彼等は決して約束的既定的計画の発展ではない。

抽象的分析の総和が決して統体ある生命を産まない事実を、吾々は又屢々歴史上に見出す事が出来る。特に藝術史、宗教史中、萎靡の時代は凡て人心が分解を追ふの罪によつてゐる。藝術は特に生命の神秘な力の発現であるから、藝術に抽象的理論が入ると共に著しく其生命は具象性を傷づけて衰頽の色を呈してくる。最近の絵画史上に此好適例となるものは所謂「新印象派」Neo-Impressionism の歴史である。光と彩とを追つた印象派の主旨を更に追ひ求めた画家は、遂に光の分解によつて其印象を鮮かに画き出そうとしたのである。所謂彩点画家(Pointillist) は是等を代表する画家で彼等は其理論を更に開展する為めに科学的理論を求めてそれを直ちに絵画にあてはめようとしたのである。波動の攻究に於ける色及音に関するヘルムホルツの研究と、太陽のスペクトラムの分解によつて学説を立てたシュヴルール (Chevreul) の書とは彼等が熱心に研究した処と云はれてゐる。彼等の主導者が絵画史上一新方面を開いた事実は長く記憶さる可きであろうが、不幸にも其余弊として、其絵画は生命の力を離れて、機械的作品に終つてきたのである。科学的分析に熱中した余り、彼等の筆は単にモザイク的図案に近づいて其生気を著しく失つてきたのである。一方から見ればかの後印象派 (Post-Impressionism) の運動は生命の力を甦らす為の反動的気運を示すのであつて、新印象派の絵画が生命の作品として功果を納める事の薄かつたのも避け難い自然の数であつたのである。

凡て藝術は学説より造られない、彼は生命の直観を出発とする。学説は決して活きた生命を産まない。理論は吾々が反省の後に得た抽象的思索であつて、具象的生命の真景からは甚しく遠ざかつてゐる。かの機械的説明が決して生命の本質を明かにする事のないのは寧ろ自然な事と云はねばならない。況んや人生の深い事実の前に立つて彼が語り得るものは其力の弱きを嘲つ告白に過ぎないのである。

かの基督教が今日、原始時代の潑溂たる姿を失つたのも、多くの神学説の産んだ罪過である。吾々は生命の人基督を愛する。然し理論の教へ基督教を愛さない。実にかの偉大な基督は、生命の無窮な活動のそのものであつて、彼は生涯何等の学説をも説かなかつたのである。生命を離れて学説のみを誇りとして、然も生命を知ると称したパリサイ人を彼は一番憎んでゐる。吾々は決して智をけなすのではない。生命を更に重んじるからである。自分は力強く「生命」と云ふ。生命を離れて自己はなく此世界はない。

吾々は生命を愛しなければならない、そうして生命を信頼しなければならない。其力の無限なる事を確信する事は吾々の永遠の歓喜であり、又人類の希望である。自分は玆にケルビン卿と共に、かの小さな一ミニオネットの花にすら、天の星よりも多くの神秘を宿してゐる事を信じる。

想ふに此世界は生命の王国である。彼の無限の意義と価値とがいつか科学者にも是認せられる事は自分の強い確信である。

——一九一三、八、五—二〇——

永井博士の近著「生命論」四百頁は悉く機械論の主張に献げられてゐる。自分は読者に此小篇と正反対の結論に終る該書をも読まれる事を要求したい。博士の豊かな観察と趣味ある説明とは読者の精読に価する事を自分は信じてゐる。

（「白樺」大正2年9月号）

大窪日記（一）
大窪だより（一）

永井荷風

大窪日記（一）

■「三田文学」の諸兄近頃頻々として欧米各国に出遊被致候間手紙の代りにと日常の些事何くれとなく書留る事に致候聊か故国風月の消息を伝ふる一端とも相成候はゞ幸甚に有之候

■梅雨あけてより暑気俄に相増申候山の手の夏木立到処新蟬の声に満され居候。夜は書斎の燈火に火取虫多く舞込候得共庭上未だ蟪の鳴音を聞かず。石榴花今が盛に御座候百日紅合歓花夾竹桃なぞも追々に開き可申候（七月二十日）

■今朝浅草の久保田君御出に成候処相憎不在にて残念致候（七月二十四日）

■朝慶応義塾に参候表門改築の由にて坂道地ならし致居候。図書館内はいかなる炎暑にも品川沖の風吹通ひて涼しさ云はん方なし。一時間あまり四階目の和本倉に入りま納涼方々写本なぞ拾読みして帰り申候。休暇中の事なれば誰にも出遇不申候（七

月二十五日）

■此夜十時頃より二時間ばかり大雨車軸を流すが如し。拙宅下市ケ谷谷町辺例によつて出水。但し近郷の百姓は喜び候由翌日の新聞に相見え申候（七月二十五日）

■神田神保町通三才社へ仏蘭西書物注文に参候ついで其の辺を散歩致候。今年は東京の女いづれも単衣《ひとへ》の上に紗の被布を着しはでなる帯の模様を透《すか》し見する事大に流行すると覚え申候。尤もこれは両三年前より追々新橋の妓などより流行《はや》り出せしものと存ぜられ候。今年は女といふ女紗の被布に紗の襟巻なくては叶はぬが如し。足太《あしぶと》胴長の女学生なぞ此れを着する様《さま》どうしてもお寺の坊主の衣《ころも》を借りて来たとしか相見え申さず候。紳士が夏の二重廻と好一対にてさて〳〵暑苦しく無用の事に御座候。（七月二十七日）

■連日雨なく炎暑打続候。日中は二階の欄干によりかゝりて、唯読書の中に晩涼の来るを待つのみ、慾望去りて心自ら閑静に相成候。懶《ものう》き蟬の声に交りて隣家の琴の音東獅子の手事《てごと》を奏る響いかにも力なく眠気に聞え申候。炎暑の日盛ほど静なるはなし。庭上松の木の根本に雀七八羽も飛下り、軟き土を掘りて頻に砂を浴び居候。小鳥も逗子鎌倉なぞに行きたるつもりと覚え申候。山の手の住居冬の霜解はいやなれど夏は木の葉と花と鳥の多き、閑居には適し申候。（七月二十八日）

■数寄屋橋外なる歯医者に参候帰途籾山書店に立寄候。店頭は丁度三田文学八月号出来にて取込み居候。折から時分時《じぶんどき》なりし故いつもの如く庭後子の御馳走にて竹川町角ラヂウム温泉洋食屋に参候。食堂に音羽屋と小田村氏居られ候。沢瀉屋父子が毛剃の批判なぞ致しながら食事致候。音羽屋この日の着付は重扇の五ツ紋つけたる紺地帷子の筒袖、縮緬の兵児帯にて威勢よく見え候。いつ見ても誠に元気よく至つて邪気少き人と被存候。（七月二十九日）

■今日より三日間音曲御停止の由。（七月三十日）

■四時頃堀口大學氏来訪被致候縁先に少しばかり桔梗の花咲き出でたるを見て紫色の花は夕暮時、黄なる花は小雨の降る日殊に美しなぞ語られ候。八月上旬には白耳義国へ御出発の由に御座候。此の夕より雨降り出で俄に袷羽織ほしきまでの冷気と相成候。（七月三十一日）

■両国川開例年の如く烟花の催有之候。昔柳橋の藝者は川開の晩には皆商売を休み雑沓を避くる為め根岸向島あたり思ひ〳〵の処に身をかくす故此夜にかぎり土地には藝者なきものゝ如くに思はれ候由。これ所謂江戸藝者の意気地にて花火の晩なぞの騒がしき座敷に出る事を不見識と存ぜしものなりとか。古老の話聞きたる事有之候。（八月二日）

■日本橋東仲通のさる古道具屋に目貫根付櫛笄の類見に行き申候。同じ江戸時代の美術品ながら此の種のもの浮世絵に比して遥かに価低く御座候。象牙に蒔絵したる大形の櫛のいと古びたるなぞ手に取りて打眺候へば坐に燈籠《そうろ》鬢の女の昔も思出られ申候（八月三日）

■慶応義塾講演会へ参る為今朝東京出発。琵琶湖上の夕陽を眺め三日月沈む頃京都に下車して丸山のほとり目立たぬ一旅亭に宿泊仕候家のつくり庭のありさまなぞ一度此都に来れば小生は深く日本を愛し日本に感謝する熱情の転た切なるを覚え候。翻つて思へば東京の現状ほど人をして絶望悲憤の境に陥らしむる処は無御座候。銅像と安煉瓦造りは重々国民の精神に宜しからぬ感化を与ふるものに御座候（八月五日）

■午前涼しき中上田先生岡崎の御邸宅へ参上致候処別府温泉へ御出との事にて奥様に御目にかゝり先生御病余の御様子なぞ委しく承り申候。一台のピアノ据ゑたる御座敷のさま別に此れと申す処も無之至つて質素に見え候へど、其の中おのづから江戸生粋の清洒と西洋文明の極致とに加ふるにまた京都固有の閑雅を以てしたるが如き含蓄ある空気漂ひ渡りたるやう覚申候。帰途知恩院山門下を過候儘石段を上り堂内の襖絵を拝観致候。狩野派初期の花鳥画につき深く感ずる処有之候。それより午後の日盛電車にて大阪に赴き夕刻七時より九時まで講演致候。御存じの如く人前にて演舌がましき所業は大の不得手故宛ら満座の中にて隠藝強ひられたる形に有之候。其夜直ちに京都に立戻り明日の祇園祭見るつもりに御座候。（八月六日）

■聞き及びし如く祇園祭は見事なるものに有之候此の如き古来の美風を持続し得たる京都人の心掛は感ずべきの至に御座候東京にては今更となりては神田祭の昔を思出づるとも詮方なし。一体に京都と申す処は本来の面目を失はずして巧みに他国のものをも取入れ此れを消化する力あるやうに見え申候。尤も今日は既に河原の夕涼なく往来は取広げられて、電車自働車頻に往復致し居候さま無論数年前までの趣きは大半此れを失ひ候へども猶日本の都会中にては最も調和の美を有する処なるべく候。此後幾年にして此の都も亦漸次に破壊せらるゝは知れた事なれど何卒一日半時たりとも長く其の余命を保たせ度きものと心の底より祈願致候。この度わが京都に対する感情は恰も行末見込みなしと見きはめつけたる女に、猶未練を残すが如き心地にも譬へ可申か。大谷のほとりに富豪の邸宅とも覚しき新築の西洋館見たる時は覚えず慄然と致候。此日再び汽車にて東京に帰り申候。（八月七日）

■籾山書店の邦枝君三田文学九月号の原稿収纏の為め御出有之候。土用あけ候うて暑気一倍烈しく相成候へど、日の短くなり候事次第に際《きはだ》立ち申候。七時過ぐれば直ちに夜と相成申候。

（八月十日）

■本日は例の火曜会に候へ共暑中の事とて自然休会と相成候。この会も初めは何とか名を付くべきかと思ひしが、此頃は人の名にも凡て雅号の如き無用の戯れを忌む時勢に候へば殊更に古めかしき漢字なぞあてはめて風流振る事は新しき文藝の趣意にも叶ふまじく其の儘に相成居候。此頃毎夜月よし。日中の暑さに引換へ夜は前栽より流入る風折には早や秋なりと思はせ申候

（八月十一日）

■水上滝太郎氏の手紙には屢々小品文にもせまほしき処有之候。

前号の本誌消息欄に出で候文章なぞはよき例に御座候。「この頃のうれしきは夕ぐれ窓の下に立つ伊太利の乞食のオルガンを聞きつ、あはたゞしき落日を見送る事にて候。」小生も彼の地に在り候頃は同じくかの伊太利の乞食の紙空琴に想ひを托したる事今だに忘れ得ず候。マラルメが散文詩「秋の嘆き」の中にもこの悲しき楽器の事こまやかに記され居候。日本の町にては本所の果なぞ通り候節、飴屋の朝鮮笛を聞きし時それにも似通ひたる哀れさを覚えたる事有之候。（八月十二日）

■此夏は爽快なる驟雨来りし事一度も無之、雷鳴も更に聞不申候。全国旱魃の由に御座候。最早編輯〆切に候間此辺にて余は次号に譲申候（八月十三日）

（「三田文学」大正2年9月号）

大窪だより（二）

■深川八幡御祭礼なり。さそひ呉候人有之候ひしかどこの暑さにては遠路難儀と存じ断申候。市ケ谷八幡も同じく祭礼にて拙宅の近辺も例になく賑に相成り夜はおそくまで馬鹿囃子の太鼓聞え申候。枕につきてより庭には淋しき夜風の響虫の声門外には遠く此の囃子の音を聞きつゝ眠候心地は何となく旅に出で見知らぬ里の鎮守祭に逢ひたるやうにも覚え申候。

■昔より神社仏閣などの境内に売女住み候処今になりても猶大方は悪所場になり居候事をかくし御座候。浅草奥山、深川仲町、湯島天神、芝神明なぞは申すに及ばず赤坂氷川に対する今日の溜池、上野山下の蹴転に対する今日の下谷、又牛込赤城の山猫とやらに対する今日の早稲田あたりなぞ皆人の知る処に御座候。然るに市ケ谷八幡と平河天神は水茶屋、土弓場、蔭間茶屋、小屋掛芝居なぞ繁昌せし昔をしのぶ影だもなし。今日招魂社の近く一帯に盛り場と成居候は聊か此等の申訳なるべきか（八月十五日）

■夕方用事有之門外に出候処、西の空一帯に夕焼すさまじく輝きたるに早くも東の方には大なる円き月黄《きいろ》く浮出居候。旧暦七月の十五夜なるべきか。あたりは黄昏の光と夕靄《ゆふもや》と夕焼の反射とまたこの月の光とによりていかにも不思議の色を呈し居候。去年の今頃は監獄署取払の跡雑草萋々たる空地と相成居候間、今宵のやうなる月の出潮には屢ジユウル・プルトンが農婦晩帰の画なぞ思出す種とも相成候が、今は追々に借家建ちて過ぐる日の風情もなくなり候。小泉八雲先生が愛し給ひしと聞及候瘤寺の古き門だけはいつ迄も残し度きものに御座候（八月十六日）

■鈴木鼓村子より「日本音楽の話」といふ新著御寄贈に与り候。専門家の著述故一寸一覧したるだけにても有益なる事沢山有之候。小生は日頃日本古楽の歌詞又は其の絵なぞ見候毎に何となくのび〱したる形式はかの甚しく片寄たる江戸音曲よりも却てわれ等の希望する如き新しき歌劇を産むべき何かのたよりには成らざるかと存居候。兎に角寧楽朝の美術には印度式希臘藝術の面影をも含み居候事を思へば此の時代の歌舞音楽は必づ大陸的の気風を帯びたるものらしく想像被致候。

■鈴木氏の著書は今日日本に存する音楽のあらゆる種類を網羅しよく其の来歴と現状を説明被致候。唯江戸時代より明治まで存在せし明清楽の事だけ見えざるやうに御座候。尤も此れは日清戦争の時より俄に廃滅したるものにて、以前より一向に日本の他の音楽及美術文学等には関係なきもの故除去する方却て適当なるべく候。然し明清楽につきては小生には多少の思出も有之候。中学校に通ひ候頃月琴と胡琴を習ひ覚えたく思ひて富士見町なる梅園女史といふ師匠の許に通ひたる事有之候。わづか二三月の修業にて未だ糸道もあかざる中日清戦争となり愛国赤誠の志士ども石を梅園女史の家に投込むなどの騒も有之、女史はいづこへか姿をかくされ候。その後その住居は久しく梅月といふ待合となり居りしが此頃は又藝者家に変じ居様に御座候。西洋料理富士見軒の向側藝者家新道に入る角の見付よき二階家に御座候。小山内氏が旧邸もこの辺に有之候が今は悉く絃歌の地と一変致候（八月十七日）

■裏庭の花畑に秋草の咲出たるを見んとて植込のかげをくゞり行候折いつの程か毒虫にさゝれたりと覚しく右の腕醜くゝも脹上り候。庭樹の手入にと日頃より雇置候者これを見てそは乙女椿の葉裏につく毛虫の為めなる由直に答申候。猶松竹楓なぞにつく毛虫の毒それ〴〵に痛み方脹上り方異なる由語申候。さすがに専門家の見識なりと感服仕候（八月十七日）

■午前新宿大木戸近くまで用事有之候儘帰途塩町通にある名高き笹寺と申す寺を見物致候。電車通に立ちたる総門の額に笹寺といふ文字も何となく古めかしく、借家建込みたる境内の敷石を歩みて次なる門に入れば、正面本堂の階段際に布袋に唐児の人形据ゑありて其の袋の口へ賽銭投入るゝやうに致有候。この彫刻の塗半ば剝げ鳩の糞にまみれたるも面白く、庭はさして広からねど朝露にぬれたる茶の木の緑あざやかにして、墓地に入る横手《よこて》に今を盛りと咲きたる一株の百日紅はいづこの寺にもなくてはならぬ道具立なるべし。此寺もと庭中に小笹隈なく生茂りし故笹寺の称を得たりと云伝ふ。今は名残として堂前に方三尺ばかり小笹の隈を残す由聞及候が別にそれらしきものにも心付かずして帰申候。かの醜き銅像に恐しき鎖《くさり》を廻らせし新設の公園を厭ひ候者に取りては市中を歩む折計らず寺に行当りて其の静なる庭を見るほど嬉しきものは無御座候（八月十八日）

■昨夜降雨有之候故か今朝より冷気俄に相催し照る日の色も黄く衰へ申候。野分の様なる強き風庭樹を騒がし絶え間なく床の間の掛物をあふり立申候。何といふ事もなく不図絵馬屋額輔が

壁に耳ありとも知らず掛物の
馬もおどろく初秋の風

といふ狂歌なぞ思ひ浮べ申候。夜に入りては浴衣の肌薄寒く、十七八夜頃の月澄渡りてすつかり秋らしく相成候。日本橋箔屋町辺まで参る途中日比谷を過候に帝国劇場にては火柱の如き電燈の飾物をなし居りまた日比谷公園にても老樹の梢に無暗矢鱈と電燈をつけちらし、群集夥しく雑踏致居候。現代人の電気を愛すること実に蟻の甘きにつくが如しとも申可き歟。日本の如き月色の美は空暗き西洋にては望みても見られぬものを、日本人は追々郷土特有の天然美までも捨てゝ顧ぬやうに相成候事かと例の如く嘆息仕候。初めて我国にエレキテールを紹介せし平賀源内とて地下にて此頃の様子を聞き候はゞ決して喜ぶ間敷候。四畳半の数寄屋にタングステン電燈二つも点じて、これにて明《あかる》し〳〵と無邪気に喜び騒ぐ紳士小生の知人の中にも有之候（八月十九日）

■夕方より俄に小雨降り出で、昨夜にも増したる涼しさは、早や秋も九月末頃かと思はるゝばかりに御座候。定めなく移行く季節を味ふ心ほど云ひがたきものは無之候。今宵の如く独り肌寒き単衣の襟引合せつゝ、机に肱つきて小雨の音しめやかなる庭面次第に暗くなるさまを眺入候得者何のいはれもなく唯只悲しくなり申候。その悲しさも或る悲しき事の記憶を辿るがやうにて、一つ寝したる女の前髪の不図冷きに触れたる如き心地とも申すべきか。思出せばシカゴやニユウヨオクにありては一年は唯恐しき夏と恐しき冬とばかりのやうにて、その間なる春と秋とのあわたゞしさ、今日《けふ》花さき初《そ》めて鳥歌ひ出せしかと思へば翌日は早や西瓜喰ふ暑き日となり、今朝《けさ》の雨の涼しさを喜ぶ公園の散策は、夕の風に忽ち芝居帰りの外套の薄きを思はしむる有様に候間、わが国にて感ずる如き暮春初夏の情、晩夏新秋の思ひと云ふが如き、ゆるやかなる感覚の美感を長く味ひ居る遑無之候。実にわれ等日本人の生活に取りて、この季節の変化によりて刺戟せらるゝ感覚は、決して外部にのみ留まらず、精神思想の内的生命の上にも甚しき影響を及すものと被存候。日本の文学美術には深遠なる内発的のもの少く、兎角に弱く果敢く唯だ美しき傾きあるは何よりの証拠に候はずや。西洋人は恋人に捨てられ候ふ時、遣瀬なき思ひを托すべき秋の月も雁の声も無之候故自然と形なき宗教に馳せ哲学に赴く外致方なかるべく候。然るをわれ等日本人には其周囲に無数の美しき花あり鳥あるが上に、移行くこの季節の情味を加へ候故いかほど烈しき感情もつい美しく和げられ、わづかに水茎の跡さはやかなる三十一文字をなす位に留候。春花秋月の趣草木鳥虫の形をば単純なる言語淡泊なる色彩にて現せば、それが直ちに美麗なる藝術となり得るが如きは、到底他の国には見られまじくと存候。凡て民族固有なる藝術の根底には必ず理論ばかりにては了解しがたき秘密有之候ものなれど、殊に日本の文藝に於ては此の感弥《いや》深《ふか》く御座候（八月二十一日）

■今日も終日雨さびしく降居候この両三日はいづこへ行きてもかの二本榎犯人捕縛の噂にて持切居候。これにつけても身に覚えなき大罪の嫌疑を受け親代々の家業まで失ひし人はいかなる宿世の因果にや。両三年前に歿したる瑞西の文豪ヱドアール・ロツトが最後の小説「剣と冠」Le Glaive et le Bandean は人心最高の正義に対するかゝる永久の問題を提起せんが為め仏国の法曹界を背景として不可思議なる裁判事件を描きたる一大雄篇に御座候。(八月二十二日)

■秋の空俄に高く青々と晴渡りて冷なる風は頻と白き浮雲を吹払ひ居候、不図隅田川原に蘆の葉のそよぐ音聞きたくなり候まゝ夕日傾きかけし頃急ぎ家を出候。いかほど破壊されても矢張夕暮の景色は向島にかぎり申候。見たるまゝの事を埒もなく書留申候。

川中にて摺違《すれちが》ふ渡船に女客なきは掛物なき床の間を見るが如し。

夕暮の渡船に鬢の毛吹かす女と、川添の二階から水を眺める女には、無理にも言葉が掛けて見たし。嫉妬深き亭主は妻を川添に住はすべからず。

水溜りに咲く水草の花の色淡きは、歌沢の渋き節廻しの如し。

改築されたる入金亭の円竹の高塀は唯只驚き入りたるものなり。

百花園庭木戸の前に設けたる観覧券の売場は兎小屋のやうなる心地す。

此のあたり尽く製造場となりたる橋場の川岸に、唯一ツしよんぼりと取残されたる真崎稲荷の石燈籠ほど気の毒なる形はなし。

橋場今戸の別荘の水門は古びて腐りしがよし。こゝに朽ちたる小舟繋ぎ捨てたるなぞあらば猶更結構なり。

夕暮の上潮に帆上げて走る船の姿と江戸ツ子の巻舌ほどせいせいするものはなし。

山谷堀入口の芥溜場《ごみためば》は誠に閉口といふの外なし。

三囲の土手より杭《くひ》を取去りしは人の指より生爪をはぎ取りしが如き無残なる業《わざ》なりけり。都島も釣舟も水際に杭がなければ形をなさず。

晩飯の仕度すべき茶屋も見当り不申候故、乍遺憾吾妻橋まで戻り橋袂の伊豆栄といふ古き饅屋に入り、電車のこまぬ中にと早速帰宅致候。(八月二十三日)

■日蔭町村幸書店に参り錦絵古本閲覧致候。(八月二十四日)

■晴れてはまた降る空のさま五月雨のやうに御座候。午頃学校へ参りそれより籾山書店に立寄りて帰宅致候(八月二十五日)

■今日も雨ふりて物の湿《し》ける事甚しき日に候。筆の軸煙草入の筒なぞ心地あしくべた〱致候。この雨にて鳳仙花白粉の花日向葵なぞいふ夏の花は大方色あせ申可くその代り葉雞頭は段々に紅味を加へ萩もそろ〱咲きこぼれ可申候。小生は秋の花の中にては一番秋海棠を好み申候。およそ世の憂き事を忘る丶手だてには花を愛するに如《し》くものはなかる可候。而して花を愛する道を説く者は世界の文学中支那に越すものはなかる可く候。林園月令なぞいふ書物を見候ふても、支那人の花を説く事厳然として宛ら哲理を講ずるが如き思有之候。支那と申処はいかなる世にも奸臣党を結んで跋扈し常に清廉の士を迫害致す国に候間少しく心あるものは皆田園の草廬に不遇の一生をかくし、止みがたき憂憤の情をば僅かに階下窓前の花木に托して殊更に閑日月の平安を衒ふより外致方なき次第に候。されば此れ等の悲しき隠者が花を論ずる語の底には自ら苦味き経験の名残と淋しき思索のこもりたるは当然の事に御座候。花卉果実の画もまた支那美術の誇とする処に御座候。小生は支那人が花卉を精神ある人間のやうに敬ひて四君子八仙十二客なぞに分け又美女に比べて三媚六妍なぞ申すことを殊更に喜び申候。いづれその中に漢詩南画なぞ少々研究致したる上にて何か論文書きたく存じ居候。(八月二十六日)

■昨夜おそくより雨烈しく降り出し暁方よりは風も次第に吹きまさりていよ〱暴風雨《あらし》と相成候が、夕刻に至りて忽然拭ふが如き晴天となり鳴きしきる蟬の声の中にやがて銀河淋しき秋の夜となり申候。この夜は二十六夜に当るとやら聞及申候(八月二十七日)

■三田文学九月号出来仕候(八月二十九日)

■三日ほど引きつゞきたる風雨の後秋は俄に更けゆき申候。蜱《こほろぎ》は日の暮る丶や否や椽の下より声をかぎりに鳴出で候。肩させ裾させとやら云うて鳴くこの蜱の声を聞居候へばおのづと薄暗き行燈の下に夫の衣縫ふ昔の女の哀深くも又艶なる姿目に浮び申候。総じて古き世の習慣《ならはし》は道徳も教訓も皆風土自然の美とよく調和致居候故日々の労働にも勉強にも詩趣こもりて美しく見え申候。旧暦七月の于蘭盆が秋に当りたる時分には、いかほど家を忘れたる不孝の悴とて夜毎露深くなり行く季節の淋しさにおのづと亡《な》き父母の事なぞも思出申べきを、西洋をまねたる太陽暦と相成候てより御盆は入梅過ぎたる夏の最中《もなか》と変じたれば魂祭するやうな淋しき心持全くなくなり申候。一国の道徳も風土の美を離れては成立ち難し。明治の新時代を作りたる人々の無考へなりし事万事につけて情けなく被存候。(九月二日)

■多病の身には今朝《けさ》の風骨にまでしみ入るやう覚え申候へども兎に角心地よき秋晴れの天気と相成申候。おほしいつくつくは今だにせはしく門前の高樹に鳴き居候。午後歯の療治に参候つ

いで其より大川端辺散歩致度存じ候処俄かに空模様怪しくなり候故急ぎ帰宅致候。果して夕方より雨降出し候。（九月三日）

■今日本郷座の初日にて吉井君の燈籠物語を一番目に据ゑ八百蔵左団次一座出演の由に御座候。小生いつからともなく芝居へは足遠くなり、行けば面白いと知りながらつい着物なぞ着換へるが面倒にて兎角出おくれ居候。知る人の作物なぞ場に上り候節はこれを知らぬ顔に打過すこと何となく気がとがめ申候。今年は少しく元気も回復致候様なればよき誘手《さそひて》もあらば参度存居候。兎に角芝居の桟敷に女連と膝付合せ浅酌低語心中の出語り聞くはあしきものに非らず。蜀山人を真似るにはあらねど三味線と蛸は兎角血をあらすものに御座候（九月五日）

■夏中は照付くる夕日の暑さに雨戸をも引き候二階の裏窓、この頃は追々に美しき夕陽の空を見るに宜敷相成申候。彼方に大久保の古き名所西向天神の森を望みつゝ首少し差延し候へば、紅に染りし空の端《はづ》れ、紺色に棚曳く夕霞の下、立ちつゞく屋根瓦と細《こま》かき雑木《ざふき》の茂りし間より折々は富士の頂きを見出し申候。かゝる山の手の町端れにて屢思ひもかけぬ処に富士を望み候時は全く北斎の錦絵より外にはいかなる名画をも思ひ浮べ得ず候。小生は油絵に描かれたる富士の景色ほど嫌ひなものは無御座候。ピアノにて奏ずる長唄聞かせらるゝと同じやうな心持致し候。これにつけても、西洋風の藝術にて日本特有のものを表さんとするは甚だ困難なる事と被存候。（九月五日）

■四谷伝馬町通より鮫ケ橋稲田の方へ曲る幾筋の狭き横町は、何となく物寂《ものさ》びて侘《わ》びしく処々に古き寺乱塔婆なぞもあり、又小家つゞきの間に折々は驚くばかり年古りし大木も残りて、そぞろに組屋敷立つゞきし昔のさまも忍ばれ申候。殊にかの忍原《おしはら》横町と申すは天明の狂歌会初めて催せし処の由蜀山人の記録奴凧に其名を留むるが嬉しくて、晩食後五日頃の新月を見がてら散歩を試み申候。貧気げなる古本屋有之候まゝ立ち寄り候処、片隅に埒もなく積載せたる古本は大抵江戸時代の漢籍にて、其のには奈留可志、花月草紙、折焚柴の虫喰へる写本なぞも打交り居候。物問ふに須臾ありて、破障子の彼方なる蚊帳の中より手足もきかぬやうなる老翁苦し気に匍出で、これは白河侯のお書きになつた花月草紙と云ひつゝ塵打払ひて見せ申候。その言葉使その顔立むかしは由ある人と思はれ申候。反古同様なる絵草紙の中より計らず歌麿が自画作黄表紙がんとり帳発見致候間申出るまゝの価にて買取申候。何となく物哀れなる心地致候間、猶写本の五元集見事なる筆跡にて紙も礬水引《どうさびき》なる故これもついでに購ひ、新月落ちて燈火少き道を表通へと戻り申候。秋の夜《よ》寒《さむ》に横町の小家は皆早くより雨戸引き居り候（九月六日）

■秋の夜寒となりて嬉しきものは、帯しどけなき懐手の浴衣に女の半纏引かけたる姿にて候。猫も同様長火鉢無暗と恋しくなる茶の間の壁に、袋のまゝなる三味線の高切れも驚くばかりの響して、縁起物の燈明に飛んだ丁字のまじなひも、宵の口より更初むる秋の夜なればこそと思はれ申候（同日）

■八月九日発水上滝太郎君の来信にこの夏は紐育よりナイヤガラの方へ御旅行との事また沢木君が詩人ミユツセの石像ある絵葉書にて同君は夏中巴里に御滞在折々島崎氏とも御交遊の由承知仕候。猶又過日白国に向はれ候堀口君よりは「ポウランドの野を行く汽車の中にて」としてモスクワ大寺院の絵葉書頂戴致候。波蘭の郵便切手は珍しき故大事に致し置き候。（九月七日）

■十月号は大分紙数も多きやうに御座候へばこの辺にて御免蒙り候。以上。（九月八日）

（「三田文学」大正2年10月号）

発売禁止に就て

平出　修

一

余の近作小説「逆徒」を掲載した為先月の太陽が発売を禁止された。もし之が余の主宰する雑誌の上に起つたことであつたなら余は何にも云はずに置くかも知れない。只事が太陽雑誌に就いて起つた。而して斯雑誌は創刊以来十有九年の長き間《あひだ》嘗《かつ》て一度も発売禁止処分を受けたことのない立派な歴史を持つて居る。穏健であつて保守に陥いらず、進歩を考へて、奇矯に趨らず、一代の名流を寄書家とし日本に於ける知識階級を読者とする処は、斯雑誌が、社会の信用を得来つた所以の賢き態度である。斯の様な歴史と態度とをもつた雑誌太陽が秩序紊乱《ちつじよぶんらん》の廉を以つて警察処分を受けた。それが余の作物を掲載したからだと云ふのである。余は自分一箇の都合だけを考へて黙つて居ることは出来なくなつた。

余は先づ藝術と政治と云ふことから議論を進めて行く。

第一、如何なる頑冥の政治家と雖も、藝術の存在其ものを否認するものは、恐く現代には生きて居ない筈である。武断一片の人でも試に外国に行つたとして見る。日本にどんなものがあるかと問はれたとき第十世紀の古に、源氏物語と云ふ小説があると答へて、其藝術上の解説をして与へたなら、問をかけた外国人は、此偉大なる作品に十分の敬意を表するに違ひない。その讃辞を聞いた政治家は、国威を宣揚《せんやう》すると云ふことは、必ずしも軍艦と銃砲との力を以つてすることではないと云ふ真理を悟り得るであらう。日本の政治家は政治を以つて唯一最高の地位に置き学問藝術等の諸活動は悉く政治を為《な》す為の方便として考へる人が多いから、其様《そん》な人達に訳易《わかりやす》い様に、藝術と国威宣揚との関係を例示した。此説明をも少し進めて云はう。日本の政治家は、日本が世界の文明に貢献することの尠《すく》ない——むしろ絶無とも云ふべき二千五百年来の歴史を酷く不満足に思つて居る。之は日本国民として誰しも抱く残念さではあらうけれど、就中政治家は口癖のやうに之を云散《いひち》らして居る。しかしさう云ふ人達から考へて貰ひたい事がある。それは世界の文明に貢献すると云ふことは、何ものを以つてするのであらうかと云ふ具体的の問題についてである。まさか戦《いくさ》に強いと云ふことがそれでもあるまい。それなら政治か。日本がいくら政治組織を完全にしようと計画しても差当り立憲政治以上の善良な組織の発見が出来相にもない。一生懸命の努力を尽して、今より十倍も賢くなつて、そして大和民族が本統の世界的貢献をなすべき余地は、学問藝術に於て始めて発見し得るのだ。此学問藝術を蔑視して、而《しか》して国威の宣揚を考へることは、古い諺だが木に縁つて魚を求めるの類である。之丈《これだけ》のことは日本の属僚《ぞくれう》政治家にも合点の行く論理であらうし、此位《このくらゐ》の事が未だ訳つて居ない人がもしあるなら、余の此平易な文章の一篇を読めば容易に理解し得るであらう。故に余は藝術の存在其のものを否認する政治家は、現代に生きて居ない筈だと命題することを改めない。

第二、余は藝術至上主義を振り廻さうとは思はない。又進歩したる藝術論は藝術と道徳の関係を論ずるに、藝術至上主義などを楯にはしては居らない。（序に云ふ前号太陽の浮田《うきた》氏《し》の文藝と道徳論は新らしい見方と云ふことは出来ない）然るに茲に政治至上主義と云ふものが日本に流行して居る。此主義の誤謬の甚しいことは、藝術至上主義の欠点などに比較すべくもないものである。

此点を説明する便宜上、上田《うへだ》博士《はくし》（敏）の訳筆を籍りてマアテルリンクの理性三界の説を少しく引用する。

人間の道徳は意識無意識の理性に於て形作られる。是等の理性を三界に分つことが出来る。其下底には最も重く、最も濃い、最も普通なる「常識」が横つてゐる。それより稍上に、既に、利用享楽と云ふ思想に向上しようとする「道理」と云ふものがある。最後にすべての向上に当つて、想像或は感情の要求又は人間の意識生活を其無意識生活と及び内外未知の勢力とに結付ける百般の要求を是認しつつも、又及ぶ限り厳正に制駆するものがある。これは全般の理性中にあり乍らそれと判定し難い一部分で、吾等は之に「不可思議の理性」と云ふ名を与へる。
（思想問題——新道徳説三五五頁）

扨《さ》て政治は何れの世界に行はれて居るであらう。第一の常識の世界。此世界に臨んでは政治は殆ど無限の支配力をもつて居るとも見らるる。そしても少し進んだ政治は、第二の道理の世界にも相当の勢力を振ふことが出来る。けれども此世界ではもう絶対の支配力はない。少くも科学研究の自由は政治の支配力を無視して、嶷然《ぎよくぜん》としてそれ自らの分野を保つて居る。しかも世界的理法はさうすることが正義に適つて居るものだとして怪むものはない。更に第三の不可思議の理性界即想像力の世界は全く政治の力を以つてどうすることも出来ない、丸で掛けはなれたものである。或は日本の政治家などには、此《こん》様な世界の存在を考へることすら堪え得ないものが沢山あるであらう。「常識」と呼び「道理」と名づけた智力の二方面に絶対的確信を帰依して、何事も功利的実証的唯物的合理的に解決して行かうとすることが、現代思潮の一つの潮流であつて、殊に此思潮の大波は日本に於ける政治の世界を全然押包んで居る。斯様な世界にのみ慣された、痴鈍な神経で、不可思議の世界に於てのみ接触することを得べき微妙なる人間の活動を観察しようと企てても或は無効になつてしまふかも知れない。それ故社会上に立ちて働く人間の中で政治家が真先に痴鈍になり、その次に狭義の教育者が痴鈍になると云ふ歴史上の事蹟も説明の方法がつくのである。

唯茲にいゝ事が一つある。人間の虚栄心と云ふものが折々善人らしくない善人を作り出し、正義は忌み憚られ乍らもそれが案外容易に通過させられる場合があることである。日本の政治家には「不可思議の理性」の解説をしてやつても一寸は会得は出来まい。出来ないからと云つて解らないと云切つて了ふことは、虚栄心を毀ける。そこで訳は解らなくとも、宗教とか藝術とか、第三世界の産物に敬意を表する。真実心でなくとも敬意を表する。もともと虚栄心からであるから、政治の実際問題となると、それ程尊敬の実を示さないが、口では藝術を排斥するなど云ふことは決して言はない。

余は虚栄心から出た藝術保護論と雖も保護の実さへ挙れば、ないよりは増しだと思ひ、先頃の時事新報紙上にあらはれた岡警保局長の藝術取締論なども此意味に於て敢て敬意を表して置く。只慾を云へば、虚栄心でなくして、本統に藝術を愛好して貰ひたい。それが出来ぬと云ふなら、せめて政治至上主義を抛つて貰ひたい。繰返して云ふが、政治は「常識の世界」、幷《ならび》に「道理の世界」の一部にしか対象を求めて居ないものである。科学が政治を変改した十九世紀の史実は政治至上主義を全く打壊して居るではないか。まして二十世紀の新道徳が、ロダンの藝術から産れて来ると云ふ様な第三世界の出来事は、全く政治の働の数億万里外に爛々たる光彩を放ちつゝあるではないか。

第三、政治至上主義を抛つて政治と藝術との関係を考へて見るとどうであらう。藝術が第三世界に産れた儘であるなら政治との交渉も起らないが、藝術は必ず第二第一の世界にまで降臨して来る。そこは政治の世界である。政治との交渉が茲で起らざるを得ない。政治家は藝術を害物視することは、其虚栄心が許さない。さればと云つて万事事勿れで済まして行きたいのが日本の政治家の賢い考へ方《かんがへかた》だ。第一、第二の世界に、虫の様な生活を営んで、不可思議なんど云ふことに少しも気の付いて居ない被統治者に、新しい希望や感覚や想像を起さす暗示なり解説なりを与へて、折角静平にして居る彼等の生活に疑と煩悶と向上とを思はさせる。彼等の世界は藝術の為に攪乱される。実に厄介なものは藝術であるが、悪い事には、人間の進歩はいつも此動揺から芽を出し幹を太くする。今の世に秦の始皇を真似ることは天下の理法が許さない。世の掟と云ふものを神則であるとして固守することは、道徳上に於ても罪悪であると、あの功利主義のミルでさへ明言して居る。日本の政治家もなまじ「道理」の一端を教へられて居るから、極端な野蛮政治を避けなければならなくなつて居る。従つて藝術が自己の支配圏内の世界に降臨することを拒むことが出来ない。之は前にも云つた事だ。

　内務当局者は此喰違を甘くつぎ合せて行かうとして、文藝取締の方針を屢公示して居る。藝術が藝術として価値あることを敢て否定しない、けれども鑑賞者は俺の支配圏内にある。此者共は極めて焦躁で早呑込で、軽佻で、判断力が全くない。こんな頭の極まらない者共に、藝術を与へると云ふことになると、藝術本来の内容でも目的でもない色情や叛乱思想にのみ先づ興味を起して、猥褻の行為や、犯罪の企画を考へる者共が多くなつて、寔に統治が為悪《しにく》くなる。それで已を得ず、——作者出版者には気の毒であるが——藝術のあるものを社会の外に放逐するのである。かう云ふのが即内務当局者の方針である。此方針の結果として頭の進んだ人民には、どんな藝術でも与へても差支へないと云ふことになるから、内務当局者は文学に就いて云へば「読者」と云ふことをいつも取締方針の中に数へて置く。太陽はどんな読者をもつて居るのであるか。之を考に置いて太陽の内容の検閲をする。之が当局者の方針の最後の結論である。

　藝術の本統の見方も価値も影響も理解することなく、一面政治が何等の理想もなく、只事勿れ主義に行はれて居る日本の現状に於て、よしそれが政治家の虚栄心からだと云はゞ云へ、兎に角藝術の独立は認めなければならぬと考へたらしい上記の主張に対して、余は今日《こんにち》の処は致し方があるまいと思はざるを得ない。故に文藝対政治の関係に付いて、余と内務当局者との間に意見の一致を看出し得るのみで、何等の扞格はないのである。然るに余が公表した作品が、同論者たる内務当局者から見て、秩序紊乱の作品に見えた。之はどうした行違であらう。余はこの行違の原因を追究して見なければならない。

二

第四、発売禁止処分と云ふ観念に就いて、或は余と当局者との間に何等かの相違があるのではあるまいか。尚押進んで云へば、政治と云ふ観念に就いて、両者の間に意見の相違があるのではあるまいか。之を第一に研究の対象として見よう。

訳易い為に国家を以つて議論の出発点とする。余の考を以つてすれば、政治を以つて国家存在の必要に応ずるに足る丈の施設をなせばそれでいいと云つた時代は遠き過去に属して了つて現今の政治学の教ふる如く、政治は国家の存在及発達に応ずる丈の施設を為さなければならないものである。国家の発達とは何であるか。箇人《こじん》の発達が即ち其基礎をなして居る。政治は箇人の発達を助長するのを目的として施設されなければならない。従つて助長的行政は政治の尋常手段であり、正面の原則である。王道の政治と云ふものは必ず斯目的を体現し得たものでなければならない。従つて又警察行政は政治の非常手段であり、側面の法則である。助長行政あつての警察行政である。此二つの関係のみを云へば、警察は助長の手段であり、随従でなければならない。然るに日本の内務省は、此非常手段の一たる発売禁止処分を、何等の顧慮も反省も躊躇もなく断行する。惟《ひと》り発売禁止処分のみでない、非常手段たるあらゆる警察行政を通常手段として平気に之を行使して居る。しかも助長行政としては、何等の考慮も苦心も払はれて居ない。日本の政治家は、警察行政の如き非常手段を軽々に行使することは政治家の大なる敗徳であると云ふことなどを思つたことはないらしい。

且夫れ発売禁止処分なるものは急速に命令せらるるものである。急速でなければ其目的は達せられ難い。急速の事には狼狽と過誤とが伴ひ易ひ。又発売禁止処分には不服申立の方法がない。被処分者は其是正を求むべき権利を有して居らぬ。かう云ふ場合に処分はとかく濫用され易いものだ。過誤の生じ易い、濫用に陥り易い発売禁止処分は、他の警察処分に比して一般の戒心と謹慎とを要するの外、其担任者の道徳監督は之を忽にすべからざるものである。処が日本の政府には少しもかう云ふ処に注意が届いて居ない。三四の属吏に任せつ切りにして大臣は只盲判を捺して居る。言論出版の自由は憲法に保障されてあると云ふけれど、其立法の大精神は全く滅却されてゐる。人の智能の畑に実つた果実が如何に貴いか。如何に作者が苦心した作物であるか。如何に出版者が損失を蒙むるか。そんなことは彼等の念頭にも上らぬ問題であるらしい。少し例は違ふが、同じ言論の自由に関することだから、演説会取締のことを少し云はう。

政談演説会には臨監官吏と云ふものがあつて、演説者の監督をする。演説者と此官吏との知識、学問、思想を比較して見ると、大々多数の場合にいつも官吏の方が数十等下劣である。即ち政治演説会場には優秀なる人々の監督権を劣等なる人が握つて居ると云ふ奇異なる現象がある。凡そ世界に之程矛盾した事実が外にあらうか。処が政府当局者には之が少しも不思議ではない。警察行政が其目的であつて人民などは自分の都合のよい鋳型に篏めて置けばそれでいゝのであるからでもあらう。

斯の如く非常手段と尋常手段とを取違へてあることがもし当局者の本統の心持であるとするとそこに余の考とは丸で別な結果が生れて来るのが当然であるとも云ひ得る。

第五、それから余と当局者との間には、「読者」に対する観察が違つて居はしまいか。之も議論の簡明を計る為に、「太陽の読者」と云ふものに限つて見る。此「太陽の読者」と云ふことの観察に就いて、両者間に違があるのではあるまいか。太陽の読者は日本の知識的上流階級であると云ふことは恐く異論はあるまい。日本の知識的上流階級は、果して当局者の見る如く、白痴のやうな、色情狂のやうな、叛乱狂のやうな、消化不良患者のやうな人達であらうか。焦躁で早呑込で軽佻で、判断力のない人達であらうか。之が余の疑ふ処である。

人の能力や理解力の問題になると量の計算とは違つて明瞭に数字が出て来ない。余と当局者とが互に見解を異にした処で結局は水掛論になるであらう。茲に問題を提供して一般投票《レフレンダム》をやると云ふことも出来ず、一定の詮衡的方法とてはない。只しかし、今次の様な問題を提出して見たらどうであらう。政府は無政府主義と云ふ詞を非常に嫌忌し又恐怖し、之に関する論究は一切公表することを許さない。斯様な政治の為方は果して正当であるかどうか。無政府主義が哲学上、歴史上、科学上到底実現の出来ない誤謬を含んで居ると云ふ議論をすら公表させないと云ふことは、果して時代に先見の明ある政治家の採るべき手段であらうかどうかと云ふことを知識的上流社会に問うて見たなら何と答へるであらう。政府の方針に賛成する人が多いであらうか。又斯の如き政治方針の頑冥にして、非理なることを嘲笑するものが多いであらうか。此嘲笑する側に余が立つたとして、余と政府との意見のどちらがいゝかと発問したならば、余は断じて云ふ、政府側につくべき人は、全くの一人もないであらう。もしあるとすれば、其人はまだ道徳上の賤民主義から脱却することの出来ない人であると云はなければならない。即ち自分の優者だと思ふ人の意見は何等の理解もなしに遵奉《じゆんぽう》することを本分なりと考へて居る、良心的活動の出来ない種属に数へらるべき人であるのだ。今日の倫理学は、盲従や雷同を徳の賊なりとする。従つて人の行為は必ずや理解のある良心的活動に依拠すべきものとする。無政府主義が危険な思想であるならば、其危険なる所以を十分に理解し納得したる上に、之を排斥すると云ふことにするのが倫理法則の要求である。現代日本の知識的上流階級には這般の理論は十分に行亙《ゆきわた》つて居ることを余は確信する。故に上記の問題に対しては、日本の知識的上流階級即ち太陽の読者は一人残らず余の主張に加担するであらうと云ふことを断定し得るのである。

斯の如く、日本の現代人の能力理解力の観察に政府と余と相違があるとすると、余を以つて見れば、些の攪乱、動揺を及ぼす悞なきものとする言説も、当局者から見れば、危険極まるものと認定するに至る場合も生ずるであらう。しかし茲に注意すべきことがある。それは、当局者が右の如く危険極まるものとして公表を禁じた言説が、事実国民から見て、何でもない平凡な言説であつたと云はれることが必ず起つて来て、当局者の迂愚が冷笑の的になるやうな現象を起すことである。現に「逆徒」の発売禁止に就いても、題材を或事件に採つたからだと判断して、さて、斯様な作物を書いた作者及之を掲載した太陽を非難する方が悪いか、或事件と云ふ一語に慓ひ上つて急遽発売禁止をした当局者が目先が見えないと云はれるか。余は自惚ながら、必ず当局者の処置を冷笑するであらうと思はれる。仮りに余等が笑はれるとしても、今の様な当局者、道徳上の賤民主義を鼓吹する様な当局者の監視の下に、あの様な作品を公表した目先の見えなさ加減を指示するに止まるであらう。此点から云へば全く余は当局者を買被つて居たかも知れない。自分の藝術的真心を大分に偽つて当局者から誤解を受けない様に、随処に筆意を加減して行つたことも、何の甲斐がなかつたことなど思合せて見ると、聊か馬鹿々々しくもなつて来た。

第六、以上二つの外に、も一つ「作物そのもの」に就いての見方が余と当局者の間に相違があるらしい。否確に相違がある。しかも著しい意見の隔が確にある。余の知人は口を揃へて「逆徒」なる標題が悪いんだ、あの標題を見ては「今の政府なら」ば黙つては居まい、なぜもつと目立ない標題を択ばなかつたかと云つてくれる。それは余も多少考へないでもなかつた。しかし余はごまかしは嫌だ。自分で秩序紊乱《ちつじよぶんらん》の作物でないと自信した以上は、何も迎合する必要はないと思つた。外に二つ程標題を択んで幷せて之を雑誌社へ送ることは送つたがなるべく「逆徒」の標題を附けて貰ひたいと註文した。社の方でも精細な調査を遂げて、余の希望を納れて掲げた標題である。標題だけで発売禁止をしたのであらうと云ふ推断は、無論一時の座興から出たのでもあらうけれど、斯う云ふことを推断する人達の頭の中には、「今の政府なら」と云ふことを計算に置いてあることだけは注意しなければならない。「今の政府なら」と云ふ詞は「今の愚な政府なら」と云ふ意味であつて、知識的上流階級――太陽の読者達が政府を嘲笑する場合に用ひる一種の符号である。「威信」と云ふことを命よりも大事に守つて行かうと云ふ当局者は、自分自らの軽卒、空威張圧抑から、仮に「威信」を落しつゝ行く事実に就いて深い考案をして見たらどうであらう。

それは兎に角、政府当局者は、余の小説を読んで居ない。少くも心読はして居ない。余は藝術的批判を求めんとするのではなく、又あの拙い作物の一字一句をす見落すなと迫るのではない。本統は人の作物を湮滅せしめ、人に新聞紙法違反の罪名を負はせる処分行為であるから、藝術的批判も必要であるし、一字一句を見落してはならぬものであるが、余はそれ程の親切を「今の政府」に望んでも無駄なことと思つてる。それ故せめては下の様な事をでも当局者に詰問して見たい。余が此「逆徒」に於て採入れた題材は、如何に取扱はれ、如何に世間の誤解を招かぬ様に周到なる注意を加へてあるか。それを当局者は鑑査し得たかどうであると詰問して見たい。

　詰問したつて答弁なんどをする当局者でなく、一一人民に取合つて居ては「威信」に関するとでも思てるらしい小役人を相手にするのも大人気がないから、此点に関し余は汎く本誌の読者の明敏なる理解に訴ふるべく、項を改めて辞述して見やうと思ふ。

三

(此項全部約二百行を抹殺す)

四

第九、思はず弁明が長くなつた。之れまで書いたことで、略余の云ひたいことの要点をつくした。聡明なる読者は、此一文を読んで、余及《および》太陽編輯者の衷情を諒とせらる丶ことであらうと思ふ。

　筆を擱くに臨んで余は不思議に思ふことが一つ出来た。余は社会の公人として何程の位置にあると云ふ人物ではないが、兎に角社会的行動を為すに際し、未だ嘗て衷心の疚しさを感ずる様なことはなかつた。自分の利福栄達を図る為に社会に於ける言説を二三にしたこともなく、又現代の社会法則に対しても十分の理解心と遵奉心とをもつてゐるから、之が破壊攪乱を企てる様なことを決して考へたことはない。皇室を尊崇し、国民忠良の至誠を思ふことは人後に落ちない積りである。俯仰天地に恥ぢざる生活は、余自ら常に体現して居ることと確信して居る。此様に何等咎めらるべきことの全く無い余自身に対し、内務当局者は秩序紊乱者の汚名を与へた。しかも多くの誤謬と、粗雑と、邪推とを交へた見解の下に、余を罪人扱にした。不思議の感じがすると云ふのは即ちこの事である。

(「太陽」大正2年10月号)

沈潜のこゝろ
——日記の中から——

阿部次郎

自己の天分に対する自信は、その天分の発展にたぢろかざる歩調を与へるであらう。自己の力に対する自覚は、艱苦との闘争に屈撓せざる勇気を与へるであらう。さうして自己の「成長」に対する意識は、その成長のいとなみに朗かなる喜びを与へるであらう。その限りに於いて、此等の自覚と意識とは、歓迎せらる可きものに相違ないのである。

しかし自己の天分と力と「成長」とを不断の意識として、反覆念を押して喜んでゐることは、必ずしも自己を大きくする所以ではない。輪郭の大小強弱に拘泥する心は、往々その生活内容に対する余念のないいとなみを閑却する。抽象的なる「自己」に執する心は、往々自己の内容が全然そのいのちの中に開展する「世界」の充実と豊富とにかゝることを忘れる。さうして「自己」の名のために却て「世界」を貧しくする。換言すれば自己の輪郭のために却て自己の内容を空しくする。彼等は自ら住まむがために家を建てるかはりに、垣根の修繕にその日を暮す愚かな人たちである。

又自己の天分と力と「成長」とに対する不断の懸念は、往々その公正なる内省の力を鈍くして、自己の周囲に徒らにはなやかなる妄想《ワーン》のまぼろしを描き上る。心の世界の中に内容と自意識との二つが分離して、神経は専ら自意識の上にあつまり、自意識はその内容と実力とに無関係に、自分勝手に大きく膨れる。さうして内容と実力とは広大なる自意識の薄暗い下蔭に、日の目を見ぬ草のやうに影の薄い朝夕を送つて行く。自意識と生活内容との懸隔甚だしくなるにつれて、彼等の次第に接近し行く方向は誇大妄想狂と云ふ精神病である。さうして彼等の自信と並行して昂進するものは、第三者の眼に映ずる空虚と滑稽との印象である。彼等の住む国は「自己」の末梢《ペノリフエール》である。中枢《ツエトルム》は末梢の病的成長につれて萎縮の度を加へる。彼等は象のやうな四肢と、豆のやうな頭を持つ怪物として、「自己」の外郭をめぐる塵埃の多い日照道を倦むことなき精力を以て匍匐して行くのである。併し無窮の匍匐も遂に彼等を真正なる自己の国に導くことが出来ない。真正なる自己の国に導く力は、どう〳〵めぐりではなくて、掘り下げ、推し進め、かつぎ入り、沈み込む力でなければならない。生活内容に対する——真正の意味に於いて自己の「現実」に対する——公正な気取り気のない自覚は、先づ吾人に力の集注と結束とを教へる。更に生活内容そのものに内具する「神聖なる不安は」吾人に進撃と爆発との力を与へる。さうしてこの内容の実相に対する自覚と、内容の不安から推し出される張力とは、天分の大きいものと小さいものと、力の強いものと弱いものとの差別なく、各人を自己開展の無限なる行程に駆り出すのである。此やむにやまれぬ内部的衝動に駆らるゝものは、右顧左眄するの余裕がない。(天分の大小強弱を問題とするは要するに右顧左眄である)。与へられたる素質と与へられたる力の一切を挙げて、専心に謙遜に、純一に、無邪気に、その内部的衝動の推進力に従ふ。真正に生きる者の道は唯この沈潜の一路である。いのちの中枢を貫く、大らかな、深い、静かな、忘我によつて実在の底を捜る心を解する者の一路である。外部との比較と他人の軽蔑とを生命とする所謂「自己肯定」はあづからない。自我の末梢に位する神経過敏はあづからない。

沈潜のこゝろを解せむと欲するものは、「神聖なる無意識」の前に跪くことを知らなければならぬ。

俺は偉大だぞと意識する者の中に、必ずしも「偉大」が存在するのではない。自己の偉大に対する意識が全然欠如する処に、必ずしも「偉大」が存在しないのではない。偉大と云ふ事実は、俺は弱小無力だと感ずる砕かれたる意識の底にも、猶存在しないとは限らないのである。真正の偉大は無意識の底にあるので、意識の表面に浮草のやうに漂つてゐるのではない。偉大の意識は慾望の生むまぼろしとして、自己の真相を覆ふ霧のやうに湧いて来ないとは限らないのである。意識と無意識との間に行はる、微妙なる協和不協和の消息を知らない者は、俺は偉大だと叫ぶ処に、本当に偉大があるのだと思つてゐる。そうして俺は偉大だぞと云ふ御題目の百万遍を繰返すことによつて、自己を偉大にし得ると妄信してゐる。併しこの御題目の功徳によつて顕現するものは唯萍のやうな偉大の意識であつて、底から根を張つて来る偉大の事実ではない。意識と無意識との矛盾を解する者は、偉大の意識の中にも真に侮蔑に堪へたる空虚と自己諂諛とを見る。さうして弱小無力の意識の底にも、涙を誘ふ純一と無邪気との中にスク〳〵と延び行くいのちの尊さを看過しない。

私は刻々に推移する気分の変化の、意識の把住力を超越し、意識の抗拒力を超越して、恣に出没することを感ずる。私は私の心の奥に、或知られざるものゝ雲のやうに徂徠し、煙のやうに渦を巻いてゐることを感ずる。さうして私は私の心の底にある無意識の測り知る可からざる多様のこゝろを思ふ。

私は逡巡を以て始めたことの思ひがけぬ熱を帯びて燃えあがる驚きを経験する。悲観と萎縮との終局に、不思議なる力と勇気とが待受けてゐて、窮窘の中にも新しい路を拓いて呉れることを経験する。さうして私は意識の測定を超越する私の無意識の底力を思ふ。

私は又心の湧き立つ若干の日と夜とに、身も挫けよとばかり衝当る勢の、徒らに冷かなる扉によりてはね返される焦燥を経験する。力の蓄積が欠乏を告げて、張りつめた勢が、空気枕から空気の抜け去るやうに音を立てゝ抜け去る刹那を経験する。さうして私は意識の果敢なさと無意識の深さとのこゝろを思ふ。

又私は自ら努めず自ら求めざる無心の刹那に心の果物の思ひがけもなく熟して落つる響に驚かされる。無意識の中に行はれたる久しき準備と醗酵とが、天恵の如く突如として成熟せる喜びにいそ〳〵とする。さうして私の心は頻りに此無意識の讃美が一紙を隔てゝ運命と他力との信仰に隣することを思ひ、何時の日か迷妄《マーヤ》の面帕が熱の落つるやうに落ち去る可きことを思ふ。

神聖なる無意識に跪くこゝろは、私に弱いものゝ前に遜ることを教へた。大らかに、ゆるやかに、深く、静かに歩みを運ぶことの、喧噪しながら、焦燥しながら、他人の面上に唾を吐きかけながら、喚叫しながら駆け出すよりも更に尊いことを教へた。それは又待ち望むことゝ疲れたときに休むことゝ、力の抜けたときに怠けることゝ、巫山戯たい時に巫山戯ることゝ、結果と周囲とに無頓着に内面の声に従ふなげやりの快さとを教へた。さうして私の心は此等の緊張と弛緩との幾層を通じて。不断に或る人生の祕奥に牽引されてゐることを感ずる。何処に往くかはわからない。何処まで行けるかもわからない。併し私の心に牽引されるちからの存在する限り、私は兎に角何ものかに沈潜するのである。さうして力尽きた時に破滅するのである。

私は自己の天分の強さと「成長」とを造次も忘れることの出来ない文士よりも、寧ろ貧苦の中にその妻子を愛護する農夫の間に、恋愛の熱に身を任せて行衛も知らぬ夢又夢の境を彷徨ひ行く少年男女の間に、遥かに真率にして純一な、しめやかにして潤ひのあるいのちの響きを聴く。

生活の全局を蔽ふ深沈なる創造のいとなみに従ふ者は、固より困惑せる農夫と少年との無意識を以て満足すべきではない。彼は無意識に伴ふ安詳にして鞏固なる意識を――明かに真実を見る内省と、障碍と面争してたじろかざる自信とを――持つ必要がある。併しいづれにしても無意識は君主にして意識は臣僕である。意識の臣僕のために無意識の君主を蔑視するものは――「無意識」の神聖なる祭壇を蹂躙して我は顔をするものは、必ず神罰を蒙つて、真実を視る眼と、人生を味ふ心と、実在に沈潜する力とを奪はれるに違ひない。

沈潜のこゝろを解せむと欲するものは、内省の意義を蔑視することを許されない。

内省は自己の長所を示すと共に又その短所を示す。内省は自己のちからを示すと共に又その弱小と矛盾と醜汚とを示す。内省の眼は、苟もそれが真実である限り、如何なる暗黒と空洞の前にも回避することを許さない。故に内省は時として吾等を悲観と絶望と、猛烈なる自己嫌悪とに駆る。真実を視るの勇なき者が、常に内省の前に面を背けて、その人生を暗くする力を呪ふのは洵に無理もない次第である。併し胸に暗黒を抱く者は、その暗黒を凝視してその醜さを嘆くの誠を外にして、暗黒から脱逸するの途がない。真実の直視から来る悲観と絶望と自己嫌悪とは、弱小なる者を生命の無限なる行程に駆るの善知識である。暗黒を恐れる者は、悲観を恐れる者は、さうして此等のものを生むの母なる内省を恐れる者は、到底人生に沈潜する素質のない者である。

内省は時として理智の戯れとなる。力強い無意識の背景を欠く時、空洞なる者は空洞なる自己を観照することによつて、其処に果敢ない慰めを発見する。無意識の底から押し上げて来る「神聖なる不安」を原動力とせざる限り、内省は唯まぼろしの上にまぼろしを築く砂上の戯れに過ぎない。さうして此の如き理智の戯れは直ちに情意の方面に於ける悲哀と憂愁との耽溺を伴つて来る。此種の内省、此種の多涙が、自意識の耽溺、「自己肯定」の耽溺と共に人生の左道たることは云ふまでもない。否、憂鬱症《メランコリヤ》が誇大妄想狂や躁狂に比して一層不幸だと同じ意味に於いて、此種の「自己否定」は「自己肯定」に比して更に不幸である。さうして人生に於ける歓喜と活動とを拘束する意味に於いて更に有害である。私は従来屢々此の意味に於けるセンチメンタリズムの領域とすれすれに通つて来た。従つて私は可なり深くその危険を了解してゐると信ずる。私の内省を説くのは決して此意味に於いて自己弁護をするためではない。唯此処に明瞭に区別せむと欲するのは、内省そのものが決して此の如き理智の戯れと、之に伴ふ情感の耽溺とを意味するに限らないことである。理智の戯れと情感の耽溺とは内省の齎す必然の結果ではなくて、寧ろ無意識の空虚と疲労とから来てゐる。此等のものを難ずることは決して内省そのものを難ずることにはならないのである。真正の内省は無意識の底から必然に湧いて、その進展の方向を規定する。理智の戯れと情感の耽溺が此上もなく危険なるに拘らず、真正の内省は依然として必要である。此種のセンチメンタリズムを難ずることは、決して無鉄砲なる「自己肯定」を正当とするの申訳にはならないのである。

真正なる内省は無鉄砲と盲動との正反対である。従つてそれは或意味に於いて行動の自由を拘束する。さうして時として無鉄砲と盲動とから来る僥倖をとり逃すことがあるに違ひない。併し真正なる内省によつて抑へられるやうな行動は、本来発動せぬをよしとする行動である。さうして無鉄砲と盲動とによつて始めて得られるやうな僥倖は、之をとり逃しても決して真正の意味の損失ではない。

真正なる内省は征服せらる可きものを自己の中に視る。勇ましく、惨ましく、たじろかずに之を正視する。さうして征服せらる可きものゝ征服し尽されざる限り、彼れの内面的闘争は日星の運行の必然なるが如くに必然である。日星の運行の不断なるが如く不断である。従つて彼は此の内面的衝動に促がされて、堅実に、鞏固に、深く、大きく、必然に動いて行く。彼の発動には焦急と強制と射僥の心とがない。彼の進路に内外両面の障礙と機会とを置くものは運命である。此障礙の征服と機会の利用とによつて自己を建設し行く者は彼自身の内なる力である。或行動を拘束するのは、彼の人格の自由によつて、発動の気まぐれを制御する更に深い力の発現である。盲動より来る僥倖を期待せざるは内面的必然によつて作り出されざる、遭逢《エルファールング》の遂に無意味に過ぎないことを知つてゐるからである。盲動から来る僥倖は事功の機縁とはなるのであらう。軍人に金鵄勲章を与へ、政治家に公爵を授ける機縁とはなるであらう。併し精神上の生活に於いて、僥倖は全然無意味である。内面的必然に促されたる魂は、明かなる内省と静かなる人格の発動とによつて、その要求にそぐふ程の世界を創造することを知つてゐる。さうして内から準備の完からざる魂にとつては、如何なる外面的機縁も、常にその頭上を辷つて行つて了ふ。

　無鉄砲は一切の内面的経験を上滑りして通るに十分なる眼かくしである。彼等は自己の弱点を弱点として承認せず、自己の欠乏を欠乏として承認せざるが故に、その内面に何の征服せらる可き敵対力をも認めることが出来ない。従つて一切の精神的進歩の機縁たる可き内面的闘争の必然性を持たない。彼等は自己の弱点を楽観することによつて苦もなくその弱点の上を滑べる。さうしてその滑べり方の平滑なることを基礎として「自己肯定」の信仰を築き上げるのである。固より彼等はその無鉄砲によつて種々の外部的葛藤に遭逢するであらう。併しこの葛藤は永久に外部的葛藤たるに止つて、内面に沁み入る力を持たない。従つて彼等の遭遇す可き代表的運命は一切を経験《エルファーレン》して一物をも体験《エルレーベン》せざる大なる白痴である。此の如くにして無鉄砲なる勇者の生涯は、矮少なる実験家《エッキスペリメンダリスト》の生涯と内容的に相接近して来る。

　弱い者はその弱さを自覚すると同時に、自己の中に不断の敵を見る。さうして此不断の敵を見ることによつて、不断の進展を促す可き不断の機会を与へられる。臆病とは彼が外界との摩擦によつて内面的に享受する第一の経験である。自己策励とは彼が此臆病と戦ふことによつて内面的に享受する第二の経験である。従つて臆病なる者は無鉄砲な者よりも沈潜の道に近い。彼は無鉄砲な者が滑つて通る処に、人生を知るの機会と自己を開展するの必然とを経験するからである。弱い者は、自らを強くするの努力によつて、最初から強いものよりも更に深く人生を経験することが出来る筈である。弱者の戒む可きはその弱さに耽溺することである。自ら強くするの要求を伴ふ限り、吾等は決して自己の弱さを悲観する必要を見ない。

　繰返して云ふ。無意識の背景を欠く内省の戯れと之に伴ふ情感の耽溺は無意味である。併し内省の根柢を欠く無鉄砲な自己肯定は更に更に無意味である。無鉄砲を必然だと云ふのは蹣跚なる酔歩が酔つぱらひにとつて必然だと云ふに等しい。酔つぱらひには遠く行く力がない。無鉄砲な者には人生に沈潜するこゝろがわかる筈がない。

　大なるものを孕む心は真正に謙遜を知る心である。

　謙遜とは無力なる者の自己縮小感ではない。無意識の奥に底力を持たぬ者が自己の懶惰を正当とする申訳ではない。謙遜とは此の如きものであるならば、人生の道に沈潜せむとする者は決して謙遜であつてはいけない。

謙遜とは奸譎なる者がその処世を平滑にする為の術策ではない。他人の前に猫を被つて、私はつまらない者でございますと御辞儀をして廻る者は、盲千人の世の中に在つては定めて得をすることであらう。併し此類の謙遜は内省に基かずして打算に基いてゐる。誠実に基かずして詐欺に基いてゐる。謙遜とは自己の長所に対する公正なる自認を塗りかくして周囲の有象無象に媚びることによつて釣銭をとることならば、奸詐を憎み高貴を愛する者は決して謙遜であつてはいけない。

謙遜とは人格の弾性を抑圧する桎梏ではない。謙遜とは月並の基督教が罪の意識を強ひる様に、吾等の良心に対する税金として課せられるものならば、精神の高揚と自発とを重んずる者は決して謙遜であつてはいけない。吾等の人格の独立は此の如き謙遜を反撥することによつて漸く初まるのである。

真正に軽蔑し反撥することを知る魂のみが、無邪気に公正に自己を主張するの弾力ある魂のみが、真正の謙遜を知る。謙遜とは独立せる人格が自己の欠点を自認することである。覆ひかくす処なく、粉飾する処なく、男らしき公正を以て自己の足らざるを足らずとすることである。此意味の謙遜を除いて真正に人間に価する謙遜はある筈がない。

吾等の自ら認めて長所とする処が、凡て矮小にして無意味なるを悟るときに、吾等の自ら恃みとする処が相躓いで崩落することを覚える時に、吾等は始めて絶対者の前に頭を擡げることが出来ない程の謙遜を感ずるであらう。偉なる者の認識が始まる時に、凡ての人は悉く従来の生活の空虚を感じなければならぬ。小なる世界の崩落を経験し、大なる世界の創始を感じ始める者は、必ず謙虚な、心を以て絶対の前に跪く筈である。真正なる謙遜を知らざる者は、大なる世界の曙を知らざる者である。私は此事を特に私自身に向つて云ふ。私は畢竟の意味に於いて未だ謙遜のこゝろを知らない。さうして私は真正に砕かれざる心の苦楚の故に黯然としてゐる。私の極小なる世界は一二の稍大なる世界を孕んだ。さうして私は一二の小なる謙遜のこゝろを味つた。併し大なる謙遜のこゝろの前に、私の小我は猶愚かなる跳梁を恣にしてゐることを感ずる。さうして私は先づ「大なる謙遜のこゝろ」の前に、知らざる神に跪くが如く跪いてゐる。

謙遜のこゝろは孕むより産むに至るまでの母体の懊悩のこゝろである。

自己の否定は人生の肯定を意味する。自己の肯定は往々にして人生の否定を意味する。何等かの意味に於いて自己の否定を意味せざる人生の肯定はあり得ない。少くとも私の世界に於いてはあり得ない。私の見る処では、之が世界と人生と自己との組織である。私の見る処では、古今東西の優れたる哲学と宗教とは、凡て悉く自己の否定によつて人生を肯定することを教へてゐる。一本調子な肯定の歌は唯人生を知らぬ者の夢にのみ響いて来る単調なしらべである。

基督は死んで蘇ることを教へた。仏陀は厭離によつて真如を見ることを教へた。ヘーゲルは純粋否定《ライネ、ネガティヸラート》を精神の本質とした。さうして私の見る処では現代肯定宗の開山とも称す可きニイチエと雖も、亦よく否定の心を知つてゐた人である。彼は超人を生まむが為に放蕩と自己耽溺とその他種々なる人間性を否定した。彼の所謂超人が人間の否定でなくて何であらう。固より自己の如何なる方面を否定するかに就いては各個の間に大なる意見の相異がある。肯定せられたる畢竟の価値と否定せらるゝ自己の内容との関係に就いても亦大なる個人的意見の差異があることは拒むことが出来ない。併し何れにしても大なる哲人は自己否定の惨苦なる途によつて、人生の大なる肯定に到達するこゝろを知つてゐた。彼等の中には渾沌として抑制する処なき肯定によつて、廉価なる楽天主義を立てた者は一人もゐない。人生と自己との真相を見る者は此の如き浅薄な楽天観を何処の隅からも拾つて来ることが出来ないからである。

一向きの否定は死滅である。一向きの肯定は夢遊である。自己の否定によつて本質的価値を強調することを知る者にとつては、否定も肯定である。肯定も否定である。之を詭弁だと云ふものは凡ての宗教と哲学とに縁のない人と云ふことを憚らない。

生活の焦点を前に（未来に）持つものは、常に現在の中に現在を否定するちからを感ずる。現在のベストに活きると共に現在のベストに対する疑惑を感ずる。ありの儘の現実の中に高いものと低いものとの対立を感ずる。従つて彼の生活をおし出す力は常に何等かの意味に於いて超越の要求である。此の如き要求を感ぜざる者は遂に形而上的生活に参することが出来ない。

女は愛して貰ひたい心と、思ふ男に身も心も任せた信頼の心やすさと、母たらむとする本能とに慄へてゐる。さうして此心は女の生活を不断の従属に置き、常住の不安定に置く。此従属と不安定との苦楚を脱れむが為に、何等かの意味に於いて女性を超越せむとするは、女の哲学的要求である。

人は現象界の流転に漂はされる無常の存在である。人の中には局部に執し、矮少に安んじ自己肯定の己惚れに迷はむとする浅薄な性質が深くその根柢を植ゑてゐる。此無常と此猥雑と此局少とを超越せむとするは人間の哲学的要求である。

自己超越の要求は要するに不可能の要求であるかも知れない。併し生活の焦点が前に押し出す傾向を持つてゐる限り、不可能の要求は遂に人性の必然に萌す不可抗の運命である。人は此不可抗の運命に従ふことによつて、許さるゝ限りの最もいゝ意味に於いて人となるのである。押し出されるより外に生きる道がない。牽かれるより外に生きる道がない。

さうしてこの不可抗の要求に生きる者のこゝろは常に謙遜でなければならない。足らざるを知るこゝろでなければならない。いゝ気になる（Self-sufficient）ほど人生の沈潜に有害なものは断じてあり得ない。その一切の方面を尽して、そのあらゆる意味を通じて（Self-sufficiency）は人生最大の醜陋事である。

（二、九、一五）

（「新潮」大正2年11月号）

自然（文展の洋画を見て）

岸田劉生

上

或る必要から二三日前文展《ぶんてん》を見た。そしていやな気がした。自分達の空気とまるで空気がちがふので見苦しくてならなかつた。

自分に孤独の道のあるのをしみ〴〵思つた。そうして自分に誇りを感じた。しかし一方自分は淋しいいやな気もした。劣等な彼等がいつ迄も栄えやうとするのを見て。

こうして自分は自分の小さな家に帰つて自分の画を見た。そうしてほゝ笑んだ。そうして自然を思つた。

彼等の力は或る程度まで強いかも知れない。彼等は相結ぶ事によつて今の世に勢力を蔓《はびこ》らすかも知れない。そうして彼等の劣悪さはその勢力の出来る一番根本の原因であらう。恐らくは自分は一生彼等を見なければなるまい。そうして恐らく一生自分は彼等を見る事《じ》の為めに不快な思ひや苦しい思ひをするかも知れない。しかしその度《たび》きつと自分は自分の絵を見て、ほゝ笑むだらう。彼等が百人の力を以てしても千万人の力を以てしても到底入る事の出来ない自分の藝術を見てほゝ笑むだらう。

自分が心から恐るゝのは只「自然」である。そうして自分が心から愛するのも只「自然」である。自然を離れて自分には慾望はない。生長はない。光はない。自然を離れて自分には愛はない。人類の慾望も自分は只自然を見る事の外感ずる事は出来ない。自分が人類と交渉し得る程度は自分が自然を見得る程度だと思つて居る。人類と交渉なき生存に耐へられないことを感じ得る自分は自然を見ずには居られない。そうして自分が人類と交渉なしの生活に耐《た》ない或る淋しさや苦痛や不安を自分に植ゑ附け育てた自然を愛し又恐れずには居られない。心の底からそうしずには居られない。そうして断えず緊張し切つて自分に生長を迫る自然の前に深い感謝と畏敬を感じずには居られない。

自分の一生は自然をほんとの意味で知る事に終始すると思つて居る。自分の生長とは或る意味で自分が自然に対する本統の智恵の生長に外ならないと思つて居る。自分は自然の意志を内に感ずる事の外人類の意志を知る事は出来ない。自分が自然を知る事の外自分は本統に人類としての自分を知り得ないものだと思つて居る。そうして自分と人間や其他《そのた》凡《すべ》てとの真実ある交渉をなし得ないと思つて居る。自分は自然と離れた愛を思ひ得ない。而《そう》して自分は愛なき人の生涯程やくざなものはないと思つて居る。自然や人類の意志に対する無智程卑《いやし》む可き愚《おろか》はないと思つて居る。そうして今の世の多くの人が凡てそれなのを思つて居る。

自分は自然とは何ぞやと聞かれても、其客観的な説明を今の自分に出来ないのを知つて居る。自分に自然とは何かと聞く人があつたら自分は只眼を開けといふより外ないのを知つて来た。自分は概念を以て到底自然を語り得ないもの丶気が益々はつきりして居る。或はいつか自分はそれを言ひ得る事があるかもしれない。又永久にないかも知れない。そして今の自分にはないと思ふ方が強い。それ程自分は今の自分が自然を客観的に説明出来ないのを恥と思つて居ないのだ。

中

自分は自分を知る如くに自然を知つて居る。そして自分位今の世に自然を知つて居る人の少いのを感じる。自分には自然が感じられる。自分の内《うち》を掘れば掘る程自然は内に湧きあふれて来る。自分には凡てが自然の様に思へる。自然とは何だらう。只それは自分のライフと自分の製作が語るだらう。もとより自然の前には微《かすか》だらうが。しかし心あるものにはきつと自分のライフと製作は自然を語るだらう。自分は自分のライフや製作が人間と交渉すればそれは自然を語る事でだと思つて居る。自分の製作が進むのはこ丶の力が進む事に外ならない。自分は自分の意志と自然の意志との調和を感ずる事によつて自分のライフや製作が本統に生長し進歩する事を底から信用して居る。そうしてその事によりて又自分の製作が本統に進めば進む程人類に根ざし人類に交渉し、又今の世の人々にも真の交渉をする事を信じて居る。例へ今の世に真価を知られなくとも知られなければ知られないといふ結果はその真の交渉の表はれだと思ふ。

自分は自分の内に自然を感ずる事に於てのみ自分の凡てを祝福し得る。自分の内の汚いものや或る弱いものも、自然の与へたものと思ふ事によつてそれを否定しないのだ。そうして自分の内の汚いものや弱いものを自然と思へる程自分に慾望と力を与へたのも自然だと思つて居るから。そして又それ等人間の弱さを肯定する自分の慾望や力を自然だと思ふから。かくて自分は自分を強い人間だと思つて居るのだ。自分の慾望や力を強いと思へるから。

自分は自然の法則を内に感ずる事によつて又自分のライフの凡ての活動が自然の法則を表はす事によつて、即ち自然の法則を一番い丶意味に生かす事によつて自然を知つて行く気がして居る。別の言ひ方をすれば凡ての自然さを本統に内に自覚する事によつて自然を知つて来て居る。自分は科学的にや哲学的に自然の法則を知らない。自分が自然を客観的に説明出来ないのは、その法則の凡てを智《ち》解的《かいてき》に漏らさずに云ひ尽せないのによる気がする。しかし只自分の意志や慾望を感ずる事によつて自然を見ないでしまへないのを感じる。自分が抑へ切れない或る執拗な自分の慾望を感ずるとどうしても自然が目について来るのを感じて居る。その慾望をかなへて行くには自然を知つて行く事の外ないからといふ気がする。そうしてその全く孤独なる慾望は自然を見出してそれに根ざゝないでは耐まらないからだといふ気がする。此慾望がほんとに生きて行くには自己の内の凡ての素質や性格とこの慾望が本統に調和されなくてはならない。そうしてこの調和は只内に自然の法則を自覚する事によるの外ない。

　こゝに於てのみ自分は自分の意志や慾望と自然の意志や慾望との調和を感じ得る。これは自分の意志や慾望を見る事によつて又感ずる事によつて、凡ての自然さが真に内から知られて来るからであると自分は思つて居る。あらゆる自分の触れる凡ての物事に真に内からその自然さを知る事のみ真に自然の意志や慾望を内から感じられる。

　そうしてこゝに於てのみ自分は自分の慾望や意志に力を感じ誇と権威を底から感じ得るのだ。凡ての苦しみにも淋しさにも只この事を底から自覚する事によつて打ち勝ち打ち勝ちして進み得るのだ。

下

　自分は自分の製作によつて意識の育つのを感じて居る。自然に対する智恵の深くなるのを感じて居る。自分によつて製作慾程純粋なものはない様な気がする。一番卒直に自分のあらゆる本能の慾求するものを慾求するのは自分にあつては製作慾である。製作慾は自分の全人格的な智慾だといふ気がする。

　自然は山や草や石ではないと自分は思ふ。山や草や石がその時其処にさうしてあるその意志とその力とであると自分は思つて居る。そうして自分の製作はその意志と力とに自分の全意識を働かしてぶつかり取り組む事によつて自分の智恵の眼が開かれて行くのだと思つて居る。そうして自分の内の意志や力が其事によつて大きくなつて行くのだと思つて居る。そうして此の事は只山や草や石やを本統に一生懸命で飽くまで見て行く事による外ないのを知つて居る。内の慾望から何処までも忠実にこれ等を描く事の外これ等からその事を知る事は永久に出来ないのだと自分は信じて居る。自然は山や草や木にはなくて只真に孤独なる個性ある人の眼にのみある気がする。少くともそういふ人のみ自然を本統に知つて自然と倶《とも》にその生涯をする事が出来たと思ふ。

　自分は自然を本統に知るの外、真の自覚の出来ないのを信じて居る。真の自意識は自然を知つてからでなくてはないものだと思つて居る。自然を知らない自覚や自意識は根のない木草《もくさう》の様なものだと思つて居る。そうして又この自覚のない人々の言ふ自然や人類といふ言を信用しないのである。自然を知る事によつてのみ人間はその自我を明《あきら》かに知り得る。認め得る。自己の中の凡てがほんとにその本然の性質を明らかにして来る。そうしてそこに本統に強い調和が出来て来るのだ。真にこゝに於て人間はその自我を知り得るのだ。実在として、自我の底から自我を認め得るのだ。凡ての他でない自我を見得るのだ。そうして、同時に凡ての他を真に明らかに知り初め得るのだ。こゝに真に個性と創造とがあるのだ。この個性の藝術のみ真に独創《オリヂナリティ》ある藝術である。真に人類的な藝術である。凡てにめげる事のない真に孤独な独歩《どくほ》な藝術である。こゝに行くの外《ほか》凡ての藝術は駄足である。藝術とは云ひ得ない。

　自分は自分の今の現状が益々《ます〱》はつきりして来るのを此頃日毎《ひごと》に強く感じて居る。自分は自信を強くすると同時に自分の現状の不満をはつきり強く感じて居る。そうして前より更に自分の将来を面白がつて来た。自分の慾望の育つばかりなのを感じて居る。自分は色々の点で益々自分の将来を楽しみにして居る。これを思ふと自分は何とも云へない気がする。自分は自分の道がどん〳〵開けて行つて呉れる事を自分の力と自然に感謝しずに居られない。愚劣なるものが栄ゆる時自分は自分の画を見て心からほゝ笑み得る。そうして自然を思ふ。そうして自分は淋しい微笑を浮べる。自然の前にはいと微《かすか》なこの自分の画に、彼等は何万年経つても入り得ないのではないか。

　愚劣な彼等の絵を見た自分は心から自然といふ事が云ひたくなつた。自分は批評をする御約束をしたが自分の内は今それをする気になれない。そうしてこの事々を心から云ひたくなつた。実に、彼等は自然を描いたつもりで居る。彼等は彼等の仕て居る事を正しいと思つて居る。そうして、得意になつて居る。

　最後に自分は耶蘇《やそ》の言を引いて彼等に送らうと思ふ。二千年前自然は彼にこの大きな言を曰はした。自分はこの耶蘇の言に真に力と権威を感じて居るのだ。

「偽《いつはり》の予言者を謹めよ、彼等は綿羊《めんやう》の姿にて爾曹《なんぢら》に来れども内は残狼《あらきおほかみ》なり。是《これ》その果《み》にて知る可し。誰か荊棘《いばら》より葡萄《ぶだう》をとり蒺藜《あざみ》より無果花《いちじゆく》を採る事をせん。凡て善樹《よきゝ》は善果《よきみ》を結び悪樹《あしきゝ》は悪果《あしきみ》を結べり。…………我を召《よび》て主よ主といふ者尽《ことぐ〵》く天国に入るに非ず。唯これに入るものは我が天に在《いま》す父の旨に遵《したが》ふ者のみなり。其日我に語りて主よ主の名に託りて教へ主の名によりて鬼を追ひ主の名に託りて多くの異《ことな》能《るわざ》を行《おこなひ》しに非ずやといふもの多からん。其時彼等に告げて我れ嘗て爾曹を知らず悪をなす者よ我を離れ去れと云はん。是の故に凡て我がこの言を聴きて行ふものを磐《いは》の上に家を建てたる智人《かしこきひと》に譬へん。雨ふり大水出《おほみづい》で風吹きて其家を撞《う》てども倒るゝ事なし。是れ磐を基礎《いしずゑ》となしたればなり。凡て我がこの言を聞きて行はざるものを砂の上に家を建てたる愚《おろか》なる人に譬へん。雨ふり大水出で風吹きて其家を撞てば終《つひ》には倒れその傾覆《たふれ》大《おほ》いなり。（馬太伝七章、自十五節至二十七節）」

　自然は只徒に彼を呼び讃へるものを祝しはしない。彼等は古《いにしへ》の偽《いつはり》の予言者が只主の名によつて鬼を追ひ教を垂れ異能をなしたのを誇る様にその才能を以て自然を知りつくしたと思つて居るであらう。しかし終《つひ》に自然は永久に、吾彼等を知らず。悪を為《な》すものよ吾を離れ去れといふであらう。

　自然は荊棘《いばら》に葡萄《ぶだう》を果《みの》らせはしない。蒺藜《あざみ》に無果花《いちじゆく》を果《みの》らせはしない。自然は祝《しゆく》す可《べ》き人を知つて居る。
真《しん》に夫《それ》が自然なのである。意志なのである。力なのである。
（一九一三、一〇、二七）
（「読売新聞」大正2年11月4日、6日、7日）

〔模倣と独立〕

夏目漱石

時や寒風将に凜烈、向陵々頭転た荒寥たるこの日午後四時より吾部は現代文壇の権威、夏目漱石先生を迎ふ、熱烈なる聴衆会場に溢れぬ、左にその概要を記す、若し先生の意を誤り伝ふるあらばそは皆筆者の責任なり。

今日は計らず御招きに預かりまして参つた次第であります、私はもとこの学校で育ったもので、この学校とは縁故が深いのであります、然し今日まで弁論部の御招きに依つて諸君の前に立つた事はない、依頼もない又やる気もないのでありました、只今私を御紹介下さつた速水君は知人であります、昔は弟子で今は友人であります、いや友人以上に偉いのであります、然し知り合ひであるが速水先生も頼まぬ、今度現れたのは安倍能成氏が弁論部の方と知り合ひである、これを通じて依頼を受けたのであつた、そして実は断りたかつた、と云ふのは近来頭の働きが、こう云ふ処に立つに適しないやうに働く、一口に云へば面倒なのであります、それを故断つたのでありますが、断り方が正直で、やらなければならぬなら出ると云ふたのでありました、後から考へると正直すぎた、そして今日はやらなければならぬものとして来たのであります、安倍君は君子である、頼んだことは引き受けさすやうな、速水君はたのまぬ君子である、そう云ふわけで出たので、云ひわけがましい卑怯であるが、秩序立つては話しは出来ないのであります。安倍君が云はるゝには「何を言ふたつて関ひません、喜んで聞いてるでしよう」、私は以前こゝに教師をして居た、その時の人は居ない、その時はあなた方の親方である親分をいぢめたのであるから、その子分は何とも思つて居らぬ、それ故準備する程にうまくゆかない、教師としてこの校にあつた、その前は生徒としてこの校にあつたのである、この学校は昔は一橋にあつた、明治十七年私はそこに入つて実は落第した、ぐづ〳〵して居る中に、この学校が出来た一番に乗り込んだのは私等である、吾等の室は本館の北の端でありました、その室が明治二十三年頃の文科の教場でありました、その当時の書生は乱暴で不良少年の傾きがあつた、ともすると天下国家を云ふ私等の時分の人々は今の若い者なんてといふ、私はそうは思はぬ、貴君方の前に立つてやる時は猶ほ思はぬ、貴君方の方が温順しい、よく出来ると思ふ、私等は随分悪戯をしたもので懺悔する為めに話しますが、外へ出て行つて豆を買つて来て彼処の教場の先生の机の処で食ひ余りを抽出しの中に入れて置いた、そこへ歴史の長沢市蔵先生がやつて来られる、先生はカツパアドシヤと云ふ渾名であつた、これはギリシヤの地名であつた、その先生の時、先生例によつてカツパアドシヤを書く心算でチヨークを取るために抽出しを開けると豆が、ざら〳〵と出る、又或る時はわざ〳〵やつたこともある、予備門の時はなほ更酷かつた、下駄で校内を歩いたのであつた、序でだから云ふが、その当時の校長は杉浦重剛先生で二十八歳の壮年時代であつた、先生は告示を張出して学校は下駄をはいて歩いてはならぬと云つた、処がそれが出ても依然として下駄をはいて歩いた、或日の事午後三時過私は例の如く下駄を履いて歩いて居た、丁度廊下を曲るとその途端に先生に出遇つた、その時私は急に下駄から飛び降りた、降りていきなり下駄を握り、握つて一目散に逃げた、これは自分で覚えてる丈で、公に話したことはないのであります、此間或る処で先生に遇ふたので、先生実はこれこれの事でありましたが覚えて居りますか、私は先生に叱られると思つて一生懸命逃げたのであります、と云ふた処が、先生が云はるゝには「それは大変な違ひだ、私は下駄を履いて歩くことは大賛成だ、あれは文部省が悪い、私は下駄論者だ」、「どう云ふ理由ですか」、先生曰く「下駄は歯が二本しかない、いくら歩いても二本の処丈しか泥がつかぬ、処が靴は全体がつく、若し同じ程度で汚れてるなら、靴の汚す処が偉大である、私はかく主張したが、文部省が悪いんだ」と云はれた、それぢや私も賛められてよい理由だ、先生も若いから、こんな事を云ふて文部省を弱らしたのであります。

貴君方が想像することも出来やうが、当時の書生は今より悪かつた、ストーブ等を焚いて先生を嘖める、かうして遊んで居た、かくしてこゝに入り大学に入り、外国を経て再びこゝに入つた、まあ教師として入つたのであつた、そして安倍君等を教へた、大学を出て、うろついて居た時教へたのが速水先生、熊本に居つた時教へた、その時分は偉くなかつた、偉かつたかも知れぬ、兎に角教へたことは確かである、なほ自白すれば始めて熊本に行つた時エドモンド・バークの本を読んだ、その本が私に解らない、演説集であつたが、事実解らない、これを教へた時丁度速水君が生徒であつたから、偉くないく〜といふことが今でも抜けないのである、今日の発達した頭でも、あれは分らぬ、虚言だと思ふなら速水先生が教へて見れば分る、つまらぬことを云ふたが実は時間をつぶす為めにこんなことを云ふたのであります。

さてこれから本当の話に入るのであるが演題はない、これから何か云ふが題はない、後でいゝ加減に作つたらよかろう、時間もなし考へることも出来ない、云ふことは大したことでない、ざつと申せばこんな事である。

私は文展を先日見に行つた、私は職業が職業だから、一般のことでも文芸より出達することが多いが、仕方ないと思ふて貰ひたい。文展を見て私は感じた、どうも私は文展に反対である、私は元来文部省には反対することが多いので博士も辞退したやうなわけであるが今度の文展も面白くなかつた、日本画について申さうならば、一向面白くなかつた、その意味は何れを見てもノツペリして居る、御手際はいゝ、——悪く云ふ意味で御手際はいゝ、腕力はある、何が足りないか、頭が足りない、手丈である、職人見たやうなものである、私は文展の非難も個人の悪口も云ふのではない、必要だから云ふのであるが、斑なく、むらなく画いてある点は敬服に堪へないが、それ以外に何があるかと云へば何にもない、人間で云ふと紳士である、紳士とはノツペリした人の謂である、顔だけな態度が、手を出せば手を出す、様子と云ふことであります「あの人は様子がいゝ」と世間で云ふ、様子がいゝ位で女に惚れられるのは不面目である、又ノツペリは人をそらさぬことにもなる、をざなりを云ふことにもなる、当りさはりがよい、なだらかでいゝ、私も悪いとは思はぬ、野蛮人よりいゝ、楽である、然しそれは品格問題で人格問題ではない、随分悪いことをやつて、立派で、調子がよく、品がよく、ノツペリして、人格には感心出来ぬ者がある、そう云ふのも紳士として通用する、人格からの紳士もあらう、然しただマンナー丈の紳士が八割位はある、文展を見てもそちらの方が多いと思ふ、何も泥棒だと云ふ意味ではない、けれども尊敬出来ない気高くない、仏を画いても気高くない、馬でも気高い、猫を画いても気高い、どんな下らぬものを画いても、気高いものがある、そう云ふ意味の絵には欠乏しきつてるのが文展である、御手際は出来てる、出来てぬものは落第する人だ、私はこの文展の特色を紳士と比べて考へるのであります。

その次に或る外国から帰れる人がやはり展覧会を開いたので、これを見た、油絵もあり、イムプレシオニストの画もあり、クラシツクの画もあつたので、見た時には驚いたが、帰りに思ふと何処に特長があるか、無い、巧い拙いに係はらず、少しも特長がない。

も一つ外国から帰つた人の絵を見た、皆品がいゝ、誰が見ても悪感情を催さぬ、私もその一つを買ふて書斎に掛けやうと思ふたがやめた、買ふてもいゝと思ふた、相当に出来てる、平凡な書斎に掛けるには相当に画いてあるから買ふて掛けやうかとも思つたが、やめてしまつた、その絵は誰かに習つた絵であることが直ぐ分る、見苦しくなる、作者を俟つて始めて画ける絵ではない、其人でなくとも他の人でもそれと同じ絵が出来そうだ、私はもう一つ見た、それは日本に居る人の絵である、前の二つは帝国ホテルと精養軒で見た、客も華やかなのが多かつた、振り袖も居た、第三のは読売新聞の三階である、見物人は桐油を被つたのがある、長いマントを着たもの、尖つた帽子を被つた奴も居つた、絵は或る程度まで整って居ない、然し自分が自分の絵を画いて居るといふ感はする、然し未成品だ、同情はある、敬意も起る、けれど金を出して買ふて掛けやうと思はぬのであつた。

かくの如く私は絵から出発したのであるが、それに付て、それをフィロゾファイスしやうと云ふのである。こぢつけて講演の体裁にしやうといふのである、どう云ふ風に始末をつけるか、巧く行けばいゝのであります、貴君方は人間と云ふ者を、私なら私一人が立つた時にどう思ふか、偉いと思ふ、そんな意味ではない、私は往来を歩いて一人の人を捕へて、この人は人間の代表者であると思ふ、まさか獣物の代表者ではない、私がヒユーマン、レースを代表して立つた時、貴方がたは、君は猫だといふかも知れぬが、私はヒユーマン、レイスの代表者だと断定する、異存はありませんか、同時に何を代表するか、ある人は一人で人間全体を代表すると同時に彼一人を代表して居る、貴方がたでも彼方がたでもない夏目自身を代表して居る、前者はゼネラルで、後者はスペシアルのものである、親も子も代表しない夫子自身を代表する、否夫子自身である。

始めに人類の代表者といふことを考へて見やう。

第一に全体を代表する人間の特色として模倣を挙げたい、私の処に子供がありますが一歳違ひで盛に模倣をやる、兄が呉れろと云へば弟が呉れろ、兄が小便と云ふと弟も小便と云ふ、後から一歩後れて追ふて行く、驚くべく恐るべく、彼は模倣者である、往来で空を眺めてご覧なさい、誰か来て何かと思ふて空を見る、二人さうなれば三人以上はわけはない、大勢の人間をして空を仰がしめることが出来る、かう考へると人間は情けないものである、真似することは子供のみでない、モーラルにも芸術にもマンナーにもやる、吾々の子供の時は薩摩ガスリを着ない、今は書生は皆着て居る、一時面白い羽織の紐が流行る、するとと皆が真似をする、私の若い時は一つ紋の羽織を着る、今の人は五つ紋を着て居る、流行は実に吾々を圧迫して来る、否此方から趣くのだ、本能である、洋服でも二十年前のは着られない、此間私はさう云ふ古い洋服を着て居る人を見た、然しそれは親父のを紀念にと着て居たのださうである、二十年前の女等の写真を見ると実におかしい、これは模倣に重きを置く結果である、自分或は世間と異つて居る結果である、道徳にも芸術にもある、これは自分の意志から圧迫なく好んでやるのである、同時に世には法律法則があつて外圧的に一束にしやうとして居る、貴方がたは十把一からげで束ねられて居る、さうしなければ困難だからそうする、政治的にも社交的にもある、道徳の法則があるのは当りまへである、芸術上にも法則がある、これが従来の日本画や、能や、芝居に存する窮屈なる法則である、それ故法則は社交的、道徳的、法律的、軍隊、芸術に皆あつて、それを守らなければならぬやうに迫つて来る、一方ではイミテーションで一方では外来的圧迫である、これによりて人間は特殊の性を失なつて、平等的の傾向を帯びて来る、これより吾々はゼネラルの資格を持ち得るのである。

第二に私自身を代表する方より見ればイミテーシヨンの代りにインデペンデントが重きをなさなければならぬ、人はパンを食ふ、けれども俺は飯を食ふ、故意に反対するのは不可ぬ、人並の事をしては面白くないからやる、面白くないから自分丈特別にやらうとする、冬に夏帽子を被る、こゝの生徒によくある、があれは故意ではない、無頓着である、故意に被るは偽人である、私のインデペンデントは故意を取りのけ、偶然を取りのける、天然自然に独立の傾向を持つてるから仕方ないのである、天然自然に持つ中にも横著な奴と否とある、朝八時に起くべきを天然自然で十一時まで寝て居る、それは天然自然でもある、インデペンデントでもあるが横着だ、私はそれをとりのけてポジチブな内心の要求を云ふのである、丁度跛者が兵式体操をするやうなもの、どうも仕方がない者を云ふ、勿論体質上の者を云ふのではない、精神上の者を云ふのである、これが政治的に出る場合もあり道徳上に発する場合もある、例へば古い例であるが、僧侶は肉食妻帯をせぬものである、然るに真宗では肉を食ひ女房を持つ、これは思想上の大改革であつて親鸞上人が始めたのであるが、非常に強い根底がなければ出来ない、換言すれば彼はインデペンデントである、彼の行為にはチヤンとした根底がある、自分の通るべき道はかくあらねばならぬと云ふ処がある、一人で居りたいが女房が持ちたい、その時分にかやうなことを公言しやうものなら大変である、然しそんなことは顧慮せぬ、そこにその人の自然があり、そこに絶対の権威を持つて居る、彼は人間の代表者であるが、自己の代表者である。

イブセンは云ふた「昔の道徳は駄目である、あれは男子に都合がいゝやうに作られたもので女は関はぬ、弱い女を無視してその鉄柺に押しこめたものである」。

イブセンは男の道徳と女の道徳とを主張した、これより出達したのがノーラである、そこにイブセンといふ人は人間の代表者で又彼自身の代表者である、それでいゝと云ふては居られない、表向きはそれに従ふと云ふやうな自由でない、もつと猛烈な自己であればこそかくしなければならぬのである、それが為めに迫害を蒙つた、彼には人間の代表より彼自身の代表の方が多い、そこで彼は国を出て流浪し、晩年に至つて国に帰つて宿屋に泊つた、ブランデスが歓迎会を開かうとすると御免を蒙る、嫌だといふ、漸くその宿屋に行つて会を開くことを承知させた、時刻になると、ブランデスが室に行つてコツ〳〵、衣服の用意はいゝかと聞くと、私は衣服を持たぬ、シヤツを衣て居ると答へる、皆が燕尾服を着て来たからと云へば、我輩は燕尾服は持たぬから御免を蒙るといふ、どうか出て呉れと云ふので兎も角出ることになつた、処で実は予定の会員十二人が増して二十四人になつたからその点を承知してと云ふと、それは不可ぬ、そんな嘘をつくなら出ないと頑張る、やう〳〵連れて行つたが、大将大にふくれて一言の口をきかない、兎に角イブセンはイブセンなりと云ふことが当つて居る、彼はイミテーシヨンの反対の側に立つた。

そこで人間にはこの二通りの人がある、と云ふと分れて居るやうに見えるが、一人がその両面を持つて居ると云ふが適切であらう、両面を持つて居る、いくらオリヂナルな人でも、インデペンデントの側では何か本当なりと思ふものがあつて、それをやらなければ居ても立つても居られぬ、ヤブ睨みが終始ヤブを睨んで居るが如きもの、これをインデペンデントの分子を多く持つた人といふのであります、おい君御湯に行かぬか、嫌だ、散歩しないか、嫌だ、手がつかぬ、こう云ふ人と一伴に住むは困難である、然し彼自身は困難を与へるといふことが気の毒と云ふことを考へて居られぬ、私はおざなりの人に比ぶれば標準がある方が恕すべきだと思ふ、尊んだ日には、どんな奴が出るかも知れぬ、まあ恕すべき処があると思ふ、元来私はかう思ふ、法律上罪になることであつても、罪を犯した人間が、ありの儘にその経路を現はし得たなら、ありの儘にイムプレスし得たなら罪悪は最早ないのであると、それを然か思はせる一番いゝのは、ありの儘をありのまゝに書き得た小説である、そのものを書き得る人は、如何なる悪事を行ふたにせよ、秘しもせずに、洩らしも抜かしもせずに書いたなら、その功徳によつて彼は成仏することが出来ると思ふがどうだらう、それぢや法律はいらぬかと云ふと、そう云ふ意味ではない、如何に不道徳なことでも、その経過をすつかり書き得たなら、その罪は充分に消える丈の証明をなし得たのである、故にインデペンデントの人は恕すべしと云ふたが、此の意味よりも恕することが出来る、然しかゝるインデペンデントの人は恕すべき、或る時は、尊ぶべきものかも知れぬが、その代り、独立の精神は非常に強烈でなくてはならぬ、のみならず、その背後には深い背景を背負つた思想、感情がなくてはならぬ、若しこれなくば徒らにインデペンデントでフリーで成功を望むことは出来ない。

強い背景とは何か、例へば私が世の中の為来りに反したことを実行する時に根柢のないことをやつて居るなら、如何に必要であるとも人間として他の人の腹の底に何も伝えぬから、文字の現はす通りの全くのインデペンデントで、反つて人をしてその法則に不愉快の念を起さしむるのみである、如何なる力を要するか、如何なる深い背景を要するか、御維新の当時のことを考へて見ると、将軍に政権あり上に天子があることが法則となつた、これを転覆しやうとしたアテムプトには当時の人に尤だと云ふ響を伝へなければ駄目である、人間の自覚が一歩先きに来るもの、後れて来るものがあると、先きの人によりて後の者が刺戟される、この強さがなくてはならぬ、世間の人は成功といふ、校長の更迭があつて、学校に新校長がゆく、そしてその騒動を鎮める、巧く行けば成功したと云ふ、成功すると、後からヂヤステイフアイされる、失敗すると駄目である、結果に行つて反対に行つた時甲は賛め乙は悪く云ふ、やり口を賛めるのか、結果を悪く云ふのか分らない、私の云ふのは決して巧くおさまるといふ意味ではない、やり口、云ふ事、行ふ事それが同情に価し、敬服に価し、偉いと思はせれば成功である、十字架でも成功である、乃木サンが死んだ、死ぬ行為について感銘を受ければ、死んだ結果が悪いとしても、不成功に終つたとしても、行為自身に感動すれば成功だと云ふ意味である、要するにインデペンデントであるはい丶、然し深い背景なくては成功しないのである。

　それで人間に二通りの色合ひがあることは今の話しで大略分つた、イミテーシヨンとインデペンデントと、一方はユニテイーで他方はフリードムを持つが、先づ今日までの改良とか改革とか名のつくものは刷新の意味で、人の智識が豊富にされる毎に、インデペンデントの個人団体が出ないことはない、吾々は其等の人々が如何に多く吾々の経験を豊富にして呉れたかを知るのである、その意味で私はインデペンデントを大切に思ふ、それがなければ今日の発展は出来ないのである、それが分れば吾々も大に修養する必要がある。しなくてもすまし得る人はそれでい丶、然しインデペンデントに働き得る人、なし得る資格を持つ人は発達なされば日本の為め社会の為め人類のために幸福である。

　繰り返して云ふ、私はイミテーシヨンを悪くは思はぬ、全くきりはなされて自身でゆき得る人は一人もない、ゴーガンは野蛮人の中で妙な絵をかいた、然しフランスで、仕込まなければ駄目である、どうしても吾々の発達にはヒントが必要である、故にイミテーシヨンもけなすことは出来ないと思ふ、又外圧的の規則や法則もたゞ打ち壊すのがい丶とは云はぬ、それにも私は賛成である、たゞ法律等の不利益な点不都合な処のみが残る時は、即ちそれを壊す時である、十年後になされる事を、インデペンデントの人は今やつてしまう、何れにしても結果は同じだ、法律は存在の権利がある、特に教育を受ける者や軍人は個々では出来ぬ、右に左に指揮者の命令に従はねばならぬ、インデペンデントは自然に発達し、発達してもい丶、時期が来るのである、決して一概に主張するのではない、けれども近来の傾向、今日の状態に於て、どちらに重きを置くべきかと云へば、インデペンデントに重きを置いて進むべきではないかと思ふ、日本人は由来人真似をする人間である、昔は支那を真似て、今は盛に西洋を真似て居る、新しい女や男が沢山出るが、それは西洋のむし返しの新しい女や男である、本式の新しい女でなくては駄目である、それは西洋の方がやゝ進んで居るから、先輩の前に出て、その通りになりたいと思ひ、同じ道を歩きたいやうになると同じやうに、西洋に対しても、そう云ふ心が起るのであらう、然し考へて見ると、そんな事は必要でなく、義理でもない、自家撞着である、本式にオリヂナルなインデペンデントの時期は来るべきものである、日露戦争はオリヂナルである、軍人はあれでインデペンデントなることを証拠だてた、芸術もインデペンデントであつていゝ、日本人はロシヤの小説等非常に恐れるがそんな理由はない、私は自分でオリヂナルだとも思はない、たゞ証明する為めに斯く云ふのである、文学者は西洋に比べられぬ等云ふが、たゞ縦に読むのを横に読むのが偉いやうに見えるのであつて自ら軽んずるものである、自分がオリヂナルなものを持ち乍ら西洋が偉いとは理由が分らぬ、彼等をやつつけるまでには行かぬからせめてイミテーシヨン丈はせぬやうにしたい、これは文芸のみでない、それは経済などは追ひ付かぬかも知れぬ、然し頭の方ではそんなものではない、そして蒸し返しでなく本当の新しいものにならなければならない、要するに、そちらの方が今の日本で大切なのである、私は個人として新しい自分を表はし、それと共に人間を表はすが、何れと云へば、人の後に立つより、一人がいゝと思ふ許りでなく、そちらが日本のために必要だと思ひます、まあ御参考のために申上げたやうな次第であります。

「投稿〆切期日切迫の為め先生の御校閲を乞ふ暇なかりしを遺感とす」

（大正2年12月12日、第一高等学校に於ける講演
「第一高等学校校友会雑誌」大正3年1月号）

詩歌

詩
短歌
俳句

詩

阿毛久芳＝選

蜜蜂の王

加藤介春

蜜蜂の王

かゞやく蜜の層《そう》のたゞれる暑さに、
くるしげに身を廻《ま》はしうめく蜜蜂、

気もとほし、次第に滅入《めい》りゆく、
虫のその長いうめきは
ねぶたさを一《ひと》すぢに引く様《やう》に、

蜜蜂の巣の中《なか》の
ふるへる蜜の溶《と》くる
その弛《だる》さ——その音の
身体《からだ》を何かながれるやうに、

くるへる虫のかゞやく塊《かたま》り、
その中《なか》に大きな魂《たましひ》の
坐し居《を》るやうに光りて、

くるしげに、ねぶたげに蜜蜂の
巣の奥のうすぐらい所に、
かゞやける蜜の厚い層の上に、

芽

ふかき地《ぢ》の底《そこ》の暗《くら》がりから
此《こ》の世《よ》に出《い》でし青《あを》き草《くさ》の芽《め》。

生《うま》れんとする胎児《たいじ》が
腹《はら》の中《なか》をうごくやうに、
地《ぢ》の底《そこ》がかすかにふるふ。

その地《ぢ》の底《そこ》からこつそり
覗《のぞ》くやうに出《い》でし青《あを》き芽《め》。

（「早稲田文学」大正2年1月号）

緑《みどり》の心《こゝろ》をすこしあらはし
おどおどしながら次第《しだい》に太《ふと》りて
終《つひ》に此《こ》の世《よ》のものとなりし青《あを》き芽《め》

あをき芽《め》は間者《かんじや》のやうに
深《ふか》き地《ぢ》の底《そこ》の秘密《ひみつ》を
その巻《ま》きし葉《は》の中《なか》に握《にぎ》りて来《きた》れり——

誰《たれ》もしらぬ地《ぢ》の底《そこ》の働《はたら》きを
吾等《われら》の心《こゝろ》に語《かた》らんと来《きた》れり。

歓迎《くわんげい》す、青《あを》き芽《め》よ、
その青《あを》き芽《め》はひそかに
此世《このよ》の春《はる》をのぞき見《み》ながら。

（「詩歌」大正2年5月号）

鳴らぬ笛

机の曳出《ひきだし》にありし鳴らぬ笛、
銀《ぎん》のやゝ錆びし鳴らぬ笛、
その笛をくちびるにあつれば
息のみとほりて鳴らず、
かなしき心《こゝろ》が管《くわん》のなかに残れり、

更に強く息を吹く、
息は暴風《あらし》のごとく吹抜《ふきぬ》けて
えひどれのごときお声をいだす——

笛のなかにかなしき心あり、
えひどれのごとき声を出《いだ》す、

笛は鳴らず、
わが心によく似《に》し
銀のやゝ錆びたる笛、

笛をふたゝび机の曳出に入れて
悲しき心を以前《もと》のごとく安置《あんち》す。

（「詩歌」大正2年6月号）

魚

『魚の鳴かざるこそあやしけれ』と
かくおもひつゝ海のほとりへ行く、

青くすみたる水の中を
ふわり〳〵泳げる魚、

魚は群をなす、鱗と鱗の
てりかへす光りをながせば
海の底がほのかに明《あか》る、

深き底にひそめる海の心も
そのひかりにほのかに明る、

泳げる魚のあやしや、
魚は鳴かず、
黙々としてたゞ泳ぐ姿のあやしや、

海の心に抱かれて鳴かず笑はず
沈黙の生物となりし魚のあやしや、
されど『否魚は鳴きはた笑ふ』と
試みにかくおもへばおそろし、

かの青き海の底がおそろし、
底にひそめる深き心もおそろし、

（「創作」大正2年9月号）

歩める人

川路柳虹

歩める人

Il est ainsi de pauvres gens, —Verhaeren.

Ⅰ

歩める人よ、
おん身の周囲に、
樹木と日光と、爽やかな空の光りと、
五月の麗かな花のにほひと、海の香りと、
歩める人よ、おん身の周囲に
かつて纏はりし記憶をたづねて
おん身はいま何を見る。

Ⅱ

美しき田畑を過ぎてゆく汽車の如くに
「時」はおん身をのせて走り去る、
おん身の手は耕作をする農人のやうに
新しい土を堀れど、
おん身の眼は輝く風景を過ぐれど、
おん身の心には馬鈴薯の花だに咲かない、
しかもなほおん身は種を播く、おん身は培《つちか》ふ。
鉄《くろがね》の土、金《きん》の土、また土の土に。

Ⅲ

希望と期待とはげに間者《かんじゃ》である、
優しく息つくおん身の心は常に裏切られ、
すぎゆく後へにすべては夢と嘲《わら》ふ。
夢、げに夢のみいつも美しく。

Ⅳ

樹は緑りをかへて骨だち、
灰はむ空に傷のごとく太陽はにじむ。
死のごとく静かな地平に
群れさわぐ鴉よ、
おん身の心に似て寂しく鐘もまた鳴り渡る。
しかも「順礼」のおもひに
なほ愛しむものをたづねて、
なん身は歩む、

Ⅴ

おん身は歩む、貧しき心に、
なほ明日を信じて、太陽を信じて、
おん身はなほも歩む。冬の氷雨に
ちりぼへる灯をしたひ……
おん身は歩む、愛のこゝろに
なほ青き生命をこがれて。

（「詩歌」大正2年1月号）

なりひびく鉤

大手拓次

なりひびく鉤

年のわかい蛭のやうに
みづ〳〵とふくらんだ眼から眼へ、
はなやかな隠者の心は点《とも》つてゆき、
わけ知らずの顔の白いけものたち、
お前は幽霊のやうにわたしのまはりに座つてゐる。
そら、海が女のやうに媚びてねむるとき、糸をはなれて、
はれ〳〵と鳴る黒い鉤《はり》の音をきいてごらん、
やはらかい魚は黙つてききとれてゐるだらう。

（二月八日）

しなびた船

海がある、
お前の手のひらの海がある。
苺の実の汁を吸ひながら、
わたしはよろける。
わたしはお前の手のなかへ捲きこまれる。

逼塞《ひつそく》した息はお腹《なか》の上へ墓標《はかじるし》を建てやうとする。
灰色の謀叛よ、お前の魂を火皿《ほざら》の心《しん》にささげて、
清浄に、安らかに、伝道のために死なうではないか。

（二月十三日）
（「朱欒」大正2年3月号）

道心

七頭の怪物のやうな形をして、わたしの道心は呼吸をしてゐる。
洪水の喧囂、洪水の騒乱、
わたしは死骸となつた童貞のそばに、
白い布に包まれて母の嘆きをおびてゐる。
たはむれた水蛇は怪しい理智の影に逃げまはる。
世界は黄昏の永遠を波立たせる。

漁色

あを海色の耳のない叢林よ、
たまごなりの媒妁のうつたうしい気分、
おとなしい山羊の曲り角に手をかけて、子供たちの空想の息を
ついてみやう。
夜るよ、夜るよ、夜るの船のなかに
茴香色《うゐきやういろ》の性慾はこまやかに泡だつて、
花粉の霧のやうに麦笛をならす。

（三月廿九日）
（「朱欒」大正2年5月号）

魚とその哀歓

室生犀星

魚とその哀歓

うかびくるはかの蒼き魚
しつかなる燐光とその哀歓との
かくてもわがこころを去りえず。
やはらかく伸びむとする梢には
わが魚はまた泳ぎそめたり。
その肌に指ふれむとすれば
指はこころよく小さき魚のごとし。

旅途

旅にいづることにより
ひとみ明るくひらかれ

手に青き洋紙はさげられたり。
ふるさとにあれども安きをえず。
ながるるごとく旅にいづ。
麦は雪のなかより萌えいで
そのみどりは磨《と》げるがごとし。
窓よりうれしげにさしのべし
わが魚のごとき手に雪はしたしや。

（一九一三、一、京都にて）

（「朱欒」大正２年２月号）

ふるさと

雪あたたかくとけゆけり
しとしとと融けにけり。
ひとりつつしみ深くやはらかく
木の芽に息を吹きかけり。
もえよ木の芽のうすみどり
もえよ木の芽のうすみどり。

（「朱欒」大正２年３月号）

海浜独唱

ひとり、あつき涙をたれ
海のなぎさにうつくまる
なにゆえの涙ぞ青き波のむれ
よせきたりわが額をぬらす。
みよや、濡れたる砂にうつり出づ
わがみじめなる影をいだき去り
抱きさる波、波、哀しき波。
このながき渚にあるはわれひとり
ああ、われのみひとり
海の青きに流れ入るごとし。

みやこへ

こひしや東京浅草夜のあかり
けさから飯《いひ》もたうべずに
青い顔してわがうたふ。
わがうたごゑの消えゆけば
うたひつかれて死にしもの。
けふは浜べもうすくもり
ぴよろかもめの啼きいづる。

三月

うすければ青くぎんいろに
さくらも紅く咲くなみに
三月こな雪ふりいづる。
雪かきよせて手にとれば
手にとるひまに消えにけり。
なにを哀しと言ひうるものぞ

君が朱《あけ》なるてぶくろに
雪もうすらにとけゆけり。

（「朱欒」大正2年4月号）

小景異情

その一

四月なかばの曇り日に
芝草山の濃みどりに忘れつる
銀の時計をたづねゆく
銀の時計をうしなへる
こころ哀しや
ちよろちよろ川の橋の上
橋にもたれて泣いて居り。

その二

白魚はさみしや
そのくろき瞳《め》はなんといふ
なんと言ふしほらしさぞよ
そとに昼餉をしたたむる
わがよそよそしさと哀しさと
ききともなやな雀しば啼けり。

その三

なににこがれて書くうたぞ
一時にひらく、うめ、すもも
すももの蒼さ身にあびて
ゐなか暮らしのやすらかさ
けふも母ぢやに叱られて
すももの下《もと》に身をよせぬ。

その四

ももいろの二十五歳の春の暮
春の入日にわが祈る
阿蘭陀えちごの血のいろの
春の入日にわが祈る

をみなほしさにわが祈る
わが右の手のさかづきに
酒をたたへてわが祈る。

その五

わが霊《いのち》のなかより緑もえいで
なにごとし無けれども
懺悔の涙せきあぐる
しつかに土を掘り出でて
ざんげの涙せきあぐる

その六

ふるさとは遠きにありて思ふもの
そして悲しくうたふもの
よしや
うらぶれて異土の乞食となるとても
帰るところにあるまじや
ひとり都のゆうぐれに
ふるさと思ひなみだぐむ
そのこころもて遠き都にかへらばや
とほき都にかへらばや。

（「朱欒」大正2年5月号）

深空

樹のたかきに猫のぼりゆけり
つめは燐のごとく
日経れどもそのゆくへわかなく
哀しくも啼きごゑ
空としもなくそそがる
ああ、わがもの言へば空に消え
わがもの書けば空に消ゆ
かくてかの
かがやけるぎんいろの猫
とこしなへに空にありて熟睡《うまゐ》す

永日

野にあるときもわれひとり
ひとり、たましひながく抱きしめ
こごゑにいのり燃えたちぬ
けふのはげしき身のふるへ
麦もみどりを震はせおそるるか

われはやさしくありぬれど

わがこしかたの暗さより
さいはひどもの遁がれゆく
のがるるものを趁ふなかれ
ひたひを割られ血みどろにをののけど
たふとや、われの生けること
わが手をやれど馴染みこぬ樹木
なみだしんしん涌くごとし

蛇

蛇をながむるこころ蛇になる
ぎんいろの鋭どき蛇になる
どくだみの花あをぐろく
くされたる噴井の匂ひ蛇になる
蛇をおもへば君がゆび
するするすると蛇になる

（「スバル」大正2年8月号）

七つの魚

なやましき日の暮れなり。
陶土《つち》をもて
忘るるとなき魚の姿をつくりてありぬ。
かぎりもあらぬ肌の蒼さ。
草の葉はかなたにそよぎ
ひとつの魚をつくり終へたり。
しろがねの眼をうがち
月《つき》白くいづるまで七つの魚をつくりて
このふるびたる僧院を泳がしめむ。
われのかほどに魚をしたふは
魚よりしも生れしにあらざるか
猫の鼻の冷たさは魚の冷たさにあらざりしかど
われの触るれば魚の燃ゆ。
ああ、北《を》国《ぐに》の山なみふかく
ひかりて絶えぬ四季の雪
青ければ烟りてたえぬ四季の雪
その雪にこころ悲しく放てば消ゆる七つの魚
ひとつは君に走りておもひを送り
君がちぶさのぬくみに親しまむ。
魚よ
なやましき日はすでに暮れはてて
いましのみ人生に光りいでたり。

ながれ

手にふるる秋のつめたさ。
植物はひとすぢの流れとなりて
次第に幅びろく
小《ちい》さき魚を泳がしむ。
手に触るる秋を冷たみ
凍えしごとく身につけし金属を棄てしかど
わが手より玻璃のごときもの
しきりに垂れて痛むなり。
秋はもろ葉つらぬき
とほきよりくる鋭《と》きぎんのらぢうむ
わが手に垂れて痛むなり。

（「創作」大正2年9月号）

人に

高村光太郎

人に

遊びぢやない
暇つぶしぢやない
あなたが私に会ひに来る
——画もかかず、本も読まず、仕事もせず——
そして二日でも、三日でも
笑ひ、戯れ、飛びはね、又抱き
さんざ時間をちぢめ
数日《すうじつ》を一瞬に果す

ああ、けれども
それは遊びぢやない
暇つぶしぢやない
充ちあふれた我等の余儀ない命である
生である
力である
浪費に過ぎ過多に走るものの様に見える
八月の自然の豊富さを
あの山の奥に花さき朽ちる草草や
声を発する日の光や
無限に動く雲のむれや
ありあまる雷霆や
雨や水や
緑や赤や青や黄や
世界にふき出る勢力を

無駄づかひと何うして言へよう
あなたは私に躍り
私はあなたにうたひ
刻刻の生を一ぱいに歩むのだ
本を抛つ刹那の私と
本を開く刹那の私と
私の量は同《おんな》じだ
空疎な精励と
空疎な遊惰とを
私に関して聯想してはいけない
愛する心のはちきれた時
あなたは私に会ひに来る
すべてを棄て、すべてをのり超え
すべてをふみにじり
又嬉嬉として

（「新文林」大正2年3月号）

人類の泉

――某女史に――

世界がわかわかしい緑になつて
青い雨が又降つて来ます
この雨の音が
むらがり起る生物のいのちのあらはれになつて
いつも私を堪らなく脅かすのです
そして私のいきり立つ魂は
私を乗り超え、私を脱れて
づんづんと私を作つてゆくのです
いま死んで、いま生れるのです
二時が三時になり
青葉のさきから又も若葉が萌え出す様に
今日もこの魂の加速度を
自分ながら胸一ぱいに感じて居ました
そして極度の静寂を保つて
じつと坐つてゐました
自然と涙がながれ
抱きしめる様にあなたを思ひつめて居ました
あなたは本当に私の半身です
あなたが一番たしかに私の信を握り
あなたこそ私の肉身の痛裂を奥底から分つのです
私にはあなたがある
あなたがある
私はかなり惨酷に人間の孤独を味はつて来たのです
おそろしい自棄の境にまで飛び込んだのをあなたは知つてゐます
私の生《ライフ》を根から見てくれるのは

私を全部に解してくれるのは
ただあなたです
私は自分の行く道の開路者《ピオニエエ》です
私の正しさは草木の正しさです
ああ、あなたは其を生きた眼で見てくれるのです
もとよりあなたはあなたの命をもつてゐます
あなたは海水の流動する力をもつてゐます
あなたが私にある事は
微笑が私にある事です
あなたによつて私の生《ライフ》は複雑になり、豊富になります
そして孤独を知りつつ孤独を感じないのです
私は今生きてゐる社会で
もう万人の通る通路から数歩自分の道に踏み込みました
もう共に手を取る友達はありません
ただ互に或部分を領解し合ふ友達があるのみです
私は此の孤独を悲しまなくなりました
此は自然であり、又必然であるのですから
そして此の孤独に満足さへ為ようとするのです
けれども
私にあなたが無いとしたら――
ああ、それは想像も出来ません
想像するのも愚かです
私にはあなたがある
あなたがある
そしてあなたの内には大きな愛の世界があります
私は人から離れて孤独になりながら
あなたを通して再び人類の生きた気息に接します
ヒユウマニテイの中に活躍します
すべてから脱却して
ただあなたに向ふのです
深い、とほい人類の泉に肌をひたすのです
あなたは私の為めに生れたのです
私にはあなたがある
あなたがある、あなたがある

（二、五、十五）
（「詩歌」大正2年6月号）

酒辞

山村暮鳥

酒辞

美のりきゆ、愛のきゆらそお、
酒は墓への捧げもの、

涙はをんなの贈りもの、
とむらひの銅羅《どら》が鳴るぞえ、
舞楽の準備はまだなのか。

色は操のうゐすきい、
微妙なじんの狂ほしさよ
うおつかの古き花の匂ひよ

べるもつとには希望がある。
それとも知らぬ
しやんぱんの思ひなし、

ぺぱみんとこそ悲しけれ、
夢のあぶさん、
智慧のこにやつく。

とむらひの銅羅が鳴るぞえ、
舞楽の準備はまだなのか。

わが胸は不断《たえず》、模様を描いてゐる、
種を、撰り分けてゐる、
鬱憂の玉を琢いてゐる、

力を求めてゐる、
おのづからなる音楽の狂想にとらはれ
死のよろこびを秘めてゐる、
まよふてゐる、
蠱惑の淵をながめてゐる、
信じてゐる、
生命《いのち》の、そこに自らを埋むる墓を掘つてゐる、
その闇のうす明り、
そこには蛆虫《うじ》がうめゐてる。

とむらひの銅羅が鳴るぞえ、
舞楽の準備はまだなのか。

（「創作」大正2年9月号）

内部

1

指の上にみえざるものあり、
ゆめに潑《わ》く果実《このみ》の智慧、
燃えたつ秋の日の小曲、
死の招き、ほのかなる花、
髪の匂、雪、美のかなしみ、
たなぞこに真摯《まこと》ぞ眠る……

君よ、
光は音もなし
光は金《きん》の粉、霊性の雨。

2

彫《ゑぼ》りし感覚よ、秋の日よ、
かなしみやすき肉体の白きそぷらのに、
くちつけは光を撒《ちら》し、
沼にしづめた風景が
酔ふて心に、浮いてきた。

（「詩歌」大正2年11月号）

野晒

北原白秋

野晒

死なむとすればいよいよに
命恋しくなりにたり。
身を野晒《のざらし》に投げすてて
まことの涙いまぞ知る。

人妻ゆゑに、ひとのみち
汚しはてたるわれならば、
とめてとまらぬ煩悩《ぼんなう》の、
罪の闇路《やみぢ》にふみまよふ。

（「朱欒」大正2年4月号）

城が島の娘

むすめ、むすめ、城《じやう》が島《しま》のむすめ、
おまへは裸《はだか》で海《うみ》のそこ、
朝《あさ》も早《はや》うから海《うみ》のそこ、
素足《すあし》ちら〳〵、真逆様《まつさかさま》に
波《なみ》を潜《もぐ》れば、青波《あをなみ》ばかり。

むすめ、むすめ、城《じやう》が島《しま》のむすめ、
鮑《あはびと》取ろとて海《うみ》のそこ、
潜水眼鏡《もぐりめがね》で波《なみ》のそこ、
あちらこちらといのちをちゞめ、
泳《およ》ぎ廻《まは》れど青波《あをなみ》ばかり。

むすめ、むすめ、城《じやう》が島《しま》のむすめ、
海《うみ》はしん〳〵、お臍《へそ》は冷《ひ》える。

息《いき》がつまれど海《うみ》のそこ、
岩《いは》にぺつたりしがみつく、
しがみついても青波《あをなみ》ばかり。

むすめ、むすめ、城《じやう》が島《しま》のむすめ、
さぞや痛《いた》かろ、虎魚《おこぜ》の針《はり》に、
足《あし》を刺《さ》されて、揺《ゆ》りあげられて、
浮《う》いてあがれど、青波《あをなみ》ばかり、
前《まへ》もうしろも青波《あをなみ》ばかり。

むすめ、むすめ、城《じやう》が島《しま》のむすめ、
おまへは裸《はだか》で海《うみ》のそこ、
波《なみ》にや揉《も》まれる、生活《くらし》はたゝず、
鮑《あはびと》取ろとて、潜《もぐ》つて見《み》たが、
鮑《あはび》や取《と》らいで子《こ》ができた。

（「処女」大正2年9月号）

真珠抄

玉ならば真珠《しんじゆ》、一途《いちづ》なるこそ男なれ。
磯草むらのきりぎりす鳴かずにゐられで鳴きしきる。
あはれなる竜胆《りんだう》の春のふかさよ。
真実《しんじつ》寂しき花ゆゑに一輪草《いちりんさう》とは申すなり。

人間なれば堪へがたし、信実ならずば堪へがたし。

樹が光りゆらめくぞよ、とめどなき啄木鳥《きつつき》。

妹よ、そなたにはきこえぬか、秋の吐息《といき》が。

滴《したた》るものは日のしづく。静かにたまる眼の涙。

宙を飛ぶ燕《つばめ》。ひもじかろ燕《つばめ》。

恋は信実、不義密通と云はば云へ。玉なら真珠、たびひとつ。

心から血の出《いづ》るやうな、恋をせよとは教へまさねど、わが母よ。

忍び忍びて吹く風が色となり、恋となる、終には真紅《まつか》な薔薇《ばら》となる。

散らうか、散るまいか、ままよ真紅《まつか》に咲いてのきよ。

空腹《ひもじ》さに栗鼠《りす》は胡桃《くるみ》に駈《か》けあがり、われは掟《おきて》の眼を盗む。術《じゅつ》なきゆゑに黒葵《くろあふひ》ぽつかり咲いて子らに折らるる。

乾草《ほしぐさ》に火を点《つ》けむぞ。きりぎりす、きりぎりす。

蜥蜴《とかげ》が尾をふる、血の出《いづ》るほどふる。

人目《ひとめ》忍ぶはいと易し。むしろわが身を血みどろに突《つ》かしてぢつと物思ひたや。

日はかんかんと照りつくる。血槍扱《しご》いてひとをどり、耶蘇を殺しての、ユダヤの踊をひとをどり。

ふくら雀は風にもまるる。さても笑止や、正直一途《いちづ》の源吾兵衛はひよいと世に出て人にもまるる、もまるる。

息《いき》もかるし、気もかるし、いつそ裸で笛吹かう。

悲しや、玉虫が頭《あたま》の中に喰ひ入るわ。

病気になつた、気が狂《ふ》れた、一途《いちづ》な雛罌粟《ココリコ》が火になつた。

きりぎりす、きりぎりす。気違《きちがひ》の真似したら気違になるぞよ。

東から日は出て西へ入《はい》るもの、とは思つても、何か気にかかるか。

梢にかかる栗の毬《いが》、栗の毬《いが》、なまじなまなか実がわれぬ。

しみじみと水脈《みを》がわかるる、これがわかれか、のう。

月ほそく尖《とが》りたり、真《しん》の闇夜《やみよ》に。

一人旅《ひとりたび》こそ仄かなれ。空はるばる身はうつつ。

巡礼のふる鈴はちんからころりと鳴りわたる、一心《いつしん》に縋《すが》りまつればの。

猫のあたまにあつまれば光は銀のごとくなり、われらが心に沁み入れば月かげ菩提のたねとなる。

百舌《もず》の頭《あたま》が火になつた。思ひきられぬ、きりやきりきり。

ぢつとしてゐられぬか、腕《うで》の中の林檎、裸の林檎、紅《あか》林檎。

勿体なや、馬鈴薯《じゃがいも》の芽に涙。

冥罰《めうばつ》を思ひ知らぬか、赤鼻の源左《げんざ》め、なまじ生木《なまき》を腕《うで》で折る。
深い溜息《ためいき》がきこえた。はあて、今のは誰《たれ》の吐息《といき》ぞ、わが前の
　真赤《まつか》な酒のさかづき。
頂上《てつぺん》にのぼりつめたが、空は遥かや、
泣かずにはゐられぬ。懺悔せぬか、草の葉。
死んで光るものは珊瑚の巣。弟アベルが眼の光。
　＊　カイン怒りて弟アベルを殺す、これ悪のはじめなり
恐らくは花ならむ、海の底の草の小枝に輝く玉あり、輝く玉あ
り。

（八月十九日の朝より夜にかけて作る）

（「スバル」大正2年9月号）

城が島の雨

藝術座音楽会の為めに作れる船唄。

雨《あめ》はふるふる、城《じやう》が島《しま》の磯《いそ》に
利休鼠《りきうねずみ》の雨《あめ》がふる、
雨《あめ》は真珠《しんじゆ》か、夜明《よあ》けの霧《きり》か、
それとも、わたしの忍《しの》び泣《な》き。
舟《ふね》はゆくゆく、通《とほ》り矢《や》の端《はな》を
濡《ぬ》れて帆《ほ》あげたぬしの舟《ふね》、
ええ、舟《ふね》は櫓《ろ》でやる、櫓《ろ》は唄《うた》でやる、
唄《うた》は船頭《せんどう》さんの心意気《こゝろいき》。
雨《あめ》はふるふる、日《ひ》は薄曇《うすぐも》る、
舟《ふね》はゆくゆく、帆《ほ》がかすむ。

（「処女」大正2年11月号）

みちゆき

萩原朔太郎

みちゆき

ありやけのうすらあかりは
硝子戸に指のあとつめたく
ほの白みゆく山の端は
みづがねのごとくにしめやかなれども
まだ旅人のねむりさめやらねば
つかれたる電燈のためいきばかりこちたしや

あまたるきニスのにほひも
そこはかとなきはまきたばこの煙さへ
夜汽車にてあれたる舌には佗しきを
いかばかり人妻は身にひきつめて嘆くらむ
まだ山科《やましな》は過ぎずや
空気まくらの口金《くちがね》をゆるめて
そつと息をぬいてみる女ごゝろ
ふと二人悲しさに身をすりよせ
しのゝめ近き汽車の窓より外を眺むれば
ところもしらぬ山里に
さも白くさきて居たるおだまきの花

こゝろ

こゝろをばなにゝたとへん
こゝろはあぢさゐの花
もゝいろに咲く日はあれど
うすむらさきの思ひ出ばかりはせんなくて。
こゝろはまた夕やみの園生のふきあげ
音なき音のあゆむひゞきに
こゝろはひとつによりて悲しめども
かなしめどもあるかひなしや。
あゝこのこゝろをばなにゝたとへん
こゝろは二人の旅びと
されど道づれのたえて物いふことなければ
わがこゝろはいつもかくさびしきなり

女よ

うすくれなゐにくちびるはいろどられ
粉おしろいのにほひは襟脚に白くつめたし
女よ
そのゴムのごとき乳房をもて
あまりに強くわが胸を圧するなかれ
また魚のごときゆびさきもて
あまりに狡猾にわが背中をば擽ぐる勿れ
女よ
あゝそのかくはしき吐息をもて
あまりに近くわが顔をみつむる勿れ
女よ
そのたはむれをやめよ
いつもかくするゆゑに
女よ、汝はかなし。

○

金魚のうろこは赤けれども
その目のいろのさびしさ
さくらの花は咲きてほころべども
かくばかり
嘆きの淵に身を投げ捨てたる我の哀しさ。

○

桜のしたに人あまたつどひ居ぬ。
なにをしてあそぶならむ
われも桜の木の下に立ちてみたれども
わがこゝろはつめたくして
花びらの散ちて落つるにも涙こぼるゝのみ
いとほしや
いま春の日のまひるどき
あながちに哀しきものをみつめたる我にしもあらぬを

○

ふらんすへ行きたしと思へども
ふらんすはあまりに遠し
せめては新らしき背広をきて
きまゝなる旅にいでゝみん
汽車が山みちを行くとき
みづいろの窓によりかゝりて
われ一人うれしきことを思はん
五月の朝のしのゝめ
うら若草のもえいづる心まかせに

（「朱欒」大正2年5月号）

緑蔭

朝の冷《ひや》し肉は皿につめたく
せりいはさかづきのふちにちちと鳴けり
夏ふかきえにしだの葉影にかくれ
あづまやの籐椅子《といす》によりて二人何を語らむ
さん〳〵と噴《ふき》あげの水はこぼれ散り
泊夫藍《さふらん》は追風にしてにほひなじみぬ
よきひとの側へにありて何を語らむ
すゞろにも我は思ふゑねちやのかあにばるを
かくもやさしき君が瞳に
海越えて燕雀の影もうつらでやは
もとより我等の語《かた》らひは
いと薄きびいどろの玉をなづるが如し

この白き舗石を濡しつつ
みどり葉のそよげる影をみつめ居れば
君やわれや
すゞしくも二人の涙は流れ出でにけり。

（「創作」大正2年9月号）

ふるさと

赤城山《あかぎやま》の雪流《ゆきなが》れ出《い》で
かなづる如《ごと》くこの古《ふる》き町《まち》に走《はし》り出《い》づ
ひとびとはその四つ辻《つじ》に集《あつ》まり
哀《かな》しげに犬《いぬ》のつるむを眺《なが》め居《ゐ》たり
ひるさがり
床屋《とこや》の庭《には》に石竹《せきちく》の花咲《はなさ》きて
我《われ》はいつもの如《ごと》く本町裏《ほんまちうら》の河岸《かし》を行《ゆ》く
うなだれて歩《あゆ》むわか背後《うしろ》に
かすかなる市人《いちびと》のさゝやきこへ
人《ひと》なき電車《でんしや》はがたこんと狭《せま》き街《まち》を走《はし》り行《ゆ》けり
我《わ》が故郷《ふるさと》の前橋《まへばし》

（『上毛新聞』大正2年10月6日）

末日頌

富田砕花

末日頌

世《よ》に容《い》れられざるあはれなるわが画工《ぐわこう》は、
こよひしもさびしくまたただひとり画布《カンヴス》に対《むか》ふ。
今《いま》、画工《ぐわこう》の全身全霊《ぜんしんぜんれい》はその手《て》にしたる一管《くわん》の彩筆《ブラッシュ》にあつまり
怪《あや》しき夢《ゆめ》の自画像《じぐわざう》はその動《うご》くがまゝに描《ゑが》き出《い》ださるゝ
あはれかくてわが画工《ぐわこう》よ、汝《いまし》は
霊魂《れいこん》を蹂躙《じゆうりん》することによりて獲《う》るところの膏《あぶら》と血《ち》とをもつて
尊《たふと》き肉体《にくたい》の殿堂《でんどう》に壊滅《くわいめつ》の壁画《へきぐわ》を完成《くわんせい》せむと急《いそ》ぐか
外《そと》には、
惨《さん》たる月光《げつくわう》の地上《ちじやう》に向《むか》つて直投《ひたな》げらるれど、
空《そら》をいそぎ過《す》ぐる颶風《ぐふう》に送《おく》らるゝ灰《はい》なす雲《くも》のために
屢次《しばしば》遮《さへ》ぎられて歎《なげ》きを深《ふか》くし、
樹木《じゆもく》、安静《あんせい》を妨《さまた》げられて動《うご》けば
その梢《こずゑ》の巣《す》に眠《ねむ》る鳥《とり》の夢《ゆめ》またたへまなく脅《おびや》かさる。
さらに水中《すゐちう》の魚《うを》は、
この痛《いた》ましき情景《じやうけい》を見《み》る驚愕《きやうがく》に
白《しろ》き腹《はら》を背《せ》にして浮《うか》びいでしもあり、

世《よ》は挙《あ》げて大騒乱《だいさうらん》の渦中《くわちう》にあるもの、如《ごと》く。）
いまはとて僅《わづ》かにのこしもてる力《ちから》を喚《よ》び起《おこ》しては、
おもひ出《い》でたるもの、ごとくその手《て》にせる筆《ブラッシュ》を運《はこ》ぶ。
わが画工《ぐわこう》の瞳《ひとみ》は暗《くら》く濁《にご》りてその力《ちから》を失《うしな》ひ、
脳《なう》は次《つ》ぎ来《き》たる昏惑《こんわく》のために
しばしば肉体《にくたい》を支《さゝ》ふる能《あた》はずして打倒《うちたふ》れむとす。
かくて世《よ》に容《い》れられざるわが画工《ぐわこう》は急《いそ》ぐなり。
壊滅《くわいめつ》へ。

（「早稲田文学」大正2年9月号）

もつと潑溂と

福士幸次郎

もつと潑溂と

もつと潑溂と
多くの詩を書く人よ
諸君が生きて下さるやう
いのります
もつと潑溂と
多くの人間よ
諸君が力を出すやうに
いのります
人生はそれでは淋しい
ひゞきが弱い
それでは堪らない
もつと大きな声を出したまへ
ひそやかでも地球自転にヘビーをつけるやうな
貴い声がいつもあるのだ
耳こすり位の小さい声でも
万人に響き渡る声があるのだ
未来永劫に響きわたる
強いどつしりした人間の声は
いつもあるのだ

（七月中旬）

（「創作」大正2年9月号）

白い蛆虫の歌

自分は此の人種の子である（ヴエルハアーレン）

ああどうしても
どうしても
君は生命の蛆だ
どんらんな白い蛆だ
輝やくはがねの兜《かぶと》より頭《づ》が固く

二枚の出歯はどんなものでも嚙みつぶす
ああその君こそあらゆるかたいものを
美しい日のもとに輝やかすものだ
天日《てんぴ》に美しくさらすものだ
世界の光景を一変させるものだ
われはその為めに生れて来た戦ひの子だ
かくも強い頭と出歯を獲物にもつて生れた健闘の子だ
（十月二日）
（「詩歌」大正2年11月号）

海の上に

三木露風

海の上に

やはらかな銀の鼠色、
その中につつましい舟が動く。
波にのり、わたしの心にのり
帆桁の静かな上までゆれる。

やはらかな風もない銀の鼠色、
その上に月が染《し》みこむ。
黄ろい嬉しい砕片《かひら》が
そして涙が、わたしの心に落ちる。

銀の鼠に仄《ほの》いて、
そしてまた迷ふておつとりと、
素直な鳥が月に、小さい影が散らばる。
幽かな響が胸に。

銀の鼠色が水平線に、
いつか静かな渋味をもたせかける。
そして心を懶いゆめに、
ただ一つの境へとそろそろひつぱりこむ。

祭

祭なり。
その声は、無限の裡《うち》にひろがりて
ゆるやかに押すすみ
猛然と、見えぬ力に波をあぐ。

色と響と神秘の中
谺もなくて融け合へば、

あとよりぞ、またためらひて、つぎ〳〵に騰《のぼ》る声、
狂喜して返る魂かと。

祭は、げにや、秘密の花を焼く。
燻ずる香り、吹き過ぎて
神の星座を焦すべく。

山車《だし》にきらめく花たばは
聖《きよ》き驕奢《おごり》の供物《くもつ》なり。
僕《しもべ》となれど身も足らはず
牛は、をづをづ曳き廻ぐる。

牛はをづをづ、良き心。
やあれ曳け、曳け、涙ながらに。
やあれ、狂気して、曳き廻《ま》はせ。

煙はあげて地を吹きしく
麝香の渦のかのけむり、
星座をかけて地を吹きしく。

祭は、世にも稀なる花を焼く。
爛々として唱和の声は、
神秘を罩めて海へ行く、
荒き、粗野なる子供心に。

（「創作」大正2年9月号）

『どんたく』（抄）

竹久夢二

歌時計

ゆめとうつつのさかひめの
ほのかにしろき朝《あさ》の床《とこ》。
かたへにははのあらぬとて
歌時計《うたひどけい》のその唄《うた》が
なぜこのやうに悲《かな》しかろ。

紡車

しろくねむたき春《はる》の昼《ひる》
しづかにめぐる紡車《いとぐるま》。
をうなの指《ゆび》をでる糸《いと》は
しろくかなしきゆめのいと
をうなの唄《うた》ふその歌《うた》は

とほくいとしきこひのうた。
たゆまずめぐる紡車《いとぐるま》
もつれてめぐる夢《ゆめ》と歌《うた》。

どんたく

どんたくぢやどんたくぢや
けふは朝《あさ》からどんたくぢや。

街《まち》の角《かど》では早起《はやお》きの
飴屋《あめや》の太鼓《たいこ》がなつてゐる
「あアこりやこりやきたわいな」
これは九州長崎《きうしうながさき》の
丸山名物《まるやまめいぶつ》ぢやがら糖《たう》
お子様《こさま》がたのお眼《め》ざまし
甘《あま》くて辛《から》くて酸《すつぱ》くて
きんぎよくれんのかくれんぼ
おつぺけぼうのきんらいらい」
観音堂《くわんのんだう》の境内《けいだい》は
のぞきからくり犬芝居《いぬしばゐ》
「ものはためしぢやみてござれ
北海道《ほくかいだう》で生捕《いけど》つた
一本毛《いつぽんけ》のないもんがあ
絵看板《ゑかんばん》にはうそはない
生《い》きてゐなけりや銭《ぜに》やいらぬ」
「可哀《かあい》さうなはこの子《こ》でござい
因果《いんぐわ》はめぐる水車《みづぐるま》
一寸法師《いつすんぼうし》の綱《つな》わたり
あれ千番《せんばん》に一番《いちばん》の
鐘《かね》がなろともお泣《な》きやるな」

「やあれやれやれきたわいな
のぞきや八文天保銭《はちもんてんぽぜん》
花《はな》のお江戸《ゑど》は八百八町《はつぴやくやちやう》
音《おと》にきこえた八百屋《やほや》の娘《むすめ》
年《とし》は十五《じふご》で丙午《ひのゑうま》
そなたは十四《じふし》であらうがの
いえいえ十五《じふご》でござんする。
八百屋《やほや》お七《しち》がおしおきの
お眼《め》がとまれば千客様《せんきやくさま》」

宵待草

まてどくらせどこぬひとを

宵待草《よひまちぐさ》のやるせなさ
こよひは月《つき》もでぬさうな。

（大正2年11月、実業之日本社刊）

痛さ

水野葉舟

痛さ

私《わたし》も痛《いた》さに迫《せま》られる。
魂《たましひ》は相悩《あひなや》んで居《ゐ》る。
今《いま》、すべてを捨《す》て去《さ》らうとして悩《なや》みの時《とき》が進《すゝ》んで行《ゆ》く、
心《こゝろ》は幼児《えうじ》のやうに柔《やはら》かく、恐《おそ》れに取《と》り囲《かこ》まれ、明《あきら》かに眼《め》を開《ひら》い
て居《ゐ》る。
痛《いた》みはこの心《こゝろ》に襲《おそ》ひかゝる。
潰《けが》すものに向《むか》つて息《いき》をひそめて居《ゐ》る。
たゞこの心《こゝろ》を自《みづか》ら抱《だ》いて衛《まも》つて行《ゆ》く。
この時《とき》の一呼吸《こきふ》の間《あひだ》の長《なが》さ、その生《い》きんとする力《ちから》の強《つよ》さ、私《わたし》の
眼《め》の臨《のぞ》む闇《やみ》の深《ふか》さ。
私《わたし》は不安《ふあん》に充《み》ちて居《ゐ》る。
この心《こゝろ》はいつまでもひそんでは居《ゐ》ない。
弾力《だんりよく》がその奥《おく》に隠《かく》れて居《ゐ》る。
突《つ》き破《やぶ》る力《ちから》が息《いき》をひそめて居《ゐ》る。
これは瞬間《しゆんかん》である。
頭《あたま》を霧《きり》がつゝんで居《ゐ》る。霧《きり》が晴《は》れる間《あひだ》を待《ま》つては居《ゐ》られない。
霧《きり》を突《つ》き貫《つらぬ》いて出《で》る。
すぐ私《わたし》は呼《よ》びかける。
心《こゝろ》のすべを含《ふく》んだ微笑《びせう》を発《はつ》する。
人《ひと》の思《おも》ひ及《およ》ばぬ火《ひ》が心《こゝろ》に燃《も》える。
霊魂《れいこん》の病《やまひ》を振《ふ》り落《おと》す。

肉は大地となれ

悲《かな》しい。たゞ悲《かな》しい。私《わたし》が愛《あい》する心《こゝろ》の寂《さび》しさが悲《かな》しい。
私《わたし》は慄《ふる》えて居《ゐ》る。
私《わたし》の心《こゝろ》を感《かん》ぜぬものを恐《おそ》れて居《ゐ》る。この心《こゝろ》が潰《けが》された。
私《わたし》はひそかに湧《わ》いて出《で》る水《みづ》を飲《の》みたい。
肉《にく》は大地《だいち》となれ。
血《ち》は地《ち》から湧《わ》く泉《いづみ》となれ。
その魂《たましひ》が微笑《びせう》してほしい。
静《しづ》かに、静《しづ》かに、
私《わたし》は地《ち》に深《ふか》く唇《くちびる》をつける。
私《わたし》の胸《むね》から生《い》き返《かへ》つた童貞《どうてい》の涙《なみだ》が流《なが》れる。

私《わたし》は野《の》の草《くさ》である。
私《わたし》の根《ね》は大地《だいち》の中《なか》にある。

（「早稲田文学」大正2年11月号）

短歌

来嶋靖生＝選

小天地

伊藤左千夫

松杉三本四本の植込に、いくつかの飛石、さゝやかなる我小庭にもはや早春の潤ひ来るを見る

朝起きてまだ飯前のしばらくを小庭に出でて春の土踏む
まづしきに堪へつゝ生くるなど思ひ春寒き朝を小庭掃くなり
三四日寒気《かんき》のゆりし湿めり土清めながめて生ける思ひあり
海山の鳥毛ものすら子を生みて皆生きの世をたのしむものを
児をあまた生みたる妻のうらなづみ心ゆく思ひなきにしもあらず
朝さえを靄とはなりぬ町のどよみ又常のごと我が小庭かな
漬物に汁に事足るあさがれひ不味《まづ》しともせぬ児等がかなしも
いとけなき児等の睦びや自が父のまづしきも知らず声楽しかり

（「アララギ」大正2年2月号）

三輪の神

与謝野晶子

三輪の神アポロの神とおなじことしにくる神のうるはしきこと
いささかの縁りなきこと身を噛みぬこれを妬みと云ふや云はずや
身のはてを心中者におかむとは清原の女も云はぬことかな
夕されば泣くを寄りきて肩なでぬわがお嬢様おしづまりやす
さばかりも恋をたのめるあどなさは呪咀にまさると誰の云ふらむ
その鏡何をとどむる不幸なる女王のゆめと帝王の夢
清浄につゆよこしまのなきものに彼の日の恋もなりて終りぬ
われいまだ人を娶りしことあらず君の心をいかでしらまし
死よ死よ恋しきことを外にして今よりわれの語ることこれ
うちうちのすこやかならずほのかにもあはれまるれば心みだるる
わが生みし一寸法師足まがりこの小法師のすてられぬかな
わが君をふかく恨むはあやふかりかたちのいまだおとろへぬため

（「朱欒」大正2年1月号）

青瑯玕

佐佐木信綱

火の山の浅間恋しも秋の夜の今宵の月に高くもゆらむ
新らしき家ゐに我を見いだし、移転《わたまし》の夜の清き月かな
水無月の青すが山のすが〳〵し君がゐまひにむかひてあれば
天地のはての沈黙《しゞま》の来ん日なほのこりてもえむ君おもふ胸
ぼうと鳴る船の汽笛がこだましつ漁村の裏の冬枯の山
ほのくらき常燈明にゆきすりの人のおもわの似たるおどろき
遠霞む入江うづむとほりくづす赤土山にかゞやく冬の日
窓前《そうぜん》の樹もみぢせずして葉葉《らくえふ》すいひ出でずしてとはに別れし
星寒し木枯すさぶ山すそにかたまりあへる四五十の家
いえがたき病えしより悲しかり君われをしも知らずと知りて
船窓をとほして白き宵月にうはゆれすなる紅の酒
うつくしさ静けさ清さとこ春のをとめの花の白藤の花
春の夜のしら〳〵あけを船いづる南の伊豆の濃みどりの海
白雲は海のむかひの山にうく此夕ぐれのおだしき心
夕されば白帆は磯に帰り来ぬ君が心よいつか帰らむ
夜会草夢のやうにも開きたる黄昏時のさびしきおもひ
呑み口を切ればよき香のさと走る酒庫の外《と》の冬の雨かな
くれなゐの撫子の鉢若き日の悲しかりつる思ひ出に咲く
芝原にたゞさす春のあたゝかき光おほひてつと走る雲
一人ゆく秋萩の野はうらさびし君が袂にすらまくほしさ
何せんに我はもうたふ刻々に消ゆく生の悲しびうたふ
浅ましうくらき心の片影をふとかへり見てをののかれぬる
よききぬをもたるが如もいくつもの心もちたる君にしありけり
我が心いだくとやうに暁の海のひゞきのしづかなるかな
春暮るゝ沢におりたち岩魚《いはな》つる山の翁に道やとはまし
我が愁未だ浅しも大海はあした夕べに夜すがらに泣く

この心かたくなにしてうつしがたし人の情を嬉しときけども
あまりにもわづらはしきに人ごとのやうにも思ふ思ひあまれば
大海の磯の岩むらうつろなす中なる浪のいさよふ心
何せんに長らふる世と思ひみてあつき泪し我頬流るゝ
此度《こたび》こそ酒をやめんと例ならずまじめなる書よ悲しき吾が友
何ものかひそめるくらき淵の如針をふくめるねたみの詞
何をなし何をかたりて吾が命の今日の一日にあとをとゞめし
すさまじき嵐の後の青き空心おちゐてのぼる月見る
荒らましき嵐ふき来て湖《うみ》の上の美しき虹をけしていにける
あざやかに人の姿がうかびくる五月の夜の小雨ふる宵
たつべくはたつ事やすきいましめの縄に我からしばられてをり
熊野川見おろす岡の森かげにいほりせりとふ紀の国の友
蜜柑山見に来よとある友の書に心いつしか紀の山を行く
さばれ君父母家にまちいます旅にあきなば帰り来よとく
仇の中にまじりて共にほゝゑみぬ心にぶきか心つよきか
さゝやけき事にも心うごくかな池の浮藻のとゆれかうゆれ
大空に雁が音なけば瀬戸の海島より島に走る秋風
われすてゝ走りいにけるたましひよけだものの群にまぎれ入りけむ
ひたすらに大空あふぐはやぶさの若きまなこに匂ふ春の日
城門をいでて二三里猶見ゆる鼓楼に寒き冬の日の色
ますらをは物は思はじ天つ日の光にむかひ立ちてをあるべし
十年にもなりやしつらむ雪の夜のいきどの坂に相別れける
手に足にくひいる強き鎖ありこゝろ一つは大空ゆけど
橋ぎはの青物市のにぎはひに家鴨もまじる朝の雨かな
春風の三条四条夕ぐれを旅人さびて歩みけるかな
やはらかき小草の上に遠つ世の少女をぞおもふすがはらの里
鳥が飛ぶ一日二夜を吹き荒れて風もさすがによわりたる朝
真心に信じ得べくば順礼の群にまじりてゆきかくれなむ
天地の終の如も海なぎぬ我が胸いかでしづ心なき
夜の浪石垣をうつすたれたる湊の町の寒きともし火
階下《した》の室《へや》にけたゝましうも電話鳴る心つかれし十月の午後
眠り足らず頭が重き朝の目ににぶくしみ入る窓のあぢさゐ
あまりにも暮るゝ入江のしづけさに石など拾ひなげて見しかな
目にいたき煙折々まひくだる浅間平を秋風にゆく
口そゝぐ谷間の真清水歯にしむも嬉しき秋の山ずまひかな
氷りたる湖とほくひろごれりぶなの林の雪もよひの風
悲しびのまぎれやすると船客の一人となりて海をゆけども
池にそひてたでの花さく我心やゝおちつきて九月に入りぬ
苦しわれ心のおひめつぐなふに日もこれ足らずつとめいそしむ
庭つくり庭を眺むるのびらかな心に暫し我を眺むる
並山の流るゝ世にも遂げがたき思にかくやしづみてあらむ
わが少女炎の少女ふるゝもの皆火ともえぬあやしき少女
うたがひの迷のはての果はまた人恋しくもなる心かな
消はてし恋を導き誘ひくるたそがれ時の薄らあかりは
人形を抱く幼なさ今も君にあるを見ること嬉しかりけれ
着よそへる其髪かたち剣なす心もたるはあだし人かも

誰と知らず鸚鵡の詞うつくしう教へし声の人を恋ひける
泣くがをかし臘細工より猶白き見る人の見ばよき顔をして
我が心君が心にふとあひし此瞬間に死なまほしけれ
二重にも三重にも心もつ人に幼くてこそむかひたりしか
ふと迷へどやがておのれをかへりみるさかしき人のつめたき詞
ことなれる空気の中にすむ人の思ひたがへていふがわりなさ
ほのかにも蠟燭の火のまた、けば面影人も歎きけるかな
嬉しくも待ち得し人の玉づさの物たらざるにうらさびし胸
灯《ひ》を消して初秋の空の天の川しろきを二人眺めけるかな
まさしくも聞くに堪へんやいとせめて偽をだに君のいへかし
何げなう君が語らふ夢がたりまじりて聞きてさわぐ吾胸
此日頃物忘れなどする事の多くなりしと笑はれにける
二三歩をいつも退き逃げ走る用意してこそ物をいひしか
あまりにもさかしう人の成にけりわくらはに逢ひて泪こぼる、
玉椿ふさある髪をうつくしうゆひたる君の朝姿かな
くりすますの夜の蠟燭があかるきに一人くもれるおもわが悲し
天の下のあらゆる実皆すて、一つのものをほりせし少女
殊更につとめて人と物がたる君の心をあはれとは見き
まめやかにとりすましたるうつしゑの君のやうにも思はれぬ哉
いはざれば罪の如おぼえ何事ものこさず語る君にむかへば
わが選び君が選らびにあひぬてふはかなき事もうれしかりけり
いつきつる我がうつくしき偶像をあまりにむごくこはされにける
いひわけをいはゞ一しほむつかしさに泪をのみてもだしをるかな
別れては話の中に上目して見るやうのくせも忘られぬかな
黒髪に匂ふ花櫛うつくしき人に別る、よはのともし火
月の前を走る黒雲見てありしうしろ姿をふとおもひ出づ
落葉ふみい行きて君が帰らざる豊島が岡は悲しき所（大塚楠緒子を懐ふ）
大鳥のかけらひいでぬ幾月か海を恋ひつる海の大丈夫《ますらを》（比叡進水式の日）

（「心の花」大正2年1月号）

姉

尾上柴舟

思ひいづ故郷の木々に蟬なく日無口の姉とむかひし心
癌といふ恐ろしき手に捕はれし姉に見せずもならむ東京
か、る病ありとも知らで安らけく先づ死にゆきし母ぞうれしき
あはれわがおなじ分身一つ消え二つ消えたり三つや消えなむ
薄ぐらく広き厨に今もなほものや煮るらむ病めるわが姉
子にあらぬ子のみ多くが騒ぐらむ夫《つま》なき姉がやめる枕辺
不治といふことば一つも悲しきをあはれや姉の上なりしかな
争ひもせず親しみもせず生ひ出で、別れ別れにならむさびしさ
母よとて親居らぬ間はなづきし子それさへ今は背きてあるらむ
なやみだにあらすな神よ悲しみのかぎりを見つ、争ひし人に
一人づ、影の如くに消ゆる中に不思議に我の生きつゞくかな
冬の来てすさまじきまで晴れわたる山の御寮の下に病むか姉

（「詩歌」大正2年1月号）

赤罌粟の花

島木赤彦

俎の魚いき〲と眼をあけり蒼く暮れたる梅雨《つゆ》の厨べ
うつくしき血しほを指に染めにつゝ生きものゝ命さきて我れ居り
小さなる生きの煩悩断たるればうつくしき血は流れ〲ぬ
赤き血しほ地に垂れてあはれ燄々と燃えあがる弱き茎の上かな
蒼やかに暮れただよへる土なれば花はこぼれて沈むが如し
夕ほろ〲赤罌粟の花こぼるれば死なせし魚に念仏まをす
わが眼の力あはれに疲るれば涙こぼるゝ器械の如くに
さ蠅らと寄り合ひて住める六畳の空気にたまる夕日の赤さ
わが心虚脱をすれば顔にとまる蠅にも負けて臥《ふせ》り居るなり

○

わが家にこのごろ火をも焚かざれば子どもも寄らず物を書くへに
夜おそく水をもらひに行く道は桑の葉青く灯を提ぐるなり
このやうに夜々をかそかにこもれども命死なねば静かにはならず
薪くべて火を吹くおのが脣に涙流るゝ拭けども拭けども

○

身を繞ぐる寒色《かんしょく》の壁、蠟燭の心《しん》ほそ〲と燃えて尽くる心
虚偽、残忍、さま〲の青鬼がうれしがりつゝめぐり居り其所に
青鬼ら踊りをしつゝ影と共に去りにし壁の次ぎにわが影
蒼白う夜の灯りを吸ひ更くる壁に我れ向ふ眼を堪ゆるかな

（「アララギ」大正2年8月号）

病院

島木赤彦

子の眼病に重大なる疑問を宣せられて直に東京に伴ひぬ。夜一夜汽車に揺られて七月二十四日暁飯田町に着けば直に車並べて病院に向ひぬ。疲れを休むるひまもなし。親心只恐れ急ぐに

静もれる車上の姿、自らの病を知れる我が子なるかな
あが人力車《くるま》動きてあるを覚えつゝ眼《まなこ》の中の子を守るかな
ふと我にかへればひろき街道に流るゝ汗を拭きてあるかも
夢のやうに苦しきものに向きにけり病院の門近づきたれば
わがからだの汗ひと時にとまるかと思ひしまれり玄関に立ちて
汝が眼かならずなほしやるぞよと体内《みうち》冷めたく亢奮するも
病院に今はつきぬと思ひ得る落ちゐ心のうつろを覚ゆ
斎藤と二人居たればかゝるとき草花の日を見て立てりけり
落ちつかねばならぬと思ひ佇《た》ちしかばあやしく口のかわきをおぼゆ
暗室の灯もおぼろかになり来つれ診察の時の黙《もだ》に移るに
薬さす眼をおさへつゝ眠るまでに疲れて遠く来りにしかな

○

看護婦のみちびきのぼる楷子段浄くさびしく拭かれてありけり
病室の戸ははや明きてありたればこゝと思へり踵の底に
あが心うろ〲すればすわり居て額の汗を拭きてやるなり
空瓶に煙草のほくそ払ひたる心あやしく笑へざりけり
窓側の煉瓦赤々と日の照れば口に言ひ得ず怖れ見にけり

どよもせる都会の隅にたまさかに廊下を通る足音きこゆ
平原の国の夕やけ屋根ちかくいや焼くれども顔ら暗かり
いくつものさびしき部屋がかはたれの星にむかひて並び親しさ
二人して寂しき時は睦しき友のやうにして寝てかたるなり
東京にはじめて来たる子のためにさびしき蚊帳をつりてやるかな
行末を思ひし得ねば蚊帳の中に枕並べて眠入りたりけり
十一時涼しさになる灯の下のあが眼に赤き桃を剝くなり
窓の下の木挽のひゞき濁りたる雨のやうにしてひねもすひゞけり
ひるすぎは木挽のひゞき同じやうにひゞきてありぬ夕日のなかに
子のやまひ持ちたる人に逢ひ得ざる寂し心にかたらひにけり
この父の顔見ゆるかとむごきこと問ふと思ひて問ひにけるかも
父は今日国にかへると聞きわけし幼き顔を見てやりにけり

○

そよろかに物去りぬればあが脳はそろ〳〵としてくづれこぼれぬ
我が胸の罅《ひび》いたましく滲み出でて遠さりけらしかなし物はも
山上ゆ赤き夕日を見しときに我ら遠くも歩みにしかな
山上の道なりしかな坦々と秋草の花をあゆみて遠く
今一度あしこに行くに忍びねば心がなしき眼を上ぐるかな
山上の秋の暑さに疲れたるからだは深く〳〵寝しかな
こゝに来ても七つの星の見ゆるぞと思へば遠きかなし人はも

（「アララギ」大正2年9月号）

葬り火 黄涙余録の一

斎藤茂吉

あらはなる棺《ひつぎ》はひとつかつがれて穏田ばしを今わたりたり
自殺せし狂者《きやうじや》の棺《くわん》のうしろより眩暈《めまひ》してゆけり道に入り日あかく
陸橋にさしかかるとき兵来ればひつぎはしまし地《つち》に置かれぬ
泣きながすわれの涙の黄なりともひとに知らゆな悲しきなれば
鴉《からす》らは我はねむりてゐたるらむ狂人《きやうじん》の自殺果てにけるはや
死なねばならぬ命まもりて看護婦は白き火かかぐ狂院のよるに
みづからのいのち死なんど直いそぐ狂人を守り火も《も》恋ひねどま
土のうへに赤棟蛇《やまかがし》遊ばずなりにけり入る日あかあかと草はらに見ゆ
歩兵隊代々木のはらに群れゐしが狂人のひつぎひとつ行くなり
赤光《しやくくわう》のなかに浮びて棺《くわん》ひとつ行き遥《はる》けかり野は涯《はて》ならん
わが足より汗いでてやや痛みあり靴にたまりし土ほこりかも
火葬場に細みづ白くにごり来《く》も向うにひとが米を磨ぎたれば
死はも死はも悲しきものならざらむ目のもとに木の実落つたはやすきかも
両手をばズボンの隠しに入れ居たりおのが身を愛《は》しと思はねどさびし
葬《はふ》り火は赤々と立ち燃ゆらんかわがかたはらに男居りけり
うそ寒きゆふべなるかも葬り火を守るをとこが欠伸をしたり
骨瓶《こつがめ》のひとつを持ちて価《ね》を問へりわが口は乾くゆふさり来《きた》り
納骨の箱は杉の箱にして骨瓶は黒くならびたりけり
上野なる動物園にかささぎは肉食ひゐたりくれなゐの肉を
おのが身しいとほしきかなゆふぐれて眼鏡のほこり拭ふなりけり

雪ふる日

斎藤茂吉

(「詩歌」大正2年1月号)

かりそめに病みつつをへばうらがなし墓はら遠く雪つもる見ゆ
うつし身のわが血脈《けちみやく》のやや細り墓地にしんしんと雪つもる見ゆ
あま霧《ぎ》らし雪ふる見れば飯《いひ》をくふ囚人《しうじん》のこころわれに湧きたり
わが庭に鵞《あひる》ら啼きてゐたれども雪こそつもれ庭もほどろに
ひさかたの天の白雪ふりきたり幾とき経ねばつもりけるかも
批把の木の木ぬれに雪のふりつもる心愛憐《あはれ》みしまらくも見し
さ庭べの百日紅のほそり木に雪のうれひのしらじらと降る
天つ雪はだらにふれどさにづらふこゝろにあらぬ心にはあらぬ（十二月廿九日）

死にたまふ母

斎藤茂吉

(「アララギ」大正2年3月号)

其の一

ひろき葉は樹にひるがへり光りつつ隠《かく》ろひにつつしづ心なけれ
白ふぢの垂花《たりはな》ちればしみじみと今はその実の見えそめしかも
みちのくの母のいのちを一目《ひとめ》見む一目《ひとめ》見むとぞいそぐなりけれ
うち日さす都の夜《よる》に灯《ひ》はともりあかかりければ急ぐなりけり
ははが目を一目を見んと急ぎたるわが額《ぬか》のへに汗いでにけり
灯《ともし》あかき都をいでてゆく姿かりそめ旅と人見るらんか
たまゆらに眠りしかなや走りたる汽車ぬちにして眠りしかなや
吾妻山《あづまやま》に雪かがやけばみちのくの我《あ》が母の国に汽車入りにけり
朝さむみ桑の木の葉に霜ふれど母にちがづく汽車走るなり
沼の上にかぎろふ青き光よりわれの愁《うれひ》の来《こ》むといふかや
上《かみ》の山《やま》の停車場に下り若《わか》くしていまは鰥夫《やもるを》の弟見たり

其の二

はるばると薬《くすり》をもちて来《こ》しわれを目守《まも》りたまへりわれは子《こ》なれば
寄り添へる吾を目守《まも》りて言ひたまふ何か云ひ給ふわれは子なれば
長押《なげし》なる丹《に》ぬりの槍に塵は見ゆ母の辺の吾が朝目には見ゆ
山いづる太陽光《たいやうくわう》を拝みたりをだまきの花咲きつづきたり
死に近き母に添寝《そひね》のしんしんと遠田《とほた》のかはづ天《てん》にきこゆる
桑の香《か》の青くただよふ朝明《あさあけ》に堪へがたければ母呼びにけり
死に近き母が目に寄りをだまきの花咲きたりといひにけるかな
春なればひかり流れてうらがなし今は野《ぬ》のべに蟆子《ぶと》も生《あ》れしか
死に近き母が額《ひたひ》を撫《さす》りつつ涙ながれて居たりけるかな
母が目をしまし離《か》れ来て目守《まも》りたりあな悲しもよ蠶《かふこ》のねむり
我が母よ死にたまひゆく我が母よ我を生《う》まし乳足《ちた》らひし母よ
のど赤き玄鳥《つばくろめ》ふたつ梁《はり》にゐて足乳根の母は死にたまふなり
いのちある人あつまりて我が母のいのち死《し》行くを見たり死ゆくを
ひとり来て蠶《かふこ》のへやに立ちたれば我が寂しさは極まりにけり

其の三

楢《なら》わか葉照りひるがへるうつつなに山蠶《やまこ》は青く生《あ》れぬ山蠶は
日のひかり斑《はだ》らに漏《も》りてうら悲し山蠶はいまだ小さかりけり

葬《はふ》り道すかんぽの華《はな》ほほけつつ葬り道べに散りにけらずや
おきな草口《くち》あかく咲く野の道に光ながれて我ら行きつつも
わが母を焼かねばならぬ火を持てり天《あま》つ空には見るものもなし
星のゐる夜ぞらのもとに赤赤とははそはの母は燃えゆきにけり
さ夜ふかく母を葬《はふ》りの火を見ればただ赤くもぞ燃えにけるかも
はふり火を守《まも》りこよひは更けにけり今夜《こよひ》の天《てん》のいつくしきかも
火を守《も》りてさ夜ふけぬれば弟は現《うつ》し身の歌うたふ悲しく
ひた心目守《まも》らんものかほの赤くのぼるけむりのその煙《けむり》はや
灰のなかに母をひろへり朝日子《あさひこ》ののぼるが中に母をひろへり
蕗の葉に丁寧に集めし骨くづもみな骨瓶《こつがめ》に入れ仕舞ひけり
うらうらと天《てん》に雲雀は啼きのぼり雪斑《はだ》らなる山に雲ゐず
どくだみも薊《あざみ》の花も焼けゐたり人葬所《ひとはふりど》の天明《あめあ》けぬれば

其の四

かぎろひの春なりければ木の芽みな吹きいづる山べ行きゆくわれよ
ほのかにも通草の花散りぬれば山鳩のこゑ現《うつつ》なるかな
山かげに雉子が啼きたり山かげの酸《す》つぱき湯こそかなしかりけれ
酸《さん》の湯に身はすつぽりと浸りゐて空にかがやく光を見たり
山かげに消のこる雪のかなしさに笹かき分けていそぐなりけり
笹はらをただかき分けて行きゆけど母をたづねん我ならなくに
火の山の麓にいづる酸《さん》の湯に一夜《ひとよ》ひたりて悲しみにけり
はるけくも峡《はざま》の山に燃ゆる火のくれなゐと我が母と悲しき
山腹《やまはら》に燃ゆる火なれば赤赤とけむりは動く悲しかれども
たらの芽を摘みつつ行けり寂しさはわれよりほかのものとかはしる
寂しさに堪へて分け入る我が目には黒ぐろと通草の花ちりにけり
見はるかす山腹なだり咲きてゐる辛夷《こぶし》の花はほのかなるかも
蔵王山に斑ら雪かもかがやくと夕さりくれば岨ゆきにけり
しみじみと雨降りゐたり山のべの土赤くしてあはれなるかも
やま峡《かひ》に日はとつぷりと暮れたれば今は湯の香の深かりしかも
湯どころに二夜《ふたよ》ねぶりて蓴菜《じゆんさい》を食へばさらさらに悲しみにけれ
山ゆゑに笹竹の子を食ひにけりははそはの母よははそはの母よ

五月作

(「アララギ」大正2年9月号)

悲報来

斎藤茂吉

上諏訪にゐて先生逝去の電報を読む

ひた走るわが道《みち》暗ししんしんと堪《こら》へかねたる我が道くらし
ほのぼのとおのれ光りてながれたる蛍を殺す我が道くらし
すべなきか蛍を殺す手のひらに光つぶれて為《せ》んすべはなし
氷室《ひむろ》より氷《こほり》をいだす幾人《いくにん》はわが走る時ものを云はざりしかも
氷きるをとこの口《くち》のたばこの火赤《あか》かりければ見て走りたり
死にせれば人は居ぬかなと歎かひて眠りぐすりをのみて寐んとす
諏訪のうみに遠白く立つ流波《ながれなみ》つばらつばらに見むと思へや
あかあかと朝焼けにけりひんがしの山並《やまなみ》の天《あめ》朝焼けにけり

八月作

(「アララギ」大正2年9月号)

七月廿三日

斎藤茂吉

めん雞《どり》ら砂あび居たれひつそりと剃刀研人《とぎ》は過ぎ行きにけり
夏休日《なつやすみ》われももらひて十日まり汗をながしてなまけてゐたり
たたかひは上海に起り居たりけり鳳仙花紅く散りゐたりけり
十日なまけけふ来て見れば受持の狂人ひとり死にゆきてゐし
鳳仙花かたまりて散るひるさがりつくづくと我《われ》かへりけるかも

麦奴

病監の窓の下びに紫陽花が咲き折をり風は吹きゆきにけり
ひた赤し煉瓦の塀はひた赤し女刺しし男に物いひ居れば
監房より今しがた来し囚人はわがまへにゐてやや笑むかなや
巻尺《まきじやく》を囚人のあたまに当て居りて風吹き来しに外面《そとも》を見たり
しみじみと汗ふきにけり監獄のあかき煉瓦にさみだれは降り
雨ぞらに煙のぼりて久しかりわが囚人は未だ来るかも
飯《いひ》かしぐ煙ならむと思ひつつ鉛筆の秀《ほ》を研ぎゐたりけり
ほほけたる囚人の眼のやや光り女をいふかも刺しし女を
相むれてべにがら色の囚人は往きにけるかも入り日赤けば
まはり道畑《はた》をのぼればまはりみち麦奴《むぎのくろみ》は棄てられにけり
光もて囚人の瞳てらしたりこの囚人を観ざるべからず
紺いろの囚人のむれ笠かむり草苅るゆゑに光るその鎌
けふの日は何も答《いら》へず板の上に瞳を落すこの男はや
監獄に通ひ来しより幾日経し蜩《かなかな》啼きたり二つ啼きたり
よごれたる門札おきて息つけば八尺《やさか》の入日まはりけるかも

（「生活と藝術」大正2年9月号）

おひろ

斎藤茂吉

なげかへばものみな暗しひんがしに出づる星さへ赤からなくに
夜《よる》くればさよ床に寝しかなしかる面わも今は無しも小床も
ふらふらとたどきも知らず浅草の丹《に》ぬりの堂に我は来にけり
あな悲し観音堂に癩者ゐてたゞひたすらに銭欲りにけり
浅草に来てうで卵買ひにけりひたさびしくて我が帰るなる
はつはつに触《ふ》れし子なればわが心今は斑《はだ》らに嘆きたるなれ
ほのぼのと目を細くして抱《いだ》かれし子は去りしより幾夜か経たる
うれひつゝ去《い》にし子ゆゑに藤のはな揺《ゆ》る光さへ悲しきものを
しら玉の憂《うれひ》のをんな我《あ》に来り流るゝがごと今は去りにし
かなしみの恋にひたりてゐたるとき白ふぢの花咲き垂りにけり
あさぼらけひと目見しゆゑしばだたく黒きまつげをあはれみにけり
わが生《あ》れし星を慕ひしくちびるの紅き女をあはれみにけり
しん〳〵と雪ふりし夜にその指《ゆび》のあな冷《つめ》たよと言ひて寄りしか
たまきはる命ひかりて触りたれば否《いな》とは言ひて消《け》ぬがにも寄る
愁ひつゝ去にし子ゆゑに遠山に燃ゆる火ほどの我が心かな
ひんがしに星いづるとき汝が見なばその眼《め》ほのぼのと悲しくあれ（四月作）

（「詩歌」大正2年10月号）

哀傷篇拾遺

北原白秋

蠟燭をひとつ点《とも》して恐ろしきわれらが閨をうかがひにけり

○

紅《くれなゐ》の天竺牡丹凝《じつ》と見つみごもりにけりと云ふにあらずや

身の上の一大事とはなりにけり紅《あか》きダリヤよ紅《あか》きダリヤよ

○監房の第一夜二首

この心いよよはだかとなりにけり涙ながるる涙ながるる

君がごとやむごともなききはならずヴエルレエヌよヴエルレエヌよ

○

どん底の底の監獄《ひとや》にさしきたる天つ光に身は濡れにけり

隣房に殺人犯あり

猫のごと咽喉《のど》絞《し》められて死ぬといふことがをかしさ爪紅《つまぐれ》の咲く

空見ると強く大きく見はりたるわが円《つぶ》ら眼に涙たまるも

夕さればただひとむきに母さがすわれはあかんぼひもじかりけり

夕されば入日血のごとさしつくる監獄《ひとや》うれしや飯《まま》を食《た》べてむ

○

市ケ谷の逢魔が時となりにけりきりぎりす鳴く梟の鳴く

夜となりぬのうまくさんまんだばさらだせんだまかろしやだと
わが父の泣く声のきこゆる

○

梟はいまか眼玉を開くらむごろすけほうほうごろすけほうほう

いまもなほ手錠手首にかかるごとしあかあかと夕日空にくるめく

テテツプツプ
弥惣次ケツケ……（柳河の童謡）

来て見れば監獄署の裏に日は赤くテテツプツプと鳩の飛べるも

罪人の泣く声か、拷問の叫びか

と見れば監獄署裏の草空地《くさあきち》にぶらんこの環《くわん》のきしるなりけり

○

煤烟《すすけむり》たなびくもとに葛飾《かつしか》の野菜畑はか青くも見ゆ

電線《はりがね》に雀飛び来てちよとつるむ悲しやと見ればちゆと消えてけり

○浅草にて二首

電線《はりがね》に鳶の子が啼き月の夜に赤い燈《ひ》が点《つ》くぴいひよろろろよ

なになれば猫の児のごと啼くならむ夜鳶とまれり電線《はりがね》の上《うへ》に

○

嘵々とひとすぢの水吹きいでたり冬の日光浴の鶴のくちばし

○

わが憎き彼奴《かやつ》が胆《きも》をゑぐりぬき蟇《ひき》にやりなば慰まむらむか

妖婆の云へらく

どれどれ人の胆でもゑぐりませう紅《あか》い椿が咲いたぞなひつひつひ………

あかんぼを黒き猫来て食みしといふ恐ろしき世にわれも飯《いひ》食む

夜ふけて二首

グロキシニアつかみつぶせばしみじみとから紅《くれなゐ》のいのち忍ばゆ

時計の針ⅠとⅠとに来るときするどく君をおもひつめにき

○

吾《あ》が心よ夕さりくれば蠟燭に火の点《つ》くごとしひもじかりけり

（「朱欒」大正2年1月号）

落日哀歌

北原白秋

夕暮の余光のもとをうち案じ空馬車馭してゆく馭者のあり
屋根の太陽《ひ》は赤く澱《おど》みて石だたみ古るき歩道《ほだう》に暮れ落ちにけり
夕されば大川端に立つ煙重く傾むく風吹かむとす
悲しくも心かたむけいつとなくながれのきしをたどるなりけり
風寒く夕日黄ばめり冬の水いま街裏を逆押してゆく
雪深しくぐみゐたればくれなゐの月いで方となりにけるかな

×

血を流し南無妙法蓮華経くるほしく唱へまつらば慰むらむか
以太利亜のトリノの街に君病むと風のたよりにききしかなしさ
血を流し涙流して汝《なれ》ありと思ふばかりにわれ死なむとす
君病むと風のたよりききしなりいかでかおのれ歎かざらめや
あはれなる獣《けもの》すらだに死ぬときは命欲《ほ》るてふを人の血を吐く
君見じと會て誓ひき君もしか泣きて誓ひき偽りにけり
吾妹子《わがもこ》よ世にただひとり信《まこと》ある男の心けふ破《や》れむとす

×

牢獄《ひとや》いでて二人久しく相会はず代々木かしは木霜枯れにけり
夕さればひとりぽつちの杉の樹に日はえんえんと燃えにけるかな
あかあかと枯草ぐるまゆるやかに夕日の野辺を軋むなりけり
悲しともなくてなつかしかがやかに夕日にかへる枯草ぐるま
道のべの道陸神《だうろくじん》よあかあかと日てり風吹く道陸神よ
日は暮れぬ人間ものの誰しらぬふかき恐怖《おそれ》に牛吼えてゆく

（「朱欒」大正2年4月号）

黒き薔薇

若山牧水

納戸《なんど》の隅に折から一丁の大鎌あり、汝《なんじ》が意志をまぐるなといふが如くに
飽くなき自己酷待者に続《つ》ぎ来《きた》る、朝、朝のいかに悲しき
新《あら》たにまた生るべし、われとわが身に欺く云ふとき、涙ながれき
静かにいま薔薇《ばら》の花びらに来《き》て息《いこ》へるうすきいのちに夜《よる》の光れり
こころづけば鏡に薔薇がうつりてあり絵具《えの》のごとくわが顔の動けるそばに
冬の夜の心《し》のごとし、わが知識《ちしき》の精《せい》のごとし、薔薇のくれなゐ
ふと触るればしとどに揺《ゆ》れて陰影《かげ》をつくるくれなゐの薔薇よ冬の夜の薔薇よ
ひらかむとする薔薇、散らむとする薔薇、冬の夜の枝《えだ》のなやましさよ
はち切るごとき精力を身に持ちたし呼吸《いき》をぞとむる、薔薇の静かなる
わが生存力はいまだ火を知らざるごとし、油《あぶら》に黒く濡れて輝けど
傲慢なる河瀬の音よ、呼吸《いき》はげしき灯のまへのわれよ、血のごとき薔薇よ
悲しみとともに歩めかし薔薇、悲しみの靴の音をみだすなかれ薔薇
吸ふ呼吸《いき》の吐く呼吸のわれの静けさに薔薇のくれなゐも病めるがごとし
おゝ夜《よる》の瀬の鳴ることよ、悲しみのはたとだえて真蒼《まさを》き耳に
わがかなしさは海にしあればこのごとき河瀬の音は身に染まず、痛し
やうやくに馬の足音のきこえきぬ悲しき夜《よる》も明けむとすらし

日に蒼《あを》みゆく神経質になりゐしにふと心づきぬ、とある冬の朝
鉱物より絵具をとるといふ話を聞きしことありき、忘れ難かり
すいすいと窓の前に青き竹立てり、わが呼吸《いき》をそれぞれ吸ひ取るごとくに
鹿の角を十四五本も投げ入れし古びし箱を見出でけり、朝
父が猟《か》りしものなりといふ鹿の角真黒く煤け宝石に似たり
饑えたる虫幹にひそめる樹のごとくわが家の何処《いづこ》にか冷たさのあり
愛すべきただ一りんの薔薇《ばら》あり、この日のわれの静かなるかな
斯《かゝ》る孤独《こどく》に我が居るときに見出でたる一りんの薔薇を愛《め》でも悩《なや》める
薔薇を愛するはげに孤独を愛するなりき、わが悲しみを愛するなりき
虚《むな》しきに映《うつ》りつつ真黒き玉のごとく冬薔薇《ふゆばら》の花の輝きてあり
われ素足《すあし》に青き枝葉《えだは》の薔薇を踏まむ、かなしきものを滅ぼさむため
薔薇に見入るひとみ、いのちの痛きに触るるひとみ、冬日《ふゆび》午後の憂鬱
悲しみの影も滅びつ、見入りたる一りんの薔薇の黒くしぞ見ゆ
古びし心臓を棄つるがごとくひややかに冬薔薇のくれなゐにひとみ対《むか》へり
大島なる友の悲しめる眼をおもふはわれの悲しめる眼を思ふよりもかなし
聞き馴れては虫もどこやら鉱物の音するごとし、もはや冬なり
明るき日なり、厠より出でぬ、山仰ふげば山悲し、いざ歌をつくらむ
低聲《こゞゑ》に卑俗《ひぞく》なる唄うたひつつ夕陽《ゆふひ》の椅子《いす》を離るるはよき
褪せて散ればつぎなる小枝《こえだ》さしておく薔薇とわれとの冬の幾日
愛する薔薇を蝕《むし》ばむ虫を眺めてあり貧《まづ》しきわが感情を刺さるるごとくに
机の前の夜《よる》の山《やま》よりとびて来《こ》してのひらほどの濃みどりの蛾よ
日光が行燈《あんどん》のごとく灯のかげがわが心の光明の世界に似たり
灯を消すとてそと息《いき》を吹けば薔薇の散りぬ、かなしき寝覚《ねざめ》の漸く眠りを思ふときに
わが悲しみは青かりき、水のごとかりき、火となるべきかはた石となるべきか
わが煙草《たばこ》の煙《けむ》のゆくとき、夕陽《ゆふひ》の部屋《へや》、薔薇はかなしき憂鬱となる
しづかなる休息、冷かなる休息、この木漏日《こもれび》のごとき休息
この冬の夜に愛すべきもの、薔薇あり、つめたき紅ゐの郵便切手あり
ひいやりと腰のあたりがなにものにか触れしがごとくくづるる冥想
疲れしにや、いな、いまやうやく痛める眼にかなしき朝を見むとするなり
わが孤独に根を置きぬればこの薔薇の褪する日永久《とは》にあらじとぞ思ふ
思ひつめてはみな石のごとく黙《く》み、黒き石のごとく並ぶ、家族の争論
父も母も姉も姪もみな屍のごとし、独りし歌に思ひ入るときに
ゆふぐれのわが家の厨の喧燥は古沼《ふるぬま》のごとし、西に高き窓
家のいづくにか時計ありて痛き時を打つ、陰影《かげ》より出でよとて打つ

（「早稲田文学」大正2年1月号）

死んだこころの歌

若山牧水

紺いろの小鳥をたなごころにそつと握り放たじとする、死んだこころ
なんとやら頭ばかりが重たうて歩きにくかり、ぐつと踏みしめむ
飴《あめ》のやうに粘土《ねんど》のやうに、このこころ成れ、いろいろに細工《さいく》してみむ
やす鏡、てらてら鏡、青い鏡に延びたり縮んだり、我がこころ
この絵のやうにまつ白な熊の児となり、藍いろの海、死ねるまで泳がばや
きゆうとつまめばぴいとなくひな人形、きゆうとつまみてぴいとなかする
要するにうその話、うたはうたへどわがこころ身にやどらず
啼け、啼け、まだ啼かぬか、むねのうちの藍いろの、盲目《めしい》のこの鳥

野老蔓《どころづる》のするのしげみの青さよな、そのところ蔓摘み切りてまし
かなしみは薔薇のはなびら、錆びた庖丁でなぜにそのよに小きざみに
安心できるやうな大きな溜息を吐《つ》かうとて背延びしたれば、頭痛めり

（「詩歌」大正2年4月号）

夜の歌

若山牧水

饑ゑて一片の麪包をぬすまむとするごとくわが命《いのち》の眼《まなこ》ひらけり
何処《いずく》より来れるや我がいのちを信ぜむとつとむる心、その心さへとらへがたし
眼《め》をひらかむとして、またおもふ、わが生《よ》の日光のさびしさよ
闇か、われか、眼ざめたる夜半の寝床をめぐれるもの、すべて空《むな》し
冷ゆればすぐに風邪《かぜ》をひく、あはれにもたしかなるわが皮膚かな
何にもあれ貪《むさぼ》ることに倦みて来《き》ぬ、わびしや友情にも
地《ち》の皮膚《はだ》にさせる日光と、陰翳《いんえい》と、わがいのちの絵具と、正午《せうご》の新鮮《しんせん》
死人の指の動くごとく、わが貧しきいのちを追求せむとする心よ
載るかぎり机に林檎をのせ朱欒を載せ、その匂ひのなかに静まりて居る
机のうへ林檎とざぼんとのなかに小さき鏡を置き、読書の疲れを慰めむとす
三つ四つころがれる朱欒の匂ひに書斎は病めるごとし、わが読書
酒の後、指にあぶらの出できぬ、こよひひとしほ匂へ朱欒よ
今朝《けさ》、わが頭は水晶のごとくに澄めり、林檎よ匂へ、ざぼんよ匂へ、二月の朝に
ざぼんの実《み》の黄にして大《だい》なる、りんごの実のそのそばにしてひそやかに匂へる
みちのくの津軽の林檎、この林檎、手にとりておもふみちのくの津軽
酔うて居れ、酔うて居れ、ほんとうに酔うて居れ、外目《よそめ》をしながら心が斯う呟《つぶや》く
静座《せいざ》に耐へられなくなればついと立つ、立つて歩く、貧しい我が心そのものの
　やうに人がみなものをいふうとましさよ、わがくちびるのみにくさよ
尽くるなき怠屈《たいくつ》のうちに在れかしと思ふ、死人の指の動く勿れかしとおもふ
わがたいくつの夜に蟇の啼くが聞ゆ、雨もまばらにわが心にふりそそぐ
疲れたるか頭よ、かすかに耳鳴りのする耳鳴りのする、いで床へいそがむ
空洞《うつろ》なるわがからだにも睡眠《ねむり》をおもふ時の来ぬ親しき夜《よる》よ
何にもあれ塗らむとぞ思ふ、甕を溢るるつめたき絵具、悲しきこころ
身ぶるひをする藍いろの小鳥、そのやうにわれのこころも身ぶるひをせむ
気に入つた甕でもあらば、甕のかたちに、はやなりなまし、わがこころ
こころの闇に浸《し》みる瀬の音、こころの空洞《うつろ》にひびく瀬の音、瀬の音、瀬の音

（「早稲田文学」大正2年4月号）

海の倦怠

若山牧水

とある雲のかたちに夏をおもひいでぬ、三月の海のさびしき紫紺《しこん》
春の日の真黒き岩にあふむけにまろがりて居れば睡眠《ねむり》さしきたる
太陽にあたゝめられしこの黒きおほいなる岩にいざやねむらむ
白き猫そらになくがにあをうみの春日《はるび》のかげに啼き居る鷗
われ知らずうたひいだせるわが声のさびしさよ、春日紫紺いろの海
みだらごゝろは冷たかりけり、濃くうすくわが身のうへに照りかげりする
這ひあがり岩のかどより海を見る、さびしき紫紺、さびしき浪のむれ
をちこちに岩のとがれる、陰翳《かげ》おほき午後四時の紺の海となりにけり
岩かどに着物かきさき爪をやぶりきりぎしを攀づ、椿折るとて

潮引きてつかれはてたる岩かどにせまき海見え浪のうごける
油なし浪ぞねばれる、曇り日の海に群れたる海女《あま》のをとめ等
高まりたかまりつひに砕けずにきえゆきし曇り日の沖の浪のかげかな
わが頰のかすかの熱や、小窓より海見てあれば蝙蝠のとぶ
なみ黒し、雨後《うご》の春日をはらみたる綿雲《わたぐも》のかげにみさご啼くなり
石のごと首つきいだし二階なる窓に海見つゝ疲れはてにけり
げにながく見ずありけりと海を見にうちいでてきぬこころを運び
夜の海あぶらのごとく油絵のごとく孤独をかなしましむる
春のうみ魚のごとくに舟をやるうらわかき舟子《かこ》は唄もうたはず
海を見てあり、海に染められわがこゝろしばしいろづく、それをたのしみ
太陽を拝《をが》まむ、海もそらもひとつ色なり、いま太陽をゝろがまむ
太陽をたのしめとふと心に云ひて、おどろきて、涙ながれぬ
椿の花、椿の花、わがこゝろも一枚の絵のごとくなれ、一面《いちめん》となれ
紺いろの干潮の海はわがこゝろの浅きにも似てかなしかりけり
わびしき浜かな、貝がらのくず砂のくずいざやひろはむ、海も晴るゝに
夜の雨しゞにふるなり、沖の辺はかすかにひかりかすかに光る
よるの雨そこともわかぬ海岸にほのじろき泡のつゞくなりけり
わがたましひのはしに悲しく染まり悲しく染まり居る海の蒼みよ、夜となりにけり
潮引きてあらはれし岩に鷗居りそら見て啼けば下《を》りくるがあり
おのづから盲目《めしひ》のごとく岩を踏む、海見れば湧くおもひさびしも
夕陽《ゆうひ》に透き浪のそこひに魚の見ゆ、あるまじきこと思ふべからず
黙然と岩を見つめておもふこと、ひとに告ぐべきゝはならなくに
手に触る、わびしき記憶、あざやけき悔、岩をめぐりて浪のむらがる
古き絵の布のやぶれにのこりたるわびしき藍の海となりにけり
日本語のまづしさか、わがこゝろの貧しさか、うみは痩せて青くひかれり
太陽かゞやき引しほの海は羽《はね》あをき一羽の蝶となりてうごかず
をんなの匂ひなりけり、ふと雲がわたれば海のあをくかげれる
たら〳〵と砂ぞくづるゝ、わが踏めば砂ぞくづるゝ、あゐ色のうみの低さよ
一湾の海の蒼みの深みゆきわが顔に来て苦痛とぞなる
海もまた倦むらし、わが霊魂は曇らむとす、いづこに動き行かむとするや悩みよ
木の葉にも盛れるがごとく海は小さし、わが命燃え燃えて一すぢの青き煙たつ
椿の木、椿の木、わが憂愁にきら〳〵とひらたき海のうつりかゞやく
天地創造の日の悲哀と苦痛とわが胸に新たなり、海にうかべる鳥だにもなし
陰翳を知らざるかの太陽のほとりよりうまれて雲のおりてくるなり
けぶりなし揺れゆるゝ海の反映、陽《ひ》は黄《き》だみ、わが顔の海の反映

（「早稲田文学」大正2年5月号）

馬楽

吉井　勇

馬道《うまみち》の馬楽《ばらく》が家へゆく路次に夕月さすとかなしきものか
いやさらに寂しかるらむ馬道の馬楽の家の春も暮るれば
ああ馬楽癲狂院にあるときのはなしもをかし汝より聴くとき
かかる日のいづれきたらむ身なるべし馬楽狂はば狂ふまにまに
春来《く》ともうつくしき夜のつづくとも馬楽酔はずば世はも寂しき
世を棄てて馬楽いしくもありけるよ憂《う》しと思ふは汝ばかりかは
飄然《へうぜん》と高座にのぼる汝を見てあなわれかもとうたがふも吾《われ》

なにとなく涙をさそふてびきありてその諧謔《かいぎゃく》も悲しかりけり
馬楽見て云ふべからざるかなしみを感《かん》ず秋の夜更けがたきかも
ああ馬楽この悪しき世に生くべくばむしろ狂ひてあれと思ひぬ
わが嫌《きら》ふおほくのひとを罵ると馬楽の口をからましものを
（「朱欒」大正2年5月号）

沈黙

前田夕暮

沈黙ぞわれをいたわり慰むる今日も草場に来て見入る空
我が行くはひろき草場の初冬のうす日だまりぞ、物思ふによし
黄に枯れしひろき草場のそのなかにわれ空をみて今日も座せりき
冬空は青くふるへてすすり泣く我が白き額《ぬか》に風は冷たし
妻もなく仕事もあらず家もなき一浮浪者ぞ草場に来れば
秩父おろし我が心をば揺りて吹く秩父のかたの空焼くる暮
我がこころの故郷つひにいづかたぞ彼の落日よ裂けよ裂けよかし
打ちもだし酸ゆき蜜柑を吸ひにけりたゞわけもなく悲しかりしに
われひとりをたのみて心寂しきに野に来て真昼枯草を焼く
塚の如くつまれし草に火を放て滔ちぎれて青空にとべ
（「詩歌」大正2年1月号）

草花

木下利玄

天気よき日曜の朝の勧工場日陰つめたく秋を感ずる
勧工場昼間のガスの灯の如く弱くかなしき生きやうをする
菊切れば葉裏にひそむ虫のあり動きもやらぬこの哀れさよ
ダリヤ咲く咲けば咲きたるさみしさに花の瞳の涙ぐみたる
コスモスの花群がりてはつきりと光をはぢく冷き日ぐれ
青き靄灯ともし頃の冷え〳〵とすこやかなる身の食欲そゝる
灯のともり壺のコスモスにほやかに壁にも映る此の部屋のよさ
森の鳥わが悲みに針さして鳴く声いたし山をあゆめば
帰り来る子供のにほひ寒げなり戸外《そと》は雪かや雪が降るかや
黒土をほればひそめる百合の根に冬の日ざしのまつはりて来る
少年よ汝れのたふときあどけなさ身にしみじみと泣かまほしかり
少年よ汝れのたふときあどけなさ懐にひめてな失ひそ
（「心の花」大正2年1月号）

けやきの村

片山ひろ子

里の家身にしみ〴〵と降る雨にわがほこりをも捨てゝ見しかな
ほんのりと月のさびしい夕方は涙を溜めて立つとも知らず
たやすうもきずつく心我持つと知るや知らずや針さして行く
白菊のかをりもすやと文がらをさきて散らして蹈みて見るかな
いといたく思ひ上がりてわが心泥にまみれつわびしき日なり
雨さむき小窓のふちに額よせて声を立つべく泣きて見るかな
わび人はけやきの村の草の家に今日も昨日と同じく住めば
かぎりなき憎き心も知りてなほ淋しき時は思ひ出づるや

枯木はら靄ほのしろき夕ぐれを梅が香すれば人の恋ひしき
やまひづく心の窓にあふぎ見し天地しろきうす靄のいろ
枯木なほ白玉の花を咲かせけり我心をもかざりて見ばや
ふは〳〵と天にさまよふ白い雲吾がたましひをのせて見るかな
此日ごろ我みづからをながめつゝかなしびもしぬおどろきもする
死にて又よみがへる日も此思ひ忘れずあらばわびしからまし
はじめありて終なきもの何ならむわが恋も亦きのふはふりぬ
わがことは語りもいづな年を経てつめたき土に我まじる日に
うらゝなるみ空も暗うむれて来るはね音わびし何といふ鳥
時ありてふと咲きて散る花もあり平凡人のわが心にも
いつよりかきのふの国の人となりしさまでに老いし我と思はず
息ぐもる電車の隅にかゞまりし貧しき衣の香につゝまりぬ
小川町わが十八のくれの日に始めて訪ひし家はあれども
けふまでも我をはごくみみちびきし心の親と常に恋ひしき
身にあまるわがよろこびはうつそみの世の言葉もてつげがたきかな
つれ〴〵にちひさき我をながめつゝ汝何者と問ひて見つれど
亀の子はのそり〳〵とはうて行く気味わるけれど我も行くかな
右といへばひだりといひてあらそふよをかしくもないごみほどの事
たど〳〵しわが短か世のゆめの巻とりとめもなく残る香のあり
心かなひふさはしと見る此二人友ともならずひろき世を行く
花も見ず息をもつかずいそぎ来しわが世の道を今ふりかえる
ほかの世の我声きこゆ奇し鳥の我にあたへし夢のさめ際
しろきゆり小舟にみて、その上にのせて流さんいたつきごゝろ
いとさびし旅はさびしと文書きて我なき家を思ひやるかな
かなしはたうれし今までにゆめにだに知らざる我をふとかいまみて
髪ゆれて泣くとや人のながめけん其ひまにふと思ひかへしつ
息と息交るばかりに顔よせて語らんとしてふとわらひけり
此狐あなしら〴〵し何いふと心かためて我を見たまふ
人とわが此戦は玉ゆらのいのちのひまにはつべくもなし
死ぬばかりかわきし折に得つる水惜しと思へど人にやりけり
けぶり立つカフヱー茶椀を見つめつゝいとしのびかに眼はわらひけり
此二人さもことなげに物いへど心ふるへぬ指なふれそよ
帝劇の律子もかうは笑うかとわだかまりなくわらひゐしかな
どうでもよいどうでもなれとあきらめて衣もたゝまずゆふべはいねし
女とは五人《いつたり》六人七人を知りえて知りし者とおぼすな
かたくなの人くづをれて泣く涙ふすまの見つることもはづかし
つむじ風くる〳〵まきて此心西の海にも吹き落とさなむ
心やゝゆるぶを覚ゆつくろひしいくとせぶりの涙いでけん
島原の女の赤き唇を洩るゝそらごと聞きたき夜なり
あゝ我もかしこくなりぬ君を見て胸のさわがぬ日も来りつる
ふといひて人の心を痛めつるその一言を十年忘れず
恨みわび死ねよと人をいのりつる其人を我なほ生きてあり
春の風さはるものなく語らへど胸にものあり夕暮にして
そりの如いとおもしろうすべり来しふとつまづけばわき見のせらる
わがいのち三十路といふにくたびれてふとやすらひぬとある木の陰
女なるが故に此事ゆるさずと御目さまして出直したまへ

むねいたしわが半身は此夕べ思ひ花やぎ思ひくづをれ
我恋はあまりに長しひとたびは忘れて又も思ひいでばや
ためらふなもだすなすべて汝の心此一時に投げてくだけよ
立並ぶ烟草のからを倒しつゝ又立てゝ見つ思ひふけりぬ
鬼が持つ小槌をかさな色黒き男となりて我も立たなん
あまりにもはらから多くゐならべば我とつがんと母に申しゝ
黄金には縁なきものと若きどち寒くともしき日を送りける
さま〴〵のちさくきたなき思ひをも納めし箱ぞ開きたまふな
わがいのちかへり見せらるもづ〳〵とはふ虫見ればかへりみせらる
ねずみとりにはたとかゝりし子ねずみの一声なきて静まりにけり
ぼんやりとながめる人の口からもさぎり流れて寒いゆふがた
わびしらに憎まれぐちもきゝつればそとふりかへり見たまひしかな
何事も女なればとゆるされてわがまゝに住む世の広さかな
いつまにおとなとなりし弟よ汝が眼にうつる姉も変りしや
遠国に十年さすらひ帰り来し妹のために兄も泣きけり
いと黒き軒と軒のあひだより月のあかきをあふぎ見たりし
ちさき日の泣き顔なども思ひ出て妹こひしき秋のよるかな
いそのかみ百のかねごとそのまゝに埋みし山をゆめにたづねし
君来り古城の奥にもゝとせも眠りし我をさましたまひぬ
あふれいづる涙の川にわが心洗いて見れば白くありけり
百年の前に死にける我ならむふと帰り来し見知らぬ人は
日にぞ浮く菖蒲のかこむおばしまにちまたうべし紅の口つき
温かう物なつかしう頰にあつ駱駝の毛にもよきかをりする

さくら炭かをるも淋しかざします御手ほのしろうくれて行く時
かろらかに女の息のふるゝかと草やはらかき野辺のかぎろひ
ひえ〴〵と降りに降り来る雨のすぢ土はだへにしみ透るかな
地はふるひ墓ゆりくづれ千万の枯骨ならびて御さばきを待つ
さま〴〵の形の石は水仙の蔭なる水に沈みてありけり
桶やの爺たらひのたがを丁とうつ夕日にあかき葉の落つる時
曼珠沙華肩にかつぎて白狐たち黄なる夕日にさゝめきをどる
吾子がめづるつちの子犬のかはゆさよ同じ顔していつも我を見る
男たるほこりの上にのしつけて惜しと思はずあたへ去りけり
渦まきに一足入れてかへり見し悲しき顔は忘れがたかり
ほの暗く淡き思ひをのせて見ん夜の片隅に浮く梅の花
此おもひ埋めて見ばや冬ごもる小蛇の穴を我に貸さなむ
とらはれしせばきひとやの窓越しに何時まで同じ世をば見るかと
なまぐさき雲丹の味にもなれぬればなきを淋しと思ふ日のあり
長からぬ我世いくつにしきりして変る心を住まはせて見む
夫と我老いびとめくも火によりし吾子生ひ立たむ日のことをいふ
梅咲きぬ只二つ三つ小さなる我たのしみの其数ばかり
よわ〳〵し若き心の古郷はかのおんまみの日のてらす国
わが夢の梅かをる日はうぐひすも春のほかなる音をなきにけり
やその子等春のゆふべを燭とりて唱ふは遠き神の代のこと
わが歌はよみ人知らずと書つけて女の歌といはれなば足る
此十年かしこき人と共にあり其眼によりて我が世をば見し
あくびして我にかへればやはらかきまつげの陰にあふるゝ涙

（「心の花」大正2年5月号）

遠人

原阿佐緒

見も知らぬ人のためにも泣く涙わがもつことをうつくしとする
見がたきはなほ忍ぶべし病みいます君をはるかに思ふかなしさ
ほとゝぎすな鳴きそ病みて身の痩せを君のなげかむ夜とも思ふに
病むといふにけぢかく身もていたはらむこともかなはず遠くわが泣く
かぎりなく待つといふこと堪へがたしいつの日にかも見むとのみにて
おほらかにさて寂しくも人を待つ心何にもまぎれずてうし
待つことを忘れてあらむ日などにぞ君を見るてふおどろきもがな
命もて遂ぐべき恋もあらぬ身のうつら病む日をほとゝぎす啼く
皐月雨人を思はむ身もたゆく気病みに一日ふしくらすかな
何となきいらだち止まず身もだえて流す涙の頬にあつきかな
朝の露指につめたく豌豆をつめば何やら涙ぐましき
たよりなき身を思ふときあぢきなし朝の厨に米磨ぐことも
ふと落ちし涙もにくしすてばちにねそべりてある青きたたみに
涙にも足らひし今日ぞいざ久に髪も梳かまし文も書かまし
頬にまろぶ涙ぬぐはず見る山の夕の雲に思ふ遠人
何といふものあぢきなき夕ぐれぞはゝきとる間も涙流るゝ
あはれにも寂しきときに思ひ出し人はなつかし恋のごとくに
夜をひとり涙ながして思ふこと恋にもあらず吾子の身のすゑ

（「アララギ」大正2年8月号）

かなしきたはむれ

原阿佐緒

煙とも消ぬがかなしもうちつけに君が見せたるその情はも
わが唇にいと柔らかき火の砕片《かけら》せまりて来とも身のふるへけり
涙落つ恋にもあらずたはむれに吸はれし唇を吾と噛む時
われとわが吸はれし唇を噛み裂きし血もて書かんぞにくき人の名
思ふとも思はるゝとも知らぬ間に君がふとせしかなしきたはむれ
われと吾が身をせめて泣く苦しさも命あればぞ命あればぞ
かなしさに身は投げやりにしたりけり涙なくてや涙なくてや
この男血の走るまでうたばやゝなごまむか吾が狂ほしき心
何をもておぎなはしめむこの心汝が生きの血を欲りて止まずも
松の幹山の夕日にあか〳〵と燃ゆるに心なげつけてまし
高原の野にしづこゝろうしなひし女ひとりをまもれる落日
狂ほしさ芒の葉にも裂かせまし血のいろもなきこの肌をこそ
ふと見たるおとこの眼なる涙にも冷笑ぞ湧くあきがせの中
このゆふべ生きて燃ゆるは恋のみかわが恋のみか雲もうごかず
きちがひの心とはやもなりしかと涙ながして蛟のうなりきく
また見じと別れゆくかよさなり汝は旅人なりき秋の曇り日

（「詩歌」大正2年10月号）

栗の花

中原しづ子

弱ければ無事に一日《ひとひ》のくれぬるを観音菩薩に手を合すなり
健康を祈る御神に合す手になみだながるる泪ながるる
今は何も、思はなくにひたすらに健康にとて目ざめつるかな
健康の人と一日の事終へて夕ぐれの道いそぐなりけり
無事にと祈る心の今日もまた五月雨に見入り牛乳をのむ
かくて、かくて、旅にいでんかしからずか栗の花こそさびしいかなや
もはや、何も言はましみづからのありかはつひに母の家かも
久々に母とゐめるよ長かりし流離の心たゞ泣かまほし
物洗ふ指のあからみいたむさへはづかしきかな山の女は
山の道くれ入りにけり馬車うまのとつとつとうとのぼり行く見ゆ
久にして町にいづるよ黒髪の元結のゆるみ気がかりにつゝ
今日もまた広告ランの新刊の歌集がほしき初夏の朝
五月雨は降りて居たりき栗の花夕べほのかに暮れてゆくなり

○

五月雨は降りて来たりぬかの人は峠をはやも越え行きしかや
旅人は洋傘《かさ》をもたねばこの雨のいたくなふりそ山にしあれば
あはれなる旅人と対ひ幾度か泣かんとはして心つよめぬ

（「アララギ」大正2年8月号）

発途

土岐哀果

唾を吐けば、
　五月のまひる、
日本の草木はみどりに輝けるかも。

＊

けふまで健かにわれのありしことも、
けふの旅路も、
　みな夢のごとし。

＊

けふぞはじめて
われはわが身の愛すべきあるじにありけり、
　日はおほぞらに。

＊

非凡なる人になりてかへるごとく
　この旅路を母の
よろこべるかも。

＊

かへらばまた、
またごちごちと働かねばならず、
　しばしわが身よ、のんびりとせよ。

＊

一介の書生なりけり——
　はつ夏の日光の中に、
　感謝す、われは。

＊

それとなく、
ひとりとなれば、あのころの心にならんと、
　眼を瞑るなる。

＊

草色のとばりの蔭に、つと来り
つと去りし、五月の夜の
　何の記憶ぞ。

＊

不平なく、怒ることなく、しづかなる
心になりて
　かへりうるごとし。

＊

むしやうにわれの
えらくなれるごとく、食卓に
　頬杖をつく、ひとり来ぬれば。

＊

この世を
いまだいとはず、しかすがに
　かくてたのしむわれにあらなくに。

撫順炭坑

遠く来て、この
千二百三十四呎の地下の
　うすらあかりに歩むなり、われは。

＊

ふと佇み、呼吸をとめつ、
　死ぬはおそろし、
死ぬはおそろし、人に知られずに。

＊

よちよち、よちよちと
黄なる光の近づくなり、
　坑夫はのぼり来たるなりけり。

＊

あぶなし！わが
　砕けんとせしからだを掠めて、
炭車は闇に落ちゆきにけり。

＊

石のうへのカンテラを手に
　とりてみつ、
上下左右の石炭のなかに。

＊

労働は気まぐれならんや、
　労働は気まぐれならんや、

地の底の闇に。

車中

遠みどり、はやしの中に
落日のくろあかき光の
雫するごとし。

＊

ぱつと、わが車窓に、
赤きわらひが砕けたり――遠く
もくもくとして日落つ。

＊

老中尉やがて眠れば、
われもまた
眠たけれども、ゆふ日が赤く。

旅順

少年の愛国心に悲しみし
旅順の港に、
けふ来つるかも。

＊

心はからりと、五月の
山上の青空に、
表忠塔を仰ぎてをりし。

＊

民政長官はわれよりも老いてありにけり。

われはわかし、
なほわかしわれは。

＊

ほこらしげに、
貧しき心をさとられじと、わざとほこらしげに、
乗りてをり、馬車に。

＊

この五月、
碧瑠璃の港のみづに、透明なる
空気の泌めば、にじむ涙かも。

＊

児童らは校庭の花にうちむれて、
水そぎをり、五月、
港は晴れし。

＊

阪路にして、
つとみかへれば、旧市街、
ごみごみと、五月、黒ずみをりけり。

＊

わが手は、露西亜の
美人の肩をたたくごとく、
ぶんどりの土嚢をたたきてをりし。

＊

みやげもの、――
たいほうのたまの花いけを
　撫でてかなしむ、わが胸のごと。

＊

ほほじろは青麦に啼き、
　老虎尾山のいただきに小さく
　とりでが見ゆれ。

＊

とりでの土をほりかへせば、今も
　そのころの
ろすけの足などのヌツと出つるとよ。

＊

一兵卒として、
われもそのときありたらば、
　銃剣をとりてここにありたらば。

――満鮮新歌集『佇みて』の一部――
（「生活と藝術」大正2年11月号）

俳句

平井照敏＝選

ホトトギス巻頭句集

三人の故郷の遠き蒲団哉　余子
枯葱霜のさ、やく音ぞかし　同
干蒲団風あればある落葉かな　同
そこな人《じん》朽葉色なる頭巾かな　同
額の絵の中に何ある蒲団かな　同
留守居する厨にいつの葱かな　同
燃えつけば遠く掃き居る焚火かな　同
（大正2年1月号）

雪晴れて蒼天落つるしづくかな　普羅
農具市深雪を踏みてかためけり　同
雪の峰に人を殺さぬ温泉かな　同
荒れ雪に乗り去り乗り去る旅人かな　同

雪明り返へらぬ人に閉しけり　同
ぬかるみの本町暗し冬至梅　同
雪垂れて落ちず学校始まれり　同
炭割れば雪の江のどこに鳴く千鳥　同
（大正2年3月号）

櫛買へば簪が媚びる夜寒かな　水　巴
旅人に蛸茹で上がる霙かな　同
凪に去る失意の友や丘落葉　同
質草の屛風かつぐや枯柳　同
干し蛸の竿にけうとや枯柳　同
菊枯れて師僧の咳を愁ひけり　同
春寒く咳入る人形遣ひかな　同
神の魚族日々に釣らる、霞かな　同
雛の灯を守る独りや雨の雁　同
窓に月のありけり雛は既に知る　同
炉塞や入船告げる店の者　同
雨来ぬと灯を掻く妹や桜餅　同
（大正2年5月号）

領土出れば身に王位なし春の風　水　巴
大濤《おほなみ》に沈む日も見ず田打かな　同
水無月の木蔭によれば落葉かな　同
冬枯や渡舟《わたし》に抱く鶏赤し　同
（大正2年6月号）

やまの娘《こ》に見られし二日灸《やいと》かな　石　鼎
柿の木の幹の黒さや韮の雨　同
囀や杣衆が物の置所　同
高々と蝶こゆる谷の深さかな　同
花影婆娑と踏むべくありぬ岨の月　同
花の戸やひそかに山の月を領す　同
石南花に馬酔木に蜂のつく日かな　同
やま人と蜂戦へるけなげかな　同
虎杖に蛛の網《ゐ》に日の静かなる　同
腰元に斧《よき》照る草の午睡かな　同
深吉野の山人は粥をすすりて生く
粥すする杣が胃の腑や夜の秋　同
（大正2年6月臨時増刊号）

山門の日に老鶯のこだまかな　石　鼎
杣が幮《かや》の紐にな恋ひそ物の蔓　同
奥山に売られて古りし蚊帳かな　同
瀬をあらび堰に遊べる蛍かな　同
苔の香や午睡むさぼる杣が眉　同
山冷えにまた麦粉めす御僧かな　同
黒栄に水汲み入る、戸口かな　同
真清水の杓の寄附まで山長者　同
雪にやけ日によごれ榾の夫婦かな　同
（大正2年7月号）

虚子に代りて　水巴選

初夏や蝶に眼やれば近き山　石鼎
山の色釣り上げし鮎に動くかな　同
夜振の火見て居る谷の草間かな　同
提灯を蛍が襲ふ谷を来たり　同
月さすや谷をさまよふ蛍どち　同
あから様《さま》に月みせる木の間ありにけり　同

（大正2年9月号）

水巴選

臼押して破れ戸に防ぐ野分かな　梧月

（大正2年10月号）

寺の扉《と》の谷に響くや今朝の秋　石鼎
穂黍まだ青きに早も山の霧　同
踊衆に酒振舞ふや山《やま》頭《かしら》　同
月みるや山冷到る僧の前　同
月さすや伐《きり》木《き》乱雑に山の窪　同
母《おも》家《や》寝し納屋の大屋根や山の月　同
葛掘りし家のほとりや山の月　同
秋風や猿柿に来る山鳥　同
秋風や森に出合ひし杣が顔　同
山国のもの〳〵しさよ猪威し　同
あさましく山にぞ明けし鹿火屋哉　同
淋しさに又銅鑼打つや鹿火屋守　同

鬚剃りて秋あかるさよ杣が顔　同
秋の日や猫渡りゐる谷の橋　同
秬《きび》引きし谷の広さや月の虫　同
峯《を》越《ごし》衆《しゅ》に火貸す中ばも打つ砧　同
蔓《つる》踏んで一山の露動きけり　同
諸道具や冬めく杣が土間の壁　同

（大正2年11月号）

漆掻く肉一塊や女なし　月舟
あざけりの礫戸に聞く夜学かな　同
わが母を賢しと思ふ夜学かな　同
古き歌うたへば悲し草の月　同
朝壁画かけしが秋の出水かな　同
秋出水かくてすたれる俚謡かな　同
水桶に澄む山影や秋出水　同
糧《かて》ためる蟻の心に萩晴れぬ　同
無花果を好く妻弱し厨事　同
大木を枯らす鴉や秋の暮　同
塔見ゆる浜辺の秋ぞ空せ貝　同

（大正2年12月号）

『山廬集』（抄）

飯田蛇笏

大正二年五十七句

春

立春　立春や梵鐘へ貼る札の数
行く春　ゆく春や流人に遠き雲の雁
恋々と春惜しむ歌や局人
ゆく春の人に巨帆や瀬多の橋
行春や朱にそむ青の机掛
残る雪　残雪や中仙道の茶屋に谷
雪解　松に帆や雪消の磯家まださむし
春の川　木戸出るや草山裾の春の川
春の水　薪水のいとまの釣や春の水
鹿島より旅うらゝなる春水記
春の野　春野ふむや珠履にもつるゝ日遅々たり
田畑を焼く　古き世の火の色うごく野焼かな
西行忌　人々の座におく笠や西行忌
薊　林沼の日のしづかさや花あざみ

夏

川狩　苗代に月の曇れる夜振かな
蔵壁の火籠とりいでゝ夜振かな
鵜飼　ひえ〴〵と鵜川の月の巌かな
蚊遣火　城番に松の月すむ蚊やりかな
青簾　駅の家に藻刈も透ける青簾かな
古宿や青簾のそとの花ざくろ
蚊帳　灯を入れてしばらく読める蚊帳かな
行水　行水の裸に麦の夕日影
行水や晒し場暮るゝ垣の隙
行水のあとの大雨や花樗
花火　あまりつよき黍の風やな遠花火
鮓　鮓圧すや加茂のまつりも過ぎし雨
鮎鮓や多摩の晩夏もひまな茶屋
鮎　囮鮎ながして水のあな清し

秋

秋風　人の国の牛馬淋しや秋の風
秋風や野に一塊の妙義山
砧　砧女に大いなる月や浜社
提灯を稲城にかけしきぬた哉
砧一つ小夜中山の月夜かな
夜学　大峰の月に帰るや夜学人
水軍に焼かるゝ城や雁の秋
雁　雁鳴くや秋たゝなかの読書の灯

薄　山陵の松はさびしきすゝき哉
治承このかた平家ぞをしむ花すゝき
天人のぬけがら雲やすゝき原

蘭の花　雁を射て湖舟に焼くや蘭の秋

鶏頭　山僧に遅き月日や鶏頭花
羅漢寺の鐘楼の草の鶏頭かな
今年また庵のその生や鶏頭花

芭蕉　ともしびと相澄む月のばせをかな

冬

立冬　今朝冬や軍議にもれし胡地の城
道芝を吹いて駄馬ゆく今朝の冬

春近し　春隣る嵐ひそめり柚の炉火

冬の日　冬の日のこの土太古の匂ひかな

榾　文読んで烈火の怒り榾を焚く
蕎麦をうつ母に明うす榾火かな
鶏とめに夕日にいでつ榾の酔

炭　炭売つて安堵屏風の大字読む

神楽　磧ゆくわれに霜夜の神楽かな

千鳥　草廬に籠りて
月ひくゝ御船をめぐるちどりかな

草枯　大江戸の街は錦や草枯るゝ

落葉　山晴れをふるへる斧や落葉降る

『乙字句集』（抄）

大須賀乙字

（昭和7年12月、雲母社刊）

大正二年

春之部

残雪　木株見えそむ残雪に橇痛めけり

焼野　火入り跡の雪も見ゆ末黒ぽち〳〵と

山頂
蝶　這ひ松の骨渡る風蝶の飛ぶ
瀉上る杉菜堤より蝶群るゝ

芹　遣り水も野良となり芹生ふるまゝ
萱野光りの陸となく芹生珍らしき

秋之部

月　渓沿ひを想はざり月の温泉に遊ぶ
行けど尽きぬ堤白むまで月の友

病弟を思ふ二句
秋晴　蠹拂ひし疲れ紛れしか秋晴に

萩　画境なき汝れ風萩に魂揺らん

渡り鳥　塵渦の河岸の夕日を渡り鳥

蜻蛉　埃蜻蛉一掃き風の鴫野来て

冬之部

寒さ　一夜吹きし洲広がり月寒かりし

時雨　二タ時雨待つて窯開けし轤に

獺幸を云ふ君は我は時雨れ来て

葛掘れば野白め時雨貂《てん》の飛ぶ

冬の海　木々の股置く砂光り冬の海

榾　木拾へば猿慕ふげな榾語り

枯芒　櫨赤き見れど空ら畑枯芒

芒枯れて帆影恋ふ砂風の里

（大正10年5月、懸葵発行所刊）

其地と其人々に

荻原井泉水

六月二日、飛騨に入る

谷は翠りに目路深き流れ抽ける蝶

花桐の沢橋に杉間川見えて

宮峠にて良々氏等に迎へらる

峠若葉に行人と見しが我が為めに

鋤雲氏と車を列ねて高山町を指す、此日長駆三十里

田人見迎へる田を染めて日の入る山に

鋤雲亭

爰に待ちけん灯の涼し訪はる人も二三

三日、東山巡覧

工み誇りて見すものはさあれ若楓

案内さるゝ日歌もなき田植見て過ぐる

城山

町は一目に幟淋しき今年とも

洲崎楼小集、雨となる

城山下りしを眺め酌む花桐の楼に

三味も遠音に川沿ひ傘の梅雨めける

四日

山を川を明易し京に似し街か

法華寺談話会

借袴して居る上座すゞろ鳴く蟬に

此地端午を祝ふ

菖蒲葺ける橋筋の屋並飛ぶ鳩も

鋤雲亭に寄ること既に三日

名残る今宵を菖蒲ある湯の水問はる

机上散乱我が家めく宿に袷着て

五日、町の西部を見る

廓ほとりの銀杏寺五月雨に連れて

渋草陶園小憩

素焼ざれ筆燕子花《カキツ》に雨も霽れずやと

午後より馬車にて高山町を立つ
涼しけれど早苗田に雨の輪を描《カ》く日
途中にて良々氏等と別る
別れてより若葉濃う行く水に沿ふて
鋤雲氏はなほ古川町に一泊を共にす、予の為めに飛驒節を聞かせんといふ
河鹿鳴くのみいと暗き夜を或る楼へ
楼を蕪水亭といふ
窓はぬばたま明けしま丶三味と夏虫と
脇側心倚る窓に蛍思へども
一雛妓に
灯取虫に見入りをる君の又しても
更けて戻る
雨に出でぬ酒座の灯取虫掃きをらん
六日、鋤雲氏と別れを惜しむ
学童づれもさみだる丶橋を宿の朝
車夫と二十里の路程を約して出発す
幌に触る丶実も並木桑濡れ色に
柏原峠
季なし添水に昼時鳥鳴く里か
船津町一旅館に投ず
宿はさ丶やかによき風呂の若葉庭瀧も
灯無き夕餉の淋しさ虹を囃す声

散歩
虹を唱ふて山囲む古き町の子よ
虹も束の間白栄の水嵩釣橋に
燕行く方に町行けば川辺川燕
七日、けふも雨、高山同人に寄す
君等隔つ山明易う一人覚めて
昨日の車を継ぐ
幌も取るほど晴間あり朴の散る車上
車夫に労へる知辺ある里の柿若葉
茂住
道にさみだる丶忠魂碑将軍の書を
飛驒越中国境の茶屋に小憩
四顧を思ふ橋あれど雨にたゞ若葉
一夜隔て丶又逢へる川の梅雨濁り
庵谷
裏若葉透き見えて鍛冶に門流れ
昼餉茶屋も腰かけしま丶を燕に
富山市見ゆ
麦畑はづれ人屋あり街に入る処
富山館一泊、市中散歩
夜色漁りし町尽きぬ暗き葉柳に
八日、汽車にて高岡着、二日以来初めて日光を見る
日ざしなつかし若葉我影も顧みて

越友会同人と連れて松杉窟に到る、主人の内室病めるよし、
庭前即事
松に添はずも鉢花の一つ夏日影
木津楼大会
途中所見問ふごとし若葉課されある
若葉出でゝ鋤く人か楼に見はるかす
有志宴会
篝すよ庭躑躅忘れ酔へる頃
散会後同楼に泊る
星を美しう翌思ふ一人鳴く蛙
庭の足音灯を消して去にぬ鳴く蛙
九日
蛙田沿ひ登校の児などけさ晴れて
越友会同人、数名と浪化上人の井浪に遊ばんとす、福野より
徒歩
道端げんげ上人へ人の昔より
竹の門花笠の諸氏等は碧梧桐氏を案内せし時の事を語る
去年に今年の早きいふ実桑摘み見ても
臼浪水にて井波同人と会す、庭に池あり丘あり、丘に四阿亭
あり
亭に二人を涼しうも見けん人の亦
扇語りす誰と燕子《カキツ》花と瞰下ろしに
大谷本廟
僧衣干せる柿若葉銅蓮に翳す
瑞泉寺
法土寂たり斧の音に夏を今生きて
同寺、賞静斎にて小憩
何の板《ハン》と思ふ後枝蛙鳴く
井波同人に別れて城端に向ふ
道は一筋に山萱の匂ふ橋もあり
山は目かれず山映る水田暮れがてに
城端に着く
夜目にしるき葉柳の町は坂をなす
満花城氏別邸に入る
蛍放ちて庭に立つひそか二少年と
蛍放ちしその籠を庭井蔽ふ上に
夕餐後此地同人と蛍の名所北野に遊ぶ
我等放ちし蛍呼ぶ子等か暗き門に
漁り火めく誘蛾燈散歩導かる
迎へまぎれせし人も連れつ蛍見に
靄明りして蛍少き夜とは云へど
萱笛にもちりばめし蛍捨てまじき
同行の白雨城氏に
蛍見戻りざうめけり君のなぞ後る
別邸に戻る、白雨城氏に
句帖せゝるより灯を消して寝よその団扇

満花城氏等は本宅の方に
寝間に蛍を残して去にし人々か
十日、城端町を見る
家毎機音に飛ぶ燕犬の暑げ寝て
善徳寺
栂の大樹に庭さびて夏の雨見居り
午後を高岡に戻る、香魚楼訪問
魚市見透く垂れ簾或るは庭の方に
夜、木津楼小宴
他会まぎれじの下駄持ちて蛙鳴く奥へ
蛙田の廓の灯句には陳う見て
十一日、市外に出で、瑞龍寺に到る
大寺詣でつ連峰も見晴る麦の秋
人々続て木津楼に集まる、名残を語る
声音同人に弁《ワカ》つほど滞在涼しうす
同人に送られて停車場に到る
扇鳴らして連るれども荷など持つ淋し
金沢に向ふ
車中暑う乳吸ふて睡る児を隣
紫人庵に入る、四五年振りにて語る
浴衣借りて裄丈けも云ふ久しけれ
母が消息問はるゝも君が母も涼し
夜更けて紫人氏と兼六公園を散歩す

すゞみ戻りの門さすと樹々に灯を染めて
十二日、午前中出勤しをりし紫人氏を師団司令部に尋ぬ、案
内の兵も仰々し
扇はた〳〵銃負へる兵の影を踏みて
城内巡覧
苜《マゴ》蓿《ヤシ》匂ふ此の境や佩剣の君に
兼六公園
燕《カ》子《キ》花《ツ》小橋に潟を遥かの眺め云ふ
金城楼大会、行くこと早すぎたり
会者二三棋に寄れば屋根を掘る鴉
欠《アクビ》隠くすに扇あり時鳥鳴くよ
有志宴会
一人謡へば共鳴り連るゝ皆涼し
投げ扇など宴後をまばら残りゐて
紫人氏と
雷に戻りて寝ね惜しむ水も欲しき夜ぞ
十三日、高岡より竹の門氏来沢、共に出で、公園散歩、樹木
と水との配置は巧緻を極む
池の葉桜伏せ水は茂る滝に落つ
花渓楼蛍雪二氏は高岡より光風芹村二氏は福井より紫人庵に
会す
諸星座に満つ薫風の心主と客と
此地北声会同人も亦会す

よべの人々もまじる座の扇よべの事

此夜、金沢を辞して帰京せんとす

初めて月の涼しきを此の旅さらば

（「層雲」大正2年7月号）

『新傾向句集』（抄）　河東碧梧桐

春

磧馴れしを水温む鹿の跡と見て

十和田上りの人をこの炉に明日塞ぐ

炉名残りて鹿一蹴の灰まみれ

第一日は試足雲雀に驟雨来て

傾きを船霞む汽笛そゝくさに

里指せば押し隔つ山を鳴く雲雀

花菜雲り梨棚に雨落ちそめて

藪越しをする燕門田分れして

一番子又艶ちぬ燕留守ぞよき

姫路お泊りを飛ぶ燕赤穂迎へせん

谷三郷山畑つゝじ蚕に燃えて

新道眺望峰分れすつゝじ山吹に

霧島越えを日向人つゝじ目がれせで

つゝじ折りの花浸す水は一の宮

獲物下ろしつ射手の銃栄え里木の芽

つらき芽の槻の洞鼠又見る日

椿山裾楢蘖の芽伸び畑

磧渡りす松に楤《タラ》の芽つみこぼし

六甲下りしを夜蒸れ花菜に漁火惜しぞ

菜の花の咲く樺に片栗《カタコ》掘らばやな

藺の風の花菜に蛍追ふ夜なる

花菜上りせしお山杉に裏落ちす

云ひ白けしよべの我霞む丘を前

島山そゝるを霞む頃漁港名のみなり

名は椿山楢《ひこ》蘖《ばえ》の芽伸び畑

夏

従峰のむら晴れに雷名残して

雷落ちし跡と見る蟻の道ついて

雷除け樹立つ晴れに柘榴いや燃えて

菜種殻焚く宵構へ清水寄りしたり

清水映りして鳴る榧《かや》の上《ほ》枝《づえ》揺れ

触る木踏む草ヨナ立たずま一ト清水越

砂山ずりて樺立つ清水水《み》綿《どろ》見る

祭果てし桟敷や蜉蝣潦に

裏山かけし潴水池遊び祭の日
祭提灯垂る淋し笛草の穂に
高瀬川筋穂高祭の篠子折る
蚊遣して軒雫珠と音を落つ
堤隔つ家並の蚊遣草暮れて
鶴の孵へす簀囲へり斯会一蚊遣
故人評論さもこそと蚊遣置きかふる
蚊遣香の三箱目や客に柚子とる夜
よべ求めし桶の大曝書こゝらまで
紙魚払ふ書の皮とれつ一葉とも
辻守るかに立つ銀杏日傘づれの寄りて
誰が日傘忘れある蜂屋音のして
石に熬りつく鮎じゝと蠅のとまり据う
渕を落つ荒瀬より鮎瀬分れして
両丹過ぎて天橋言はず鮎焼く日
鮎上み瀬山豁く里鉾杉に
鯉凪とりし昼蛍夕雨に
樫雫地窪なる夜馴れ蛍飛ぶ
毛虫焼きし夕覚め雨の蚊火うつり
山蟇に水白し苺畳む雨
垢離場石花桐の凪ほてりして
烟枯れを名残る樅高桐の咲く
番長時代花桐に思ふ遺作ある

宮前徒渉濡れ足を芝に槻若葉
橡若葉池二つ三つ峰分れして
山ぬけの水さゞら若葉逆木なる
君に飽くごと海に飽く若葉汐照りす
焼山がくれすちよぼと若葉の螺峰のみ
飛木若葉立つなよと赭石染む流れ
紫陽花の雨褪せや芝に蟬落ちて
箱根古道紫陽花に滝離れして
花茨に宮うしろ磧あからさま
草茂る山掃除坊も笹刈りす
藪立てす筍の遅速夏草に
水惜む宿の四葩に蘆立ちて
木苺の色染むに病葉の白

秋

予期の下山測量半ば秋晴るゝ
秋風に見緩うす竹の節据わる
江差までの追手こそ峰蹴上げ月
寮生活の草埋れ無月年々に
幕岩を看て立つや岩茸採りの過ぐ
子をあやす登山人花野泊りしたき
川離れねば花野には出ずと日出でぬ
松に百舌鳥来る壁蔦の染むを庭作り

工事残務百舌鳥晴れに住みつくがごと
洪水《ミヅ》の跡岩立ちの紅葉遅うしぬ
ダリヤ作りて句忘れの柿ともぎ初めし
柿は莚に俵せし玉菜汚れ見ゆ
藪がくれす柿とのみ吉野下りたり
繭干し足る里過ぎぬ柿醂す樽か
松葉掻くは雪誘ひ皆に菊摘みて
砂埋む松掘りぬ菊に貝敷いて
豆を干す蕎麦を干す赤子よろ〳〵と
庄屋構へ掛稲に鼠追へるにや
暮岩を見て立つや岩茸とりの過ぐ

冬

蔚堂子印顆を恵まる
酬ふものあらなくに師走ののんびり字
食ひ試めすこと旅心春待つて
木の股梅に童パが泥を春隣る
杉菜青きに茨いらつ時雨後なき日
時雨雲は山隔つ我に水さゞら
磐梯雪晴れの弥彦時雨の旅とこそ
油井の共涸れす時雨鳴る田ある
雪を撮《と》らば自然火の土青む辺を
海静かなるに石切る音や霰降る
戻る待て鮭突く日霰沈む水
五家紅葉に降る霰地頭名残る家に
砂ざれに堪ふ松や冬日江を蹙《しか》む

悼半舟
猫貰ふ下見など冬日暇ある

祈百花羞平癒
水涸れに獲し石か遺る見じとするに

弔近江俳人牧星
雪中有響其手を握る神あらん
伊吹より比良の雪など早き年
一日避寒平生の愚痴伊豆の梅に
避寒人敗荷に梅花たぐひ見て
綿入を著晴れ来ぬ御堂垣ざはり
桜山なれば入口芝も浮寝鳥に
鴨誘ふ田水寒む茨に杖触れて
敷地とりし山茶花に桜植ゑ溜り
枯柳枯梅の下に芝の鴨
唐崎の吹きさらし畑の柳枯る
田柳の糸枯れす温泉離れたり
篠の丈を瘤柳枯る、枝立ちす
水排けに冬活きて貝やずり柳
枯菊を刈り束ぬ梅の台木問ふ
我宗一念菊枯れ〳〵に住みつかぬ

日々捨てし魚骨の霜の菊腐れ
菊枯れ〳〵畑掃く箒倉遣ひ
沼の水傾くか芒大野枯れ
枯芒の守る水か磧高まさり
（大正4年1月、日月社刊）

〔大正二年〕　高浜虚子

三世の仏皆座にあれば寒からず
霜降れば霜を楯とす法の城
死神を蹴る力無き蒲団かな
その日〳〵死ぬる此身と蒲団かな
先人も惜みし命二日灸
春風や闘志いだきて丘に立つ
大寺を包みてわめく木の芽かな
菊根分剣気つゝみて背丸し
（「ホトトギス」大正2年3月号）
この後の古墳の月日椿かな
一つ根に離れ浮く葉や春の水
草摘みし今日の野いたみ夜雨来る
舟岸につけば柳に星一つ
濡縁にいづくとも無き落花かな
提灯に落花の風の見ゆるかな
（「ホトトギス」大正2年5月号）
田植すみて東海道雨の人馬かな
（「ホトトギス」大正2年6月増刊号）
古庭を魔になかへしそ蟇
蛍追ふ子ありて人家近きかな
寐し家を喜びとべる蛍かな
師僧遷化芭蕉玉巻く御寺かな
火取虫燭を離れて主客あり
火ともせば早そことべり火取虫
（「ホトトギス」大正2年8月号）
秋雨や身をちゞめたる傘の下
（「ホトトギス」大正2年10月号）
此秋風のもて来る雪を思ひけり
（「ホトトギス」大正2年12月号）
年を以て巨人としたり歩み去る
（「ホトトギス」大正3年2月号）

『はかぐら』（抄）　中塚一碧楼

この本は

私のためには
懐かしく、また痛ましい
墓窖《はかぐら》です。

「日本俳句」に没頭して居たお坊ちやんの時代、

「自選俳句」で個性尊重、老大家咀咒を絶叫して、他人様《ひとさま》から
謀叛人よと罵られた時代、

「試作」を起して建設に苦労した時代、
この期間の句から気儘に選み出した数十句です。句集を編まうと選み出した最初の句は七百句近くもありましたが、いくら削除しても気に喰はない。

実際この頃の句の多くは「本当の私」ではなかつたのです。

私の個性、私の行き方、つまり私の歩いて来た道筋を明かに表はしたいのが本望でこの句集を編んだのです。

また一方には日本俳句抄などに載つてる私の句を見ると自分ながら「本当の私」の句と思へぬのが多いのです、道理、選者といふ篩を通して居るのですから。

で、どうしても私自身から見た「本当の私」の句を集めねばならぬと思つたのです。

この句集以後の作物即ち試作の後半期から現今《いま》の第一作の句は近く私の第二句集として発刊します。

一碧楼
大正二年四月　中塚直三

春

錆小刀いぢる窓梨花の昼悲し
春の宵やわびしきものに人体図
菓子屑に似て女工等や春日照る
烏賊に触る、指先や春行くこゝろ
灰の中に生きとる虫や春日影
墓地買うて猶葬らず耕しぬ
柳などあるらむか夜を着きし宿
梅も散りぬ煙草好きにて淫ら者
嬌声に関せず生くや飛ぶ燕
梅に荏苒《じんぜん》など云ひ越しつ娶りしよ
窓の藤煌くや殊に妻居ぬ日
大雨の日藤茶屋に寄りて飲む水や
離縁話かる〳〵と運ぶ麦青し
不逢恋
鳴る如く蛙鳴く夜の直き道

夏

西日暑し芭蕉はあれど黄花草
暑き朝の鋸音や縁家に泊り
八百庄は酔ひ死にし葉柳垂れて
相許せどなほ文もせず居る涼し
蚊遣時浅沼に鳴く魚のあり
驚きの過ぎしに汲むや家清水
遺書抱へ来てこの旅の清水かな
帰省して葬ひに三度来し清水

秋

我死ぬ家柿の木ありて花野見ゆ
柚が羽織着し日の心鳥渡る
児の心ひたぶるに鶏頭を怖づ
行李解かで三夜さ足りけり虫そゞろ
霧晴れの銀杏や時の黙示とも
秋風のあるじ家憲に囚はれて
秋風や眼に巨魚浮ぶ漁休み
秋風や発病の日に似て凪げる
秋風の沼魚に馴れて匂ひなき
行李空しきを芙蓉の宿に置き捨てん
誰のことを淫らに生くと柿主が

冬

死期明らかなり山茶花の咲き誇る
鍵の錆手につく侘びし昼千鳥
奇蹟信ぜずも教徒なる寒さかな
浦に育ちて池を恐る、道の霜
千鳥鳴く夜かな凍てし女の手
逃げて減りし鳩ともなくて返り花
箕焼けしばかり他事なし返り花

出郷口占

我胸に千鳥羽ばたく我足に
故郷の水の味昼千鳥なく

（大正2年6月、第一作社刊）

『雑草』（抄）

長谷川零余子

大正二年

春

野を焼く　篠消えて焼野の灰となりにけり
蕨餅　腹減るとにはあらねども蕨餅
炉塞　山炉今塞げりといふに到り着きぬ
春の海　春の海を見て戸をしめる草家かな
梅　涸川や渡らで遠き梅見人
桜　花見る目移す草家の障子の日
駒鳥に鴉応へて山桜
井を借るや白粉剝げて桜人
漕ぎ出で、濤に浮める花を見たり
花散るや出船の尻の杭に当る
山々の花をみよしに渡船かな

パノラマを閉ぢて雨ふる桜かな
一つ杭に繋ぎ合ひけり花見船
花に晴れてた丶める傘の皺淋し
花の雨寺をつらねて大和かな
古き江の濁り渉るや桜人
木蓮　木蓮に翔りし鳥の光りかな
竹の秋　掘りあてし井戸の深さや竹の秋

夏

鵜飼　舳を並めて山影乱す鵜舟かな
籠枕　籠枕うなじおしつけ静かさよ
五月雨　踏切にいつまで貨車や五月雨
蚊　蚊寄つて菩提樹の日影惜みけり
蚋　繋ぎ馬蚋に肉動く腓かな
瓜　瓜もげど秋の嵐の憂ひかな
櫃干せばこ丶迄瓜の葉の蔭る
瓜もぐや庵主此頃古帽子
濁酒　　の肉暑く　　る濁酒かな
菊　二三日菊に遅かりし客を惜む
蕎麦の花　月出で丶明るく暗し蕎麦の花
木の実　苔の上に落ちて音なき木の実かな
柿　講中や泊ると極めて柿の店
門の内柿熟しつ丶家厢

冬

寒さ　僧を送りて山へ木戸しめる寒さかな
時雨　踏板に時雨降り来て帰さゞる
枯野　地獄耳澄ませば枯野ごうと鳴る
冬田　朔日を紡績休む冬田かな
牡蠣　巌壁にとりつく牡蠣の力かな

新年

諒闇
門松　小さく住みて松立てずある家の様

（大正13年6月、枯野社刊）

解説・解題

竹盛天雄

解説　一九一三年（大正二）年の文学状況の素描

竹盛天雄

1　大正の出発

たとえば、「読売新聞」の社説は、『大正二年を迎ふ』と題して、「帝国の国民は今や諒闇の新年を迎へて今更ながら先帝の御洪徳を追憶し奉らざるを得ず。（中略）国中一般に何となく不景気に襲はる、の観あるは亦已《やむ》を得ざる所也。然れども帝国は何時までも斯くてあるべきにあらず」（傍点筆者、一九一三・一・二）という文言を枕に為政者と国民の両者にむけて自覚をよびかけているが、明治の終焉、大正の出発を占うにあたって印象的なのは、「諒闇の新年」早々にオピニオンリーダー役ともいうべき「中央公論」（一九一三・一・一）が発売禁止処分に見舞われたことである。青柳有美の『斯くあるべき女』という一見挑発的な言辞と論法の文章が「当局者の忌諱に触れ」たらしい。また同誌は、「閨秀十五名家一人一題」という特集を組んでいて、その十五番目に注目されるべき平塚らいてうの『新しい女』があるが、これについては、後にとりあげることにし、今は、「諒闇の新年」が発売禁止と共に明けたことをチェックしておけば足る。

自粛ムードの「諒闇」の季節——視点をかえれば、これは、時代の変り目以外ではないわけで、明治に対して大正という時代の、いろいろな面からいって、求心力が低下し、集中力のゆるみが、どうしようもなく表面にでてくる予兆が示されていた。前年暮に成立した第三次桂内閣が、「大正政変」とよばれる憲政擁護運動によって総辞職に追いこまれるなどの政局の混迷ぶりは、求心力や集中力の弱体化をあからさまな形で露呈したものといってよい。発売禁止の多発*は、時代の変り目に即したうごきに対処しようとする当局者の防御志向のあらわれといえるだろう。

＊一九一三（大正二）年度の発売禁止処分は、一九〇九（明治四二）年、一九一〇（明治四三）年を上まわる数にのぼっており、主な雑誌だけでも、「中央公論」（一九一三・一）、「青鞜」（同・二、四）「奇蹟」（同・四）、「女子文壇」（同・四）、「新小説」（同・六、一〇）「白樺」（同・六）、「秀才文壇」（同・七）、「新潮」（同・八）、「太陽」（同・九）、「美の廃墟」（同・一〇）、「日本及日本人」（同・一〇）などが処分をこうむっている。

一局・一点への求心力、集中力の弱体化は、多元的なひろがりへとつながる。一九一二、三（大正元、二）年の文学状況において、端的にそれをみせているのは、「早稲田文学」が前年度に顕著な活動をした作家に呈上し、世間もまたそれに一定の評価をもってむかえた「推讃の辞」自体の価値の下落である。一九一三（大正二）年のものについては、「そこに曩日の如き権威もなければ尊重もない、自分はこれを「早稲田文学」の為めに尠からず遺憾とする」（月旦子『書斎の五日〈三〉―二月の文藝界―』「時事新報」一九一三・二・一一）という手きびしい批判のことばが放たれているわけであるが、翌一九一四（大正三）年になると、もはや、前年の『大正二年文藝史料』（『大正二年文藝界一覧』をつける）だけになって、『推讃の辞』の呈上はさしひかえられているのだ。

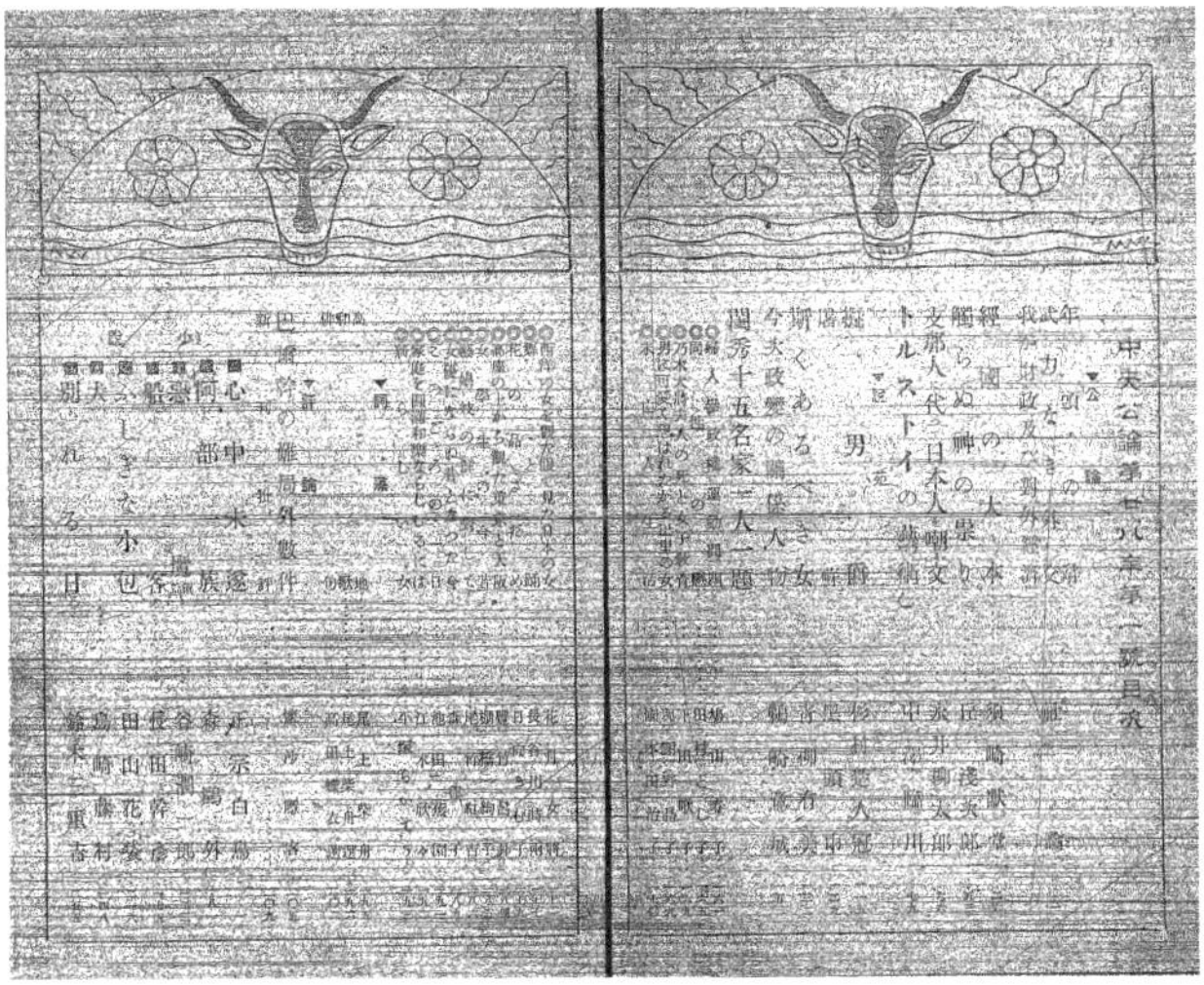
中央公論第廿八年第一號目次

「中央公論」大正2年1月号目次。発売禁止処分にあった。

それは一つのエコールの機関誌が、文学界あるいは文壇を代表するような姿勢で、過去一年間を総括し、新しい年度を予見するかのような評言を発表、それが機能してゆく状況は終ったということである。

わたくしは、そのような状況の下では、一つのエコールの総括よりも、むしろ個人の声が直接反映しているアンケートの回答などから全体をみてゆく方が、状況に即していると考える。

たとえば、「時事新報」文藝欄が企画した「大正二年、藝術界の収獲」（一九一三・一二・二一〜二九、二五回）は、「一、創作及評論。二、演劇。三、絵画。」の三項目にわたっての六十九氏の回答をかかげている。「日本人の作物としては一、二、三中未だ何一つ思ひ当らず候。併し来年は今年よりも確に善い藝術が出ること、固く存じ居り候」（長與善郎）というようなものから、「一、創作にては「朝日」の『行人』を深き興味を以て読み申候。或部分はメレデスを日本語で読むやうに覚えて。二、藝術座の『モンナ、ワンナ』を見たるのみ故何とも返事致兼候。三、なし」（厨川白村）、「一、夏目漱石氏の「行人」のところどころ、有嶋《（ママ）》生馬氏の「蝙蝠の如く」、徳田秋江氏の「疑惑」、石井柏亭氏の「欧州美術遍路」、斎藤茂吉氏の歌集「赤光」、鷗外博士の「意地」、それから平田禿木氏の「近代英文学研究」では勉強仕り候。二、三。半可を申し述べて笑はれるでも無之可くと差ひかひ申し候。但、石井柏亭氏作の『N氏とその一家』は知人の家庭でもあり、製作中をも存じ居り候まゝ、多少の私情を雑へて忘れがたきものに御座候」（佐藤春夫）というような、回答者の素顔が、何となくうかがわれるものまで含まれていて、それ自体興味深い。細かい検討は別として、比較的多くの推薦をうけた作品をあげれば、漱石の『行人』（一一名）、荷風『戯作者の死』（九名）、秋聲『爛』（六名）、中沢臨川『トルストイ』（六名）、有島生馬『蝙蝠の如く』（五名）、秋江『疑惑』（五名）、小山内薫『藝術座の『内部』』（四名）、相馬御風訳『アンナ・カレニナ』（四名）、北原白秋『東京景物詩及其他』（三名）、三木露風『白き手の猟人』（三名）、鷗外『阿部一族』（『意地』を含む。三名）、和辻哲郎『ニイチエ研究』（三名）、長田幹彦『祇園』（三名）などがあげられるが、作品でなく作者名だけを記したものに、鷗外、秋聲、荷風の名があり、小山内、臨川の評論というような答え方をしたものもそれぞれ一名あった。むろん、どういう傾向の人たちがアンケートの回答者に選ばれているかが問われるべきであるが、一つの流れをみようとしているわけなので、細部にこだわらず、参考にしておくことにしたい。

2　『行人』という暈《かさ》

この年が小説よりも評論、さらには翻訳の領域でさかんで、収穫も豊かであったという評定は、年度をふり返った時評類が、おおむね一致して下しているところであるが、しかし作品を具体的にみなおしてゆくと、注目されるべき作品群にであうことになり、改めて一九一三（大正二）年の意味について考えさせられる。さきにみたアンケートで最も多くの支持をうけた『行人』（「東京・大阪朝日新聞」一九一二・一二・九～一九一三・二・四、「東京朝日」一九一三・九・一六～一一・一五、「大阪朝日」同・九・一八～一一・一七）は、ようやく転換期にさしかかった小説のありかたを顕現していた、といえないだろうか。それは、両親と長男夫婦と子供、さらにまだ独立していない次男や妹や使用人とで構成する東京の中流上層家庭を舞台とし、一家の中心である大学教授の長男がその妻の心を全的につかんでいる確信がもてぬばかりか、周囲のものにも疑惑不信を増進させてゆく経緯を、次男の眼から再構成的に語りなおすという作品。近代の知識人が抱えこむ病的なこころの問題、人間の存在についての深刻な懐疑を、小説の形式においても工夫をくわえて追究した実験的な作品であった。先のアンケートとは別で、『本年の文壇　創作界を顧みて(上)』（「時事新報」一九一三・一二・一三）をかいた徳田秋聲は、新聞連載中の『行人』を「途切れ〳〵に読んだ。私が漱石氏の作物に興味をもち始めた動機は、かうだ」云々とのべて、「別に筋も何もない『彼岸過迄』に興味を持った私は、より以上の努力の表れて居る『行人』を、是非もう一度悠然《ゆつくり》と読返して見たいと思うては居るが、現在の私にはそれほどの余裕がない」と、この作品への関心を微妙な言い方であらわしていた。一見、秋聲の『彼岸過迄』や『行人』

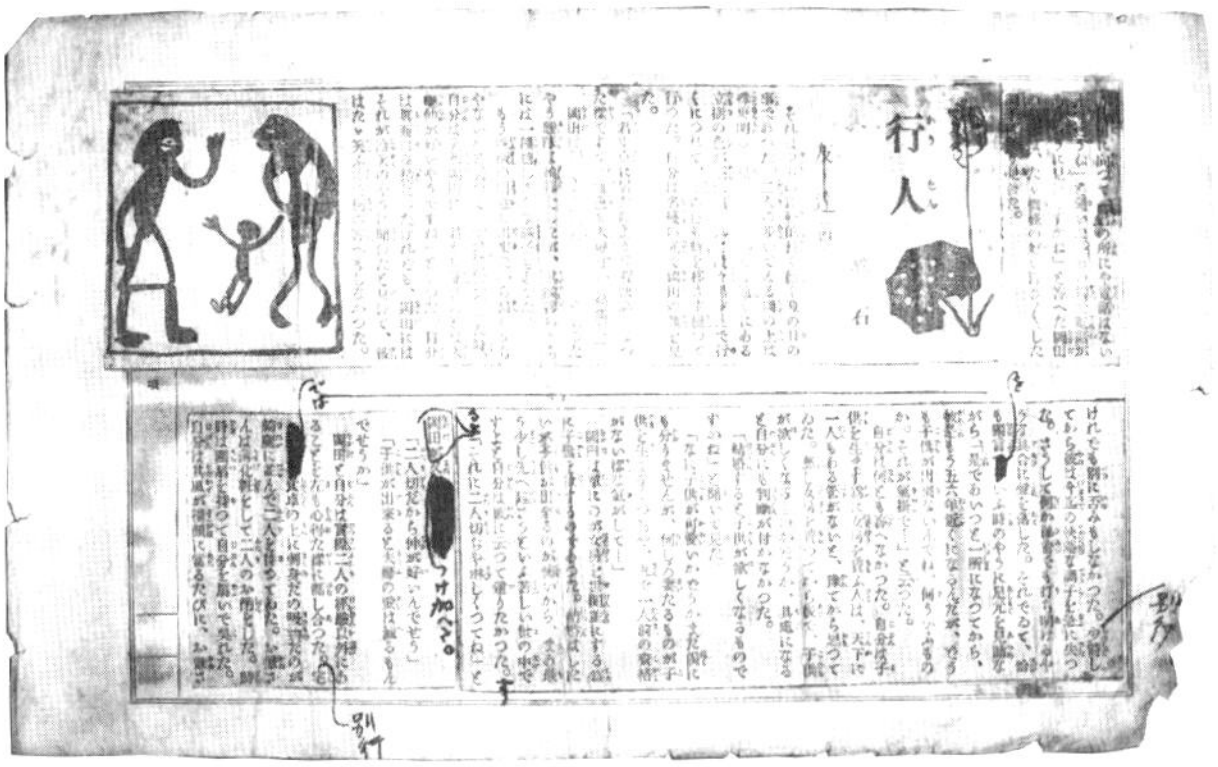
行人

漱石の推敲入り『行人』新聞切り抜き（日本近代文学館蔵）

への関心は不思議な感じもあるが、昭和期の秋聲の展開をおもうと納得できるふしがなくもない。それはともかくとして、わたくしがいいたいのは、一党一派のイズムから解放され、自由な新しい空気が文学界に入りつつあったということである。

しかし『行人』についていえば、近代日本の家族構成から生れる問題、家族間の甘え、そこから増長しやすい人間不信、さらには神経異常、狂気などが、主人公一郎の苦悩をとおして対象化されており、それは、いかにも選ばれた知識人固有の不安や焦燥であるかにみえて、時代的なひろがりのある精神状況を予兆的に浮き上がらせた作品であったということである。特殊であって普遍につながるモチーフに光があてられていた。

わたくしがこのような見方にこだわってみるのは、『行人』連載に先だって「東京朝日新聞」に漱石の推薦で載せられた中村古峡の『殻』（一九一二・七・二六〜一二・五。春陽堂 一九一三・四・一八＊本巻収録、以下本巻収録作品には＊印を付す）という作品が、描き方や作品の表情はちがうが、漱石の『彼岸過迄』から『行人』にいたる問題意識の暈《かさ》のなかにおいて読むことで、みえてくる点があるようにおもわれるからだ。

『殻』は今日忘れられた作品である。瀬沼茂樹が『日本文壇史』第二十巻第十一章で復権への第一声をあげてからすでに二十余年の時日をへている。最近、曾根博義が『中村古峡と「殻」』という精到な調査・報告をするにおよんで、ようやく光があたりはじめた（日本大学文理学部人文科学研究所「研究紀要」

57　一九九九・一・三一）。しかし新聞連載の当時は、なかなか好評だったらしく、その年の記憶に残る創作についてのアンケートでも複数の人がその名をあげており、単行本として世に出ると、多くの新聞・雑誌の新刊紹介欄でも好評を受け、相馬御風・中村星湖・安倍能成・小宮豊隆・森田草平らは、それぞれ力のこもった批評をかいていたのだ。

　中村古峡君の『殼』が昨年の創作界に於ける最も注目すべき作の一つで有ることは衆口の一致する所で有る。最も質実な努力の結果として生まれた作、作者が直接経験の有の侭なる報告として、其処に根強い力が有ることなど、これも亦衆評の一致する所で有る。（傍点筆者）

中村古峡（明治38年）

『殼』初版本（大正2年4月、春陽堂）

これは草平の『殼』（「読売新聞」一九一三・七・二七）の書きだしに近い部分の一節である。『殼』は作者とその家族が体験した苦悩を元に作品化したもので——父が政治道楽で家産を失って死亡した後、一家の期待を背負って上京、苦学している兄。そこへ頼ってきた弟が、やがて精神に異常をきたして帰郷するが、母や妹に難儀をかけて入院、死亡してゆく経緯を兄の視点から回想をまじえて再構成しつつ描きだしている。主人公（兄）が入営中の弟をたずねてゆき、そこで非人間的な古参兵の圧制ぶりにふれる場面や精神病院に入っている弟を見舞にいにいっての、弟の病状や病院内の情景についての叙述は、「絶唱」（小宮豊隆）といわれるほどのリアリティをもって迫ってくる。「殼」という題名が生まれる場面の弟自身の説明——彼の狂暴ぶりに手を焼いた母と妹によって、手足をしばられ、蒲団巻きにされ、精神病院に拘束される——「兄さん其の時ほど僕の身体の小さくなったことはありませぬ。（中略）最後《しまひ》には段々と小さくなって、沼田の中に匿《かく》れてゐる田螺殼《たにしがら》のやうになつてしまひました。」ということばや、それにつづけて、その格好をやってみせようというしぐさをする弟の訴えのシーンは、圧倒的で読後に深刻な感銘を残す。専門的な病理学上の解説がつけられるくだりであろうが、それとは別に発病した人間が、周囲の親愛な人々からも疎外されてゆく、癒しがたい絶対的な孤独の状況こそ、「殼」と名づけられたものとわたくしは理解する。この孤独の淵からの叫びは、すでに異常のレッテルをはられている人間だからといって耳をふさいではなるまい。『行人』の一郎が深い疑惑の霧にさえぎられて発する不信の声に通じる響があるようにおもうのは、わたくしの錯覚であろうか。しかし、『殻』という名づけの解釈については、作者その人が「殻」を着ており、その枠のなかにとどまって弟や母・妹たちと立ち会っている点に問題があるという、小宮の好意的ながら鋭い意見がだされていることも言いそえておかねばならない。題名解釈というより、作品の全体にかかわる見方となっているからだ。

それは、この作品が「恐ろしい事実を恐ろしい事実の侭に書いた処」を高く評価しながら、その与える効果は、「材料共物」のもつ「気分」によるのであって、「材料に逢着して作者が感ずる処の濃い気分ではない」という批判につながってくる。そこに、作者が「殻」に入っている、すなわち「自分を強者として自分を正しきものと思惟してゐる」ゆえの「材料」へのかかわり方の弱さをみているのだ。御風が「まだ本当に僕等の要求する藝術品になって居ない。たゞ材料にしか過ぎない」(『殻を読んで』「新小説」一九一三・九・一)というのは、「本当に」云々が不明確であるが、いわんとするところは、ひとつであろう。

とはいえ、外国の小説の描きだす精神異常者*とちがって、天才(またはオリジナルマン)でなく、「常人が気の狂って行く径路を描いて居る」ところの、「人間は斯くの如くにして狂人に成るものぞと言ひ得る唯一の書で有る。全く拵へ物の様な感はしない。此点に於て天下独歩である」(草平、前出)というユニークさは、今日、みなおされてよいのではあるまいか。しかもそれが、近代日本の家族主義、そこに陰微に存在する兄と弟の関係、親戚や近隣の人たちとの関係、軍隊生活や精神病院の実状などへの照射をとおして語りだされていることに、眼をむけるべきであろう。

『殻』の批評で小川未明を引きあいにだし「未明氏の思想が具体的に成ったものは『殻』であり、古峡氏を高踏的象徴的に行けば『魯鈍な猫』『白痴』になる様な感がする」(『新仏教』同・六・一)という読みこみもあった。不安や焦燥を抱える時代の精神的徴表が、このような文学的形象としてそこにあるのだ。わたくしの関心からいえば、正宗白鳥の『半生を顧みて』(『中央公論』同・九・一)も、この暈のなかに入っている作品として名をあげておきたい。

＊本巻収録の山本飼山『アンドレイエフの描きたる恐怖』(『近代思想』同・一・一)は一つの参考となる。

3　鷗外の歴史小説——その自己仮託

絶対的であるべき長男の不確かさを軸に『行人』の執筆をつづける漱石、それに対して鷗外は、封建大名の代替りによって生じた一藩の混乱を『阿部一族』(『中央公論』一九一三、一、一＊)という歴史小説として発表した。ここにも求心力と集中力との低下、その翳りが逆に生みだす緊めつけや動揺が、文学表現のうえに投影しているといえなくもなかった。

前年九月、乃木大将の殉死に衝撃をうけた鷗外は、『興津弥五右衛門の遺書』を「中央公論」十月号に寄せた。近世の随筆集『翁草』収録の話を元に殉死についての自分の考えを仮託する方法をとっている。同月の「中央公論」は「乃木大将の殉死を評す」という特集となっているので、そもそもは、それへの意見をもとめられての「擬書」であったかも知れない。しかし鷗外の史料に仮託して自己の考えを表現するところの、再話の形式による歴史小説は、このような時代のうごきにつれてはじまった。『阿部一族』は、その第二作であるが、同じ細川藩の殉死事件をあつかいながら、第一作『興津弥五右衛門の遺書』とは表情を異にし、そこにひき起される反応を批判的に描きだそうとしている。これらは、第三作の『佐橋甚五郎』(「中央公論」同・四・一)と合わせて第一歴史小説集『意地』(籾山書店 同・六・一五)として刊行されるが、第一作『興津弥五右衛門の遺書』は、新たな史料によって大幅な改稿が行なわれ、また第二作『阿部一族』も新史料のもとに改稿されるにいたっている。その広告文に、従来の歴史小説とくらべていかに新しいかを、「其の観察の点に於て、其の時代の背景を描くの点に於て、殊に其の心理描写の点に於て」というように数えあげていた。

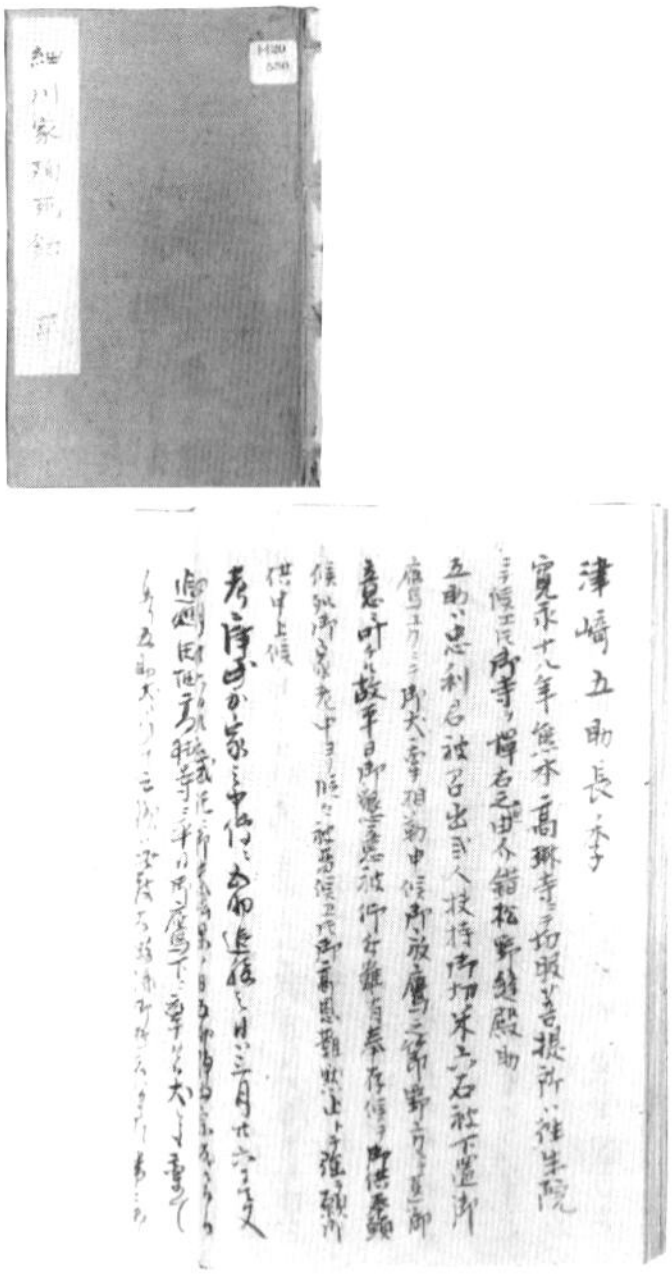

「細川家殉死録」(扉)と津崎五助長季の項(下)

若き日の佐藤春夫の「SACRILEGE 新らしき歴史小説の先駆『意地』を読む」(「スバル」同・八・一*)は、もっぱら『阿部一族』一篇(むろん、タイトルが示すように初出稿ではなく単行本収録の改作稿を対象としている)をとりあげて、見事な分析と鑑賞ぶりを発揮しており、当時の若い文学世代によって、いわば、鷗外によって創造的に開拓された歴史小説というジャンルの魅力がどのようにとらえられていたかがうかがわれる。〈SACRILEGE〉とは神聖冒瀆、教会や寺社の聖所に侵入、汚したり荒したりする意味であるが、このような修辞的なタイトル自体が仕掛けとなっていて、講壇批評とは別の批評的才能の出現を予感させる。このような春夫の反応は、当時まだ高等学校を卒業、大学入学を前にした芥川龍之介が、鷗外の小説や翻訳をおもしろく読んだことを中学時代の恩師に報じている手紙に、「中でも『意地』の一巻を何度もよみかへし候」(広瀬雄宛 一九一三・八・一九付)の文言を残しているように、個人的なものでなく「大正」の若い才能に通じてゆく反応だったとおもわれる。

この後、鷗外はさらに『護持院原の敵討』（「ホトトギス」同・一〇・一）をかき、また、『大塩平八郎』（「中央公論」一九一四・一・一）をかいて、歴史小説というジャンルの幅をひろげてゆくが、やがてその先に、「歴史其儘と歴史離れ」という歴史をあつかう文学の基本的な態度と方法についての感想をのべざるを得ない地点に立つことになる。『意地』に感銘をうけた芥川らが創りだす歴史小説とも交叉し、あるいは性格を異にすることがいわれるが、それは後のことである。

荷風の父、久一郎の葬儀写真（後列左より3人目荷風） 下・死亡広告

4　荷風の情調追究

この年の新聞を繰ってゆくと、永井久一郎の死（一九一三・一・二）がかなり大きく報じられているのにであう。父を頂点とする「明治」の良家の家風に反発して、藝術の世界を追究してきた荷風にとって、父と子の関係に変化がおこってくるのは、当然の成行きといわねばならない。ここにも父とすべきものの大きな揺らぎがみとめられる。荷風は家督は相続しても、自分は子をなさず、むしろ世間に背をむけて、隠退的姿勢を強くしてゆこうとする。彼は、帰国以後、フランス近代詩や西欧文学思潮を積極的に紹介する仕事をつづけてきたが、この変り目に一巻にまとめ、『珊瑚集』（籾山書店　同・四・二〇）として刊行した。それは、以後の江戸文化・趣味の世界にのめりこんでゆく荷風その人の別れの挨拶というべき仕事であった。その序文が「癸丑春三月柳亭種彦が事を小説に書ける日」という日付でかかれているということは、きわめて象徴的といわねばなるまい。

柳亭種彦を主人公にした小説とは、先の「時事新報」のアンケートでも、『行人』についで多くの推薦をうけた『戯作者の死』（「三田文学」同・一・三・四＊）をさすことはいうまでもない。大逆事件以後、いっそう厳しくなった当局の言論・藝術や風俗取締に対する批判的心情をモチーフとして、戯作者柳亭種彦が天保十三年の水野忠邦の改革の進行のなかで召喚をうけた朝、突然、卒中症に襲われ死んでゆくさまを、江戸情調への親愛をこめて語りだしている。期せずして鷗外と同じように近世・江戸時代を素材として歴史小説をこころみているわけであるが、意図する方向には、大きな距離があることに注意したい。単純化していえば、一方は、史料のなかに「自然」を見出し、他方は、「情調」追究のよすがとして、反現代の姿勢を強めてゆくのだ。

荷風のこの方向は、つぎの『恋衣花笠森』(「三田文学」同・一二・一)ではより濃厚な情調として追究されるが、自己批評の厳しさに欠ける点があつて、前作に及ばない。

なお注目すべきは、荷風の反現代・反俗的な文明批評的姿勢は、小説形式よりもより自由さをもつ随筆類において真骨頂を発揮したといってよいだろう。『大窪だより』(「三田文学」同・九・一〜一九一四・八・一　九回*)は、候文体のユニークな随筆として多くの愛読者をもつている。大正期はさまざまな自己表現の領域を開拓してゆくが、荷風の多様でやや雑多な散文形式との戯れは、みなおされるべきものをもっている。

5『たゞれ』の達成を背景として

アンケートからみるとすれば、「新潮」(同・一二・一)の「大正二年の藝術界」の回答も無視できない。なかんずく徳田(近松)秋江は、秋聲一人にしぼっていて、印象に残る回答ぶりである。

(前略)徳田秋聲氏の作品は前年よりも本年に入りての作品の方に、少くとも技巧の円熟と人生観照の渋味とを加へ来れるやうに存候。氏の作品は、別に人生観の異色を以つて読者の胸をそゝるとか読者の頭を悩ますとかいつたやうなものにてはなけれども、一種の慈悲忍辱の眼を以つて世相を観てゐる趣き有之候。

『爛』——単行本
『縁切り』——九月の中央公論
『痛み』——一月の文章世界

(『秋聲氏の作品』)

なお、白鳥に「秋聲氏の傑れた技倆にはます〳〵驚嘆して居ります。『たゞれ』は今年中の最も傑れた作ではないでせうか」ということばがあり、上司小剣も「先づ徳田秋聲氏の『爛』を推したいと思ひます」と回答していた。評論や翻訳を主として推している本間久雄も「『たゞれ』の一篇は私に取っては最も印象の深かった作です」と強調しているという工合だ。

こういうデータはあくまで時代の表層を示すものにすぎないが、一九一三(大正二)年という時期の、自然主義を推進してきた作家——藤村がパリに、花袋が日光に、というように文壇の現在から遠ざかっている、いわば間隙をうめる存在として、秋聲の文学がクローズアップされたさまを、鮮やかにさし示しているといえるだろう。

その活躍は、中篇『たゞれ』(「国民新聞」同・三・二一〜六・五。改題『爛』—新潮社　同・七・一五)が中心となるが、秋江があげているように、短篇においても特色が発揮されており、とりわけ『足袋の底』(「中央公論」同・四・一。ただし秋江はこの作品についてはふれていない＊)は、老いてなお欲望にふける、いわば厭がらせの年齢に達した人間のすがたを浮きあがらせた作品で、「屈指の名作」(野口冨士男)という評価があたえられている。

『爛』の刊行を祝って。前列右より、上司小剣、正宗白鳥、徳田秋聲、生方敏郎、本間久雄。後列右より水守亀之助、鈴木三重吉、瀧田哲太郎、森田草平、中村武羅夫、岩野泡鳴、小川未明。

秋聲作品の充実とその評価のたかまりは、その性格からいって、自然主義が耕した思潮や方法が、ある程度、吸収・消化されて、運動や主義とは別に見るべき、個としての成果があらわれてきたことの証左に他ならない。秋聲『たゞれ』の達成は、この時期の自然主義的作風をもつ作家にも有形無形の力として作用したといえなくもない。

まず秋聲の充実に最もストレートな関心を示した白鳥が、『心中未遂』(「中央公論」同・一・一)という亭主に捨てられた女が、料理屋や待合の女中をてんてんとしたあげく、病気で臥ている亭主のもとにたどりついて心中をもちかけるまでを、ふくらみをもって追究した作品をかいていること、また、先にもふれた『半生を顧みて』(前掲)や『老婆』(「早稲田文学」同・七・一)、『旱魃』(「文章世界」同・一〇・一)などにその特色を発揮したことをいわねばならない。岩野泡鳴の短篇『ぼんち』(「中央公論」同・三・一・一)は、彼のいう「有情滑稽物」をめざした作品であり、また樺太の荒涼とした自然を背景に蟹缶詰事業に従事している一組の夫婦の葛藤と夫から逃げだして熊に襲われた妻の惨たらしい死を描いた『熊か人間か』(「中央公論」同・一一・一、のち『人か熊か』と改題＊)には、「我々が陥り易い平凡な是迄の自然派の作品の常套から脱してゐることは、見逃すことが出来ない」(『十一月の創作界(一)』「時事新報」同・一一・一一)という秋聲の読み方があることを紹介しておこう。

自然主義的作風のうえに新しい個性的展開をみせた存在として特筆すべきは、『執着』(「早稲田文学」同・四・一)、『疑惑』(「新小説」同・一〇・一、発禁)という、近松秋江の一連の「別れたる妻に送る手紙」形成につながる作品があるが、これらについては、今日、かなり知られてきているので省略にしたがうことにしよう。

ここでふれておきたいのは、早稲田の文科の出で、しかし文壇の自然主義小説よりも昇曙夢の『六人集』や『毒の園』などを愛読し、ザイツェフやアンドレーエフ、アルツィバーシェフらのロシア世紀末文学の気分に共鳴していた若い人たちの出発についてである。広津和郎には『疲れたる死』(「奇蹟」同・三・一*)があり、より若い細田民樹は、『泥焔』(「早稲田文学」同・七・一*)を発表していた。『泥焔』については、一体に辛口の時評をかいていた中村孤月が、水野葉舟や長田幹彦の作よりも買っていて、「今後の日本に於いて傑れたポピユラア、ノウベルを求める人々は、此作家の創作を求めることを忘れてはならない」(『新進作家の作品』「早稲田文学」同・八・一)と推していたのであった。昭和期に入っての細田の展開をおもうと、ある意味で的確な予見というべきであろう。

6　女性像・「新しい女」

自然主義小説においても、女性の描き方に幅がみえてきたことは、秋聲作品などからも読みとることができる。わたくしは、一九一三(大正二)年という時点での女性像の追究について瞥見したいのだが、アクティブな女性のイメージを探る前に、山口県の農村を舞台にそのみじめな境遇からほとんど衝動的に脱出しようとして、結局、川に流されてしまう二人の若い女の末路を描いた青木健作の『彷徨』(「新小説」同・一・一*)の地味ながら細かい筆づかいの作品の名をまずチェックしておかねばならない。なんとなれば、対蹠的な、有島武郎の『或る女のグリンプス』(後、改訂をへて『或る女』前編となる)が、「白樺」誌上の十六回の連載を終えたのが、やはりこの年であったからである(一九一一・一・一〜一九一三・三・一)。しかし『或る女』前編初出としての、この大作は、連載中においてもほとんど問題にならず、完結にあたっても、また、光があてられなかったことが今日指摘されている。とはいえ、早月田鶴子(後、葉子と改められる)のような、強烈な個性を放つ小説が出現し、前編にあたる生の軌跡を追究できたということには、それを支え促す時代の機運が働いていた、といえるだろう。

一人の女性としても強い自我の要求をもち、個性的で官能的な作品をつぎつぎに発表、大正初期の文壇ではなやかな存在となった田村俊子の世界もここに重ってくるはずである。『遊女』(後、『女作者』と改題。「中央公論」同・一・一)、や、『木乃伊の口紅』(「中央公論」同・四・一*)は、先の「時事新報」「新潮」のアンケートにおいても、それぞれに評価をうける出来栄えであるが、女主人公の自分への強い拘泥と主張は、「女性」

の枠組のなかにとじこめられているという限界を感じさせ、演技的な印象さえぬぐえない。一方、いかにも女作者をふりかざした感のある俊子とちがって、この年の末には、素木しづが『松葉杖をつく女』（「新小説」同・一二・一＊）によって登場した。結核性関節炎で右足切断をしたという苦しみに耐えて、物を書く女性として生きる願いが実を結んだのである。

　素木の作品集を編んで解説をかいた山田忠夫は、大正初期は「驚くべき女流作家輩出の時代」であって、山田によると、一九一一（大正元）年から一九一六（大正五）年までの女流作家ないし作家志望者を各種の文学年表から摘出すると、「優に百二十名前後を数え得る」という。そして「青鞜」をはじめ、「女子文壇」「処女」「ビアトリス」などが女流作家育成誌であり、「女の世界」「処女文壇」「才媛文壇」「女学世界」「婦人公論」などは、「女性の投書雑誌あるいは女性専用の教養雑誌」であり、「女流作家のかつてない優遇時代」であったことを指摘している（『素木しづ作品集――その文学と生涯――』北書房一九七〇・六・一五）。山田は、にもかかわらずタテの長い文学史の流れのなかで、作家として生き残った女性作家が、野上弥生子と中條（宮本）百合子ぐらいしかいないことをのべ、時代をヨコの視線でとらえれば、右の活況があったことに及んでいるわけである。

青木健作

素木しづ

　編年体の構成ということは、時代の状況をヨコにみるということに他ならない。魅力のある女性形象が提出され、女性の書き手が活躍するにいたった状況――明治から大正へという転換を示す大きい徴表の一つとして、「新しい女」ということばが叫ばれた。本稿のはじめに「中央公論」新年号に平塚らいてうが『新しい女』という題名の文章をかかげたことにふれたが、らいてうらは、発刊から三〔ママ〕年目に入った「青鞜」新年号、二月号において「附録　新らしい女、其他婦人問題に就て」という形の特集を組み、その姿勢や問題意識を明らかにした。新年号掲載分の『恋愛と結婚―エレン・ケイ著』（らいてう＊）は、

「真に新しき女として心霊上の自由を得た完全な一個の人格たらむ」ことを求める人間として、自分が本書の翻訳にとりかかったという動機（趣旨）を説明した部分、本書の目次、およびハバロック・エリスの序文にあてられている。社会に向って運動をおこす前に理解し研究しておくべき問題を学習するために翻訳・紹介にあたるという姿勢である（らいてうは、そのうえで『世の婦人達に』〈「青鞜」同・四・一、発禁〉を発表してゆく）。『新らしき女の道』（伊藤野枝＊）という文章は、「新らしき道」は「初めての道」であって、「未知に伴ふ危険と恐怖がある」ことをいい、「新らしき」ということばは、「悲痛に生き悲痛に死する真に己を知り己を信じ自己の道を開拓して進む人にのみ専有さるべき言葉」であることを確信的に言い切ったもので、やがてらいてうに代って「青鞜」を引きついでゆく強さがすでにあらわれているというべきかもしれない。新年号では、つづいて『人類として男性と女性は平等である』（岩野清）、『新らしい女」に就いて』（加藤緑）その他の意見をのせ、二月号では、『婦人問題の解決』（福田英、これによって発禁）などの別の声ものせている。

このような論の泡立ちをジャーナリズムが吸収しないわけはなく、「太陽」は「博文館創業廿六周年記念増刊」として「近時之婦人問題」号（同・六・一五）、「中央公論」は臨時増刊「婦人問題号」（同・七・一五）をだして諸家に論じさせ（本巻収録の内田魯庵『日本に於ける婦人問題』はその一編＊）、「六合雑誌」（同・七・一）でも「婦人問題」の特集を組むという工合であった。

7　転廻期（評論）―自我・生命・自然

「本年は、創作界が余り賑やかでなかったとは反対に、評論壇は、最近数年の思想の転廻期を示したと言ふ点で、最も有意義な年であった」とは、本間久雄『本年の評論壇の記憶』（上）（「読売新聞」一九一三・一二・二六）の冒頭のことばであるが、一方で片上伸によると、「本年の評論界は大分盛んであつたには違ひあるまいが、今になつて見ると、これと思ふ程感服するやうな議論を思出せない」（『本年の文壇　評論界を顧みて』「時事新報」同・一二・一五）という、やや醒めた口吻でふり返っているのが、本間の「転廻期」の実情ではなかったか。創作がふるわなかったのを埋める形で翻訳がさかんで、評論にも新しい探求の方向があったという要約は、一九一三（大正二）年をめぐる大方の回顧であるが、創作についてはみてきたように、時間がたった現在においても読み返され、注目されている優れた作品が決して少なくない。翻訳の果してきた意味は別として、評論の方にどれだけの豊かさがあったかとなると、片上の醒めた言いかたに賛成せざるを得なくなるようだ。評論の宿命である。

おもしろいことに、本間が「転廻期」を示す仕事として推した相馬御風の『現代藝術の中心生命』（「早稲田文学」同・三・

一）や『自我の権威』（『早稲田文学』同・六・一）などを収めた評論集『自我生活と文学』（新潮社　一九一四・六・四）の序文（『本当の自分に帰る時』）で、最近、「抽象的純理的に人生を考へる哲学」が「権威」を失うようになったが、同じ意味で「文藝批評」が、次第に「旧来の美学的境地から脱却して創作文藝の領域に仲間入りしなければ成立しなくなりつゝある事実」（傍点筆者）についてふれ、肯定していることである。本間のいう「転廻期」は、自然主義の推進的役割を果した批評家の動揺・脱却ということを指していたわけであるが、当の批評家のひとり御風において模索・自覚されてきていた方向として、美学的境地から脱して創作文藝の領域にカラを破って出てゆくことが意識されていたようにおもわれる。そこに前記評論集と同時期にかかれた文章を集めた『第一歩』（創造社　一九一四・一・二九）という感想録がうまれてくるゆえんがあろう。本間のいうさらに「転廻期」を担う片上においてはどうか。『生みの力』（『早稲田文学』同・四・一＊）や『文学思潮の一転機』（『中央公論』同・一二・一）には、指導的な立場にある批評家らしい転換への姿勢が感じられる。しかし、今は「凡ての表現は益々具体的になりつゝある。」「吾々は皆自分自身の言葉を持たなければならない。自分自身の言葉を持つといふことは、自分自身の道を歩くといふことである」（『自己の生命の表現』「文章世界」同・二・一〜三・一　二回）という、「白樺」の、たとえば武者小路実篤の主張とまぎらわしいエッセイをかく片上の表情から眼をそらしてはなるまい。『生の要求と文学』（南北社　同・五・一六）や、『片上伸論集』（新潮社　一九一五・三・二〇）、『無限の道』（日月社　同・四・一〇）などとは別にこういう一文を巻頭にすえた雑文集（小冊子）『草の芽』（南北社　一九一九・七・二〇）のもつ意味は、御風の『第一歩』と対偶的な関係にあるといってよい。

そこで（御風や片上の論文）主張されているタームをひろえば、自我（自己）であり、生（生命）であり、自然・現実（事実）の諸相の直視である。しかしそれは、現代の人間的なあらゆる思想が本来的に内包している要素であって、自然主義（日本的な）の推進者たちが、時代の新しい思想や藝術との出会いを通して、問題の所在をつかみ、なしくずし的な自己脱皮の努力をなしている状況をジャーナリズムに開示している、と評せなくもない。

したがって、御風や片上らの発言は、文壇の動きに眼をむける読者に注意されても、もはや、牽引力は感じられない。しかし、独創的ではないが時代の方向そのものは、文壇活動において一日の長があり、かなり的確におさえているということではないか。

自我（自己）、生（生命）、自然・現実（事実）のタームは、少なくとも大正初期の言説にいろいろな度合において変現し追究されているからだ。＊

＊このような事情について、『大正二年文藝史料』（早稲田文学記者）

の要約は、おのずから説明しているようにおもわれる。「かくの如くしてわれらは昨年の文壇を顧みて、中沢臨川、長谷川天渓、片上伸、金子筑水、石坂養平、吉江孤雁、内藤濯、三井甲之、大杉栄、阿部次郎、武者小路実篤、稲毛詛風、及び相馬御風、本間久雄の諸氏を初め多くの青年評論家が勢ひをそろへて文藝の中心問題に肉迫し、生命力に対する要求と、新自我新生活の創造に対する各自の主張とを力の限り表白しようと努めて止まなかった事実に、多大の喜悦を感じないわけには行かぬのである」（傍点筆写）。

「雑感」スタイルで自由でのびやかに自己の、いわば随所随考を表現してみせた代表者武者小路は、この時節をきわめて直截につぎのようなことばで言いあてていた。

新らしい運動は日本に起りかけてゐる。しかしそれも我々の生長力を捕虜にするのには小さすぎさうだ。今の自分にはレンブラントがゐる。自分の近い友達は、各自、自己の道を歩かうとしてゐる。（『文藝上に起る運動』「時事新報」同・九・五）

「各自、自己の道」を求め、歩こうとしているとは、換言すれば、先の自我（自己）・生（生命）・自然・現実（事実）のタームのそれぞれを、十人十色のスタイルで追い求めているということであって、これは、たんに「白樺」の仲間うちのことにとどまらないであろうことは、たやすくおもい浮かべられる。

「新らしい運動」の一つに、たとえば、大杉栄や荒畑寒村の「近代思想」の存在なども見立ててよいのかも知れない。大杉は「雑誌と云へば、今日の日本の文藝雑誌の中で、僕は「白樺」が一番好きだ」（『座談』「近代思想」一九一二・一二・一）といって、「白樺」の存在についてユニークな解釈を示していた。とにかく、勿体ぶったことばや形式でなく、自由に生き生きと反応し跳躍することばと論理による大杉の『征服の事実』（一九一三・六・一）や『生の拡充』（同・七・一*）その他の雑文は、ダイナミックな散文として、今日、再検討すべき魅力に充ちていることをいっておかねばならない。

むろん、「各自、自己の道」への要求は、若い人たち固有の探求ばかりではない。日光にこもった花袋の小説や随想のこころみはまさしくそのように呼ぶにふさわしかった。『扉に向った心』（「文章世界」同・八・一*）は、自然主義から神秘主義へと転じたユイスマンスの『途上』を読み、主人公デュルタルのこころの軌跡をたどりつつ、「自己の生活」を凝視している花袋自身を浮かびあがらせている一文だ。

時評でもとりあげられて注目された阿部次郎の『沈潜のこゝろ―日記の中から』（「新潮」同・一一・一*）は、武者小路の「自己」主張に理解を示しつつ、謙遜する心とSelf-sufficient（うぬぼれ）を厳しく戒めることを強くみずからに課すことを求めており、若い世代においても「各自、自己の道」へのかかわり方は、決して一色ではなかった。

とはいえ、漱石が第一高等学校で生徒にイミテーションとインデペンデントの関係について講演し（『模倣と独立』、「第一高等学校校友会雑誌」一九一三・一*）、どちらも相関的な関係をもつもので大切であるが、「今日の状態に於て、どちらに重きを置くべきかと云へば、インデペンデントに重きを置いて進むべきではないかと思ふ」と、明示しているのに注意したい。一九一三（大二）年十二月のことである。

自我（自己）、生（生命）については、いろいろな立場からの発言が時代を彩っているが、柳宗悦『生命の問題』（「白樺」同・九・一＊）のような組織的理論的考察を足が地についた形で展開できる世代が育っていたことを特記しておくべきであろう。

『大菩薩峠』第一回の挿絵（井川洗厓・画）

なお、すでにふれたように、一九一三（大正二）年は、当局の言論・藝術への防禦的姿勢が強く、発売禁止処分がしばしば発せられたが、それに対しての抗議もなかったわけではない。平出修は弁護士として大逆事件裁判に立ち合い、被告の姿やことばを小説『逆徒』として「太陽」（同・九・一）に掲載、その雑誌が秩序紊乱のかどで処分をうけるや、堂々とした論陣の『発売禁止に就て』（「太陽」同・一〇・一＊）という批判をかいた。他にも阿部次郎に『発売禁止に就いて』（「時事新報」同・九・一六～一九　四回）という思想の自由が尊重されるべきことを説く周到な一文があった。

8　「池」と「峠」―取り残された周辺から

泉鏡花にとって一九一三（大正二）年は、『夜叉ケ池』（「演藝倶楽部」同・三・一＊）や『海神別荘』（「中央公論」同・一二・一）という戯曲をかいたことに意味をもつ年であったようだ。笠原伸夫は、鏡花が自筆年譜でこの年の代表作として戯曲だけを並べたことに注意し、そこにアクセントをおいている（『評伝泉鏡花』白地社　一九九五・一・二〇）。戸張竹風とのハウプトマンの『沈鐘』共訳（春陽堂　一九一一・九・二二）に参加し、柳田国男の『遠野物語』（聚精堂　一九一〇・六・一四）への感銘を契機に彼の内部に「潜在していた妖怪」が姿をあらわしてくることになるが、「明治から大正へと改元」という現代において、「絶妙の場」として選んだのが、戯曲形式だったというのが、その説である。伝説を現代に蘇生させるための表現の可能性への工夫である。東郷克美は、この沈鐘譚が白山説話圏にひろがる口碑伝説から生まれたものという、小林輝治の見解(『「夜叉ケ池」考』)を紹介しているが(『異界の方へ　鏡花の水脈』有精堂　一九九四・二・二五)、明治維新後、半世紀近くになって、ようやく近代化にとり残された地方の山や水の霊が、口碑伝説の復権を求めて劇場の演しものや新聞雑誌の読物としてあらわれてきはじめたのだ。柳田らの「郷土研究」が創刊されるのもこの年のことである。

こういう鏡花が、文壇で中里介山の『大菩薩峠』(＊)のそのおもしろさに「最も早く」(谷崎潤一郎『饒舌録』)反応した読者だったといわれるのは、自然なすじみちというべきであろう。一九一三(大正二)年九月十二日、机龍之助という特異な主人公をもつこの作品が、主として花柳界などでよく読まれる「都新聞」というメディアに登場したことは記憶されてよい事件だ。「記者は古老に聞ける事実を辿りて、読者の前に此の物語を伝へんとす」(予告)というように、介山は、甲州裏街道第一の難所である大菩薩峠周辺の、いわゆる巷談に属するような伝えばなしの聞書をつくり、創作ノートをつくり準備をすすめてきた。しかし執筆するにつれて、当初の構想をはるかに超え、舞台はとほうもなくひろがり、人間模様も複雑化してゆくことは、知られているごとくである。

9　盛んな詩歌集の刊行と作者の現在

詩歌において、一九一三(大正二)年の収穫として何をあげるか。

北原白秋はつぎのように答えている(「時事新報」同・一二・二〇〈一、創作及詩論。二、演劇。三、絵画〉)。

一、斎藤茂吉氏の歌集『赤光』。
二、見ねば知らず。
三、見ねば知らず。

『赤光』(初版　東雲堂書店　同・一〇・一五)一篇という回答は、断乎としてさわやかでもある。みずからの審美眼と相手の仕事への信頼の気持がこめられている。同時に一九一三(大正二)年前後の歌壇におけるヨコのひろがり、相互の刺激・影響関係をほうふつとさせている、ともいえるだろう。

それはまた、白秋の『桐の花』(東雲堂書店　同・一・二五)の出現とそれへの反応についても同じように考えさせる。「アララギ」(同・四・一)でとりあげるにあたって、まず木下杢太郎に感想をかかせ、そのうえで中村憲吉・古泉千樫(『「桐の花」を読む』＊)が批評をかいてゆくという姿勢には開かれたものがある。

この同時代的ひろがりには、制作者側の刺激や影響という以外の、読み手をふくめての文学史的な観点からの大きい問題があることをみなければならない。後年、芥川龍之介が、「僕の詩歌に対する眼は誰のお世話になつたのでもない。斎藤茂吉にあけて貰つたのである。もう今では十数年以前、戸山の原に近い借家の二階に「赤光」の一巻を読まなかつたとすれば、僕は未だに耳木兎《みみづく》のやうに、大いなる詩歌の日の光をかい間《ま》見ることさへ出来なかつたであらう」（『僻見』。この文は、「女性改造」一九二四・三・一）と回想したように、『赤光』の出現は、狭い短歌愛好者ないしは専門歌人のあいだで刺激や影響が云々されるのとは別の、枠をこえた享受のひろがりをもたらしていた。

＊＊＊

『赤光』一篇を推した白秋みずからの一九一三（大正二）年の収穫はどうであったか。『桐の花』については、今も関連してふれたが、時評やアンケートでは、詩集『東京景物詩及其他』（東雲堂書店　同・七・一）への評価は高い。しかし、白秋が自分から『余言』（詩集巻末のことば）で断っているように、収載作品の多くは、すでに過去となった「パンの会」の青春の盛りにおいてつくられたものであり、作者の現在である「最近大正の所作はこれに加へず」というわけで、収載内容には、現在との間にズレが生まれている。

　この年の白秋は、松下俊子との恋愛がひきおこした体験（俊子の夫から姦通罪で告訴され、市ヶ谷の未決監に拘置された）を元に、つぎのような前記詩集とはまったく相貌を異にする表出をこころみていた（初出「朱欒」同・四・一、初出は平がな交じり＊）。

野晒

死ナムトスレバイヨイヨニ
命恋シクナリニケリ、
身ヲ野晒《ノザラシ》ニナシハテテ、
マコトノ涙イマゾ知ル。

人妻ユヱニヒトノミチ
汚シハテタルワレナレバ、
トメテトマラヌ煩悩《ボンナウ》ノ
罪ノヤミヂニフミマヨフ。

詩集としては、『白金之独楽』（金尾文淵堂　一九一四・一二・一八、片カナ交じり）に収められたため『雪と花火』（『東京景物詩及其他』の増補・改題。東雲堂　一九一六・七・一）にも普通の形では収められず、『雪と花火余言』のなかに引用の形で転載されたもので、おかれるべき位置が作者みずからの手ではじめて示されるといういきさつがあった。そういう意味で、『東京景物詩及其他』は、この年における代表的詩集でありながら、作者の対面している詩境の現在を、必ずしも直截に反映していないという憾みがあった。白秋自身がいうように、『桐の花』に収められた「哀傷篇」の短歌群や『白猫』『ふさぎの虫』の小品、さらに『桐の花』刊行後、「朱欒」や「詩歌」などに発表した作品群においてこそ、『野晒』に表出された苦悩はわかちあたえられているはずであった。

歌集と詩集とを同じ年に刊行することができた白秋において、固有の深刻な体験や編集刊行の事情がからんで、歌集・詩集それぞれに微妙なニュアンスが生れていることを知らねばならない。しかしこのような作品形成上の問題を抱えているという全体のうえに一九一三（大正二）年の白秋の現在はあるのだ。

＊＊＊

詩歌集は、多くの場合、その集が成り立つまでの、いろいろな事情をかかえており、成立・刊行の時点において、作者の現在との間にズレが生じていることは、ほとんど避けられない。

このような矛盾を解消する苦肉の策として、『赤光』においての収載歌逆年順の構成という方針が浮上してくる。『赤光』は初版の「1悲報来」（＊）十首連作、「6死にたまふ母」（＊）連作、さらに「7おひろ」（＊）連作へとつづく、ドラマチックな死と別離のモチーフを訴える構成によって、作者の現在を歌集の形で提示することに成功したといえるだろう。しかし、第二歌集編集という問題が生じたとき、さらに第三・第四へと一個の制作者として成長、その形成の跡を確認しようという意識が生じたとき、そのつど、作者の現在をドラマチックに再現しようという執着は、どこかに消えていることになるはずである。その方が成長・形成に即していて自然であるからだ。制作年代順に編集しなおした改選版『赤光』（東雲堂書店　一九二一・一一・一。しかし作者は改選三版〈春陽堂　一九二五・八・一五〉を定本とした）があるゆえんである。

このような議論をすれば、キリもない本文の問題になるので、深入りはしないとして、わたくしが、いま、いいたいのは、たとえば一九一三（大正二）年度の詩歌集刊行の盛況ぶり——一月、『桐の花』、四月、『珊瑚集』、五月、『啄木遺稿』、六月、『昨日まで』、『はかぐら』（＊）、七月、『東京景物詩及其他』、『不平なく』、『馬鈴薯の花』、『涙痕』、九月、『白き手の猟人』、『みなかみ』、一〇月、『赤光』、『さすらひ』、一一月、『どんたく』（＊）、『佇みて』、十二月、『恋人』——に接して、それぞれ固有の成立事情をもつ集としての作品群をどのように読んでゆくかということである。

若山牧水は、この一年をふり返って、「詩歌壇を通じて、何等かの革新の迫つて居ることをしみ〴〵と思はせらる、一で《ママ》あつた。下半期にいたつて特にそれが著しくなつて来たやうである。」（「本年の文壇　詩歌界を顧みて」「時事新報」同・一二・二〇）という展望をかいている。その状況を具体的に読み分けてゆくには、前記のような盛んな集としての作品群における現在の姿に接近する方法として、集として成立する以前について確認してゆくことが考えられる。編年体の一年をヨコに区切って読むこと——一人の作者の作品と同時代のヨコの作者の作品との関係をとらえなおしつつ進んでゆく、いわば解体作業に似た方法の推進である。そこから復元、再構築の歓びが生まれてくるにちがいない。それだけの手数を裏切らぬほどの魅力が、とりわけこの時節の詩歌集にはあるということである。

解題　竹盛天雄

凡例

一、本文テキストは、原則として初出誌紙を用いた。ただし編者の判断により、初刊本を用いることもある。

二、初出誌紙が総ルビであるときは、適宜取捨した。パラルビは、原則としてそのままとした。詩歌作品については、初出ルビをすべてそのままとした。

三、初出誌紙において、改行、句読点の脱落、脱字など、不明瞭なときは、後の異版を参看し、補訂した。

四、初刊本をテキストとするときは、初出誌紙を参看し、ルビを補うこともある。初出誌紙を採用するときは、後の異版によって、ルビを補うことをしない。

五、用字は原則として、新字、歴史的仮名遣いとする。仮名遣いは初出誌紙のままとした。

六、用字は「藝」のみを正字とした。また人名の場合、「龍」、「聲」など正字を使用することもある。

七、作品のなかには、今日からみて人権にかかわる差別的な表現が一部含まれている。しかし、作者の意図は差別を助長するものではないこと、作品の背景をなす状況を現わすための必要性、作品そのものの文学性、作者が故人であることを考慮し、初出表記のまま収録した。

〔小説・戯曲〕

11阿部一族　森　鷗外（→解説3）

一九一三（大正二）年一月一日発行「中央公論」第二十八年第一号に発表。極少ルビ。同年六月十五日、籾山書店刊第一歴史小説集の『意地』に新史料を得て大改作をほどこして収録。底本には改作以前の初出誌を用いた。

32彷徨　青木健作（→解説6）

一九一三（大正二）年一月一日発行「新小説」第十八年第一巻に発表。総ルビ。一九二八（昭和三）年十月十五日、春陽堂刊『青木健作短篇集』に収録。底本には初出誌。

51戯作者の死　永井荷風（→解説4）

一九一三（大正二）年一月一日発行「三田文学」第四巻第一号（一〜二）、三月一日発行同誌第四巻第三号（三〜五）、四月一日発行同誌第四巻第四号（六〜九）に発表。総ルビ。一九一四（大正三）年三月五日、籾山書店刊『散柳窓夕栄　附　恋衣花笠森 大窪多与里』に『散柳窓夕栄』と改題、大幅な修訂の上、収録された。特に初出「一」は全面的に改稿、「一」から「三」までを「一」から「四」に編成しなおし、全体を全十章に改めた。

なお、初版は売れ残りを『柳さくら』の名で改装、刊行されている。底本には初出誌。

76疲れたる死　広津和郎（↓解説5）

一九一三（大正二）年三月一日発行「奇蹟」第二巻第三号に発表。ルビなし。同年四月一日発行の同誌「消息」欄に「先月号に出した僕の小説の題「疲れたる死」は「蛇」の誤である。」（広津）とあることを注意しておく（『疲れたる蛇』が作者の意図であった）。一九一七（大正六）年十二月、大幅に修訂のうえ、翌一八（大正七）年三月一日発行「新時代」第二巻第三号に『朝の影』と改題再録。人物名も、Y―が笹部、S―が篠田と修訂された。一九一八（大正七）年四月十八日、新潮社刊『神経病時代』に収録。底本には初出誌。

87夜叉ケ池　泉　鏡花（↓解説8）

一九一三（大正二）年三月一日発行「演藝倶楽部」第二巻第三号に発表。総ルビ。一九一六（大正五）年十月十八日、春陽堂刊『由縁文庫』に収録。底本には初出誌。

114足袋の底　徳田秋聲（↓解説5）

一九一三（大正二）年四月一日発行「中央公論」第二十八年第五号春季大付録号に発表。パラルビ。同年十一月十八日、春陽堂刊『絶縁』に収録。底本には初出誌。

128木乃伊の口紅　田村俊子（↓解説6）

一九一三（大正二）年四月一日発行「中央公論」第二十八年第五号春季大付録号に発表。パラルビ。一九一四（大正三）年六月十五日、牧民社刊『木乃伊の口紅』に収録。底本には初出誌。

164殻　中村古峡（↓解説2）

一九一二（明治四十五・大正元）年七月二十六日から十二月五日（九三三四号〜九四六九号まで）全一一三回、「東京朝日新聞」に掲載。総ルビ。「一」〜「八」の全八章の構成を「一」〜「七」の全七章（「四」と「五」をまとめた）に改め、「六」（病院の場面のうち）、において四八〇字分の加筆をなすなどの修訂のうえ、一九一三（大正二）年四月十八日、春陽堂より『殻』として刊行。総ルビ。「老いて病み給へる母上の膝下に此書を捧ぐ」の献辞、生田長江の『序』、杉村楚人冠の『序に代ふる序』、川久保鉄三の読後感懐を託した漢詩をそえた。菊判・函入り、名取春仙（僊）装丁、四二二頁、一円十銭。なお、関東大震災後、古峡は本書の再刊を企て用字・語法などの誤り、「四」の弟為雄の病名を「パラノイア（偏執狂）」から「プレコックス（早発性痴呆）」へと改めたうえで、『自序』（大正十三年五月十八日、古峡生）及び初版についての書評（私信をも含む）を編集（『小説「殻」批評集』――二八篇、三八頁二段組）したものをつけ、一九二四（大正一三）年七月十五日、南郊社（発行者中村蓊）から刊行した。なお、この再刊本には、つづいて、方丈社（同じく発行者中村蓊）という名の発行元から同一紙型をつかった「大正十三年八月十五日再版　大正十三年八月二十五日参版」という日付（奥付）をもつ後版があることをいいそえておく。本巻の底本には初版を用いた。本作品は今日ではほとんど埋没しているので、執筆・発表の時点に近く、しかもある程度の修訂をへている本文を紹介することにした。

＊『殻』の書誌については、曽根博義氏から示教をうけた。曽根氏によると、中村古峡記念病院には、方丈社刊「大正十三年十月一日第十版」が所蔵されている。なお、紅野敏郎『中村古峡―二冊の『殻』―』（『解釈と鑑賞』二〇〇〇・六・一）に『殻』についての紹介がある。

309 **泥焔**　細田民樹（→解説5）

一九一三（大正二）年七月一日発行「早稲田文学」第九十二号に発表。パラルビ。底本には初出誌。

348 **大菩薩峠（抄、一より十）**　中里介山（→解説8）

一九一三（大正二）年九月十二日から二十一日までの「都新聞」第九一九一号～第九二〇〇号に掲載分。ただし、これは、第一回目の新聞連載、翌一九一四（大正三）年二月九日、第九三四〇号までの『大菩薩峠』（一五〇回）のうち。総ルビ。署名中里生。井川洗崖の挿画。同じ談話体系統ながら文章を洗練、修訂をくわえて、十二月十八日、九二八八号までの掲載分を『大菩薩峠』「甲源一刀流の巻」として、一九一八（大正七）年二月一〇日、私家版和装本の形で玉流堂より刊行。一九二一（大正一〇）年五月二〇日、春秋社より『大菩薩峠』（第一冊）刊行、以後普及した。底本には初出誌。パラルビとした。なお、『大菩薩峠』は以後も「都新聞」「大阪毎日新聞」「東京日日新聞」「隣人之友」その他に掲載、あるいは書下ろしとしてつづけられた（第四十一巻「椰子林の巻」〈第一八冊〉、一九四一・八・二〇）。

359 **范の犯罪**　志賀直哉

一九一三（大正二）年十月一日発行「白樺」第四巻第十号に発表。極少ルビ。一九一八（大正七）年一月十六日、新潮社刊『夜の光』に収録。底本には初出誌。

367 **熊か人間か**　岩野泡鳴（→解説5）

一九一三（大正二）年十一月一日発行「中央公論」第二十八年第十三号に発表。パラルビ。一九一九（大正八）年四月五日、天祐社刊『非凡人』に『人か熊か』と改題して収録。底本には初出誌。

386 **松葉杖をつく女**　素木しづ（→解説6）

一九一三（大正二）年十二月一日発行「新小説」第十八巻第十二号に森田草平の『小引』を付して発表。総ルビ。一九一八（大正七）年三月十五日、新潮社刊『青白き夢』に収録。底本には初出誌。

409実川延童の死　里見弴

一九一三（大正二）年十二月一日発行「白樺」第四巻第十二号に発表。パラルビ。一九一六（大正五）年十一月十五日、春陽堂刊『善心悪心』にいくらかの修訂をくわえ、総ルビとして『河豚』と改題のうえ収録。底本には初出誌。

〔児童文学〕

413眼鏡（抄）　島崎藤村

一九一三（大正二）年二月十八日、実業之日本社より『愛子叢書』の第一篇として刊行。総ルビ。底本には初版を用い、㈠より㈤までを抄録。

418小波身上噺（抄）　巌谷小波

一九一三（大正二）年二月二〇日、志鵬堂書房より刊行。総ルビ。底本には初版を用い、冒頭部である幼少時の回想を抄録。

〔評論・随筆・講演〕

431恋愛と結婚―エレン・ケイ著―　平塚らいてう（↓解説6）

439新らしき女の道　伊藤野枝

この二編は、一九一三（大正二）年一月一日発行「青鞜」第三巻第一号の「附録　新らしい女、其他婦人問題に就て」の一番目と二番目に掲げられた。雷鳥の分は極少ルビ。野枝の分はルビなし。この他、『人類として男性と女性は平等である』（岩野清）、『「新らしい女」に就いて』（加藤緑）、『新らしい女の解説』（長曽我部　菊）、『超脱俗観』（上野葉）、『諸姉に望む』（宮崎光）、『私は古い女です』（堀保）が特集に参加している。底本には初出誌。

441アンドレイエフの描きたる恐怖　山本飼山（↓解説2）

一九一三（大正二）年一月一日発行「近代思想」第一巻第四号に発表。ルビ一語のみ。底本には初出誌。

443日本俳句鈔第二集の首に（抄）　河東碧梧桐

一九一三（大正二）年三月十七日、政教社刊の『日本俳句鈔第二集』序文として書下ろし。ルビなし。同書は一九〇九（明治四十二）年四月より一九一一（明治四十四）年十二月までの、『日本及日本人』の俳句欄より碧梧桐が選び編集したもの。初版より序文の冒頭部を抄録。

450『桐の花』を読む　古泉千樫（↓解説9）

一九一三（大正二）年四月一日発行「アララギ」第六巻第四号に発表。極少ルビ。他に『「桐の花」に就て』（木下杢太郎）、『「桐の花」を読みて』（中村憲吉）が掲げられている。底本には初出誌。

454 生みの力　片上 伸（↓解説7）

一九一三（大正二）年四月一日発行「早稲田文学」第八十九号特別号に発表。極少ルビ。同年五月十六日、南北社刊『生の要求と文学』に『生みの力　この一篇を序に代へる』として収録。底本には初出誌。

461 所謂「新傾向句」雑感　高浜虚子

一九一三（大正二）年六月一日発行「ホトトギス」第十六巻第七号に発表。ルビ一語のみ。一九一五（大正四）年三月二〇日、実業之日本社刊『俳句と自分』に収録。底本には初出誌。

465 雑感　武者小路実篤（↓解説7）

一九一三（大正二）年六月一日発行「白樺」第四巻第六号に発表。一九二三（大正十二）年十二月二十五日、藝術社刊『武者小路実篤全集』第十巻に〇で区切った章ごとに「自分の文章をかく時」「切りはなされた個人」「或る作者と批評家」「あいつ」「賢い人」「自分に荷へる重荷」「充実したライフ」の小表題をつけて収録。底本には初出誌。

469 ベルグソン　中沢臨川

一九一三（大正二）年六月一日発行「中央公論」第二十八年第八号に発表。パラルビ。底本には初出誌。

475 生の拡充　大杉 栄（↓解説7）

一九一三（大正二）年七月一日発行「近代思想」第一巻第十号に発表。一九二一（大正一〇）年八月十五日、アルス刊『正義を求める心』に「一」を全文削除、「四」では、四段落目「彼等はたゞ主人を選んだ。～人数の歴史の最大誤謬である。」の七一字を削除、「七」では、三段落目「現実の上に～創造的文藝が現はれないのか。」の一八五字を削除し、章数を示す数字のかわりに一行アケの体裁をとって収録した。底本には初出誌。

477 日本に於ける婦人問題　内田魯庵（↓解説6）

一九一三（大正二）年七月十五日発行「中央公論」臨時増刊第二十八年第九号「婦人問題号」の〈公論〉の部に発表。極少ルビ。一九一四（大正三）年五月五日、丙午出版社刊『沈黙の饒舌』に収録。底本には初出誌。なお、「中央公論」の「婦人問題号」は、〈公論〉に『近代文藝と婦人問題』（島村抱月）他六篇、〈現代女子教育の根本方針〉九篇、〈説苑〉に『露西亜の女』（中沢臨川）他六篇、〈閨秀名家一人一題〉七篇、『新真婦人会の内面観察』（鉄拳禅）、『淪落の群に見る「新らしい女」』

（松崎天民）、〈人物評論平塚明子論〉に『WOMAN, ALL-TOO-WOMAN』（佐藤春夫）他九篇、〈女子の職業の研究〉四篇、アンケート〈予は予の娘に如何なる女たらんことを希望するか〉三十篇、〈創作〉欄に女性作家七名登場するなど全誌をあげての特集号。

483 **扉に向つた心**　田山花袋（↓解説7）

一九一三（大正二）年八月一日発行「文章世界」第八巻第十号に発表。総ルビ。底本には初出誌。パラルビにした。

487 **SACRILEGE**　**新らしき歴史小説の先駆「意地」を読む**　佐藤春夫（↓解説3）

一九一三（大正二）年八月一日発行「スバル」第五年第八号に発表。パラルビ。一九五四（昭和二十九）年四月三十日、河出書房刊『現代文学論大系3　大正時代』（吉田精一編集）に収録、知られるようになった。底本は初出誌。

498 **上高地の風景を保護せられたし**　小島烏水

一九一三（大正二）年八月三日、一一一一六号、四日、一一一七号「信濃毎日新聞」に上・下に分けて発表。署名日本山嶽会幹事小嶋烏水。総ルビ。一九一五（大正四）年七月五日、前川文栄閣刊『日本アルプス』第四巻に『上高地風景保護論』と改題、上・下の章分けを廃し、極少ルビに改めて収録。底本には初出誌。パラルビとした。

502 **詩に就て雑感**　福士幸次郎

一九一三（大正二）年九月一日発行「創作」第三巻第四号に発表。パラルビ。底本には初出誌。

505 **生命の問題（抄）**　柳宗悦（↓解説7）

一九一三（大正二）年九月一日発行「白樺」第四巻第九号に発表。極少ルビ。一九八一（昭和五十六）年八月五日、筑摩書房刊『柳宗悦全集著作篇』第一巻『解題』によれば、同全集所収本文は、柳本人による「訂正・削除および書きこみ」のある柳田蔵本「白樺」を底本として作成されているという。また、同『解題』には、「挿入箇所の不明確な書きこみ、および将来のためのメモ、さらに削除されている文」などについての注記があることをいいそえておく。本巻収録にあたって「序」「九　生物学の本性」「十　物質と生命」「余論」についてのみを抄録した。底本には初出誌。

517 **大窪日記（一）**
大窪だより（二）　永井荷風（↓解説4）

一九一三（大正二）年九月一日発行「三田文学」第四巻第九

号に『大窪日記（一）』、同じく十月一日発行、第四巻第十号に『大窪だより（二）』として掲げられた。パラルビ。本巻には、この二回分を収録したが、荷風はなお稿をつぎ、十一月一日発行、第四巻第十一号にては、『大窪多与里』と三たび題名を変更、以後、一九一四（大正三）年七月一日発行・第五巻第七号で雑誌掲載をうちきるまで、この題名でかかげられる〈全九回〉。単行本には、一九一四（大正三）年三月五日、籾山書店刊『散柳窓夕栄』に連載中の『大窪多与里（五）』までの部分、すなわち一九一三（大正二）年七月二十日～一九一四（大正三）年一月十日までを収録。荷風自筆の絵扉をつけ、その裏頁に収録にあたっての添書をつけた。本文処理においては、項目によっては削除もあるが、初出が改行ごとに■印をつけていたのをやめて一字下げのスタイルに改め、同日の記事ながら改行されていたものは追い込んで形をととのえ、句読点を補い、用字の手入れをし、総ルビとしている。したがって、本巻収録分もその処置にふくまれる。底本には初出誌。

なお、連載終了後、初めて全体が単行本に収められたのは、一九一六（大正五）年四月五日、籾山書店刊・縮刷小本『紅茶の後』においてであり、題名も『大窪だより 自大正二年 至大正三年』として確定した。

526 **発売禁止に就て**　平出 修（↓解説7）

一九一三（大正二）年十月一日発行「太陽」第十九巻第十三号に発表。三段組パラルビ。見られるとおり、前号掲載『逆徒』の発売禁止を契機としての抗議であり、この本文「三」の全文約二〇〇〇字分が「抹殺」されている。底本には初出誌。

534 **沈潜のこゝろ―日記の中から―**　阿部次郎（↓解説7）

一九一三（大正二）年十一月一日発行「新潮」第十九巻第五号に発表。「妄想《ワーン》」のごとく外国語を示すルビがある。一九一四（大正三）年四月一日（国会図書館本には、日付「一」を「八」とする訂正書入れがある）、東雲堂書店刊『三太郎の日記』に章分けを示す一行アケを1～5と改め、「十八、沈潜のこゝろ」として収録。

541 **自然（文展の洋画を見て）**　岸田劉生

一九一三（大正二）年十一月四日、一三一一六号、六日、一三一一八号、七日、一三一一九号に（上）（中）（下）として三回に分けて掲載。総ルビ。底本には初出誌。パラルビとした。

545 **〈模倣と独立〉**　夏目漱石（↓解説7）

一九一四（大正三）年一月五日発行「第一高等学校校友会雑誌」第二三二号に掲載。前年十二月十二日、第一高等学校において「演題未定」として講演したものの筆記である。一九一七

（大正六）年版の最初の『漱石全集』に『模倣と独立』として掲載されて以来、この題名で行なわれてきたが、新版『漱石全集』第二十五巻（一九九六・五・一五）において、漱石による原題と区別をつけるために〔 〕をつける処置をしており、本巻でもそれにしたがった。底本には初出誌。

〔詩〕

555 **蜜蜂の王**　ほか　加藤介春

　蜜蜂の王　一九一三（大正二年）一月一日発行「早稲田文学」第八十六号に発表。芽　同年五月一日発行「詩歌」第三巻第五号に発表。鳴らぬ笛　同年六月一日発行「詩歌」第三巻第六号に発表。魚　同年九月一日発行「創作」第三巻第二号に発表。

557 **歩める人**　川路柳虹

　歩める人　一九一三（大正二）年一月一日発行「詩歌」第三巻第一号に発表。

558 **なりひびく鉤**　ほか　大手拓次

　なりひびく鉤・しなびた船　一九一三（大正二）年三月一日発行「朱欒」第三巻第三号に発表。道心・漁色　同年五月一日発行「朱欒」第三巻第五号に発表。

559 **魚とその哀歓**　ほか　室生犀星

　魚とその哀歓・旅途　一九一三（大正二）年二月一日発行「朱欒」第三巻第二号に発表。ふるさと　同年三月一日発行「朱欒」第三巻第三号に発表。海浜独唱・みやこへ・三月　同年四月一日発行「朱欒」第三巻第四号に発表。小景異情　同年五月一日発行「朱欒」第三巻第五号に発表。深空・永日・蛇　同年八月一日発行「スバル」第五年第八号に発表。七つの魚・ながれ　同年九月一日発行「創作」第三巻第二号に発表。

564 **人に**　ほか　高村光太郎

　人に　一九一三（大正二）年三月一日発行「新文林」第一巻第四号に発表。人類の泉　同年六月一日発行「詩歌」第三巻第六号に発表。

566 **酒辞**　ほか　山村暮鳥

　酒辞　一九一三（大正二）年九月一日発行「創作」第三巻第二号に発表。内部　同年十一月一日発行「詩歌」第三巻第十一号に発表。

568 **野晒**　ほか　北原白秋（→解説9）

　野晒　一九一三（大正二）年四月一日発行「朱欒」第三巻第四号に発表。城が島の娘　同年九月一日発行「処女」第一号に発表。真珠抄　同年九月一日発行「スバル」第五年第九号に発表。城が島の雨　同年十一月一日発行「処女」第三号に発表。

571 **みちゆき** ほか　萩原朔太郎

みちゆき・こころ・女よ・〇・〇・〇　一九一三（大正二）年五月一日発行「朱欒」第三巻第五号に発表。　緑蔭　同年九月一日発行「創作」第三巻第二号に発表。　ふるさと　同年十月六日発行「上毛新聞」に掲載。

574 **末日頌**　富田砕花

末日頌　一九一三（大正二）年九月一日発行「早稲田文学」第九十四号に発表。

575 **もつと潑溂と** ほか　福士幸次郎

もつと潑溂と　一九一三（大正二）年九月一日発行「創作」第三巻第二号に発表。　白い蛆虫の歌　同年十一月一日発行「詩歌」第三巻十一号。

576 **海の上に** ほか　三木露風

海の上に・祭　一九一三（大正二）年九月一日発行「創作」第三巻第二号に発表。

577 **どんたく（抄）**　竹久夢二

一九一三（大正二）年十一月五日、実業之日本社発行。

579 **痛さ** ほか　水野葉舟

痛さ・肉は大地となれ　一九一三（大正二）年十一月一日発行「早稲田文学」第九十六号に発表。

〔短歌〕

580 **小天地**　伊藤左千夫

一九一三（大正二）年二月一日発行「アララギ」第六巻第三号に発表。

581 **三輪の神**　与謝野晶子

一九一三（大正二）年一月一日発行「朱欒」第三巻第一号に発表。

581 **青瑯玕**　佐佐木信綱

一九一三（大正二）年一月一日発行「心の花」第十七巻第一号に発表。

583 **姉**　尾上柴舟

一九一三（大正二）年一月一日発行「詩歌」第三巻第一号に発表。

584 **赤罌粟の花**　島木赤彦

一九一三（大正二）年八月一日発行「アララギ」第六巻第七号に発表。

584 **病院**　島木赤彦

一九一三（大正二）年九月一日発行「アララギ」第六巻第八号に発表。

585 葬り火　黄涙餘録の一　斎藤茂吉
一九一三（大正二）年一月一日発行「詩歌」第三巻第一号に発表。

586 雪ふる日　斎藤茂吉
一九一三（大正二）年三月一日発行「アララギ」第六巻第二号に発表。

586 死にたまふ母　斎藤茂吉
一九一三（大正二）年九月一日発行「アララギ」第六巻第八号に発表。

587 悲報来　斎藤茂吉
一九一三（大正二）年九月一日発行「アララギ」第六巻第八号に発表。

588 七月廿三日　斎藤茂吉
一九一三（大正二）年九月一日発行「生活と藝術」第一巻第一号に発表。

588 おひろ　斎藤茂吉
一九一三（大正二）年十月一日発行「詩歌」第三巻第十号に発表。

589 哀傷篇拾遺　北原白秋
一九一三（大正二）年一月一日発行「朱欒」第三巻第一号に発表。

590 落日哀歌　北原白秋
一九一三（大正二）年四月一日発行「朱欒」第三巻第四号に発表。

590 黒き薔薇　若山牧水
一九一三（大正二）年一月一日発行「早稲田文学」第八十六号に発表。

591 死んだこころの歌　若山牧水
一九一三（大正二）年四月一日発行「詩歌」第三巻第四号に発表。

592 夜の歌　若山牧水
一九一三（大正二）年四月一日発行「早稲田文学」第八十九号に発表。

592 海の倦怠　若山牧水
一九一三（大正二）年五月一日発行「早稲田文学」第九十号に発表。

593 馬楽　吉井　勇

一九一三（大正二）年五月一日発行「朱欒」第三巻第五号に発表。

594沈黙　前田夕暮
一九一三（大正二）年一月一日発行「詩歌」第三巻第一号に発表。

594草花　木下利玄
一九一三（大正二）年一月一日発行「心の花」第十七巻第一号に発表。

594けやきの村　片山ひろ子
一九一三（大正二）年五月一日発行「心の花」第十七巻第五号発表。

597遠人　原阿佐緒
一九一三（大正二）年八月一日発行「アララギ」第六巻第七号に発表。

597かなしきたはむれ　原阿佐緒
一九一三（大正二）年十月一日発行「詩歌」第三巻第十号に発表。

598栗の花　中原しづ子
一九一三（大正二）年八月一日発行「アララギ」第六巻第七号に発表。

598発途　土岐哀果
一九一三（大正二）年十一月一日発行「生活と藝術」第一巻第三号に発表。

〔俳句〕

601ホトトギス巻頭句集（虚子選）大正二年
一九一三（大正二）年一月一日「ホトトギス」第十六巻四号。同年三月一日第十六巻第五号。同年五月一日発行第十六巻第六号（二百号）。同年六月一日発行第十六巻第七号（二百一号）。同年六月二十日発行第十六巻第八号（臨時増刊二百二号）。同年七月一日発行第十六巻第九号（二百三号）。同年九月一日発行第十六巻第十一号（二百五号、水巴選）。同年十月一日発行第十七巻第一号（二百六号、水巴選）。同年十一月一日発行第十七巻第三号（二百七号）。同年十二月一日発行第十七巻第三号（二百八号）。

604山廬集（抄）　飯田蛇笏
一九三二（昭和七）年十二月二十一日、雲母社発行。

605乙字句集（抄）　大須賀乙字
一九二一（大正十）年五月十日、懸葵発行所発行。

606其地と其人々に　藤原井泉水

一九一三（大正二）年七月一日発行「層雲」第三巻第四号に発表。

610新傾向句集（抄）　河東碧梧桐

一九一五（大正四）年一月二十三日、日月社発行。

613〔大正二年〕　高浜虚子

一九一三（大正二）年三月一日発行「ホトトギス第十六巻第五号。同年五月一日発行第十六巻第六号（二百号）。同年六月二十日発行第六巻第八号（臨時増刊二百二号）。同年八月一日発行第十六巻第十号（二百四号）。同年十月一日発行第十七巻第一号（二百六号）。同年十二月一日発行第十七巻第三号（二百八号）。一九一四（大正三）年二月一日発行第十七巻第五号（二百十号）。

613はかぐら（抄）　中塚一碧楼

一九一三（大正二）年六月二十日、第一作社発行。

615雑草（抄）　長谷川零余子

一九二四（大正十三）年六月二十五日、枯野社発行。

＊本巻収録の詩歌・児童文学については、本全集全十五巻の通巻担当者である、阿毛久芳（近代詩）、来嶋靖生（短歌）、平井照敏（俳句）、砂田弘（児童文学）の選による。

著者略歴

青木健作―あおき　けんさく―一八八三・一一・二七～一九六四・一二・一六　本名　井本健作　小説家　山口県出身、東京帝国大学哲学科卒　『お絹』『若き教師の悩み』

阿部次郎―あべ　じろう―一八八三・八・二七～一九五九・一〇・二〇　評論家・哲学者　山形県出身　東京帝国大学哲学科卒　『人格主義』『三太郎の日記』

飯田蛇笏―いいだ　だこつ―一八八五・四・二六～一九六二・一〇・三　本名　飯田武治　俳人　山梨県出身　早稲田大学英文科卒　『山廬集』『山廬随筆』

泉　鏡花―いずみ　きょうか―一八七三・一一・四～一九三九・九・七　本名　泉鏡太郎　小説家　石川県出身　北陸英和学校中退　『外科室』『高野聖』『婦系図』

伊藤左千夫―いとう　さちお―一八六四・八・一八～一九一三・七・三〇　本名　伊藤幸次郎　歌人・小説家　千葉県出身　明治法律学校（明治大学）中退　『左千夫歌集』『野菊の墓』

伊藤野枝―いとう　のえ―一八九五・一・二一～一九二三・九・一六　本名　伊藤ノヱ　社会運動家・評論家　福岡県出身　上野高等女学校卒　『出奔』『無政府の事実』

岩野泡鳴―いわの　ほうめい―一八七三・一・二〇～一九二〇・五・九　本名　岩野美衛　詩人・小説家・劇作家・評論家　兵庫県出身　明治学院普通学部本科中退　専修学校（専修大学）中退　東北学院中退　『耽溺』『泡鳴五部作』

巌谷小波―いわや　さざなみ―一八七〇・六・六～一九三三・九・五　本名　巌谷季雄　児童文学者・小説家・俳人　東京都出身　独逸協会学校（獨協大学）専修科卒　『こがね丸』『小波身上噺』『ささら波』

内田魯庵―うちだ　ろあん―一八六八・四・五～一九二九・六・二九　本名　内田貢　評論家・翻訳家・小説家・随筆家　東京都出

身　東京専門学校（早稲田大学）英学本科中退　『くれの廿八日』『思ひ出す人々』

大須賀乙字—おおすが　おつじ—一八八一・七・二九～一九二〇・一・二〇　本名 大須賀積　俳人　福島県出身　東京帝国大学国文科卒　『乙字句集』『乙字俳論集』

大杉　栄—おおすぎ　さかえ—一八八五・一・一七～一九二三・九・一六　評論家　香川県出身　東京外国語学校（東京外国語大学）仏語科卒　『獄中記』『正義を求める心』

大手拓次—おおて　たくじ—一八八七・一一・三～一九三四・四・一八　詩人　群馬県出身　早稲田大学英文科卒　『藍色の蟇』

荻原井泉水—おぎわら　せいせんすい—一八八四・六・一六～一九七六・五・二〇　本名 荻原藤吉　俳人　東京都出身　東京帝国大学言語学科卒　『俳句提唱』『原泉』

尾上柴舟—おのえ　さいしゅう—一八七六・八・二〇～一九五七・一・一三　本名 尾上八郎　歌人・国文学者・書家　岡山県出身　東京帝国大学国文科卒　『静夜』『永日』『日記の端より』

片上　伸—かたかみ　のぶる—一八八四・二・二〇～一九二八・三・五　号 天弦　評論家・露文学者　愛媛県出身　早稲田大学英文科卒　『生の要求と文学』『思想の勝利』『露西亜文学研究』

片山広子—かたやま　ひろこ—一八七八・二・一〇～一九五七・三・一九　別名 松村みね子　歌人・翻訳家　東京都出身　東洋英和女学校卒　『翡翠』『野に住みて』『燈火節』

加藤介春—かとう　かいしゅん—一八八五・五・一六～一九四六・一二・一八　本名 加藤寿太郎　詩人　福岡県出身　早稲田大学英文科卒　『獄中哀歌』『梢を仰ぎて』『眼と眼』

川路柳虹—かわじ　りゅうこう—一八八八・七・九～一九五九・四・一七　本名 川路誠　詩人・美術評論家　東京都出身　東京美術学校（東京芸術大学）日本画科卒　『路傍の花』『波』

河東碧梧桐—かわひがし　へきごとう—一八七三・二・二六～一九三七・二・一　本名 河東秉五郎　俳人　愛媛県出身　仙台二高（東北大学）中退　『新傾向句集』『八年間』『三千里』

岸田劉生—きしだ　りゅうせい—一八九一・六・二三～一九二九・一二・二〇　画家　東京都出身　白馬会葵橋洋画研究所卒

北原白秋—きたはら　はくしゅう—一八八五・一・二五～一九四二・一一・二　本名 北原隆吉　詩人・歌人　福岡県出身　早稲田大学英文科中退　『邪宗門』『桐の花』

木下利玄―きのした　りげん―一八八六・一・一～一九二五・二・一五　本名　利玄（としはる）　歌人　岡山県出身　東京帝国大学国文科卒　『銀』『紅玉』『一路』

古泉千樫―こいずみ　ちかし―一八八六・九・二六～一九二七・八・一一　本名　古泉幾太郎　歌人　千葉県出身　千葉教員講習所卒　『川のほとり』『屋上の土』

小島烏水―こじま　うすい―一八七三・一二・二九～一九四八・一二・一三　本名　小島久太　登山家・紀行文家　香川県出身　横浜商業学校卒　『日本アルプス』『浮世絵と風景画』

小杉余子―こすぎ　よし―一八八八・一・一六～一九六一・八・三　本名　小杉義三　俳人　神奈川県出身　『余子句集』

斎藤茂吉―さいとう　もきち―一八八二・五・一四～一九五三・二・二五　医師・歌人　山形県出身　東京帝国大学医学部卒　『赤光』『あらたま』

佐佐木信綱―ささき　のぶつな―一八七二・六・三～一九六三・一二・二　歌人・歌学者　三重県出身　東京帝国大学古典科卒　『山と水と』『佐佐木信綱歌集』

佐藤春夫―さとう　はるお―一八九二・四・九～一九六四・五・六　詩人・小説家・評論家　和歌山県出身　慶応義塾大学文学部中退　『田園の憂鬱』『殉情詩集』『退屈読本』

里見　弴―さとみ　とん―一八八八・七・一四～一九八三・一・二一　本名　山内英夫　小説家　神奈川県出身　東京帝国大学英文科中退　『善心悪心』『多情仏心』『極楽とんぼ』

志賀直哉―しが　なおや―一八八三・二・二〇～一九七一・一〇・二一　小説家　宮城県出身　東京帝国大学国文科中退　『小僧の神様』『暗夜行路』

島木赤彦―しまき　あかひこ―一八七六・一二・一七～一九二六・三・二七　本名　久保田俊彦　歌人　長野県出身　長野尋常師範学校（信州大学）卒　『柿蔭集』『歌道小見』

島崎藤村―しまざき　とうそん―一八七二・二・一七～一九四三・八・二二　本名　島崎春樹　詩人・小説家　長野県出身　明治学院普通部本科卒　『若菜集』『破戒』『夜明け前』

素木しづ―しらき　しず―一八九五・三・二六～一九一八・一・二九　本名　上野山志づ　小説家　北海道出身　札幌高等女学校卒　『青白き夢』『美しき牢獄』

高浜虚子―たかはま　きょし―一八七四・二・二〇～一九五九・四・八　本名　高浜清　俳人・小説家　愛媛県出身　東京専門学校（早稲田大学）中退　『俳諧師』『柿二つ』『五百句』

高村光太郎―たかむら　こうたろう―一八八三・三・一三～一九五六・四・二　詩人・彫刻家　東京都出身　東京美術学校（東京芸術大学）彫刻科卒　『道程』『智恵子抄』『典型』

竹久夢二―たけひさ　ゆめじ―一八八四・九・一六～一九三四・九・一　本名　竹久茂次郎　詩人・画家　岡山県出身　早稲田実業学校専攻科中退　『どんたく』『山へよする』

田村俊子―たむら　としこ―一八八四・四・二五～一九四五・四・一六　本名　佐藤俊子　小説家　東京都出身　日本女子大学国文科中退　『あきらめ』『木乃伊の口紅』

田山花袋―たやま　かたい―一八七二・一二・一三～一九三〇・五・一三　本名　田山録弥　小説家　栃木県出身　『蒲団』『田舎教師』『東京の三十年』

土岐哀果―とき　あいか―一八八五・六・八～一九八〇・四・一五　本名　土岐善麿　歌人　東京都出身　早稲田大学英文科卒　『NAKIWARAI』『土岐善麿歌集』

徳田秋聲―とくだ　しゅうせい―一八七一・一二・二三～一九四三・一一・一八　本名　徳田末雄　小説家　石川県出身　第四高等中学（金沢大学）中退　『黴』『あらくれ』『仮装人物』『縮図』

富田砕花―とみた　さいか―一八九〇・一一・一五～一九八四・一〇・一七　本名　富田戒治郎　詩人・歌人　岩手県出身　日本大学植民科卒　『悲しき愛』『地の子』

永井荷風―ながい　かふう―一八七九・一二・三～一九五九・四・三〇　本名　永井壮吉　小説家・随筆家　東京都出身　東京外国語学校（東京外国語大学）清語科中退　『ふらんす物語』『すみだ川』『断腸亭日乗』

中里介山―なかざと　かいざん―一八八五・四・四～一九四四・四・二八　本名　中里弥之助　小説家　神奈川県出身　西多摩尋常高等小学校高等科卒　『大菩薩峠』『百姓弥之助の話』

中沢臨川―なかざわ　りんせん―一八七八・一〇・二八～一九二〇・八・一〇　本名　中沢重雄　文芸評論家　長野県出身　東京帝国大学工科卒　『自然主義汎論』『ベルグソン』

中塚一碧楼―なかつか　いっぺきろう―一八八七・九・二四～一九四六・一二・三一　本名　中塚直三　俳人　岡山県出身　早稲田大学商科高等予科中退・文科高等予科中退　『はかぐら』『朝』『多摩

川』

中原静子―なかはら しずこ―一八九〇・八・二六～一九五六・一一・二七 号 閑古 本名 川井静子 歌人 長野県出身 松本女子師範学校（信州大学）卒 『桔梗ヶ原の赤彦』『丹の花』

中村古峡―なかむら こきょう―一八八一・二・二〇～一九五二・九・一二 本名 中村蓊 小説家・医者 奈良県出身 東京帝国大学英文科卒 東京医専（東京医科大学）卒 『殼』『変態心理の研究』

奈倉梧月―なくら ごげつ―一八七六・七・二五～一九五八・二・一八 本名 奈倉正良 俳人 島根県出身 『梧月句集』

夏目漱石―なつめ そうせき―一八六七・一・五～一九一六・一二・九 本名 夏目金之助 小説家 東京都出身 東京帝国大学英文科卒 『吾輩は猫である』『こゝろ』

萩原朔太郎―はぎわら さくたろう―一八八六・一一・一～一九四二・五・一一 詩人 群馬県出身 慶応義塾大学中退 『月に吠える』『青猫』

長谷川零余子―はせがわ れいよし―一八八六・五・二三～一九二八・七・二七 本名 富田諧三 俳人 長谷川かな女の夫 群馬県出身 東京帝国大学薬学科卒 『雑草』『零余子句集』

原阿佐緒―はら あさお―一八八八・六・一～一九六九・二・二一 本名 原あさを 歌人 宮城県出身 宮城県立高等女学校中退・日本女子美術学校（都立忍岡高校）入学 『涙痕』『白木槿』『死をみつめて』

原 月舟―はら げつしゅう―一八八九・五・二四～一九二〇・一一・一四 本名 厚清 俳人 東京都出身 慶応義塾大学卒 『月舟全集』

原 石鼎―はら せきてい―一八八六・三・一九～一九五一・一二・二〇 本名 厚鼎 俳人 島根県出身 京都医専（京都大学医学部）中退 『花影』『深吉野』

平出修―ひらいで しゅう―一八七八・四・三～一九一四・三・一七 歌人・小説家・評論家・弁護士 新潟県出身 明治法律学校（明治大学）卒 『畜生道』『逆徒』

平塚らいてう―ひらつか らいちょう―一八八六・二・一〇～一九七一・五・二四 本名 奥村明 評論家 東京都出身 日本女子大学家政科卒 『元始、女性は太陽であった』

広津和郎―ひろつ かずお―一八九一・一二・五～一九六八・

九・二一　小説家・評論家　東京都出身　早稲田大学英文科卒『神経病時代』『風雨強かるべし』『作者の感想』

福士幸次郎―ふくし　こうじろう―一八八九・一一・五～一九四六・一〇・一一　詩人　青森県出身　国民英学会卒『太陽の子』『展望』

細田民樹―ほそだ　たみき―一八九二・一・二七～一九七二・一〇・五　小説家　東京都出身　早稲田大学英文科卒『或兵卒の記録』『真理の春』

前田普羅―まえだ　ふら―一八八四・四・一八～一九五四・八・八　本名　前田忠吉　俳人　東京都出身　早稲田大学英文科中退『普羅句集』『春寒浅間山』

前田夕暮―まえだ　ゆうぐれ―一八八三・七・二七～一九五一・四・二〇　本名　前田洋造　歌人　神奈川県出身　中郡中学中退『収穫』『生くる日に』『原生林』

三木露風―みき　ろふう―一八八九・六・二三～一九六四・一二・二九　本名　三木操　詩人　兵庫県出身　慶応義塾大学文学部中退『廃園』『白き手の猟人』

水野葉舟―みずの　ようしゅう―一八八三・四・九～一九四七・二・二　本名　水野盈太郎　歌人・詩人・随筆家　東京都出身　早稲田大学政治経済科卒『微温』『草と人』

武者小路実篤―むしゃのこうじ　さねあつ―一八八五・五・一二～一九七六・四・九　小説家・劇作家　東京都出身　東京帝国大学社会学科中退『お目出たき人』『友情』『人間万歳』

室生犀星―むろう　さいせい―一八八九・八・一～一九六二・三・二六　本名　室生照道　詩人・小説家　石川県出身　金沢高等小学校（金沢大学）中退『抒情小曲集』『性に目覚める頃』『杏っ子』

森　鷗外―もり　おうがい―一八六二・一・一九～一九二二・七・九　本名　森林太郎　小説家・戯曲家・評論家・翻訳家・陸軍軍医　島根県出身　東京帝国大学医学部卒『青年』『雁』『高瀬舟』

柳　宗悦―やなぎ　むねよし―一八八九・三・二一～一九六一・五・三　宗教哲学者・民芸研究家　日本民芸館初代館長　東京都出身　東京帝国大学哲学科卒『工芸の道』『朝鮮とその芸術』『美の法門』

山村暮鳥―やまむら　ぼちょう―一八八四・一・一〇～一九二四・一二・八　本名　土田八九十　詩人　群馬県出身　聖三一神学校卒『聖三稜玻璃』『風は草木にささやいた』『雲』

山本飼山―やまもと　しざん―一八九〇・七・二三～一九一三・一一・五　本名　山本一蔵　評論家　東京都出身　早稲田大学英文科卒『飼山遺稿』

与謝野晶子―よさの　あきこ―一八七八・一二・七～一九四二・五・二九　本名　与謝しよう　歌人・詩人　与謝野寛の妻　大阪府出身　堺女学校補習科卒『みだれ髪』『君死にたまふこと勿れ』

吉井　勇―よしい　いさむ―一八八六・一〇・八～一九六〇・一一・一九　歌人・劇作家・小説家　東京都出身　早稲田大学政治経済科中退『酒ほがひ』

若山牧水―わかやま　ぼくすい―一八八五・八・二四～一九二八・九・一七　本名　若山繁　歌人　宮崎県出身　早稲田大学英文科卒『別離』『路上』

渡辺水巴―わたなべ　すいは―一八八二・六・一六～一九四六・八・一三　本名　渡辺義　俳人　東京都出身　日本中学中退『水巴句集』『水巴句帖』

編年体　大正文学全集
第二巻　大正二年
二〇〇〇年七月二十五日第一版第一刷発行
著者代表――中村古峡他
編者――竹盛天雄
発行者――荒井秀夫
発行所――株式会社　ゆまに書房
東京都千代田区内神田二―七―六
郵便番号一〇一―〇〇四七
電話〇三―五二九六―〇四九一代表
振替〇〇一四〇―六―六三一六〇
印刷・製本――日本写真印刷株式会社
落丁・乱丁本はお取替いたします
定価はカバー・帯に表示してあります

ISBN4-89714-891-X C0391